长江三部曲

长江三部曲

鄢国培 著

第二部 巴山月

重庆出版社

图书在版编目（CIP）数据
巴山月 / 鄢国培著. -- 重庆 : 重庆出版社, 2025.
7. -- ISBN 978-7-229-20437-2
Ⅰ. I247.5
中国国家版本馆CIP数据核字第2025MR8603号

巴山月
BASHANYUE
鄢国培　著

策　　划:徐宪江
责任编辑:李　子　何　晶
责任校对:杨　婧
装帧设计:潘振宇

重庆出版社 **出版**
重庆市南岸区南滨路162号1幢　邮编:400061　http://www.cqph.com
重庆出版社有限责任公司品牌设计分公司制版
重庆市国丰印务有限责任公司印刷
重庆出版社有限责任公司发行
全国新华书店经销

开本:710mm×1000mm　1/16　印张:52.25　字数:970千
2025年7月第1版　2025年7月第1次印刷
ISBN 978-7-229-20437-2
定价:178.00元

如有印装质量问题,请向重庆出版社有限责任公司调换:023-61520678

全面抗日战争正式打响

南京失守

日军水陆并进逼向武汉

川东地下党及劳苦大众为筑牢抗日民族统一战线

不懈斗争

政治博弈、经济角逐、爱恨交织

围绕抗日救国

众多新老人物纷纷登场

共同演绎时代悲歌

目录

第一章 / 008
第二章 / 026
第三章 / 044
第四章 / 069
第五章 / 087
第六章 / 104
第七章 / 123
第八章 / 150
第九章 / 164
第十章 / 187
第十一章 / 211
第十二章 / 232
第十三章 / 259
第十四章 / 278
第十五章 / 294
第十六章 / 317
第十七章 / 338
第十八章 / 358
第十九章 / 375
第二十章 / 395

第二十一章 / 412
第二十二章 / 429
第二十三章 / 451
第二十四章 / 469
第二十五章 / 488
第二十六章 / 509
第二十七章 / 530
第二十八章 / 549
第二十九章 / 569
第三十章 / 590
第三十一章 / 607
第三十二章 / 626
第三十三章 / 639
第三十四章 / 656
第三十五章 / 676
第三十六章 / 693
第三十七章 / 711
第三十八章 / 729
第三十九章 / 756
第四十章 / 777
第四十一章 / 795
第四十二章 / 816

第一章

一

南京失守，日本人兵分两路，向武汉水陆并进，其势迅猛。蒋介石的大本营设在武汉湖北省政府内，今天的“御前会议”非比寻常，到会的人除少数几位心腹大员外，大都是他任黄埔军校校长时的得意学生，军阶最高不过中将。

蒋介石的秘书长，号称“文胆”的陈布雷忙得满头大汗，招呼大家在一张长餐桌的两旁就座。照例根据职位高低和恩宠的程度安排座次。坐得离蒋介石越近，说明地位越高越荣宠。

被陈布雷安排靠近蒋介石坐的是陈诚，人称大元帅的袖珍本；安排坐于末位的是酆悌，属于军统局的一员健将。

大家刚坐好，不等陈布雷去催请，蒋介石已缓步进入会议室。首先看见蒋介石进来的人是酆悌，他像弹簧一样蓦地跳起来，站得笔直，两眼平视，大声喊叫：“立正！”

陈诚也被酆悌突如其来的一声怪叫吓了一跳，因为以往开“御前会议”是不兴来这一套的，他知道酆悌是第一次参加这样的会议，所以不懂规矩。既然酆悌已经喊出了“立正”的口令，也只得跟着站了起来。

蒋介石在“御前会议”上，照例是穿的中式青绸便衣，是向与会者表示随便、亲切的意思，今天也不例外，青绸便衣的袖子还家常似的向上绾了起来。

酆悌这个破例的举动，引起了他的注意。长餐桌两端都空着，他没有在靠近陈诚这一端入座，却缓步走向酆悌那一端坐下，两手向下做了一个姿势，示意大家坐下。

酆悌见蒋介石靠近自己坐下，原先有些泛青的脸色，顿时兴奋得红扑扑的，又大叫了一声：“坐下！”

一阵椅子响，大家重新归座，气氛异常严肃，连咳嗽的声音也听不见。每人面前摆着各自的军帽，很是齐整。

除了几个职位较高的心腹大员外，人人神态拘谨庄重。蒋介石端起面前的茶杯客气地对大家说：“请喝茶！”

大家一齐机械地端起自己面前的茶杯喝了一口，其实茶杯里并无茶叶，只是一杯白开水，喝在口里寡淡。

蒋介石自从提倡新生活运动以来，自己一直喝白开水，除了招待外国朋友外，凡是自己部属来见，也只有白开水招待。

他为了表示自己的尊严，说话的姿势过分矜持，显得有些僵硬。这时他用慢吞吞的宁波官话说："日本人从水路眼看要逼近马当，唵，上次会议决定封锁马当河道，用沉船的办法阻塞航道。唵，这办法很好，日本人的军舰不能从长江逼近武汉了，唵，我就放心了，唵……"

酆悌能够靠近蒋介石坐着参加这样的会议，认为是无比荣耀，他兴奋极了，虽然装出目不斜视，洗耳恭听的样子，但他对蒋介石的话只是时断时续地听在耳里，生怕错了一点规矩会惹起蒋介石的反感。由于心情过分紧张，他嘴唇都变白了。他时而想：要是有个新闻记者在此时此地拍下照来该有多好！他偷偷用眼瞟了瞟四周，除了一个侍卫官不时走动，招呼上开水之类的事以外，真是门禁森严，不许任何无关人进场，哪里会有新闻记者进场拍照！他不禁有些失望。蓦地他听见蒋介石提高声音骂了一声"娘希匹"，着实吓了一跳，赶忙收回心神，仔细听蒋介石骂的什么。原来蒋介石骂的是日本人，酆悌方才放下心来，不敢再胡思乱想了。蒋介石这时越说气越大："唵！日本人真是岂有此理，一点面子也不给。唵，嗯！一点面子也不给。我提出保卫大武汉，若太快丢失了武汉，叫我姓蒋的面子搁到哪里去！"他双手攥得紧紧的，光头冒出了细细的汗珠也忘了用手绢去揩，"既然日本人不给一点面子，我还要进一步与共产党合作，让他们知道我蒋某也是不好惹的。唵，他们大可以适可而止，不要逼人太甚；我蒋某要'焦土抗战'。近卫和东条都不是东西……"他骂起人来，连"嗯唵"这样的语助词也少了，显得比平时流利。

因为蒋介石不抽烟，虽然长餐桌雪白的台布上放着香烟听和烟灰缸，大家都忍住烟瘾不去取香烟抽，只是不断喝白开水，又怕开水喝多了要上厕所，后来个个都只得干坐着听他骂日本人。因为今天参会的多是自己的学生，所以他骂起人来更没有顾忌，在其他的会议上他是很少这样痛骂的。

骂了一阵之后，蒋介石火气小了一些。他轻咳了一声，又慢条斯理地说："唵！日本人眼看要由河南攻入湖北，唵，嗯！直逼武汉。这却不能用沉船封锁航道的办法对付。大家看，要用何法对付才好呢？"他用犀利的目光扫视了大家一遍，重复问，"嗯！要用何法对付才好呢？"

大家听蒋介石骂了一通日本人，这时才明白此次御前会议的探讨内容，是要大家出主意对付北线来犯武汉的日军。顿时大家面面相觑，良久无人发言，个个像坐禅的老僧，眼观鼻，鼻对心……蒋介石带有煞气的目光停留在身旁酆悌的脸上："嗯，唵！要用什么办法对付呢？"

酆悌把蒋介石刚才的一番话揣摩了一会儿，自认为已揣摩到了他的意图，正想在他面前卖弄自己的聪明，讨好他，但看见大家都沉默不言，又不敢造次说话。此刻听见蒋介石明明在问自己，喜之不胜。他的腰挺得更直，陡地站起，两眼平视……

蒋介石枯瘦的长脸上露出了笑容，亲切地对酆悌说："坐下谈，不用讲礼节。"

酆悌只得坐下，大声说："刚才校长说得对，日本人太不够朋友了，逼得我们无路可走，干脆进一步与共产党合作，去吓一吓日本人。八路军不是愿意南下保卫武汉吗！校长可以下命令调八路军南下，让日本人不敢再逼了……"

蒋介石不等酆悌说完，不满地瞪了他一眼，重重地哼了一声。酆悌吓得忙闭上口，背上直冒大汗。

等了一会儿，再也没人发言，蒋介石长长叹口气，无限感慨地说："唉！我得力的学生，走的走了，死的死了，要是我以前那些得力的学生仍然在我身边，今天也不至于……唉……"好似他的眼眶都有点润湿，不禁唏嘘起来。

大家听了他这几句话，如坐针毡。这不明明骂他们都是饭桶，不能为校长分忧么？人们更是面面相觑不敢出声，都摸不透这位校长的真实意图。

还是由蒋介石继续说："唵，嗯，诸葛亮初出茅庐与曹兵对垒，嗯，曹兵强，刘兵弱，诸葛亮火烧博望坡打了胜仗，嗯，打了大胜仗呀！除了火烧之外，诸葛亮的办法多哩。诸位难道连《三国演义》都没看过！"

蒋介石说到这里又扫视了大家一眼，见一个个正襟危坐，目不斜视，仍没有一个能领会他的意图，不禁唉声叹气地说："唵，唉！我得力的学生，走的走了，死的死了……"

陈布雷不愧为"文胆"，他已揣摩到蒋介石的意思，但他认为关系重大，不便自己说出。眼看会议开不下去了，忙上前低声对他说："委座，膳食已备，请大家用膳后再议如何？"

蒋介石勉强点了点头。

陈布雷当即宣布："委座留大家用膳，请大家去隔室入座。"

大家离座，纷纷往隔室用膳去了。

陈布雷刚要离开，被蒋介石叫住，说："布雷，你熟读'三国'，唵，望你多指点指点这些蠢东西呵!”

陈布雷明白蒋介石的暗示，着实吃了一惊，但又不敢含糊，答道：“布雷知道!”

蒋介石点了点头……

初次参加蒋介石赐膳的酆悌有些失望，原先以为校长手面大，所赐的膳食一定异常丰盛，殊不知很简单，吃的是西餐：一块油煎牛排，一块面包，一碗牛尾汤。刚才会议桌上还有摆样子的香烟听和烟灰缸，这里连摆样子的酒杯和酒瓶也没有。幸好蒋介石并不在座，酆悌毫不拘束。这毕竟是蒋校长赐膳，在他看来意义很大。除了趁人不注意，偷偷取了一小块面包藏在衣袋里，留作这种恩典的纪念外，他坐得端端正正，将盘里的牛排、面包，碗里的牛尾汤一扫而光，桌上连面包屑也没撒下，吃喝得心满意足。

陈布雷看中了酆悌，将蒋介石的意图暗示给他。果然，用膳后继续开会，酆悌第一个发言：“报告蒋校长，诸葛亮除用火攻外，还擅长水攻。日本人不足虑，只要将河南的花园口大堤炸开，借黄河的大水淹日本兵，就万无一失了。”

蒋介石脸上顿时露出笑容，他知道酆悌绝对想不出来，一定是陈布雷授意过了。一会儿，他脸上的微笑消失了，装作沉思的样子。

酆悌说完后，看见蒋介石面露笑容，不禁喜上眉梢。待看见他脸上的笑容消失了，只顾沉思不语，自己心里有些七上八下，捉摸不定。

蒋介石慢吞吞地说：“酆悌提的这条方案值得考虑，唵，我看，可以交军委会研讨。”

酆悌听后，忐忑不安的心情才松弛了，忍不住吁了一口气。

二

炸开花园口水淹日军的提议，很快在军委会议上通过，并且马上就由工兵部队执行了。

郑州东北的花园口大堤被炸开后，致使黄河改道，平汉铁路以东二十多县尽成泽国。日军虽然暂时受阻，不过多绕一点道，仍向武汉逼来。

豫东人民无数的生命财产概被洪水吞没，灾民哭声震天，惨不忍睹。于是激起各界民众的公愤，国内舆论大哗，抗日民众团体和进步党团质询抗议的函电纷纷向国民党军委会飞来。

在陈布雷的办公桌上，堆满了这类质询抗议的函电。

陈布雷皱着眉，坐在办公桌前发愣，一双因熬夜布满了血丝的眼睛暗淡无光，寡白的脸上没有一点红润。

他知道蒋介石已经有几天通宵不眠，脾气变得异常暴躁。蒋介石身边一个随从今天早上还悄悄告诉他：蒋夫人宋美龄因为老头子不但未对她温存，曲尽丈夫之道，反而彻夜在卧室来回走动，吵得她睡不好觉，一气之下，与老头子吵了架，今天清晨便怨气冲冲地搬走了。

陈布雷不敢将这些函电送给蒋介石去看，知道肯定要碰钉子。陈布雷心中有些忐忑不安，近来他经常失眠，神经特别敏感。他深知蒋介石的为人，炸开花园口大堤是蒋介石自己想出的主意，偏偏要下面部属先提出来，用意很明显，不外一旦事情闹大不好控制时，可以把责任推给下面部属去承担……

陈布雷不禁打了一个冷战。这事与他自己也有关联，虽然由于蒋介石的暗示，自己才授意酆悌提出的，以后若拿酆悌当替死鬼，必然也会扯到自己头上。

他是一个聪明人，深知伴君如伴虎的古训。自从他离开上海新闻界来到蒋介石身边担任机要秘书以来，对蒋介石越了解，他越感到可怕。

他知道他的前任杨永泰是怎样死的[1]，他一直战战兢兢对蒋介石表示忠心，对蒋介石的心腹采取比较圆滑的笼络手段，所以至今很受蒋的器重，蒋事无大小都要他参与。但他知道，他越受器重，知道蒋介石的机密越多，他的处境便越危险。

为了时时提醒自己谨言慎行，陈布雷把清朝一位亲王的座右铭恭正地誊写在一张白磅纸上：

财也大，产也大，后来子孙祸也大。借问此理是若何？子孙钱多胆也大，天样大事都不怕，不丧身家不肯罢。

财也少，产也少，后来子孙祸也少。若问此理是若何？子孙钱少胆也小，些微产业知自保，俭使俭用也过了。

1　杨永泰是国民党中政学系的骨干，因长期任蒋的机要，知道蒋介石的很多私事，又好出主意，最终遭到蒋及其心腹的忌克，被蒋派特务杀害。

他将这张誊写的座右铭，开始贴在他办公桌醒目的地方，后来感到让蒋介石看见有些不妥，于是抄写在自己的日记本上，随时翻看。他还找古董复制商，给他复制了周代的“欹器”[1]，挂在他办公桌旁边的墙上，随着他转移，从南京带到了武汉，借以时时警惕自己。

他知道蒋介石推崇曾国藩，所以在他案头除了一部总理遗教之类的书籍外，还把一部曾文正公全集摆在案头醒目的位置。

当他得知他的弟弟在法国留学，经常与一些进步学生交往时，赶忙申明要与弟弟断绝兄弟关系。口头上说了还不算，还写成书面材料当成一件大事呈给蒋介石“御览”。

蒋介石也觉得陈布雷未免神经紧张得太过分了，用好言抚慰了他几句，才使他变得轻松一点。

陈布雷正在发愣凝思之际，听见轻轻的敲门声，他忙敛了神，使自己在圈椅上坐得更端正，然后说：“请进！”

一个侍从副官伸进头来：“陈先生，招商局的总经理薛习永要求见你！”

这位薛经理是陈布雷的老朋友，蒋介石在上海交易所当经纪人时期，也曾经与薛习永混得很熟。

当然，今非昔比，薛习永现在要见这位委员长非常不易，除了蒋介石偶尔有事通知侍从室传召外，平时是见不着的。因此，薛习永有什么事，总是来找陈布雷，托他伺机向蒋介石报告。陈布雷知道薛习永投靠了哈哈孔，现在是孔祥熙的心腹，不便拒绝，干脆装出念旧的样子，经常对他应付周旋，遇事卖个人情。

陈布雷看了看案上堆积的文牍，迟疑了一下，终于说：“请薛先生在外客厅稍坐，我一会儿便去。”因为按制度，他的这间办公室是禁止无关人员进入的，而且，有时蒋介石也喜欢来这里坐坐谈几句，被撞见了更不便。

侍从副官答应着走了。

陈布雷迅速在中式绸汗衣外面罩上一件毛蓝布长衫。他的穿着朴素，平时很受蒋介石的赞扬。

他取了一把葵扇拿在手上，走出了办公室，门外有值日的侍从副官看守，是

1 “欹器”是一种陶制的器物，可以盛水，装半罐水可使“欹器”保持平衡不偏不倚，装满了水则破坏了平衡，使“欹器”倾斜翻转，结果会滴水不存，全部溢出。

不需要锁门的。

他从一道侧门走了出去。因为正厅里阴暗，蓦地走到亮处，天空中骄阳发出的强光，使他把眼睛眯了一会儿，方才睁开。省政府的高墙内，虽然树木茂盛，但武汉是长江三大火炉之一，在这三伏天，当然酷热难当。

陈布雷看火辣辣的阳光照在他的头上，不禁举起葵扇遮住了头部。

幸好，走过了一段青砖路，便到了外客厅。客厅靠外一排玻璃窗全部打开，客厅内当顶一把吊扇，正呼呼转动着，一股风迎面向人扑来。

薛习永是一个矮胖子，络腮胡总是刮得光光的，泛出一片青色。一身派力司的素色西装穿得整整齐齐。虽然室内吊扇在转动，他仍不断用手巾揩着额上和多肉褶的后颈上的汗水。

他看陈布雷跨进客厅，忙起身含笑相迎："陈先生，昨夜孔二小姐开舞会，庸之[1]以为你一定会去。可是专候不到，庸之很是失望。"

陈布雷见薛习永汗流满面，先说："薛先生，请宽衣。"

薛习永说："在陈先生面前不敢放肆！"

陈布雷先脱去自己外面的长衫，一面往衣架上挂，一面回头说："我们是多年的老朋友了，不必客气。"

薛习永这才脱去西服外套，拘谨地挂到衣架上，说："恭敬不如从命，我放肆了。"

侍从上前，在他们面前的茶几上摆了两杯白开水便退下去。

薛习永知道陈布雷因为老头子不抽烟，也早戒烟了，只顾自己摸出一支饰有金箍的高级雪茄衔在嘴上，揿燃打火机点燃吸着。袅袅升起的青烟，迅速被吊扇的风吹散了。

陈布雷用手巾蒙着嘴咳了几声，然后说："唉！薛先生，委员长这几天为国事日夜焦心，我们做下属的不能为领袖分忧，怎好自取快乐，去参加舞会？请薛先生转告孔先生，希他见谅。"

薛习永取下口里的雪茄，举起粗短的大拇指："陈先生真是圣人。人称印度的甘地为圣雄，我看陈先生堪称中国的圣公，这是当之无愧的。"

1　孔祥熙的号，国民党四大家族代表之一，当时任财政部长，后同时任行政院长。

陈布雷忙惊惶地摇手，脸上的颜色变得更加苍白：“薛先生不能开这个玩笑。我们中国只有蒋委员长才堪称圣公，是吾辈的楷模。“他说到这里声音提高了，“我陈布雷不过是上海新闻界一小卒，感蒋公知遇之恩，在蒋公身边聊尽绵薄之力以竭愚诚，哪里当得薛先生这样夸奖。”

他们又闲话了几句。薛习永知道他很忙，委员长是时刻也离不开他的，见他已在不断看室内壁上的挂钟，忙谈到正题：“陈先生，我这个招商局总经理快变成光杆了。原先的航线已丢失，下游的轮船又不适合走上游，招商局本来在川江就无船，眼看川江这条航线越来越重要，我们现在不把川江控制在手里还等何时！四川地方实力派那么顽固，排外性又强。虽然刘湘死在汉口万国医院，但委员长要派一个张群去当省主席也派不进去，刘文辉他们死力反对。如不趁早把四川实力派的力量削弱下去，等我们退到四川，哪里还会有我们江浙人的立身处……”

陈布雷已明白薛习永的来意，喝了一口开水没有插话，静静地听着。

薛习永继续说：“陆祖福的民成公司，在川江实力雄厚，原先就是川江的霸主，我们招商局原就斗不过他。长江上有一句俗话说：‘招商局的码头多，民成公司的板眼[1]多。’以前招商局那么多船和码头，还斗不过民成公司，今后更难说了！可是，我们的领袖……”

薛习永越说越激动，说到这里方想到自己是在军委会的客厅里，四周全是侍从室的人，蓦地把话停住了。他向客厅外看了看，幸好侍从副官没有站在门口，于是，往前凑近了陈布雷，吞了一口唾沫，声音放低了一些说：“可是，我们的领袖若不助我们一把，让我们与民成公司去自由竞争，肯定会输得精光。在这群川耗子[2]中，陆祖福的奸狡更是出众，很难对付。”薛习永的声音更低了，“领袖不知是怎样想的！这次军委会成立水陆运输联合办事处，命令全长江轮船都交归联运处统一调度指挥，而陆祖福又当了联运处的主任，岂不是把全长江的轮船都交由陆祖福去控制！不但没削弱他，反而增加了他的实力，真如老虎长了翅膀，最终会搬起石头砸自己的脚。”

陈布雷知道薛习永这次在联运处连名都没挂上一个，牢骚很多，怨气也大。他知道蒋介石原是派给薛习永一个副职的，但陆祖福反对，张群与张公权也暗地

1 这里指办法和花招。
2 是下江人对四川人的蔑称。

支持陆祖福。再因当前日军进逼，武汉危在旦夕，要撤到四川，长江是主要的运输动脉，蒋介石考虑再三，终于作了妥协，让陆祖福把薛习永排在联运处外。事后，孔祥熙也找蒋介石谈过这件事情，但是被蒋介石给了一个软钉子碰，维持了原议，以后再也没人敢去提起这件事情了。至于蒋介石是怎样考虑，连陈布雷也不清楚。

陈布雷已站了起来，抱歉地说：“事情实在太忙，改日再谈。”

薛习永知道陈布雷说的并非假话，不便多打扰，也跟着站了起来说：“请陈先生将我刚才的意思，伺机向老头子提一提，后当重谢。”

陈布雷只略微点了点头。

薛习永伸出几个指头比了比，凑近陈布雷耳边：“这次，你的这个数……已存在老户头。”

陈布雷脸一红，他知道薛习永指的是他们与孔二小姐从香港向内地走私，干分给他的红利，已存入香港汇丰银行他老婆的户头。陈布雷客气地握住薛习永肉墩墩的手摇晃了几下，然后把薛习永送了几步，便拱手而别。

三

因为日机经常飞临武汉上空轰炸，晚上进行灯火管制，每个窗户都挂上了黑红两色布制成的双层窗帘。虽然室内有吊扇，也有台扇，仍然很闷热。

幸好陈布雷近来有肺病的象征，畏寒怯冷，他并不怕热，连电风扇也没打开，只是不时摇晃着葵扇散热，只顾埋头在案上专心阅看各种报告和文件。需要老头子审阅的他看得更加仔细，并用铅笔画出重要词句，使老头子审阅时可以省力一些。

省政府里显得比平时静，四周鸦雀无声，从高墙外传进来的叫卖声，如卖“油炸面窝”以及“卤鸭翅、鸭脚、鸭包头”之类，在这时听起来很清晰。

值班的侍从副官走路时脚步很轻，因为已拉过了防空警报。老头子当然有专用的防空洞，但他嫌防空洞里潮湿而闷气，并且行辕的工作人员全躲在一个洞里，更使洞里的空气恶化。只有当敌机临空前几分钟，防空委员会来电话通知，他才进防空洞躲一会儿。

老头子没有躲进防空洞，陈布雷当然也不便先躲进去，所以仍然埋头在案上工作。

往昔，就是这样的时刻，侍从副官还会不断送来亟待处理的各种函电。今夜，不知什么原因，函电比较少，侍从副官很少在门口出现，只听见壁钟嘀嗒响，更有点阴森的感觉。

陈布雷因为精力过分专注，有一个人悄悄地走进来，他一点也没感觉到，仍然在台灯的照明下埋头看文件。

一会儿，因埋头太久，陈布雷感到颈项有些酸痛，方才抬头准备松弛活动一下筋骨。他感到背后有细微的响声，认为是送函电进来的侍从副官，只略微侧身向后一瞥，他像骤然触电一样迅速站了起来："委座……"

蒋介石穿戴着全副大元帅戎装，站在陈布雷的身后，戴着白手套的双手握着剑柄杵在地板上支撑着一部分体重，身子微微向前倾斜着。

他举起一只手向陈布雷示意："坐下！"

陈布雷对于老头子在这时穿戴得这样整齐并不奇怪，知道他已经准备进防空洞。在许多不常亲近的下属前露面，他总是要别人对他有一个威武的印象，这样热的三伏天也不例外。因为已经习惯，他好像并不觉苦。

陈布雷因为老头子是经常到他房里来的，所以并不特别拘束。他见老头子将佩剑随手搁在一个茶几上，往旁边的红木太师椅上坐下了。于是他也坐回了原位，侧身面对着蒋介石，脸上露出谦恭的微笑。

陈布雷原以为蒋介石一定有什么重要文件要他起草，静待吩咐。

可是，蒋介石却只顾沉默着，微低着头凝神沉思，光光的秃头在暗淡的灯光下反光，满口的假牙白得刺目。但他两眼炯炯有神，更衬托得一张长脸冷森森的，有一股逼人的肃杀之气，使人望而生畏。

陈布雷见蒋介石脑门上闪着汗光，站起来准备去开电扇。

蒋介石做了一个制止的手势，陈布雷只好又坐回原位。

忽然，蒋介石抬头看着陈布雷说："这些人天天高唱抗战，抗战必然有牺牲，怕有牺牲就不配谈抗战……"

蒋介石没头没脑发了这几句牢骚就蓦地停住了，陈布雷静静地等他说下去。

过了一会儿，蒋介石才继续说："炸开了花园口大堤，淹了一些地方，死了几个人，这算得了什么！能将日军阻住一天就是成绩呀！有些人偏偏大作文章，质询呀，抗议呀，闹得热火朝天。'杀敌三千，自损八百'，难道这点道理也不明白？

日本军是世界上第一流的军队，我们只要做到杀敌一百自损一万也就不错了。何况水淹七军又不是我的发明，中国古代军事家就不止一次用过。古人用得蛮好，蒋某用了就惹出这大的麻烦。这些烂文人瞎起哄……”

老头子的气好像平息了一点，说话就没有刚才那么流畅，态度也矜持了：“唵，我们中国辛亥革命后，各处军阀割据，嗯，不是我蒋中正费了九牛二虎之力统一起来，唵，可能早亡国了。唵，我的功劳他们不说，唵，我蒋某……唵，有些缺点，唵，他们就大肆攻击，唵，嗯……”

蒋介石说到这里又开始火了：“这些不得意的知识分子，受了共产党的煽动还情有可说。可是，我们国民党中的一些老同志，我上海的一些老朋友也对我不满。哼！这些老糊涂一点不识大体，只知道自己争权搞钱，责怪我不该与共产党第二次合作。他们懂屁，鼠目寸光。日本人这样不够朋友，逼得我快没有存身的地方。我若不利用共产党的力量对付日本人，单靠我们国民党中这些老朽和饭桶，日本人会怕我！会对我让步！娘希匹……”

陈布雷对老头子在他面前发牢骚并不奇怪，以前是常有的事，但今晚非比寻常，火气特大。

陈布雷对蒋介石视他为心腹，毫无保留地谈知心话，并不感到可喜。他知道了解老头子心中的机密越多，他的处境就更危险。稍有不慎，就会惹来杀身之祸。

每当蒋介石对他发牢骚，向他毫无保留地说心里话，他的心便收紧了，本来他常流虚汗，更是项背簌簌出汗不止。他知道蒋介石最后几句牢骚是对戴季陶、张静江等人发的，他自己被蒋介石所赏识，就是张静江的推荐。所以今晚他听到这里，更是比往昔紧张。他没有插言，只是表情更谦恭，本来就有点弯的背更曲了一些。

幸好蒋介石的火气又慢慢小了：“唵，我又不是三岁的孩子，唵，难道我不知道与共产党合作等于玩火。唵，嗯……”

蒋介石的情绪好转了，嘴角露出一丝嘲讽和有点自信的微笑：“阿垒！”他亲切地喊了一声陈布雷的小名，“我不得时的日子，在上海交易所混，那种投机买卖搞不好就会倾家荡产，还不是等于玩火。我要不敢玩火，孙先生和苏联顾问会让我当上黄埔军校的校长！我要不敢玩火，国民党左派和共产党人会让我当上北伐军总司令！不敢玩火，就没有今天偌大一番事业。共产党——这团烈火我还要玩下去，一个人没有冒险精神，怎能成为伟人！我叫他们看看《我的奋斗》[1]这本书，他们只知玩乐，不学无术，偏不自量要教训人。”

蒋介石说到这里，薄薄的嘴唇皮噙着假牙微微嚅动，加重了语气：“‘卧榻之旁，岂容他人鼾睡’，必要时，我卧榻之旁就要容许别人睡两天。布雷，你在上海搞新闻编报时，不是把古圣人的一句话：‘沽之哉，沽之哉，我待贾者也！’写在你的日记本上？你现在成了我的文胆，卖到了好价钱……”

陈布雷听蒋介石说到这里，不禁暗暗吃了一惊，自己许多年前外人不知道的这么一点小的隐事，不知老头子怎么会知道！现在为什么突然提起来，猜不透这位委员长是何用意！他无意中眼光接触到墙上挂的那件复制古董——周代的“欹器”，联想到自己目前伴君如伴虎的处境，一股辛酸之气直冲脑门，忍不住眼泪簌簌往下滴。

蒋介石因为说得高兴，随便提到陈布雷以前这件小事，其实并无深意，想不到陈布雷竟像小孩般哭了，不单惊讶，还不禁生疑，不满地问：“布雷，你怎么这样！”

陈布雷一时控制不住自己的感情，让眼泪流了出来，见老头子厉声问，吓得他心里不住地战栗。他情急生智，索性哭出声来，抽抽咽咽地说：“布雷想到委座为国事这样操劳，但我党有些老同志不识大体，不能与委座精诚团结，为党国效劳。布雷——我，感委座知遇之恩，虽肝脑涂地也不能以报万一。但值此内忧外患之际，布雷才疏学浅，不能为领袖分忧。故布雷愧从心发，感到对委座不起，忍不住流出泪来。布雷只有竭尽愚诚以报委座知遇之恩……”

蒋介石见陈布雷说得诚恳，不像装假，脸上的表情才松弛了。他感到自己部属中像陈布雷这样有才华，又这样忠诚的人实在不多，他想抚慰几句：“布雷……”这时侍从副官突然站在门外，大声报告：“报告委座，防空委员会来电话，敌机四架凌黄石上空，请委座速进防空洞。”

蒋介石把话咽住了，缓缓地站起来，把茶几上的佩剑拿起来挂在腰上：“布雷，走！”

1　德国法西斯头子希特勒上台前，在监狱中写的自传性著作。

四

空袭过了，陈布雷回到房里看了一些文件，仔细地分了类，需要呈报给“最高”审批的也单独放在一起，准备送去。

他听侍从副官说，“最高”这时正在会客，应孔部长要求进行单独召见。于是他只得等一会儿呈送上去。

他实在太疲倦了。这几天前方局势特别紧张，蒋介石知道武汉最终守不住，中央机构除留下少数人员留守外，大都向湖南、广西、四川方向撤退。

蒋介石为了保住自己的面子，不惜一切代价，到处调兵遣将，想尽力把武汉多保几天，所以事很忙。有时陈布雷要通宵达旦地工作，蒋介石随时都会找他。他的行军床就摆在办公室一个小角落里，用一幅屏风隔开来。有时，他实在支持不住，便在行军床上假寐一会儿。

陈布雷在行军床上躺了一会儿。但很难合眼，干脆又从床上起来，摇着葵扇慢慢踱步。

他偶然在一面穿衣镜前站住，见自己双颧呈现桃红色，身躯也开始佝偻了，虽没秃顶，但青丝已开始在变成白发。

他站在镜前默默出神，想到自己当年在上海，也是英俊的青年，自张静江推荐来到蒋介石身边，许多年过去了，他的青春在一点点地消逝。“最高”的文件、著作、演讲，大都出于他的手笔。

照说“最高”这样对他宠信历多年不衰，他应该自喜而感到满足。可是，近年来，也许是由于他的肺上弱，影响到他的神经产生了过敏现象，无时无刻不在紧张和恐怖中度过。他不知道杨永泰那样的厄运何时会降临到他的身上。

他随时检点自己的言行，遇有机会便在蒋介石面前表现自己的忠诚，甚至到了神经质的程度。他想到刚才在蒋介石面前不自觉流露出伤感，自己虽然随机应变对付过去了，但不知老头子是否已看出破绽！

他知道自己掌握了老头子这么多机密，要活着离开蒋介石身边已是不可能了。

他知道自己的生命伴随着这张办公桌在一点点地消耗，感到无限惆怅。他近来不但夜间两颧发红，而且出的虚汗常浸湿了内衫，这是肺病的象征。

陈布雷想到这里，不禁轻轻叹口气，离开了穿衣镜，又仰头望着墙上的“欹器”发呆。

“陈先生，委员长有请！”侍从副官在敞开的房门口喊。

陈布雷穿戴齐整，拿起需要呈览的文件夹，匆忙跨出房门去。

他走进了一间大厅，大厅正中的墙上，挂着蒋介石的全身油画像，比真人还要大。两侧写着斗大白字：左侧是“礼义”，右侧是“廉耻”。这是蒋介石所提倡的新生活运动中的口号。在蒋介石的文告中，“礼义廉耻，国之四维，四维不张，国乃灭亡……”便是陈布雷的杰作。

要进蒋介石的办公室，还必须从大厅侧门走过一段风火墙夹成的巷道，巷道里显得很阴森，两头巷道口站着服饰整洁的警卫，更使人感到肃然、敬畏。

陈布雷是常进入蒋介石办公室的，所以不需要侍从副官去通报，他便撩开门帘走了进去。

他原以为孔祥熙一定走了，但是蒋介石正与孔祥熙隔几而坐，很亲密地谈着话。

陈布雷刚缩回腿准备退出，已听见蒋介石的喊声：“布雷，我有事找你，先在这里坐一会儿。”

陈布雷只得走进室内，他与孔祥熙本是熟人，见哈哈孔微笑点头向他招呼，他也微笑点头表示答礼。然后，他抱着文件夹轻脚轻手走向角落里一张圆凳上坐下。

他俩的谈话只中断了一会儿，只听蒋介石继续对孔祥熙说：“庸之，对你家那位二小姐应该好好管束，不要搞得太不像话，给人把柄，叫我也不便为她说话……”

蒋介石这时身着香云纱中式汗衣，显得比穿戎装时有人情味。

陈布雷听蒋介石提到孔二小姐，心里吓了一大跳。这时偏偏把他叫来，是不是孔二小姐分干红给他的事被老头子知道了？谁都知道孔二小姐是蒋介石的姨侄女，他们谈的是家事，让自己这个外人在旁听，更使陈布雷惊疑不定。但表情上并没露出来，只是微低着头心里猜测。

幸好蒋介石的话转了：“唵，你告诉薛习永他们，民成公司的事情我自有办法。现在正是用人之际，四川人帮得紧，唵，嗯，能拉拢的我们要尽量拉拢。民成公司的陆祖福很有才干，在四川实业界很有影响，唵，办航运很有办法。唵，日本人逼得这样紧，嗯，我们要撤退这么多工厂和人员到四川去，单靠招商局那批人是不行的……”

蒋介石的眉头皱了皱，继续说：“唵，只要陆祖福答应把民成公司的轮船，唵，交给联运处统一管理就行了。唵，我就有办法了。唵，我可以任命陆祖福当联运处的主任，唵，我当然也可以撤换他。唵，到时民成公司的船舶，唵，我会交给你们去管理的。唵，要多动脑筋，唵，要多想办法。”

孔祥熙穿着薄呢西装，端坐在太师椅上。虽然按名分他是兄长，但是，他对这位姨妹夫是敬畏的，所以神态装得很谦恭，静静地听着。听到这里，方知蒋介石对民成公司还有如此高明的办法，胖脸上不禁露出一丝佩服的微笑。

孔祥熙虽然被基督教会资送到美国去读过欧柏林大学，但肚中的东西不多，脸上有点憨相，再加上他名字的英文缩写是H.H，大家背后叫他“哈哈孔”。

他的发迹使人不易理解，都说他憨人有憨福，把他的名字与财神爷联系在一起。他的鼻端隆起，据说重庆下安乐洞有个擅长摸骨看相的郭瞎子，到南京给他摸过相，说他的鼻端与众不同，长得有一个珠形的鼻骨，这鼻骨主财，孔祥熙就是靠这珠形鼻骨发财。

孔祥熙见夜已很深了，又叫来了陈布雷，蒋介石一定有要事与他研究。他略微等了一会儿，见蒋介石已无话说，于是起身告辞。

蒋介石没有挽留，送到房门口便止步了。

他送走孔祥熙后，坐下喝了一杯白开水提了提精神，见陈布雷递过文件夹来，示意他放在靠窗的办公桌上，然后指着孔祥熙刚才坐过的椅子说：“布雷，坐近一些。”

陈布雷不知蒋介石又有什么事情要与他谈，有些狐疑地过来坐下，静待着他讲话。

蒋介石凝眸沉思了一会儿，从面前的茶几上拿起一本油印小册子，心不在焉地翻了几下，然后说：“这是戴雨农的人从成都搞来的。四川有位叫李宗吾的学者，写了一本书叫《厚黑学》，这是《厚黑学》的油印初稿。唵，李宗吾很聪明，写这本书是下过一番功夫的，很有点学问。唵，嗯，他从刘、关、张桃园三结义，唵，悟出了刘备成功的秘诀，再对历代成功的历史人物进行了剖析，他把成大业者的诀窍，归纳成两个字——‘厚黑’，就是‘脸厚心黑’的略称。唵，李宗吾说得过分直率了一些，但说得很有道理，读了这本书可以使人聪明得多。我准备叫中央宣传部翻印一些，发给我党的高级干部好好看一下。唵，的确可以使人聪明得多！唵，聪明得多！”

陈布雷见蒋介石郑重其事地叫他来，原来是为了这。对于李宗吾是何许人，他不清楚，不由注视着蒋介石手里这本小册子。

蒋介石慢吞吞地将小册子递到陈布雷手上，拖长声调说："唵，你先拿去仔细看看，唵，你可以好好写一篇文章……"

陈布雷以为蒋介石要他写一篇推荐的文章，所以专注地静待蒋介石的指示。但见蒋介石把话止住，低头沉思了一会儿，方抬起头来，恶狠狠地说："趁这本书还没出版，就先把它搞臭。你给我写一篇文章，把李宗吾的论点逐字逐句地批驳，严厉地加以申斥，尽量缩小它在社会上的影响。"

陈布雷被蒋介石前后矛盾的话弄糊涂了，他惊异地看着他，不知他的真意何在。

蒋介石看见陈布雷的表情，冷冷一笑，但声音却很缓和："布雷，你也忒老实了。你想，让李宗吾把这诀窍公之于世，使社会上人人掌握了这'厚黑'二字，对我们不利呀！"

陈布雷这才恍然大悟，连连点头："哦！委座见识实在是高人一等。"

按惯例，蒋介石要陈布雷写什么文章，总是先说出要点，然后让他自己去发挥。陈布雷等了一会儿，见蒋介石只顾低头沉思，只得主动提出："请委座指示这篇文章的要点。"

蒋介石好像没有听见陈布雷的问话似的，仍低头不语。

陈布雷不敢再问，只好静等。

因为天快亮了，陈布雷实在太疲倦，忍不住打了一个哈欠。蓦地想到这动作有些失礼，忙用手掩住张开的嘴，装作咳嗽想掩饰过去，但喉头一阵奇痒，真的咳嗽起来，又不敢大咳，憋得满脸通红。

蒋介石看见陈布雷那个样子，于是缓缓站起来，亲自给陈布雷倒了一杯热开水递到他面前，然后坐下。

陈布雷双手捧着开水，感动地说："谢谢委座。"

蒋介石等陈布雷喝了一口热开水，咳嗽稍好一些，才慢慢说："唵，我提倡礼义廉耻，而李宗吾却提倡脸厚心黑，显然与最高领袖唱反调，反对新生活运动，这是要驳斥的第一点……"

陈布雷忙掏出拍纸簿来速记着蒋介石的指示。

"……总之，要痛骂李宗吾是无耻之尤，伤风败俗。我们要提倡读圣贤之书，以曾文正公为楷模，要仁义待人。"蒋介石可能也有些精力不支感到倦了，最后说，"布雷，我就谈这些，你尽情去发挥好了。"

陈布雷收起了拍纸簿，见蒋介石眼睛发涩，口欲张又闭，像要打哈欠的样子，忙站起身来准备告退。

想不到蒋介石做了一个手势：“你再坐一会儿。”

陈布雷只得又坐下，等待他说话。

蒋介石的口气变得异常亲切柔和：“布雷，我看你的身体越来越差，唵！我想让你去休养一段时间，但时机紧迫，我又离不开你。唵，只好委屈你了。唵，你要注意你的身体。唵，给我看过病的那位德国医师还不错，叫他给你看看。”

陈布雷眼眶有点润湿了，感激地说：“谢谢委座关心，我的身体能支撑一天，便要为党国效劳一天，以报委座知遇……”

不等陈布雷把话说完，蒋介石却转换了话题：“我知道你是寒士，薛习永他们分点钱给你……”

陈布雷见蒋介石已知道了这件事，心里一震，背上冷汗开始流了。

“薛习永他们分点钱给你也是应该的，我早就知道了这件事情。你在我身边也拖得太苦了，我很想放你去做几任外官，调剂你一下，但我一时离不开你。”蒋介石没有看陈布雷，两眼平视着前方。

陈布雷心中又怕又喜：怕的是蒋介石耳目众多，连自己这件很机密的事情也没漏过，今后自己应该格外小心谨慎；喜的是蒋介石已经亲口允许，自己要点钱算是通天了。听蒋介石最后几句话非常通情达理，对自己很是体贴。这几种感情交织在一起，他激动得半天说不出话，眼泪簌簌地掉了下来。

蒋介石没有多注意陈布雷的表情，拿起一支红色粗铅笔在便笺上匆匆写了几句，立即递给陈布雷：“唵，你要多注意营养，唵，经济上有困难可以找我。唵，能够交给侍从室文官长去办的事情，就让他们去办，你要多注意休息，唉……”他最后意义不明地叹口气。

陈布雷接过便笺来，见上面蒋介石写的字有核桃大——

军需长周：

每月发给陈布雷特别营养费壹佰元。

陈布雷拿着便笺的双手有些颤抖：“委座对我的恩义重如泰山，布雷便粉身碎骨也不足以报答万一，我……”他的声音哽住了。

陈布雷的肺上的确太弱了，在这瞬息之间，他的情绪经历了几种急剧的变化，不是他的身体负担得了的。他离开蒋介石的办公室后，觉得头重脚轻，两颧出现的红潮更浓，他……

第二章

陆祖福在武汉的办公处，设在临江一幢小洋楼上。

总经理室外，是一间宽敞的大房，几个办事人员伏在办公桌上紧张地工作。

楼上虽然比较静，但楼下人来人往，电话铃声、嗡嗡的说话声不时传来，破坏了楼上宁静的气氛。

这幢小洋楼成了民成公司临时的指挥中心。

武汉北翼，日本军队虽然暂时受阻，但从安徽水陆并进，已逼近彭泽。

马当江底虽然沉下许多船舶，使日本海军受阻，但日军弃船登岸，马当要塞眼看也守不住了。

要往四川撤退，主要靠长江水运。武汉江边码头上各种物资和器材堆积如山，幸好现在是洪水季节，招商局的船可以直达沙市、宜昌。

一些笨重物资，特别是往四川搬迁的工厂和矿山机械，在宜昌过挡给走川江的轮船很困难，因为缺乏重型吊杆。所以民成公司的轮船只有直放武汉码头装运，事务繁忙，不得不在这里临时搞一个指挥中心。

楼下会客室里坐满了各种人，穿西装的，穿长衫的，也有穿军装的国民党军官。他们都是来找陆总经理解决运输问题的。一些人等了很久，还没有轮到接见，怨懑的喧哗声真像开锅的水。叫得特别响亮的是一些军官，他们一个个盛气凌人地吵嚷："我是军运，贻误战机谁负责任！"可是，门口站着的办事人员对此已司空见惯，并无特殊反应。

天气实在太炎热，会客室里烟雾缭绕，空气异常浑浊，虽然室顶一把吊扇呼呼地转动着，依然不顶用，人人汗流浃背。只见各种扇子——纸扇、葵扇、鹅毛扇在到处晃动。

有些人受不了室内的闷热，便从会客室走了出来，过道上也站满了人，小洋楼门口卖清凉饮料的小贩生意兴隆，也拥挤着大群的人。

有些性急的人，等得不耐烦了，已冲到楼梯口，被军委会联运处派来维持秩序的两名宪兵阻挡住了。

民成公司几个穿芝麻布公司服的职员，满头大汗站在宪兵身后大声解释劝说："诸位，诸位，请少安毋躁。陆先生去军委会开会没回，现由董副总经理代为接见，请到会客室里坐候，我们按会客登记本先后次序传见。"

楼梯口乱了一阵，冲到楼梯口的几个人，口里发出各式各样的牢骚，终于无可奈何地退了回去。

总经理室空无一人，陆祖福确是开会没回，由董绍孙在另一间小房内接见这些求见的人。有的人会见董绍孙出来后，面带笑容，可能已满足了要求；但大多数人出来，都面现悻悻之色，急匆匆下楼走了。

因为这间小房的门掩着，看不清房内的情况，不时传出吵嚷声和轻微的笑声。门口贴着一张醒目的字条——“接见时间不超过五分钟”。到了时间还在争执，董绍孙会面带微笑拉开房门，指指门上的字条说：“先生，对不起，要接见的人很多，不能超过五分钟，改日空闲时我们再慢慢叙谈。”被接见的人虽然不满意，但董绍孙的微笑与有风度的谈话，具有一种使人消气的魅力，想吵也吵不起来。俗话说，伸手不打笑脸人嘛！

陆祖福的中文秘书周仁国，坐在靠近总经理室门口不远的一张办公桌后。他面前一大堆文件和书信，是陆祖福头天批阅过的，他都要根据陆先生的批示即时处理。

批示过的文件很好办，该哪个处理，只要一按桌上的一只机械小响铃，站在办公室一角的茶房便会上前接过送去。

最难办的是一些应酬文件，陆先生只作几句简单的批语，要花很多的精力和时间去处理。一般的书信，周仁国便交其他几个同事去拟具回信。但是稍微重要一点的回信，特别是陆先生注明要亲自过目后再发出的文件，都要他亲自提笔拟具。他代陆祖福拟具的文件很少返工，因为他已摸透了陆先生的脾气：喜欢开门见山的简洁文字，不喜欢耗子栽进书篓里——咬文嚼字。

周仁国还是一位二十岁左右的青年，蓄着平头，椭圆形的面孔还算英俊。他是江津人，中等身材——标准的四川个头。他初中毕业后，前几年考入了陆祖福在北碚办的少年义勇队。这少年义勇队既扛枪学习军事，还要读书学习各种科学，是陆先生培养人才的后备库。

有一次，陆先生支持创办的中国西部科学院要到大凉山去搜集考察植物，在少年义勇队选了几名队员一道去学习，周仁国也被选中了。他跟着考察队去大凉山跑了一趟回来，将他的见闻写成一篇文章，被选登在少年义勇队的墙报上。正好陆祖福去北碚视察，顺便看了看墙报。陆祖福注意到周仁国这篇文章，看得很仔细，他觉得写得很不错，立即接见了周仁国，夸赞和鼓励了他几句便走了。

周仁国以为不过如此而已，殊不知时过不久，便接到了民成公司人事处的调令。他穿着一双水巴虫草鞋[1]、搭船到重庆水巷子公司人事处报到。周仁国并不存奢想，以为不过调他上船当船员，充其量在公司当练习生之类。

当周仁国在人事处接到派令，差点不相信是真的——明明写着派任《新世界》月刊的助理编辑。这《新世界》是民成公司的喉舌，除了宣扬所谓“民成精神”外，也发表时评和政论一类的文章。

周仁国真是喜出望外，居然平步青云，一跃而为助理编辑。他脚上的水巴虫草鞋马上换成皮底布鞋，真对陆祖福感恩得五体投地，便以百倍的干劲为《新世界》工作。

陆祖福没有再传见过周仁国，偶然在公共场所与周仁国见面，连招呼也不打，仿佛已不认识他了。

周仁国已经心满意足，想勤勤恳恳地工作，也许有朝一日可以做个正式编辑。

他在《新世界》编辑部工作了一段时间，有一天，主任秘书突然打来了电话，叫他去总经理室报到。他诧异不止，原来陆祖福并没有忘记他。

陆祖福在总经理室亲自接见了他，只简单说了几句勉励的话，就叫他坐在靠总经理室最近的一张办公桌后办公，聘请他当了中文秘书。

周仁国第一次为陆祖福拟信稿，为了卖弄一下自己的才情，着实下了一番功夫，写好之后自己还不禁摇头晃脑地自我欣赏一番——真是一篇才气横溢的杰作。殊不知陆祖福过目后，立即沉着脸训了他一顿：“一个青年人要脚踏实地，写这样华而不实的东西很不好，切不要做绣花枕头。拿回去重新写过。”

他很扫兴，才知道陆先生貌似温和，骨子里还相当厉害，只得涨红着脸，拿回信稿重新写过。从此再不敢用那些华丽辞藻了。

周仁国很机灵，他很快便摸透了陆祖福的胃口，越来越得到陆祖福的信任，凡有重要信件一定指明要他拟具。陆祖福走到哪里，便把他带到哪里，变成了形影不离的心腹。

现在，天气这么热，周仁国也不敢休息一会儿，伏在办公桌上，挥着羊毫小笔簌簌地写着。因为头天陆祖福交办的文件信函这样多，又是从来不许积压，所

1　水巴虫多须，指粗劣的草鞋。

以他一直专注地工作。只有当汗水从脸颊上流下来，怕弄湿了桌上的纸张，他才停顿一下，拿起桌子角上的毛巾揩汗，然后放下毛巾又拿起葵扇边扇边写。

二

小洋楼门口传来了小轿车的喇叭响，楼下的嘈杂声静了片刻。

接着爆发了一阵杂乱的招呼问候声：

“陆先生，你好！”

“陆总经理，你好！”

其中夹着陆祖福洪亮的回答声，但很快便被乱七八糟的说话声淹没了，大家都争先恐后想与陆祖福搭腔。

周仁国知道陆祖福开会回来了，手里的羊毫小楷停顿了一下，抬头瞥了一眼桌上一厚沓还没处理完的文件，重重吁了口气，用毛巾揩了一把汗，然后又埋下头去，写字的速度更加快了。一大群人想跟在陆祖福身后拥上楼来，但被维持秩序的宪兵挡住了。

陆祖福站住了，回过身去面对着被阻的人群，含着歉意的笑，说：“对不起，对不起，我实在忙得很，运输的事情直接找董先生联系。”他在群众面前总是极力给人留下一个良好的印象。

他说完话，回身快步走了。走到办公室门口他才放慢了脚步，推开门进了办公室。跟在他身后的保镖和翁副官在门口站住了，坐在一张双人靠椅上。

办公室的人只抬头略微瞥了陆祖福一眼，仍各自搞自己的工作。

陆祖福脱去了外面的芝麻布中山服，自己挂到总经理室的衣架上，只穿着一件白市布衬衫，将衣袖绾到肘部以上，拿出一把折纸扇走到外面大办公室，边摇着纸扇边说：“武汉这座火炉名不虚传，太热啦！诸位辛苦了。”

他抬头瞥了一眼天花板，带着不满意的口吻说：“唵！怎么还没把吊扇装好！”他斜着脸向着周仁国。

周仁国放下笔，回答了几句。

“唉！买不到电风扇可以叫总务处想法嘛！”陆祖福停顿了一下，随即自言自语地说，“这也不怪总务处的人没尽力，现在是国难时期，一切物资很短缺。嗯！只有委屈诸位受点热啦！”

周仁国知道陆祖福要批阅文件了，站起身拿起一厚沓需要陆祖福批阅的文件，准备送进总经理办公室去。

陆祖福做了一个手势，周仁国立刻就懂得他的意思，忙将文件放在自己办公桌的另一头，又坐下挥动着羊毫写字。

陆祖福很随便地站在周仁国那张办公桌旁，左手抄在芝麻布西裤袋里，右手拿起桌上一支红色铅笔，低头看文件，不时用红铅笔在文件上写画。

一会儿，他放下红铅笔，对周仁国说："唉！天气这么热，虽然国难当头，诸位同仁的身体也要紧，可以叫总务处买些汽水给大家解暑嘛！"

周仁国没有抬头，边写边回答了几句。

"什么！总务处经理不批钱？不行，叫他们买，总务处不批钱我批嘛！"陆祖福的声音很大，全办公室都听得很清楚。

周仁国知道总务处原先不单买汽水，还准备了冰激凌。但账目送到了总经理室，陆祖福看了账单，嫌数目太大表示不悦，所以总务处再不敢备办了。他只略微瞥了陆祖福一眼，默默地照常搞他的工作。

陆祖福大声喊："翁副官，翁副官！"

周仁国原以为陆祖福叫翁副官是为买汽水的事，但陆祖福说的是另一件事："马上去通知董先生、高先生，今晚在我住处开会，准七点。"他说完还补了一句，"就在我那里用便饭。"

翁副官答应着走了。

陆祖福再也没有提买汽水的事情，专注地继续批阅文件。

今天文件比往日少，大多是求职的书信。有许多封求职的书信还附有大人物的推荐信。

陆祖福一贯坚持他的用人六字方针——"上层找，下层招"。就是说：公司上层职员由他到处去物色；下层人员必须通过招考择优录取，加以训练，然后使用。凡是亲朋和大人物的推荐介绍一概不行，就是迫不得已收下，也很难加以重用。毛遂自荐的当然更不行了。

遇到这类文件，他毫不犹豫地用红笔批上四个字——"苦无机会"。需要回信的就交给秘书根据这四个字去作文章写回信。所以，他今天批阅得很快，一大沓文件和书信，站了不一会儿便要批完了。

今天，也许是陆祖福心情特别好的关系，因为他刚才在军委会已得到确信，招商局的薛习永完全按他的意图被排斥在联运处外，所以他严肃的神态中透出一丝笑意。他看到最后一封求职信时，仔细地端详了一会儿。这封信是一个叫黄成宾的人写来的，自称留学德国，学的坦克制造专业，曾在德国克虏伯一家坦克工厂担任过副总工程师。因为不满法西斯统治，自动回国参加祖国的抗日运动，至今还没有得到正式职业，希望被民成公司录用。

陆祖福沉吟了一会儿，提起的红笔在空中停住了……

周仁国这时正写完一封信，站起身想舒展一下有点发酸发麻的筋肉，瞥见了这封信。

黄成宾已几次要求会见陆祖福，都被挡驾了。后来经人指点，知道周仁国是接近陆祖福的亲信秘书。于是黄成宾找到了周仁国，谈到了自己的遭遇和抱负，想为民成公司出力。这黄成宾也是江津人，周仁国对他印象很好，答应将他的求职信转呈给陆祖福。周仁国这时想给黄成宾帮忙，趁机对陆祖福说："陆先生，这位黄成宾在德国是得过博士学位的。"

陆祖福瞥了周仁国一眼，问："你认识他？"

周仁国点了点头，回答说："认识。他来找过我，看来人很正派，也很有学问。"

陆祖福将红铅笔在信纸上敲了敲："他是学兵工的，为什么不去找兵工局？"

周仁国一边喝凉开水，一边回答："听他说，去找过兵工局。陆先生，这人书生气很重，硬碰硬没托人情，兵工局哪会安排他！"

"哦！可是……"陆祖福停顿了一会儿，"可是，我们又不造坦克，怎用得上呢！"

"据黄成宾说，坦克上用的是柴油机，轮船上也用柴油机，他对柴油机很内行。"周仁国很热心地说。

"哦……"陆祖福沉吟起来。

周仁国见陆祖福有些动心了，知道他家乡观念重，想趁机为黄成宾出把力，补充了一句："黄成宾也是四川人，是我们江津同乡，我与他扯谈过，嘿，我们还沾点竹根亲[1]呢！"

1　竹根盘根错节，指离得很远的亲戚。

陆祖福听了周仁国最后的一句话，像被蜂刺蜇了一下似的，悬在半空中的铅笔立刻落下去，“苦无机会”四个红字批上了。陆祖福这个举动很出周仁国意料，他见陆祖福脸上像结上一层霜，威严而不满的目光正斜视着他。他对陆祖福这个突变有些不解，不知自己话中出了啥毛病！他对陆祖福是敬畏的，因此感到异常惶惑。

陆祖福声色俱厉地说：“周仁国，你年纪轻轻不要染上这样的坏习气，我用人是不许徇私情的。”

周仁国这才明白陆祖福的意思，怪他为同乡说话，想不到自己却给黄成宾帮了倒忙。他的面孔顿时涨得通红，觉得委屈，想辩解又不敢辩解。

陆祖福把红铅笔放到桌上，把批阅的文件和书信往周仁国面前一推，便进里间办公室去了。

周仁国看见陆祖福的英文秘书汪明双拿着一沓英文函件跟着进去了。他知道陆祖福近来在自学英文，但还不熟练，处理英语文件费时最多，本想进去解释一番的念头取消了。

他发了一会儿愣，心中有些愤愤不平，暗想：不徇私?！为啥合川人大多得到重用?

三

高伦虽然仍是白眉、白发，但脸色异常红润，一双眼睛炯炯有神，动作机敏灵活，比他的实际年龄显得年轻。

他现在不仅是民成公司的常务监事，而且被蒋介石聘请为军委会中将衔的设计委员，指派到联运处任监察专员，负责长江水运交通的督导。

蒋介石亲自接见过他几次，他为国共两党第二次合作感到振奋，认为中华民族有了希望。全民抗日——是他的愿望，终于实现了。

他与高太太近来真是公不离婆——秤不离砣，从没分开过，这次高太太也跟他住到汉口来了。最使高伦感到满意的是：高太太也变成了忙人，募捐、慰劳伤兵，代高伦在上层太太中应酬，也在为抗日尽力。

今天，高伦接到翁副官的通知，提前到陆祖福住处来了。他与陆祖福谈了一阵闲天，喝完一杯酽茶，董绍孙才赶来了。

董绍孙显得有些疲乏，没有穿外套，也没打领带，进门向高伦点头招呼了一声，便往客厅里一张沙发上一躺，两手抄在脑后，两腿舒展地伸开。他对陆祖福说："陆先生，汉口码头待运的物资堆积如山，运力严重不足，我快被他们纠缠得要散架了，你看怎么办?"

陆祖福仿佛没听见董绍孙的问话，问的却是另一件事："绍孙，恒顺机器厂和大鑫钢铁厂的设备运走了没有?"

董绍孙坐正了身子，面对着陆祖福回答："孔部长亲自派人联系，要我优先把这两个厂的设备提前运川，我已作了安排，大概下星期便可起运。"

陆祖福从他坐的圆凳上站起身，用手做了一个有力的姿势："不忙，这两个厂的设备缓运，压几天再说。"

高伦正端起茶碗准备喝茶，听陆祖福这么说，将碗放回茶几上，不解地问："为啥?"

陆祖福嘴角露出一丝微笑："压一压对我们民成公司有好处。"

高伦更不理解了："陆先生，对民成公司有啥好处呢？抗日一持久，在大后方，机器厂和钢铁厂就显得更重要，不及时运走，万一武汉失守……"

陆祖福打断了高伦的话："高老，正因为将来大后方机器厂和钢铁厂重要，所以我要将这两个厂的设备压一压。"

听陆祖福这么说，高伦有些沉不住气了，横眉对着他，气哞哞的样子，张口想责问。

可是，陆祖福不等高伦把话说出，淡淡一笑："高老，你不要激动，我陆祖福不是汉奸。不要担心，两个厂的设备保证疏散到重庆。"

高伦的神态稍微缓和了一些："那，那为啥?"他语气里仍然显得很不满意。

陆祖福坐回圆凳上，有些踌躇的神态。他知道高伦的性格，在考虑怎样说出自己的打算。董绍孙只得安静地微笑不语，他已明白陆祖福的意图。

高伦见陆祖福半晌不言，不放松地继续追问："陆先生，你说，为啥?"

陆祖福站起身踱了几步，在高伦面前站住说："高老，现在江浙财团，以及下江各种经济实力都拥往西南一隅，特别集中在陪都——重庆。我们民成公司与他们对比起来，力量就显得太单薄了。我们若不在这节骨眼上乘机壮大一下自己的力量，我很担心，民成公司会被他们吃掉。"

高伦还是紧盯住陆祖福，仍然不理解他话中的含义。

陆祖福用右手的食指在自己唇上的胡子上抹了一下，继续说："高老，现在运力很紧张，孔部长特别关照对两个厂要优先运输是有他精明打算的。"

"孔部长有何打算?"高伦问。

"唉，高老，你也忒老实了。"陆祖福只得把话说得更明显，"据我了解，恒顺机器厂和大鑫钢铁厂的老板看运输紧张，生怕设备不能疏散到重庆，不得已走了孔部长的路子。孔部长答应为他们帮忙是不会白帮的，还不是想趁机控制这两家厂，纳入孔氏家族的私囊。我们可不能那么傻，与其让孔先生去捡相因，不如让民成公司来占这个烂和。"

"哦!"高伦好像明白一些了，随即问，"陆先生，你不给他们运走，这烂和又怎捡呢?"

"当然，最终要运走。"陆祖福说，"他们走孔祥熙的路子不找我们，主要认为孔祥熙来头硬。哼，我们不买孔祥熙的账，将他们的设备不忙运，压一压，他们很快就会转求我们。那时，一切主动权便在我们手上啰！我们不出半文钱，只要将运费作为股金，这两家厂子就会纳入民成公司的范围。高老，这有啥不好呢?"

高伦惊叹了一声："哦!"他马上又皱着白眉毛，"可是，这乘人之危，总不大好吧?"

陆祖福哈哈大笑，不以高伦的话为然："这有啥不好？在这关键时刻，民成公司若不乘机壮大自己，将来，别人会吞掉我们。"

他见高伦仍皱着眉，继续说："让孔祥熙把两家厂子夺去，占住茅厕不屙屎，不如让我们拿来好好经营，对国计民生更有利一些。高老，你说对吗?"

高伦正想说话，周仁国手里拿着一封电报急匆匆送来，把谈话打断了。

周仁国将电报双手递给陆祖福。

陆祖福虽然四十多岁，眼力甚好，从不戴老花眼镜。因为天色渐渐暗了，他看不清电报上的字，才想到还没开电灯。

不等陆祖福吩咐，翁副官已扭开了开关，客厅里顿时被电灯照得通明。

陆祖福凑近电灯细看了电报，蓦地抬头，不满地大声说："唉，有啥急事找我面商！周仁国，你赶快拍个电报去重庆，叫朱先生不要来汉。"

周仁国答应了一声，忙办理去了。

陆祖福有些生气，唇上一撮浓黑的胡子在抖动。他随手将电报纸递给董绍孙，激动地在客厅内来回走动。

董绍孙看完电报，递给高伦，然后对陆祖福说：“朱先生来得这么急，可能不是一般的事情!”

陆祖福反而平静了，淡淡一笑：“不会有啥了不起的大事，我想，他一定是为……”他停住了没有再说下去，背后抄着双手望着窗外的夜色凝思了一会儿，对高伦说，“朱先生聪明过人，这是他的长处，但也有不足的地方，目前，我叫他坐镇重庆，怎好擅自离开呢?”

因为朱佳富与高伦的关系较陆祖福亲近，所以高伦不便说啥。他心中不解，朱佳富并非草率从事的人，未经请示，急匆匆要来汉干啥?

一会儿，周仁国又来了，递给陆祖福一张回电，说：“陆先生，来不及了，重庆公司回电说，朱先生早已上了飞机，恐怕立即要到南湖飞机场了。”

陆祖福漫不经心地瞥了回电一眼，将电报纸顺手撇到茶几上，说：“朱先生来了也好，今晚的会议有他参加就齐了。翁副官，你赶快叫司机开车去南湖飞机场接朱先生。”

翁副官没有动身，回话说：“陆先生，汽车过江要等半天轮渡，怕不等赶到南湖飞机场，朱先生已经过江来了。”

陆祖福觉得翁副官说的在理，说：“那就开到汉口轮渡码头接嘛！朱先生过江来，立即接到我这里来，我们等他一道宵夜。”

翁副官答应着去了。

天气实在闷热，武汉比其他地方怪，进入三伏天，白天虽热，但风大，还觉好受点，到了晚上一点风也没有，显得格外燥热。

他们喝过了汽水，又吃过了冰激凌，还是淌汗不止。幸好茶房不断送毛巾揩汗，才使人稍微好受一点。

陆祖福摸出怀表一看，已经八点过了。因为灯火管制窗外一片漆黑。他对高伦说：“高老，朱先生这时还没到，恐怕……”话音未绝，已听到外面汽车喇叭响。

大家一听便知是陆先生的专用汽车，不约而同站了起来，迎到门边。

朱佳富跨进门，毫无倦容，浅色法兰绒西服穿得齐齐整整，兴致勃勃与大家一一握手，寒暄了几句，重新坐好。

茶房给朱佳富送上热毛巾，他才发现自己戴着一顶草编的凉礼帽，顺手取下递给茶房。

高伦见朱佳富脑门上尽是汗珠，说："佳富，请宽衣。"

朱佳富方才脱去外套，取下了鲜红的领带一齐交给茶房，但衬衫的领扣和袖扣依然扣得周周正正。

朱佳富用热毛巾揩过脸，重新戴上金丝眼镜，慢条斯理地坐回沙发上，含笑说："陆先生，事机紧迫，来不及向你请示我就到汉口来了。"

高伦与董绍孙听朱佳富说得很急的样子，都关注地看着他。

殊不知陆祖福态度很平淡，没有忙着问他有何事如此紧迫，只是淡漠地说："朱先生，我们正要开一个重要会议，你来了也好嘛！"

朱佳富张口正要讲自己急急赶来的原因，被陆祖福挥手止住，说："朱先生，我们先宵夜，饭后慢慢叙谈也不迟。"

陆祖福不急于听朱佳富的话，不但高伦与董绍孙奇怪，朱佳富也觉扫兴。

大家知道陆先生招待留饭，一贯简单。以前就是刘湘到他家里做客，也不过三五个荤菜，外加南瓜猪油烘饭。

可是有一样菜是必定有的，就是"肝膏汤"。这"肝膏汤"是用鲜猪肝包在纱布里用力揉搓挤压，浸出肝汁，再加鸡蛋搅拌，放在蒸笼里蒸熟而成。据陆先生介绍，这"肝膏汤"非常富有营养价值，是合川厨师发明的名菜。

大家围着方桌坐下一看，果然菜肴不多，均是合川家乡菜，所谓早八碗之类，如洗沙肉、汆汤圆子、麻辣豆腐……

因为陆先生的合川厨师没跟着来汉口，席上看不见"肝膏汤"。

陆祖福指着桌子角摆着的一瓶绿豆大曲酒说："要喝酒的自便，不喝酒的吃饭。"

只有董绍孙自斟自饮绿豆大曲，其他人都各自用饭。

高伦从来吃饭就不说话；陆祖福边吃边在思考事情；朱佳富也不便说话。清思雅静的，一顿饭一会儿就吃过了。

饭后，用热毛巾洗过了手脸，在客厅里各自坐好。

陆祖福的浓眉一扬，说："我们今晚随便谈谈，也不作记录。朱先生，你先谈吧！"

朱佳富轻轻咳了一声，坐得很周正，说："陆先生，从中央社发的电讯里，知道军委会成立了联运处，由陆先生担任主任。"朱佳富为了加重说话的分量，故意停顿了片刻，"联运处排除了薛习永，也没孔祥熙派系的人参加，这是陆先生一个重要的胜利。许多人说：长江里的船舶统一由联运处管理，把指挥权交给陆先生，这不仅是陆先生个人的胜利，也是蒋先生对四川实力派的让步。还认为这是蒋先生决心实行开明政治，团结全民抗日的明显转变。陆先生，因为在长途电话上说话不方便，我担心有人监听电话，所以急匆匆乘机来汉，是要与你商榷一件大事。”

高伦不等陆祖福问话，抢先说：“是的，我认为蒋先生自从西安事变后，稍许认识到民众的力量，在有些决策上有转变。比如，请周先生任政治部副部长，承认八路军、新四军的存在……总之，国共合作共同抗日的新时期到来了。蒋先生接见我几次，说话很诚恳，表示器重我们四川人，照顾我们四川人的利益。据说联运处的事情孔祥熙提出异议，蒋先生还狠狠训斥了孔，保持了原议。”

陆祖福对于朱佳富的来意，似乎已经猜测到了，脸上并无诧异的表情，平静地一挥手：“请朱先生谈下去。”

朱佳富两只手握在一起，放在膝头上，他不同意高伦的看法，暂时把话引向高伦：“高老未免太乐观了。我看，在目前情况下，蒋先生只有退到四川，当然暂时要做一些姿态讨好四川民众。日本人步步进逼，要真灭了中国，英美的切身利益就受到了威胁。蒋先生同意与共产党合作抗日，固然由于民众的压力，但也合乎英美的利益。要说蒋先生放弃门户之见，是不现实的幻想。透过几件事情便可窥见蒋先生的肺腑：第一，今年初刘湘死在万国医院，死因不明，现在还是疑案；第二，西安事变后，蒋先生刚回南京就软禁了张学良至今还未放出；第三，我最近才得到可靠消息：杨虎城从欧洲回国，立即被戴笠关到贵州一处秘密监狱。蒋先生向民众让步不过权宜之计，换汤不换药！”

高伦知道朱佳富的性格，锋芒外露，喜欢发表自己的见解，不过每每也有真知灼见，为常人所不及之处。朱佳富所谈杨虎城被捕一事，高伦还是第一次听见，关心地问：“佳富，杨虎城被捕是真的？”

朱佳富的神态有些自得：“当然是真的，是英国朋友告诉我的。”

董绍孙对于这些议论不感兴趣，急想知道朱佳富此次急急来汉的用意，说：“朱先生，这些事情慢点说，你还是谈联运处的事吧！”

朱佳富说：“这次陆先生答允将民成公司的船舶移交联运处统一指挥，是大大失策，关系到民成公司的生死存亡。所以我刻不容缓赶来汉口，要向陆先生贡献我的一点浅见。”

高伦与董绍孙都不约而同脱口而出：“失策！为啥？”

朱佳富瞥了陆祖福一眼，见陆祖福并未专注地听他说话，独自凝视着窗外黑沉沉的夜空。对于陆祖福的神态，朱佳富深感失望，继续说：“把民成公司船舶交给联运处指挥，目前固然无害，仍在陆先生掌握之中，但以后蒋先生若另委任薛习永或其他人当联运处主任，岂不等于拱手白白将民成公司交了出去。陆先生应当深思啊！”

高伦兴奋地称赞：“对，朱先生所虑甚是，我以前却没想到这点。”

董绍孙见陆祖福并未动容，急切说：“陆先生，朱先生说得很对呀！”

想不到陆祖福却蓦地发出一阵笑声，一会儿，正色说：“朱先生来汉口要向我说这番话，早在我意料之中。”他脸露微笑，“朱先生考虑得有道理，蒋先生确有这个如意算盘。哼，我也有我的如意算盘。蒋先生可能偷鸡不着蚀把米哩！”

陆祖福的答话很出人意料，朱佳富不禁问：“陆先生既然也警觉到了，为何还要同意呢?”

高伦也关切地说：“陆先生，蒋先生这一着棋很厉害呀！要认真对待才行。”

陆祖福仍然含笑说：“请你们三位先生放心，蒋先生的如意算盘肯定会落空。他很不了解我陆祖福，也不了解民成公司。”他面对董绍孙问：“绍孙，没有我陆祖福授权，其他人的命令你会听吗?!”

陆祖福不等董绍孙回答，继续说：“就算你可以听其他人的命令，可是其他高级职员呢？不，他们绝不会听从。除了我陆祖福，谁也指挥不动。公司上层人员是我精心选拔，由我教育培养多年，我们大都有一个共同的理想——实业救国；有一个共同的精神支柱——民成精神；还有一个奋斗的目标——民成江山。我们是一个社会企业，也是一个社会集团，不是一群乌合之众。既然别人指挥不动，蒋先生要吞掉民成公司谈何容易！何况，我们与共产党目前有统战关系，他们也绝不会让官僚资本吞掉民成公司，会在政治上支持我们。共产党在下层船员中颇有影响，这是我们立于不败之地的重要支柱。”

高伦松了口气，不禁佩服地点了点头。对于共产党的态度他知道得比较清楚，因为李明现在已在武汉公开露面，以八路军办事处参谋的身份活动。

李明引他去见过周，周先生把共产党对民族资产阶级的政策，详尽地对他进行了阐述，并希望他对国家民族多作一些贡献。也见到了周夫人邓颖超女士，邓女士对他说：高茜在延安生活得很好，已经是党的政治干部了，目前已从延安到了冀中敌后，拿起枪杆子与日本人作战。

高伦听到了爱女的消息，心中非常高兴。只是高太太听到这个消息后，除高兴外，因母女情深，还滴了不少眼泪，着实感到思念。

高伦今天就到八路军办事处去过，邓女士亲口告诉他，周先生已决定调高茜来八路军办事处工作，不用多久便可以到武汉。高伦没回家便到这里来了，这个可喜的消息高太太还不知道哩！

朱佳富并没有因为陆祖福早有预谋而感到失望，不，脸上还含着意义不明的微笑。他摸出镀金的自动烟盒，一揿按钮，烟盒叭地打开了，一支香烟自动跳出半截露在盒外。他知道高伦与陆祖福都不抽烟，向董绍孙面前递过去。董绍孙取了一支，他也取了一支衔在嘴上。

董绍孙也有舶来品，摸出一支自动打火机，拿着一甩，叭地打燃了……

陆祖福身边只有董绍孙和朱佳富穿着讲究，生活有点欧化，他虽看不顺眼，但从不说什么。他知道他们的烟盒和打火机都是新从香港买来的，认为花费太大，微蹙了一下眉尖。

朱佳富喷了一口烟，胸有成竹地说：“陆先生，联运处的事既然你有警觉，也有对策，我便不多说了。我赶来汉口还有一件重大事情要说，不知你愿不愿听。”他的话里隐含着对陆祖福轻视他来汉口的不满。

陆祖福好像丝毫没觉出朱佳富的不满情绪，脸上露出惊诧的表情，迫不及待地说：“哦！朱先生，你快说。”

高伦与董绍孙的视线也一齐集中到朱佳富身上。

四

朱佳富说：“陆先生，孔祥熙控制的中央信托局主动要贷款一千万元给你，你为什么拒绝？这是严重的失策。”

陆祖福点了点头，说：“是的，中央信托局主动要贷款给我。我认为这是黄鼠狼给鸡拜年——肯定没安好心。你想，他们提出的条件很苛刻，不单利息重，而且三年若不还清本息，他们便要作为股金入股。武汉迟早失守，宜昌也将不保，航线越来越短，只有川江一线，收入肯定会锐减，何况各种资本都涌向川江，竞争会更趋激烈，要在三年内还清本息是没有把握的。若造成入股一千万元的局面，我们民成公司便完了。你们想，我们现在资产虽然已有一千多万，但正式股金只有一百四十万元，一千万比一百四十万，岂不等于把公司白白送给孔祥熙？朱先生，难道你连这点也没想过？”

高伦觉得陆祖福讲得有道理，但他是深知朱佳富的，不会连这点简单的道理都没想过。既然作为一个重大问题提出，必有下文，所以沉默不语，专注地要听朱佳富说出他的看法。

朱佳富慢吞吞地将香烟蒂放在烟缸里弄熄，脸上显出自得的微笑："陆先生，现在你就用得着我这个经济学硕士的经济学知识了。”朱佳富忽地停住不说，用一根牙签戳起茶几上一个盘子里削了皮的荸荠，放进口里慢慢咀嚼。

高伦的白眉毛微微一皱，显然是不喜欢朱佳富这些拿关节的动作。

陆祖福没有异样的表情，耐心地注视着朱佳富，想听他继续说下去。

董绍孙的头靠在沙发背上，默默吸着烟。

朱佳富把口里的荸荠渣咽了下去，方继续说："陆先生，第一次欧战时期，欧洲各国物价指数上涨情况如下……”他掏出一张硬纸片，读出一大串数字，然后说，“英、法、德这几个国家都是家底厚的先进国家，物价指数波动如此剧烈。我国抗战一持久，物价上涨肯定会更快。我们将这笔一千万元的贷款用来购买柴油、汽油以及其他战略物资，利用我们掌握航运的方便，运到重庆去囤积起来，我敢肯定，三年后只需将很少一部分变卖，便足以偿清这笔钱的本息。陆先生，孔祥熙白白送给你一千万元，你竟加以拒绝，怎么不算大大的失策呢？”

陆祖福差点惊叫起来，快步上前，紧紧握住朱佳富的手不断摇晃："朱先生，谢谢你。我差点错过这机会，亏你提醒我。你这次来汉口值得，很值得。你为民成公司又立了一大功。”

高伦与董绍孙也异常兴奋，敬佩的目光投射到朱佳富身上。

朱佳富等陆祖福放开他的手，态度很矜持："陆先生知遇之恩，佳富不得不报。”他说完后眉尖嘴角都在笑。

陆祖福立即对董绍孙说："董先生，你明天就去中央信托局联系，我们接受他们的贷款。”

陆祖福沉吟一会儿，随即说："不过，我忽然改变了立场，孔祥熙会警觉，他手下也有几个智囊……要想法引他们自己再提说此事才好。”

董绍孙接过话去："陆先生，不要紧。明天晚上孔二小姐在孔公馆举行舞会，给我发有请帖。去时见了孔家的人我见机行事，不会有大问题。”

陆祖福知道朱佳富是买了来回程飞机票的，明天便要乘飞机回重庆。他凝思了一会儿，下决心说："朱先生，你明天暂时不走。"他知道董绍孙和朱佳富各有所长，这件事还是派朱佳富去共同办理比较恰当。

他回头对董绍孙说："绍孙，我留下朱先生与你共同去办。可是……他与孔二小姐不相识，明晚的舞会你们怎么一起去呢?"

董绍孙毫不为难地说："我与孔二小姐的哥哥孔令侃是圣约翰大学的先后同学，因此与孔家的人都熟。我明天打电话给孔令侃，叫他补一张请帖来。"

陆祖福搓了搓手："好，这更好了。孔家的事情是宋霭龄作主，宋霭龄又是听孔二小姐的。你们通过孔二小姐去联系孔祥熙更好。"

陆祖福摸出怀表一看，已经十点过了，原先想研究的事情还没提说。晚上的天气实在太闷热，他们背心都湿透了。

陆祖福对董绍孙和朱佳富说："怎样去进行这件事情，你们自己作主。好好商量一下办法。"

他对高伦说："高老，我们到楼上阳台去走走，那里有点江风，比这里凉快。"

高伦想到高太太还在家等他，何况有高茜要来武汉的好消息，真想早些回家告诉她。但会议看来还要开到深夜，又不好露出想走的样子。于是点点头，马上起身与陆祖福并肩走出客厅去了。

朱佳富微笑着对董绍孙说："陆先生派我俩去办这件事情，看来决心很大，我们是只能成功不能失败的。"

董绍孙有点清瘦的面孔上显出倦意，白天的接待工作使他累得精疲力竭。他强打精神说："朱先生，出主意要靠你这个智多星，拿出办法来，我配合你去干。"

朱佳富低头思考，突然从远远的外房传来一阵叮叮咚咚的吉他声，把朱佳富的思绪搞乱了。

他坐了几个钟头的飞机，过江等轮渡又出了一身大汗，谈了一阵话，也感到疲倦了。他对董绍孙说："董先生，我们都是为民成江山尽力，不用客气。至于怎样进行，我们明天再仔细研究，今晚我还要好好考虑呢!"

这建议正合董绍孙的心意，马上点头表示赞同。

这时吉他的弹奏声更响更清晰了。

朱佳富凝神听了一会儿，对董绍孙说："这吉他弹得很好，指法娴熟。弹吉他的人一定在东南亚住过很久，可是……"

朱佳富又偏着头听了一会儿，说：“可是这吉他的一弦是铜质的，最易挑动女人的情欲，在欧洲已经禁止使用铜质一弦。我想，弹吉他的一定是马来亚与新加坡一带的华侨，现在正怀念他的情人呢！”

董绍孙不等朱佳富说完，噗地笑出声。

朱佳富不解地问：“笑什么？”

董绍孙伸出大拇指，说：“朱先生猜得很准确，这是陆先生的英文秘书汪明双在弹吉他。他是抗日后才由新加坡归国的华侨，刚到职不久，你还没有见过，很年轻哩！朱先生，你完全可以当‘中国的福尔摩斯’，我暂时当‘中国的华生’。你是根据什么判断出来的，告诉我听听。”

朱佳富故作平淡地说：“我刚才说过了，这吉他是铜质一弦，欧美是禁止的，现在只有东南亚才用这种铜质一弦。”

董绍孙反驳道：“东南亚有很多国家，也许是印度尼西亚，泰国，越南……你怎么知道是马来亚与新加坡？”

朱佳富面无难色，含笑说：“弹吉他的指法可以分为几大类，新加坡与马来亚的指法与众不同。并且他弹的是新加坡民间最流行的一首民歌——《朗公》[1]，因为这首民歌像‘下里巴人’，不能登大雅之堂，不是在新加坡一带住过很久的人，肯定不会唱，也不会弹。这是一首求爱的情歌，所以我知道他在怀念情人。”果然，汪明双边弹边低沉地在唱《朗公》，是用国语唱的，一问一答地唱着：

女：有位马来先生，穿件花沙龙[2]、头戴一顶松公[3]站在大路旁。

“敢问一声先生……”

男：我名叫哈桑。

女：住在哪一个“甘蹦”[4]？

男：“甘蹦”在芽龙。

女：是否有了“桑搭”[5]？

男：还没有“桑搭”。

---

1 马来语，鼓手。

2 马来语，有民族色彩的衣裙，睡时可以将夹层拉上遮住上身。

3 马来语，有民族色彩的帽子。

4 马来语，村庄。

5 马来语，恋人。

第三章

一

江汉关的钟响过了八点，武汉三镇已罩入灰蒙蒙的暮色中。董绍孙与朱佳富坐着小轿车沿着江边的马路驶到江汉关附近，听见发出了空袭警报。警报声非常凄厉刺耳，街上的行人在到处奔窜，显得拥挤不堪，顿时弥漫着一种紧张恐怖的气氛。

汽车司机不断揿着按钮，发出阵阵短促而洪亮的喇叭声，也没能开辟出一条小轿车前进的路来。小轿车只得挟持在人流中像蜗牛般地爬行。

朱佳富侧过头去对坐在身旁的董绍孙说："董先生，发了空袭警报，孔公馆的舞会恐怕取消了吧?"

董绍孙这几天实在太累，昨晚没睡好觉，正利用时间闭目养神。他略微挪动了一下身子使自己坐得更舒服一些，眼睛半睁半闭，语气非常肯定地答应："不会取消。"接着解释说，"孔公馆有防空洞，在敌机临空时躲一会儿便行了。"

"哦!"朱佳富知道董绍孙不止一次到过孔公馆，便沉默了。

一会儿，街上便变得空荡荡的异常沉静，这种沉静使人有些忐忑不安。

街边上只有几个防空义勇队员在来回逡巡维持秩序。

小轿车陡地加足了马力，从江汉关那里转了一个弯，不一会儿便到了孔公馆。

小轿车平稳地停住了。董绍孙自己拉开车门先跨了下来，后面朱佳富也接着下了车。

孔公馆门口已停满了各色小轿车，说明参加舞会的人已到了不少。

这本是一家日本洋行，因为是敌产，被孔祥熙看中了选作他在武汉的临时公馆。这是一座白玉石建筑物，有四层楼，还有引人艳羡的屋顶花园。

朱佳富跟着董绍孙上了几步石阶，便到了有铁栅的大门口。门灯没有亮，两个便衣警卫站在那里。

他们出示了请帖，便衣警卫用手电筒照着核对了一下，就放他们进去了。

通过了一道转门，撩开了挡光的绒幕，就进入了大厅。

大厅里灯火辉煌，映着大理石装饰的墙壁，发出亮堂堂的反光，使人骤然有些目眩。支撑着大厅的巨型圆柱，更显得富丽气派。

朱佳富在强光下只略微眯了一下眼，然后迈着绅士的方步，毫不怯场地跟在董绍孙身后步入大厅。

一个比董绍孙稍显年轻的青年人，西装革履，花哨的领带很显目，微笑着迎上前来："哈罗！Mr.董，你好！"他微微握了一下董绍孙的右手，随即放开了。

董绍孙客气地弯了弯腰，指了指身后的朱佳富，向他介绍："令侃学友，我给你邀了一位客人。这是英国剑桥大学经济学硕士朱佳富先生，是我们公司代总经理。"

"哦！欢迎，欢迎。"孔令侃含笑说，"令内是杨宝瑜女士吧！"他接着轻轻握了一下朱佳富伸过来的右手。

朱佳富知道这人是孔令俊——人称孔二小姐的哥哥孔令侃了，听他提起杨宝瑜不禁有些诧异，但又不便发问。

孔令侃二十岁便当了国民党中央信托局香港负责人，他比董绍孙小几岁，是圣约翰大学的先后同学。

孔令侃向朱佳富微微一笑，主动解释说："今天听家姐令仪说，她与杨女士在上海认识。那时家姐还年幼，与杨女士同在教堂唱诗班唱过赞美诗。"

"哦！"朱佳富这才明白过来，接着说了几句客气话。

孔令侃眼见有新的客人到来，于是撇下了他们，又接待寒暄去了……

他们由一位漂亮艳装的女侍领到座位上，敬上烟茶，女侍便走开了。

朱佳富与董绍孙并坐在一张双人沙发上，他抽着香烟，不断左顾右盼，打量着四周的环境。

黑红二色金丝绒做成的帏幔低垂在一排玻璃窗前，不仅遮蔽着厅内的灯光不使外泄，而且外面的新鲜空气也透不进室内来。但是，因为大厅的顶穹垂着转动的电扇，坐在大厅内并无憋气的感觉，在这盛暑季节，使人觉得凉爽舒坦。

客人到了不少，既有身着轻纱薄绸，满头珠光宝气的太太和小姐；也有穿着入时，衣冠楚楚，神情潇洒的绅士，还有身穿将军服的赳赳武夫。

朱佳富是第一次参加这样上层的舞会，他对这些客人都不认识。经董绍孙指点，方知这些人都是他闻名已久，但无缘见面的达官贵人。这些阔太太和娇小姐的燕语莺声在大厅里回荡，使朱佳富感到振奋。但他声色不露，矜持地端坐不动，只是转动着眼珠好奇地打量着这些人物。

孔令侃是个忙人，在这里可说是天之骄子，被一群娇媚的小姐包围着，再也没有机会来与董绍孙他们应酬。

董绍孙与朱佳富都有坐冷板凳的感觉，除了女侍不断送上清凉饮料外，再没有人理过他们。那些达官贵人从他们身边经过，连正眼也不看一下；娇小姐从他们面前姗姗走过，最多冷冷地瞥上一眼，便迅速过去了。

董绍孙不是第一次参加孔公馆的舞会，神态比朱佳富自然一些。他见朱佳富装出的矜持态势未免过分，变得拘谨可笑，于是，他主动凑近朱佳富耳边轻声说："孔令仪的男朋友你是认识的，与你还很熟哩！"

"哦！谁？"朱佳富感到意外。

"陈继思！"董绍孙的声音更低，脸上的表情带点神秘的味道。

"唵！是他！"朱佳富的确认识陈继思，陈继思与孔令侃是同学，与董绍孙也熟，朱佳富是通过董绍孙才认识的。陈继思很喜欢音乐，他父亲原是上海舞厅里的乐队指挥。他常找朱佳富讨论音乐方面的问题，很佩服朱佳富拉提琴的技艺。怪不得孔令仪会知道杨宝瑜是他的妻子。

"陈继思出身寒微，孔家会同意这门亲事?!"朱佳富好奇地问。

董绍孙正想回答，这时一个浑身着银缎衣服的妇人，挺着高高的胸脯从他们面前经过，一阵佛密陀香水的气味向他俩的鼻孔袭来，他张开的嘴又闭上了。

等这个妇人扭着细腰走远了，董绍孙向她的背影努努嘴说："那是樊哈儿新娶的姨太太银蝴蝶，可能你也认识她。近来跟孔二小姐打得火热哩！"

朱佳富刚才没有仔细打量这个妇人，听董绍孙这样说，方仔细端详了一会儿她远去的身影，觉得很熟，不禁脱口而出："咦！好像是交际花沈小姐嘛！"他脸上露出惊奇的表情，不等董绍孙回答，接着用肯定的口吻说，"是她，她就是吃过皮船长的春春糖的沈小姐。"

董绍孙点头说："对，她就是沈小姐。"他不解地看着朱佳富问，"你刚才说什么皮船长的春春糖……是怎么一回事?"

朱佳富方才感到自己失言，因为董绍孙根本不知道皮船长与沈小姐几年前的事。他忙把话岔开："董先生，这个舞会是孔二小姐邀请的，谁是孔二小姐呢?"他迫不及待地想认识一下这位传闻忒多的风流小姐。

董绍孙也不再问了，摇摇头说："舞会不开始，她是不会露面的。"

女侍托着银盘到了他俩的面前，于是他俩各从银盘取了一杯冰冻泗瓜丝。

等女侍走开了，朱佳富噙着麦管吸了一口泗瓜丝，他又提起刚才董绍孙还没回答的问题："董先生，陈继思出身寒微，孔家会同意这门亲事吗?"

董绍孙正痛快地吮吸着杯里的冰冻饮料，只是摇头不语，等一杯泗瓜丝吸光了，他把空杯放到茶几上，让女侍自己来取。接着掏出胸前西服袋里的白手绢抹了嘴唇，方慢慢回答说："孔家当然反对这门亲事。可是，孔家几个兄弟姊妹中，就只有孔令仪较正派，也重感情。她一定要嫁给陈继思，坚决得很哩！听说最近她与家里闹得很凶，就是为了这件婚事。"

董绍孙谈到这里迟疑了一会儿，终于低声对朱佳富说："孔令仪不屈服于父母的意志，我很担心陈继思会遭孔家的毒手！"

朱佳富当然懂得董绍孙所说遭孔家毒手意味着什么，赞同地说："是的，陈继思的生命很危险！"

这时，大厅里蓦地变暗了，原来所有的强光灯都关灭了，只剩下柔和的红绿两色灯光。

大厅靠里的小台阶上，乐队开始演奏了。人们顿时静下来，在各处走动的人各找座位坐下了。

一个蓄短发，穿浅色西服的男人在楼梯口出现了。他紧搂着银蝴蝶的细腰，偎着脸从楼梯上一级一级往下走。顿时，大家的目光都投了过去。

更使朱佳富感到骇异的是，樊哈儿还跟在银蝴蝶身后，脸含微笑，满不在乎看着这个年轻的男人亲昵地搂偎着他的姨太太。

董绍孙瞥了一眼朱佳富，见他露出惊诧的表情，低声说："那位一身男人打扮的人便是孔二小姐！"

"哦！"朱佳富才算明白过来。

这时孔二小姐已经搂着银蝴蝶步下楼了，朱佳富的座位刚好靠近梯口。他以前听人说，孔二小姐脸上有麻子。见她的面孔还算清秀，白皙细嫩的脸蛋上并无麻子的痕迹。她穿着熨帖的西服外套，胸部微微有点隆起，只有从这点才能看出她是女人。

大厅里的人都站起来拍掌表示欢迎，一群人谄媚地奔过去，像众星捧月般簇拥着她往前走。

孔二小姐微笑顾盼，向少数几个熟人点头致意，胸挺得很直，头部骄矜地昂得很高，把银蝴蝶搂得紧紧的。银蝴蝶袒胸露臂的银缎西式衣裙闪着耀眼的光芒，一对带青晕的乌黑眸子像秋水般的流动。她俩真像一对浪漫的情人。

乐队奏出的舒缓旋律，蓦地转成了节律骤急的快三步乐曲，一阵蓬嚓嚓、蓬嚓嚓的鼓钹声欢快地响起，大厅里的气氛顿时热烈起来。

孔二小姐还没进入舞池，她脚上穿的尖尖皮鞋已随着音乐的节律在弹动。很快，就见她迫不及待地搂着银蝴蝶翩翩起舞了……

顿时舞池里一对对舞侣在旋转。只见女士们身上穿的各色绸缎轻绡在柔和的红绿灯光下飘动，瑰丽的珠光宝气在闪烁。

董绍孙幸好认识一位小姐，也下了舞池，只剩下朱佳富坐在宽敞的沙发上摆八字摊[1]。因为灯光是有色彩的，他有些发红的脸色别人是看不清的。他知道董绍孙已是泥菩萨过河——自身难保，撇下他去摆八字摊，也是万不得已。

他吸尽了一支香烟又点上一支香烟，一会儿，终于镇定下来，有些尴尬的表情消失了。他晃着二郎腿，极力装出自得的样子。他的目光跟随着孔二小姐的舞步在移动。银蝴蝶的舞姿是动人的，裸露的肌肤与银缎衣裙浑成一色，宽大隆起的短袖像振翅欲飞的双翼，一只银蝴蝶真的要飞去了……

朱佳富的神经在紧张地活动，他不仅在欣赏孔二小姐与银蝴蝶的舞姿，并想从孔二小姐的外表中研究她的性格特征。

跳过几支舞曲，终于休息了，跳舞的人各自回到自己的座位上。董绍孙回到朱佳富身边，抱歉地说："朱先生，对不起……"

朱佳富淡淡一笑，递给董绍孙一支香烟。

今晚日本飞机没有来，空袭警报解除了。

挡光的帏幔被侍者拉开，一阵自然风透进来，大家更觉舒畅，舞兴更浓了。

音乐又奏起来，蓬嚓嚓蓬嚓嚓声响得更欢。

董绍孙的舞伴被人邀走了，只好陪着朱佳富摆八字摊。

看来，他俩今晚此来的任务要落空，原先商量好的办法全用不上。他俩在这里竟成了微不足道的人物。孔令侃自从进门时与他俩打过招呼后，再也没有注意他俩。那些跳舞的名门闺秀和贵妇人，神态是那么娇贵，使人望而生畏，不敢去高攀。

孔二小姐仍然搂着银蝴蝶在跳舞，樊哈儿知趣地让开了。

又一曲舞罢，一群人围着与银蝴蝶并排坐着的孔二小姐大献殷勤，少爷和小姐欢快的笑声在大厅里回荡。孔二小姐始终是这次舞会的中心，大家的目光都投

1　对坐在舞场里不会跳舞，或者找不到舞伴的人的谑称。

射在她身上。

朱佳富凝视着孔二小姐，他在紧张地思考着如何改变目前受冷遇的窘境……

突然，围绕着孔二小姐的那群人爆发了一阵热烈的掌声，朱佳富听不清那群人在叽叽喳喳说些什么。

蓦地，这群人让开一条路，银蝴蝶分开人群款款地走了出来，踩着高跟鞋步上乐队所在的台阶，仪态万方地站在那里，笑眯眯望着大家。

音乐奏起了，银蝴蝶乌黑的眸子灵活地一转，放开甜润的嗓子唱着流行歌曲《桃花江》：

我听见人家说，（说什么？）
桃花江是美人窝，
桃花千万朵，
比不上美人多。（不错！）
果然不错，
我每天踱到那桃花林里头坐，
来来往往的我都看见过。
……

一对一对的舞侣已随着银蝴蝶的歌声又翩翩起舞了。

孔二小姐好像有些倦了，慵懒地倚在沙发靠背上。几个阔少在她面前徘徊想求舞，但看见孔二小姐对他们不屑一顾的表情，一个个终于胆怯地溜走了。

朱佳富猛吸了几口香烟，他觉得机不可失，将香烟蒂往痰盂里一扔，蓦地站起来整了整领带。

董绍孙以为朱佳富可能要上厕所，并不在意。可是，想不到朱佳富却直对孔二小姐走去，使他暗暗吃了一惊。他以为朱佳富要找孔二小姐攀谈，认为他太冒失了。因为这位小姐是宋美龄钟爱的姨侄女，孔家的掌上明珠，平常目空一切，是狂妄异常的。

董绍孙要想阻止已经来不及了，只是替他捏着一把汗。他见朱佳富像一位沉着赴义的勇士，已经文质彬彬走到孔二小姐的面前。更使董绍孙吃惊的是，朱佳富竟然异常大方地向孔二小姐求舞。他听不清朱佳富弯腰说些什么话……

朱佳富站在孔二小姐面前，颇有风度地弯腰鞠躬，然后伸起腰来不卑不亢地说："小姐，我荣幸蒙你邀请参加这样的舞会，认为不向你求舞是失礼的。小姐，你听，多么动人的歌声，多么优美的舞曲呵！"他接着又用纯正的英语，标准的伦敦音将以上的话重说了一遍。

孔二小姐也觉意外。她开始是用傲慢的目光乜着这位陌生的男人，及至听到朱佳富的英语，她认为说得漂亮极了，再加所说的内容非常得体，听了很感舒服，不禁露出一丝微笑，但语气仍然很傲慢："你是谁呀？"

朱佳富已经猜到孔二小姐的心意，干脆改用英语回答："小姐，我不过是一位留学过英国的书呆子，剑桥大学经济学硕士，现任民成公司代总经理，汇丰银行彼特利克先生是我的挚友，同出一个师门。小姐，我还是美以美会的教友……"

孔二小姐听朱佳富的话确有点书呆子味，说了许多话，还是没有说出自己的姓名。她觉得很有趣，不禁嫣然一笑，也不再问他的姓名，说："先生，我跳得倦了，想休息一会儿呢！"

朱佳富毫不退缩，继续用英语说："小姐，优美的音乐使人心醉，轻快的舞步会增进你的健康。"他固执地重复说，"小姐，我荣幸成为你的客人，不向你求舞是失礼的。请！"

朱佳富最后的口吻带着一股不可抗拒的力量，孔二小姐听惯了阿谀奉迎之词，觉得朱佳富别开生面，有些与众不同，不卑不亢的一番话引起了她的好奇心。她迟疑了一下，终于缓缓地站起身步入舞池，一只手伸给朱佳富微握着，另一只手轻轻搭在他肩上，让他搂着她的腰随着音乐的旋律轻快地旋转。

董绍孙不知朱佳富向孔二小姐说了些什么话，真替他担心，待看见孔二小姐含笑跟着朱佳富起舞，方才松了口气。接着感到大惑不解：朱佳富使了什么魔法！居然轻而易举地使那么狂妄的孔二小姐答允与他同舞。

不单董绍孙感到惊异，舞池里的对对舞侣都在注视着孔二小姐与朱佳富窃窃私语。谁也不认识这位戴金丝眼镜的男人是谁。一些男人投过去忌妒和艳羡的目光。顷刻之间，这位坐冷板凳的朱佳富陡地变成大众瞩目的人物了。银蝴蝶还在继续唱：

我听见人家道，(道什么?)

桃花江是美人窝，

桃花颜色好，

比不上美人娇。(真的!)

果然美妙，

我每天走在那桃花林里头坐，

来来往往可不知多少?

……

二

在孔公馆二楼上，一间摆设富丽的室内，一位二十多岁的小姐站在临街的窗前，一只手撩开天青色绸缎的窗帘，向远处街边上凝神注视了很久，很久。

她穿着一件薄呢西裤，精致的绣花的绸衬衫扎在西裤里，鹅蛋形的脸面上只薄薄地匀上香粉，浓密的黑发很随便地向后梳拢着。她装束雅淡，目光温柔而充满忧郁。

她缓缓地放下了窗帘，脸上现出失望的神态，高跟鞋踩在厚厚的地毯上，毫无声息地走到桃心木床前，眼角两颗泪珠终于夺眶而出。她突地扑倒在雪白的床单上，双手抱着一个鸭绒枕，伤伤心心地哭了。

楼下舞会正酣，传来的乐曲声是那样使人心烦。这位抽泣着的小姐就是孔令仪。她的性格与孔令俊完全不同，不喜欢热闹场面。

她自从在南京金陵大学毕业后，在家深居简出，不愿参加上层社会里一些应酬。她虽然是孔家的大小姐，宋霭龄与宋美龄嫌她性格孤僻固执，不大喜欢她，所以在孔公馆的地位反不如孔令俊。因为宋美龄自嫁蒋介石后，一直没生育，蒋经国和蒋纬国将来不一定会认她这位后母。她与宋子文原就不大融洽，自幼与她的大姊宋霭龄感情较好，为了使自己将来有倚靠，便想扶持孔家的姨侄和姨侄女。见孔令仪对她不巴结热情，便选中了大公子孔令侃和二小姐孔令俊。有了宋美龄这位大靠山，孔令侃与孔令俊有恃无恐，不仅狂妄得很，而且尽干一些荒唐事。

陈继思与孔令侃是同学，在上海时常来孔家玩耍。说也奇怪，孔令仪偏偏爱上了这个出身寒微的陈继思，使宋美龄与孔家都感到恼火。

孔家不让陈继思再进门，千方百计阻止这门婚事。但孔令仪一直与陈继思保持着联系，他们常背着家人在外会面。

此刻正是她与陈继思预约的会面时间，但时间过了很久，还没见陈继思在远处的街灯下露面。她被一种不祥的感觉笼罩着，因为孔令俊今天公开威胁过她：要是她不与陈继思断绝关系，他们将采取非常手段。她这时焦虑着陈继思的安全，仿佛已经看见陈继思饮弹而亡，倒在血泊里……

孔令仪哭了一会儿，忍着泪又从床上起来。虽然室内只有床头灯亮着，光线并不强，她仍怕向外看不清，"叭"的一声关熄了床头灯，室内顿时漆黑一团。她迅速走到窗前，一面用手绢揩泪，一面用手撩起窗帘，怀着一线希望向远处街边上约定的地方极目望去。看了很久，仍看不见陈继思发出的约定信号。她的心紧缩着，阵阵痛楚，她呻吟着喃喃地说："呵！我的上帝，难道他们这么快就下了毒手？呵……"她用手绢捂住自己的面颊，痛苦地啜泣起来。

这时有人在轻轻地敲着房门，她迅速揩干了泪水，开亮了乳白色的顶灯，问："谁?"

室门推开又关上了，一位穿着朴素的少女走了进来。

孔令仪见是宋霭龄的秘书吴小姐——她很喜欢这位沉静美丽的秘书，在偌大一个公馆里，只有这位吴小姐与她谈得来。

吴小姐走到她的面前，说话的表情带着少女的腼腆："大小姐，宋先生叫我来看看你，要你下去跳舞。她说……她说……"

孔令仪知道吴小姐所说的宋先生就是她的妈妈宋霭龄，宋霭龄不喜欢别人叫她孔夫人，家中办事人都叫她宋先生。她见吴小姐吞吞吐吐的神态，诧异地问："妈妈说什么，吴秘书？你快说呀!"

"宋先生说，大厅里胡先生等你很久了，请你马上到大厅去……"吴小姐的话又停住了。

孔令仪已经知道是怎样一回事了。这位胡先生是她姨父蒋介石的得意学生，据说已经当了什么地方的集团军司令，宋美龄想与孔令仪介绍这门婚事，她早已明确拒绝。她不等吴小姐说完，纤细的眉毛向上一竖，愤愤地说："告诉妈妈，我不去。"

孔令仪见吴秘书回头要走，随即补充说："吴秘书，你就说我已经睡了。"

吴小姐回身点点头，说："大小姐，我看……我看你也要注意自己的身体，你今晚没有吃饭，饿吗?"

孔令仪摇摇头："谢谢你，我不饿。"她突地往前走了几步，紧握住吴小姐的手问："吴秘书，你说，令俊他们真会对陈继思下毒手吗?"

吴小姐避开孔令仪焦灼的目光摇了摇头。但随即说："大小姐，我不知道。"

孔令仪有些不满地松开握住吴小姐的手："吴秘书，你一定知道，是你不肯告诉我。"

吴小姐仿佛受了很大的委屈，脸涨红着，急声解释说："大小姐，我的确不知道。"

孔令仪见吴小姐委屈的表情，觉得自己刚才的话说得不恰当，马上抱歉地说："吴秘书，对不起，我相信你的话，你可能真不知道。"

吴小姐的神态恢复了正常，她默默注视了孔令仪一会儿，问："大小姐，你还有什么话要说吗?"

孔令仪心不在焉地摇摇头，随即又用期待的目光看着她说："吴秘书，你听见了有关陈继思的事情，马上来告诉我，好吗?"

吴小姐点点头，回答说："嗯，好!"她又站了一会儿，见孔令仪再无话说，方回身走了。

孔令仪待吴小姐走后，又关熄了顶灯，她拉开了窗帘，又注视远处的街边……

终于，在暗淡的夜色中，她看见一个人影在远处街边上举着一支划燃的火柴画出一个圆圈。她精神陡地振作起来，含着泪水的眼角露出了一丝欣喜的微笑，又用手绢仔细揩了揩睫毛边的泪花，极目凝神看去；一根火柴熄灭了，又亮起了另一根火柴……

啊！是他！真的是他！这无疑是陈继思发出的信号。她不禁惊喜地吁了一口气，匆忙地划燃了一根火柴，举到窗口晃了晃。

她回答了陈继思的信号，忙开亮了顶灯，快步走到梳妆台前，对着镜子梳理了蓬乱的黑发，洒上了香水，然后用热毛巾洗了脸，顾不上敷粉，便取下壁上挂的黑漆皮包，拉开室门冲下楼去……

待宋霭龄知道后，已阻止不及。为了不让孔令仪再与陈继思往来，今天上午孔祥熙还声色俱厉地警告过孔令仪，并且规定不许她单人外出。

孔令仪快步走出孔公馆，一位便衣警卫上前劝止："大小姐，孔先生吩咐过，不许你单人外出。"

孔令仪鼻子里哼了一声，冷冷一笑，不理会警卫的劝阻，一阵风似的冲过警哨，钻进了一辆黑色小轿车——这辆车是孔令仪常用的。她有电门的钥匙，迅速发动引擎，自己掌着方向盘向前驶去，瞬息便到了陈继思身边，突地刹住了。

孔令仪推开前座的车门："达令，快上。"

陈继思刚上车，不待车门关上，孔令仪已驾车飞驶而去。

孔令仪从反光镜里，看见一辆小轿车亮着前灯跟踪来了。她加大了油门，焦急地对身旁的陈继思说："达令，妈妈追来了。"她已判明是宋霭龄的座车。

幸好，街上行人稀少，前灯的光柱照亮着路，孔令仪再没有与陈继思谈话，全神贯注地驾驶着高速飞驰的轿车前进。

后面跟踪的轿车也加速紧盯着追上来了，两车的距离眼看在逐渐缩短。

孔令仪情急生智，在转过一个十字路口时，她蓦地将车开进一条小街，猛地停住了，迅速关上引擎和车灯。她回头从后座玻窗注视着街口，见跟踪的轿车并未转进小街，已对直追过去了，方松口气。

她毫不迟疑地又将车退出了小街，向另一方向风驰电掣般开走了。

孔令仪将车开到了郊外，在一个荒湖边停住了。

这里行人稀少，过往的车辆很少，一行柳树低垂的枝叶遮住了轿车，所有的车灯都已关熄，一切沉浸在寂静的夜色里。被惊扰的蛙鸣又此起彼伏地响了起来。

孔令仪将一绺垂在前额的黑发往上一掠，这时才又松了一口气。

他俩坐在车里，在暗影中，她看不清陈继思脸上的表情。他自从上车以后，一直沉默不语，端坐着不知想些什么！仿佛情绪有些低沉。

她主动地伸过手去，柔情地握住陈继思的手，轻声说："继思——达令，你怎么迟到了，真叫我焦急。"陈继思让孔令仪握着手，没有强烈的反应，显得冷冰冰的。她对陈继思冷冷的态度有些失望，也觉奇怪，忍不住冒险扭亮了车座里的小灯。

她见陈继思穿着一件硬领的府绸衬衫，没有打领带，也没有穿外套，领口敞开着，年轻英俊的面孔上显出淡漠的表情，侧头凝视着车窗外。

孔令仪嘴一噘，感到有些生气。她将陈继思被她握住的手一摔，不满地责问说："你怎么不说话！回答我，你在想什么？"

陈继思这才回过头来面对着她，忧郁的目光停留在她白皙美丽的面孔上，现出心事重重的样子，嘴唇嗫嚅了一会儿，终于说："令仪，我在想：我俩的爱情会不会是一场悲剧，对你能带来幸福吗？"

对陈继思今天有些反常的神态，她感到不解和诧异：“悲剧！——你为什么会这样想呢？”

陈继思避开孔令仪的目光，又侧过头去望着车窗外，不远处的公路上有几十辆汽车隆隆驶过，这是上前线去的兵车，白花花的车灯一晃一晃地开了过去。

陈继思叹口气说：“我有很多同学都劝我说：在这抗日时期，大家都在为国家民族作出贡献，而你……”陈继思犹豫了一下，继续说，“而我却沉醉在一场注定会成为悲剧的爱情里……唉！”

孔令仪生气了，脸上涨得通红：“继思，你说些什么呀！难道抗日时期便不准恋爱？荒唐，真荒唐……”

陈继思又轻轻叹口气，沉默着。

孔令仪一会儿便平静了，追问说：“继思，你怎能说我们的爱情注定是一场悲剧呢？”

陈继思长长地叹口气：“唉！令仪，你是豪门的大小姐，我只是一个民间音乐家的儿子，我俩的社会地位多么悬殊呵！我想……我想只能是一场悲剧。”

孔令仪从没有听陈继思说过这些话，她预感到一定发生了什么事情，又问：“继思，我觉得你今天有些反常。告诉我，究竟这几天发生过什么事？”

这时，远远听见有脚步声响过来，孔令仪忙关熄了车内的小灯，他俩在黑暗中沉默着。

脚步声经过这里没停留，又慢慢远去了。

“令仪，你爸爸前天找过我！”陈继思打破了沉寂，低声说。

“哎！我爸爸前天找过你？找你干什么？”孔令仪的确大吃一惊。

“是的，你爸爸找过我。”陈继思摸出一支香烟点燃猛吸一口，烟头的微火在玻窗上闪烁不定，“他是找我谈生意的。”

“谈生意？”孔令仪迷惑地惊问。

陈继思继续说：“你爸爸说，只要我不再与你往来，他便给我一笔巨款，要我到外国去读书，去欧洲、美洲都行，随我的便。只有一个条件——要我永远不再回到中国来，也永远不与你见面。”

“哦！”孔令仪沉默了，知道了这情况，想到今天陈继思对她异常冷淡的态度，使她不安起来，不断用雪白的牙齿轻咬着自己的嘴唇。一会儿她忐忑不安地问：“继思，难道你答应他了！”

陈继思从孔令仪焦急期待的口吻里感到了一股柔情，在轻轻抚摸他的心灵。他有些激动了，蓦地握住孔令仪温柔的纤手："令仪，难道我对你的爱是为了金钱吗？不，我怎能用我们的爱情去换取金钱，我当然拒绝了你爸爸的建议。"

"继思！"孔令仪惊喜地叫了一声，她挣脱了被陈继思握住的手，扑倒在他的怀里，双手搂着他的脖子，"继思，我知道你绝不会答应，你不会背叛我俩神圣的爱情。达令，我多么地爱你，离开了你，我真生活不下去……"

陈继思手上的烟头差点灼着了孔令仪裸露的手臂，他忙将烟头扔出了车窗，他与怀里的她仅隔着薄薄的丝绸，一阵甜蜜的冲动，他忍不住紧紧地把她搂住。

公路上又隆隆地驶过了几辆到前线去的兵车，车灯的光透过柳枝投进车座的光斑在晃动。

孔令仪太激动了，她咬痛了陈继思的嘴唇。陈继思疼得轻轻地叫了一声，他俩的嘴唇才分开了。

一阵热潮过去了，陈继思忽地轻轻地推开了孔令仪，态度骤然变得冷淡了。

"达令，你今天的情绪怎么变得这样不正常！你一定还有话没告诉我。"孔令仪脸上露出怅惘的表情问。

"令仪，昨天你二妹来找过我。"陈继思说了一句又沉默了。

"哎！令俊找你干什么？"孔令仪脸上改变了颜色，顿时显得苍白。

陈继思耸了耸肩："她是来向我递交哀的美敦书！"

"哀的美敦书……"孔令仪心灵里战栗了一下，"她向你说什么？"

陈继思在裤袋里摸索了一会儿，只听纸张摩擦发出的窸窣声："令仪，你自己拿去看吧！"

孔令仪扭亮了车内的小灯，从他手上接过一个纸包，摊在膝头上看着……

"哎！"孔令仪惊叫了一声，她从摊开的纸上看见了一颗无声手枪的子弹，纸上用红铅笔画了一只癞蛤蟆仰头看着一只天鹅。

"真卑鄙无耻！"孔令仪气得浑身发抖，用哆嗦的手将子弹重新用那张纸包好，放进她的黑漆皮包里。

"你二妹还说，限我三天时间考虑，否则，要我命丧黄泉。"

"继思，难道你害怕了？"孔令仪不安地问，担心地盯着陈继思的眼睛。

陈继思慌乱地避开了她的目光，他不愿在她面前表现出胆怯，硬着头皮说："死，我并不害怕。"可是他接着叹了口气，"令仪，我俩的社会地位多么悬殊，我担心我俩在演一出悲剧啊!"

孔令仪垂头凝思了一会儿，抬起头来，脸上现出坚毅的表情说:“继思，只要你不害怕，有胆量就好了。”

“不怕，我不怕。”陈继思说。

孔令仪点了点头，脚一顿，下了很大的决心:“继思，只要你有胆量，我愿跟你逃跑，你敢不敢?”

“跑?跑到哪里去?”陈继思吓了一跳，他想不到孔令仪会大胆地提出这个要求。

“你带着我跑，跑得远远的，只要我俩不分离，跑到天涯海角去也行。”孔令仪灼热的眼睛燃烧着一团火。

显然，陈继思受到了孔令仪热情的鼓舞，他胆怯的情绪消退了，用力地握住她的手:“令仪……”

孔令仪含笑轻轻嘘了一声，用手关熄了小灯，然后偎到他怀里去……

一会儿，他俩慢慢分开了。孔令仪敏感地觉察到陈继思轻轻叹了一口气。

“继思，你在叹气?”她问。

“是的。我在想，中国虽然这样大，逃到哪里也不妥当。”

“继思，逃到外国去。我俩到外国去留学，到了国外便宣布结婚，看他们能把我们怎办!”孔令仪仿佛很有把握地说。

“可是……”陈继思有些疑虑，认为孔令仪想得太天真，“到外国去怎能申请到护照!就是有了护照，又怎能躲过你家的耳目逃出中国。令仪，你想过这些没有!别忘了你爸爸的权势!”

孔令仪觉得陈继思的疑虑是有道理的。她思考了一会儿，也想不出妥善的办法。她踌躇了，觉得目前陈继思的处境很危险，要先解决这个问题。于是说:“继思，有些事以后再想办法。目前你绝不能再露面，找个稳妥的地方暂时藏起来，我们也不能常见面。”

陈继思考虑了一会儿，说:“民成公司的副总经理董绍孙与我是莫逆之交，我只有暂时躲到他那里去，你看怎样?”

孔令仪也认识董绍孙，立即表示赞同:“好，你就躲到董先生那里去，民成公司代总经理朱佳富的太太我也认识，比我大几岁，是我幼年时的朋友。”

其实不用孔令仪介绍，陈继思也知道她认识杨宝瑜，孔令仪还是从他口中才知道杨宝瑜嫁给了朱佳富。

在这里待的时间不短了，孔令仪恐怕家里人找来了会惹出麻烦，虽觉情意绵绵有些依依难舍，也只得说：“继思，我开车送你一段路，你千万要沉住气，我有事会找你联系的。”

陈继思默默点了点头。

三

孔公馆内舞会正酣。

朱佳富与孔二小姐跳了一曲又一曲，他精湛的舞技，连董绍孙都感到惊奇。

朱佳富轻搂着孔二小姐在舞池旋转，与音乐的节律配合得那么贴切，舞姿优美，一举步，一抬腿是那么轻盈，使孔二小姐双眼发涩，沉醉在舞步之中，飘飘然有神仙味道。

孔二小姐一只手搭在朱佳富的肩上，一只手的指尖让朱佳富轻轻地握住。她忍不住细细打量着朱佳富，不禁对他产生了好感。

朱佳富选择最适当的时候，把他在英国留学时学来的双关语、俏皮话用流利的英语轻声在孔二小姐耳边低低地诉说。说得更多的还是不卑不亢的奉承话，使她听着觉得很舒服。她一直脸含微笑地乜着朱佳富，不时也用英语低声回答他。

朱佳富这时才看清，孔二小姐鼻子旁有几颗白麻子，远看是不易觉察的。

乐声停了，大家各自归座。

朱佳富有礼貌地向孔二小姐一鞠躬，离开了她回到原座位。

董绍孙看见一些达官贵人、名媛娇娃还在注视着朱佳富。他也看见孔二小姐归座后与银蝴蝶坐在一张双人沙发上，对围拢来的一群人神情很冷淡，不时往朱佳富这边瞥上一眼。他低声与朱佳富开玩笑：“朱先生，你可要小心，凡被孔二小姐看中的小白脸，是非常危险的。”

朱佳富迅速往孔二小姐那边睃了一眼，面有得色，露出含意深沉的微笑。他的声音更低：“董先生，我是为民成江山勉为其难，请放心，我并非小白脸，是没有危险的。”

女侍端来了香槟酒，他们中断了谈话。

董绍孙从银盘里取了一杯递给朱佳富，自己方取了一杯，含笑与朱佳富碰杯，然后一饮而尽。

居然有几位浓妆艳抹、珠光宝气的女人上前与朱佳富搭白。朱佳富彬彬有礼，但态度矜持地与她们应酬着。

招商局的总经理这时不知从哪里跑了来，伸出手主动结识：“朱先生，久仰了。”

朱佳富不认识他是谁，欠起身握了薛习永伸过来的肥手：“不敢当。”

董绍孙是认识薛习永的，感到机会来了，忙给朱佳富介绍：“这是招商局总经理薛习永先生。”

朱佳富一听是薛习永，心中也暗喜异常，重新站起身来：“薛先生的大名如雷贯耳，能在这里结识，鄙人实在有幸！”

音乐声又起，薛习永对朱佳富说：“舞会之后，请朱先生和董先生留步，我想找你们叙谈一会儿。”

“好，好。”朱佳富兴奋得很，想不到鱼儿果然自动咬钩来了。他像一位垂钓老手，为了不让鱼儿惊走，他脸上不露声色，很随便地回答。

薛习永被一位女人拉走了。董绍孙也邀请刚才同舞的那位小姐进了舞池。

朱佳富附近有几位女人迟迟未走，不住瞥着朱佳富微笑，都期待朱佳富向她们请舞。

可是，朱佳富装作没有看见，仍端坐着含笑左顾右盼。这几位女人才一个个失望地离开了。

孔二小姐装出慵懒的样子，拒绝了一个个前来请舞的男人。

银蝴蝶也被人邀请进了舞池。

孔二小姐不断瞥着朱佳富，见他一个人坐在那里，以为一定会来向她请舞。可是一曲终了，又奏一曲，朱佳富却仍端坐未动，也没有再看她，仿佛早已忘了她的存在，只是安详地抽着香烟。这越发引起孔二小姐的好奇心。她觉得朱佳富很怪，她造成机会让他来请舞，但是他却不前来，使她不易理解。

孔二小姐犹豫了一会儿，终于缓缓地站起身向朱佳富姗姗走去，她想与他攀谈。

殊不知刚走到中途，吴秘书拦住了她，低低向她传达了宋霭龄的话。她听后脸上露出愠怒的表情，跟吴秘书匆匆走了。

朱佳富不认识吴秘书，也没看清她的面部，只从侧面看见吴秘书身材很窈窕动人，已经走远了。朱佳富的注意力转向舞池，很感兴趣地注意各种千奇百怪的舞姿。大腹便便自作多情的男人搂着浓妆艳抹的女人不像跳舞，很像在推黄包车。

又一曲舞罢，董绍孙刚归座，准备与朱佳富谈话，薛习永已跳得气喘吁吁，一面用手巾揩汗，一面向他们走来，说："武汉这座火炉实在热，朱先生与董先生跟我到屋顶花园去吹吹江风。"

他俩知道薛习永的招商局，很快便要名存实亡。薛看见民成公司这块川江航运业的肥肉，早已馋涎欲滴，怂恿孔祥熙将民成公司一口吞掉。这次孔祥熙主动要借款给民成公司的阴谋便是薛习永出的点子。

朱佳富装作不想去屋顶花园，董绍孙假意劝说："朱先生，孔公馆的屋顶花园在武汉是有名的，也很风凉，既然薛先生邀请，我们就领情去开开眼界吧！"

"好！"朱佳富强压住内心的喜悦，慢吞吞地答允了。

他俩跟在薛习永身后，沿着螺旋形扶梯，一步一步往上爬，上了屋顶花园。

屋顶花园面积不大，却种满奇花异草，布局小巧玲珑，别有一番风味。

四周栏杆边种着无数矮小的冬青树，真是别有一番风味。

他们先扶住栏杆向四周眺望，武汉三镇沉浸在苍茫夜色中，只能见到稀稀朗朗的几点灯光。天上的点点繁星在闪烁，一阵凉风迎面扑来，使人精神顿时为之一爽。

薛习永在孔公馆是常客，走的是宋霭龄的门路。这时他完全以主人自居，招呼朱佳富和董绍孙在栏杆后，背靠冬青树的几张藤椅上坐下。

沉默了一会儿，他们都吸着香烟，三支烟头的微光在闪烁。

可能汽水喝得太多，薛习永打了几个嗝，忙用手绢揩着被二氧化碳冲出来的泪水。他言不由衷地开口说："唵，你们的总经理陆祖福先生，是我们中国少有的人才，白手起家，办成这么大规模的民成公司，兄弟最佩服他。唵，确实为我国航运业争了一口气，外国人也不敢小看我们中国人了。蒋先生提倡尧舜盛世，尧舜盛世最大的美德是禅让，禅让就是把官位让给有才有德的人。兄弟已不止一次对蒋先生说过，兄弟想把招商局总经理的位置禅让给陆先生。兄弟的意见蒋先生现在采纳了，所以把招商局的轮船全部交给联运处陆先生去统一管理。为了表示兄弟禅让的决心，兄弟在联运处连虚名也不挂一个，兄弟……"

薛习永又打了一个嗝，可能碳酸气冲进泪腺太多，他不禁"哎哟"了一声，把他一句一个兄弟的一些废话暂时也止住了。

在暗影里，薛习永看不清朱佳富与董绍孙的表情，见他俩听得很专注，于是又接着说："兄弟对孔部长建议，为了扶持陆先生这样一个民族英雄——精明的实业家，由中央信托局一次贷给民成公司国币一千万元。唉，陆先生反误会了兄弟的初意，说我以贷款为手段，想吞掉民成公司。这真是天大的冤枉。唉！陆先生就是这个多疑的毛病不好。"

薛习永在暗中看不清朱佳富的嘴角已露出微笑。朱佳富兴奋得很，他认为薛习永的表演很笨拙，还自以为聪明，不过在孔庙门前卖文章。为了不让鱼儿惊走，朱佳富神情装得很冷淡，声色不露地说："哎！薛先生，我们陆先生的确非常多疑，我与他……"朱佳富仿佛侧头瞟了董绍孙一眼，像有顾忌的样子，改口说，"不过，你们的利息太重了。我们民成公司现在成了空架子，外表热火，内里也有难处。贷款是需要的，就是以后还不起。"

董绍孙觉得自己应该走开了，于是站了起来："薛先生，我要上卫生间。"

薛习永大声喊："茶房，引董先生到卫生间。"

薛习永目送董绍孙的影子走远了，他觉得朱佳富口气之间仿佛生有反骨，想趁机拉一拉，这时正是好机会："朱先生，像你这样的人才，可能民成公司还不能完全施展你的抱负！"

朱佳富先装着唏嘘感叹的样子，接着慷慨激昂地说："佳富蒙陆先生知遇之恩，只要尽到我的力量，也就对得起陆先生了，至于谈到抱负，唉……"

薛习永心中暗喜，想进一步试探："孔先生干出了偌大一番事业，加之他与蒋先生外托君臣之义，内结骨肉之亲，可惜他身边像朱先生这样的人才太少……"

朱佳富知道是适可而止的时候了，不然会使薛习永生疑。他拦断了薛习永的话，正色地说："我对陆先生只有八个字——'鞠躬尽瘁，死而后已'。不过……"他微微沉吟了一下，说，"只要对陆先生和孔先生都有好处，我姓朱的愿意成全。"

薛习永也觉得目前只能谈到这样的程度，以后再慢慢来，不怕鱼儿不上钩。于是，他用钦佩的口吻说："朱先生的人品学问我敬服之至，拿这次贷款来说，孔先生别无他意，对于陆先生也有好处。"

听薛习永主动这样说，朱佳富高兴得差点跳起来，但他却来个欲擒故纵，语气平板地说："陆先生很固执……不过，只要对双方有好处，我一定成全。但是……"朱佳富的话蓦地停住了。

薛习永却沉不住气，催促说："朱先生，你往下说呀！"

朱佳富装作难于启齿的样子，踌躇了一会儿，终于说：“佳富乃一寒士，这事办成之后，还望……”他又不说了。

薛习永当然明白朱佳富的意思，慷慨地说：“朱先生的意思我明白，孔先生也不是吝啬人，包在我身上，报酬是要给的。”并且迫不及待地说，“你与陆先生谈妥之后，我立即引你去见孔先生。”

“好！”朱佳富回答得很干脆。

这时董绍孙从卫生间回来了，爬上屋顶花园就远远地咳嗽一声。

薛习永赶快转换了话题，哈哈一笑：“朱先生的交际舞跳得很不错，二小姐与你跳了几支曲子还余兴未尽，这是罕见的。”

朱佳富见薛习永卖弄聪明的样子，暗暗好笑，随口应付了几句。

舞会早已散了，时间已经不早，他俩起身告辞，薛习永把他俩送到大门口才止步。

在驶行的小轿车上，朱佳富将刚才董绍孙离开后的情况简单介绍了。当然，关于办成后他可以得到报酬的事就隐瞒住没说。

今晚的收获不小，他俩的情绪很好，都开心地笑了。

朱佳富笑得最欢，想不到今晚的任务完成得这样圆满，自己也得到了意料不到的好处。

四

宋霭龄追踪孔令仪没追上，孔令仪驾驶的轿车突然无影无踪，使她很生气。她叫司机在汉口街上转了几圈，仍没寻见踪影，只得坐车回到孔公馆。

她人过中年，越来越发福，也很怕热。她穿的一件月白色绸旗袍早湿透了，一口气爬上楼梯，累得整个胸部像拉风箱一张一缩。

她只得先去洗过澡，换上一件薄纱睡衣，趿着一双龙须草编织的精致拖鞋，边走边让侍女给她在身后打扇，她方觉得好受一些。

她们三姊妹都是在美国乔治亚州马肯地方威士礼大学毕业，宋霭龄嫁与孔祥熙，庆龄嫁与孙中山，由她这位大姐作主将美龄嫁给了蒋介石。庆龄自从孙中山先生在北京逝世以后，长期住在上海，她们政见不合，因而彼此的亲戚关系也疏远了。

宋霭龄唯独与美龄的关系忒好，美龄对这位大姐也很尊重。因此，孔祥熙在国民党中的地位反比宋子文高。

宋霭龄有了美龄这个靠山，孔祥熙对她也曲意承欢，变成了炽耳朵，她在孔公馆的地位反比孔祥熙高。谁都知道孔公馆的事是由宋霭龄说了算，一群钻营之徒，反而撇开孔祥熙专走宋霭龄这条内线。她门庭若市，时人戏称公馆派，薛习永便属公馆派的中坚分子。

照说，宋霭龄从小在美国受教育，美国所谓的民主政治、婚姻自由之类的思想，一定会在她头脑里扎根。可是，她对孔令仪的婚姻却横加阻止。宋美龄给孔令仪介绍了好几个国民党的达官贵人，孔令仪皆不中意，偏偏死心爱上出身寒微的陈继思，使宋霭龄无限恼火。

她昨天还专门找了令仪的三姨妈来劝说了令仪半天，又请牧师给令仪上了一堂宗教课。摩西十戒中，违抗父母的意志是基督教义所不允许的。

可是，令仪毫不回心转意，好像吃了秤砣——真铁了心，不断又哭又闹，说她非陈继思不嫁。

宋霭龄一气之下，拍桌摔凳骂了孔令仪一顿，命令孔令仪不许私自外出，不让陈继思再进孔家大门。可是，孔令仪把她的命令不当一回事，今天又私自驾车外出，并且她亲眼看见陈继思在街边钻进孔令仪驾驶的轿车里。唉！这妮子真鬼，她追着追着却让她在自己眼皮下跑了。

宋霭龄穿过一个走廊，进了孔祥熙的住房。她气鼓鼓地对孔祥熙大声埋怨：“看你一天清闲自在，你大妮子跟人跑了也不管一管。”

孔祥熙刚从浴室出来不久，他穿着一件毛巾浴衣，躺在一张凉靠椅上，让一个侍女给他用干毛巾揩着发上的水珠。他眯着眼，将双脚踏在一只矮机上，一位刚成年的女孩半跪在地毯上，用毛巾托着孔祥熙一只肥杵杵的脚掌，给他修脚指甲，割去脚掌上的死疙瘩皮。

他听说孔令仪跟人跑了，大吃一惊，双脚一收，差点蹦了起来。要不是那位女孩眼灵手快，将修脚刀迅速取开，准会在他脚背上划开一条血口子。

他坐正了身子，急问：“你怎知令仪跟人跑了？”

宋霭龄眼见孔祥熙异常惊惶的样子，反而平静了一些。她在孔祥熙旁边的一张沙发上坐下，向他身后还在打扇的侍女做了一个手势，侍女知道室内有电风扇，就拿着扇子走开了。

宋霭龄脸上还没敷粉，鼻梁旁白皙面皮上的雀斑和粉刺很显目。她圆睁双眼睃了孔祥熙一眼：“令仪不听话，私自开车外出与陈继思一道兜风去了。”

“哦！”孔祥熙松了口气，仍然将双脚搁回矮机，让那位女侍继续给他修脚。

宋霭龄经美容师修整过的弯弯细眉一蹙，她闻到了一股难闻的臭气，知道是孔祥熙烂脚丫发出来的味道。她没有说什么，只是换了一个座位，离孔祥熙的脚远了一些。她说：“令仪与陈继思这么闹下去，叫我们脸往哪里搁！费了这么大劲也拆不散，庸之，看来我们要下决心才行。”

孔祥熙知道宋霭龄所说“下决心”是指什么，没有立即回答，说：“叫令俊来商量一下。”

宋霭龄追问了一句：“叫不叫令侃？”

孔祥熙摇了摇头：“不要叫令侃来，要不是令侃以前常带陈继思来我家玩，也不会闹出这场事情。”

宋霭龄顺手按了桌上的电钮，这是通到她的私人秘书吴小姐办公室去的电铃开关。

一会儿，吴小姐在门口出现了。她穿着一件阴丹士林布的旗袍，一支自来水笔别在衣襟上，一张年轻的面孔很美丽。她不慌不忙走到宋霭龄身边，用清脆甜润的嗓音说：“宋先生，请你吩咐！”她讲话中含有浓重的四川音。

宋霭龄瞥了一眼吴小姐，对这位新聘用不久的私人秘书，她是颇感满意的。因为她知道马上要住到四川去，自己不熟悉四川的乡音，所以特地托她少年时便认识，现在重庆一所教会女中任校长的朋友推荐一位私人秘书，这吴小姐便是推荐来的。吴小姐是英语教员，四川人，基督教徒，还会说上海话和杭州话，人又生得端庄美丽。宋霭龄一见便中意，马上留了下来。这位吴小姐虽然没到过外国，但英语的发音很纯正，使宋霭龄更加喜爱。她吩咐说：“吴秘书，请你去喊令俊来！”

吴小姐知道孔二小姐正在跳舞，是不喜欢人惊动的，于是说：“宋先生，二小姐正在跳舞，是不是等一会儿再叫她？”

宋霭龄也知道孔令俊的个性，惊扰了她跳舞她是要发脾气的。她平时也很迁就她，所以吴小姐敢于这样提醒。

宋霭龄一反常态，面现不悦的神态说：“吴秘书，请你照我的话办！”

吴小姐碰了宋霭龄这个软钉子，一点红晕在她白嫩的面颊上迅速扩散，红到了耳根。她仍很有礼貌地回答："是，宋先生。"她回身去了。

一会儿，孔令俊一人进来了。她像一个男人似的绾了绾衣袖，鼓着双腮，不满地说："妈妈，我在跳舞，这时叫我，真烦人！"她只略微瞥了孔祥熙一眼。

宋霭龄亲切地对她说："令俊，耽误你跳舞，是因为有急事。"

"急事？"孔令俊略微有点妩媚的目光瞟了宋霭龄一眼，无可奈何地坐在对面的沙发上，两腿成八字张开。因为她经常喜欢骑马玩，已习惯了这个不雅的姿势。

沉默了一会儿，宋霭龄向孔祥熙一努嘴："庸之，你先谈吧！"

孔祥熙缩回了双脚，回头瞥了一眼身后的侍女，又向修脚的女孩看了一眼。她俩明白孔祥熙的意思，忙退出室外去了。

孔祥熙这才对孔令俊说："令俊，你大姐不听话，今晚又开车与陈继思一道兜风去了。我们要商量出一个办法才行哩！"

孔令俊陡地从沙发上跳起来，目光里含有一股杀气："爸爸，这有什么难办！我已与戴雨农[1]说好了，只要他派一个人悄悄给陈继思一颗子弹，便永远解决问题了。我不相信大姐会跟着陈继思去天国结婚。只要你们点头，我马上给戴先生打电话。"

"怎么！你已经与雨农说了？"孔祥熙觉得孔令俊太冒失，"这事让雨农插手，你三姨爹很快便会知道，终有点不大好。"

"怕什么！"孔令俊斜视了孔祥熙一眼，撇撇嘴，"三姨爹知道了，我才不怕！还有我三姨妈哩！"

孔祥熙听了孔令俊目中无人的话，想起那晚蒋介石叫他要管束孔令俊的谈话，于是不满地睃了孔令俊一眼，重重地哼了一声。

宋霭龄说话了："你哼哼什么！令俊的办法很对呀！叫戴雨农暗地杀一个陈继思有啥了不起，就是她三姨爹知道了又怕什么！你怕，我不怕！"

孔祥熙瞥了一眼宋霭龄，没有回答，只是望着室顶的浮雕出神。

门帘一掀，孔令仪冲了进来，铁青着面孔坐在宋霭龄旁边的一张沙发上，半天沉默不语。

孔祥熙与宋霭龄交换了一下目光，面面相觑，担心刚才的谈话被孔令仪听

1 军统特务头子戴笠的号是雨农。

见了。

宋霭龄迟疑了一会儿，反而先说话，语气尽量放得慈祥亲切：“令仪，你一个人开车出去，我真担心！现在武汉要撤退，街上有些乱，要是遇见了坏人怎么办？以后出去要带警卫，免得叫人为你担心。”

孔令仪板着脸，动也不动地沉默着。

孔令俊撇了撇嘴，把头侧了过去。

孔祥熙在椅子上扭动了一下，说：“令仪，今晚不早了，你回房去罢，我们也要休息了。”

孔令仪蓦地伏在沙发扶手上伤伤心心痛哭起来，只见两肩不住地抽动。

宋霭龄站了起来，走到孔令仪身边，抚摸着她浓密的黑发：“令仪，你受了什么委屈，有话就对妈妈说呀！”

一会儿，孔令仪止住哭，抬起头来，泪珠还挂在睫毛边。因为愤怒，她的面孔涨得通红：“妈妈，你们要暗杀了继思，我也不想活了。”

宋霭龄以为孔令仪已听到了他们刚才商量的话，但仍强作镇静地说：“令仪，你不要胡思乱想！谁说要暗杀陈继思？我们不过劝你不要再与他往来，也是为你好呀！”

想不到孔令仪却从身上摸出一颗子弹，“叭”地扔到桌上，子弹滚动着又掉在地毯上。她说：“你们看，这是什么东西！”

宋霭龄从地毯上拾起子弹，拿在手上端详了一会儿：“令仪，这是哪里来的？”

孔令仪指着孔令俊：“你问二妹。”

看来孔令仪并没听见刚才商量的一番话，孔祥熙稍感放心，不解地看着孔令俊。

孔令俊满不在乎地吹口哨。

宋霭龄问孔令俊：“令俊，这子弹是怎么一回事呢？”

孔令俊轻蔑地瞥了她大姐一眼，像个男人似的耸耸肩，轻松地说：“这是我当面送给陈继思的，限他三天时间考虑，若不与我大姐断绝关系，这子弹就会放进无声手枪的膛里射进他的心脏！”

“哦！”孔祥熙皱了皱眉，他觉得孔令俊太冒失，何必打草惊蛇呢！

宋霭龄认为孔令俊做得对，并没责备她，只是像哄小孩一样对孔令仪说：“令仪，别相信你二妹瞎说，这哪会呢！”

孔令俊冷笑了两声，讥刺地说：“好，大姐嫁给乐队指挥的儿子，我家以后跳舞不需要再请乐队了。”

想不到孔令仪怒气冲冲对孔令俊高声说：“住口！我的事，你管不着。”

孔令俊也不示弱，正想回嘴，但见孔令仪从裤袋里蓦地掏出一支白朗宁手枪，对准她自己的太阳穴，悲愤地说：“爸爸，妈妈，二妹，我向你们郑重宣布：我若听到继思的噩耗，我就用这支手枪结束我的生命，万能的上帝可以为证。”

他们骤然看见孔令仪摸出白朗宁手枪对准她自己的太阳穴，都着实吃了一惊。连态度傲慢的孔令俊也慌了手脚：“大姐，大姐……你……”

孔令仪说完后，又将手枪放回裤袋里，用双手捂面哭着奔走了。

他们三人面面相觑，半天出声不得。

隔了一会儿，孔令俊气势汹汹地说：“我马上打电话给戴先生，坚决把陈继思干掉！我不相信大姐真会自杀!”

“慢!”孔祥熙忙趿着拖鞋抢上前去从孔令俊手上抓过话筒来放回原位。

“妈妈……”孔令俊喊了一声，想从宋霭龄那里得到支持。

宋霭龄用肥胖的拇指揉着太阳穴，长叹了两声：“唉，唉……”

第四章

一

黄成宾收到民成公司“苦无机会”的回信以后，觉得异常失望。他并非有产阶级，从德国带回来的一点积蓄眼看要花光了，若不找到工作，不但生活无着，要凑集一笔逃难的旅费也很渺茫。

今天上午出门，冒着烈日炎暑，他访问了兵工机构，走了一家又一家，除了遇到斩钉截铁的拒绝外，也有几家答应到重庆再考虑。这不过画饼充饥，远水解不得近渴。

他腋下夹着一只半新的公文皮包，公文皮包里放有证明他学历、学位、经历的文件，有关单位经办人都仔细翻看过，但仍没有一个单位同意用他。这种情况使他越来越感到气馁，也越来越感到愤慨。他在德国决定辞去副总工程师职务回国来，是有过一番抱负的。他认为祖国需要他这样的兵工专家，爱国的热情在他胸中燃烧，因为他是黄帝的子孙，祖国的儿子。他迫不及待地要奔回祖国的怀抱，是想在祖国遭到异族侵略的时候，将他的知识，贡献给祖国正义的反法西斯事业。

想不到像他这样的兵工专家，回到祖国后，却连糊口的职业也求不到。

他的脚步越来越感到沉重，这么炎热的天气里，他觉得额上冒虚汗，浑身发冷。他在街上踯躅着，茫然不知所从。一想到今天遭到的冷遇和白眼，他再没有勇气去试一试自己的运气，迈着蹒跚的步伐准备回家——一家小客栈。

转过了一个街角，他觉得眼前发黑，直冒金星，要不是他忙抱住了一根电线柱，差点一个趔趄摔倒在人行道上。

黄成宾歇息了一会儿，定了定神，不觉打了一个嗝，呕出一泡清水。不远处有一家面窝摊，烧开的油锅里炸的面窝吱吱响。一股香味阵阵袭来，引起了他的食欲，方才想起中午还没吃过任何食品。抬头看了看炎炎的烈日，已经偏西，他的手表早已变卖了，弄不清准确的时刻。他已记不清早上是否吃过东西，哦，记起了：今天上午离开家时，他的妻子汪丽给他冲了一杯牛奶，碟子里还准备了一块面包。可是，他只喝了牛奶，面包给他的儿子查理吃了。怪不得呕清水，原来是饿了。

黄成宾振作精神，想买两个面窝充饥，可是搜遍身上的荷包，连一分镍币也没搜出。他的经济一贯由汪丽管理，今天出门时以为一会儿便回，忘了带钱。

黄成宾倚在电线柱上休息了一会儿，觉得好受一些，幸好这里离花楼街那家小客栈已经不远了，他强撑着往前走。

走进离花楼街不远的小街，小街两旁摆满了地摊，地摊上摆满了各式衣物，各种口音的人在高声叫卖，其中下江口音的人较多。地摊前稀稀地站着几个看热闹的人，买的人很少。这些摆地摊的人，大多是生活无着的难民，将自己仅有的一点衣物变卖维持生活和筹措准备疏散到后方去的旅费。

黄成宾也摆过这样的地摊，能够变卖的都已经变卖了。他目前只剩下一大箱精装外文书，是万里迢迢从德国带回来的，除了少数几本小说和诗集外，大多数是机械制造和工程学之类的科技书。要是在德国，这一箱书至少可以值两万马克。黄成宾把这些书当成他的命根子，不管怎样也不肯卖去，所以留了下来。

他在一个地摊前站住了。地摊上摆着一堆外文书，把他吸引住了。他忍不住蹲下来一本一本地翻看，原来也是一些原版科技书，使他有些爱不释手。

卖书的也是一位读书人，戴着宽边的近视眼镜，瘦长的身体穿着一件旧毛蓝布长衫，显出斯斯文文的样子。他在地摊后等了很久，没有遇见一个顾主瞥一眼这堆外文书。他见黄成宾爱不释手的样子，以为遇见识货的主顾了，兴奋地说：“先生，这堆书打趸卖，只要五十元钱。”

黄成宾不自觉地点了点头：“不贵，不贵，这些书很有价值。”

卖书的那人欣喜地说：“先生，你就买去吧！”

黄成宾蓦地一惊，忙放下书站起身来，摇了摇头。

卖书的那人错会了黄成宾的意思，说：“先生，五十元并不贵，你少请一次客便够了。”

黄成宾苦笑了，自己这身西装还很气派，显然他被当成有钱人了。他向卖书人投去同情的目光，想离开地摊。

卖书的那人急了，恳求的声音有些颤抖：“先生，我卖书是无法呀！逃难到武汉，妻子病了……”

黄成宾不忍听下去，急急迈步离开了地摊。他走了十多步，还听见那卖书人在绝望地喊叫：“先生，你不要走呀！嫌贵，你还个价呵……”这喊声在最后已经含着哭音。

黄成宾不忍回头看，这卖书人就像他将来的一面镜子，自己也会走这条路啊！他简直像逃一样往前走，离得远了，才放慢了脚步。他取下自己的宽边近视眼镜，掏出手绢揩了揩已经流到眼角的泪水……

回到小客栈，房门锁着。他才想起汪丽说过，下午她也要出门去找工作，碰碰运气。可是，查理呢！汪丽出门是很少带查理一道的。

小客栈的茶房向他点头招呼，他也没觉到，那个卖书人的声音还在他耳际萦回。

房门打开了，他木然地走进房内，随手关上门，将腋下的公文皮包放好，坐在一张圆凳上出神……

他的妻子汪丽也是留德学建筑工程的，父母侨居德国，靠做小商过活。在德国，因为黄成宾的收入多，汪丽便没有工作，在家照料小孩和他的生活。

黄成宾要回国，汪丽是有些不愿意的，一方面舍不得远离父母；另一方面认为国内生活差，黄成宾辞去副总工程师的工作太可惜。经过黄成宾一番劝说，她也愉快地与他一起回国来了。

汪丽眼看黄成宾到处碰壁，找不到工作，她丰腴的面容瘦削了，红润的颜色变淡了。可是她对黄成宾没有一句埋怨的话，依然细心照顾体贴他，安慰他。

每当黄成宾拖着沉重的步子失望归来，看见妻子含情脉脉的目光时，他的精神陡地振奋了。

他们刚回国时，至少每餐吃的是牛奶和夹肉面包——这是标准的德国便餐。后来牛奶渐渐改成豆浆，夹肉面包改成馒头烧饼。现在，小客栈的房租已经常赊欠，连馒头烧饼也快保不住了。

他原认为抗战时期，祖国各方面当然有困难，虽然在国外过惯了舒适的生活，但并不感到灰心。

可是，祖国好像并不需要他这样的专门人才，到处找不到工作，他才开始惶惑了。

在上海时，德国领事还找过他，对他说，只要他愿意回德国去，德国大使馆愿意给他提供一切方便。他是有民族自尊心的，断然拒绝了德国领事的建议。

他们一家人从上海撤退到汉口，不但仍没找到工作，现在要从汉口撤退到重庆去，连旅费也无从筹措了。

汪丽只得与黄成宾商量，她要出去找同学帮忙找工作，但也总是失望归来。

黄成宾出了一会儿神，觉得自己应该吃点东西了。他站起身环顾室内，只有很简陋的家具，可是汪丽却收拾得异常整洁。桌上铺着桌布，桌上还有一只花瓶，花瓶里的花朵多天没换，已经枯萎了。

黄成宾找遍了放食品的地方，都空无一物。最后在一个不显眼的地方，找到了半个馒头，可能是查理吃剩的。

黄成宾拿着这半个馒头迟疑了一会儿，终于啃了一口，觉得异常香甜，腮帮的咬肌一伸一缩，细细地咀嚼着。

他实在饿极了，半个馒头一会儿便吃进肚里。这时他才感到口渴难忍，从暖水瓶里倒满一杯开水，慢慢地喝着。

“苦无机会！”——黄成宾不觉把民成公司陆祖福回信中的话说出声来，他苦笑了。他原先对民成公司抱的希望最大，失望也最重。

黄成宾在德国就听说，四川出了一个陆祖福，是很重视人才的。可是……

他默默地念叨着：“苦无机会。”他想：民成公司那么多船都是用柴油机，怎么会没有他工作的机会呢！也许那位江津同乡周仁国没把自己的话转达清楚。自己虽然是坦克专家，但对柴油机很内行，德国多种坦克用的高性能柴油机还是他设计的呢！

黄成宾闪现出一丝希望：当面去说清楚，也许民成公司会安排他的工作。

这个念头一出现，他在这客栈里再也坐不住了。吃了半个馒头，喝了两杯开水，他觉得自己的精力充沛了。于是他动手找出他带回国的各种柴油机设计书，把公文皮包塞得胀鼓鼓的。

他刚才忘了脱去西服，不用穿衣费时，立刻挟着皮包锁门走了。

黄成宾到了民成公司办公处门口，又有些迟疑起来，既然陆祖福已拒绝了他的求职要求，再去求他可能不合时宜。

他在门口徘徊了一会儿，终于鼓起勇气走了进去。

办事人员问他会谁，他又犹豫了一下，本想会陆祖福，接着考虑到陆祖福不一定会见他。于是说：“会周仁国先生。”他递给办事人员一张名片，名片是德文的，早用钢笔注出中文：德国国立工学院动力学博士黄成宾。

周仁国在楼上办公室收到这张名片，沉默着半晌不语。他对黄成宾颇有好感，知识分子在感情上容易引起共鸣，觉得他万里迢迢奔回祖国是难得的，很想帮他的忙。可是，想不到上次弄巧成拙，反而帮了倒忙。为了这事，后来陆祖福又把周仁国申斥了一番，虽然委屈也不敢申辩。他明白黄成宾又来，肯定还是求工作的事，自己已无能为力，只得一横心对办事人员说：“不见！”

黄成宾听说周仁国无暇见他，只得快快地走出民成公司的大门。要是以往吃这样的闭门羹，他的自尊心会受不了，一定羞得无地自容。现在，他已习以为常，除了失望之外，并不十分难过。他只是有些懊悔自己此来太欠考虑，白跑了一趟路。

回到客栈，天还没黑。汪丽还没回来，只有查理垂头坐在房门槛上。

查理看见黄成宾回来了，欢快地迎上去："爸爸，妈妈呢？"

黄成宾瞥了查理一眼，见他浑身弄得很脏，不满地说："查理，你哪去了？快变成野孩子了。"

查理毫不理会黄成宾的责备，用手抹了一把头上的乱发，掏出几枚镍币摊在手上："爸爸，钱！"

"哪来的？"黄成宾跨进房内，漫不经心地问。

查理也跟着进到房内，偏着头兴奋地答道："码头上要人从江边推板车上斜坡，我跟一群小伙伴去了，这钱是我挣来的。爸爸，给你。"

黄成宾吃了一惊，仔细端详着查理。孩子还只有十岁，一张稚气的面孔，现出天真无邪的表情。他心里一阵激动，觉得很难受，真想揽过查理来亲亲。可是他却沉着脸说："查理，以后不要再去干这种工作，你还小哩！你今天的事，等会不要对妈妈讲，她听了会难过得哭起来的。"

查理不能理解爸爸的感情，噘着嘴说："爸爸，这有什么不好，很多像我这样大的孩子都在码头干活！我一个人在家太寂寞，我……"

黄成宾没有留意查理在说些什么，从公文皮包里取出刚放进去的那些技术文件，一件一件放回原处。

"爸爸，我饿了，怎么还不吃晚饭呀！"查理蹙眉说。

黄成宾今天除早上喝了一小杯牛奶，下午吃过半个馒头外，也没吃过其他东西，早感到饿了。

可是，他不知道汪丽把钱放在什么地方，家里是不是还有钱用，也不知道。他在房里许多地方都找过了，连一文钱也没看见。他才想到汪丽，奇怪，怎么天黑了还没回，她很少像这样……

查理见爸爸拿不出钱来，天真地笑了。他又把那几枚镍币摊在手心上："爸爸，我有钱。这钱可以买吃的东西呢！"

黄成宾迟疑了一会儿，终于点了点头。

查理很高兴，他已洗净了手脸，白皙的脸上露出开心的微笑。他居然用他第一次劳动得来的钱贴补家用了。

二

汪丽撑着浅花洋伞遮蔽着强烈的阳光，急匆匆地在街上走着。

她的穿着欧化入时，质地精良的西式衣裙是从德国带回来的，黑黑的卷发披散在耳后，耳垂上戴着一对钻石耳坠，迎着阳光一闪一闪。

她是很注重仪表的。虽然他们现在处境困难，但是她尽量省吃俭用，让她与她的丈夫出门时保持外表的整洁。

她还保持着欧洲妇女的习惯，弯弯的细眉是细心描画过的，脸上涂着胭脂，嘴上涂着唇膏，依然显得娇美艳丽。她穿着高跟鞋和长筒丝袜，走起路来更显出她体态的苗条。

她访问了几个朋友和同学，有的对她深表同情，但是爱莫能助；有的叫她留下地址，答应有适当的机会便通知她。

最后她到了一家公馆门口，不禁徘徊起来。从临街铁栏杆的缝隙可以看见里面的小花园，一丛丛玫瑰花正盛开着。这是汪丽在南京金陵女子大学读书时的女同学胡娟的住处。她嫁给了招商局的总经理薛习永。

汪丽对胡娟的印象不好，觉得她在生活上很随便，也很浪漫。她们已多年不见，也没通过音信。胡娟在武汉的地址，是一位女友告诉她的，建议她托胡娟代找一个工作。

汪丽伸手准备揿门铃的电钮，伸出的手在空中停顿了片刻，方才揿下。

一位年轻的女仆从花径走了过来，把铁门打开了。

女仆打量着汪丽问："太太，你找谁?"

"胡娟，"汪丽有些慌乱，见女仆脸上露出诧异的表情，接着补充说，"我找薛太太。"

女仆"哦"了一声，客气地说："太太，请进。"

汪丽跟在女仆身后进了客厅。

女仆招呼汪丽在一张沙发上坐下，敬上了一杯香茶，含笑问："请问太太贵姓?"

"哦！我……我叫汪丽，是薛太太的老同学。"汪丽回答说。

女仆退出客厅通报去了。

汪丽端详着客厅里的摆设。全套西式家具都是崭新的，茶几上的烟具和茶具都是精致的上品。墙上挂着的油画，也堪称艺术精品。那地毯，从图案可以看出，不是中国货。

一阵楼梯响，未见其人已先闻其声：“哎哟！我的丽妹，哪阵风把你吹来了，想死我了……”

一个身着淡青色绸衣裙的妇人走进客厅，迈着急快的碎步上前，紧紧握住汪丽的双手：“汪丽，想死我了，今天怎么想到来看我？唵，你还是老样子，一点没老，还是那么年轻漂亮，我老啰……”

汪丽差点认不出胡娟了，原先婀娜苗条的身材发福了，变得异常丰腴；说话的表情带着明显的夸张意味。皮肤雪白如凝脂，带有挑逗的肉感。粗粗的臂膀上戴着两只赤金膀圈，微微箍进多脂的肌肉里。长长的卷发披散在两肩上。

汪丽正想说话，胡娟肥墩墩的屁股刚落座在对面的沙发上，已拍着她怀里的狮子狗在说话：“我亲爱的小狗，你明天就要跟我坐飞机到重庆去了。”她故意将眼睛睁得大大的望着汪丽，可是却对狮子狗在说话，“我的宝贝，你坐过几次飞机啦？一次、两次、三次、四次……呵！你坐过六次飞机了。”

胡娟抚摸着狮子狗长长的绒毛，这次是对汪丽说：“汪丽，我这只小狗多有意思！第一次坐飞机时汪汪地叫个不停，现在习以为常，再不害怕了，在飞机上温驯地躺在我的怀里。嘿，真有意思！”

汪丽端正地坐着，两手交叉着放在膝上，她几次想说话，但终于没说出口。

胡娟把她怀里的狮子狗夸奖了一番，稍微沉默了一会儿，方才问：“汪丽，我早听说你回国来了，为什么不来看我？把我这个老同学搞忘了。你看，我多重情义，时常想念你哩！听说你的达令辞去德国的差使，回国来高就，现在哪里工作?”

汪丽刚回答了几个字：“我们现在……”胡娟已低头将面颊偎着狮子狗的头部：“哦！我的小狗，看丽妹的达令多好，兵工专家，总工程师，既时髦又高尚。看我，嫁了一个资产阶级，近来又在资产阶级上添了两个字，成了官僚资产阶级，千人骂万人恨。我羞得要死……”

胡娟半对着狮子狗，半对着汪丽说话，一说就滔滔不绝，简直不让汪丽有说话的机会。

稍微坐了一会儿，汪丽改变了主意，不想对胡娟提起代为求职的事了。她对胡娟无聊的谈话，装腔作势的神态，感到厌恶。她看时候不早了，想到还要为黄成宾与查理准备晚餐，于是起身告辞。

胡娟差不多惊呼起来："哦！我的丽妹，多年不见，你也不多坐一会儿，我不让你走，我不让你走！"但她已经抱着狮子狗站了起来，自言自语地说，"还是丽妹幸福，我多可怜，连孩子也没有一个，只有我的小狗陪着我，我的心肝，我的宝贝……"她边亲着狮子狗边送汪丽走出客厅。

送到台阶上，胡娟像突然想起什么似的，将心爱的狮子狗放到地上，拖住汪丽说："哦！忘了告诉你，苏经到现在还没结婚。听说你在德国与黄成宾结婚了，他差点跳进黄浦江。现在他也是资产阶级，开了一家偌大的扬子江汽车公司，多痴心的苏经呀！他向我提起你还眼泪汪汪的。多可怜，他虽是资产阶级，可是比我家习永强，没有官僚两个字。"

汪丽像被谁突然刺了一下，加快了脚步。

胡娟不顾她的狮子狗，也加快了脚步紧跟在汪丽的身后，说："你既然不肯多留一会儿，只有让你走了。丽妹，待一会儿我就去看你，看你那位书呆子。"

汪丽的心一紧，她不愿胡娟去看见他们住在小客栈里的寒碜相。幸好，胡娟送汪丽到了大门口，始终没有问她住在哪里，她才松了一口气。

汪丽走了很远，还听见胡娟站在公馆门口大声说："Goodbye！"

她头也不回地往前走，想尽快赶回小客栈去。

她路过冠生园门口，瞥见玻璃橱窗里陈列着一个大蛋糕。她停住了脚步，在玻璃橱窗前犹豫起来。

她蓦地想起了今天是她与黄成宾的结婚纪念日。去年是锡婚[1]、是在德国过的，家中很热闹，来了许多向他们祝贺的客人。今年已是第十一年，正好是钢婚。钢婚——说明彼此的婚姻关系已如钢一样地坚固，是应该隆重庆祝的。

她向橱窗里的大蛋糕凝视了一会儿，见大蛋糕标价很高，身边的钱已不够了，何况客栈的房钱马上又要付。

对街有一家银楼，门口贴着一张醒目的广告——现金收购各种珍贵首饰。

---

1 欧美风俗，把婚后的每一年，取上一个名称。第十年是锡婚。

汪丽伸出手指，看了看那只宝石戒指，这是结婚纪念品，当然不能变卖的。她摸了摸耳垂上戴着的一对钻石耳坠，这是她母亲送给她的纪念品。目前，值钱的东西只剩下这两件了。

她雪白的牙齿咬了咬鲜艳的嘴唇，最后下了决心，毫不迟疑地取下了钻石耳坠，快步穿过马路，进了那家银楼……

当她从银楼变卖了钻石耳坠出来，正在横穿马路时，一辆流线型小轿车从她身旁驶过，蓦地刹住了，发出嘎的一声刺耳的巨响，把汪丽吓了一跳。

汪丽见小轿车的车门打开了，下来一位西装革履、神气十足的绅士，嘴唇上蓄着两撇细细的胡子，欢欣地向她点头招呼："哦！汪丽！想不到在这里碰见你，真是太高兴了。"

汪丽吃了一惊，收住了脚步，把这位绅士打量了一会儿，方才认出是谁。她态度冷淡，但很有礼貌地点头回答："哦，是苏经先生。很多年没见，差点认不出来了。"

汪丽见苏经伸过右手来，便大方地轻轻一握，立即放开了。

苏经眉开眼笑地盯住汪丽的面孔，揉搓着双手说："汪丽小姐，我在上海便听说你与黄先生一道回国来了，到处打听不到你们的地址，所以无法拜访。唉！今天真巧，在武汉街头碰见你了，我，正有事找你们哩！"

马路上过往车辆很多，汪丽听苏经这么说，不便马上离开，只得紧走几步上了人行道。

苏经向司机低语了几句，司机随即将小轿车开到马路边停住。

苏经赶上汪丽，对汪丽冷淡的表情毫不在意，热情地邀请说："汪小姐，这里说话不便，请到冠生园茶室坐坐，我有要事与你谈呢！"

汪丽的神态有些犹豫，她在德国便认识这个苏经，他曾经热烈追求过她。但她认为苏经是位华而不实的纨绔子弟，非常庸俗，便拒绝了他的求爱，后来便与黄成宾结婚了。

"走，汪小姐，我带路。"苏经不容分说，抢先在前带路。

汪丽只得勉强跟他进了冠生园茶室。

苏经叫茶房送上一桌精巧名贵的西点，并且热情地给汪丽的咖啡杯里加糖块、冲牛奶："汪小姐，我知道你最喜欢在咖啡里加牛奶，要甜一些。"他脸上现出忧伤的表情，怀旧地说，"唉！我想起在德国的那些日子，心里就无限惆怅。多么美丽的莱茵河！美极了。可是，我是一个最不幸的人，这一切……”他见汪丽的眉尖蹙了一下，忙改口说，“过去的事不谈了，我们谈谈现在吧！”

苏经温柔而有礼貌地将一碟子果酱和烘面包推到汪丽面前，殷勤地说：“国内的果酱与布司比外国差多了，汪小姐，你不要客气，随便吃点吧！”

汪丽的确感到有些饿了，取了一块布司，用镀过克罗米的刀子涂上果酱，慢慢地吃着。

沉默了一会儿，苏经喝了一口咖啡，关切地问：“汪小姐，回国后你们在哪里工作?”

汪丽这时用汤勺在咖啡杯里不断搅动，只摇了摇头，仍然沉默不语。

“哦！还没找到工作。怎么不来找我呢！不要紧，老朋友嘛，我一定会帮忙的。唉，要是你们早点来找我就好了，前几天兵工局要我给他们介绍一位工程师，因为我想不出适当的人选，便退了信。唉，我的记性不好，偏偏把黄先生忘了。黄先生真是爱国人士，在德国放弃了副总工程师的要职，归国来想为国家民族服务，真使我钦佩……”苏经说到这里，突然想起汪丽还没询问他目前的情况，于是自我介绍说，“我这几年弃学经商，筹组了一家扬子江汽车公司。唉！抗战一吃紧，运输是个大问题，想搞搞运输，也是为了抗战聊尽绵薄之力。唉！比起你们的爱国热情，那我就差得远了。嘿！嘿！”他见汪丽并没留心听他的话，解嘲似的干笑了两声。

汪丽很了解苏经的为人，听他油腔滑调的瞎扯，有些耐不住了。她见茶室里已经亮灯，外面暮色朦胧，想买好东西迅速赶回去。于是平静地说：“苏先生，你要找我谈的话便是这些吗?”

“不，不。”苏经装腔作势地摇摇头，表情显得很诚恳，“汪小姐，你们的工作问题我包了。扬子江汽车公司才开办不久，缺人哩！我正少帮手。若汪小姐不嫌弃，可以到我经理室来工作，暂时委屈你当一名秘书。你们在国外过惯了优裕生活，工资少了不够用。我们是老朋友了，除了正式工资外，我每月私人还津贴汪小姐一点钱以贴补家用。至于黄先生……”苏经瞟了汪丽一眼，脸上露出有点奇特的微笑，“至于黄先生的工作，敝公司不大好安排，因为没有总工程师的编制。”他有点做作地沉吟了一下，“这样，我知道黄先生在德国会自己开汽车，暂时委屈黄先生到扬子江公司来当司机。别看司机地位低微，现在可是吃香的职业，加上外快比当工程师还强。再说也是为了抗战出力嘛！假若黄先生不愿开大卡车，就给我私人开小轿车好了。当然，工资也从优……”

汪丽已从苏经微带三角形的笑脸上看见了一些潜在的东西——傲慢和诱惑，还含有嘲弄的意味。她再也待不住了，拿着手提包站起身，平静地说：“苏先生对我们的关心，使我很感谢。不过，我们目前还不会到贵公司去工作，再见。”

苏经见挽留不住，只得说：“汪小姐，扬子江汽车公司总办事处设在重庆，我乐意随时在重庆接待你们。我对你们的许诺随时有效，只要汪小姐不嫌弃，愿为你们效劳。”

汪丽也彬彬有礼地回答说：“苏先生太客气，谢谢你。”她走了。苏经贪婪地看着汪丽苗条动人的背影，直到在门口消失。他掏出一支雪茄点燃着，猛吸一口，脸上似笑非笑，意义不明地点了点头。

三

汪丽急步走出冠生园后，匆匆走过几间店铺，方想起忘了在冠生园买大蛋糕。她放慢了脚步迟疑了一会儿，终于继续朝前走了。她不愿再看见苏经那张面孔，她的自尊心实在受不了。

她匆匆在晦暗的人行道上赶路。人行道上摆满了各种吃食摊，卖面窝，卖卤鸭翅、鸭脚、鸭包头，卖油炸臭豆腐干，卖猪血汤的小贩，用抑扬的声调叫卖着，很能显露武汉地方的特色。

汪丽从另一家大糕点铺——汪玉霞糕点店买到了一只大蛋糕，回到了小客栈。

汪丽刚进门，查理欢笑着扑了上前，搂着汪丽的脖子：“妈妈，你怎么这时才回?”

汪丽低下头，在查理的脸蛋上亲了亲，然后她让查理在她额头上吻了一下。

汪丽推开了查理，瞥了一眼在昏黄的电灯光下埋头工作的黄成宾，问：“亲爱的，你们饿了吧!”

查理抢着回答：“妈妈，我们都吃过了，还与你留了面窝。”

她果然看见桌上碗里留着两只炸得焦黄的面窝，这种武汉地方特有的平民食品，近来他们是时常吃的。

她蓦地想起来，问黄成宾：“你们哪来的钱呢?”

黄成宾抬起头来，搁下了钢笔，摘下宽边眼镜，揉了揉眼角，然后戴上。他无言地耸了耸肩，瞥了查理一眼。

“妈妈，是我挣来的钱！”查理忘了爸爸的嘱咐，口快地说。汪丽感到惊诧：“你，查理，你说什么？”

查理这才想到爸爸的嘱咐，瞟着黄成宾没有回答。

汪丽向黄成宾问：“成宾，是怎么一回事？”

黄成宾缓缓站起身，他只穿着一件衬衫，双手放在裤袋里，将查理瞒着他去推板车的事告诉了汪丽。

汪丽心里一酸，一把搂住了查理，含着满眶的泪水，激动地吻他的双颊，吻他的双眼，心疼地说：“查理，我亲爱的孩子，下次可不能这样，你还很小哩！”泪水夺眶而出，她快哭出声来。

查理从妈妈的怀抱里挣脱出来：“妈妈，我十岁，已经不小了，你还把我当孩子。”

汪丽用手抹了一把流出的泪水，觉得孩子很懂事，笑了。

查理这时才注意到汪丽放在桌上的大纸盒，问：“妈妈，这是什么？”

汪丽揭开纸盒盖，查理惊呼起来：“爸爸，妈妈买回了一只大蛋糕，多好看呀！好久没吃蛋糕了。”

黄成宾也看清了这只精美的大蛋糕，疑惑地看着汪丽说：“亲爱的，买这干啥？这种蛋糕很贵呀！”

“成宾，难道你真把今天是什么日子也忘了！”汪丽娇嗔地责备说。

“哦，亲爱的，对不起。”黄成宾想起来了，他顿时兴奋得满脸通红，对汪丽抱歉地说，“看我，把我们这么重要的日子都忘了，丽，请原谅。”

汪丽轻轻地叹口气，她尽量装出愉快的样子，脸上露出甜蜜的微笑，一手搂着黄成宾，一手搂着查理，三个人围着大蛋糕。汪丽心上的阴霾暂时被查理的欢笑一扫而光，兴奋地说：“查理今年十岁，我们结婚十一周年了。成宾，今年是我们的钢婚哩！”

黄成宾被汪丽的深情所感染，眼里润湿了，暂时忘记了严酷的现实，亲昵地搂着汪丽的细腰，紧偎着脸颊，感情很深地说：“是，十一年了，钢婚——是一个大典哩！你跟我回国后受苦了，我……”

汪丽把黄成宾的话打断了：“成宾，说这些干啥！来，让我点上蛋糕上的小蜡烛。”

汪丽口里哼着德国的抒情歌曲《美丽的莱茵河》，一会儿便将蛋糕上的小烛点燃了。

他们看着燃烧的小烛微笑，查理兴奋地跳来跳去，室内顿时弥漫着欢乐的气氛。

黄成宾猛地想起：“丽，这蛋糕要不少钱吧！钱从哪里来的？”这时黄成宾又有新发现，“丽，你的钻石耳坠呢？”

室内欢快的气氛顿时被破坏了。汪丽收敛了笑容，心灵上掠过了一丝阴影。

为了极力保持刚才欢乐和谐的气氛，她装得若无其事，说：“我将耳坠变卖了，不戴耳坠反而轻松些。是吗，亲爱的？”

黄成宾心情异常沉重地说：“丽，这耳坠是妈妈给你的纪念品哩！”

“成宾，现在也顾不得这些了，今天是我们钢婚纪念日，一定要庆祝呵！”汪丽装出的笑脸显得不自然。

黄成宾默然了，一颗泪珠从他眼角滚了出来，内疚地说：“丽，你跟我回国受苦，难道你不后悔？”

“悔？”汪丽瞥了黄成宾一眼，摇摇头说，“不，我不后悔，悔有什么用！”她眼里也有了泪光，为了恢复刚才的欢乐气氛，拉了黄成宾一把，对查理说，“不谈这些了，查理，来！我们三人一齐来吹熄这些小烛，要一口气吹熄。”

室内又响起了欢快的笑声，他们争相去吹熄小烛。汪丽用刀子将大蛋糕切成小块，取出了一听克宁奶粉——这是她有意存下的，每人冲了一杯牛奶，围在桌子四周边喝牛奶边吃蛋糕。

除了查理不时发出欢笑声外，他们都不愿说话，怎么也不能使气氛变得轻快起来。

黄成宾为了改变这样低沉的气氛，提议说：“丽，我们唱一首歌吧！”

汪丽有了一丝笑意：“好，唱什么歌呢？”

黄成宾说：“你说呢？”

汪丽想了想：“唱一首中国流行歌曲《凤求凰》，怎样？”

“好。”黄成宾点头说。

查理在一旁调皮地打着拍子，他俩唱：

花儿正好，

月儿正圆，
人儿正媚，
意儿正绵。
呵……
多情的人儿呀！
别再迟延。

灯儿正暗，
歌儿正甜，
夜儿正静，
心儿正悬。
唔……
有心的人儿呀，
勇敢向前。
……

四

查理先在小凉床上睡熟了。

黄成宾埋头伏在桌上写算，全神贯注地思索着。

汪丽换过了睡衣，准备睡觉，见黄成宾专注的神态，觉得奇怪。她心境很好，这个钢婚纪念日过得毕竟不坏，情绪带着刚才欢乐的余波。她上前一手搭在黄成宾的肩上，问：“成宾，你累了一天，该歇息了。这两天你无事在写算些什么？让我来看。”

她从黄成宾手上接过一张洁白的硬磅纸，见上面绘着一张草图，旁边空白处注着尺寸和计算公式。

汪丽看懂了一些，更觉奇怪：“成宾，你好像在设计一座瓦斯发生炉。现在集中精力搞这，有什么用呢？”她将白磅纸递还给黄成宾。

黄成宾侧头看着汪丽，认真地说：“丽，亲爱的。我的专长在祖国抗战中绝不会无用，设计这座瓦斯炉就关系着抗战中的一个重要问题。”

汪丽有些不相信，说："真这么重要？"

黄成宾兴奋地握住汪丽的手，解释说："丽，你应该相信我，我现在设计的瓦斯发生炉意义重大。你想，抗战持久后，一切战略物资会缺乏，特别是依赖进口的汽油更会奇缺。大后方成千上万辆汽车便不能开动，交通就会瘫痪。我设计这座瓦斯发生炉可以安装到汽车上代替汽油，所用的燃料——木炭，在大后方随处都有，价廉方便，这岂不是为抗战解决了一个大问题！丽，你同意我的设想吗？"

"哦！"汪丽惊呼一声，原来黄成宾在进行一件这么有意义的工作。她关切地问，"成宾，你的设想多好呀！能不能成功呢？"

"能，一定能成功。瓦斯发生炉制造方便，工艺要求不高，只需在原先的汽油机上加装一个简单的装置就可以配套。丽，我有旺盛的精力，脑子也不乏想象力，一天不工作我就憋得难受。唉，可是……"黄成宾一阵兴奋过去了，感到前途的渺茫，握住汪丽的手松开了。

汪丽理解黄成宾的心情，找不出适当的话安慰他，她心里也很难过。差不多已到了山穷水尽的地步，他还在设计，还在研究，还在想到抗战。这种书生气，真是他可爱的地方，也是他们不幸的根源。

她亲昵地偎在他的脸上，极力想安慰他："成宾，今天晚上你还舍不得丢开你的瓦斯发生炉，难道把我们的钢婚忘了？"

黄成宾摘下了眼镜，缓缓站起身。汪丽的柔情使他感动，他双手捧着汪丽的双颊，说："丽，十一年了，时间虽然在你的眼角刻下了细纹，可是，你依然那么美，那么热情，那么爱我。可是……"他声音有些哽咽，"可是这段时间苦了你，你跟着我受苦，我对不起你……"

汪丽凄然地笑了，用颤抖的手抹去黄成宾已经滚出的泪水："成宾，不说这些。车到山前必有路，我不相信中国这么大，会没有我们容身的地方。"

汪丽心头蓦地掠过胡娟与苏经的面孔，为黄成宾感到愤愤不平，他空有一身本领，却有力无处使呵！但她不愿谈这些，更怕惹起他的痛苦。

黄成宾看见汪丽凄婉的笑容，反而改变了情绪，热情地说："丽，我今晚要像十一年前新婚之夜那样拥抱你，吻你。"

……

夜已很深了，黄成宾躺在床上蒙眬中做着梦……

他仿佛仍在德国，看见一队队国社党党卫军，迈着僵硬的整齐步伐在大街上走过。有法西斯标志的臂章异常显眼……

党卫军的步伐加快了，平伸出右手，歇斯底里地高喊着“希特勒万岁”，呼喊着希特勒的口号往前冲。街上的行人在避让奔逃，恐怖的气氛弥漫在街头。犹太人，吉普赛人以及其他有色人种，一个个呻吟着倒在血泊里。法西斯分子在狂叫：日耳曼民族是世界上最优秀的民族，其他民族都是劣种，属于淘汰之列……一个个党卫军在他眼前晃动，一个个都像希特勒的机器，重复着希特勒的每一句话，每一项灭绝人性的指示。僵化的姿势，僵化的语言，僵化的行动……这些恐怖形象在他眼前闪跳。他仿佛觉得一队党卫军发现了他，指着他狂叫：中国狗——劣等民族，杀！

他忙带着汪丽和查理躲逃，但怎么也跑不动。党卫军越追越近，他听见了枪响，仿佛看见汪丽和查理都扑倒在血泊里。他也顾不得逃跑了，扑在汪丽和查理的身体上，悲伤地呼号：“丽，我亲爱的心肝，查理，我可怜的孩子……”

他仿佛不在德国，而是站在中国的土地上。天，蔚蓝的色彩美极了。他看见他设计的瓦斯发生炉已安装在汽车上，飘着淡色青烟的汽车在崎岖的山路上，在沃野千里的平原上飞驶，运兵、运炮弹到前方去杀敌人。汪丽偎在他身边，查理欢快地拉着他的衣角，笑了，他们都笑了……

蓦地蔚蓝的天空变了颜色，大地笼罩在灰蒙蒙的一片混沌之中，越来越暗，最后伸手不见五指。一张张熟悉而又感陌生的面孔像幽灵似的在眼前晃动。忽地，这些面孔个个变成了血盆大口、狰狞可怕的怪物，向他扑来。他本能地想护卫身边的汪丽和查理。可是，汪丽和查理不见了，怪物也消失得无影无踪，只剩下他独自一人在黑暗中挣扎。他呼唤的声音很微弱：“丽，你在哪里？查理，难道你听不见我的呼唤……”

寒风在黑暗中呼啸，他感到刺骨的寒冷。他在黑暗的大地上摸索，蹒跚地一步一步往前走，呻吟着，仍然在微弱的呼唤：“丽，你在哪里？查理，难道你听不见我的呼唤……”

蓦地，他看见团团的火焰在他四周燃烧，身上的衣服烤焦起火了。他左冲右突也出不了火圈，一双巨人的手从火圈外向他伸来，可是他总也够不着。火、火、火……

他听见一个忽远忽近的声音在呼唤，是汪丽的声音：“成宾，你醒醒。你梦见什么啦？我和查理都在你身边哩！”

他觉得一双柔软的手推摇着他，他一把抓住这双手，生怕又会消失。

“成宾，你快醒醒，你梦魇了。”汪丽用一只手拐撑着上身，一只手摇晃着黄成宾。

他睁开眼，定了定神，汪丽和查理都在他身边。他清醒了，原来是一场噩梦，他轻轻地松口气。

汪丽在问：“成宾，多怕人，你在梦中老叫着我和查理的名字，不断叫着火、火、火。”

黄成宾觉得头脑胀痛，浑身已被汗水浸湿，眼皮很沉重，睁开的眼睛又闭上了。他将汪丽紧紧地揽在怀里，像呻吟般地说：“丽，在梦中我多么孤独，你和查理都离开了我，多可怕呵！”

“亲爱的，今晚是我俩钢婚纪念日哩！我们的婚姻已像钢般坚贞，我永远不会离开你。查理是你的儿子，他当然更不会离开你。”汪丽偎在黄成宾怀里，柔情地安慰他。

可是，汪丽觉得黄成宾身上很热，忙用手抚摸他的额头，感到滚烫，原来他正发高烧哩！

汪丽一惊，撑起身来，见他脸上烧得通红，双目紧闭。她有些慌了，焦急地呼唤：“成宾，你病了，觉得哪里不舒服呢？”

黄成宾只是微微呻吟了一声，没有回答。他又开始说胡话，撕扯着自己的衬衫，叫着汪丽和查理，叫着火、火、火。最后，昏迷了。

汪丽赤裸的双腿曲着跪在他旁边，睫毛边挂满了泪珠。她不知现在该怎样办，无声地扑倒在黄成宾发烫的身上，搂着他啜泣着……

查理在小凉床上脸含微笑，睡得正香甜。

静寂的夜空传来小贩卖猪血汤的梆声：咚咚、咚咚……

第五章

一

外面下着雷阵雨，凉爽的风吹进室内，使人觉得异常舒畅。

周森同志调来八路军办事处担任办公室主任，又是他直接领导李明的工作。

周森穿着一套灰布军服，戴着八路军的臂章，坐在一张办公桌后，向坐在对面的李明布置任务……

李明因为经常出入公共场合，所以穿了一套半新的薄呢西服，呢博士帽放在周森办公桌端上，露出黑发分头。自从他在石牛场黄桷树垭口养好伤后，调到川西特委去工作了一段时间，西安事变后，国共第二次合作，李明被上级调到八路军办事处来搞统战工作，因为他对四川上层较熟悉。

周森见李明用白纸在裹叶子烟，于是拉开抽屉拿出一包地球牌香烟扔在办公桌上，含笑说："抽这个。"

李明知道周森经常也是卷烟抽，笑了笑："香烟我也有，留着在外工作时抽，现在抽这自制牌很好嘛！"

周森也没深劝，自己也用白纸在卷烟，说："看你这身装束，很像有产阶级，别人看见你用白纸卷烟会笑脱牙巴，也易引人注目。"

李明用舌头舐湿白纸边缘粘好，点燃吸了一口，喷了一口烟雾。他见周森沉默不语，以为已没话再说了，刚站起身来，周森做了一个手势："慢，我还有话与你谈一谈。"

李明又坐下，他以为周森还有工作需要与他谈。

殊不知周森低头凝思一会儿，抬起头来不慌不忙地说："我养过蜂，对于蜜蜂的习性很清楚。我开始认为蜂王很了不起，以为它天生不同。可是后来我才了解，蜂王原先不过是一只普通的蜜蜂……"

李明突然听周森谈养蜂，很有些不解，诧异地注视着他。

周森毫不理会李明的表情，继续说："工蜂用它们辛勤的劳动酿制成一种营养丰富的浆喂养一只普通蜜蜂，这一只普通的蜜蜂吸取这种浆的营养，终至长得很大，很壮，成了蜂王，变成了它们的领袖……"

李明细细品味着周森的话，虽然明白了一些，但还没全懂得这些话的深意，目不转睛地注视着周森清瘦的面孔。

周森说到这里有些激动，止住了谈话，站起身来在室内徘徊了几步，然后站在李明面前，一只手搭在李明的肩上，用诚恳而亲切的口吻说："老李，我是你的入党介绍人，非常了解你，你有许多优点。不过……"

李明见周森的表情蓦地变得异常严肃，不由一惊，难道自己的工作出了纰漏！他有些忐忑不安地扔掉了烟头，静等周森说下去。

周森仍没谈正题："蜂王的故事给我以很大的启发。我们每一个共产党员来自群众，开始并没什么与众不同的地方，只是群众斗争滋养了我们；我们从群众斗争中吸取了丰富的营养，才使我们成长，再带领群众去斗争，去寻求解放。我们绝不能以救世主自居……"

周森仿佛已从李明脸上看到了迷惑不解的表情，于是不再绕弯子了："我们都很忙，一直很少谈心。老李，你在涪陵那段时间的工作有经验也有教训，有成功也有失败，你自己应该好好总结。"

李明已感到周森谈话的用意，直率地说："周森同志，我们都是共产党员，有批评，你就说吧！"

周森却笑了："批评——说不上是批评，我是希望你自己总结一下。"

李明的表情恳切："周森同志，当局者迷，旁观者清，我绝不讳疾忌医，请你当医生吧。"

周森语气很轻松："医生——更说不上啰！我也是病人，任何人都是有缺点和错误的。"

周森扔掉手上的烟头："你在涪陵的成绩我就不说啰。我觉得你有那么一点优越感，这是一种有害的情绪，很容易产生关门主义。你现在主要是搞统战工作，这种情绪更有害啰。民主人士，甚至反动营垒中的人，我们容易看见他们的阶级局限性，不容易看见他们的长处。一个真正的马列主义者，要善于吸收营养，丰富自己。哪怕是敌人的长处，我们也要认真学，老老实实地学。"

周森叹口气："你在《涪陵报》发表那篇《逆流》的诗，看起来很革命，可是却暴露了自己。你还把敌人看得很笨，叫高茜把《逆流》重抄一遍，反而欲盖弥彰，让段玉兴找到了蛛丝马迹……"

"段玉兴很狡猾，"周森说，"还想放长线钓大鱼哩！罗化平嫌疑最大，但我们还没能证实，所以暂时切断了与他的联系。"

周森见李明已被说得面红耳赤，笑了笑："'良药苦口利于病'，让你面红耳赤一下也好！"

听周森这么说，李明更显得羞愧不安。

周森长长叹口气：“我听见‘一颗星’报告了张碧秀的情况，深深感到惋惜。我们共产党员不是禁欲主义者，爱情也是一种力量，你完全可以利用爱情的力量去团结她与我们一道前进，让她在斗争的烈火中成长。”周森的语音放得很轻很慢，“干革命还是多一些人好呀！可是……这朵白兰花却枯萎得太早了……”

李明突然含着痛苦的语音央求：“周森同志，我……请你不要再往下说……”

周森见李明眼角已经有一颗泪珠滚了出来，便闭住了口。

二

高伦在璇宫饭店包了一套房间，作为他在汉口的临时住所。

今天，他与高太太都没外出，坐在客室里谈家常。

高太太穿一件白市布中式短便衫，这两年她鬓角已出现了许多白发，但神态依旧，脸上的皱纹不多，显得红润丰腴。她坐在沙发上，一面用水果刀切西瓜，一面与高伦谈说她昨天跟随宋美龄去医院慰劳伤兵的情况……

坐在对面沙发上的高伦不等高太太说完，便忍不住哈哈大笑，端起茶碗喝了一口茶：“太太，宋美龄昨天慰劳伤兵的详情已登在报上，同时还刊登了照片，据说还拍了新闻影片。几家不怕事的小报还登载了一些劳军中不太令人愉快的情况。护士给伤兵打开慰劳的罐头，全是已变质的酸黄豆，伤兵气得当场扔掉了罐头。他们认为自己受骗了，当了为人贴金的临时演员……太太，你也当了配角呵！”

高伦紧皱的眉头舒展开了：“太太，现在抗日的情况虽然还不能让人满意，但蒋先生毕竟接受了共产党的建议，国共第二次合作了，我们中国便有了希望。我想，这些不令人满意的情况是暂时的。”

高太太递给高伦一块西瓜，自己也拿着一块西瓜吃着……

高太太用手绢揩净嘴和手，见高伦也吃完了西瓜，她把手绢递过去，细眉向上一挑，瞥了高伦一眼，撇了撇嘴，对高伦刚才的谈话很不以为然：“老头子，我看蒋先生近来接见过你几次，放了几个香屁给你闻，把你熏得飘飘然了。他说了几句不费钱的好话，你便信以为真。张群又亲自来拜访你，好像对你很尊重。哼！我看是‘黄鼠狼给鸡拜年’——没安好心。”

高伦将手绢还给高太太，耐心地解释说：“太太，我并不是爱轻信的人。你想，蒋先生毕竟是中国人，爱国心不能说一点没有。再说，中国若亡于日本，他当儿皇帝哪有现在威风！共产党识大体，团结他抗日不是假心，他暂时是不会反共投降日本的。我们今天只有以国家民族为重，不计以前的恩怨，携起手来共同抗日。”

高太太圆睁双眼，显然对高伦的话不满：“蒋先生是真抗日或是假抗日，以后自见分晓。我刘湘哥就是相信了蒋先生抗日的鬼话，中了他调虎离山之计，今年春天在汉口万国医院死得不明不白……”

高太太说到这里，眼里的泪花在闪烁。她停顿了一会儿，用手绢揩了揩泪水，继续说：“现在又要向我自乾叔开刀，所以急忙要张群当四川省主席……”

高太太的声音大了，有些激愤：“蒋先生假若真心抗日，为啥偏要张群这个有名的亲日派去控制四川？难道我自乾叔没当省主席的资格?！你上次向蒋先生提出要重挂指挥刀，带兵上前线杀敌，为啥蒋先生不同意，只委你当个闲官，难道你不懂军事?！嘿，以后蒋先生再对你说几句好话，便把你牵到屠房宰了煮成汤锅卖，你也不晓得!”

高伦皱着眉，听她说的虽有些在理的地方，但对刘湘意存偏袒。他知她近来常到楼上刘文辉住处去玩，加之她与刘文辉的二太太年纪相差不远，虽叫小婶，自幼往来，很是亲密，受他们的影响很大。

高太太见高伦听了她的话皱着眉头，大声大气地说：“你皱啥眉头！未必我说的话不对头。”

高伦素不与高太太争吵，把她将就惯了，忙松开眉头，犹豫了一会儿，终于说：“唉，太太，刘湘的死——还没证据说明是蒋先生害死的。你忘了：你那位刘湘哥是怎么对付我家茜儿的！要不是他六亲不认，茜儿现在可能还在我们身边呢!”

高伦这几句话，的确触到了高太太的痛处，她像刚吃下一个滚烫的汤圆，眨着眼半天出声不得。她是不愿在高伦面前感到理屈的，终于动气了，站起身向高伦横眉吵嚷：“你少挑拨我娘家的是非！彼一时，此一时。刘湘哥虽然不仁，我们不能不义，一笔难写两个刘字，不管怎样，我与刘湘是兄妹。自乾叔以前被刘湘哥赶到西康，现在也不记旧恶，为甫澄的死感到不平。”

高伦见太太气得面红筋胀，忙笑着缓解说：“太太何必生这大的气，来，我给你打扇。”他果然拿起扇子走过去，刚扇动了一下，高太太气还未消：“哪个要你扇啰!”顺手推了高伦一掌。

因为高伦没有防备，高太太又用力过猛，他站立不稳，往后一仰……

高太太见高伦往后一仰要跌到地上，着实吃了一惊。幸亏她脚灵手快，一把将他抱住了。

高伦不但没生气，反而摇头微笑说：“太太好大的气呀!”

高太太放开了高伦，居然回嗔作喜：“哪个与你嬉皮笑脸的，不怕人笑呀!”

高伦坐回沙发上，收敛了笑容，默默喝茶，凝视着窗外。

虽然窗外撑着墨绿色的竹帘子，阳光映进室内仍很强烈，显得很闷热。

高太太见高伦额上在出汗，又心疼起老头子来，微笑着走到他身边，反拿起葵扇徐徐给他扇着凉风。

高伦见太太的气已平息，于是慢吞吞地说：“自乾为甫澄的死感到不平，主要是怕蒋先生接着会收拾他。我想自乾是过虑了，蒋先生未必会对他下毒手。上次蒋先生接见我时，要我转告自乾，叫他放心。再说，现在是国难当头，共同对外要紧，蒋先生现在对共产党都讲团结，难道容纳不下一个刘文辉!”

高太太仍不愿听高伦这些话，扔下了葵扇，坐回对面的沙发上。

高伦怕太太又生气，忙改变话题：“太太，这两天没见李明先生，不知茜儿何时能到武汉?”

高太太果然对这个问题很感兴趣，紧绷着的面孔顿时松弛了。她乜了高伦一眼，有点嗔怪地说：“老头子，李副官就在武汉，你难道不可以主动去问一问。邓大姐已与我说过了好多天，周先生日理万机，亏他还把茜儿这样的事摆在心上，特地调茜儿来八路军办事处工作。”

高伦接口说：“我想，茜儿从冀北来武汉不过几天路程，早该到了呀!”

高太太怀着深情地说：“这些天，我夜夜都梦见茜儿到了武汉。唉！可是你却像铁石心肠，连问也不去问一下。”

“唉，太太，你唧个这样说。我记挂茜儿怎好意思像你挂在嘴上。”高伦皱着眉头，委屈地说，“周先生和邓大姐那么忙，我怎好启齿去问嘛!”

高太太对高伦的解释并不满意：“你去问李副官嘛!”

“唉，太太。李副官现在也很忙，也不便经常去打扰他。再说，我这几天也不闲啊!”高伦回答说。

高太太见高伦那碗茶已喝淡了，起身重新与他换过一碗，声音放大了一点：

“不管哪个说，你也要抽空去问一下李副官，看是不是周先生事情多，把这事忘了。”

高伦喝了一口茶，说：“太太，你放心，周先生的记忆力惊人，是忘不了的。冀北到这里虽然坐火车一天多便行了，但你不要忘记，冀北已变成了敌后。茜儿来武汉，不但要通过日本人的封锁线，唉，要通过国统区也不安全呀！怕有些耽搁。”

高太太抓住了高伦话中的破绽：“咦，你不是说蒋先生对共产党讲团结吗！为啥通过国统区还不安全呢？”

高伦的确不能自圆其说，叹口气：“唉，太太，你也不能这样说呀！”

高太太见高伦有些尴尬的表情，没有再说，忍不住一笑。

高伦端着茶碗沉思一会儿，没有喝茶又将茶碗放回原处，声音压低一点，说：“周先生听说自乾叔到武汉来了，很想找他谈一谈。太太，等会我们到楼上去一趟，怎样？”

高太太犹豫了一下，顾虑重重地说：“我听小婶说，自乾叔这两天焦虑得很，连饭也吃不下，只是唉声叹气……”

高伦见高太太说到这里停住了，感兴趣地问：“小婶还与你说些啥？”

高太太说：“小婶询问他为啥焦虑，他也不说。唉，你们男人都喜欢这样，有些事不愿对女人说。小婶只是干着急，不晓得哪个劝慰他才好！自乾叔只对小婶露了一点口风，他现在已被蒋先生派人监视住了，就是怕他与共产党接触。”

高伦不以为然地说：“监视？我看蒋先生未必会这样办，也许是自乾自己疑心病重。”

高太太哼了一声，撇撇嘴：“老头子，我看你硬把蒋先生当成好人了，监视自乾叔的不是别人，便是那位樊哈儿。自乾叔住在厚生里时，他也跟着住在那里。自乾叔为了摆脱他，便搬到璇宫饭店，真巧，樊哈儿也跟着住进了璇宫饭店，还门对门呢！樊哈儿那里出入的人，据自乾叔说，全是戴笠的人。”

高伦没有再为蒋介石辩说，只是紧皱双眉，沉默不语。

高太太气鼓鼓地说：“哼，樊哈儿这生有反骨、卖主求荣的东西，现在处处与我们刘家作对！”

高伦听高太太提到樊哈儿，他心中也有气，点点头说：“这樊哈儿确是无耻之徒，朝三暮四，有奶便是娘。据说甫澄的死与樊哈儿有关：蒋介石枪毙了韩复榘，通过樊哈儿对甫澄百般恫吓威胁，甫澄一气之下，病势便陡然加剧了。故目前四川流行一句话：‘枪毙韩复榘，吓死刘甫澄。’有人说甫澄是被蒋先生派人毒死的，据我了解并无此事！”

高太太眼睛向高伦一睃，深怀不满地说：“不是蒋先生派人毒死的？未必你亲见！胳臂要往里弯，甫澄再不好，我们是亲戚。蒋先生对你有啥好处？你总替他说话。”

高伦对高太太总是轻言细语的：“太太，事实如此嘛！”

“事实如此?!”高太太气鼓鼓地说，“听小婶说，是万国医院服侍甫澄的那位姓李的护士下的毒药。”

“太太，听我说，你莫错怪那位护士小姐！”高伦今天也喜欢讲话，甚至不怕惹得高太太生气，“这事是甫澄死前头天对我说的，甫澄死后我访问过那位护士小姐，李小姐为甫澄的死眼睛泡都哭肿了，伤心得很。”

高太太不信地说：“怪咧！非亲非故，她哭啥？”

高伦皱着眉，叹了一声：“唉，甫澄也忒不像话，病中还与那位李护士闹皮绊，闹得海誓山盟恩爱得很。甫澄答应等他病好后，拿钱送李护士到美国去留学。你想，甫澄突然死了，李护士到美国留学的事落了空，她怎能不伤心落泪。所以她不会自己下药毒死甫澄！不过，说李护士下药毒死甫澄，也是事出有因。据李护士对我说，她原与樊哈儿相好，樊哈儿曾布置她监视刘湘的举动，后来她觉得刘湘对她比樊哈儿情真，于是反而护着刘湘疏远了樊哈儿，樊哈儿为此恨得牙痒痒的。”

高太太眉眼一动，斜睨着高伦说：“咦，又怪咧！李护士把这样的隐事也告诉了你，想必她又看上你啰！你答应给钱送她去美国留学没有？”

高伦眉头皱得更紧，委屈地说：“看，你把我当成啥人了！”

高太太嘴一撇：“哼，你忘了在广州那回事……”

高伦知道高太太指他北伐前在广州，被几个高级军官邀约上花艇吃花酒的那回事，事后传到高太太耳中，着实与他大闹了一场。他不知赔了多少小心，赌了多少咒，才把高太太安抚下去，自此再不敢胡来。事隔多年，想不到现在高太太又提起，神情显得还有点愤愤的样子。高伦现出有些尴尬的表情，莫可奈何地说：“唉，太太，那时年轻……并且也没宿夜。现在老了，我俩一直是公不离婆、秤不离砣常在一起，难道你还不放心！”

高太太见高伦局促不安的神态，反而噗哧一笑，张嘴正要说……

有人咚咚敲门。

“请进！”高伦注视着房门说。

“高专员，有人会。”茶房进来恭敬地递上一张名片。

高伦接过名片一看，脸含微笑吩咐茶房：“请，快请进。”回头对高太太说，“李明来了。”

高太太也笑容满面，低头一看自己还是便装，忙对高伦说：“你先陪李副官谈一谈，我去换件衣服再来。”

三

“李先生，这几天怎不过来谈谈，我与内人刚才还提起你哩！”高伦笑眯眯地说。

“高参议，”李明已习惯这样称呼，至今也没改口，“我出外，后面的尾巴一大串，很不方便，所以不便经常来打扰你。”

高伦微觉诧异：“我听戴雨农说，对共方人员给以方便，绝不限制其行动自由。难道他们……”

李明微微一笑，说：“蒋先生对我们是明松暗紧，千方百计想限制我们的活动范围。唉，为了民族大义，我们共产党对蒋先生是作了极大忍让的。可是，近来事情不那么简单啊！”

高伦不由一惊，关切地问：“又发生了什么事情？”

李明双手轻握着放在胸前，说：“蒋先生最近扣押了杨虎城一家数口，我们认为是一个信号啊！”

高伦对杨虎城一家被扣的消息早有所闻，但他有些半信半疑：“李先生，真有此事？”

李明肯定地说：“千真万确，我党已向蒋先生提出正式抗议！”

高伦的口气仍有些犹豫：“听说蒋先生矢口否认此事。”

李明嘴角露出一丝轻蔑的笑意：“蒋先生否认也罢，承认也罢，杨将军从国外回来后便被戴笠扣押，关到贵州一个地方去了，这是事实。”

“哦！”高伦见李明说得这样认真，有几分相信了。

李明接过高伦递过来的香烟，点燃猛吸一口，压低声音对高伦说：“高参议，我还告诉你一个消息：蒋先生目前派了特使在香港与日本人和谈呢！”

“哎！”这消息确使高伦吃了一惊，想问确实，“李先生，你们的情报准确吗？该不是日本人使的离间计？”

“绝对确实！”李明毫不犹豫地说，“不过，高参议，目前还要请你不要把我的话公开向外透露。”他停顿一下，“这消息只可向关心抗日前途的国民党朋友通通气。”

“哦！”高伦知道李明不会瞎说，感到惊愕，随即愤愤地说，“要是蒋先生再玩两面三刀，向日本人请降误国，我们坚决不答应。”李明的口气反而放缓和了一点：“高参议，我们估计，蒋先生目前还不敢公开投降：日本人已触犯了英美的利益，英美对他有牵制。最主要的，现在民众抗日情绪高涨，蒋先生有时也很精明，会有顾忌的。不过，我们也不要麻痹，只要国民党中有民族气节的朋友愿意与我党真心合作，蒋先生投降的阴谋是可以制止的。恩来同志这几天很忙，要我转告你，希你在这些朋友中多作点工作，团结起来就是力量。”

高伦点了点头，正准备说话，高太太换了一件阴丹士林布的旗袍进来了，含笑向李明招呼。李明也起身客气地问候：“高太太好！”

高太太在靠近高伦的一张椅子上坐下。到武汉后，她虽与李明见过几面，但都在公共场合，不便谈家常。她说：“李副官，那次在涪陵，段玉兴他们追捕你，我们都为你提心吊胆，幸好你安全转移，我们才放下心来。”

高伦接过话头，说：“嗳，你在石牛场养伤，离涪陵不远，也不派人通知我一声。后来听人说熊世发带人到黄桷树垭口搜人，我们才猜测你到了石牛场。我想派胡方先生去石牛场探听，知道贵党注意保密，局外人是不易探得详情的，只好干着急。后来直到你秘密到了重庆派人与我联络，我才松口气。”

李明听高伦提起在石牛场的旧事，一些回忆兜上他的心头：要不是杨嫂子警觉，事先得到情报，把他转移到一个山洞里藏好，就会被熊世发捉住。李明正想答话，只见高太太深深叹口气，无限怀念地说：“张秘书死得很壮烈，想不到这样一个美丽温柔的女人性子却异常刚烈。听说，徐宁山是她砸死的。为了让李先生能安全突围，毅然投江殉情。我与高参议得信后，马上派人沿江去打捞张秘书的身体，终于在清溪场附近寻得。高参议还亲自去收殓，埋葬在江边一座小山上。坟墓背山面水，让她能日夜看见长江奔腾的流水，寄托她在阴间的哀思……”高太太说到这里瞥了一眼李明，意怀不满地说，“张秘书这样美丽贤淑的姑娘，她炽烈的爱情却不能融化李先生的铁石心肠，可叹，可叹！难道共产党人都像你这样？”

高伦也叹息说：“李先生，难道共产党人是清教徒，没有普通人的七情六欲？”

李明听高太太与高伦这么说，想到周森对他的批评很正确，因为自己处理这件事欠妥，连高伦夫妇这样的人也对共产党员产生这样的误解，给党造成了这样的不良影响。他沉痛地说：“你们不要对我党有误解。共产党人不是清教徒，也有七情六欲，当然也需要爱情。对待碧秀的态度，是我个人的错误，我很痛心，追悔已不及，唉……”

高伦与高太太见李明沉痛的表情，便没再提此事，顿时沉默了。

李明却主动说起：“我以后有机会一定要到清溪场去给碧秀扫墓，并要为她立一块白玉石的墓碑，碑文也早写好了，是一首诗，标题叫《白兰咏》。”

高太太兴趣很浓，说：“呵！对，应该这样纪念她。李副官，能不能先将这首《白兰咏》念给我们听听。”

李明很爽快，答应一声：“好！”便含着深情地念道：

窗前影依依，
月下情脉脉。
白兰别有韵，
淡香满山河。

巴山浪尖月，
峨眉云缝星。
清辉人间洒，
无夜不照卿。

高太太连连点头，称赞说：“把白兰花咏得很别致，很好。”

高伦对于不讲平仄的诗体很不习惯，认为不如旧体诗那么工整讲音韵好，有点皱眉头。

四

李明摸出一封信递到高太太手上说："这是高茜同志托交给你们的信。"

高太太听说是高茜的信，顿时喜形于色，继而想到，既然来了信，人，一时不会到武汉了，其中难道有啥变化？欣喜的表情蓦地消失了。她边拆开信边迫不及待地问："李副官，茜儿在哪里呢？"

李明瞥了一眼高太太，终于说："高茜同志来武汉途中，通过敌人封锁线时，不幸受伤……"

高太太与高伦都不约而同地惊呼了一声："啊……"

高太太取出信纸摊开，手指都有点哆嗦，焦急地看信。高伦也偏过头去凑近高太太身边看她手中展开的信纸。

爹爹、妈妈：

离别已两度寒暑，关山远阻，音信难通，爹妈的音容时时萦绕于心。

我不时从组织上听到你们的近况，知爹爹老当益壮，也置身于抗日的洪流中，为国家民族作出自己的贡献，女儿听后甚是快慰。

记得幼时听爹爹给我讲解《木兰辞》，女儿对木兰的英雄形象无限爱慕。爹爹老矣！女儿正像木兰一样，现在穿戎装跨骏马，驰骋在抗日前哨。

《木兰辞》中："旦辞爷娘去，暮宿黄河边。不闻爷娘唤女声，但闻黄河流水鸣溅溅。旦辞黄河去，暮至黑山头。不闻爷娘唤女声，但闻燕山胡骑鸣啾啾。"正是女儿眼前的写照。我已剪成男人的短发，腰插二十响，真像一个男人呢！死在我枪口下的敌人已不止一名。

接领导通知，调我去八路军办事处工作，我一喜一忧：喜的是又能与爹妈见面；忧的是要离开朝夕相处、同生死共患难的战友，叫人实在依依。

在河南通过敌人封锁线时，我受了点轻伤，请爹妈不用挂牵，伤养好后便继续登程。

言长纸短，书不尽意。

有一天，当"开我东阁门，坐我西阁床。脱我战时袍，著我旧时裳。当窗理云鬓，对镜帖花黄"之时，一个新天地便会出现在祖国的土地上。

茜儿忙草

高太太急得泪光在眼里闪动，说："茜儿信中说得好轻松——受点轻伤，不能继续登程，说明伤势不轻呢！"

李明正想说话安慰，高伦已抢先说："太太，茜儿能写这么长的信，也说明伤势不要紧嘛！"

高太太急不择言，气呼呼与高伦吵嚷："老头子，你说得轻巧，连信都不能写了，岂不……"高太太想说岂不死了，但陡地觉得这话不吉利，蓦地把话停住了。

高伦只好沉默，端起茶碗只顾喝茶。

高太太问："李副官，茜儿养伤的地方离这里远不远？我想去看看她。"

李明劝止说："高太太，高茜同志的伤确实不要紧，请你不用担心。沿途交通不便，关卡很多，你就不用去了。"

高太太这时稍微冷静一些，觉得李明的话也有道理，用手绢揩了揩泪水，嘱咐说："李副官，有了茜儿的消息，请你马上告诉我。假若通过我方关卡有阻碍，我家老头子可以去找张群先生帮忙，要他找军委会开个通行证。"

"好，有高茜同志的消息，我一定及时告诉你。"李明点头说，"不过，用不着找张群，到处都有我们的朋友，高茜同志通过关卡决无问题，请高太太放心。"

高太太再没说啥，因为刚才为高茜的事落过泪，进内屋洗脸去了。

李明此来还有一个重要任务——想通过高伦向刘文辉做统战工作，于是说："高参议，刘文辉先生在抗日中表现很好，有爱国正义感，周同志想找他谈谈心，不知他愿不愿意？"

高伦正想与李明谈这件事，眉尖一蹙："唉，我这位亲戚目前心情复杂得很，畏首畏尾的，正处在十字路口不晓得怎么办！"

李明微微一笑："这……我们很清楚，所以周同志要找他谈一谈。"

"周先生上次向我提起此事，我便找自乾谈过……"高伦犹豫了一下，终于说，"第一，他来武汉后樊哈儿把他缠得很紧，处处监视着他，怕与周先生见面后开罪蒋先生；第二，他以前打过共产党，怕共产党不谅解；第三，他对共产党的统战政策还有疑虑。"

李明略微沉思一下，对高伦说："高参议，刘先生这三点顾虑都不必要。第一，我们可以安排一个妥善的环境秘密会见；第二，我党对蒋先生都可以不计前嫌，第二次进行合作，何况刘先生以前打共产党，也是听命于蒋先生；第三，刘先生若对我党统战政策有疑虑也不要紧，接触接触谈谈心，疑虑自可解除。"

高伦点点头："李先生，这些话我一定向自乾转达。请你转告周先生，我一定尽力而为，再找自乾仔细谈一谈。"

李明不便久留，起身告辞，高伦送到门口，点头而别。

五

高伦与高太太走进楼上刘文辉住的房间，刘文辉和他的二太太微笑相迎。

高太太拉住二太太的手笑说："小婶，不在一起时，你频繁带信来叫我回川西玩，思念得很。现在武汉同住一个饭店——楼上楼下，反而难得见一次面，说明你思念我是假的。"

二太太亲昵地搂住高太太，喊着她的小名说："珣姑儿，你可冤枉我了。不是我不到你那里玩，你幺叔这几天心里不痛快，哪里也不想去，我只得在家陪着他。走，到里屋去坐，今天我俩玩个够。"她俩手牵手说笑着进内屋去了。

客室里留下高伦与刘文辉，互相寒暄了几句。

幺房出老辈子，刘文辉不仅个头比高伦瘦小，也年轻得多。须眉俱白的高伦见一张书案上正摆着文房四宝，一张摊开的宣纸上已写了几个字，还没写完，不禁笑问道："幺叔，你还有闲情逸致写字玩，真是泰山崩于前而色不变呀！"

刘文辉脸上露出苦笑，叹口气："说不上闲情逸致！唉，我走到哪里，樊哈儿就死缠住跟到哪里，我只好哪里也不去。"

一个标致的丫头送上一碗新茶，特地传话说："高姑爷，这茶叶是福建的铁观音，二太太亲自泡好叫我送来的。"

高伦欠起身说道："谢小婶！"丫头手里拿着茶盘退下了。

刘文辉喊着高伦的表字说："昌渝，你稍等等，让我把这横幅写好再陪你。"

高伦见刘文辉绾起衣袖，将笔蘸饱浓墨，悬着肘在运力书写。于是，他站起身踱到刘文辉身后观看。刘文辉的字写得并不很好，但一笔赵字还说得过去。横幅写的几句话是他经常爱引用的口头禅："天变不足畏，人言不足恤，祖宗不足法。"

高伦心中暗暗感到好笑：其实刘文辉也与刘湘一样迷信得很，不仅进了迷信道门，被封了一个玉献的法号，而且自己身边也有一个军师万神仙为他请神卜卦。"二刘之战"时，刘文辉就是听信了万神仙的话，用诅咒巫蛊之法，设坛，立草人，上书刘湘的生庚八字，插刀于其腹上、头上，念经念咒，欲以此致刘湘死命。事又凑巧，刘湘偶染小病，侦知此情，彼此更弄得势不两立。高伦也曾为此事与他们调解，但不成，这事终于变成了“二刘之战”的导火线。在战争中，万神仙又请神扶乩，请来纯阳老祖在沙盘里书写了一句话：“若遇草头人，祸起萧墙里。”刘文辉听信了这些胡言，差点把部属中名字带个草头的将领全杀掉。因此弄得人心惶惶，众叛亲离，败走荒凉的西康。当时有人送一首打油诗嘲笑他：“自乾手腕素高强，听信神仙欠周详，惹得全川皆是敌，而今只好赶乡场。”

高伦见刘文辉最后写下“布雷仁兄嘱书”，心中已明白几分。陈布雷向书法并不高明的刘文辉求字，其意很明显，一定是蒋先生授意，陈布雷以此拉拢刘文辉，表示好感而已。

刘文辉写好了横幅，搁下了毛笔，向高伦笑笑说：“来武汉后向我求字的人很多，真是应接不暇。”

高伦也不点破，一笑过去。

一个丫头端着一个铜盆站在刘文辉面前，让他洗过手，然后端着铜盆走了。

刘文辉坐在沙发上，因为个头瘦小，沙发显得很宽敞，不像高伦把沙发塞得满满的。

刘文辉客气地一伸手：“高大哥[1]，请茶！”

高伦也不客气，端起茶碗揭开碗盖，吹开了浮在水面的茶叶，喝了一口然后盖好放下。二太太特地送上的铁观音，据说是福建出的名茶，很合高伦的口味，很浓酽。他不禁赞了一声：“好茶！”

刘文辉印堂泛青，两眼却有神，显得很精明。穿着雪白的杭绸裤褂，赤金的表链挂在绸制纽扣上，黄灿灿的闪光。

刘文辉叹口气，说：“高大哥不是外人。蒋先生逼死了甫澄，眼下要我交出西康，我也快变成他菜板上的肉——任他切割。百思不得其法，很是焦心。昌渝，你给我出个主意怎样?”

高伦与刘文辉的关系一直不错，缓缓地说：“幺叔，蒋先生居于中央地位，又以抗日做招牌，你若公开反对他，可能不是上策。”

1　四川人对女婿的尊称，是跟着晚辈叫，表示异常客气亲热。

刘文辉不满地斜视着高伦问："照你说，我只好听蒋先生摆布了！"

"我不是这个意思。"高伦含着深意的微笑说，"我认为你可以笑迎蒋先生入川……"

刘文辉想不到高伦会这样说，从沙发上跳了起来："啥？要我笑迎蒋先生入川？不行！我不能这样做。"他警惕的眼光逼视着高伦，"咦，你莫非在替蒋先生当说客?"

高伦皱了皱眉，接着用亲切的语气说："幺叔，你就是这个多疑的毛病不好，听我把话说完再判断是非嘛！我高伦的为人，难道你还有啥怀疑不成！"

刘文辉也觉自己太浮躁，坐回沙发上，从茶几上烟听里取出一支香烟，见丫头不在身边，只好自己划燃火柴点上，吸了一口，徐徐吐出缕缕青烟，解嘲似的笑笑："嘿嘿，昌渝，我们相处并非一日，你的为人我当然信得过。可是……"刘文辉无限感叹地说，"可是世态炎凉，趋炎附势的人多，叫人寒心。我和甫澄以前虽曾闹得势不两立，但他死了，我的日子也不好过啊！唇亡齿寒嘛！像会写几句打油诗的王瓒绪，以及王陵基这种人，甫澄在时把他们视为股肱，他们对甫澄也异常巴结，现在也倒向蒋介石。蒋介石进了四川，我西康怎保得住，唉……"

高伦带点责备的口吻说："幺叔，你也不能杯弓蛇影，草木皆兵呵！"高伦越说越动了感情，"幺叔，你若把我当成自己人，请听完我的话再裁夺；若把我当成王瓒绪之流，就此告辞。"

刘文辉见高伦面现不悦之色，大有拂袖而去的样子，忙安抚说："昌渝，一句笑话，你怎么当真了，请坐下。我这几天心烦，言语欠周，我们是至亲嘛，望你谅解。"

高伦的神情方恢复了常态，说："幺叔，你原比甫澄精明，怎么现在变糊涂了！你应该公开欢迎蒋先生入川，但可以反对张群当省主席。只要实权仍掌握在四川人手里，你守住西康就有了屏障，这办法才是可行的。"

刘文辉沉吟半晌，方说："你说的何尝不对，但只要蒋介石进了四川，西康未必再守得住。"

高伦反问道："蒋先生入川已成泰山压卵之势，你反对得了吗?!"高伦又说，"蒋先生现在不比从前，他打着抗日的旗号，你公开反对他便会有人指责你破坏抗日，你便会失去人心。蒋先生若不抗日，你反对他，才有理，民众也会支持。"

刘文辉觉得高伦说的句句在理，不禁问道："昌渝，你说我究竟怎么办才行呢?"

“好办，好办！”高伦笑眯眯地说，“幺叔，你民族气节是有的。蒋先生以前不抗日，你曾两次通电反蒋，这都是好的。你今后还要为抗日多做些工作，民众自然会支持你。”

刘文辉觉得高伦的话太空洞，不满地瞟着高伦说：“昌渝，你说具体一点好不好！”

高伦毫不在意，不慌不忙地说：“现在可以牵制蒋先生的力量只有共产党，你只要多为抗日做一些工作，共产党便会支持你，蒋先生岂能奈你何！”

刘文辉毕竟不笨，脱口而出：“你是要我与共产党搞统战？唉，这太玄了！你上次与我说过，我也仔细考虑了，这不是小事，要慎重呵！”

高伦慷慨激昂地说：“共产党抗日最坚决，与共产党搞统战，有啥不好？”

刘文辉长长叹口气：“我以前打过共产党。唉！我两次反蒋，蒋先生至今不信任我。我反过共，共产党哪会相信我呵！”

高伦正色说：“幺叔呀！你真是聪明一世，糊涂一时。为了抗日，共产党不记前恶，与蒋先生都讲团结抗日，你以前又算得什么！老实告诉你……”高伦接着开门见山，把李明的话转达给他，接着说，“幺叔，共产党这样光明磊落，主动团结你，你还犹豫……唉！”

刘文辉听后，沉默不语，暗暗沉思。他知道高伦的思想一贯左倾，外侄孙女儿高茜也投奔了共产党。他不禁苦笑说，“我以前听说茜儿投奔了共产党，很不以为然。认为你对子女太放纵，像我们这样名门出身的姑娘，为啥偏要去投奔共产党！想不到你今天又为共产党来当说客。难道我刘文辉目前只有与共产党搞统战一条路……唉！”

高伦坦率地说：“是的，我是为共产党来当说客。幺叔，我也是为你好啊！只有这条路才能走通，暗地与共产党搞统战才是上策。”接着高伦提出了与周先生见一面，交谈交谈的主意，……

刘文辉皱着眉，一支接一支地抽着香烟，思索了半晌，眉头有些舒展了。他叹口气，慢吞吞地说：“昌渝，只要安排得机密，不让蒋先生知道，我想，与周先生秘密见一次面也可以。不过……唉！”他最后这一声叹息意义含糊。

高伦见刘文辉终于同意与周先生会见，不禁兴奋地说：“幺叔，好，你这才是明智的，就这样一言为定。”

第六章

一

重庆上龙门浩，通往黄桷垭的石梯坎小路旁，新建了一幢幢漂亮的平房，四周用竹篱笆当围墙圈了起来，这就是新建的民成新村。

这年日本飞机在山城大轰炸，有钱人都吓破了胆，纷纷搬往郊外。民成新村就是公司特地为高级职员修建的。

朱佳富一家也搬到了民成新村一幢宽敞的平房里。这幢平房又用竹篱笆与其他平房隔开来，还有一个小花园。一条青砖铺的路从花园正中通往篱笆门外，两旁种着万年青树，像一条巷道。

小花坛里种着一丛丛月月红，结满了花蕾。有的花蕾已羞答答半露笑脸，含苞欲放了。

站在花坛边，仰头可以看见老君洞外的庙宇展露在秋阳之中。视线稍微右移，便可以看见离黄桷垭不远的文峰塔，矗立在苍郁的山头上，背后衬着蔚蓝色的天幕，更加清晰悦目。

两乘滑竿先后抬进了民成新村，在这幢平房的篱笆门边停下了。

从第一乘滑竿上跨下来的是朱佳富，他将凉礼帽取下当扇子用，不断地扇着，笑等着从第二乘滑竿上跨下来的董绍孙，说："董先生，在敝舍便饭后，晚上趁凉再雇滑竿坐回董家花园。"董绍孙戴着白色坦克凉帽，边付滑竿钱，边笑应着："多时没见朱太太，理应拜望。"

一个轿夫接过几张角票，用一张发黄的葛巾抹着脸上的汗水，说："董先生，天气实在太热，添几个茶钱，让我们去喝碗凉水醪糟嘛！"

董绍孙家住在离黄桷垭不远的董家花园，这一带不认识他家的人很少。

董绍孙皱着眉头说："茶钱？你们真难缠。"

那轿夫嬉皮笑脸："董先生，矮子爬楼梯——步步高升嘛。恭喜发财，多赏几个茶钱。"

董绍孙脸上带着笑："你是从棺材里伸手——死也要钱。"他掏出几枚铜圆递给轿夫。

那个轿夫瞥了瞥手上的几枚铜圆："董先生，几枚铜圆亏你拿得出手，我们四人分哩，添点！"

董绍孙见朱佳富已跨进篱笆门了，不愿再与轿夫啰唆，不耐烦地挥了挥手：

“身上没零钱了，以后补给。”加紧几步也跨进了篱笆门。

那轿夫低声嘟哝着：“以为抬到了财神爷，原来是麻雀掉进粗糠里——一场空喜。”他放大了声音，想拉生意，“董先生，你啥时回董家花园，还是我们来抬你嘛！”

董绍孙不理轿夫，跟在朱佳富身后，沿着青砖铺路往前走。

快到平房门口，朱佳富笑眯眯地喊：“宝瑜，宝瑜！”

没人答应，朱佳富提高了声音再喊：“宝瑜，宝瑜！”

仍然静寂无声。

侧面一间小屋里走出一个穿粗布汗衣的中年男人，这是厨师胡老三。他先是一怔，随即点头微笑招呼：“朱先生，咦，董先生也来了。”他回头向厨房急声叫，“汪嫂，快，朱先生回来了。”

汪嫂慌慌张张从屋里走出，边用手抹理有些散乱的头发，边回答说：“哟，怪不得今早那棵黄桷树上喜鹊叫，嘿，朱先生回来了。”

朱佳富脸上现出不悦的表情，问：“太太呢？”

“哦，太太带着舅少爷上真武山玩去了。”汪嫂长得粗眉大眼，两瓣厚实的嘴唇倒很会说话。

“哦！”朱佳富回头客气地说，“董先生，屋里坐！”二十多岁的汪嫂是杨宝瑜从七星岗人市[1]上雇回来的用人，干事还干净利索。她男人被拉壮丁，在前线阵亡了，生活无着才出来当用人。刚来时整天埋头干活，沉闷寡言。近来有些变了，不但喜欢多嘴，嘴角总是挂着一丝笑意。她从朱佳富手上接过凉礼帽，又从董绍孙手上接过坦克凉帽，抢先一步走进屋去张罗。

进了屋，朱佳富客气地对董绍孙说：“董先生请宽衣，洗个热水脸凉快些。”

不等朱佳富吩咐，汪嫂送来了一盆洗脸水。

朱佳富走进里室，放好公文皮包走出来，见董绍孙已脱下西装外套挂在衣架上，他也脱下西装外套挂好，等汪嫂换过一盆洗脸水，也洗过脸，戴上金丝眼镜。

董绍孙坐在临窗的一张藤椅上，窗外一株老槐树遮着阳光，婆娑的树影投射在窗台上，室内显得很阴凉。一阵凉风吹进，他头向后一仰，舒畅地吁口气，闭

---

1 待雇用的男女工人集中的地方。

目养神。

朱佳富坐在窗边另一张藤椅上，问：“汪嫂，太太与舅少爷出去多久了？”

汪嫂站在门边，回答说：“出去半晌了，舅少爷带着画具，说是去写生。”

她见朱佳富不再问话，悄悄退下了。

朱佳富向董绍孙敬过香烟，说：“从汉口到重庆，坐了几小时飞机。真把人颠簸苦了。”

董绍孙用食指掸了掸香烟灰，接口说：“九龙坡新修的飞机场，跑道也不很平整，飞机降落时我真提心吊胆，生怕我们一齐去见上帝。”

朱佳富想到这次汉口之行，心中便很得意。贷款的事情解决得异常圆满，不仅为公司办成了一件大事，得到陆先生的夸奖，并且神不知鬼不觉，几万元佣金落进自己的私囊。他觉得这些收获都是小事，而轻易便结交上孔二小姐，对他今后的事业大有好处。这次他们是与孔二小姐同机到达重庆的。在机场分手时，孔二小姐再三邀请他以后去玩，许多在场的人都啧啧称羡。

朱佳富想到这些，脸上现出志得意满的笑容，说：“董先生，我们公司得到孔祥熙一千万元贷款，真像春雨一般。久旱的土地又滋润了，实是公司之福！”

董绍孙点头表示赞同，想起在汉口参加孔公馆舞会那一晚上，心里不由对朱佳富感到钦佩。当时他离得远，不知朱佳富上前向孔二小姐说了一些什么话，竟然使得傲慢狂妄的孔二小姐，和他兴趣很浓地跳起舞来，简直使人不可思议。

董绍孙早想询问朱佳富当时说了些什么话，竟产生那么大的魅力。于是笑问：“朱先生，那晚舞会上，开始坐冷凳，真不是滋味。当时见你向孔二小姐走去，那样冒失，真吓了我一大跳。不知你说些什么话，竟使孔二小姐那么服帖地陪你跳舞！”

朱佳富仰头哈哈大笑后，坐得端端正正，瞟了董绍孙一眼：“董先生，我并非神人，不过研究了孔二小姐的性格后，说了几句极普通的话，并无出奇之处，只是获得侥幸成功，不足取法。唉！大胆和冒险，这是成功的秘诀。”

董绍孙听朱佳富这么说，便不再问。他将烟蒂在烟缸里杵熄，端起茶碗喝了一口茶，连连称赞：“咦！这香片好香，不可多得的上品。”

朱佳富卖弄地说：“董先生，你忘了！敝内是杭州人。杭州地方讲究品茗，时人只知龙井茶叶虎跑水，殊不知杭州地方最名贵的茶叶是香片，香片中的女儿霜才是上品。这女儿霜不但色、香、味俱臻上乘，还有延年益寿的功能。现在我们喝的茶叶便是女儿霜，乃敝岳丈特地送给我的。”

“哦！”董绍孙不禁又呷了一口茶，有些不相信地说，“这女儿霜色、香、味俱臻上乘我承认，但说有延年益寿的功能，恐怕有些言过其实，毕竟是茶叶嘛！”

朱佳富见董绍孙看轻这女儿霜的功能，振振有词地说：“董先生，这女儿霜用百花熏制不说，单谈所用的茶叶，摘采方法便很奇特。杭州农村风俗，女孩子未出嫁前，朝阳刚出，露珠未干时，头不梳口不漱，趁早走上茶山，选初抽的嫩芽，用口将嫩芽咬下带回家中晒制。这茶叶是不卖的，女孩子出嫁时方把女儿霜带至夫家，只有丈夫才能喝这茶叶……”

不待朱佳富说完，董绍孙不禁大笑，说：“朱先生，想来现在喝的女儿霜一定是朱太太未出嫁时含摘的，我没有资格喝这茶啊！”

朱佳富也笑了：“这含摘女儿霜的方法带有迷信的色彩，受过高等教育的女孩子是不会这么办的。现在喝的女儿霜是家岳丈出重价在杭州农家女孩子手上购得，并不是敝内含制的。”

董绍孙是第一次听说杭州这一风俗，想来朱佳富不会胡诌，于是说：“以后我有机会到杭州，也要买几斤带回四川送人。姑不论是否有延年益寿的作用，这女儿霜奇特的含摘方法，也会使人产生遐想，耐人寻味。”

汪嫂提着铜炊壶进来上开水，暂时中断了谈话。

待汪嫂提着铜炊壶走了，董绍孙斜睨着朱佳富微笑说：“朱先生，孔二小姐是孔家的混世魔王，手毒心狠，你可要当心，还是与她保持一定距离好。再说，嫂夫人知道了孔二小姐对你感兴趣的情况，一定要吃醋的。”董绍孙半开玩笑半认真地说。

朱佳富脸一红，显出有点尴尬的表情。一会儿，他轻轻咳了一声，正色说：“董先生，我不过为了公司的事业，在当时不得不采取如此下策。你不必多虑，我是柳下惠坐怀不乱的。”

董绍孙原无嘲笑的意思，见朱佳富不安的表情，忍不住哈哈一笑，说：“我不过几句玩笑话，朱先生切莫当真。”

朱佳富也跟着笑了。

沉默了一会儿，朱佳富关切地说：“董先生，你把陈继思先生藏到船上，实实可虑，要是孔家知道了便会闹出一场风波。”

董绍孙的笑容收敛了，忧心忡忡地说：“是呀！这事很棘手。我与继思是圣约翰大学的先后同学，他临危求助于我，怎好不援之以手。”

他见朱佳富意味深长的笑容，心中不由一动。他知道朱佳富的权谋机变是自己所不及的，忙说：“朱先生，令仪与朱太太也是校友，你能不能给继思出个主意，指点迷津，成全他与令仪这段姻缘。”

朱佳富沉思良久，缓缓地说：“其实，孔祥熙已给陈继思和孔令仪打开了方便之门，只是他们不善于利用。”

董绍孙正专注地洗耳恭听，但朱佳富却不往下说了。他催问道：“朱先生，你有何妙计，请快说呀！”

朱佳富反问董绍孙：“听说孔祥熙愿意出一笔巨款送陈继思出国，是不是有这回事？”

“有的，继思亲口对我说过。”董绍孙肯定地说，“但是，孔祥熙提出这个条件，要继思与孔令仪断绝关系，出国后永远不许回中国。”

朱佳富又问：“孔祥熙指定陈继思到哪一国没有？”

董绍孙回答说：“据陈继思对我说，孔祥熙并没指定国家，由他自己选择。”

朱佳富兴奋地一击掌：“得了！这就有七分希望。”他接着又问，“他的出国护照呢？”

董绍孙毫不思索地说：“当然由孔祥熙给办啰！堂堂的大官，办张出国护照算啥！”

朱佳富笑着说：“这就有十分希望了。”

朱佳富看着董绍孙有点清瘦的面孔，这些时候董绍孙在汉口着实太忙，很掉了点斤两。

朱佳富说得很果断：“是我，我就答应出国，选择到美国去。”

“为啥？”董绍孙还不懂得朱佳富的意思。

朱佳富不再绕弯子了，指明说：“董先生，陈继思选择去美国，拿着美钞和护照先到香港住进六国饭店听音乐，等着孔令仪嘛！”

董绍孙也是聪明人，一点便明，想了想，认为确是一个高明办法，兴奋地注视着朱佳富说：“对，好办法！”随即他又皱着眉，感到有些不妥，顾虑重重地说：“孔祥熙怎会让孔令仪去香港？！就是侥幸到了香港，又哪里能瞒过孔祥熙取得去美国的护照？”

朱佳富摇了摇头，不以为然地说：“董先生在美国人办的大学毕业，又到过美国，怎能说出这样的外行话！”

董绍孙还是不明白朱佳富的意思，迫不及待地说：“请朱先生快点指明。”

朱佳富没有马上说出，递给董绍孙一支香烟。

不等朱佳富拿火柴，董绍孙已摸出美造打火机扭燃，上前给朱佳富点烟，然后归座。

朱佳富徐徐吐着烟雾：“董先生，你忘了，据说孔令仪在美国出生，保有美国当然国籍，出生证便是护照，完全可以在美国定居。”

“哦！”董绍孙豁然醒悟，“怪不得你要陈继思选择到美国去！不过，万一孔令仪不是在美国出生的呢！”

“不要紧，宋霭龄是在美国生长的也一样！我还可以托英国朋友在香港帮忙，这就万无一失了。”朱佳富回答说，“孔令仪只要等陈继思走后，装作把陈继思已淡忘的样子，稳住孔家的人，趁其不备，迅速坐飞机去香港。没有孔祥熙的命令，谁敢阻挡孔家的大小姐走出中国呢?!”

董绍孙差点惊喜地跳起来：“OK！密司脱朱，你真是张良再世，诸葛复生也！”

朱佳富笑而不言，显出异常得意的神气。董绍孙又担心起来，说：“朱先生！孔令仪到了香港，孔祥熙肯定马上会知道。她的弟弟孔令侃现是中央信托局驻香港办事处的主任，岂不就地阻拦?”

朱佳富摇头说：“不足虑，实在不足虑。香港是英国人管的地方，孔祥熙鞭长莫及，孔令侃在香港怕啥！据我所知：孔祥熙亲美疏英，英国人暗地恨得咬牙。只要陈继思与孔令仪预约好，先订好飞机票，一俟孔令仪到香港便飞走，给孔家一个迅雷不及掩耳。”

董绍孙仍感不放心：“朱先生，孔祥熙与美国人那么亲密，要是他请求美国人干预又怎办?”

朱佳富皱了皱眉，觉得董绍孙顾虑太多，于是说：“孔祥熙就是请求美国干预，也需时日。陈继思带着孔令仪到了美国后，立即向新闻记者宣布结婚。生米已煮成熟饭，美国人断断不会去管这种闲事。”

董绍孙的顾虑才消除了，兴奋地站起身向朱佳富一鞠躬：“朱先生，我代继思与令仪先向你致谢！”

朱佳富迟疑了一下，有顾虑地叮嘱：“董先生，千万不能说是我出的主意！”

董绍孙知道朱佳富是怕受牵连，于是拍胸脯说："请朱先生放心，我绝对保守秘密。"

朱佳富瞥了一眼窗外，见夕阳西斜，不禁微微皱着眉，自言自语地说："宝瑜怎么还不见回来！"

二

在真武山顶，杨宝瑜站在一块暴突的岩石上。她极目远眺着深谷中奔腾怒泻而去的大江，满头青丝在风中飘动，扎在西裤里的白绸衬衫被山风吹得窸窣响。

她的弟弟杨宝生长得比她稍高一点，面孔很俊秀，唇上已开始生出像绒毛一样的胡须，童音刚变，脸上还多少带着稚气。他站在不远处，左手拿着调色板，右手拿着画笔，一面瞄着站在岩石上的杨宝瑜，一面在画板上涂画，给他姐姐画像……

杨宝瑜回过头来催问说："阿弟，我腿都站酸了，画好了吗？"

"不动。阿姐，一会儿就好了。"杨宝生继续专注地涂色。

过了一会儿，杨宝生涂完了最后一笔，松了口气，说："阿姐，来看，我画得真像呀！"

杨宝瑜从岩石上跳下，兴奋地走到画板前，这幅油画像果然完成了。

她含笑端详着这幅画像：光线的运用层次浓淡适度，油彩艳丽，线条优美洗练，神态自然大方，目光柔和动人，细腻地表现了她温婉多情的性格。不仅貌似，而且神肖。经蓝天白云和苍劲的岩石一烘托，更显得意境深远，耐人寻味。

杨宝瑜笑得很开心，夸赞说："阿弟，画得真好，你会成为出色的画家的。"

杨宝生被姐姐夸赞得有些不好意思，显得有些腼腆。

"不过……"杨宝瑜继续凝视着油画，"不过把我画得年轻了一些，我眼角开始显露的皱纹没有画出来。"

"不，阿姐，你现在还是这样年轻，我一点不骗你！"杨宝生辩解说。

杨宝瑜仿佛没有听见弟弟的辩解，怅然若失地垂头凝思。她心灵里觉得有些空虚，不觉微摇着头，喃喃地自语说："青春随着年华流逝，不复再来，啊……"

"阿姐，你喃喃自语些什么呀！"杨宝生没听清，疑惑地问。"哦！"杨宝瑜突然一惊，她不愿自己心灵的秘密让弟弟知道，强装笑脸说，"我是说阿弟长大了，阿姐快老了。”

“阿姐，你不会老，我永远觉得你很年轻漂亮。有你这样的阿姐，我感到很幸福。”杨宝生天真地说。

杨宝瑜虽然不喜欢她的后母，但却喜欢这位异母的阿弟。自从父亲迁厂到重庆，她很少关心父亲丝厂的事，但对于宝生，她简直是以母亲的感情去爱他，这成了她除基督以外的精神寄托，使她空虚的心灵充实了一些。她听宝生说得这么天真，忍不住噗哧地笑了：“傻阿弟，人是要老的，谁也不能永葆青春。”

杨宝瑜帮助阿弟将画具装进一只漂亮的漆皮画箱里，这画箱是她最近给他买的。

杨宝生提着画箱，说：“阿姐，太阳偏西了，我们回去吧！”

“好！”杨宝瑜点头答应。她拉着阿弟的手，从一条崎岖的山路缓缓往下走。

因为山路坎坷不平，有些地方很狭窄，两人不能并排走，杨宝生缩回被阿姐拉着的手，紧跟在她的身后走着。

杨宝瑜不放心阿弟独自走，回过头叮咛说：“阿弟，小心呀，谨防摔跤！”她想从杨宝生手上接过画箱来，“阿弟，让我提！”

杨宝生忙将画箱藏在身后，不让杨宝瑜接过去。他见阿姐总把他当成小孩子，自尊心受到损害，神色上露出不大乐意的样子。

杨宝瑜并没留意阿弟的神色，走到稍微宽敞的地方，又紧拉住杨宝生的手，生怕他出了意外：“阿弟，注意，这块石头不稳，千万小心。”

一会儿她又说：“阿弟，留神，这里有苔藓，脚下很滑。”

杨宝生语气里含着不乐意：“阿姐，我已是大人，不需要你这么照顾了。”

杨宝瑜并不感到生气，反而笑着用手摩挲着宝生的头发、脸蛋和脖颈：“阿弟，在阿姐眼里，你永远是一个孩子。”

宝生的头扭动了一下，阿姐摩挲得他痒酥酥的不好受，往旁边退了一步。

杨宝瑜摸出一块洁白的手绢，亲昵地说：“阿弟，来，我给你揩汗。”

阿姐的爱抚使杨宝生觉得太过分了，他迟疑了一下，终于向阿姐靠拢去。

杨宝瑜替阿弟揩拭了汗粒，给他整了整衬衫的衣领，抹平了衬衫的皱褶。

他们继续往山下走。杨宝生忽地站住，呆呆地发愣，变得心事重重的样子。

杨宝瑜觉得奇怪。她想挑起阿弟的兴致，指着不远处的一丛灌木：“阿弟，你看，那灌木丛中的野花多可爱呀！要吗？我给你摘来。”

杨宝生抬头迅速瞥了一眼灌木丛中的野花，摇了摇头，这并没提起他的兴致。

杨宝瑜穿的是平底布鞋，她拨开野草，踩着山石走到灌木丛边，将一束紫色的野花摘到手上，迅速走回："阿弟，拿着带回家插在花瓶里。你看，这野花多美呀！"

杨宝生勉强从阿姐手上接过那束野花，可是他看也没看一眼。

他们又往下走了几步。杨宝生不断停步偷觑着阿姐，他终于站住了，鼓起勇气说："阿姐，我热爱艺术，想将来成为画家；我喜爱文学，想将来成为作家。可是，阿爸却不让我继续读书，要我帮他去管理丝厂。你也是这个意见。阿姐，你这么爱我，也认为我有艺术才华，为什么不支持我去实现自己的理想？管理丝厂，经常与金钱打交道，多无聊呀！"

杨宝瑜很理解阿弟的心情，口气有些犹豫："可是，阿爸老了，只有你一个儿子，他不把工厂交给你去管理，又能交给谁呢！"

杨宝生不以为然地说："姐夫很精明，阿爸可以把丝厂交给姐夫去兼管呀！我的好阿姐，你去与阿爸说吧，我要进艺术学院。"

杨宝瑜像被蜂刺在心灵上蜇了一下，阿弟的话触着了她内心的痛楚。阿弟的纯洁无邪与朱佳富形成了鲜明的对照：朱佳富已经怂恿过多次，要她去说服她阿爸，将丝厂交给他去管理。朱佳富的言辞虽然漂亮动听，可她已隐隐感到他有不可告人的野心。朱佳富以前是她疯狂热爱过的偶像，她现在也不能说不爱他。不过，现在的爱并不是发自她灵魂的深处，而只不过是她从小所受的教育，传统的观念，使她为爱而爱，因为他是她的丈夫啊！可是，分辨美和丑的良知，使她不得不思索，她越来越感到惶惑和痛苦。空虚的恐怖像毒蛇般纠缠着她，她心灵在呻吟，在挣扎……

也是为了这个缘故，所以她也不赞成阿弟去进艺术学院，反而站在阿爸一边说服他去学习管理工厂。

杨宝生见阿姐蓦地怔住了，脸色异常苍白，使他不解，感到惊惶："阿姐，你怎么啦？"

杨宝瑜定了定神，勉强装出微笑，笑得有些凄婉："阿弟，我在听你说哩！"

"哦！"杨宝生感到放心了，继续说，"阿姐，我的好阿姐！你一定要帮助我进艺术学院，我想成为艺术家。"

杨宝瑜注视着阿弟的面孔，那对眼睛里，闪烁着热情和理想的光辉，她感动了。她不假思索地说："阿弟，我一定帮助你！你一定会成为民众喜爱的艺术家！"

杨宝生陡地拉住阿姐的手，兴奋地说："阿姐，谢谢你！你真是我的好阿姐！愿基督赐福于你。"

容易动感情的杨宝瑜，见阿弟高兴的样子，苍白的脸变得红润了，忍不住将阿弟揽在怀里，亲昵地说："宝生，我的好阿弟，阿姐会永远帮助你。"

宝生感到阿姐怀里的温馨，阿姐慈母般的柔情，也使他异常感动。

这里离老君洞已经不远，因为从大城里疏散到这一带的人增多了，老君洞又是理想的防空洞，所以僻静的真武山，游人川流不息。

一群人上山来了，见杨宝瑜亲昵地揽着杨宝生，引起了误解，远远停住步，好奇地窃窃私语。

杨宝生忙从阿姐怀里离开，说："阿姐，太阳快落山了，我们回去吧！"

杨宝瑜毫不理会那群人投射过来的好奇目光，神态平静地说："阿弟，让我把你头发理顺。"她给他理顺了头发，才继续往山下走。

那群人的误会消除了，让开路来由他们通过去。

杨宝生带着责怪的口气说："阿姐，你显得比你实际年龄小，我已是大人了，再把我当孩子般亲昵怎行！"

杨宝瑜笑了，说："我重复一句话：我永远把你当孩子。"

她早从阿弟手上接过那束野花拿着，向下走到了一个空旷的山嘴，往下望去：翻滚着波涛的大江在山脚下流过，对面山城鳞次栉比依山建筑的房屋，层层环绕延伸到山顶，很是壮观。

杨宝瑜出神地凝望着开始升起的雾气，像轻纱般飘荡在江面上，不禁使她动了遐想。她暂时忘了身边的宝生，选了一块石头坐下。

杨宝生催促着："阿姐，快走呀！"

"噢！"杨宝瑜心不在焉地答应了一声，仍然凝神沉思不动，呆呆地看着长江。

宝生知道杨宝瑜喜欢独自沉思，只得放下画箱，耐心地等着。

杨宝瑜这时看见在雾气中时隐时现的长江，不禁想起了春燕。她原以为春燕已投进长江自杀了，但后来……一年前在都邮街的那一幕，像电影般经常在她脑际出现：明明是春燕，但那人却说她认错人了。难道真是自己视能上的错觉？这事她一直萦萦于怀，事后也没向朱佳富提及。

自从春燕蓦地从她生活中消失后，她极感不便，雇用了几个女仆都不称心，现在用的汪嫂虽然年轻能干，哪里能代替春燕！现在许多家务都要自己料理，她深感到春燕在她生活中的分量如此举足轻重。

她有时也想：要是当时遇见的真是春燕……她心里就发凉。春燕的事情，自己也有责任。若春燕真的活着，一定很恨她……

她想到春燕的哥哥张阿德，心里就不是滋味：送去的钱马上被退了回来，太不近人情了！

杨宝生等得不耐烦了，大声催促道："阿姐，走，走吧！"

杨宝瑜才从沉思中醒过来，缓缓站起身，没精打采地跟在阿弟身后走。

夕阳快落山了，他们路过屋旁的民成小学，隔着篱笆传来一阵风琴的鸣奏，一群天真无邪的儿童跟着风琴声唱着《渔歌》：

湖光含笑招人浴，
儿童酣睡岸草绿，
忽听一声鸣，
声如笛样清，
又如乐园天使声，
……

杨宝瑜停住脚步，不禁听得呆了，双手无力地扶在篱笆上。每当她经过民成小学，看见这群天真无邪的小学生时，就使她想起在杭州冷泉边教书的那些日子，心中感到无限惆怅。她不止一次向朱佳富提出想到民成小学去教书，可是都被朱佳富婉言劝阻了。她温顺的性格，使她不愿再提了。

杨宝生看见杨宝瑜的神态，担心地问："阿姐，你是不是病了！看你脸上的颜色多苍白呀！"

杨宝瑜离开了篱笆，摇了摇头，艳羡地说："你听，这歌多美呀！我以前也教学生唱过这首歌。"她边走边怀旧地哼着：

湖光含笑招人浴，
儿童酣睡岸草绿，
……

汪嫂站在篱笆门口，老远就大声喊："太太，朱先生坐飞机从汉口回来了，董先生也来了。"

杨宝瑜听说朱佳富回来了，拉了杨宝生一把："快走，你朱哥回来了。"他们加快了脚步。

虽然她与朱佳富分离不久，但这消息像在杨宝瑜身上注射了一剂强心针，她居然脸含微笑，暂时忘却了心灵的隐伤。她还爱着她的丈夫啊！

三

杨宝瑜迈着轻盈的脚步走进客室，董绍孙含笑起身点头招呼："朱太太，你好！"

杨宝瑜客气地回答："董先生，你好！"

她马上转向朱佳富，喜悦之情现于言表："佳富，怎么不先发封电报给我！坐飞机累吗？"

朱佳富用手拍着旁边一张藤椅说："宝瑜，坐下。"

他看见跟在杨宝瑜身后进来的宝生，带点夸张的表情说："哦！宝生弟弟，你好！进艺术学校的事决定没有？唵，你很有艺术才华！一定会成为出色的艺术家。嘿，提着画箱，到真武山去写生了？好，真好呀！"

杨宝生在朱佳富面前显得很拘束，涨红着脸，斜睨着杨宝瑜没有回答。

杨宝瑜脸上的笑容收敛了，杨宝生感到不解。他又转过头看着朱佳富的笑脸，回答说："决定了，阿姐也同意我上艺术学院了。"

朱佳富的目光在杨宝瑜脸上停留了一会儿，杨宝瑜也同意宝生上艺术学院，很出他的意料。以前他劝说过多次，杨宝瑜也没松口同意。他点了点头，说："好呀！宝生，我也为你感到高兴。"随即叹口气，"唉！我年轻时也喜欢艺术，特别喜欢音乐。可是，我却攻读经济学，走错路啰！要不，我也许已成为有名的音乐家啰！"

朱佳富的话引起了杨宝瑜心中的酸甜苦辣，她的情绪顿时低沉了。

"哦！朱太太，你手中那束紫色的野花多美呀！"董绍孙赞赏地说。

"哦！"杨宝瑜方才觉得自己这么站着不恰当，边把野花插进花瓶里，边微笑着回答："董先生，这种紫色的野花四川很多，我在杭州从没见过，你知道这野花的名称吗?”

“狗牙瓣!”董绍孙一口说出这野花的名称，“花美，但是名称却不美。”

朱佳富含笑补充说：“不，狗牙瓣是这花的俗称，它也有一个美丽的名称，叫紫罗芸。它还是中药哩，性温，味甘，走肝经，可治妇科病。”

董绍孙不禁哈哈笑了，赞叹说：“朱先生不仅有渊博的植物知识，还熟记本草纲目，随口可以背出这花的药性来。佩服，佩服。”

杨宝瑜很喜爱朱佳富的博学，情绪顿时恢复了正常，含笑瞟了朱佳富一眼，从杨宝生手中接过画箱：“阿弟，坐呀!”

她进内室去放好画箱，系上了一件荷叶花边的围裙走出来：“董先生，我今晚弄几样四川菜请你吃!”她近来是常下厨的，因为厨师老胡，弄的菜辣味太重，花椒也下得多，不合口味。

董绍孙很感兴趣地说：“哟！朱太太居然学会做四川菜了！不简单，果然入乡随乡进步很快。”

杨宝瑜含笑问：“董先生，你可点出喜欢吃的川菜嘛!”

“嘿，朱太太的四川话也很有进步!”董绍孙偏着头想了想，“我喜欢吃芙蓉鸡片、锅巴肉片、豆瓣鲫鱼……”

杨宝瑜一伸舌头：“董先生的名堂多，专说些难办的菜，想难倒我嘛!”

董绍孙忍不住笑了：“好，朱太太把你会做的菜名背出来我点嘛!”

杨宝瑜抿嘴一笑，说：“我也背几个稀奇的四川菜名：龙凤呈祥、打渔杀家、秋江赶潘、评雪辨踪……”

不等杨宝瑜把菜名背完，董绍孙哈哈大笑：“朱太太真四川化了，要不是我是最讲究吃的四川人，还以为你不是叫我点菜，而是叫我点戏哩!”

杨宝瑜斜睨着朱佳富笑了。

董绍孙正色说：“好，我就点一个‘评雪辨踪’[1]吧!”

“好!”杨宝瑜带着汪嫂下厨去了。

朱佳富露出得意的笑容，却说：“听她吹牛，她哪里真会弄四川菜!”他接着说，“每次弄菜都是胡师指点她，有掌墨给她当助手。上次请客，她还闹个笑话：

1　即糖醋鲤鱼，因戏曲《评雪辨踪》中之吕蒙正又酸又甜，故名。

她自告奋勇要弄一份‘评雪辨踪’，平时是胡师与她配料在一旁指点，那次胡师递一瓶醋与她，她以为是胡师配好的佐料，把一瓶醋全倒进锅里。胡师要纠正已来不及。事后，她又自作主张，不断加糖想把酸味压消，结果加进了大半斤糖还是酸得不能进口，又甜得腻人。菜端上桌后，客人们下箸尝了一口，都不敢再下箸吃了。幸好有位无锡客人，把这碗‘评雪辨踪’吃去不少，还连连夸赞：朱太太手艺高，满会弄无锡菜格！”

朱佳富与董绍孙都忍不住哈哈大笑。

天黑了，朱佳富打开电灯开关，灯丝发红，室内很暗，令人恼火。当时重庆流行几句俏语：“好座重庆城，山高路不平，晚上电灯来，好像红头绳”，正是这种情况的写照。

吃过了晚饭，朱佳富与董绍孙都微有醉意，但兴致很高。

今晚杨宝瑜弄的“评雪辨踪”还没失格，也许限于礼貌，董绍孙着实夸赞了几句。

杨宝生要回家，杨宝瑜挽留不住，亲自送出民成新村，叫了一乘过路空滑竿送他走了才回。

风停了，室内闷热起来。这里不比大城，山蚊子出动了，成群结队嗡嗡乱飞。虽然汪嫂早点燃了盘香也不济事，叮得人坐不住。

朱佳富忙说：“董先生，外面风大些，到小花园去坐一会儿。”

他俩各自搬了一把藤椅，到外面万年青树丛旁坐下。杨宝瑜叫汪嫂送去了茶几和盖碗茶。

一轮明月已从涂山头升起，徐徐的凉风吹过，篱笆边几棵梧桐树枝在摇曳，发出窸窣的声音。

董绍孙舒适地靠在藤椅里：“好风，真凉爽！”

朱佳富接口说：“这时山蚊子也少了。”

董绍孙很内行地说：“刚才擦黑，山蚊子朝王，当然多啰！”

他俩抽着香烟沉默了一会儿，只见两个烟头的红火在月光里闪烁。

朱佳富声音很轻：“董先生，这次陆先生派你回来与我坐镇重庆，担子不轻呀！能者多劳，业务方面你要多负点责啰！”

董绍孙眼皮眨了眨。他看不清朱佳富的表情，猜不透他话中的含义，叹口气：“朱先生，陆先生不久也会回到重庆。武汉眼看已守不住，武汉一失，宜昌也将不保，公司只得偏安川江一隅。现在要办的事情很多，马上要在三斗坪设立办事处，一旦宜昌失守，三斗坪便成了川江门户。我们公司全部船舶和人员都挤在川江，住房、后勤供给都需要预为安排。陆先生有指示，公司的中枢由你主持，我在下面多负些责。朱先生，你是帅才，我最多是将才而已。”

董绍孙最后一句话，朱佳富听了，心中很舒坦："董先生未免太谦逊了，要说帅才——只有陆先生可以当之无愧。”

董绍孙哈哈一笑，含糊过去了。

蛐蛐在草丛中嚯嚯鸣叫，真武山巅雾气缭绕时隐时现，月光如水银泻地，近处的景物清晰可见。这里毕竟靠近山林，秋天退凉也快。

董绍孙蓦地想起一件事情，说："朱先生，川江航运同业中，黄氏弟兄所经营的巨富洋行托庇于法国人，家底殷实，一直为民成公司独霸川江心腹之患。这次江浙财团涌进蜀川，我们纵不被其吞并，他们必然会拉拢和扶持巨富洋行以蜀治蜀，牵制民成公司的发展。这样重大的事情，不知朱先生考虑过没有?”

董绍孙不但与黄玉庵是圣约翰大学的同学，私交很好；而且董太太就是黄玉庵的幺妹，还是至亲。因此陆先生对付巨富洋行的策略对董绍孙是有保留的，怕他不慎走漏天机。

朱佳富考虑到这一层，迟疑了一下，淡淡地说："我还没考虑过这件事，尚不知陆先生考虑过没有?”

董绍孙长叹一声："我那位大内兄不听劝，我说服他像我一样，把巨富洋行合并到民成公司，唉！他偏不听，反把我当成仇敌般疏远了。”

朱佳富知道董绍孙说的并非假话，但仍异常谨慎地说："法国人是黄家的太上皇，每年从巨富洋行分得那么多好处，岂肯让他们与民成公司合并。”

董绍孙眉头皱了皱，深有同感地说："是呀！当初我的公司合并到民成公司的时候，大内兄被我说动心，准备当机立断抛弃法国人，与我采取一致行动。可是后来法国领事出面干涉，法方经理太摸尔勾结袍哥威胁大内兄，从此大内兄便不再听我劝说了。”

朱佳富听董绍孙话语诚恳，于是说："巨富洋行致命的弱点还不止此!”

董绍孙诧异地问："你说，巨富洋行还有啥弱点呢?”

朱佳富答道："令亲任用外人不放心，用的全是黄家自己的亲眷和老管家。你想，经营现代的实业，需要懂得各种专门知识的人才，黄家的亲眷和老管家中有这么齐备的人才吗?!那些老管家看起来对黄家比较忠实，但一个个鼠目寸光，只顾各自的私利，并且老朽不堪。黄玉庵重用的喻胜蜀就是有名的‘喻八圈’，一上牌桌就忘掉了一切，把山柴胜煤矿办成了赌场。办事人员个个会搓麻将牌，手下用的多是封建把头、地痞流氓、不学无术之徒。黄玉庵身边的智囊，也是包揽词讼的土律师之类，有几个高明之士？巨富洋行里不单法国人反对合并，令亲被这些人包围在身旁，首先便会拼死反对。因为合并进民成公司绝不是进了他们的天堂。陆先生一定不让这些人天天鬼混，他们当然要反对啰!”

董绍孙深感朱佳富言之有理，无限感叹地说：“朱先生真明察秋毫，我对你所说的，以前也深有同感。”他凝思了一会儿说：“我大内兄也是大学毕业，受过新式教育，并不十分糊涂。朱先生，我去约定一个时间，陪你去找舍亲谈一谈。我想，凭朱先生三寸不烂之舌，向舍亲晓以利害，我从旁赞助，若说得舍亲率巨富洋行来归，则‘民成江山’指日可待了。”

朱佳富忙摇头摆手，不以为然地说：“令亲身边那帮人长期形成的势力已盘根错节，足以左右令亲，不动大手术不行啰！何况令亲……”

朱佳富想起那次陆祖福招待他的宴会上，黄玉庵一脸烟容，对人狂妄傲慢的样子，心里便气涌：“何况令亲也非理乱之才，哪来快刀斩乱麻的魄力？这绝不是几句言辞所能说动的。董先生，我们就息点精神，免得抱琵琶进磨房——空费力……”

朱佳富没有很好思索，最后一句话脱口而出，随即感到不妥。当董绍孙面把黄玉庵形容成牛，不仅有失绅士风度，而且很不礼貌。

朱佳富停顿了一下，瞥了一眼董绍孙，尚看不出他有异样的表情。为了掩饰自己有点尴尬的表情，他突然哈哈一笑：“董先生，我还要多活几天，这说客我是不敢去当的。”

董绍孙这时才露出不满的神色说：“朱先生说得未免太过头了。我大内兄也是规规矩矩的生意人，听与不听，断不会危及你的生命安全!”

朱佳富知道董绍孙错会了他的意思，忙解释说：“董先生，黄先生身边那些人都是喜欢白刀子进红刀子出的人物。要是我说动了令亲率巨富洋行来归，堵住了他们的财路，他们能轻易放过我吗？那位法方经理、洋袍哥太摸尔与黑社会勾结得紧，不能不虑呀!”

“哦!”董绍孙方才明白过来，细思一会儿，认为朱佳富所虑也有道理。他与黄家是至亲，黄家所用那些人的情况他当然了如指掌。于是长长叹息一声：“唉……我们中国资产阶级本身就与封建主义有着千丝万缕的关系，哪像欧美反封建比较彻底，我们办实业的前途实堪忧虑呵！”

朱佳富正想答话，杨宝瑜端着一把凉躺椅走来，放在他身旁坐下。月光中，朱佳富见她发上还有水珠在闪闪发光，知她刚洗过澡，于是说：“宝瑜，今天月光多好呀！”

杨宝瑜抬头瞥了一眼圆圆的明月，明眸一转，她知道朱佳富说这话的含义：他们在杭州初次相遇，月亮也是这么圆。朱佳富总能在节骨眼上一语打动杨宝瑜的感情，她果然深情地看着朱佳富，露齿一笑：“你们怎么沉默了？刚才说得很热闹呀！”

董绍孙蓦地想起一件事情，望着杨宝瑜说：“朱太太，在汉口我差点认错人了，有一位女人真像春燕小姐！”

“真的，在哪里？”杨宝瑜的眼睛在月光映照下显得亮晶晶的。

朱佳富最忌讳旁人提春燕，忙用话岔开：“董先生，明天早点过江，我们在公司一起参加开朝会，你是一定要参加的。”

董绍孙答道：“好的，好的。”

杨宝瑜正想追问，这时篱笆“嘎吱”一声推开了，刚才那个抬滑竿的轿夫撞进来，大声说：“董先生，你硬耍得，快打三更了还不走。我与我的伙计等你半天了，肚里饿得打鼓哟！回去晚了，未必你不怕董大少娘罚你跪踏凳！”他说完后吐了一口唾沫在手板心上，弯腰将唾沫抹在光脚杆上，“龟儿，山蚊子又凶，把脚杆都咬泡了。”

“呸！呸！”轿夫又吐了两口唾沫抹在脚杆上，“董先生，走不走？”

董绍孙看时间的确不早，站起身回答轿夫：“我又没有叫你等，怪我！”

轿夫顿时一脸笑：“嘿嘿！熬更守夜等你老人家，还不是想到董家花园宵夜，叨扰董大少娘一顿饱饭！”

“饱饭？没得那多！”董绍孙边说边含笑向朱佳富夫妇告辞，“再见！”

杨宝瑜叫汪嫂把董绍孙挂在屋内的西服拿来，董绍孙搭在肘弯上。

“不怕你董先生吝啬！哼，今晚抬到董家花园，泡菜饭是要吃两碗的。董大少娘见这夜深都抬你回去了，一高兴，说不定还要给点腊肉香肠下饭哩。嘿嘿！”轿夫大声大气地说。

“少废话，走!”董绍孙已跨出了篱笆门。

董绍孙坐上滑竿被抬走了。他的酒喝得不少，的确感到倦了，躺在滑竿上闭目养神，听任两个轿夫呼哧呼哧地喘着粗气，一步一步抬着滑竿使劲往上爬。

第七章

一

黄玉庵过足了鸦片烟瘾下床来，穿上青缎圆口鞋，心事重重的样子，在室内徘徊。

赵小姐是不抽鸦片烟的，却会裹烟泡，每次都是她服侍黄玉庵抽鸦片烟。她原是黄玉庵女儿的家庭教师，是法国牧师介绍来的。她年轻漂亮，来时还是一位衣着朴素有些腼腆的女孩子，可是，现在已变成一个充满青春活力的妇人了。一对眼睛，明亮而富有诱惑力。一张红润的脸庞上经常挂着使人捉摸不定的微笑。黄玉庵是很动了一番脑筋，才将这位家庭教师勾引到手的。

赵小姐颇有心计。她不吸毒品，使美丽的容颜不会迅速消逝。她的穿着时时更新，有时朴素得像一名中学生，有时却浓妆艳抹，像一位妖娆的荡妇。因为她摸透了黄玉庵喜新厌旧的少爷脾气，只有这样不断变化，才能使他对她的宠爱不会衰退。

黄玉庵的老婆袁静芳，受过中等教育，原是一个心高气傲的娇小姐，眼里是夹不得沙子的。为赵小姐与黄玉庵的暧昧关系，她与黄玉庵大闹过，也投诉过牧师，想靠宗教的力量迫使他俩断绝关系。但是这却更使黄玉庵与赵小姐形影不离。

说也奇怪，袁静芳近一年来却变得安静了。她对宗教显得异样地虔诚，时常在家中自设的礼拜堂内做祷告，听牧师讲经。而对黄玉庵与赵小姐的事情也不过问了，听任他俩日夜在一起厮混。

黄玉庵反而觉得内疚，对袁静芳怀着敬畏和感激的心情，把家中的经济开支大权全交袁静芳独揽，仿佛作为他对她的一种补偿。

赵小姐这时坐在一张圆桌边。她穿着一件透出肌肤的淡青纱旗袍，配上一件软缎披肩，显出一副娇慵的神态。她觉得黄玉庵的神色有些反常，半天没有与她说话，也没有瞥她一眼，心中感到有点疑惑，但也不便问他。她手里拿着一本《少奶奶的扇子》，换了一个地方，靠近窗前，低下头看书消遣。

黄玉庵徘徊了一阵，不觉在赵小姐的身后站住，望着赵小姐雪白的脖子出神。

赵小姐觉得他鼻子里呼出的热气弄得她脖子痒酥酥的，她抬起头来向他抿嘴一笑，指着圆桌上一盘削了皮、切成碎块的白马梨子说："玉庵，你为啥不吃梨子?"

黄玉庵仿佛没有听见赵小姐的问话，他没头没尾说了一句："哼，我要快刀斩乱麻，我要立志革新！”

赵小姐惊诧地注视着他，正待发问，可是黄玉庵已离开她，又继续低头在室内徘徊起来。赵小姐到嘴边的话又咽了回去，只是瞥了他一眼，接着又低头看书。

黄玉庵这时正考虑巨富洋行的事情。近来一件件不顺心的事情接踵而至：因为抗日吃紧，运川的人员和物资在宜昌堵塞住了，一时抢运不赢，国民党军委会联运处将他跑川江的几艘轮船暂时征用了。虽经法国领事出面交涉，仍然毫无结果。联运处的负责人陆祖福，是巨富洋行的冤家对头，黄玉庵认为这是有意拆他的台。

近来巨富洋行经营的山柴胜煤矿发生了瓦斯爆炸，矿工死伤几十人。因为死伤矿工家属为抚恤金和安葬费的问题闹得很凶，他虽已下令矿警队镇压下去了，但工人磨洋工，故意破坏设备的事增多了。

为了处理这些事情，黄玉庵才被迫亲自到矿山去，发现矿上的问题不少。当矿长的喻胜蜀，是他的亲舅爷。喻胜蜀的外号叫“喻八圈”，在鸦片烟瘾过足之后就邀人搓麻将，下面的事情全交给一些监工把头去管理。其中偷工减料、虚报冒领等弊病数不胜数。

黄玉庵从圣约翰大学毕业后回到家里，也曾经有过一番抱负，想把他所学的知识用在振兴实业上。他感到他父亲经营的方式太陈旧腐朽了，立志要革新，想引进欧美先进的技术和经营方式，把黄家这份家业更加壮大。可是，他父亲的顽固和守旧，使他的抱负成了泡影。

黄玉庵的父亲年轻时很精明，白手起家成就了偌大的家业。可是，人到晚年却变成了一个老烟鬼，成天睡在烟铺上，一面烧烟一面听取手下管事人的报告，各种指示也是在烟盘子旁边发出来的。黄老太爷是一个异常自信的人，他认为靠他的机灵，靠他的钻营，靠他的胆识，使他终于成为百万富翁。他认为他积累了经营企业的丰富经验，任何人都赶不上他。他不敢任用新人，身边的智囊，多是跟随他多年的老人。他对他们的忠心深信不疑。智囊中虽然也有明智之士，但都摸透了他的脾气，明知他做错了，也不肯直言指出。他听惯了奉承阿谀的话，更加深了他的自信，对自己的能力和判断从不怀疑。

在黄老太爷病危临终之时，他也学川剧《白帝城托孤》中的刘备，把几个儿子叫到身边，含泪把他们托付给追随自己多年的几个元老。并对长子黄玉庵说：“我兴的规矩，我信赖的旧人，你千万要尊重，不要轻易改变。”

当时舅爷喻胜蜀与条师严江贺便是这群托孤“大臣”中的领袖。他们也学诸葛亮在白帝城临危受命的样子，一齐跪下发了大誓：“我等辅佐少老板至死不渝！”

黄老太爷这才手脚一伸，放心地闭上眼到酆都报到去了。

黄玉庵自父亲死后，身为长子，骤然掌管黄家这么大的家业，感到异常吃力。虽然觉得这些人迂腐老朽，但看来还很忠心稳妥。再加上想到先父新逝，尸骨未寒，言犹在耳，他仍然依靠这些人去经营管理黄家的产业，革新的抱负只得暂时丢在一边了。因为黄老太爷在世时成了习惯，一切事情都在烟铺前商量决定。黄玉庵本不吸食鸦片，他知道这些人都是大烟客，为了安抚笼络他们，在商量决定事情的时候，也在床上摆出他父亲遗留下来的颇为考究的烟盘子，用鸦片烟招待这些“托孤之臣”。黄玉庵开始吸几口耍烟相陪，久而久之，不觉也成了瘾君子。

说黄玉庵全没革新，也有点冤枉。他首先觉得他父亲的住屋太旧式了，房里光线暗淡而通风不畅，与家中花园深处那座巍峨尖顶的礼拜堂比较起来，实在太不相称了。他办的第一件新事，便是把旧屋拆了，重新修建了现在这座法国式的尖屋顶洋楼。这洋楼不仅有宽敞的走道和阳台，而且室内冬天有壁炉，夏天把百叶窗打开，光线充足，空气流通。宁式床换成了钢丝弹簧床，家具也西化了。只有那副烟盘子还是家传的旧物。因为黄玉庵没到过法国，他问过巨富洋行法方经理太摸尔：法国的烟盘子与中国的烟盘子有何不同？但太摸尔矢口否认法国有烟盘子这类东西，所以黄玉庵才没将这副烟具换去。

黄玉庵还学法国有产阶级的习惯，给他的独生女儿小芸请了一位家庭女教师——赵小姐。赵小姐原是圣友会的女职员，由家庭牧师李约瑟介绍来的。娇美的赵小姐很快便引起了黄玉庵的垂涎。他把从法国小说里学来的几手本领全用上，终于使得赵小姐成了他的情妇……

这时黄玉庵徘徊的脚步在床前停住了。他气息咻咻，青黄的脸色更加难看，但眼睛却闪着异常明亮的光，注视着床上的烟具。突然，他脚一顿，好像下定了决心，大声对赵小姐说：“达令，钉锤，钉锤，我要钉锤！”

赵小姐正被《少奶奶的扇子》迷住了，听见黄玉庵急促的声音，抬起头来疑惑地注视着他，问：“玉庵，是不是要吃核桃，我给你捶！”

黄玉庵摇摇头：“不是，我不吃核桃，快给我钉锤！”

赵小姐将书搁在临窗的茶几上，站起身，很快便找来了一把钉锤递给黄玉庵，不解地问：“玉庵，你要钉锤干啥？”她话还没完，看见黄玉庵一手端起烟盘子往地下着力一摔，只听哗啦啦一声响，烟灯玻璃罩已成了碎片。赵小姐吓了一大跳，真以为黄玉庵疯了：“玉庵，你这是干啥？”

黄玉庵毫不理会赵小姐的问话，他举起钉锤使力砸烟葫芦[1]。不知是玉石雕成的烟葫芦太结实，还是黄玉庵的力气太小，砸了几锤还没砸烂，烟葫芦在地板上弹跳了几下，最后终于被砸成了几块碎片。他接着砸银质烟盘，砸赤金烟灯……

黄玉庵一鼓作气把一副烟具砸烂后，已累得气喘吁吁，将钉锤扔在地上，坐在靠近的沙发上歇息。

他见赵小姐不知所措地呆看着他，笑着兴奋地说：“达令，不要害怕，我并没发疯。从今天起，我要戒烟，这鸦片烟使人意志消沉，萎靡不振。”

赵小姐脸上惶恐的表情消失了，她仍不理解黄玉庵这个突然的举动，嗫嚅了一会儿终于问：“玉庵，为啥？”

黄玉庵为自己刚才坚决的举动感到快慰，青黄的脸色透出了红晕，含笑解释说：“达令，我决心刷新巨富洋行，我们要超过民成公司！”

赵小姐对黄玉庵多变的性格是熟知的，仍不明白黄玉庵的意思，问：“玉庵，这与戒烟有什么关系？”

“唉，我不先戒烟振奋精神，怎谈得上振兴事业！这些老朽也不会怕我呀！”黄玉庵说。

“哦！”赵小姐仿佛有点明白了。

二

黄玉庵听仆人报告：人全到齐了，都在神堂坐候。

他怒气冲冲跨进神堂，见大家都站起身向他点头招呼，只做了一个请大家落座的手势，板着脸对谁也没理会，两手抄在身后，烦躁地来回踱步。

所谓神堂，不过正面墙上挂着黄老太爷的遗像，这遗像是绘在白瓷上在江西景德镇烧制的，嵌在一个大相框里。因为黄家信奉基督教，不像普通人家在堂屋有香火神龛，供有“天地君亲师”——民国后又改为“天地国亲师”的牌位，早

1　吸鸦片烟用的烟斗。

晚要由子孙敲磬烧香。

黄玉庵最近采纳了新从德国留学归国的采矿工程师余平贵的建议，决心改革。为了收到惩一儆百的作用，他经过与余平贵密商之后，决定先从他亲舅爷喻胜蜀身上开刀。

黄玉庵在黄老太爷的遗像前站住，他选择这个地点是有深意的。他面对大家说："你们多是先父'托孤之臣'，理应兢兢业业为黄家的事业出力……"他的目光停留在喻胜蜀身上，"可是，你们有负先父重托……"

喻胜蜀穿一件青绸长衫，头戴素缎瓜皮帽，胡子已经花白。这时他正拿着一只鼻烟壶塞在鼻孔里吸了吸，随即舒畅地打了一个喷嚏。

"舅爷，这矿长你就不用当了！干脆让你回老家去享清福，搓你的麻将，当你的'喻八圈'去!"黄玉庵越说越激昂，"我现在宣布，撤销你的矿长职务，遗职由余平贵先生担任。"

喻胜蜀干枯瘦长的马脸上，用雕刀也刮不出半两肉，眉毛却长得异常长。他开始满不在乎地听黄玉庵说话，继而装出胆怯畏惧的样子，接着显出无限委屈的表情端坐在那里，连鼻烟壶也揣了起来。当他听到这位大外甥不顾情谊，当众撤销他矿长职务时，不禁浑身抖颤，鼻子发酸，竟然老泪簌簌地滴下。

余平贵也在座，西服穿得很齐整，因为撤销喻胜蜀矿长职务他事先是知道的，所以并不为奇。及至听到黄玉庵一下把他提升为矿长，也觉突然，心中喜滋滋的，假意谦逊地起身推辞说："平贵才疏学浅，蒙总经理委以重任，恐有负重托，望三思。"然后坐下。

坐在余平贵旁边的一位穿中式汗衫的老年人不满地扫了余平贵一眼，"哗"地打开了手上的白纸扇，慢吞吞站起身轻摇着纸扇说："总经理，喻矿长乃黄氏至亲，跟随黄老太爷多年，虽有过失，但知过能改——善莫大焉！搓麻将不过生活琐事，以后改过就行了。鄙人粗陋之见，望深思裁夺!"

想不到黄玉庵这次横了心，连这位他平时言听计从、足智多谋的条师严江贺的转圜也听不进。他鼻里粗重地"哼"了一声，火气更大："像你们这样搞下去，能对得起我九泉之下的家严吗！想当初，家严白手起家创业不易，要让你们这样颟顸下去。黄家的基业会葬送在你们手中，哼!"

黄玉庵话中的"你们"，明明将大家都带上了。严江贺已不便再劝说，悄悄落座。其他人早已战战兢兢，生怕这位大少爷不认黄[1]、会责备到自己头上，特别是见严江贺都碰了钉子，一个个更是正襟危坐，噤若寒蝉。

严江贺见坐在旁边的余平贵脸上得意的样子，他用力一甩手，张开的白纸扇“哗”的一声合上了，随即狠狠盯了余平贵一眼。喻胜蜀突然站起身大声嚎叫：“我死去的老姐夫呀！想我自幼跟着他走南闯北，没有功劳有苦劳，记得吗？我与你背篓子从老家到重庆，一人带一个臭盐蛋在路上下饭，走了三天才到重庆，臭盐蛋还剩下小半个呢！我帮黄家挣下了偌大家业，大少爷现在不要我了，落得这样下场，叫人寒心！我以后老日子怎么过哟……”他鼻涕眼泪混在一起，黏糊糊地从胡须上往下淌。

黄玉庵见喻胜蜀竟不顾老脸耍起泼来，心中更加反感。他口气不但没变软，额上反而青筋突起，声色俱厉地斥责道：“你少来这一套！当我不晓得，这些年你也搞肥了，在老家置办了几百担租谷的地产，还放了印子钱，也够你养老，够你享受了。哼！”

喻胜蜀见黄玉庵不顾老亲，点了他的穴道，索性大闹起来：“咦！玉庵，说话要讲良心！你黄家要不是我怎能发家致富？我死去的老姐夫呀！只有你心中最明白。当年介绍你信洋教的是我，替你找到法国人这个硬靠山，到自流井与你开井熬盐的是我。要不是我喻胜蜀福气大，开的井哪会口口出盐，其中还有火井[2]！我多年为黄家立下汗马功劳，省吃俭用积攒下几个血汗钱，买点田地也胀别人的眼呀！我喻胜蜀活着还有啥滋味哟！老姐夫呵，等着我，我到酆都找你评理……”他蓦地快步往前窜，将脑壳朝桌子角使力撞去……

事出意外，大家要上前拦阻眼看已来不及了，连黄玉庵也吓得改颜变色，一齐慌了手脚。

幸好，虽然地板并不滑，喻胜蜀的脑壳刚要接触到桌子角，居然脚下一滑，一扑跌倒在地上。

大家方才松口气，暗叫“好险！”忙上前七手八脚想扶喻胜蜀起来。

喻胜蜀哪肯起来，他在地上滚成一团，高一声“老姐夫呀！”低一声“老姐夫呵！”抱头号啕痛哭起来。惹得几位感到“物伤其类”的老果果也拭泪不止。

1 四川方言，不认人，不买账。
2 即天然气井，自流井多用天然气熬盐。

喻胜蜀这最后一招确实厉害，黄家差点惹出人命，何况是外甥逼得舅爷寻死。虽然现在是民国，犯忤逆罪不致大辟[1]，但人言可畏，也不是好玩的。

黄玉庵气得一顿脚，回内室去了。

神堂内闹的事，早有人报与黄老太太了。这黄老太太已多年不问家事，除了按时到礼拜堂念经祷告外，还暗暗在密室供了观音菩萨的神像，天天顶礼膜拜，说是这样做，可以得到中外神人的保佑，黄家会永远富下去。她听说弟弟被撤职，逼得寻死，急不可待地由两个丫头扶着，迈着一双小脚从内室赶到神堂。

这时喻胜蜀早被众人劝着扶起，坐在沙发上打着干呃哽咽。他看见姐子进了神堂，顿时来了精神，扑地梭下沙发跪在姐子面前，泪如雨下，抽抽咽咽地诉说："老姐子呵，我……我当弟弟的……有负老姐夫……重托，只有……一死以报老姐夫于九泉之下……我……"他仿佛已悲痛得泣不成声了。

黄老太太干瘪的薄嘴唇不断嚅动，苍老的声音抖颤颤的："你外甥不好，当舅爷的不要与他一般见识。玉庵自有我管教，天大的事情还有我哩！"她枯瘦的手指不断摩挲着套在手颈上、系有铜十字架的念珠喃喃说，"上帝啊！难道世界末日真要到来？我黄家出了这不孝的子孙！"

喻胜蜀听姐子已为他说话，顿时收敛了一些，装得温驯地垂着头，让人从地上扶起，谦恭地站在一旁，从衣袖里掏出一块手巾不断拭泪。

黄老太太被扶坐在正中一张沙发上。她向身旁的丫头吩咐说："快，请大少爷出来！"

一会儿，黄玉庵跟着丫头进了神堂，想分辩说："妈，我……"

不容黄玉庵说话，黄老太太板着像干柚子皮一般的面孔，望着天花板说："玉庵，不要忘了摩西十戒，一个基督教徒是要讲孝道的。我嫁给你爹几十年，生下你们弟兄姊妹，留下这偌大的产业不易。不要忘了你爹临死时留下的话：他立下的规矩不许破坏；他用的旧人要尊重。舅爷的事，你不看娘面也要看爹面，请你手下留情吧！"

"妈，"黄玉庵着急地说，"我们若不好生整顿，眼看黄家的基业便要败在这些人手上。妈……"

1　即砍头的死罪。

不等黄玉庵把话说完，黄老太太已怒气冲冲，指着黄玉庵切齿地说："你……你这个忤逆不孝的劣子，娘也老了，难道你也不要了，唉……"

"妈！"黄玉庵急切之间一时不知怎样向妈解释，卡住了，"我……"

黄老太太蓦地站起来，声音虽然平和，却有千斤分量："玉庵，我要说的话都说了，你若不要舅爷，我也跟着回娘家。唉！你看着办吧！"她的手搭在丫头肩上，被扶进内室去了。

黄玉庵唉声叹气，在神堂内徘徊了几步，最后站在喻胜蜀面前，气昂昂地说："好，你暂时仍在矿上负责，以后再说。"他一甩袖走了。

喻胜蜀见黄玉庵走出神堂，脸上顿时露出欣喜自得的表情，转向严江贺咧嘴一笑，接着鼻子里哼了一声。

严江贺也是黄家的元老，见黄玉庵被迫收回了成命，也感到松快。他离座走到喻胜蜀面前，拱手一揖："胜蜀翁，看来黄家还是离我们不行哩！"他接着冷冷一笑，斜视着余平贵说，"平贵兄等着吧！你以后会当上矿长的。"

喻胜蜀乜了余平贵一眼，嘴角露出一丝讽刺的笑意："余工程师，明天你跟我回矿，工程方面的事情还要仰仗你呢！"

余平贵听严江贺与喻胜蜀一唱一和地嘲讽他，气得脸上红一阵白一阵，想不到黄玉庵这么不中用，说出的话又收回去。他陡地站了起来，整了整领带，掸了掸西服上的灰尘，沉着脸走出神堂去了。

严江贺和喻胜蜀双目相视，不禁开心地哈哈笑了。

三

黄玉庵进入内室，真是又气又急。他折腾了半天，感到倦了，张口打了一个哈欠，习惯地往床上横着躺下，方才想起自己已立志戒绝鸦片，并且全套烟具已经砸得稀烂。

黄玉庵像床上有荨麻铺垫一般，火速站起身来，两手抄在背后慢慢地踱着。踱了一会儿，越觉打不起精神，蔫搭搭地坐在沙发上出神。

赵小姐坐在梳妆台前，尖着葱嫩的手指梳理着满头的青丝。她用力很轻很细，生怕梳子会将发丝扯落。

她梳好了头，抹上了生发油，照着镜子端详了一会儿，觉得满意了，方回眸向黄玉庵莞尔一笑："玉庵，你何苦自寻烦恼，搞啥革新整顿！多少年过去了，天也没塌下来。"

黄玉庵刚才的一股锐气已经剩下不多了，他漠然地瞥了赵小姐一眼，只是长长叹了口气。

赵小姐给黄玉庵削了几个梨子放在细瓷盘里，说："玉庵，黄家偌大的家业，你总也用不完的！自己身体要紧呢！"

黄玉庵垂头不语，一支接一支地抽香烟，觉得口干舌燥，不但打不起精神，反而慢慢浑身酸疼难忍。他知道是鸦片烟瘾发作了，但他的决心很大，一定要熬过去。

赵小姐见黄玉庵又是哈欠又是眼泪，眼波流动地劝道："玉庵，我看你还是以身体为重，暂时不要戒烟吧！"

黄玉庵摇摇头，强振起精神固执地说："男子汉大丈夫，一言既出，驷马难追。烟是戒定了，绝不落人耻笑。"

赵小姐走到沙发背后，双手柔和地搭在黄玉庵的肩上："玉庵，看你现在难受的样子，我心里也难受。你近来身体不好，偏要戒绝鸦片，我看，要戒，等你以后身体结实些再戒吧！"她看见黄玉庵默不作声，以为他心里活动了，"喏，看，我又给你准备好一套烟具！"

果然，赵小姐从衣柜的抽屉里端出一套崭新的烟具来给黄玉庵看。

黄玉庵也没细问这套烟具从哪里弄来的，立即拒绝说："不，我说话算话，鸦片烟一定不再抽了。"

赵小姐也感到惊异，想不到黄玉庵决心这么大。她把崭新的烟具仍放回衣柜里捡好，一屁股坐在沙发靠臂上，一面将滑到手颈来的白玉圈子抹上一些，噘着猩红的嘴唇，说："玉庵，既然你下定了决心，我也不再劝了。"她乌亮的眸子瞥了一眼黄玉庵，正想说话……

女仆进来通报："大少爷，太摸尔先生来了，他要会见你。"黄玉庵的眉头皱在一起，凝视着窗外，一会儿，方答道，"你去说我病了，改天再见！"

女仆走了。

赵小姐觉得黄玉庵有些反常，他从未对太摸尔先生这么冷淡过。她劝道："玉庵，太摸尔先生一定有要事找你，我看，不见不好吧！"

黄玉庵鼻子里轻轻哼了一声，没有回答她。

沉默了一会儿，赵小姐蓦地噗哧一笑，故意撩逗他：“玉庵，看你愁眉苦脸的样子多难看，笑笑，对我笑笑。”她用手托着黄玉庵的下巴。

黄玉庵勉强笑了，笑得很不自然，两撇八字胡向上牵动，腮帮挤成一团，很像哭的样子。

赵小姐乘机又说：“玉庵，还是见一见太摸尔先生吧！他一定有重要事情找你。”

黄玉庵轻轻推开赵小姐的手，摇了摇头。

“你为啥不愿见太摸尔先生呢?”赵小姐问。

黄玉庵听见太摸尔的名字就感到不舒服，但他知道赵小姐是法国人介绍来的，多少存点戒心，有些话从不对她说。他懒懒地说：“我提不起精神!”接着他对赵小姐说，“达令，我心烦，你不要撩我，我想一个人安静休息一会儿。”

赵小姐瞥了黄玉庵一眼，悄悄地坐到窗前，埋头继续看《少奶奶的扇子》，没有再打扰他了。

黄玉庵强忍住戒烟引起的不舒服，独自坐在沙发上沉思默想……

他毕竟是受过新式教育的，他很喜爱他的幺妹黄毓秀，妹夫董绍孙与他又是圣约翰大学的同学，以前两家过从很密。十年以前，当董绍孙决心摆脱美国人的控制，将捷江公司合并到民成公司的时候，曾劝他也摆脱法国人的控制，将巨富洋行航业部与民成公司合并。

那时，黄玉庵被董绍孙说得心里有点活动。他很不满法国人。巨富洋行成立航业部的时候，因为四川地方军阀割据，各自为政，拉差抽捐很不易对付，黄老太爷听从了条师严江贺的献计，托庇于法国，船上挂法国旗以便对付地方军阀。当时通过关系与法商谈妥，对外名义上巨富洋行由中、法合办，其实法方未出一文资本。巨富洋行每年暗中送银五万两给法方作为保护的酬劳，名叫挂旗费。法国人贪得无厌，为了牢固控制巨富洋行，特地派了一个法国人叫太摸尔的当法方经理。这太摸尔原是法国的无业游民，远涉重洋到四川内地来碰运气的。太摸尔在重庆混了多年，居然进了哥老会成了袍哥。平时，他与黑社会中人往来密切，凭借法国的势力，贩卖人口，强运烟毒，无恶不作。自从太摸尔担任法方经理后，用小恩小惠笼络收买黄家原有的办事人，轮船上全换上了法国船长，他俨然是黄家的太上皇。

原先契约上虚写未收的法资三十万两银子，竟当成真的一般，逼着要按股分红。

黄玉庵准备接受董绍孙的建议，与民成公司合并的意思一露出，不单严江贺、喻胜蜀这些元老反对，法国人也气势汹汹威逼，他只好作罢。

黄玉庵想起今天发生的事情，心中实在气恼。他知道不先撤换喻胜蜀这批人，要对付法国人是不可能的。事情发生后，太摸尔很快便来了，黄玉庵知道太摸尔来的用意，所以不愿见他……

黄玉庵的鸦片烟瘾已发登堂了，不单浑身难受，而且像打摆子一样发起寒热，忍不住失声地呻吟起来。

赵小姐听见黄玉庵的呻吟，忙搁下《少奶奶的扇子》，问："玉庵，你怎么啦?"

黄玉庵站起身来，呻吟着说："哎哟……我冷，我冷得受不了啦!"

赵小姐穿着单旗袍和披肩还觉热，见黄玉庵瑟缩发抖的样子，慌扶他上床睡下。她不断加被子，黄玉庵还是叫冷。

赵小姐劝说道："玉庵，你不是病，是鸦片烟瘾发作了。我看，你现在事情这么繁重，先抽几口烟缓解一下吧!"

黄玉庵咬着牙，半晌才有气无力地硬撑说："不，我不能说话不算话，坚决不再抽鸦片烟……"他捂在厚厚的几床棉被里边发抖边呻吟。

赵小姐灵活的眸子转了转，她知道黄玉庵好强不服输，想出了一个主意："玉庵，你不再抽鸦片烟，有这大的决心真使我佩服，我不再劝你。不过，你不抽鸦片烟，可以抽吗啡嘛!"

半晌，方听到黄玉庵伸出头来回答："不，吗啡也是毒品呀!"

赵小姐不慌不忙说："怕啥！你只说戒绝鸦片烟，并没说不抽吗啡呀！抽几口吗啡试试看怎样!"

黄玉庵迟疑着没有回答，赵小姐知他心里有些活动了，趁热打铁说："玉庵，莫死心眼，吗啡与鸦片烟不是一样东西。"

黄玉庵已从棉被里伸出上半身来："可是……现在家里没吗啡呀!"

赵小姐掩嘴一笑："玉庵，我看你气糊涂了。黄公馆里别样东西怕缺，吗啡从没缺过。你忘了，严江贺他们都是又抽鸦片又吸吗啡的。"

黄玉庵摇手摆头："不，绝不要找他们要去，我……"

赵小姐不等黄玉庵把话说完，已猜到了他的心意，暗暗好笑，斜乜着黄玉庵说:“你放心，我派心腹人买去，不会让他们知道的。”

黄玉庵微微点了点头……

果然，黄玉庵吸了两小包吗啡后，不单症状全消，而且精神顿时抖擞起来。他从床上下地，急切吩咐赵小姐:“快，你派人去请余平贵工程师来。”

赵小姐迟疑了一下，劝阻说:“玉庵，你刚好一些，应该休息休息，改天再……”

“不,”黄玉庵打断了赵小姐的话,“快派人请去，我有重要事情与他商量。”

赵小姐只得派人去请余平贵……

余平贵跨进门，有点埋怨地说:“黄先生，你今天妥协了，以后便更不好办!”

“坐，请坐。”黄玉庵起身相迎。

余平贵坐在黄玉庵对面的沙发上，接过赵小姐敬上的香烟点燃吸了一口:“黄先生，你要使巨富洋行不致垮台，非拿出毅力不可!”

黄玉庵与余平贵是幼时同学，是所谓的偏纳朋友，也很器重他。他“哎”了一声，缓缓地说:“平贵，我舅爷那批人我有办法对付。可是，我担心……”他欲言又忍。

余平贵喷了一口烟，催问说:“你担心什么?”

黄玉庵瞥了一眼赵小姐，见她又坐在窗边专注地看书，终于说:“我主要担心法国人不好对付!”

余平贵不以为然地说:“哎！黄先生，我与你说过多次，现在法国人没有什么可怕的，他们已是泥菩萨过河——自身难保，德国人快灭掉他们啰!”

“唉，平贵，你只知其一，不知其二。太摸尔不是好惹的，他手下有一批亡命之徒呢!”黄玉庵对余平贵说话是没有保留的。

余平贵沉思了一会儿，不慌不忙地说:“黄先生，你要与民成公司争高低，要把法国人赶走……”他见黄玉庵在向他递眼色，忙停住口，不解地看着黄玉庵。

赵小姐蓦地站起身走过来说:“玉庵，你们尽谈些我不感兴趣的问题，真闷人，我出去散一散步便回。”

她不等黄玉庵回答，客气地问余平贵一点头:“余先生，我失陪了。”

余平贵目送赵小姐姗姗而走，若有所悟地问:“她……”

黄玉庵不愿余平贵知道他防范着赵小姐，淡淡一笑:“没什么！我是怕女人家嘴不稳，无意透露出去就糟了。”

余平贵也没再问，重新提起刚才的话头："黄先生，你要与民成公司竞争，要把法国人赶走，我看不借助外力，不搬救兵是不行的。"

"外力，救兵！"黄玉庵不解地问，"目前有谁能与民成公司抗衡，不怕法国人?"

余平贵脸含得意的笑容："黄先生，你看，孔祥熙的力量怎样？我看，对付民成公司和法国人是绰绰有余的。"

"孔祥熙……"黄玉庵吃惊地瞪着一对眼睛看着余平贵。

"是的，孔祥熙才有这个实力！"余平贵重复说。

黄玉庵皱眉沉思一会儿，忧心忡忡地说："我看有些不妥！"

"为啥不妥?"

黄玉庵的眉头仍然紧皱："我们以前为了对付地方军阀引进了法国人，现在为了对付法国人去找孔祥熙，万一又被孔祥熙捆住手脚……"

"噢！你不要前怕狼后怕虎的，孔祥熙毕竟是中国人嘛！何况以毒攻毒不过权宜之计。有句俗话说：不敢吃蜈蚣虫，哪能医得好烂疮。"

"待我想想看……"黄玉庵想了一会儿，叹口气说，"现在别无它法，暂时利用孔祥熙的力量……不过，我与孔祥熙素无交往，他肯帮忙吗?"

余平贵听黄玉庵这么说，不禁喜上眉梢："黄先生，这事不必过虑。我认识薛习永，他是公馆派的中坚人物，只要他出面与宋霭龄一谈，肯定成功。何况他们早把陆祖福恨得牙痒痒的，岂有不助我们一臂之力去抗衡民成公司的道理。"

黄玉庵沉吟不语，实在一时不能决断下来……

四

黄大少娘袁静芳已将近三十岁，面孔并不算漂亮，微塌的鼻子，一对单眼皮眼睛深嵌在眉骨下，两颧显得过高。但她服饰华丽，衣着讲究。苹果绿杭绸短衫，低垂到脚背上的法国式花绸长裙，配上法国长筒丝袜和精致的高跟皮鞋，虽嫌颜色太浓艳有些俗气，也自有一番风韵。特别她那离眼睛很近的弯弯柳眉，多少使人产生一点妩媚的感觉。

袁静芳喜欢浓妆艳抹，还是近一年来的事，使黄玉庵也觉耳目一新。他虽觉奇怪，但也没去细想。她再没找他吵闹，公开容忍了他与赵小姐的暧昧关系，使黄玉庵反而觉得内疚，曲意想去讨她的喜欢。可是袁静芳对他闭门不纳，冷若冰霜。黄玉庵见袁静芳去家庭教堂很勤，以为是宗教的力量使得袁静芳改变了性格，变得温顺贤淑了。何况他正迷恋着赵小姐的美色，也很少去关心袁静芳的日常生活。

今天袁静芳沿着浓荫小径，走到花园深处的礼拜堂。礼拜堂内静悄悄的，那位中年牧师李约瑟却不在家。

袁静芳怅然若失地走出礼拜堂，来时兴高采烈的表情变得怏怏不欢了。

她见一些匠人在教堂屋顶上忙碌，用彩色油漆在洋瓦上涂画着一面法国旗，不禁漫无目的地在长梯边站住了。

抗战后，今年两次大轰炸，日本飞机扔下了成吨成吨的重磅炸弹和燃烧弹，大城里起火燃烧映红了半边天，居民死伤很大。但是敌机很少在江北和南岸投弹。近来却不同了，江北和南岸迁来了大批的兵工厂，日本人的情报很灵，江北的陈家馆和南岸的铜元局也被炸得很惨。玄坛庙一带虽没被轰炸，黄玉庵也紧张起来，除了在花园角落里新修了防空洞外，还接受了李牧师的建议，请来了匠人在教堂的屋顶上画上法国旗，认为这更保险一些。因为法国与日本是非交战国，按国际公法是不会轰炸的。

袁静芳觉得无聊，只略微站了一会儿便离开了教堂，缓缓沿着一条两旁长满酸枣刺的小路走去，显得心事重重的样子。

她边走边想着近一年多发生的事情……

她是一位心高气傲的女人，娘家在自流井也有十多口盐井。从小娇生惯养的生活，使她任性而自负。

当她第一次发现黄玉庵与赵小姐的暧昧关系后，心中的愤怒可想而知。她找黄玉庵大闹过几场，李牧师也出面干预过。黄玉庵表面上暂时与赵小姐疏远了一段时间，但暗地仍相往来，怎也不肯辞退这位漂亮的家庭教师。

黄玉庵与她赌气，长期不愿进她的卧室；她也不愿迁就他，独自守着空房，晚上孤寂地揽着女儿小芸睡觉。

春天里，一切充满了生命的活力。当她从梦中醒来，听见杜鹃鸟的啼鸣，更使她感到寂寞，感到激愤……

这时袁静芳已走到了小路的尽头，面前出现了一个圆形的养鱼池，她的思绪暂时中断了。她懒洋洋地扶着白玉石砌的栏杆，俯视着鱼池里的金鱼在水藻间穿嬉。

池水平如明镜，把她的影子清晰地倒映在水面上。她顾影自盼了一阵，苦涩和甜蜜交织在心头……

她记得去年春天的一个晚上，她辗转不能入眠，春天的夜也不是平静的，充满了各种生命的细微声响。在这些细微声响中，她敏感地听到了一个女人娇媚的低微笑声在夜空中忽远忽近地飘荡。怀里的小芸正睡得很香甜，她轻轻从女儿的头下抽出她圆润的手臂，悄悄地下床来。

她走到窗边侧耳细听，这笑声分明是楼下赵小姐住室传来的，还夹杂着黄玉庵的低语声。一阵愤怒的感情使她脸上现出可怕的狞笑，随即变成了凄婉的表情。

她扭亮了台上的美孚灯，半赤裸地面对着一面穿衣镜，镜里映出她丰腴而充满青春活力的躯体来。她怅惘地呆住了，一种冰凉的感觉从心头扩散到四肢，虽然是深春的季节，她浑身哆嗦起来。

她披上了一件法兰绒晨衣，咬着唇膏尚未褪净的嘴唇，鼻里发酸，觉得无限委屈。

她几次想打开房门冲下楼去大闹一场，但终于克制住了。她知道除了白生气之外，又有什么用呢！

她失魂落魄似的在室内徘徊，明亮的月光从打开的百叶窗射进，像水银般倾泻在棕色的地毯上。

她毫无睡意，扭小了美孚灯，缓步走到窗前，扶在窗台上向外眺望。整个花园沉浸在月光里，花园深处的教堂尖顶露出在葱茏的树丛中。

她干脆出门下楼，趁着月光到了花园里，在花径中漫步。径边种的麦冬草已凝结上露珠，露珠沾湿了她的鞋袜。

她痴痴地坐在一条石凳上，无意中面对着住房的百叶窗。

蓦地，她看见赵小姐住房的百叶窗大开着，透出亮光。她看见了黄玉庵与赵小姐相依相偎的影子……

她不愿看下去，妒火在她胸中越烧越旺。她迅速离开了那里，向花园的浓荫深处走去。她气得快发疯了，边走边咬牙切齿喃喃地说：“我要报复！我要报复……”

可是，怎样报复呢？——她停住了脚步，凝思默想，有些迷惑了。

“不，我一定要报复！”她心灵深处不甘就此罢休，反复出现这句话。

蓦地，一个奇异的念头在脑际闪现："他能瞎搞女人，难道我就不能偷男人！"

随即她被自己这个怪念头惊住了，双手扭扯着自己的长发，害怕地望着夜空。她含着哭音喃喃道："全能的上帝呵！请饶恕我，多可怕的念头啊！"她眼里的泪花在月亮的清辉中闪烁发光，她差不多快要双膝跪下了。

她当时像奔跑一样离开了花园，回到她的卧室，牢牢地关上门，放下百叶窗，生怕这个邪恶的念头会撞进屋来。她脱下晨衣钻进被窝里，在迷糊中做着梦：火，火……烈火在她四周熊熊燃烧，她在经受着炼狱烈火的炙烤。

从此，每当她被黄玉庵与赵小姐的亲昵所刺激，这个奇异的报复念头便在她心灵里循环出现，一次比一次强烈，终于到了不可遏止的地步。

袁静芳有时真的在认真思考：偷人——偷谁？在她能接触的男人中，都是不堪入目的角色。

在一次礼拜时，那位穿着法衣的牧师李约瑟站在圣坛上讲道，口齿是那么清晰；姿势是那么柔和优美。袁静芳蓦地觉得李牧师碧蓝的眼睛里隐含着一种潜在的热情，在不断瞟着她。她的心不禁怦怦地跳动得很快，她觉得李牧师有一种她以前没注意的美：英俊的面孔，高高的鼻子异常端正，配上满头金色的卷发更觉英气逼人。她心中暗暗地赞叹："啊！再没有比这位牧师更美的男人了。"她脸上发红发烫，一种复杂的感情在她心灵里搏斗着。

她怕看见李牧师，但又忍不住不看。真是"情人眼里出西施"，她越看越觉李牧师可爱。她想到神的万能和犯罪的可怕，她迟疑徘徊，灵魂在恐惧和希求中战栗。但那种由于嫉妒煽起的想报复黄玉庵的怒火越烧越炽烈，她渐渐泰然了。为了表示她报复的勇气和信心，在李牧师面前，她不再含羞低头，而是用大胆奔放的目光迎上去。

李牧师青年时便到中国担任教职，还抱着独身。他也感觉到这位黄家大少娘异样的目光，不觉心花怒放。他接触到袁静芳灼热的眼光时，也毫不畏怯，碧蓝的眼睛里发射出灼热的光迎上去……

袁静芳痴痴地回想到这里，一个男人温柔有礼的声音打断了她的思绪："哦，黄太太，秋天的太阳虽然不凶，晒久了也会影响你的健康。"

这声音正是她盼望见面的男人发出的，像一丝暖流抚摸过她的心灵，甜丝丝的感觉油然而生。她抬头瞥见李牧师站在离她两步远的地方，穿着一套奶油色的西服，戴着一顶法国式的针织便帽。她阴郁的眼睛顿时发出热情奔放的光芒，欣喜地喊：“哦！约瑟……”她忘情地要伸出双臂。

李牧师被袁静芳毫无掩饰的冲动吓慌了，退了一步，惊惶地左顾右盼。幸好四周静寂无人，而一株法国梧桐茂密的枝叶挡住了外面的视线。他稍感放心地松口气，低声提醒她：“太太，这里耳目众多，不可不慎呀！”

袁静芳撇撇嘴，娇嗔而哀怨地说：“约瑟，白天里遇见你，对我总是冷冰冰的，叫人心里难受。你的胆子比老鼠还小。”

李牧师知道不热情安抚她几句是脱不了身的，于是甜言蜜语地说：“我的心肝，你对我的爱，使我忘记了炼狱烈火的可怕。可是，你是有身份的太太，我也是为你好呀！”

袁静芳果然被李牧师几句话说得转怒为喜，含情脉脉乜着他，说：“约瑟，反正我的心已交给你了，我啥也不怕！”

李牧师的眉尖稍微皱了皱，想不到这个平时看来像贤妻良母的端庄女人，热情一旦爆发出来，像丧失了理智似的，使他感到提心吊胆。他已不是第一次私通女人，但是，像袁静芳这样的女人，他还是第一次遇到。他就像吃得过饱似的，对袁静芳越来越炽热的感情觉得有些腻了。可是，这时他却掩饰着自己真实的情绪，柔声说：“我的心肝，我的心还不是全部交给你了，炼狱的烈火我都不怕！哦，以前我立志把我的一生交给耶和华的事业，可是，为了你……”他长长地叹口气。

袁静芳对李牧师的话深信不疑，觉得他为自己作出的牺牲太大了。她感动极了，热情的泪花在闪烁：“约瑟，我将来也会下炼狱，在炼狱里只要你不离开我身边，我并不害怕，也绝不后悔。”她又伸出双臂向他迎来。

李牧师透过枝叶的缝隙瞥了一眼远处那排关闭的百叶窗，心里暗暗诅咒：“这蠢女人已丧失了理智，谁知会干出些什么疯狂的傻事来。”于是，他不等袁静芳伸出的双臂靠近他，便后退几步，匆忙告辞说：“太太，我要去验看那些工匠画的法国旗像不像，再见！”

袁静芳见李牧师不理会她的热情匆匆走了，不禁失望地垂下双臂。李牧师走了十多步方回过头来，低声说：“我的心肝，晚上我等着你。”

袁静芳蓦地微笑了，目送着李牧师远去，最后消失在浓荫中。

她已听见小芸叫妈的喊声，抬头见日影西斜，知道女儿已放学回来了。

她暂时忘记了李牧师，一种母爱充满了她的胸怀，使她迎着女儿的叫声走去。

五

玄坛庙渡口已经收渡，渡船早靠到朝天门码头去了。

在空荡荡的渡口上，却靠着一条小划子。船舱里吊着一盏马灯，两个船工模样的人蹲在舱板上，中间放着一碗卤猪头肉，一包摊开的油炸花生米。他俩不用酒杯，各人端着一个饭碗盛酒喝，大口吃肉，大口喝酒。

他俩都有了醉意，年轻点的那人额头上有一条醒目的伤疤，他对年长的那人说："独眼龙，不要喝醉了，等会要办事哩！"

独眼龙点点头，说："好，干完事再上岸痛快喝！"他端起酒碗，"搰棒蛇，干了！"

外号叫搰棒蛇的跟着独眼龙端起碗喝干了碗里的酒，他们将剩下的酒菜和碗筷放进船头小尖舱里，盖好了舱板。

他俩各自点着一支香烟坐在船沿上默默地吸着。

独眼龙侧头向江里吐了一口唾沫，粗声粗气地说："妈哟！这夜深还不来，未必他不回大城了。"

搰棒蛇不慌不忙地答道："放心，这洋学生哥新结婚不久，肯定要回大城的。"

他俩又沉默了。

过一会儿，独眼龙耐不住，找话说："妈哟，冯烂王不跑码头，也在重庆河下混，喜欢断我们的财路。"

搰棒蛇不以为然地说："冯五哥也有长处，很讲义气哩！"

独眼龙愤愤地说："莫吹，他讲啥义气？"

搰棒蛇摸了摸额上的疤痕，辩解说："前几年我犯了太摸尔三哥的规矩，被砍了一刀，要不是冯五哥把他秘藏的伤药给我敷上，恐怕我早见阎王啰！"

独眼龙把烟头往江里一扔，又往江里吐了一泡口水，他哼了一声："前年我与过江龙在窍角沱得了一笔财喜，偏遇上冯烂王断了财路，妈的……"

搰棒蛇也将烟头往江里一扔，好奇地问："我也听说过，好像是你们在窍角沱抢到了一个要投江寻死的女人，遇上冯烂王救去了，是不是这回事？"

独眼龙脸上被酒精烧得通红，他显得比平常饶舌，唠唠叨叨地说起来："当然是那回事。那天，我与过江龙奉太三哥的命令过江去收一笔鸦片烟款，烟款到手，忍不住手痒，进了赌场。我与过江龙都赌输了，把船湾在窍角沱下面那块大岩石脚下，不敢回玄坛庙见太三哥。

“我俩正在垂头丧气，想不出好主意。嘿，天无绝人之路，岩石上来了一个漂亮的妹儿，站在那里痴呆呆的要跳江寻死。

“过江龙往我肩头一拍，说：‘看，财喜来了！’

“我说：‘赌钱输了已经倒运，偏又碰上有人跳江寻死，真倒了七八辈子的大霉，有啥财喜哟！’

“嘿，龟儿过江龙办法是多，他悄悄对我说：‘独眼龙，把这妹儿抢去卖给较场口妓院里可发笔大财！怎不是财喜！’

“我一想，对呀！这妹儿反正活得不耐烦了，这样办既可救她一命，我们有了钱又可以回去向太三哥交差。好，我点头同意。

“我们爬上岩去，不等那妹儿往江里跳，就抢下岩来。我们干得异常干净利落，往妹儿嘴里塞了一团破棉絮，她连一声也没叫出。

“这时听见远远有人在喊：‘春燕……’我忙将船撑开往对岸划去。

“嘿，这妹儿性子很烈，被过江龙捆成了粽子一般还在舱里打滚哩！

“转眼之间，我们便靠拢梁沱外梁。糟了，冯烂王偏偏站在外梁上，往我们船走来了。

“过江龙脚灵手快，揭开舱板将那妹儿推进夹层里，等冯烂王上船来时，早盖好了舱板。我们以为可以瞒过他了。

“我们强装镇静向他点头招呼：‘咦，冯五哥，多时不见，这些时在哪方发财？’

“嘿，想不到冯烂王将嘴上的烟头往江里一吐，似笑非笑地说：‘隔山打猎见者有份，我站在这里见你们在对江抢了一个女人，我要看看你们的财喜！’

“我与过江龙面面相觑出声不得。

“过江龙真以为是冯烂王要分我们的财喜，晓得瞒不过了，只得说：‘冯五哥爱说笑，哪看得上我们这点小财喜！’

“想不到冯烂王却变了脸，说：‘我冯烂王最不喜抢卖人口，我要管管。’

“过江龙忙赔笑说：‘冯五哥，这女人要寻死，我们是一举两得。俗话说：救人一命胜造七级浮屠。’

“冯烂王不答话，他已听见这妹儿在舱底滚动的声响，自去揭开舱盖……

“嘿，这妹儿被冯烂王扶出夹层，已脸青面黑，差点被过江龙塞在她嘴里的那团棉絮憋过脚了。冯烂王从她嘴里掏出棉絮方使她缓过气来，但她已累得瘫软在舱板上动弹不得了。

“冯烂王从身上掏出一垛银圆往舱板上一放，斜视着我俩说：‘这女人我要放生。两位拜兄与我若不伤和气，可将这十块银圆收下，算卖我冯烂王一个面子，结个缘分，让我把这女人领走放生。若不愿收下这十块银圆……’

“冯烂王说着便从身上摸出两把匕首，往空中一抛，一手接住一把，向我们冷笑说：‘伤了和气也不能怪我冯烂王不够朋友。’

“我与过江龙半晌没作声，暗暗盘算：收下十块银圆呗！——这女人卖到较场口去至少可得几百元；不收下呗！我们都晓得冯烂王有一身硬功夫，我俩都不是他的对手，并且冯烂王仗义疏财，在江湖上朋友众多……

“冯烂王见我俩半晌没答话，瞪眼逼问说：‘两位拜兄如何！肯不肯与我结下缘分?’

“我正想答话，过江龙早装出笑脸回答：‘既然冯五哥要做好事放生，这十块银圆我俩便不客气收下了，望五哥以后还要多替兄弟维持。’

“冯烂王板着的面孔才舒展了，收起了匕首……”

独眼龙唠唠叨叨正说到这里，听见岸上有了响动，忙住了口，与搚棒蛇不约而同站起身来紧张地注视着从江边石梯坎跑来的一个人影。

“注意，来了！”来的这人报信后躲开了。

独眼龙捞起竹篙站在船头大声吆喊：“摆渡过朝天门的走紧，顺便捎带……”

搚棒蛇看见一个人亮着电筒斯斯文文在下梯坎，不禁欣喜地低声说：“只有一个人，好，这就省事得多。”

“喂，我要过朝天门！”这人用电筒照在独眼龙的脸上说。

“先生啷个不懂规矩，亮光照在我脸上，谨防烧着我的眉毛啰！”独眼龙幽默揶揄地说。

搚棒蛇已站在船尾一手撑着尾艄，客气地说：“先生请上，我们马上就推过朝天门。”

亮着电筒的这人便是余平贵。今晚黄玉庵留他商量了半宿事情，本要他就在黄公馆过夜，果如刚才搚棒蛇所料，余平贵记牵着新婚的妻子，一定要赶回大城。

余平贵见未搭跳板正在迟疑，独眼龙已伸过篙竿去当扶手：“先生，扶住篙竿上。”

余平贵用手攀着篙竿上了船，坐进舱里。

“开船啰哟……”独眼龙怕又有人搭船碍事，用唱歌的调子叫着，随即一篙子将木船撑离渡口。

划子推过乌龟石外挡江面缓流处，陡地震动了一下，搁在礁石上了。

余平贵急于回家，见船搁浅了，不满地打着官腔斥责：“你俩是第一次在河下推船？哪个把船搁浅了，岂有此理！”

搰棒蛇已放下尾艄站在余平贵面前。

独眼龙放下了前桨答话：“先生，已把你送到家了，船搁浅不碍事！”

余平贵不明白独眼龙话中的意思，愣着眼说：“送到家了？你这话是什么意思？”

独眼龙也跨进船舱站在余平贵面前：“先生，你大城的家是临时的，现在送你到老家了……”

余平贵见独眼龙与搰棒蛇站在他面前凶神恶煞的样子，已听懂了独眼龙话中的意思，不禁大吃一惊，浑身打战，语不成句：“你……你们……要干啥？”

独眼龙阴阳怪气地说：“干啥？送你回老家嘛！”随即厉声说，“自己把你的西洋皮刮下来，免我动手！”

“这……”余平贵不知所措地问，“刮……刮啥西洋皮，我……”

搰棒蛇见余平贵那副傻乎乎的洋盘相，说：“西洋皮都不懂！把你的西装脱下来。”

余平贵惊惶四顾，四周空荡荡的，船在江心离岸很远，只听江水冲击着船舷哗哗响，晓得喊救无用。正迟疑之间，独眼龙已亮出一把钢刀搁在他脖子上：“快……”

亏余平贵还没被吓得瘫痪，居然哆嗦着脱光了衣服，身上只剩下一条内裤和汗背心。他乞求说：“两位先生饶命！东西你们全拿去，请送我上岸。”

“说得好炽和，哼！”独眼龙恶狠狠地说，“我们要东西，也要你的命！”

余平贵这时好像反而镇静了一点，苦苦哀求：“先生，我与你们往日无仇，今日无冤，请高抬贵手放我一条生路。”

搰棒蛇开口了：“实话告诉你，让你做个明白的鬼，并不是我俩要你的命，我俩奉太摸尔先生的上封行事，怪不得我们。”

“哦！”余平贵更吃惊不小，“太摸尔，他……”

独眼龙把钢刀递给搰棒蛇：“少与他废话，快动手！”

搰棒蛇手执钢刀，一手抓住余平贵汗背心：“记清，明年今日是你周年……”他正待举起钢刀向余平贵脖子上砍去……余平贵恐惧极了，只听“扑通”一声响，他一仰身，居然挣脱了搰棒蛇的手，倒栽落入江中，顺水消失了……

独眼龙满不在乎地说：“伙计，算便宜他落个全尸。”

搰棒蛇晓得下面正是弹子石有名的漩涡泡水，斗筐大的漩涡连木船进去也要喝下江底，何况一个人。他放下钢刀哈哈一笑：“这样也好，免得溅上血费事。”

六

太摸尔住的一座洋楼建筑在玄坛庙一块岩石上，四周高墙围护，只有一道铁门进出。

太摸尔养了一只高大凶猛的狼犬，入夜便从狗室里放了出来，在围墙内梭巡，没有看门人引导，谁也不敢进去。玄坛庙一带的居民路过这里，不管白天黑夜都提心吊胆地迅速走过，生怕横祸会从天而降。

对于太摸尔有许多传闻。据说他最喜欢吃娃儿的心肝，玄坛庙以前时常有娃儿失踪，大家认为便与他有关，所以大家对于这座洋楼多少有点神秘恐怖的感觉。遇见太摸尔带着狼狗出外散步，胆小的人忙躲得远远的，把娃儿叫进屋藏起来。若遇娃儿调皮不听话，大人只要说一声：“太洋人来了！”娃儿便吓得改了颜色，顿时变得循规蹈矩了。

当然，太摸尔喜欢吃娃儿心肝的话，不过谣言而已，谁也找不出根据。只有一个打更匠说：他晚上巡夜的时候，曾听见洋楼传出过娃儿的惨叫。一个老乡又说：太摸尔喂的那头狼犬眼睛是红的，就是吃过人肉的证明。

自从抗战以来，太摸尔变得随和了。大家很少见他牵着狼犬散步，对人也没以前傲慢，脸上常含着微笑，还喜欢到公口茶馆坐坐，随便与人说笑谈天。进出洋楼的人也多了，但多是地方上的歪人[1]、袍哥，一般人还是不敢进去的。因为没人发现太摸尔洋楼内有异常情况，关于太摸尔吃娃儿心肝的传闻渐渐被人淡忘了。

1　四川方言，指凶恶不讲理的人。

其实，太摸尔从没吃过娃儿心肝，拐卖娃儿的营生他却悄悄干过，近几年也收手了。

太摸尔的改变，是与形势有关的。自从抗战以来，四川不再那么闭塞了，民气大大不同，加之法国在中国的地位日趋没落，使太摸尔的气焰表面上收敛了一些。

今夜，太摸尔留喻胜蜀在洋楼里搓了八圈麻将。散场后，其他人走了，太摸尔邀喻胜蜀进入他的卧室过鸦片烟瘾。

过足烟瘾后，他俩隔桌而坐。

一个浓妆俗气的女人敬上烟茶后，因为太倦，横躺在烟盘子旁边蜷缩着身子，蒙蒙眬眬地打瞌睡。这女人便是冯烂王曾帮助过的雪里红，原是东水门妓院的妓女，因为很有几分姿色，被太摸尔看中买回的。

喻胜蜀左手拿着白铜水烟袋，吹燃纸捻吸着水烟，烟袋水箱不断发出咕噜咕噜的响声。

太摸尔五十多岁，蓝眼高鼻，穿着与中国人无异，生活习惯也中国化了。他不仅四川话说得好，很早以前便海了袍哥，喻胜蜀这些人，早忘了他是外国人，把他视为知己。

“噢，太三哥，今天好险，差点把矿长丢给余平贵了，要不是家姊出面……唉，这个余平贵真可恶……”

太摸尔揭起瓜皮帽，用手理抹了一把棕色的卷发，然后戴上瓜皮帽，岔断了喻胜蜀的话：“喻老，我刚才说过了，你放心，有我太摸尔在这里，你丢心乐肠当矿长，谁也夺不去。至于余平贵……”太摸尔绿森森的眼睛迎着电灯发出使人起鸡皮疙瘩的凶光，“至于余平贵，你不要再提他了。”

太摸尔看见喻胜蜀侧头吐了一口浓痰到洁净的地板上，感到有些恶心，忙用脚将身边的搪瓷高腰痰盂往喻胜蜀面前推近一些。

喻胜蜀诧异地问：“太三哥，不提余平贵怎行？他现在是玉庵的红人，玉庵像吃了他的迷魂药。”

太摸尔瞥了一眼喻胜蜀，他不愿把这秘密告诉他。这夜深他不想睡，是坐等独眼龙和搭棒蛇的消息。他只是含糊地说：“余平贵兴不起大浪。”

喻胜蜀仿佛对脚边的痰盂视而不见，又咳了一口痰吐在地板上，差点落在太摸尔的脚背上。太摸尔忙把椅子往后挪动了一下，眉头皱了皱。他在中国多年，只有对于这乱吐痰的习惯他还不能处之泰然。

喻胜蜀蓦地想起一件事情，水烟也不烧了，将纸捻插进烟袋的纸捻筒里闷熄，放在桌上。他往太摸尔面前凑近一些：“太三哥，日本飞机天天空袭，我真担心我在大城的住家挨炸弹。听说只要屋顶涂上法国旗便能保险，让我也在屋顶上画一面法国旗，好吗?”

因为喻胜蜀嘴巴离太摸尔鼻子太近，他已感到喻胜蜀喷出的热气，有一股难闻的口臭，忙偏头避开，回答说：“不行，打法国的旗号要取得领事馆的同意，是要缴挂旗费的。”

喻胜蜀晓得太摸尔说的并非假话，他原以为凭彼此的交情，太摸尔会同意他白挂法国旗，但太摸尔的口气没有商量的余地。他有些不满地说：“缴挂旗费还说屁！是想叨太三哥的光白挂一下。”

太摸尔见已过午夜，还没有独眼龙与撂棒蛇的消息，不知得手没有，他心中有事，又不愿得罪喻胜蜀，因为这些人对他大有用处，只得敷衍说：“待我与领事先生谈谈再说。”

喻胜蜀“嘿”的一声笑了：“我说嘛，太三哥从来就是够朋友的……”

太摸尔已无心听喻胜蜀唠叨，自个想着心事：今晚他决定下余平贵的毒手，并非为喻胜蜀的缘故。余平贵今天在黄玉庵面前的谈话内容他已知道了，他恼恨余平贵竟敢太岁头上动土，向黄玉庵上了条呈，想投靠孔祥熙排挤法国人。余平贵这一招很厉害，太摸尔知道现在法国人在中国已搞不过英美了。于是，他才决定来个“无毒不丈夫”，悄悄把余平贵干掉……

听见门响，一个西崽进房来向太摸尔耳语几句。

太摸尔顿时兴奋起来，向喻胜蜀一拱手：“请喻老稍候，我去会便来。”

喻胜蜀客气地回答：“太三哥不必客气，请便。”

……

太摸尔匆匆走出卧室，穿过一个走廊，进入一间密室。等在那里的独眼龙和撂棒蛇看见太摸尔，一齐站了起来报告：“太三哥，余平贵已被干掉了。”

“好，干得好!”太摸尔含笑夸赞。

太摸尔示意他俩坐下，迫不及待地问：“怎样干法的?”

撂棒蛇正在犹豫，独眼龙已抢先回答：“咔嚓……用钢刀送他上了西天!”

太摸尔已经看见桌上摆着余平贵的西装，用手翻看了一会儿，接着扫视了他俩一眼，又夸赞说：“漂亮，干得漂亮！连血迹也没沾上一点。”

独眼龙与搿棒蛇生怕太摸尔看出破绽，正提心吊胆，听太摸尔已在问另一个问题：“尸首呢?”

还是独眼龙嘴快：“推下江去了。”

“好，痛快，痛快。”太摸尔说。

太摸尔取出三只高脚酒杯，斟满了法国白兰地酒，三人各取一杯。

太摸尔首先一饮而尽，他俩也跟着喝尽了。

太摸尔从身上掏出一卷钞票往桌上一放：“这是两百元法币，是你俩的赏钱。以后我还有好处给你们。”

“谢太三哥！”他俩弯腰恭顺地说。

……

太摸尔打发走了独眼龙和搿棒蛇，又穿过走廊回卧室。

太摸尔远远已听见卧室传来异样的响动，蓦地放轻了脚步……

“不要脸，你老不要脸……”这是雪里红喘息挣扎的声音。

太摸尔走进卧室，喻胜蜀一点没惊觉。

太摸尔见喻胜蜀扑在雪里红身上双手乱扯乱摸，发出一阵低沉的像鸭子叫般的笑声。

太摸尔咳嗽了一声。

喻胜蜀吃惊不小，从床上跳了下来，脸色陡地变得异常苍白，惊惶地注视着太摸尔脸上的表情，尴尬地干笑了两声。

雪里红也从床上坐起身，头发与衣衫都有些零乱，哭诉说：“太摸尔先生，他无理……不要脸……”

喻胜蜀吓得脸色苍白，浑身像筛糠似的打抖。太摸尔见他原来只有这么点胆子，不禁哈哈大笑，说：“喻老，你人老火旺，嘴馋要偷食啦！”

喻胜蜀虽知雪里红是妓女出身，但目前是太摸尔的人，要是太摸尔吃起醋来，自己真有点不好下台。他见太摸尔哈哈大笑，不明白这是何意思，主何吉凶！更有些着慌，不禁横下心不要脸面。于是他双手左右开弓，自己打着自己的耳巴子说：“我不是人，我对不起太三哥，我……”

要不是太摸尔拉住他的双手扶他坐下，喻胜蜀还要打下去。

想不到太摸尔却和颜悦色地说：“喻老，你何苦这样自己糟蹋自己。中国有句古话:‘女人像件衣。’我俩是仁义弟兄，本有让袍之义，既然喻老看中这件袍，取去就是。不过……我在中国住久了，也习惯中国规矩，在我床上……很不吉利。这样……”他对雪里红说，“既然喻老看中你，你陪喻老去客室过夜。”

听太摸尔这么说，雪里红摸不够虚实，故作姿态披头散发号啕痛哭:“我不愿，我不愿……”

喻胜蜀也觉意外，不知太摸尔说的话是真是假，忐忑不安地注视着他。

太摸尔两手叉腰，脸上露出凶相，大声对雪里红恐吓:“妈的，你又不是正经女人，才离开妓院几天便挑肥拣瘦起来。去不去……”

雪里红方知太摸尔说的并非假话，忙装出很不愿的样子说:“太摸尔先生，我……我去……”她起身扶住喻胜蜀。

太摸尔的神色才舒展了:“对，这才像话。”

喻胜蜀这时方放心了，不禁眉欢眼笑，假意推辞:“太三哥，我怎好意思夺爱，不用了。”

太摸尔安抚他说:“喻老，不用介意，不过一点小意思。”

喻胜蜀乐得哈哈大笑。

太摸尔也在哈哈大笑。

只有雪里红显出漠然的表情。

第八章

一

窍角沱临江河街一带，新增加许多棚户，下江口音的人到处可见。

这些新棚户，大多是随厂内迁的工人和难民。

建筑用的木料与南竹天天涨价，从大河、从小河放来大量木排筏，江边石滩上堆满了起上岸的材料，依然供不应求。

李秋莲住的那条河街，缺破不全的石板上，由于挑水的担子川流不息，更加湿漉漉的，烂菜叶、死老鼠遍街都是。

从早到晚，从晚到亮，人声嘈杂，没有片刻安宁。

提篮摆摊、肩挑叫卖的小贩也骤然增多了。各色口音的小贩叫卖声闹喳喳、乱哄哄的。

入夜以后，电石灯、菜油灯、煤气灯都亮了。站在坡上看，灯火点点像繁星闪烁，往来人影幢幢。往日冷清的窍角沱随着抗战吃紧，反而畸形地繁荣起来。

张阿德仍在涪顺轮当机匠，自从公司合并后，涪顺已更名民顺。

因为武汉危急，公司决定增调民顺与民福去武汉抢运撤退的人员与物资。

民顺轮今天放了一天假。张阿德知道这次开下去，短时是不会回川江的，所以叫秋莲给他把冬天御寒的衣物清理出带走，已捆成了一大包，放在床头上。

张阿德手脚不停地忙了一天。他本来买回家两担岚炭[1]、足可烧两个月，但见秋莲腆着大肚子快生产的样子，感到不放心，不听秋莲的劝阻，又去买回了两担存放在家。

秋莲装出生气的样子，硬拉他坐在床上休息，张阿德才被迫歇息了一会儿。

张阿德坐在床沿上，喝着秋莲给他新泡的毛尖茶，抽着香烟望着秋莲的大肚子出神。他为秋莲感到忧心，去年秋莲怀了第一胎，在“七七”事变后那次游行中太劳累，动了胎气，出血不止，终于小产了。现在秋莲又怀胎了，他扳着指头算了算，临产的时间不出两月。在这节骨眼上轮船要远航，他暗暗感到焦急。秋莲虽然大着肚子，每天还要去纱厂干十二个小时的活路，更使他放心不下。可是，现在物价飞涨，单靠个人的工薪怎能支撑这个家庭，何况家中要添一张

1　重庆人称焦炭为岚炭。

口……

秋莲看看窗外快要落坡的太阳，忙到外间去将封好的炉火撬开，准备烧夜饭。

秋莲见张阿德皱眉发怔，明白他的心事；一定是为她即将生产感到担心。她心里也不是滋味，但怕张阿德出川去牵肠挂肚，过分记牵家中，一直装出笑脸，像没事儿似的。

这次船开武汉，预发了两月工资给船员，说是暂作安家费，说明短时不能回川。何况预发安家费没有先例，这次去武汉更有些特别。

张阿德把全部钞票都交给了秋莲，怪不得人说船员是过手财神，工薪到手还没捏暖和就空了。

秋莲听张阿德说要戒烟戒酒，知道他把钱全给她了，死活不答应，说他在船上熬更守夜非常辛苦，硬把钞票塞还给张阿德一部分。可是张阿德算来算去，留给家里的钱不够生小孩的用度，趁秋莲不在，悄悄放进秋莲存钱的箱子里。

秋莲听见里屋的响动，用埋怨的口吻在外间说："阿德，叫你好好休息一会儿，偏不肯安静，今晚你上船还要当班哩！不要老担心我缺这少那，我二十出头的人了，会料理自己的事情，你在外不要挂心。何况，封大嫂她们还可以帮助我，唉，你呀……"

谈到封大嫂，却提醒了张阿德。他走到外间说："民福也开汉口，我想到封大哥家看看。要晓得封大哥有病，重力是出不得的，我去帮他们干些重活。"

秋莲与封大嫂感情很深，不禁点头说："对，应该去帮帮忙！"

张阿德闷声不响地走了。

秋莲深情的眼波瞥着张阿德的背影，追补了一句："快去快回，我等你吃饭。"

秋莲弄好了饭菜，等了半晌，仍不见张阿德回来。

她虚掩大门，拨亮了桐油灯端到里间桌上放好。

她瞥了一眼床头的包袱，感到不放心，生怕张阿德需要的东西漏掉了。

她腆着大肚子，移动着变得有些笨重的身躯，俯身解开包袱，将衣物一件件重新看过。发现一件冬天穿的内衣有个破洞，忙找出针线，坐在桌边，靠近昏黄的灯光下，一针针密密地缝补好，方低头咬断线头，重新折叠齐整，把包袱重新捆好。

听见大门响，她以为张阿德回来了，笑迎喊道："阿德……"

随即一愣，见一个胖嘟嘟的男人站在房门口，秋莲忙改口："哦，路保长，请堂屋坐。”

“坐！我忙得扑扒筋斗。”路保长头戴礼帽，一根手杖挂在肘弯上，露出一口被烟熏黑的牙齿，腮帮上的横肉挤成一坨，皮笑肉不笑地说，“李秋莲，那天与你说的事情，怎样？从后天起，每家就要出一个人去下操了。要晓得这是蒋委员长的命令，全国精神总动员，都要出人受军训。拒不执行的就是破坏抗日，就是汉奸，就是……”路保长说到这里吞了一口唾沫。

秋莲赔笑说：“路保长，那天我不是与你说过了，我男人在船上，连当壮丁都是缓役。只剩我一个妇道人家，怀身大肚的每天还要到纱厂做工，哪有人去下操啊！”

路保长抹了一把黄焦焦的牛角胡，把声音尽量放得柔和些：“好办，好办！我路保长是通情达理的人。你一个妇道人家是有困难，我们住在一条街上，也是乡里乡亲的，有事好商量。”

秋莲见路保长说的尽情尽理，以为不要她出人下操了，忙称谢说：“路保长，那就多谢你咧！”

“不谢，不谢。”路保长收敛了笑容，轻轻咳了一声，“蒋委员长也说过嘛！有钱出钱，有力出力。这句话到处墙上都写得有嘛！想来，你李秋莲也识几个字，早看见过啰……”

李秋莲听路保长在绕着弯子说话，知道有些不妙，紧张地注视着路保长那张高深莫测的面孔，听他说下去。

路保长干咳了一声：“你家无人去下操，出钱也行嘛！”

秋莲听说要出钱，惊慌地问：“路保长，要出多少钱?”

路保长不紧不慢地说：“不多。我们这条街上有个罗烟灰，他专门替人下操，每天只要两盒鸦片烟钱就肯干！”

李秋莲不知道两盒鸦片烟要多少钱，忐忑不安地问：“路保长，究竟要多少钱?”

“嘿，连一盒鸦片烟值多少钱都不晓得！告诉你，一盒鸦片烟要五角钱。”路保长伸出五个手指在秋莲面前晃了晃说，“这是大行大市的价钱，不信你去问嘛！”

“噢！要这么多钱。路保长，我一个月的工钱也不够请人呀！”秋莲急得要哭了。

“是的，我路保长晓得你工钱不够！但你家张阿德有钱嘛！每月拿工钱不说，带私货，卖铺位……收入不少嘛！”路保长扳着粗指拇算账。

“路保长，阿德哪能收入这么多钱!”她眼里的泪花在滚动。

“噫，你把我路保长当洋盘了，河下的事我清楚得很。”路保长变了脸，把肘弯上的手杖取下，戳得地板咚咚响。

“我拿不起这么多钱请人下操!”秋莲气呼呼地说。

“噫，这才怪咧！周瑜打黄盖，一个愿打一个愿挨嘛！你愿出一块钱一天，罗烟灰便替你下操。怪咧，我又不要你一文钱，何况这有钱出钱，有力出力的话又不是我说的，你有这个胆量去找蒋委员长嘛！真稀奇古怪的。”路保长的眼球一翻一翻的，用眼白对人，真使秋莲心惊肉跳。她想到阿德一下武汉，短期不能回家，自己如何对付得了路保长的勒索！泪水不由滚了出来。

路保长见秋莲急得落泪，仿佛心肠软了一些。也许是他见秋莲屋内家具简陋，床上一笼印花麻帐还打了几个补丁，可能油水真不大。他反而收起了刚才的凶相，一对眼睛在秋莲秀丽的面孔上转来转去，笑着说：“不要哭，我路保长是菩萨心肠，被你一哭心肠就软了。嘿，这样……让我给你出个主意，我们这条街还有一个王踯子，代人出操价钱可以少点，比罗烟灰减半。嘿，残废人代人下操，没得我路保长向上峰说几句好话，别人还不收呢！我动动嘴皮不费啥，可你就受益不少。这样……你以后帮我家保长娘子做点针线活报答我也行，有钱出钱，有力出力嘛!”

秋莲一听暗想，就是价钱减半也不少呀！怎能出得起?！她哇地哭出声。

路保长蓦地虎起脸，用手杖在地板上戳了两下：“我忙得很，没得时间与你多缠，就是这样……我走了。”他不耐烦地转身就走。

秋莲揩干了泪水，心里发急，见桌上的旧闹钟已到九点，张阿德还没回来。她恨不得张阿德早点回来给她拿个主张，立即锁上门去封大嫂家找张阿德。

二

张阿德出门不远，迎面碰见杨佑成，忙握住他的手高兴地说：“老杨，听说你调到公司做事了，今天怎地有空来玩呢?”

杨佑成居然身着长衫头戴礼帽，像个斯文先生的样子。他左右顾盼了一下，见附近人多，只淡淡一笑，低声说：“我有重要事情找你!”

“哦!”张阿德点头会意，攀住杨佑成肩头，“走，到我家里坐。”

杨佑成的神态有些犹豫，张阿德明白他的意思：一定要说重要的秘密话，秋莲是群众，不便让她听见。他马上改口说："到河坝去！"他向江边指了指。

"好！"杨佑成马上表示赞同。

张阿德本想回家给秋莲打声招呼，但想到杨佑成喜欢取笑他，于是马上跟在杨佑成身后沿着斜坡下了河坝。

他俩默默地在河坝上走了一段路，见人来人往依然不便谈话，杨佑成回头说："老张，我们往野猫溪这条路走一走！"

张阿德点了点头："嗯！"

他俩沿着江边那条崎岖小路缓缓走了一阵，见人烟渐渐稀少，杨佑成停住步等张阿德跟上来又并排往前走，声音很轻："老张，晓得不？这次公司为啥指名要民顺与民福去武汉抢运？"

张阿德摇头说："不晓得！"

杨佑成从身上摸出两支香烟，递一支给张阿德，殊不知张阿德却伸手一拦："我戒烟了！"

"戒烟？为啥这时戒烟呢？"杨佑成不解地问。

张阿德不惯说谎，但又不愿把戒烟的真正原因说出来，涨红着脸，说："我，我……反正我不愿再抽烟了。"说完他扭过头去望着江面。

这时夕阳西下，江面显得灰蒙蒙的，浪花拍击着岩岸，发出"哗……哗"的声响，飞溅起水花。

杨佑成见张阿德不自然的神态，猜到了几分："老张，记得不？我以前对你说过：'单身汉的钱多，讨了婆娘烧破锅。'你现在尝到味了！"

他见张阿德坚决不抽烟，便没再劝，自己点燃香烟吸着。

因为这里当路，仍不时有人来往，他俩的谈话时断时续，极感不便。

杨佑成指着江边一座岩石说："老张，上那里去坐一会儿，也风凉些！"

"好！"张阿德答应说。

爬上了那座岩石，张阿德不禁一怔，原来这里恰好是两年前春燕投江的地方。他家离这里虽近，但怕触景伤情，撩起心中的伤心事，所以再也没上这座岩石来过。

这座岩石已经发生了变化，新凿了两个石鼻子，岩脚下靠的木排上伸出几根粗粗的纤藤系在石鼻子上，牢靠地稳住了木排。他俩跨过纤藤，寻了一块干净平坦的地方坐下。

杨佑成扔掉了手上的烟蒂，他没注意到张阿德发怔的表情，捡起刚才的话头问：“老张，你是不是烧破锅了?”

张阿德满脸忧郁的表情，老实说：“老杨，实话对你说，我与秋莲两人做工，目前还不至于烧破锅。可是……”他忍了一下，忧心忡忡地说，“可是，秋莲不久便要坐月子，我偏又去武汉，不知何时才回重庆。船上幸好发了两个月安家费，但是……”

杨佑成不等张阿德说完，从身上掏出一卷钞票，递给张阿德：“老张，你三十出头了，秋莲头胎小产了，这胎是要好生注意。给你，这是我领的安家费。”

张阿德没有接钱，也没看杨佑成，执拗地说：“不行，我怎能要你的钱！你也不是手上宽绰的人。”

杨佑成斜睨着他不满地说：“老张，河下的规矩未必你不懂?！我伸出的手难道让我收回?！告诉你，我婆娘又可以赶场卖汤圆了，日子过得比以前松动些。再说，我婆娘又没怀胎要坐月子！”

张阿德深知杨佑成的性格，自己以前与他在经济上也很少分彼此……

“拿去，你怎么讨了婆娘后变得不爽快起来！”杨佑成见张阿德还在犹豫，硬将钞票塞在他的手中。

“老杨，你既然硬要给我，我就收下了，以后再还给你！”张阿德说。

“噢，你真变得拖泥带水了！”杨佑成用埋怨的口吻说。

这时江边很静，对岸青草坝民成船厂亮起了繁星般的灯光，远远传来修理船壳锤击铆钉的清脆响声。

张阿德这时触景伤情，回想起春燕在这座岩石上投江时的情景。虽没亲见她是如何跳下江去的，但是他完全想象得出当时春燕的神态表情，她是多么绝望和悲切啊！“七七”事变后，在大城米亭子附近看见那个像春燕的女人，来不及询问便被冲散了，那情景一直像铅块般压在他的心头。是不是春燕呢？是春燕——他明明亲见她在这里投江，遗留下葫芦，并且尸首还埋葬在曾家岩万国公墓；不是春燕——天下哪会有这么相似的人，唉……

沉默了一会儿，杨佑成靠近张阿德低声说：“老张，我这次调上岸到公司工作，是党的指示。嘿，袁平现在可热火，成了朱先生的红人，现在委派在宜昌当主任。他还没忘本，党与他有过接触，我这次就是通过袁平的关系调去的。宜昌地势重要，党要加强那里的工作，我在宜昌当了一名科员。”

杨佑成见张阿德专注在听，继续说：“老张，告诉你：这次调民顺与民福去武汉，也是党的决定。”

张阿德吃了一惊，抬头问：“党的决定！为啥？”

杨佑成仔细观察了一下四周，虽然暮色很浓，但两岸的灯光反映在江面上，并不很暗，他弄清附近没人，声音更低：“你们两条船党的基础比较好。你猜，你们去武汉干啥？”

张阿德当然猜不出，见杨佑成那么郑重的样子，已感到任务一定很重要，迫切地催问：“快说！”

杨佑成几乎是凑近张阿德耳语：“民顺轮去武汉运载八路军办事处的人员撤退；民福轮去武汉运载《新华日报》的人员撤退。”

张阿德的情绪陡地高涨了，兴奋地说：“真的？老杨咧，你怎不早说！偏绕这弯子。”

杨佑成的神色变得异常严肃：“老张，任务艰巨，还有很大的危险性。周同志根据党中央的指示作出决定：八路军办事处与《新华日报》的人员，一定要在武汉坚守到最后一刻。这是有关民族气节的问题，要表现出共产党人临危不惧的气概来。《新华日报》要坚持出报到最后一天。并且，你们还可能遇到国民党特务的捣乱！”

张阿德一把捏住杨佑成的臂膀，毫不畏怯地说：“老杨，党是了解我的，我一定完成任务。”

杨佑成含笑说：“党当然了解你，通过统战关系调你们船去便是信任你们。”他接着异常严肃郑重地说，“老张，还告诉你一个消息：恩来同志和邓大姐也可能乘你们船撤离武汉。千万不能麻痹大意呀！”

“真的？”张阿德更加兴奋，声音大了一点。

“嘘！”杨佑成提醒他注意，“千万要保密，事先不能走漏风声。”

张阿德暂时忘记了自己心灵的创伤，更忘了秋莲在家等他吃饭，靠近杨佑成低声商议着一些需要安排的细节。

杨佑成沉思一会儿，感到暂时无话可说了。他见张阿德神情有些紧张，晓得他是第一次担当这样重要的任务，于是说：“老张，要沉住气！你们不是孤立去完成这次任务。听上级党委说：恩来同志亲自过问这次撤退任务。”他脸上露出自豪的笑容，深有感触地说，“这些年由于执行了党中央建立抗日民族统一战线的政策，我们的力量比以前大不相同啰！你想，我们暗地能调动民成公司的船，党的影响有多大呀！好，时间不早了，我们现在就分手吧。”

张阿德跟着杨佑成站起身，边拍屁股上的灰尘边邀约：“老杨，到我家去吃饭，秋莲多添了几个菜，喝两杯怎样?”

杨佑成开玩笑说：“海员回家，时间贵如金，别人去做客，才叫不知趣。你多与秋莲说几句知心话，在宜昌若碰头再喝吧！”

张阿德居然也反击说：“老杨，难道你不想你婆娘?”

“想，想得厉害。上次下水路过黄桷树垭口航道时，我还与婆娘演牛郎织女呢！”杨佑成笑着说。

“老杨，你为啥不把家迁到重庆，难道舍不得离开黄桷树垭口?”张阿德关切地问。

杨佑成原有迁家的意思，但自从知道他婆娘也在党，党需要她留在那里工作后，便不再提起了。他意味深长地说：“总有一天这牛郎织女的戏要终场，我们会团聚的。”

“总有一天，哪一天?”张阿德问。

“人民真正当家作主的那一天！”杨佑成轻轻击了张阿德一拳。他俩都会心地笑了。

三

张阿德与杨佑成分手之后，加快了步子，摸黑往家里赶去。

远远传来一阵紧锣密鼓声，张阿德知道这是窍角沱哥老会仁号[1]上的公口茶馆里传出来的。茶馆顶上正中挂着一盏煤气灯，发出耀眼的光芒。

张阿德经过公口茶馆时，见门口街边拥满了看热闹的人群，人声嘈杂：

“妈也！踩到老子的脚了，难道我的脚不是肉长的呀！”

“看啰！洋袍哥在唱川戏，还唱得不错哩！”

---

1 哥老会分仁、智、礼、义、信五种分支。参加仁号组织的多为上层人物。

“呸！有啥看头，走！”

“雅静，雅静点，洋袍哥开始唱了！”

张阿德有些诧异，放慢了脚步，幸好他身材比较高占相因，不须踮脚便看清了茶馆里面的情景：果然一个身着中式长衫，碧眼高鼻的外国人，坐在一张茶桌上首，半闭着眼，随着锣鼓点子晃头晃脑咏着味……

锣鼓声刚停，他便微侧身子，做着那种身法指爪，脸上憋得通红，连吃奶的力都逼出来地唱：

远山含笑，
春水绿波映小桥，
行人来往阳关道，
酒帘儿高挂红杏梢，
绿阴深处闻啼鸟，
柳丝儿不住随风飘。
……

鼓师是一个干瘦的老头，脸色泛青，一见便知是位鸦片烟鬼。这时鼓师一手拿着鼓槌，一手拿着剪板，蓦地双手交叉向怀里一抱，歪着嘴巴露出一口黑牙，喉咙像破锣，展劲帮着腔：

观此处（哟）……风景甚（呀）……好……
歇歇（哟）……脚来伸伸（呀）……腰……

张阿德认识这位唱川戏的洋袍哥，他就是巨富洋行的法方经理太摸尔，河下的人都知道这位洋袍哥无恶不作。

“呸！”张阿德不愿再看，加快脚步离开了……

秋莲到封大嫂家去过，没见着人，不知他到哪里去了！她回家坐在桌边，看着满桌的菜肴生闷气。她恨不得把路保长刚才说的事马上说给张阿德听，要他拿个主意。你看急不急人，偏不知张阿德哪里去了。她坐了一会儿，心里不安起来，因为阿德从不这样！近来夜间经常发生拉兵拉夫的事，难道阿德……

秋莲蓦地看见张阿德跨进屋，心中喜怒交集："阿德，你……"她觉得委屈，忍不住泪珠往下滴。

张阿德还不知路保长来过的事，以为秋莲只是怪自己事先未打招呼，回来又迟了的缘故，有些感到抱歉。他瞥了秋莲一眼，手足无措地摸摸脑壳："秋莲……"

秋莲见张阿德急不能言的样子，气也消了大半，揩干了泪水问："你哪去了？眼看要走了，还不肯在家停留，心上哪有我哟！"

张阿德终于急出话来："我，我碰见杨大哥了，有事找我呢！"

"杨大哥！他在哪里？怎不约来吃饭？"秋莲见自己错怪了张阿德，回涕作笑地问。

"他有急事走了！"张阿德怕秋莲继续追问，自己无法回答她，简短地说了一句便不说了。

幸好秋莲看时间不早，忙着将冷菜重新热过端上桌，便没再问。

秋莲见张阿德在添饭，一把夺过饭碗说："咦！谁叫你吃饭，桌上明摆着酒瓶和酒杯，难道没看见！"

"我，我不是说过要戒烟戒酒吗！"张阿德说。

秋莲这时心情开朗一些了，脸上露出甜蜜的微笑："来，我也不忙吃饭，陪你喝半杯！"

"你，你不会喝酒，我……"张阿德见秋莲不满地斜睨着他，在这些生活小事上，他是从未违拗过，于是闭上口，不再推辞了。

他们边喝酒边各自想着心事，气氛顿时变得很低沉。

公口茶馆的围鼓声已经寂然，秋莲知道时候不早了。

她眼见张阿德马上要走，又不知啥时回重庆。她知道船下武汉去非常危险，听说日本飞机已炸沉了几条轮船。她已感到胎儿的跳动，眼看产期不远，又是生头胎，真是又喜又惊。她怕张阿德一心挂两头，在外不安心，所以极力掩饰着内心的真实感情，强装出笑容。

路保长来过那件事，她心里很急，开始恨不得马上告诉张阿德，让他出个主意。可是现在她几次欲言又忍，最后下了决心，还是不告诉张阿德好。告诉他反而使他在外挂牵，一切由自己去承当算了……

张阿德想的却是另一件事：这次党交给他的任务如此重要艰巨，如何去完成，还要仔细斟酌才行……

秋莲深知张阿德的个性，他在她面前憨厚拘谨，言辞一直不多，所以她对张阿德现在沉默寡言的样子并不在意。为了使沉闷的气氛变得轻松一些，她不断微笑劝酒，给张阿德碗里夹菜。

这时一个人拉着胡琴从街上走过，一个女孩的童音唱着《四季歌》：

春季到来绿满窗，
大姑娘窗下绣鸳鸯，
忽然一阵无情棒，
打的鸳鸯各一方。

夏季到来柳丝长，
大姑娘漂泊到长江，
江南江北风光好，
怎及青纱起高粱。
……

秋莲的笑容顿时消失了，她凝神谛听着这首歌曲。两年前的情景蓦地萦绕在她的心头，她与张阿德结合的那天晚上，想起来既酸又甜。她知道这拉胡琴的老头，已不是两年前拉《回声歌》的瞎子，女孩也不是那个女孩了。那个瞎子前年冬天已冻死街头，那个女孩也不知下落。

这时从街上路过卖唱的老头不是瞎子，是新从下江逃难到重庆的难民。据说他原是工匠，到重庆找不到工作，便带着他的小女儿沿街卖唱。这些受苦人像一颗火星，闪现了一下便无影无踪了，接着又闪起了另一颗火星，仍然很快便会消失……年复一年，人们的生活处境没有多大改变。可是民成公司的轮船一年年增多，发得很快。现在国难当头，难民都涌向四川。抗战才开始不久，物价已飞涨，将来的日子如何过，叫人怎不忧虑！她想到张阿德去武汉，自己要坐月子，还要对付路保长的勒索，长夜漫漫，何时苦到尽头……

这时琴声与歌声渐渐远去，更显凄凉：

秋季到来荷花香，
大姑娘夜夜梦家乡，
醒来不见爷娘面，
只见床前明月光。

冬季到来雪茫茫，
寒衣做好送情郎，
血肉筑成长城长，
依愿做当年小孟姜。

秋莲听见这凄楚的琴声和歌声，当然会忆起她当年随父卖唱的生活，思念死去的父母。母亲死得早，她的印象很模糊。可是曾经相依为命的父亲，却经常出现在她的心坎上。父亲死后埋葬在万县官山坡，阿德每年都要去看几次。墓上的浮土被雨水洗刷走了，火匣子露了一些在外面。她想积点钱为父亲修一个不怕雨水冲刷的坟墓，怎也积攒不起。每次只好由阿德约几个同事相帮，重新添上新土掩住火匣子勉强凑合。

这些往事她现在回忆起来，就像昨天发生的一样，心中无限悲切。但她想到自己有了称心的丈夫，虽然贫穷，日子也过得和谐，对于这些往事，又有一种隔世之感，仿佛已是很久以前的事情了。

张阿德见秋莲眼圈发红怅然若失的神情，猜透了她的心事，忙安慰说："莫想陈年的伤心事，来，干杯吃饭！"

刚吃完饭，便听见封大嫂在门外喊："秋莲，快收渡了，还不快打发张大哥走！你封大哥在路口等着，快点！"

"哦！"秋莲慌了，打开门说，"封大嫂坐会，阿德马上走。"

"马上走！你看看时间，快十一点钟了。"封大嫂不肯进屋，在门外站住催促。

秋莲把包袱塞在张阿德手上："阿德，你快走……"

张阿德听秋莲已含着哭音，看着她怔住了。

"阿德，快走呀！赶不上末班渡船，今夜怎么过渡，要漏船的。"

秋莲强忍住自己依恋的心情催促。

张阿德这才想起杨佑成给他的钱，忙掏出放在桌上："秋莲，这钱是杨大哥借给我的，你留着吧!”

“不，阿德，我不需这么多，你留点在身边好零用!”秋莲说。

“不，我不需要……”张阿德见秋莲已伸手往桌上拿钱，边说边往外走。

“阿德，你等等我呀！我与封大嫂送你们到渡口。”秋莲话中的哭音更浓了。

封大嫂见时间实在不能再耽搁了，拦住秋莲劝说：“秋莲，你怀身大肚的，晚上走路不方便，我们都不送了。”

“不，我一定要送!”秋莲固执起来。

封大嫂有些埋怨：“秋莲，船员是地行仙，忽来忽去是常事。往昔你不像这样，今晚怎么啦，要误他们上船的。”

张阿德站在一边痴痴地站住，觉得脚步沉重很难举步。

“大嫂，今晚不同，我总是心惊肉跳的，我怕……”秋莲有些哽咽了。

“怕什么！秋莲，你要说吉利话。张大哥走了，还有我封大嫂疼你哩!”封大嫂见张阿德还没走，“张大哥，你放心走呀!”

张阿德想说几句安慰秋莲的话，这时口笨舌短不知说什么好！只好一横心扭头走了。走了几步他听见秋莲依恋地喊了一声“阿德……”便扑在封大嫂怀里哇地哭出了声。

张阿德有些犹豫了，但他终于只回头瞥了一眼，匆匆走了。

第九章

一

民顺轮满载着出川的壮丁，航行了四天方到达奉节——古称夔府，也叫夔州。原计划要赶到巫山过夜，皮船长借口天色不早，前方就是有名的天险夔峡，于是过早便将轮船掉头抛锚，硬是要在这里过夜。

其实皮船长心里记挂着奉节码头上的珊幺妹，因为已有一个多月没在这里抛锚过夜了。

珊幺妹虽无十分姿色，但长得粗眉大眼，身体健美，很投合皮船长的口味，他第一次相见，便被迷上了。

珊幺妹的妈——褚三嫂，原住在城门洞外的路边上，用南竹搭个棚子，四周围上篾席，开了个小酒馆维持生活。

褚三嫂生下珊幺妹不久，丈夫被刘湘的兵拉拉走了，一去便杳如黄鹤，肯定是凶多吉少，已做了他乡的孤魂。

褚三嫂这家酒馆一到晚上，几张桌子边总是坐得满满的，大多是轮船上的低级船员，如生火、水手一类，喜欢坐在这里喝冷靠杯，与褚三嫂风言风语打情骂俏，以此消磨时间，消除一天的疲劳。

褚三嫂的酒馆，只卖一些茶干、望日葵、花生米、油炸胡豆之类下酒，虽然卖得很贵，顾客仍然不少。

褚三嫂见珊幺妹自幼聪明伶俐，居然送她去读完了小学，因为奉节没有中学，她无力送珊幺妹去万县升初中，珊幺妹便辍学在家，帮她妈送酒递菜。

珊幺妹从小在这种环境里长大，开化早，十四岁不到便长得胸满臂圆发育成熟，懂得了风情。

有一次，皮船长偶然在这小酒馆歇脚，见珊幺妹长得如此迷人，便想勾引上手。殊不知褚三嫂毫不含糊，防范很紧，只要皮船长进小酒馆来了，便由她亲自送酒菜，把珊幺妹藏在里屋不让出来。

皮船长觉得珊幺妹无意中对他的一瞥，仿佛都含有深情，见不着珊幺妹的影子，他便没精打采，无限怅惘。越是如此，皮船长便越是入迷，最后竟打破了他逢场作戏，不愿娶亲成家的想法，托人向褚三嫂说媒，表示愿娶珊幺妹做他的正式妻室，并答应给褚三嫂养老送终。

褚三嫂不让人随便沾珊幺妹的边，不过想把珊幺妹当成摇钱树，嫁个有钱的丈夫，将来自己也有个依靠。皮船长虽然比珊幺妹年长二十多岁，可有钱有势，正是她理想中的人物。她开初假意拿架子，不肯答应。后来皮船长答应一次拿出五百块银洋来当彩礼，她才欢欢喜喜地答应了。

殊不知珊幺妹心目中却另有所属，拼死拼活不肯嫁给皮船长。褚三嫂对珊幺妹软硬兼施，颇费了一番周折，终使珊幺妹屈服了，乖乖地嫁给了他。

皮船长在城内南街租下一栋四合院住家。褚三嫂也将小酒馆盘赁与他人，跟着珊幺妹一起过活。

皮船长自从那次为沈小姐的事情暴露后[1]、受了一场虚惊、破了钱财，在船上稍微收敛了一些，不敢再像以前那样胡作非为了。他完全不晓得童经理在其中做了手脚，白赚了他几百元，还着实感激童经理够朋友，对童经理怀着敬畏的心情，关系变得比以前融洽了，因此在公司合并时，童经理将皮船长保了下来，依然让他在民顺轮当船长。

轮船抛锚靠妥后，皮船长已洗过澡，准备换衣服上岸。童经理推门进来了，他手里拿着高伦发来的电报在皮船长面前拍了拍，说：“老皮，今天太阳还没落山，这早就抛锚过夜，未免不恰当。你看，高专员来急电，要我们明天一定要赶到宜昌。”

皮船长认识不了几个大字，只略微瞥了一眼童经理手上的电报，毫不在意地问：“哪个高专员？电报上说啥？要急一早讨婆娘，不就早抱娃娃了。”

童经理皱了一下眉头，对于这位船油子感到伤透脑筋，看来，不吓他一下是不行的。他冷笑一声：“你说得好松活！电报上说，明天若不赶到宜昌，按贻误军机论处。皮船长，这贻误军机的罪名是要枪毙的。”

皮船长边穿衣服，边回答。他并没被童经理一番话吓住，脸上露出轻松的微笑：“童经理，你不要吓我这个乡巴佬哟！公司哪来的军法，我又不是军人！”

童经理心里的气更大了，哼了一声：“我们这次是军运，你不是军人也同样要军法从事。”

皮船长偏着头问：“这高专员是谁？未必硬是凶人！老童，不管这些……今晚到我家中去喝二两，怎样？”

1　参阅拙著《漩流》第十六章。

童经理被弄得哭笑不得，他的眉头皱得更紧：“唉，你连高专员是谁也不晓得，未必你一天只晓得吸吗啡嫖女人！哼！告诉你，高专员便是我们原先的董事长，现在是国民党军委会中将监察专员，就像旧时的八府巡按一样，手上有尚方宝剑，怕枪毙不了你吗！”

皮船长听说高专员就是高董事长，才稍微有点怕惧。他红红的酒糟鼻子抽搐了一下，露出满脸委屈的表情说：“唉，老童，高专员不熟悉航道情况，难道你也成了外行！前面夔峡，号称万水夺门，首先臭盐碛淤沙水浅，滟滪堆江中挡道，其次盔甲洞、风箱峡、错开峡……都是险之又险的航道。唉，我的童经理，不是我今天不去，安全要紧嘛！”

童经理一屁股坐在沙发上，皮船长只好勉强压抑住自己想回家看珊幺妹的心情，无可奈何地坐在小圆桌对面的靠椅上陪着童经理。

“老皮，正因为我不是外行，你洋花椒只能麻（瞒）外国人。夔峡固然是天险，只要两个小时便开过去了，不等天黑就早到了巫山。”童经理忍不住一语戳穿，“你想珊幺妹是实，真是老不退心火！”

皮船长真是厚脸皮，反而嬉皮笑脸地说：“老童，不说那多，今夜到我家喝酒，我叫珊幺妹唱支小曲给你听，怎样?”

童经理沉思片刻，他晓得川江规矩：船长想开就开，不想开时就要抛锚过夜，谁也奈何不得。他只得改变策略——顺着毛毛抹，立即让步说：“老皮，今天在这里过夜的事，由我替你担待，可是明天一定要早开头赶到宜昌，你说，可以吗?”

皮船长装腔作势扳着指头算了一番，点头说：“嗯……问题不大。”

“问题不大！”童经理见皮船长口气很松动，不满地斜睨着他说，“老皮，把话说决断，明天一天要赶到宜昌，再不能在中途抛锚过夜。”

“决断，好，决断。”皮船长看天色已暗，不愿与童经理纠缠下去，说得很肯定，“明天一定赶到宜昌，请你放一百个心。”

童经理松了口气，刚离开船长室，听见主甲板传来了一阵气势汹汹的闹嚷声。他深知这些出川抗战的丘八爷爱无事惹事，忙从上甲板赶下楼去……

原来水手吴思远手拿着拖把正在洗下甲板，见甲板上到处是口痰、瓜子壳、果皮，还有见了使人恶心的屎尿，心里很不乐意。他一肚子怨气无处出，边拖洗甲板边发牢骚：“妈哟！又不是猪狗，到处乱屙。”

他刚伸头出舷外在江水中透拖把，突然感到头上滴了几点水，还热乎乎的哩。

他仰起头来正准备斥责喊叫，刚张开口正好接住了从主甲板上射下的涓涓细流，感到又骚又咸，晓得不妙！嘴里一定吃了尿，忙缩回头去不断往外吐。他忍住阵阵恶心，大声骂："妈也，龟儿不进厕所，怎在舷边屙尿！难道不是人，是他妈的畜生！"

他怒气冲冲将手上的拖把往甲板上一丢。

噔、噔、噔……一阵脚步响，他从扶梯跑到主甲板，见一个丘八正边紧裤带边准备离开。他晓得刚才一定是这丘八屙的尿，于是圆睁双目，两手叉腰，迎着丘八大闹："你龟儿缺德，屙了我一嘴尿，看老子叫个骟猪匠把你的雀雀[1]骟了。"

那个丘八却是一位押壮丁的上尉连长，叫魏布唐。魏连长看面前站着一个衣衫破烂的水手，居然敢于当着许多壮丁的面，声言要叫骟猪匠骟他的雀雀，顿时脸红筋胀，不但不道歉，反而破口大骂，威胁说："你龟儿活得不耐烦了，看老子一枪毙了你。婊子养的东西！"

吴思远既然是有名的"假搬匠""杠子客"，确有股犟劲。见魏连长不但不认错，反而骂他，一股怒气从心头涌起，直冲脑门，昂头瞪眼毫不示弱："咦！你龟儿嘴巴不是官茅厕[2]，啷个吐的全是大粪如此恶臭！你屙了我一嘴尿，好像硬是有理！"

主甲板统舱里铺着稻草，一群刚换上单军装还没发枪的壮丁在稻草上或睡或坐。因为时近深秋，峡风太大，衣服实在太单薄了，盖着质量低劣的灰色棉军毯，一个个冻得瑟瑟发抖，紧紧地偎在一起取暖。面对这场吵闹，开始他们冷漠地旁观着，后来见吴思远不怕魏连长，他们的眼睛里射出一道道冷光注视着这个上司，含着明显的幸灾乐祸的表情。

魏连长如何肯丢这个面子，真的掏出他腰上的快慢机瞄着吴思远："不信你是铁铸的，未必子弹头在你身上钻不出一个洞洞！"

眼看吴思远再嘴硬，便要吃大亏，幸好这时童经理赶来了。

他对魏连长赔笑说："魏连长，大人不见小人气，你多包涵！"他随即板着脸对吴思远申斥，"你对长官如此不礼貌，岂有此理！去，去干活。"

吴思远也发了犟性，硬是站住不走，口里咕哝说："我该吃他的尿呀！以为有

1 四川人称小孩的屙尿器官叫雀雀。这里充满轻蔑的意思。

2 指公共厕所。

吹火筒就狠呀!”

魏连长晓得童经理的身份，连他的上级官长对他也很客气，正想借此收场。刚把手枪放回腰上的枪套里，听吴思远还嘴硬，不禁又勃然大怒，将军帽往后脑一推，露出额前的头发:“今天不教训教训你，我不姓魏!”

听见主甲板上的吵闹声，一群船员跑来了，其中一个人为吴思远大打不平，尖着嗓子喊叫:“你们丘八不讲理，罢工!我们不开船，看你凶去!”

张阿德也站在人群中，见这尖着嗓子喊叫替吴思远鸣不平的是陈福生，颇感奇怪。陈福生素与吴思远不和，平时专喜欢巴结阔人，今天陡地改变态度，当然会使人意外。

张阿德听陈福生扬言罢工不开船，并且已有不少义愤不平的船员在附和:“要得，老子不开船，看你们……”他心中更是一惊，蓦地明白了陈福生如此喊叫的动机，看来上级党的估计很正确，国特确实未睡大觉。有点粗线条的张阿德自从入党后，锻炼得细心起来。他忙站出去拉住吴思远就走:“老吴，走，不屑于这样!”

童经理也把魏连长劝进了经理室，大家各自走散了。

主甲板走道上顿时显得空荡荡的，只有几个肩挎步枪的士兵站在那里看守着壮丁。陈福生脸上显出失望的表情，最后也怏怏地离开了。

他沿着扶梯上了楼，经过餐厅门口，见里面灯火辉煌，烟雾缭绕，一群军官正在里面喝酒赌钱，笑声、闹声混响成一片。

陈福生没有停留，几步走到船长室，见百叶窗露出一点灯光，他以为皮船长还没上岸，轻轻叩门，稍等片刻，仍不见开门。他才弯下腰去从钥匙孔里向里窥望，方知皮船长不在房里。

他回身扶着栏杆向岸上眺望了一会儿，嘴角露出了一丝阴险的笑意，他又有了新的主意。看来，为了完成他的上级布置给他的使命，这赌注应押在皮船长身上……

二

皮船长打扮停当，为了讨珊幺妹的欢喜，他还在脸上抹上了一层雪花膏。

他叫西崽小颜给他拿着大包小盒的东西——这是他买了很久，一直放在船上没机会拿给珊幺妹的礼物。

他听见主甲板的吵闹，为了不耽搁，带着小颜绕路从船尾扶梯下到波门边，坐渡船上了岸。

要是往时，轮船还没靠停妥，就有许多划子靠拢来，卖小食的船，卖土特产的小贩船，甚至还有无数载着卖唱和私娼的花船，像众星捧月般，靠在轮船左右舷。丝竹琴弦声，姑娘卖唱声，叫卖土产声……异常热闹。

可是，今天这些船一条也没靠拢来，大概晓得装的是丘八，便远远地避开了。除了摆渡的舢板外，只有一条上烧煤的木驳靠在炉舱舷边，力夫抬着大箩筐煤炭，脚踩着窄窄的木跳板，往来穿梭般地忙碌着。往日那种弦声不绝、歌声不断的虚假繁荣景象消失了。

因为大包小盒的数目太多，小颜肩上、手上都挎满了，吃力地跟在皮船长身后往坡上爬。皮船长空手还累得喘息，时走时停。

小颜跟着皮船长到了城门洞，气氛大不相同了。一队童子军[1]、穿着用白土布染成的草绿色童军服，戴着童军圆盘帽，人人手执童军棒，在城门洞不远的街边唱着抗日歌曲。

一个十四五岁的童子军用童军棒蓦地拦住皮船长："先生，前方将士在与日寇浴血抗战，我们后方百姓应该有钱出钱有力出力。先生，请你捐献一点钱吧！"

另一个年龄稍小的童子军，缺了颗门牙，说话不关风，吐音不太清晰："先生，捐钱为前方将士做寒衣！"他一手拿马灯，一手拿募捐簿。

皮船长到了城门洞，累得满头大汗，他对这两名童子军的举动仿佛视而不见，站住歇息，冷漠地东张西望。

小颜身上挂了这么多东西，站住歇息比走着还难受，额头上流下的汗水使他睁不开眼睛，又腾不出手来揩汗，只得半闭着眼忍受着。

那个缺牙巴童子军见皮船长穿着阔气，像有钱人，仍不死心地继续宣传劝募："先生，不愿做亡国奴的人们，都应该为抗战尽力……"

皮船长不耐烦了，横眉瞪眼，凶神恶煞地说："爬开点，不要在老子面前咿呀咿呀的……"

---

1 国民党统治时学校中的群众组织，凡初中以下学生均得参加。

他见城墙上架着扶梯，一群莺声燕语的女兵在忙碌着，有的提着石灰桶；有的站在扶梯上；有的还提着灯笼或马灯照亮。他不觉感到有些奇怪，走近一些去看。原来她们正在城墙上写大字标语，因为他不识字，不知她们写些什么，估计是写抗日的标语。他目不转睛地盯着这些态度大方，哼着抗日歌曲的女兵。

皮船长已经看清这些女兵一个个面目姣好，而且有的军帽下还压着一头烫过的卷发；有的还打了口红涂了胭脂。

像这样的摩登女兵真是罕见，皮船长不觉看呆了。

小颜这样站久了，实在吃不消，他见皮船长贼哈哈地看着这些女兵不走，大着胆子催促说："船长，走啊！"小颜在这方面比皮船长见闻广，接着说，"这些是三厅的女兵[1]、由女学生组成的战地宣传队。"

"哦！"皮船长好像明白了，心里记挂着珊幺妹，回头说，"走，珊幺妹喜欢看川戏，去迟了怕她到戏院子去了。"

皮船长陡地加快了脚步，小颜差点跟不上他。

皮船长到家了。他刚跨进四合院，便听见珊幺妹咯咯的笑声，笑得异常放肆，又听见一个男人低低的说话声。他含着笑意的面孔陡地一板，像罩上了一层黑霜，脚步蓦地放轻放慢了，小颜差点踩着了他的脚后跟。

褚三嫂吃的是油穿的是绸，比以前肥胖了。不晓得她突然从哪里钻了出来，迎着皮船长先打了一个干哈哈，带着异常夸张的表情拦住皮船长，大声嚷嚷："哎哟！珊妹儿，还是你说准了，昨晚灯花炸，一定有贵客到。珊妹儿，来的不是贵客是娇客，快来接姑爷！"

珊幺妹的笑声顿时沉寂了，隔了一会儿方撩开印花门帘走出来，看见走拢来的皮船长，忙堆着一脸笑："唉，真把我牵死了，为啥不叫小颜来送个信，我好上船去接你！"

皮船长只微微哼了一声，不理珊幺妹，只顾对直走。

丈母娘褚三嫂抢先一步，撩起门帘，又打了一个干哈哈："珊妹儿，快扶住皮姑爷，谨防踢着门槛下的青石方。哎！姑爷，隔会你好生看看，珊妹儿牵你茶不思饭不想，瘦得剩把骨头了。"

1　指国民党军委会政治部三厅（宣传厅）。抗战初期国共合作，周恩来出任政治部副部长，团结了大批文化人和爱国学生，成员较复杂，不久便分化了。

珊幺妹心怀鬼胎，一把挽住皮船长的肘臂，身子紧偎着他。

皮船长闻到一股浓郁的香味——这是双妹牌花露水的气味，他感到珊妹儿肌肤的温馨，但他毫不动心，一心想着刚才珊幺妹异样的笑声，以及……

皮船长踩着门槛下的青石方跨进房内，首先用目光搜索刚才那个说话的男人，见一个英俊漂亮的年轻人坐在室内的角落里，局促不安地低着头。

房内一张架子床，挂着漂白麻布蚊帐，朱红的帐帘上绣着朵朵牡丹花。

一张红漆方桌上摆着一盏点亮的美孚灯，把房内照得通明。墙壁上贴了几张香烟广告画，珊幺妹的装束很像画上的时装美人，同样浓妆艳抹体态妖娆。不过，她脸上的胭脂和口红太浓了，显得更俗气一些。

珊幺妹见皮船长始终板着脸未发一言，也未坐下，站在那里不住打量坐在角落里的青年人。她虽然心惊肉跳，也强捺住自己忐忑不安的紧张情绪，在皮船长面前故意娇媚地挑逗："哎呀！我的哥，看见你回来了我好高兴啰！不信，你用手摸摸，我的心跳得好快，喜死了哟！"她不顾有人在旁，竟破例地当着人面拉住皮船长的一只手放在自己富有弹性的胸前。

那个坐在角落里的青年，见珊幺妹这样与皮船长亲昵，头垂得更低了。

皮船长缩回了手，坐在一张楠木太师椅上，用犀利而又疑惑的目光仔细端详着珊幺妹，很内行地先从她头上看起。他见她满头浓发梳得齐齐整整，并无纷乱的迹象，抹上的生发油使黑发更加油光放亮，发上插着一朵通草做的宫花，被灯光映照得翠绿可爱。其次他仔细研究珊幺妹那对水汪汪的眼睛，也看不出多少破绽——珊幺妹的一对眼睛正笑眯眯乜着他。

皮船长留意看珊幺妹嘴唇上红艳艳的唇膏，见唇膏依然完好无损……

皮船长的目光往下移，最后把目光停留在珊幺妹的胸脯上，她银缎绣花旗袍的前襟很平整，并无揉皱的痕迹。他稍感放心地松口气，脸上的颜色放缓和了。

珊幺妹见皮船长如此打量她，明白他的用意，暗暗庆幸刚才尚未与那青年人胡来，否则……

她见皮船长紧绷的面孔松弛了，才稍感轻松。为了掩饰自己忐忑不安的表情，忙着给皮船长装烟倒茶。

褚三嫂从小颜身上取下大包小盒放在红漆方桌上，正忙着一件件打开观看，笑得合不拢嘴："啧啧，好花的衣料……啧啧，这双皮鞋多少钱……啧啧……"

小颜辞别了皮船长自个回船去了。

珊幺妹因为心慌意乱忘了给皮船长介绍那个青年人，这时见皮船长抽着雪茄烟，目光不住在那青年人身上扫来扫去。她忙握住皮船长的手："唉，我的哥，我喜得没法，看，忘了给你们介绍。"

珊幺妹指着那青年男人说："这是我大姨妈的儿子！"

她见皮船长诧异的表情，不容他多思索，立即说："噫，难道你搞忘了，我们办喜事那天，大姨妈还叫他来帮过忙哩！"

皮船长觉得这男人的面貌很陌生，听珊幺妹这样说，有些沉吟。

珊幺妹这些时一张嘴确实锻炼得不简单，只见她猩红的嘴唇一张一合，流畅的话语像泉水般不断往外涌："噢，看你还想不起来，哪里把我的穷亲戚放在眼里哟！"她说完后噘着嘴唇，像很生气的样子。

"哦，哦！"皮船长见珊幺妹娇嗔的样子实在妩媚，不觉忘情，再没去细想，连连点头，表示想起来了。

珊幺妹见皮船长的样子，不觉暗暗好笑。她偷觑着那个青年人，见他低垂着头很难堪的样子，是隐含着屈辱和醋意的。她反而觉得暗暗高兴，说明他是真挚地爱着她的，不禁对这青年人产生了一种怜爱的感情，越觉皮船长面目可憎。

珊幺妹心里的感情并未流露到面上来，她仍然小鸟依人般地偎在皮船长身边。她瞥着那青年人："华青表哥，你真是没见过世面的白脸子，快喊皮哥呀！"其实应喊皮弟才对。

华青这才勉强抬起头来，表情有些尴尬，欠起身含糊喊了一声，又坐回原位。他脸涨得通红，又垂下了头。

皮船长正待盘问一下这位表哥，褚三嫂已丢下桌上的东西，含笑上前，装作生气的样子，敲了一下珊幺妹的脑壳："珊妹儿，姑爷头上还戴着博士帽，也不端盆水给姑爷洗脸。哎呀！怪我把你从小惯坏了，幸得皮姑爷是好脾气。"

褚三嫂接着又堆着一脸的笑说："皮姑爷，也不怪珊妹儿，她看见你回家来了，喜得啥也忘了。"

褚三嫂的年龄也不过三十多岁，比皮船长年轻些，要是不知情的人，会把她与皮船长看成一对哩！她左一个姑爷，右一个姑爷，喊得脆生生，显得异常亲热，并不觉拗口。

珊幺妹这才从皮船长头上揭下博士帽来放在帽筒上，褚三嫂已端来了一盆热水。

珊幺妹将手腕上戴的一只碧玉镯往肘部抹紧，尖着白生生的十指，从脸盆里捞起一张雪白的四一四毛巾拧干，递到皮船长手上。

褚三嫂见皮船长正用毛巾捂住洗脸，忙向华青使了个眼色，然后正正经经地说：“华青，天黑这久了，你赶回白帝城家中还要坐渡船过一道河，我不留你了，快回。”

华青站起身来，慌乱地避开珊幺妹含情脉脉的目光，不声不响地走了。珊幺妹不敢去送，只怔怔地看着华青走出去的背影出神。

褚三嫂见珊幺妹失魂落魄的样子，怕皮船长又起疑心，悄悄拉了拉珊幺妹的衣袖，接着大声说：“看，华青这人一点不讲礼性，也没向皮姑爷告辞一声便只顾走了。嘿，姑爷不要见气，乡下人没见过世面怯生呢！”

皮船长听褚三嫂如此说，不由又动了疑心，看华青的样子并不像乡下人……

珊幺妹乜了褚三嫂一眼：“妈也，看你只顾说话！快去打酒买菜嘛，去晚了店子关门啰！”

褚三嫂哦了一声：“是哈，看我也喜糊涂了！珊妹儿，不要紧。王烧腊是做夜市的嘛，怎会关门！只是今天不逢场期，怕割不到肉啰！不要紧，割不到肉就到饭馆去炒菜……哟！是哈，饭馆关门早，是要早点去才行啰！”

褚三嫂忙匆匆走到门口，蓦地停住步，将撩起的门帘一放，回过头来，望着珊幺妹说：“看我……真喜糊涂了。珊妹儿，我身边的钱已用光了，这打酒买菜……”她明对珊幺妹说，却不断瞟着皮船长。

皮船长默默地抽着雪茄烟，脸上一直未露笑容，因为刚才那位华青表哥给他留下的疑点很多，一时还不能释然，有些耿耿于怀。

珊幺妹已经明白了褚三嫂的用意，对褚三嫂的暗示仿佛毫不在意，她轻盈地走到五斗柜前拉开抽屉，取出几张一元的钞票，走回来递到褚三嫂手上：“妈也，姑爷喜喝好酒，你不要图相因在王烧腊那里打土酒，要在一品春买一瓶泸州大曲；姑爷不吃肥肉，要买卤鸡卤鸭；再到马回子清真店里称一斤熏烤牛肉。妈也，听清没有！”

褚三嫂见珊幺妹不理会她的暗示，不向皮船长要钱，却自己掏出来，心里异常不高兴。她从珊幺妹手上接过钱来，不满地瞪了女儿一眼，气鼓鼓地说：“妈又不是聋子，怎会没听清！”她扭头一撩门帘就走了。

珊幺妹见她妈走远了，装作亲昵的样子，凑近皮船长耳边，贴心地说：“我有钱，背着妈我存有私房！”

皮船长听珊幺妹这么说，心里有些沉吟，他认为珊幺妹连存了私房这样的隐秘话也向他说，说明真把他当做亲人了。他嘴角刚露出一丝笑意，蓦地又消失了。他脑际老萦绕着华青可疑的影子，决定盘问珊幺妹一番。他盯着珊幺妹那张红是红，白是白的圆脸，问：“珊幺妹，那位华青真是你的表哥吗？咦，我看不大对呀！”

珊幺妹一听，心脏急剧跳了几下，才强制自己镇静下来。那位华青确是珊幺妹的相好，在东街开了一家杂货铺。他俩原是小学的同学，一向感情很好。珊幺妹原要嫁给他，偏偏从中来了一个皮船长，她妈被钱迷了心窍，逼她嫁给了他。皮船长当然不晓得这些情况，华青是时常来珊幺妹这里玩的，甚至把这里当成了他的家，只是瞒着皮船长一人。褚三嫂因为珊幺妹与她拼死拼活，也只好容忍了。

珊幺妹晓得皮船长是风月场中的老手，很懂这类事情，要想消除他的疑惑，非使出全身的本领不可。

珊幺妹并不十分害怕皮船长，她对这个从名义上占有她的男人，经常怀着憎恨的感情强作欢笑与他周旋，恨不得这种婚姻能早点破裂才好。但是，她晓得皮船长心肠的歹毒。再加迫于褚三嫂的压力，不愿把事情过分闹大。

珊幺妹晓得皮船长虽然刁滑，有时也是很愚蠢的，并不难应付。她听他已经点明了，晓得不能含糊下去，索性敞明说：“咦，你空称男儿汉大丈夫，怎么心胸如此狭小，看你疑心病还顶重嘛！有啥不丁对，你要说清楚。”

珊幺妹两瓣猩红的嘴唇一撇，眼皮子眨了儿眨，掩面用哭音说：“不相信，我们明天一道去白帝城大姨妈家去对质！嘤嘤……”

珊幺妹开始是无泪的干哭，后来她想起没能嫁给华青，名正言顺地做夫妻，却嫁给这个岁数比她大得多的酒糟鼻子，真的伤心难过起来，泪水大量涌出，银缎的衣袖上也湿了一片。

珊幺妹蓦地抓住皮船长的衣领轻轻推拉，边哭边诉：“咦，你在外一年难顾几次家，我难得出一次朝门，戏也不看，一心为你守妇道。不信可去问左邻右舍！你却红口白牙乱说。问下，我珊幺妹坐得正走得直，今晚你不说清楚，我不让你上船，我的妈也……”

珊幺妹拉着皮船长的衣领推揉，又哭又闹，有点撒泼的味道。他也不是好惹的，狠狠地哼了一声，正待出手对付珊幺妹，殊不知珊幺妹却放开了他的衣领，蓦地滚到他的怀里，搂着他的颈项："我的哥，你屈死我了。我珊幺妹爱你懂情义，体贴人。既然嫁给你，便生是皮家的人，死是皮家的鬼，平时打骂由你，女人名节是大事，不能乱说呀！"她像蜜糖似的粘在皮船长身上，又是撒娇，又是亲嘴，将泪水和鼻涕揩在皮船长缎子马褂的胸襟上。

珊幺妹一硬一软，着实厉害，把皮船长弄得六神无主，想发作也发作不出。他见珊幺妹哭得泪人儿似的，在他怀里做出千般的娇态，心里顿时软了。他也认为自己太多疑了，俗话说："午夜若骂妻，一夜守孤凄。"自己的船难得靠在奉节过夜，这次还是自己硬扛着停靠在这里，何苦为这无凭据的事疑心，错过这难得的时辰，还不晓得哪天才能回家！他不由懊悔不已。

皮船长脸上顿时显出了笑容，他双手揽住珊幺妹抚慰说："我的妹儿，我说句玩笑话，看你便当真了，嘿，你再哭，我要搔你的痒……"他真伸手搔珊幺妹的胳肢窝。

珊幺妹睫毛上还挂着泪水，却咯咯地笑着在皮船长怀里左躲右闪。皮船长正想进一步做一个亲昵的动作，珊幺妹却推了皮船长一把，挣扎着跳起来跑开了，站得远远地乜着他憨笑。

皮船长的心情顿时开朗了，为了讨好珊幺妹，立刻掏出皮夹取出一厚沓钞票："珊妹儿，拿去。"

珊幺妹却没马上走过来，她用大红绸手绢揩着泪水，轻蔑地撇撇嘴说："你以为我嫁你是为了钱，门缝里看人——把人看扁（贬）了。只要你不血口喷人瞎说……"她眼圈一红，像又要落泪的样子。

皮船长像哄小孩似的拉过珊幺妹来，将钞票硬塞在她手上，还想搂住她……

珊幺妹又挣脱跑开了，把钞票揣进衣袋里。

她见自己略使手腕，便把皮船长这个老狐狸也弄服帖了，暗自感到得意。她瞟着皮船长那长满肉疙瘩的面孔笑得像个哈宝[1]，心里对他异常轻蔑。她灵活的眼珠一转，乜着皮船长笑说："你硬要自己把尖尖帽子往自己头上扣。好，我以后就喊你尖脑壳！"珊幺妹见皮船长一脸笑，干脆半真半假骂个痛快，"尖脑壳，尖脑壳……"

1 四川方言，傻子。

皮船长没钻进珊幺妹心里去看，当然不晓得珊幺妹心里想的，毫不介意地哈哈大笑。

他站起身来，一步一步向珊幺妹走去，珊幺妹边喊边往后退……

他终于一把搂住了珊幺妹，珊幺妹指指门："嘘，你好大的胆子，门开着哩！"

皮船长放开手，珊幺妹刚走到门边，正好一个人撩起门帘往里闯，差点撞在她的身上。

珊幺妹惊叫一声："哟，为啥招呼也不打一个，却闷声闯进来。"

皮船长见进来这人是陈福生，很觉扫兴，神情异常严肃地问："找我有事？"

陈福生取下头上戴的鸭舌帽，露出搽了凡士林的飞机头，一脸谄媚的笑："没事，没事。我是特地来看望珊姑娘，给她请安！"

珊幺妹听了陈福生这句奉承话，改变了淡漠的表情，含笑说："不敢当得。请坐，请坐。"

陈福生自己寻了一张椅子坐下，欠身接过珊幺妹递来的香烟和茶杯。

皮船长觉得与陈福生无话可谈，心里有些厌烦。自从陈福生的亲戚徐宁山死后，他对陈福生已不十分看重。

皮船长跷着二郎腿，悠闲地看着珊幺妹将桌上的东西一件件捡进春柜里放好。

褚三嫂这时提着满篮的吃食回来了。她见陈福生向她点头招呼，也客气了几句。

她偷瞟了一眼皮船长，见他气色平和，心上一块石头方落了地。

她从竹篮里取出酒菜，一样样放到桌上，边向坐在梳妆台前重新梳妆的珊幺妹诉说，边瞟着皮船长："珊妹儿，东西又涨价了，这瓶泸州大曲贵了一角。这只卤鸭子很肥，背时的王烧腊真会赚钱，硬是要二角三才卖。背他妈的趸时，马回子的生意才叫俏，那些下江人虽是难民，个个像有钱八百万，花钱像用水，把马回子的熏烤牛肉也买贵了。看嘛，三角钱只是一点点。龟儿饭馆的生意好，东西早卖光，我只抢到半边卤猪脑壳……"

珊幺妹重新打扮完毕，扭着细腰走过来，斜睨了褚三嫂一眼，嘴一撇，轻蔑地说："不是吕蒙正，谁吃猪脑壳哟！"

褚三嫂叫了一声："呔，我的珊妹儿，你癞格宝打哈欠——好大的口气，不吃猪脑壳！"

珊幺妹辩解说："吙，不是我不吃。皮姑爷不吃这相因货！"

褚三嫂眼眨眉毛动，瞟着皮船长说："姑爷不吃不要紧，留着明天待客。"

"妈也，连麻雀也难飞到我家歇一会儿，哪来客哟！"珊幺妹怕褚三嫂说漏嘴，又惹起皮船长疑心。

褚三嫂也自觉失言，幸她心灵嘴巧："怎没客哩！你珊妹儿是我的乖女，我是把你当成客待的。"

珊幺妹把话岔开："我的哥，明天你把我带上船去玩嘛！"

皮船长翕动着酒糟鼻子，摇头说："明晨要开船，还要赶到宜昌哩！"

"不行，我不让你走。"珊幺妹故作娇态说，其实她心中暗喜，恨不得他早点走掉。

珊幺妹见褚三嫂站在那里不走，她眉尖微蹙："你把酒菜摆在桌上，未必不弄熟就吃，快拿去弄嘛！"

褚三嫂哦了一声，忙将酒菜放在篮里提走了。

陈福生见皮船长对他神情冷淡。也毫不介意，只顾抽烟，漫不经心地浏览着室内的陈设。

皮船长很觉奇怪，陈福生坐在这里不言不语，丝毫没有起身走的意思，以前是很少这样的。

皮船长不是吝啬人，以往船到奉节时，驾驶部的领江和驾驶员都喜欢来这里凑趣，喝酒时坐满一大桌，可是今天不晓得啥原因，一个也没来。

他见褚三嫂已往桌上送上了热菜，珊幺妹已摆好了杯筷，而陈福生还没走的意思。他不愿留陈福生在家饮酒，觉得与低级船员在一起平起平坐，相对饮酒是有失身份的事。于是，他对陈福生说："你早点回船去，明晨开航前叫小颜来接我。"

陈福生原想与皮船长边饮酒边谈事情，听皮船长这样说，明明是下逐客令，他心里虽然十分不高兴，但装出坦然的样子，仍笑眯眯望着皮船长。他只得抓紧时间谈了："船长，你晓得不？我们船这次去武汉是抢运共产党。"

皮船长马上现出惊诧的表情："载共产党！你听谁说的？"

陈福生见珊幺妹正好离开了，觉得机不可失，换了一个座位，靠皮船长近一些。他眼睛狡黠地眨了眨："船长，你不管我听谁说的，反正这消息十分可靠。"

皮船长再没追问，坦然地说："我只管驾船，去装啥党都是一样，关我屁事！"

陈福生冷冷一笑："噫，船长，你真在做梦！共产党上了船，哪有你的好日子过！难道张国焘在通南巴搞清算斗争，杀人如麻，埋了一个万人坑，你也不晓得!”

皮船长当然听说过，他仍然毫不在意：“我一无田二无地，又不是土豪劣绅，随他怎样坑，也坑不到我的头上。何况……何况现在是共同抗日，共产党的政策变了，现在讲团结联合！并且这里是国统区，不是苏维埃。”

陈福生想不到皮船长也懂得一点时事，用这些话还骗不倒他。

陈福生眼睛又眨了眨：“船长，你……”他故作神秘地凑近皮船长耳边说，“哼，讲团结联合——只不过是共产党的宣传。”皮船长仍摇头，不愿与陈福生多说。

陈福生吞了一口唾沫，他一时想不出比这种不高明的造谣更好的方法，嘴里像放进了一枚红枣，话被塞住了。

他沉默了一会儿，又说：“皮船长，不要大意失荆州！只可信其有，不可信其无！共产党都是一群长着青面獠牙的人……”

想不到皮船长听陈福生说到这里，却蓦地火了。他斜睨着陈福生，不满地大声说：“你龟儿少在这里放屁！你把那些哄白帕的话来哄我，把我当成乡下人了，简直岂有此理！你龟儿瞎了眼睛，错看人了。”

陈福生见皮船长发了脾气，知道自己的话说得不适当，忙赔笑说：“船长呃，我陈福生再大的胆，也不敢把你当成包白帕的乡里人！我不过听他们都这样说。”

皮船长火气小了一些，仿佛很有见识地说：“不管哪个党！都要我皮船长驾船，才能将他们运到四川来。我是认钱不认人，谁出高薪请我，我都肯干。”

陈福生原以为皮船长一听去武汉是运共产党，一定会不乐意，殊不知他却如此说话。他狡黠的眼睛眨了眨，露出阴沉的微笑说：“船长咧，就算你不怕共产党！我看，你今夜好生与珊幺妹说几句诀别的话，怕这次出川后，再见不着你的珊妹儿啰!”

皮船长斜睨着陈福生，觉得他越说越玄，现出很不满意的样子。

陈福生不慌不忙地说：“你想，日本人的轰炸机像蝗虫一样沿着长江满天飞，炸弹吃荤不吃素，我们能活着回来吗?!”

皮船长脸上的笑容顿时收敛了：“这……是呀！这……是危险呐!”

他望着陈福生问：“你说啷个办呢?”

陈福生现出胸有成竹的样子，微微一笑：“好办，好办。你只要把日本飞机轰炸危险的情况向领江、驾驶员透个风，船到宜昌，让他们都躲上岸去。没有驾驶员，船就开不出去，自然便没事了。”

“噫，这个办法好呀，待我……”皮船长见珊幺妹已撩开门帘进来了，便立即闭上嘴。

陈福生见目的已达，知趣地起身告辞。

皮船长假意挽留了几句。

陈福生临走又向皮船长补了一句：“船长，武汉千万不能去哟！”

皮船长原没想到日本飞机轰炸的事，被陈福生提醒后，越想越觉可怕。在岸上还可以躲进洞子里，可是在轮船上却无处可躲，人体就是不被炸弹直接炸中，也会船沉身亡，葬身江底喂大鱼！幸好喝酒时，珊幺妹又说又笑，才使他暂时忘记了这件忧心的事情。

三

天刚蒙蒙亮，小颜便将皮船长接上船来。

皮船长觉得手软脚耙，虽然珊幺妹给他煮了一碗荷包蛋吃下肚，热热和和出了点微汗，但他在这方面很重视养生之道，认为这早就从热被窝里起身出门，江风又大，他还是怕受凉得病。上船后他又喝了两杯热茶，吞了两颗秘制丸药，才走进驾驶台。

民顺轮开头了，左舷前方的臭盐碛，已在灰蒙蒙的晨光中露出了轮廓。两岸夹峙的高山上雾气缭绕，看不清“庐山真面目”。

这臭盐碛是一片乱石构成的浅滩，现在是中水位，碛坝只显现出一部分来。

传说诸葛亮曾在这里摆下八阵图，这些乱石堆便是当年八阵图的遗迹，又称水八阵。杜甫诗《八阵图》道：

功盖三分国，
名成八阵图。
江流石不转，
遗恨失吞吴。

自古以来，不知有多少诗人词客，凝视这些乱石堆神往遐思，吟咏凭吊这三国时的古迹，发思古之幽情。

其实这些乱石堆是古时架锅熬盐的石灶。想当年一群衣衫褴褛的工人，在这里架锅熬盐。峡风是如此疾猛，肚中装的苞谷粥难耐饥饿，一个个面黄肌瘦，在寒风中瑟缩发抖，佝偻着瘦弱的躯体在干着繁重的劳动……诗人们看到这样的图景，一定会激起另一种迥然不同的感情。不过，与八阵图的传说相比，真有点大煞风景了。

皮船长举着望远镜仔细观察着船前幽深的航道。

臭盐碛过了，前方便是号称万水夺门的夔门，在越来越明的晨光中露出它雄踞的英姿。

古人形容这夔峡说：

“两岸连山，略无阙处，重岩叠嶂，隐天蔽日。”

皮船长放下了望远镜低声吩咐三副加车，信钟回铃声叮叮咚一阵响，船速增快了。

皮船长觉得轮船有些向左倾斜，晓得乘客一定是拥向左舷甲板，想看马上要从那边出现的滟滪堆。

皮船长皱着眉头，骂了一句粗话：“这些龟儿真恼火，滟滪堆有啥看头！”

他对站在一旁没执舵的瓜达马子吩咐说：“快下楼叫水手头佬把看热闹的人赶回房舱去。”

瓜达马子去了一会儿，楼下便传来了水手吴思远火爆爆的吆喝声：“官兵老爷们，全站在一边要翻船，不愿下河吃水的人请回舱房去。”

皮船长又皱眉头：“偏叫这位杠子客去招呼，又要惹祸吵架！”

接着传来了童经理的声音：“对不起，请回舱房休息。站在一边船的重心偏了很危险，对不起，请帮帮忙！”

皮船长再没有留意下面的动静，船已到滟滪堆了，他精力集中在航道上。

古时有民谣说：

滟滪大如马，瞿塘[1]不可下；

1 夔峡又称瞿塘峡。

滟滪大如猴，瞿塘不可留；
滟滪大如鳖，瞿塘行舟绝；
滟滪大如象，瞿塘不可上。

这滟滪堆正当夔峡口，一堆高耸的怪石，横亘江心，洪水时浸入水中，枯水时露出水面。一江怒水奔泻倾入夔门，再遇这横亘江心的一堆怪石拦阻，但见水花飞溅，漩涡千转，烟雾缭绕；但听风声呼啸，激流发出雷鸣般的吼声，使人惊心动魄，望而生畏。

古今著名诗人吟咏这滟滪堆的甚多，使滟滪堆的名气更大了。

刘禹锡《竹枝词》道：

城西门前滟滪堆，
年年波浪不能摧。
懊恼人心不如石，
少时东去复西来。

白居易《送友人上峡赴东川辟命》道：

见说瞿塘峡，
斜横滟滪根，
难于寻鸟道。
险过上龙门。

离滟滪堆不远，两岸岩石上有锁龙铁柱遗迹，传说夏禹治水将兴风作浪的孽龙困锁于此，更增添了滟滪堆的险奇色彩。其实，这是古时的“海关”。因此处江面狭窄，用一根大铁链锁住航道不让船只通行，便于搜刮捐税。

经过童经理好言规劝，主甲板走道上只剩下几个穿黄呢军服的高级军官，还站在那里凭栏眺望。

一位穿黄呢军服，金板板领章上有一颗星的少将军官问童经理：“老童，白帝城就是那么几间破庙房呀！”

原来这位少将师长便是当年在巫山上涪顺轮敲竹杠的倪团副——官做大了，身体发了福，原先显得僵硬的颈子，也变得顾盼自如，很有点睥睨一切，神气十足的样子。

童经理与他在巫山有一面之缘。这次他带新兵出川又在船上相遇，童经理差点认他不出了。倪师长却像他乡遇故旧的样子，对童经理格外亲热。童经理为了减少这些丘八无端闹事的麻烦，也格外巴结他。

童经理含笑答道："师座，据说古时这里碧瓦红墙，很是气派，因年久失修，便渐渐荒废了。"

"哦！"倪师长显出恍然大悟的样子，莫名其妙地摇头晃脑，口里哼哼唧唧，像吟诗，又像在哼川戏。

白帝城建筑在临江的高山上，绝壁千仞，甚是险峻。

轮船已过了白帝城，倪师长还在仰头翘望，戴的将军制服帽快要掉下来似的。他胸中虽无文墨，但《白帝城托孤》这样的川戏是常看的，所以对峡口的白帝城兴趣特浓。他想在童经理面前卖弄一下自己的博学，感慨万分地说："刘备在蜀称帝，为啥偏叫白帝城，不通之至，应该叫蜀帝城才对！成都有个昭烈庙，就叫昭烈城也未尝不可呀！"

童经理差点笑出声来，强忍住点头不语。

其实，这白帝城乃西汉公孙述所建。公孙述编造了一个白鹤井的传说，假借白鹤井内有云雾升空，是个人称帝的吉祥之兆，于公元二十五年自称白帝，故此得名。这城并非刘备所建。

童经理晓得倪师长是行伍出身，历史知识有限，不易与他解说清楚，便点头不语。

站在倪师长身旁的黄参谋长，比倪师长高出一个头，瘦长的个子，面目清秀，是黄埔学生，肚里有点货色，想借机炫耀一下。他面向童经理说："诗仙李白有诗《早发白帝城》：'朝辞白帝彩云间，千里江陵一日还。两岸猿声啼不住，轻舟已过万重山。'我每过白帝城都是早上，并未见彩云；这里离江陵尚有千多里，轮船一天到达也要摸黑，何况轻舟乎！"

倪师长对于参谋长的这些议论不感兴趣，他蓦地问："老童，滟滪堆在哪里？"

他们说话之间，船行甚速，早过了滟滪堆，快到风箱峡[1]了。

童经理指着船尾方向说：“师座，滟滪堆早已看不见了。”

“哦!”倪师长显出失望的样子。

天已大明，强烈的阳光被高山阻挡，峡内仍然比较阴暗。轮船好像在一条幽深的巷道内穿行，当空只露出一线天。

童经理见峡风太大，客气地说：“师座，这里风大，请上楼餐厅坐吧!”

他们上楼进了餐厅，餐厅里原有几个军官在闲坐，见他们进入，忙起身让座。

倪师长叫勤务兵重新泡了盖碗茶，给童经理面前也摆上一碗。

倪师长端起茶碗揭开碗盖吹了吹浮在水面的茶叶，然后品了一口茶，望着童经理说：“老童，那次在巫山，承你用南川金佛山的云雾茶相待，确是好茶。”他指了指童经理面前的茶碗说，“这茶也不平常，不知童经理品出味来没有！我这茶是峨眉山华严顶上出的茶叶，也叫云雾茶，不知比金佛山的云雾茶如何?”

童经理听倪师长提起旧事，心中还觉可笑。当时的倪团副骄横的神态含有流气；现在的倪师长确有很大变化，不仅显得富态了，要不是两眼还缺少点神采，也称得上威武神气。他当时在茶叶上戏弄过倪团副，把普通茶叶假冒是金佛山的云雾茶，他不知此时的倪师长这样说，是不是有意报复他。这时童经理赞赏道：“啧啧，好茶。师座，峨眉山当然又胜过金佛山，这云雾茶既然产自华严顶，诚是上品!”

其实倪师长心中还没那么多道道，说的是真话。他听童经理赞不绝口，显出得意的神情，捻着胡子说：“老童，这华严顶上的云雾茶真不易得。兄弟今年到峨眉山受训，我们住在红椿坪，离华严顶还有七八十里山路。其中九十九道拐，以及十里坡、好汉坡之类真难走。兄弟利用休息日爬山，一天往返，连蒋校长也佩服。华严顶上那位老和尚说我至诚，与我抽了一支签，说我有升发之兆。我在老和尚的化缘簿上捐了三十块大洋，老和尚就送了我两斤云雾茶。哈哈，果然过了不久，蒋校长便委我当了少将师长!”

童经理未必相信倪师长这番话，蒋介石怎会夸赞他这个普通军官会爬山！这些都是经不起推敲的。不过，童经理依然凑趣说：“这茶叶果非凡品，倪师长又是

1　夔峡又由若干小峡组成。风箱峡左岸石壁缝隙中有岩棺（古墓葬），状如风箱，故名。

亲自从华严顶带回，更其可贵。但不知师座求了一支什么签，签上又说些啥?”

倪师长异常兴奋地说：“兄弟记得是一支上上签，签上说：‘遇草而贵，见羊而安。’哈哈，龟儿真灵，句句都说中了。”

童经理一时不解地问：“师座，这句话是什么意思，能解释给兄弟听听吗?”

倪师长说忘形了，语中夹杂的粗话多起来了：“老童呀，龟儿老和尚硬是活神仙，老子算服了。‘遇草而贵’——明摆着军官训练团的校长是蒋委员长，蒋字有个草字头嘛，我是蒋校长委任的少将师长，岂不给老子应验了!”

童经理哦了一声，继续问：“那……这‘见羊而安’呢?”

倪师长越说越兴奋，一巴掌拍在自己大腿上：“嘿嘿，这句更应得出奇。我现在成了杨森军长的部下，羊者——杨也！这老和尚真有点佛法!”

黄参谋长一向不把这位粗俗不堪的倪师长放在眼里，见他胸无点墨，尽说些愚昧无知的空话，自己坐在桌边，只顾拿着一副扑克牌算命，不愿插话。

童经理见闻很广，晓得倪师长说的并非全是假话。蒋介石到处办军官训练团，喜欢当校长，不过是拉拢收买杂牌军官的一种手段，一旦为师，是可以上人家的香火牌位的。蒋介石深知这些军官迷信很重，华严顶上的那位老和尚可能就是被戴笠收买，利用迷信以巩固这些军官对蒋介石的信仰。

童经理并未将自己心中的想法说出，假装附和说：“是的，这老和尚是活神仙。这次师座出川抗日，一定旗开得胜，马到成功，预祝师长步步高升。”

殊不知倪师长听了童经理一番奉承话，反而愁眉不展地说：“唉，兄弟这趟是苦差事，我这一师人尽是才拉来的壮丁，还要到宜昌后才发武器。唉，叫我带着这些没受过训练的新兵如何打仗哟！格老子我运气不好，没轮上留守后方。”

新兵每天吃两餐，这时在开上午饭，只听楼下一片人声异常嘈杂，筷子敲洋瓷碗声当当响。

黄参谋长蓦地将手上的扑克牌往桌上使力一摔，不满地说：“这些新兵个个像东岳庙里放出的饿痨鬼，那个馋相真难看……”

他话还未完，楼下传来了一阵怒骂声、扁担打人的噼啪声以及新兵的哀嚎声……显得异常混乱。

黄参谋长大声吩咐身边的勤务兵：“快去楼下看看，又在闹啥!”

一会儿，勤务兵回来，向参谋长行了一个军礼：“报告参谋长，军需官怕饭不够吃，叫特务长[1]守在饭甑旁边监视，不许新兵添第二碗饭。有一个新兵饿极了，硬要去添第二碗，特务长便抡着扁担打起来了。”

倪师长猛拍沙发扶臂，生气地问：“这些新兵怎么还在吵嚷?”

勤务兵迟疑了一下，说：“报告师座，新兵吵嚷说：上船时师座说过，船上要让肚子尽饱，所以他们与特务长争吵起来！”

黄参谋长唉声叹气：“唉，太不像话，太不像话。”接着又说，“不怪日本人敢于欺侮我们，唉，我们的国民太自私。这些乡巴佬个个像饿痨鬼，怎也填不饱。要是上了战场，还个个争饭吃，不但日本人会笑话我们，这种队伍如何能打仗。唉，我们的国民素质太差，不怪日本人要欺侮我们，唉……”他越说越有气，最后一巴掌击在桌上，“传我的话，再有人抢饭吃，格杀勿论。”果然，“格杀勿论”的威吓很有效，楼下顿时寂然了。

童经理晓得这些新兵的口粮被层层克扣，一个个饿得黄皮寡瘦，虚弱不堪，快死了。他当然不敢插嘴，在一旁沉默不语。倪师长慢吞吞地对童经理说：“兄弟素来待兵如子，但这些新兵很不识抬举，带兵不严是不行的。”

他喝了口茶润润喉：“兄弟带兵有经验，让当兵的吃饱了去打仗是不行的。孙子曾经说过……”

倪师长在峨眉山受训时听教官讲过孙子，想在童经理面前卖弄斯文，但一时又引用不出孙子的话来，他说：“孙子曾经说过……打个比方说，让猫儿吃饱了它是不会尽力去捉耗子的。”

说话之间，几个勤务兵进进出出，桌上很快便摆满了一桌丰盛的筵席。

倪师长邀请道：“老童，你们船上的厨师手艺高，做的川菜很有味道。来，就在这里喝一杯！”

童经理还有许多事情要办，借势告辞：“谢师座的盛情，我杂务事多，失陪了。”

倪师长也没深留，他先入了席。

童经理走出餐厅，暗暗觉得好笑——但不知倪师长吃饱了还会不会尽力去捉耗子！

---

1 国民党军队中搞后勤事务的下级军官称特务长。

第十章

民顺轮驶过三斗坪，战争的气氛越来越浓了。

在三斗坪江边退了水的沙滩上，新搭了无数的棚架，出现了一条河街，只见人来人往络绎不绝。

江边新增设了几条木质小囤船，许多小火轮靠在小木囤外档。条条小火轮都备足了蒸汽，准备随时离开小木囤去躲避敌机的空袭。还有数不清的木帆船一条挨一条，也靠在沙滩边上。

沙滩上堆放着各种物资，因缺乏油布，大多裸露在沙滩上，听任日晒雨淋。

沿途两岸随处可见到穿草绿色军装的士兵，在监督拉来的民夫修筑工事。经过伪装的炮兵阵地就有好几处。

皮船长两眼发涩，昨夜没睡好，今天走的都是异常危险的航道，他必须强打起精神在驾驶台监航。他不敢稍有疏忽，水底下隐没着许多嶙峋的怪石，随时都会把船壳拉破。他除了吸足吗啡外，还叫西崽给他泡了一碗浓茶，衔在嘴里的雪茄烟从未间断。

昨晚陈福生与他说过的话，不时在他脑际萦回。他对共产党并不觉可怕，但日本飞机炸沉轮船的事情时有所闻，绝不会假。刚才有三架敌机在高山上的云端出现，就吓出了他一身冷汗，幸好敌机没有投弹便飞走了。

莲沱到了。皮船长在望远镜里已经看清，在莲沱陡岸外挡停靠着几艘国民党的海军炮舰，主桅上挂的国旗已清晰可见。皮船长往痰盂里吐了一口唾沫，觉得有些愤愤不平，心里暗暗骂道：“日本人还没占领武汉，这些龟儿子海军，便躲进了峡里，却叫我们商船上前线运输，去他妈的！”

皮船长虽然有气，绝不敢怠慢，把手伸出窗外拉了一下铜钟的捶绳，铜钟发出一声清脆的响声，这是叫人的声号。

水手头佬刘踯子在船头出现了，仰头望着驾驶台大声问：“船长，啥事？”船员说话总是大声大气的，因为机器的噪声太大，这是长期养成的习惯。

皮船长没有放下望远镜，也大声答道：“会旗！”

水手头佬的身影迅速在船头消失了。他一只脚很不灵便，走路一瘸一瘸的。据说他年轻时并非踯子，对于变成踯子的原因，他一直是讳莫如深，最不喜欢别人问及。

他虽然是个跰子，从十几岁便在轮船上干起，练出了一身过硬本领，干起活来依然异常敏捷，凡在川江推划递缆这些难度很大的活路，都是他干。

他走了几步，向坐在系缆桩上值班的水手吴思远吼了一声："上顶篷会旗，快!"

吴思远瞥了一眼前方的炮舰，晓得很快便要到了。他一步跳起来，不单用脚，而且用手，一阵风似的从主甲板到上甲板，攀着陡直的铁梯爬上了顶篷。

"嗤"的一声响，他穿的海魂衫挂在一颗钉子上，被拉破了。他只略微摸了一下撕破的海魂衫，骂了一句："哪个龟儿钉颗钉子在这里，缺德!"他灵活地解开在桅杆脚的旗绳，将桅上的国旗降到半腰止住，表示向炮舰致敬。这时正好皮船长拉响了汽笛——也是表示致敬的，吴思远方松口气。

按规矩炮舰也应该降半旗表示答礼，可是炮舰的旗却在主桅上纹丝未动。

吴思远会过了旗，又将旗回升到桅杆的顶端。他向已退到船尾方向的炮舰，愤愤地吐了一口唾沫："呸！在我们商船面前逞啥威风，为啥躲在这里不去打日本人!"

他这才低头细看被钉子拉破的海魂衫，见已从肩上拉破到胸下，眼看不能再穿了。

这件海魂衫还是去年公司发的，原说一年发一套，今年的还没着落。

船上的大副去公司问过，总务处的经理回答：朱代总经理指示，国难当头，一切节俭，共赴国难。

因为吴思远以前夸赞过朱代总经理，为这事莫老幺还奚落过他。

莫老幺说："我说朱代总经理是假好人，你偏与我抬杠。去年发一套水手服，是叫我们穿着照相，好拿去印在公司十一周年纪念册上装门面。哄我们肚皮不痛，你'假搬匠'偏信以为真。"

前面石牌还停靠着不少军舰，商船会船礼节稍有不周，事后便会惹来麻烦。吴思远仍然站在顶篷上，被拉破的海魂衫在峡风中急速飘动。

想起去年那次拍照，吴思远心里就不舒服。原说拍完照要给船员会餐，说清楚是十个碗的海参席。可是，吃十个海碗的是高级船员，他们依然是"梳子鱼月亮肉"。

吴思远不顾莫老幺对他的奚落，怄气将菜碗丢到江里去了。偏巧被伙食老板祝幺爸看见了，祝幺爸跟他吵了起来："咦，假搬匠，我祝幺爸也算对得起你，平时在厨房要点下酒菜，哪一次也给了你。你们公司不肯出钱，未必叫我祝幺爸掏血本做给你们吃。这菜碗虽不是江西瓷，也是湖南出的青花碗。你随便往江里丢，我一月能收你们几个伙食钱啰！”

祝幺爸说的一半也是实话。他到船上包办伙食，主要图方便捎带私货做生意，至多可赚旅客几个伙食钱。对于船员伙食，公司把费用卡得紧。平时高级船员要额外加菜，他若不应付，厨房里不是水管缺水，便是蒸汽不足蒸出夹生饭来；对于一般船员也不敢得罪，否则，他不管添置多少箩筐的碗筷，不用多久便尸骨无存了。

这时，吴思远为了发泄自己心中的怨气，将身上这件已无法缝补的海魂衫几爪撕成布条条，揉成一团想往江里丢去……他的手在空中停留了一下——他在考虑是否将这撕成布条条的海魂衫带回家去给婆娘当抹布用。要说吴思远一点不顾家，确是冤枉。“去你娘的哟！”他终于将手上揉成一团的布条条丢向舷外，被一股峡风卷向船尾，飘了一段距离才掉进江水中。

他赤着上身，露出他健壮的肌肉，古铜色的皮肤在从山坳透射下来的阳光里泛亮。他在疾风中略微感到有些凉意，却毫不在乎地站立在顶篷上，准备在石牌会旗……

尽管皮船长对军舰不还礼表示愤慨，但他对于会旗仍然是很认真的，看见靠在石牌的军舰越来越近，他立即拉响了汽笛。过了石牌，离宜昌更近了，皮船长脑子里老盘旋着去武汉的事，害怕日本飞机轰炸，这使他异常烦躁不安。他晓得陈福生与他出的屙屎主意靠不住，这些驾驶员都怕丢掉了金饭碗，谁也不敢自动离船。但他在这些方面板眼不多，到现在还想不出一个妥当的办法。

“船长，电报！”三副说。

“念！”皮船长皱眉说。

三副果然将电文念给他听：“抵港后船泊大公桥江心锚地，待客卸毕后，明晨空放武汉待命……”

“格老子这急！”皮船长摸了摸开始秃了的前额头，“不行，明晨开不出去！”

“船长，需要回电吗？”三副问。

皮船长见轮船早过了平善坝，看得见南津关了。他粗鲁地回答说：“现在马上进港了，还回个电报，到港再说。”

轮船出了南津关，前方的江面陡地开阔了，几条木船在主航道上不慌不忙地推着桨。他拉了一长声汽笛，要主航道上的木船让道。可是木船上的艄翁仿佛没听见汽笛似的，仍在主航道上慢慢漂流。

皮船长急了，怕避让不及，忙叫三副慢车。他怒气冲冲地说："这些民船[1]不怕死，偏喜欢抢头[2]，龟儿崽崽真恼火！"

二

皮船长在大公桥锚地命令抛了双锚，将轮船靠停妥后便离开了驾驶台。

他有些愁眉不展，回到船长室里，更感头脑有些胀痛，拍了拍前额，咕哝说："倒霉的事情偏轮着我，公司这么多船不去武汉……"

他打了一个哈欠，晓得烟瘾又发了。他正把一小包吗啡倾抖到锡箔纸上，准备过瘾，陈福生不声不响地推门进来了。

"有事?"皮船长点燃了纸捻，瞥了他一眼问。

"船长，民福比我们早一天到宜昌，今早由宜昌开出，据说在郝穴附近被敌机炸沉了。"陈福生放低声音，故作神秘地说。

"你哪个晓得?"皮船长将吹燃的纸捻又吹熄了，惊讶地望着他。

"听别人说的。"陈福生神情很不自然，含糊其辞地说。

"谁说的?"皮船长偏要问到底。因为船刚抛锚，还没人上下船，岸上的消息传来不会这么快。

陈福生想不到皮船长会寻根问底，支吾了一会儿，方说道："船长，这消息绝对可靠。我们民顺轮开下去，也大劫难逃呀！船长，你要拿定主意才行啦！"

果然，陈福生这句肯定的话产生了作用，皮船长没有再追问这消息的来源。他沉吟了一会儿，长长叹口气："生死有命，富贵在天。干我们这一行，就是在阎王嘴边过日子，谁晓得几时死哩！俗话说：船员是死了没埋，矿工是埋了没死。管他啰，死了二十年后又是一个小伙。"他又吹燃了纸捻，只顾吸着吗啡。

陈福生把希望寄托在皮船长身上，想不到皮船长原来是个屙半截屎的人，到了关键时刻却这样草包。

---

1 轮船上统称非机动的木船叫民船。

2 抢着横越行进中的轮船的前方叫抢头，极易碰撞。

他眼珠子转了几转，自言自语地说："我们真是倒霉，本来这趟差事该民风轮去的。唉，偏他们的机器出了故障，好运气！"

皮船长把陈福生的话当了真，虽然他从未听说过这趟差事原该民风轮去，也深信不疑。他此时心烦意乱，昨夜辛苦了，今天又没好生休息，明晨又要续航，他实在想不出不去武汉的好办法，准备听天由命了。他得早点睡觉，恨不得将陈福生撵开。

陈福生仿佛很知趣，重复着一句话："唉，偏他们的机器出了故障，好运气！"他瞟了皮船长一眼，悄悄地走了。

皮船长躺在床上辗转不能入睡，船舷边传来一阵嘈杂的喧哗声，运来的新兵正用木船起上岸。

他觉得盖在身上的毛毯变得重了，压在胸上很憋气，一阵烦躁，使他没有一点睡意。他干脆睁开双眼注视着淡蓝色的天花板出神。他耳际仿佛响起了刚才陈福生的一句话："偏他们的机器出了故障，好运气。"

他蓦地心中一动，若有所悟。咦，民风轮这巧，要开武汉机器就出了故障！难道我们的机器便出不得毛病，笑话！

他有办法了，蓦地腾身而起，脸上的愁云一扫而空，兴奋地大声喊："小颜，小颜……"

小颜推开门伸进头来问："船长，啥事？"

"请大车，把伍大车立即请到船长室来！"他已穿好衣服，正在穿皮鞋。

伍大车很快就来了，笑眯眯的胖脸上泛着红色的油光。他不吸毒，也没皮船长那样贪色，爱吃肥肉和好酒，养得白胖胖的，显得精神很足。

他先开口打趣说："船老板[1]、昨夜船泊奉节过夜，因我督促检修机器，未到贵夫人处问候，失礼得很！"

皮船长笑得勉强："大车，你我是共事多年的弟兄，不要取笑。"

伍大车把玩笑开得更露骨："船老板昨夜与珊幺妹久别重逢，一定狂了一夜，可否将珊妹儿在枕席上的媚态说出来听听，哈哈！"

要是往时，皮船长真会厚颜无耻地将一些枕席上的事情，绘声绘色、添盐加

1 船长旧称船老板或船主，不一定持有船舶所有权，此处带有戏谑奉承的味道。

醋地说出来大家取乐。可是今天他却没此兴致，嘴角牵动了一下表示笑意。他长叹一声说："伍大车，死到临头你还穷开心，倒会在黄连树下弹琴——苦中取乐。"

伍大车看皮船长郑重其事的神态，不像开玩笑的样子，惊诧地问："船长，此话怎解?"

皮船长心事重重地说："老伍呀！日本飞机那凶！我们去武汉凶多吉少，很难活着回来呵!"

"哦!"伍大车也听到了一些流言，也在暗自担心这件事，但他叹口气，无可奈何地说："公司调我们船去，谁敢不去，只有听天由命了。"

伍大车蓦地从身上掏出一尊用檀香木雕刻的菩萨在皮船长面前晃了晃，马上像宝贝似的放回身上，说："船长，你为啥不参加老母教！九天玄女娘娘显圣说，煞星早已下凡，在劫者难逃。又说自从张献忠血洗四川，杀得鸡犬不留后，已安乐多时，只有信奉九天玄女娘娘才可逃过眼前这场劫难。我有九天玄女娘娘法身护佑，不要紧。"

皮船长并不相信这些鬼话，他晓得伍大车除了信奉关圣人外，近来进了老母教，成了九天玄女娘娘的虔诚信男。他在英国人身边时，虽然差点进了基督教，对中国民间这些土玩意他是不相信的。他苦笑了一下，慢吞吞地说："老伍，这些事以后再扯谈，九天玄女娘娘哪能抵住日本人的炸弹！我问你，我们的机器有无毛病?"

伍大车最忌讳别人说他管的机器有毛病，他认为皮船长大概要为车速的大小与他扯皮，因为以前轮机部开车总有些保守，时常偷车[1]、为此皮船长与驾驶部时常发生争执。

他不满地斜睨了皮船长一眼，拍着胸斩钉截铁地说："问下，我伍大车管的机器绝无问题，不信去看。不是我自己吹，机舱里铜发光铁发亮，保养得像新机器一样。"

皮船长晓得伍大车会错了他的意思，但不便将自己的意思直接说出，他们虽然都是罗天成的兄弟伙，但为分赃不均，彼此的矛盾仍是很深的。

皮船长绕个弯子说："公司派民风轮去武汉，他们便没去。"

1 不开满应该开的车速叫偷车，是轮船上常用的术语。

伍大车脸上露出自得的笑容，用轻蔑的口气说："你不晓得，民风轮是机器出了毛病，所以没去。哼，他们船上那位大车哪懂机器！经常出毛病，当啥大车哟！"

皮船长看伍大车自以为很懂机器，不觉暗暗感到好笑，他晓得伍大车是半路出家，大车执照是拿钱买的。他并不戳破，像自言自语："唉，要是我们机器也像民风轮那样出了毛病，便可以不去武汉，躲到峡里去搞检修，该多好！伍大车，这岂不比九天玄女娘娘护佑你还实在。"

"这……"伍大车的眼珠子在肿泡泡的眼皮下转了转。他觉得皮船长说的话很对，但还没完全明白他的意思。他说："好好的机器怎会出毛病呢！"

皮船长学乖，想暗示伍大车去办，事后他可以不担半点干系。见伍大车仍不懂得他的意思，他的花招已穷，有些着急，最后只得亮开说："老伍，你对机器在行，这我晓得。"他先打了伍大车一个排球，抬高奉承他，随即说，"老伍，我们都是海过皮的兄弟伙，我有话便明说……"他仍卖了一个关子，说到这里停住，笑而不言。

伍大车听了皮船长的几句抬高奉承话，确实喜滋滋怪舒服，催促说："船长，你不要吞吞吐吐，既然都是海过皮的弟兄，就情同手足，不分彼此嘛！"

皮船长盯着伍大车的面孔说："老伍，民风轮的机器坏得多巧！事在人为，我们能不能也让机器出点毛病，便可以借口不去武汉啊！"

"咦，是呀，我偏没想到格！"伍大车异常兴奋，他马上又迟疑了，"可是，我的名声要紧呢！"

"哈哈，名声！"皮船长觉得伍大车异常可笑，"老伍呀，你为啥这迂腐！名声贵重，还是生命贵重？人吃五谷杂粮还要生病，何况机器！只要你手脚干得利落清爽，谁会疑心你，谁会说你！""让我想想看。"伍大车要自己破坏自己管理的机器，毕竟一时扭不过弯。

两人正说到这里，眼尖耳灵的皮船长蓦地朝房外喊："谁，谁在外面？"

一个人推开门答道："是我。我找大车！"

伍大车见是加油吴永星，诧异地问："有啥事？"

"大车，上煤的木驳来了，生火头佬问你，要上多少煤？"吴永星回答说。他比前两年更瘦了，生活压在他肩上的担子实在不轻。

"这也要问我！生火头佬干啥的，尽煤舱装满嘛！"伍大车不满地说。

“是。”吴永星走了。

皮船长将头伸出门外张望了一下，又关上了房门，催促说：“老伍，不要犹豫，干吧！”他还装出异常亲切的样子，拍了拍伍大车肥实的宽肩，出主意说，“你对机器在行，只要在关键地方做点小手脚，损坏不大，公司绝不会晓得的。”

“好，让我去布置！”伍大车终于下了决心。

“老伍，这种事情绝不能让那个姓张的宁波机匠晓得，他最爱管闲事。”皮船长对张阿德不放心，特地吩咐伍大车。

“我晓得，你放心！”伍大车拍拍胸脯说。

三

张阿德换好一身油衣服，正准备下机舱去检修机器。

吴永星推开门进房，随手掩上了房门。他瞥了一眼上铺，见睡在上铺的那位机匠不在房内，压低声音对张阿德说：“张师傅，皮船长与伍大车在商量，要使机器出点毛病，好借故不去武汉！”

“哎，真的？”张阿德吃惊不小。

吴永星凑近张阿德耳边说了一阵悄悄话。张阿德听后，脸上的表情显得异常严峻。自从上级党传来指示后，他一直十分小心地注视陈福生与皮船长他们的动态，唯恐发生意外的情况，会耽误按时去武汉。在这条船上，封建行帮势力仍然很猖獗，相对来说，党的力量仍很薄弱。他所担心的事情终于要发生了，他略微思索了一会儿，觉得必须将这情况马上向杨佑成报告。

吴永星是他的徒弟，由他介绍也参加了党。他认为自己留在船上暗地监视皮船长他们的行动比较妥当，于是，决定派吴永星去。

他说：“永星，你赶快去公司找到杨佑成，把这一情况告诉他。”

吴永星瞟了张阿德一眼，问：“难道杨师傅也在党……”

张阿德沉下脸：“不该晓得的便不要多问。”

吴永星伸了伸舌头，他虽然已是四个孩子的爸爸了，但还不到二十岁，在张阿德的面前总带点孩子气，有股调皮劲。

吴永星转身要走，张阿德又叫住他：“永星，慢……”

吴永星以为张阿德还有重要事情说，又转回身来，望着他。

张阿德的语气异常和蔼，关心地问："永星，你家中如何安排，准备往哪里疏散呢?"

吴永星沉默了一会儿，摇摇头："唉，我婆娘一个人拖四个小孩疏散，难呀！我准备以后再说，反正日本人离得还远。"

张阿德思索了一会儿说："俗话说'人无远虑，必有近忧'，不趁早疏散，以后越发难了。这样……"张阿德的确喜欢这位徒弟，一手搭在他的肩上，"你顺便对杨师傅说一说，便说是我的意思，要他帮忙先将你一家五口人找船疏散到三斗坪，等我们船回来后再说。你不用马上回船来了，把公司发的安家费送回家去，与你婆娘商量好。不要紧，我替你值班，开航前赶回便行了。"

吴永星迟疑了一下，说："张师傅，我要赶回船与你做个帮手，皮船长他们……"

不待吴永星说完，张阿德已明白他的意思，推着他到了舱房门口，催促说："快走，船上的事情有我哩，不要紧，听我的安排好了。"

吴永星刚走不一会儿，伍大车便来了。

他身躯太肥胖，这间舱房的过道又太窄，他是很少进房来的。

他站在门口大声吩咐说："张阿德，你不用去检修机器了，我另派人。你明天早晨开航还要值班，就早点休息吧！"

伍大车从未这样照顾过他，张阿德当然感到惊异，明白他的用意。他假装高兴地答应了，说："我真累得想睡觉，多承大车照顾啰。"

伍大车没有再理张阿德，伸进头一看，见睡在上铺的机匠不在，问："谈明清哪去了?"不等张阿德回答，他扭头便走了。

张阿德瞥了一眼上铺床头，没有看见谈明清挂在那里的紫色酒葫芦，知道他准是上岸打酒去了。

对这个叫谈明清的机匠，张阿德虽与他同房住，也不甚了解他过去的情况。前年公司合并时，他才调上这条船的。

谈明清床铺上散乱地放着一床棉被，散发着一股酸臭气。

张阿德知道他是一个孤僻的怪人，好像除了喝酒外，并无别种嗜好。张阿德多次想接近他，可是都失败了。

谈明清不愿接近人，不论别人说什么，他木然地毫无反应。空闲时，他不是独自饮酒，便是垂头沉思。有时瞪着一双布满血丝的眼睛盯着人，含着明显的不信任，甚至敌意。

张阿德起初怀疑他有点苕，可是见他干出的机器活却是无可挑剔的。

谈明清的服装一年四季没有多大的变化，冬天穿上那件破棉袄，夏天又脱了下来，罩在外面的始终是一件油腻的破单衣。他例外地没有上岸穿的嘎嘎衣，干活、上岸都是一身叫花衣。

他很少修面理发，肮脏蓬乱的头发，乱糟糟的胡须，配着一张毫无表情，被时间和风霜刻满皱纹的面孔，使初见的人有些害怕。

床头挂的紫色葫芦里经常灌满了酒，他的工资都消费在酒上了。只有补充葫芦里的酒，他才上岸去，并且毫不耽搁便回船了。

他下酒的菜很简单，一把五香豆，一块豆腐干，已经使他满足了。

他用一只小酒杯自斟自饮，从不请客，他也绝不喝别人的酒。

酒，他每次喝得不多，只有当他喝得有点醉意，面孔变得红润了，呆滞而浑浊的一对眼睛才有了生气，开始灵活地转动，哼出似歌非歌的声音，也像发自内心深处的呻吟。

张阿德经历过生活的磨难，他知道谈明清一定是被生活折磨坏了，这像呻吟般的哼声，就像一头受伤的动物在用舌头舐着自己的创伤发出的悲鸣。

他有些了解谈明清这个怪人了，几次试图接近他，可是他总是含着不信任的目光盯着他，生怕他也会伤害他似的。

张阿德对他猥琐肮脏的外表一点也不觉可憎，反而对他产生一种怜惜的感情。他暗暗猜想，谈明清心灵上的创伤一定异常深重，所受的损害和凌辱一定是惊人的，所以才使他对一切人不信任，怀着敌意——这是一个被损害的人所产生的一种变态的自卫本能。

只有伍大车仿佛对于谈明清的过去有些了解，但当别人问及，他是绝口不谈的，很使人感到奇怪。

伍大车凡遇轮机部的工人不听话时，便拿谈明清出气。他把他当成练拳的沙包，一面对他身上拳击，一面指桑骂槐，借此威吓不听话的船员。

张阿德愤愤不平，其他船员也是一样。可是谈明清自己却没什么特殊的反应，早已习以为常。

不，要说反应还是有的，谈明清每次挨了伍大车一顿拳击之后，仿佛酒瘾更大了一些，一杯又一杯地喝。

张阿德不止一次看见过，他在挨打之后，嘴角还淌着鲜血，就坐在床上，两脚吊在床沿边，膝上放一盘剩菜。他一手拿筷，一手端杯，若无其事地边吃菜边喝酒。酒，很快吞下肚里去了；菜，却仍然在嘴里慢慢咀嚼，上下颌的咬动，牵动了乱糟糟的胡须。好像他整个身心都麻木了。

近来，张阿德有了新发现，他见谈明清避着人，在床头的舱壁上，用粉笔悄悄写着许多正字，有一个正字还缺少一笔或两笔。他以为谈明清在自记酒账，但经过一段时间的观察，却不是那么一回事。他发现每当他被伍大车无辜责打一顿后，正字便新添上一画。他感到异常惊异，原来谈明清的心灵并非完全麻木，还给伍大车记下账哩。

谈明清记下这些账有何用处，使张阿德迷惑不解，他想问他，但终于没敢问，只是闷在心里。

张阿德后来发现谈明清也在注意他，观察他，时时露出深思的表情。

渐渐，谈明清的目光射到他的身上，变得柔和友好一些了，有时还牵动嘴角，向他露出瞬间的微笑。

张阿德没有看见他有过亲戚和朋友往来；也没见他寄过信或收过信，仿佛他生下来便是孤独的一个人。

有一次，当谈明清刚喝过酒，情绪变得好些的时候，张阿德鼓足勇气，关心地问起他的过去。他不待张阿德说完，脸上的肌肉抽搐扭动，露出一种痛苦不堪的表情，好像被人突然触动了他已经结痂的伤疤似的。他在很长一段时间里，又用淡漠的眼色看人。从此，张阿德再没问过他。

这时，张阿德已听见了走道上传来的谈明清缓慢而蹒跚的脚步声，酒葫芦碰在铁栏杆上，发出咚咚的响声。

谈明清在舱门口出现了，他没立即进来，因为他看见张阿德站在床边，狭窄的过道容不下两人转身。

张阿德忙走出门去，让出过道来。

谈明清才提着酒葫芦进房去了。

张阿德暗想，刚才伍大车找谈明清，一定是想威胁他去破坏机器。于是，他倚在门口，试图与谈明清对话："老谈，日本人欺侮我们中国人，这次我们船去武汉运输，是支援前线抗日。老谈，我们要把机器修理好，出不得半点毛病哩！"

谈明清已将酒葫芦挂在上铺床头，他很自觉，从不在张阿德下铺坐，怕他裤上的油腻染脏张阿德的毛毯子。

谈明清站在过道上，用呆板的目光瞥了张阿德一眼，便低下头默不作声。

张阿德毫不灰心，继续说：“抗战我们人人有责，不当亡国奴。老谈，我们手艺人也要尽我们一份力量，人人应该爱国呀!”张阿德见谈明清居然在微微点头，他的话产生了这么良好的反应，觉得异常欢喜，准备进一步与谈明清谈下去，殊不知伍大车的西崽小邹匆匆走来，站在门口喊，“酒疯子，伍大车有请!”

谈明清听别人叫他酒疯子，已经习以为常，自己也把“酒疯子”三字当成了自己的名字看待。

他望着小邹，嘴唇嚅动几下，终于没有发出声音，走出舱门，向伍大车住舱走去……

张阿德喊住小邹问：“大车喊谈明清干啥?”

小邹与张阿德很亲近，摇摇头说：“不晓得！大概……大概是叫他去检查炉水泵。”

小邹看左右无人，凑近张阿德耳边说：“张师傅，听伍大车说，这次去武汉是运共产党哩!”

张阿德暗暗吃了一惊，他装作不在意地说：“不管运啥！反正是抗日的事情我们就要去干!”

他嘱咐小邹说：“小邹，去听听，伍大车对谈明清说些啥?”

小邹对张阿德这个要求并不感到奇怪，自从那次在涪陵罢工以后，张阿德经常向他打听伍大车他们的私房话。伍大车的性情暴躁，稍有服侍不周，便会挨他一顿臭骂和拳脚，因此，他对伍大车并无好感。他敬爱耿直豪爽的张阿德，也喜欢把他晓得的事情告诉他。

小邹点点头，立即走了。

张阿德扶着栏杆凝视着落日的余晖出神。他想得很多，秋莲的影子在他心上浮动，那夜离别时的情景还历历在目。说实话，他把临娩的秋莲一个人丢在家里，总是不放心……

谈明清的脚步声惊动了张阿德的思路，他立即回到目前船上的现实里来了。他见谈明清左手拿着一瓶泸州大曲，右手拿着一纸包卤菜，一只肥美的卤鸡腿伸出纸包外，引人垂涎欲滴。

张阿德完全可以判定，伍大车突然赏给谈明清曲酒和卤鸡子，用意已经很明显——他真的要利用这个嗜酒如命的酒麻木去破坏机器。

谈明清进房舱将曲酒瓶和卤鸡放在靠壁的小桌上，用一根发黑的腰带将腰一束，便出房到机舱检修去了。

张阿德正在思考对策，小邹跑来了，轻声对他说："张师傅，你说怪不！伍大车对谈明清突然变得客气亲热起来，还送他一瓶曲酒和卤鸡子。"

"大车与他说些啥?"张阿德关切地问。

小邹摇摇头："没听清!"

有人在叫小邹，小邹跑走了。

天黑了，轮船旁靠拢了一条木驳，装来了一木驳柏树枝，这是给轮船防空伪装用的。

张阿德见袁平与杨佑成还没上船来，他有些担心，不知吴永星把口信送到没有。

他有些干着急，因为自己在船上职位低，不便出面制止这件事。他想，为了万无一失，还得另外想办法。童经理的影子在他脑际浮动。

他想到童经理是高伦的心腹，这次调民顺轮去武汉，既然是党通过高伦调去的，把这事告诉童经理，让他出面干预比较稳妥。但他又有些迟疑，这样做会不会暴露自己，不能不仔细琢磨一番。

张阿德想来想去，终于下了决心，认为自己是机匠，关心机器的好坏，是很自然的事，只要自己说话得体，是不会引起童经理怀疑的。

他深思熟虑之后，迅速向经理室走去。他站在门口听了听，房舱内响着拨算盘的毕剥声，知道童经理正在房舱内算账。

他推开房舱门走进去，童经理抬起头，惊诧地望着张阿德，因为轮机部的人员是很少找他的。

张阿德开门见山地说："童经理，有人要弄坏炉水泵!"

童经理感到意外，惊愕地瞪着张阿德问："哎，真的。谁?"

"皮船长与伍大车!"张阿德的语气毫不犹豫。

"他们……怕不会吧!"童经理惊疑不定，他站起身来说，"你说详细点!"

"童经理，有人听见皮船长与伍大车商量，他们怕敌机轰炸不愿去武汉，想把炉水泵弄坏，好借故不去。"

为了使童经理不怀疑他，张阿德接着补充说："炉水泵本该我检修，要是被他们弄坏了，我也有一份干系。童经理，我与公司是一条心，保护好机器，不使公司受到损失。”

张阿德最后一句话使童经理听来很舒服，他知道张阿德虽然喜欢顶牛，但性格是刚直的，所以对他的话深信不疑。他接着又问了几句话，张阿德立即作了解答。

童经理半晌沉思不语。他并不是不怕敌机轰炸，但高伦有专电给他，命他务必要设法使民顺轮准时到达武汉。若半途出了这样的纰漏，实在不好在高伦面前交代。

童经理对于机器是外行，他眉头皱在一起，问：“炉水泵是啥玩意？它坏了难道机器便不能开动吗？”

张阿德简要地给童经理讲解了炉水泵的重要性，最后说：“炉水泵坏了，机器肯定不能开动。”

童经理问得很过细：“要弄坏炉水泵，有哪些不易惹起怀疑的方法呢？”

张阿德当然很精通，毫不思索地回答：“把气门故意校错，可以损坏连杆，甚至会打破汽缸。”

“哦！”童经理惊呼了一声，他微笑夸赞张阿德说，“张师傅，你对公司这样爱护，很好。”

张阿德趁热补上一句：“童经理，陆总经理不是说过，‘公司的事大家解决，大家的事公司解决’嘛。”

张阿德这几句话，使童经理听了格外高兴，更不疑张阿德其他，着实对张阿德有了好感。

四

袁平乘渡船上了民顺轮——他现在已是宜昌分公司的主任，因为他在民顺轮做过茶房，船上认识他的人多，从波门上船后，一路都有人招呼他。他一面客气地点头回礼，一面奔向经理室。

童经理正在考虑如何对付皮船长与伍大车。因为根据公司制度，皮船长和伍大车各自对公司负责，他虽然是经理，却无权过问驾、轮两部的业务。这种三权鼎立的制度，是陆祖福从欧美学来的，让他们互相牵制，以免一人独断专行控制全船，削弱了公司的权限。

他见袁平来了，忙起身让座。

袁平虽然当了主任，但他原是童经理的部下，又知童经理是高监事的心腹，所以显得格外客气，双手按住童经理双肩要他坐回原位，他自己坐在离童经理不远的藤椅上。

童经理见袁平蓄着平头，穿着芝麻布公司服，除了神态比以前矜持稳重之外，并没有多大变化。袁平也算是原涪陵公司的老人，童经理对他格外亲切，现在成了他的上级，当然显得更火热。他起身关上房门，低声说：“袁主任，你来得正好，皮船长与伍大车怕日本飞机不愿去武汉，他们商量要搞坏炉水泵……”

袁平切断了童经理的话：“一切情况我都晓得了，我正为这事来的。”

童经理感到惊讶——他没想到袁平的消息这样灵通。

童经理皱眉诉苦说：“这两位老兄我真把他们无法。袁主任，你看怎么办?”

袁平胸有成竹地笑笑：“好办，好办，一切由我来对付。”他接着说，“童经理，你叫人把伍大车请来!”

童经理犹豫了一下，对于袁平的能力他有疑虑，提醒地说：“袁主任，现在切莫质问伍大车，没有充分证据，惊动他反而不好。”

袁平慢吞吞地说：“请放心，我袁平不是莽汉。”

童经理起身准备去叫人，补问一句：“叫不叫皮船长来谈一谈。”

袁平不住摇手：“不，现在绝不能惊动他。”

伍大车被童经理请来了，他们呈品字形坐在小圆桌四周，小小的舱房显得很挤。

袁平客气地掏出香烟敬过，点燃各自吸着。

伍大车脸上堆笑，却斜睨着袁平，表现出看不起这位由茶房提升的主任。

袁平语气不卑不亢，装作若无其事地问：“伍大车，明晨开航，你机器无问题吧?”

伍大车虽然有些看不起袁平，但也不敢怠慢，吐了一口烟雾，用肥厚的手掌拍了拍胸：“机器决无问题，只等炉水泵检修完，试车后马上可以动用。”

袁平异样的目光在伍大车的胖脸上停留了片刻。伍大车也许是心虚的缘故，微低下头，避开了袁平的目光，但这只是一瞬间的事，他随即意义不明地哼了一声。袁平点了点头：“好，我就放心了。”

袁平见伍大车仰头望着天花板，悠闲地喷着烟圈，很觉生气，但他声色不露地追问："请问伍大车，还需要多少时间？"

伍大车装腔作势地摸出表包里的开金怀表，看了看，却没回答袁平，高声喊着西崽："小邹，小邹。"

小邹应声而入："大车，啥事？"

"你去机舱看一看，谈明清把炉水泵修理得怎样了。"伍大车气派十足地吩咐。

一会儿，小邹返回说："大车，检修已完，马上就要试车。"

伍大车挥手叫小邹走了，回头对袁平说："袁主任，稍等片刻，马上可以试车了。"袁平陡地起身，显得急不可耐的样子说："伍大车，高监事在武汉立等回话，走，我们去机舱看一看。童经理，你也去吗？"童经理从没去机舱看过，听袁平问他，稍微迟疑了一下，便点头答允："好，我陪袁主任去看看。"

伍大车一愣，忙劝止说："袁主任，机舱里到处是油腻和煤烟，不用去了。我看炉水泵不会有大问题。这样……请你与童经理到我房中喝杯酒怎样？"

袁平已走到房门口，回头笑对伍大车说："大车，你的酒，我回头是要喝的。走！"

伍大车腮帮上的肌肉抖动了一下，他瞟了袁平一眼，晓得劝阻不住，也站起身来，显出义不容辞的样子说，"好，让我前面带路。"

袁平和童经理跟在伍大车身后走进机舱。

童经理蹑手蹑脚地往前走，脚下的花格板实在太滑，他想用手去扶住栏杆，但见栏杆上尽是油腻煤烟，又不敢下手，走路的姿势异常尴尬。

伍大车打肿脸充胖子，装作走得惯熟的样子，走得很快，还不时停下脚来等待他们。他胖嘟嘟的脸上含着自得的微笑："该是不好走哈，叫你们不来偏不听……"他只顾说话忘了脚下，蓦地一滑，一个趔趄，要不是他一把抓住了袁平的胳臂，差点跌下舱去。

袁平见伍大车脸色已变得煞白，也幽默地讥刺说："幸好伍大车常进机舱，要是我这一滑，准会跌进舱底摔破脑壳，那就吃不成饭啰！哈哈。"

伍大车惊魂初定，脸一红，解嘲似的干笑两声："嘿嘿，马有漏蹄，人有漏脚。我大概是多喝了二两酒。"

走到扶梯边，童经理站住了。他不愿下底舱去了——不仅花格板太滑，而且机油的气味熏得他头都发晕了。他皱着眉头说："袁主任，我们就站在这里吧！"

其实伍大车也不想下底舱，舱底下到处是盘根错节的水管和蒸汽管，容易碰头，轻则起个青包，重则划个血口子。他借此止步，回头说：“好，我们就在这里看。”

他叫值班的端来了几个圆凳，放在花格板上。

他们一见圆凳发着油亮，虽然加油已用棉纱头揩拭过，都不敢坐下，生怕会坐脏了料子裤，于是三人仍然抄手站着。

袁平瞟了伍大车一眼，见他正与童经理说话，于是回过头去低声对童经理的西崽吩咐了几句什么。西崽点头走了。

伍大车挺胸亮肚站在扶梯边，大声向在舱底检修炉水泵的谈明清问：“谈明清，可不可以试车了?”

他大声喊了几次，也许是发电机运转声太嘈杂；也许是谈明清不喜欢回答，他半天没理会，继续埋头在拧螺帽。

“娘的，又不是聋子!”伍大车愤愤地骂了一句，向站在旁边的小邹说，“你下底舱去问一问。”

小邹像玩杂技似的，握住扶手，两脚悬空，顿时滑到舱底站定，走到谈明清身边，俯身与他谈了几句。半晌，谈明清直起身来，抬头向上瞥了一眼伍大车，快被乱蓬蓬的胡须掩住的嘴唇动了动，向小邹回答了几句。

小邹点点头，攀着扶梯上来了：“大车，谈明清说马上可以试车了。”

伍大车暗喜的神态不觉透到脸上，他认为利用谈明清去干这事很保险。谈明清不仅被他打骂得异常驯善，并且事后若追查责任，他可以往他身上推。像他这种木头人，是不敢把他牵扯出来的。

伍大车选择弄坏炉水泵，也是经过一番考虑的。正如张阿德所料，炉水泵是锅炉的心脏，没有它炉水不能补给，轮船当然就开不出去。并且，炉水泵损坏了，损失也不大，以后修复也容易，但不进厂是修不好的，正解了目前燃眉之急，可以不去武汉。

他刚才威胁过谈明清，他当然会照他的意思去做，正如张阿德分析的那样，在校正气门上做手脚。当时谈明清不声不响地拿走了曲酒和卤鸡子，他认为一切都妥了。

这时，伍大车对袁平说：“袁主任，现在马上试车，你可以放心了。”他接着对小邹吩咐，“下底舱传我的话，立即试车。”他阴沉地笑了，暗自得意——只要一开蒸汽阀，咔嗒一声巨响，炉水泵便完了……

袁平伸手止住小邹："且慢……"他脸上似笑非笑，斜视着伍大车说，"大车，为了使炉水泵检修的质量不致出问题，我看……再找一个机匠检查一遍更妥当。"

伍大车想不到袁平会突然插这一手，愣了一会儿，摇摇头说："我看不必，谈明清的手艺过硬，请放心。"

袁平拖长声音说："伍大车，你刚才不是说过，马有漏蹄，人有漏脚。多叫一人看过，有百利而无一害嘛！"

袁平张望了一下，见张阿德已站在机舱门口——是袁平刚才暗地吩咐西崽去叫来的，于是不顾伍大车的反对，向张阿德招手，大声说："张师傅，麻烦你将炉水泵再检查一遍！"

伍大车原先就轻视袁平，见他不听他的劝阻，擅作主张，叫张阿德下底舱去检查炉水泵，他不仅感到紧张，因为他深知张阿德技术很高，一定会查出气门的偏差，眼见计谋要落空；并且他觉得袁平当众伤了他的面子。他没有细想袁平为啥有这反常的举动，顿时气得粗颈上青筋鼓突，板着难看的面孔，气势汹汹，盯着袁平责问："袁平，我是大车，还是你是大车！"他语气异常傲慢。

袁平却很平静，淡淡一笑，不软不硬地回答："当然，你是大车。不过……"袁平神态严肃了，"不过，你不要忘了，我现在不是茶房，不大不小是个主任，朱先生委托我坐镇宜昌，高专员代表军委会联运处授权给我，我有监督之责。"袁平的语气又放缓和了，"伍大车，我看，还是让张阿德复查一遍好。万一出了事，嘿嘿，恐怕脱不了爪爪。"

伍大车想不到袁平现在却变得这样厉害，一时语塞，仍板着面孔，不看袁平。

袁平不理伍大车，向张阿德示意："张师傅，请吧！"

张阿德下到底舱，动手拆开气门盖检查……

谈明清站在一旁，毫无表情的呆滞面孔，像视而不见似的怔怔看着。

张阿德检查得很过细，见气门校正得很精确，挑剔不出半点毛病。他感到奇怪，暗暗思量：究竟是自己估计错误——他们不是从气门上下手，还是谈明清没有照伍大车的指示去干？他委实不能断定。

因为关系重大，张阿德仔细考虑了一番，炉水泵除了气门可以下手外，其他方法是没有的。

他不禁注视着谈明清，想从谈明清的表情上看出一点迹象，可是，谈明清依然是那样呆立着，休想能看出一点表情。他明明看见谈明清接受了伍大车的曲酒和卤鸡，难道这个酒麻木……张阿德实在查不出破绽，只得将拆开的部件重新装好。他走到扶梯脚仰头向上大声说：“大车，袁主任，我检查过了，可以试车。”

花格板上，袁平、伍大车、童经理都感意外，彼此之间紧张的气氛缓和一些了。

袁平有些疑惑，难道张阿德了解的情况不实！

伍大车不相信张阿德会检查不出来，难道是谈明清未照他的吩咐去办！心中七上八下也猜疑不定。

童经理也感惊讶。

他们各自有各自的想法，气氛顿时僵住了。一会儿，袁平方对伍大车说：“大车，你叫他们试车吧！”

袁平用命令的口吻对伍大车说话，虽不算失格，但伍大车听了心中很不舒服。刚才他心怀鬼胎，把一口气强捺了下去，现在张阿德并未找出破绽，他实在捺不住了，于是气壮如牛地说：“我这个大车指挥不了，由袁主任作主吧！”

他原想如此一逼，袁平一定会退让，向他说好话。殊不知袁平冷笑一声，点点头说，“既然大车这么谦虚，我袁平暂时便代劳了。”

他果断地说：“张师傅，试炉水泵！”

张阿德顿时返回舱底，微微打开炉水泵进气阀，打开存水考克放去余水，待暖缸片刻后，再逐渐加大进气阀，炉水泵发出有节奏的声响，正常运转起来。

张阿德直起腰，揩了一把汗——舱底仍然很热，松了口气。

袁平脸上挂着笑，瞟了伍大车一眼。

伍大车的神色极不正常，凶狠狠地盯着舱底的淡明清，腮帮上的横肉又在颤动。

炉水泵运转了一会儿，并无异状。张阿德关闭了蒸汽阀，炉水泵静止了。他无意中看见谈明清浑浊的眼睛正对着他，这目光异样，只有张阿德长期与他一房相处才懂得这目光的含义。他不觉感到一种快意，想不到这个畏伍大车如虎，被欺压得不敢出大气的酒麻木，竟敢违拗伍大车的意志去办，何等痛快呀！

谈明清见张阿德在望着他笑，他惊慌地避开了张阿德的目光，垂下了头。

张阿德兴奋地上到花格板，报告说：“炉水泵试过了，都很正常。”

袁平做茶房时与张阿德是很要好的，他亲昵地拍着张阿德的肩膀说：“张师傅，以后有空常到公司来玩呀！”

伍大车把袁平奈何不得，斜睨着张阿德，正想借机拿张阿德出气，袁平却很友好地对他说："大车，不要怄气，既然一切正常，我们都好呀！走，到餐厅坐，找皮船长拿酒来喝！"

童经理也在一旁圆场："走，大车，由我办招待好了，喝茅台酒，怎样！"

伍大车只得强忍住心中的怒气，干笑两声，答话说："好。"

袁平他们刚在餐厅坐定，正准备叫西崽去请皮船长，皮船长不等去请，已笑吟吟走进餐厅来了。

袁平很客气地招呼："皮船长，请坐。"

皮船长也不把袁平放在眼里，刚才机舱里发生的事情，早由西崽探听后告诉他了。他十分恼恨袁平，偏在这时跑来多事，也暗骂伍大车是饭桶，竟被袁平镇住了。

皮船长一屁股坐在餐厅里唯一的沙发上，骄矜地跷着二郎腿，脸上虽然仍笑吟吟的，但透出一点对袁平轻蔑的意味。

袁平毫不理会皮船长狂妄的神态，招呼大家都坐下。

他自己很随便地坐在一个圆凳上，问皮船长："船长，机器已检修好了，泥河领江[1]立即上船，明晨按时开航有困难吗？"

餐厅里的灯光并不刺眼，皮船长却故意眯着眼斜睨着袁平。他找不出不去武汉的借口，加之他十分藐视袁平，于是干脆赤膊上阵了："袁主任，我的风湿关节炎发了，明天要看病，我请假。"

童经理有些紧张地注视着袁平，看他如何处理这个棘手的难题——轮船没有船长是不能开航的。

袁平哼了一声，并无惊讶的表情，淡淡一笑："船长，现在是战争时期，这贻误军机的罪名谁也担当不起。我劝你还是以大局为重，慢性病以后再治吧！"

皮船长听袁平的话中隐含威胁——他是听惯了奉承话的，虽然袁平是主任，他也不禁火了。他怒气冲冲地说："不行。老子要治病就要治病，民顺轮的船长我当不了，你们另派人吧！"

童经理见皮船长以辞职威胁，现在到哪里去找船长？生怕闹僵了，忙劝说："船长，有事好商量……"

1　长江分段领航，宜昌以下航道称泥河，川江下来的轮船进入泥河要换领江。

想不到袁平毫不示弱，拦断了童经理的话，不快不慢地说：“既然你这位老子船长非要治病不可，不愿再做民顺轮的船长，我也奈何你不得，你就请便吧！”

童经理听袁平这样说，很感意外，忙提醒袁平：“袁主任，明晨还开不开航？”

“开，一定按时开。”袁平眉头一横，很有分量地说。

“那……船长呢？”童经理惊愕地看着袁平问。

皮船长面无惧容，他晓得在宜昌一时哪里去找船长，有恃无恐地睃着袁平冷笑。

其实袁平早有准备。这次皮船长在川江不听指挥，沿途乱停靠过夜，袁平已经对他不满。今天杨佑成接到吴永星的口信后，已将情况转告了他，他当即便与武汉的高伦通了电话。皮船长原是涪陵公司的旧人，高伦当然了解，对于他用春春糖奸淫良家妇女的事情，也有风闻，早想辞掉他。高伦果断地指示袁平，立即将他撤换。想不到皮船长自己提出辞职，正中下怀。

袁平对童经理说：“派人请杜大副来！”餐厅内的人，都注视着袁平，不知他请杜大副干啥，气氛有些紧张。

杜大副是商船学校的毕业生，在轮船上干了多年，已由三副升到大副。他蓄着分头，三十岁左右，穿着青呢中山服，慢吞吞地踱进餐厅，带点斯文味。

袁平笑迎道：“杜大副，请坐。”

杜大副坐下，用手抚摸了一下分头，一口福建话：“袁主任，找我有何贵干？”

袁平在民顺轮当茶房时，杜大副还是三副。因为袁平在船上也算半个读书人，彼此很谈得来。

袁平说：“皮船长辞职不干，由你担任船长怎样？”

杜大副摸不透袁平此话的真假——他俩以前喜欢开玩笑，说：“哎，我才疏学浅不能当此大任，你不要开玩笑。”

袁平神色庄重地说：“真的，只要你肯干，我代表公司立即委任你！”

杜大副不禁喜形于色，但仍装出为难的样子推辞道：“皮船长经验丰富何必换人！我杜华宣恐怕不能胜任。再说，我无船长执照，怎能行船？”

皮船长有些忐忑不安了，以往只要他以辞职相威胁，别人总是会让步的。想不到袁平并未挽留，却找来了杜华宣，他暗感紧张，有些懊悔。

现在，皮船长听杜华宣说无执照，他面部的表情松弛了。他跷着的二郎腿又抖起来，傲慢地看着袁平。

想不到袁平不慌不忙从身上摸出一张硬纸派司，笑眯眯地递到杜华宣手上："请杜先生过目。现在是非常时期，一切不能全照常规办事，这是海关刚填发的临时船长执照。杜先生，只要你不拒绝，现在你就是杜船长了，船长工薪就从这月加起。怎样?"

杜华宣接过派司，见果然是填着他名字的临时船长执照，上面盖着海关的鲜红大印，真是喜出望外，想不到自己没去考试，便轻易地有了船长派司，哪有不愿之理！忙欠起身来，笑得嘴都合不拢："既然有了派司，我就勉为其难了。"

皮船长更想不到袁平已事先作好了撤换他的准备，再也忍不住了。他蓦地跳起来，一绾衣袖："姓袁的，山不转路转，石头不转磨子转，我姓皮的也不是好欺的。"

袁平露出轻蔑的笑容，乜着皮船长说："皮船长既然是自动辞职，这三个月的解雇费便不发了。不过皮先生愿意留在船上玩几天再去找事做也可以，伙食费自然不要你出啰！这月的工薪我作主，发个整月。当然，船长室是要腾出来的，新船长要住哩！只有委屈你搬到水手舱去住几天啰！"

皮船长见袁平不怕他的威胁，反而说话奚落他，脸上红一阵白一阵。他左右顾盼，除伍大车外，个个面带笑容，都幸灾乐祸地望着他。

皮船长想发横动武，扑上前去抓袁平，口里嚷道："我与你拼了，一道下河吃水去。"

这时站在一旁的两个公司护航队员，上前将皮船长拦住，厉声说："皮先生，请你自重点。"

皮船长见护航队员拿着短枪，晓得他此时占不了便宜，于是站住虚张声势地大声吼叫："姓袁的，我离开民成公司照样当船长！"他气势汹汹离开餐厅，远远传来他威胁的声音，"我姓皮的不是好惹的，总有一天与你白刀子进红刀子出……"

袁平若无其事，转问伍大车："伍大车，你打定主意没有？我劝你还是好好干下去，老人嘛，公司还是看重的。"

伍大车早把这一切看在眼里，心里大吃一惊，想不到这个原是茶房的主任，办事这样有魄力，这样厉害。他更不比皮船长是当水手的科班出身，有驾船的技术。他的轮机长派司是花钱买来的，仗罗天成的势力才当上大车。现在若丢掉了这个金饭碗，谁还要他这个一窍不通的大车呢！

伍大车的气焰顿时低了一半，但他不愿太示弱，有些色厉而内荏地说："袁主任，你看着办吧！"

袁平点了点头，他晓得伍大车有所怕惧了，对这种人能拉还是要拉，说："伍大车，你好好干吧，我绝不会亏待你。这次去武汉，机器绝不能出差错，若怪罪下来，我们都吃罪不起呀！"

袁平立即布置童经理去料理防空的伪装工作，留杜船长在餐厅里商议一些迫切需要解决的问题……

伍大车怏怏不乐地出了餐厅，回到房舱里闷坐了一会儿，想到谈明清没照他的吩咐去办，越想越恨，他一肚子怨气没处出，决定去找谈明清出气。

伍大车走到机匠房，见房门敞开着，谈明清蹲在床前的过道上，膝上摊开一包五香豆，正在吃豆喝酒。

伍大车大吼一声："谈明清，你好呀，老子今天非教训你一顿不可！"

谈明清吓得浑身一抖，手上的酒杯拿不稳，掉在地板上啪啦一声破碎了。

伍大车扑进房去，他肥胖的躯体在窄窄的过道里转不开，像老鹰抓鸡般把谈明清抓出房来。谈明清膝上的一包五香豆散落在地板上滚动。

伍大车边骂边用拳击："你狗娘养的也不听老子的话，叫我大车怎么当！谁不听老子的话，谁就要尝尝我拳头的厉害。"

他一拳恰巧击在谈明清的鼻子上，鼻血不断往下淌。

他又举起拳头，童经理正好赶来，一把抓住他的手腕："伍大车，何必与他计较，走，我有事找你呢！"不容分说，他拉起伍大车便走。张阿德正好看见伍大车进房抓谈明清，暗地去叫来了童经理，利用他劝走了伍大车。

张阿德上前扶起谈明清，在昏黄的灯光下，见他满脸血痕，吃了一惊，细看之下，才知是鼻血。他忙用草纸将他两个淌血的鼻孔塞住，扶他进房去。

谈明清呆滞的目光在张阿德脸上停留了一会儿，他蓦地推了张阿德一把，踉踉跄跄走进房去，一手拿起桌上的曲酒，一手拿卤鸡……

张阿德以为他要喝酒吃卤鸡，真气他没半点骨气，被打成这样，还要吃伍大车给他的酒菜……

很出张阿德意料，谈明清拿着酒菜蹒跚地走出房去，蓦地双手一扬，曲酒瓶和卤鸡子都扔下江中去了。

当晚，张阿德发现谈明清又在他床头舱壁添上一画，缺了一笔的正字，正好全了。

张阿德实在纳闷，这酒麻木的行动太古怪了。

第十一章

武汉早成为一座空城，蒋介石的专机停在南湖机场，由戴笠派武装守卫着，随时待命起飞。

沿江一带的堤岸上，躺卧着无数的伤兵，在秋阳的照晒下，痛苦地叫唤着。这些伤兵被扔下了，由于无人照看，他们的伤口化脓，招来了大批的绿头苍蝇，糜烂的伤口上出现了蠕动的蛆虫。一些尚可走动的伤兵，腋下挟着拐杖，一瘸一瘸地惶惶乱窜。这些景象，使人惨不忍睹。

日本兵离得很远，国民党的一些报纸，出了最后一期，早疏散逃跑了。它们的社论，都是一个腔调：保卫大武汉已完成了战略部署，极尽了消耗战之能事，在中国领土上，把敌人拖疲拖垮，最后消灭之。最高领袖说，抗战不在一城一地之得失。暂时撤退是为更好地消灭敌人，以退为攻是最高当局的战略决策。别了，大武汉。最后胜利一定会属于我们，打倒日本帝国主义……

空荡荡的街头上，有爱国学生组成的救亡义勇队，他们扛着竹梯，提着石灰桶、油漆桶，拿着排笔，在一些高楼大厦的墙上涂上抗战标语，把原先诸如双妹花露水、唐拾义疟疾丸之类的商业广告覆盖住了。

不但墙头上涂满了标语，连大马路上也用油漆写上字——大多是日文标语：

"不为日本军阀卖命；不做扬子江畔鬼魂!"

"富士山头慈母望；樱花盛开盼儿归!"

"财阀袋中钱，斑斑平民血!"

这些日文标语是写给日本人看的，日本人马上就会进占武汉是确定无疑了。马路上人烟稀少，一派战争恐怖和凄凉的景象。

在一些十字路口、通衢要道早堆上沙包，筑起了街头工事，可是国民党士兵却寥寥无几。偶尔有个匆匆而过的行人，也像大难要临头的样子，神色惊惶。

原先的孔公馆，成了联运处护航大队部。孔氏一家人，早坐飞机逃跑到重庆去了。偌大一座楼房，显得空荡荡的。不能搬走的家具零乱地堆放着，到处是垃圾和纸屑。

二楼原先孔令俊住的闺房里，却显得意外地整洁，梳妆台、钢丝床……照原样摆放着。

一个身穿米色呢西服的中年男人，很感兴趣地在室内漫步张望。他像在凭吊古迹似的，在这屋主人已逃跑的卧室中，作着令人神往的遐想。

他时而用手抚摸着床栏；时而低头嗅嗅沙发的扶手，因为这些都是孔二小姐的芳手接触过的，仿佛还散发出她的香气。

他走到茶几旁站住了，看见一个漆金相框放在茶几上，相框的玻璃片已经跌碎了，碎片下压着一张相片，是一个女人和一个男人的半身胸相。

他住进这间卧室后，叫勤务兵作了一番清扫，所以这间卧室显得很整洁。他估计这相框可能是勤务兵做清洁时摔破的，忘了拿走，也可能是故意留在这里让他过目。

他并不认识孔二小姐，不知她长的什么模样，但孔二小姐的风流韵事流传颇广，他早听过不少。他以前每听到有关孔二小姐的传说时，曾经动过痴想，希望自己能得到这位小姐的青睐。可是，他连与孔二小姐见面的资格都没有，自己也知道不过是痴心妄想。

国民党稍微像样的官员都逃跑了，他却被留下来执行一项特别的使命，可说是山中无老虎，该他猴三称霸王了。他特选中孔公馆，把他的护航大队部设在这里。他住进了孔二小姐原先的卧室，躺在孔二小姐睡过的床上，也算画饼充饥，有一种莫名的满足。

他双手捧起相框端详，但碎玻片妨碍了他的视线，看不很真切。于是，他小心翼翼地动手清除碎玻片，生怕会划破了相片的胶面。一会儿，碎玻片清除净了，他过细取出相片来，拿在手上凝视着。

这是一张放大的相片，着的色彩异常鲜艳。他想，这个女人一定是孔二小姐了，他看得格外仔细。这女人果然名不虚传，面目姣美，一对水汪汪的眼睛闪着放荡的目光，娇滴滴的小嘴唇实在惹人喜爱；穿一件袒胸露臂的银白纱衫，带有挑逗人的意味。

与她合影的男人是谁呢？他知道孔二小姐年纪很轻尚未订婚，竟将她与男人的合影明目张胆地挂在卧室中，逃跑时也忘了带走，实在使他迷惑和吃惊。

他含着嫉妒的目光瞟着相片上的男人，对他不由感到艳羡。

这男人穿着浅色西装，配着蝴蝶领结，雪白的衬衫硬领托着一段纤巧细长的脖子，一张年轻的面孔很标致秀气，还多少带点女儿态。

他如获至宝，郑重地将这张相片放进他漆皮公文包的文件夹里藏好，把空相框和碎玻片扔到屋角的垃圾桶里。

他刚做完了这一切，传来了叩门声。他整了整服装，脸上的轻薄相消失了，显得道貌岸然地大声喊："进来。"

杜鲫壳推门而入——他已是中尉军衔的特务，当了护航大队长的副官。

他立正报告："段大队长，戴老板来电话!"

这段大队长原来便是段玉兴，他在涪陵没捉到李明和高茜，但戴笠认为，他毕竟找到了共产党的线索，为军统局挣了点面子。再加徐宁山死后，徐原先多年培植的情报网，全部落在他的控制中，为戴老板立下一大功劳，使军统局的势力很快便在川东生了根。

戴老板为了犒赏他，晋升他为中校，特地调他当了护航大队长。因为目前长江运输格外重要，护航大队暂归戴笠直接指挥。

段玉兴听说戴笠亲自来了电话，不敢怠慢，忙跟着杜鲫壳到了电话间。

杜鲫壳当然是站在电话间外等候，因为电话间是隔音的，他听不清段玉兴在电话间说些什么!

一会儿，段玉兴从电话间出来，顿时改变了神态，脸上像罩上了一层严霜。

他站在杜鲫壳面前吩咐："叫徐队长来见我!"段玉兴在卧室外的客厅里踱步，显出心事重重的样子。他踱了一会儿，在一张临窗的沙发上坐下，仍然一语不发。

客厅里的一切，只是略微拾整了一下，桌椅摆得零乱，家具上的积尘也没有掸去。

他刚才接到戴笠的电话，因为他没能阻止住民顺轮和民福轮，两船均已安抵武汉，戴笠在电话里很不客气地将他申斥了一番。

戴笠告诉他，北路的日军已抵黄陂，沿长江而上的日军已抵达鄂城。武汉目前差不多已成了一座空城，日军至迟在明晨便可以开进武汉。

段玉兴知道街头上堆的沙包，筑的工事，不过是虚张声势给人壮胆，前线指挥官都于今晨坐小汽车由汉宜公路逃跑了，留下的大员都有专机专车，随时都将逃走。

戴笠在电话中怒气冲冲地要他留下走水路，设法在共产党人员还未上船的时候，将停靠在码头上的两条轮船提前开离武汉，把共产党人员留在武汉当日军的俘虏。还指示，若提前开船不成，可以不择手段，乘机在轮船上装上定时炸弹……

这时，段玉兴不禁皱起眉头，他深知共产党很机警，时间又如此紧迫，要圆满完成这次任务绝非易事。

段玉兴长长地叹口气，自认倒霉。他原打算今晚也坐汽车逃跑——虽无小汽车坐，已控制一辆卡车在手中。走水路实在太危险，日本飞机的炸弹是不认人的，自己虽是日本军部的间谍，还是不保险。再说，自那次误捉了樱花少佐以后，日方一直没与他联系！还不知他们对自己有啥看法！万一自己作了俘虏，吉凶未卜，一旦辩说不清，便有生命危险。

段玉兴越想越丧气，取出一支香烟正想点燃，蓦地想到这座孔公馆是敌产，蒋老头子为了实现他“焦土抗战”的国策，已命令工兵埋下炸药，准备撤退时将所有的敌产炸毁。这座孔公馆当然也不例外，他知道这里也埋下了几百公斤炸药，为了防止意外，是禁止抽烟的。

段玉兴只好将香烟又放回原处，凝视着屋顶的浮雕出神。

他有些恼恨徐队长办事不力，叫他设法阻止民顺与民福两轮来武汉，可是偏没阻止住。

这次他调升护航大队长，觉得徐队长这头“金钱豹”是老手，办事比较牢靠，所以也将他一齐调来，委任他当了特行队的队长，封了一个上尉军衔。想不到在这关键时刻却是一个草包……

段玉兴苦苦思索，终于把纷乱的思路理出点头绪，办法终于想出来了。他松了口气，紧皱的眉头舒展了。

他兴奋得出了神，又掏出一支香烟想抽，想起四周是埋藏的炸药，骂了一句：“娘希匹……”他泄愤似的将香烟在两个指头间捻碎，扔到地毯已卷走的光地板上。他知道吴国桢市长已向外国记者宣布：“为了尊重国际友人的意见，保持市内安宁，决定不炸毁敌产了。”可是，害得他不能抽香烟，这是他愤愤的原因。

段玉兴看了看手表，见时间已过去很多，还没见杜鲫壳把徐队长叫来，舒展的眉头又打了皱。他深感手下的人办事太拖沓，不管在什么时候都是这样慢吞吞的。

杜鲫壳一个人进来了，段玉兴不满地问：“人呢?”

杜鲫壳报告说：“徐队长不在家，我派人找去了。”

段玉兴哼了一声，正待发火……

杜鲫壳脸上露出有点蹊跷的微笑：“报告大队长，有一位漂亮的太太要求见你!”

段玉兴在武汉的皮绊很多，眼看日本人要来了，这几天都纠缠着他，要他带着一起逃难到重庆去。他实在应付不了，干脆躲开一律不见面。

他一听杜鲫壳的报告，马上厉声训斥：“杜副官，我早吩咐过你，凡是女人找我，就说我不在，你怎么又来通报！”

杜鲫壳并没有畏缩，眨了眨眼，故作神秘地说：“报告大队长，因为这不是一个寻常的女人，你对她很熟，她又不见不走，所以我只得来通报。”

段玉兴这时哪有闲工夫与女人纠缠，扫了杜鲫壳一眼：“不论是谁，我一律不见！”

杜鲫壳见段玉兴要发火，把要说的话吞了回去，犹豫了一下，只得说：“是，是。”立刻退走了。

段玉兴听见一个女人娇脆的声音在楼梯口大声与杜鲫壳说话，觉得这声音异常熟悉，但一时想不起是谁！

杜鲫壳又回来了：“报告大队长，这女人一定要见你，她自己上楼来了。”

段玉兴正想说话，蓦见一个衣着鲜艳华丽的妇人已出现在客厅门口，他陡地惊跳起来，惊异地瞪着她……

“段先生，躲着我不见，未免太不义吧！”这妇人态度从容，一对乌黑发亮的眸子乜视着段玉兴，缓步走了过来。

段玉兴强忍住心中的惊惶，赔笑解释说：“我实在不知是你，欢迎，欢迎。太太，请坐。”

那妇人抿着嘴唇，毫不客气地坐在段玉兴对面的沙发上，将花缎旗袍的下摆微微一提，架着二郎腿，娇艳的面孔上露出似笑非笑的表情，用嘲弄的口吻说：“段先生，自涪陵一别，已两年有余，想不到此时在武汉见面，真有意思！”

段玉兴还不敢坐下，神情有些尴尬，他深弯着腰，露出谄媚的微笑：“太太……”他不知道现在应该怎样称呼她才好，只得含糊地喊了一声太太，他蓦地想到杜鲫壳在场，立即转向杜鲫壳吩咐，“杜副官，在楼下梯口守住，不放任何人上楼来！”

杜鲫壳眨了眨眼，并不感惊讶，答道：“是，是。”

段玉兴看杜鲫壳走远了，才放低声音说：“樱花少佐光临，鄙人觉得异常荣幸，许多事情还望你指教。”

原来这妇人就是当年段玉兴错捉的日本间谍——樱花少佐。她的外表并无多大改变，依然是那么美丽妖娆，只不过目前在段玉兴面前，显出一种睥睨一切的傲气，使段玉兴十分拘谨。

段玉兴感到在这宽敞的客厅里说话不便，客气地说："请樱花少佐内室坐！"

樱花少佐款款站起身来，瞟着段玉兴说："你不要老是樱花少佐不离口，我也有个名呀！"

段玉兴当然不敢动问她的真实姓名，只是不语地看着她。

樱花少佐直率地告诉他："段先生，我叫河下杏子，要是觉得不方便的话，叫我凌太太也行。"

"是，是。"段玉兴态度仍很拘谨。他知道今晚日军便要占领武汉，转瞬之间就会成为胜利的主宰者，所以樱花少佐才这样狂妄，毫不掩饰自己的身份，连真实姓名也告诉他了。

"凌太太，请！"段玉兴把河下杏子邀进内室。

樱花少佐在段玉兴住的卧室内没有立即就座，她踱了一圈，感兴趣地打量着室内的陈设。最后她点头微笑说："孔令俊这间卧室不错呀，段先生！"

段玉兴不知樱花少佐怎么知道这原是孔令俊的卧室，更猜不出她问这话的意思，一时不知如何回答才好，只是含笑望着她。

樱花少佐不慌不忙坐在一张沙发上，她见段玉兴还恭敬地垂手站在她面前，居然像主人似的指着对面的沙发说："段先生，请坐下。"

樱花少佐从精致的手提包里掏出一只开金烟盒，一揿按钮便自动张开了。她递到段玉兴面前："段先生，请抽一支日本香烟吧！"

段玉兴没有伸手去接，他犹豫了一会儿，终于说："凌太太，这座楼房已埋下许多炸药，吸烟很危险！"

想不到樱花少佐听后，却仰头靠在沙发上哈哈大笑，她丰满的躯体在跟着抖动。一会儿，她坐正了身子，见段玉兴有些惊愕不解，她脸上挂着余笑说："段先生，亏你还是军统局一名中校衔的特工，戴老板把你也骗信了。告诉你，埋在这些楼房里的不过是一些失效无用的东西，还有一些是空药箱，永远也不会爆炸。"樱花少佐自顾点燃香烟吸了一口，缓缓地吐着烟圈，"蒋先生这个戏剧性的小动作，真有味道。"

段玉兴听樱花少佐说得认真，也不知是真是假，他看着她吐出的烟圈发怔。这时他的心情是紧张的，他对樱花少佐此时此地突然在他面前出现，感到捉摸不定。她是无事不登三宝殿的，一定有重要事情找他。目前日本人还没进城，毕竟仍是国民党统治的地方。樱花少佐如此大胆，万一出了差错，日本人会找他算账。并且让戴老板知道了，自己也受不了。

段玉兴见樱花少佐在打量他，他知道自己若不说话应付一下，樱花少佐立即会怪罪的。

他强作镇定，叹口气，无限感慨地说："唉，少佐，自涪陵别后你便杳如黄鹤，想与你联系也没有办法！你的音容笑貌时刻在我心尖上萦绕，多么想听到你的教诲。"段玉兴装出无限深情的样子说，"我在大阪受训时的情景至今记忆犹新，我对帝国的感情很深呵！已多年不见川岛太太，怀念之情……"

樱花少佐乌黑的眸子一转，嫣然一笑："段先生，你说的若是真话，不忘帝国对你的恩情，这很好！帝国也不会忘记你的。只要东亚圣战一结束，你便是帝国的忠臣。那时川岛太太会在东京接待你，她也惦记着你哩！"

不待段玉兴答话，樱花少佐露出自得的笑容，神态矜持，继续说："今非昔比。自东亚圣战开始，赖天皇陛下洪福，皇军已立下赫赫战功，大半个支那成了皇道乐土，中日提携建立大东亚共荣圈指日可待。"樱花少佐说到这里，表示轻蔑地撇了撇嘴，"段先生，我说句不客气的话，我们现在并没把蒋先生放在眼里，他掌握的中央政府，实质上已沦为地方政权。我们最可虑的是中国的共产党，他们利用民众的爱国心理，极敏感的民族感情，自东亚圣战后，他们的力量壮大很快，是建立大东亚共荣圈的心腹之患。呃，只要蒋先生迷途知返，与皇军携起手来共同反共，他的前途仍是远大的。"

段玉兴不相信樱花少佐此来仅仅是与他谈天，见她尽说些不着边际的空话，不禁感到困惑。因为自己目前还有许多事情要办，虽然装出感兴趣的样子专注地听着，但心中的焦急溢于言表。

樱花少佐的话蓦地停住，她看出段玉兴有些焦急，淡淡一笑，将手上的烟蒂扔进痰盂里，收敛了笑容，神态顿时变得严肃庄重："段先生，在这兵荒马乱、战火纷飞的时刻，我来见你，当然有重要事情相商。不过……从容地叙叙，也无害处。"

段玉兴堆着笑："是，是。"

樱花少佐斜睨着段玉兴，沉吟一会儿，方说："段先生，你并非外人，我就实话告诉你也无妨。你们的蒋先生已有醒悟，目前双方派人在香港谈判，准备和平解决中国问题，携起手来共同反共……"

段玉兴仍显出迷惑的神情，樱花少佐告诉他的事情，固然是一个绝密情报，但这种事情目前与他并无关系，他不相信樱花少佐此来就是为了告诉他这个绝密消息。

幸好，谜底马上就揭开了。

樱花少佐不慌不忙从手提包里取出三张相片，递到段玉兴手上："段先生，请看，这三个人你认识吗？"

段玉兴接过相片，三张相片上的三个男人神态各异，肯定是暗中偷拍下来的。他不敢询问要他辨认的原因，仔细端详了一会儿，摇摇头说："陌生得很，都不认识。"

段玉兴准备将三张相片还给她，可是她并不伸手接过，却勃然变色，圆睁双眼盯着他，用不信任的口吻问："段先生，你真不认识？"

不待段玉兴辩解，樱花少佐说："人说，中国人心上有七窍，我看你们的蒋先生心上有二十窍也不止……"

段玉兴惊疑不安地注视着樱花少佐，不明白她说此话的意思。幸好，樱花少佐的口气缓和一些了："段先生，实话告诉你，这三个人便是蒋先生派到香港与我们谈判的代表，却不肯向我们露出真实的身份，全用的假名。所以我说蒋先生心上有二十个窍——心眼忒多。"

樱花少佐蹙着眉尖，沉思了一会儿："我奉总部的命令，务要查清这几位代表的真实身份。我们初步估计，他们可能是戴笠的人。"

她冷笑一声，逼视着段玉兴："段先生，戴笠也不过少将军衔，在军统中像你有中校军衔的并不多，难道你真不认识？"

段玉兴听樱花少佐对他意存怀疑，额上在冒冷汗，急忙分辩："请少佐相信我，这三人我实在不认识。"

樱花少佐严峻的态度缓和了，慢吞吞地说："既然真不认识便不用介意。段先生，军部培育你的一番苦心你应该知道，我们多年没使用你，是爱护你，看重你。中国有句俗话：'养兵千日，用在一时。'是吗？"

段玉兴连连点头："是，是。只要用得着我时，一定死力为天皇效劳。"

樱花少佐口气温和，却有一种不容抗拒的力量："段先生，相片你留着。我希望你在近期内能查清这些人的身份，可以吗？"

段玉兴见她妩媚地乜着他，笑里含着一股刚气。他小心谨慎地欠身说："一定效劳，请少佐放心。”

他打开漆皮公文包，取出文件夹，将她给他的三张相片放进文件夹里，正准备放回皮包中……

樱花少佐眼尖，她看见了他原先放进文件夹里的那张双人合影相片，颇感兴趣地伸出手：“段先生，那是谁的相片！能让我看看吗?”

段玉兴稍微愣了一下，忙将那张相片取出递到她的手上：“当然可以，当然可以。”

她拿着相片端详了一会儿，微笑点头说：“孔家这位二小姐穿着男装真像一个小白脸。”

段玉兴听后很惊讶：“哦，这男人是孔二小姐！……那，这女人是谁呢?”

樱花少佐听了段玉兴的话，也感惊异，疑惑地问：“段先生，你不认识孔二小姐！这相片你从哪里来的?”

段玉兴神态有些尴尬。他回答说：“从这房里的相框上取出来的。”

“哦！”她用嘲弄的口吻说，“孔令俊胆子这小，皇军离得还远，她们就逃跑了，连这样的相片也没带走，何苦如此仓皇！”

她指着相片上那个女人说：“这是樊哈儿的姨太太银蝴蝶，原来是重庆的交际花，叫沈小姐。段先生，你应该认识这个女人才对。她是陈老板手下的特工，很干练。咳，她现在居然与孔二小姐打得火热。妙！陈老板真有办法。”

段玉兴也听人说过沈小姐，但并不认识。这时，他才豁然醒悟，是他认错人了。一个谜揭开了，原来两个都是女人，怪不得孔二小姐敢把这相片挂在卧室内。

她将相片还到段玉兴手上，让他收捡好。她站起身来，嘴上衔着香烟，安闲地在室内漫步，高跟鞋有节奏的咯咯声，声声击在段玉兴心上。

他见樱花少佐丝毫没有走的意思，心中暗急，但又不敢露在表面上。他强装出笑脸，镜片后一对眼睛跟着她富有曲线的身影转动。他已无心去欣赏她带有挑逗性的曲线美，恨不得她早点离开这里。

她终于又坐回沙发上，亮开她来的目的。她说：“段先生，蒋在香港与我们谈判的代表说，为了表明他们谈判的诚意，愿最近在反共方面有所表示。据我了解，戴老板准备在八路军办事处和‘新华日报’社人员撤离武汉时，做点手脚——这很好。段先生，是不是这样呢?”

段玉兴吓了一大跳，她连这次秘密行动也知道，神通真广大。樱花少佐继续说：“据我得到的情报，周先生也要随八路军办事处一起乘船撤离，更值得干一场啊！”

段玉兴不敢承认，也不敢否认，额头在冒冷汗。

樱花少佐毫不放松，逼视着他问：“段先生，是不是这样呢！”

段玉兴只得硬着头皮回答：“是的！”

樱花少佐乜着他含笑说：“段先生，这次行动，你只能成功，我们也期待着你呢！”

段玉兴只有答“是，是”的份儿。

樱花少佐点点头说：“我们军部也可助你一臂之力。”她从手提包里取出一个小本递给段玉兴，“这是我们电台的呼号和密码，你随时都可以与我们联系。”

段玉兴接过小本藏好，见她娇艳的面孔上虽然含着微笑，但透出一股煞气，使人不寒而栗。她说：“天皇陛下的空军随时可以协助你，归你调遣哩。段先生……”

她的话陡地中断，指着门外轻声说：“谁？”

段玉兴也吃了一惊，因为樱花少佐刚才与他谈的话，若被戴笠知道了，后果是不堪设想的。

不等段玉兴去查看，已响起咯咯的敲门声。

“进来！”段玉兴故作镇静地大声说。

杜鲫壳伸进头来：“大队长，徐队长在楼下等着了。”

樱花少佐斜靠在沙发上，装出慵懒娇媚的神态，用放荡妖冶的目光乜着段玉兴，她缓缓起身，说：“段先生，到了重庆，一定请你不要忘了我，常到我那里去玩，我怪想你的。”

段玉兴会意地答道：“我怎忘得了你呢！太太，重庆见！”

杜鲫壳知趣地关上门走了。

樱花少佐走到窗前凝视着空荡荡的街道，眼里发出亮光，自言自语地轻声说：“明天这里便会到处飘扬着我们的旗帜，多好呀！可是，我见不着了，我也要离开这里……”

她沉思了一会儿，回过头来，用手抹平被风吹乱了的一绺黑发：“段先生，我真要走了。祝你成功，重庆见。”

二

八路军办事处里充满繁忙紧张的气氛，需要带走的行李早已送上轮船，几位负责同志和少数工作人员还留在办事处等待周恩来同志回来后一起上轮船撤离武汉。

李明负责协助料理撤退事宜，他到各处查看了一遍，一切都是按照原定计划有条不紊地进行着。他刚与周同志通过电话，知道敌人最快也要明晨拂晓才能进城。现在还没到午夜，一切均已准备就绪，已上船去的同志不久前来过电话，民顺轮已升足蒸汽随时待命开航。

李明近几天来日夜忙碌，没有很好地睡过觉，熬红了眼。他感到领导分配他协助料理撤退事宜，是对自己最大的信任，也深感责任重大，万一稍有疏忽，便会造成重大的恶果，给党的事业带来损害。

因为发电厂已停电，在楼下一间不大的客厅里亮着一盏马灯。他独自坐在一张藤椅上，觉得眼皮沉重，有些睡意蒙眬，忙起身在客厅里漫步，想强振精神赶走瞌睡。

过了一会儿，他仍感睡意很浓。于是走出客厅，想打开水龙头用冷水冲洗一下头部，使头脑清醒一些。

可是，拧开水龙头，却无涓滴的水流出，原来自来水厂也停水了。

他感到有些愤慨，国民党的要员早坐汽车逃跑了，日本人还没进城，武汉已成为真空地带，一切事情都乱糟糟的无人过问。八路军办事处最后撤退，“新华日报”坚持出报到最后一天，这是周同志的意见，已得到党中央批准。

大家为了周同志的安全，都劝他乘小汽车从陆路撤离武汉。可是，周同志坚决拒绝了，坚持要与大家一起乘船走，已用他的小轿车带了几个女同志开到沙市去了。

李明早已得到情报，蒋特可能要暗中挑衅破坏，他越发感到自己的担子沉重。

这时，他精神振作了一些，对于码头上的情况还是感到不放心。于是，他走到屋角拿起电话，准备向码头上询问一下情况，可是耳机里声息全无，连电话也不通了。

桌上的闹钟嘀嗒嘀嗒的声音在室内格外清晰，指针已转过午夜了，李明感到焦虑不安。

他重新坐回藤椅上，冷静地思索着可能出现的情况。

一个参谋匆匆进来，递给李明一张包香烟的薄纸片：“李明同志，有情况！”

纸片上的密码字，经过处理已呈暗绿色显现出来。李明接过纸片凑近马灯，看完了那几行小字，心里顿时一紧——这是一位搞敌人内线工作的同志递出的一份情报，说了三姨太的活动。他认为三姨太在这关键时刻，突然在武汉出现，是不寻常的。他早已掌握了三姨太的真实身份。她这段时间销声匿迹，此时去找段玉兴，是一个不祥的信号，其中肯定是有阴谋的。

他看完了这份情报，立即划燃一根火柴烧了。

他离开客厅，上楼到了一个房门口，轻轻敲了敲门。房内传出周森洪亮的声音：“请进！”

李明推开房门走了进去，急切地说：“周森同志，有新情况！”

周森抬起头来迅速瞥了李明一眼，又埋头在马灯的光亮下写着什么，口里说：“请说！”他仍边写边听李明的报告。

这新情况的确重要，周森搁下笔，站起身来，习惯地用手慢慢抹了抹花白的头发，低头沉思一会儿，抬头问：“民顺轮上有消息来吗？”

“一小时前通过电话，一切正常。”李明搔了搔头皮，皱着眉说，“我刚才打电话已不通，现在情况不明。”

周森想取香烟抽，见烟盒里空空的。他将空烟盒揉成一团扔进旁边的废纸篓里，刚伸手说：“给我一支烟。”李明早从身上掏出一包大刀牌香烟递过去。

周森见里面只剩下两支烟了，笑说：“我俩二一添作五，一人一支。”

周森点燃香烟，猛吸一口，说：“老李，段玉兴那么胆小怕事，到现在却没逃跑，其中定有文章！”

李明焦虑地说：“周森同志，为了周同志的安全，我看，你找邓大姐谈一谈，要她劝他还是坐汽车走好，我们留有一部卡车可以用。”

周森偏着头思考了一会儿，郑重地吩咐说：“老李，你立即赶到码头守在民顺轮上，以便应付意外情况。我想，你与段玉兴在涪陵打过交道，由你去比较适当。”

“那……恩来同志呢？”李明不放心地问。

周森瞥了李明一眼说：“恩来同志的安全由我负责。”

他见李明仍然没走，态度有些犹豫，知道他仍不放心恩来同志的安全，于是慢慢地解释说：“恩来同志就是这样，他作出的决定轻易是不会改变的。我看，邓大姐未必劝得动他。”

“那……他搭船走实在冒险呀！”

“不要紧！我自有办法。”周森不慌不忙地说，“我马上用无线电把情况报告党中央，现在还来得及。呃，只有党中央的命令，恩来同志才会听从，懂吗？”

“对，这样办很好！”李明脸上露出笑容，放心地走了。

周森刚拟好电文叫机要员译成密码，送往楼上专用电台发出，警卫员急急来向他报告：“高伦先生来了，在楼下客厅要面见恩来同志。”

周森原以为高伦早已乘汽车离开武汉，这时突然赶来要见恩来同志，知道一定有急事。他立即跟着警卫员下楼，走进客厅。高伦穿着中将军服，显得精神抖擞，异常威武。他焦急地在客厅里来回走动，不时瞥着门口。

他瞥见周森，忙迎上前去，大声问：“周主任，恩来先生呢？”

周森没有立即回答，客气地招呼道：“高先生，请坐。”

高伦不肯坐，又问：“周先生呢？”

周森深知高伦的为人，在国民党人中是比较有头脑的正派人物，对我党也有感情。他的女儿高茜调来八路军办事处工作，目前尚未到达武汉。见他急不可待的样子，回答说：“恩来同志在政治部尚未回来！”他再一次请高伦就座。

高伦勉强坐在一张藤椅上，警卫员送到他面前的一碗酽茶，他丝毫未动，惊异地问：“周先生这时还留在政治部干啥！陈诚他们都早坐汽车跑了。”

周森平时对高伦谈话顾忌少，把他当成可靠的朋友，叹口气说：“就因为陈诚他们都跑了，政治部负责人中只剩下一个恩来同志。大多数部员闹得凶，特别是三厅的一些文化人闹得更凶，都不愿乘轮船走，说当官的要命，他们也要命。你想，恩来同志不在那里帮助料理，劝解，怎行！”

因为马灯的光线太暗淡，看不清高伦面部的表情，听他愤慨地说：“陈诚这帮人真岂有此理！临危不惧是军人的天职，陈诚既是文官，又是战区司令长官，临阵脱逃，有辱军人的人格。”说到这里他无限感叹，“恩来先生的胆略人品使人敬佩。岁寒方知松柏后凋！看来，在这民族生死存亡的关头，只有你们共产党人才是民族的希望，靠陈诚这些人抗日怎行呵！”

周森关切地问：“高先生，敌人几小时后要进城了，你为何不走呢？”

高伦方被提醒，想到他此来的用意，急切说：“我决定把小轿车让给周先生和邓女士。反正我内人早送走了，我独自一人无牵挂。”周森正待劝阻：“高先生，你不用……”

高伦烦躁地站起身来，做了一个坚决有力的姿势，粗暴地打断了周森的话：“周主任，现在不是讲客气的时候。据我得到的消息，戴笠留下段玉兴要对你们下毒手，周先生绝不能坐船走，他的安危太重要了。”

高伦简直不让周森有插话的机会：“现在武汉已成真空地带，街上散兵游勇乘机打起发[1]、比较乱。周先生此刻还没回来实堪挂虑，让我去政治部看一看。”

周森见高伦说完便走，忙上前拦住：“高先生，你不用去了，怕在路上会错过。”他接着补充说：“在国民党中，像高先生这样的朋友很多，他的安全不会有问题，你就放心吧！”

高伦有些犹豫，觉得周森的话也有道理。他正在沉吟之间，蓦地从很远的方向传来了一阵密集的枪声，他与周森都吃了一惊……

高伦侧耳细听了一会儿，枪声在夜空中渐渐稀疏了。他惊疑不定地说：“难道日军这快便进城了！”

周森很快便镇静了，摇摇头说：“这单纯是国军汉阳造步枪的射击声，听不到日军三八式步枪的响声，奇怪……”

高伦也没听见日本枪射击时发出的勾叭双音，他同意周森的判断，双眉紧锁，凝视着马灯跳跃摇曳的火焰沉思。他蓦地说：“莫不是民顺轮出事了？”

周森不大拿得准：“怕……不会吧，有李明在船上，我想不要紧。”

高伦心神不定地踱了几步，果断地说：“周主任，我不等恩来先生了。我是负责航运的监督专员，有责将贵党乘坐的民顺轮护送到宜昌去。我将小轿车留在这里，千万要周先生与邓女士坐汽车走，时机紧迫，不能再耽搁了。我先去民顺轮等你们，务必要快！”

他几步跨出客厅，两名守候在外面的卫兵，立即亮着电筒为他照路……

高伦正欲跨出大门，迎面碰见一个穿花布短衫裤的农村姑娘。他正想侧身而过，想不到那姑娘却一把拉住他，惊喜地喊：“爹！”高伦一听声音异常熟悉，猛地吃了一惊。他停住脚步，因为光线很暗，看不清她的面孔，问：“谁？”

1　四川话，打起发的含义较多，此处是抢劫钱财的意思。

“爹，是我呀！”

高伦听真切了：“哦，茜儿，是你！”

他喜出望外，想不到在这紧张的时刻，高茜会突然出现在他的面前。

周森已跟到门边，见高茜身后还跟着两个护送她的人，也是农民打扮，已明白是怎样一回事。他说：“高先生，进里面谈。”

高伦并没答话，他把高茜拉到门口挂着的马灯下，仔细端详着高茜那张天真活泼的面孔——不过晒黑了一些，更显出健美。

他的闹山雀儿飞回来了，此时他是何等激动呵！

他是轻易不动感情的，也不由老泪盈眶，用哆嗦的双手，抚摸着高茜的短发，面颊，慈祥地笑了：“哦，孩子，你长高了……”

这时从远处，又传来了一阵零乱的枪声。

高伦蓦地放开了高茜，回头对周森说：“周主任，请周先生与邓女士带高茜一起坐车走。”

他对高茜说：“闹山雀儿，你妈在重庆盼你呢！我们重庆见。”

他带着卫兵匆忙走了。

高伦听见身后传来周森的喊声：“高先生……”

也听见高茜的喊声：“爹……”

他头也没回，迈着军人的步伐走了。

三

李明赶到民顺轮上，刚在三楼餐厅坐定，便听见码头上响起一阵嘈杂的声音。他警惕地跨出餐厅，扶住栏杆俯望码头趸船。

一个穿中校军装的中年人带着黑压压一群便衣武装，站在民顺轮搭在趸船的宽跳板上，威风凛凛地大声叫嚷：“日军已经进城，我奉军委会的命令，为了保证友党朋友的安全，由我护航，现在立即开船，再迟便要当俘虏了。”

站在民顺轮入口处的两名警卫不让这帮人上船，争执起来。

不待警卫上楼报告，李明已迅速下楼迎了上去。

“谁是你们的负责人？这是我们的段大队长。”杜鲫壳挺胸直腰，气势汹汹地介绍那个中校军官——他便是段玉兴。

“我就是负责人，你们要干啥!”李明自我介绍说。

段玉兴见来了一名共产党的干部，气宇不凡，很觉面熟，一时想不起在哪里见过。他的气焰稍微收敛了一点，斜睨着李明说：“我带军委会命令，保护友党朋友安全撤离武汉。”

李明冷冷一笑：“段先生，谢谢你的关心。据我所知日军才到阳逻，你说日军已经进城，有何根据!”

段玉兴猛地想起，站在他面前的这人，正是他在涪陵日思夜想要捉拿的李明。他皮笑肉不笑地说：“假若我没认错，你一定是李明先生，幸会，幸会。”

“不错，我便是李明。”李明点头说，“段先生，在涪陵时无缘面识，现在才算幸会了!”

段玉兴听出李明话中意含讥讽，心中不乐，但他装出毫不介意的样子说：“常言道得好：‘有缘千里来相会，无缘对面不相逢。’我们现在也算有缘了。”

李明正要答话，蓦地从江岸方向传来一阵密集的枪声……

段玉兴指着枪响的方向说：“李先生，日军已进城，再不开航便要成俘虏了，待我护送你们到沙市!”他用手向船上一挥，“快，大家快上。”

段玉兴身后的便衣武装已由杜鲫壳带领，猛从木板跳上，往轮船涌来。

李明站在入口处猛喝一声：“站住，没有我的同意，谁也不准上船!”

杜鲫壳不理李明的喝叫，继续要夺路上船。李明身后两名荷枪实弹的警卫往前跨了一步，举枪拦阻。

杜鲫壳看了看拦阻在面前的刺刀，蓦地站住了，他提着手枪犹豫地看着段玉兴，可是段玉兴阴沉着脸毫无表示。

李明一把挽住段玉兴，厉声责问：“段先生，这是我们包的专船，你带人强行登船，是什么意思！发生了误会，一切后果应由你负责。”

段玉兴知道他背后也有警卫的枪口对准他，见李明陡地挽住他不放，暗暗吃了一惊。他权衡了一下利害，万一真的冲突起来，他未见得能占便宜，因为共产党的战士都是训练有素，有实战经验的军人，自己带来的便衣武装是干不赢的。最使段玉兴担心的是，戴笠并没叫他挑起公开冲突，现在毕竟还是国共合作时期，事情闹大了，自己有成为牺牲品的可能。

段玉兴阴沉的脸上顿时堆着微笑：“李先生，不要误会，我是奉命保护你们的安全，你听，这枪声……”

杜鲫壳他们见段玉兴的态度松软，顿时泄了气，举起的手枪，一个个又插回腰上，悄悄退回趸船上站着。

李明听密集的枪声已稀疏了，并不慌乱，冷笑一声："段先生，你的部下太不高明。稍有军事常识的人都可以听出，这枪声是单方在射击，是贵军用的汉阳造步枪发射的。难道段先生分辨不出汉阳造和日军用的三八式步枪的射击声！"

"这……"段玉兴被李明提醒，暗骂徐队长饭桶，也懊悔自己太疏忽，留下这不易弥合的破绽被李明识破了，他颇感尴尬，定了定神，强装出笑脸说，"李先生，我们宁肯信其有，不可信其无，不论怎说，危险迫在眉睫，还是开走为好！"

李明见段玉兴表演得并不高明，也不点破，蓦地哈哈一笑："段先生所言极是，走，到楼上餐厅坐一会儿，我们一起研究一些细节后便开航，如何？"

段玉兴一愣，李明答允得这样顺畅，使他觉得意外，但猜不透李明是啥用意，只得硬着头皮说："好！"

李明在前领路，段玉兴只带着杜鲫壳一人，其余的人仍在趸船跟在李明身后到了餐厅。

李明请段玉兴坐下，客气地摆上烟茶，坐在一张椅子上含笑说："段先生，这次有你护送我们到沙市，实在感谢！"

段玉兴因为骤然进入灯光辉煌的餐厅，还眯着眼，李明突然改变态度他明知有异，但只得硬着头皮客气地说："我是一个军人，只知奉命行事，护送你们是我党的友好表示，李先生便不用客气了。"

李明轻轻咳了一声，正色地说："既然贵党有如此好意，哪有不谢之理。段先生，从武汉到沙市有好几天路程，我们可以朝夕相处，许多事情都可以向你领教，实在好极了。唉！在涪陵时与你失之交臂，现在思想起来，还深感遗憾，段先生，请喝茶！"

段玉兴当然能听懂李明话中带刺，哈哈一笑："李先生真会说话，既然现在国共合作了，我们便当抛弃前嫌，不记旧恶，共同抗日。"

李明连连点头："段先生说得是。请喝茶！"

段玉兴听李明再三说，只得端起茶碗喝了一口，彼此又说了几句客套话，一时又默然了。

段玉兴察言观色有些明白了，李明在拖延时间。他镜片后的一对眼睛狡黠地眨了眨，暗自想，现在时间已经不早，看来要强行将轮船开走是不行了。他嘴角露出一丝阴沉的冷笑，抬头看了看壁上的船钟，见已翌晨一点过了。时间不能等人，一计不成，他还有一计，决定采用安放定时炸弹的计策。可是，他绝不能留在船上，否则会同归于尽。

他站起身来告辞说："李先生，既然你们不能同意现在开船，我便不能护送了。以后再会。"

李明犀利的目光逼视着段玉兴，见他想溜走，知他一定还有其他阴谋，绝不会就此善罢甘休。他心中一动，已猜到了几分。他蓦地起身挽留道："段先生，既然你奉命护送我们，怎能半途而废？你不能走。"

段玉兴勃然变色，听李明语气坚决，大有扣下不让他走的意思。他眼珠转了转，半开玩笑地说："李先生，我非你的下属，难道我失去自由了？哈哈，我们后会有期！"

李明见段玉兴急切要走，更证实了自己的判断。但段玉兴说的在理，他不属于八路军办事处指挥，要硬留住他实在棘手。正在思考对策，忽听楼梯响，有人报告："高将军来了。"李明眼睛一亮，不禁喜形于色。

高伦一步跨进餐厅，他已经听一位参谋介绍了情况，军统局的人果然来下手了，使他感到气恼。

高伦斜睨着段玉兴问："段大队长，你到此有何贵干？"

段玉兴初见高伦不禁有些慌乱，知道他是偏向共产党的，在涪陵时，为捉高茜曾经到高公馆搜查过，得罪过他。他强作镇静回答："我奉上峰命令，为了友党的安全，护送他们及时撤离！"他认为高伦管不着他，态度变得很傲慢。

李明忙说："段先生没完成使命就想走，我正在挽留呢！"

高伦见李明递给他一个眼色，已明白李明的用意。他严峻的目光盯着段玉兴："不行，段大队长不能走！"

段玉兴这时冷静了，哪里把高伦放在眼里，昂着头说："高先生，我只听戴主任调遣，我还有其他任务，失陪了。"

高伦见段玉兴对他意存藐视，更加动气，知道不拿点颜色出来是降服不了他的。

他白眉毛一横，厉声责问："你是军人，我也是军人，怎么叫我高先生！对上级是这样说话，你配当军人吗！"

段玉兴见高伦穿着将军服，显得气派威武，自己的军衔比他小得多，被慑服住了，不觉做了一个立正的姿势，敬了一个军礼。

高伦回了礼，叫了一声“稍息”。

段玉兴见时间已经不早，趁此时溜掉还来得及坐汽车逃走，将迟了……于是大声说：“报告高将军，我可以走了吗?”

高伦大咧咧地坐在沙发上，冷冷一笑：“段大队长，既然戴主任叫你来护送友党到沙市，怎可临阵脱逃!”

段玉兴一时语塞，半晌方说：“高将军要留我在这里，待我请示戴主任后……”

高伦不待段玉兴说完，打断了他的话：“段大队长，据我所知，你的戴主任早陪同委员长坐飞机到长沙了，你能找到他?”

他见段玉兴又要张口争辩，猛地一拳击在身边的茶几上，睥睨着他厉声说：“我是军委会的中将专员，既然戴主任不在这里，你要听我的命令。哼，你要敢临阵脱逃，我马上代表军委会将你就地正法。段大队长，你要不要试一试!”

段玉兴见高伦一手按在腰间的手枪把上，猛地一惊。他知道现在是战争时期，高伦要枪毙他是名正言顺的，事后戴笠也不敢把他怎样！他暗自紧张地思索：此次没有按戴笠的意图完成任务，事后可以往高伦身上推。可是，自己若被当成人质软禁在船上，如何能使用定时炸弹？又如何能招来日本飞机轰炸？眼看计划都要落空了，唉，今后又如何向樱花少佐交代呢?

段玉兴脸上急剧变化的表情，高伦都看在眼里，趁势逼问道：“段大队长何去何从?”

段玉兴战战兢兢，像泄气的皮球：“我听高将军的调遣!”

李明松了口气。

高伦脸上有了笑容：“这样才好！你护送有功，将来我会给你请奖。”

段玉兴哭笑不得，只得回答：“是，是。”这时从江岸方向又传来了一阵密集的枪声，高伦首先跨出餐厅侧耳细听：“敌人真进城了，这是三八式步枪的响声!”

大家都听清从江岸方向传来勾叭勾叭的枪响，气氛顿时紧张了。

高伦焦虑地说：“他们怎么……”

话还未完，跟在他身后的李明高兴地指着码头上匆匆而来的一行人影说：“来了，来了!”

因为灯光暗淡，看不清周同志和邓大姐来了没有！他们扔下段玉兴，一齐下楼迎到江边上。

高伦握住周森的手，急不可待地低声问：“周先生他们呢?”

周森凑近高伦耳边：“党中央来了指示，周先生与邓大姐带着高茜终于坐车走了，请高先生放心!”

……

民顺轮离开了码头，渐渐加足了马力向上游急驶。

高伦、周森、李明，他们都扶住栏杆，怀着沉痛的心情眺望着沉浸在一片黑暗中的武汉。

这时枪声四起，好几个地方已经起火，映红了半边天。江汉关高矗的钟楼在火光中显出了它的轮廓……

轮船已经驶过龟山，离武汉越去越远，向舷外看去，一切变得模糊了，只有那冲天的火光越升越高……

李明攥紧拳头，骨节都发出轻微的嘎嘎声。他愤愤地说：“保卫大武汉，又保卫了多久呢!”

沉默，难耐的沉默。

段玉兴躲在阴影里，谁也看不清他的表情!

第十二章

一

在漆黑的夜色中，汉宜公路上一片纷乱，逃难的人流呼儿唤女，叫爹喊娘。

卡车、小轿车前灯亮起的光柱照射着前方，马达的隆隆声，喇叭短促的尖叫声，在夜空中震荡，缓缓地往前开动，企图在蠕动的人流中挤出一条路来。

逃难的人流骚动着，纷纷向公路两旁避让。婴儿的啼哭声，有人跌倒地上，被人从身上踩过时发出的惨叫声，亲属绝望的惊呼声，高喉咙大嗓子的咒骂声，此伏彼起。间或还夹杂着骡马的嘶叫。

弃置在公路两旁无人看顾的伤兵，有的跌倒在公路旁的水沟里爬不起来，发出绝望的哀鸣；有的躲避不及被汽车撞伤在地，被纷乱的人群活活踩死了；有的腋下拄着木拐拼命一瘸一拐向前跳动，最终力气不济，也倒毙在路旁。

有时往前开的汽车被堵塞住实在开不通了，就会从汽车上跳下几个丘八，先是大声斥吼，接着用枪托向人群砸去，甚至还会鸣枪恐吓，直到开出路来……

有一部敞篷卡车，车厢里塞满了人。黄成宾坐在一只小皮箱上，左手揽着查理，右手揽着汪丽，他们挤得很紧，毫无松动的余地。可比起车下步行的逃难者来，他们不能不感到庆幸。

查理已经睡熟了，只是不时被车外的闹声惊扰。在他爸爸怀里扭动一下。

黄成宾看不清汪丽的面孔，知道她并未睡觉。他俩慢慢习惯了公路上纷乱嘈杂的声响，沉默着，各自想着心事。

黄成宾那次生病住院后，苏经来探望过他。对于苏经他感到有一种难忍的厌恶，不仅因为苏经曾经狂热地追求过汪丽，是他以前的情敌；而且因为此人庸俗不堪，那热情的面孔下掩盖着一种使人忐忑不安的伪善。

他住院的费用并无短缺，汪丽也没告诉他这些钱的来源，但他已敏感到这些钱一定是从苏经那里借来的。他的自尊心受到了很大的伤害，对汪丽曾经暗暗感到不满。但是，他细想之后，觉得不能怨汪丽，在这走投无路的时刻，又有什么法呢！俗话说，一文钱逼死英雄汉。

黄成宾恼恨自己无用，性格变得暴躁了。往往为了一点细小的事情便会和汪丽大吵一通，但事后他很快便会感到懊悔。

汪丽理解黄成宾的心情，她在一阵委屈之后，又怜惜起黄成宾来。他俩心灵上的裂痕，很快就弥合了。

但是，生活是无情的，弥合的裂痕绝不会天衣无缝，他俩心灵上都感到苦恼。为了不伤害黄成宾的自尊心，汪丽绝口不提苏经借钱给他们的事。

其实，汪丽并没找苏经借钱，苏经也知道汪丽不会当面接受他的帮助。他托人送给汪丽一千元法币，汪丽收到钱后，踌躇再三，还是决定退还给他，可是苏经已不在武汉了。她就这样勉强接受下来，用它付清了医院的费用，应了各种急需。

天已拂晓，深秋的晨风迎面扑来，使人感到寒意。公路上逃难的人流开始稀疏了。卡车驶过应城，速度加快了，耳边响起了呼呼的风声。

沿途公路旁抛了锚[1]被丢弃的汽车比比皆是。马拉的板车比汽车多，一串串连绵不断。还有牛拉的车，发出吱嘎吱嘎的车轮辗动声慢吞吞地爬行。

溃退的军队服装不整，七零八落在公路两旁蹒跚地往前走。不时出现一个骑马的军官在督率这些败兵走快些。

公路两旁没有植树，坐在汽车上可以望得很远，肥沃的原野上庄稼长得很茂盛，可是却看不见一个老百姓的影子，他们怕拉兵拉夫，都远远地避开了。

黄成宾在武汉因住医院耽误了时间，出院后已经搭不上轮船。天无绝人之路——幸好在街头遇见了那位江津同乡周仁国，他替他们找了这辆联运处的卡车搭上逃难，要不，只有与难民混在一起，徒步逃往后方了。

汪丽包的花绸头巾在疾风中飘动，她丰腴的面孔憔悴了，一对眼睛显得很大。

她服装依然很整洁，穿着一套可体的薄呢西装，洁白衬衫的硬领翻在外衣领上。她虽然在逃难途中，爱打扮的习惯并没多大改变，细眉描得弯弯的，头巾包束着的卷发也不零乱，只是没涂唇膏。她虽然穿得并不单薄，在呼啸的晨风中仍感到寒冷。她紧偎在黄成宾胸前取暖，一夜没合眼，此时有些睡眼蒙眬。

查理却被晨风吹醒了，他挣扎着站起来，两手紧紧抓住车厢的货架，好奇地眺望着空无一人的原野。

一会儿，查理腾出一只手来摸了摸肚子，对黄成宾说："爸爸，我饿！"

黄成宾见汪丽已偎在他胸前睡熟了，为了不惊动她，他用右手轻轻地从一只旅行包里取出一包饼干递到查理手上。

1　与轮船抛锚的意义不同，此处指汽车机器损坏不能行驶。

他见汪丽已睁开双眼，默默地注视着他和查理。便问："丽，吃饼干吗?"汪丽的嘴唇嗫嚅了一会儿，没有出声，摇了摇头。

她坐正了身子，将露在头巾外的一绺卷发掖进去，对黄成宾露齿一笑："成宾，昨晚我与查理压在你身上，不觉得酸麻吗!"

她见查理又坐下靠在黄成宾身上，于是说："查理，来，躺在我怀里，让你爸爸舒展一会儿。"

查理挤了过来，汪丽一把将他揽在怀里，抚摸着他的头发和脸颊。她见查理穿的西服外套已经开始磨破了，原先天真的神态消失了，显出过早成熟的样子，她眼里含着泪水，心疼地说："查理，看你快变成小叫花了!"

查理却满不在乎，向嘴里塞着饼干，饼干的碎屑撒在汪丽的膝头上，她马上用手掸去了。

汽车正驶过一段十分坎坷不平的道路，颠簸得很厉害，他们都沉默了。

黄成宾一夜颠簸，再加两人靠在他的身上，确实感到浑身酸麻。他想站起来舒展一下四肢，但车上的人挤得很紧，没有一点回旋的余地，他只好屈着腰，双手扶着挡板活动了一下。

天已经大明了。汽车时快时慢，开过沙洋不远，便在一个小集镇停住了。

司机从驾驶室跳下来，大声喊："在这里吃点东西，不要走远，一会儿便开的。"

车上坐的逃难者，大都是体面人，像沙丁鱼般装在车上折腾了这么长的时间，听司机如此说，都纷纷攀住车墙板往下跳。黄成宾一家也带着行李下了车。

他们的行李很简单，黄成宾提着小提箱，汪丽和查理各拿着一个小包袱，拖着有些酸麻的双腿，高一步低一步缓缓往前走了一小段路。

汪丽看见路边有一个荷塘，明澈的塘水迎着太阳闪着银色的涟漪。浮在水面的荷叶翠绿可爱，几枝莲蓬伸出水面，像亭亭伫立的少女，含着笑脸迎人。

她想到今天早上还没洗脸刷牙，停住步说："成宾，等一等，我们到塘边洗个脸再走!"

黄成宾粗浓的眉尖皱了皱，迟疑了一下。他了解汪丽的习性，终于说："好吧！我先去看一看，买点吃食等你们。"汪丽瞥了黄成宾一眼，问："成宾，难道你不洗脸!"

黄成宾显得有些烦躁："太太，现在是逃难，哪顾得这么多!"

汪丽默然了，半晌方缓缓地说：“好吧！你先到吃食店等我们。查理，看你脸上多脏，走！”

她从小包袱里取出盥洗用具，拉着查理往荷塘边走去。

她先给查理洗过脸，梳理了他蓬乱的头发，然后她取下自己的花绸头巾给查理掸去身上的灰尘，让查理自己去漱口……

她仔细洗过脸，照着水面梳理好自己蓬松的卷发，重新束好头巾，便听见公路上传来一阵骚乱的声音。开始她并不在意，有条不紊地从查理手中接过漱口盅，在牙刷上挤上牙膏，正待弯腰漱口。查理耳尖，他拉了汪丽一把：“妈妈，听，爸爸……”

汪丽往公路上瞥了一眼，见一群人吵闹着围在他们乘坐的那辆汽车四周，几个背着步枪的丘八已爬上车厢，气势汹汹地往下扔着行李。

在嘈杂的吵闹声中，汪丽听见黄成宾的声音很高很大：“你们怎么这样不讲理！你们是不是……”

汪丽知道出事了，心中一紧。她连口也不漱了，慌乱地将盥洗用具塞进小包袱，拉着查理往公路上奔去。

汪丽已经看清，黄成宾提的小皮箱被踢在一边，两个武装的士兵挟持着他，他挣扎着，怒骂着。也许由于过分激怒，他不自觉地用德语斥骂：“你们这些法西斯强盗，不去打日本人，却来劫持民用车逃命……”

挟持黄成宾的两个士兵，本来见他西装革履气度不凡，听他口里大声吼叫着听不懂的洋文，有些先天的畏怯，反而松开手，瞟着驾驶台边一位穿将军服的师长发怔。

汪丽奋不顾身，丢下查理，推开人群向黄成宾扑过去，也急不择言地用德语大声叫嚷：“成宾，发生了什么事？”她瞥见黄成宾牙龈在出血，不顾一切地怒视着那位师长用德语骂道，“你们这些不要脸的强盗……”

他们的外国话却产生了意想不到的效果，那位师长的骄矜神态顿时变成了和蔼的微笑。他挥手示意，原先挟持黄成宾的两个士兵退到一边去了。

这位将军便是坐民顺轮出川的倪师长，他带着刚发了枪的新兵开到这里，听说武汉已经失守，前线情况不明，与上级也失去了联络。当时谣言纷纷，听说日本人已经追来了。他怕骑马逃跑会被日本人追上，决定劫持一部汽车逃跑，好不容易拦住了这部汽车，岂肯放过。

倪师长打量着黄成宾和汪丽，目光在汪丽身上停留了一会儿，见她一尘不染的一身西式服装，丝毫不像一般的难民，仪表美丽端庄。他摸不透他俩的身份，再加站在他们身旁的查理也是穿的西装，更使他不禁肃然起敬。

倪师长从在刘湘手下当兵起，已见惯他的上级逢迎谄媚外国人。在他的印象中，外国人是惹不得的。黄成宾和汪丽虽不是碧眼高鼻的外国人，但能说使人听不懂的外国话，至少也不是凡人，一定有外国人作背景，他认为还是不惹意外的麻烦为好。

倪师长见汪丽还在与黄成宾咿里哇啦说洋话，便含笑对汪丽说："太太，不要误会，因为情况紧急，我们要去完成军事行动，暂时征用这辆汽车。"

黄成宾猜不透这位师长为啥突然变得客气起来。他刚才想到被丢在这乡下的可怕，所以不顾后果向他们争议。这时他大着胆子用四川话对倪师长说："先生，把我们丢下又唧个办哩!"

倪师长更是一惊，想不到这一家子都会说洋话的男人还会说四川话。他立即眉开眼笑地说："哦，都是四川老乡，好办，好办！你们上车，带你们一起走。"

其他的士兵见倪师长对黄成宾与汪丽这么客气，也不敢怠慢，他们连推带拉帮助黄成宾和查理先上了车厢，只是不敢贸然伸手去拉汪丽。一个士兵不知从哪里拿来了一条板凳，恭顺地站在一旁，让汪丽踏着板凳由黄成宾拉了上去，他才自己爬上汽车厢。

汪丽还没坐稳，汽车便发动了。被丢下的难民也纷纷要往车上爬，可是，这些士兵一个个都露出凶相，用枪托砸手，用白晃晃的刺刀威胁，终于没有一人能爬上汽车厢，被丢下了。

汽车开出不远，还听见这些被丢下的难民绝望的哭叫和愤怒的咒骂。

倪师长坐在司机旁边，口里衔着雪茄，和挤坐在他身旁的参谋长有说有笑，仿佛没有听见这些哭叫和咒骂似的。

二

汽车开过当阳不久，汽油已经耗尽了，被迫停在一个荒凉的山坳上。

倪师长命令副官拦住路过的军车，想能分到一些汽油。可是在这兵荒马乱的时刻，汽油就像金子一样宝贵，谁也不愿分给谁!

还是倪师长有办法，他丢下了这辆汽车，带着人挤上另一辆路过的军车，继续往宜昌方向逃跑了。

在这荒无人烟的野岭上，只留下了汽车司机和黄成宾一家人。

眼看夕阳西沉，飞鸟投林，他们愁眉苦脸坐在路旁的乱石上。

黄成宾突然动了遐想，眉飞色舞地向汪丽谈起他设计的瓦斯发生炉。他说，要是在这种汽车上装上瓦斯发生炉，便不会愁没燃料，没有现成的木炭，用木柴也可以。

汪丽情绪很低沉，她心不在焉地听着黄成宾的话，始终没发一言。

黄成宾觉得口干舌焦，说了一会儿也沉默了。

等了一会儿，连过路汽车的影子也看不见了。

司机好心地告诉他们："这荒山野岭晚上有猛兽出没，是不好过夜的。"他用手指着一条小路，"离此地不远有座古庙叫玉泉寺，你们趁早去投宿，明天早上再回这里试一试运气，看能不能搭上汽车。"

黄成宾迟疑了一会儿，问："先生，这里去宜昌还有多远？"

司机回答说："汽车两小时可到，人走需要两天！"

黄成宾谢了司机，对汪丽说："丽，你能走山路吗？"

汪丽无声地点了点头，站起身来。

黄成宾一手牵着查理，一手提着小皮箱，领头往司机所指的一条崎岖的山路缓缓走去。

汪丽穿的是高跟鞋，崎岖的山路实在不好走，她提着小包袱艰难地跟在黄成宾身后，步履有些踉跄，腰身一扭一扭的走得很慢。

查理挣开手，独自往前走。他瞪着一对眼睛不住打量路边的密林，对纠缠在树干上的粗粗的古藤感到新奇。

黄成宾放慢了脚步，等汪丽来到身边，他用空着的一只手扶住她，说："丽，叫你换上平底鞋不肯，怎样！这条山路多难走。"

汪丽嘴角露出一丝苦笑，避开黄成宾的目光，让他扶住她，继续往前走。

查理走得比他们快，他手上也提着一只小包袱，已经循着山路走进了密林，密林里的光线更暗淡了。他并不觉得可怕，忘记了疲倦，好奇地打量着从未见过的古树和藤萝，觉得幽邃的密林深处充满了神秘和新奇……

黄成宾在视线内已经看不见查理，不放心地喊："查理，查理……"

从前面树林中飘来查理银铃般的童音："爸爸，我在这里，快来呀！"

"不要乱跑，走慢点！"

"好！"查理欢快地回答。

汪丽一脚踩在碎石上，差点跌倒了。

"哎哟！"汪丽轻轻惊叫一声，她皱着眉尖坐在一块石头上，揉着一只脚踝。

黄成宾吃了一惊，忙问："丽，扭伤没有？"

汪丽苦着脸摇了摇头，眼里闪着泪光。

黄成宾放下小提箱跟着歇息一下，他用手巾揩了额上的汗，低低地叹息一声，问："丽，你跟我回国来，现在后悔吗？"

汪丽正凝视着远方的天际，若有所思，仿佛没听见黄成宾的问话。

黄成宾没再问，长长地叹息一声。

汪丽才被惊醒似的，转头惊问："成宾，你刚才说什么？"

黄成宾又说了一遍。

汪丽的目光在他脸上停留了片刻，又移向天际。她摇了摇头，回答说："不，我不后悔。后悔有什么用！"

她回头望着黄成宾笑了，笑得很凄婉，随即低头望着自己的鞋尖。

黄成宾上前一步，深情地抚摸汪丽的头巾，用内疚的口吻说："丽，我对不起你，这段时间使你受苦了。"

汪丽深受感动，她抬起头含情脉脉地注视着他，长长的睫毛边挂着泪花，声音有些颤抖："成宾，你不要这样说，我听了心里会更难过。"她微微一声叹息，"我也是中国人，我也爱国。可是……可是……"

汪丽抿着嘴唇克制住自己的感情，继续说："我为你感到难过，你空有一身本领，空有满腔的爱国热忱，可是……"她声音哽咽说不下去了。

黄成宾想安慰汪丽，可是一时想不出适当的话，沉默了一会儿方说："丽，在武汉找不到工作，我想，主要是各单位忙着撤退，无人认真考虑我的要求。到了重庆，我想……我想内迁那么多兵工厂，不会不要我的。丽，你说呢？"

汪丽嘴唇动了动，她笑了——笑得多么勉强，点了点头："唔！"

她看见黄成宾病后有些蜡黄的憔悴面色，一种悯惜的感情从心上升起："成宾，你现在大病初愈，身体还没复原，唯愿能平安到重庆就好了。"她又是一声低微的叹息。

黄成宾为了安慰汪丽，伸出胳膊做了一个姿势，装出笑脸说：“丽，我的身体并不是那么娇弱，看，我胳膊上的肌肉多结实。记得吗！前年休假我们去攀登阿尔卑斯山，我始终跑在前面。”

汪丽见他胳膊上的肌肉松松的，显出了骨头架子，听他这样说，一股辛酸之气直冲鼻端，忍不住泪珠在眼角滚动。她别过头去不愿让他看见自己的泪水，过了一会儿，为了掩饰自己的真实感情，她回眸瞟着黄成宾一笑，显得极不自然：“成宾，只要你身体受得住路途的奔波，我就放心了。”

她见时间不早，暮色一会儿便要罩住山林，站起身一手提着小包袱，一手挽住黄成宾的手臂：“成宾，天快黑了，我们快走吧！”

黄成宾提起小提箱，他俩互相扶持着加快了脚步。

汪丽这时才想起查理，已听不见查理的声响，边走边放声喊叫：“查理，查理……”

听不见查理的应声，汪丽有些不安。他俩正穿过幽邃的密林，密林里灰暗的光线勉强可以看清小路，给人一种恐怖的感觉。汪丽有一种不祥的预感，又大声喊叫：“查理，查理……”

汪丽的喊声在密林中传播，仿佛参天古树的叶片也被震得簌簌响。可是，依然没有查理的应声。

“查理……他……”汪丽含着哭音惊惶地说。

黄成宾也边走边喊：“查理，查理……”

他俩加快了脚步，很快便穿出了密林，见一条清溪从一座高山下蜿蜒而来，穿过一段开阔的原野然后绕过山脚流淌而去。

仍看不见查理的影子，他俩都急了，站住同声喊：“查理，查理……”喊声在山谷间回应。

汪丽焦急的面色蓦地舒展了，欣喜地说：“听，查理！”她丢下黄成宾不顾一切往山脚奔去。

黄成宾也听清了查理在山脚的应声：“呵哝！我在这儿。”他也紧跟汪丽身后往下奔。

查理双膝跪在溪边一块石头上，双手掬起溪水往口里送……

汪丽远远看见查理在喝生水，心里急了，大声吆喝：“查理，不许喝生水！”

她到了查理身后，胸部急剧起伏——她跑得实在太急了。

看见爱子无恙，原来是一场虚惊，不禁惊喜交集。

查理不听妈妈的警告，喝足了溪水，舒畅地吁口气，缓缓站起身来，面对汪丽说：“妈妈，难道一天没喝水了，你不口渴？这溪水真好喝。”

汪丽紧紧揽住查理，抱怨说：“看，颔下打湿一大片，难道你不知道喝生水会生病的？查理，你快变成野孩子了！”

查理挣脱了汪丽的怀抱，迎着黄成宾说：“爸爸，你不口渴吗？这溪水又清又甜，可好喝哩！”

黄成宾看着前方，指着不远的高山脚下说：“看，玉泉寺快到了。”

他们看见前面高山脚下，庙宇的屋脊飞檐已隐约展现在苍苍郁郁的松柏之间，不约而同都松了口气。

黄成宾也是又饥又渴。他不像汪丽从小在城市长大，并不觉得喝溪水有那么可怕！他瞥了一眼汪丽：“丽，你看，这溪水多清，多洁净！我们也喝一点吧。”

其实汪丽也口渴难忍，可她从没喝过生水，有些踌躇：“成宾，这溪水虽然很清，但是放一滴在显微镜下，马上可以看见多得数不清的细菌……”她见黄成宾已从小包袱里取出搪瓷杯子，往溪边刚才查理蹲过的石头走去，于是陡地不说了。

一会儿，她蹙着眉尖赌气地说：“我渴死也不喝这溪水！”

黄成宾对汪丽的话毫不介意，他先将双手浸进溪水里洗净，浇水到面上抹了脸，然后用搪瓷杯子在水面上拨动了几下，舀起一杯溪水喝了个痛快。

黄成宾喝够后，给汪丽盛了一盅回来递给她：“丽，你喝点试试，山溪里是矿泉水，比城市自来水还可口哩！”

汪丽没有伸手去接，仍强忍住奇渴，决断地说：“不喝！”

查理从黄成宾手上接过盅子，踮起脚尖，将盅子送到汪丽唇边：“妈妈，喝呀！”

汪丽有些动心了，她凝视盅里的水确是清洁无尘，终于禁不住诱惑，从查理手中接过盅来，先含水漱过口，闭着眼将一盅水咕咚咕咚喝个精光。

夕阳早已落山，暮霭四起，山石树木都像罩在灰蒙蒙的轻纱之中。

他们循着溪边小路，加快脚步走了一会儿，玉泉寺到了。

黄成宾听见寺院里人声鼎沸，有骡马嘶叫的声音，初时并不以为意。他站在题有“三楚名山”的石碑坊前，被右侧一座高矗天际的铁塔吸引住了。他对汪丽说：“这座铁塔微微有些偏斜了，年代一定很久远。”

汪丽可没有黄成宾这样的兴致，她真想坐在石碑坊的阶梯上歇息一会儿。刚才这段山路实实难走，何况她穿的是高跟皮鞋。

在汪丽的催促下，黄成宾才继续往前走。

他们穿过碑坊，听山溪流水叮叮咚咚甚是悦耳；见一曲拱桥横跨溪上，直通巍峨的大雄宝殿。殿外人叫马嘶，人影幢幢，虽看不十分真切，也知是国民党的败兵在这里宿夜。他们不觉吃了一惊，只得硬着头皮走了过去。

溪边上人来人往，柳树上拴满了驮马，卸下的驮子到处堆放着。一个班长押着几个民夫挑着笨重的担子正蹒跚走过拱桥。

黄成宾眼尖，看见民夫中有一个穿长衫的斯文人，心中更是不安，这些乱兵是啥事都可以干出来的。

他们一行三人的出现，已经惹来了许多好奇的目光，并且都盯住汪丽目不转睛，更是使人心跳。

汪丽想起今天上午的事情，他们说了几句外国话却把那位师长也慑住了，产生了意料不到的效果。她灵机一动，昂头挺胸，神态不凡地左顾右盼，大声用德语向黄成宾说一些不相干的话。

黄成宾初时一愣，很快便懂得了汪丽的用意，蓦地振作精神，神采奕奕，从容不迫地用德语答话。

其间，查理也偶尔插进两句德语，更使那些丘八惊愕不已，顿时显出谄媚敬畏的神态，主动避在一旁让他们通过。

那个班长吆喝着那几个民夫："妈的，快，让开路！"

那个穿长衫的斯文人挑着担子已显得东倒西歪，力不从心，听那个班长吆喝他让路，心中一慌，往前窜了几步，差点从拱桥上跌下溪沟去。他幸好收住了脚步，把担子停歇在拱桥头喘着粗气。

黄成宾路过时瞥了这民夫一眼，见他穿一件贡呢长衫，将长衫下摆卷向腰际，用一根稻草绳子扎在腰间，露出青绸马裤，穿的一双青布鞋沾满泥浆；面孔白皙红润，原是富态相，但被尘土混合着汗水弄得污秽不堪，嘴唇上蓄的八字胡。这民夫神情尴尬狼狈，极不自然。

黄成宾不由打了一个寒噤，这民夫分明是斯文人，也被拉来当夫子。他暗暗庆幸自己今天的遭遇，也有点担心目前的处境，万一这些丘八乱来便不妙了。

他们紧走两步，过了拱桥，到了大雄宝殿门口。只见大殿两厢，四大天王塑像脚下全都铺上了稻草，已经有人躺在稻草上歇息了。

他们停住脚步，正在迟疑的时候，却从里面走出一位老和尚，迎着他们热情招呼，双手合十问讯：“阿弥陀佛，请问洋施主从何而来！到敝寺投宿佛缘不浅！”原来这老和尚是玉泉寺的长老，听到做粗活的小和尚报信，说寺前来了几个外国人，所以特地匆匆赶来迎接的。

黄成宾见这老和尚须眉皆白，听他口称洋施主很觉刺耳，随后想到沾上洋字确可免除许多麻烦，心中也坦然了，便含笑答话：“请问长老法号?”

善修长老听黄成宾说出中国话，在暮色中依然可以看清他们三人并非碧眼高鼻的外国人，先是一怔。但见他们三人穿的都是西装洋服，显得气度不凡，一定也是有钱的主顾，于是哈哈一笑，答道：“出家人法号善修!”

“哦！善修长老。幸会，幸会。”黄成宾客套说，“长老，我们坐的汽车抛了锚，想在贵寺借宿一宵，好吗?”

善修长老又双手合十：“阿弥陀佛，给人方便自己方便，欢迎，欢迎。”

善修长老却有一把力气，他从黄成宾手上强行夺过小提箱来提着，步履矫健，没进大雄宝殿，领着他们沿溪而上。

善修长老十分健谈，问明了黄成宾的姓名后，边走边迫不及待向他们如数家珍般介绍玉泉寺的名胜古迹：“黄先生，明天我带你们到处随喜，观珍珠泉，看关云长显圣处，还有千年白果树，南海并蒂莲，吴道子画的观音像，王维题的古诗……”

谈说之间，已到了一座偏殿大门，上书“般舟堂”三字。

善修长老领他们走上台阶，因为暮色加深了，他看不清黄成宾是否专注在听，说高兴了，回身指着小溪说：“黄先生，你们不要小看这条溪涧，古时玉泉通西陵峡的黄颡洞哩!”

见善修长老过分热情，黄成宾反而心事重重，显然把他们当成有钱的施主了。但事到如今，别无他法，只好随遇而安，借宿一宵再说。

善修长老见黄成宾他们对他的话不感兴趣，才停止了唠叨，引着他们走进般舟堂。

这里住着几个官长，显得比大雄宝殿那边清静。

天井中有两棵粗大挺拔的桂花树，枝叶正茂，结成球状花序的桂花盛开，远远便可闻见馥郁的花香。

查理高兴地说："妈妈，桂花，多香的桂花呀！"

善修长老手上的小提箱早由小和尚接过，送进正殿旁边一间狭长的客堂。他听查理夸赞桂花香，又打开了话匣子，说："敝刹般舟堂里这两棵桂花树不是凡品，月月开花，又称月月桂，远近驰名，是世间罕见的珍品呢！"

黄成宾与汪丽这时虽然无心观赏桂花树，但听善修长老介绍这树月月开花，不觉感到新奇，不约而同"哦"了一声，仰头望着繁茂的树冠，但在暮色中看不真切。

善修长老领他们进了那狭长的厢房，房里漆黑一片，他说："施主且慢，待我点灯。"说着划燃火柴点亮了一盏美孚灯。

在灯光照射下，黄成宾看清房内不仅收拾得窗明几净，床铺上还挂着洁白的罗纹帐。他瞥了汪丽一眼，见她也在微笑感到满意的样子。今天能找到这样好的地方过夜，确实太理想了。

善修长老笑眯眯地说："施主，你们可能饿了，敝刹没有好招待，待我去叫他们备办一桌素食送来。"

黄成宾连忙道谢："谢长老！蒙盛情招待，不胜感激。在这兵荒马乱的逃难途中，素食也是上品了。"

汪丽见善修长老走远了，有些惊疑不定地对黄成宾说："他对我们真热情，我怕……"

汪丽的话虽没说完，黄成宾已明白她的意思。显然善修把他们当成阔施主，他们现在很穷，明天化缘这一关不易过呀！

但他此时不愿细想，见有现成的茶水，便取了一只茶杯，用手绢仔细拭过，倒了一杯热茶递给汪丽，说："我想玉泉寺绝不会是黑庙，善修长老也不会是恶和尚，住一宵再说吧！"

汪丽喝着茶，沉默了。

不一会儿，善修带着一个小和尚笑盈盈地来了。小和尚双手捧着一只木托盘，托盘里尽是吃食碗。

小和尚将素餐安放在桌上，杯筷齐备，十几个青花瓷碗盛着各种素食。单看这瓷碗的纹理便知是明瓷，要值很多钱。

善修笑着说："请施主用饭，实在弄不出好菜，请勿见笑。"他还说了几句客套话才走。

查理已经饿得等不及了，早到桌边坐下。

汪丽一看桌上的素菜，暗暗吃了一惊，虽然不过是香菇豆皮、木耳黄花之类，也不算菲薄。她端起碗望着黄成宾，黄成宾也在看她。

黄成宾放下碗，犹豫一会儿，终于说："丽，我们现在还有多少现金呢?"

汪丽虽然很饿，也难以下咽。她忧心忡忡地说："怎么办？不到二十元了。"

"哎!"黄成宾着实吃了一惊，他从不管金钱的事，汪丽说出的现金数字，比他预计的还少!

"我也为这事担心哩!"汪丽愁眉苦脸地说。

黄成宾只好装出笑脸，安慰汪丽说："船到桥头自会转。丽，吃吧！明天再说明天的事。"

汪丽当然宽解不下，低下头叹息了一声。

三

刚才黄成宾在拱桥上见到的那位民夫是谁？原来他便是胡方。

看过《漩流》的读者都知道，胡方原先的诨名叫胡痰气，石牛场几乎人人皆知。自从他到轮船公司当了文墨师爷，开了几次书法展览，由几个地方名人一捧，居然远近驰名，连陆祖福也出重价向他求字。他后来当了抗日后援会的秘书长，声望越来越高，俨然成了社会贤达，很少有人叫他的诨名，都恭恭敬敬叫他胡先生。

近两年胡方又干了几件人们认为不合情理的事情，成为川东一带茶余酒后的笑谈，背后喊他胡痰气的人骤然增多了。

第一件事发生在他在涪陵当抗日后援会秘书长的时候。

当时胡方领着一些抗日的热心分子，大白天到专员公署去请愿，要求释放高茜和李明等人，并开放言禁，展开抗日救亡运动。

赵专员迫于形势，亲自接见了他们。

稀奇，胡方在大白天里，却提着一个赶夜路的糍粑灯笼，站在赵专员面前。

不仅赵专员深感诧异，连一道去请愿的人也不解胡方这个荒诞的举动。

赵专员忍不住问："胡先生，你怎么大白天还提着灯笼来?"

胡方神情庄重，正正经经地回答："报告专员，我并非睁眼瞎，只为专员公署里太黑暗，实在看不清白，所以只好提着灯笼照路。请专员见谅。”

不等胡方说完，大家哄的一声，爆发出一阵令人难堪的嘲笑。

这时赵专员才明白过来，知道他是借此影射讥讽自己，脸上红一阵白一阵，想发作又不便发作，只得假装不懂含糊过去了。第二件事发生在刘湘死后，棺椁运到了重庆，开追悼大会时。胡方送了一副挽联：

上联是“刘军长爱护民众”；

下联是“四川人民敬仰甫澄”。

将这副挽联一挂出，大家顿时议论纷纷，一有称赞胡方的颜字写得好的；更多的人认为这哪像对联！连对仗都没弄清楚，“刘军长”三字怎能用“四川人民”四字来对应？实在不通！

其中一个聪明点的人却看出了名堂，不禁拍手大笑：“妙，这副对联实在妙极！‘刘军长’实在对不起‘四川人民’——骂得好啊！”

大家细想之后，都会过意来，爆发出一阵嗤嗤的讪笑声。

主持追悼会的人，赶忙叫人慌慌张张取下这副对联，暗骂胡方混账，真是痰气。

第三件事情发生在今年六月。有人动员胡方出面表示欢迎蒋委员长入川，胡方当即书写了一副对联加上横幅：

上联是“亿兆众驱日出境”；

下联是“千万人拥蒋入川”。

横幅是“四亿五千万人”。

国民党“中央日报”也刊登了胡方这副对联。

张群也兴高采烈，为了讨好蒋介石，特地派专人乘飞机把胡方这副对联原件送到武汉呈蒋介石“御览”。

陈布雷先看出这副对联有些蹊跷，但蒋介石已迫不及待派侍从来取这副对联去看，陈布雷不敢指明，硬着头皮呈上去。

蒋介石也不弱，也一眼看出问题来，当即大发雷霆，骂张群糊涂！盛怒之下，几爪把这副对联撕成碎片，恨恨连声。张群眼见马屁拍反了，还不知就里，偷偷询问过陈布雷，方才豁然醒悟：

下联“千万人拥蒋入川”，这一“千万人”在横幅所写“四亿五千万人”中所占的比例是何等地少啊！意思是说只有少数人拥蒋入川。

蒋介石明知这对联是骂他的，当然也不便自己点破，哪有自己抓屎往自己脸上糊的理！真叫哑巴吃黄连——有苦说不出，只有暗暗恨在心中，含混过去了。

张群更不敢公开点破自找苦吃。他知道胡方是民成公司的顾问，对陆祖福说了几次，叫他不要用这个疯子。

陆祖福也觉得胡方过分荒诞，易招横祸，渐渐对他疏远了。

可是高伦对胡方却越来越器重，常留他在身边帮办一些事情。

经此三事，胡方原先的诨名“胡痰气”又叫开了。

这次高伦在撤离武汉前，特地叫胡方坐汽车先赶到宜昌去办事处等他。

想不到汽车在当阳抛了锚，他被乱兵拉住当挑夫。

胡方开始不依，摇头晃脑说一些别人不易听懂的文言，与那位姓吴的班长争情说理。

吴班长把军帽往后脑壳一推，大声怪叫：“你龟儿硬是耗子掉进书篮里——要咬文嚼字呗。老子不看你也是四川人，早一枪托打得你哭爹叫娘。落教点，把挑子担着走！”

胡方翻了一会儿白眼，看见吴班长已举起枪托比试了几次，要是再嘴硬，枪托便会立刻落在他身上，说不定要打成养老疾。胡方也懂得“识时务者为俊杰”和“君子不吃眼前亏”，强捺住自己的性子，自我安慰：俗话说“秀才遇到兵，有理说不清”，算我胡方流年不利，偏遇这煞星相克。

他勉力挑起担子走了几步。我的天！他哪里挑得动，苦着脸搁下了担子。

吴班长举起枪托：“你龟儿安心找麻烦，不给你两枪托，你是不到黄河心不死呀！”

胡方这几年也增长了一些阅历，知道硬顶要吃亏，不等吴班长的枪托砸下，忙双手一拱：“兄弟涪陵小码头，仁字出五，望拜兄维持！”

胡方学来的这几句袍哥话居然起了作用，吴班长举起的枪托缓缓放下了，但口气毫不松动：“老子没功夫与你盘海底，赶快挑起担子走哟！”

胡方又赔笑拱手说：“兄弟气力太小，实在挑不动。在家靠父母，出门靠朋友，望拜兄照看！三十年河东，三十年河西，将来拜兄路过涪陵码头，兄弟定当迎风接驾，不负今日拜兄一番情意。”亏得胡方把袍哥话学得滚瓜烂熟，其实他平时看不起袍哥佬儿，至今还没海皮。

吴班长好像被说动了心，看着胡方在琢磨，见他那个斯文样子，可能实在是挑不动这重的担子。他从胡方担子里取出一些行李转到另一个挑夫的箩筐里，说：“这下好了，再不挑走，老子不管你是不是袍哥，我的枪托不认黄！”

胡方无奈，重新挑起担子试了试，勉强可以挑动，只好紧咬牙关一步一步往前蹭。

吴班长看胡方掉在最后，于是寸步不离，亲自倒挎着步枪在后押解。

他取出一支香烟点燃吸了一口，瞟着胡方说：“喂，我发个善心，让你歇一会儿再走。”

吴班长眼珠骨碌碌一转，眼皮一眨巴，肚里打着胡方的鬼主意。

胡方已累得过不了架，巴不得歇一会儿，立即将担子搁在路边，也学挑夫样，坐在扁担上。

吴班长望了望四周无人，咳了一声，开口说：“喂，念我俩都是四川人，放你一条生路……”

胡方不由喜上眉梢：“嘿嘿，谢吴班长！”他起身便走。

“慢！”吴班长粗鲁地用枪筒戳了一下胡方的背脊骨，露出两颗刺目的金牙，“噫，好撇脱，说走便走，你好慌呀！”

胡方对吴班长出尔反尔的态度感到迷惑，不觉痴痴地望着他出神。

“噫，看你斯斯文文顶聪明，装出二百钱都数不清的样子，未必要吃象[1]！”吴班长大声大气地说。胡方更摸不清吴班长是啥用意，正色地说：“班长，我实在不懂你的意思，请明说吧！”

吴班长只得直说了：“明说就明说。我讲交情，你也要表示一下呀！”

胡方更糊涂了，他惊讶地望着吴班长，不知要他表示什么！

吴班长真不相信胡方如此迂腐，连这点人情世故也不懂，以为他在装佯，火了，骂得口水飞溅：“娘的，你龟儿敢在老子面前装聋卖哑！钱，把钱拿出来！”

他见胡方仍然毫无反应，又逼了一句：“噫，难道还没听明白！”

胡方当然听明白了。他身上的钱早被拉夫的兵搜走，叫他哪里还有钱拿出来。

他气往上涌，犟性发作了：“吴班长，你们的弟兄早把我的钱包搜走，怎么还找我要钱！我胡方又不是摇钱树，一早落黄金夜落银，可以生出金子银子来！”

---

1 玩弄精明人叫吃象。

他越说越气，忘了自己的处境，气咻咻地叫嚷：“我抗议，我是联运处高专员的部属，你们要对后果负责，我抗议……”

吴班长斜起眼睛一睃，举起枪托：“高专员！矮专员也不中用！你龟儿找死，给你两枪托，看你抗议不！”

胡方早已挨过一枪托，腰眼还在疼，蓦地清醒了，一张脸变得煞白，忙双手拦住吴班长的枪托，赔笑说：“美不美乡中水，亲不亲故乡人嘛！我身子是肉做的，受得了几枪托！吴班长，我赔不是，请高抬贵手。”

吴班长在胡方身上没榨出油来实在不甘心，他狡黠的目光闪烁不定，觉得胡方身上穿的那件贡呢长衫和青绸马裤还值几个钱，蓦地说：“没有现钱也不要紧，你身上穿的长衫和马裤脱下来也是一样！”

不等吴班长说完，胡方又忘记了厉害，跳着吵嚷：“噫，班长！我胡方以前打烂仗，在石牛场摆八字摊，拉了一身账，也无人敢脱我的衣服。我也是孔夫子的学生一读书人嘛！你要我脱下长衫和马裤，未必叫我赤身露体走路！”说到这儿，他昂首挺胸，嗓门更大了，“士可杀而不可辱，我死也不脱衣服有伤斯文，我……”他已发了横，做好了挨枪托的架势。

吴班长听胡方又咬文嚼字起来，正待发作，但他看见连长沿路巡查来了，忙说：“少说废话，把担子挑起走！”

胡方叹口气，摇了摇头，只得闷声挑着担子吃力地往前走。

四

胡方哪里受过这种罪，一步一步挨到玉泉寺卸下担子，浑身酸疼，像骨节要散架一般。

现在落在这群乱兵手上，弄得斯文扫地，在这兵荒马乱的世道，只有自认晦气。幸好中国有句古话：“大丈夫能屈能伸。”韩信能忍胯下之辱，终成大事；越王勾践甘愿尝大粪，卒能复国报仇……胡方想到这些古训，才没有格外感到沮丧。晚饭时，他居然把两碗稀巴巴的夹生饭狼吞虎咽般吃下肚，还是吃的无菜的鼓眼饭哩！

拉来的民夫全关在一间厢房里。胡方趁先找了一个避风的地方歇下——这里靠近神龛，地上垫的稻草也厚些。

他躺下不久，才发现离他头部不远放着一只马桶。民夫拉屎屙尿川流不息，撒在桶外的尿一会儿便集聚成凼，不仅臭气难当，而且叮叮咚咚的响声吵得他睡不安稳。

神龛上点着一支敬神没燃完的蜡烛，厢房异常昏暗。

胡方坐了起来，想挪动一下地方。可是民夫一个紧挨一个早已睡好，哪里也没空隙。

他只好抱膝坐着，愁眉苦脸唉声叹气，眼前这个夜晚如何熬过已使他发愁，想到明天还要继续挑那重的担子，更是愁上加愁。

他在苦苦思索摆脱这场厄运的对策，可总也想不出一个好办法来。

要逃跑是不可能的，门口就站着两名荷枪实弹的岗哨，步枪上的刺刀熠熠发亮。

吴班长查看民夫来了，他走到胡方脚边站住："噫，你抱着膝头不睡，未必是学和尚念金刚经！今天我给你减轻了担子，看来太便宜了你，明天要给你加起来！"

胡方听吴班长这么说，吓得魂飞魄散，在这些不讲理的丘八面前，他不敢不服。他望着吴班长可怜巴巴地说："班长咧，做点好事，积德积在你儿女身上。我哪挑过担子哟，真要我的命啰！"

吴班长觉得胡方酸得有趣，不觉动了雅兴。他贵州驴子学马叫，卷起舌头学着下江话与胡方说："现在打国仗，斯文人也要出力，这就是蒋委员长提倡的新生活运动，新生活运动是最时新的玩意，你懂吗?"

胡方听了，哭笑不得，心中蓦地一动，看来对这些不学无术的丘八硬顶不行，需要使点计谋……

他不觉想到今天晚饭时，这位吴班长蹲在大殿前的荷花池边，与一位下士的一番谈话，他完全可以利用来试一试自己的本领。胡方干咳一声，煞有介事地兜搭："吴班长，我自幼曾得异人传授，能知过去未来。我看你头上出现光晕，是升官发财之兆，可惜呀……"

吴班长听胡方说他有升官发财之兆，陡地收住口卖关节。他撇了撇嘴："你龟儿少冲壳子[1]，我不是好欺哄的。”胡方正色说：“你不相信算了。”他摇头晃脑，自言自语：“可惜呀……”

吴班长露出半信半疑的表情，终于忍不住说：“假若你龟儿真有本事，算准了我的过去未来，嘿嘿，老子优待你；算不准，谨防老子叫你跪马桶！”

胡方盯着吴班长那张猴脸，半晌不语，只顾唉声叹气。

吴班长是迷信异常的，反而急了，催促说：“你既然会看相，就请说。”

胡方却拿起架子来：“我说准了，你怎样优待我？”

吴班长是急惊风偏遇慢郎中——急得不耐烦了，说：“叫你龟儿看相，偏拿架子！”他接着无可奈何地答允，“只要你说准了，一切好商量；若说不准，哼……”

“好，一言为定。”胡方伸出右手，“我们击掌为信，怎样？”

吴班长犹豫一阵，也伸出右手：“击掌就击掌。”

胡方的手板击在吴班长的手板上，发出“啪”的一声脆响。

他已经一天没抽烟，吴班长衔在嘴上的香烟飘来的香味，钻进胡方的鼻孔里格外香浓。

他拿起神龛上插在香炉里的半截蜡烛照着吴班长的脸面，装腔作势端详了一番，然后将蜡烛插回原处，坐在稻草上沉吟不语。

吴班长焦急地催促：“说呀！”

胡方用命令的口吻说：“烟，给我一支香烟！”

“你龟儿讲究真多！”吴班长虽然这样说，还是递了一支香烟给胡方。

胡方站起身，在燃烧的蜡烛上点燃香烟，猛吸一口，多舒畅呀。他徐徐喷着烟，慢吞吞地说：“下颌尖尖，腮帮瘪瘪，咦，你婆娘生下双胎，一个也养不活哩！”

吴班长听后，惊讶异常，他婆娘真的生过双胎，确实一个也没养活。

他没承认，也没否认，偏着头盯着胡方：“你再说，看你还能看出啥！”

“好，我再说。”胡方见吴班长信以为真，暗暗得意，继续说，“天庭窄窄，耳朵耷耷，咦，你最近发了点小财，两枚金戒指哩！”

吴班长惊叫一声，嘴巴张得大大的，半天合不拢来：“你唧个晓得的？看不出

1　四川话，吹牛。

你龟儿真有两手!”

他在胡方面前蓦地变得恭顺了，真把胡方当成活神仙。他万万没想到胡方私下偷听了他与一个同乡的谈话。

吴班长见胡方手上的香烟快烧着手指了，主动递上一支香烟去，客气地问：“先生贵姓?”

“姓胡!”胡方摇头晃脑地回答。

“胡先生，请隔壁坐，好好与我看相!”吴班长见这里都是民夫，说话很不方便，热情地邀请胡方。

“恭敬不如从命!”胡方说话文绉绉的。

胡方到了隔壁厢房，见房里用门板架着一张床，空荡荡的，只住着吴班长一个人。

吴班长请胡方坐在一根条凳上，还泡上一碗毛尖茶，拿出一包地球牌香烟塞到他手中。他自己坐在门板床上，笑嘻嘻地问：“胡先生，你刚才说我头上有光晕，是升官发财之兆，你说，啥时才能应验?”

胡方见他那副苕样子，极力忍住笑，装腔作势在吴班长头上指来指去：“看，这光晕内白外红，还罩上一层黑气，可惜呀……”

吴班长见胡方说得那么神，不觉摸着自己头上的军帽，仿佛他也可以摸到光晕似的。他性急地问：“可惜什么？胡先生，这层黑气该不会碍大事吧?”

胡方口里喃喃不清地念着：“金生水，水生木，木生火……”他还掐着指头推算，“水克火，火克金，金克木……”

吴班长张着嘴巴，全神贯注盯着胡方那张微微动着的嘴发怔。其实胡方念的是五行相生相克的口诀，与看相全不相关，吴班长当然不会懂得。

胡方故意弄神弄鬼骗得吴班长信了，便说：“吴班长，你升官发财是定了，不过……这层黑气犯了七煞格，恐碍大事，说不定还有性命之忧!”

“七煞格！这……”吴班长好像懂得这个术语，惊惶异常，“胡先生，能躲过七煞格吗?”

胡方这时打了一个哈欠，夜已深了，他多么想美美地睡一觉：“吴班长，我今天太劳累，这时有点神思恍惚，怕算不准，我明天与你占一个文王卦，自有分晓。”

“胡先生，今晚就占文王卦不行吗?”吴班长近于哀求了。

“不行!”胡方答得斩钉截铁,“占文王卦要洁净,神思集中,心要虔诚。”

吴班长有些失望,无可奈何地说:“好吧!胡先生回去休息,明天好集中神思给我占个文王卦!”

胡方想起关押民夫的那间厢房中的情景,心中就不是个滋味。

他瞟着吴班长的床铺,虽是用门板和砖头搭成的,可垫的棉絮,盖的灰军毯都很洁净,于是大着胆子说:“吴班长,明天占文王卦要洁净,你想,让我去睡在马桶边上熏一夜,占卦也不灵呀!”

“这……”吴班长觉得胡方说的在理,这是个不好解决的难题,“你说,怎么办?”

胡方大大方方拍着吴班长的床铺说:“吴班长,今晚我俩一床睡,挤一挤,如何?”

吴班长吃了一惊,想不到胡方竟提出这样的要求:“这……”他对胡方能预知过去未来已深信不疑,虽不是活神仙,看来确有些根基。他沉吟半晌,居然勉强应允:“好!只有一条军毯,怎样盖呢?”

胡方提出这个要求,其实不存多大希望,见吴班长答允了,也喜出望外,忙说:“不要紧,我只盖点毯子角便行了。”

五

胡方睡得很香,可终于被寒气冻醒了。他见桌上那盏油灯一火如萤,已经油干灯草尽,快要熄灭了。阵阵的寒风从门窗的缝隙吹进来,室内显得阴森森的,使人身上起鸡皮疙瘩。

吴班长裹着灰军毯在另一头睡得粗鼻打鼾,胡方连半个毯子角也没盖上,怪不得冻得他浑身寒战。他半边身子已被吴班长挤出床外悬空,差点便要滚到地上去了。他不敢惊动吴班长,索性下床穿上鞋子坐在板凳上养神。因为睡时未脱衣服,所以并未发出多大的响声,吴班长照旧打鼾,没被惊醒。

胡方听吴班长的鼾声高一阵低一阵,他变得清醒了。他见房门虚掩,悄无人声,心中一动,何不趁机逃走!

他蹑手蹑脚走到门边,轻推房门,却发出吱咯一声响,在静夜中特别刺耳,不禁吓了一跳。他屏息凝听一会儿,吴班长翻了一个身,立即又发出了鼾声。一切依旧，他才放下心来。

他侧身走出房门，见天边已现出鱼肚色，隐隐约约可以辨清路径。

他穿过荷花池，摸进门殿，幸好没碰见人，但大门关得紧紧的，他有些失望，只好返回。

他刚返回到荷花池边，见一个丘八正对着荷花池屙尿，忙往一丛扁竹桃后一躲，心里咚咚跳。

那个丘八睡眼惺忪，仿佛瞥见一个人影一晃，便大声喝问："谁?"

没有听见动静，那个丘八以为看花眼了，只顾回房睡觉去了。

半晌，胡方才敢走出来，沿着高大的风火墙转了一圈，仍然没有找到通路。他见天色越来越明，到处都有响动了，不禁感到异常沮丧。他正准备回房去，突然眼前一亮，只见不远有一扇月牙门敞开着。他不及细想，快速从月牙门窜了出去。一阵晨风迎面拂来，他冻得全身一抖。

他走的一条小路不知通向哪里。小路两旁遍植着石榴树，迟开的石榴花，火红的花朵在晨曦中放出艳丽的光彩，枝头跳跃的小鸟迎着将要升起的朝阳鸣啭。小路的尽头是一片菜地——他以为已到了庙外，加快脚步往前走，见到处是高墙，才知自己仍在庙内，不知所措地站住了。

远远传来喧哗吵嚷声，他已听清吴班长的声音在大声喊叫："那个斯文的挑夫跑了，给我追!"

胡方见天已大明，环顾四周空荡荡的，连树木也没有，无处躲藏，更是仓皇不安。他已听见杂沓的脚步向这个方向追来了，慌不择路，跳过一道矮墙，见一座偏殿虚掩着门，门上书有"般舟堂"三字。他侧耳听了听，里面悄无人声，只得冒险闪进门去。

他站在天井里顾盼一会儿，知道已经前无去路，后无退处，便钻进正面的堂内，见无人居住，供着几个菩萨。他纵身一跳，手足并用上了一个神龛，不顾一切躲在一尊塑像后蹲着，连气也不敢出大，静听着外面的动静。

寻找他的人几次从他藏身的神龛旁走过，他可以听见自己心脏的跳动声，差点窒息眩晕过去。可这些人终于没有搜查到神龛后，使他受了一场虚惊……

胡方躲了一个早上，听外面人声鼎沸忙乱了一阵，慢慢沉寂了。

乱兵开拔许久，胡方还不敢贸然从藏身的地方走出去。危险过去了，他不单觉得饥饿难当，并且蹲得过久，双腿已经发僵发麻。

他又凝神谛听了一会儿，没有听到任何声息，才冒险从塑像后走出来。

他看着高高的神龛不禁怔住了，记不清刚才是怎样毫不费事跳上来的，现在他却不敢一步纵下地。他终于闭眼咬牙，往下一跳，却像干柴棒一样跌倒在地上，发出很大的声响。他忘记了危险，失声“哎哟”呻唤起来。

从不远的厢房里走出黄成宾，他是听见声响出来看个究竟的。

黄成宾一家人在般舟堂里住了一夜，幸好善修长老把他当成有钱的施主，处处优待，在生活上不曾受苦。为了怕惹出意外的麻烦，今早躲在厢房里没有外出。

黄成宾看见躺在地上呻唤的胡方，不觉吃了一惊——他认出这就是昨天在拱桥上看见的民夫，弄不清他为啥躺在这里呻唤。

胡方骤见黄成宾也吃了一惊，勉力想从地上挣扎着站起来，可是跌得不轻，感到腰部火辣辣地疼痛，挣起半个身子又躺下了。

黄成宾看他不像一般的粗人，忙上前扶起胡方，一面询问，一面将他扶进厢房内。

汪丽见黄成宾扶进一个陌生人来，也觉惊异，便问：“成宾，他是谁?”

黄成宾正想回答，胡方背靠在一张太师椅上，自己把他的遭遇一五一十说了出来。

黄成宾在武汉也听别人说过胡方，知他是民成公司的顾问，想不到在这荒山野岭的古庙中见面，并且同在患难当中，不觉感到格外亲切，高兴地说：“哦，你就是胡方先生，能在这里见面，真巧!”

胡方瞟着黄成宾一家人，觉得陌生，听黄成宾的口吻是知道他的。他疑惑地问：“先生，你是谁?”

黄成宾把他的情况简略地告诉了胡方。

想不到胡方蓦地一拳击在桌上：“哎，有这样的事情!”他忘了自己腰部的疼痛，站起身一瘸一跛地来回走了几步，然后望着黄成宾说，“蒋介石手下那帮人裙带成风，用人唯亲，不知糟蹋了多少人才！可是……可是陆先生不用你，这……这太奇怪了。我想，一定别有缘故……”

黄成宾不知如何向他解释才好，只是望着胡方不语。

胡方坐回太师椅，沉吟一会儿，安慰黄成宾说：“据我所知，陆先生爱才如渴，像你这样的动力专家怎会不用！黄先生，不用忧心。你们到重庆后来找我，我亲自向陆先生提说，想来问题不大。”听胡方如此一说，站在一旁沉默不语的汪丽，不觉也感到兴奋，脸上有了笑容。

黄成宾想不到在这“山重水复疑无路”的时刻，面前蓦地出现了一线希望，真是喜出望外，连声称谢：“一切就要仰仗胡先生了！”

他见胡方还用手护着腰，关心地问：“胡先生，你跌伤没有？”

一句话提醒了胡方，他站起身活动了一下筋骨，除腰部有些隐隐作痛外，其他不觉有异常，便回答说：“不要紧，没伤着筋骨。”

汪丽见胡方与人初次相逢便这样热心快肠，此时插言说：“胡先生，成宾书生气太浓，有你帮忙，我们就放心了。”

胡方是落过魄的读书人，最易产生共鸣，他说：“黄太太，事情还不知成不成哩！唉，我们读书人最易吃这‘书呆子’三字的亏，想圆滑也圆滑不起来，反不如不读书的好！”

他们谈谈说说，真是一见如故，仿佛已是多年的老朋友似的。善修长老带着小和尚送素餐来了，突然看见厢房内多了一个陌生人，不觉一愣……

黄成宾正想与善修解释，想不到善修蓦地打了一个哈哈，笑着说：“胡先生，是哪阵风吹来的，稀客，贵客。”

胡方也觉意外，迷惑地问：“长老，你怎会认识我？”

善修笑逐颜开地说：“胡先生，你真是贵人多忘事！去年我去峨眉山进香，在民顺轮上与先生相会，你还与我谈过禅，讨论过金刚经呢！”

胡方把善修仔细端详了一会儿，才想了起来，大声说：“哦，是的。善修长老，想不到你的记性比我好。你近来怎样？香火兴隆吗？”

善修长老叹了一口长气：“胡先生，现在说不得了。想我善修进玉泉寺削发为僧的时候，是何等兴旺！僧侣一千多，煮稀饭都要用大锅，那大锅足可以装十几担水。那时，过往高僧来寺挂单讲法的络绎不绝。唉，自我师圆寂[1]、传法牒衣钵与我，连年兵荒马乱，景况便一年不如一年。僧侣散的散了，还俗的还俗了，真是罪过。目前只剩下我老朽无用，带着几个弟子强撑门面。往年煮稀饭的大锅摆在大雄宝殿前面的露天里，已生满了铁锈。有钱的施主请不来，烂兵队不请自来，快要把门窗拆下烧光了，唉……”

1 和尚死亡叫圆寂。

说话间，小和尚已摆上一桌丰盛的素餐。善修听胡方诉说了被拉夫到此的经过，恍然大悟：“哦，怪不得今早他们到处寻追逃夫，原来这逃夫便是胡先生。”

善修一面请他们用素餐：一面站在一旁向胡方吹嘘：“我玉泉寺中的菩萨最灵验，关圣人也在这里显过圣。像胡先生这样懂得佛经的人，佛祖自然会护佑，果然逃脱了厄难。阿弥陀佛！”

他们都饿了，毫不客气围着桌子坐好进餐。查理最快，已塞了半个馒头到口里咀嚼。

善修长老笑嘻嘻从宽大的衣袖里掏出一本化缘簿来，先递到黄成宾手上。小和尚也训练有素，不等吩咐，已手托墨盒，将毛笔递了过来。

善修双手合十：“哈哈，施主光临敝寺，实佛门有幸，结个善缘。阿弥陀佛！”

黄成宾左手托簿，右手握笔，额头在冒汗。他与汪丽面面相觑，这笔好像有千钧重，半天下不了笔。照说像善修长老这样盛情招待，就是施舍一百元也不算多，可是现在他们穷途落难，就是将二十多元全数写上，也觉寒碜，善修肯定也不会满意。

胡方是过来人，见黄成宾的神态，已明白了几分。他站起身从黄成宾手上夺过化缘簿和毛笔，笑对善修说：“黄先生与我是一道的人，由我认捐也是一样！”

善修长老虽不愿意，但提不出像样的理由，只好表示赞同：“好！胡先生绝不会亏我佛门弟子。”

黄成宾与汪丽一听，顿时松了一口气，用感激的眼光看着胡方。

胡方提笔用悬肘在化缘簿上写了几个字，认捐一百元，递给善修长老过目，笑问：“怎样!?”

胡方见善修长老沉吟不语，知他有些嫌少，于是笑着补了一句：“长老以后到峨眉进香，可以找我，不收你的船钱。”

善修这才眉欢眼笑：“阿弥陀佛！胡先生结下这个善缘，实在功德无量。”小和尚方从胡方手中接过毛笔。

善修知道胡方在四川是颇有点名气的书法家，写一副对联也值钱不少，趁机央求说：“还要求胡先生在敝寺留下墨宝，为敝寺添光。”

胡方瞥了一眼善修的秃头戒疤，心中感到暗暗好笑：幸亏他是须眉皆白、“四大皆空”的高僧，若还俗做生意，定是一把好手。他不便拒绝，答允说：“好！”

善修更是欢喜异常。他合上化缘簿，站在一旁仍然不走。胡方开始感到诧异，后来才想起他不走的原因，对善修说道：“长老，我身上的现钱已被乱兵搜光。”他沉思一会儿，“这样吧，你派人到当阳与宜昌通个电话，叫民成公司的袁主任马上派汽车带钱来接我，你看怎样？”

善修这才心满意足，念着阿弥陀佛走了。

胡方坐下，一面举筷，一面对黄成宾说：“黄先生，我们都是斯文人，走不动路，干脆今天再住一天，游览一下覆船山，欣赏一下玉泉水。我想善修长老有一百元现金可得，我再写一副对联送他，定不会亏待我们。”

黄成宾昨晚还在发愁，想不到意外遇见胡方，帮助解决了目前的困境，心里对他不胜感激，唏嘘半晌方说：“胡先生这样慷慨，想得这样周到，我实在受之有愧……”

胡方不等黄成宾说完。切住了他的话：“俗，说这些客气话，显得太俗了。”

他们一时无话，各自埋头吃饭。

胡方想起一会儿要写对联，必须事先把对联想好才行。他边喝粥边在思考……有了！上联是——覆船山高玉泉水长；下联是——般舟堂深月桂香远。

胡方觉得这对联不很理想，又想了一副：上联是——青山常伴我；下联是——绿水永为邻。

他沉吟一会儿，也觉不妥……

黄成宾哪知胡方边喝粥边在想对联。见他一个人时而皱眉，时而微笑，显得有些疯癫的样子，联想到他的诨名叫胡痰气，不知他刚才许的愿，要帮助自己找到职业的话是不是靠得住，不觉暗暗有些担心起来。

第十三章

蒋介石的黄山官邸坐落在重庆南岸黄山上，山上苍郁茂密的树木掩蔽着一幢幢新建的洋楼。

虽然在望龙门新建了缆车，不用上坡下坎，但过江到龙门浩，要坐滑竿抬上山去，仍很费时费力极感不便。

蒋介石除了周末过江住进黄山官邸外，平时便住在曾家岩或是山洞官邸。

今天是周末，蒋介石清早便过了江，上了黄山。

初冬和煦的阳光暖洋洋的，重庆的气候湿润温暖，山上的树木大都依然葱茏翠绿，毫无冬意。只有枫橡树的叶片转成了火红的颜色，点缀在苍松翠竹之间，像团团烈火。

蒋介石穿着长衫，独自在山坡上漫步，时而停住脚步昂首向远处眺望，显出心事重重的样子。

他神态矜持严峻，动作迂缓僵硬。

侍卫官远远站住侍候，不敢靠他太近。反正这座山头四周架着电网，有无数宪兵警戒，不必担心。

一阵娇脆的嬉笑声，越来越近，宋美龄由一群女人簇拥着缓缓向这里走来。

嬉笑声蓦地寂然了，她们已看见蒋介石站在那里，一个个顿时显出敬畏的样子，远远站住了。

宋美龄态度从容，轻提着过长的旗袍下摆，由孔令俊搀扶着婷婷走了过来。

“达令，来，我俩在这丛月月红后面照张相！”宋美龄含着微笑，对蒋介石说。

孔令俊仍是那副男式打扮，西装革履，打着一条花哨的领带。她胸前挎着一部美国照相机，嘴角现出浅浅的两个酒窝，很有礼貌地躬身向蒋介石问候：“姨父，您好！”

蒋介石斜睨了孔令俊一眼，神情冷淡地点了点头，表示答礼。

孔令俊毫不拘束，对蒋介石淡漠的神态也不在意。她大声大气地对宋美龄说：“姨妈，这丛月月红太俗气，你搀着姨父在那棵古柏下留个影吧！”

蒋介石仍然没出声，只是眉头皱了一下，听任宋美龄挽着他往右走了几步，在一棵古柏下站住了。

孔令俊双手捧着照相机低头对着焦距，她在蒋介石面前没有一点惧色，抬头用手挥动，大声叫嚷：“姨父的头向姨妈的头部靠近一点……不行，神态要自然一些……好，不动了！”

她一揿快门，只听“咔嚓”一声，一张相片拍好了。

宋美龄腰身一扭，向蒋介石说：“达令，跟我们一起到对面山头走一走！”

蒋介石慢吞吞地说：“我还有重要事情哩！”宋美龄立刻露出微愠的表情，向远处站住不敢过来的几个女人一招手，大声说：“走，我们玩去！”

那几个穿着入时、年轻漂亮的女人十分拘谨小心，向这边走了几步又停住了。

蒋介石看清走在前面的是孔令仪，他毫无表情的长脸上有了一丝笑意，向她招手点头。

孔令仪穿一件紫色夹绸旗袍，平底绒鞋。她缓缓走了过来，站在蒋介石面前显得腼腆，脸上飞起了红云，微低着头轻轻喊了一声：“姨父，您好！”

蒋介石与宋美龄态度相反，不大喜欢孔令俊，却对孔令仪异常亲切。他这时陡地来了兴致，对还拿着照相机的孔令俊说：“来，我要与你大姐照一张相！”

孔令仪刚站到蒋介石右侧，孔令俊蓦地说：“姨妈，我也要一齐照！”她将照相机递到宋美龄手上，向前跨了几步，紧挨蒋介石左侧站住。

蒋介石很不乐意与孔令俊合影——虽然她嘴巴甜好巴结，但在他面前说她坏话的人很多，他对她男不男、女不女的打扮也看不顺眼。但这时也不便说什么，只是将身子往孔令仪那边靠拢了一些，在他与孔令俊之间造成了宽宽的空隙。

孔令俊毫不知趣，又主动向蒋介石靠近，留下的空隙弥合了。宋美龄注意到蒋介石这个小动作，蹙了蹙眉尖。她知道蒋介石不喜欢孔令俊，因此感到有些不快。她深知他的脾气，怕惹出更不愉快的事情来，忙举起照相机拍了照，随即带着这群女人走开了。

蒋介石迈着迂缓的方步，在林间小道徜徉了一会儿，听见侍从副官报告：“委座，戴主任求见！”

蒋介石停住脚步，见戴笠已从那边过来了。他斜睨着戴笠，板着脸半晌不语。

戴笠将脱下的军帽拿在手上，站得周周正正，脸上的微笑掩不住内心的惶惑，一时猜不透蒋介石为哪桩事情对他不悦。他知道自己在国民党内树敌过多，经常有人在蒋面前说他的坏话，这使他时刻提心吊胆，生怕惹恼了蒋会身败名裂。

蒋介石开口了：“雨农，你不是我教出来的学生！你以后不要叫我校长，我没有你这个学生……”

戴笠被蒋介石没头没脑这样大声训斥了一阵，还是不明白为什么训他！他已摸透了他的脾气，不敢开口询问，也不敢申辩，装出畏惧的样子，显得更谦恭，听任他训斥下去。用戴笠的话说，这叫以柔克刚。

蒋介石突然爆发了一通脾气后，口气渐渐缓和下来："唵，听说到香港去与日本人谈判的代表，日本人要他们出示代表证书，是不是?"

戴笠小心翼翼地回答："是的。"

蒋介石的口气又严厉了："我下过命令，不许发给代表证书。你知道吗?"

"学生知道。"

"你既然知道，为啥还要写封介绍信给代表？这封信落到日本人手中的后果，你知道吗？娘希匹……"

蒋介石越说越激动，最后破口大骂起来。他蓦地逼近戴笠一步，恶狠狠想给戴笠一个耳巴子。

戴笠已作出了准备挨打的姿势，可是蒋介石伸出的手蓦地收回了，因为他看见陈布雷匆匆走来，知道一定有重要事情来面禀。

戴笠见蒋介石的面色缓和了一些，才壮着胆子解释："校长，学生只是写了一张便条交给代表，是为了他们需要时好与我们在香港的特工联系。"

"糊涂，真是糊涂！这样的便条怎好拿给日本军部的特工看!"

戴笠这才明白蒋介石火气如此旺的原因。有人向他报告过，日本人一定要代表出示证明文件才肯正式谈判，代表们不得已才将他的便条给日本军部的代表看。他只好含糊地认错："是，是，学生糊涂。"

蒋介石见陈布雷已走近了，点头向他示意："布雷，请你稍待一会儿。"接着对戴笠说，"你立即发个密电到香港，叫他们都给我回来，绝不能有片纸只字落在日本人手里当把柄。否则，一律军法从事!"

"是，我马上去办!"戴笠松口气，戴上军帽，敬了个军礼，回身走了。

蒋介石觉得站得过久，有些累了。他先坐在路边一条石凳上，腾出一端空位，客气地说："陈主任，坐下慢慢谈。"

陈布雷迟疑了一下，恭敬不如从命，他坐下半边屁股，让中间留出一段空隙。

重庆虽然不冷，但陈布雷除了穿两件厚厚的毛线衣外，还罩上一件驼绒里的夹长袍，一张马脸苍白而憔悴。

他用手绢捂着嘴轻轻咳嗽了几声，正待说话，蒋介石已先开口："布雷，你找德国医生看过没有？要多注意身体啊！"

不待陈布雷回答，他已提起刚才的事情说："布雷，你说戴笠糊不糊涂！日本人与我们谈判和平条件，谁知他们安着什么心眼！要是他们是诱我们上钩，拿住我们的把柄，把我们之间谈判的事情故意泄漏出去，嘿，立即便会有很多人反对我。目前抗日的民气很高，我受得了吗？不可不防呀！"

陈布雷正是为这事来的，他从带来的文件夹里取出一张还散发出浓郁油墨味的报纸，递到蒋介石手上。他说："委座，这是刚出的《新华日报》，有一篇社论，援引了日本人的一则电讯说，有人暗地在香港与日本人谈判投降条件。提醒民众要提高警惕，反对投降倒退。"

蒋介石一惊，手上拿的报纸也在簌簌发抖："唵，日本人真的抛出来了！"他眼力尚好，不用戴老花镜便可以看报。

他看完《新华日报》上的社论，神色骤变，抿着苍白的嘴唇怔住了。一会儿，他愤愤地说："日本人这样不够朋友，这种狡诈的权术居然用到我的头上，真不是个东西！"

陈布雷不动声色，又从文件夹里取出一张写满小字的十行纸，递给蒋介石说："委座，日本外务省发表声明，公开辟谣，否认在香港与我方谈判过。这是刚收到的广播记录，请委座过目。"

蒋介石恶狠狠地将《新华日报》揉成一团，扔得远远的，迅速从陈布雷手上接过记录来看着。

他开初竟露出一点笑意，慢慢笑意收敛了。他用右手的中指弹击着十行纸，皱眉不语，半晌方对陈布雷说："日本外务省真荒唐！别人并未点出我的名字，这则辟谣声明却点出我的名字来，岂不是'此地无银三百两'的？共产党人机灵异常，唉……"

陈布雷素来谨慎，坐在一边听着不说话，不时用手绢捂住嘴轻咳两声。

蒋介石偏着头望着古柏上的那个鸟窝凝思了一会儿，问："布雷，对这件事情重庆其他报刊的反应如何？如《大公报》《新蜀报》《商务日报》……"

陈布雷摇了摇头，答道："《新华日报》刚印出来，其他报刊目前尚无反应。"

蒋介石烦躁地站起身来在小路上踱来踱去，像苦苦思索算术题答案的学生一般。他神情专注，仿佛忘了陈布雷似的。

陈布雷当然早站了起来，在一旁恭候。

蒋介石一张冥思苦索的面孔蓦地舒展了。他一顿脚，走近陈布雷大声说："布雷，赶快叫侍从室马上通知国民参政会，我明天要亲自出席，在会上演讲，讲题是'全民动员，将抗战进行到底'。"

陈布雷提醒蒋介石说："委座，明天是星期天，参政会照例是不开会的，一些参政员大都不住在城内，可能一时通知不及，是不是改在……"

蒋介石的口吻有些不满意："呃，抗战时期嘛，哪能照常规办事！国民参政会明天一定要开，我的演说一定要发表！"

他沉吟了一会儿，继续说："参政员能不能到齐，不关紧要，唵，主要是新闻记者越多越好。可以叫侍从室明天一早派车到处去接，各大名报的记者一个也不能漏！"

陈布雷不发一语，只是点头表示自己在用心听。

"布雷，今天晚上要麻烦你开个夜车啰，连夜把这篇讲稿拟出才行啦！"蒋介石和颜悦色对陈布雷说。

他见陈布雷已掏出拍纸簿，捏着自来水笔，知他在等待自己的指示，要记下要点便于拟稿。

他说："布雷，你看着拟吧！调子尽量放高一些。去翻翻《新华日报》的社论，凡是高昂的抗日言论都可用上，让日本人骂我过激也不要紧。"

陈布雷收起拍纸簿和自来水笔转身要走，准备立即去布置一切，但又被蒋介石叫住了："布雷……"

陈布雷只得站住，见他叫了一声布雷便停住了，只得耐心等待。

蒋介石缓缓地说："多通知左派和中间色彩的记者参加。我们……唵，我们中央社的记者就不用参加啰，以后《中央日报》发一则简短的消息便行了，不用登载我讲话的全文，唵……"

陈布雷知道蒋介石的话还没说完，仍站住静等着他说下去。

"唵……中央社不发消息，《中央日报》不发讲话全文，让其他报纸多宣传宣传，这就更妥当一些。"蒋介石仍怕陈布雷不能领会他的意图，于是把话说得更明白一些，"唵，日本人是聪明的，一定会明白我的苦衷，这样才不致造成误会。唵，这样才妥当。"

其实蒋介石这些话都是画蛇添足，喜欢在部属面前卖弄自己的聪明。陈布雷是办报出身的，岂有不明白这些手法之理。

二

陈布雷走后，蒋介石正想走近那丛月月红赏花，调节一下自己过分紧张的神经，侍卫官又上前报告：“委座，孔先生求见。”

蒋介石每到黄山度周末，反而比在曾家岩官邸忙碌，一些亲信都尾随着来了。其实这度周末的规矩是宋美龄想出来的。她说美国的总统周末一般不待在白宫，都在风景优美的别墅里度过。不仅可以赏心悦目得到充分的休息，而且在白宫不便处理的私事，也可以在别墅里处理。

当然，蒋介石无所谓私事公事，也不像美国总统住在白宫里有种种不便，一定要在别墅去处理自己的私事。他现在既然经常与美国大使交往，为了不让美国人小看自己土气，也为照顾宋美龄的情绪，所以立即采纳了这个度周末的建议。

蒋介石听说孔祥熙来了，忙说：“请！”

一会儿，孔祥熙沿着一个斜坡走上来了。他粗短的两腿爬坡异常吃力，呼哧呼哧地喘着气。

蒋介石见他累得满头大汗，不断用手绢拭着宽脑门上的汗珠，由于过分肥胖，把一件西服外套撑得鼓鼓的，像要胀裂一般。

孔祥熙虽是下属，但毕竟是宋美龄的姐夫。他在蒋介石面前比较随便，蒋介石也对他另眼相看，显得异常客气：“庸之，你来得正好，我正有事要问你！”

孔祥熙见蒋介石在石凳上坐下，因为没招呼他坐，只得站在一旁，手上拿着礼帽，笑眯眯地看着蒋介石，等他说话。

因为到香港去与日本人谈判的代表是孔祥熙派的人，所以蒋介石态度冷峻，多少带点责备的口吻说：“庸之，你派到香港去谈判的代表，个个是饭桶！”蒋介石斜睨着孔祥熙，“我把这么重要的事交你去办，认为你老成持重，唵，要派牢靠的人去才行！”

孔祥熙正是为这事来的，想不到还没开口便先受了几句训斥，语气虽不十分严厉，但他是很少遇到这样的境遇的。他面不改色，仍笑眯眯望着蒋介石，并不争辩。

蒋介石喜欢孔祥熙，不大喜欢宋子文，主要是认为孔憨厚驯顺，不像宋那样桀骜不驯。

这时他见孔祥熙十分谦卑的样子，火气早消了，居然拍着空出的石凳叫他坐下。

孔祥熙见空出的石凳有限，肯定坐不下他这肥胖的躯体，只点了点头，仍然站着。蒋介石不过对他表示客气，也没再叫他坐。

孔祥熙趁机解释说："委座，我们代表若不出示身份证明，日本人便不愿谈。所以代表们在不得已的情况下，才出示了戴笠写的那张便条。给日本人看了，当场便收了回来，并未落在日本人手上，请委座放心。"

蒋介石深谋远虑地说："庸之，日本军部的特工非同小可，一些事情不是局外人所能知道的。譬如他们可以神不知鬼不觉用微型照相机拍下来。呃，方法多咧！"

孔祥熙知道他这位姨妹夫近来请有德国教师，专门给他讲解特工课，在这方面的知识算是渊博的，说的并非全是耸人听闻的假话。他露出钦佩的表情，连连说："是，是。委座所虑极是。"

蒋介石不愿再谈这事，关切地问："庸之，他们去香港谈判有点结果没有？日本人作出哪些让步？"

孔祥熙苦着脸，多肉的胖脸堆起了肉丘，回答说："委座，日本人还是老一套，要我们拿出有力的反共行动，证明确有和平的诚意，一切条件他们都好商量。"

蒋介石蓦地激动起来："反共行动！我近来解散了那么多抗日团体，这难道不是有力的反共行动！"

孔祥熙不过是虚胖，刚才背心被汗湿了，这时站在风头上被风吹了一阵，不觉打了一个响亮的喷嚏，飞溅的清鼻涕差点飞到蒋介石的脸上。他颇感尴尬，忙掏出手绢捂住口鼻，连连咳了几声。

他见蒋介石深邃莫测的目光注视着他，忙说："日本人的意思，认为要对共产党采取行动。"

想不到蒋介石一听，火气异常大："他们懂个屁！哪个抗日团体不是共产党在操纵？不行，现在不能与共产党公开决裂。"

蒋介石情绪十分激动，烦躁地急速走动了几步，望着孔祥熙大声说："日本军部都是一些武棒槌，没有一个有政治眼光的人。他们天天高喊反共，殊不知他们发动这场战争，却大大帮了共产党的忙，弄得我进退维谷不好做人。”蒋介石说顺了嘴，忘了自己也是军人执政，竟骂军人是武棒槌！

蒋介石昂首望天，沉默了一会儿，情绪仿佛平复一些了：“要我蒋介石反共，日本人应该先拿出行动来表明他们的诚意。否则，我……”他的话没说完，长长叹了一口气收尾。

“庸之！”蒋介石又慢吞吞地说，“日本人不先表明诚意，我绝不先公开反共。唉，谁知日本人安的什么心眼！我搞得不好，国内各派势力都会反对我，我就会垮台。唉，英美……”

蒋介石提到英美，多日积在心里的牢骚压抑不住，一齐发出来了：“英美也不是东西，态度暧昧，时而叫我打日本人；时而又叫我与日本人讲和。娘希匹，我蒋某不听任他们随意摆布？唉……”

孔祥熙见蒋介石连英美也怪上了。他边观察蒋介石的神色边说：“委座，英国人是怎样想的我不知道。据美国朋友说，他们要进行战争动员还需时日，叫我们与日本人谈判只是一种权宜之计……”

蒋介石岔断了孔祥熙的话：“什么叫权宜之计？叫我打，叫我不打，全为了他们美国自己的私利。打与不打，我要根据我的利益来决定。哼！”

蒋介石说到这里，脸上露出苦笑。近来他内心很矛盾，打嘛，不动员民众就打不赢；动员民众嘛，共产党是这方面的专家，力量会趁机壮大。

他想到这些苦恼都是日本军人进攻中国给他带来的，恶狠狠地骂道：“娘希匹，日本军部的这群冒失鬼……英美也是大滑头……”

蒋介石动了真气，露出难看的凶相，竟丢下孔祥熙不顾，大步走下坡去……

孔祥熙心惊肉跳，站在那里发愣，他在揣摸将介石是不是对他不满。

三

薛习永接侍从室通知，叫他到黄山官邸等候“最高”接见。为了让蒋介石同意接见他，他很费了一番功夫，不仅托情于陈布雷，还由孔祥熙进言。

薛习永接到通知后，兴奋异常，因为他在重庆坐冷板凳，虽不愁衣食，但看见有些新贵的那种风光，心中不是滋味。不管怎样说，蒋介石接见了他，这本身便是使人艳羡的资本，在一些势利小人的心目中，他的身价立即就会陡涨百倍。

他从望龙门搭缆车下行到江边，偏遇轮渡出了故障，坐在趸船上吹了半晌江风也无人理会，谁也不认识他便是招商局的总经理。

等轮渡修好，他摆渡到对江龙门浩码头，一看手表，离规定约见的时间不远了。错过了时辰，不仅见不着蒋介石，并且还可能会怪罪下来，说他对“最高”不敬。

他急急从跳板走上岸，只见一群衣衫褴褛的轿夫在迎着客人大声兜揽生意：“先生，坐我的回头滑竿上山，硬是稳妥安逸！”

这里，左边一条石梯坎山路通黄山；右边一条石梯坎山路通黄桷垭。

薛习永大喊：“滑竿，滑竿……”

想不到这群兜揽生意的轿夫看了他一眼，谁也不应声，仿佛没听见似的，仍在向其他客人兜揽生意。

薛习永不禁有气，气汹汹地又喊：“滑竿，到黄山。”

一个轿夫走过来绕着薛习永转了一圈，端详着他胖粗粗的身材，像下乡买猪的杀猪匠在认真估量他的斤两，最后摇摇头，苦笑着说：“先生，你太重，我们抬不动。”

薛习永不禁勃然大怒：“岂有此理！王八蛋……”

这时一个干筋瘦壳的马夫，牵过一匹枣骝马站在他面前，用嘶哑的声音说：“先生，上黄山骑马，又快又稳当！”

薛习永见这匹枣骝马长得油光水滑，膘肥体壮，马颈上系着一串响铃，不断发出清脆悦耳的叮当声，马背上搭着一副棉马鞍。

他心中一喜，撇开使人恼恨的轿夫，问那个干筋瘦壳的马夫：“喂，骑马到黄山要多少时间？”

马夫堆着一脸笑，说话啰唆：“先生，我诨名叫干柴棍。在这龙门浩码头上，提起我干柴棍这匹枣骝马么，人人皆知，无人不晓。虽说赶不上日行千里夜走八百的千里驹，嘿，大话不是吹的，要找比我干柴棍这匹枣骝马还快的，通龙门浩确实找不到。要说……”

薛习永焦急万分，哪里愿意听他的废话！大声说：“我雇你的马骑上黄山，要快！”

干柴棍看薛习永穿一身名贵的西装，又不讲价，知道今天找到一个好主顾。他上唇一收，下唇一突，弹着舌头发出“嘟……哒”一声。枣骝马居然通人性，自动掉过头去，朝着上黄山的路，四蹄蹬踏，显出迫不及待要放开四蹄奔跑的样子。

“先生，请上马！”干柴棍将竹节根做的马鞭递到薛习永手上。薛习永在上海是常骑马玩的，并不外行。他接过马鞭一脚踩在马镫上，偏着头有些担心地问：“你在马后跟得上吗?”

干柴棍咧开嘴笑：“先生，我从小练就的飞毛腿，不管马跑得多快，保证跟得上。”

“好！”薛习永跨上马背，双脚踩着马镫往马肚上一夹，用马鞭一抽马屁股，双手捉住缰绳一抖。

枣骝马立即放开四蹄循着上黄山的路小跑起来，只听铃声当当，蹄声嘚嘚。薛习永不由欣喜异常，看来可以准时到达黄山了。

干柴棍跟在马后小跑，若即若离，始终没掉队。他边跑边口里发出“嘟嘟嘟嘟”的颤音。

薛习永抓紧缰绳，不断抽打马屁股，可是跑了半晌，还没跑出多少路！

原来这匹枣骝马不过装腔作势，做出小跑的姿态，其实跨出的跨距很短，有时甚至在原地踏步。任你怎样抽打也是如此！

薛习永不禁又焦急起来，回头对干柴棍大声责问：“喂！马夫，你的马为何跑不快呀！”

“先生，我的枣骝马已四蹄如飞，还要啷个快法！”干柴棍已跟在马屁股后跑得气喘吁吁，用衣袖不住揩汗。

薛习永慢慢发现了其中的奥妙，枣骝马的快慢与马夫口里发出的“嘟嘟”声有关。枣骝马边跑边竖起耳朵在听，马夫“嘟嘟”的声音跟上了，它便往前不断跑；马夫“嘟嘟”的声音掉后了，它便放短了跨距；马夫“嘟嘟”的声音停止了，它就原地踏步，甚至扭头回望。

薛习永回头骂了一句：“娘希匹！马夫，你跑快点呀！”

干柴棍很正经地说：“先生，你只顾骑着往前跑，不用等我。”

薛习永见干柴棍还在他面前耍花招，恨得牙痒痒的，大声说：“娘希匹，装啥佯！你把马儿训练得怪好，你快它快，你慢它慢。”

干柴棍见薛习永已识破了机关，露出一口黄牙含着歉意地说：“先生，我两根脚杆细得像干柴棍，只跑得这快，何况现时肚儿是空的，还等米下锅呢！”

薛习永知道干着急也不行，嫌拿着马鞭无用，反而占手，扔还给马夫拿着。他坐在马背上一颠一簸，听任枣骝马慢慢爬坡。他闭着眼睛养神，只听响铃叮当，蹄声嘚嘚……自有一番风味。

薛习永赶到黄山官邸，已迟到半个钟头。他一边揩汗一边跨进接待室，拉住一个熟识的侍从副官问："委座传见过我没有?"

侍从副官告诉他还未传见，薛习永才放下心来，边用手绢揩汗，边找了一把硬木椅坐下。

薛习永见天色不早，肚中已经饥饿，但怕错过传见，不敢离开去黄山那新兴的小集镇上吃饭，只得硬挺着。

接待室里只有他一个人坐等传见，无人与他谈天，很是无聊，闷坐着喝茶抽烟。

他实在等得不耐烦，托侍从副官给陈布雷带信去。侍从副官回来告诉他，陈布雷实在太忙，不能出来见他。

薛习永实在支撑不住，打了一个哈欠，蒙蒙眬眬蜷缩在硬木椅上打瞌睡……

"薛先生，委员长传见!"侍从副官大声喊。

薛习永一惊，坐起身来，见电灯亮着，天已黑尽。

他跟在侍从副官身后，边走边用手绢揩眼眵。

到了蒋介石办公室门外，侍从副官回身说："薛先生稍候!"薛习永站住了，看着侍从副官进去通报。

办公室门口低垂着门帘，看不清室内的情况，可以听见蒋介石轻微的咳嗽声。

薛习永求见，想与蒋介石谈陆祖福的问题。他现时在重庆赋闲，招商局已有名无实，因为蒋介石曾向孔祥熙表示过，等迁川运输完成后，立即委他代替陆祖福当联运处的主任。可是，如今迁川运输已基本完成，还连一点信息都没有！他实在耐不住，想凭自己与蒋介石以前在上海是老朋友这点面子，当面提出这个问题。

想不到蒋介石在周末还这样忙，自己提出这种问题去打扰他，是不是适当?薛习永这时反而有些迟疑不定。

"习永，请进!"蒋介石撩开门帘招呼他。

薛习永精神一振，感到受宠若惊，立即堆笑问候："委座，您好!"

蒋介石点点头，表示答礼。

走到室内，蒋介石示意他坐在离办公桌不远的藤椅上。

殊不知，不等薛习永启齿，蒋介石刚落座却先说话，态度很亲昵：“习永，早想找你谈一谈。唵，我事情太多，反而把老朋友们疏远了。”

薛习永欠起身答了几句客气话。

四川有句俗话说，“筋骨人[1]耐熬”，蒋介石就是这种筋骨人。

明是周末度假，其实他比平时更忙。此时他精神显得很足，清癯的面容上毫无倦意。

蒋介石知道薛习永的来意，含着微笑继续说：“陆祖福很能干，我不准备撤换他了。唵，不过……”蒋介石凝视着薛习永胖胖的圆脸，“不过，你们主动与陆祖福合作嘛！民成公司差资本，你们可以大量投资入股，占的股本多了，便可以控制他！”

薛习永听蒋介石称赞陆祖福，他心里很不自在。他完全听懂了蒋介石的意思，叫他们通过入股去控制民成公司。他认为蒋介石这个主意肯定行不通，完全不了解陆祖福的精明狡猾，哪能轻易控制他！薛习永当然不敢把自己心中的想法说出来。他暗自思量了一会儿，嘴角露出一丝奸笑，趁机挑拨说：“委座，据说陆祖福曾参加过共产党的‘中国少年学会’，以前与恽代英和萧楚女交谊甚厚，对他不可不防！”

薛习永说完，留意蒋介石表情的变化。他认为蒋介石最不喜欢亲共的人物，经他如此一说，肯定会改变对陆祖福的看法，暗自以为得计。

蒋介石淡淡一笑：“这我知道，那已是多年前的事情了。北伐时，陆祖福便与恽代英他们分道扬镳，选择了‘实业救国’的道路。唵，目前用人之际，我手下像这样能干的人少呵！”

蒋介石说完，扫了薛习永一眼，含有轻蔑的意味。他脸一红。沉默了。

薛习永仍不死心，继续挑拨说：“委座，陆祖福以前的事情可以不深究，但最近他还邀请郭沫若、茅盾到民成公司朝会上去演讲抗日救国。据说郭沫若还准备给陆祖福写传记哩！”

蒋介石却毫不动气，慢吞吞地说：“这些情况我也知道。你还说漏了一些事

1 指清瘦结实的人。

情：岳军、张公权、翁文灏等人也常是陆祖福的座上客，其他如黄炎培、马寅初、晏阳初等，也对陆祖福兴趣很浓。”

蒋介石接着无限感叹地说：“陆祖福周旋于各派人物之间，都信任他，确是难得的奇才。这样的人，我们目前正用得着啊！”

薛习永见自己的挑拨不但不起作用，反撩起蒋介石对陆祖福赞不绝口，他不敢再说了。

他见蒋介石半晌不语，只是凝视着桌子角上的公文沉思。他知道这是送客的表示，忙站起身来告辞。

蒋介石没挽留，也没起身相送，点点头，让薛习永走了。

四

山中的夜异常寂静，蒋介石伏在案头专注地批阅文件，因为台灯的光太强烈，眼睛感到很不舒适。

他站起身走到窗边想歇息一会儿，刚推开窗户，便听到从不远处一座小洋楼传来一阵悠扬的乐声，锣钹打着节拍：蓬嚓嚓，蓬嚓嚓……

他此时的情绪特别不好，高声叫着：“副官，副官……”

一个青年侍从副官应声而进，在蒋介石面前站得挺直。因为今天许多人在蒋介石面前都碰了钉子，大家显得格外小心，生怕不慎触犯龙鳞会祸从天降。侍从副官恭谨地问：“委座，有什么吩咐？”

蒋介石怒气冲冲指着窗外：“谁在开舞会？”

侍从副官迷惑的目光注视着蒋介石，但也不敢多说，答道：“报告委座，是夫人在举行舞会，招待美国大使。”

其实，蒋介石是明知故问，宋美龄开舞会当然告诉过他，他当时也并未表示反对。

蒋介石大声吩咐说：“去告诉夫人，抗战时期，马上停止举行舞会，可用便茶招待。”

他见侍从副官神态犹豫，厉声命令：“去，快去！”

侍从副官浑身一抖，忙答：“是，是。”

侍从副官去了片刻，乐声真的停止了，一切归于寂静，只有风吹松针发出颤抖的啸声。

宋美龄盛装艳服气急败坏地冲进房来，大声质问：“达令，你发疯了，叫我举行舞会招待美国朋友，怎好半途中止舞会！大使先生会怎样想！叫我以后怎样交际！你考虑过后果没有！”

蒋介石对宋美龄带有一串惊叹号的质问毫不动气，反而含着微笑，神态从容平静。他双手搭在宋美龄的双肩上：“夫人，你穿上这件紫色丝绒旗袍多么漂亮，领口的这朵珠花价值连城，把你衬托得多么华贵。啊！夫人，你生气时也很动人，今晚舞会上，你一定大出风头，使人艳羡不已。啊！你真美！”

宋美龄气得胸部起伏不定，听蒋介石不作解释，说些空洞的奉承话，她使力甩开蒋介石搭在她肩上的双手，后退一步，偏着头面露愠色。

蒋介石用平和的语调继续说：“夫人，不用生气。坐下，听我慢慢说。”他扶着宋美龄与他并排坐在一张双人沙发上。

宋美龄余怒未息，用手提起旗袍的下摆，架起二郎腿，鼻子里出着粗气。

蒋介石望着宋美龄那张红白辉映的粉脸一笑，他不急于解释，慢吞吞地喝着一杯白开水。

僵持了一会儿，宋美龄忍不住扭过头催问：“你说话呀！半途要中止舞会，叫我向大使先生怎样解释？他们还等着我哩！”

蒋介石将开水杯放在旁边的茶几上，瞥了侍从副官一眼，见侍从副官退出去了。他拉住宋美龄的手：“达令，你不用生气，我是考虑到你这几天应酬太多，想叫你休息休息。跳舞很累人，是不是？”

宋美龄抽回手来，生气地一顿脚，高跟鞋碰击在水门汀地上，发出清脆的一声响：“达令，有话直说，不要绕弯子，美国大使先生还等着我呢！”

蒋介石瞥着宋美龄似笑非笑，半晌不语。

宋美龄蓦地起身：“既然你不说话，我走了。舞会绝不能半途中止！”

蒋介石一声冷笑：“夫人，我马上命令他们关闭军用发电机，看舞会怎样进行下去！”

宋美龄气得浑身颤抖，嘴唇哆嗦，指着蒋介石说：“你，你……”她终于叹口气，无可奈何地坐下，“那……你说话呀，叫我怎样向大使先生解释！”

蒋介石神色也缓和了，抚慰说：“夫人，要我说话，你先不要气鼓鼓地对着我呀！”

宋美龄只得让步，装出笑脸：“好，达令，我不生气，你快说吧!”

蒋介石不慌不忙重新拉过宋美龄的手来放在自己的膝头上，不断摩挲着她细腻白皙的手背，待她愠怒的表情完全消失了，方开口说：“夫人，你告诉大使先生，开动军用发电机跳舞要费汽油，而我们却缺油，不单缺油，我们还缺军火，缺钱，缺……总之，我们什么都缺！美国人若老是谈得漂亮，吝啬得一毛不拔，我蒋某人也不是好骗的。”

蒋介石说到这里，蓦地将宋美龄的手从膝头上举起，用力一甩，着实把宋美龄吓了一跳。

宋美龄如大梦初醒，方才明白了蒋介石的用意。她叹口气，指着蒋介石说：“你，你呀……心思也用绝了，两夫妇说话还绕这么多弯子。”她娇嗔地瞟着蒋介石摇头，又叹息了一声。

蒋介石脸上露出嘲讽的微笑，瞥着宋美龄问：“达令，反对我的人，把我说成不中用的饭桶。你看，我是不是饭桶呢?”

宋美龄想到大使先生还等着她，舞会不能中止太久。她没有回答他的问话，缓缓站起身来，抹着头发，想到蒋介石的神态，暗觉好笑。但她却用妩媚的眼波乜着他，抿嘴一笑，说：“达令，我马上去将你的意思转达给大使先生。Good bye!”

宋美龄将一只手心接触一下嘴唇向他一扬，递给他一个飞吻。又用英语说了一声：“Good bye!”

她腰身一扭，婷婷地走了。

蒋介石望着宋美龄的背影微笑，他心里顿时松快了一些。

五

蒋介石继续在台灯下批阅公文。

他手上拿着一张呈文沉吟起来，这是酆悌的家属呈递的申冤状。他刚有些开朗的心情蓦地又变得阴沉了……

轰动一时的长沙大火，是长沙警备司令酆悌根据蒋介石“焦土抗战”的指示干的。

哪知酆悌胆小如鼠，日本人刚占领岳阳，离长沙还有几百里，他便提前放火逃跑，一座繁华的长沙城化为灰烬，哭声震天。

日本人偏偏作怪，占住了岳阳却按兵不动，迟迟不进攻长沙。因此长沙大火后的善后问题，仍然落在国民党政府身上，搞得异常被动，群情愤激，比挖开花园口大堤时还难于收拾。

蒋介石迫于各界的压力，将酆悌批交军法处审理。原不过是掩人耳目的权宜之计，想不到酆悌想活命硬不肯代老师受过，把蒋介石叫他放火的指令公开供了出来，企图推卸自己的罪责。蒋介石弄得异常尴尬，不好收场。

“娘希匹！你想活，我偏不让你活！”蒋介石咬牙切齿暗地咒骂酆悌。

他除矢口否认曾授命酆悌放火外，还故作姿态向中外记者发表讲话：“酆悌擅自纵火，实属罪大恶极，不杀不足以谢国人！”

军法官心领神会，居然判处将酆悌立地枪决，借酆悌一命缓和了舆论，使他松了口气。

现在，酆悌的家属竟敢到处喊冤，这张申冤状居然由陈布雷当成重要文件呈到他的案上，说明情况异常。他深知陈布雷小心谨慎，对酆悌的死因是知情的，断不会如此糊涂，轻易将这申冤状呈上。

蒋介石的心眼是很多的，他虽没询问过陈布雷，但已猜测到几分原因。

他觉得心热发躁，站起身来脱下夹马褂，在室内沉思徘徊。

酆悌是蒋介石的心腹学生，为时人所称的“十三太保”之一。杀了一个酆悌，蒋介石虽然有些内疚，事后便淡忘了，再也没问及此事。

蒋介石目前也感到自己处理欠妥，至少事后应当对酆悌的家属暗地适当安抚。他这样冷酷无情，其他的“太保”一定会寒心。现在酆悌的家属敢于到处喊冤，幕后没有“太保”们的支持是不可能的……

想到这里，蒋介石怒气冲冲大声喊叫：“副官，叫戴笠马上来见我！”

戴笠战战兢兢来到蒋介石面前。他已得到侍从副官关照，说蒋介石不知为啥非常生气，叫他小心为妙。

想不到蒋介石却含笑迎着他，不但亲昵地与他握手，还叫他并排坐在双人沙发上。

戴笠深知蒋介石的脾气，不但没松口气，反而紧张异常，这种反常的热情待遇，其中定含着危险的因素。

他恭谨地坐在沙发一端，脚杆都有点打闪闪。他不安地低着头，不敢正视蒋介石。根据习惯，蒋介石不先发问，自己最好不要先讲话。

蒋介石居然一手搭在戴笠肩上，惊得戴笠不仅脚杆打闪闪，浑身也像在筛糠一般。他强作镇静，侧身用敬仰的目光望着蒋介石瘦削的长脸，极力装出恭顺的神态。

“唵，我近来太忙，很少与你们谈心，唵……”蒋介石缩回搭在戴笠肩上的手，“雨农，你是知道的，我对黄埔的学生素来是特别看顾。”

戴笠小心谨慎地回答：“是，是的。校长素来看待学生如亲子，我们私下在一起议论，个个把校长当成亲生父亲一般爱戴，愿为校长赴汤蹈火，万死不辞。”

“唉，我看……也不尽然啊！”蒋介石收起笑容，脸上死板板的毫无表情。

戴笠一听，更吓得脚板心也在冒汗，心中猜疑：不知又有谁暗地在蒋介石面前打了自己的小报告!?

戴笠更不敢作声，静听蒋介石说下去。

“唵，就拿鄷悌来说，我待他不薄，可是……”蒋介石说了半截便不说了。

戴笠这时才明白了几分。他知道鄷悌的家属在到处告状，并且把申冤状写成大字，贴在通衢闹市墙上。他也暗地听见与自己一样的“太保”们发牢骚。说实话，他也认为蒋介石对鄷悌太狠。鄷悌为蒋而死，蒋却听任其家属在民间流落受苦不问不管。他感到物伤其类，未将这些情况向蒋介石报告。

现时他蓦地听到蒋介石提到鄷悌，生怕蒋介石会怪罪自己知情不报，陡地起身立正：“校长，鄷悌有负校长多年培养，死有余辜，实不足惜。学生刚接到报告，鄷悌家属更不是人，到处申冤告状，在通衢闹市贴上申冤状，学生正要向校长报告。我准备将鄷悌家属抓起来送往息烽监狱永远监禁，或者干脆斩草除根暗地干掉以绝后患。请校长示下，学生好去办理！”

戴笠怕自己受累，只得昧着良心这样说。

蒋介石仿佛不满地哼了一声，摇手说：“不，不能这样……”

他叹口气，感慨地说：“唉，鄷悌虽然不好，家属也确实可恶，可是我是校长，身为长者，绝不能与他家属一般见识。唉，其家属孤苦无依也情有可悯！她们不仁，我不能不义。雨农，我看这样……”

蒋介石略微沉思一下：“你去把康泽、贺衷寒……他们约齐，秘密给鄷悌开个追悼会，让鄷悌的家属也参加……”

蒋介石这番话，更出戴笠意料，究竟说的是真是假还很难确定。戴笠一时愣住了，不敢贸然答话。

蒋介石继续说：“我拿出五千元钱，你代我送给酆悌家属。唉，怕人非议，这追悼会我就不参加了，你可代我祭奠。”

戴笠察言观色，判断蒋介石说的并非反话，才放下心来，称颂说：“校长如此宽仁厚德，酆悌来生定会变牛变马以报校长的仁德。学生们深感校长爱护之忱，今后定当肝脑涂地以报校长。戴笠——我更是……”他现出感激涕零的样子，话不成声，居然挤出了一点泪水。

蒋介石见状，更动了感情，紧抿着嘴唇，做出悲痛的样子。

第十四章

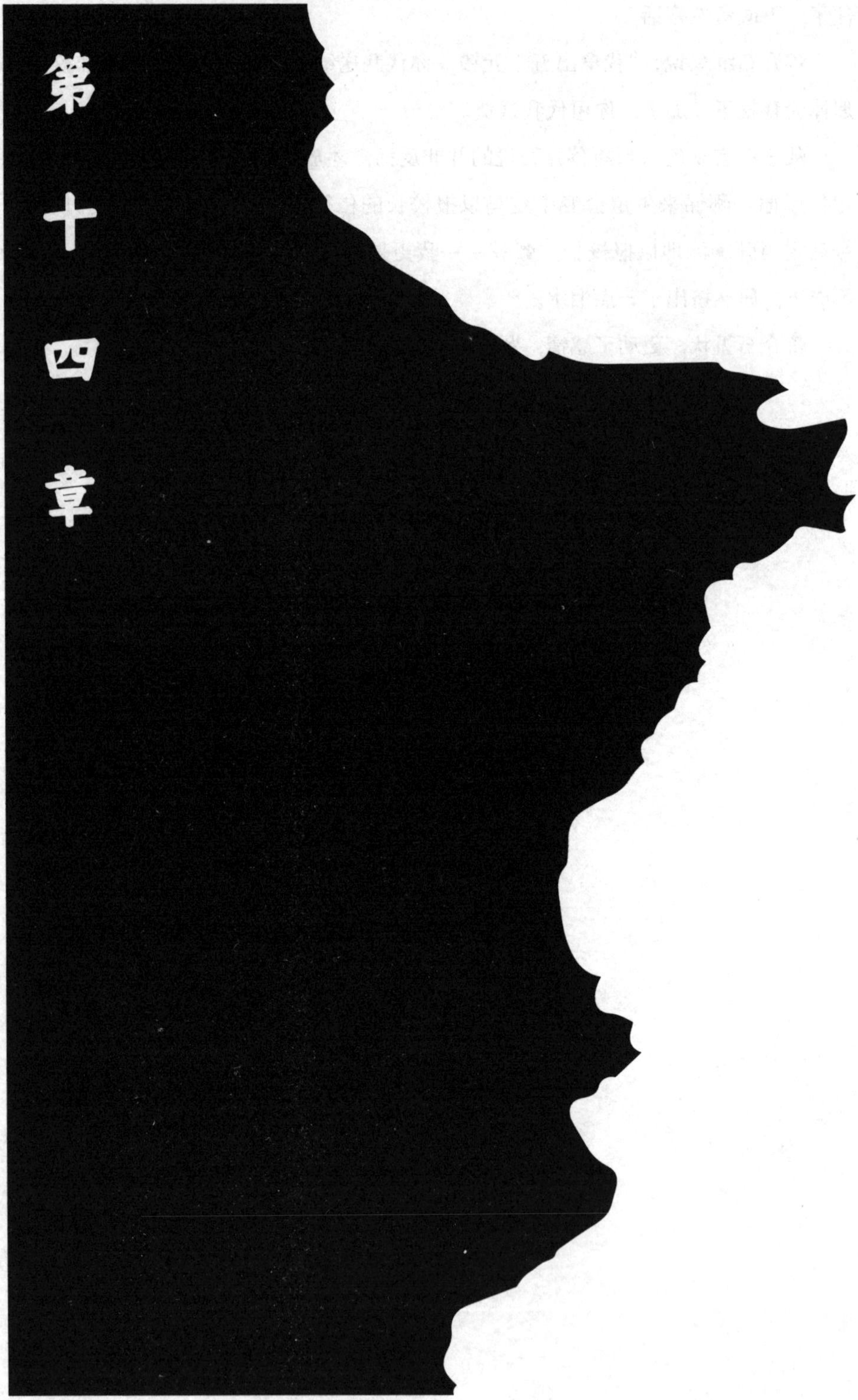

一

因为空袭，陆祖福将家迁往北碚乡下去了，只留下二女儿清秋陪他住在两路口附近民成公司的招待所里。

重庆冬天多瘴气，似雾非雾，给人一种窒息沉闷的感觉，很不舒适。刚迁到重庆来的下江人，开初更不习惯，个个诅咒这鬼天气。

可是，大家渐渐喜欢这样的天气了，因为视线不良，日本飞机逢这样的天气，是很少飞来重庆空袭的。在这样的天气里，就是高处的防空信号台挂了红球[1]大家也不在乎，趁机赶办自己的事情。

陆清秋长得很秀气，一张椭圆形的脸蛋常挂着微笑，随时都可以听见她哧哧的笑声。她性格开朗，调皮，但不恶作剧，天真中又透出很懂事的样子，惹人喜爱。

陆祖福把这位刚满十一岁的女儿留在身边，固然由于清秋天天要上巴蜀小学读书，眼看要毕业，不便于转学，主要还是确实很喜欢这位小女儿，给他紧张的工作之余，增添一种天伦的乐趣。

时间已到正午，陆祖福放下手中的红铅笔，从椅子上站起身来，在室内来回漫步。他觉得很奇怪，巴蜀小学放学时间早过了，可是清秋还没回来，他等待她一起去进午餐。

陆祖福终于听见门外走道响起了细碎的脚步，这明明是清秋的脚步响。

他很感诧异，往日清秋放学回来，没有见人，一定是先听见她哧哧的笑声，为何今天有些反常？

脚步响到门外便寂然了。

他等了一会儿，没见清秋推门进来，忍不住上前拉开门，见她挎着书包倚靠在门边的墙上，泪痕满面。

陆祖福惊诧地问："清秋，哭啥？"

清秋没有回答，默默进到室内，将书包取下挂到衣架上。

她棉袄外罩着一件旗袍，与陆祖福穿的制服是一样的芝麻布做成的。

1　当时防空规定，一个红球为一般警报，两个红球为紧急警报，都伴以声号。

她微低着头，齐耳根长的短发垂下掩住半边脸，仍在淌泪。

陆祖福又问："清秋，你为啥哭？"

陆清秋"哇"地哭出声，背过脸去，用手捂住面孔。

陆祖福脸上虽有笑容，但声音很严肃："不好，很不好。为啥要哭呢！爱哭的人是没出息的。"

清秋仍没回过脸来，说得断断续续："黄……小芸，她……欺侮我！"

黄小芸……陆祖福知道她是黄玉庵的女儿，也在巴蜀小学读书，与清秋是同班同学。他笑容消失了，声音变得和蔼一些："哦！你说一说，是怎样一回事呢！"

清秋掏出一张白市布的绣花手绢揩着泪水，陆祖福伸手将她披散到面上的黑发理向她脑后。他皱着眉，认为清秋为这一点小事便哭，显得比别人娇气。

清秋说："黄小芸当着班上同学的面骂我，说我爷爷是放牛娃，叫陆麻布，卖的是麻布，穿的是麻布，吃的是麻布；还说你原是哑巴，叫陆哑巴……"

她看见父亲的脸色蓦地变得很苍白，像突然受到很大刺激一般，显得有些站立不稳的样子。她被吓住了，忙拉住他的手摇晃："爸爸，你怎么啦？你……"

陆祖福定了定神，很快恢复了常态。

这时，翁副官在门外喊："陆先生，开饭了。"

吃饭时，清秋见陆祖福心神不定的样子，她很懊悔，不该将黄小芸骂她的事告诉他。但是对他反应如此强烈感到迷惑不解。

陆祖福拉着清秋的手说："走，吃饭去。"

她吃饭从小就是很慢的，陆祖福放了碗，她一碗饭还没吃完。

陆祖福瞥了她一眼，见她加劲扒饭，显得焦急不安。他笑眯眯地说："不慌，你慢慢吃！我等你。"

陆祖福等她吃完饭，他俩从茶房手中接过热毛巾揩过手脸，才离开餐厅，上楼回房。

清秋的心情又开朗了。她见陆祖福坐在沙发上沉思不语，上前双膝跪在沙发扶手上，攀住他的臂膀，咘咘笑了一阵，说："爸爸，我唱歌给你听，好吗？"

她见陆祖福点了点头，立即用清脆的童音唱着她刚学会的《警钟》：

小姊妹，小弟兄，

我们一齐敲警钟，

响丁冬，丁丁冬，丁丁冬，

警醒人们的迷梦。

小姊妹，小弟兄，

你我快快来敲钟，敲钟，敲钟，

响丁冬，丁丁冬，丁丁冬，

我们是社会的小先锋，

我们不做旧社会的大英雄，

专做新社会的小先锋。

……

陆祖福见清秋天真无邪的表情，被她甜润清脆的歌声感染，露出了微笑。可是他听到“我们不做旧社会的大英雄，专做新社会的小先锋”时，像被谁突然刺了一下似的，笑容消失了。清秋继续唱着，歌声虽然仍在他耳际萦绕，他已听不清她的歌词。他心上老浮动着那句歌词：“我们不做旧社会的大英雄，专做新社会的小先锋。”这句歌词引他记起了多年前往事……

北伐前夕，在上海福州路一家小客栈里，他与恽代英盘膝坐在床上，彼此谈心谈了两个通宵。

在昏黄的电灯光下，恽代英的声音很低，情词恳切：“陆先生，我们在泸州川南师范共事，彼此都很了解。我认为你很有才干，也有爱国的热忱。但是，根据中国的现状，只有打倒军阀，根除封建主义，打倒帝国主义势力，将来走社会主义道路才能救中国。朋友们都希望你与我们一道去广州参加北伐，为革命尽力。”

陆祖福沉默半晌，长长叹息了一声：“代英，对共产党人我很钦佩，但我认为共产主义太渺茫了，画饼不能充饥，政治上风云变幻太大。唉，我对政治兴趣不浓，像我这样的人，不如实干一番，做一些力所能及的工作。”

恽代英皱着眉，斜睨着陆祖福问：“那么你准备怎样实干呢?”陆祖福对恽代英不满的语气毫不介意，娓娓而谈：“记得我十七岁的时候，听说北京清华大学要招生，因为筹集去北京的路费耽误了时间，待我赶到重庆时，偏巧川江轮船公司的‘蜀通’轮于头天开走了。唉，那时行驶川江的轮船更少，去宜昌的轮船一个月才有一班，赶脱了这班船，当然赶不上清华大学的考试了。我当时站在朝天门沙嘴上，望着长江滔滔的流水多么失望啊！我一顿脚，暗暗立志要改变蜀道难于上青天的状况。代英，所以我现在要创办民成公司，一定要搞好川江航运，为民众造福。我认为办实业也可以救国嘛！”

恽代英见陆祖福这样固执，不肯改变主意与他同去广州参加北伐，有些生气了：“祖福，你的想法是乌托邦！军阀、封建势力、列强会允许你顺利地发展民族航运吗？我认为不可能。就算你可以发展民族航运，可是对工农的处境有多大的好处呢！他们仍然会赤贫，一无所有。你这样做，不过充当了维护旧社会的英雄。我们应当做新社会的先锋才对啊！”

从此，他便与恽代英分道扬镳，各走各的路……

“爸爸，我这首歌唱完了，还要我唱吗?”陆清秋拉住他的手摇晃着问。

“唔……”陆祖福一惊，从沉思中被拉了回来。

“清秋，你坐沙发，我坐圆凳！”陆祖福站起身来说。

“不，我坐圆凳！”清秋跳下沙发臂说。

“坐好，我还有话对你说。”陆祖福双手将清秋按在沙发上坐好。

清秋见他坐在圆凳上神态异常地注视着她，迷惑地问：“爸爸，你要说啥?”

陆祖福凝视着清秋明亮的眼睛，半晌，他慢吞吞地提起刚才的事情说：“清秋，黄小芸说的事都是真的！”

“哎，真的?”陆清秋从没听陆祖福提说过往事，不禁吃了一惊。因为从她有记忆能力起，她爸爸就是很受人尊敬的总经理，支配着一个庞大的企业，主宰着一些人物的命运。她很爱美，暗暗艳羡黄小芸一身绫罗绸缎穿得很漂亮，不懂为什么家中如此富有，却穿得朴素异常！她想问她爸爸，但却一直不敢问。她知道她爸爸是提倡身教甚于言教的，平时虽然难得板起面孔说大道理训人，但他穿得朴素，理所当然一家人都应该像他一样。否则，他是会不高兴的。

“对，是事实。”陆祖福很少向子女谈他的过去，一方面固然由于事务很忙，主要还是不愿回忆他少年时那些清贫的岁月。他觉得陆清秋太娇气，今天需要抽点时间与她谈一点往事。

陆祖福低着头凝思一会儿，抬起头来注视着女儿，慢慢地说……

陆祖福的父亲陆孟利，确实当过放牛娃，是合川肖家场的人。

陆孟利十几岁时，经人介绍到合川县城学裁缝。他学的裁缝手艺很平常，养不活众多的子女，后来替人到隆昌挑麻布回合川，挣几个力钱养家活口。

他渐渐对贩卖麻布这一行摸索出一点门道，不再给别人挑力了，凑了点小本钱，自挑自卖起来。

陆孟利挑着担子，拿着响鼓，走街过巷，声声喊叫："隆昌麻布咧……白生生哟!"

因为他做过裁缝，别人买他的麻布，还义务代人剪裁，既省布又合身，做成的蚊帐样式好。不但不另收分文，连茶也不喝别个一杯。

不用多久，合川城内人人喜欢买他的麻布。听见陆孟利摇着响鼓，高声叫卖麻布，要买麻布的顾主——大媳妇，幺妹儿……纷纷走出家门。只听这家在叫："陆麻布，这里来哟!"那家在喊："陆麻布，啷个搞的，未必听不见我喊!"

久而久之，在合川城内，都改口叫他陆麻布，晓得他真名字的人反而不多。

陆孟利卖麻布居然比做裁缝强，除了养家活口外，还多少有点积攒，家道小康起来。

一八九三年，正当清王朝腐败、列强入侵的多事之春。陆麻布住的小瓦房前，一棵桃树正绽开出红艳艳的花朵，被几片嫩叶的葱绿色一衬托，显得春意盎然。

这时陆麻布家的老二出生了——这便是陆祖福，那时还不叫这个名字。

陆麻布家的老二出生后，全家感到沮丧，因为老二不会哭，不会叫，原来是个哑巴。

陆麻布不高兴地说："格老子生个哑巴，真倒霉!"他连名字也不愿给老二取，一家人都叫老二哑巴。

陆哑巴长到两岁那年，虽说不会讲话，但长得很俊秀，喜欢望着人痴笑。不管哑巴不哑巴，终是妈妈肚内的肉，陆麻布不喜欢，他妈可喜欢他，时时抱在怀里，站在小瓦房门口看街景。

一天，一个跑江湖的扯谎坝医生路过陆麻布家门口，见陆哑巴长得可爱，不觉站住观看，得知这娃儿生下来是哑巴。

扯谎坝医生说："大嫂，你这个娃儿医得好!"

他妈高兴地说："先生，真的？那就请你治一治。"

陆麻布闻声走出门来，眼睛一翻："不要冲壳子！你能治得哑巴好，把我陆字拿来倒挂起。"

扯谎坝医生说："不管是不是冲壳子，大哥，这样好不好？治不好我不取分文；治好了你给两匹隆昌麻布谢医生。"

陆麻布听说治好了才谢医生，心中有些活动，但仍嫌给两匹隆昌麻布太贵，半晌沉默不语。

他妈听扯谎坝医生说得那样有把握，见丈夫半晌沉默不语，晓得他是心疼两匹隆昌麻布，急切说：“医生，只要你能将我哑巴儿子治好，要两匹麻布就给你两匹！”

他妈见丈夫不满地睃着她，于是愤愤地说：“你心疼麻布不要你出，我充其量两个月不睡觉，也要捻织两匹麻布出来。先生，就请你给治。”

陆麻布虽心疼两匹麻布，不好再说，再说万一儿子被治好，也是件喜事，他便不再拦阻了。

但见扯谎坝医生掏出一根半尺长的银针来，在火上烧过，举手要向娃儿后颈窝下面的脊椎骨上刺，他妈吓了一大跳，急声说：“医生，不治了！不治了！”

扯谎坝医生偏头问：“为啥？”他见她惊惶的样子，晓得她害怕了。于是他满不在乎地说，“大嫂，治死人要抵命，这是大清律书上写就的，我都不怕，你怕啥？”

他妈听他说的在理，只好横下心让扯谎坝医生用半尺长的银针往娃儿身上扎去……

咦，一针扎进去半截，说也奇怪，哑巴娃“哇”地哭出声来了，并且声音异常洪亮，把陆麻布夫妇喜得合不拢嘴……

陆清秋听到这里，不禁惊呼起来：“爸爸，你就是让扯谎坝医生一针扎好的？”

陆祖福点了点头。

清秋觉得这扯谎坝医生比啥都神奇，偏要打破砂锅问到底：“爸爸，那个扯谎坝医生现在还活着吗？”

陆祖福摇摇头说：“谁晓得！这些事还是后来你祖母告诉我的。”

清秋还想问，见翁副官进来了，立即住了口。

翁副官说：“陆先生，公司来过电话，叫你快去参加董事会！”

“哦！”陆祖福看了看怀表，“清秋，你上学的时间也到了。”

二

今天的董事会，陆祖福与朱佳富都是列席参加，因为他俩在董事会没有兼职。

董事长郑春林原来是合川县的知事，很赏识陆祖福的才干，被陆祖福说动心，支持他开办了民成公司。自从民成公司开办以来，都是他担任董事长。其实他占的股本并不多，陆祖福选中他担任董事长，一方面表示以报“漂母一饭之恩”，另方面却有他精明的打算。

郑春林在公司创业之初是出过力的，在元老派中甚孚众望。但他能力平平，体弱多病，凡事依靠陆祖福去做，很少过问公司的事务，为人随和，因此大家背后称他糯米脑壳。

有这个糯米脑壳当董事长，对陆祖福独揽公司大权是有利的。今天开会，照例由糯米脑壳痰哈哈地宣布了议程。接着由陆祖福简略地介绍了公司的发展情况，以及对于主要议程的扼要说明，本来这些该由董事长说的话，便由他代说了。

陆祖福说到重要地方还要偏过头去，很谦虚地问一声糯米脑壳：“郑老，是不是这样?”

郑春林干瘪的面孔上照例含着微笑，表示赞同地点点头。

第一项议程，关于增募股本一千万元的问题。因为事先广泛征求过意见，在座的十几个常务董事略微议论了一下，便举手通过了。

第二项议程一开始，气氛便不一般，在任何人脸上都看不到一点笑容，也听不到有人说笑。只有面如满月、长得俊秀的孙思瑜在异样地咳嗽，使人听来特别刺耳。

陆祖福近来听到元老们说了不少朱佳富的坏话，知道这是由于朱佳富为了节流开源，取消了常务董事们的一些不合理津贴引起的。他认为朱佳富在这件事上未免操之过急，也没与他商量过，便陡地采取了行动，多少有点独断专行的味道。不过，他也认为朱佳富做得正确，这些财务上的弊病，他早有察觉。朱佳富做了他早想做的事情，他帮他做了一些解释说服工作，事情仿佛平息下来了。今天郑春林突然提出这个问题来作为第二项议程，陆祖福也很感意外。既然郑春林已宣布，他当然不便再说什么，只有让大家议论。

朱佳富穿一套藏青呢西装，照例是雪白的衬衣和深色的领带。今天董绍孙不在场，他服装的华丽，更惹人注目了。

他听郑春林宣布要讨论津贴问题，先是一怔，继而一笑，挺胸端坐，点燃一支香烟慢慢地吸着。

冷场了一会儿，只听见几声咳嗽，大家的目光集中在朱佳富身上。

孙思瑜坐在大餐桌远端，喝了一口茶，干咳了两声打起头炮：“鄙人不才，说话不当，请诸位指教。想民成公司创业之初，我辈含辛茹苦，也曾立下汗马功劳。俗话说‘前人栽树后人乘凉’，难道后人都可以乘凉，我辈栽树之人反而不能乘凉吗！”他说完之后，摇头晃脑故意做出酸不溜秋的姿态。

一些人发出嗤嗤的讪笑声，带点起哄的味道。

陆祖福知道孙思瑜话中之意。在元老派中孙思瑜年纪较轻，不过四十岁左右，他先对董绍孙担任副总经理十分不满，近来对朱佳富一步登天代理总经理怪话特多。他认为论资格，论功劳，自己都比朱佳富强。

陆祖福知道公司里所谓元老派与少壮派之争，由来已久，往时他凭自己的威望，凭自己适宜的平衡措施，使这些冲突得到了缓和，并没发展成公开的对抗。今天的会议，气氛很不一般，陆祖福觉得不给朱佳富压一压阵，是不行的。

他与孙思瑜原是小学同学，不仅私交很好，并且孙思瑜把他当成兄长，平时只要他出来说话，孙思瑜纵有不满，也顿时会打退堂鼓。

陆祖福听有些人还在嗤嗤讪笑，眉头一皱，犀利的目光往全场一扫，笑声立刻静止了。他的声音很洪亮：“诸位有话可以明说，不用转弯抹角，讪笑起哄未免不好。”

想不到从来不爱管闲事的董事长等陆祖福的话音刚落，便用手上的象牙烟嘴在桌上敲得咚咚响，气鼓鼓斜睨着陆祖福说：“陆先生，我现在就明说几句，不知你愿不愿听！”

“请说，我当然愿意向郑老先生领教。”陆祖福微笑说。郑春林抹了一把白胡子，瞥了一眼朱佳富，他事先听了一些人挑拨的话，胸中憋足了气，用拳头轻轻往桌上一击，“请问朱先生，各位先生的津贴，虽没明文规定，但一直都有陈规可循，朱先生代理总经理不久，却新官上任三把火，拿我们开刀，不经董事会讨论，擅自取消多种津贴，不知朱先生何意！”

郑春林话音刚停，许多人随声附和，只听一片乱七八糟的责问声：“是呀！朱先生是何含意！”

孙思瑜的嗓门最高：“想不到却拿我们这些人开刀，这种津贴取消，那种津贴取消，朱先生如此心痛，难道用了你的钱？”

陆祖福不断打量朱佳富，见他从容不迫，并没动气，心中稍感放心，正暗自思量如何平衡……

朱佳富依然一脸笑，将烟头往烟缸里捻熄，说：“请诸位少安毋躁，容我说几句。”他稍待了一会儿，等大家安静下来才继续说：“佳富不才，蒙陆先生推荐，董事会通过，要我代理总经理职务，我只有竭尽全力搞好工作，以报诸位的信任。当前国难时期，公司面临财政困难，关于节流开源的方针，也是由董事会通过在案。这取消各种不合理津贴，理应属于总经理职权范围。刚才郑董事长声称，未经董事会讨论过，这理由是不能成立的。佳富不能胜任总经理职务，董事会可以罢免，但属我职权范围内的事情绝不容掣肘干涉。至于刚才常务董事孙思瑜先生所言，更是不妥。难道没有用我朱佳富的钱我就可以不管吗？既然把企业财产交我经营怎好不管！诸位董事当然有权将公司财产收回处理，或卖，或用，佳富自然无权过问。我言当否，请诸位指教。”

朱佳富毫不示弱，不软不硬一番话蓦地把大家的口堵住了。

郑春林虽然是糯米脑壳，但他做过县知事，当过警察局长，现今又是堂堂董事长，听朱佳富指名回击他，顿时气得脖上的青筋暴突，干瘪的面孔变了形状，举着食指对着朱佳富不住抖动：“你，你……”憋得脸通红，半晌说不出一句话，咳嗽不止。

陆祖福向身后的茶房示意：“快，给郑老先生捶捶背心。”他随即亲手将一碗热茶递到他面前，语意恳切，“郑老，喝口热茶，不要生气，有话慢慢说嘛！”

孙思瑜已迫不及待站起身来，望着朱佳富冷笑，说：“既然朱先生如此说，我有一件事请教，朱先生愿听吗？”

朱佳富哪里把这群老朽放在眼里，气宇轩昂地斜睨着孙思瑜，锋芒毕露地说：“请教二字佳富不敢当，至于孙先生有事责问，不说一件事，便是十件事我也在这里恭听。”

陆祖福见状，知道再这样闹下去势必难于收场。他蓦地站起身来，为了引起注意，拍了两下巴掌：“诸位，诸位，请雅静。”果然，会议室里陡地静下来了。

他大声说：“取消诸位津贴一事，朱先生是代我受过，是我再三授意朱先生，由他具体执行，不能怪他。”

朱佳富也觉意外，想不到在这关键时刻他却挺身而出为他分挑担子。朱佳富胸中敬佩感激之情油然而生，他笑望着陆祖福会心地点点头。

陆祖福继续说：“取消津贴若有不当之处，大家不是外人，极易商量。”他转对郑春林说，“郑老，这事便议到这里为止，再探讨其他事情吧！”

郑春林正在气头上，见陆祖福主动把责任揽过去，显系有意偏袒。他沉着脸半晌不语，因碍于陆祖福的情面，一时不便发作。其他人也面面相觑。

过了一会儿，孙思瑜蓦地站起身来，将长衫的衣袖往上一绾，说："既然这事是陆先生所定，我们没有话说。"他阴沉地逼视朱佳富片刻，笑得很蹊跷，"鄙人有一件东西，本想交给高监事去处理，我想，让陆先生先看一看也无不可。"他走了几步，从他公文包里取出一张大照片，隔桌双手递给陆祖福。

所有人的目光都投射到那张照片上，事出突然，大家都有些迷惑，猜疑不定。

陆祖福接过照片一看，原来是一张收据的影印件，写着：兹收到薛习永先生国币伍万元正。下面是朱佳富的签名。

陆祖福的神态蓦地严肃了，问："孙先生，这是什么意思！？"

孙思瑜现出得意的笑容，回答说："我听薛习永说，上次孔先生贷款一千万元给我们，给了朱先生五万元作酬劳。""这照片从哪里拍来的？"陆祖福声色俱厉地问。

孙思瑜略微迟疑一下，答道："我暗地托薛习永的会计主任拍下的。"

陆祖福见这照片上摄下的朱佳富的签名，丝毫不差，显然是真。他最痛恨有人敢在他身边作弊中饱，望了朱佳富一眼，见他神色不安。陆祖福脸上顿时露出愠怒的表情，使孙思瑜得意非凡，幸灾乐祸地望着朱佳富微笑。

朱佳富蓦地站起身来，大声说："我抗议，这纯属陷害诬蔑。陆先生，既然诸位不容于我，我现在宣布辞职！"

陆祖福蓦地一惊，他哈哈一笑，站起身按住朱佳富的双肩："朱先生不用生气，请坐下听我说。"

朱佳富并没坐下，露出悻悻的表情，大有拂袖而去的样子。

陆祖福已成竹在胸，不露声色地作出了决断。他站住向全场迅速扫视了一遍，望着孙思瑜冷冷一笑："孙先生，薛习永使离间计只能骗过你，我陆祖福不易上当！"他指着照片说，"大家看！这伪造的签名粗看很像，其实是假的。这一竖、这一钩都有差别，哪能瞒过我！"

郑春林听陆祖福如此说，偏过头来正待看个仔细……

陆祖福不待郑春林看清楚，已将照片撕成了无数的碎片扔进脚边的痰盂里，大声说："孙先生，曹操背时遇蒋干，差点误了大事。大家想，孔先生贷款解决我们公司的困难，并无特大的好处，怎会向朱先生行贿！就算行贿了，如此机密的事情怎会主动透露！"

陆祖福这番话很有力量，多数不明内情的董事已在点头。

孙思瑜见陆祖福撕碎了照片，已经不满，又听把他比作蒋干，忍不住不顾一切顶撞起来："陆先生，你说朱先生的签名是假，这不难弄清楚，郑董事长审过案，当过警察局长，是辨认签名的行家，你怎么轻率撕碎了？我敢说，这签名绝不假！"

朱佳富见人群又激愤起来，再不走不好收场。他尽量装得理直气壮地说："陆先生，在事情没弄清楚以前，我辞去代总经理职务，再见！"说完转身便走了。

"朱先生，不要走，我有话与你谈……"陆祖福不顾一切追了出去。

三

陆祖福往回走时，老远便听到会议室内闹喳喳的，有人在顿脚捶胸，有人在拍桌摔凳。

陆祖福跨进会议室，蓦地寂静了。有的站着，有的坐着，一个个紧绷着脸，出着粗气，横眉立眼盯着他，像一座即将爆发的火山，气氛异常紧张。

僵持了一会儿，郑春林深嵌在眉骨下的一对眼睛斜视着陆祖福说："陆先生，我郑某待你不薄，公司一切事情放手让你去干。朱佳富何德何能，你如此重用袒护他。"他举起青筋虬结的手向大家一指，"这些都是民成公司有功之臣，也算开国元勋，难道还赶不上朱佳富？陆先生，你要我们，便请辞退朱佳富；要朱佳富，我们大家便要告退。你看着办吧！"

陆祖福知道这场风波有薛习永插手，加之朱佳富确有受贿行为，显得比往日元老派与少壮派的冲突不同，自己如若处理不当，便有无穷后患。他听郑春林以要挟的口吻对他说话，坐着沉默了一会儿，鼻子一酸，眼睛一挤，却像孩子般抽抽咽咽哭泣起来。

首先郑春林这个糯米脑壳慌了手脚，感到自己刚才可能言语太重了。他惶惑不安地说："陆先生，我说得不对你可以指正，何苦这样呢！"

大家也异口同声说："陆先生，不用悲伤，有话好说！"

陆祖福掏出一张手绢拭泪，他喊了一声："郑老……"亲切中含着悲凉的味道，"我……"他声音哽咽住了，眼角一颗泪珠滚了出来。

郑春林眼见陆祖福的神态，他们也有很深的私交，不觉手足无措，眼眶也润湿了。

“我……我祖福不才，致使郑老一旦要辞我而去……我心中像利刃剜心啊！”他沉默了一会儿，面向大家说，“想当初我们大都是穷书生，抱着造福乡梓、服务社会的热情兴办民成公司。创办初期个个淳朴耐苦，尚能精诚团结，同舟共济。在短短不到十三年时间，收回了内河航行权，把列强的商船赶出了川江。民成公司取得现在的成绩，实在来之不易呵！大家住洋房，穿锦绣，食腴膏，生活也在变化。民成江山的理想指日可待。郑老啊！你们切不可离我而去，让我陆祖福孤掌难鸣……”

郑春林被陆祖福这套软办法降住了，不知如何才好，只是唉声叹息，半晌方说：“既然陆先生还看重我等，那么，朱先生呢！”

陆祖福讲演果然不用写讲稿，他说：“朱先生哪能与诸君相比！你们是我的心腹，朱先生不过是我的股肱。人缺股肱犹可活，去其心腹便没命了。股肱与心腹得其兼，则我可以鹰击长空，鱼游沧海。诸君难道忍心折我股肱，让我寸步难行吗！”

在座的许多常务董事已被陆祖福说动了心，不住点头表示赞同。

陆祖福眼见局面已经扭转，火候已到，站起身来，双手按在桌上，发亮的目光向大家环视一周，说：“大家都是有功之臣，民成公司的开国元勋。不错，我们赤手空拳办起了这大的企业，全靠大家的努力。现在民成公司还要不要发展？孔祥熙虎视眈眈要吞掉民成公司，据我了解，巨富洋行要改换门庭投靠孔祥熙与我们竞争。你们谁有办法吗？我们将来要实现民成江山的理想，还要向长江下游，向海洋进军，没有各种专门人才怎能管好这大的企业？我们都是从合川出来的乡巴佬，我说句不客气的话，你们哪有时间学习！搓麻将，玩女人，已忙得不可开交。场面大了，单靠我们这些人行吗？而朱先生学通中外，智谋过人，就有应付这种局面的才干。我们用他办好企业，得益的还是股东们呀！若不开源，大家搓麻将、玩女人定会坐吃山空，不能持久。与朱先生过不去，是自己损害自己的利益呀！”

陆祖福边说边不断斜睨着孙思瑜，他说到这里面孔蓦地一沉：“孙先生，我俩系寒窗好友，一向我把你当做自己人。可是你却让薛习永牵着鼻子走！辞去朱先生对他们最有利，我敢断言，朱先生一旦离开民成公司，他们便会重金聘请，一失一得差之千里。孙先生以后缺钱尽可以找我，不耐受穷，去投奔薛先生亦可。”

孙思瑜被陆祖福数落几句，圆脸盘上红一阵白一阵甚是尴尬，他心中虽然不服，见会场的气氛转了，慑于陆祖福的威望，又不敢反击。他明知所拍的照片是真，现在争辩肯定对自己不利，只有等以后伺机再说。他是善于见风使舵的好手，当下来个以退为进，干脆显出沉痛的表情说："陆先生，我太糊涂，要不是你识破，险些中了薛习永离间之计，我……"他想挤出几滴泪来，可是泪囊不听使唤，眉毛鼻子皱在一起，弄得似哭非哭，似笑非笑。

陆祖福的语气也缓和了："孙先生，还望你继续与我同舟共济，把我当成朋友。"

说到这儿，他偏着头问郑春林："郑老，今天的会就开到这里为止吧，你看哩?"

郑春林一百个不自在，可陆祖福既然已经这样说，他只好无可奈何说了一声："散会!"

郑春林刚起身要走，陆祖福拉住他枯瘦的手："郑老，到小客室坐，我还有重要事情与你谈哩!"

四

郑春林已经穿着灰鼠皮袍子，还感到冷，主要由于他已年近古稀，身上的油快熬尽了，只剩下皮包骨。不过他精力还充沛，耳目尚好，不算昏聩。

他衔着象牙烟嘴吸着金堂卷烟，坐在沙发上，说话露出一口被烟熏黑的牙齿："陆先生，朱佳富那张收据不像伪造，你素来慎重，为啥不等仔细查清楚，你便撕碎了，断言是假? 我看未免太轻率了。"

陆祖福正在关窗，知道郑春林怕冷，待他把窗关好，回过头来，做了一个有力的手势，说："郑老，我一点不轻率，对于鉴定签名的真伪我并不外行。我晓得朱佳富这签名是实实在在的。"

郑春林取下嘴上的象牙烟嘴，对陆祖福的回答很感意外，张着嘴巴，惊愕地盯着他，问："你刚才为啥说是伪造的!"

"哎，郑老，我不这样说，这场风波怎能平息!"陆祖福回坐在郑春林对面的沙发上，不慌不忙地回答。

"为啥要平息!"郑春林对陆祖福的回答大为不满，"我们应该查证清楚，拿朱佳富开刀，惩一儆百嘛！”

陆祖福透过玻窗，凝视着那棵光秃秃的木芙蓉出神，仿佛没有听见郑春林的话。

郑春林见陆祖福心不在焉的样子，提高了声音说：“噫，陆先生，我真不明白，你以前眼里夹不得沙子，最难容忍中饱受贿这种事情，如今为何变得姑息养奸了？”

陆祖福是在思考如何说服郑春林，一因为朱佳富一定要辞职，经陆祖福再三挽留，朱佳富口气才松动一些，要郑春林与孙思瑜给他道歉才肯留任。要孙思瑜去道歉并不难，他是有把握的；可是要郑春林去道歉，陆祖福便颇感棘手了。

陆祖福郑重其事地摇摇头，说：“郑老，我一如既往，并没丝毫改变。”

郑春林怫然不悦，偏着头问：“此话怎讲？”

陆祖福含意深沉地笑了笑，回答说：“我不容忍中饱受贿，是为了公司的利益；现在容忍朱佳富中饱受贿，也是为了公司的利益嘛！权通机变方是上策啊！郑老，你未免太实了。”

郑春林嘴角牵动，虽没出声，显然是一个大大的惊叹号！

陆祖福又问道：“郑老，你认真考虑过没有！薛习永为啥把如此机密的事情透露给孙思瑜，有文章呀！”

“这……”郑春林注视着陆祖福。

陆祖福冷冷一笑：“薛习永他们现在的策略很明显，一方面扶持黄玉庵与我们对抗；又使离间计要我们自折股肱。”

郑春林好像有点明白了，但仍想不通：“陆先生，你说的有道理……可是，朱佳富中饱受贿是真的呀！”

“真的又怎样?！反正我们不上当。”陆祖福大声说。

郑春林沉默了一会儿，皱着眉，疑虑重重地说：“对朱佳富不追究，若让此风一开，大家效尤，看你怎么办！”

陆祖福哈哈一笑：“郑老，对朱佳富中饱受贿我已当场否定，罪名并没坐实，算不上不处理呀！”他面色蓦地变得异常严厉，“有人敢于效尤，好办，我定予严惩！”

“这……太不公平了，我怕人心不服！”郑春林并没折服。

陆祖福却长叹一声：“郑老，人才难得，这也是权宜之计，不得已啊！”他犹豫沉思一会儿，“我所虑的是朱佳富自以为得计，以后放手去干便不好办。对这种人，应该给以特殊恩宠，让其知恩而报，竭力去干；同时必须加之以威，让其知道收敛。朱先生是聪明人，我只要从侧面敲他一下，他自不敢放肆去干，一切就妥当了。”

郑春林思索一会儿，渐渐回过味来，觉得陆祖福处理这件事情确实高人一等，不同一般。他叹息一声，深谋远虑地说：“陆先生，我怕将来养虎遗患，不可不防啊！”

“对，朱佳富是一只猛虎，驱使不当会反噬一口！”陆祖福点头说，“古时把能征惯战的将领称为虎将是有道理的。如蜀之魏延，称虎将，诸葛亮明知他生有反骨，不但不畏惧，反而加以重用，使他屡建奇功。魏延，将才也；诸葛亮不惧猛虎反噬，有魄力驱使猛虎为其建功，真帅才也！若见虎变色，必千方百计除之而后安，非帅才，实庸才。当然，驱使哈叭狗儿最安全，不仅无反噬之虞，它摇尾谄媚，还惹人赏心悦目哩！可是，哈叭狗儿一不能为你追捕猎物，二不能防守盗贼，反靠摇尾伸舌讨好主人分去一杯羹，实无用处。只会驱使哈叭狗儿，连庸才也说不上，比驱猎狗捕兔之夫还差之远矣！”

陆祖福见郑春林听得出神，越说越兴奋：“郑老，你青年时并不畏虎，也算帅才，为何如今怕起虎来？我见你近年来喜欢躲在书斋里翻《资治通鉴》，对于古代帝王由敢驱虎而变为惧虎、杀虎，发展到专养哈叭狗的惨痛教训，一定是深知的。唉，朱元璋火烧功臣楼，大量杀虎，自己削弱自己，实实可叹！”

郑春林近年来喜欢在书斋里接待客人，不过是自诩风雅，虽然书斋里摆满了《资治通鉴》之类的历史书籍，其实他哪里有兴趣去看！再说还要以古稀之龄去对付身边几个如花似玉的漂亮女人，也无这样的精力。他见陆祖福说得眉飞色舞，很有道理，不由不感到敬佩，赞叹地说：“陆先生非凡人，实帅才！聆君一席话，胜读十年书。我从未听人讲得如此透彻，原来用人还有这样高深的学问。”他开心地哈哈大笑。

陆祖福也跟着爆发出一阵笑声。

笑声刚止，陆祖福趁热打铁：“郑老，劳烦你亲去朱先生家中一趟，用好言抚慰挽留，帮助我继续驱使这只猛虎，如何？”

郑春林已被陆祖福三寸不烂之舌说得口服心服，当即含笑点头：“好，我们马上过江！”

第十五章

一

段玉兴坐在办公室转椅上，一口一口向外喷烟。他背后墙上挂着蒋介石的半身彩色肖像，光头、亮眼，显得神气十足。

上次武汉失守时，戴笠要他破坏八路军办事处的撤退，虽没成功，但也尽了他最大的力量。劫持民顺轮不成，本来他还预备得有厉害的两招：安设定时炸弹或招来日本飞机轰炸。可是偏遇李明识破了他的奸计，坚决不让他离船，高伦也以中将专员的身份压住他，使他脱身不得。结果一招也用不上，直到宜昌离船，都无下手的机会。

事后戴笠训斥了几句，说他无用，并没深责。

段玉兴当然不知道，戴笠因蒋介石对待共产党的问题举棋不定，近来与日本人谈判也不顺利，还暗自庆幸没造成惊人事件撩来是非，怎么会过多责备他！

像段玉兴这样的人才，在军统局内毕竟还算佼佼者，戴笠已将他调来本部情报处任副处长。段玉兴得意非凡，虽然仍是中校衔，但到了军统局的中枢机构，直接由戴老板指挥，这是一个可喜的预兆。

杜鲫壳穿着整齐的军服，也显得很有气派。他仍是段玉兴的副官，因为发福，行动变得比以前迂缓，不大像鲫壳那样灵活了。

听见电话铃响，他从靠门的一张沙发上站起来，上前拿起话筒，话筒里传出一个女人娇媚的声音，是找段玉兴的。他不敢动问对方是谁，因为怕段玉兴不高兴，立即将话筒由耳边拿开："段副处长，你的电话。"他站得很直，肚子凸出，臀部后翘，显得有点滑稽。

段玉兴从转椅上站起，他穿的驼绒夹长衫，没有戴礼帽，露出向后梳的浓发，迈着稳健的步伐走了过来，从杜鲫壳手上接过话筒，随意坐在近旁的沙发上，漫不经心地问："喂，找谁！……我就是……哎……"

他吃惊地站起来，向左右一瞥，这时，杜鲫壳已知趣地走开了。他镇静了下来："好……啊……心心餐厅……好，一定，一定……"

他放下话筒，镜片后的一对眼睛闪着阴郁的光，显得心神不安的样子。刚才的电话是樱花少佐打来的，自从武汉失守前与她见过一面，未直接与他联系过。他原以为樱花少佐大概留在武汉当占领者了，殊不知现在竟堂而皇之打电话到军统局找他，要他今天傍晚去心心餐厅见面。

他眼看自己在军统局的地位步步高升，前途无量，但日本军部间谍这样不断纠缠他，他担心戴笠迟早会知道他双重特工的身份。军统局的纪律他是深知的，不丢命也要落个终身监禁。

他一支香烟接一支香烟的抽，在办公室来回踱步，显出郁郁寡欢的样子。樱花少佐约见他，肯定又有棘手的事要他办。上次交给他的相片，至今还没查清是谁！军统局内的规矩很严，不该管的事情是不许打听的。他只知有关与日本人谈判的事情，是由戴笠协同孔祥熙经办，秘密得很。

段玉兴一看手表，将手上的烟头往烟缸里按熄，大声喊："杜副官！"

杜鲫壳应声而入，恭立在他的面前："副处长，有啥吩咐？"

段玉兴心情烦躁，轻握拳头敲着桌面："四十三号来了没有？"

杜鲫壳惊疑地瞟了段玉兴一眼，对他这大的火气感到奇怪。根据往日的经验，段玉兴凡接到女人的电话，兴致会特别好，今天却有些反常。他小心谨慎地回答："报告副处长，四十三号早来了，候你传见。"

段玉兴想赶快办完事去赴樱花少佐的约会，迫不及待地吩咐："怎不早报告！快，叫他来见我。"

杜鲫壳出去片刻，把四十三号领了进来，又悄悄退出去，回手关上了隔音门。

段玉兴早在办公桌后的转椅上坐好，脸含微笑，文质彬彬的风度很像一位学者，只有他那双狡黠的眼睛射出的光，多少有点阴沉的味道。

他转向四十三号，指着侧面的硬椅："罗先生，请坐。"

四十三号穿一身平价布的学生装，显得拘谨，微低着头不敢正眼去看段玉兴。他年轻、英俊，但一对眼睛却缺少光彩。他坐在硬椅上，现出忐忑不安的样子。他便是罗天成的儿子罗化平。樱花少佐在涪陵时，早留意罗化平与高茜的交往，暗地掌握了不少线索。由于她的指点，段玉兴果然从罗化平那里寻到了突破口，虽没捉到高茜和李明，也算为军统局首立战功。

为了放长线钓大鱼，段玉兴决定让罗化平继续在共产党内潜伏。他严密封锁了消息，以为神不知鬼不觉。殊不知共产党人机警得很，切断了与罗化平的联系，断线了。

段玉兴十分不甘心，押在罗化平身上的赌注加了码。他帮助罗化平考进了重庆大学化学系读书，要他平时伪装进步，积极参加抗日运动，但共产党仍没人找他联系。近来爱国学生投考延安抗大和陕北公学的很多，只需抗日团体负责人介绍便行。段玉兴指示罗化平去投考抗大，却无人给他出介绍信，因此没考上。段玉兴有些沉不住气了，他认真思考了一番，觉得消息绝不会泄漏，决定把罗化平找来，向他面授机宜，让他干下去。

段玉兴递给罗化平一支香烟，还客气地划燃火柴伸过来给他点烟。

罗化平受宠若惊，点燃香烟猛吸一口，两只还带着稚气的鼻孔立即向外喷着烟雾。

段玉兴将燃过的火柴梗轻轻扔进烟缸里，他看清罗化平夹香烟的指头被熏得黑黄，皱了皱眉，轻轻咳了一声："罗先生，不要忘了你的身份，你是一位刚入大学的学生。我看，你烟瘾很大，与你的身份很不合拍。共产党人机警异常，微小的不慎，都会惹起怀疑呀！再说，共产党对天真无邪的青年最感兴趣，你要尽量装出纯洁无瑕的样子才行。"

罗化平一惊，忙将香烟捻熄扔进痰盂里，望着段玉兴发怔。

段玉兴脸一沉："罗先生，难道共产党还没派人与你联系！"

罗化平畏怯地摇摇头，口齿却不流畅了："可……可能共青团已解散，组织不存在了，恐怕……不会再有人与我联系了。"

段玉兴冷冷一笑："别听这些宣传！共青团不过换个名，叫青抗先什么的还不是一回事。"

罗化平沉默了，他垂头呆呆地看着自己的皮鞋尖。

段玉兴自己点燃一支香烟，慢吞吞地说："罗先生，你以前很会写文章，现在为啥不写点革命的文章向《新华日报》投稿呀！"

"没有心肠写！"罗化平摇头说。

他蓦地觉得这话回答得不妥，猛抬头接触到段玉兴阴沉的目光，惶惑地更正说："段先生，请你放心，我现在已为党国效劳，怎会再写革命文章！"

段玉兴不像装假，说得很认真："我要你写，你便写，要写得尽量迎合共产党人的口味。"他沉吟了一会儿，"这样，你写好后先交给我斟酌一番。我想，不用多久，共产党地下组织会消除对你的怀疑，派人与你联系的。"

罗化平见段玉兴专注地望着他，在等待他的回答，忙硬着头皮说："一定照段先生指示去办！"说完后偷觑着段玉兴，见他无异样的表情，才放下心来。

他想了想，顾虑重重地说："我与共产党早失去了联系，谁知《新华日报》登不登我的文章！?"

段玉兴听罗化平说出这样的话，可见他很不中用。他嘴角露出一丝轻蔑的意味：“不登怕啥！”

他思索了一会儿，出主意说：“他们不登，我可以设法将你写的文章交给中间偏左的报纸去登，你很快就会引起他们的注意。”

罗化平忙点头答应：“好，好。”

他见段玉兴半晌不语，不断看手表，以为是叫他走的表示，刚准备起身告辞，又被段玉兴叫住：“罗先生，我还有话说。”

罗化平只好端坐着，静等段玉兴指示。说实话，每当段玉兴传见一次，他就紧张一阵，恨不得早点离开。

段玉兴脸上平板的表情发生了变化，他含笑说：“罗先生，你的好同学高茜已回到重庆，你知道吗？”

罗化平初听高茜回到重庆的消息，脸上掠过一丝惊喜的表情，但瞬间便消失了。他蓦地想到自己的叛变，出卖了同志，已是高茜的敌人，心情顿时沉重了，脸上罩着阴郁的暗影。他忆起与高茜在一起演戏时的情景，暗暗叹息，真有隔世之感。

他摇头回答：“我不知道。她在重庆哪里？”

段玉兴深邃的目光盯住罗化平的面孔，留意观察他感情上的变化：“她现在是八路军办事处的工作人员，住在曾家岩。”

罗化平听高茜近在眼前，心中怦怦跳动。他与高茜不仅是要好的同学，并且是世交。他俩从小交往，青梅竹马，是有一定感情的。他熬不过刑罚招出她，有时心里也很懊悔。尤其抗日以后，眼见一些同学投入火热的救亡运动，到延安，到敌后，而他却成了军统局的一员，干着见不得人的事。当走狗的滋味并不美妙，他日夜担惊受怕，看着段玉兴这些人的脸色过日子。一种被时代抛弃的孤独感，使他透不过气来。“一失足成千古恨”这句古话，正是对他的写照。他自暴自弃，吸烟，酗酒，嫖女人，用以麻醉自己的心灵，消磨自己的生命。

他见段玉兴闪烁不定的目光紧盯着他，心中不由一阵战栗，面色显得很苍白。他不敢正视段玉兴，低垂着头。

段玉兴深思熟虑地说：“你以后可以去找她，取得她的信任，把关系接上。不过，目前你还不能去见她……”

他的声音蓦地变得异常严厉：“首先你要戒烟，洗去指头上烟熏的痕迹，不要再酗酒跑较场口，从外观上尽力保持你以前的样子。我会派专人在这方面指导你，绝不能让高茜看出破绽。等你写的文章发生影响后，你再去找她便万无一失了。罗先生，你的命运与这次行动联系在一起了，只能成功不能失败。成功了，你就会有一个美妙的前程；失败了……我知道应该怎样对待你！”他狞笑一声，将两手合在一起紧紧地握住，“你的生命掌握在我的手中！”

他见罗化平浑身微抖，面露惊畏的表情，淡淡一笑，口气却放缓和了：“罗先生，你也不用害怕，我是通情达理的，只要你忠心为党国效劳，我会赏你，提拔你。”

罗化平起身战战兢兢地说：“我一定为党国效劳，请段先生多栽培！”

二

段玉兴不用司机，也不带副官，换了一身咖啡色呢西服，独自开着吉普车进了城。

沿途到处是被敌机炸毁的建筑物，战争的气氛很浓。开到心心餐厅门口停好车，正好夕阳西沉，离预定约会的时间还有半个小时。

这心心餐厅其实是间咖啡店，是陪都才兴起的新行业，开设在会仙桥闹市。

开这间咖啡店的老板姓田，在美军招待所做过杂役。他见美国人不坐茶馆、酒馆、烟馆，无事只在街上闲逛，戴着墨镜偷看摩登女人。于是他灵机一动，晓得美国有酒吧间、咖啡店，便筹钱开了这间心心餐厅，想赚美国人的钱。

美国人嫌这里不能跳舞，咖啡煮得又不地道，却难得来这里闲坐。

可是，中国人好稀奇，见陪都出现了这样的洋餐厅，多少有几个钱的人，都想来这里开洋荤，看稀奇，增加吹牛炫耀的本钱，便都把在心心餐厅喝过咖啡当成光宗耀祖的盛典。实在没钱的人，进不了心心餐厅，也站在门外，围成一圈看“西洋镜”。好奇心特别强的，还将脸贴在彩色玻璃门上向里窥看。一些袒胸露臂，穿着西式衣裙的奇装女人也在这里进进出出。重庆冬天虽然不很冷，但这些女人冻得嘴唇发乌，冷得发抖，还左顾右盼显得神气十足的样子，使看稀奇的人更加诧异不止。

心心餐厅一时门庭若市，发国难财的商人，国民党军官，宪兵，警察，便衣特务等无事都喜欢在这里坐坐。一些光怪陆离的景象，真比看“西洋镜”还实惠。

田老板虽没赚到美国人的金元，却赚到了中国人的纸币，乐得合不拢嘴。

心心餐厅门面不大，布局却异常别致。一排玻璃弹簧门，门上的招牌是霓虹灯做的，两颗红心紧紧地挨在一起，一支爱情之箭穿过两颗红心，还有一行英文：Sing Sing。

段玉兴推开弹簧门走进心心餐厅，里面又是一番繁华绮丽的风光。各式装饰灯发出异常柔和的亮光，把里面照得如同白昼。扩音器里放着唱片，一个女人甜蜜圆润的嗓子，正唱着流行歌曲《何日君再来》：

好花不常开，
好景不常在，
愁堆解笑眉，
泪洒相思带，
今宵离别后，
何日君再来！
喝完了这杯，
请进点小菜，
人生难得几回醉，
不欢更何待。
……

这柔媚的歌声，像轻风在心心餐厅内荡漾，轻轻地抚摸着食客的心灵，个个显出沉醉的样子。

室内的布置也很别致，一律小茶几，靠背椅，被屏风隔成一间间雅座，有点像火车厢里的软席座位，正是谈情说爱的好地方，临时做点小动作之类，也不易被人看见。

段玉兴正在张望，想选择一个理想的座位。田老板是认识他的，忙从柜台后跑了出来，殷勤地给他腾出一副雅座，既清幽，又可以瞥见出入口。

段玉兴坐好，叫田老板送上两杯咖啡，两客果酱吐司，便挥手叫田老板去了。

他将一杯咖啡和一客果酱吐司放在对面占住空位。

他抿了一口咖啡，觉得不甜，尖着指头从糖罐里取出两块法国糖块放进咖啡杯里，用眼瞟着进口，心不在焉地用汤匙在杯里不住搅拌。

紧等樱花少佐不来，他蓦地看见进来一个女人，打扮奇特，非常引人注目。这女人短发西服男式装扮，脸蛋虽说不上娇艳，但白皙的嫩皮肤，加上秀气的眉眼，颇有动人之处。

段玉兴觉得这女人好面熟，但一时想不起在哪里见过，不禁好奇地打量着她。

这女人神气十足地顾盼了一会儿，见到处坐满了人，微微蹙着眉尖。她的目光与段玉兴的目光蓦地相遇，竟莞尔一笑，婷婷走了过来。她穿的一双进口尖头皮鞋，踏在水门汀地上，发出咯噔咯噔的声响。

她毫不客气地坐在段玉兴对面的空座上，将咖啡杯和吐司碟往段玉兴面前一推，娇声喊："Boy！"

茶房跑了过来，躬身问："小姐，用啥点心？"

这女人瞥了一眼段玉兴面前的果酱吐司，又向邻座斜睨了一眼，摇头撇嘴说："没啥好吃的。"她缓缓说，"来杯咖啡吧！"

段玉兴眼看留给樱花少佐的空位被占了，忙关照说："小姐，这座位有人。"

这女人斜睨了段玉兴一眼，爱理不理地偏过头去。

段玉兴见她这么不客气，眉毛一挑，正待发作，可是，他见她穿着和神态都很不凡，决非一般的女人，更非专与外国人打交道的交际花可比。他不觉犹豫起来，责问她的话到口边又咽了回去。

段玉兴见她的眉眼和神态，总觉在哪里见过，苦苦在记忆中搜索，还是想不起来。

他看与樱花少佐约定的时间到了，而座位又被这位小姐占去，要是以往段玉兴早动气赶她走了。可是，目前发作起来有些不妥，会引人注意，影响他与樱花少佐的会面。

他心中虽然焦急，对这女人占着留给樱花少佐的空位很恼火，但仍含笑再关照说："小姐，实在对不起，请你让一让，这座位有人哩！"

这女人仿佛没听清段玉兴的话，只淡漠地瞥了他一眼，漫不经心地浏览着餐厅内的食客。

段玉兴气更大了，仍不愿与她计较，想挪动一个座位，但邻座都坐满了人。他又瞥了这女人一眼，发现她也在端详他，也不避开他的目光，甚至还对他莞尔一笑。

段玉兴不由心中一动，暗自猜忖：这女人很面熟，莫非是樱花少佐派来与他联系的特工！

他越想越觉可疑，于是立即向这女人发出联络暗号。

可是这女人视而不见，毫无反应，已不再注意他，露出好奇的表情东张西望看热闹，显然不是自己人。

他见时间过了很久，樱花少佐尚没露面，心想：一定是这女人在这里碍事，她不便于来见面联络。

此时扩音器里正放华尔兹舞的唱片，这女人原来是个舞迷，搁在水门汀地上的一双尖尖皮鞋竟随着音乐的节拍踏动起来，不留心一脚踩在段玉兴的脚背上。

段玉兴虽然穿的也是皮鞋，并没踩痛，但实在按捺不住已经上涌的怒火，斜睨着这女人大声斥责："你真不是东西，好言对你说不听，为啥要强占住我留的座位！"他伸过手去将这女人的咖啡杯一推，因用力太重，杯里的咖啡泼溅了出来，将她西装上襟打湿了一片。

这女人神色顿时改变，圆睁双眼，气得嘴唇发颤。她蓦地站起身，伸手抓起咖啡杯向段玉兴头上砸去。

幸好段玉兴经过训练，反应很快，头一偏躲过了。只听咖啡杯砸在靠背上，"哗啦"一声，破成了碎片，掉到水门汀地上叮当响。

他虽然躲过了咖啡杯没被砸着，但杯里剩下的咖啡全泼在他的身上。他恶狠狠地瞪着这女人，不及细想，伸手去拔腰间的小手枪。

这女人面无惧色，咬着白牙，指头差点伸到段玉兴鼻子上，娇声骂道："你这个混账王八蛋，好大的狗胆，我姨爹和姨妈都没骂过我，我是你随便骂得的吗！你真是瞎了眼睛！"

段玉兴从没当众受过这种侮辱，气急败坏，刚要掏出小手枪，待听到这女人提到她姨爹和姨妈，蓦地一惊，他陡地想起，这女人原来就是大名鼎鼎的孔二小姐。

他在汉口孔公馆见过她的相片，现在他还极其珍贵地保存着，怪不得如此面熟，仿佛在哪里见过！

他这一惊非同小可，眼怔怔望着孔二小姐愠怒的脸面出神。他颜面的肌肉牵动了一下，露出哭笑不得的表情。

有几个认识段玉兴的便衣特务见副处长受侮，这还了得！一拥上前准备向孔二小姐动手。

段玉兴更吃了一惊，忙怒声喝止："混账东西，你们连孔二小姐也不认识，滚!"

这几个便衣特务一听，吓得张口结舌退开了，远远站住看热闹。

孔二小姐见段玉兴认识她，胆子更壮了。她余怒未息，不肯就此罢休，骄横地大声喝道："走，跟我走!"她头一摆向外示意。

段玉兴迟疑片刻，终于从挂钩上取下礼帽戴上，驯顺地跟在孔二小姐身后走出心心餐厅。

孔二小姐走到一辆浅蓝色道奇小轿车前站住，拉开司机前座的车门，用不容抗拒的命令口吻说："上，上去!"

段玉兴想起自己开来的吉普车，还停在不远的街边上无人看管，忙赔笑说："小姐，我开来的吉普车怎办!"

孔二小姐仿佛没有听见，依然沉着脸大声说："上，上去!"

田老板听说出事了，已赶了来，堆着笑脸对孔令俊说："二小姐，段先生不认识你，改天叫他与你赔礼消气。"

他也不敢得罪段玉兴，语意含糊地说："段副处长，误会，误会。"

孔二小姐没有答理田老板，又催促说："快上去!"

段玉兴无可奈何，只得低声嘱咐田老板打电话去叫人来把吉普车开回去，便低头钻进前座，忐忑不安地坐好。

孔二小姐也钻进去，"哐"的一声关上了车门。她坐在司机座上，扭开电门，发动引擎，将车"呜"地开走了。

孔二小姐专注地掌握着方向盘，靠前灯的光柱看清前进的路，越开越快。

出了通远门，过了观音岩……

段玉兴看不清孔二小姐脸上的表情，可以闻见她身上袭来的阵阵幽香。他很沮丧，这简直是飞来的横祸。他此时仍心惊肉跳，向往已久的孔二小姐目前就在他的身边，也无心肠去想入非非。

他不知孔二小姐把他带到哪里去，怎样处置他，他惶恐不安，蜷缩在一角里，不敢靠她太近，生怕无意中碰着她又惹麻烦。

他暗暗思索：今天樱花少佐没来，便不是好兆头，偏遇上这位骄纵任性的二小姐，活该自己倒霉!

段玉兴觉得小轿车在转急弯，他往车窗外看去，见已在两路口转了弯，往山洞方向急驶而去。

他知道山洞有蒋介石官邸，也有孔祥熙的别墅，心中更加惊疑焦虑，谁知孔令俊会干出什么样狂妄的事来！

据段玉兴估计，车速已加到每小时六十公里，已超过限制的车速很多。风驰电掣般前进的小轿车，在坎坷不平的碎石公路上弹跳颠簸。

已驶上一条盘山公路，一道道急弯接踵而至。以这样的车速转急弯是异常危险的，车子很容易翻下岩去。

他害怕极了，看来今晚要陪着这位孔二小姐同归于尽了。他不敢喊她减速，只是焦急地注视着她的身影暗自着急。

可是孔二小姐像发了狂一般，丝毫没有减低车速的意思。她转弯又不先按喇叭，有次险些与一辆下驶的卡车碰撞，为了紧急避让，孔二小姐猛扳方向盘，车的后轮差点悬空到路外，只听后轮搅起的碎石发出咚咚的响声滚下岩去了。

像这样玩杂技般的开车法，连段玉兴也是第一次看见。他提心吊胆捏了一把汗。

幸好，驶过了盘山公路，小轿车在浮图关下平直的公路上行驶了。段玉兴不禁松了口气。

越往前开越荒凉，已到了远离市区的郊外。

孔二小姐没有预先减速，蓦地一踩脚刹，只听“嘎”的一声，小轿车往前弹跳了两下，陡地停住了。

段玉兴正惊疑不解，为啥在这里停住车！

孔二小姐扭亮了车内的小灯，她见段玉兴怪可怜地蜷缩在角落里，板着的面孔蓦地松弛了。她噗哧一笑，乜着段玉兴问：“你是哪个部门的副处长？”

段玉兴忙坐正身子，恭恭敬敬作了回答。

“哦，原来是戴先生的人。”孔二小姐笑眯眯地说，“段先生，我们今天算认识了。”

孔二小姐居然伸出手与他握手。

段玉兴受宠若惊，握住孔二小姐的柔荑摇晃了几下，心中惊喜不定。

孔二小姐缩回手，指着车门说：“打开车门，下去！”

段玉兴正在神魂飘荡之际，想不到孔二小姐竟要他在这荒郊野地下车去。他稍微迟疑了一下，不敢不依，终于拉开车门乖乖下了车。

车门立即被孔二小姐关上了。不待段玉兴定下神来，小轿车已“呼”的一声往前开走，要不是他退步得快，车轮准会碾过他的脚背。

段玉兴眼见孔二小姐开的车子瞬刻便消失得无影无踪。他骤然从暖和的车厢里出来站在野地上，眼前一片漆黑，呼啸的寒风迎面扑来，不禁冷得发抖，缩着颈项，口里发出嘶嘶的声音。

他望着小轿车消失的方向，愤愤地骂了一句：“娘希匹，这妮子真荒唐！”

不过，孔二小姐这样放了他，他也感到庆幸，只听他在黑地里长长透了口气。

三

段玉兴无奈，往回摸黑走了一段路，幸好拦住了一辆往城内开的卡车搭回城里。等他回到住处时，已是半夜。

第二天，段玉兴坐在办公室里值班，杜鲫壳送上一张请帖。他看后着实吃了一惊，原来是孔二小姐邀请他参加明晚在樊庄举行的舞会。

他心中一喜一忧，喜的是居然因祸得福，结识了孔令俊，这是他梦寐以求的事情，多少人想得到她一张舞会请帖，钻尽路子还不一定得到；忧的是吉凶未卜，在与她短暂的接触中，这位豪门小姐喜怒无常，骄横狂妄，已给他留下了深刻的印象。由于职业的关系，长期养成他冒险的精神，还是喜的成分多一些。

段玉兴将这张请帖爱不释手地细细观赏，面色时喜时忧，反映出他复杂的思想感情。

听见有人急促敲门，段玉兴一止脸色，迅速将请帖放进抽屉里锁好，坐得端端正正，说：“进来！”

社鲫壳进来报告：“段副处长，有客人求见！”

“谁！?”

“三姨太！”

“噢！”段玉兴一听是樱花少佐来了，神色有些改变，但一会儿便镇静了。

樱花少佐竟敢在抗战大本营的陪都如此肆无忌惮地活动，使段玉兴感到害怕。昨晚约他到心心餐厅那样人多复杂的地方去碰头，不知为啥失约！今天竟敢在军统局谍报处大白天求见，就是老练沉着的段玉兴也要吓一跳。他有些迷惑，为啥她要冒这么大的危险?

杜鲫壳见段玉兴踌躇不语，又追问一句:“段副处长，见吗?”

这里戴笠的耳目众多，泄露出去后果不堪想象！他继而一忖度，她冒险到这里见他，一定有紧急重要事情，再说，他是躲不开的，拒绝会见后果更不堪设想。他权衡一番之后，终于硬着头皮说:“有请!”

段玉兴马上又叫住转身要走的杜鲫壳，深邃的目光在杜鲫壳脸上停留片刻，装出厌弃的表情说:“这个骚女人老纠缠着我，真讨厌!”杜鲫壳虽是他的心腹，但他不得不防。戴笠并非草包，也是狡诈毒辣的，花样不少。他这样说，无非造成一种假象——他与三姨太不过一般男女关系，军统的纪律是不管这种事的。并且平时确有情妇找上门来过，用这种假象，更易掩人耳目，不致惹起怀疑。

“是。”杜鲫壳刚转过身去，脸上露出意义不明的微笑，狡黠地眨眨眼。这些，段玉兴当然没看见。

杜鲫壳领进三姨太，知趣地退出，慎重地反手关上隔音门。

段玉兴眼里一亮，站在他面前的樱花少佐比上次在武汉不同，打扮得异常华丽妖娆，浑身珠光宝气，体态更加风流动人。

段玉兴早对她不敢有任何邪念，表面上很平静，但暗地总是捏着一把汗，战战兢兢地应付她。

他等杜鲫壳退出后，笑请她在沙发上落座，忙乱了一阵，敬上香烟，泡上茉莉花茶，一脸讨好巴结的神态。

段玉兴站在一旁说:“昨天……”

樱花少佐尖着猩红的嘴唇喷了一口烟，拦住他的话头，眼波流动地乜着他说:“段先生，你什么时候巴结上孔二小姐了!? 我以前怎么一点影也不知道呢?”

“我……”

樱花少佐似笑非笑地说:“昨天见你与孔二小姐在一起，我不敢冒昧惊扰!”

段玉兴怕她误会，忙解释说:“我们是偶然……”

樱花少佐双手抄在胸前，仰头哈哈一笑，随即乜着他说:“段先生，孔令俊没砸伤你吧！把你带到山洞的途中丢下了，今天又送舞会请帖给你，阶下囚蓦地变成座上宾，真有意思。”

“是，是这样!”段玉兴的声音都有点打颤，樱花少佐情报这快，又出他的意料。

她又喷了一口烟，说："段先生，你站在一旁听我谈，别人看见不适当呀!"

"是，是。"段玉兴坐到办公桌后的转椅上。

"你结识了孔二小姐，会给你带来方便。"她将烟头往烟缸里一按，神态严峻了，"段先生，军部交给你办的事情，你一件也没办成呀！要不是我向上级帮你说好话，哼……"

"谢谢少佐!"段玉兴寡言少语，总是这样卑躬的简短回答。她提醒段玉兴："在这里不要乱叫少佐！我的姓名多咧，还是叫我凌太太吧!"

"是，凌太太!"

她生气也显得很妩媚，却使段玉兴心惊胆战。她责问道："段先生，你几次交给我们的情报，价值都不大。哼，不要忘了你是军统的副处长呀!"

"凌太太，我……"

她简直不让段玉兴有辩护的机会，把嘴一撇："段先生，皇军培养你多年，再不为皇军尽力，不怪我们无情!"她红白辉映的面孔像罩上一层严霜。

段玉兴机械地回答："是，我一定为皇军尽力。"

她深沉地一笑："愿意为皇军尽力就要拿出优异成绩来。"她神色变得和缓了一些，"段先生，你要利用一切机会去接近孔令俊，我们对这位二小姐兴趣很浓呢!"

"是，是。"

她从海勃绒暖手袋里掏出两根黄灿灿的金条，起身递到办公桌上："段先生，差钱用吗？这是给你的。"

段玉兴一见金条，情绪顿时好起来，欠起身眉欢眼笑地说："谢谢凌太太!"他忙将两根金条收进抽屉里。

"噢，这屋里好暖和!"她走到窗边站住，透过玻窗望了一会儿窗外那棵冒出蓓蕾的蜡梅花。

她觉得身上燥热，脱去外面穿的海勃绒大衣，搭放在沙发靠背上，在室内缓缓地徘徊。

段玉兴见她露出一身黑色软缎绣着银白色花朵的细腰旗袍，多少带点挑逗性，不觉看出了神。

她自己点燃一支香烟，扭着软腰走过来，斜倚在他坐的转椅扶臂上，乜着段玉兴，妖媚地露齿一笑："段先生，记得我们初次相识，你在涪陵审问我时，你那副馋相多有趣。现在看你多正经，嗯，难道不想跟我玩玩?”接着她一口烟往段玉兴面孔上喷去。

“不敢，不敢!”段玉兴知道樱花少佐的厉害，哪敢与她调情。他见她毫无告辞的意思，心情很紧张，但只能干着急。

“笨蛋!”樱花少佐轻蔑地说。

段玉兴心里琢磨，像樱花少佐这样有经验的老牌特工，岂不知这里时刻都隐藏着危险！但见她若无其事，像坐在东京银座里消磨时光一般，只得大胆提醒她：“凌太太，这里耳目众多，你……”

“噫，要赶我走是不是?”她启齿一笑，“我还要玩一会儿呢!”

段玉兴不敢再说，迷惑地看着她发愁。

她掏出手绢：“哧，看你吓得出汗了，真胆小!”她给他拭去额上的汗气。

“段先生，我还有重要事情没办呢，怎会就走。”樱花少佐将手绢塞回腋下的衣襟上，慢慢地说。

“请吩咐!”段玉兴坐在转椅上不安地说。

樱花少佐含笑望着段玉兴，答非所问地说：“段先生，国泰电影院今天上映《凤凰于飞》，是好莱坞电影皇后珍妮麦唐娜主演，你为啥不去看看?”

段玉兴猜不透她葫芦里究竟卖的啥药，只得含糊回答了一声。

桌上几部电话机，其中一部叮叮地响着铃。

段玉兴漫不经心地拿起话筒：“喂，哪里？我是……什么？……”他神色紧张，蓦地从转椅上站起来，“上了去河内的飞机……噢，马上要起飞了……等一等，我马上请示戴先生……不要挂断电话，听候指示……”

樱花少佐也蓦地紧张起来，专注地望着段玉兴，见他将话筒搁在桌上，正待伸手去拿另外一部电话机的话筒，她急上前按住他的手，低声说：“暂慢!”

段玉兴不及细想便焦急地说：“汪精卫先生在昆明突然改变了行程，上了去河内……”

“我知道……”樱花少佐陡地停住口，她警惕地将搁在桌上未挂断的那只话筒用双手捂死，防止谈话会传出去，接着说，“老实告诉你，昨天孔令俊打岔没与你联系上，我今天冒着危险，就是为汪先生这件事特地来的。”

“哎，你特为这事来的!”段玉兴惊愕异常。

樱花少佐盯着段玉兴，脸上似笑非笑：“现在是考验你对皇军忠不忠的时刻，一定要设法让去河内的飞机按时在昆明起飞!”

“我……要我怎么办?”段玉兴的脚杆在打闪闪，他知道放走这架飞机的后果，心中异常惊惶。

樱花少佐望着段玉兴冷笑：“镇静！为天皇陛下尽忠是特工的天职，就是牺牲性命也应在所不惜。哼!”

他接触到她冷峻阴沉的目光，像浸在冰水里，从脚冷到头顶。

樱花少佐抬头看看挂钟，从容不迫地说：“段先生，你只需延缓十分钟向戴老板报告……不，五分钟足够了。那时，去河内的飞机已上天，谁也拦截不住，汪先生便自由了。段先生，只延缓五分钟，戴老板是不会怪罪你的，是吗?”

段玉兴见生米已煮成熟饭，她亲自在这里监督，只得照她的意思办。他不愿在她面前显得过分懦弱和无能，作了一个立正的姿势，用日语说：“效忠天皇，万死不辞!”

樱花少佐夸赞说：“这才是好样的英雄!”她知道自己再待在这里已无必要，“段先生，我走了，再见!”

她松开捂住话筒的双手，做了一个示意他可以向戴笠报告的动作。

她穿上海勃绒大衣，拿起暖手袋，扭摆着细腰推开门走了。

段玉兴稍微定了定神，叫通了戴笠的电话，将昆明机场上发生的事情报告了。

戴笠也觉意外，当即令他通知昆明机场，阻止汪精卫坐的飞机起飞。

段玉兴稍待一会儿，瞥了一眼手表，才拿起通昆明的话筒：“喂……戴主任命令扣住飞机不让起飞……哎，已飞走了……混蛋……”

段玉兴搁下话筒，掏出手绢揩了额上的汗水，松了口气。接着他又拿起通戴笠的电话……

四

汪精卫到了河内，发出了臭名昭著的“艳电”，赞同近卫声明，公开叛国投敌，做了汉奸。

陪都的报纸把这当成头条新闻，很闹了一阵子风潮。《新华日报》发表社论，把汪精卫公开投降，当成一种信号，认为全体民众，应该提高警惕，认真注视事态的发展，粉碎投降阴谋。

段玉兴为这事提心吊胆，生怕戴笠会发现他做了手脚，查出他与日本特工的关系来。

冬天过去了。段玉兴见一切正常，他照旧当副处长，以为事情已经了结，万事放心了。

山城春早，阳历二月初便绿满枝头，和煦的阳光照得人暖洋洋的。

正当雾季，有时浓雾要中午才能消散，日本飞机来轰炸的次数减少了，比其他季节显得安宁。

戴笠给段玉兴派来一名新副官，将杜鲫壳换走了。

段玉兴虽不乐意，但知道是戴笠决定的事情，不敢说啥，只好听便。

杜鲫壳调走没几天。在一个深更半夜里，戴笠来电话，叫段玉兴立即去见他，并通知说，由他派汽车来接。

段玉兴猜不出戴笠这时叫他干啥，他不敢怠慢，全副军装穿戴齐整，立即坐派来的吉普车出发了。

派来接他的人，除司机外，另有两名全副武装的特工护卫。他没带副官，一戴笠指明叫他不带副官，因吉普车坐不下。段玉兴坐在吉普车后座里，他两旁各坐一名护卫，见前座一个座位空着，不禁有些疑惑：明明有空座位，为啥不让带副官？

吉普车在通往磁器口的公路上急驶，因为道路坎坷不平，车身颠簸歪斜，坐着很不舒服，把他的睡意全赶跑了。

他刚摸出一支香烟，一位护卫立即递上扭燃的打火机给他点火，异常巴结亲热："段副处长，以后有机会把我调情报处工作，怎样？"

段玉兴含糊应付了一句。他认为护卫仍像往日一样向他巴结讨好，并无异状，心中又舒坦了。他在黑暗中闭目养神，香烟蒂烧着他的指头，他才从蒙眬中惊醒了。

车行很快，一会儿便过了磁器口，到了戴笠的住所。

段玉兴精神蓦地振作起来，扔掉了手上的烟蒂，扣好风纪扣。

吉普车在院坝里刚停稳，两个护卫先跳下车："段副处长，请！"

段玉兴跨下吉普车，在路灯的光照下，便觉情况异常，两个护卫紧靠在他左右，将他挟持在中间，如临大敌一般掏出了手枪。

一位姓施的副官站在台阶上，沉着脸大声传达命令："戴主任有命令，将段玉兴解除武装!”

段玉兴身边的两位护卫陡地变了脸，一个护卫缴了他的手枪，一个护卫缴了他的自杀刀。

他心中惊惶万分，仍强装镇静，大声地责问：“这是干啥？我要面见戴主任!”

施副官嘲弄地尖着嘴唇吹响了一声口哨：“嘘，莫吵，莫吵!”随即冷笑一声，“段先生，少安毋躁，戴主任正等着你哩。请!”

段玉兴知道凶多吉少，他的事情一定被戴笠知道了。但漏子陡地出在哪里?使他揣摸不定。

事情已到这般地步，他反抗也无用，只好听天由命。

他被人押解着跟在施副官身后走进一间昏暗的房内，不觉一惊，认出这是刑讯室。

施副官指定段玉兴坐在一张宽长的条凳上，段玉兴知道这是一条刑凳，垫砖头这样的刑罚，便是睡在这条凳上进行的。

“段先生，你不止一次在这里刑讯过犯人，当然对这些刑具的厉害是深知的，今天要委屈你了。哼，我关照你，戴主任马上便来，你要把你的事情照实说，免得皮肉受苦!”施副官站在他的面前，张开双腿，两手叉腰，威风凛凛地说。

这施副官平时对段玉兴也很巴结，吃喝不分彼此，兄弟相称。此时却不讲情面，在他面前神气活现，他有虎落平川被犬欺的屈辱感。

段玉兴坐在条凳上不甘示弱地冷笑说：“施副官，承蒙你关照，多谢了。你们无故这样对待我，太不义了。”

他掏出烟匣，斜睨着问：“我可以抽支烟吗?”

施副官皮笑肉不笑地回答说：“当然可以。对段先生我们当然要特别优待啰!不过……”他瞟着段玉兴微笑，一边说一边点着头。

段玉兴居然跷起二郎腿闪着，一口一口向外喷烟，装出毫不在乎的样子。

听见皮靴响，段玉兴知道戴笠来了，神色顿时紧张起来。他取下嘴上的香烟，用指头捻熄扔掉，跳起来站得端端正正。

戴笠走进来站在段玉兴面前，冷冷的目光逼视着他，眼睑下的肌肉在颤动，只是狞笑不语。

段玉兴接触到戴笠那奇特的目光，不禁打了一个寒战。他故作镇静地说：“报告戴主任，他们这样对待我太不公平。我一贯忠心党国，为戴主任尽力!”

戴笠仍逼视着段玉兴狞笑不语。

相持了一会儿，段玉兴精神渐渐不支，避开了戴笠的目光，蔫耷耷地垂下头。

“段玉兴!”戴笠突然厉声大叫，“你的胆子不小呀！居然像孙悟空钻进了铁扇公主的内腑，我戴某也不是好惹的，要你尝尝我的厉害。”他咬牙切齿，面色异常可怕。

事到如今，怕也没用，段玉兴冷静地思索，捉摸戴笠掌握他多少情况，以便应付。他听戴笠的口气，分明已知道他是日本间谍的事。他故作不懂地说：“戴主任是最了解我的，我是复兴社的老同志，是戴主任的好学生……”

戴笠已充分掌握他是日本间谍的身份，早提心吊胆，怕蒋介石知道此事会怪罪他，这时听段玉兴口称是他的学生，又急又气，再也稳不住了。他暴跳上前，用力掴了段玉兴两个耳光，还踢了两皮靴，破口大骂：“婊子养的，我哪有你这个学生！混账王八蛋。”

段玉兴的脸颊火辣辣的现出五个手指印，他仍站立不动，望着戴笠不转眼。

戴笠烦躁地来回走了几步，蓦地想起德国顾问说的一句话：一个特工切忌浮躁，千万要冷静。

他强压住自己的火气，用阴森森的目光盯着段玉兴：“哼！你老实招认。三姨太是什么人？你与她怎样勾搭上的?”

段玉兴故意装聋卖哑：“报告戴主任，三姨太原是刘湘的人，在涪陵时我查出她的电台，被刘湘保释了，我早将详情向戴主任报告过。我不该……我不该贪她风流妖媚，与她……”

戴笠见他想避重就轻，胡扯一通，火气又往上涌：“婊子养的，看来你是不想说真话了！我问你，汪精卫逃走时，昆明机场的人向你报告，当时去河内的飞机尚没起飞，你为何等飞机起飞后才向我报告？昆明机场的人从耳机里曾听到一个女人说话的声音，叫你‘暂慢’，你还告诉她‘汪先生在昆明改变了行程……’你说，这女人是谁？你们……”他由于太激动，不知不觉把他掌握的情报抛了出来。已经说了不少，他蓦地警觉了，陡地住了口，恶狠狠地盯着段玉兴。

段玉兴反而松了口气，以为戴笠掌握的情报不过如此！仍想避重就轻，隐瞒住自己日本间谍的身份，保全樱花少佐。他愁眉苦脸地说：“戴主任，我违犯了纪律，不该让三姨太到我办公室来。当时昆明来电话，三姨太正在纠缠我，叫我暂慢打电话，要我答允她晚上去……我对她说，汪先生在昆明改变了行程……叫她不要缠我。我该受处分，不该违反纪律向外人泄露机密，耽误了时间，请戴主任……”

“住口!”戴笠大吼一声，他解开了风纪扣，把军帽往脑后一推，命令说，“施副官，用刑!”

施副官叫两个彪形大汉挟持段玉兴上老虎凳。

戴笠一伸手：“慢！施副官，老虎凳一这刑法太落后，让他尝一下电刑的味道。用日本造的发电机麻他，该多有意思!”

段玉兴知道电刑的厉害，刚给他套上电极，还没摇动发电机，他就大声叫：“戴主任，冤枉，我冤枉呀!”

戴笠蓦地改变了主意，做了一个暂缓用刑的手势，深沉地一笑：“口叫冤枉！你不到黄河心不死。好，叫杜副官来!”

段玉兴想不到戴笠调走杜鲫壳，原来是为了审查他，不禁暗中吃了一惊。

戴笠对进门来的杜鲫壳说：“杜副官，段先生很健忘，你提醒他一下。”

杜鲫壳先瞥了段玉兴一眼，接着对段玉兴说：“段副处长，你与三姨太的事情，我都晓得，被我暗中听见了。三姨太叫樱花少佐，你叫梅花先生。”

段玉兴听杜鲫壳说一句，心里就战栗一下。他知道无法隐瞒下去了，只得惊惶地说：“戴主任，我说，一切我都说。”

戴笠见段玉兴如此无用，还没动刑便自动要招认。他认为是自己的攻心战术起了作用，一脸得意之色，说：“好，肯说便好。施副官，带他到隔壁房去，让他坐着慢慢说。”

段玉兴刚被带走，另一个副官急匆匆进来报告：“戴主任，蒋委员长到!”

戴笠着实吃了一惊，已经深夜，蒋介石一反常态，事先不通知，偏在这时赶来，心知不妙，一定是为段玉兴的事情来的。一个日本间谍，居然在他手下混了这么多年没发现，还当了副处长。蒋介石要是怪罪下来，自己真吃不消。戴笠不费吹灰之力便使段玉兴招供的愉快心情顿时烟消云散，他心里感到异常惊恐，手心也沁汗不止。

五

戴笠战战兢兢将蒋介石迎进办公室沙发上坐下。亲自送上一杯开水，站在一旁侍候，不敢先开口动问。

蒋介石脱去黄呢披风，由身后的侍从副官接过拿着。他身着黄呢军便服，脚上穿的一双黑皮靴油光泛亮。在电灯光下，蒋介石的光头闪着油光。他脸色平板，毫无表情，眼睛却闪着亮光瞟着戴笠。

戴笠心中七上八下，恭敬地站在一旁赔着笑脸。

蒋介石蓦地发问："戴主任，听说你查获两名日本高级间谍，是吗？"

戴笠一听，他果然已得到消息，为此事而来，知道隐瞒不住，忙报告："正在审讯，准备等审讯清楚后再向校长报告。"他说完后不安地观察他的反应。

蒋介石不满地哼了一声，极其威严地说："戴主任，请你报告得详细一点！"

戴笠忙答应："是，是。"他不敢有丝毫隐瞒，将段玉兴与樱花少佐的事情，凡是他知道的，一点不漏地报告了。

蒋介石沉吟一会儿，偏着头问："你掌握了樱花的行踪没有？"

戴笠答道："樱花经常变换身份，行踪不定，目前还没捕获，正审讯段玉兴……"他见蒋介石在皱眉头，忙说，"请校长放心，我已控制了各要道，樱花绝对跑不了。我逮捕段玉兴也极其机密，估计她也不会跑！"

蒋介石阴沉地一笑，急躁地拍着沙发扶臂大声说："我要人。你要是放走了樱花，我要你的命！"

戴笠见蒋介石露出凶狠的表情，浑身一震，强装笑脸："请校长放心！"

"汪精卫不是东西，背着我与日本人勾搭。日本人也不够朋友，撇开我去找汪精卫。"蒋介石没头没脑发了几句牢骚，站起身。

戴笠见侍从副官已递过披风，以为蒋介石要走了，忙说："请校长放心，等候我的佳音！"

蒋介石挥了挥手，并没从侍从副官手上接过披风，抄着手在室内踱了几步，又坐回沙发上，说："唵，戴主任，我要亲自与段玉兴谈一谈。"

蒋介石对段玉兴如此有兴趣，戴笠也觉惊异，呆立在那里，怀疑是不是听错了。

"戴主任，立即请段先生来，我要与他谈一谈。"蒋介石又说了一遍。

"是，是。"

戴笠听蒋介石竟用了一个"请"字，更是愕然不解。他不敢动问，回答了一声，亲自去带段玉兴……

戴笠带着段玉兴跨进门，见蒋介石却像迎接贵宾似的等在门口，清癯的脸上笑容满面，握住段玉兴的手摇晃着说：“段先生，受惊了。”

段玉兴衣冠不整，神情狼狈。他听说蒋介石要见他，早吓得面色灰白。蓦地见蒋介石如此客气，对他殷勤接待，不知是何道理！如同在梦境中一般，惊得忘记了回话，呆呆地望着蒋介石发怔。蒋介石亲切地挽着段玉兴在一张双人沙发上并肩坐下，又重复地慰问：“段先生，受惊了。”他面对戴笠大声斥责：“戴主任，怎么对段先生如此无礼。快，将段先生的军帽、领章、肩章……全还给他。”

戴笠虽然不理解蒋介石的意图，但不敢不执行，叫人将段玉兴的东西拿来，由他一件件躬身送到段玉兴手上，连手枪也归还了，当然，戴笠已将子弹卸除，以防万一。

段玉兴还是第一次亲近蒋介石，以往只在公共场所见过。他心中虽惊疑不定，但早已横了心，抱了必死的准备，穿戴齐整后，反而态度从容，静等蒋介石发落。

蒋介石装出异常和蔼的声音说：“唵，段先生，噢，我很想见见那位樱花。嗯，呃，我绝不难为她，请你放心。”

蒋介石见段玉兴沉思不语，表现出极大的耐心，慢吞吞地说：“段先生，唵，你切莫疑虑，我还要重用你哩！只要你把樱花带来见我，你便立了大功，唵，便是我的好部属。”

戴笠见段玉兴仍没答话，认为这种人服恶不服善。他在一旁不耐烦了，大声对段玉兴说：“委座问你话，听见没有！”

蒋介石挥手制止戴笠：“唵，不要急，让段先生思考一会儿。”他叹息一声，“我与日本人兵戎相见，误会很深，段先生既然不相信我，好，这样……”

他叫戴笠拿来纸笔，坐在办公桌边，慢条斯理地提起墨笔在军委会信笺纸上写着：

兹委任段玉兴为军委会少将高参。

蒋中正

这一行半大不小的墨笔字跳进戴笠的眼中，他蓦地吃了一惊。

将这个日本间谍委任为少将高参，天下会有这样的事吗？蒋介石将写好的手令递到段玉兴手上：“唵，明天我再叫他们补一个正式委任状给你，你可以戴金板板一朵花的肩章了。段先生，以后我还要仰仗你啦！”他很少用这样温和的口气与部属讲话。

段玉兴双手接过手令一看，脸上露出惊愕的表情，目光有些迷惑。他不安地装出笑脸：“谢委座栽培！”

“唵，不用谢！”蒋介石的薄嘴唇包着假牙嚅动了一阵，又说，“唵，我找樱花并无别意。唵，日本人对我误会很深，想找她谈一谈，要她把我的话直接转达给东京军部。唵，这样……唵，这样我们便可以消除误会，唵，可以真诚相见继续谈判，唵……”

段玉兴这时才豁然醒悟，明白了他突然受到恩宠的原因，原来蒋介石想通过樱花少佐直接与日本军部联系。他晦暗的目光顿时亮了，腰挺得很直，变得神气起来，眼睛狡黠地眨了眨，站起身回答说：“请委座放心，我一定尽力与樱花联系上，带她来晋见。”

“请坐下慢慢谈，不要拘礼节。唵，这样就好了。段先生，唵，我将来还要派你当我的特使。唵，要官，有官做；要钱，给钱用。”蒋介石笑眯眯地说。

戴笠这时才完全明白了蒋介石的意思，怕责怪的疑虑才消除了，暗自松了口气。不过，他心里也异常不愉快：这个混入军统内的日本间谍，顷刻之间便有了少将军衔，他跟随蒋介石多年，也只不过一个少将哩！

第十六章

樊哈儿巴结上孔祥熙，将自己在上清寺的公馆樊庄，无偿地借给他用。这里离行政院和国民政府都很近，连门前通向大溪沟那条马路也改名叫国府路。

孔祥熙除到行政院和财政部开例会外，就住在樊庄办公——也办私。他自己有一个办事机构——秘书处。

公馆内，孔令仪因是大姐，分工专管亲友往来应酬。其实，因为宋霭龄是公馆派的首领，要替孔祥熙运筹帷幄，经营孔家的私产，事情太多，只不过叫她先过滤一道，再向宋霭龄择要报告，然后由她将宋霭龄的意见给秘书处传达，由秘书处去办。

近来，孔令仪茶饭无心，为爱情的问题苦恼，不愿再去管那些日常琐事。多半也是与宋霭龄赌气，凡下面有关亲友之间的事情来向她报告，她一概推给宋霭龄去照料。所以宋霭龄更是繁忙，连每天少不了要打一场的桥牌也取消了。

孔令仪的行动自由受到了限制，家中对她控制得很紧。没有孔祥熙或宋霭龄的命令，门卫硬是不敢让她外出。就是让她外出，也有警卫跟随，明是保护，暗是监视，不许她与陈继思有会面的机会。

自从她与陈继思在武汉那次见面分手后，一直再没能见面。其中由董绍孙暗地与他俩传递过几次信件。孔令俊侦探到陈继思住在黄桷埡董家花园，因此，董绍孙也吃闭门羹，不让进樊庄，音信从此便断绝了。

孔令仪几次想派侍女去传递信件，公馆内谁也怕孔令俊，哪个侍女也不敢去。

樊庄内花园很大，假山玲珑，泉水清幽。正当春天，百花盛开，姹紫嫣红，竞相争妍。可是孔令仪无心观赏。她近来越来越孤僻，总喜欢独自一人躲在花园里的浓荫丛中看书，遐想。

今天宋美龄来了。她妈妈要她去陪着打桥牌，她推说头昏，在卧室里躲了一会儿，这时拿着一本英文杂志，一个人懒洋洋地走进花园。

她穿一件紫绸旗袍，一根缎带随便束住黑发，坐在金鱼池边一条石凳上，背倚一棵银杏树，低头看着手里的英文杂志。

她穿的紫绸旗袍显得短小，极不合身。这件旗袍还是她在上海那所美国教会办的女子中学读书时穿的校服。她有春夏秋冬四季的时新服装，可是她不穿，偏找出这件旧校服穿上，也是故意与宋霭龄闹别扭。因为宋美龄要给她介绍胡长官，这两天胡长官从前线回到了陪都，天天来樊庄献殷勤。宋霭龄要她打扮一番去应酬周旋，她不仅不去，反而穿上这件紫绸旗袍以示抗议。

她随意翻看着，觉得这本杂志上许多文章都很枯燥。待她翻到德国史托姆的小说《茵梦湖》时，渐渐被小说中人物的命运吸引住了——伊丽莎白因为母亲的反对，没能如愿嫁给她心上的恋人。

她一口气读完了这篇小说，合上杂志发怔：难道她的命运也会和那朵白睡莲——伊丽莎白的命运一样吗？

陈继思的影子在她心上浮动，越来越清晰。她与他在武汉分手时的情景还历历在目，虽然那个荒湖没有茵梦湖美，她也像伊丽莎白一样怀着痛楚悲怆的心情送走了他，从此再没见过面。多么令人惆怅！

她想到那位胡长官颟顸俗气的样子，心灵便要战栗。要她嫁给像胡长官那样粗鲁的赳赳武夫，实在感到可怖啊！

她举目四望，迷惑、彷徨、孤独、冰凉一齐兜上她的心头。她不愿做笼中的金丝鸟，没有自由，纵然锦衣玉食，有何乐趣呢！她虽然从小便在教会学校读书，过着修女般的生活，但她悄悄读过很多西洋小说，在文静娴淑的外貌下，有一颗热烈的心。情窦初开，她便羞涩地憧憬过爱情。认为只有爱情，神圣的爱情，才会使她快乐。丘比特的爱情之箭真的射中了她的心。她爱上了陈继思，甜蜜和苦涩糅合在她的心间。可是，目前她为爱情变得多么痛苦啊！爱情便是她的一切哩！

抗战，对她来说无足轻重，她认为这不是她的事。只有日本飞机经常来轰炸，要钻进公馆内自修的防空洞躲藏，使她深感不便，才恼恨日本人，诅咒日本飞机。除此之外，樊庄内夜夜舞会，天天桥牌，她也觉不出抗战的气氛。

她踏着石级，一步一步登向花园高处，从这里可以看见黄桷垭旁边的那座古塔。她痴痴地望得出神，在古塔后的山窝里便是董家花园。她想，也许这时陈继思正站在古塔上层，从董先生那里借来船用望远镜，极目凝神在眺望着樊庄吧！

她一股热泪忍不住夺眶而出，扶住身旁一棵高大的梧桐树痛苦地呻吟了一声，失声啜泣起来。

梧桐树梢枝丫间有一个老鸹窝，窝里的一对老鸹被她的哭声惊起，呱呱地鸣叫着振翅飞去。

中国民间认为老鸹鸣叫是不祥的预兆。她虽受过高等教育，并不完全相信这种说法，但想到孔令俊口口声声要暗杀陈继思，此时老鸹在她头上鸣叫，并且飞去的方向正好是黄桷垭，她触景伤情，不禁心惊肉跳。她想见陈继思一面的心情陡地异常迫切，咬牙暗想：逃出樊庄，逃到黄桷垭，立即到陈继思身边去。可是，门禁这样森严，把她防范得如此周密，怎能瞒过耳目逃出去呢！

她苦苦思索，想不出妥善的办法，低低叹息一声，心中自言自语念叨：哦，悲哀的伊丽莎白，难道你是我影子，茵梦湖的景色虽美，爱情的恨海难填呀！

她将杂志卷成筒状拿在手里，愁眉苦脸，失魂落魄般在花园游转。不觉之间，她来到了一道小门，这道门是无人守卫的。因为从这通行政院办公大楼，走不到外面去。

她想起行政院与国民政府之间有一个万国公墓，是比较空旷幽静的地方，长满了灌木和野草，还盛开着野花，不如到那里去透透胸中的闷气。

她边想边走出小门，沿着一条砖铺的大路，信步走去……

因为曾家岩成了国民政府所在地，一些国民党的显要官员都住在这里，万国公墓虽没划入禁区，早已无人管理。

公墓里一座座坟墓湮没在荒草中，墓前的十字架上爬满了藤萝，到处是灌木丛，显得异常荒漠幽僻。

她用手拨开路边的野草，在一座坟墓的石阶上坐下，举起双手，做了一个深呼吸的动作，翕动着鼻翼，贪婪地吸着散发出野花芬芳的空气。

低头一看，她脚边全是牯牛草，也叫爱情草。她童年时见别人玩过这种草：一个男孩和一个女孩，各自拿着牯牛草的一端，用手将草茎撕开，若是两人撕开的裂缝刚好相逢，牯牛草便破成了两半，就意味着将来爱情的圆满。

她从脚边拔起一根牯牛草，真想试一试运气。可是陈继思不在这里，一个人怎么撕呢！她低低地叹口气，将牯牛草的嫩茎放进口里，用牙齿轻轻咬着，立即感到了一种甜涩的味道。啊！真是爱情草，也像爱情一样甜涩。

她抬头望着天上朵朵的白云，痴痴地遐想……

“大小姐，孔先生请你去呢！”这是吴小姐的声音。

孔令仪吃惊地看着她，不知她父亲有什么事情找她。她问：“吴秘书，你知道他为啥找我吗？”

吴小姐仿佛没有听见她的问话，正看着一块墓碑出神。

她又重问了一遍，可是吴小姐还是没回答，依然凝视着那块墓碑。

她见吴小姐突然如痴如醉的样子，心里感到奇怪，站起身来，也向这块墓碑看去……

“咦，奇怪！”孔令仪念着墓碑上的字，“杭州杨春燕之墓……万国公墓里怎么葬着一个中国女人！”

“啊……”吴小姐被惊醒似的，神态极不自然。

“吴秘书，你怎么啦？看你脸色多苍白，是不是病了？”

吴小姐定了定神，苍白的脸上顿时浮上了红云，淡淡地笑了笑：“我……我也是这样想，在万国公墓里怎会葬着一个中国女人！”她的声音都有些颤抖。

“我想，这女人不是外国人的妻子，也一定是外国人的情妇！吴秘书，你猜呢？”

“不是。啊……也许不是。我也猜不透！”吴小姐有些语无伦次，她不愿再议论这个问题，“大小姐，孔先生请你去。我见陈继思先生也在那儿！”

“哎……”孔令仪大吃一惊，听说陈继思在她父亲那里，不知是吉是凶！再没留意吴小姐反常的表情，拉着她的手，迫不及待地由原路回到樊庄。

她将手上的英文杂志往吴小姐手上一塞，要她给送回她房里去。

她走到孔祥熙的办公室门口，先站住侧耳听听，蜀锦门帘内没有声音，很静。她撩开门帘走进去，见陈继思端坐在沙发上，并没招呼她，反而慌乱地低下头。

在孔祥熙面前，她也不敢正眼去看陈继思，只是迅速地瞥了他一眼，见他并没消瘦，依然那样英俊，容光焕发。

孔祥熙坐在一张圈椅上，胖墩墩的脸上似笑非笑。

她觉得情况异常，办公室内的气氛很不和谐，猜不出她父亲怎会让陈继思坐在这里，又把自己叫来干啥！陈继思对她神情如此冷淡，连偷觑她一眼也没有。她心头出现了一连串问号，神情异常紧张，忐忑不安地看着她父亲。

孔祥熙却缓缓站起身，笑眯眯地向她迎过来：“令仪，陈继思接受我五万元美钞，同意到美国去留学，并且在外国定居，永远不回中国，从此不再与你见面！”

孔令仪像头上响了一个霹雳，耳朵里嗡嗡直响。她精神上受到这个突然的刺激，嘴唇哆嗦，浑身战栗。好一会儿，她才用劲发出像哭一般的声音：“我不信，他绝不会！”她惊愕地注视着陈继思，想从他那里看见一个否认的表示。可是他却默不作声，微低着头避开她的目光。

孔祥熙打了一个哈哈，多褶的胖脸上堆着满意的神情：“令仪，看，这是他开的五万元美钞的收据，还有他写的与你断绝一切关系的保证书，不相信，你还可以当面向他问清楚！哈哈，……”孔祥熙没有再说下去，只是冷冷地笑了一声，那意思很明白：陈继思爱你的价值不过区区五万元美钞。我的好孩子，你受骗了，你该死了这条心！

孔令仪没有去接她父亲递过来的收据和保证书。她不能相信，也不敢相信陈继思是这样的贪利小人，真会为五万元美钞背叛他俩神圣的爱情。可是陈继思并没否认，使她红润的面颊陡地苍白异常。她用发颤的声音问：“陈继思，难道这是真的？”

陈继思抬头用闪烁不安的目光望着她，迟疑一下，终于点点头，回答说：“小姐，是真的。”

孔祥熙坐回圈椅上，含笑注视着孔令仪的表情，十分满意他安排的这个场面的效果。

孔令仪听陈继思作了肯定的回答，眼前直冒金星，用手扶住沙发椅臂支撑住自己有些摇晃的身体，嗫嚅一会儿，像呻吟般挣出一句话来：“你爱我，难道真的为了钱吗！”

陈继思刚才惶惑的表情消失了。他毫不犹豫地回答：“小姐，我是寒士，我俩相恋注定是一场悲剧啊！这样处理，对我们都好！”

他背叛了她已是千真万确的事情。她想哭，哭不出声来。她一手平举，指着陈继思说：“你，你……卑鄙，真卑鄙！”

她控制不住自己的强烈冲动，急步上前，用尽力气，一记耳光重重击在陈继思的面颊上，发出清脆的响声。

她见陈继思猝不及防地捂住脸，惊叫了一声“哎哟！”这一耳光打得不轻，在他面颊上出现了几个指拇印。她不自觉地“噢”了一声，被自己的举动惊呆了。她惶惑地看看自己的手，看看陈继思的面颊，心上浮起一种复杂的感情。她有些懊悔，知道这一记耳光打得实在太重了。

她缩回手，往后退，退到沙发边，倒身在沙发里“哇”的一声，双手捂住脸埋头痛哭起来。

孔祥熙冷冷地对陈继思说：“陈先生，你该走了。出国护照和飞机票我叫人办好尽快送给你，到时我会派人陪你到香港。”

陈继思瞥了一眼孔令仪，起身刚走了几步。孔令仪站起一声怒吼：“站住！”

她气极了，蓦地掏出防身的白朗宁手枪对准他恶狠狠地冷笑：“我要你的命!”

孔祥熙先是一惊，随即便泰然了。他不仅不阻止，反而露出痛快的神情。

事出意外，陈继思惊叫了一声：“令仪，你不能……”

陈继思突然一声绝望的惊叫，这一声“令仪”喊得多么亲切，与他俩热恋中的呼唤无异。她颤抖的手指有些犹豫，没有扣动扳机。接着她看见陈继思恐怖地盯着手枪口，显出可怜巴巴的样子。她的心陡地软了，手枪“咚”的一声掉在地板上。

一会儿，陈继思已走得无影无踪了。

二

陈继思完全按照朱佳富帮他出的主意办，只是有了一点重要的修正，事先未将这个计谋告诉孔令仪。一方面固然是由于孔家防范严密，他与孔令仪无法联系；但主要还是朱佳富认为，不事先通知孔令仪，可以达到更理想的戏剧性效果，让她表演可以逼真，使孔家不致看出破绽。

可是，想不到孔令仪会掏枪要打他，差点闹出一场真正的悲剧。事后想起这千钧一发的险境，他还心有余悸。

孔祥熙见孔令仪已如此恨陈继思，解除了心病，想立刻押送陈继思去香港转美国的事情延迟下来了，懊悔不该花五万元美钞的冤枉钱。

陈继思住在董家花园里弄得日夜不安。他怕孔令仪真相信他为五万美钞而背弃他俩的爱情，那就糟糕了！他有些怀疑事先不与孔令仪通气是否明智，现在又找谁去与孔令仪解释清楚呢？能与孔家交往的人，谁也怕受牵连。

他急得像热锅上的蚂蚁，茶饭无心，几天就变得清瘦了。解铃还须系铃人，他最后只得去求助于朱佳富。

想不到朱佳富听后却哈哈大笑，说：“陈先生，请你放心，不用过虑，一切包在我身上。保你婚姻美满，双双定居美国。”陈继思见他说得那么轻松，那么有把握，不由不信，恳求说：“朱先生，只要你助我成功，日后我与令仪定当重谢。”朱佳富似真似假，斜视着陈继思问：“陈先生，你准备怎样谢我呢?”

“这……”陈继思没料到朱佳富会这样问，思索了一下，“事成之后，送你两万美金，如何?”

朱佳富听后，摇摇头说：“太少。孔家一位大小姐，难道只值两万元！”

“那……”陈继思问，“你要我谢你多少呢？”

朱佳富蓦地大笑不止，陈继思迷惑地看着他。

朱佳富止住笑声，对他说：“唉，陈先生，你也忒当真了，我不过说的玩笑话。”

陈继思听后，如释重负，轻松地笑着说：“只要朱先生玉成其事，日后铭感不忘。”

朱佳富慷慨激昂地正色说：“君子成人之美，岂望报乎！佳富纵无维娜斯爱神那样的情操，也不会如此下作，乘人之危敲起竹杠来。”他略略沉思一会儿，又说，“陈先生，你把情书写好，这根断了的红线我与你们续上……”

陈继思听了这话喜得心花怒放。他知道朱佳富的能力，说到便能做到。也没细问朱佳富如何将情书送到孔令仪手上，连连称谢：“有劳朱先生，日后我与令仪一定不会忘记你仗义相助的热忱。”

朱佳富微笑不语。他知道自己冒着风险帮助他俩，是绝不会白帮的。将来他要搞出一番事业来，自己这时成了孔祥熙娇女快婿的恩友，是一本万利的事情。何况这又不要他花费什么，只不过略动动脑筋便成了。

朱佳富郑重地嘱咐陈继思一句：“我成全你们的美事，但求你们永远保守秘密，免得孔先生以后怪罪我。”陈继思当然满口答应。

……

朱佳富果然毫未拖延，将陈继思写给孔令仪的情书带在身边，坐着公司的小轿车到了樊庄。

门卫知道他是孔二小姐的客人，将他请到会客厅坐下，不敢怠慢，立即通报去了。

侍女刚敬过烟茶，门外就传来了孔令俊的声音：“哈罗，密司脱朱……”

一个侍女撩起门帘。她已左手拿着朱佳富的名片，笑吟吟地跨了进来，向他伸出右手。

朱佳富忙起身笑迎，紧紧地握住孔令俊的右手摇荡着：“How are you?（你好吗?）”

“Fine， thanks。（很好，谢谢。）”孔令俊也握住朱佳富的手，久久不放，问候说，“Good day.Mr. 朱。（日安，朱先生。）”

朱佳富见她仍是短发西装，知她最喜别人用男人的称呼叫她，于是也说：

“Good day. Mr.孔。（日安，孔先生。）”

他觉得再握住她的手便显得太不礼貌，于是想收回手来。但孔令俊紧握不放，他只好让她握着。

她眼波流动，含情脉脉地瞟着朱佳富说：“朱先生，这些时为啥不来玩？你的舞跳得多么好，没有你来参加舞会，真使人扫兴。”

朱佳富没有正面回答，却先送她几句不费钱的奉承话：“先生，你既像火红的骄阳，又像皎洁的满月，炫目的光辉使我快睁不开眼了。啊！女人见了你会入迷，男人见了你会沉醉，你多么漂亮呀！”

孔令俊松开朱佳富的手，将他的名片郑重地放进她上衣小袋里，望着他笑眯眯地说：“朱先生，你的舌头一定是基督特造的，真会说话。你来这里做客，多么使人愉快。可惜，朱先生却不常来。”

朱佳富见孔令俊忘了请他坐下，只得站着继续说话。他听她话中含有露骨的挑逗，于是夸张地“哦”了一声：“先生，见了你，我也深感愉快，愿作你的俘虏。不行啊！我乃寒士，还要为衣食奔忙！”

朱佳富这几句玩笑话，也说得极其露骨，连站在门外一个蓄飞机头的年轻男秘书也为他捏把汗。因为孔令俊喜怒无常，任性放纵，一言不投机，她马上便会翻脸，所以谁也不敢和她开玩笑。

“朱先生，看你说得多可怜！”孔令俊居然莞尔一笑，有了点女儿味，“大家称我爸爸叫财神，你来到财神家里做客，还担心衣食不周，未免太可笑了。”

“我只怕财神爷看不上我这小兵呀！”朱佳富说。

“看，我只顾说话，忘了请你坐下。”孔令俊笑逐颜开地说。

她请朱佳富在沙发上落座，自己仍站在他面前说：“朱先生，你不用担心，财神爷早看中你了，刚才还提到你呢！”

孔令俊说的并非假话，刚才她听孔祥熙在他办公室里与薛习永谈论过他。

原来孔祥熙采纳了薛习永的意见，妄想用贷款为诱饵，使陆祖福上钩，吞掉民成公司。现在才知道成了偷鸡不着蚀把米，陆祖福将贷款买成战略物资囤积起来，早已利市百倍。孔祥熙等于白送了一千万元。他吃了闷亏，责怪薛习永献的是狗屎计[1]。多亏夫人宋霭龄邀请了《泰晤士报》的记者麦克唐纳到重庆做客，把这件事情当成孔祥熙扶植中国民族工商业的材料向他介绍，让麦克唐纳写成专稿登在《泰晤士报》上，居然也捞回了一点政治上的好处，在国际上改善了他的形象。

刚才，薛习永来找孔祥熙，谈起了民成公司的事，孔祥熙还是满肚子的不快：“我斗不过陆祖福，死不瞑目！”

薛习永劝道：“孔先生不用焦急，民成公司迟早是我们囊中之物，要制服陆祖福不可性急。他虽实力很差，不如我们远甚，但占有地利和人和。俗话说：‘强龙难斗地头蛇。’我们新入川不久，必须以蜀治蜀。”

孔祥熙觉得薛习永说的不错，进一步问道：“薛先生，如何才能以蜀治蜀呢？”

薛习永诡诈地一笑，大言不惭地说：“请孔先生放心，我已来了个双管齐下。巨富洋行的黄玉庵，与陆祖福在川江上逐鹿已久，素有宿怨。我已派人拉拢过他，他答应愿与我们合作。扶植黄玉庵与陆祖福唱对台戏，牵制他的发展，可以逼陆祖福向我们投降。最可虑者，陆祖福有朱佳富这个摇鹅毛扇子的军师代他筹划，如虎生翼。我使用了离间计……我看，朱佳富像魏延一样生有反骨，是不甘久居人下者，我们若能挖过来使用，陆祖福的翅膀变成了我们的，哼，民成公司迟早是我们的下饭菜……”

孔祥熙一听，认为这计策不错，夸赞说：“薛先生真行！一切由你安排进行。”……

孔令俊刚才还听他们商量了拉拢朱佳富的具体策略。

这时，孔令俊迫不及待地说：“朱先生，我领你去见我爸爸，以后有事要求我爸爸帮忙，尽管来找我好了！”

朱佳富当然求之不得，忙站起身说：“理应拜望孔先生，二小姐领见，当然更好。”

孔令俊居然毫不羞涩地弯起手肘，向朱佳富靠近一步，要他挽住。朱佳富反而犹豫了一下。按照西洋规矩，这是极平常的礼节，但在中国，要他挽住这位二小姐的臂肘去见她父亲，却还有些顾虑。他知道拒绝挽她的臂肘，在西洋是严重

1 不像样的计谋。

的失礼，只好若无其事地挽住她的臂肘，迈着绅士的方步往前走。

他俩转过一道回廊，便到了孔祥熙办公室门口。幸好孔令俊自动离开了他，抢先一步，跨进房去，回头客气地说：“朱先生，请进！”

朱佳富跨进门去，见薛习永正与孔祥熙在商谈什么。他先向孔祥熙问候了一番，然后与薛习永寒暄了几句，由孔令俊安排他在紧挨孔祥熙的一张沙发上坐下。

侍女敬上香茶，薛习永殷勤地从茶几上烟听里取出一支红狮牌英国烟递到他手上，并扭燃打火机给他点上香烟，然后归座。

孔令俊坐在朱佳富对面的沙发上。她双手微合搁在膝头上，笑眯眯地望着他。朱佳富反而有些忐忑不安，避开了她的目光，只顾与薛习永说话。

薛习永与朱佳富闲谈几句之后，立即把话引到朱佳富的工作上，说：“朱先生，你的人品学问，孔先生异常钦佩。”他看了一眼孔祥熙，孔祥熙表示赞同地点了点头，他接着说，“可惜，像你这样的将才，在民成公司怎能施展抱负！”

朱佳富顿时收敛了笑容，正襟危坐，很严肃地说：“蒙孔先生看重，佳富实愧不敢当。民成公司天地虽小，弱水三千只取一瓢饮，各为其主，略尽佳富愚忱而已。”

薛习永见朱佳富神态庄严，一时语塞。

朱佳富面对孔祥熙说：“孔先生，佳富未留学前，自幼也曾熟读四书五经，对大成至圣先师至今还佩服得五体投地。”

他知道孔祥熙喜欢在人前炫耀自己是孔夫子的八十三代孙，谈话中子曰不离口，声声吾祖仲尼公如何如何。他此时这样说，是投其所好。

孔祥熙果然喜得合不拢嘴，笑眯眯地问：“朱先生，吾祖仲尼公有哪些值得你佩服呢？”

朱佳富侃侃而谈：“孔圣人的哲学思想历两千余年而不衰，被读书人奉为修身，齐家，治国，平天下的经典。影响如此深远，纵观环球，尚无任何一个哲学家可以与之比拟者。有些人高喊打倒孔家店，其实自己思考问题的方法也属儒家学说的范畴而不自觉。我看，在中国，孔家店一时是打不倒的——至少在二十世纪内是打不倒的，就是表面上打倒了，也会借尸还魂！”

孔祥熙听了朱佳富这番新鲜的议论，更是喜之不胜，想不到这位新派人物却是孔圣人的信徒。他兴奋之余，立即对孔令俊说：“二妮子，快去拿一部精装‘四书’来，我要亲自签名送与朱先生。”

孔令俊去了不一会儿，果然拿了一部装潢精致的“四书”来，双手递到孔祥熙手上。

这部线装的“四书”，是孔祥熙不惜花费特别精制的。用抛光纸石印，硬壳书匣用绫纸裱褙，还郑重地用一根红色缎带拦腰系好。

朱佳富见孔祥熙把他一番半真半假的话当了真，不觉暗暗好笑。他知道孔祥熙这些精装“四书”是送外国人用的，可以借此抬高自己的身价，标榜自己是孔仲尼的嫡派子孙，书香血统。其实，孔祥熙把一部基督教的圣经确是背得烂熟，但对这部“四书”从未卒读过。有时引用两句子曰显得牛头不对马嘴，闹过很多笑话。

孔祥熙还用自来水笔在这部“四书”扉页上题了字，签上有点像蚯蚓般的“之”字，并将他的英文名字缩写字母H.H也写上，特地注明他系孔圣人的八十三世孙。

朱佳富见孔祥熙对他如此青睐，忙恭谨地站起身，像他接受硕士证书时那样庄严，用双手从孔祥熙手上接过这部“四书”来。除了用英语说了几句致谢的话外，还引用了几句子曰来取悦他。孔祥熙兴致很高，胖脸上始终挂着微笑，不断亲切地与朱佳富闲话。

朱佳富没有忘记此来的使命，趁机对孔祥熙说：“内人杨宝瑜，与令仪大小姐幼时熟识，已多年不见，很想邀请令仪女士到我家做客。若孔先生同意，内人便登府相请。”

孔祥熙脸上的笑容顿时不见了。他皱着眉头说：“唉，很是不巧，令仪病得很厉害，德国医师、美国医师都来看过，唉……”他说的并非假话，孔令仪自那天受了刺激，变得喜怒无常，时哭时笑，大有疯癫之状，他与宋霭龄慌了。经过医治之后，近来稍微安静一些。

“哦，原来令仪女士身体欠佳……”事出意外，朱佳富眼看原先想好的办法行不通了，心中暗自焦急。亏他情急生智，说，“佳富不才，略知中国医理，虽不能药到病除，自问还有几分把握！”他是硬着头皮这样说，其实对中医是一窍不通的。但他说得非常自信，使孔祥熙深信不疑。

孔祥熙“哦”了一声，说：“想不到朱先生还精通医理，真是学贯中西。令俊，你带朱先生去看看你大姐。”

孔令俊答应一声，先出去安排了一切，然后才带着朱佳富离开了孔祥熙的办公室。

他们沿着一道宽敞的走廊走了一段路。财神爷家真是名不虚传，走廊上也是铺的波斯地毯，绣织着各种神话故事。走廊外的花园里，处处是玲珑剔透的假山，一条人造溪涧曲折盘旋，时隐时现，在阳光下闪着粼波，发出悦耳的淙淙流水声。

朱佳富不及细看，已到了孔令仪卧室门前，一个侍女已高高地撩开金丝绒门帘等候在那里。孔令俊先一步跨进屋，回头含笑说："朱先生，请进！"

朱佳富走进室内，一股清幽的香味迎面扑鼻。室内光线异常暗淡，看不清室内的情景。

不等吩咐，侍女已拉开一排玻窗前的丝绸帷幔，和煦的阳光蓦地射进室内，他们的眼睛都微眯了一下。

朱佳富这时才看清孔令仪穿着一件软缎绣花睡衣，斜靠在一张双人沙发上，背后垫着一个银色羽绒缎垫，病恹恹地蹙着眉尖。她向他微微欠身表示招呼，指着茶几那边的一张沙发轻声说："朱先生，请坐。"

朱佳富也客气了几句方才在沙发上坐下。他正面对着墙上挂着的一幅耶稣的油画圣像，一见便知是出自名家的珍品。此外屋角高几上摆着的几匹青铜马，姿势各异，栩栩如生，一定也不是凡品。他略微浏览了一下室内豪华的陈设，知道这里不是卧室，是卧室外面的客室。

孔令仪自从那天与陈继思相会后，虽当时恨不得一枪毙了他，可是，爱和恨是一双孪生的姊妹，永远是相辅相成的，这些天陈继思的影子老在她心头浮动。她恨一阵，又爱一阵，还是爱的成分多一些。她认为陈继思背叛了她，爱情的突然幻灭使她万分痛苦。她矛盾，她愤懑，心灵上的烦躁无处发泄。她无端地摔器具，打侍女，时哭时笑，最终支持不住病倒了。

最近，她慢慢平静了。可是陈继思的影子仍在她梦中萦回，一个强烈的愿望噬食着她的心：她想再见陈继思一面，当面责问他，出出自己心中的怨气。其实，这不过自己欺骗自己，责问是假，想挽回消失的爱情是真。

当她听说朱佳富来给她看病，心中一动，暗想：至少可以向他打听一下陈继思的近况。可是，她见孔令俊坐在她对面的沙发上，不敢贸然发问。

朱佳富虽然认识孔令仪，但交谈甚少。他彬彬有礼地请孔令仪伸出左手放在茶几上的鸭绒枕上，好让他按脉。

孔令仪觉得很奇怪，以往中医给她看病，记得都是先按右手，为何朱佳富有些不同？她只是疑惑地瞥了朱佳富一眼，并未将心中的话说出来，将左手的衣袖往上一绾，缓缓伸出手放在鸭绒枕上，听任他按脉。

朱佳富连中医按脉男左女右的规矩都不懂。他煞有介事地尖着几个指头，黄手黄脚地按在孔令仪的手腕上，按的部位又不对头，惹得孔令仪又惊奇地瞥了他一眼。幸好孔令俊也是外行，不懂得中医如何按脉，并未看出破绽来。

朱佳富假装专注按脉，侧头看着窗外，仿佛正屏气凝神在分辨脉象的浮沉迟数。他偷觑坐在对面沙发上的孔令俊，见她跷着二郎腿，尖头皮鞋在地毯上抖动，目不转睛注视着他按脉，使他无机会与孔令仪传递信息，心中正思考着办法……

孔令仪同样也在着急。她不能在孔令俊面前打听陈继思的情况，只好与朱佳富不时讲些不相干的话，询问杨宝瑜的近况。

朱佳富将孔令仪左右手的脉都按过，仍没想出适当的办法支走孔令俊，眼看此来的使命要落空了。

他只好说："大小姐，请伸出舌头。"

孔令仪果然伸出舌头让他看过。他装作思考病情又拖延了一阵时间，最后不得不边说边开药方："大小姐，你主要是有事积闷在心，凡事要想开些，多出门走走，散散心，这病是不要紧的。"

朱佳富记不得多少中药名，额上冒汗了，才将一张药单勉强开好。虽然开的几味药比较平和，吃了不致坏事，但若让内行看见，一定要笑脱牙巴。他将一些热药与凉药开在一张方子上，哪有这样用药的医生！

他双手拿着开好的药单递到孔令仪手上，眼看不得不告辞，恰好一个侍女进来在孔令俊面前站住，垂手敬畏地说："先生，太太请你去。"

朱佳富一听，不禁喜形于色。他知道孔公馆里的内情，宋霭龄不称太太。先生——当然是指孔令俊，太太——一定是指银蝴蝶。孔令俊居然以男人自诩，夺过樊哈儿的银蝴蝶来做假夫妻，这一对假凤虚凰的荒唐事已闹得满城风雨，在陪都的街头巷尾传闻很广。这银蝴蝶来请，孔令俊是一定要去的。

果见孔令俊站起身来，含笑对朱佳富说："朱先生稍候，我去一会儿便来。"

朱佳富欠起身客气地说："请自便，我在这里坐候！"

等孔令俊走远了，孔令仪迫不及待地用英语问："朱先生，你能告诉我有关陈继思的消息吗？"

朱佳富没有马上回答，有顾忌地瞥了一眼在旁侍立的女孩。孔令仪明白他的意思，用英语说：“朱先生，请放心，她不懂英语。”

朱佳富知道孔公馆内不懂英语的很少，听孔令仪这样说，才放下心来，异常兴奋地用英语对她说：“小姐，我是特地为陈继思给你送信来的。”

“哦……”

孔令仪见朱佳富又瞥着侍女。不等他说，她便借故将侍女支开了。

机不可失，朱佳富忙从身上掏出陈继思的亲笔信递与孔令仪……

三

朱佳富开的药方，孔令仪服后真是药到病除，一切恢复了常态，开始有说有笑了。不仅孔祥熙感到惊奇，连宋霭龄也称赞朱佳富医术高明。

孔令仪主动向孔祥熙说：“爸爸，我以前相信爱情至上，着魔般爱上陈继思，至今想来真是可笑！”孔祥熙信以为真，安慰她说：“愿基督保佑你，孩子，忘掉过去吧！以我家的门第，谁不巴结？上帝会给你安排一个美满的婚姻。”

“爸爸，感谢你把陈继思送出了中国，否则，我会偶然见到他，多么难堪啊！”

“哦……”

“爸爸，一个人的意志是薄弱的，全靠基督的怜悯，若陈继思留在中国，也许我会再受到诱惑，动摇我的意志，使我重入感情的迷路。哦，感谢上帝，我再见不着他，这就保险了。”孔令仪听从朱佳富给她出的主意，在她爸爸面前耍着花招。

“哦……”孔祥熙又惊叹了一声。他觉得送陈继思出国的事情绝不能拖延了，虽然破点财，但毕竟一劳永逸：“令仪，愿基督降福于你，你一定再见不着他。”

“爸爸，这样……我心里也踏实了。”

孔祥熙那天亲见孔令仪要枪杀陈继思，今天又见她说得异常诚挚逼真，当然深信不疑，暗暗感到庆幸。

宋霭龄见孔令仪已经转变态度，怕她再闷出病来，反劝她多出去游玩散闷。

孔令仪求之不得，借口散闷，经常单独驾车出游。开始只在市内游逛，渐渐发展到郊区。宋霭龄最初仍不放心，派人驾车跟踪监视，后见她并无异状，监视逐渐放松了。孔令仪的胆子也渐渐大起来。

她先是想和陈继思通话，她不敢在樊庄内给陈继思打电话，怕总机监听，便趁驾车出游时，瞅机会打电话给陈继思，简单地交谈几句；或是将预先写好的信，极其机警地投进邮筒里。她多么想驾车去与陈继思相会啊！可是她知道现在稍有不慎，就会功亏一篑，后悔莫及。

一天，她从电话里，知道陈继思马上要坐飞机离开重庆去香港。尽管他俩已商议好——不久她就会在香港六国饭店与他会面，然后同去美国，但心里总像生离死别一样依依难舍。

她再也遏制不住自己的感情，眼眶里泪珠滚动，含着深情在电话里说："继思，难道你在离开重庆之前，不想再与我见一次面!?"

电话里沉寂无声，显然陈继思有些踌躇。一会儿，传来了他一声叹息："令仪，我当然想与你见面，但是……但是，我们现在稍有不慎，便会破坏我们的计划。令仪，我们还是在香港见吧!"

"不，我现在要设法见你一面!"她的语气坚决，含着激动的颤音。

"好吧！要格外秘密才行呵!"

孔令仪沉思了片刻，果断地说："继思，明天十一时左右，你在黄桷垭文峰塔附近等我。"

"好，我一定等你，不见不散!"

"不见不散！Goodbye!"孔令仪说。

"Goodbye!"

孔令仪放下了电话筒……

原先比较老实的孔令仪心眼也多起来了。她事先与住在黄山官邸的宋美龄通了电话，表示她想念她，想去黄山玩玩，看望她这位姨妈，并央求宋美龄给她妈妈说清楚，她自己好驾车去。

宋美龄对孔令仪的近况是很了解的，对她的转变也异常高兴，正想说服孔令仪答应那位胡长官的求婚。她当即要通宋霭龄的电话，要孔令仪第二天便去黄山。

宋霭龄知道她三妹要与孔令仪做媒，巴不得早定下这门婚事，使孔令仪死了心，免得再与陈继思藕断丝连。她马上叫人把孔令仪喊去，当面嘱咐她第二天去黄山。

第二天吃过早点，时间已经不早。宋霭龄反比孔令仪性急，催她快点驾车前去，因为在海棠溪上汽车轮渡过江是很拥挤的，他们虽有军委会的特别通行证，不用排队，还是要耽搁一些时间。

宋霭龄要给孔令仪派警卫，孔令仪哪里肯，她连侍女也不带。她说："妈妈，你现在还这样不相信我，我就不去了。"宋霭龄着了慌，忙亲昵地说："令仪，你不要误会，派警卫跟你是为了安全，妈妈是怕出意外。既然你不愿意，那你就一个人驾车去吧。"她想不到女大十八变，孔令仪也会在她面前耍花样，马上对孔令仪作了让步。

孔令仪不要警卫，也不带侍女，却惹起了孔令俊的疑心。她说："大姐，我也想念姨妈，跟你一道去吧！"

孔令仪一听着实吃了一惊，拒绝——又怕惹起他们的疑心；不拒绝——眼见又不能与陈继思见面！何况孔令俊言之成理，也不好推却。

幸好，宋霭龄见孔令仪沉吟不语，知她素不喜欢令俊，怕她多心，忙劝阻说，"令俊，改天我与你一道去黄山你姨妈那里玩个痛快。今天打桥牌，你走了，岂不三缺一！"

其实，她劝阻孔令俊跟去，还有一重深意：怕宋美龄劝说孔令仪同意那门亲事，有她在场，谈话诸多不便……

孔令仪驾着天蓝色道奇新式轿车刚开过两路口，便听见了空袭警报，枇杷山高处的信号架挂出了一只惹人注目的红球。

她一心想到赶过江去早点与陈继思相会，并未想到返回樊庄躲空袭。于是不顾一切，心急如焚地一踩油门，加快了速度直往前冲，想赶在紧急警报前从储奇门摆渡过江。

街上乱了一阵，一般车辆已经停止通行了。因为她轿车的前窗玻璃左上方贴着一张汽车特别通行证，站在十字路口维持秩序的宪兵一见，马上便放行了……

孔令仪过了江，刚将小轿车从汽车轮渡开到海棠溪码头的汽车道上，高处信号架上又添挂了一只红球，同时到处都响起了尖厉的紧急警报声，使人听后不觉胆战心惊。

天空晴朗朗的，没有一丝云彩，正是敌机轰炸的有利条件。紧急警报以后，敌机很快便会在上空出现。孔令仪一踩脚刹，略微犹豫了一下，看手表的指针离约会的时间十一点已经不远了，没有多考虑，又加到最高的车速，往碎石公路急驶而去……

过了罗家坝，小轿车驶入一条岔道，这是通往黄桷垭和黄山的盘山公路，是抗日以后新修建的。公路两旁种植着桐树，树苗还未长大，盘山公路毫无掩蔽，赤裸裸暴晒在初夏的骄阳下。

孔令仪仿佛听见了从远空传来的飞机嗡嗡声。她刹住车，关上引擎，侧耳细听一会儿，听不大真切，又将头伸出车窗外向东方天际纵目远眺，看见天际几个黑点飞了过来。她吃了一惊，正想下车寻找地方躲避，又一细看，原来却是一场虚惊：不过是几只山鹰在空中翱翔。自己也觉可笑。她怕错过约会的时间，顾不得再注意敌机，继续风驰电掣般向山顶驶去。

驶到了山顶，傍着树林的公路平坦了。汽车在公路上行驶，有两旁繁茂的树木掩蔽，她不禁松了口气。

再往前驶了一段路，到了文峰塔的坡脚下，她将轿车停在路边上，跨下车来，锁上了车门，小跑般踏上通往文峰塔的林间小路，往上爬去。

快到文峰塔下，她远远看见陈继思向她迎来，更加快了脚步。

陈继思一把搂住她，欣喜地喊："令仪，你……"

孔令仪一阵激动，半晌说不出话来。她把头偎在他的肩上，孩子般地哭了。

陈继思抚摸着她的黑发，她的肩胛，亲昵地安慰说："令仪，我亲爱的心肝，别哭，我们只要到了美国，一切就好了。"

孔令仪抿着嘴唇忍住哭泣，抬起头来边用手绢揩着泪水边说："继思……"她又哽住了。

她用手抚摸他西服的衣领，素色的领带，端详着他的面孔："继思，你瘦了！"

陈继思灼热的目光停留在她的脸上："令仪，我俩的事使我日夜焦虑不安，怎能不瘦呢！我看，你也瘦了，脸色多么苍白。"她没有回答，只是抿嘴一笑。

陈继思将自己的手巾摊在山石上，叫孔令仪坐下。他也紧偎着她坐着："令仪，那天你拿着手枪对准我，你的面色多可怕，真把我吓坏了。"

孔令仪瞟着他沉默了一会儿，笑了："全怪你自己，为啥不事先把你的打算告诉我?"她的声音还含着悲怆，"那次要是我开枪打死了你，我也会自杀的。"

陈继思叹息一声，也充满激情地说："我死在你的枪下，可说死得其所，毫无怨尤。"他当然不会把他当时惊恐的心理告诉她。还没等孔令仪说什么，陈继思耳尖，侧耳谛听："飞机，日本飞机来了。"

他俩忘了去躲避，一齐站起来，用手搭着凉棚向天空望去……"一、二、三……六架！"陈继思轻声数着敌机的数目。她也看清了，六架敌人的重型轰炸机从东方天际的白云中钻出来，发出使人恐怖的隆隆声，越飞越近，越飞越低。

“汉奸，有汉奸！”陈继思指着不远的山头大声说。

她漫不经心地瞥了一眼，果见一个人拿着一面反光镜迎着阳光在向敌机送信号。

陈继思急忙对她说：“令仪，你站在这里不走，我去捉住这个汉奸。”

孔令仪蓦地抓住他的手：“继思，别离开我，我怕！捉汉奸不是我们的事，宪兵、警察、义勇队是干啥的?”

“可是……”他见她不满地斜睨着自己，将想说的话咽了回去，不觉低低地叹息一声。

他的思想近来很矛盾。有些朋友批评他，说他在国家民族的生死关头，忘了一个国民应有的责任，沉浸在和豪族小姐的爱情里。他见许多熟识的青年，都在为抗日救亡而奔忙，也自觉羞愧。可是，他怎么有勇气放弃这位豪族小姐，何况她是多么爱他啊!

六架敌机编着队从重庆上空掠过去了，孔令仪以为敌机已经飞走，对他说：“敌机已经飞走，坐下，我们好好谈一谈。”

“不，敌机并未飞走，是去掉头过来好俯冲投弹!”陈继思摇摇头说。

她刚现出疑惑的表情，敌机果然真的掉头飞回来了。

敌机开始俯冲，发出刺耳的尖啸，一个个炸弹成串投下来了。炸弹在空中旋转着落下地来，亮着金属的闪光。

她以往每当空袭，老早就躲进樊庄的防空洞里。这防空洞原系樊哈儿修来避暑的凉洞，又名水晶宫。用从各地重价搜求来的半透明石钟乳装饰堆砌而成，设计巧妙，独具匠心。白天里，不用电灯照明，洞里阳光充足，空气流通，住在里面可以照旧玩乐，异常舒适。新近又在上面加了两层五分厚的钢板，就是威力最大的重磅炸弹也炸不透。空袭时，宋霭龄喜欢躲在洞里打桥牌。外面敌机轰炸，硝烟弥漫，可是水晶宫里照样“温哈”“吐什别悠”[1]地叫牌，真有泰山崩于前而神色不变的气概。

所以，孔令仪从未仔细看过敌机俯冲投弹的实况。当下见了那种恐怖情景，炸弹仿佛就朝着她的头顶落下，脸都吓白了。她紧紧抓住陈继思的双手，闭着眼

1　打桥牌中的术语：一个红心，两个黑挑。

睛惊叫："哎呀，完啦！"

陈继思是见惯了这种场面的，知道投下的炸弹离这里很远。他将她揽在怀里，像抚慰小孩般地说："令仪，不要怕，炸弹离我们远着呢！"

她听了他镇静的语音，果然胆子壮了一些，睁开眼注视着掉下的炸弹。

炸弹离地越近，越可以看清离这里很远，最后栽进大城里，发出沉闷的一声声巨响，顿时碎片乱飞，浓浓的硝烟冲天而起……她此时不仅不感到害怕，反而含笑观赏起来，对陈继思说："继思，真够刺激，比电影里见的还惊心动魄！"

陈继思只是含糊地"唔"了一声，沉默了。

敌机终于飞走，警报解除了。躲空袭的人们从山洞里，从岩隙中，从密林深处陆续走了出来，站在空旷的高处，看着敌机投下的烧夷弹引起的大火，一个个表情沉重，连回家也暂时忘记了。文峰塔附近顿时聚集了一堆人，有的人在高谈阔论，猜测今天轰炸了哪些地方；有的人在唉声叹气，担心住在大城里的亲戚朋友是否平安无事。

孔令仪觉得再与陈继思站在这里有些不妥。他俩沿着山梁向人烟稀少的僻静地方慢慢走去，边走边谈，商量如何出走美国的一些细节……

站在山梁上可以远远看见从罗家坝盘山而上的公路。孔令仪突然住了口，指着盘山公路惊呼道："糟糕，二妹驾车赶来了。"

陈继思也看见一辆紫红色小轿车行驶在盘山公路上时隐时现。他不解地问："令俊驾的是一辆黑色福特轿车呀！"

"这是薛习永送给她的新车。"她觉得不能在这里再耽搁，立即说，"二妹看见我停在公路边的车子会动疑。继思，我走了。"陈继思点了点头。

孔令仪搂住他送出了一个吻，放开手，边走边回头说："继思，香港见！"

"香港见！令仪，我一定等着你。"他扬了扬手。

孔令仪急急往山下跑去，刚到了公路旁自己的轿车边，还没拉开车门，便见孔令俊的汽车驶来了。

孔令俊驾车到了她的身边，嘎地一声将车刹住，推开车门跳下车来，像个男人似的，两手抄在西服裤袋里，撮着嘴唇吹着口哨，可以听出吹的是《魂断蓝桥》中的插曲。

她走近孔令仪身边，疑惑地打量着她："大姐，怎么还停在这里没走！"她继续吹着口哨，不停地打量着四周，想找出一点破绽。

孔令仪假装生气地嘟着嘴，瞥了孔令俊一眼，心有余悸地说：“刚才日本飞机追着我俯冲，把我吓得要死，停下车到树林躲了一会儿。”她低头一看，刚才跑得太急，旗袍下摆被酸枣刺挂破一个小洞，“哎呀，真糟糕，旗袍也挂破了！”她提起旗袍下摆让孔令俊看。

孔令俊瞄了一眼，不在意地说：“大姐，旧的不去，新的不来，怕啥！”

“令俊，我的好阿妹，你看，穿着这件破旗袍怎好去见姨妈！”孔令仪对她说话难得这样亲昵。

孔令俊见她如此亲昵，也很高兴，咯咯一笑：“大姐，不要紧，今天那位姓胡的不在姨妈那儿！”

“死妮子，看我打你！”孔令仪强忍住自己对她的厌恶，娇嗔着做出要伸手打她的样子。

孔令俊哧哧笑着后退了两步，说：“大姐，快驾车走，姨妈等着我们呢！”她心中的疑惑完全消除了。

孔令俊追来含有监视她的意思。她等孔令仪从樊庄刚走，立即提醒宋霭龄：“妈妈，去黄山要经过董家花园，陈继思住在那里呢！”

宋霭龄被提醒，也不放心了，马上说：“令俊，你驾车追上去，陪你姐姐一道去黄山。”

幸好，孔令俊的车子迟了一步，遇上发了紧急警报，没能及时渡江。等警报解除后，她才过江追了来。

孔令仪见她深信不疑，才暗暗松口气。她先钻进轿车里发动了引擎，将头伸出车窗外，大声说：“二妹，你先走，阿姐押后，替你保镖。”

孔令俊也回到她的车上，发动引擎先开走了。

孔令仪驾车跟在她的车后往黄山驶去。她掌着方向盘，紧盯着孔令俊那辆紫红色轿车，脸上显出轻蔑的冷笑，哼了一声。

要是这时孔令俊能从反光镜里看见她大姐此时的表情，她一定会犯疑，当然，她是看不见的。

第十七章

一

李秋莲蹲在窍角沱江边一块斜面伸向江水中的石头上，举起捣衣棒不断捶打半浸在水中的衣物。放在衣物上的皂角被捶烂后渗出的汁液，冒着黄色的泡沫，混合着从衣物中浸透出的脏水，向四周扩散，最后消失了。

她用一块纳得很厚实的背布，将她去年冬天生的儿子背在身后，这样便不影响她干活。

她洗完了一篮子衣物，已累得腰酸背疼，筋肉发麻。

她站起身来，蓦地觉得眼前金星乱溅，漆黑一片，站立不稳，差点栽倒江中。幸好，她扶住了身旁的一块大石头，方支撑住身体。

因为她刚才身体的摇晃，背的小孩被惊醒了，口齿不清地叫着：“妈妈……唉……嗯……”哭起来了。

秋莲闭目定了定神，喘了一口粗气，睁开眼来，将手弯向背后，拍哄着小孩：“宝儿，莫哭，宝儿莫哭……”

宝儿已快满周岁，长得异常结实，驮在身上是很沉的，因为家中无人照看，她只得背在背上时刻不离。

宝儿还没取名字，因为张阿德自去年随船离开重庆后，至今没回，听人说民顺轮在走万县到三斗坪这条航线。他还没见过这个儿子哩！

孩子没名，当然不方便。秋莲叫他宝宝，这是对孩子的通称，后来便叫宝儿，有了一个暂时的名字。

宝儿被妈妈一拍哄，变得安静了，在背上衔着小指头，凝视着蓝天上的白云痴笑。

秋莲自从生产以后，因为小孩无人照看，一时没去纱厂按时上工，便被工厂除名了。

张阿德按时从邮局汇回钱来，本来母子俩是可以勉强维持生活的，但路保长硬说她欠王跰子代她下操的钱，有一百多元。她被路保长逼不过，已缴给他五十多元了，路保长却说这只够利息。

秋莲为这事日夜焦心。张阿德汇回的钱不够维持生活，她只得省吃俭用，吃粗粮，喝稀饭。近来物价飞涨，连粗粮和稀饭汤汤也吃不饱了。她只得经常与封大嫂一起，搭船到大兴场去买红苕回来吃，可以省一些钱。

她每次写信给张阿德从不提这些事情，怕他在外焦心。

今天早起，她煮了几个红苕在锅里，便提着篮子下河坝洗衣物来了。现在太阳已很高了，她还没有一点食物下肚。刚才站起身，眼睛发黑发花，站立不稳，固然是由于产后没调养好——贫血；主要还是饿了的关系。

秋莲扶住石头稍微歇息了一会儿，便拾起捣衣棒放进盛满湿漉漉衣物的竹篮，沿着斜坡一步一步吃力地往上走。她觉得背上的宝儿和手上提的竹篮是如此沉重，走一会儿便要放下竹篮歇息一阵。

她回到家中，放下竹篮，然后解下背上的宝儿。

宝儿已经可以扶住凳子站稳，他瞪着一对明亮的眼睛望着秋莲："妈妈，吃吃。"

"宝儿，乖，妈妈给你煮稀稀。"秋莲用毛巾揩了一把脸上的汗水，弯腰亲了亲宝儿红扑扑的脸蛋。

秋莲生下宝儿后，因为营养不良，奶汁一直不够，宝儿很早便习惯了喝稀饭。

宝儿果然乖乖地不响了，自己扶住凳子学走步。

室内太狭窄，秋莲将穿在竹竿上的衣物从窗口伸出，一端搁在窗外的一棵小槐树丫上晾晒。

她揭开锅盖，用筷子将煮熟的红苕夹起放进一只土钵里，然后给宝儿煮稀饭。

秋莲实在饿极了，拿起一个煮熟的红苕，狼吞虎咽地吃着。

"妈妈，吃吃。"宝儿偏头望着秋莲。

"乖，吃红苕要噎食，一会儿吃稀稀！"秋莲说。

宝儿扶住板凳，仰头望着秋莲，见不给红苕吃，小嘴一撇，张嘴要哭。秋莲忙掰了一点苕心给他，他开心地笑了。

稀饭煮熟了，秋莲盛在碗里，加进了黄糖，因为太烫，放在桌上凉着。

宝儿早吃光了手上的苕心，仰头踮脚望着在冒热气的稀饭碗，迫不及待地伸出一只手："妈妈，吃吃！"

"乖，等一会儿，烫。"秋莲说。

宝儿仿佛已懂得了妈妈的话，两只脚不停地舞动，露出刚长出的两瓣门牙傻笑。

秋莲刚把铁锅洗刷干净挂在墙上，听见门外一个人大声叫问："李秋莲在家吗？"

秋莲一惊，听出是路保长的声气，一定又是来催讨下操费。

路保长不等回答，已一步跨进门内，手上仍拄着那根文明棍，穿一身青绸长衫，手上拿着一把纸扇。

秋莲强装出笑脸："路保长，请坐。"她端过一根长条凳，忙用蓝布围腰将凳面上的灰尘揩拭净。

路保长拖长声音说："我公事忙得很，哪有空在这里坐哟！李秋莲，王跰子替你下操的钱，你究竟给不给?"

秋莲回答了几句，将自己手头的拮据诉了一番。

"你想赖账！我路保长虽然是糍粑心肠，也不能白给你垫钱。我与你非亲非故，又不是一元半块小数目，一百多块钱咧！我丢到大江里，也要溅起点水花吵！你虽拿出五十多元，连利息也不够哩!"

秋莲又解说了几句。

路保长蓦地变了脸，举起文明棍指指戳戳地大声嚷叫，口沫乱飞，牛角胡子不住翘动："你开起黄腔来了！未必王跰子白给你下操，又不是我要你的钱。稀奇，你吃红苕也好，吃干饭也好，关我屁事！你无人出操，我替你请人。我做好事未必做拐了。叫你天天去帮保长娘子做活顶账，你又不去！你安心赖账，不把我路保长放在眼里，是不是!"

秋莲实在忍无可忍，不禁愤愤地顶撞了他几句。

路保长多肉褶的颈项胀得青筋暴突，胖脸上露出凶相："噫，你李秋莲吃了豹子胆，敢与我顶嘴。实话对你说，今天不拿钱不行，我没空与你多啰唆。"他向门外一招手，"王跰子，你站进来，她不给钱，你就不走路。她吃饭，你就跟着吃。哼！我对付不了你李秋莲，算我白活了几十岁，这保长也不用当了。"

站在门外的王跰子应声跨进门内来了。他穿一件粗白布的火汗头[1]、火汗头肩上打了一块补丁，双手交叉抱着肩。他一瘸一瘸地走到路保长身边站住，黑油油的脸孔上平平板板，表情有些呆滞，几根黄胡须稀稀疏疏很肮脏。他头上缠着一条泛黄的白帕，几绺粗硬的乱发伸出白帕外。

"王跰子，听见没有！她不给钱，你就不走，坐在她家里跟吃跟缴！"路保长

1　四川话，指单薄、质量低劣的汗衣，穿着不能御寒，很寒碜。

又大声对他吩咐，随即面对秋莲冷笑一声：“哼，不怕你真穷，也要怕我要账的英雄。我走了！”

路保长说完，气势汹汹地扭头走了。

王跰子瞥了李秋莲一眼，鼻孔里的鼻涕像两条桑蚕，一伸一缩地蠕动。他说话沙声沙气，显得很不流畅：“你……今天不拿钱，我，我今天……就不走，跟吃……跟缴，这……这是……路……路保长说的。”

秋莲坐在条凳上，偏头闷声不语。宝儿抓住她的膝头说：“妈妈，吃吃！”她也顾不上搭理宝儿。

“你……你不说话，未必……就赖过去……不成。”王跰子用衣袖揩抹了一把嘴角边流出的口沫，“我……这半天还没喝……一碗稀饭……汤汤，隔会……跑空袭，哪个跑得动哟！”

“妈妈，吃吃！”宝儿见妈妈不回答他，又摇着她的膝头说。

王跰子一颠一跛地走到桌子边，看见了桌上那碗糖稀饭，顿时惹动了食欲，吞了口唾沫，说：“你们有……有糖稀饭吃，还说穷，我，我……王跰子连鼓眼稀饭[1]也莫得喝格，才……才算真穷。路保长说的，我……我在这里跟吃跟缴！”他边说边端起桌上那碗糖稀饭，双手端着凑近嘴边，毫不客气，咕噜咕噜喝起来，还不住咂舌，显出津津有味的样子。

宝儿见自己的糖稀饭被王跰子喝了，哇的一声，伤伤心心啼哭起来。

秋莲的脸色都气白了。她边抱起宝儿边大声对王跰子说：“王跰子，你不要欺人太甚，煮给娃儿吃的稀饭，你也忍心喝了，你是人还是畜生啰！”她实在忍不住心中的悲愤，眼泪夺眶而出。

王跰子仿佛吃了一惊，但一碗糖稀饭已喝了大半。他有些尴尬地将碗放回桌上，用衣袖抹拭着嘴唇，结结巴巴地说：“莫说……那多！未……未必你只有这一碗……稀饭？”

他说完，竟动手在室内翻坛倒柜寻看了一遍，见除了一个土钵中盛有几个红苕外，确实只有这一碗稀饭。他见宝儿哭得那样伤心，秋莲也泪流满面，不觉用手搔着他蓬乱的硬发，也怔住了。

1 指吃无下饭菜的光稀饭。

王踒子人过中年，从未娶亲，至今还是单身汉，平时很喜欢别人的孩子，见宝儿哭得抽抽咽咽，心肠顿时软了。他结结巴巴地说："乖乖，不……哭，我……我给你买粑粑……"他边说边伸出一只粗糙的手想抚摸宝儿的头部。

秋莲向后退了一步，含着泪水的双眼斜睨着王踒子……

王踒子又搔了搔粗硬的乱发，嘿嘿地干笑两声，犹豫了一会儿，无声地扭过身去，踯着走了。

一会儿，王踒子便回来了。他手上拿着两个热络络的黄糕粑，递到宝儿的手边："莫……莫哭，吃……吃黄糕粑……"

秋莲已止住泪，将王踒子的手一推："不稀罕你的黄糕粑！"

王踒子拿着黄糕粑的双手伸出去却收不回，脸上如笑似哭，神情异常难看。

封大嫂正从秋莲门口路过，正想进去坐一坐，摆摆龙门阵，听见宝儿啼哭，夹杂着其他的人声，觉得诧异，加快两步进了门。她是认识王踒子的，见他手上拿着两个黄糕粑的尴尬神态，不解地问："王踒子，你与张家无亲非故，也是找半升吃两角[1]的人，啷个给宝儿买黄糕粑！"

王踒子干笑两声，极不自然地说："嘿嘿，小意思！"

秋莲见了封大嫂如见了亲人一般，忍住的泪水又淌出来，将刚才发生的事情向封大嫂说了一遍。

封大嫂虽然是虚胖，显得比王踒子干筋瘦壳的样子威武，不待秋莲说完，她一边向上绾衣袖，一边大声对王踒子道："王踒子，你真穷昏头了，居然跟在路保长尾巴后头逞凶，欺侮弱母幼儿，连娃儿食也抢去吃，老娘今天要给你两个耳巴子！"

王踒子晓得封大嫂为人热心快肠，在街坊上有点名气，平时人缘很好。他见封大嫂真的伸出巴掌要打他，忙往门边退了两步，叫屈地说："封大嫂，我……我替李秋莲……去下操，你默倒我……我得了她几七几八！路保长每天只给我几个铜壳子……买……买米煮稀饭喝。天不亮便起来下操，连开水……也没一口下肚，下完操……肚子早饿瘪啰！路保长叫我……我来给他讨账，我王……王踒子敢说不来呀！"

1　角，升，计量单位。四角为一升，一升约合今三斤。这里含有找点吃点的意思。

封大嫂听完王跰子结结巴巴的一番话，脸色稍微和缓了一些，伸出的手收回来叉在腰上："你龟儿不是人，连娃儿饮食也忍心吃！"

王跰子辩解说："我也是……饿慌了，哪晓得……她只有这……一碗稀饭。乖乖，莫哭，我吃了……你的糖稀饭，给你……黄糕粑吃。"

宝儿没哭了，泪水还挂在睫毛边。他伸手要去接黄糕粑，被秋莲用手拦住了。

封大嫂从王跰子手上夺过黄糕粑，塞到宝儿手上："王跰子吃了宝宝的糖稀饭，赔宝宝两个黄糕粑也应该。"她边说边从秋莲怀里抱过宝儿来，在他脸蛋上亲了一个香香。

宝儿与封大嫂很有感情，主动将脸蛋凑在她脸上，咯咯地笑，举起手上的黄糕粑："粑粑，吃吃！"

秋莲脸上也忍不住现出凄婉的笑容。

封大嫂回过头对王跰子呵斥："你还站在这里不走，硬是安心要跟路保长讨账吗?"

王跰子苦笑着，无可奈何地说："封大嫂，叫我怎样去向路保长交差！"

封大嫂火气又大了："你龟儿硬是死心塌地要给路保长当狗腿儿！滚，你站在我面前老娘看不顺眼。不走，看老娘巴掌的厉害！"

王跰子见封大嫂真的扬手逼上来了，忙退出门外，伸进头来说："太阳……菩萨在上，我也把路保长那……那个龟儿子恨得……牙痒痒的，唉……也是……不得已呀！"

封大嫂口气仍很厉害："空话少说，你龟儿究竟走不走开?"

"我走，我……我走！"王跰子说完，一瘸一瘸溜走了。

"封大嫂，路保长怎肯罢休！阿德至今不回，我纱厂的事情也丢了，这日子叫我怎过啊！"秋莲边说又边落泪。

"秋莲，不怕，阿德不回，还有我封大嫂嘛！"封大嫂安慰秋莲说。

秋莲对封大嫂异常感激，平时若不是她常照看，自己真不知如何过！但她想到封大嫂也拖着两个读书的孩子，大的男娃是封大哥的外甥，是个孤儿，由封大嫂领来抚养；小的是她亲生的女娃。两个年龄相差不远，一个十三岁，一个十二岁，今年小学毕业了，都考上了中学，日子也过得顶苦，还这样热心快肠地照看自己。她激动地攀住封大嫂的肩膀，叫了一声"封大嫂"，便哭出声来。

二

“擦皮鞋，擦皮鞋！”一个蓄着平头的男孩坐在一只小木凳上大声叫喊。

他面前摆着一只擦皮鞋用的小木箱，还有一把让顾客坐的藤椅放在小木箱后。他便是封大哥的外甥何大名，一张面孔长得很清秀。

“擦皮鞋，擦皮鞋！”何大名一双机灵的眼睛专注地望着在窍角沱码头上过往的行人。他很少仰头看行人的上身，而是留心地观察着行人的脚部。一双双脚从他眼前晃过，穿着各式的鞋子：草鞋，布鞋、力士鞋、皮鞋……

他每当看见一双皮鞋走过来，神情蓦地振奋起来，兜揽生意的叫声顿时提高许多：“先生，擦皮鞋！”

“太太，擦皮鞋！”

“小姐，擦皮鞋！”

根据经验，他能从皮鞋的花色样式，判断出这人的身份。

他万一不能肯定，就会将视线从行人的下部往上移……要是这样还不能判断是太太或小姐，他会一律叫小姐。这样叫反正不致惹出事来——把太太错称小姐，是不会惹来不满和斥责的；但把小姐错称太太，便会遭到呵斥，甚至会挨一记耳光。

这套擦皮鞋的生意经，何大名很快便学会了。他与他的表妹封丽华是同班同学，今年暑期都考上了清华中学。封大嫂因此感到为难，同时供两个娃儿上中学是不可能的。

何大名与封丽华私自商量，他们想用自己的劳动，在暑期里挣一笔钱，交给封大嫂凑在一起，力争两人都可以升学。

他俩把这想法告诉过封大嫂，娃儿有这种志向，她当然不便阻拦，只好任他俩去干。

邻居家有一个娃儿是擦皮鞋的，所以何大名选择了擦皮鞋这一行。封丽华想来想去，决定到苗圃去贩花来卖。

何大名叫她就在他跟前卖，一来怕别人欺侮丽华，二来，擦皮鞋的主顾，多是买得起花的有钱人。

封丽华站在离何大名不远的地方，左手将一束束的鲜花揽在怀里，右手拿着一束鲜花不住摇晃，向坐渡船上岸的有钱人叫卖：“卖花咧，卖花咧。先生，买一束茉莉花吧！小姐，买一束玫瑰花吧！”

她生得娇小玲珑，口齿清脆流利，含着微笑的脸蛋使人一见便会产生好感。近来空袭频繁，大城里的有钱人都疏散到江北和南岸郊区。窍角沱后面的大山上，下江人修建了很多房屋：有宁波新村、上海新村、南京新村……都住着有钱的江浙人。渡船码头也空前繁荣，来往的行人络绎不绝，在江边石滩上，出现了一条新的河街，热闹非凡。

封丽华怀里的一束束鲜花很快便卖光了，她高兴地蹦跳着来到何大名身边，欢快地告诉他：“大名哥，花，都卖光了。你呢？”

何大名点了点角票，向她一扬：“小妹，我也不错，十双——整整擦了十双皮鞋！”

丽华笑了：“大名哥，我多想与你一齐升中学呀！”她蓦地蹙着细细的眉尖，“听妈说，将我们凑集的钱加在一起，给我俩缴学费还差得远呢！”

何大名关心地问：“舅妈她说还差多少？”

丽华的眉尖蹙得更紧，回答说：“妈说，学费够数了，但是上学注册，要缴童军服，白布单，白包单……这些都得新做，比学费还贵，否则不许注册。”

何大名安慰丽华说：“离开学时间还早，不要紧，我尽量多揽擦皮鞋的主顾，你多卖些花，总会凑够数的。”

丽华脸上的愁容并没舒展，说：“大名哥，真能凑够吗？”

“能！”何大名已经看见一位穿皮鞋的先生走过来了，“小妹，你先回家，我还要多擦几双皮鞋。”

他把丽华撇在一边，忙兜揽生意：“先生，擦皮鞋吗？我保证给你擦得又光又亮……”

可是这位穿皮鞋的先生目不斜视，拄着文明棍只顾往前走，连正眼也没有看何大名一眼。

何大名仍不死心，站起身追了几步：“先生，我用的是上等鞋油，钻石牌——真正的上海货哩！”

那位先生已走远了，他才垂头丧气折了回来。

他见丽华还站住没走，便催道：“小妹，快回家去，我一会儿便回的。”丽华摇摇头，脑后的两条小辫甩动了一下：“嗯，不嘛！我在这里陪你，等你一道回家去嘛！”

何大名无可奈何，只得说：“小妹，这里太阳大，到背阴地方等我！”

路保长走过来了，大咧咧地往藤椅上坐下，压得椅子吱咯响。他将一只脚往小木箱上一搁——因为小木箱上只有一个搁脚的地方，大声说：“喂，擦皮鞋，多打两道油。”随即把文明棍挂在藤椅扶手上，闭目养神。

何大名见生意来了，专心擦起皮鞋来。

他先用一块半月形皮子插在鞋口护住袜子，防止不小心在袜上污染上鞋油，然后刷去皮鞋上的泥土，用湿布轻轻将灰尘抹去，抬头问：“先生，打不打白油？”

“打！”路保长连眼也没睁，随口回答了一声。

何大名给他上好了白油，用绒布抛光后，又问：“先生，打几道黑油？”

“多打几道！”路保长闭目养神，毫不思索地回答。

何大名心中喜之不胜，因为多打一道油，按规矩是要多收一道费的。看来，他遇到了一位很能花钱的顾客，于是趁机兜揽：“先生，这只鞋尖碰得露白了，加一道色吧！”

“好，上色！”路保长已经有些睡意蒙胧，模模糊糊回答。何大名心中更喜，动作迅速麻利，因为擦这双皮鞋，眼看比擦一般皮鞋要多几倍收入。

路保长可能昨晚熬了夜，刚才是闭目养神，一会儿，竟打起呼噜来了……

何大名给他一双皮鞋打油上色完毕，端详了一会儿，自己很感满意。这双沾满泥尘的皮鞋经他一打整，黝黑放光，真是蚂蚁都要拄拐棍——谨防跌跤，硬是没得话说。

“先生，皮鞋擦好了。”何大名将路保长的脚杆轻轻推了一把。

“噢，噢……哦！”路保长睁开眼，用胖指头揩了揩眼眵，伸了一个懒腰，定了定神，然后站起身来低头一看，不禁啧啧称赞，“咦，看你崽儿不错，皮鞋擦得呱呱老叫，好！”

何大名稚气的面孔上也露出非常得意的笑容，说：“先生，你下次再来擦，保你更满意！”

路保长没有搭理何大名，掏出一枚五分的镍币往小木箱里一丢，拄着文明棍开步就走。

何大名忙起身拦住路保长说：“先生，这五分钱只够打一道油。我给你打了五道油，外加上色，至少要收四角钱呢！”

“啥！四角钱？你龟儿想钱想昏了，想到我路保长门口来了！”他横眉瞪眼地说，继续往前走。

何大名焦急万分，忍不住上前拉住他的衣襟：“先生，你不能走。这五分钱连鞋油钱也不够呀！”

“你龟儿不问我是哪一个！昏要钱，想讨打不成！”路保长举起文明棍威吓他。

何大名又加上一只手，双手牢牢拉住路保长的衣襟，说：“不管你是哪一个，想赖钱不给便不放你走！”

“赖钱！老子会赖你的钱。你龟儿身上硬是毛骨发痒啰……”路保长凶神恶煞瞪着眼，举起文明棍重重击在何大名胳膊上。

“哎哟！我的妈也。”何大名松开手护住自己的胳膊，疼得眼泪水乱转，蹲在地上呻唤，他气极了，不择话的轻重，“你不要脸，赖钱还打人，你……”

路保长见这小小崽儿竟敢骂起他来，那还了得！他牛角胡子一阵颤动，高高举起文明棍往何大名头部着力打下……

封丽华站在背阴处见何大名挨了打，哭叫着奔过来：“不要打！我的大名哥……”她扑在何大名身上护住他。

路保长准备着力打下的文明棍在半途停住了。他打量着封丽华，也许是封丽华惹人喜爱的小脸蛋使他心软了；也许是见封丽华太娇小瘦弱，实在经受不起他一棍……

他犹豫了一会儿，终于慢慢放下了文明棍，向旁边石滩上吐了一口唾沫：“龟儿……”他若无其事地拄着棍扬长而去。

封丽华等路保长走远了，才松开手，抚摸着何大名被打的胳膊，关切地问：“大名哥，打伤没有？”她忍不住，泪水从她眼眶里流出。

何大名苦着脸摇摇头，嘴里仍发出表示疼痛的嘶嘶声。

封丽华动手给他解开粗布汗衣，见胳膊上有一道血印子，已经肿得很高。她一阵难过，边哭边给何大名穿好汗衣。

何大名反而平静了。他站起身来安慰她：“小妹，莫哭，我不要紧，一会儿便好的。”

封丽华见何大名紧皱着眉，脸色泛白，晓得他仍疼得厉害，听他这样说，越发哭得伤心了。

何大名再三表明自己不疼，叫丽华不要替他担心。他劝慰了一会儿，她才止住哭，边用手巾揩泪边说：“大名哥，太阳已当顶，我们该回家吃饭了。”

何大名犹豫了一会儿："小妹，你先回去吃饭。我不饿，我早上比你多吃一个红苕哩！"

他仍坐回小凳上，又在兜揽生意："先生，擦皮鞋，擦皮鞋……"他咬牙忍住胳膊上的阵阵刺痛，想争取再多擦几双皮鞋。

封丽华站在一旁怔住了。她晓得大名哥想多挣点钱，是为了她能与他一起上中学。她听她妈说过：要是凑不足数，只好让大名一人去读书，因为他是男娃儿，把书读出来才有用！

三

为了何大名与丽华上中学的事，连作风泼辣、办事果断的封大嫂也颇费了一番踌躇。

何大名虽不是她的亲生儿子，但自幼跟她长大，差不多把他当成亲生儿子看待；丽华是她的独生女儿，生性聪慧，读书成绩很好。可是，要他俩一齐上中学，不管如何省吃俭用，绝不是这样的工人家庭负担得了的。

最后，她一咬牙下了决断：送丽华到纱厂去做童工；送大名去上中学。

一天晚上，她把何大名与封丽华叫在一起，都坐在房内昏黄的电灯光下，由她先说："大名，你虽然喊我舅妈，我俩比母子还亲；丽华呢！——是我唯一的亲生骨肉。唉，手背手心都是妈的心头肉啊！"她的话蓦地停住了。

何大名与封丽华不晓得她对他俩说这些话是啥意思！何况她过去很少这样郑重其事地与他俩这样谈话。他俩不仅觉得奇怪，也预感到她一定有重要的话要谈，不禁忐忑不安地面面相觑。

封大嫂看看何大名，又看看封丽华，眼眶不由润湿了。她极力压抑住自己内心的感情，继续说："你们都很聪明，也很用功，听话懂事。抗战两年多了，日本飞机天天来轰炸，这么多人挤在重庆，吃的用的全涨了价，可是，你爸爸拿回的工钱仍是那么多。唉……"

封大嫂叹息一声，沉默了一会儿，说："你们的秋莲婶连给宝儿买米煮稀饭吃的钱也没有。你们张大叔去年走后，至今没回，近来有谣言说，民顺轮在三斗坪挨了敌机的轰炸。秋莲婶还不晓得这谣传哩！只知张大叔没信来，也没往家寄钱，她已急得不行。要是晓得了这谣传，还不晓得如何急法呢！"

何大名和丽华都知道秋莲婶家中的事，他俩迷惑地注视着封大嫂，猜不出她这时与他俩说这些干啥！

封大嫂又说：“张大叔走时，将你们秋莲婶的事嘱托过我，我也答应过他。你们的秋莲婶有困难，我一定要帮助她。”

封大嫂接触到他俩闪烁不安的目光，低头沉思了一会儿，终于说：“我想来想去，要送你俩同时上中学，难呵！这个暑天苦了你们，也积攒下一些钱，可还是不够呀！就是送一个人上中学也不容易哩！”

何大名已经明白封大嫂话中的意思，抢先说：“舅妈，我大些，可以去给人擦皮鞋找钱补贴家用，就让丽华妹上中学吧！”

“不，大名哥读书比我行，还是让他上中学吧！”封丽华以前已从她妈那里听到让大名哥一人上学的口风，也知道上中学花费大，他俩在暑期积攒的钱差得远。但她心里异常难过，多么想与大名哥一起上中学啊！穷人家的孩子早熟得多，她强忍住自己的不乐，很懂事地说。

“不，还是让丽华妹去上学，我……”何大名异常恳切地说。

封大嫂见他俩这样友好谦让，心中悲喜交集。她晓得丽华此时的心情，不觉感到有些内疚。

她早已有一段心事：丽华生得文秀，性格温顺。她担心她将来长大嫁出去，会受公婆和丈夫的欺侮。再加自己只有这根独苗，也实难割舍。何大名从小跟她一起长大，感情甚笃，正是理想的一对。但因他俩尚小，她从没将这心事透露过。

封大嫂黑中透红的脸上露出一丝微笑，随即叹息一声，说：“唉，你们不用争让了。我仔细想过，丽华毕竟是女娃，书读得再多也无用。大名，我已想定了，准备送丽华进纱厂做工补贴家用，送你去升学读书。”

何大名喊了一声：“舅妈，我……”他感动得说不出话来。

丽华紧闭着的嘴唇蓦地一张，“哇”的一声哭了，哭得抽抽咽咽异常伤心。

何大名惶惑地看看丽华，又看看舅妈，说：“舅妈，还是让小妹去上学吧！”

封大嫂正准备劝说丽华，丽华却深情地说：“大名哥……”她用手巾揩了揩泪水，继续说，“大名哥，我难过，但也为你高兴。我认为妈说的对：你把书读出来比我有用，我终是女孩哩！”

封大嫂神态庄重，正视着何大名说：“大名！你要好好读书，将来有了出头的一天，切莫忘本，要对得起你丽华妹相让之情呀！”

何大名不及细想封大嫂话中的含意，蓦地向封大嫂脚边双膝下跪，说：“舅妈对我的好处，永世难忘。我何大名去读书，将来若有出头的日子，绝不忘掉今天你们对我的恩情。我与丽华妹从小一起相处，从没发生过口角，比手足还亲，我何大名定当爱护她！”

封大嫂见何大名蓦地向她跪下，先是一愣，听他语意真切，不禁欢喜异常，忙双手将他扶起：“大名，嗯，我只有你表妹一个女儿，你以后要多照看才好！”

何大名并没想到舅妈话中含有他意，以为她指的兄妹之情，马上又说：“舅妈，请你放心，我将来定然会很好照看丽华妹的。”

封大嫂点头不语。

丽华虽比何大名小一岁，但比何大名敏感，她已隐隐感到她妈的含意，有些害羞地低头不语。

四

拉过了警报，秋莲将家中稍微值钱的衣物打成一个包袱提在手上，仍用背布把宝儿背在背后，刚锁好门，封大嫂与丽华也各提着一个印花布包袱到了她的身边。

封大嫂从秋莲手里夺过包袱说：“秋莲，让我帮你提。你背着宝儿怪沉的，走不快！”

一股人流拥挤着，乱纷纷往后山爬去。封大嫂她们互相搀扶被挟持在这股人流中，也喘着气一步一步踩着石梯坎迅速往上爬。

秋莲脸色蜡黄。因为生小孩后缺乏营养，又要哺乳，这个健壮女人的身体被拖垮了。

防空洞并不太远，挖在半山腰上，是利用一个天然的山洞略加修凿而成。因为山洞里空气不流通，里面阴暗潮湿，附近居民平时把死猫死狗之类往里扔，很久没人清扫过，更是臭气熏人，使人有一种窒息的感觉。

在防空洞外，有一开阔平坦的地方，长满了松柏树，浓荫遮天，山风阵阵卷来，使人感到凉爽。躲空袭的人，只有飞机凌空时才肯躲进防空洞里，这时大都坐在树丛中的石头上歇息。

封大嫂提着两个包袱，已累得喘气，黝黑的脸汗津津的。她找到一块平坦的石头坐下，将三个包袱放在一起。

丽华帮秋莲放下背上的宝儿。宝儿与她也惯熟了，伸出双手：“姐姐，抱！”

她含笑从秋莲手中接过宝儿，轻轻在他开裆裤露出的光屁股上拍了拍：“哪个抱你哟！重得很。”

宝儿却像听得懂丽华的话，咧开小嘴要哭。丽华忙凑在他脸蛋上亲了一个香香：“莫哭，姐姐喜欢你！”宝儿真的不哭了，伸手拉住丽华的辫子玩，丽华被拉疼了，大声说，“再拉我的辫子，我不抱你了。”她装出生气的样子，将宝儿放在地上，噘着嘴坐在不远的石头上。

她偷觑着宝儿，见他站在地上，居然摇摇晃晃走了两步扑倒在她的怀里，望着她嘻嘻笑。

丽华大惊小怪地说：“秋莲婶，看，宝儿会走路了。”

其实，秋莲和封大嫂早把这一切看在眼里。秋莲也是第一次看见宝儿走路，不禁欣喜异常，拍了拍巴掌：“宝宝，来，让妈抱！”

宝儿又摇摇晃晃走了几步，扑倒在秋莲怀中。

秋莲笑了。封大嫂在笑，丽华也在笑。

宝儿自己乐得咧嘴笑，显得很得意的样子。不等别人叫，他自己主动在她们之间走来走去，越走越有进步，两步，三步，四步……

她们暂时忘记了疲累和忧愁，宝儿给她们带来了安慰和欢乐……

尖厉的紧急警报响了，停留在树丛中的人群一齐往防空洞涌去。

秋莲抱着宝儿，封大嫂和丽华提着包袱进了防空洞。

洞里实在太闷气，人们都不肯往深处走，大都停留在洞门口。因此洞门口显得拥挤不堪。

她们抢先在洞口占了一块舒适的地方，盘膝坐了下来。

胆子大些的人，仍三三两两停留在洞外徘徊。

蓦地听见一个人大声喊叫：“日本乌棒[1]来啰！”

顿时响起了一阵杂沓的脚步声，刚才没进洞的人，这时个个惊惶异常地往洞里跑。

1　四川称黑鱼叫乌棒。当时日本轰炸机外貌酷似黑鱼，故如此称呼。

乱了一会儿，嘈杂的声音消失了。洞里静得可怕，一个个露出恐怖的面容，谛听着越响越大的飞机声。那声音轰隆，轰隆……显得十分沉重，地皮都像被震动了。

秋莲身旁一个老太婆双手合十，两目微闭，口里喃喃不清地念着："观世音菩萨救苦救难，南无阿弥陀佛……"

也有胆大的人。一个老头取出口里的白铜烟杆嘴，向旁边吐了一口唾沫："妈哟！龟儿秦始皇害人，日本龟孙给祖公公送鸡蛋来了[1]！"

几个小孩，在光秃秃的山坡上跑来跑去，毫无惧怕的表情，用手搭着凉棚仰头极目往天上望去，扳着指头数："一架、两架、三架……妈也，来了九架！"

洞里的一些人，焦急地向这几个小孩呵斥，声音很低，生怕日本飞机会听见："过来，过来，你几个龟儿子会让飞机看见的，暴露了目标怎么办！"

听见呼唤警告，那几个小孩才蹑手蹑脚进洞来了，但仍停留在洞口隐蔽处，继续搭着凉棚往天上望。

秋莲身后，有一个卖油炸麻花的少年在嘤嘤啜泣。他刚才进洞时，拥挤的人群把他盛麻花的竹篮挤扁了。麻花被挤碎了还是小事，竟有人趁机在他篮子里抓走了不少麻花。

那个闭目念佛的老太婆听见这少年啜泣的声音，停止了念佛，睁开一对小眼睛瞪着他，干瘪的脸上露出凶相，低声斥责："哭，哭！让日本飞机听见哪个办！你龟儿心痛麻花还是要命？"

少年被吓得不敢哭了。洞里变得寂然无声，只听得飞机轰隆、轰隆在头顶上飞。

正在这时，一条不知死活的黄狗，突然钻了出去，站在空旷地方仰头向日本飞机狂吠，汪汪的声音特别刺耳。

一个人焦急地低声说："这龟儿黄狗是哪个的，真是……"

大概是这条黄狗的主人在尖着嘴唇发出啧啧的唤狗声："昭和[2]！过来，过来，吁！"

---

1 据传说，秦始皇想长生不老，派方士徐福带了五百童男童女漂海至日本求不死之药。这五百童男童女留在日本，便是日本民族的祖先。这里的鸡蛋，是戏指日本飞机丢的炸弹。

2 昭和本是当时日本天皇的年号，一般人错以为是日本天皇的名字，因当时老百姓痛恨日本侵略者，故以此给狗命名，以资发泄。

这条叫昭和的黄狗，摇着尾巴跑过来了。

蓦地一个搭凉棚往天上观望的小孩，用恐怖的声音说："妈也，生蛋了，日本飞机生蛋了。"

大家的脸色顿时变成了灰白色，一个个张着嘴，瞪着眼，用双手捂住自己的脑壳……

炸弹落地爆炸的声音仿佛就在附近，洞顶的泥巴簌簌往下掉。

秋莲怀里的宝儿被吓哭了，"哇哇"的哭声立即惹来了一阵吓人的怒斥："哪个娃儿在哭！哪个娃儿在哭！"

秋莲接触到这些愤怒的目光，见一个个像要扑过来扼死宝儿似的，不禁吓得浑身一阵颤抖，忙用手捂住宝儿的小嘴，轻声哄着："宝宝，莫哭，莫哭……"可是宝儿仍然在哭，哭声更大了。

封大嫂从秋莲怀里接过宝儿，轻偎着他的脸蛋："宝儿，宝儿，莫要哭！"宝儿真的不哭了，紧贴在她怀里。

敌机丢过炸弹飞走了，仍然没人走出防空洞，大家还心有余悸。

秋莲看见山下冒起的浓烟越升越高，渐渐可以看见熊熊的火焰，以及在浓烟中飘散的火星。

她知道是窍角沱起火了，忐忑不安地望着封大嫂，封大嫂也在望着她不出声。她们都不愿把自己心中的焦虑谈出来。

一些胆大的人已焦虑不安地往洞外走，站在空旷的地方瞭望山脚，发出嘈杂惊惶的声音："哎呀！窍角沱街上起火了。"

住在窍角沱街上的人，再也沉不住气了，嗡的一声，一齐往洞外拥去。他们不顾警报尚未解除，急匆匆赶下山去了。

秋莲也坐不住了，焦急地对封大嫂说："我们河街该不会起火吧！"

封大嫂站起身来，将宝儿递到秋莲手上："让我去看一看！"

"我也去！"丽华说。

"你陪秋莲婶，把包袱看好，不要乱跑！"封大嫂说。

封大嫂正准备单独去看，这时警报解除了，剩下的人纷纷走光了。

封大嫂帮秋莲用背布将宝儿背好，才随着人流跌跌撞撞，踩着石梯坎往山下走。

一个老头边走边不满地说："噫，刚才没听见我们的高射炮响，难道我们的高射炮是摆样子的，是哑巴！”

一个年轻人附和说：“龟儿们天天收抗日捐、防空捐，遭殃的还是我们平民百姓！”

越接近山脚，大家越是心急如焚，不觉加快了脚步。

已看得清窍角沱街道被炸着火的情况，只见浓烟弥漫，烈火熊熊。

有的人捶胸顿脚、呼天嚎地啼哭起来：“天哪，我的家呀！完了，完了啰！”

封大嫂她们见正街已被烈火封住不能通过，只有为数不多的消防队员在救火。因为没有自来水，临时组成的挑夫队伍络绎不绝从河下往上挑水。救火的工具不过简陋的水枪和火钩之类。哭声、叫声、房屋的倒塌声、燃烧的噼啪声以及人们被浓烟呛着的咳嗽声交织在一起，嘈杂杂，乱纷纷……

火头慢慢小了，烟也变淡了。不等大火完全熄灭，在街口受阻的人群再也耐不住了，争先恐后拥进还有余火的正街。

封大嫂提着包袱走在头前，秋莲背着宝儿和丽华紧跟在后面走到正街上。只见到处是断瓦颓垣，一堆堆余烬还在冒烟。

一些人不顾一切从房内抢出还没烧完的东西，杂乱地堆在街边上。

一具具烧焦的身体横七竖八摆在街上，惨不忍睹。死者家属伏在身体上号哭，呼儿叫女，哭爹哭娘，便是铁石心肠的人见了也要伤心落泪。

她们终于从瓦砾堆中走到河街。秋莲抬眼一看，失声悲泣起来。原来她的家已经变成了一堆瓦砾和灰烬。

秋莲从瓦砾中拾起一只葫芦，基本完好无损，这是张阿德从春燕投江处拾回的纪念品，一直珍藏着。她看着葫芦边哭边诉：“阿德呀，你是死是活还不晓得！现在叫我母子俩无家可归，我怎样拖着宝儿活下去呵！天哪……”

幸好，封大嫂的家只受点波及，基本完整。她叫丽华先将三个包袱拿回家去，劝慰说：“秋莲，你不要过分悲伤，这年月谁也是朝不保夕，家毁了终可以重建。唉，只要人无灾无难便是万福了。”

秋莲的哭声止住了。她这时如万箭穿心，呆呆地注视着废墟目不转睛，好像没有听见封大嫂的话似的，半晌不说话，只是流眼泪。

封大嫂又继续劝说：“你就暂时住在我家里，天无绝人之路。”

秋莲仍然凝思不动，也不出声。

封大嫂扶住她离开废墟，她木然跟着到了封大嫂家中。封大嫂帮她解下背上的宝儿，秋莲没有反应，仍像木头人似的站立着。

封大嫂知道她受刺激太深，柔和地抚摸着她的肩膊："秋莲，你怎么啦！坐下呀。"

秋莲呆滞的目光在封大嫂脸上停留了很久，让封大嫂扶她坐下，她无力地垂着头，凝视着地板。

宝儿扶住秋莲的膝头："妈妈，抱！"

他见妈妈不理他，"哇"的一声哭了。

秋莲像触电似的惊醒，忙将宝儿抱在怀里，搅得紧紧的，生怕宝儿也会被人抢走似的。

她泪水不住沿着面颊往下淌，滴在宝儿的脸上、身上。

她没有家了，阿德也无消息，一切显得灰蒙蒙的，变得飘浮不定了。

她，终于埋头在宝儿身上，悲伤地哭出声来。

五

秋莲在封大嫂家寄住了一段时间，虽然封大嫂待她如姊妹一般，但她晓得她生活也很艰难——为了供何大名上清华中学读书，丽华已进了纱厂当童工。

她不愿长期给封大嫂增加负担，考虑来，考虑去，她与封大嫂商量说："大嫂，你的生活艰难，我住在这里坐吃，心里也不安。我又到公司去问过几次，仍没问到阿德的确实消息。看来……"

她说到这里忍不住落泪，声音也哽咽住了。

"看来阿德凶多吉少，不管怎样，我也要把宝儿抚育成人。"秋莲忍住悲痛说，"最后我还有一条路，准备去帮丘二[1]。听人说，大城七星岗有一个人市，我想去那里碰碰运气。"

性格非常开朗的封大嫂，听了秋莲的话，也忍不住泪花滚动。她沉吟半晌，方说："秋莲，张大哥临走时将你嘱托我照看，不管你在我这里住多久，我绝不会嫌弃你。吃不上干饭就一起吃稀饭，还可以吃红苕等杂粮……唉，苦日子总有尽

1 四川话，帮佣。

头，只要把日本赶走，抗战胜利了，我们的生活便会好起来。”

秋莲仍固执着要去人市找工作。

封大嫂再三劝阻：“秋莲，至少也要等到张大哥有了下落，你再去不迟。”

最后，封大嫂看秋莲执拗要去，只得说：“秋莲，你一定要去，我也没法。我看这样：帮佣是不兴带娃儿的，你若在人市找到事做，便把宝儿仍留在这里，我代你抚育。你放宽心，我再穷，也不会亏待宝儿，保证将他养得白白胖胖交给你！”

秋莲听封大嫂如此说，真给她解决了一个大难题，异常感动，眼里闪着泪光说：“大嫂，你比亲姐待我还好，宝儿留在这里，我一万个放心……”她激动得说不下去了。

过了一会儿，她平静些，才继续说：“大嫂，你对我的恩德，我不晓得将来如何报答你才好。我……”

封大嫂一惊，见秋莲竟要双膝下跪表示感谢，忙拉住她：“哎，你这是干啥！你像这样便是见外了。我们都是海员眷属，男人都是常年在外，互相帮助是理所当然的事，切不可这样。”

秋莲忍不住抱着封大嫂哭了……

第二天，封大嫂抱着宝儿送秋莲到码头上渡船。临别时，她再三嘱咐：“秋莲，帮佣侍候人，要找一个正经人家，不三不四的人户切不要去。无论如何，你早去早归，免我牵挂。”

秋莲一一点头答应。她见宝儿在封大嫂怀里很自在，显出与她异常亲昵的样子。她稍感安慰，最后亲了宝儿一个香香，放心地上了渡船。

渡船划离了渡口很远，封大嫂举着宝儿还沿着岩岸追了几步，大声说：“秋莲，早去早回哟！”

秋莲坐在渡船里，含笑扬着手绢，也大声答话：“噢，晓得！宝宝，乖些哟！”

这临别时的最后一瞥，给封大嫂留下的印象极深，长期在她心灵上浮动。

秋莲去后，一天，两天……居然不见归来。封大嫂急得不得了，赶过大城去，在七星岗那条背街的人市上搜寻了秋莲几次，哪里有李秋莲的踪迹！问了许多人，谁也不晓得秋莲的下落！

噫，该不会出事吧！秋莲啊！你归来呀！封大嫂盼着你，宝儿盼着妈妈啊！

第十八章

一

高家的闹山雀儿终于飞回来了。

高太太在重庆高公馆第一次看见高茜穿着一身灰军装，打着绑腿，完全像个女兵的样子，真是又高兴又难过。高兴的是见到了爱女，见她长高了一些，身体更健壮了。难过的是见她一身军装，连头发也剪成跟男人一样，原先白皙的肤色被阳光晒黑了，哪里还有点大家闺秀的样子！

高太太觉得高茜最大的变化，便是这只闹山雀不闹了。总是喜爱沉静地谛听别人讲话，偶尔也含笑插进两句，再不像以前那样娇憨地咯咯笑个不停，也不叽叽喳喳抢着说话。

高太太迫不及待地查看了她的伤口，见她肩胛上有一个已愈合的新疤。她用手轻轻抚摸疤痕，又滚下了眼泪。

她喋喋不休地询问高茜别后的生活，可是高茜回答得很简略，使她很不满足。

高太太对她感到既熟悉又陌生。从小在她身边娇生惯养抚育大的女儿，相别才三年多，好像和她已经有了一条思想上的鸿沟。

她暗自感叹："俗话说'知女莫如娘'，又说'女是娘的罗裙带'，看来也不尽然。"

她觉得现在的女儿使她难于理解：为啥偏愿意舍弃像高家这样富裕的生活，千里迢迢去延安，去敌后，去受那种苦！难道在他们的身边便不能搞抗日救亡工作？一个女孩子上火线杀敌，古时虽有花木兰这样的先例，但日本人的枪子儿是不认人的，万一她……

高太太的思想不算太旧，但也不算很新。辛亥革命后，她当时在成都上女子中学，也是新派人物，可是随着时间的推移，"长江后浪推前浪"，她落伍了。

今天，高茜很早就从曾家岩到了高公馆，她与高伦坐在书房里，两父女谈得很热火。当高太太走进去，他俩蓦地沉默了，不知他们谈些什么。

她靠近高伦坐下，忍不住向高茜问长问短，大至日常工作，小至每餐吃什么菜，都问到了。

高茜虽然一一回答，很有礼貌，但显出有些漫不经心的样子，因为她与高伦正谈着一件重要的事情。这是领导布置给她的任务，要她动员高伦一起去作刘文辉的统战工作。

高伦见高太太岔断了他们的谈话，尽问高茜一些不关紧要的闲话，白眉毛皱了又皱，最后忍不住说道：“太太，我与茜儿正谈要紧事呢！”

高太太见高茜现在对她不像以前小鸟依人般地亲昵，答话显得有些应付的样子，心中已不自在，听高伦如此一说，正好有了发泄的对象：“你的事要紧，难道我问的事不紧要！老头子，你说，你说。”

高伦听了高太太气势汹汹的责问，不仅不起气，反而含笑不语，只顾端着茶碗喝茶。

高太太见他不说话，气性反而大了。她像撩起高伦与她吵两句才消气似的，上前从高伦手中夺过盖碗茶：“喝，喝！一天只晓得喝酽茶，家中的诸事不管。”她将茶碗放到远处的书桌上。

高伦面不改色，不，反而笑意更浓，不慌不乱地说：“太太，未必有句俗话都不晓得，‘家有贤妻，夫有闲逸’嘛，我为何不清闲逍遥呢！”

他这几句半开玩笑半认真的奉承话，确实起了很大的作用，高太太紧绷的面孔顿时松弛了：“哪个跟你嬉皮笑脸的！在茜儿面前也不害羞。”

她端回茶碗想递给他，但揭开茶碗盖一看，见茶已淡了，于是高声喊叫：“黄妈，黄妈！”

高伦又皱起眉头，缓缓地说：“太太，你才四十多点，怎么这易忘事！刚才你派黄妈给小婶送一包燕窝去了，回来哪有这快！”

高太太被提醒，但不愿认输，白了高伦一眼：“我的记性难道赶不上你！小婶离这里又没十里八路，不过百把间铺面，早该回高公馆迁到重庆机房街，在涪陵用的仆人大都跟着来了。来了。她准是又坐在那里与下人闲聊。”

高伦并没再说，根据以往的经验，知道此时最好是闭口不语，否则，高太太会以假变真，当真生气的。

高茜只是含笑望着他俩，安静地听着，没有插嘴。这时她站起身来，要从高太太手中接过茶碗：“妈，让我去给爹泡茶！”

高太太拿着茶碗一缩，没让高茜接过去：“乖女，让我去。你与你爹多谈一谈。”

高茜只好坐回原位……

待高太太端着新泡的酽茶重新进门，见高茜与她爹谈得正热闹。高茜眉飞色舞叙述着敌后的战斗生活，高伦专注地听着。

高太太坐下不觉也听得出了神。

黄妈蓦地撩开门帘走进来，先向高茜点头招呼，接着对高太太回说："燕窝送到了。二太太说：谢谢珣姑儿。——这是二太太的原话。"她提到高太太的乳名，赶忙申明了一句。

她从家机蓝布的短衫怀里掏出几张花花绿绿的钞票，拿在手上晃了晃："这是二太太赏我的小费，请太太过目。"

这是高太太定下的规矩，凡是仆人得的小费，事后必须向她禀报，不得私自收下。用高太太的话说：这赏的小费虽是给仆人的，但也是给主人留的人情，主人若不晓得，便是昧了别人的情。

黄妈用眼角瞟着高太太的脸色，手上拿着钞票做出要递不递的样子。

她见高太太脸上毫无笑容，并未喊她收下，也未喊她分点给其他的仆人。按照她的经验，遇上高太太高兴时，这小费她可以全得；若遇上高太太不高兴时，虽不致扣下——因为高太太认为扣下仆人的小费有失富家体面，她也会叫她分一些给其他的仆人。

高太太并没看她手上的钞票，而是不满地斜睨着她问："派你去办件事便是半晌，又坐在那里与下人闲聊天！"

黄妈颧骨高耸的蜡黄脸上，露出一脸委屈的表情，叫冤说："太太，实在冤枉。这两天你没去过二太太那里不晓得，正阳街挨了炸弹，到处乱堆着碎砖烂瓦，好难走啊！二太太见我送去这上等的燕窝，欢喜得了不得，把珣姑儿挂在嘴上夸不绝口……"

她见高太太瞪了她一眼，赶忙解释说："噢！太太。我没叫你的小名，是二太太的原话嘛！"

高太太不耐烦地催促："快说！"

黄妈接着说："二太太夸赞说：珣姑儿心肠好，有孝心，她没错疼你。二太太还说：现在海路断绝，她从成都带来的燕窝快光了。你自乾叔——也是二太太的原话，一天也离不开燕窝，偏偌大一个重庆买不到上好的燕窝，她急得很，正好你送去了这上等的燕窝，好比雪中送炭……"

黄妈侍候高太太多年，早摸透了她的脾气，晓得向她禀报事情，何处该简，何处该繁，总能恰到好处。她见高太太嘴角微微牵动了一下，忙结束了她的话："你想，二太太与我谈话，我好掉头不顾就走吗！"

高太太脸上露出笑容，对黄妈说："二太太赏给你的小钱，你就收下吧！"

黄妈巴不得高太太这样说一句，忙将手上的钞票往怀里揣好，堆笑瞟着高茜对高太太说："二太太还问起茜小姐，着实想念她，叫你带她过去玩，茜小姐的舅公还有话要问她呢！"

高太太顿时兴奋异常："茜儿，舅公和舅婆既然还记牵着你，你就与我一道去玩一玩吧，看你舅公有啥事问你。"

高茜与高伦交换了一下眼色，听高伦说："茜儿先去你舅公那里谈一谈，我还有事去公司料理，一会儿我随后也去。"

高茜回答说："妈，要得，我马上跟你一道去。"

高太太听高茜答应马上跟她去刘文辉那里，心里也十分欢喜。她看她穿一件安安蓝布旗袍，脚上一双平底布鞋，短发在这些天虽长得长了，但头上毫无发饰。高太太觉得女儿穿得太朴素，说："乖女，你换件花绸旗袍吧！还选几样发饰戴上。你舅公非比别家，底下人眼光浅，见你这样寒碜，会笑话我们。"

高茜摇摇头，说："妈，穿得华丽花哨，满头珠光宝气像啥！我是个革命战士，不是阔小姐。"为了适应环境，高茜才改了装，要依她的性子，还舍不得脱下军服呢！

高太太叹息一声，她虽然不满意，但也不好过分勉强她……

二

刘文辉在山洞官邸客厅等了很久，还不见蒋介石传见，但也无可奈何，只有坐在沙发上喝着茶几上寡淡的白开水，不住抽着香烟，静候晋见。

这次他来重庆，一些焦心事使他烦躁异常，召开了几次自己的智囊团会议，也没研究出一个妥善的对付办法。

他瘦小的身体躺在沙发里，徐徐地吐着烟雾，两眼凝视着袅袅飘浮的烟雾出神……

他反对张群当四川省主席，蒋介石表面上作了让步，换了四川军人王瓒绪。他因为王瓒绪不属于蒋的嫡系，在川军中有根底，不便公开反对，只好默认了。

这个喜欢写几句打油诗在川报屁股上发表的王瓒绪，却自诩为儒将，到处招摇抬高自己的身价。刘湘在时，就曾下令不许他写打油诗。他当了四川省主席后，对蒋感激涕零，一朝权在手便把令来行，为蒋搜刮财富，征兵征粮，已弄得民怨沸腾。

其实，王瓒绪胸无点墨，又要假充斯文，开口孔圣人，闭口孟夫子。为了逞能，借口“领袖”提倡新生活运动，注重“礼义廉耻”，在成都公布了几条禁令：一禁出征军人家属脸上打摩登红；二禁妓女嘴上打口红；三禁戏子手上打指甲红。

这三条禁令公布以后，当然不易贯彻。王瓒绪为了抖威风，决定先拿军人家属开刀。派警察捉了几个打摩登红的军人家属到省政府，由他亲自发落。

不许出征军人家属打摩登红，他初意是讨好出征军人的意思。他坐在大堂上，指着这几个捉来的妇女骂道：“你们的丈夫在外打仗，应该在家守妇德，不要出门。可你们竟打着摩登红招摇过市，寡廉鲜耻已极……”他平时骂惯了人，骂得口沫飞溅，并未深思熟虑，脏话脱口而出，“真正有伤风化，比婊子还可恨……”

这几个出征军人家属被逼当场悔过后，他才予以释放。

殊不知王瓒绪这次利令智昏，反而弄巧成拙，不但出征军人家属反对；连出征军人也不领情，这还了得，竟把出征军人家属在禁令中与妓女和戏子并列在一起，还公开骂出征军人家属比婊子还可恨！

开初是几个有体面的将军级军人家属抗议，后来不安逸王瓒绪的反对力量，趁机买通成都几家小报，将这登在报上大事渲染鼓动，终至发展到几百个校官以上的出征军人联名向蒋介石控告王瓒绪，说他侮辱出征军人家属。

蒋介石也吃惊不小，把王瓒绪叫去痛骂了一顿：“娘希匹，你真上不得台盘，身为省主席，偏去管别人打不打摩登红，撩起这么多军人抗议，看你怎么办！”

蒋介石骂归骂，王瓒绪毕竟比其他四川军人听话。他叫他回去暗地向几个为首闹的出征军人家属道歉，安抚一下，以便了结此事。

王瓒绪只得忍气吞声，垂头丧气回到成都，低三下四去几家公馆赔礼道歉。

想不到事态不但未平息，反而越闹越凶，一些川军将领齐集成都刘文辉公馆开会，当场通过决议，刘文辉、邓锡侯、潘文华……都签了名，以王瓒绪侮辱军人家属人格，横征暴敛为罪名，逼王下野。

蒋介石起初装聋作哑，不予理会。殊不知接着省参政会也通过决议要王辞职。有些出川抗战军人扬言：若王瓒绪不下台，他们就要带兵回川找王瓒绪算清他侮辱军人家属这笔账。

蒋介石明知是刘文辉等人在暗中推波助澜，巧妙地利用了军人和民众的心理，推王瓒绪下台。他恼恨王瓒绪办事确也荒唐，以致授人以柄，闹到这种地步，只好哑子吃黄连——有苦说不出。真叫打在王瓒绪的脸上，疼在他的心上。无奈，他只好撤去王瓒绪的省主席。

他对刘文辉等人更恨得牙痒痒，想一口吞掉才能甘心。为了四川省主席的继任人选，他费了一番踌躇，最后决定由他自己兼任。果然川军将领不敢公开反对了。其实他是将事情全部交给张群去办，造成既成事实，然后正式任命张群当省主席，一这是后话。

不久前，刘文辉接到蒋介石一道密令，要他从西康带领人马进驻西藏，把英国的势力赶走。

蒋介石这一着棋实在厉害。刘文辉知道西藏地处高原，空气稀薄，道路难走，后勤补给很是困难。西藏虽早已归入中国版图，但因历代采取大汉族主义，汉藏民族之间隔阂很深。他知道西藏人口不多，而土地辽阔，把他这一点点人马带进西藏去，好比塞进无底洞，去得回不得。清朝，赵尔丰住在打箭炉多年，也不敢贸然开进西藏去。民国以后，也一直沿用安抚政策。虽有英国人想染指西藏，但西藏噶厦也一直承认中央政府，从未闹事。蒋介石偏偏在这抗日紧张关头，丢下日本不抗，叫他去进驻西藏，挑起内部民族矛盾。“司马昭之心路人皆知”，刘文辉当然明白这是蒋介石“借刀杀人”之计。他若是抗命不去，蒋介石必然会借此大做文章，甚至会武装讨伐西康……

刘文辉沉思到这里，香烟蒂烧痛了他的指头，蓦地一惊，忙扔掉了手上的烟蒂，端起茶几上的茶杯，喝了一口开水。

“刘主席，委座传见！”一个侍从副官站在他的面前说。他忙站起身跟在这位侍从副官的后面跨出客厅，被引到了花园中一棵高大的黄桷树下。

蒋介石坐在黄桷树下的一张藤椅上，远远看见刘文辉来了，笑吟吟地起身向前迎了几步，握住他的手摇了摇：“唵，自乾，我着实想念你哪！”

刘文辉比他矮了一大截，仰头看见蒋介石诡诈的笑容，心里便一百个不自在。但见他表面对自己这样客气，当然不敢怠慢，立即强装出笑脸，弯腰向他问候了几句。

蒋介石松开刘文辉的手，指着离他身旁不远的另一张藤椅：“自乾，请坐！”

“谢委座！”刘文辉眼见蒋介石坐下后，他才有点拘谨地坐下。

初冬的阳光斜射在黄桷树下，刘文辉见蒋介石脚上穿的一双黑色皮鞋擦得反光，踩在黄桷树的板根上微微踏动，听他说："自乾，由我兼任省主席，诸事还要仰仗你多帮忙！唉，王瓒绪……"蒋介石说到这里一顿，显出无限感叹的样子再没说下去。

刘文辉只得欠起身含糊地说了几句谦恭的客气话。

蒋介石与刘文辉说话，一直是笑吟吟地异常和气。他绝口不提派他带兵进藏的事，仿佛不明白刘文辉要求晋见的来意，尽谈一些不着边际的闲话：什么重庆雾多啰，山高路不平啰……

刘文辉有些沉不住气，很不礼貌地岔断了他的话头，说："委座，我专程赶来重庆觐见，是有要事与委座相商。"

"哦……"蒋介石脸上的笑容消失了，现出僵硬死板的严峻表情，"请说！"

刘文辉见今天蒋介石穿的军便装，此刻像老僧入定似的端坐不动，平板的神态，更使人不易摸着他的深浅。他踌躇了一下，方说："委座，西康汉藏杂处，特别甘孜的藏人甚多，我若进兵西藏，西康省内的藏人难保不闹事。自乾我，身为西康省军政长官，维持地方治安有责，不好擅离，请委座另议。"

刘文辉说完后，忐忑不安地注视着蒋介石脸色的变化，见他薄薄的嘴唇皮包着假牙不断嚅动，半晌沉吟不语。他只得耐心地等待着。

"自乾，唵，你说得对，西康的兵力不能空虚。唵，亏你提醒了我，是要注意防止甘孜一带的藏人闹事哪！……"蒋介石终于开口了。

刘文辉心中一喜，以为他既然深有同感，一定会收回成命。

只听得蒋介石继续说："唵，亏你提醒我，唵，唵，嗯……"他一连三个语助词，"这样……自乾，你放心进兵西藏，我派康泽带两团宪兵去雅安驻扎，唵，帮你维持西康的秩序，解除你后顾之忧。唵，我再叫戴雨农暂时也去……"

蒋介石装出与刘文辉肝胆相照的样子说："唵。雨农搞秘密工作很有办法，叫他在藏人中安下耳目，监视他们的行动，唵，就万无一失了。自乾，这次我进川，你帮了不少忙哪，我绝不亏待你。唵，当然，康泽与戴笠统归你指挥，等你从西藏班师回西康，我立即将他俩调回。进驻雅安的宪兵，若你用得着，就留下归入你的编制。唵，这样……你的实力就可观哪！"

刘文辉听后，半晌出声不得，吃惊不小。蒋介石提出这样的建议，要把两位杀人如麻、嗜血成性的特务头子一齐派到西康去控制他，哪还有自己的活路！他从蒋介石含笑的长脸上，感到有一种狠毒的阴谋，心中顿时一阵紧张。

蒋介石见刘文辉噤若寒蝉，半晌不答话。他犀利的目光扫在他的脸上，好像看穿了他的顾忌，依然笑容满面，亲切地说："唵，自乾，你以前对我有误解，曾两次通电反对我。可是我是宰相肚内好撑船，从不计旧恶，还是委你当了西康省主席，以后还要倚重你哩！望你与我精诚团结，不计旧嫌才好！"

刘文辉嘴角动了动，仍然沉默不语。

蒋介石显出光明磊落的样子："自乾，你既然还信我不过，这样……你在西康不动，由我派兵取道西康进藏，如何?"

刘文辉初听不觉一喜，继而冷静暗自思量：他既然起意要吃掉我，哪有这样容易，凭空便会改变主意，收回成命？他对蒋介石的诡诈莫测是深知的，但一时又猜不透他现在的真实意图是啥。不禁仰头茫然看着黄桷树粗大繁茂的枝叶发怔。他有些怯场，感到自己不论权谋和实力都不是蒋介石的对手，何况他还以"领袖"的名义压制着他，更难对付。

蒋介石把刘文辉惶惑的表情看在眼底，仍不露声色，笑眯眯地催问："自乾，如何！"

刘文辉一时想不出对付的好办法，因为蒋介石提出的办法，他认为都含有危险和阴谋，可要是都加以拒绝，确实找不出正当理由作为借口……

他心中一急，总算急出一句话来："委座，待我回去仔细研究一番，绝不辜负委座的殷切期望！"

蒋介石斜望着刘文辉，沉吟思量……

他对刘文辉原想立足于拉拢，只要收服了他，四川的事情便算高枕无忧了。他若公开除去刘文辉，必然会有更多的川军将领与他作对。除去刘湘便是他一个教训：自刘湘死后，他原先的部下无人能统率得住，变得要他一个个去对付，比对付一个刘湘还伤脑筋！

现在，蒋介石自以为已摸够这群川耗子的脾性——外面压力大了，他们会团结一致对外；外面压力减轻了，他们会互相拼杀，争夺地盘。

自从王瓒绪被刘文辉他们轰下台以后，蒋介石才下了决心，要想除去刘文辉，由他直接控制西康。

他此时见刘文辉智穷谋尽的样子，心中暗自得意——若刘文辉进军西藏，"螳螂捕蝉黄雀在后"，他便乘机派兵控制西康；若刘文辉同意他派兵取道西康进藏，他也可以在西康按兵不动，赖着不走；若刘文辉两种方案都拒绝，他可以攻击他不爱国。听任英国人染指西藏，然后派兵名正言顺地除去他。

蒋介石知道刘文辉是想回去与手下的智囊研究一番才能作出答复。他觉得目前不用逼他，反正是稳操胜算，任他怎样选择，都难逃过如来佛的手板心。于是他慢吞吞地说：“自乾，唵，我对你别无他意，唵，你回去思考一番再回复我也好。嗯，不过……军情紧急，唵，不能超过三天，是一定要答复我的。”

这时，刘文辉心中镇静了一些，也含笑周旋说：“我曾两次反对委座，委座丝毫不记旧恶，真是领袖的胸怀，使我心悦诚服。自乾以后定当追随委座左右为党国效劳，望委座放心！”

蒋介石听了刘文辉这几句仿佛很实在的真心话，脸上也现出笑意。

他破例送刘文辉到了官邸大门，方亲切地与他握手而别。

三

刘文辉回到自己的驻渝办事处，开了两次智囊会议，都没有研究出什么善策。大家感到蒋介石这次使出的花招比往时更难对付。

他急得像热锅上的蚂蚁，惶惶不可终日，脾气变得异常暴躁。连他最宠爱的二太太也吃他一顿痛骂，怪她不从成都多带点燕窝来。他嫌在重庆现买的燕窝品质低劣，不堪入口。高太太知道后，把自己珍藏的上等燕窝叫黄妈送了去，所以二太太格外高兴。

高伦曾向刘文辉建议，劝他找李明来谈一谈，请他代出一个主意。但是他始终犹豫不决，顾虑重重……

自从周在武汉时会见过他，向他阐明了中国共产党建立抗日民族统一战线的政策，他对共产党有了一些了解。

前些时，董必武等一行路过成都到重庆，也到他公馆来找他谈过。

这两次会见，虽然安排得极其机密，但最终还是被蒋介石知道点影子。他现在猜想：蒋介石目前急于收拾他，可能这是主要因素。所以他不敢贸然接受高伦这个建议，怕让蒋介石知道了，对自己更加不利。但是，如何解救面临的燃眉之急呢！他废寝忘食，想不出好办法！

他今天知道高太太送来了燕窝，蓦地想到高茜已回到重庆，并在八路军办事处工作。他心中忽地一动：莫如先找高茜来谈一谈，探听一下共产党的态度和虚实，比较恰当。——因为高茜是他的外侄孙女儿，就是让蒋介石知道了，也不会有大问题。

他坐在书房内无限烦恼，听丫头说：高太太带着高茜来了，正在二太太房里闲谈。他迫不及待对丫头说：“快请茜小姐到我这里来，我有要事与她谈。”

一会儿，高太太领着高茜来了。她与刘文辉说了几句客气话，仍被二太太拉走了，留下了高茜。

高茜叫了一声：“舅公……”腼腆地坐在刘文辉对面的沙发上。

刘文辉见她的眉眼与青年时的高太太很相像，还是一个羞涩的女孩子。他感到有些失望。在西康时，听说她把一个涪陵搅动了，连刘湘也很头疼，原以为她一定很粗犷能干，是比较成熟的，所以他才准备与她商量如此重大的事情。

刘文辉顿时改变了主意，与她谈了几句家常话，便冷场了。高茜因为是第一次见她的舅公，心中难免感到紧张，过了一会儿，她就镇静了。想到领导交给她的任务，大眼睛望着刘文辉转了转，主动打破了沉寂，并不怯场：“舅公，我听领导说，你在抗战中很有民族气节，日本人现在这样欺侮我们，炎黄的子孙，个个应该爱国！”

刘文辉并没认真听她谈话，只是心不在焉地“唔”了一声，表示回答。

对他淡漠的表情，高茜仿佛毫无觉察，继续说：“汪精卫叛变投敌，现在准备当儿皇帝，在南京筹组伪政府。舅公，你说，假使蒋先生也要投靠日本人，怎么办?”

刘文辉皱着眉头迅速瞥了她一眼，认为她不会有多大的见识，只是限于礼貌，矜持地点点头，以示答话。

高茜早把刘文辉这些表情看在眼里，知道有些轻视她，如不先拿出点见识来，这场话很快便要谈不下去了。

她明亮的眼睛闪了闪，说：“舅公，听说你这几天被蒋先生逼得日夜不安。舅公，你宽心些。舅公，这事不难对付……”

她一句话一个舅公，喊得怪亲热，并且在他面前神态自如，侃侃而谈，毫不拘谨，使刘文辉觉得惊诧，居然脸上有了笑容，望着她那热情的面孔听她谈下去。

“舅公，当晚辈的理应与你分忧，我代你出个主意，保证让蒋先生自己卷旗收鼓，不了了之。”她不慌不忙地说。

“嗨!？真的。”他带着不相信的口吻说，“唔，你出个啥主意?”

高茜说话喜欢晃动头部，一绺黑发飘到面颊，她缓缓地将散发掠向耳后，说：“舅公，我看，蒋先生叫你进兵西藏，你就痛快地答应下来。”

他听她大言不惭，原来却是这样一个主意，不禁觉得好笑，蓦地站起身来……

高茜忙制止说：“舅公，稍待片刻。请耐心听我把话讲完。”

他犹豫了一下，终于又坐回原位，斜睨着她，等她继续说。

高茜说：“舅公，你只需向蒋先生提出一个先决条件，要他给一定时间让你做准备工作。”

他错会了她的意思，嘴角露出微讽的笑意：“你是要我拖延时间！”

“不，用意不在此！”高茜摇手说，“舅公，我的用意很明白。你可以开出一大张清单，向军委会要枪，要子弹，要补给，要钱，要民工修进藏的大路。你想，蒋先生岂肯再给你输血。他不能满足你这些正当要求，你就有理抗命了。”

“哦……”刘文辉惊愕地望着她，不觉坐正了身子。他已听懂了她的意思，细细思量之后，不待她把话说完，一巴掌击在茶几上，险些把茶碗震滚到地上，“好，这主意不错！”

他顿时对她改变了看法，实在想不到这个略带稚气，长得秀气的外侄孙女儿却如此有见地，不由不使他感到佩服，暗地惊叹：像高茜这样的黄毛丫头参加共产党不久，便锻炼得如此厉害。怪不得连蒋先生也斗不过共产党。

“舅公，我的见识有限，不晓得我出的主意合适不！”高茜一脸笑，谦虚地说。

刘文辉点头夸赞：“你出的主意很好，待我仔细想想。”

高茜趁机说：“舅公，若是你愿意，我找李明同志来与你谈一谈。我党是愿意与你建立统战关系的。”

刘文辉却沉吟起来。周恩来、董必武也与他谈过，他也当面答应愿与共产党搞统战，但真心并非如此，不过想脚踏两只船从中得点好处。他有他的疑虑，还有他精明的打算……

高茜逼问说：“舅公，你愿意吗?”

刘文辉又踌躇了一阵，最后暗自下了决心，回答说：“好，找李明先生来谈谈也好！不过……”他又皱眉凝思一会儿，顾忌很大，“李明先生直接到我这里来有些不方便。”

高茜明白刘文辉的意思，笑眯眯地说：“舅公，这事好办，保证不会让人怀疑。李明同志常到我家，不会惹人特别注意，安排在我家谈一谈，怎样？”

刘文辉思索一会儿，觉得只好如此，点头表示同意。

四

高公馆的台阶上，几个仆人围着打杂的老姜在听稀奇。

老姜刚送信到陆祖福那里回来，正绘声绘色地讲他在两路口亲见的一件怪事。

只听老姜说话像放火炮似的：“龟儿那个防空洞也炸得巧，一块汽车大小的石头塌下来刚好把洞口堵得严严实实的，连透气也困难。妈哟！里面还有三个年轻人被堵在防空洞里出不来，已经十几天了，前两天还隐隐约约听见里面的人呼救……”

黄妈岔断了老姜的话：“你龟儿吹牛要让人信！人堵在洞里十多天，不闷死，也早饿死、渴死了，还会呼救!?”

其他听的人也被提醒，一齐注视着老姜问：“是呀！你……”

老姜哼了一声：“吹牛，哪个舅子才吹牛。不等我说完，你们便要拈过拿错，真是……”

黄妈退让了：“好，你继续说。”

老姜又眉飞色舞地说：“幸好堵住的洞口有一个间隙，刚可以插进一根小竹竿，有一个亲属将一根打通的竹竿插进里头，饮水就由这根竹竿引进去，由他们三个人轮流喝。饮食嘛，就难得多，只好将炒熟的豌豆一颗一颗由竹筒滚进他们的口中。”

黄妈最喜欢与老姜打嘴巴仗：“这些人未必是哈宝[1]、偌长时间不晓得打电话给防空司令部!”

老姜回头瞥见高茜站在门口专注地听他说话，只是笑着向她点点头，表示招呼，毫不拘束地继续说：“哈宝！默倒别人都没得你黄妈机灵！听人说，电话都打烂了，防空司令部才派了几个人来逛了一转，各自又走了。”

黄妈这时也看见了高茜，笑着招呼：“大小姐……”

---

1 四川话，傻子。

高茜笑着做了一个示意的动作，要他们接着谈下去，别管她。

黄妈偏过头来问老姜："为啥各自走了?"

老姜往台阶上吐了一口唾沫，鼓着眼睛对黄妈嚷："你问得稀奇！防空司令部那些老爷们，不说三个人堵在防空洞里出不来，便三十个、四十个人又怎样！他们哪会管这些费力又搞不到钱的空事。"

黄妈并不介意老姜的态度，也愤愤地说："空事！三个人的性命是空事！你癞格宝打哈欠——好大的口气。你该没喝醉酒！怎么打胡乱说起来。"

老姜激动地用右手的食指头点着自己的鼻尖："我打胡乱说！你黄妈伤了风发高烧——才打胡乱说。"

黄妈轻蔑地撇了撇薄薄的嘴唇，表示对老姜的反击。她接着催问："莫打岔，快说，这三个人未必老在洞子里衔着空心竹竿喝水吃豌豆!"

老姜卖弄似的笑笑，额上几条皱纹更深了："老百姓给防空司令部打电话顶屁用！告诉你，据说八路军办事处……"他说到这里瞟了高茜一眼，"也给防空司令部打了电话，还是没着落。后来惊动了领事巷的洋人，直接向蒋中歪[1]提'抗议'，防空司令部慌了手脚，派出一营工兵[2]，才搬开了洞口的大石头……"

老姜说到这里陡地把话刹住了。他慢吞吞从腰上挂的生牛皮烟盒里取出卷好的叶子烟装在短烟杆斗上，转身要走："等我去灶上把烟点燃再回来说。"

黄妈急于要晓得个结局，蓦地拦住老姜，从他手上夺过短烟杆："你龟儿卖啥关节，未必烟瘾真的发登堂了，隔会去烧这苦叶子也不行?"

老姜并不起气，露出一口被叶子烟熏黑的牙齿，笑着说："看你好性急。我说了半晌话，不让抽一口烟，难道也不让我喝一口茶!"他还是要走。

黄妈举起手上的短烟杆，做出要敲老姜的脑壳的姿势："你龟儿敢走！谨防老娘把你的脑壳当磬敲。"

老姜这才站住了，嘿嘿地笑了两声，继续说："等工兵搬开了洞口的大石头，三个人都只剩下一口气，快死了。假若当时立即送医院，肯定救得活。可惜，摆在洞外头太阳坝晒了半天，哪能不断气!"

黄妈迷惑地问："你龟儿吹牛出了纰漏！防空司令部不送人去医院，难道这三

1 即蒋中正，这里是带有戏谑的贬称。

2 含有夸张的意味。

个年轻人的亲属也不管！”

老姜听黄妈不止一次当着众人面说他吹牛，也吹胡瞪眼，颈上鼓起青筋：“哪个尖脑壳才吹牛，这些都是我亲见的。妈哟！这三个青年的亲属要将人送医院抢救，可是防空司令部一个当官的不肯让人送走。”

“怪咧，为啥！”黄妈指手画脚，手上拿的短烟杆不小心真的敲在老姜头上。老姜凶神恶煞地瞪了黄妈一眼，一手夺回短烟杆，脸色在瞬间又变得和善了：“为啥！这当官的敲竹杠，要亲属出钱慰劳防空司令部搬石头的人，所以不让抬走。”

黄妈眨了眨眼，用埋怨的口气说：“这些亲属也是……救人要紧嘛，就给几个钱算了。”

老姜挥舞着短烟杆：“说得轻巧，吃根灯草，给几个钱哪些官会看上眼！你的屁股没有生得那白。”

黄妈的脸色顿时改变，露出愠怒的表情，嗔怪说：“老姜，你好不正经，怎么说起怪话来！”

老姜主要是说顺了嘴，将那句不甚雅的话冲口而出，经黄妈一嗔怪，又意识到高小姐还站在一旁，不禁神情尴尬地干笑了两声，摸了摸后脑壳。

黄妈并没深究，脸色已恢复了正常，愤愤地说：“这些龟儿子……这要钱，那要钱，就是像蒋中歪有印钞票的机器也印不赢呀！”

老姜往阶梯下吐了一泡口水，叹口气说：“妈哟，防空司令部只晓得刮钱，重庆平民百姓躲空袭的防空洞，都是烂垮垮的，到处是水凼凼，闭不通风，格老子总有一天要闷死一洞子人才安逸！”

这时传来了高太太大声喊叫的声音：“黄妈！黄妈！”

“来咧！”黄妈赶忙答应。

几个仆人也一哄而散。

台阶上只剩下高茜一个人，顿时显得空荡荡的。

高太太跟邓大姐说好了，有时硬要留高茜在家里住几天。高茜觉得住在家里很是无聊，闷得发慌，刚才老姜说的事情，她也早听说过，但知道得不是这样详细。重庆防空洞里的情况确是乱糟糟的，她知道周还在一次会议上给防空委员会提过意见。

高茜抬头见太阳很高，时间还早，真想出门办点事情，但她知道又会惹得妈妈不高兴，于是转身正待进屋，迎面碰见高太太。高太太说：“看你，刚养白了一些，又站在太阳坝里晒，晒成黑油人好丑!”

高茜没有答话，只是看着高太太笑。

幸好高太太正忙，没有再说什么，又布置仆人的工作去了。

高茜回到楼上为她收拾的一间卧室里。室内陈设华丽，蔚蓝色的绸窗幔向两边撩开，玻窗大开着。她站在窗前仰望南岸的汪山，但见重岩叠翠，呈现出苍劲的青色。重庆冬迟，要不是红了的枫叶点缀其间，真看不出有冬意。

高茜站在窗前停留了一会儿，回过身来，在室内徘徊，漫不经心地浏览着这些家具和陈设。这一切，她是那样地熟悉，又是那样地陌生。她住在这里，有一种闷气和孤独的感觉。她恨不得早点回曾家岩，与自己的同志住在一起。

她站在穿衣镜前，不觉停住了脚步。镜内一个少女姣好的身影映入她的眼底。自己穿一件阴丹士林布的旗袍，仍像一个娇小姐的样子。她觉得自己更爱她的另一身装束：灰军装，束着腰皮带，挎着快慢机，枪柄上的红绸带飘动着，灰绑腿，青布鞋……

她像一只飞出去的雏鹰，又飞回她原先抛弃的旧巢暂住。在党的培养下，她开始成熟了，再也不习惯这种娇小姐的旧生活。她曾把自己的想法告诉过李明，李明和颜悦色地对她说：“高茜同志，你要重新习惯这样的环境，这是党的工作的需要，也是党对你的严峻考验。绝不能让物质享受和家庭柔情俘虏你，要用你的意志去影响你的家庭和亲友，团结他们与党一道前进。党是信任你的。”

高茜已感到现在的工作并不轻松，不仅要在复杂的环境里宣传党的主张，做好统战工作，并且还要摆脱自己感情上脆弱的一面，去战胜环境和家庭重新给予自己的某些不良影响。

她在一张临窗的藤椅上坐下，从茶几上拿起当天的《大公报》翻阅。

她看完了第一版，上面尽是些真假难分的新闻，社论也无新颖之处，基本上是“小骂大帮忙”，巧妙地为前线的失利辩护，为后方一些不应该存在的不良现象开脱。

高茜翻到副刊，下半部多是广告，刊登着“一生戒烟药水”“思的彩虹”之类戒绝鸦片烟瘾特效药的广告；也有“白浊灵”以及“留德医学博士×××专医花柳病”之类的广告。在电影广告中，上演的影片大多仍是美国好莱坞的武侠色情片，如《蒙城寡妇》《怪美人》《艳窟泪痕》等。广告中还特地标明“乳峰毕露，玉体横陈”之类的话以广招徕。

高茜觉得这些太低下无聊，正想另换一版看，一篇文章的标题跳进她的眼帘——“揭穿投降阴谋”，立刻将她的目光吸引住了。她仔细将这篇文章看了一遍。文章从汪精卫叛变投敌谈起，隐指国民党内还有更大的投降派，要民众提高警惕，将抗战进行到底。

高茜觉得这篇文章结构严谨，文笔流畅，而且字里行间，作者满腔热忱跃然纸上。在《大公报》这样中间色彩很浓的报纸上发表这样大胆犀利的文章，确是可贵的。她这时才留意到作者的署名——罗化平，不禁惊喜交集。她与罗化平在涪陵县中宣传抗日的情景清晰地浮现在眼前。她对罗化平印象是良好的，觉得他与他爸爸罗天成不一样，有正义感，要求进步。因为是世交，她从小便认识他，虽算不上青梅竹马、两小无猜，也有一定的友谊。她向高伦打探过罗化平的近况，高伦也说不准。自从涪陵公司合并到民成公司后，他们家便迁来重庆，和罗家许久没往来了。再说，高伦把涪陵发电厂折卖给罗天成抵作他原在民成公司的股金，也断绝了经济上的联系。

高茜想立即打电话给《大公报》编辑部，探听罗化平的通信地址。她走出房间下了楼，又有些犹豫起来：天下同名同姓的很多，是不是他呢！

她终于不肯放过这个机会，到客厅角落里拨通了自动电话，重庆自从成为陪都后，畸形地繁荣了，原先那种手摇电话机也改成了自动电话机。

她居然很顺利地从《大公报》编辑部探听到罗化平在重庆大学化学系读书，而且接电话的人还证实他便是她要找的那个罗化平：涪陵人，罗天成的儿子。

高茜很兴奋，她马上从电话簿上查到了重庆大学化学系的电话号码。很可惜，当拨通电话后，对方听明是找一个学生时，只简短回答了一声：“不传学生的电话。”立即将电话挂断了。

她想去沙坪坝重庆大学找他，随即又感不妥，因为领导曾告诫过：不能随便到这些敏感的地方去。

她低头考虑了一下，决定写信约罗化平到高公馆来谈一谈。

第十九章

一

余平贵被搿棒蛇和独眼龙逼迫，无奈栽进江中，幸好被一股激流冲向岸边。他死死抓住一块突出的怪石，挣扎着爬上了岸。虽然他不是旱鸭儿，会游两把狗扒沙，也着实喝了两口江水。

由于惊恐和寒冷，他瘫软无力地躺在江边的岩石上。

他惊魂初定，歇息了一会儿，略微恢复了体力，不禁细细思量着眼前的处境，知道并没脱离危险。这里离太摸尔的住处很近，随时都可能被他们发现。如何迅速离开这里？他颇费了一番踌躇。近视眼镜已经丢失在江中，白天尚难行动，何况是漆黑的夜间；他更不敢大声呼救，谁也晓得这一带是太摸尔的黑窝子。

他正在犹豫，已听到不远的江边小路上传来了两个人的脚步声——搿棒蛇与独眼龙低声说着话走过去了。

他心中一紧，顾不得许多，手脚并用，沿着岩岸向上爬行。路上一有响动，他便龟缩在地上不动。夜色正浓，恰好掩护了他。

余平贵好不容易爬到离渡口很近的地方，再也不敢动了。他怕又遇上太摸尔的人，重遭毒手。

他躲在一个岩旮旯里，等到天色微明，渡口上人来人往，才大着胆子走出去，搭渡船过朝天门。

他衣冠不整，只穿件背心和内裤，浑身湿漉漉的怪样子，惹来不少惊奇的目光。渡船在朝天门沙嘴停靠时，他拿不出过河钱，颇向艄翁说了许多好话，才放他上坡。

余平贵出娘胎以来，哪里见过这种阵仗！回家以后就病倒在床，一个多月不敢出门，更不敢过江到黄公馆去。他怕太摸尔派人到他家中来暗杀他，提心吊胆过着日子，至今还不敢去山柴胜煤矿上班。

黄玉庵多时不见余平贵，记挂着与孔祥熙合作的事，派人到他家中去询问，才晓得发生了这样严重的事件。

黄玉庵不敢声张，自己惊恐万状，知道他的生命也在太摸尔掌握之中。

他晓得自己若不当机立断，加紧赶走法国人，不但巨富洋行无法经营下去，迟早要垮台；并且自己的生命也很危险。

他的行动更加小心，外表上不露声色，绝不在家中谈起改革的事，暗地里却委托余平贵与薛习永谈判过多次。由孔祥熙投资，改组巨富洋行的事，已经谈得有了眉目。

黄玉庵想到法国人即将被赶走，心里不由感到兴奋。他是个公子哥儿，城府并不很深。虽然在赵小姐面前从不吐露半点真情，极其谨慎，但对严江贺这样的条师，封锁得便不是那么严密，在元老派中已有人公开议论这件事情。黄玉庵还认为他办的事，神不知鬼不觉呢！

对于赵小姐，黄玉庵贪恋她的美色，虽然余平贵已劝告他多次，也舍不得疏远她。

按惯例，黄玉庵每月要准时送给太摸尔云土五十两，这几天黄玉庵沉不住气，对法国人显得很怠慢，并没按时派人送去。

这一天太摸尔怒气冲冲到了黄公馆，要面见黄玉庵追问缘由！因太摸尔是熟客，往时不用通报，他便直撞内室。可是，这次太摸尔却被挡驾，由茶房领到客厅坐候。

太摸尔很不自在地坐在硬靠椅上，半晌不见黄玉庵出来相见，不禁烦躁地站起身在客厅内踱来踱去。他嘴上衔的雪茄已经熄火，也顾不上重新点燃。

他在巨富洋行任法方经理已经快三十年了，就是黄玉庵的老太爷在世时，也把他奉若太上皇。除了丰厚的薪资外，他日常的生活必需品，一概由黄家及时供奉。这每月五十两云土的鸦片烟更不曾拖延和缺少毫厘。

自从黄玉庵想改革企业以来，太摸尔便敏感到法国人在巨富洋行的基础不稳了。他所以派人暗杀余平贵，也是想杀一儆百，给黄玉庵一点颜色看看，让他知难而退，再不要异想天开，搞啥改革！想不到余平贵却没淹死，他暗暗怀着鬼胎，因为重庆变成陪都后，不同往日闭塞，生怕把事闹大了不好收拾。幸好余平贵乖乖躲在家里，并没出面控告他。太摸尔的胆子因此又壮起来了，认为法国人的威风并没在中国失去，仍然是有人害怕的。

他也风闻到一些有关孔祥熙要插手巨富洋行的消息，但总探听不到确切的内容。他知道法国人在中国的地位早就不如英美，孔祥熙要插手的确难办！他已掌握了黄玉庵这位公子哥儿的脾气——浮躁易动，但无常性，也胆小怕死。

太摸尔今天此来，想借此给他一个下马威，使他不敢轻举妄动。

看来，黄玉庵的胆儿却不小，竟敢让他在客厅坐冷板凳，太摸尔不觉动了真气。只见他把一顶素色瓜皮帽揭下又戴上，戴上又揭下，腮帮上的横肉不住抽搐，高高的酒糟鼻子不停地翕动，碧眼闪着恶狠狠的凶光。

太摸尔举起手背上长满白色毫毛的右手，取下嘴上的雪茄，用粗粗的指头捻碎，扔进了痰盂里……

他蓦地瞥见黄玉庵穿着一件深色西服跨进客厅，顿时收起了凶相，嘴角牵动露出一点笑意。

黄玉庵近来改吸吗啡后，脸色白中带青，这时刚过足了瘾，显得精神抖擞。他不冷不热地一摊手，说："对不起，累你久等了。请坐。"

太摸尔反而长袍马褂，衬得黄玉庵那身西服很不协调。他见黄玉庵对他并不亲热，马上沉着脸坐回原位。

黄玉庵坐在对面的硬靠椅上，只顾夹着一支香烟出神，好像忘了太摸尔的存在。

太摸尔忍不住冷冷一笑："黄先生，每月十五日应派人送给我的云土，是你家老太爷立下的规矩，今天已到月底，还没见送来，不知是何缘故！"

黄玉庵往日见了太摸尔这种骄横的态度，虽然反感，但一向是容忍的。今天，他再也忍不住了，也报以冷笑："太摸尔先生，难道你对敝国领袖蒋委员长禁绝鸦片的命令也不知道！贩运和吸食鸦片是要枪毙法办的。"

太摸尔听后，气得差点跳了起来，他终于克制住自己，斜睨着黄玉庵说："黄先生，难道你忘记了我是法国人，是不受贵国法律约束的？"

黄玉庵并不示弱，反唇相讥："太摸尔先生，这是老皇历了。难道你忘了敝国早已废止治外法权！你并非外交官，怎么可以不受敝国法律的约束呢！"

太摸尔顿时面红筋胀，半晌方说："黄先生，据我了解，英美与贵国暗地达成协议，帮助贵国抗战人员仍享有治外法权。"

"可是，你不是援助抗战人员，也不是英美国籍呀！"黄玉庵已沉不住气，多年的积怨想发泄，语气之间极不客气。

太摸尔毕竟老姜正辣，仍冷冷地说："美国曾提出门户开放政策，在中国利益均沾。援引这一条，法国当然享受英美同等待遇。"

黄玉庵不禁发了公子哥儿脾气，不考虑语句的轻重，讥刺道，"太摸尔先生，不要去翻这些陈词滥调了。法国今日怎能与英美相比！短期内便被德国人打得一败涂地，只得丢掉本土，组织流亡政府，连立足之地也快没了，还称什么英雄！请收敛一些，不要在这里作威作福吧！"

太摸尔听毕黄玉庵这番话，气得脸色转青，胸部像鼓风箱，出着粗气……

他蓦地跳起身来，碧眼发红，指着黄玉庵："你，你……太放肆，我太摸尔是不好惹的！你黄家不靠我们法国人，哪有这番事业！好，中国俗话说：骑驴看唱本——走着瞧！"

太摸尔由于过分恼怒，接着用法语骂了几句粗话。

黄玉庵也懂得几句法语，见太摸尔碧眼里露出凶光，顿时清醒了。他深知太摸尔的厉害，悔不该只图一时痛快，说出那许多刺人的话。吓得脸色转成灰色。同时，他也感到羞恼，因为从没被人骂过这样的粗话，面色又由灰转成绛色，讷讷地说："你，你……"

太摸尔二话不说，拄着手杖扬长而去。

黄玉庵知道自己做了蠢事，赶走法国人的事尚没就绪，自己就打草惊蛇，心绪不宁地回到卧室。

赵小姐迎住他，妩媚地一笑："玉庵，你看我这件法国大衣好看吗？"她牵住大衣下摆在他面前旋转了一圈，"是太摸尔先生从法国带来送我的。"

黄玉庵见赵小姐果然新穿了一件花格呢大衣，腰身收得很细，将她窈窕的身材恰到好处地显了出来。

他含糊地唔了一声，心绪不宁地在卧室里走来走去。

赵小姐水汪汪的眼波跟着黄玉庵的身影转动了一会儿，很知趣地走到一边去了。

黄玉庵越想越觉可怕，踱到赵小姐身后站住，怔怔地望着她的身姿出神。

他对赵小姐也感到可怖，想到红颜变厉鬼的聊斋故事，不觉长长叹息了一声。

赵小姐正在专注地看一本翻译小说《钟楼怪人》，听见黄玉庵在她身后叹息，不觉放下书本，回头问道："玉庵，你为什么叹息？"

黄玉庵不觉一惊，生怕她看穿自己心中的秘密，也想在赵小姐面前玩弄一下自己颇不高明的权术，装出多情的样子抚摸着赵小姐的粉颈："达令，我多么爱你，只有你才能分担我的忧虑，唉……"

赵小姐抿嘴一笑，见黄玉庵把话说了半截便不说了，开口催问："有什么不愉快的事情，可以告诉我吗？"

黄玉庵又叹息一声："达令，刚才我心情烦躁，得罪了太摸尔先生，心中很是不安……"

赵小姐听完黄玉庵的话，忽地噗哧一声笑了，撇撇嘴唇说："我当有什么大事，惹得你如此烦恼！太摸尔先生吆——有我呢！不怕。"她把话说出后马上感到不妥，立即改口说，"太摸尔先生与黄家合作几十年了，好比一家人，我给你们解释一下，立即就会话明气散嘛！"

黄玉庵听赵小姐这样说，顿时感到轻松一些。他沉思了一下，叫来了听差，吩咐他在账房领五十两云土送与太摸尔先生。办完了这件补救的事，他舒展地松了口气。

赵小姐给黄玉庵冲了一杯速溶咖啡，温情脉脉地递到他手上。

黄玉庵正在喝咖啡，给太摸尔送云土去的听差回来了。他向黄玉庵报告："大少爷，太摸尔先生说，除非你亲自送去，否则他是不会收下这五十两云土的。"

黄玉庵一听，不禁发了公爷脾气，将手上的细瓷咖啡杯往地上使力一摔，因他面前铺的是法国地毯，咖啡杯并没跌碎，滚了几尺便不动了，泼出的咖啡将地毯打湿了一片。他并没解气，俯身拾起地毯上的咖啡杯走到窗前，着力向窗外一甩，只听窗外传来哗啦一声响，细瓷杯肯定摔碎了。

他回过头来，咬牙切齿地说："好，太摸尔，你不要欺人太甚，走着瞧就走着瞧吧！"

他说完抄着手踱了几步，才发现听差仍在一旁站立等他的指示。他不耐烦地挥手说："去，将云土交回账房去！"

听差晓得黄玉庵的脾气，不敢多话，喏喏连声，赶忙退了出来。

黄玉庵踱到穿衣镜前站住，想到余平贵险些被太摸尔暗杀的事情，不由有些犹豫。但想到太摸尔在他头上作威作福，心头的怒火又升起来。他看着穿衣镜中自己的影子，带点神经质地放声狂笑。

不一会儿，他从镜子中看见赵小姐到他身后站住，用惊愕的目光注视着他。

他晓得她是一位可疑人物，太摸尔对他的一举一动知道得如此详尽，当然与她有关。对法国人的不满，顿时移恨到她身上。

他蓦地回过头来，恶狠狠地逼视着赵小姐，脸上露出可怕的狞笑："哈哈，我待你不薄，你却向着法国人。哼！我黄玉庵也不是好惹的，要我的头颅不是那么容易哩！"

赵小姐惊呆了。黄玉庵从来没有用这样的语气、这样的目光对待过她。她面色陡地变得煞白。她见黄玉庵像要一口吞掉她似的，不禁双手抚着胸，一步一步向后退……

黄玉庵见赵小姐惊惶恐怖的神态，妩媚的眼睛里露出可怜巴巴的样子，他多变的心立刻又软了。

他蓦地变得异常和善：“达令，不要误会，太摸尔快把我气疯了。”

赵小姐反而木然地垂下头，用双手捂住脸，“哇”的一声哭了。

黄玉庵上前搂住赵小姐的细腰，轻抚着她的浓发，安慰说：“达令，怪我不好，把你吓着了。不要哭，我向你道歉！”

不知是一种什么情绪支配着赵小姐，她偎在黄玉庵怀里哭得更伤心。

二

袁静芳近来迷恋着李牧师，如痴如醉，对于黄玉庵与太摸尔之间发生的事情充耳不闻。

李牧师反而有些害怕，极力想慢慢疏远她。

袁静芳觉得李牧师对她越来越冷淡，甚至带着明显应付的神情。她从镜子里，看见自己的容颜并不出众，虽当刚过三十的壮年，可是脸上的肌肉已开始松弛，额上和眼角也有了皱纹。她为了继续得到李牧师的喜爱，成天精心打扮，花样天天翻新，过分浓妆艳抹显得很俗气。黄公馆中的人都深感诧异，早有人窃窃私议。她一心在李牧师身上，对这些投射过来的惊奇目光毫不介意。

天刚黑，她早已打扮就绪，穿过花园的小径向礼拜堂走去。

她今天心情特别愉快，有许多话想对李牧师说，不等夜深人静便去找李牧师幽会，是罕见的。

幸好，沿路没碰见任何人，教堂里异常静谧。她轻叩着李牧师的房门，里面没有丝毫反应。她有些失望，李牧师是不是进大城还没回来？可是，房里明明亮着电灯，他肯定在家——她已听到了房里有响动。

她有些生气，因为叩门的方式是预先约定的，他明知她来了为啥不开门！

她用力重新叩着房门，发出很大的声响，在宁静的教堂里显得格外清晰。她一脸愠怒的表情，已不顾可能惊动管理教堂的用人。

门，终于吱嘎一声开了。李牧师穿着便服，出现在房门口，微弯着腰，显得很有礼貌，极力将声音放得柔和：“太太，这时你来找我，我想，一定是要我解答圣经上的问题，请进!”

她知道这是李牧师为了掩人耳目，故意放的烟幕。她是不善于作伪的，极不自然地点了点头，一步跨进房内。

李牧师将头伸出门外略微观察一下，立即关上了房门。他伪善的微笑消失了，顿时变成了另一副面孔，脸上露出不悦的表情，用埋怨的口气低声说：“太太，你这么早便来了，很不妥当呀!”

袁静芳毫不介意，她脱去外面的狐皮大衣，露出一身葱绿的软缎旗袍，伸出双手奔到他面前搂住他的脖子，欢快地说：“约瑟，我多么想念你，难道你不想念我!”她噘着嘴，装出少女般的娇态，显得很可笑。

“嘘!”因为她的声音太高，李牧师吓了一跳，伸出食指放在唇上，警告说，“太太，你声音低一些不行吗!”

她见他毫无亲昵的表示，带着失望的表情松开手，果然放低了声音，有些哀怨地说：“约瑟，你近来对我冷冰冰的，难道你变心了?”

李牧师将头上的法国针织便帽往后推了一下，微皱着眉，迅速瞟了一眼紧闭着的内室房门，蓝色的眼睛里闪着焦急的光。

这只是一瞬间的事，并没引起她的疑心。她见李牧师沉默不语，继续说：“约瑟，要是你变心了，我只有自杀一条路!”

他勉强装出笑容，上前搂住她不算细的腰，在她发上吻了吻，抚慰说：“亲爱的，我永远也不会变心。我是怕被别人知道了，后果不堪设想！也是为你好呀!”

她很容易轻信，以为他说的是实话，完全是自己错怪了他。她的情绪陡地高涨了，毫不畏怯地说：“约瑟，我将肉体和灵魂都交给你了，连下炼狱也不怕，我还怕什么呢!”

他仍不断偷觑着内室紧闭的房门，见她竟拉住他的手向内室房门走去，不禁暗暗吃了一惊。他忙拦阻说：“亲爱的，我今天病了，头疼得厉害!”他显出痛苦的表情，用手按住自己的额头。

她虽觉他今夜有些反常，迷惑地注视了他一会儿，最终信以为真：“约瑟，你怎不早说，服过药没有?”

她伸手试了试他额头的温度，觉得真有点发热：“哦，发烧哩！快，别这样站着。”她扶他在壁炉前一张躺椅上坐下，拿起火钳动手拨火。一会儿，壁炉里的柴火熊熊地冒着火舌。她随即端来一张藤椅紧挨他坐下，将他长着灰白汗毛的手捏在自己的手中。

李牧师仍然现出头疼的样子，轻轻呻吟了一声："亲爱的，我实在不舒适，想一个人静静地休息一会儿。"

他明明在下逐客令，可是她并没觉到，依然热情地说："约瑟，我有一件重要事情告诉你哩！"

李牧师并不相信她真有什么重要事情要告诉他，沉默着，漫不经心地望着壁炉里摇曳的火舌出神。

一会儿，他才不在意地说："亲爱的，请说吧！我真想一个人安静地休息呢！"他没有正视她，有些应付的神态。

她欲语脸先红，竟像少女般地羞涩起来："约瑟，我有了……"

他见她没有说下去，迷惑地问："有了什么？"

她蓦地把李牧师的手按在她的小腹上："约瑟，我怀毛毛哪！"

李牧师忘了装病，吃惊地从躺椅上跳起来，逼视着她："是我的？"

她脸上露出甜蜜的微笑，点了点头，肯定地说："是的。"

李牧师失声地说："糟了！"

她脸上依然挂着甜蜜的微笑，错会了他的意思，说："约瑟，不要怕，我是有丈夫的人，可以设法补救，谁也不会怀疑是你的。"

她甚至用沉醉的语气说："约瑟，这是我俩爱情的结晶，多好呀！"她想到黄玉庵对她的薄幸，心里就觉愤怨，为他生个野种，她反而像报了仇似的觉得痛快："哼，黄玉庵……"

李牧师见她满不在乎，显得傻乎乎的样子，差点要把粗话骂出口来。他终于忍住，一顿脚，说："唉，太太，你想过没有！假若真是我的，你会生下一个棕发高鼻的婴儿来，怎能瞒过人呢！"

"哎！"她一愣，吓得失声惊叫起来，"这，这……约瑟，你看怎么办！"她声音有些发颤。这段时间她被李牧师迷得神魂颠倒，竟没有想到混血儿会是什么样子，真糊涂！

李牧师两手插在西裤袋里，焦虑不安地来回走动，半晌沉默不语。

她已被吓昏了，一想到在黄公馆里生下一个混血儿来，后果是何等可怕！她浑身阵发着战栗，可怜巴巴的目光投在李牧师的身上，希望他能拿出一个万全的主意来。可是，她见他不住走动，身子的阴影投射在满装各种神学书籍的大书橱上，像个怪物般地晃动。她忍不住用发抖的声音说：“约瑟，难道我俩真的完了！”她低沉地呻吟一声，捂住脸哭了。

李牧师阴郁的面孔上毫无表情，仍在来回走动，没有回答她。

她松开手，止住哭，反而镇静了。她眼里闪光，露出坚毅的表情：“约瑟，你带着我逃跑吧！逃到法国，逃到瑞士……逃到哪里去也行！”

李牧师站住望了她一会儿，垂头凝思……

她的口气转为哀求：“约瑟，我求求你，你带着我逃跑吧！我有大量的私蓄，足够我俩过一辈子，你不用担心养不活我！”

李牧师斩钉截铁地回答：“不行！”他语气冷峻无情，仿佛毫无商量的余地。

她无力地垂下了头。一会儿，她抬起头来，已泪流满面，激动地说：“约瑟，你不愿带我逃走，我愿与你一道去死，去投江，去服毒药，只要有你在炼狱中陪伴着我，我就不孤独了。约瑟，你不是说过，愿为我去死吗！”

李牧师见她头发散乱，大有神经失常之状，心里暗暗诅咒：偏遇上这样的傻女人，真麻烦！可是，他知道不用好言安抚几句，使她安静下来，是不行的。他握住她的手抚摸着，说：“亲爱的，不用急，我自有万全之策！”

她果然安静了，迫不及待地说：“哦，约瑟，我知道你是爱我的，你一定能想出好办法来。”

“是的，我有妥当的好办法。”他蓝色的眸子在灯光的照射下闪烁不定，使人感到不易捉摸。

他觉得这个女人很容易受骗，一个“一箭双雕”的计谋在他脑子里考虑成熟了。他抱住她啧地亲了个嘴：“亲爱的，你是真心爱我吗？”

她想不到李牧师会提出这样的问题，真想把自己的心掏出来给他看：“约瑟，我当然真爱你呀！难道你还没看透我的心。”他仿佛对她恳切的神态无动于衷，不紧不慢地问：“亲爱的，你无条件听我的话吗？”

“哦，约瑟，你已是我心灵的上帝，我当然无条件听你的！”她毫不迟疑地回答。

李牧师松口气，轻快地说：“好，这就好了！”

她从没见过他突然用这么可怕的目光逼视着她。她心灵浮动着不祥的预兆，眼睛睁得大大的惊视着他。

他拉开壁柜的梭门，取出一只盛满绛色溶液的小瓶，塞到她的手上：“亲爱的，这是一瓶烈性毒药，你设法放进食物中，让黄玉庵吃下去，我俩……”

她惊得怔住了。不等他说完，好像这小瓶烫手似的，她立即还给他：“哦！上帝呀，你叫我干这个！不，这太可怕了，我……我不干。”

他冷冷一笑：“不干！可是……”

她双手捂住面孔哭了：“哦，上帝。我愿受你最严厉的惩罚，我愿去死，可是……”

他觉得这个对他痴情的中国女人太难于理解了。为了报复她的丈夫，她可以舍弃一切地爱上他，可是叫她去毒死自己的丈夫，她却这样抵死拒绝。

他耸了耸肩，将毒药瓶又放回壁柜里，只好说：“好吧！你回去仔细想一想，让我也冷静地思考一番，也许能想出一个更好的办法来！”他搂着她亲吻，可是她冰凉的嘴唇毫无热情的反应。她没有再停留，失魂落魄似的推开房门……

他叫她等一等，从衣架上取下她的狐皮大衣给她穿好。她没有说一声“再见”，木然地走了，身后的关门声也没使她回顾。

她走出教堂，寒风在静夜里呼啸，教堂四周种植的四季青，常绿的叶片在风中低沉地窸窣发响。

她像个夜游患者，在空寂无人的花园小径上徘徊，心灵里一片空虚……

寒风越吹越紧，后来又下起了小雨。冰凉的雨滴飘到她的脸上，她清醒了一些，开始忆起刚才发生的事情。

她站住了，越想越觉可怕，甚至怀疑自己是不是在梦中。

她陡地想到李牧师那紧闭着的内室门，以及李牧师那反常的行动和目光。她越想越觉可疑，嫉妒的火焰从她心头升起：那间内室一定藏着另一个女人！

一定要弄清真相！怀着这个强烈愿望，她敏捷轻悄地摸回礼拜堂，只见李牧师窗口依然亮着灯光。

她紧贴着墙，蹑手蹑脚踩着檐下排水沟边的苔藓，一步一步凑近窗口。狐皮大衣拂动了四季青的枝叶，发出了轻微的响声，但被雨声盖住了，并没惊动室内的人。

她站在窗边，见玻窗紧闭，有菱形图案的窗玻璃阻碍她的视线，看不清室内的情景。她将耳朵贴在窗玻璃上仔细谛听。哦，李牧师果然与一个女人在低声谈话。

她像一个受骗的少女似的，鼻子发酸，真想痛哭一场。她怕惊动室内的人，强抑着心灵的痛苦，用手绢捂住口鼻，让啜泣的声音变得小一些。但她不放过室内任何一点声音，企图弄个明白……

“小姐，你是一位孤儿，基督怜悯你，不仅拯救了你的灵魂也拯救了你的肉体，现在是你向救世主报恩的时候……黄玉庵背叛法国人便是背叛基督……这是一瓶烈性毒药……小姐，你用它送黄玉庵进炼狱吧！……”这是李牧师的声音。

“哦，我的上帝，请你宽恕我吧！我从没谋害过人……我替你们忠心地监视过黄玉庵，可是，难道基督能容许我谋害人吗!？不，我不能这样干，基督会惩罚我，我……”这是赵小姐惊惶发抖的声音。

“小姐，你已成了迷途的羔羊，愿上帝的光辉指引你前进的方向。我是上帝的使者，我叫你去干的，便是基督给你的神圣使命，你现在是为基督的事业去战斗，天堂的乐土会为你开放……”“牧师先生，我……我不忍心下手呀！”

蓦地“哗啦”一声响，这是李牧师摔碎瓷杯的声音。他在咆哮：“哼，不愿干，你就将这瓶毒药喝下去！……”

袁静芳听见了这一切，像闷雷击顶一样，脑子里轰的一声，害怕，懊悔，痛苦……使她不知所措，呆住了。哦，原来李牧师文质彬彬的外表下，有多么肮脏丑恶的灵魂啊！

“哦，上帝，我做了这样可怕的蠢事，怎能挽回我的罪孽！叫我怎样办啊！”她摇摇晃晃，快要站不稳了。

雨越下越大，雨水正沿着她的黑发，沿着她的脖颈往下淌。

她扶住砖墙支撑住自己的身体，痛苦地低吟了一声。

她想到自己还怀着混血的鬼胎，心如刀绞，不久以前还沾沾自喜过呢！这个使她发狂发痴迷恋过的法国人，原来是……羞愧，屈辱，激愤，使她浑身像打摆子似的发抖。她摇晃着，摇晃着，最终跌倒在泥泞的地上……

不知过了多少时间，她从泥泞里挣扎着站起身来。李牧师窗口的灯光早已消失，四周一片黑暗，只有雨声和风声在耳边回响。

她想到赵小姐即将毒死她的丈夫，不由打了一个冷噤，不仅小芸会没有父亲，自己也会成为寡妇。她和黄玉庵的感情无论如何淡薄，但他毕竟是自己的丈夫啊！

她扶着墙慢慢在黑暗中摸索移动，地上的青苔很滑，她穿的是高跟鞋，更增加了她行动的困难……

她终于摸上了正路，脚步放快了一些。她这时只有一个念头——要救她的丈夫，挽救黄家的厄运。

她跌跌撞撞回到了自己的卧室，随手关上房门，背靠在门上喘着粗气，抹了一把脸上的雨水。她见小芸已躺在床上睡熟了，才松了口气。

她定了定神，强挣着走到更衣间，换去了浑身的湿衣，用干毛巾拭净了发上、脸上的水滴。她回到卧室，实在无力支持，瘫靠在临近壁炉的沙发上，长长地叹了口气。

三

袁静芳闭目休息了一会儿，又有了一些活力。壁炉里烧的炭火，烤得她发上冒着薄薄的水汽，冻僵的手脚又灵便了。

她从沙发上站起来，从食品橱里找出一瓶法国白兰地酒——这是黄玉庵以前常喝的，已经存放很久了。她拔开瓶塞，斟满了一只高脚杯，端起仰脖一饮而尽。

她没有过多的思考，想尽快告诉黄玉庵：赵小姐要毒死他。她在梳妆台前整饰了一下自己的仪容，由于喝了酒，面上现出了娇艳的红色。她系好法兰绒寝衣的腰带，向门边走去……

她的手刚接触到门上的旋钮，又有些犹豫起来，望着门钮发怔：如何对黄玉庵说呢？搞得不好，岂不是等于自我暴露出她与李牧师的暧昧关系？可是……

她越想越惶惑，实在想不出一个万全的办法！

她机械地走回沙发上坐下，垂下头双手捂面呻吟着……

挂钟有节奏的嘀嗒声在室内回荡，时间在一秒一秒地消逝，每过一秒钟，黄玉庵就向死亡靠近一步。她知道这时黄玉庵正在他的办公室，独自处理洋行的事务，正是找他诉说的最好机会啊！

她感到自己有罪，但是并没想到向上帝忏悔。因为她认为自己的罪恶，上帝是绝不会宽恕的。她并不害怕下炼狱，因为根据她的罪行，下炼狱已是无可挽回的事情。

她是一个世俗的活人，传统的观念使她本能地想护卫她的丈夫，也是护卫她女儿小芸的利益。她若睁眼见着丈夫被毒害，女儿变成无依靠的孩子而不管，这比下炼狱还使她难于忍受。

她抬头痴痴看着睡得很香甜的小芸，心如刀绞。她觉得自己不是一个好母亲，失足的羞辱啃啮着她的心灵，眼眶润湿了，小芸的面庞模糊了，美孚灯却在闪光……

洋楼外，风声雨声并没减弱。她最后下了决心，觉得不能再延迟，她要把事情向丈夫和盘托出来，然后自己去死，去寻找自己的归宿，让炼狱的烈火炙烤。

她站在床前略微徘徊了一会儿，将小芸伸出鸭绒被外浑圆洁白的小臂轻轻掖进被里，低下头吻了吻小芸红润的脸蛋，一颗泪珠滴在小芸的脸蛋上。小芸并没被惊醒，翻了一个身又甜蜜地睡熟了。

她出了卧室，随手掩上门。走道的寒风吹得很紧。她毫无畏寒的感觉，昂首挺胸，像赴义的勇士，向黄玉庵的办公室快步走去。

果然，黄玉庵独自一人坐在壁炉前的沙发上沉思，口里衔着一支香烟猛吸着，烟缸里已经装满了烟头，室内烟雾缭绕。

袁静芳这时突然出现在他的面前，使他感到惊讶。

“玉庵……”袁静芳叫了一声便哽咽住了。一阵强烈的负疚感控制了她。她半跪在地上，拉住他的双手，把头埋在他的膝上。

黄玉庵被袁静芳这个突然的举动和表情弄得手足失措。他近来见袁静芳不干涉他与赵小姐的事，再加对赵小姐与法国人之间的关系产生了怀疑，因此，他对她的态度稍微有些改变，比以前亲近了一些。

他愣了一会儿，后来见袁静芳越哭越伤心，知道一定发生了什么不平常的事情，也蓦地动了夫妻之情。他抚摸着袁静芳的长发问：“静芳，你，说呀！发生了啥事?”

听见他亲昵的声音，受到他的抚摸，她哭得更厉害，浑身又颤抖起来。

“说呀！”黄玉庵正为如何对付法国人的问题，伤透脑筋。他知道太摸尔的势力已在巨富洋行扎根很深，自己身边的亲信也被他收买拉拢过去了不少。他有一种危机感，觉得不引进孔祥熙的力量是很难赶走法国人的。但是，他知道孔祥熙那帮人也不易对付。因此在一切行将谈判就绪后，他又迟疑彷徨起来。

妹夫董绍孙要他与民成公司合并的建议，对他也有诱惑力。但是，他知道陆祖福的厉害，自己手下这批不学无术的人，很难在民成公司得到重用，因此要冲破这些人的阻力尤其难。再说不论怎样，自己黄家在巨富洋行毕竟是主人，虽然受点法国人的气，还是唯我独尊，比到民成公司受制于陆祖福好些。

他优柔寡断的性格，使他实在委决不下，心中正在发烦。他见袁静芳还在神经质似的抽搐哭泣，有些不耐烦，粗鲁地推搡了她一把，不客气地说：“神经病，莫名其妙！”

袁静芳正想把心中的话全倾倒出来，见他突然这样粗暴地对待她，心中一阵慌乱。

她还是极力鼓着勇气，咬着嘴唇，抬起泪痕模糊的面孔，仍然是半跪的姿势，用祈求的口吻说：“玉庵，你不能再与赵小姐在一起！为了孩子，为了黄家的基业，我求求你，你不能再进赵小姐的房，不能吃她给你的一切东西……”

她的情绪越来越激动，说得很快：“你要赶走赵小姐，赶走李牧师，赶走太摸尔，把法国人统统赶走，啊……”她又一阵战栗，再说不下去了，双手捂住面孔痛苦地一声声呻吟。

黄玉庵是刚愎自用的，听袁静芳要他赶走赵小姐，以为是她吃醋的旧病复发，立刻显出厌烦的神情。待听到后来，她要他赶走所有的法国人，并且用这样焦急祈求的口吻，使他更加迷惑不解。他见她披头散发，悲伤得接近于癫狂的样子，真以为她疯了。他用冷冷的口气问：“为啥？”

她有难言之隐，怎也不敢说明白。半晌，她只不断重复一句话：“求求你，你一定要听我的话！”

黄玉庵勃然变色，没细想她如此反常的缘由，猛地向她一推。她猝不及防，仰面跌倒在地毯上。

他站起身，斜睃着倒在地毯上的袁静芳，也不动手去扶，恶狠狠地说：“神经病！”头也不回推开门走了。

她在地毯上痛苦地哼了几声，挣扎着从地毯上摇摇晃晃站起来。她已经没有泪，只是干噎，两眼怅然地向前呆呆平视，迈着缓慢的步子，机械地一步一步走出房去，也忘了熄灯关门。

她在走廊上停留了一会儿，寒风卷起她寝衣的下襟，灌进她的胸怀，法兰绒的寝衣一鼓一瘪。

她毫无感觉地茫然四顾，光线暗淡的走廊里空荡荡的……

四

黄玉庵恼怒地回到赵小姐的卧室，他又觉气氛不对。那赵小姐显得心不在焉，神魂不定。他叫她拿拖鞋来，她却给他拿来了一双袜子。

“这……我要拖鞋哩！”黄玉庵迷惑地看着赵小姐说。

“哦……”当赵小姐知道自己拿错东西时，神情异常慌乱，掩饰地说，“看我！刚才看了《钟楼怪人》，还有余悸哩！”可是接着却给他拿来了一双布鞋。

“哎……拖鞋，我要拖鞋。”黄玉庵有些不耐烦了，提高声音说。

“哦……看我……”她笑得极不自然，这次才将拖鞋拿来了。

黄玉庵见赵小姐神态反常，联想到袁静芳刚才对他说的一些话，不禁暗想：难道法国人和赵小姐对他真有什么阴谋！他惊疑地不住端详她，半晌沉默不语。

赵小姐给他送来了一杯热咖啡，他端到唇边又放下——袁静芳的话响在他的耳边，有些不放心。

他见身旁地毯上有一只狮子狗儿，贪馋地望着他，鲜嫩的舌头一伸一缩，摇着长毛的尾巴，不住吧嗒着嘴。

黄玉庵心中一动，叫赵小姐拿来一只小碟放到狮子狗嘴边，他将热咖啡倒了一点在小碟里。

他瞥了赵小姐一眼，见她神态安详地看着狮子狗儿舔食着小碟里的咖啡。

一会儿，碟里的咖啡空了，狮子狗儿意犹未足地望着黄玉庵，尾巴摇得更欢，汪汪地轻叫了两声。

赵小姐将空碟拾走了，回来坐在沙发上，含着微笑将狮子狗儿抱在怀里，不断抚摸着它的卷毛。

过了一会儿，黄玉庵见狮子狗儿仍无异状，不禁松了一口气。他出神地凝视着她，心中思量，像这样温柔美丽的女人，怎会成为谋害人的凶手，何况自己待她不薄呢！再说，法国人现在还需要他，一时是不会下此毒手的。

他心里说了一句：“神经病！”他认为袁静芳确实神经不正常，明天应该去教会医院叫他们派一位法国大夫来给她看一看。

他放心地端起咖啡杯，慢慢将一杯咖啡喝光了。

黄玉庵一家过惯了夜生活，这是当时上流社会的习惯，黄家的用人都叫他们“夜猫子”。佣人们白天干活累了一天，到深夜还不能休息，随时要预备听候使唤。这“夜猫子”的绰号，便隐含对他们的不满和愤慨。

现在时间刚过午夜，离天亮还远呢！今夜黄玉庵早过足了吗啡瘾，精神十分抖擞，趿着拖鞋在厚实的地毯上走来走去，思考着一些棘手的问题。赵小姐则在美孚灯下专注地看书，怀里的狮子狗儿蜷缩着不时微微动一动。整栋洋楼显得异常宁静。

“砰!”一声枪响打破了深夜的宁静。黄玉庵猛地一惊，这枪声仿佛是从楼上袁静芳卧室传出的!

赵小姐也吃惊地搁下书本:“哪里枪响!”

黄玉庵想到袁静芳刚才的神态，知道一定出事了。他不顾一切奔上楼，推开袁静芳卧室虚掩的房门。啊！他愣住了。

他见袁静芳仰面倒在地毯上，殷红的鲜血正从耳门向外涌淌，右手还握着小手枪，显然她是对准自己耳门开枪的。她的眼睛半睁着，脸上的肌肉不住抽搐扭曲，面部的表情非常可怕。

小芸早惊醒了。她恐怖异常，坐在床上浑身发抖。先不知道发生了什么可怕的事情，待她清醒过来，知道妈妈自杀了，才迅速跳下床，赤着脚奔了过来，扑在袁静芳尸身上失声痛哭:“妈妈呀……”

黄公馆乱了好一阵，小芸被女用人扶到她祖母房里去了。袁静芳的尸体也被用人移走，地毯上留下了一滩将凝固的血迹。美孚灯太暗，屋内显得阴森森的使人毛骨悚然。

黄玉庵细细一想，记起了袁静芳对他吞吞吐吐说的那些话，觉得她自杀得蹊跷。联系到余平贵被暗杀未遂，他感到了事情的严重：法国人的魔掌已向他伸来了！他独自留在卧室内搜遍了每一个角落，想找到她的遗书，看看她会说出些什么。可是，他失望了，她并没留下片纸遗言。

他又后悔，又不安。要是自己当时不那么粗暴地对待她，也许她会将她知道的隐情说出来，也不会自杀。他虽说不上天良发现，却隐隐有兔死狐悲之感，不禁滴了几滴眼泪。

他细思之后，觉得赵小姐是一位可疑人物。想到偌大一个黄公馆，连自己宠爱异常的赵小姐也是如此！其他如舅爷“喻八圈”这样的至亲就更难说。一种紧迫的危机感像泰山般压在他的心头，使他感到怯场，怕斗不过法国人……

他正在沉思，仿佛听见房门外有窸窣的声响，心中不禁怦怦跳动。他注视着掩上的房门，警惕地抓住桌上的小手枪，就是袁静芳用来自杀的那支。

他正想喝问，已响起了轻轻的叩门声:“玉庵，玉庵……”这是赵小姐的声音。

他没有马上回答，瞥了一眼手上的枪，觉得这样握在手上让她看见有些不妥，忙将小手枪放进黑缎驼绒里夹睡衣口袋里，大声说："进来！"

赵小姐推门进来了。她的脸很苍白，胆小地瞥了一眼地毯上那摊血迹，挽住黄玉庵的手臂偎得紧紧的，眼里露出恐怖的神情："玉庵，我怕，我真怕……"

她那种娇媚依人的可怜相，并没引起他的怜爱。他认为这是装假，嫌恶地瞥了她一眼，猛地将她推开，自己后退一步，逼视着她冷笑，大声责问："你想毒死我是不是！我黄玉庵也是不好惹的！"

他以为她一定会矢口否认，殊不知她听后，显得更可怜，浑身抖圆了，哆嗦着嘴唇："我……"她神态慌乱，上前一步搂住他，边哭边说，"玉庵，请你原谅我，我……"

这时又响起了叩门声，她放开了他，话被岔断了。

"谁！进来！"黄玉庵以为是用人，望着门口说。

"哦，上帝，请你发发慈悲，拯救这些迷途的羔羊，愿黄大少娘的灵魂能在天国安息！"李牧师推开门跨进来，边画十字边祷告说。

赵小姐骤见李牧师，差点吓得晕倒，脸上呈现出死灰色。

黄玉庵并没留意赵小姐的神情，见进来的是李牧师，也觉意外，不禁一愣。继而一想，他是家庭牧师，在这样的时刻出现是无可非议的。他客气地应酬说："家门不幸，惊动了牧师先生，玉庵深感不安。请坐！"

李牧师脸露悲戚之状，喃喃地念叨："上帝啊！愿你降福于你的子民，宽恕……"他在一张沙发上坐下，趁黄玉庵不注意，恶狠狠地盯了赵小姐一眼。瞬间他脸上又变得庄穆虔诚，不断画十字："哦！她超脱了世俗的罪恶，去到天堂的乐土，我要为她祈祷……"

黄玉庵认为李牧师是一位有学问、有教养的神职人员，还是他的法文老师，他当然没想到这场自杀的悲剧与他有关。他一心只猜疑到太摸尔——因为太摸尔是出名的恶棍。

他的心里很乱，勉强与李牧师应酬了几句。

李牧师也很知趣，用好言安慰了他几句，便起身告辞。他跨出房门时还回过头来盯了赵小姐一眼。

待李牧师走后，黄玉庵锁上了袁静芳的房门，陪同赵小姐回到她的卧室，取了几件简单的用品，准备到他的办公室去。为免发生意外，他决定今夜暂时独自住宿，办公室的床铺是现成的。

当他要离开时，赵小姐却异常惊惶地拉住他：“玉庵，我怕！请你别离开我！”

他见赵小姐那可怜巴巴的样儿，有些迟疑了。可瞬间，袁静芳那一番警告他的话又在脑际萦绕，他情绪顿时又改变了。

他用冷峻的目光斜睨了她一眼，好像他已透过假象，看穿了她蛇蝎一般的灵魂，冷冷一笑，毫不犹豫地走了。

黄玉庵在办公室里，拔下房门的暗锁，又搬过一张沙发抵住房门，才稍微有了点安全感。

他今夜由于过分紧张和焦虑，身心都感疲惫不堪。他不敢熄灯睡觉，躺在床上刚一合眼，便会被一些不相干的细小声响惊醒。

好几次，他多少带点神经质地从床上下来，拖鞋也不穿，赤着脚，把他认为可疑的角落搜看了一番，怕刺客就隐藏在这些地方。

后来，他也觉自己神经过敏得可笑，不再去庸人自扰，想安静地睡觉。可是，他虽然疲惫，甚至连眼皮也快睁不开了，总不能安然入睡。

当他在床上翻来覆去折腾了一阵，正有些蒙眬之间，被一阵杂乱的声响惊醒了。

他坐起来，细听一会儿，这声响若有若无，时远时近，最后声息全无，只听得寒风吹过屋瓦发出呜呜的啸叫，在这时更增加了一点阴森可怖的气氛。

黄玉庵以为又是自己神经过敏，正准备躺下睡觉，突然从楼下传来了一声清晰的惊叫，分明是赵小姐的声音。

他翻身下床，手指哆嗦，勉力穿上外衣。他胆怯地站立了一会儿，终于壮着胆，搬开抵门的沙发，握着手枪，捏亮手电，打开房门奔下楼去……

他见赵小姐卧室房门虚掩，便觉异常，因为她在这夜深不会不关上房门睡觉。

他冲进室内，在拨得很亮的美孚灯照耀下，只见赵小姐背靠沙发坐在地毯上，浓黑的发披散在肩上。她牙关紧闭，面肌在抽搐，显出临死前痛苦的表情。她双目恐怖地盯着窗边的丝绒帷幕，眼、耳、口、鼻都在出血……

黄玉庵这时没有想到搜索。其实，这时帷幕后站着一个人，他就是李牧师。他从帷幕的缝隙边露出他一对阴沉的蓝色的眼睛，紧张地监视着黄玉庵的动静。他手里也握着一支小手枪瞄着黄玉庵。要是黄玉庵发现了他，他会立即冒险扣动扳机……

黄玉庵见赵小姐已经断气，离她摊开的手边不远，有一只打开盖的小药瓶，溢出的药汁散发出一股药味。他见沙发上的靠枕、坐垫、装饰镂花纱巾都很零乱，沙发旁的一只高脚痰盂也翻倒了。显然这里曾发生过一场搏斗，她不是自杀。

那么这是谁干的!？黄玉庵惊恐极了。一夜之间，公馆里便出现了两起人命案。他呆呆地望着赵小姐七窍流血的可怕面孔发怔。

他蓦地想到逼迫赵小姐服毒的凶手，可能还藏在室内没有离开。于是，他警觉地举枪四顾，首先向帷幕走去，因为这里最易躲藏人。

他举着手枪，一步一步走近帷幕，猛地撩开帷幕一看，空荡荡的，什么也没有。原来，那李牧师趁黄玉庵俯身察看赵小姐尸体时，早已悄悄溜走了。

黄玉庵陡地想到自己独自一人在室内搜查，是十分危险的。他奔出房门，大声呼救：“来人呀!”同时朝天窗放了几枪。公馆内顿时响起了杂沓的脚步声，惊惶的呼叫声，宁静的黄公馆被搅动了。

黄玉庵见手下人都奔来了，方舒缓地松了口气，苍白的嘴唇才有了点血色。

第二十章

黄成宾一家，要不是遇见胡方帮忙，可能还流落在湖北，到不了重庆。

许多逃难的人在宜昌搭不上轮船，只得步行起旱，沿着清江河到恩施，由利川或酉阳、秀山进川。路途的险阻，跋山涉水苦不堪言，绝非黄成宾一家承受得了的。

到了重庆，也靠胡方的帮助，在江北青草坝三洞桥附近，租到一间临山建筑的吊楼，虽然只是南竹和芦席结构的捆绑房子，已是得之不易了。

推开后窗，梁沱便整个呈现在眼前。春冬两季，江水被绵亘江心的外石梁隔成两半。流入梁沱的江水舒缓，沱水很深，正是停靠轮船的天然港湾。

他们的窗口正对着外石梁的一个缺口，由朝天门到青草坝的木船往返都从这个缺口进出，渡船尤其多，交通甚感方便。

一条石板路，经过三洞桥河街，蜿蜒曲折顺着山势和江北的城墙通往江北城内。路人整天络绎不绝，上坡下坎很是吃力。有钱的人，都是坐在滑竿上，听任轿夫抬着走这条岩边的险道。

几艘用柏树枝伪装过的轮船经常在沱心抛锚，四周围靠着木驳。一群群衣衫褴褛，肩上披着一块青色搭肩布的码头苦力，利用敌机空袭的间隙，哼着低沉的号子，踏着一闪一闪的窄木条，抓紧装卸货物。

不远处，便是民成修造船厂，在这战时生意空前兴隆。沱边的内石梁是陡岸水，正是停靠轮船的理想船坞，需要修理的轮船全停靠在那里。因为等待修理的轮船很多，也有不少轮船在沱心抛锚。满脸油污的修船工人，提着工具桶，由小舢板接送，穿梭般往返不停。

厂区前面的沙坝上，需要上墩修理底壳的轮船，由大木方做成的滑道，用绞车绞上去摆在那里。这些墩上的轮船，必须在洪水前抢修好，涨水后，江水漫上了沙滩，轮船就会自动漂浮起来，升火开走，在经济上是很合算的。

三洞桥下面的河坝上，在这枯水季节里，茶馆，饭馆，干靠杯酒馆，各种吃食摊，像雨后春笋般钻出来，形成一条新的河街，人群熙熙攘攘热闹非凡。三洞桥坡上那条固定的河街反而冷冷清清，光顾的人很少。

陆祖福听了朱佳富的建议，这着棋真走对了。民成修造船厂成了大后方首屈一指的大厂，不仅民成公司的轮船可以及时修理，其他公司的轮船若需大修，也要仰承陆祖福的鼻息。民成公司不仅从修船业务中赚到一笔钱，而且扩大了在同业中的影响，谁也不敢得罪他们，使“民成江山”在川江中的基础更加巩固。

近来，不信邪的黄玉庵便吃尽了苦头。抗战初期，他听信了条师严江贺的条呈，要趁机大量收买中下游廉价出售的轮船，以扩充巨富洋行的运输实力。那时，许多无力继续经营，想变卖轮船逃难的小公司老板，售出的轮船价格很是低廉，黄玉庵硬是捡了大大的烂和，欢喜异常，想在川江上与民成公司一决雌雄。

殊不知，他买的轮船中适于航行川江的不多，自日本占领宜昌以后，这些不适于航行川江的轮船，只好躲进峡中，成了日本飞机轰炸的靶子。再说，轮船要人看守，日常养护要钱，反而成了背不动的包袱。就是适于川江航行的轮船，坏一艘停一艘，自己无船厂，无处去修理，对江玄坛庙码头便停靠了不少这样的船。正如朱佳富所预言的，民成公司掌握了船厂，等于又卡住了巨富洋行的脖子……

黄成宾到了重庆，胡方立即向陆祖福推荐。可是，陆祖福早已认定黄成宾属于无真才实学的钻营之徒，并且不合他“上层去找”的用人原则。加之，他对这位“胡痰气”的荒诞不经深有看法，也用“苦无机会”四字谢绝了。

胡方见黄成宾一家人生活无着，想到自己在涪陵石牛场落难饿肚子的往事，着实有些同情。

他帮助人也有一股犟劲，除了托人替黄成宾在三洞桥租下一幢吊楼外，还找民成船厂的厂长季集仁先生推荐他。季集仁先生当时人称“中国的左拉”，见黄成宾如此有用之才，以中国之大，却无他容身吃饭的地方，很是同情。

季先生与陆祖福相处不久，一个作家出身的厂长，当然很快便熟悉了陆祖福的脾性，知道再去进言也不会有效果。可是，一切用人权力全集中在公司，季先生实在爱莫能助。他费了一番踌躇之后，决定让黄成宾在厂里技术科充当一名临时雇员，暂时担任一些外文技术文件的编译工作，准备等将来有机会再补正为工程师。

季先生考虑到黄成宾在国外的生活水平，给他定了两百元一月，几乎比正式的工程师还高，因为他不属正式编制，在工资待遇上可以不受限制——也是聊存惺惺相惜之意。

可想不到这反而使黄成宾日后受累。因为一些人对他享受优厚的待遇深怀不满，只是由于季集仁为川西名士，陆祖福尚敬他几分，只得暂时隐忍不发，暗暗嫉妒在心。

黄成宾在受尽了白眼之后，能有这样一个工作场所，感激之情可以想见。

人言道：“好景不长。”季集仁与副厂长陶金祚相处不来，以去乐山办嘉乐纸厂解决抗日文化用纸为由，辞去了厂长职务。自此，黄成宾的处境便每况愈下了。

汪丽在三洞桥住了两年，最初她请了一位川北大娘替她操持家务。这大娘虽嫌土里土气，只会烧又辣又咸的川北菜，做川北凉粉，但一些抛头露面的粗重活不用汪丽亲自去做，还是令她满意的。

汪丽仍然喜欢装饰打扮，养得白嫩丰满，容颜像桃红花色般地娇艳。她偶尔也带着查理进大城去逛百货公司，看一场美国好莱坞的电影。

近年来物价飞涨，黄成宾依然是两百元工资，因为不属正式编制，配给的平价米，也没他的份。

全靠这两百元维持一家三口人的生活，渐渐捉襟见肘。

汪丽托人想为自己找个中学教员的工作补贴家用。可在这人口密集的陪都，一个女人去找这样的工作，谈何容易！她又退而求其次，当一名小学教员也行，也还是如同大海捞针，希望像肥皂泡般地破裂了。

她思考再三，主动向黄成宾提出：“成宾，日子越过越艰难，眼看基本生活也维持不下去了。唉！……”

黄成宾不大管经济方面的事情，听汪丽这样说，沉默了一会儿，也叹息了一声：“丽，中国有句俗话：‘船到桥头自会转。’只好过一天算一天。”

汪丽苦笑着说：“成宾，中国也有句俗话：‘未雨绸缪。’不能等到柴尽米空再去设法呀！”

黄成宾搔了搔头，长叹一声：“丽，现在又有啥法子想呢！”

汪丽咬了咬嘴唇，看着他说：“成宾，我想过了，目前只有辞去川北大娘，这是一笔不小的开支呀！”

黄成宾伸手托了托镜框，吃惊地看着她颇为考究的穿着，沉思了半晌，说：“丽，这些粗活，你干得了吗！”

汪丽举出她的许多友人改为自己操劳家务的例子，说：“成宾，国难时期大家都过得很苦，我也应该为抗战作出牺牲。我能够受苦，成宾，请你放心。”

黄成宾取下眼镜，用手巾拭了拭湿润的眼角，他为她的精神所感动。

近来，他特别容易激动流泪。这种改变，使汪丽暗暗为他的健康感到担心。

黄成宾叹口气，慢吞吞地戴上眼镜，用负疚的口吻说：“丽，我很不安，因为我不能使你生活得很愉快。跟我回到中国，你后悔吗？”

汪丽不满地瞥了他一眼，说：“你近来总爱重复说这种话，我不爱听。”她极力装出轻松的微笑。

他的目光在她的脸上停留了一会儿，从她的微笑里看到了一点苦涩的味道。他望着窗外的长江发怔，自言自语地说：“是的，抗战三年多了，许多人都在受苦，将来抗战胜利，我想……”他缓缓地回过头来，面对着汪丽说，“丽，看来，目前只有辞去川北大娘，不过，太委屈你了。我知道你有些后悔，唉……”他停住不语了。

汪丽近来心境确实不好，更思念自己留在德国的父母。现时世界已分成了同盟国和轴心国两大敌对阵营，中国属于同盟国，虽没与德国直接交战，早断绝了邮电往来，音信不通，使她格外为父母担心。

她也叹息了一声：“中国有句俗话：‘没卖后悔药的。’后悔有什么用？人，总得活下去。唉！不谈这些了。”

川北大娘被辞退了，她要亲自去干一些粗活。

她第一次提着竹篮到梁沱去洗衣服，就使她异常难堪，搞得很不愉快。她入时的穿着，精心的打扮，使她夹杂在一群洗衣的妇女中间特别打眼。

大家都搁下了捣衣棒惊奇地注视着她，使她感到格外尴尬。

她也觉得自己的穿着和打扮不像个洗衣的，夹杂在这群妇女中很不协调。她们异常粗犷，大声说笑，恣意戏谑，毫无忌惮。

离她不远的两个赤脚露臂，将裤脚和衣袖都高高卷起的年轻妇女，一边看着她微笑，一边互相咬着耳朵说悄悄话。这悄悄话的声音不算低，她听得很清楚：“喂，看，这个有些洋气的摩登[1]也下河洗衣服来了。”

另一个女人一撇嘴，轻蔑地说：“嘿，摩登红[2]擦得像猴子屁股，口红这么浓……”

她难为情地低垂着头，又听到了一阵哧哧哧的讪笑声，淹没在一阵捣衣棒捶打的咚咚声中。

她脸上红到耳根子，真是羞恼得无地自容，不敢抬头，只是急急搓洗衣服。

1　摩登，指装束时髦的女人。

2　时髦女人擦的脂。

“太太，你是第一次洗衣服吧！为啥不带搓板和棒槌？”她身边一位忠厚些的中年妇女好心地问她。

她迅速瞥了她一眼，答道：“我家大娘病了，所以……”她从未撒过谎，刚说了一半便没有勇气再说了，含糊地应付过去。

“咦，太太，为啥还穿得这齐整，看，你大衣的袖子浸湿了！”这中年妇女偏爱多话。

接着洗衣的妇女们又爆发出一阵讪笑。

她们还大声地互相说着下流的粗话，在汪丽听来，都是不堪入耳的。

她实在忍受不下去了，不等将全部衣服洗完，就慌乱地将湿漉漉的衣服塞进竹篮，站起身提着便走。

她走了好远，还听见传来刺耳的笑声和七嘴八舌的说话声，都是对她的议论。她眼眶里滚动着泪花，回到家里，忍不住捂住脸哭起来。

黄成宾吃了一惊，待他问清了情况，沉思了一会儿，说：“丽，以后让我下河去洗衣服，你就别去了。”

汪丽睫毛上挂着泪珠，吃惊地注视着他。她知道黄成宾从未洗过衣服，并且，像他这样西装革履的文弱书生夹在这群粗犷的妇女中间，更不相称。她焦虑地说：“那……更不行。”

黄成宾却满不在乎地说：“行，一定行。亲爱的，看我……”他进内室去了一会儿，脱去西服，穿上芝麻布中山装，这是厂里发的公司服。他还高高地绾起裤脚和衣袖，并脱去鞋袜，露出一双未晒过太阳的赤脚。他站在汪丽的面前，原地旋转了一圈：“丽，你看怎么样！我青年时也洗过自己的衣服，保证使你满意。”

黄成宾骤然穿上芝麻布中山装，并且这套制服显得太小，把他健壮魁伟的身体箍得很紧，颇有点滑稽的意味。

他不顾汪丽的反对，提着装有湿漉漉衣服的篮子往外便走；因为很少打光脚板，不平的碎石路，硌得脚板生疼，弄得他一蹦一跳的。

汪丽望着黄成宾提着竹篮洗衣去了，心情异常复杂，她怜惜他，也惋惜自己。

另外，家中的尿罐要倒，又难住她了。那个官茅司实在太脏太臭，满地是乱爬的蛆虫，连下脚也难。她平时从那里走过也要用手绢捂住鼻子。

幸好，这个难题由查理解决了。他在江北上中学，每天上学前，由他去官茅司倒尿罐，然后去河坝洗净提回。

汪丽这才意识到那位土里土气的川北大娘，是很可贵的，没有她，实在太不方便。

一个人适应环境的能力是很强的，有一句俗话是：“到哪座山，唱哪首歌。”她亲自操持了一段时间家务劳动，慢慢习以为常，并不觉得很苦。她还学会了与小贩讨价还价，分辨食品新鲜的程度，知道如何花钱少又能买到理想的东西。

物价在继续飞涨，渐渐又感到手头经济拮据。为了节省一点钱，她会与厂里几位工程师的太太约在一起，沿着江边的羊肠小道，走十多里路，到寸滩去赶乡场，买米，买油，买肉，买鸡蛋，买蔬菜……价格确比三洞桥市场便宜得多。

她在不知不觉中平民化了，不再涂胭脂，打口红，只是梳洗之后，在面上薄薄匀上一层香粉。她仍然很注重仪表，卷发伸直了，她马上会去大城理发厅烫发。自己买了一个熨斗，将衣服衬衫熨得很挺括。

她天天操持家务，不使自己蓬头垢面，在这方面她表现出非凡的才能。她依然显得娇美，穿着考究而朴素大方。

她学会做平民化的菜肴，把青嫩的藤藤菜烧得美味可口，用一个南瓜，她可以做出很多花头的菜来。

黄成宾觉得她的变化是惊人的，尽量在下班后帮她做一些家务。他不仅学会了洗衣，也学会了劈柴做煤球。

邻居们再不用惊奇的目光打量他们，主动和他们打招呼，谈天。

他们一家三口，仿佛已在三洞桥扎根了，成了战时平民中的一员。

他们别无奢求，希望渡过国难，盼望抗战胜利早一天到来。可是，命运是喜欢捉弄人的，人生道路是异常崎岖坎坷的……

二

汪丽见黄成宾近来面黄肌瘦，身体开始佝偻，黑发中出现了白丝，这是未老先衰的迹象。

她知道这是由于用脑过度，再加营养不良引起的。黄成宾很少与她谈工作方面的情况。她见他下班回家后总是伏在案上翻译一厚叠一厚叠的技术文件，天天都熬到深夜。

她不仅担心他的身体，也担心他的神经。他有时呈现一种病态的神经过敏，常为一点细小的事情变得烦躁不安，有时会过度地沉默，一闷坐就是半天。

他设计的瓦斯发生炉，早已完成，呈送到有关部门，希望采用，可是却如石沉大海一般。

他抽时间到大城的这些衙门去催问过多次，不是会不见人，便是推说正在研究，叫他耐心等待。

黄成宾眼见自己的发明创造，不能在抗战中发挥作用，只是唉声叹气。

他不愿与汪丽谈这些，怕她为他难过。厂里那位技术科长也像与他过不去，交给他翻译的一些技术文件，大都是毫无用处的东西，可还催得很急很紧。为了保住饭碗，他只得日夜地干。

汪丽十分体贴他，硬拉着他去找一位留学德国在陪都开业的医学博士免费为他诊病。

那位医学博士悄悄告诉她，要黄成宾最好去疗养一段时间，并且告诫说，要防止他精神上受刺激，否则，他的健康会恶化。

汪丽苦笑着回答那位博士说：“谢谢你的好意！”

自此，汪丽心中又添了一个疙瘩。她不敢把一些不愉快的事情告诉他，见他沉闷的时候，还强装出笑脸百般安慰。

今天是发工薪的日子。按惯例，汪丽提前做好一顿比较丰盛的晚餐等他，其中有黄成宾最喜爱的青椒肉丝。她虽是江浙人，也川化了。大后方物资奇缺，咖啡、可可、奶油、果酱早成为奢侈品，像他们现在这样的收入水平，是不敢问津的。

黄成宾却回来得很迟，拖着沉重的步子，心事重重，显得疲惫不堪的样子。

吃饭时，仿佛他胃口非常不佳，吃完一碗饭便放下了。

汪丽诧异地问：“成宾，你是不是病了？”

他摇摇头，避开汪丽关切的目光，站起身走开了。

查理快长成大人了，穿着黄成宾的芝麻布制服正好合身。他的胃口好极了，将剩下的饭菜一扫而空。

他帮助汪丽收拾了碗筷，将脱下的制服往肩上一搭：“妈妈，我走了。”

汪丽知道他是找同学玩去了，嘱咐他早去早回，让他走了。

汪丽做完了家务，洗过脸，坐在一面小圆镜前梳妆打扮。

她从小圆镜里，见黄成宾站在她身后欲言又忍的样子，深感奇怪，回眸瞥他一眼，他有些慌乱地走开了。

汪丽匀上香粉，正待站起身，他走过来一只手亲昵地搭在她的肩上，叹息一声：“丽，你依然这样美，这样年轻……”接着一声长长的叹息。

往时，黄成宾也爱这样没头没脑说一些甜蜜的话，但这次她总觉他神色有些异样，刚要问他，只听他继续说：“丽，这些年苦了你，我对不起你……”他的情绪蓦地激动起来，“我空有满腔的热忱，可是英雄无用武之地。他们发国难财，花天酒地，我……”他的目光暗淡，蓦地沉默了。

她站起来，转身握住黄成宾的手，嫣然一笑，安慰说：“亲爱的，别老想这些！大家都在受苦，为抗战作出牺牲。我们毕竟有了这个安身的地方，等你将来补正为工程师，就能发挥你的专长，为祖国尽力……”

汪丽说到这里，黄成宾像突然被人打了一闷棍，神色骤变，脸上露出痛苦的表情，宽边眼镜后的一对眼睛凝滞地看着她。

她惊讶地问：“成宾，你有什么事，千万不要闷在心里，告诉我呀！”她不安起来，有一种不祥的预感。

黄成宾凝滞的目光又有了点生气。他摇摇头向窗边走去，沉重的脚步踩得楼板吱嘎作响。在昏黄的电灯光下，她看不清他面部的表情，以为他在观看梁沱里的夜景。

梁沱里的夜景是迷人的，轮船上繁星般的灯光，倒映在江水里，水面荡起的波纹闪烁着绚丽的色彩。

民成船厂踵击铆钉的咚咚声，扰乱了夜的宁静。

夜空中浓黑的云层很低，看不见星星。大家都喜欢这样的夜，因为敌机是不会来轰炸的。

汪丽走近了窗边，初夏的微风迎面扑来，轻柔的发丝在江风中飘舞，敞开的衬衫的低领在卷动，她感到舒适地眯着眼。

以往，黄成宾会马上搂住她的腰，共同观看夜景，享受片刻的甜蜜。可是，过了一会儿，他却毫无动静，侧着头，看不清他面部的表情。

汪丽忍不住亲昵地扳过他的头来，见他面颊上有泪痕。她惊疑地问：“成宾，你心中有什么事情，为啥不告诉我?”

他离开了窗边，背过脸去，一会儿回过头来，掩饰地说：“丽，没啥！我想到你跟我受苦，我就难过。”

汪丽松了口气，因为他近来常常是这样的，易动感情，喜欢颠三倒四重复一些老话。她说："成宾，你老爱这样说，我已经听厌了，你说点别的，好吗！"

他仿佛开朗了一些，猛醒似的掏出一沓钞票递到汪丽手上，又走到窗边去凝视着夜空。

汪丽知道这是领回的工薪，她发现不止两百元，多了一倍。她疑惑地问："成宾，你增薪了？"她继而一想，有些不对头，若是加薪，他的情绪断不致如此低沉。她惊讶地追问："成宾，你回答我呀！"

黄成宾像没听见似的，依然对着窗外发怔。

她焦虑不安地又催道："成宾，你说呀！"

他缓缓地回过身来，声音很平板："丽，我被解雇了，厂方给了两百元解雇费。"

汪丽很觉意外，因为厂里要翻译的文件很多，见他深夜都在赶，有时看他太累了，她还代他翻译过。她惊呆了，像由空中陡地坠落进深渊一般，脸色顿时改变了："为啥！"

黄成宾冷冷一笑，显出愤愤的表情，没有回答。

他知道厂里不是不需要他，可是今天技术科长对他说：厂里为了渡过国难，必须紧缩开支，所以要裁汰冗员。他日以继夜地工作，被当冗员裁汰了，而那些成天坐在办公室吹牛谈天的人，却仍留了下来。但因他不属正式编制，季厂长早已辞职走了，又有谁能为他说句好话，让他继续留下来呢！

在向他宣布解雇决定时，那位技术科长还假装关心，其实是讥讽他："黄先生，季厂长如此器重你，他现在当了嘉乐纸厂的厂长，你去求他，他准会重用你，比这里强啊！"

技术科长的话说得这样露骨，黄成宾虽然书生气很重，也明白他话里的含义。

他没有央求，立即办了移交手续便离开了。本来时间很早，他没马上回家，独自坐在外梁上，心中无限悲愤。他一直埋头工作，从没得罪任何人，想不到也被卷入可怕的人事纠葛里被排挤了。他苦思今后的出路，想来想去还是束手无策……

汪丽问明了事情的真相，也惶惑了。她感到前途的渺茫，眼看暂时安定的生活立即便要消失。对父母的思念，使她不由不想到德国。她蓦地说："在中国没有我们的活路，成宾，我们回德国去！"

“回德国去!”他摇了摇头，苦笑说，“同盟国正在与法西斯作战，我不能回德国去帮助他们制造坦克，让他们用来屠杀热爱自由民主的人民。饿死，也应有中国人的骨气!”

汪丽沉默了。

她并非不爱国，也并非不痛恨法西斯分子的残暴，再说，现在想回德国已不可能。刚才那一番话，她不过是一时愤激说出来的。

黄成宾神色沮丧，目光黯淡。他带着神经质重复着那句老话：“丽，你跟着我受苦，我就难过……”

汪丽见黄成宾此时的光景，也黯然神伤。她想到他在德国时，不仅很有学问，而且英姿勃勃。可是现在面前站着的他，已判若两人。生活的波折，使他过早地变老了。

她爱怜他，也惋惜自己。有时她对着小圆镜顾影自怜，虽然她依然娇艳，但她知道自己是经受不住再大的折磨的，她的青春和美丽也会很快消逝。每当她想到这些，内心便彷徨不安。

三

黄成宾失业不久，却来了一个喜讯，命运之神总是喜怒无常的。他得到一个衙门的通知，叫他去见一位管公路运输的官员，面商有关瓦斯发生炉的事。

他得到这个消息，快乐得像孩子般地笑了。他蓦地变得年轻起来，搂着汪丽跳着探戈舞，不甚牢固的捆绑房子，吱嘎吱嘎地摇撼起来。幸好吊楼下是斜坡没住人，是没人提出抗议的。他还热烈地吻着汪丽，大声数着数字：一、二、三……

汪丽也为他感到高兴，她兴奋得面颊通红。

他俩都认为苦难要到尽头了，他的发明不仅可以为抗战作出贡献，就业当然不会成问题。

怕发出空袭警报，不宜会见人，黄成宾很早就从梁沱搭渡船到了大城。因为太早，还不到上班时间，他心情欢畅地在小梁子一带街头徜徉。

日本飞机的轰炸虽然很凶，到处是被炸毁的房屋，但人们的意志是顽强的，立即在废墟上搭起临时的棚屋，商店照常营业。

重庆依然是好吃城，两旁人行道上，照旧摆满了吃食摊，什么担担面，豆腐脑，凉粉，凉面，烧腊，干酒……生意兴隆。

许多商店门口用竹竿挑起布帘，很像古时的酒帘儿。布帘上贴着红纸黑字的广告，如抗日义卖大减价之类，利用民众抗日爱国的心理，以广招徕。

那时，只有少数大百货公司才有扩音机，临街高挂着喇叭。播着音乐。大多数商店只有留声机，放着软绵绵的流行歌曲，也放抗日歌曲。

尽管这样，一些商店门口还是生意清淡，店员个个没精打采打着哈欠，懒洋洋地说着闲话。有时门口也会站着一群闲汉看热闹。

只有粮食店门口，闹喳喳、乱哄哄地排着长队，等待抢购平价米。

油腊铺、杂货铺也生意兴隆。打酱油、买醋、称盐巴的人络绎不绝。

居家的主妇，都要赶在未发空袭警报前，把油、盐、柴、米、酱、醋、茶——开门七件买到手，否则，就要饿肚子。“民以食为天”，想来便是这个道理。

街上来往的行人，穿芝麻布衣服的不少。陆祖福所经营的峡江织布厂出产的这种平价布，固然价廉物美，在民众崇尚节俭的抗日时期成为最畅销的布匹。但陆祖福不惜花费，给民成公司职工每人发一套，也起了推动和广告的作用。峡江织布厂薄利多销，因此赚了一笔大钱，使同行嫉妒不已。

黄成宾身上穿的这套西服，虽然已经半旧，肘拐膝头处快磨穿了，但经过汪丽的细心熨烫，仍显得笔挺气派。久已不用的手杖握在手上，这也是汪丽的建议。再加心情舒畅，他原先猥琐的神态消失了，容光焕发，显出精神抖擞的样子。他徜徉在这些匆匆往来的市民之中，很是惹人注目。

他看时间还早，感到肚内饥饿，才想到还没有用早餐。他在一个担担面摊前站住，要了一碗担担面。

那缺了两瓣门牙，头发稀疏的卖面老头，对黄成宾格外巴结，觉得这位穿着欧化的先生光顾他的小摊，为他增光不少。认为他是吃惯了大鱼大肉，到他小摊上来换口味的绅士。他双手递到黄成宾手上的青花碗里，面条不多，佐料配的不少，还精选了几朵菜心当青，堆着笑说：“先生，不是我吹。我这担担面，吃了更想吃，光顾我的贵客不少。民成公司的陆先生、董先生尤其爱吃，有时还叫我把挑子担到总经理办公室门口，煮给他们吃。你先生来我摊上吃面，想必也是他们介绍来的。”

黄成宾口里含着一口面条，只是含糊地“唔”了一声，一碗担担面几箸就送进嘴里去了。

陆祖福与董绍孙是不是爱吃他的担担面，目前对黄成宾无关紧要，也无须去考证。当时在重庆盛传孔二小姐也喜欢吃担担面，说她天天晚上都要在公馆对面的面摊吃一两碗，并且也有许多好奇的人，晚上守在上清寺这面摊旁边等着看孔二小姐来吃担担面——想来这缺牙巴卖面老头，也不全是吹牛。

黄成宾认为这碗担担面的确可口，麻、辣、酸、咸……各味俱全，恰到好处。尤其碗中那几朵菜心不仅翠绿可爱，而且火候正好，非常好吃。可惜碗里面条太少，他尚未吃饱，反而惹动了食欲，于是又叫了一碗，并且招呼说："味放淡点，多加点青！"

当那缺牙巴老头用手抓了一撮莴苣叶放在面舀子里往锅里烫时，黄成宾不禁想起以往这种季节，是用嫩绿的豌豆尖作青，比这莴苣叶好吃得多。于是问："你怎不用豌豆尖当青哩！"

想不到黄成宾这句不相干的话，却惹动了老头的牢骚。他翻着白眼，气大得很："豌豆尖！你先生坐在家中饭来张口，哪知现在的艰难。日本飞机轰炸得这么凶，原先只炸轮船，现在连木船、小划子也障东洋矮子的眼睛，成了他们轰炸的目标。大河、小河的运菜船不敢进市区。这点莴苣叶么，还是我婆娘天不亮就乘义渡[1]过小河，走了几十里路，从江北观音桥买来的。你先生是'没生过娃娃不晓得'……"

那老头怒气冲冲说顺了嘴，一句粗话还未完，见黄成宾的脸羞得通红，意识到顾客多心了。他陡地刹住口，咧开缺牙巴赔笑说："你先生别多心，我气的是日本矮子，简直不让人活啰！"他叹了口气，"不把东洋打垮，日子哪个过哟！隔会敌机来空袭，我又做不成生意了，像我们找角角米[2]吃的干人吃啥呢！未必一家几口人喝小河的水当饭吃！龟儿的，一挑小河水也比战前涨了几倍，连水也快喝不起啰！"他已经将一碗面弄好递到黄成宾手上，谈话中断了。

黄成宾摸出汪丽事先放进他袋中的几元纸币，付清了面钱。

他见上班的时间早到了，于是匆匆向那个衙门赶去……

接待他的是一位瘦瘦的高个子，叫左司长，一口江浙腔。他对黄成宾很客气，请他在藤椅上坐下，还亲自敬烟递茶。

黄成宾不吸烟，刚才吃了两碗担担面，感到口渴难忍，便不客气地喝了几

1　由慈善团体出钱经办的渡船，不收渡费。

2　当时计量单位，一升为四角。意指买点吃点。

口茶。

左司长一对单眼皮眼睛布满血丝，眼泡有点浮肿，不住用手捂住嘴打哈欠。他与黄成宾寒暄几句之后，立即转入正题："黄先生，你设计的瓦斯发生炉，我们研究过了，很好！不过……"他说到这里停住了，眼睛不住地眨动，"不过，我们尚无把握，还不知行不行。"

黄成宾因为事关自己的前途，心里很紧张，听左司长先说"很好"，不禁喜形于色，及待听他说"尚无把握"，心中一沉。他焦虑地将瓦斯发生炉的作用原理和可靠性很详尽地向他解说了一番。

左司长漫不经心地听着，没插话，也没提问，仍不断捂嘴打哈欠。

黄成宾说完，忐忑不安地留意观察左司长的反应。

左司长淡漠地点了点头，半晌不语，不住用小指长长的指甲挖鼻子屎，随即将挖出的鼻子屎用拇指一弹，不知飞向何方去了。

黄成宾实在无法从左司长毫无表情的寡骨脸上猜测出他的想法。看他穿着也较朴素，不过穿一件平价布长衫，官气也不太大。目前左司长对他神情如此冷淡，但为啥通知他来面商？实在使他心中七上八下，有些捉摸不定。

左司长点燃一支香烟，深邃莫测的目光停留在黄成宾的脸上，慢吞吞地说："黄先生，实话对你说，我们无意采用你的发明，噢！不过……"

他来时满腔的希望顿时成了泡影，发亮的眼睛黯淡了。

左司长沉吟了一会儿，好像在选择适当的字句，说："不过，有位先生却极愿与你合作，不知黄先生愿意不愿意。"

"谁！谁愿与我合作？"黄成宾不觉喜出望外。

左司长现出神秘的表情，意义不明地笑了笑："是谁，黄先生暂时不用管。"

"为啥!?"黄成宾迷惑地看着他。

"黄先生，我也是知识分子，学科学的，对你目前的窘境深表同情。"左司长喷了一口烟，继续说，"你爱国的热忱也使我钦佩不已，不过，你应该现实一些，你现在急需一笔钱来维持你的生活……"

黄成宾见左司长变得很热情，说的话异常通情达理。他回国后，到处受到冷遇，想不到这位初见使人有些讨厌的左司长却惺惺相惜，在黄成宾心中立刻产生了一种感激之情。

他自从失业以后，又面临穷困受饥饿的危险，确实急需一笔钱来维持生活。

他不知左司长为何没正面回答他的问题，却先谈这些。

“黄先生，有位先生愿意出五千元现款购买你这项发明，这是一个千载难逢的好机会。喏，这张支票便是这位先生开出的，只要你愿意出卖，马上可以成交。”左司长将那张支票递到黄成宾面前晃了晃，立即缩了回去，“黄先生，怎样？只要你点个头，这五千元支票立即归你所有。这位先生只有一个条件：从今后你就无权过问这项发明的下落，任这位先生去处理。”

“不，左司长，你一定要说清楚，这位先生是谁？他买去这项发明作何用途！”黄成宾的声调很固执。他虽然是书呆子，但并不是糊涂虫，在欧洲住了多年，对于大亨们的伎俩也略知一二。

左司长很稀疏的眉毛皱了皱。他原以为这位穷途潦倒的书呆子一定会见钱眼开，不用多费唇舌便可以谈妥。他暗自猜测，也许黄成宾是嫌钱太少，于是说：“黄先生，只要你同意，至于要添钱……是可以商量的。”他从身上掏出一沓花花绿绿的钞票与支票放在一起，“黄先生，怎样？”

“不，我一定要知道买我这项发明的人是谁，作何用途！”黄成宾严肃地重申说。

左司长不满地斜睨着他，脸上的笑容消失了。他认为像黄成宾这样的穷酸，竟敢打破砂锅问到底，实在不识抬举，不禁现出愠怒的神色，很想发作几句。但他想到托他向黄成宾购买这项发明权的人非比一般，为了不负所托，顿时又装出笑脸：“黄先生，实话对你说，是招商局总经理薛习永先生要购买这项发明。”

“薛习永……”黄成宾也听说过此人，因薛习永的太太是汪丽以前的女友。他不解地问：“我设计的瓦斯发生炉只适合汽车上使用，轮船上大型的机器是用不着的。”

左司长料不到黄成宾这样问他，想用几句话蒙混过去：“对黄先生的窘境，我曾向薛总经理提及，他对你深表同情，购买你这项发明并不为使用，纯粹是为了照顾黄先生。”

黄成宾见左司长一脸的假笑，他不相信他们有这样的善心，对于其中的奥秘，他已猜到几分，不禁勃然变色：“左司长，我固然需要金钱，但绝不会唯钱是从。我在德国的待遇不薄，奔回祖国是想为抗日出力。我是炎黄的子孙，有一颗爱中华的心。我设计瓦斯发生炉，是为解决抗战中汽车燃料的困难，并不是单纯为了卖钱，让人将我的设计束之高阁。稍有良心的中国人也不会这样做，这样做，只对日本人有利，对囤积燃油的奸商有利。左司长与薛先生也是中华民族一分子，我想，当不至如此。”

左司长大吃一惊，也改颜变色。他想不到天下竟有这样的书呆子，连生活也无着落，会拒绝接受为数不少的一笔金钱，侈谈爱国。黄成宾的话句句击中了要害：薛习永伙同宋霭龄囤积了大量汽油，想趁机发国难财，听说黄成宾有这项发明，吓了一大跳，所以才请托左司长，愿出重金收买黄成宾这项发明权加以垄断。

左司长沉吟一会儿，愠怒的面孔转成了笑容：“黄先生，你的爱国热忱使兄弟无限敬佩，我左某食党国的俸禄，也是爱国的。噢，兄弟对你钦佩不已……”

黄成宾胸中一阵冲动，不愿再谈下去，站起身说：“左司长，既然国家不愿采用，请将设计资料退还我。”

“且慢，请黄先生少安毋躁！”左司长挽留说。

黄成宾勉强坐回原位，脸上带着明显的愤懑表情，双手放在一起攥得紧紧的，看左司长还说啥！

左司长皮笑肉不笑，说：“我同情黄先生的遭遇，也理解黄先生的心情。既然你不肯卖给薛先生，也不勉强你。”

黄成宾猜不透他还要耍啥滑头！只好耐心坐在那里。

“为了成全黄先生的志向，我还有一位热心的朋友，他也愿帮黄先生的忙。”他瞟着黄成宾，留意他脸色的变化，“我这位朋友对我说：他愿聘请黄先生当工程师，立即设厂生产瓦斯发生炉，尽快安装到汽车上去使用。”

黄成宾并无明显的喜色，只是望着左司长凝思不语。

“黄先生，这样……你不仅有了正式职业，也实现了你设计瓦斯发生炉的一片爱国苦心。”左司长再不敢轻视黄成宾，知他头脑清醒，于是这样谨慎小心地说。

“左司长，啥条件？”黄成宾开门见山地问。

“当然啰，条件还是有的。”左司长又瞟了他一眼，“像黄先生这样一心为国的人，当然不会图名啰！黄先生高尚的品格，兄弟实在赞赏。”

黄成宾见左司长绕着弯子说话，有些不耐了：“左先生，有话就请你明说吧！”

左司长未说之前，先尴尬地笑了笑：“嘿嘿，我这位朋友与你相反，有钱却无名，你俩正好互通有无，取长补短嘛！”

黄成宾毕竟还是有些书呆子气，没有将左司长的话全听懂，说：“左先生，请你说明白一些！”

“那……我就直说吧。”左司长干咳了一声，“我这位朋友付给你一笔钱，还聘请你当工程师，你……你这项发明由我朋友顶名，算他发明的，让他图个名嘛!”

他见黄成宾半晌不语，解嘲似的说：“有钱出钱，有力出力，也算各尽所能，各取所需呀!”

“他是谁!”黄成宾冷冷地问。

左司长犹豫了一下，他见黄成宾并无不悦的表情，终于说：“我这位朋友认识你们夫妇，更熟识汪女士……”他嘴角牵动了一下，“他便是扬子江汽车公司的老板苏经先生。黄先生一定认识。”

一股怒火蓦地在黄成宾心中升起。他深知苏经的为人，早省吃俭用还清了他在武汉借给他们的钱。想不到他却异想天开，要把他的发明攫为己有，作为他沽名钓誉的本钱，实在令他愤懑不平。

“左先生，请你转告他：他诚然很富有，可以买到很多东西。但是，我宁肯饿死，也不会将这发明权卖给他。”黄成宾怒气冲冲说。他起身拿过左司长办公桌上的设计资料，取了手杖，转身便走。

左司长追了几步：“黄先生，有话可以商量，作为你俩集体创造怎样!”

黄成宾头也不回，左司长见他走远了，才停住步，望着黄成宾的背影冷笑。

他缓步走到电话机旁，拨通了电话：“喂，苏经吗？……这位书呆子清高得很，他不愿卖给你……老兄，不用急。他不识抬举由他去算了……唵，你不用管他，自己动手制造瓦斯发生炉，谁先造出来便是谁发明的……老兄，胆子不要太小，要有气魄嘛！有句四川话，‘白毛猪儿家家有’，怕啥！……老兄，你怎么这样迂腐，这是中国，不是欧美，法律并不保护专利权。何况，像黄成宾这样的穷书生，哪有钱请律师，付诉讼费……老兄，我早想到了，请放心，我已复制了一套图纸和资料哩！……好说，好说，彼此老朋友，不用说客气话……对，他是赔了夫人又折兵……喂，听说你对他妻子很有意思，真的叫他赔掉夫人……哈哈，老兄，祝你幸运……噢，你不仅马上可以名扬中外，成为尽人皆知的爱国英雄，了不起的发明家，还可以捞一把厚利，哈哈……老兄，我堆放在海防的那一批货物，现在你该立即派车抢运……谢谢，彼此彼此……好，今天晚上在国民酒家详谈细商……”

左司长挂断了电话，面上呈现出得意的笑容，真叫左右逢源。他虽没给薛习永把事办成，却成全了苏经，将来给他的酬劳定然可观，何况，他走私的货物还得依靠扬子江汽车公司啊!

第二十一章

一

奉节这座峡江中的县城，旧名夔州，又称夔府，位于瞿塘峡口。历代著名诗人都曾吟咏过这座城镇，唐代的杜甫在这里居住过很久，更留下了许多不朽的诗篇。

古代的传闻很多，如五丁开山治水，白帝城托孤，诸葛亮设八阵图等。

抗战时，四川金钱板喜欢用这样一段开场白：一不说前朝和后汉，二不说鲍超打台湾，三不说孙二娘开黑店，单把那东洋鬼子表一番……。这打台湾的鲍超，又叫鲍爵爷，便是奉节人，如今尚有鲍王府遗址。

枫叶绿了又红，红了又绿，奉节城内的难民还在日渐增多。

奉节古老巍峨的城墙上，经常有异乡人在上面徘徊，扶着城堞纵目往长江下游方向眺望。可是关山万重，云雾缭绕，何处是自己的故乡！

传来的消息越来越坏，谣言也很多。原先停靠在奉节码头过夜的进川轮船上，载回了很多伤兵，更证实前方吃了败仗，节节失利。近来不单运回伤兵，连开赴前方抗战的军队也往四川回运，重建防线。胆小而有钱的难民，已开始往重庆方向疏散。看来，难民们等待胜利早回家园的希望更渺茫了。

珊幺妹的相好华青，就是在皮船长面前冒充表哥的那位，在正街上开了一家杂货铺子。她与华青是小学时的同学，毕业后都无力到万县去升中学。

珊幺妹从小见惯了她妈褚三嫂与一些顾客打情骂俏，所以情窦开化早，偏爱上这表面上老实巴巴的华青，使褚三嫂感到恼火。

褚三嫂晓得自己在城门洞外开的这间小酒馆，生意比别家兴隆，并非自己的酒菜好，来这里喝冷靠杯的海员，醉翁之意不在酒，无非是看中珊幺妹有几分姿色，在这里“吃豆腐”，消磨时间，免去航行后的寂寞。

褚三嫂也很精明，平时不让珊幺妹出来送酒端菜，像防贼一样，生怕珊幺妹被这些花不起钱的“电灯公爷”捡了烂和。

皮船长看中了珊幺妹，褚三嫂果然如了心愿，招了一个船长当女婿，认为后半辈子有了依靠。

开初，珊幺妹当然看不上这个比她大二十多岁，一脸骚疙瘩，还有一个像蒜头一样的酒糟鼻子的皮船长。任她妈怎样打骂逼迫，她一心只在华青身上，死活不肯嫁给他。

褚三嫂很久才发现，珊幺妹夜夜都从窗子上翻越出去，与华青在河坝乱石滩幽僻处私会。她怎肯将这一棵“摇钱树”嫁与华青？他开的那个杂货铺并无多少进账。

她盛怒之后，用一根废纤藤着实捶了珊幺妹一顿，想不到珊幺妹却要悬梁自尽。幸亏她发现得早，解救下来了。

她自此一吓，再不敢硬逼珊幺妹，改变了策略，一把鼻涕一把泪地对她哭诉：自己年轻守寡如何不易，将她抚育成人又是如何艰辛，将来的日子如何难熬……珊幺妹软化了，被逼答应嫁给皮船长。可是，珊幺妹提出一个稀奇的条件，她要褚三嫂默认她与华青的关系。

褚三嫂一心要哄得珊幺妹答允这门婚事，假意同意了。殊不知珊幺妹成亲之后，真的与华青公开来往起来。幸好皮船长一年也难来奉节几次，多半年不在家，一直被蒙在鼓里。

褚三嫂总是提心吊胆，晓得天长日久，一旦皮船长知道了，后果不堪设想。平时左邻右舍烧言炸语，难免会闹出事来。

这珊幺妹也把她妈那张利嘴学到了手，也会使心眼，献小殷勤，把左邻右舍中的大妈、小媳妇，诓得团团转。她将皮船长在外带回的一些小物件，如梳子、头花、生发油之类送给她们，她们不单不说珊幺妹的空话，凡事还替她遮掩，所以从未闹出事来。

皮船长自那年出川时回家来过，至今音信杳无，也未汇过钱来。褚三嫂到处打听皮船长的下落，只知他丢了民成公司的差事，问不着其他确信。她惊疑不定，错认皮船长可能已风闻到珊幺妹与华青的奸情，所以才不回家来了。

她抱怨说：“幺妹，看，皮船长把你丢下了！叫你不要与那个背时的华青往来，偏不听话！”

珊幺妹只顾坐在梳妆台前化妆，头上插的宫花怪颜异色十分俗气，但配着她那张瓜子脸儿，也还俊俏。她满不在乎地撇撇嘴说：“稀奇！谁稀罕那个老王八，不来才好。”

褚三嫂嚷道：“你说得好轻松！皮船长不来家，谁养活我俩？”珊幺妹回转头来，望着褚三嫂冷冷一笑：“离开他未必就会饿死不成！只要青山在，哪怕没柴烧。哼，有我就有女婿，有女婿便会有人养活你。怪不得你这两年脸上出现的皱纹偌多，把你愁老了，实在不合算。”

褚三嫂对华青实在不满，她怀疑女儿的私房都贴给华青用了。以前她俩一心对付皮船长，只想从皮船长手上多刮几个钱过来。皮船长在川江上混了多年，也很慷慨，舍得花钱，只要玩得高兴，就是将钱袋兜翻过来也不在乎。

原先华青拿不拿钱，褚三嫂不很计较。现在断了皮船长这路财源，以前虽有积蓄，短时不致挨饿，但坐吃山空，眼下物价又飞涨，日子如何过下去！何况，万一日本人打进川江，听说东洋人杀人放火那凶，褚三嫂当然要考虑逃难的事情。

褚三嫂趁此机会，伸出一只手做出索讨的样子："我的幺妹，既然这样说，那么，就请华青拿钱来，今天就要买米买柴，开门七件，样样要钱。"

珊幺妹拿着佛密陀唇膏——这是皮船长给她买的外国货，擦着嘴唇。

她对褚三嫂这种唠叨，早已司空见惯，不以为意。

她洒了几滴双妹牌花露水在身上，回头嘟着嘴说："这瓶花露水只剩点点了，叫你买，大概又忘了！"

褚三嫂一听，把刚缩回的手又伸到珊幺妹面前："钱，钱……"

珊幺妹刚才洒在身上的花露水干了，白底红花的绸旗袍上，立即呈现几点淡青色的圆斑。她站起身来，走到穿衣镜前，扭扭腰，挺挺胸，左看右看，虽然穿衣镜是廉价的玻砖，照出的影子有些走样，仍对自己苗条的影子感到满意。她对镜子笑了笑，故意将腮帮鼓得高高的，居然在嘴角边现出了两个圆圆的浅酒窝。

珊幺妹见褚三嫂还伸着手，她乜了她一眼："钱，钱——命相连，你一天到黑只晓得钱。妈也，看我这身段、脸盘能值多少钱！"

这是她故意撩逗褚三嫂说的几句气话，褚三嫂却当了真，顿时眉欢眼笑："我的妹儿，在正街上新开杂货铺的靳老板给我说过好多回，只要你肯……他愿每月出两百元当家缴，做衣服置首饰还另给，零花钱也不算在内。"

珊幺妹一听说靳老板，脸上的笑容便收敛了，露出不满的表情，埋怨说："妈，你把我当成啥人！我是有正式丈夫的人。"她嘟着嘴显出异常愤懑的样子。

褚三嫂也板着脸，眼睛角的鱼尾纹更深了。她说："丈夫！皮船长这千刀剐万人骂的尖脑壳，这多时不见人影，书不带，钱不汇，他算啥丈夫啰！"

珊幺妹眼睛鼓得圆圆的逼视着她，火气大得很，说："那个开杂货铺的黄陂佬，谁不知他是九头鸟！真是癞格宝想吃天鹅肉。笑话，我看得上他！哼，他的钱再多，休想挨我点边边。"其实她并不认识靳老板，只是近来常从华青口中听到谈他，晓得他是从湖北逃难到奉节来的生意人，在华青的铺子斜对面，新开了一家杂货铺，把华青的生意抢过去了。她不知不觉也跟着华青恨起他来。

褚三嫂两瓣厚嘴唇咂得一片声响："啧，啧，啧……我的幺妹儿咧！你是癞格宝打哈欠——好大的口气。好，我不管你这些那些，开门七件，由你拿钱来。"

她自从那次珊幺妹寻死未遂，一直不敢硬逼她，百事迁就。这时动了真气，想给点颜色女儿看看，让她凡事晓得个怕惧。褚三嫂将旗袍的衣袖往上一绾，露出粗肥的手臂，气势汹汹地大声嚷道："老娘万般迁就你，你就要知点趣，莫要以为老娘把你无法。你八十岁，也要喊我一声娘，不相信把你打撕了漏水！"她真要上前动手打人的样子。

珊幺妹这些年也变得老练了。她甜滋滋、脆生生地喊了一声："妈也，你把我打坏了，谁孝敬你，谁给你找个女婿养老！"她接着咧开嘴哧哧笑起来。

褚三嫂不禁一愣，珊幺妹用软办法对付她，反而弄得她束手无策，怎也狠不起来。半响才愤愤地说："老娘白吃四方，也够厉害的，想不到华青那苕哥儿样子，却把你迷住了，吃起老娘来。"她两手叉到腰上，咬牙切齿地说，"今天我把话说清楚，华青以后每月拿两百块钱来，要不，进我家的大门，老娘要打断他的狗腿！"

珊幺妹把脸一沉，赌气地扭过头去，不理她。

褚三嫂正待张口再说，忽听天井里小狗在汪汪叫，一个熟悉的男人声音在大声呵斥："黑宝，你瞎了眼，连主人家也认不得了！嘘，嘘……"接着大声喊叫，"褚三嫂，贵客来了，还不快接！"

褚三嫂迅速撩开门帘走出去。一看，夸张地惊呼道："哟，哪阵风把你吹来的？是贵客，也是稀客，还是晓得归窝呀！皮姑爷，我正准备带着珊妹儿，学蔡娘子背着琵琶沿途卖唱，上京城找你这个忘恩负义的蔡伯喈。"

皮船长风尘满面，对褚三嫂的责问毫不生气，笑着歉疚地说："这些时我到处打烂仗，背时背趸了，真是一言难尽。"

褚三嫂听他如此说，不禁在斜射进天井的阳光下，仔细打量了一会儿皮船长：脸上晒黑了一些，手指上仍戴着两个沉甸甸的金戒指，穿的华达呢长衫，一点也不像打烂仗背趸时的样子。她笑逐颜开，打了一个响亮的哈哈，急声朝里喊："珊妹儿，快来接稀客！"

珊幺妹在房内早已听清天井里的对话，先是一怔，并无喜色，懒洋洋地往床上一倒，头枕在棉被上，没有应声。

褚三嫂抢在前高高地撩起门帘:“皮姑爷,我家珊妹儿整天盼你,枕头常常被泪水打湿。珊幺妹,皮姑爷来了,你反害起羞来,哈哈!”

二

皮船长自从被民成公司袁平解雇后,一直未找到正式工作。大公司都风闻他的一些丑名堂,怕砸了自己公司的牌子,谁也不敢雇他。他只得在一些野鸡公司[1]混混,在川江里东游西逛。他也随船靠过奉节,因手头异常拮据,不如以前那样阔绰,知道回家不拿钱白吃,褚三嫂是不会放过他的,所以躲在船上没上岸。再加处处码头都有与他相好的女人,钱给多给少都行,渐渐把珊幺妹淡忘了。

皮船长现在又抖起来,走运了。巨富洋行要换掉法国船长,暗地聘请了他,只等洋行改组那一天,他就会堂而皇之地去接收轮船。

他预支了几个月工薪和米贴,找回了他往日的西崽小颜,手面又大了。

他闲住在重庆无聊,天天要躲空袭,蓦地思念起珊幺妹来,割不断这段旧情。珊幺妹虽没生养,在名分上终归是他的人。他毕竟在川江做了多年船长,认识的熟人多,搭船当然不用花钱,同行还要用好酒好肉招待他。他带着西崽小颜乘船到了奉节,迫不及待赶回家来了。

珊幺妹见皮船长骤然回家,不但不觉可喜,反而觉得可憎可厌,这个年纪比她妈还大些的男人,怎能称她的心!

皮船长跨进门来,她勉强起身坐在床沿上,装出笑脸,只是沉默不语。

皮船长一双因酒色过度而过早浑浊的眼睛,笑眯眯瞟着珊幺妹。

珊幺妹刚修饰过,依然是那样妩媚标致,象牙般的细腻皮肤,异常光鲜润泽。她刚才在床上躺过,乌云般的浓发有些散乱,显出慵懒娇羞的样子,自有一番惹人怜爱的风韵。

皮船长越看越爱,暗自有些懊悔,自己将这花朵般的女人撇在一边,竟达三年多,让她空过了。

他见珊幺妹沉默寡言,脸上笑得不甜,神情并不火热。认为她不过因他撇下

1 野鸡本指妓女,这里指杂牌公司。

她不管而感到生气，因此他一点也不见怪，反有些内疚，甜甜蜜蜜叫了一声："珊妹儿，我这几年机运不好，背时打烂仗，委屈你了。"他叫小颜将带回的东西交给褚三嫂，也让珊幺妹看过。

珊幺妹对这些东西没有多大兴趣。她在暗自思量，这老鬼可能在家要多住几天才走，不能和华青在一起私会，心中很是不悦。褚三嫂见带回的东西不如往时多，都是一些糖果点心，值不了多少钱！脸上也像罩上一层严霜。

皮船长买这些东西，已经花费不少，见她们的神态，知道是嫌少了。他干笑了两声，解释说："妈，我这次在重庆动身太匆忙，来不及去买东西，我想，反正把钱带回家来也是一样！"

他从未喊褚三嫂一声妈，一则自己年岁比她大，不好意思这样喊；二则也怕有失自己船长的威严。以往总是含含糊糊"你""她"地乱叫。

现在他这一声"妈"，确实起了作用，褚三嫂听在耳里异常舒畅，再加皮船长说带回钱来，顿时热火起来，上前从他手上接过博士帽，立即泡上盖碗茶，着实忙乱了一阵。

褚三嫂见珊幺妹对皮船长神情冷淡，知她心里想着华青，有些不痛快。她怕皮船长多心，暗地向珊幺妹使了几次眼色，可是她仍端坐不动，还是沉默不言。她只得搭白说："姑爷，这几年你书不带一封，钱不带一个，珊妹儿面皮薄，大门也不出，全靠我东挪西借过日子，已欠下一屁股账，都是大一分的利息。你再不来，妹儿要饿死啰，你哪里见人去！"

皮船长早有准备，明白褚三嫂的意思，掏出一厚沓花花绿绿，印有孙中山头像的钞票在手上闪了闪。不等递过去，褚三嫂已一把夺过来，将食指往嘴里蘸了点口水，熟练地数着钞票，口里喃喃计数：一块，两块，三块……数完后，她意思嫌少："这点点钱不够还账……"

皮船长没理会褚三嫂的唠叨，见珊幺妹至今没与他说一句话，也无笑容，为了讨她的喜欢，心一横，将保裹兜[1]的钞票也摸了出来，起身走到珊幺妹身边，递到她手上："哒，给你存私房！"

珊幺妹将手微微一缩，没有用正眼看他。他见她不接他递过去的钞票，有些

1　裹兜是系在腰间盛钱的袋子，一般是生牛皮或布制的。保裹兜，意即要在裹兜里留点钱，不能空了。

尴尬，干笑两声，厚着脸皮硬塞在她手上。

钞票是花的，眼睛是红的，珊幺妹趁势收下。她心中想的仍是华青——听他讲过，他的杂货铺生意，快被那个黄陂佬抵垮了，这笔钱正好可以拿去帮助他。

她知道不应付一下皮船长是不行的。她眼波流动地乜了他一眼，抿着嘴儿微笑。

皮船长心中一喜，顺势紧挨珊幺妹坐下，一手搭在她的肩上。

珊幺妹虽然对他感到厌恶，但并未推拒，还主动往皮船长身边紧贴过去。

小颜觉得自己站在这里已嫌多余，借口逛街，撩开门帘走了。

褚三嫂将皮船长带回的东西捡进帐后的橱柜里放好，从帐后转身出来。见皮船长那迫不及待色哈哈的样子，正待躲开任他俩亲昵，已听见天井里响起了她异常熟悉的脚步声，不禁吓了一跳，与珊幺妹迅速交换了一下眼色，匆匆赶出去了。

皮船长并没留意褚三嫂异样的神色，他一心专注在珊幺妹身上，巴不得她早点走开……

褚三嫂几步走到天井，迎面碰见了华青。

华青想着心事，埋头直往里撞，差点撞在褚三嫂身上。

褚三嫂使力推了他一把，悄声埋怨说：“你龟儿瞎着眼睛乱撞……”

华青抬头一惊，张嘴正要说话，她忙举起手捂住他的嘴：“嘘……”她推着他到了大门外，才对他说，“皮船长回来了。你龟儿这两天不要问三不问四往这里乱钻乱撞……”

三

华青神色沮丧，失魂落魄似的离开了褚三嫂的住屋，慢慢踱回正街自己开的杂货铺，坐在柜台后那张高凳上，等顾客上门。

他这家杂货铺门面不大，货架上塞满了草纸、火炮、香烟、肥皂、信香、纸钱、金银纸锭之类货物。朱色油漆已经剥落的柜台上，一只瓦盆里堆砌着像青石般的锅巴盐；一只晒箕里盛着堆成尖顶的火花盐；一块纸壳上堆着几块黄糖，新做了一个纱罩笼上，招惹来几只绿头苍蝇在上面爬。

华青父母双亡，给他留下这家杂货铺，虽不算大，因地处通衢闹市，又是老店，生意还过得去，家道也小康。他继承了这家店铺后，不得不放弃升学的愿望，在家经营杂货生意。

从他祖辈起，这家店面没有多大改变，经营的商品也老是这些，一切照老规矩做生意。

殊不知抗日开始，苛捐杂税多如牛毛，他又不善于经营，景况一天不如一天，出多进少，本钱越做越短，要维持这间杂货铺实在艰难。

幸好，他只用了一个年轻的学徒，叫华二狗，是本家兄弟，替他看门烧饭，也代他接待买主，开支不算大，才勉强维持下来。

今天逢场期，街上赶场的行人熙来攘往，络绎不绝。对面那位逃难来的靳老乡[1]的店门口挤满了人，这人称盐，那人买糖，忙得他连饭也顾不上吃。可是华青的店门口，却冷冷清清无人上门。他坐在高凳上望着对面靳老乡店铺发愣。靳老乡把他的老主顾都拉过去了，他既焦急又嫉妒，但又无可奈何，只是唉声叹气。

这靳老乡做生意是很有一套的。

他每逢场期便在门口用门板搭起一个小摊，把一些农民急需的货物，如盐呀，糖呀……都摆在摊上出售。

尤其稀奇的是，他把一部留声机——在奉节还算新奇玩意，摆在摊上。这时正放着唱片“洋人打哈哈”，哈哈打得一个比一个响，一个比一个欢。由一个新招的学徒不断摇着留声机的发条，照管换唱片。

任何赶场的人，路过这里都要停下脚步，站在摊前看热闹，靳老乡便趁机兜揽顾主。初见留声机的人，惊奇地研究留声机上的喇叭，小声的议论。一个胆子大些的人硬说喇叭里藏有小洋人，这笑声便是小洋人发出的，居然伸出手指放进共鸣箱里，想当场掏出那位打哈哈的小洋人来示众。

靳老乡大声吆吼：“喂，你摸么事！准听不准动手。”

伸进共鸣箱的手指迅速缩了回来，这人一伸舌头，做了一个怪相。

靳老乡啥事也要标新立异。他用一个大纱罩把一堆黄糖盖住，被阻隔住的绿头苍蝇只好在罩外飞。

在他摊边的一棵槐树的树丫上，还挂着一个像鸟笼一般的东西，两只稀奇古怪的小白鼠，在笼里不断蹬着一个车车旋转，也吸引了大批看热闹的顾客。

1　老乡，四川当地人对外省人的通称。

他那杂货店两旁贴着一副红纸对联，是开张时贴上的，眼前还很醒目：

生意兴隆通四海；财源茂盛达三江。

横额是：和气生财。

靳老乡见人一脸笑，最和气不过。就是对那些包白帕，穿毛草鞋，衣衫褴褛的乡巴佬，也是和和气气的，哪怕只买一文钱的黄糖，还是不厌其烦地热情照应。有的人买少了羞于出口，他总是主动招揽："喂，不怕，一文钱也是买主嘛！"

杂货铺多是农民需要的商品，他们赶场卖了土特产品，都要到杂货店买他们需要的东西，特别是食盐。

靳老乡为人和气，又有留声机唱歌，还有洋老鼠翻车车；而华青的杂货铺却无这些玩意。

靳老乡初到奉节时，是只身一人，挎着一个青布包袱。开这家杂货铺时，货架上稀稀朗朗摆着一些货物，许多还是请他在师管区当营附的一位黄陂同乡担保，凭面子赊销来的，就是留声机和洋老鼠翻车车也是借来的。

他公开声称，他做生意的哲学是：顾客都是他的衣食父母，绝对不能得罪；另外便是薄利多销——他知道农民由于太穷，多用一文钱也要计较，他们怕上当，会极其耐心地多走几家，将各家货物的价格和质量加以精心的比较，才决定自己在哪家买东西带回去。

他有一副生意人的脑子和才干。他善于利用顾客这种心理，起初把价格定得比别人低一些，让销路打开了，就用比较巧妙的方法暗地增加了价格，一如在斤两上稍微克扣一点；或者使人不易觉察的以劣充优。他认为他掌握了农民的特点：开初多疑，后来他们一旦信任了你，便极易摆布，一时是很难醒悟的。

因为他的杂货铺有留声机和洋老鼠翻车车，"靳老乡杂货铺"的名气大起来。在他杂货铺买回东西的人，会在乡下扬起手上用稻草捆扎的锅巴盐，夸耀地说："在靳老乡那里买的，就是有洋人打哈哈和洋老鼠翻车车的那家。"

子女们会乞求说："爸，隔天赶场也带我们上奉节街上，到靳老乡店铺看稀奇！"

因为离奉节太远，或是无钱上街赶场，没有机会看靳老乡那些新鲜玩意的人，也要托人到靳老乡那里买点小东西，满足他们的好奇心。

靳老乡好像把顾客心理摸得烂熟。他雇了一个挑夫，担着杂货，带着留声机和洋老鼠笼子，往四乡去赶场，他摊前的盛况可以想见。

靳老乡的生意越来越兴隆，他的资本越来越雄厚。现在招收了两个学徒，请了一个管账先生，还忙不过来呢！

不仅华青对靳老乡感到嫉妒，奉节街上的同行都红了眼。他们习惯于用古老的方法经营他们的店铺，对靳老乡这些标新立异的经营方法侧目而视，认为不是一个正派生意人应该采取的方法。很少有人想到步靳老乡的后尘，改变一下自己的经营方式。他们已感到靳老乡对他们构成的威胁，马上采取惯用的伎俩——利用自己的影响，散布流言蜚语，射出一支又一支暗箭。这种自卫的方法，也是他们传统的方法，源远流长，不晓得是哪位祖宗发明的，但一代一代传下来了。

离奇的谣言出现了。茶余酒后，大家议论纷纷，有人说重庆有公文来，叫奉节县政府查清靳老乡的来历，他很可能是日本人派来的奸细。还说：他留声机里装有无线电收发报机，洋老鼠笼子是他的联络暗号。

果然，镇公所里的顾师爷，抗日锄奸团的罗队长，派人将靳老乡叫去了，有人又说是给人捆去的。一些人乐了，以为靳老乡这下完蛋了。剪除了这位劲敌，他们又可以安生地过他们传统的古老日子。

殊不知，靳老乡第二天仍然坐在店里做生意，顾师爷和罗队长反而与靳老乡认了老庚[1]，正准备一起筹建同庚会哩！

华青也觉诧异。后来才从和他沾点远亲的顾师爷那里知道，是师管区那位营副救了靳老乡。靳老乡也很洒脱，还慷慨地送给顾师爷和罗队长一笔为数不小的钱，这样一来，真是不打不成相识，他们反而成了好朋友。不久，由罗队长介绍，他也在义号上成了袍哥，居然一步当了五哥。

原先那些对靳老乡侧目而视，放暗箭的幕后英雄，见害不倒他，真心服输了。他们一旦服输之后，便一窝蜂围着靳老乡团团转，那股巴结劲使华青见了也要肉麻；还公推他当了同业公会的理事长。

靳老乡变得如此势派，成了奉节商界的头面人物。一些热心人见他还是单身汉，都上门说媒谈亲。但奉节县城稍有体面的人家，谁也不愿将自己的姑娘许配给这个来路不明的下江人，谁知他结过婚没有？

他又看不中贫苦人家的姑娘，还想攀一门高亲作为自己这个异乡人的依靠。

1　同年生的叫老庚。

华青与靳老乡离得太近，两家店铺斜对门，生意越做越不景气。他毕竟读过小学，奉节的最高学府，感到要生存下去，非换点花样不可。

他学靳老乡的艺，将极易招引苍蝇的商品，如黄糖之类也加上纱罩。洋老鼠翻车车，据说是从西洋来的，连去重庆也难寻到，他只得死了这条心。至于留声机，他看见珊幺妹有一部，几次想开口借来，实在难于启齿。

今天他下了很大的决心，要找珊幺妹借留声机，准备试试看，能不能抓来一些顾客，多少可以改善一下目前的窘境。嘿，他偏遇着皮船长回家来了，只得怏怏地回到店里。

一个老顾客这时站在华青的柜前大声喊："称盐！"随即将两枚五分的镍币放在柜台上。

华青正坐在高凳上打着瞌睡，猛地一惊，见顾客上门来了，顿时强振精神，忙起身含笑招呼。这位老顾客是一位守旧的人物，看不惯靳老乡那些洋玩意，总觉得这个从下江逃难来的外地人，笑里含有一些阴险的成分。他宁肯找华青这样多年的老店铺买东西，也不找靳老乡。

华青先将竹制水烟袋递过去："老伯，请烟！"

这顾客头上还蓄着一根清代的那种辫子，穿的是没有衣领的长衫，居然还蓄着花白的五绺胡须。他接过竹制水烟袋，毫不客气地吹燃纸捻，呼噜噜吸着烟。

华青称好锅巴盐，不是用稻草，而是用一张包糖的粗纸壳包好，并且包得四楞上线异常工整中看。他将纸包摆在这位老顾客面前的柜台上，恭敬地说："老伯，盐！"

这位老顾客没有马上走，不慌不忙边抽水烟边与华青闲谈，谈的还是旧话，什么自从皇帝退了位，天下就不太平啰，还是要出来一个真命天子才好啰……直待他呼噜噜、呼噜噜将烟筒里装的半筒水烟抽光了，才放下水烟袋，拿着盐包走了。

华青不抽烟，这水烟袋是专为招待顾客的，刚才这位老主顾抽光了半筒水烟，吹了一地袅袅冒烟的烟渣。他卖了一角钱盐，连半筒水烟钱也没赚回。

门口空荡荡的，斜对面靳老乡的留声机还在放唱片，是一个女人在唱《送君》：

送君送到百花洲，

长夜孤眠在画楼，

梧桐叶落秋已深，

冷夜清光无限愁。

……

华青以往也喜欢侧耳细听，可是他今天心烦意乱，这迷人的歌声并没听进耳里，连这歌声是何时停止的也没留意。

他脑际老萦绕着珊幺妹和皮船长的影子，想到皮船长这时正占住珊幺妹亲热，他就含着恼人的醋意，嫉妒得心如刀绞。

他与珊幺妹原是要好的同学，感情很好。他真心爱着她，她也真心爱着他。他曾经托媒去向褚三嫂提亲，褚三嫂哪把他看在眼里。她一心把珊幺妹当成摇钱树，当然不会答应这门婚事。

当他晓得褚三嫂要将珊幺妹嫁给皮船长时，真是痛不欲生，几次想跳进长江去自尽。偏珊幺妹很有心计，百般安慰他，发誓赌咒让他相信：他俩不能结成正式夫妻，也要做一对暗中的夫妇。

珊幺妹的确遵守了她的诺言，只要皮船长不在家，便要叫人请他去，一刻也离不开他似的。

华青只能提心吊胆偷偷摸摸与珊幺妹相处，总有一种屈辱感。他认为珊幺妹理应属于他的，是皮船长强占去了，并不是他做了什么对不起人的事情，占了皮船长什么便宜……

华青正在呆头呆脑胡思乱想之际，靳老乡已走进了店铺内，他也没发觉。

靳老乡穿着一件安安蓝布长衫，蓄着平头，胡子刮得溜光，红光满面，大概刚喝过干酒，浓眉下一对眼睛很小，瞳仁有些泛黄。不易判断出他的确切年龄，显出精明异常的样子。

他干咳了一声，华青方抬起头来，惊讶地望着他，忘了打招呼。

靳老乡用一根奉节罕见的像火柴梗一般的机制牙签戳着牙缝，打了一个酒嗝儿，望着华青，笑眯眯地先开口：“华老板，我要通知你一件事情：此次师管区摊下的劳军捐，经同业公会商议，摊在你名下是五十元，今天缴纳或明天缴纳都可以。”

“哎，摊我五十元！我今天这个场期还没卖足十元哩！”华青大吃一惊，急得头上冒汗。

靳老乡见华青长得眉清目秀脸盘好，被珊幺妹看中打得火热，他心里就很不自在。因为他早看中了珊幺妹，愿意拿出一笔可观的钱来与她攀相好。褚三嫂见靳老乡的生意越做越热火，大手花钱，也动了心。可是珊幺妹偏恋着这个呆头呆脑的华青，对他嗤之以鼻，断然拒绝了。

他对华青怀着一种不可告人的嫉妒心理，这次摊款，给华青摊的最重，便是他的主意。也无人为华青不平，“各人自扫门前雪，休管他人瓦上霜”，这年头谁愿为不相干的人去得罪人?

靳老乡心里忌恨华青，话却说得很通情达理:“唵，我们是近邻，你生意清淡我当然看得明白。俗话说，‘远亲不如近邻’，能成全我么子不成全！华老板，你不用着急，再逢一个场期，准会凑足这笔数字。”

华青当然不晓得靳老乡流珊幺妹的口水，想占有她，因为珊幺妹晓得他爱暗自着急，没把这事告诉他。他这时见靳老乡摊派他五十元的捐款，只以为是欺他老实。但他生性胆小，害怕与靳老乡打交道，知道自己缠不过这只九头鸟。靳老乡那一脸假笑，那对闪烁不定的小眼睛，以及那变化莫测的表情，都使他不寒而栗。

他愣了半晌，想到这五十元数目不少，自己货架上许多货物都是赊来的，场场都要付给债主现金，心中不由发急，不晓得目前怎样对付靳老乡才好！眼时的靳老乡，不仅是同业公会的理事长，还当上保长，已是有钱有势的人物。

“靳……靳老乡，我……我怎么摊这么多！生意都快做垮了，还要我出五十元。我……我还吃不吃饭?”华青变得有些口吃，终于挣出这几句话来。

“唵……”靳老乡脸上的笑一刻也没消失过，声音拖得很长，“我比你摊的更多，整整一百元呢!”

他从怀里掏出一个用绫纸裱的折子，用熟练的动作抖开，放在华青面前:“华老板，请看，恒丰和财通两店也是五十元呢!”

华青神色不定地瞥了一眼面前摊开的折子，额上胀起青筋，争辩说:“靳……靳老乡，恒丰和财通都是殷实商家，我……我这小店……”他茫然四顾，觉得自己铺面是如此狭小、古老，多年以前刷上的油漆早已剥落斑驳，年深月久，门板和柜台上到处是伤痕，现出木料的本色来。在他父亲手上，这家店子也兴旺过，可是……

“噢！你看……”靳老乡又摸出另一个本子，却没放在华青面前，他用粗胖的指头在本上指指点点，说：“喏，看！你们三家登记的股金是一样多呀！”

华青晓得靳老乡并未说假。许多年前，几家店子登记的股金是一般多，可是恒丰和财通这些年也发了，拆去了旧铺面，都新修了高楼大房，而自己的店铺快倒闭了，怎能与他们相比？他说：“登记的股金数，是陈年的事，早不一般齐了。”

“华老板，话不能这样说。”靳老乡打了一个酒嗝，态度依然和蔼，“口说无凭，我是根据本本办事。哎，这年月苛捐杂税是多点……我看，华老板不用发愁，过了今天还有明天，明天缴不出还有后天……宽限你一些时间。你实在凑不齐，也好办！我们是‘远亲不如近邻’，这样……我借钱给你。”

他见华青在摇头，于是说：“哎，华老板请放心，时限放宽，利息从轻！”

四

皮船长在家住了几天，迷恋着珊幺妹，门不出，街不上，整天厮守在她身边胡缠。

她晓得华青那天来过，这几天皮船长与她寸步不离，寻不出机会与华青会面，心中只是记惦着他。她晓得皮船长住不了多久便要去重庆从法国人手上接船，只得强压住自己对华青的思念，强作欢笑与皮船长周旋。

这天皮船长正坐着与珊幺妹谈笑，蓦地听见一个陌生男人的声音在天井高声大叫：“珊幺妹，褚三嫂！”

皮船长几步跨到门前掀开门帘问：“谁！”

“咦，皮船长，多时不见，什么时候回来的？”

皮船长并不认识这人，见他现出很熟识的样子，只得含糊答应了一声：“唔，回来好几天了。请屋里坐！”皮船长见他头戴礼帽，身穿线春长衫，很像有地位的有钱人，但脸部和手上的皮肤黝黑粗糙，又不像读书人，带着浓重的俗气。

“不坐了，我是来找一个人！”这陌生人口里虽这样说，已跟着皮船长身后跨进了房门。

珊幺妹见进来这人很陌生，一对小眼睛骨碌碌转动，射出的目光，色哈哈盯在她身上，半晌方移开。她心中不乐，斜睨着他大声问：“你找谁呀？”

那人背挨门帘站住，手上拿着博士礼帽，堆着笑，先向她自我介绍：“鄙人姓靳，杂货同业公会理事长！”

珊幺妹一听是他，心中更是不乐，轻蔑地一撇嘴屑：“你究竟找谁呀！”

靳老乡见珊幺妹脸上的表情冷若冰霜，眉毛动了动，依然笑眯眯的不露声色，转向皮船长：“对不起，我是来找华青的。”

“华青……是谁？”皮船长瞟了珊幺妹一眼。

珊幺妹暗中吃了一惊，略微有点慌乱，但仍装作镇定，回答说：“稀奇，这里哪有华青，找错人家了。”

靳老乡故作惊讶地说：“噫，怪。他们都说，华青无事常在这里玩，叫我来这里找他。”他诡诈的目光从皮船长脸上移到珊幺妹身上。

他见珊幺妹吓得脸上变了颜色，心中说不出的痛快，自言自语地说：“哎，原来今天没来这里，我跑了空路。”

皮船长客气地招呼：“请坐，请坐。”

“不打扰你们，皮船长难得回家一趟。”靳老乡戴上博士帽，虽然说走，还是在一张楠木椅上坐下了。

他见刚才自己这番话，并未引起皮船长的注意，珊幺妹的神色也恢复了常态。自从珊幺妹拒绝了他，知她与华青如胶似漆的难解难分，他有说不出的嫉妒，早已怀恨在心，今天此来，绝不能就此罢休。

靳老乡现出焦急的神态，问：“珊幺妹，请你告诉我一声，华青往哪里去了呢！”

珊幺妹知道靳老乡来意不善，吓得心中咚咚跳，只得硬着头皮回答：“稀罕事！谁晓得华青在哪里！”

皮船长见珊幺妹神色极不自然，对华青这名字又仿佛很耳熟，不禁动疑，盯着珊幺妹问：“谁，华青是谁？”

不等珊幺妹回答，靳老乡抢先说：“噫！华青经常在你家进出，难道你还不认识？华青是珊幺妹的同学，开着一家杂货铺，我以为你认识呢！嘿嘿。”他蹊跷地干笑两声。

皮船长蓦地想起，几年前船靠奉节，他回家遇见的那一幕。他问珊幺妹：“是不是你大姨妈家的那位表哥！住在白帝城？”

珊幺妹已记不清她是否这样介绍过华青，含糊地点点头：“嗯……”

靳老乡已惊呼起来：“珊幺妹，听你今天说我才知道，原来华青是你姨表哥。

可是……华青父母双亡已久，他原是固灵沱的人呀！固灵沱离白帝城几十里呢！”

其实，靳老乡最后这句话是多余的，皮船长当然熟悉位于航道边的白帝城与固灵沱。他瞟着珊幺妹，看她如何回答。

珊幺妹接触到皮船长疑惑而阴冷的目光，心里不由一阵哆嗦，脸上的红云扩散到了耳根。一会儿，她才冷冷一笑：“靳老乡，你从湖北来奉节才几天！难道就把我家中的亲戚搞清楚了？哼……”

靳老乡看火候已到，是适可而止的时候，忙堆着笑：“哦，珊幺妹说的对，我哪里便搞清楚了，不过道听途说。”

他起身告辞：“既然华青不在这里，我到别处找去。皮船长，失陪了。”

皮船长神情冷淡，也没起身相送，让靳老乡各自走了。

珊幺妹晓得皮船长是此中的老手，定然生疑，马上就会有一场大发作，心中十分忐忑不安。

殊不知皮船长却衔着雪茄，悠闲地在室内踱起步来，不时偷觑珊幺妹一眼，只是沉思不语。

珊幺妹见皮船长不停踱步，并未如她预计的那样暴跳逼问，心中反而七上八下。她晓得皮船长老奸巨猾，绝不会随便放过。

珊幺妹惊魂初定，牙一咬，心一横，暗自想：“哼，捉奸捉双，拿不住我的把柄，看能把我怎样！”

皮船长在她面前站住，将手搭在她的肩上，好像早已忘了刚才的事情，笑眯眯地说：“幺妹，今晚多添两个菜，亲亲热热喝两杯，我好陪你进戏园子看川戏！”

珊幺妹见皮船长态度平静亲昵，绷紧的心弦陡地松弛了，原来不过一场虚惊。她乜了他一眼，咯咯咯一阵笑。

珊幺妹哪晓得皮船长此时心中所想的，也是她刚才想过的那句话：“捉奸捉双”。一场厄运正悄悄逼近她哩！

第二十二章

封大嫂今早天没亮便带着宝儿搭木船到唐家沱赶场，想买相应的杂粮回家掺在平价米里煮食。

但是，她走遍了粮食市场，见上市的粮食很少。龟儿粮食贩子才会要钱，粮价就像夏天的洪水，一浪高过一浪，眨眼工夫又涨了一大截。要不是封大嫂当机立断，忍痛用高价买了两斗苞谷米，再犹豫一会儿，可能带的钞票连一斗苞谷米也买不到。

像封大嫂这般起早摸黑，赶这远路在唐家沱买粮食的人不少，多是工人家属和逃难到后方的贫民，眼见粮价这么飞涨，哪一个都唉声叹气，愁眉苦脸。

今天空中晴朗朗的，肯定有空袭，粮食市场一会儿便散了。买到粮食的人，扛着粮袋匆匆往回赶，没买到粮食的人，手里拎着空粮袋，失魂落魄般在空空的市场上游荡，望着紧紧攥在手里的一卷花花绿绿的法币苦笑。

封大嫂肩上扛着粮袋，一手紧捏住袋口，缓缓往河坝走。她另一只手牵着宝儿，不断哄他说："宝儿乖，好能干呀，看你多会走路哟。"

宝儿刚过两岁，体力实在太弱，已经用祈求的目光望了封大嫂几次，希望能抱他。可是，他却很懂事，经封大嫂一哄，也就默默让她牵着走了。

封大嫂头上的青丝快半白了，李秋莲一去月多，至今杳无音讯，张阿德也下落不明。她带着宝儿，还要供何大名上中学，虽然丽华已进纱厂做了童工，但所得的工钱连一斗平价米也难买回。一家数口，全靠封大哥一人维持，实在艰辛。幸好，民成公司的总经理陆祖福新近兼任了粮食总局局长，为了安抚船员少闹事，每人搭配一份平价米。平价米虽然粗糙，并且已经发霉变质，又酸又馊，但毕竟可以充饥。

生活的重压，没能将封大嫂压垮，她外貌虽然显得衰老了，但脸上依然常挂着和蔼的微笑，喜欢管闲事，乐于助人。

封大嫂见宝儿实在走不动了，略微迟疑了一下，腾出一只手来将宝儿抱在怀里，继续沿着石梯坎往河坝走。

宝儿喜了，将嘴唇贴在封大嫂汗淋淋的面颊上杵香，咯咯笑。

封大嫂很喜爱宝儿，有一种说不出来的感情。这不仅因宝儿天真可爱，而且还因为她答应过阿德和秋莲，要好好照顾宝儿。她见宝儿在她的照护下，过得愉快健康，就觉得十分快慰，认为自己没有负人之托。

封大嫂喘着粗气，连鬓角的绒发也被汗水粘在皮肤上，异常吃力，终于下完了梯坎到了河坝，踩着跳板上了渡船。她先放下宝儿，后放下粮袋，这才舒展地松了口气。

她揩干了汗水，坐在舱内架好的木板上，摸出一张角票递到艄翁手上：“给船钱！”

舱内已坐了好几个人，一个卖锅盔饼子的小贩蹲在船头上没下舱，见宝儿望着篮里的饼子咂嘴唇，于是拿起一个饼子来兜售：“小宝儿，又香又甜的锅盔饼子真好吃！”

封大嫂也觉饿了，她迟疑了一下，终于问清了价钱，只给宝儿买了一个。她不满地说：“龟儿硬是不让人活了，一个锅盔饼子也卖到一角，战前只要一个铜板。”

卖锅盔饼子的小贩眼白一翻：“你大嫂说话好恼火，哪个舅子才不让人活，啷个怪起我来！一个锅盔饼子我不过赚一分钱，我诓你算是这个……”他伸出右手的小指头晃了晃。

封大嫂没再与小贩搭话，她用手搭起凉棚看了看天，又看了看艄翁。她说：“老大爷，你看，太阳快当顶了，未必你不饿，光衔着烟杆烧叶子烟，船上已装了七八个人了，快开头嘛！”

艄翁往江里吐了一口唾沫，不满地斜睨了封大嫂一眼，气汹汹地说：“你说得好松活，装七八个人就开头，现在米粮这么贵，收这点船钱还不够宵夜！”

人人火气都这么大，好像都与粮食昂贵有关。

提起粮食，舱里坐着的渡客都七嘴八舌发起牢骚来。有骂蒋中歪的，有骂日本人的；有骂粮食贩子的。他们大都是来唐家沱买粮食的平民，抱怨一阵之后，仿佛心中好过一些，暂时又变得心平气和了。

沉默了一会儿，封大嫂见艄翁仍坐在船尾舱板上抽烟，毫无开头的动静，忍不住又大声说：“老大爷，你看，沙滩上空荡荡的没人影，你还等到啥时候啰！”

舱里的渡客顿时又激动起来，烧言炸语地埋怨艄翁不开船，像要把粮食涨价的愤懑全集中到艄翁身上发泄似的。

老艄翁见此情况，才慢吞吞地说：“莫急，莫急，再等两个人凑成整数便开船！”

大家无可奈何，只得懒洋洋地耐心等待，一会儿便沉寂了。等了半晌，终于又等来了一个渡客。

宝儿用小手掰了一块饼子要往封大嫂嘴里塞。封大嫂一歪头，拍拍宝儿的头说："宝宝吃，我不饿。"

大家都怕碰钉子，封大嫂总是爱出头说话："老大爷，差一个人不来，未必要我们坐在船上等一天不成！"

艄翁并没发火，只淡淡瞥了封大嫂一眼，说："你这个大嫂硬是性急，你看，那不是来了一个人？"

大家的目光都顺着艄翁指的方向看去，果然见沙滩上有一个黑点朝这边移来，越走越近。那人远远便朝这边问："是不是往窍角沱去的？"

站在船头的桨手已在大声答话："走紧，到窍角沱，只差一个人。"

这人走近木跳边，封大嫂看清是王跰子，于是大声喊："王跰子，走快点嘛！"

桨手打趣说："跰哥，你走路一摇二摆头，真像个公爷！"

王跰子肩上搭着一条打过补丁的空粮袋，显然没买着粮食。

他听见封大嫂喊他，一颠一瘸地加快脚步上了船，却站在船头没下舱。

桨手已收起木跳放顺，拿起篙竿正要往沙滩上一点，见王跰子一人没下舱，忙吆喝着："跰哥，你久在河下跑，未必不懂规矩，快下舱去坐好。"

王跰子取下空粮袋正揩着汗，忙赔笑回答："我王跰子原先也是推船的，怎会不懂规矩！"

桨手已将船撑离岸边，架起前桨，见王跰子仍没下舱，就说："跰哥，既然你懂规矩，为啥还站在这里？"

王跰子不慌不忙上前双手握住桨把："连手，未必你连'有钱舱中坐，无钱把桨推'都不晓得！"这是川江规矩，凡是付不起船钱的渡客，只要帮把力推桨，是不用付船钱的。

桨手翻了翻白眼，不满地说："跰哥，未必你比我们还穷。等了半晌，上来你一个白搭船的，真不利市！"他无可奈何，只得让他帮着推桨，抓住缓流溯江而上……

船在窍角沱渡口停靠好，封大嫂扛着粮袋牵着宝儿上了岸。

宝儿走了几步，却停住了，可怜巴巴地仰头望着封大嫂不肯走。

太阳已过中，封大嫂饿过了头，并不感到特别难受，但肩上的粮袋却压得她脚步难移，实在无力再抱宝儿。

王跰子赶上来，说：“封大嫂，还是你能干，我今天白跑了一趟，连苞谷米也没买到一颗。唉……宝儿，来，我抱你。”

自那次王跰子吃了宝儿的糖稀饭，宝儿见了王跰子便害怕，见他伸出干瘦的双手要抱他，忙往封大嫂身后躲。

王跰子尴尬地缩回双手，干笑了两声。

封大嫂见宝儿上唇后敛，下唇突出，要是王跰子硬要抱他，准会“哇”的一声哭起来。她将肩上的粮袋取下递给王跰子，说：“宝宝不喜欢你抱，你帮我扛粮食，由我来抱他。”

王跰子有一把力气，扛着粮袋跟在封大嫂身后跰着走，并没落后，一会儿便上了陡坡，该分路了。

封大嫂放下宝儿，从王跰子肩上接过粮袋放在地上歇息，抹了一把汗，慷慨地说：“王跰子，你实在揭不开锅盖的话，可到我家舀两碗平价米去煮稀饭应急！”

王跰子经常从封大嫂那里得些接济，不好意思地说：“封大嫂，你也不是富裕人，怎好时常让你接济！”

封大嫂撇撇嘴：“我不爱听这些话，要讲客气，该你挨饿！”

王跰子没走，却靠近封大嫂一步低声说：“封大嫂，有件事我早想对你说……”

封大嫂见他欲言又忍的样子，不觉感到奇怪，于是不满地说：“有话就说，有屁就放，吞吞吐吐真讨厌！”

王跰子对封大嫂的话并不介意，神秘地四下张望了一会儿，才说：“封大嫂，宝儿妈有消息没有？”

封大嫂迷惑地瞟瞟王跰子青黄的面孔，心中不觉一动，忙问：“王跰子，难道你晓得李秋莲的消息？”

王跰子见封大嫂会错了他的意思，忙说：“不，我不晓得李秋莲的消息。”

封大嫂催促说：“那……你有话就快说嘛！”

王跰子先嘱咐说：“封大嫂，我与你说了，你不要对别人说出我来！”

“快说！”

“我不晓得李秋莲的消息，却晓得张阿德的消息……”“哎！”封大嫂也觉意外。

王跰子差不多耳语般地说：“路保长将张阿德寄给李秋莲的汇款和家信代收

下，私自吞掉哪……”

封大嫂听完王跰子的话，说：“哎，当真！”她又喜又气：喜的是张阿德依然月月往家汇钱寄信，说明无灾无难，那些谣传纯属无稽；气的是路保长毫无心肝，昧着良心吞款毁信，使得秋莲不得已才进城去帮佣，吉凶未卜。

封大嫂不觉怒气难忍，抱起宝儿对王跰子说：“你将我这袋苞谷米看好，待我找路保长说理去。”

王跰子吓了一跳，生怕惹出祸来，不仅封大嫂斗不过路保长要吃大亏，将自己牵扯上后果更严重——自己这个残废人怎样在穷角沱混下去！他忙一把拉住封大嫂衣袖，结结巴巴地说：“封……封大嫂，你……你唧个眼里夹不得……半点沙子，捡到封皮就当信，我……我不过听到点影儿，你切莫当真！”

封大嫂哪里听得进王跰子的劝告，觉得这样重要的消息早该对她说，心中的气一时无处出，将宝儿又放到地上，衣袖往上一绾，指着王跰子大声大气说：“王跰子，路保长究竟给了你多少好处，你至今还替他遮掩？说清楚，你唧个晓得的?”

王跰子见封大嫂圆睁怒目，气势汹汹的样子，并不怪她，晓得她是这么一个火暴脾气，自己将话风已透了出来，覆水难收。自己以前也受过封大嫂不少好处，对她热心快肠的豪爽性格敬畏佩服。他不由往后退了一步，眨了眨眼，说：“封大嫂，狗咬吕洞宾——不识好人心，我好心好意告诉你，你却怪我。”

封大嫂见王跰子的神态，也觉自己太急躁，口气平和了一些：

“王跰子，你也是穷苦人，我封大嫂平时待你不薄，我们是老街坊，为啥将这事隐瞒到如今才说！”

王跰子急得颈上鼓起青筋，涨红着脸：“封大嫂，我也是昨晚才晓得。太阳菩萨在上，我要说假话，让天雷劈死！”

封大嫂皱了皱眉头：“好，莫赌咒发誓，我相信你。你是唧个晓得的，快告诉我。”

王跰子见封大嫂火气小了些，松了口气，说：“莫急，让我仔细说与你听。昨晚我在烟馆门口碰到保丁罗烟灰，我与他是捆把把柴的弟兄[1]。

---

1 结义的弟兄，又叫跳兰交。

“他问我：‘王三哥，路保长叫你替李秋莲家下操，给你多少钱？’

“我听他问得蹊跷，妈的，提起这事我就有气，回答他说：‘路保长说李秋莲赖账不肯出钱，只给我两块钱，还说是他垫的。他当我不晓得，把我当皱额头[1]，李秋莲一次就给了他五十元。’

“罗烟灰这才悄悄告诉我说：‘王三哥，你还蒙在鼓里，路保长串通邮差，代李秋莲收下了张阿德的汇款，说是抵作下操费，把张阿德寄来的信也烧了。’

“我马上去找路保长要钱，路保长矢口否认，还臭骂了我一通，但还是做贼心虚，塞给我二十块钱，又说是他垫的。妈也，我原以为这二十块钱可以买到一斗米，今天到唐家沱粮市一问，才晓得连五升米也买不回，转来转去，哪晓得粮食市一会儿便散了。我肚子饿得咕咕叫，妈也，我干脆进酒馆去饱吃了一顿，还剩下几块钱哩。”

封大嫂听后，冷静一想，自己单凭王跰子几句话去问，路保长怎会认账。再说，自己与李秋莲并无亲属关系，以邻居的身份去找路保长，有点不丁对。她暗暗思量，既然张阿德安全无事，一定还在民顺轮上，得设法给他通个信，让他回来料理，寻找秋莲……

王跰子说完后，忐忑不安地注视着封大嫂的表情，见她安静地沉思不语，并没再说去找路保长说理，才稍稍安下心来。

封大嫂抬起头来对王跰子说：“你以后再从罗烟灰那里听到啥子消息，赶快来告诉我一声，好吗？”

王跰子忙答说：“封大嫂，你对人这样厚道，我王跰子虽是残废人，也有良心。我再听到啥子消息，一定马上给你报信。”

封大嫂点了点头，看王跰子走了，她才提起粮袋扛上肩，牵着宝儿往家里走。

二

夜，静悄悄的。宝儿已在床上睡熟了。

在昏黄的电灯光下，封大嫂和封丽华都默默地做着针线活。

---

1 指猪脑壳，意即当傻子。

封大嫂坐在床沿上鞋帮，不断将大针往头发上抹拭，一针针锥着。这是一双青布圆口鞋，一见便知是何大名穿的。她几次抬起头来瞥着封丽华，想叫她早点睡觉去，但她明天休班，非要亲自给何大名送东西去，有些针线活现时不赶完不行，所以几次都忍住了。

封大嫂觉得手腕有些发酸，停下针来歇息。她见封丽华缝着手上的一件白市布衬衫，全神贯注，毫无倦意，心中顿时千头万绪翻腾起来……

没让丽华去升学，她心中总觉内疚，丽华生性聪慧，若能上学一定成绩不坏。她每想到生得秀气、文弱的丽华不满十三岁便进纱厂做工，心中便感到痛楚。可是，目前的生活越变越困难，除此之外别无好办法。

今天丽华领了工钱，没有征求她的同意，擅作主张扯了几尺白市布要给何大名做一件衬衫，剩下交给她的钱便不多了。

封大嫂并没责怪丽华，反而感到高兴。他俩如此友爱，使她觉得宽慰。

想到明天清早封丽华单身去土桥给何大名送东西，她总有点放心不下。土桥离海棠溪有三十多里，要是搭不上公共汽车，靠步行是很费事的。

封大嫂打破了室内的静谧说："丽华，现时公共汽车很挤，要是你搭不上车，我看，你就不用去了，大名隔几天会回来的。"

丽华放下手上的针线，将她的辫子往肩后一甩，淡淡的细眉一蹙，不悦地说："妈，大名哥那么喜欢打球，我想他穿的那双旧鞋早破了，要不给他送去，同学们会笑话他。再说，这件衬衫也非给他送去不可。妈，你放心，三十多里不算远，走去也没啥费力。"

封大嫂仍忧心忡忡地说："来回有七十里哩，你说得多轻巧，一天时间恐怕……"

丽华不等封大嫂把话说完，急得脸上通红："妈，我明天不等天亮就走，包管回来不见黑，你放心好啦!"

封大嫂沉默了，继续低头上着鞋帮。

丽华偷觑了封大嫂一眼，见她再没表示反对，暗暗一笑，又专注地一针一针地缝着。

封大嫂边上鞋帮边说："大名这个娃儿也是，功课再紧，学校每月放四天假，也该回家看看……"

封丽华见她妈抱怨大名，嘟着嘴为大名辩护说："妈吧，你哪个记不住，大名哥来了信，学校放假时他与同学们一道在乡下宣传抗日，还要给前方抗战的将士募寒衣捐，并非不想家，有正经事要干吗！”

封大嫂已将一双鞋的鞋帮上好，站起身拿在手中端详了一会儿说：“能借副鞋楦来楦上就更好看哪！”

她伸了伸腰，舒展了一下酸麻的筋骨，回答的语气虽然严肃，脸上却挂着笑容：“偏你记性好，责备起我来。”

丽华停住自己手中的针线，抿嘴望着封大嫂哧哧地笑。

封大嫂被笑得生气了，瞪了丽华一眼：“男笑痴女笑怪，难道你吃了笑药不成！”

丽华忍住笑，谈的却是另一件事：“妈也，我们厂也要成立抗日宣传队，他们要我报名去唱歌，说我嗓音好！”

封大嫂忙问：“你报名了没有？”

丽华点点头说：“报了，以后放工后回家可能要迟一些，要练歌哩！”

封大嫂沉默了一会儿，顾虑重重地说：“你们宣传抗日，难道你们工头不反对？”

“妈，现时抗日民气这么高涨，只要不误工，工头要想反对也不敢！”丽华说。

她俩谈说之间，丽华已将衬衫缝好。

封大嫂帮着丽华，将要送给大名的东西，用一块印花包袱包妥当，这时街上已打了三更。

封大嫂见丽华眼睛发涩，知她太倦了，忙催她去睡觉：“女娃子，快去睡，明天要起早床哩！”

丽华又收拾了几样小东西放进包袱里，才放心地去里间屋睡了。

封大嫂又忙碌了一阵，做完了一些零碎家务，坐在床沿上望着熟睡的宝儿出神……

听见楼梯吱嘎吱嘎响，封大嫂蓦地一惊：打过三更，这夜深还有谁来？

听见敲门声，封大嫂起身问：“谁？”“我！”

封大嫂听声音异常熟悉，一时想不出是谁，又问：“你是哪个？”“张阿德！”

封大嫂惊喜异常，忙拨开门闩，叫了一声：“张大哥，你哪个现在才回！”

门开了，张阿德跨进门来亲热地叫了一声：“封大嫂！”“张大哥，请坐。”封大嫂十分兴奋。

张阿德坐下，迫不及待地问：“封大嫂，我家被炸毁了，秋莲母子俩在你家吗?”

“喝茶!”封大嫂没有立即回答张阿德，先给他倒了一杯茶，放在他面前的小几上。

张阿德目不转睛地看着床上睡得异常香甜的宝儿。他自从秋莲要坐月子时离开重庆，至今才回，并不认识自己的儿子。

封大嫂站在床边，指着宝儿说：“张大哥，这就是你的儿子。”

“哦，我的儿子!”张阿德惊喜交集，忍不住起身上前抱起宝儿靠近灯光仔细端详，又重复了一句，“哦，我的儿子!”

宝儿惊醒了，睁开惺忪的睡眼，见自己在一个陌生男人手中，“哇”的一声哭了，喊着：“伯娘，伯娘……”

封大嫂忙从张阿德手中接过宝儿，轻轻地拍着：“宝儿莫哭，他是你爸爸哩!”

宝儿安静下来，又在封大嫂怀抱里睡熟了。

张阿德坐回凳上，他想，既然宝儿在这里，秋莲肯定也在这里。但是，过了一会儿，仍不见秋莲的影子，忍不住问：“大嫂，秋莲呢?”

“秋莲——她……”封大嫂将宝儿放回床上，欲言又忍，眼里流泪。

张阿德心知有异，不觉紧张起来，身子微微朝前一倾，惊惶地问：“大嫂，秋莲怎样哪?”

封大嫂抹了抹泪水，说：“阿德呀，你怎么现时才回重庆，秋莲……”她声音哽塞。

“唉，一言难尽。”张阿德叹口气，“大嫂，秋莲，她……”封大嫂半晌不说话。

张阿德急了，猜测说：“秋莲莫非被日本飞机……”封大嫂摇头，眼里泪花滚滚。

“那……”张阿德焦急不安地注视着封大嫂。

封大嫂用衣袖揩干泪水，说：“张大哥，你将秋莲托付给我，我没照料好，实在对不起人。”

“瞎，大嫂，莫这样说，你对我恩重如山，我张阿德不是忘恩负义之辈。”

封大嫂这时才将最近发生的事情向张阿德说了。

张阿德闷声不响，面孔铁青，过了一会儿，他蓦地站起身来，将拳头攥得紧紧的，指关节都在发响：“路保长这样欺人，这笔账我定牢记心间。大嫂，我目前要千方百计去寻找秋莲的下落。”

他目光在宝儿身上停留片刻，从身上摸出一沓钞票放在桌上，说：“这笔钱请大嫂收下，宝儿只有暂时麻烦大嫂抚养，以后我会按月送钱与你。”

封大嫂推辞不收，张阿德已忍不住流出泪水：“大嫂，你并不富裕，若不收下，叫我如何能安心。”

封大嫂不便再推辞，说：“张大哥，请你放心，等你找到秋莲，我交给她一个白胖胖的宝儿。我与秋莲情同姊妹，你给钱不给钱都是一样。”

张阿德迟疑一下，说：“大嫂，夜已深，我走了。”

不等封大嫂回答，张阿德已几步跨出房门，一阵风似的走了。封大嫂追到楼梯口，连喊：“张大哥！张大哥！”

张阿德已无踪影，她才想起还没细问张阿德这两年的遭遇，不觉“哎”了一声。

三

张阿德这两年并没遇啥意外。他前年随着民顺轮到武汉装载八路军办事处的人员撤退到宜昌后，果然受到日本飞机的轰炸，幸好中共人员已安全起岸了。

民顺轮虽没炸沉，却炸坏了，船员也有死伤，当时张阿德被爆炸的气浪扫入江中，顺水流了几十里，终于在古老背被救起，所以有他被炸死的传闻。

民顺轮不能航行了，准备由拖轮拖回重庆进厂修理，但拖到三斗坪，被留在那里暂时做了趸船。

张阿德被公司指定留船看守机舱，一守就是两年多，虽然心急如焚，记挂着家中，但也无可奈何。

他接到过秋莲的家信，晓得她生了一个儿子，有封大嫂热情照护，稍微感到放心。

他也给秋莲回过信，自己省吃俭用按月往家寄钱，哪晓得全被路保长昧心私吞了！

这次民顺轮被拖到重庆准备进厂修理，他才得随船回来。

当民顺轮在大佛寺江中抛锚后，他便迫不及待坐渡船上了岸，沿着江边崎岖的小路走回窍角沱。他看见家中的住房成了一堆瓦砾，已另有难民在废墟上搭起了简陋的地棚。

他认定秋莲母子俩一定寄居在封大嫂家，所以径直寻了去，果然不差，哪晓得秋莲却出了意外。

生活对他的磨难太残酷了，命运像一个阴险的小人，躲在暗处捉弄他。失掉阿苇的创伤还没在他心上平复，秋莲蓦地又要从他生活中消失。

他急速从封大嫂家中出来后，脸上罩着阴云，咬着牙，紧闭着嘴，走到河坝。阵阵夜风袭来，他不禁打了一个冷噤，在夜色中迷惘地站住了。

他茫然地举目回顾，在浓厚的夜幕下，景色显得异常模糊，只有对岸青草坝繁密的灯光映亮了半边天，铆钉枪的声音清晰可闻。

他徘徊了一会儿，沿着江边想走回大佛寺去。他机械地摸黑走了一段路，不由犹豫起来，想到回船去孤零零地睡在那间狭小沉闷的舱房中消遣时光，心里就觉压抑得受不了。

他想在岸上多待一会儿，漫无目的地从一条斜径爬上了江边的岩石，想在这里坐一会儿，思考一下如何去寻找秋莲，把纷乱的思绪理顺。

他爬上岩石，又呆住了——这里恰巧是春燕投江的地方，前年离开重庆前夕，在这里与杨佑成待过。

可是，这里早变样了。岩石上又凿出了更多的石鼻子，更多的纤藤拴在石鼻子上。岩岸下靠满了木船和排筏，船火闪烁，传来阵阵的人声，显得很嘈杂。

岩石上一字排开着新建的无数间捆绑房子，都是小酒店和杂货店，显然是专做船民生意的店铺，时过午夜，还很热闹，按拳行令的声音处处可闻。

张阿德久已戒酒，这时不禁向小酒店走去，想借酒消愁。

他选了一家空荡少人的小酒店，店正中顶上挂着一盏双头瓦质菜油灯，油灯的火苗在风中闪烁，店里的光线时明时暗。

他刚跨进店内，听见一个沙哑的声音在喊他："张师傅，张师傅……"

这声音听来若远若近，若有若无。张阿德吃了一惊，凝神向里望去，看见从角落的小桌边站起一个人来，正向他招手，由于光线太暗淡，看不清是谁。正在犹豫的时候，那人身体佝偻，迈着蹒跚的步子向他走来："张师傅，来喝酒。"

张阿德马上就认出来了，喊道："谈明清，谈师傅！"

一反常态，谈明清死死抓住他不放，硬要请他喝酒："张师傅，我快走了。请你喝酒，一定要赏脸。"

"走，你走到哪里去？"张阿德很觉意外，惊讶地问。谈明清没回答他，只是拉他一起去喝酒。

张阿德只得跟谈明清走到小桌边，面对面坐下。

船员从来吃喝不分彼此，谁有钱便由谁请客，大家视为理所当然的事。因为谈明清性情古怪孤僻，从不与人交往，今夜硬要请客，使张阿德十分惊讶。他见桌上摆着一碟豆干，一副筷子，一只酒杯，碟里的豆干快吃光了，说明谈明清已独自喝了很久。

掌柜的又兼跑堂一整个店只有他一个人经管——又送上了一副杯筷。

谈明清举起瓦酒壶摇了摇，见里面存酒已不多，用沙哑的声音对掌柜说了几句。

一会儿，掌柜送上一壶酒，两碟小菜——不过豆干、花生米之类，这样的冷酒馆只卖这些价廉的佐酒菜，叫吃冷靠杯。

谈明清给张阿德斟满酒，语音含糊不清："张师傅，喝！"

张阿德言语也不多，举起酒杯猛喝了一口，因多时没喝酒，他嘴里发出嘶嘶的声音，这干酒太厉害。

张阿德没用筷子，从碟里拿起一块豆干，掰了一点放进口中咀嚼着。

在暗淡的光照下，张阿德看不清谈明清面部的表情，只见他下颌不断张动，在咀嚼着花生米，牵扯着蓬乱的胡须直是抖动。

张阿德这时又问："谈师傅，你说要走，到哪里去呢？"

谈明清将口中的食物吞了下去，偏着头像在沉思，一会儿，转过头来，喝干了自己杯中的酒："干！"像是在自言自语。

张阿德见没回答他的问话，也不介意，自己闷声不响喝起来。他俩喝完了一壶干酒，又换上一壶，彼此都有了几分醉意。

突然，谈明清主动打破了沉寂，用迂缓而低沉的调子说："张师傅，我晓得你是一个好人，我……"

张阿德扭头看了一眼远远坐在柜台里的掌柜，见他实在倦了，伏在柜台上打着瞌睡。酒店只有他与谈明清两个酒客。他见谈明清说了几句蓦地又停住了，于是轻声说："谈师傅，你信得过我，有话就请说吧！压在心里难受哇。我也是从小受苦受难的人，我……”他想到自己的过去以及目前的处境，话音有点颤抖。

谈明清仿佛被张阿德真挚的感情打动，伸出粗糙的指头指着对岸青草坝，用断断续续的语句说：“我看见青草坝……心中就像刀绞，我……原先那个家，离三洞桥不远。我……我的婆娘真像一朵花哩！”

“哦……”张阿德从没听他说过这些，想不到在这时他会谈起他的过去。

谈明清的话音里饱含着怀念和惆怅，自言自语地重复说：“唉，我婆娘真像一朵花哩！”

张阿德见他又沉默了，亲切地问：“谈师傅，你的婆娘现在哪里？”

谈明清垂着头说：“我婆娘现在溉澜溪那山上的塔边。”张阿德更觉惊讶，问：“谈师傅，你为啥不去找她？”

谈明清在暗影中苦笑，十分忧伤地说：“死了，她投江死了。”他斜指着对岸溉澜溪的方向，“埋在溉澜溪那山上的塔边！”

“哦！”张阿德十分愕然。

沉默了一会儿，张阿德问：“为啥会投江？”他晓得谈明清的脾气，以极其小心的语气问。

谈明清将头垂得更低，像熟睡似的毫无动静。

张阿德没再问，端起酒杯喝了一口酒，也没夹小菜吃，轻轻地叹息了一声。

这时一个船民提着一只瓦酒壶进门来，将壶往柜上一放，发出“咚”的一声响，大声说：“打酒！”

正在打瞌睡的掌柜顿时打起精神，站起身伸了一个懒腰，打了一个哈欠，先将结了灯花的菜油灯拨亮，然后给打好酒，收了钱，眼见那个船民提着酒壶走远了，才慢吞吞地从柜台后走了出来，走到他们的桌边问：“还要酒吗？”

谈明清执起酒壶靠近耳边摇了摇，用细小的声音说：“再来一壶白干！”

掌柜送上酒，又张口打着哈欠回到柜台里坐下，继续打瞌睡。

谈明清喝了几口闷酒，长长叹息了一声，低哑的声音里含着哭音：“我的婆娘像一朵花，死了，投江死了……”

谈明清歪着头，呆呆地朝铺面外黑压压的空间望去，一会儿，他转过头来，多年积压在他心头的悲痛，像决堤的水，毫无阻拦地奔泻出来了。他虽然声音仍然很低，时断时续，但却越说越流畅。

他说："我原是一个无家的孤儿，天天在民成船厂河坝捡荒货[1]，过着半饥半饱的日月。我遇见一个好人，一个姓张的铜匠师傅看我可怜，收我做了他的徒弟。

"我肯吃苦，学得很专心，三年师满，我成了手艺不错的铜匠。

"我师父却老了，病了，再不能干活，被厂里解雇了。

"我师父为人胆小怕事，常叫我要守本分。还给我谈'张公百忍'最终得福的故事，叫我凡事要忍让，随和。

"我最敬我的师父，因为他把我从苦海救出来，使我有了混饭吃的本领。我把他的话一直牢记在心上，当成处世的金言。

"不过，我师父逆来顺受一辈子，到头来孤身一人，在病痛中过得十分凄凉，并没像张公那样得福。我成了他唯一的亲人，我俩像父子相依为命。

"我师父将他最后一点积蓄拿出来为我娶了媳妇——他师兄的独生女，她父母早亡，也是只身一人。

"不久，我师父终于油干灯草尽，伸腿死了。他临终时还嘱咐我说：'张公百忍'，你一定要记牢，记清。

"我埋头干活，不管闲事，真得到不少好处，工头年年给我加薪。我忍让的功夫很深，别人将口水吐到我脸上，我眉头也不皱一下，让它阴干。

"我婆娘叫杜鹃，比真正的杜鹃花还好看哩。她性格温柔，待我很好。

"有一天，我婆娘对我说，她怀毛毛了。

"我从此干活更勤奋卖力，回家也抢着干家务事，怕她伤了胎气。

"不晓得为啥，我婆娘脸上的笑容没了，常常独自发怔，用愁闷的眼光看我，有些神思恍惚的样子。

"我问她：'你是不是不舒服？'她只是摇头苦笑。

"我问她：'我是不是惹你生气了？'她仍然摇摇头苦笑。

"我以为她不过是在害喜[2]，便不再追问她了。

"我发觉她有时对我想说不说的样子，心里觉得奇怪，认定她有啥重大事情瞒着我。她为啥要瞒我呢？我没认真去想，也没问个究竟，因为我下工回家，确实

1 拾破烂。

2 怀孕引起的不适。

太累哪。

“有一天，她突然对我说：‘明清哥，我们搬家吧！’

“我惊愕地望着她，半天出不得声，怀疑自己听错了。

“她接着用哀求的眼光望着我，焦急地对我说：‘明清哥，求你听我的话，辞去你厂里的事，我们搬家！’

“我不问青红皂白，大声责备她：‘辞去厂里的事搬家！亏你想得出，为啥？’

“她急得流泪，只是不肯说出为啥！还是说：‘我怕……明清哥，你不用问，为了你，也是为了我，求你听我的话，快辞去厂里的事，我们把家搬得远远的。’

“我真怀疑她发了疯。我在厂里干得好好的，工头对我很好，时常到我家来问寒问暖，还答应年终又给我加薪。辞去厂里的事，我到哪里去找饭碗哩！

“我说：‘你要我把现成的饭碗丢掉，难道你发疯哪？究竟出了啥事？你说呀！’

“她把自己的嘴皮都咬出了几个牙齿印，但终归没说出缘由来，真急人。

“她双手捂住脸，只是哭。

“真恼火，把我也逼急了，双手扶住她的肩摇晃：‘我的先人，你把话说清楚，为啥？’

“她一会儿才忍住哭，拉住我的手说：‘明清哥，我怕……你听我的话，求你现时不要问我缘由，我们搬得远远的，凭我俩劳动，我能吃苦，我去给人洗衣，去给人缝补衣裳，去捡荒货，是饿不死的。’

“我婆娘说话颠三倒四，使我心烦，我不再问，扭头便走了。

“从这天以后，她不再向我提辞工搬家的事了，一切就恢复了原样。

“唉，我发觉她晚上常做噩梦，每回都从梦中哭醒了，紧紧揽住我不放。

“她难得有笑脸，我关切地问她，她总是忧郁地摇头不说话。

“有一天，我离家去上工，她突然追了出来喊住我，吞吞吐吐半晌才说：‘明清，我今天心惊肉战，怕要出事，你不等放工早点回来吧，最好请几天假。’

“我那两天活儿忙，一艘轮船要出厂，扫尾的铜匠活都要赶做好，并且工头答应给我一笔奖金。婆娘以后坐月子需要钱，我正拼命干活想多凑一些钱。

“我当时真有些冒火，认为她的要求莫名其妙，推了她一把便走了。

“下工汽笛拉过了，我正收拾工具准备回家，工头走来硬要我加班，要我过江到玄坛庙去修一艘轮船，说厂里连摆渡的划子也给我派好等在江边。

“虽然我记起了我婆娘要我早回的话，但我从来对工头是恭顺听话的，我稍微犹豫了一下，便二话不说，立刻提着工具桶下了渡船。

“摆渡到了玄坛庙，上轮船检查，才晓得是锅炉高压泗汀管漏气，而我却没带金属盼更[1]，只好坐渡船回厂去拿。靠渡船的地方离我家不远，我怕婆娘盼我回去会牵挂，便摸黑回家准备与她说一声。

“房门关闭着，里面亮着菜油灯。我正准备敲门，蓦地听到屋里传出一个男人低沉的声音：‘你今天再不顺从我，看看我的厉害，谈明清的生死就握在我的手板心里。’

“我十分吃惊，弯腰从门缝里向里看……

“我看见工头伸出粗大的双手想抱住我婆娘调戏，我婆娘一脸惊恐的表情，抗拒着不断往后躲，头发散乱，口里苦苦哀求：‘我求求你，请你放过我，我来生变牛变马报答你老人家……

“昏黄的灯光下不易看清工头的面孔，只听他狞笑着往前逼：‘不要怕，你男人这时不会回来，我派他过江修船去了……’

“我全明白了，忘了‘张公百忍’，伸脚踢开薄木板门，奔了进去。

“工头初见我有些惊慌，急迫想夺门往外溜。我拦住了他，一股怒气直冲脑门，我举起一张方凳想向他砸过去……

“工头见无路可走，反而镇静了。他双手叉腰，大声一吼：‘谈明清，你敢打我，要造反不成!’

“我像耗子听见猫子叫，浑身都软了，突然想到‘张公百忍’。我双腿发抖，举起的方凳差点从我手上掉下来。

“我婆娘却硬扎起来，为我鼓劲：‘明清，砸呀，砸这个双腿畜生。’

“我额上冒汗，双腿发炬，一个个‘忍’字像走马灯似的在我眼前晃动。

“我终于像泄气的车胎，无力地将方凳放下，外强中干地喊了一声：‘滚!’

“工头溜走了。我婆娘却怪我无用，白便宜了他，轻易放他走了。

“我不及分辩，问我婆娘：‘你为啥早不跟我说!’

“我婆娘含着泪水回答我说：‘明清，我不敢跟你说，怕你是硬汉子会惹出事

---

1 填料，密封用。

来，哪晓得你却是个软弱无用的人！'

“我这才辩解：'我凡事忍让，太阳菩萨定不负我，再说，不忍，我又能把他怎样！'

“我婆娘只是轻轻叹口气，抹干泪水说：'明清，你们工头一肚子坏水，你放过他，他绝不会放过我们。明天你不要上工，我们赶快连夜收拾点东西远逃他方吧！'

“我还是没把我婆娘的话听进，认为我没伤害工头，是他亏理；再说，我埋头苦干，要找我这样的铜匠不容易，工头绝不会暗害我。

“我第二天照常去上工，临走时，我婆娘抓住我不放，真像生离死别一样。我心里烦躁，推开她，头也不回地走了。

“工头见了我谈笑自若，好像没有发生过昨晚那件事一样，连我后来没去玄坛庙的事也没责怪。

“我心中的不安顿时消散了。我想：人心是肉做的，我宽恕他，人心换人心嘛！

“工头好几次递香烟给我表示友好，我居然接受了，虽然我不会吸烟。

“下工汽笛响了，我走出厂门，暗笑我婆娘把事情想得过分严重。我心情开朗，脚步轻快，想早点回家让婆娘早放下心来。

“我走到一个小巷，突然从两边钻出两个戴墨镜的人来，一人用手枪抵着我的胸，低沉地说：'谈明清，你的事犯了，跟我到稽查处去！'另一人立刻给我戴上手铐……”

谈明清边谈边喝酒，壶中的酒已空了，碟里的小菜所剩也不多了。

张阿德听见上门板的声音，回头望去，见掌柜的已经在上门板关门——这是逐客的表示，才感到夜已很深了。他说：“谈师傅，喝干门前清，走，回船。”

谈明清提着装满酒的葫芦，抢着付了酒钱，张阿德身上剩的钱不多，也没与他客气。

走出酒店，眼前一片漆黑，空中的云层很厚，看不见星星。

他俩站了片刻，借着江边船火的微光，还是可以勉强看清江边依稀的小路。张阿德见谈明清脚下有些踉跄，晓得他喝的酒比自己多，要上前搀扶他走，可是谈明清却不要他搀扶，硬要自己走，张阿德只好由他。

四

到了大佛寺岩岸，恰巧民顺轮的渡船推过对岸去了，他俩只好坐在岩石上等候。

张阿德摸了摸发烫的面颊，江风迎面吹来，觉得十分舒畅。他不过六分醉意，头脑仍很清楚。

由于对谈明清身世的关切，他早忘了自己的烦恼和忧郁。刚才酒店内听了谈明清谈他的过去，彼此的距离陡地缩短了——同是天涯沦落人，阶级的苦难比什么都深重，他更感到一个共产党员的责任重大。

谈明清在夜色中垂着头，一动也不动，刚才打开的话口袋系上了。

张阿德很想晓得谈明清没说完的遭遇，后来杜鹃究竟怎么样……他不便贸然问他，大家都沉默着。

岩脚下长江的流水哗哗地响着，民顺轮模糊的轮廓时隐时现，江上起雾了。

张阿德见谈明清站了起来，双脚不断地踏动，在活动蹲僵了的脚腿。他忍不住问："谈师傅，你刚才还没谈完，以后的事情呢？"

谈明清坐下，双手抱着膝头，头部挨近膝头上，并没回答。一会儿，谈明清低低地叹息一声，喃喃自语："我要走了……"

张阿德听他一再说要走，不晓得他为啥要走，走到哪里去？他没有问，只是心里感到纳闷。

谈明清的声音很细，像从石缝里传出来的，可是张阿德却听得很清晰。

谈明清说："唉，我积压在心中的话也想倒一倒！"

他低沉地咳嗽了一声，接着酒店里中断的话，说："我被带到稽查处，他们说我有异党嫌疑，想造反。

"对我用过刑，要我按他们的意思招认。我当然熬不过刑，按他们的意思招了。

"我的供词，连他们的法官也不敢相信，草草判了我两年刑，送我坐了监牢。

"坐牢的苦不用说，我牵挂我的婆娘，不晓得她哪个维持生活，坐月子顺不顺利，急得我度日如年，唉！

"两年刑满，我从牢里出来，真像从丰都阎王殿跑出的夜叉，已被折磨得变了人样。

“我急急赶回家，一看愣住了——房主已把房子租给了新的房客。

“我婆娘哪去了？家呢？我快急疯了。从邻居那里，我打听到我婆娘的情况……

“自从我被捉去以后，我婆娘探听不到我的下落，再加工头日夜去纠缠，我婆娘被逼得精神失常。

“我婆娘不分日夜，披头散发沿着梁沱内梁大哭大笑，凄惨地呼唤着我的名字，听过的人说，真比杜鹃鸟的啼叫声还凄惨。

“有一天，厂里装工友上轮船施工的渡船刚离岸，我婆娘追着渡船哭叫：‘明清，明清，你等等我，等等我呀！我怕，你抛下我，我怕啊！’

“我婆娘撕肝裂肺的喊声，连铁石人听了也要下泪。

“我婆娘不顾一切追着渡船，跳过几块岩石，继续喊：‘明清，明清！你莫抛下我，我怕，我怕啊！’她已奔到陡岸边，不顾脚下，还是往前跑……”

谈明清说到这里，将头埋在膝头上，像孩子般啜泣起来。张阿德心情沉重，也默不出声。

谈明清止住了啜泣，抬起头来呆呆地望着黑沉沉的夜空出神，半晌又说：“我婆娘掉进梁沱里淹死了。工友们赶忙将她打捞起来，身体还没发僵，她肚里的胎儿还在跳动哩！”

张阿德看不清他脸上的表情，听他又低低地干哭了几声。

背后半山腰传来一阵公鸡的啼鸣，离拂晓不远，雾气更浓了。

谈明清唏嘘了一阵，又说：“我婆娘由工友们凑钱掩埋了，就埋在溉澜溪山上的古塔旁边，用乱石砌了一个坟。我赶去烧钱化纸祭奠她，见坟上已长满了荒草。她死后也是孤零零的。

“我那时真不想活哪，工头欠下我的血账，我要他用血来还。我一气之下，决心要找工头拼命。

“为了鼓起我的勇气，我喝了许多干酒，藏了一把菜刀在身上。这是一个月黑头的晚上，我躲藏在工头时常经过的路边，伏在一堆茅草后面。

“工头哼着小调过来了，我可以听见自己的心在咚咚乱跳，顿时紧张万分。

“我已看清工头的身影，正要纵身扑去，蓦地想到监牢里可怕的生活：杀了工头，我马上又会成为牢里的囚犯，并且是死囚犯……

“我想到这些，拿着菜刀的手开始哆嗦起来，我报仇的勇气动摇了。这时，好像有人在我耳边反复说着四个字：‘张公百忍。’我心头出现了一串串‘忍’字……

“我婆娘在世时，说我软弱无用，真被她说准了。我举起的刀蔫耷耷地垂下，躲在茅草后面连大气也怕出得，眼看着工头经过我的面前，又大摇大摆慢慢响着脚步走远了，最后听不到一点声息。

“我喘了口气，揩抹着脸上的汗珠，背心也汗湿了。

“从此，我再也鼓不起寻工头拼命的勇气，只是在三洞桥码头一带游荡，过着吃不饱饿不死的生活。

“工头见我在三洞桥一带游荡不肯离开，反而有些害怕，害怕我找他报仇，托人来对我说：只要我愿回厂，他愿原薪原职收留我。

“我没有勇气杀他报仇，但那时说啥也不能麻木不仁，在他手下继续做工呀！我当然拒绝了。

“工头并不晓得我是个不中用的软骨头，安不下心，又找人传话说：不管我啥时去找他，他都可以收留。要是我肯离开重庆，远走他方，他愿意送我盘缠。

“我在三洞桥游荡，触景伤情，痛苦万分。我没要工头送的盘缠，便自动离开了重庆，沿着长江两岸滚码头混饭吃。

“唉，我在长江两岸洒遍了汗和泪，忍饿受冻，使我老得很快，不满四十岁便像老头了。

“我啥也干过，拉纤、码头小工、叫花子[1]、抬死人出葬、扛出丧牌、扯旗打伞……

“生活的折磨，搞垮了我的身体，把我剩下的一点刚气也磨得没影儿了。我变得麻木不仁，像一条狗那样地活着。

“为了忘记过去的伤心事，我成了酒麻木，爱酒如命，只有喝醉的时候，我才暂时得到了超脱。

“有一次，我在万县码头，已饿了两天没半点东西下肚，肚囊皮快贴着脊梁骨了，实在无路可走，快绝望了。意外地我却在码头上遇见了那个害得我家破人亡的工头——他已经在轮船上当轮机长了。

1 四川话，乞丐。

“我忘了仇恨，忘了羞辱，记起他曾经许过的愿：不管啥时找他，他都收留我。我厚着面皮找他，他认了半天才认出是我。他犹豫了一阵，可能他还没忘记我有一套很高明的铜匠手艺，便收留了我。”

张阿德听到这里，不禁脱口而出：“哦，原来害你家破人亡的那工头是伍大车！”

谈明清没有否认，长长叹了一口气，含着哭音说：“伍大车欺我软弱，把我当成‘杀鸡吓猴’中的鸡，哦，我成了可怜的鸡，难道我是天生的软骨头，任人宰割！

“我也想到反抗，不相信‘张公百忍’可以得福。可是，要下这样的决心难哪！我过惯了这样屈辱的生活，习以为常，自己也看不起自己，我要活呀！

“我实在忍无可忍，也悄悄下过决心，再忍一百次就不忍了。我床头上写的正字便是我记下的忍让账。

“我不过自己骗自己，记满了一百次又怎样！我敢反抗吗？不敢啊！一百次又一百次，年复一年，我终于像狗一样地活下来，甘愿当鸡。

“我的婆娘杜鹃在阴间会怎样想呢？她一定会骂我是软骨头，废物。”

谈明清说到这里，情绪却少见地激动起来，提高了沙哑的声音：“我该受她的骂，我……”他带点神经质地用双手狠抓住自己的乱发撕扯，“我不是人，我活着不如狗，我实在对不起我的婆娘，我……”

他的声音渐渐低下去，最后变成了喃喃不清的自语。

张阿德正想安慰他，可是谈明清骚动的情绪一会儿便过去了。他拿起搁在身边的酒葫芦，拔开塞子凑近自己嘴边猛喝了几口，发出咕噜咕噜的吞咽声，然后用衣袖一抹嘴唇，将酒葫芦递到张阿德面前：“娘的，不谈这些，喝！”

张阿德接过酒葫芦并没喝，呆呆地捧着酒葫芦出神，他觉得心间被压抑得喘不过气来。

夜色更浓，他俩彼此都看不清对方。张阿德听见谈明清粗浊的鼻息声，才感觉到他的存在。夜空中飘散着阵阵酒香。

第二十三章

一

封丽华不等天亮便轻脚轻手起了床，漱洗完毕，提着印花布包袱准备出门。

封大嫂昨晚睡得晚，被吱嘎的开门声惊醒。她从床上坐起，揉着惺忪的睡眼说：“丽华，离天亮还早，为啥不多睡一会儿?”

“妈，我睡不着啦!”丽华边掩门边回答说。

“哎，不管啷个说，路上怕不清静，等天亮再走呀!”封大嫂将床头边的电灯开关打开，大声说。

丽华站在门外说：“妈，你听屋后那槐树上，麻雀都喳喳叫啦！开头的轮船早响着汽笛开过去啦。”

封大嫂觑了一眼壁钟，短针快要指到六点，时近深秋，东方一定已麻麻亮了。她口气松动了：“好吧，早去早回，路上要多加小心，免我牵挂。”

“好！妈，你放心。”丽华柔顺地在门外回答，响着脚步走了。封大嫂觉得很困，“叭”地关熄了电灯，躺下又睡了。

封丽华提着印花布包袱，沿着江边小路急匆匆往海棠溪的方向赶路。

她迎着灰蒙蒙的晨光往前走，被江风一吹，不觉打了个寒噤。深秋季节早晚冷，她穿的夹袄显得太单薄了。

可是她的脚步轻快，脑后拖着的一根独辫摆来摆去很有节奏；她脸上挂着微笑，专注地看路，明亮的眼睛闪烁着天真无邪的光芒。

她是一个内向的小姑娘，神态腼腆羞涩，心中的热情不易外泄，快乐时不过挂一丝笑意在小巧的嘴角；忧郁时不过微蹙着淡淡的细眉。她是一个惹人喜爱的小姑娘，不仅因为她面目清秀、端庄美丽，尤其她那温柔善良的神态，使人一见便会留下强烈的印象。

走过了龙门浩，丽华不再有凉意，因为走路急，端正的鼻端冒着细汗。

天已大亮，路上的行人多起来。南岸一带还没装上自来水，下河挑水的担子熙来攘往络绎不绝。在狭窄的路上，她不时要停下脚步让到路边，等挑水担子通过后才能再走。

天空中有浓厚的云层，肯定不是晴天，日本飞机来空袭的可能很小，黄桷垭、黄山上那些新村的达官富商都坐着滑竿下山，忙着去大城办事或玩乐，因此，江边小路更加拥挤。封丽华时走时停，等她赶到海棠溪公共汽车站时已经不早。她生怕买不到车票，穿过车站外的许多吃食摊，虽然感到饿，也没停留下来吃一碗担担面，急急赶进站内排队买票。

她排好队，见前面只站了七八个人，不觉松了口气，摸出麻纱手巾来揩汗。

稍候了一会儿，开始售票了。刚卖出了几张车票，便挂出了“票已售毕”的小木牌，窗口“砰”的一声关上了。

站在前面的几个人骚动起来，一个青年人使力拍击着关闭的窗口大声责问：“喂，喂，你只卖了几张车票啷个就售完啰，那些车票卖给谁啦?”

窗口里没有动静，那个青年人火气更大了，用拳头捶击着窗口的木板，发出很大的砰砰声，眼看木板快碎裂了。

这时售票窗口蓦地打开了，一个脸上长满骚疙瘩、蓄着飞机头的年轻职员的头在窗口出现，凶神恶煞地大声吼：“走，走，走，再拍窗口便对你不客气。”

窗口前顿时拥上几个旅客，七嘴八舌与他争论。

那个职员横不讲理地说：“老子卖完就卖完，你胆敢怎样!”

不晓得哪位旅客由于太气愤，往窗口吐了一泡唾沫，不偏不倚恰巧飞到那职员的鼻尖上。

窗口“哐当”一声关上了。

一会儿，来了两名交通总队的警察，手里执着警棍，一个大麻子警察走在前头，露出两瓣金牙：“刚才是哪个龟儿闹事，谁吐的口水?”

胆小怕事的人开始溜了。

大家沉默着，一道道愤怒的目光集中在这两个警察身上。

“散开，散开!”

两根警棍在人群头上挥舞，警察在大声吆吼。

大家敢怒不敢言，慢慢散开了。

封丽华眼见买车票已没希望，急得眼眶闪着泪光，差点要哭出来。她无可奈何地随着大家散开，失望地走出车站。

她刚走出大门，从旁边闪过一个穿长衫的中年人，手里拿着几张车票晃动：“到土桥去的车票，五块钱一张，要不要?”

封丽华没有停留，继续埋头往前走，黑市车票太贵，她问也没问一声。

有人气愤愤地往地上吐唾沫：“窗口不卖，搞出来卖黑市，岂有此理，这世道……”

封丽华站在车站里彷徨起来，没买到车票怎么办！她蹙着眉尖发愁。

她脚一顿，下决心步行到土桥！

她确实觉得饿了，要走远路，不吃点东西不行。在小食摊旁，她踌躇了一阵，舍不得多花钱，结果花了两角钱买了两个烧饼放进包袱内，准备在路上吃。

封丽华从海棠溪街上走过，见两边店铺门外都用竹竿挑着布帘儿，写着“抗日大贱卖”或“捐款大拍卖”之类的广告，以招徕顾客。抗战时期，爱国成了时兴的事情，商人也利用上了。

她无心观看这些，埋头向街口走去。

一条碎石公路从街口向远方延伸，可以通往湖南和贵州，这是抗日后才兴建的。

街口边摆着十几乘滑竿，向没买到车票的步行人兜揽生意：“南温泉、土桥……减价欢迎！”轿夫也学会了商店的生意话。

封丽华对直走过，她当然坐不起滑竿。

一群放遛遛马的马夫牵着马也等在街口揽生意，一片讲价声甚是热闹。

封丽华沿着碎石公路往前走了一段，渐渐清静了。公路两旁遍植着槐树，这树生长快，已是绿树成荫。幸好，公路上步行的人很多，有学生，教师，贫苦的市民。他们买不起黑市车票，也无力雇滑竿，更无钱骑马，当然只好步行。

在抗日时期，他们习惯了这样的生活，爱国的热情使他们安之若素，他们体贴国家在战时的困难，并且认为越节俭越光荣，这是极其可贵的好风尚。他们把满腔的怨气都发泄在日本侵略者身上，认为只要将日本人赶出中国去，就会苦尽甜来。因此，他们在公路上走着并不垂头丧气，个个谈笑风生，并不觉苦。特别是青年学生，唱着抗日歌曲，挺胸昂首大步往前走。

封丽华觉得饿了，取出包袱里的烧饼，边走边吃，怕掉队落单。她将两个烧饼吃了下去，又觉得口渴难忍。她忍渴走了好几里，才见路边有一个茶摊，她站住歇息一会儿，喝了两碗老荫茶，真痛快。

她走了半天，感到有些疲惫，但情绪依然很高。她从没走过这样的远路，碎石公路在丘陵中起伏，时而上山，时而下山，眼前望不尽层层的梯田，苍松翠竹点缀其间，景色十分秀美，使人心旷神怡。

丽华与何大名从小一起长大，从没分开过，十分友爱。她有好久没见大名，心中着实惦念。大名在来信中，将清华中学的环境说得那么美，她真想亲眼见见。想到这些，丽华忘记了疲乏，仿佛越走越有劲。

路遥知马力——这话不假，走过罗家坝，丽华便感到体力不支，脚步渐渐慢了。

正巧前面停着一辆卡车，司机助手站在车后招手大声喊：“搭黄鱼[1]的快，快点！”

封丽华不懂搭黄鱼是啥意思，见许多人加快脚步往卡车奔去，她意识到是去搭汽车赶路，于是也跟着在后面跑。

她人小脚短跑得慢，等她跑到卡车尾部，所有人都已爬上了车厢，司机已发动引擎，排气筒喷着淡淡的青烟。

丽华急了，手上提着包袱，伸手攀住挡板想爬上车去，但力气太小，车厢太高，她爬了几次都掉了下来，急得她差点“哇”地哭出声来。

当卡车刚往前开动时，幸好一个学生模样的青年人搭了一把力，将她拉上了车厢。

丽华站稳脚，用空出的一只手攀住车厢挡板支持住身体，轻轻舒了口气。

她怕人看见她眼眶里刚才急出的泪水，回过脸去，避开别人的目光，悄悄揩干。

汽车开得飞快，在碎石公路上颠簸得很厉害。丽华蓦地想起，自己还没问清这汽车开往哪里，便糊里糊涂地跟着大家抢上车，谁晓得这汽车是开往哪里呢！万一……

丽华刚才松快的感觉，顿时消失得无影无踪。

她想问，但见车上人有说有笑，全是陌生的面孔，实在鼓不起这个勇气，暗自感到焦急。

她想，这车若不开往土桥，会把她带到哪里去！后果太可怕了。她心中无限懊悔，紧抿着嘴唇不让自己哭，真想喊司机停车让她下车去。

丽华惊惶四顾，只见光秃秃的山丘，翠绿的树木，亮晶晶的水田不住往后飞退，连眼也看花了。她眼眶里又闪着泪光，感到束手无策，不晓得如何才好！

汽车开了十几分钟，慢慢靠近公路左边停住了[2]。穿着一身油腻工作服的司机助手从驾驶台跳下来，站在车旁大声说：“土桥到了，每人收两块钱！”

封丽华听说土桥是个集镇，但这里很荒凉，连住户都看不见一家。她不及细想，忙跨出一只脚去，急切想翻过挡板下车去，可是离地太高，她攀着挡板两脚悬空地吊着，上不能上，下不能下，又不晓得如何才好！

幸而刚才那个青年学生又站在地上帮了她一把，她才松开手，两脚轻轻着

1 司机私自带客叫卖黄鱼或带黄鱼，搭车的人叫搭黄鱼。

2 那时规定汽车靠左驶，是采用英制。抗战胜利后，才改为汽车靠右驶，是采用美制，沿袭至今。

了地。

丽华从怀里摸出一个小布包，极其小心地，一层层打开，露出了一沓钞票，大概有二十多元，是她瞒着封大嫂从自己伙食钱里省下积攒的，准备送给何大名作零用。

她取出两元钞票付了车钱，又仔细地一层一层包好，郑重地放回原处，还不放心似的，在短夹袄外摸一摸，生怕没放妥当会丢失。

丽华前后一望，看不见集镇的影子，公路两旁都是山坡，庄稼已经收割，光秃秃的异常单调。

她紧跟在大家身后沿着公路往前走，刚才乘的那辆汽车响着喇叭从他们身边开上前去了。

正好那个两次帮助过她的青年学生离她不远，她加快脚步赶了上去，腼腆地问："先生，这里离土桥还有多远?"

因为她的声音很小，那个青年学生正专注地往前走，没有听见。丽华见他没回答，脸羞得通红，再也鼓不起勇气问他。

这时，正好一个人边走边发牢骚："这里离土桥还有两公里，司机便叫我们在这里下车，真是岂有此理!"

另一个人解释说："兄弟，你可能是第一次搭黄鱼不知情，土桥设有检查站，不许货车带黄鱼，所以要我们提前下车。"

丽华心中的疑团这才解开了。

走了一会儿，果然远远可以看见土桥的影子，在苍翠的树丛中，隐隐现出点点的房屋。

二

土桥原来是一个小乡镇，建筑在公路右边的山岗上。眼下却空前繁荣起来，沿着花滩溪两岸，修起了幢幢的新村，住着从下江逃来的政府官员和富商。南温泉离这里不过十里，有蒋介石和孔祥熙的公馆，许多达官显贵都在那里建有别墅，因此，土桥的地位便显得重要了。并且离这里不远的李家沱是长江边上的水码头，汽车轮渡从九龙坡过江，都要经过土桥。

离桥不远是公共汽车站，一排篾席搭的棚子，有茶馆也有酒家，十分热闹。

丽华经人指点，才晓得清华中学在花滩溪对岸的山上，碧蓝的溪水从山脚蜿蜒流过，山上葱绿的树影中现出学校整齐的楼房。

丽华眼见到达了目的地，马上就可以看见大名哥了，心里十分兴奋，忘了疲累，也暂时忘记了口渴，将包袱紧紧地攥在手里，嘴角露出一丝微笑，加快了脚步。

她往前走过了公路桥，见右边一条小路口竖着一块木牌路标，上面画着一个箭头，指向一行字——“清华中学由此去”。

公路的左边还停着几辆小轿车，由两名卫士看守着，她瞥了一眼这几辆小轿车，便向小路口走去。

小路铺着青石板通向花滩溪边，丽华沿着小路走了一段便到了一棵黄桷树下，树荫下有一座石桥横跨溪上。

丽华从石桥走过小溪，听见山嘴那边传来雷鸣般的吼声。她觉得奇怪，转过山嘴抬头一看，原来几百米外有一座陡峭的绝壁，花滩溪的流水从岩上向下奔泻，形成了像一匹银缎似的瀑布，在阳光下闪亮，水花飞溅，雾气氤氲，阳光透过雾气产生折射，像彩虹般色彩缤纷。阵阵凉风迎面袭来，使人顿时感到寒意。

封丽华见溪水碧蓝清澈，便离开小路踩着青草和鹅卵石走到溪边，放下包袱，先洗了手，然后双手掬起溪水来喝个痛快，惬意地舒了口气。

她从碧溪里的倒影，看见自己发辫松散，衣衫不整的样子，于是掸去身上的灰尘，重整了衣衫，然后取出一把泸州牛角梳将发辫重新梳理辫好，又对着水面照了照，感到十分满意，准备提着包袱离开溪边上路。

丽华抬头蓦地看见岩上沿着石梯下来一行人，男人个个西装革履，拄着手杖；女人个个花枝招展，气度不凡，前后都有卫士保护，路上的行人纷纷避让。

封丽华停住脚，好奇地观望着。

原来走在最前面的是孔令俊。她穿着一套深棕色法兰绒西装，脚蹬一双浅黄色古巴火箭皮鞋，雪白的衬衫领下打着紫色蝴蝶结，头戴一顶与衣服一色的博士帽。她拄着手杖缓缓而行，顾盼自如，十分神气。

由于石板路比较狭窄，沈小姐只好退后一步紧跟着孔令俊走。

离封丽华不远，孔令俊站住了，含笑观赏着瀑布。跟随的人与孔令俊保持一定的距离，像众星捧月般拥在她身后，显得异常恭顺。

沈小姐自动靠上去与孔令俊相偎而立。孔令俊真像个男人似的，搂住沈小姐的细腰，娇声说：“我的太太，这里风景多美！”

沈小姐乜了孔令俊一眼，笑容可掬地点点头：“唔。”

孔令俊兴致很高，将手杖挂在自己的肘部，把博士帽往沈小姐蓬松的卷发上一放，一手搂住沈小姐的颈子，一手放肆地捏着她富有弹性的胸脯，当着众人的面，低头与她接了个长吻。

封丽华并不认识孔二小姐，当然不晓得她是个女人，见她们这样不怕丑，羞得忙闭上眼，低下头。

孔令俊放开了沈小姐，掏出手绢揩了揩自己的嘴唇，若无其事地向站在附近的薛习永一招手。

薛习永忙分开人群，侧身挤上前去站在她身后，笑眯眯地望着孔令俊，听她要讲啥。

孔令俊取下肘部的手杖指着瀑布说：“薛先生，这样的瀑布若在美国早建了发电站。我们别墅里常停电，舞兴正浓的时候真扫兴。薛先生，你现在没事干，为啥不集资在这里修一座水力发电站?”

薛习永神态颇为尴尬，论辈分，他是长辈，孔令俊却用这样不客气的口吻对他说话，心里感到异常不舒服，但又无可奈何，不敢将自己的不悦流露在表面上。

他搔了搔花白的头发，胖脸上装出谄媚的笑容：“二小姐越来越精明，真是青出于蓝胜于蓝，后生可畏。要是人人都像二小姐这样关心水利开发，我们大后方的建设便大有希望。不过……”

薛习永怕孔令俊真的要他在这里建个水电站，那实在就麻烦了。他迟疑了一下说：“不过，要建立这样的水电站非向美国进口设备不可，水轮机，发电机，高压输电网……要很多外汇，目前要筹集这笔外汇实在不易……”

孔令俊不等薛习永说完，噗哧笑出声来：“薛先生，你怎么担心没这笔外汇！你真要干，不是我——二小姐夸下海口，只要我向爸爸随便一提，再多的外汇也可以解决。再说，我也可以从我存在美国银行里的外汇中拨出一点给你，就足够了。”

薛习永听孔二小姐大言不惭，不觉暗笑。他深知孔祥熙貌似平庸，在钱财上却异常精明，要他拿出外汇来办这样的水电站，肯定是办不到的。

薛习永肥厚的嘴唇角露出一点不易觉察的讪笑，待听到孔令俊愿将她的私房钱拿出来投资，眼睛一亮，顿时眉开眼笑说：“二小姐若愿投资当董事长，我愿意效劳。”

殊不知孔令俊并不专心听薛习永讲话，仿佛忘了他似的。她低声向沈小姐说："我的太太，你看，这瀑布冲出来的深潭水色墨绿清澈，我们在这里游一会儿泳吧！"

她转身向一个女佣招手："张嫂，把衣箱拿过来。"

人群顿时自动让开一条路，张嫂提着衣箱走了过来。

沈小姐站在溪边已感到凉意，猩红的嘴唇一噘，摇摇头，两颗宝石耳坠在阳光中闪烁，声音像银铃："孔先生，这里气温太低，我感冒还没好哩！"

孔令俊听了沈小姐的话后，很觉扫兴。她是任性惯了的，面露愠色。

沈小姐挽住孔令俊的手肘，露齿一笑："陈立夫先生今天约我们去喝午茶，晚宴后还有舞会，我们到温泉里游泳不好吗？"

孔令俊不禁回嗔作喜，向站在旁边的张嫂挥挥手。张嫂会意地提着衣箱退后站往一边去了。

孔令俊抿着嘴唇低头凝思了一会儿，扭过头去向一个飞机头梳得光亮的西装青年吩咐说："孙秘书，我从香港回来，朱佳富先生还不知道，今晚的舞会不可少了他。"

沈小姐不待孙秘书回答，乌亮的眸子一转，乜斜着孔令俊说："让朱先生参加这样的舞会，陈立夫先生会欢迎吗？"

孔令俊被提醒，不觉沉吟片刻，话已说出口，觉得当面收回有失面子，不悦地扫了沈小姐一眼，面对孙秘书说："你对陈伯伯的秘书说，朱先生是我特邀的客人，叫他送一张正式请柬去。"

孙秘书也感觉不妥，但他深知孔令俊的性格，不便多说，连连点头说："好，我去办理。"他后退两步，站远了一些。

封丽华站在不远的路上出神，她还是第一次见到这样势派的阔人，觉得手足失措，心中惶恐不安。

孔令俊从沈小姐头上取下博士帽戴到自己头上，将手杖往地上一杵："走！"

她们在开路的卫士身后又继续一字形往前走。

封丽华按捺不住自己的好奇心，偷觑着从她面前路过的人。蓦地，一张熟悉的面孔从眼前闪过，她差点脱口惊叫起来："哦，秋莲婶！"

她目光紧跟着这人想看个仔细，从走路的姿势看也像秋莲婶，但这人已往前走了好几步，看不真切。

她忘了害怕，踩着路边高低不平的乱石，往前追了几步、想看个清楚。

可是，她立即被卫士喝止住，只得站在那里踮着脚尖聚精会神往前看。她见那女人穿着花衫，提着衣箱，已走在石桥上，从侧影看，确是秋莲婶无疑，她忍不住喊了一声：“秋莲婶！”

她有些畏怯，喊的声音太小，那个女人并没听见。

封丽华岂能放过，立即提着包袱远远地跟在这一行人身后紧追不舍，想看个究竟。

可是，待丽华上公路，那些人已钻进小轿车，车后留下一缕青烟开走了，瞬间便消失得无影无踪。

丽华站在公路边无限懊悔，自己为啥不喊大声一点，让她听见。

她脑里留下了一串疑团，不晓得这些人是谁，那个长得秀气的男人叫孔先生，又有人叫二小姐，究竟是男人还是女人？一去两个多月无音信的秋莲婶为啥与他们在一起？为啥不回窍角沱？——这些谜叫丽华怎么也解不开。

三

路保长拄着手杖大摇大摆走进窍角沱茶馆，到处都有人站起来招呼他：“路三哥，这里坐，拿茶来。”

他露出一口被烟熏黑的整齐牙齿，向大家点头微笑示意，最后大模大样地在一张空靠椅上坐下。靠椅立即发出吱嘎的响声，像呻吟般感叹它承受不了路保长笨重的躯体。

堂倌上前给他泡好茶，照例又响起了一遍叫声：“茶钱，茶钱，路三哥的茶钱算我的。”

无数只手高高举起，摇晃着手里的钞票企图引起堂倌的注意，做出堂倌若不收去手上的钱便誓不甘休的样子。

路保长也不甘落后，坐正身子，伸出粗粗的食指画了一个弧线，十分慷慨地对茶房大声吩咐：“各位拜兄的茶钱都记在我的账上。”

堂倌对这些虚伪的客套已司空见惯，就近收下一个人的钞票找给零钱，提着长嘴铜炊壶下去了。

照例又传来一片责难声：“咦！为啥不收我的钱！”许多人翻着眼白。

茶馆里一会儿便恢复了正常，各人摆各人的龙门阵，发出蜂子朝王般的嗡嗡声。茶馆内烟雾弥漫，有人被呛得发出一阵低沉的咳嗽声。

一个干筋瘦壳提篮子卖香烟、望日葵的中年人，刚跨进茶馆便被路保长叫住了："干柴棍，过来！"

干柴棍不觉一愣，想躲也躲不开，只得挎着篮子慢吞吞走过来，勉强装出笑脸："路三哥，要香烟还是望日葵？"

路保长瞥了一眼身旁的靠椅，好像没看见这靠椅上坐着一个胡子，伸手拍了拍椅背，示意干柴棍坐在这张靠椅上。

靠椅上原坐着的那个胡子，地位卑微，当然不敢顶撞，乖乖地端起自己面前的盖碗茶自找座位去了。

干柴棍见路保长对他如此客气，有些惊疑不定，将提篮放在自己脚边，半边屁股坐在那个胡子刚腾出来的空靠椅上，闪烁不安的目光注视着路保长，神情有些紧张。

路保长喊了一声："茶！"

堂倌应声过来给干柴棍冲上一碗玻璃[1]。

路保长简单说了一声："茶钱记在我的账上。"

等堂倌诺诺连声走开，路保长矜持地一抹牛角胡子，庄重地咳了一声："干柴棍，我晓得你这两年运气不佳，死了老婆卖了马，放不成遛遛马，只好提着篮子卖望日葵。我路三哥有心成全你一笔财喜，看你识不识抬举！"

干柴棍原在龙门浩码头放遛遛马维持生活，现时孤身一人，在南岸几个码头混日子。

"财喜！"干柴棍吞下一口唾沫，"你路三哥好撇脱，有财喜会照顾我，臭寻我的穷开心啰。"

他接着摇了摇头，黄色的眼珠转了转，斜视着路保长，露出不相信的表情。

"你龟儿把我好心当成驴肝肺！"路保长用粗肥的指头在茶几上敲了敲，眯着眼望着干柴棍笑，"真有一笔财喜照看你，我路三哥在兄弟伙面前哪回揉过水漩[2]。"

干柴棍盯住路保长的胖脸端详了一会儿，仍然不相信，但口气有些犹豫："路

1 当时四川茶馆中的术语，即白开水。

2 四川话，不守信用叫揉水漩。

三哥，你说说看，究竟啥子财喜哟！想必是把贴金的泥菩萨当成金娃娃卖给我！”

路保长鼻子里哼了一声，故意不理干柴棍，向一个装水烟卖的老头一招手：“林水烟，过来！”

林水烟晓得路保长从来抽他的水烟就不给钱，老是把账记在瓢背上——水啦！他当然不敢得罪他，只好慢吞吞地拿着擦得亮闪闪的白铜水烟袋走了过来，不等他吩咐，自动将长长的烟嘴凑到路保长嘴边。

路保长看见烟斗里装的烟丝发黑，将烟嘴轻轻一推，不满地说：“林水烟，你把福州绵烟藏起不装给我抽，装的却是金堂出的土水烟，难道怕我出不起钱，欺我是乡巴佬！”

林水烟在码头上侍候人烧水烟有了几十年历史，头发全熬白了，是码头上的一部活志书。他从路保长穿衩衩裤儿到现在当保长，对他的事了如指掌，晓得他是有名的笑面虎，心狠手辣。

“吨，路保长，你唧个开黄腔啰，抗战三年多，福州的绵烟早断了路，哪里找绵烟去！”林水烟青筋虬结的双手捧着水烟袋又凑过去，“现时的金堂水烟比绵烟还贵重，你唧个成了洋盘！”

路保长只当没听见林水烟说他是洋盘，他晓得林水烟喜欢倚老卖老，不屑与他计较。他半眯着眼衔着铜烟嘴，让林水烟吹燃纸捻给他点烟。他嘴壳子一鼓一瘪，呼噜噜、呼噜噜抽了几袋烟，然后睁大眼一挥手：“把账记到趸算！”

林水烟左手握着水烟袋，用衣袖揩干净烟嘴上的唾沫，边叽咕说：“趸算，算个屎！”

路保长只是威严地瞪了林水烟一眼，装出不介意的样子一笑，再没理林水烟，让他叽咕着走开了。

路保长喝了一口茶，又抹了一把牛角胡子，眼睛望着三合土地下，不紧不慢地说：“干柴棍，是这样：背街上那个有钱的施寡妇，有个儿子中了签，妇道人家不识大体，不愿儿子当壮丁去打日本。她再三央求我说，愿出十石谷买个壮丁去顶替。现在谷价是五十元一石，一五得五，一零得零，有五百块钱。好多人听说有这么好的事，都托人向我说情，争着要去，我都没答应。我以前经常白骑你的枣骝马，这笔财喜我留着照顾你，也算是对你的一种补偿。”

干柴棍一听，蜡黄的瘦脸顿时泛白，忙起身提起竹篮要走：“路三哥，你以前白骑我的枣骝马乃是小事，你不用挂记在心。谢谢你的好意，要我卖壮丁还没学会，你照看别人去吧！”

“你龟儿忙啥子！听我把话说完嘛。”路保长欠起身硬按干柴棍坐下。

干柴棍莫奈何，只好把半边屁股轻轻挨在靠椅上，竹篮仍提在手中不放，做出随时要开跑的样子。

“你莫把我的好心当成驴肝肺，我仔细说给你听！”路保长笑眯眯地说，“你龟儿现时剩下单身一个人，家中空空的，像被大水冲过一样，难道你不想捞本重振家业。好男要当兵，好铁要打钉嘛。去当几年兵赶走了日本人，说不定可以捞个连长、营长当。这样说，这五百块钱放在我这里帮你拿去放利，大一分的利息，利算利，利滚利，等你当兵回来，起码有几万元，未必这个账你也不会算，哪里去找这种发财的事啰。万一你有板眼，能趁机开小差，回来还可卖壮丁！”

干柴棍趁路保长扭头吐痰，纵身跳起来提着竹篮便走。“哎，慢……”路保长忙喊。

干柴棍走到门口才回过头来说：“路三哥，我生来就是贱命，不要这财喜。”他话音刚落，人已走得无影无踪。

路保长脸上的笑容蓦地收敛了。他冷笑着哼了一声：“你龟儿敬酒不吃要吃罚酒，哼……”

路保长蓦地瞥见茶馆门口一个人大踏步跨了进来，脸上又堆起笑，起身招呼：“冯五哥，这里坐，堂倌，泡茶来！”

进来这人果然是冯烂王，他的外表大大地变样，换穿了一套七成新的西服，领带崭新，领结仍打得松松的，两颊的肌肉比以前饱满丰腴，面色也变得红润了。

冯烂王嘴上叼着一支香烟，迎着路保长走过来，双手一拱：

“路三哥，久违了。”

“请坐！”路保长指着身旁的空靠椅客气地说。

冯烂王提了提往下垮的裤腰，坐下叠着二郎腿闪了闪，从裤袋里摸出一只不锈钢烟匣，一揿按钮，烟匣自动张开，伸到路保长手边：“请抽一支新从香港空运到的三五牌香烟。”

路保长尖着指头取了一支。

茶馆中认识冯烂王的人多，一片声音喊着：“冯五哥！”

冯烂王干脆站起身来沿着茶桌转了一周，给每人敬上一支三五牌香烟，烟匣散空了。他立即从另一边裤袋里摸出一包没开封的三五牌香烟，撕开封口，揭开锡箔纸，取出香烟填满烟匣，空烟盒立即被邻座一个茶客抢去了——因为锡箔纸可以烧吗啡。

冯烂王两个指头一合，烟匣啪的一声关上了。他麻利地将烟匣往空中一抛，烟匣在空中翻了几个筋斗，最后不偏不倚落在他张开的掌心上，将烟匣放回裤袋里。

冯烂王今天是奉上级的指示，有重要事情找张阿德来的。他早就认识张阿德，也晓得张阿德在党，可是张阿德虽认识他，却不晓得他的真实身份。

他到民顺轮去找过，张阿德不在船上。他只好到公口茶馆来坐一会儿，准备歇一会儿再找他去。

为了工作方便，冯烂王早不跑码头卖药，而在重庆坐庄，以接轮船上的私货为掩护。

他认识的人更多了，对于他的工作是十分有利的。谁也不会相信这个在江湖上行侠仗义、靠接送私货维持生活的烂王会是共产党员！

侦缉队，宪兵队，统字号[1]的人物都把他当成朋友，从没怀疑过他。

路保长吸惯了叶子卷烟，吸香烟不过瘾，猛吸了几口，一支三五牌香烟只剩个烟头了。

冯烂王喷了一口烟，跷起二郎腿晃悠着问："路三哥，听说你近来发了大财，该照看我兄弟一下啰！"

路保长扔掉了烟头，往瓦痰盂里吐了一口痰，皱着眉头，嘴角却露出自得的笑意，诉苦说："你老弟久跑江湖见多识广，啷个也跟没见识的人一样说。这两年我当保长拖得好苦，哪来的大财！你想，派捐抽丁尽是得罪人不讨好的事，不晓得我与上头叩头作揖说过多少好话，单是烟钱、茶钱、酒钱都不晓得贴了多少。我这个人啥都好，就是心慈口软不是当保长的材料，听不得几句好话。"

冯烂王见路保长装出愁眉苦脸的样子，差点笑出声来，故意隐含讥刺、半开玩笑地说："你哥子叫啥苦哟，谁不晓得你是一个不要钱的保长！将来窍角沱的老百姓定会给你送万民伞，树德政碑，重庆将来编市志，少不了给你立个传，可以流芳百世。"

---

1 指军统、中统。

路保长哈哈一笑，端起茶碗喝了一口茶，用谦逊的口气说："冯五哥过奖了！"

冯烂王晓得路保长为人伪善阴险，杀人不见血，见他脸上面皮牵动的那种假笑，心里就十分厌恶，恨不得给他一个耳巴子。这时索性再嘲弄他几句："路三哥不必过谦，谁不晓得你与背街上的施寡妇，沾点竹根亲，为了抗日救国，你大义灭亲，将他的独儿子也抽了壮丁。"

路保长已听出冯烂王话中有话，心中不悦，但脸上没露出半点痕迹，依然笑眯眯地说："大义灭亲实在说不上，施寡妇娘家不过与我表哥的表哥沾点远亲。再说，也并非独儿子，谁都晓得独子不当壮丁，据说施寡妇生过一个私娃子送到育婴堂去了，还是要算她的骨肉。"

冯烂王晓得应该适可而止，亲昵地拍了拍路保长的肩头，也哈哈一笑："几句玩笑话，你哥子不要顶真。"

一时觉得无话可说，路保长端着茶碗摇头晃脑低哼着川剧《三巧挂画》："猜猜乃猜臭乃猜，王三巧自私量……"

这时突然从门外进来一人，怒容满面，一语不发向路保长这边走过来。

冯烂王眼尖，立即认出这人便是他要寻找的张阿德。他微笑点头，准备与张阿德打招呼。

要是以往，张阿德一定也会与冯烂王寒暄几句，可是，现时仿佛不认识冯烂王似的，并没搭理。

张阿德在路保长面前站住，板着面孔，大声说："路先生，我今天找你，有件事要向你请教！"

路保长见面前站着一个穿长衫的魁伟汉子，话中含着浓厚的下江音，只觉面熟，一时记不起是谁！他猛地一惊，不敢怠慢，忙坐正了身子——因为逃难到四川的下江人多，有财有势的人也多。路保长仰着头客气地问："请问，尊姓大名？"

当他晓得这人便是张阿德后，"哦"了一声，不觉往后一仰，顿时显出轻蔑的样子，斜睨着他说："你就是张阿德！好，我正要找你，你婆娘欠我代垫的下操费，应由你来偿清。"

他向站得远远的保丁罗烟灰吩咐："罗烟灰，你把张阿德带到保长办公处去等我。"

张阿德站住不动，冷冷地问："路先生，我与你有亲，或是有故？"

路保长听张阿德问得蹊跷，不禁大声说："咦，你问这话是啥意思？谁与你这个驾船的下江佬攀亲故。”

罗烟灰已站在张阿德身后，一手搭在他的肩上：“喂，走！”

张阿德猛推了罗烟灰一把，罗烟灰哪里站得稳，早仰天跌倒在地上。

“咦，张阿德，你胆敢对抗政府！”路保长威风凛凛指着张阿德的鼻子说。

张阿德忍无可忍，今天来找路保长也有一股犟劲。他冷笑一声：“路先生，你与我既然非亲非故，为啥将我汇到家中的钱私吞，将我的家信私毁！”

路保长蓦地一惊，想不到张阿德已知情，不觉有些慌乱：“这……”

他马上镇定了，晓得再隐瞒不住，气势汹汹地说：“私吞，这怎算私吞，我把账理得清清楚楚！扣下这点点钱还不够给我的利息。”

“下操费，妇道人家还要下操，这是哪条规定？”张阿德开始还较冷静，这时气往上涌，再也克制不住，“姓路的，今天不把话说清楚，我与你拼了。”

“好哇，张阿德，你真吃了豹子胆，敢找我横闹，我怕了你不算人！”路保长凶相毕露，恶狠狠地说。

张阿德这时正当气头上，也不考虑后果，捋起衣袖要上前抓路保长的衣领，用手伸向腰间要拔出他事先准备好的一把匕首……

冯烂王在一旁猛吃一惊，想不到张阿德竟认真要与路保长拼命，这后果实在不堪设想。他陡地跳起双手从中一拦：“有话好说，何苦伤了和气。”

张阿德将冯烂王往旁边一推，大声说：“冯烂王，不关你的事！”

“好，要造反，你是共产党！”路保长也跳起身来，气急败坏指着张阿德高声叫嚷。

路保长不过一句威胁话，并不真的晓得张阿德是共产党。说者无意，听者有心，冯烂王又是暗吃一惊。

张阿德本抱着与路保长一拼了事的想法，路保长这句无意的威胁话，像当头淋下一盆冷水，使他陡地清醒了。自己的安危不要紧，要是因此引起蒋特的注意，暴露了组织，关系就太重大了。他不禁有些犹豫起来。

路保长以为他的威胁起了作用，接着解释说：“你反对本保长就是共产党，怕我收拾不了你！”

冯烂王听路保长这样解释，反而松了口气，看来他并不知情，不过冲口而出的威胁话，但自己若不想法平息这场风波，以后的发展很难说定。

蓦地，冯烂王向路保长双手一拱：“路三哥，张阿德与兄弟跳过兰交，是我的小兄弟，望路三哥息怒，由兄弟带去管教，改天我带他登府赔罪。请三哥给我这点面子，以后有用我之处，定当效劳。”

路保长对冯烂王的话深信不疑，晓得他往日在川江跑码头，认识的船员多，跳兰交也是常有的事。

路保长余怒未息，半晌方说：“冯五哥，既然你来说情，今天暂时放过他。他以后不来赔礼是不行的。”

他晓得冯烂王神通广大，自己以后可能有求他的时候，是不好得罪的，所以松了口。

冯烂王见张阿德还怒容满面，这里不宜久留，于是回身拉住张阿德的胳膊说：“兄弟，你今天是不是喝醉酒，到这里来发酒疯，走！”

张阿德与冯烂王不过泛泛之交，哪里与他跳过兰交，不晓得他为啥这样说。看他对自己并无恶意，只好由他拉着出了公口茶馆。

走到街口，张阿德停住脚步准备与冯烂王分手。

“走，我还有话对你说。”冯烂王仍不放手，拉着他往河坝走。

张阿德与冯烂王交往并不深，听他如此说，心中更迷惑不解，只好跟着他到了河坝。

冯烂王拉他到了偏僻处，看静寂无人，才放开手停下步来。他埋怨说：“唉，老张，你怎么这样冒失！”

张阿德心中的怒气并没完全消散，愤愤地说：“冯五哥，路保长这样欺人……”

冯烂王晓得这里经常有人来往，也不可久留，忙对他说出接头的暗号：“你认识公司的何先生吗？”

张阿德不觉一愣，惊讶地望着冯烂王，实在不敢相信他会是自己的同志！

“你认识公司的何先生吗？”冯烂王见他不答话，又重复了一句。

“不认识！”

“不认识不要紧，以后会认识的。”

“你是谁？”

“我是杨先生的朋友。”

暗号对上了。张阿德不再怀疑，忍不住一把抓住冯烂王的手，惊喜地说：“同志，想不到你是……”

“嘘!”冯烂王嘴一歪,“走,上划子去谈!”

他俩上了江边一条小划子——这是冯烂王推来停在这里的。

“蹲好!”冯烂王吩咐了一声,解开绳索,使力将船往外一推,自己纵身跳上船尾站稳,不慌不忙举起双桨往对岸青草坝荡去。

小划子进了梁沱,选一个僻静处靠好船。

冯烂王跨进舱里,与张阿德面对面坐在船帮上。他取出烟匣递到张阿德面前,轻声说:“抽烟!”

张阿德摇了摇头表示不抽,迫不及待地问:“同志,上级有啥指示?”

冯烂王没忙着回答,点上香烟吸了几口,口气异常严肃地批评说:“老张,你今天图一时痛快,考虑过后果没有?要是今天我不在场,你……”

张阿德自知理屈,羞愧地低头不语。

冯烂王瞥了张阿德一眼,见他羞愧的样子,口气放缓和了:“唉,谁不恨这些为虎作伥的东西!同志,你不是新党员,以后千万不要这样鲁莽,个人的恩怨事小,党的利益重如泰山哪!”

“我……唉!”张阿德又低下了头。

冯烂王马上把话一转,传达上级的指示:“据上级得到的情报,蒋介石可能要对我党采取行动……为了万无一失,党准备暂时疏散一批人到香港去,一部分人由川江走,搭船到三斗坪转旱路。党交给你的任务是……”

冯烂王传达完上级的指示,问:“老张,完成这次任务有困难吗?”

张阿德目光灼灼望着冯烂王:“请你转告上级,我一定完成任务。”

谈完了公事,冯烂王将嘴上的烟头往江里一吐,关切地问:“老张,听说你的婆娘失踪了,是不是?”

张阿德这时对冯烂王知道他的事并不感到惊异,于是将事情的经过简单与冯烂王说了一遍。

冯烂王沉思了一会儿,安慰他说:“你不要着急,让我留心帮你找一找看。”

冯烂王看见有一条船往这里划来,于是说:“蹲好,我送你回窍角沱!”

小划子又向对岸荡去。

第二十四章

封丽华回到家已擦黑——幸好何大名给她买到一张汽车票，坐车到海棠溪，然后走回窍角沱，要不，真够她累的。

她虽然觉得很疲惫，但心中很兴奋，异常高兴，眉尖眼角都是笑。她羡慕清华中学那么优美的环境，蓝澄的花滩溪穿过野花盛开的低谷，奔泻而去，悬空垂挂的瀑布令人心旷神怡。

她为大名能够在这里读书感到高兴。大名在短短的时间里便有了很大的变化，不仅穿上童子军服显得很神气，而且学会了许多新名词，开口抗日救亡，闭口民主自由，已增长了不少知识。

她把见到秋莲婶的事说给大名听，大名不相信，说她可能看花了眼。

封大嫂自丽华走后，心里异常不安，懊悔不该让她独自去土桥。她牵着宝儿站在楼梯口不断张望，终于在暮色中看见丽华从街口来了，这才有了笑容，松了一口气。

不等封大嫂开口，丽华已加快脚步，老远在喊："妈！宝宝。"封大嫂见丽华到了楼梯口，抱怨说："死女娃子，这么晚才回！"

封丽华上楼来站在封大嫂面前娇憨地说："妈，你光会埋怨，好难搭车！我怕你牵挂，从海棠溪走回来，在路上气也没歇一下，还怪我！"她噘着嘴感到委屈。

封大嫂笑起来，捞起围腰给丽华揩额上的汗："我说一句，你要顶十句，当心我撕你的嘴！"

丽华一扭头，见宝儿攀住她的腿在喊："姐姐，抱！"她忙抱起他，在他小脸蛋上杵了个香香："宝宝乖！"宝儿咯咯笑。

封丽华抱着宝儿跟在封大嫂身后进了屋，她放下宝儿，洗过脸，一家人便坐在昏黄的电灯光下吃夜饭。

丽华端着一碗黄灿灿的苞谷饭扒了一口，挟了一箸酸青菜放进口内，吃得很是香甜。为了节省钱，她今天只吃了两个烧饼，这时实在饿了。

丽华蓦地想起一件事，停住筷，明亮的眼睛转向封大嫂："妈，你说稀不稀奇，我今天看见了秋莲婶！"

"真的！"封大嫂很觉意外，惊诧地盯着丽华的面孔，"在哪儿？"

封丽华把她在花滩溪边亲眼见到的情况向封大嫂讲了一遍。

封大嫂听完，半晌沉思不语。知女莫如母，她晓得丽华眼力好，绝不会看错。她抱怨说：“嗐；你为啥这样无用！既然看得真切，小声喊她没听见，就大声喊嘛！”

“妈，你光抱怨我，我……”丽华的眼角闪着泪光，觉得委屈，“你没见那阵仗，偌多背梆梆枪的[1]，个个凶神恶煞，叫我唧个……”她噘着嘴没再说下去。

封大嫂见丽华委屈的样子，沉默了一会儿，叹口气说：“唉，这事要尽快让你张叔叔晓得才好。那个不男不女的人，不管叫孔先生或是叫二小姐，既然有权有势，打听不出来才怪咧。”

吃过了晚饭，刚收拾好碗筷，听见有人推门进来，一个沙喉咙在喊：“封大嫂在家吗？”

封大嫂一听是罗烟灰的声音，不觉一怔，小鬼上门，后面一定跟着判官——绝无好事，只得懒洋洋地答应：“罗烟灰，啥事？”

“啥事？你硬是稳得起，装出两百钱数不清的样子。”罗烟灰不等请进，自己就从暗影里一脚跨进房内，“我代路保长传话，问你家的防空证办好没有？”

封大嫂看见这个一脸烟容，身体佝偻的鸦片烟鬼，心里便感厌恶。他果真无事不登三宝殿，麻烦事又来了。

提起办防空证的事，封大嫂心里一股怨气忍不住要发泄：“防空证！哪些吃饱了干饭没事干的千刀剐，尽睡扁了脑壳想方设法捉弄人……”

罗烟灰见封大嫂没招呼他坐，也没给他装烟倒茶，心里早不自在，听封大嫂出口伤人，于是眯着一对觑觑眼，嚷嚷说：“噫，啧啧啧，办防空证是蒋委员长的命令，你敢骂，未必你不怕掉脑壳，吃枪子儿！”

封大嫂并未给吓住，毫不示弱地说：“防空洞是天生成的，为啥要凭证进洞！”

罗烟灰斜视着封大嫂那张微露愠色的油黑脸，阴沉地冷笑一声：“封大嫂，你不要狠，办不办由你，我不过关照你一声。上峰有命令，过期不办防空证的住户，一律要疏散到外县小镇去。”

“疏散？往哪里疏散！”封大嫂还是第一次听见，“你莫说来吓我哟！”

“吓你！报纸上白纸印黑字，警备司令部出了通令，你还不晓得！”罗烟灰提

1 指手枪。

起长衫下摆自找一张凳子坐下，“谁管你往哪里疏散，自己找地方呗，反正不许在重庆附近住。”

封大嫂见罗烟灰不像故意说来吓人的，也暗暗有点着急。她改变了态度，给他倒了一杯热茶，还敬他一支华福香烟，问：“没有防空证，为啥要疏散？”她想进一步打探清楚。

罗烟灰吸了一口香烟，青黄的脸皮上有了点笑容，口气也缓和了一些：“念你是妇道人家不识字，待我给你讲解。”他咳了一声，装腔作势地清了清嗓子，两眼望着屋顶说，“报纸上说得很清楚，是这样：陪都的防空洞有限，容不下这么多人，所以要疏散四十万人下乡，凡是办不到防空证的住户都要搬走。”

封大嫂听后不禁有些着慌：“哎哟！怪不得你们催得这样紧，这样认真。唉，又该穷人遭殃，有钱有势的人哪会办不到防空证。防空委员会天天要我们这捐那税的，为啥不多修点防空洞。怪不得蒋中歪那多事情不去管，偏管啥防空证，又替他手下人广开了财路，看来，不花钱很难通过这一关，这世道……”她长长叹息了一声。

罗烟灰并没挑剔封大嫂把委员长叫成蒋中歪，他手上一支华福香烟已快烧着指头，见那包华福烟放的地方离他并不远，便不客气地自己伸出手去取了一支，对上火，扔掉了原先的烟头。他咳了一声，往地板上吐了一口清痰，带点笑容说：“嘿，你封大嫂名不虚传，果真有点见识，被你说对了。你看，那些江浙人空着双手到了重庆，差不多都发了国难财，除了家中有平价米太太，还有国难太太，以及临时的黄鱼太太，花销大，不变点方法弄钱怎行！封大嫂，我实话关照你，要花钱办防空证还得趁早，越到后来越俏，行市便不同了。”他张口打了一个哈欠，泪水已从眼角滚了出来，鸦片烟瘾发作了。

“钱，要花多少钱？”封大嫂问。

罗烟灰张开五指：“不多，由我去给你办，只要这甩甩数——伍百元就行了。”

封大嫂哪里有这多钱，不禁怒形于色，愤愤地说：“没有防空证，我不进防空洞，反正穷人的命不值钱。我不疏散，看他们能把我怎么办！”

封大嫂不顾罗烟灰，拿着一件破衣坐在灯下缝补，半晌不出声。

罗烟灰不断偷觑着封大嫂，叹口气说：“封大嫂，你不用着急，我认识防空委员会的办事人，交给我办，包你不会吃亏，至少照甩甩数可以打个八折……”

封大嫂是何等机灵的人，哪会不明白罗烟灰的用意！猫在锅边转，为了吃油腥，他不过是找她骗几个鸦片烟钱，她怎会上当。

她忍不住火爆爆地说："罗烟灰，你少说些好听话，江浙人要钱，未必你是不吃腥的猫。我穷得快要把铁锅吊在梁上当磬敲，哪有钱给你去填鸦片烟窟窿！你快走，老娘不喜欢看你这副烟灰相。"

罗烟灰像触着一把麻，立即跳了起来，将手上的烟头一丢，指着封大嫂沙声瓮气地干叫："好，好。你不要后悔！"

"后悔！老娘做事从不后悔。"封大嫂放下手中的活计，站起身双手叉腰，"滚，快滚。"

罗烟灰素知封大嫂性直泼辣，但想不到会当面对他不留情，反而手足失措，只是大声说："好，好呀！"

"你走不走？再不走老娘要拿洗脚水泼你这个癞皮狗！"封大嫂已端起一盆脏水做出要向罗烟灰泼去的样子。

罗烟灰气急败坏，伸出像胡萝卜般的手指点着封大嫂："你，你敢，你……"

他见封大嫂已步步逼近，不觉色厉内荏，步步向后退，退到门槛边差点绊倒，转身一溜烟跑了。

罗烟灰跑到楼下街边上大声威吓："姓封的堂客，叫你以后晓得我的厉害。"

封大嫂撇撇嘴，放下手里的水盆，"砰"地关上了窗户，并没把罗烟灰的话放在心上。

二

那天丽华看见的确是秋莲。其实秋莲并没发生什么意外的事情，不过由于孔家的规矩奇特，使她不能脱身回家。

两个多月前，秋莲离开窍角沱进了大城，提着衣包到了七星岗人市。

这人市，据说在很多年以前，确是买卖人口的市场。在清朝末年便被下诏禁止，不许公开贩卖人口，这里渐渐变成了劳动力的自由市场。因为沿袭旧名已久，大家仍习惯地称这里叫人市。

开初，这里并无专门的机构管理，也不收取任何费用，只要雇佣双方当面选定，议好工价便算成交。后来，地方上的流氓地痞乘机在这里"占山为王"，向双方索取一定的钱财，名为人力捐。

自从抗战以后，国民党政府迁都重庆，大量难民集中陪都，加上失业的工人和破产的农民都急需找到工作，所以这通远门外的人市空前繁荣起来，占据了两条背街还嫌拥挤。

国民党社会局便在这里设立了专门的管理机构——劳动力介绍所，成了新政之一。

其实这劳动力介绍所不过新招牌旧内容。待雇的劳动力站在这条背街的屋檐下静候雇主前来挑选，当面议明价格和条件，然后由双方到劳动力介绍所登记，缴给一定的费用才算合法。劳动力介绍所代替了地痞流氓的勒索，如此而已。

秋莲从没到过人市，第一次出外找事帮佣，面皮子还非常薄，向人问路打探人市时便脸红，东走西撞，不晓得走了多少冤枉路，才到了人市上。

她走进这条背街，但见街檐下站满了各种人，有男有女，有老有少。有的人衣衫整洁，有的人衣衫破旧。只听声音嘈杂，热闹非凡，比菜市场还拥挤。

秋莲好奇地边走边打量，因为她年轻漂亮，穿的洋布花衫很是整洁，有人错把她当成雇主，七嘴八舌向她兜揽：

“太太，我身强力壮，干活牢靠，请我当长年吧！”

“太太，我原先在张公馆帮大妈，手脚干净[1]，这是张太太写的证明书，请我当大娘保你满意。”

秋莲感到手足无措，苦笑着摇摇头，赶快低头往前走。

她没勇气去问人，幸好她识字，走过几十家铺面，便看见了“重庆市七星岗劳动力介绍所”的长木牌，门口已站了一长排等候登记的人。

秋莲从人缝中挤了过去，站进了队尾，总算松了口气。

一张办公桌后，坐着一个穿长衫戴眼镜的中年人，嘴上叼着一支香烟，不慌不忙地询问着，登记着，验看着证件……

终于轮到秋莲，她忐忑不安地站在办公桌前，忸怩地半低着头，只是不时瞥一眼这办事人平板的面孔。

她一一回答了办事人提出的问题：岁数，婚姻状况，家庭住址，希望干啥工作……

1　指行为正派，不偷不摸。

最后，办事人邪里邪气偏着头紧盯着秋莲秀丽的面孔，竟问起她有无梅毒和妇科病！

秋莲羞得无地自容，真想哭着跑开，低头半天不语。

办事人异样地一笑，总算不再问了，放过了她，大声说："缴五元的登记费！"

她心慌意乱看着自己的鞋尖，没听清办事人的话。"听清没有！缴五元的登记费。"

秋莲一惊，讷讷地问："先生，还没找到事做，为……为啥要缴这么多……"

办事人不等秋莲说完，眼一瞪，将登记证往旁边一扔："下一个！"

秋莲后面的人站上前将她挤到一边去了，她着了慌，忙说："先生，我缴，我缴。"

她从衣包里拿出仅有的一点钱来数了数，幸好还够数，递了过去……

秋莲拿到了登记证，迅速离开了那里。她匆匆走了几十步，意识到自己也要参加到街边上求职的行列里等人雇佣才行，于是放缓了步子，但始终鼓不起勇气站到街边的行列中去。她游移着，装出闲逛的样子慢步徜徉。

她晓得丑媳妇终归要见公婆，只得鼓起勇气站到街边，置身于一群求职的妇女中。

秋莲不安的心情很快便消失了，不再那么难为情，定了定神，打量着周围的人。

她身旁站了几个年轻的妇女，都打扮得整整洁洁的。她们彼此像很熟悉似的，咬着耳朵说悄悄话，对从她们面前走过的雇主评头论足，发出尖酸的低声嘲笑。

一个胖胖的秃顶老头走过来，站在她们面前仔细端详着。

她们顿时一脸止经地站得规规矩矩，七嘴八舌兜揽："先生，请女佣吗?"

那个老头色哈哈的目光停留在一个稍有姿色的女人身上，大声问："五十元一月，管吃管住，你愿意去吗?"

这女人穿一件腰身收得很细的印花布衫，两只滚圆的乳房在花衫下隆起。她卖弄风情地扭了扭腰："先生，现时生活成本这么高，五十元够啥！"

那胖老头贪婪的目光在这女人身上扫来扫去，吞咽了一口涎水，装出慷慨大方的样子说："添到七十元，怎样?"

那女人眼波流动地问："家中有太太吗?"

那胖老头没有正面回答，犹豫了一下，陡地伸出一根粗肥的指头："给一百元，怎样?”

这女人却双手抄在胸前，仰头蓦地哈哈大笑，肩上的浓发在抖动。

那胖老头被笑得莫名其妙，目瞪口呆地不知所措。

那女人的笑声戛然而止，一撇薄嘴唇，尖刻地嘲讽说：“先生，好大方！你也不好好照一照镜子，凭你那个怪样，一百元也想请我这样的用人！家中无太太——谁晓得你安的啥心思。”

其他几个女人也跟着起哄，七嘴八舌像利剑般向胖老头冲来：“不要脸的老骚棒!”

“一百元只好请个婆婆回去当妈，吝啬鬼!”

“嘿嘿，你要是个小白脸，白菜薹不要钱也跟你去，哈哈……”接着发出一阵放纵的哧哧笑声。

那胖老头额上鼓起青筋，涨红着脸，口里说着：“岂有此理，岂有此理。”边说边溜走了。

秋莲被刚才这些情景吓住了。她原以为凭劳力帮佣吃饭没啥，想不到却这样复杂，信心和勇气都有点动摇了。她感到气馁，真想提着衣包马上离开人市回家，可是想到自己目前的困境，不愿再拖累封大嫂，她犹豫不定起来。

这时，那个绰号叫白菜薹的女人，从衣包里抓出一把又一把沙炒胡豆分给其他几个女人。她自己手上拿着一把胡豆，不断往口里丢去，咯砰咯砰地咀嚼着。

白菜薹瞥了秋莲一眼，见她羞怯怯躲在后排，拉了她一把，说：“大嫂，你是第一次到人市找帮佣吧！快站到前排来，别不好意思，站在后面谁能看见雇你。”

秋莲站到前排，脸蓦地绯红，感到手足失措。

白菜薹不管秋莲愿不愿要，硬塞给她一把沙炒胡豆：“大嫂，吃!”

她随即又与那几个女人眼眨眉毛动，咬着耳朵说悄悄话，发出一阵放肆的哧哧笑声。

秋莲改变了印象，觉得白菜薹并不像她想的那么坏。不由多看了她几眼，有些新奇。

一个拄文明棍，穿西装的中年人过来了。他在秋莲的面前站住了，从头到脚仔细地打量着她。他彬彬有礼地弯腰问：“小姐，我想雇用一位保姆照看我的小儿子，你愿意吗?”

“我……”这人对她很客气，秋莲反而惶惑得不晓得如何回答。

“小姐，我的妻子死去了，遗下一个小儿子无人照看，我不常在家里住，你的工作就是将我的小儿子照看好。小姐，若你答应帮助我，Thank you，我非常谢谢你。”那男人的话中夹杂了一句洋泾浜英语。

白菜薹悄悄拉了一下她的衣襟，秋莲以为是提醒她回话，于是鼓着勇气嗫嚅着回答说：“先生，我……我怕我不行，先生，我……”秋莲已闻到从那男人身上散发出来的一阵雪花膏的香气，见他与众不同，大概是一位有文化教养的人，心里有些活动。

白菜薹干咳了两声，又悄悄拧了秋莲腿上一把。秋莲不明白白菜薹的意思，把话停住，迷惑地看着她。

那穿西装的男人顿时变了颜色，恶狠狠地盯了白菜薹一眼，随即对秋莲一脸笑，说：“小姐，我是开汽车行的，经常跑仰光、曼谷，只要你肯答应，工钱可以从优，多花点钱我是不在乎的。”

白菜薹忍俊不禁，捂住嘴扑哧笑出声来，为了掩饰，她蓦地弯腰爆发出一阵咳嗽。

秋莲见白菜薹的神态，弄得六神无主，又怕错过机会，再找这样的雇主就难了。她犹豫了一下，终于决定去试试看：“先生，只要你不嫌我笨手笨脚，我愿意去，不晓得你出多少钱一月？”

白菜薹见秋莲不理会她的暗示，急了，不顾一切凑近秋莲耳边说：“这是较场口的乌龟头，外号叫笑面狐，你切不要上他的当！”

“哎！”秋莲不觉惊叫了一声，惶恐地瞪着双目看着这个笑面狐，忙改口说：“先生，我不去！”

笑面狐眼看秋莲已经上钩，突然被白菜薹打破，蓦地凶相毕露，一绾衣袖，指着白菜薹的鼻尖骂道：“龟儿白菜薹，你敢坏我的事，看老子的厉害。”他上前一步猛打了白菜薹两个耳光。

“哎哟……”白菜薹双手捂面，疼得怪叫了一声，殷红的血从她嘴角流出往下淌，胸前衣襟上顿时斑斑点点染上血渍。

“先生，你怎么乱打人！”秋莲见白菜薹为自己受屈，忙掏出手绢替她揩拭嘴角的血迹。

笑面狐还想逞威，见那边过来了两个宪兵，才收敛了一点——因为他的职业毕竟是不便公开的。他咬牙切齿说：“白菜薹，你以后再坏我的事，我绝不轻饶你。这笔账暂时与你记着。”他说完扭头走了。

白菜薹望着笑面狐的背影吐了一泡混合着鲜血的涎水，轻蔑地冷笑说：“乌龟头，逞啥凶！”

秋莲心中过意不去，关切地问：“伤着哪里，要不要紧？”

白菜薹又吐了一口血水，满不在乎地说：“牙龈血，不要紧！”

她说完又咯砰咯砰嚼起沙炒胡豆来，好像没挨过打似的，依然与身边那几个女人说笑自如，发出阵阵哧哧的笑声。

秋莲亲眼见到人市上的这些景象，觉得太可怕了。她有些迟疑不决：是不是离开人市回家去！

这时，她看见街口一前一后开进来两部崭新的小轿车，不断响着喇叭开路。可是，因为人市上实在拥挤异常，小轿车终于被迫停住了。

从小轿车里先下来几个背梆梆枪的卫士领路，接着下来了两个女人。穿西式男装的是孔令俊，穿素绸夹旗袍的是沈小姐，在卫士簇拥下，她俩缓缓走了过来。

大家都觉惊异，不仅对孔令俊男不男女不女的打扮感到稀奇，而且沈小姐艳丽非凡，实在惹人注目。在这人市上，像这样气派的阔人光临，可能还是第一回。

孔令俊的脚步在秋莲面前停住了。她皱着眉，觉得这人市的气味难闻，忙掏出花绸手绢捂住鼻孔。

沈小姐蹙着眉尖对孔令俊说：“孔先生，请用人的事吩咐秘书处去办便行了，你何苦要亲自来呢！”

孔令俊将手绢从鼻子边取开，露齿一笑，向沈小姐解释说：“吩咐秘书处去办，准会将戴笠的人安插到我身边，真讨厌。”

“哦！”沈小姐沉默了。

白菜薹听说她们是来人市挑选用人的，绝不放过这么好的机会，于是上前一步，大胆地毛遂自荐：“小姐，看我怎样！我保证会使你满意。”

孔令俊斜睨了白菜薹一眼，并没答话。

白菜薹还想再说，卫士已向她示意制止，她从没见过这样的气派，胆怯地退了下来。

孔令俊的目光停留在秋莲的身上，渐渐地有了笑容，显出感兴趣的样子。

秋莲也是第一次看见这样的阔人，见孔令俊目不转睛地注视着她，不晓得是祸是福，忐忑不安地低垂着头。

白菜蔓见秋莲的神态，生怕她错过了机会，悄悄伸手从后推了她一把，示意她主动去兜揽。

孔令俊侧头向沈小姐低语了几句，沈小姐也将目光投射到秋莲的身上，仔细端详着。

孔令俊向秋莲凑近一些，向她提问了一些话，秋莲口齿清楚地作了回答。

孔令俊点了点头，表示满意，说："我决定雇用你哪。"

她回头大声吩咐："孙秘书，你把孔公馆的规矩告诉她。"

孙秘书走上前，向秋莲介绍："这是孔公馆的二小姐，你叫孔先生好哪。试用期三个月，试用期间不许外出，其他应注意的事项到公馆后再告诉你。走吧！"

秋莲一听试用三个月不许外出，反而有些迟疑，她想先回窍角沱放声信，然后再去上工。

白菜蔓见她犹豫不定，又从后推了她一把，悄声说："大嫂，快去！"

孔令俊已挽住沈小姐的臂肘转身走向停在那里的小轿车。

孙秘书在催促秋莲快走。她已来不及细想，提着衣包跟在孙秘书身后一道走了。

想不到孔令俊对秋莲特别中意，当她与沈小姐去香港小住时，也将秋莲一齐带去，至今才回。

秋莲粗识几个字，本想写封信告诉封大嫂，可是孙秘书告诫她，跟着二小姐出外，是不允许随便写家信的。

秋莲心里虽然焦急万分，也无可奈何，只有眼巴巴地盼着三个月期满……

三

秋莲生活在警卫森严的孔公馆里，三个月试用期终于到了。孔令俊见她做事机灵利索，很合她的意，正式录用了她。

她请了两天假，领了三个月工钱回到窍角沱。

她从渡船上跳上坡，急奔封大嫂家，她多么想早点见到宝儿。

宝儿正坐在楼梯口玩耍，他已不认识秋莲了，瞪着一对明亮的眼睛问："你找哪个?”

秋莲见宝儿又长高了一截，穿得干干净净，红扑扑的脸蛋胖胖的，她心里感到宽慰，一阵激动，眼眶润湿了。她伸出双手要抱他：“宝宝，我的乖乖，你哪个连我也不认得?”

宝儿却被吓住了，不等秋莲抱住他，跳起来往屋里跑，惊惶地喊：“伯娘，伯娘……”

封大嫂见宝儿这样惊慌，不晓得出了啥事！她抱起他正待询问，见进来一个穿旗袍的女人，骤然也没认出来。

“大嫂，我是秋莲！”

“哦，秋莲，是你！”封大嫂喜出望外，说话的声音都在打战。

“我回来了。”秋莲亲热地攀住封大嫂的肩说，“我家宝儿多亏了你……”她的声音哽塞住了。

封大嫂悲喜交集，抹着泪水，问：“秋莲，你哪里去了？怎么现时才回？把我急得好苦啊！”她见秋莲穿戴整齐，并不像出事的样子，急于想晓得详情。

秋莲却答非所问：“大嫂，宝儿多亏你抚养，把你拖苦了。”她脸上现出笑容，面颊上却挂着泪珠。

封大嫂放下宝儿，替秋莲抹泪，说：“这些客气话不要说，你平平安安回来就算天幸了。”她拉了一把宝儿，“乖乖，怎不喊妈妈呀！”

宝儿也认出了秋莲，喊着：“妈妈，妈妈……”

秋莲抱起宝儿，在他脸上亲着：“乖乖，我又见到你了，你……”她又垂下几颗泪珠。

她们坐了下来，秋莲才将别后的情况一五一十说了一遍。

“噫，怪不得丽华说在土桥见过你，原来那不男不女的妖精便是孔二小姐！”

“丽华见过我！啥时候?”秋莲惊诧地问。

封大嫂又把丽华见到她的情况说了一遍，秋莲听后只是长长叹了一口气。

封大嫂有些愤愤地说：“世上哪有这样的规矩，不许人回家，还不许人写信！”

秋莲心不在焉地嗯了一声，忧心忡忡叹口气说：“阿德——他，不晓得怎样哪！”

封大嫂被提醒，才想起如此重要的事情还没有告诉她：“秋莲，阿德到我家来过哪，他好生生的没有事，全怪路保长……”

“哎，阿德来过，他现时在哪里？这与路保长有啥关系?”秋莲问了一串问题，恨不得立刻知道全部情况。

她听封大嫂谈说了有关阿德的情况后，心中又喜又愤。喜的是阿德安全无恙；愤的是路保长毫无心肝，差点弄得她夫妻离散。

秋莲沉默了一会儿，急切地问：“大嫂，阿德他们的船是不是还靠在大佛寺?”

封大嫂摇摇头说：“我去过大佛寺，他们的船已移过对江梁沱，进厂修理去了。”

她见秋莲有些失望的表情，笑着安慰她说：“坐渡船过江到梁沱不过一顿饭的时间，长江又不是无法渡过的银河。就是银河也不怕，有我封大嫂与你们搭起鹊桥。”

秋莲被封大嫂几句笑话说得脸红，只顾低头抚摸怀里的宝儿。蓦地听见楼梯响，封大嫂走出门去大声问：“是哪个?”

“封大嫂，是我!”这是一个男人的声音，秋莲觉得异常熟悉。

“呵，阿德!”封大嫂欢悦地大叫了一声，“真巧！阿德，你看房里是哪个!”

张阿德已跟在封大嫂身后走进房内，骤见秋莲坐在那里，不觉怔住了。

秋莲抱着宝儿起身迎着张阿德，四目相对，心中的酸、甜、苦、辣交融在不言之中。秋莲忍不住先开口，悲喜交集地叫了一声：“阿德，你……”她将头埋在宝儿身上哭了。

张阿德搓着双手，一时不晓得如何安慰秋莲，有封大嫂在眼前，更觉手足无措：“秋莲……”他喊了一声，便停住了。

封大嫂在一旁劝道：“秋莲，你俩都平安无事，现时又团圆在一起了，该高兴才是。”

“秋莲……”阿德鼓起勇气想好言安慰她几句，但仍不晓得说啥好！他从秋莲手中接过宝儿，在他脸蛋上亲了一下。

宝儿在阿德怀里挣扎着：“胡子锥人!”

秋莲抹了一把泪，眼里闪着泪光，却忍不住笑了。

张阿德这时口里才挣出一句话：“秋莲，你一定吃了不少苦，我……”他瞥了封大嫂一眼，不好意思将下面的话说下去，又僵住了。

封大嫂看在眼里，晓得张阿德在这方面脸皮薄，为了使他俩在久别重逢之后说几句知心体己话，于是说：“今天我也乐死了。你们谈一谈，待我去买菜打酒，今晚好好吃一顿开心饭。”

“大嫂，不用了。”张阿德一本正经地说，“大嫂，不等天黑我便要走。”

“为啥?”封大嫂惊讶地问，“你们在修船，不开航，误了当班也没啥!”

“公司派我办一件急事，马上要搭船去三斗坪……”张阿德眼里望着秋莲，回答封大嫂说。

封大嫂露出一脸不悦的神色：“张大哥，好不容易团圆，怎么又要走！不行，今天听我安排，改天走。”

张阿德只是不安地涨红着脸，重复说：“那……怎么能行哩。”

封大嫂不让张阿德再说，提着篮子上街去了。

张阿德抱着宝儿与秋莲对面坐着，千头万绪不晓得从哪里说起。沉默了一会儿，张阿德问：“秋莲，你这些时日在哪里?”

秋莲咬着嘴唇半晌不语，忍住的泪水又往外淌。

张阿德错会了秋莲的意思，解释说：“秋莲，我真是有重要事情，天黑以前便要过江，我也舍不得走呀！我……嗐。”

原来冯烂王所说的事情果然发生了。国民党制造了“皖南事变”，党为了防止蒋介石进一步反共，危害一些同志的安全，将一部分同志疏散到香港，这事是刻不容缓的。张阿德从上级那里接受了任务，也通过统战关系，找借口请准了假，先到三斗坪去布置转口的事。他今天本意是来向封大嫂打个招呼就走的，想不到碰上了秋莲。在这种情况下要天黑前走，是不合常情的，怕惹起秋莲多心。但这样机密的事情怎好说，他只是心中干着急。

秋莲见张阿德焦急不安的样子，深知他是不会说谎的，反而忍住泪，宽慰地说：“只要见你一面，晓得你平安无事，我也放心了。你有事要办，放心去吧。在这兵荒马乱的世道，望你早去早回，免得我担惊受怕。唉……”

秋莲接着将她近来的遭遇向张阿德简单说了一遍。

张阿德听后，沉思一会儿，说：“秋莲，你不要再去孔公馆帮佣了。我无论如何也不会让你和娃儿饿饭，可是……”他搔了搔头发，“久住封大嫂家也不是长计，待我从三斗坪回来再商量以后的事。”

秋莲点了点头，她与张阿德商议了一阵，决定暂时仍去孔公馆帮佣，等张阿德回重庆再斟酌安排今后的生活。

一时无话，秋莲猛地想起一件事情，说：“阿德，你说怪不！我在孔公馆碰见一个女人，长得与你妹妹阿苇一个样。”

张阿德一听，惊讶地望着秋莲。他想起几年前在大城米亭子的事，那个讲演的女教师也极像阿苇，后来被刘湘的卫队冲散没寻着。他惊喜地问：“真的，她是孔公馆啥人?”

“宋先生的秘书吴小姐。”秋莲回答。“宋先生是谁?”

“孔院长的太太宋霭龄。”“啊!”

张阿德对于阿苇的谜始终耿耿于怀，解脱不开。他不相信天下真有两个长得如此一模一样的人，虽然他没亲眼看见春燕跳下江去，但留下的葫芦确实是阿苇的旧物无疑。在那么短促的间隙里，阿苇除了投江之外，不可能跑离他的视线范围，消失得无影无踪。他多么希望在米亭子看见的那个女人真是阿苇啊！兄妹重逢的场景经常在他梦中萦回浮现，醒来自己也觉得不可能。随着时间的流逝，那件事渐渐淡忘了。现时秋莲蓦地提起早已淡忘了的阿苇，熄灭了的希望又升起了火苗，他不禁关切地问：“秋莲，你看得确实吗?”

秋莲点了点头，说：“在孔公馆，我天天与吴秘书见面，硬是像春燕……”她口气又变得犹豫不决，“不过，我与春燕只是在渡船上见过一面，印象不太深，恐怕……”

张阿德毫不放松地追问：“你问过她吗?”

秋莲摇了摇头：“我与吴秘书在孔公馆地位悬殊，怎好冒昧问她!”

张阿德叹息了一声，不满意地说：“嗐，你该问一问她……”张阿德踌躇了一下，眼睛一亮，指着床头墙上挂着的葫芦，“秋莲，这样……你把阿苇留下的这只葫芦带去，有机会给那位吴秘书看看，要真是阿苇，她定会有反应!”

秋莲见阿德把她的话如此当真，不觉好笑：“阿德，依我看，你思念阿苇快想疯了，天下哪有这巧的事情!”她口气犹豫地说，“不过，吴秘书与春燕很相像，也许……我与春燕仅在渡船上见过一面，也许是我的错觉。”

张阿德急了，用央求的口气说：“秋莲，你一定照我的意思去办，如果她看见了这葫芦没有反应，说明不是阿苇，我也死了这条心。”他略停了一会儿，叹口气说，“不晓得为啥，我总觉得阿苇还活着，我俩今生还可以见面。唉，我现时还经常梦见她……”他眼眶湿润了。

秋莲晓得张阿德对他阿妹的感情很深，不便拂他的意，亲切地说：“阿德，不急，我一定照你的意思去办，试一试看。”

她从墙上取下积满了灰尘的葫芦，用干毛巾揩拭干净，递到张阿德手上。

张阿德用粗糙的手指轻轻摩挲着葫芦，由于年代已久，葫芦的颜色变深，变亮了。他此时真别有一番滋味在心头，两眼发怔，不觉呆住了。

四

春天的早晨是美丽的，枝头的鹊鸟跳跃着啾啾地鸣啭，使人听来十分悦耳。

晨雾刚刚消散，和煦的阳光透过枝叶的缝隙斜射在砖铺的小径上，洒下一片片摇曳的光斑。

孔公馆里寂无人声，上层社会过惯了夜生活，晨曦初露，正是甜睡的时光。

侍女和女佣们虽然忙忙碌碌，但脚步都很轻，更没人敢高声说话，生怕惊醒了主人的美梦会受到斥责。

吴秘书雪白的衬衫外面罩着一件翠色绒线开衫，她照例起得较早，沿着小径悠闲地散步。她不时蹲下身来拨弄着径边种植的麦冬，嫩叶上凝结的露珠沾湿了手指，她觉得怪舒服的。她专注地将麦冬子采撷下来摊在手心上观看，看得很出神。一会儿，她扔掉了麦冬子，无聊地继续在小径上徜徉。

她不觉走到一排平房前，这是侍女和用人居住的地方。

她停住步，信手摘了几片万年青的嫩叶，心不在焉地用指头揉搓捻碎，将碎片撒到地上。她明亮的目光凝视着高墙外的远空，像是在细心揣摩云朵的变幻……

秋莲从窍角沱归来，带回了那只变成深褐色的小葫芦，藏在床下。她一直在细心观察着吴秘书，极力在她记忆里搜寻当年那个与她同舟共渡过的春燕的影子。吴秘书的脸部确很像春燕，只是变得嫩白多了，风度也大不相同。她不敢冒昧地去询问她，一直想寻找合适的机会试探一下。

吴秘书在小径上散步时，秋莲已在平房内的玻璃窗边留意观察着她的动静。现时眼见吴秘书就站在窗前，她觉得机不可失。

秋莲有些踌躇，一时找不出借口请她进房来。她蓦地瞥见枕边一本林语堂编的英语初级读本——这是孔令俊要她拿来学习的，黑白分明的眸子一转，顿时有了办法。她迅速从床下取出葫芦挂在醒目的地方，走到房门口大声说："吴秘书，请你教我念这几句英语，我发音硬发不准确。"她向吴秘书扬了扬手里的书。

吴秘书果然缓缓走了过来，秋莲迎她进入房内，请她在靠窗的凳上坐下。

孔公馆内侍女和女佣学习英语是极平常的事，所以吴秘书并不惊奇。她从秋莲手中接过英语读本，用清晰纯正的发音教着：

“Good morning!”

“Good morning!”秋莲跟着念。

“This is a book!”

“This is a book!”秋莲念。

……

吴秘书教了一会儿，站起身夸赞地说：“好，很好，你发音有进步!”

这时吴秘书已看见了床头挂着的那只葫芦，她先是一怔，接着上前去取下来仔细端详着，面部顿时现出极其复杂的表情，惊异地问：“张嫂，这葫芦是你的?”

“不，是我丈夫的妹妹阿苇留下的，我一直珍藏着当纪念品。”秋莲平淡地说，暗暗留意吴秘书脸部表情的变化。

“啊!”吴秘书惊呼了一声，差点失去了控制，瞪着双眼打量着秋莲，迫不及待地问，“你丈夫是谁?”

秋莲见吴秘书的表情，心跳也加快了，看来是那么一回事，她忙回答说：“我丈夫叫张阿德。”

“啊，张阿德……”吴秘书脸上泛起了兴奋的红晕，进一步问，“你丈夫是哪里人?”

“宁波!”“啊……”

秋莲见吴秘书鲜润的嘴唇在发颤，像站立不稳似的用手扶住墙壁支撑着身体。半晌，吴秘书问：“你丈夫现时在哪里?”

秋莲作了回答，见吴秘书脸色蓦地变得异常苍白，眼眶里闪着泪光，于是大胆地注视着她的面孔问：“吴秘书，你认识我丈夫?”

“啊!”吴秘书又惊呼了一声，浑身一震，脸上掠过明显的慌乱表情，像从梦中惊醒似的，摇了摇头，极力用平静的声音回答：

“不，并不认识，我不过随便问问。”她笑了，笑得那么勉强，掩饰不住她内心的翻腾。

“啊……”秋莲失望地叹息了一声。

吴秘书爱不释手地摩挲着手中的葫芦，头低垂着，秋莲看不清她的表情。

“吴秘书，你喜欢这葫芦吗？”秋莲问。

“啊！”吴秘书笑得很凄婉，“这葫芦泛着深褐色的漆光，多美呀！”

秋莲心中的疑惑并未消除，她见吴秘书反常的神态更是不解——她若是春燕，为啥不肯相认呢？不是春燕，为啥……

秋莲毫不气馁，决定进一步试探，说：“吴秘书，我以前好像见过你！”

吴秘书神态已恢复了正常，蓦地听秋莲这么说，又是一愣，

随即哈哈一笑：“真的？你以前在哪里见过我？这是不可能的事。”她将手中的葫芦挂回原处，坐回凳上平静地说。

秋莲步步紧逼：“好几年前，还没与日本人正式开仗，我从朝天门坐渡船回窍角沱，一个怀里抱着葫芦的女人真像你！”

“那女人真像我吗？多有意思。”吴秘书斜睨着秋莲淡淡一笑，满不在乎地说。

秋莲只顾继续说：“这个女人穿的并不坏，但却拿不出两个铜圆的过河钱……”

吴秘书脸上的笑容消失了，凝视了秋莲片刻，显出感兴趣的样子问：“后来呢？”

“后来，我给她代付了船钱。这个女人到了窍角沱却留下葫芦自杀了！”

“啊，这女人一定是你家的阿妹了。”吴秘书听得出神，蹙着眉尖迷惑地问，“可是，你们姑嫂当时为啥不相识呢？”

秋莲凝视了吴秘书一会儿，见她脸上平静地挂着微笑，好奇地等待她回答，只得答道：“我丈夫这阿妹十多年前与我丈夫在钱塘江离散，我姑嫂俩从没见过，所以对面不认识。”

“那……”吴秘书想了想，又问，“你后来怎会晓得她就是你家的阿妹？”

秋莲继续留意吴秘书的反应，回答说：“我丈夫张阿德当时正在窍角沱江边洗衣物，这个女人投江时被他看见，他认出是他们总经理的丫头春燕，待我丈夫赶去相救时已迟了，只拾到一只葫芦。他认出这葫芦是他阿妹的旧物，并从葫芦里倒出一张相片，我丈夫从这张相片上确认出春燕便是他离散的妹妹阿苇。”

“啊！”吴秘书眼下的面肌痛楚地抽搐了一下，瞬时又恢复了正常。

“吴秘书，你真像阿苇呢！”秋莲又点了一句。

吴秘书脸色仍然有点苍白，站起身说：“我真的像你家阿苇？真有意思。张

嫂，我被你时而春燕，时而阿苇弄糊涂了。你讲的事真动人，改天有空再听你详细谈一谈，一定很有趣。”她看了看手腕上的女式方表，“时间不早了，可能宋先生已经起床，我走啦!”

秋莲目送着吴秘书远去的背影，心中的疑团更浓了，一连串问号浮上心头，呆呆地陷入了沉思。

第二十五章

一

一艘客轮停靠在重庆磨儿石码头趸船边，在上甲板餐厅外的走道上，摆着一排折叠椅，零散地坐着几个人，还有几个人凭栏眺望着远景，随便地交谈着。

两个穿白号衣的茶房穿梭般来来往往，不断送上烟茶。

今天，民成公司的董事会便在这里召开。在轮船上召开会议，不仅舒适方便，并且遇到空袭马上可以开走，不致使会议中断。

董事长郑春林坐在折叠椅上，戴着一副玳瑁边老花眼镜翻阅着文件。他抬头取下眼镜，用大拇指揉了揉眼角，蹙着花白的眉毛向坐在旁边的陆祖福问："陆先生，到会的人只差朱先生，他怎么还不来哩？"

陆祖福手上捧着新到的《泰晤士报》专注地阅读着，他视力很好，不需戴眼镜。近来他学习英文大有进步，许多报纸都把此事当成新闻登过。凡是英文读物，不需要英文秘书的帮助，他也能看懂，只是用英语会话还有一定困难，发音不大准确，洋泾浜英语的味道很浓。他的公文包里，随时放着英国的《泰晤士报》和美国的《读者文摘》，有空闲时他便拿出来阅读，所以他对英美的动态了如指掌。许多国内报纸禁登的新闻，他也可以从这些国外报刊上看到，这对他制定民成公司的经营方针大有好处。

陆祖福听了郑春林的问话，忙将《泰晤士报》搁在膝头上，从芝麻布西裤表袋里掏出一只开金怀表。他原先那只火车头老牙表实在不行，这是他新买的瑞士表。他看开会的时间确已过了。他晓得虽然自己做过工作，但郑春林心里依然是对朱佳富不满意的。他看了看岸上，仍不见朱佳富的影子，颇为奇怪：朱佳富历来廾会准时，今天开这样重要的会议偏偏迟到了！

他将《泰晤士报》卷成筒状拿在手里，站起身一手抄在裤袋里，不安地踱了几步，最后站在郑春林面前，说："郑老，稍待一会儿，再不来我们先开。"

郑春林鼻子里哼了一声，不置可否，端起身旁茶几上的盖碗茶喝了一口，高声喊着："茶房，茶房，点火。"

白铜烟斗里还有半截没有吸完的淡巴菰[1]，他拿起长烟杆，让茶房划燃火柴弯

1　当时大后方自制的雪茄烟。

腰给他点燃，吧嗒了几口，缓缓喷着淡青色的烟雾，烟立即随风飘散。

高伦站在栏杆边凭栏眺望了一阵，慢慢踱了过来。他对朱佳富迟迟不来也深感不满。照说，朱佳富是属于他的派系的人，但是，近来他俩各忙各的，见面的时间很少，渐渐疏远了。他虽很赏识朱佳富的才干，但总觉得他太机灵，太厉害，绝非甘居人下者。上次董事会那场争吵，他因事缺席，事后也听到一些细节，晓得大略，很是生气，觉得自己是常务监事，有责任将这事查清楚。尤其朱佳富是自己的世侄和涪陵公司的旧人，若放任不管，以后如何服众！

陆祖福晓得高伦方正不阿是有名的，所以安排他做了常务监事，专司“监察御史”之责，也是人尽其用的意思。为了使高伦放弃要追查朱佳富受贿事件的那股犟劲，陆祖福颇费了一番唇舌，总算没有酿成大变，平息了下来。

高伦虽然答应陆祖福不再追查，事后却把朱佳富叫去，以长辈的身份说了他一顿。朱佳富矢口否认此事，连连叫屈：“高伯，你想，中央信托局贷款给我们，哪里有反向我行贿之理！陆先生明察秋毫，一识就破，当然晓得是孔祥熙使的离间计。”

高伦还是不信服：“有你亲笔签名的收据哩！”

“嗐，高伯，孔先生手下有的是特工人员，伪造我的签名有何难处！”朱佳富辩解说。

高伦见朱佳富神态坦然，说的也有道理，口气犹豫起来：“不论如何说，你以后应当保持书生本色，非义之财不取，高风亮节以报四川父老。”

朱佳富诺诺连声：“高伯训诲得极是，佳富定当铭记心间。”高伦被朱佳富几句软话应付过去，气慢慢消了。

可是，高伦近来听到不少流言蜚语，说朱佳富与孔令俊搞得火热，还有种种不堪入耳的话。高伦最看不起孔祥熙，对他那位不男不女的孔令俊更是反感。他又派人把朱佳富叫去，将这些流言蜚语照实告诉他，板着面孔说：“物以类聚，人以群分。朱先生，你要珍惜自己的声誉，切不可再与孔令俊往来，沉湎于声色之间。前方将士在与日寇浴血奋战，而他们却醉生梦死过着荒淫的生活，凡有血性的炎黄子孙都应共谴之。”

朱佳富并没辩解，反而一本正经说：“高伯，权通机变方是超人。共产党的统战政策，我们可以借鉴，左中右各派势力我们都可以利用，一切为了‘民成江山’嘛！”

他的话停顿了一下，不等高伦插言，立刻接着说："我与孔令俊的关系极有分寸。民成公司外有强敌，内伏危机，若要壮大发展，必须利用各种力量，共产党的力量我们可以争取利用，孔先生的力量我们利用一下有何不可……"

不等朱佳富说完，高伦连叫："荒唐，荒唐，朱先生真是怪想!"

朱佳富说的并非假话，他与孔家交往，纯属为了办事方便，与孔令俊也只是一般关系。他认为自己要做出一番事业来，像孔家这样的豪门不结交，岂非失策!"民成江山"也会成为一句空话。

朱佳富读过毛泽东《中国社会各阶级的分析》这篇文章，其中这个观点对他很有启示：中国民族资产阶级天性软弱，在强大的封建主义和列强面前处于不利的受压地位，他们必须在夹缝里求生存。他不喜欢社会主义，也不喜欢封建主义和帝国主义的混血儿——官僚资产阶级。他认为只有学英美民主政体，搞实业救国，发展民族资本主义才是上策。他不愿作资产阶级的左翼，也不愿作右翼，认为居于中间地位，左右逢源才对自己最为有利。

高伦严峻地说："你想利用孔家的力量发展民族资本主义，实现'民成江山'，这纯属不切实际的幻想，到头来会搬起石头砸自己的脚!"

朱佳富一改常态，在高伦面前偏不示弱，争辩说："高伯，与共产党搞联合，到头来何尝不是搬起石头砸自己的脚！倘若怕砸脚，哪是英雄本色！与共产党要讲联合，与孔祥熙也要讲联合，八仙过海各显神通，中国将来的前途何去何从，还未可料哩!"

高伦不能同意朱佳富的话，但一时又找不出适当的论据驳斥他，这次谈话便不欢而散……

这时，高伦站在陆祖福身边说："陆先生，时间不早，我们先开会吧!"

陆祖福抬头看了看灰蒙蒙的天空，从裤袋里抽出手来做了一个有力的示意动作："高老，不急，稍待片刻，我想朱先生一定被什么事情拖住了，不会太久，他会来的。"

孙思瑜从栏杆边走过来，在郑春林面前站住，不悦地说："这么多人等他一个，太不像话。难道民成公司离了他真会关门!"他说完气鼓鼓地掸了掸衣袖，鼻子里哼了一声。

陆祖福装作没听见孙思瑜说的怪话。他看郑春林面露不悦之色，捋着花白的胡须欲言又忍的样子，生怕会惹动他发牢骚，那就会为今天的会议造成不利的气氛，于是他上前一步含笑说：“郑老，听说巨富洋行要改组，接受薛习永的投资……”

他的话没说完，看见董绍孙从走道那边出现，忙招手说：“董先生，过来，有件重要的事情，我们先议一下。”

董绍孙整了整领带，衣冠楚楚、笑容可掬地快步走了过来。陆祖福与董绍孙坐在郑春林两侧的折叠椅上。

陆祖福近来实在太忙，双眼深陷，显得清瘦了许多。他不仅担任了交通部次长，又兼任了粮食总局局长，这在抗日的后方都是极其重要和繁重的工作。

他依然炯炯有神的目光停留在董绍孙脸上，装出漫不经心的样子问：“绍孙，听说巨富洋行要改组，其中的详情你可晓得?”

董绍孙眨了眨眼，他在揣摩陆祖福这样问的真正用意何在。他与黄玉庵是至亲，岂有不知之理!

董绍孙沉吟片刻，回答说：“略有所闻。唉，敝亲不听劝，想利用孔先生的力量赶走法国人，真担心他又会落入虎口。”

陆祖福犀利的目光闪烁了一下：“绍孙，黄先生趁目前法国人衰落之机，赶走他们，实在是上策。”

他粗浓的眉毛皱在一起，停了一会儿，又说：“赶走法国人是爱国的表现，我定当支持。绍孙，我上次要你转告黄先生的话，他听了有何打算!”

董绍孙扭燃打火机点上香烟，猛吸了一口，头枕在靠背上，仰视着蓝色的天花板，叹息了一声：“陆先生，我嘴皮都磨出了血，舍亲哪肯听！尤其是舍亲手下那帮人，成见很深，他们说……”

董绍孙坐正了身子，略微思考了一下，接着说：“他们说，宁将巨富洋行拱手送给孔先生，誓不让民成公司吞并掉。”

“吞并!”陆祖福唇上浓黑的一撮胡髭颤抖了一下，“哪能用吞并二字，言重了。四川人要顾四川人嘛！只有联合起来一致对外，四川的地方经济才能有希望。”

陆祖福见董绍孙低头凝思不语，说：“看来，我们与黄先生在川江上这场激烈的竞争不可避免，此非川人之福哇。”

他的语气蓦地严峻了：“董先生，你是有远见、有抱负的人。以前承你支持我，将捷江公司的轮船带到了民成公司，我待你也不薄，今后还希望董先生一如既往支持我，彼此以诚相见，发展民族航运，为国争光!”

董绍孙猛地一惊，不小心让右手上拿的烟头灼着了左手背，“哟”了一声，忙将烟头往舷外一扔，落入江中。他是聪明人，当然听懂了陆祖福话中有话，显然对他有怀疑。他觉得很委屈，他确实费力劝说过黄玉庵不要与孔祥熙合作。

当然，他与黄家是内亲，这种感情也是很复杂的，关于巨富洋行的事情，也不能毫无保留地全告诉陆祖福，这也是人之常情。他想辩说几句，但想到陆祖福生硬的态度，心中不觉有气，只是偏头望着舷外不出声。

陆祖福丝毫不理会董绍孙的神态，又说：“黄先生既然拒绝与我们合作，我们也不怯阵。孔先生有金钱支持他，不过使他实力增强。但是，决定胜负有多种因素，天时、地利、人和，缺一不可。比经营管理，比生产效率，我们是稳操胜算的。”

陆祖福盯着董绍孙问：“董先生，听说你答允参加巨富洋行改组后的董事会，并担任常务董事，可有此事?”

董绍孙一愣，暗暗吃了一惊。因为黄玉庵他们新董事会的组成还很机密，要邀他担任常务董事也实有其事，他还犹豫不定，决断不下是否参加。

董绍孙淡淡一笑：“陆先生，我与黄先生是至亲，你是知情的。我以前对你说过，牵扯到民成公司与巨富洋行的事情，我严守中立，绝不食言。”

郑春林怕他俩闹僵了不好转圜，觉得此时应该由他来说几句话，于是将手中的长烟杆往舱壁上一搁，咳了一声：“董先生，你的为人我岂不知！你不用多心，陆先生和董事会对你是充分信任的。”他沉吟了一下，话锋一转，“不过，你若担任他们董事会的常务董事，未免一心二用，分散了精力。我看，你只有选择其一，方是上策。”

陆祖福瞟着董绍孙微笑不语。

董绍孙心中一震，郑春林的话说得虽然委婉，但分明是向他摊牌，再不能骑墙含糊下去了。他晓得公司里元老派早对他不满，存有戒心。他与朱佳富都是中途参加民成公司的少壮派，都身居民成公司要职，人们对他俩后来者居上早有闲言。以前每遇元老派有责难，总有陆祖福为他说话。今天非比寻常，陆祖福对他也意存不满。看来，要应付眼前的情势，非拿出浑身气力不可。

董绍孙沉思一会儿，说：“我钦佩陆先生，义矣；我与舍亲，情矣。情与义去一不可，我今后……”

陆祖福却岔断董绍孙的话，蓦地把弦一松，含笑说："今天不谈这件事。董先生重视情义，我无异议，中国传统的道德风尚是以情义为重。我今天不过随便谈谈，是提醒董先生不要忘了'民成江山'这一抱负。"

陆祖福立刻将话引开："郑老，从《泰晤士报》上透出的消息，目前国内国际上都有'山雨欲来风满楼'的味道。唉，蒋先生……"

栏杆边一个董事指着岸上大声说："看，朱先生来了。"陆祖福想说的话被岔断了。

大家的目光一齐投到岸上，果然见朱佳富拄着手杖，顺着石梯坎一步一步往河下走来，不慌不忙仍迈着英国绅士的方步。

陆祖福站起身大声说："开会！"大家纷纷走进餐厅就座。

二

朱佳富跨进餐厅，见铺着台布的长餐桌两侧坐满了人，餐桌两端坐着郑春林和陆祖福。

陆祖福特意在身边给朱佳富留了一张空藤椅，向他点头招呼："朱先生，这里坐！"

朱佳富含笑低声说了几句，立即在空藤椅上坐下，将手杖递给在一旁站立的茶房拿去放好。

董事长郑春林慢吞吞地问："朱先生，今天为啥迟到了？"

孙思瑜上次虽被陆祖福压住，但心里不服，喜欢在这种场面敲边鼓，说上几句风凉话发泄自己的不满："朱先生是忙人，孔家的座上客，哪会不迟到！"

陆祖福斜睨了一眼孙思瑜，表示制止，不让他说下去。

孙思瑜见陆祖福老是偏袒朱佳富压住他，故意闹气，把话说得更露骨："朱先生，谨防孔令俊把你藏起来，会失踪啰！"

朱佳富对孙思瑜的讥刺并不在意，只是迅速瞥了他一眼，宽宏大度地淡淡一笑，不予理会。他彬彬有礼地起身弯腰，对郑春林说："抱歉得很，临时遇到重要事耽搁了。"

郑春林没有再说，宣布开会。他声音痰哈哈的，显得中气不足，大家都要凝神静听才能听清："今天开会的议题有三，一……"他照例是将议题宣布完，然后便将球踢给陆祖福：“请陆先生发言。”

照例是一阵热烈的掌声。

掌声刚止，陆祖福已态度从容、声音洪亮地开始说话：“先谈第一个议题。民成公司的航线越来越短，收入锐减，加上军差，已是入不敷出。民成公司将来要发展，我们多年苦心搜求来的人才又不能裁减，这个摊子今后如何办？请大家发表意见。”

冷场一会儿，孙思瑜首先发言：“我们民成公司又不是慈善团体，养那些知识分子是国家的事……”

高伦白眉毛一横，对孙思瑜的发言深为不满，正待驳斥他，身边的朱佳富却拉了他一把，凑近他耳边低声说：“高伯，共产党出事啦！”

“出事！”高伦不觉一惊，“出了啥事？”

朱佳富神秘地一笑，轻声说：“这里说话不便，我一会儿告诉你。”

高伦晓得朱佳富目前交游广，消息灵通，见他很认真的神态，猜想绝不是寻常的变故。他很想马上问个明白，但在这里谈话确实不便，只好隐忍住没再问。

这时孙思瑜已把话说完落座，大家正七嘴八舌众说纷纭，高伦一句也没听进，朱佳富的话老在他心上浮动。

大家议论一番之后，毫无结果，一会儿便静了下来。

陆祖福向坐在对端的董事长点头示意：“郑老，是不是请朱先生谈一谈？”

郑春林嘴里衔着玉石烟嘴吸淡巴菰，一个“好”字从他牙缝里吐了出来。

朱佳富讲话语气抑扬顿挫很有板眼，先说了几句开场白，然后说到正题：“古人说‘十年树木，百年树人’，要培养出一个专门人才谈何容易！我们国家文化落后，知识分子寥寥无几，国家不爱护，民间不扶植，要国强民富不过一句空话。纵观环球，要自强图存，莫不从开民智，办教育，培养知识分子着手。在座诸公个个是知识分子，当初也是抱着爱国的热忱，读新书，学科学，留学西洋，所以作出了今天的一番事业。我们的眼光要放远看，留下这些有用之才以备后用，并非慈善事业，纯为公司的利益……”

孙思瑜听朱佳富最后一句话是针对他说的，不等朱佳富说完，大声嚷道：“朱先生，公司不紧缩开支，钱呢？”

朱佳富略微停顿了一下，仿佛没听见孙思瑜的嚷叫，继续说：“开源节流，是公司早就拟就的方针。节流仅为消极的措施，潜力是有限的，只有开源才是广阔无限的出路，可取的积极办法……”

有些董事觉得朱佳富言之成理，在点头微笑。孙思瑜冷笑一声：“开源，谈何容易！”

朱佳富望着孙思瑜说：“孙先生说得极是，开源，确非易事。民成公司创办之初比现在更不易呀，可是依然发展成现在的规模。正因为不易，才要我们同仁精诚团结，去战胜困难。”

孙思瑜并不服气，说：“朱先生这种高调谁不会弹……”

陆祖福轻声细语插言了：“孙先生，你不要老打岔，等朱先生说完再议嘛！”

孙思瑜面露愠色，只好悻悻地闭上嘴。

朱佳富还谈了一通开源与节流的关系，连陆祖福也觉得他离题太远，不断皱眉头。他一贯主张节约时间，平常一般人发言是不许超过五分钟的。

朱佳富听餐厅内已发出嗡嗡声——这是董事们在互相耳语谈天，才赶忙把话一收，从公文包里拿出一份计划书摆在自己面前，两手庄重地往上一按：“川江航线缩短，难道我们不可以往陆地上发展……”

孙思瑜在一旁说怪话，但声音很低：“怪咧，难道能陆地行舟！”

朱佳富是一目十行，耳听八方的角色，孙思瑜说的声音虽低，也没漏过他的听觉，他蓦地脸色一沉：“孙先生，轮船固然不能往陆地上开，但交通运输工具还有汽车哩。难道连这点常识也没得！”

孙思瑜想不到朱佳富会当众摆面孔给他看，顿时面红筋胀，显出要发作的样子。

陆祖福也觉意外——因为朱佳富很讲究英国绅士派头，从来沉着冷静，为啥今天变得如此浮躁？要是孙思瑜趁机争吵起来，元老派与少壮派的不和又将公开化。他暗暗埋怨朱佳富在这个会议上节外生枝，何苦惹这种不必要的麻烦！他正想发言弥补朱佳富造成的失误，使会议顺利开下去，可是朱佳富的语气却缓和了：“孙先生，你耐心听我谈完，莫生气。”他还表示和解地笑了笑。

孙思瑜神态稍微松弛了一些，平板地说：“洗耳恭听！”

朱佳富继续说：“我提议民成公司新设一个公路运输处，投资五百万元，建立一个庞大的汽车队跑河内、海防，我们民成公司就有取之不尽的金库啰！”

“好，这主意不错。”

“对，早该这么办了。”

朱佳富这个计划酝酿已久，为了保密，许多董事还是第一次听见，不禁大声称赞。

孙思瑜一愣，也觉意外。他当然晓得目前有汽车跑国际线是最赢利的生意。但是他总想从鸡蛋里挑出骨头来，斜睨着朱佳富说："朱先生，这不是新鲜事，原先办过航运的虞洽卿、薛习永，他们看川江没插足之地，早成立了扬子江汽车公司跑国际线，早发了大财。我们现时才兴办，可能为时已晚，能挤得进去吗？"

朱佳富含笑瞟着孙思瑜，不紧不慢地说："民成公司成立之时，川江里的航运公司已多如雨后春笋，孙先生当时不畏强手与陆先生一道异军突起，何等有气魄！为啥现时锐气尽失，长他人志气，灭自己威风？虞洽卿和薛习永不足畏，我们一如既往避实就虚，改善经营管理，讲求实效，不信斗他们不过！"

高伦心中有事，老记挂着朱佳富刚才的话，不晓得共产党出了啥事！所以一直没有发言。这时他觉得朱佳富未免轻敌，说："朱先生，这虞洽卿是江浙财团中的前辈，老谋深算，切不可等闲视之；薛习永是公馆派中的骨干，有孔财神给他撑腰，噫，不好办哩！"

朱佳富正要答话，孙思瑜见高伦也赞同他的话，更上劲了。他望着朱佳富冷笑一声："哼，这避实就虚如何解释？"

朱佳富仿佛成竹在胸，并不畏难，左顾右盼态度从容，很有点诸葛亮舌战群儒的气概："孙先生少安毋躁，待我细细说与你听。"

他轻轻咳了一声，端起茶碗慢慢喝茶。

陆祖福近来对朱佳富这些做作早已见惯，只是皱了皱眉尖。

朱佳富又掸了掸衣袖，才开口说："扬子江汽车公司以走私和运入奢侈品为主，早已民怨沸腾，国际友人也不满。我们只要打起抗战运输的旗帜，专运大后方急需的战略物资，基于爱国主义，民众会拥护，国际友人会支持，我们就会立于不败之地。民成公司得以发展的现成经验，诸公为啥忘怀了？"

朱佳富的话声刚止，餐厅内顿时响起了一片赞叹声，个个面露笑容，向他投来折服的目光。

朱佳富慢条斯理摸出烟盒，取了一支香烟点燃，然后谦逊地说："佳富粗陋之见，望诸公仲裁！"

现在该轮到董事长郑春林说话了："朱先生这项提案，现在付诸表决，赞成的举手。"

大家都举了手。

“一致通过!”郑春林的职责完成，向大家宣布说。

接着是讨论公路运输处的经理人选，刚才弥漫在餐厅内的热烈气氛一扫而空，大家都不开口。

餐厅内响起了喝茶声，椅子搬动声，低低的咳嗽声……一会儿，也归于沉寂。

我望你，你望我，餐厅内的空气像凝结了一般，只听见壁上的船钟嘀嗒，嘀嗒……

大家都晓得这是肥缺，觊觎这个职位的人不少，彼此钩心斗角都不愿先开口。

朱佳富将指间的烟头在烟缸里杵熄，坐得端端正正:“我向董事会推荐一人当此大任，不知可否?”

除了少数人事先参与决策外，其他人都异口同声问:“推荐谁?”

董事会中的元老派一听由朱佳富提名，更是聚精会神，顿时紧张起来。按照以往的经验，肯定没他们的份，提出的人肯定是留欧博士或汽车专家之类。

孙思瑜更是怒目斜视着朱佳富，剑拔弩张，摆出要大吵一场的样子，会场的气氛顿时充满了火药味。

陆祖福早把这一切看在眼里，只是含笑不语。

朱佳富提高声音说:“我推荐孙思瑜先生担任经理一职!”

朱佳富这提名不仅让元老派中的人感到惊诧，大出意外，几位西装革履的留欧博士也目瞪口呆，面面相觑，半晌出声不得，好像不认识朱佳富似的，望着他发怔。

孙思瑜顿时笑逐颜开，早收起好斗公鸡的样子，和颜悦色地说:“思瑜才疏学浅，哪能当此大任!请朱先生另议。”

他居然站起身来远远伸过手去递给朱佳富一支三五牌香烟，并扭燃打火机给他把香烟点燃，然后才坐下。

高伦的嘴角牵动了一下，显然对孙思瑜这些丑态看不顺眼，因他参加过事先的决策，所以并没表示反对。

朱佳富在决策会上提出孙思瑜担任公路运输处的经理，不仅陆祖福与高伦不同意，连郑春林也觉不妥。

朱佳富有他精明的打算。他认为元老派近来寻事闹摩擦越来越厉害，诸事掣肘，很恼火，不如趁成立公路运输处的机会，将其中最爱领头闹的几个人安置在处里，加以分化，使其闹不起来。反正人事大权操在总经理室，多派几个得力的行家担任副职如襄理、主任之类，将权力分散，把经理架空，是不碍大事的。

决策会议上，经朱佳富一说明（当然，因为有郑春林在场，有些话说得比较隐晦含蓄），陆祖福是聪明绝顶的人，细思之后，立即表示赞同。元老派与少壮派的紧张关系能够改善，也可省去他许多麻烦，他暗暗佩服朱佳富棋高一着。

郑春林没有多大主见，见陆祖福已同意，也无可无不可默认了。

高伦虽有不同看法，少数服从多数，最后也放弃了自己的意见，没再表示反对。

董绍孙没有参加决策会议——陆祖福因为他与巨富洋行的关系暧昧，总防范着他，但董绍孙察言观色，对其中的奥妙已有些领悟，只顾抽烟不语。

一个年轻的博士却提出一个问题：“根据公司章程，董事会的人不得担任公司行政职务，孙思瑜先生乃常务董事，此例一开，可能不妥。”

孙思瑜急了，迫不及待站起来说：“我既担任经理，当然辞去常务董事一职！”

“表决，赞成的举手！”郑春林又履行起他的职责。又是一致通过。

郑春林晓得个别董事是有鸦片烟瘾的，不宜坐得过久，宣布说：“休息三十分钟！”

三

高伦一听宣布休息，急切地拉了朱佳富一把，说：“朱先生，我们到船尾去走走。”

他俩到了上甲板船尾，这里静寂，举目可以看见南岸层层的山峦，微风扑面，空气比餐厅清新。

高伦迫不及待地问：“朱先生，你说说，共产党出了啥事？”

朱佳富左右张望，见船尾无人，才放低声音说：“新四军在皖南被国军包围，听说新四军吃了大亏，项英战死，叶挺被俘，还有……”

“哎！”高伦大吃一惊，半信半疑地说，“昨天开参政会，蒋先生还发表谈话说，要加强全民抗战，动员民众救亡图存，并且我亲眼见蒋先生还与周恩来先生握手哩！”

“老伯，你也太实了。”朱佳富说，“政治斗争哪有诚实可言！蒋先生在参政会上故作姿态，不过掩人耳目，麻痹共产党。”

高伦沉吟半晌，问：“朱先生，你这消息可靠吗？从哪里听来的？”

“哎……”朱佳富有些迟疑。他刚要来这里开会，适逢孔令俊开车经过公司门口，热情邀他一道去兜风，他不好推辞，只好陪同孔令俊把车开往浮图关兜了一转，所以开会迟到了。这些话是孔令俊闲谈中透给他听的，当然不会假。因为前不久高伦还规劝过他，叫他少与孔令俊交往，所以有顾忌，但终于还是说出来了：“老伯，是孔令俊亲口对我说的，想来不会假。恐怕……”

高伦见他说话不爽快，催促说：“快说！”

朱佳富说：“恐怕蒋先生还有新的行动，会再对共产党下毒手。高伯，国共第二次合作该不会破裂吧！”

高伦想起不久前在曾家岩会见周恩来，周恩来关照过他，说蒋介石近来与日本人接触频繁，要他转告国民党中的左派朋友，注意团结，警惕蒋介石倒退投降。看来共产党朋友事先有警觉，但为啥败得这么惨，项英牺牲不说，叶挺也被俘……

朱佳富见高伦凝视着两江汇合口沉思不语，蓦地想起一件事情，紧张地说：“高伯，还忘了告诉你，高妹的行动要留神，她……”

高伦正专注地听，朱佳富却把话停住了。

高伦没再追问，迫不及待地说：“待我去曾家岩面见蒋先生问个明白。”

朱佳富劝止：“高伯，我看不必去，准定要碰钉子！”

高伦哪里听得进，别人很难改变他的主意。他去向郑春林请了假，马上离席走了。

朱佳富见高伦匆匆走了，正想踱回餐厅，迎面见孙思瑜含笑走来：“朱先生，今后公路运输处的工作，还望你多加指导！”

孙思瑜穿的西装显然是重庆土裁缝制作的，式样俗气，做工粗劣，但衣料质地不错，一见便知是舶来品。

朱佳富镜片后的眼珠转了转，装出十分热情的样子紧握住孙思瑜的手摇晃着：“孙先生，别客气。你乃民成公司的开国元勋，有功之臣，为了‘民成江山’的共同理想，还望今后精诚团结，加强合作。”

孙思瑜虽然老于世故，脸皮并不薄，但听了朱佳富最后两句话，不禁心虚，脸上显出讪讪的表情。他哈哈一笑：“当然，当然，和为上，古谚说，和气生财嘛！”他将尴尬的表情掩饰过去了。

朱佳富适可而止，含笑说：“孙先生，我晓得你这些年也拖苦了，董事会是清水衙门，我推荐你担任此职，就是为了让你松活一下。”

他长长地叹了口气：“以前有人对我有些误解，我是有苦难言。以后若有人对我有怨言，还望孙先生作些解释，多多维持，我朱某是不会亏待你的。”

孙思瑜听了朱佳富的话，默契地说：“不成问题，只要朱先生够朋友，我孙某也是讲情义的。”

两人彼此双手握紧，相视一笑，旋即松开了。

楼下有人喊：“孙先生！”

孙思瑜告辞说：“朱先生，失陪了，待我去看一看。”“孙先生请便！”

朱佳富望着孙思瑜的背影深沉地一笑。

说实话，朱佳富并不把孙思瑜这帮人放在眼里，认为他们虽然阴险狡诈，但个个目光短浅，极易满足。这次他不过略施伎俩便使孙思瑜改变常态，转而巴结他，这就是一个明证。排除了这帮人的干扰，民成公司这块广阔的天地便可任他展翅翱翔了。

朱佳富得意之余，不禁凭栏远眺，心潮起伏，吟咏起辛弃疾的词《登京口北固亭有怀》：

何处望神州？
满眼风光北固楼。
千古兴亡多少事，悠悠，
不尽长江滚滚流！

年少万兜鍪，
坐断东南战未休。
天下英雄谁敌手？曹刘。
生子当如孙仲谋！

朱佳富微晃着头，远望长江滔滔的流水，无限感慨。他想到当初自己不过一个穷书生，全靠自己艰苦奋斗，不仅娶了一位美丽而富有的妻子使人艳羡，并且自己步步登高，社会地位上升很快，当年的抱负眼看便要实现，真是前程似锦……

他踌躇满志，乐滋滋地昂首顾盼，真想引吭高歌。“朱先生，开会啰！”

朱佳富一惊，回头一看，见是茶房站在他身后请他去开会。

茶房见朱佳富怔怔的神态，以为他没听清，又重复说了一遍：“朱先生，开会啰！”

“晓得了。”他缓步离开了船尾。

四

董事会进行到最后一个议题，便是关于民成船厂新造的第一艘客货轮“民进”下水典礼的规模问题——这是陆祖福提的议案。

陆祖福说：“自上海、武汉沦陷以后，敌人断言我们再没有船厂可以造船，川江航道迟早会瘫痪。可是……”

为了加重说话的分量，他停顿了一下：“可是，民成船厂在短期内却造出了新船‘民进’轮，大长了民族的志气。我认为下水典礼不妨盛大一点，以扩大民成公司的声誉和影响……”

陆祖福在公司的威望很高，照例，他的提议是无人反对的。“同意。”

“赞成。”

大家七嘴八舌表示赞同。

孙思瑜已将他放在桌上的烟盒、打火机、眼镜盒往袋里收捡，准备散会开溜。

每次开会，他都觉得太单调枯燥，认为陆祖福太古板。公司不用几个漂亮女人当花瓶，也不许董事们带女人参加会议，无怪乎别人称民成公司叫和尚庙，清一色的男人多么索然无味！他今天担任了公路运输处经理，与他相好的几个董事已向他约定，散会后便去渝江饭店定下房间，叫几个交际花来乐一乐，表示庆贺。这时，他已显出急不可待的样子，只要郑春林宣布散会，立即就走。

今天郑春林偏作怪，斜靠在椅上偏头问：“陆先生，盛大地举行下水典礼我没意见，请问，盛大到何种程度呢？”

陆祖福沉吟了一下，说：“我看，庆祝费暂定为二十万元吧！不够还可以追补。”

大家虽知陆祖福在宣传费用方面从不吝惜，但骤然一听他说出偌大的数目，都暗暗惊异，二十万元差不多可以造一艘小拖轮了。

冷场了一会儿，还是郑春林说："陆先生，花偌大一笔钱，值得吗?"

陆祖福不慌不乱地说："郑老，我还担心太少，当然值得!"

他目光灼灼，异常兴奋地接着说："这次举行下水典礼，我要将重庆的达官富商，社会名流，国际友人，外交使团都请来参加。典礼完毕后，还要请大家坐在民进轮上游江，将轮船开到大兴场打转。并制作金、银、镍三种纪念章分发赠送。"

"哦!"

大家不约而同惊叹了一声。

郑春林口气犹豫："陆先生，公司财政目前有困难，这样花费可能不妥吧!"他说到这里，把眼光投向朱佳富，"朱先生，你说呢?"

陆祖福事先没与朱佳富商量过，朱佳富也觉得此举异常。略一思索，他已猜到陆祖福的用意，像这种能表现自己智能的机会，他是从不放过的。

朱佳富望着陆祖福会意地一笑："我赞成陆先生的意见，这二十万元用得值得，可收事半功倍之效。"

郑春林因朱佳富素来在财务开支上卡得很紧，点名问他，是想让他劝说陆祖福降低庆祝规模，节约费用，但朱佳富却表示赞同，很出他的意料。因此，他张着口，露出满口假牙，斜睨着朱佳富问："朱先生也赞同?"

朱佳富两手相握放在膝上，颇有风度地点头答道："对，我赞同!"

他含笑望了陆祖福一眼，逞能地说："陆先生的想法我已猜到几分，待我说说看，不对，再请陆先生更正。"

他掏出西装上衣袋的手绢捂住嘴干咳了两声，然后将手绢折叠好放回："现在大后方只剩下西南一隅，像样的船厂只剩下我们一家，真是山中无老虎，猴三充霸王的大好时光。我们造出了轮船是抗战中的一件大事。我们目光要远大，抗战若胜利，公司要大发展，由长江而至海洋。重庆成为陪都之后，蓦地变成全国政治、经济、文化的中心，人物云集，此时扩大公司影响可达异常功效。有五利一弊可供董事们参考……"

朱佳富见大家听得出神，越讲精神越抖擞，真是口若悬河："一、此时此地造出轮船，人心振奋，人们会把我们当成民族英雄，改善我们的社会地位；二、趁机宣传民成公司的爱国主义，民众和社会舆论会支持我们；三、利用这次机会，让国际友人、外交使团参观民成公司，扩大国际影响，对我们今后向海洋发展十分有利；四、趁机显示民成公司实力，对我们向政府贷款和增募股金大有好处；五、使觊觎民成公司的豪门有所顾忌，不敢轻举妄动。”

朱佳富说到这里，红光满面地笑问陆祖福：“陆先生，我说的对吗？”

陆祖福点头微笑：“朱先生可谓知我肺腑！”

孙思瑜也听得出神，忍不住插言说：“朱先生，你说了五利，还有一弊没说呢！”

朱佳富瞟了孙思瑜一眼，说：“要花很多钱，也算一弊吧！”

朱佳富说得兴奋异常，手指轻轻在餐桌上一敲：“嘿，钱花少了，不足以显示我们的气魄。英国有位实业家说，你有十个英镑的资本，便拿九个英镑去做广告，我认为说得有理。这次下水典礼花二十万元不算多，可说是一本万利的事。”

几个岁数大些的董事总嫌花这么多钱太不值得，宣传的好处一时难看见，谁晓得有多大成效！但也无人再正式提出异议。

几个年纪较轻的董事，大都是留学生，对于西方那种广告战术是晓得的，再加心高气傲，喜欢热闹排场，所以他们众口一声，极力赞成这样办。

这时郑春林拉着平板的声音说话了：“表决，赞成的请举手。”“一致通过！”

又是郑春林机械的声音。

一些人异常兴奋，兴高采烈地自动议论起应该邀请哪些人，如何举行……

孙思瑜暂时忘了去渝江饭店的事，也扳着指头献策。

郑春林看大家情绪这么热烈，也只好任之，不便马上宣布散会。

想不到大家议论到请哪位女士剪彩，掷香槟酒，却发生了争执，吵得面红耳赤。

孙思瑜提议请电影明星剪彩；朱佳富认为请电影明星太俗气，显得不严肃，建议邀请一位豪门小姐，并提出请孔令俊。

孙思瑜力争说：“华华公司、永安绸缎公司新近开张，也是请的电影明星剪彩，看的人多，影响才大嘛！”

朱佳富说：“孔令俊目前在陪都是家喻户晓的传奇人物，出身豪门，更有吸引力。没有我去请，恐怕她还不会来哩！”

对他俩的争论，有人赞同，也有人反对。

有人提出请陆太太。

陆祖福一直含笑不语，听任大家议论，这时忙摇手：“不开玩笑，我家太太是合川的乡巴佬，只晓得照料家务，哪行！”

也有人提议请朱太太。

朱佳富忙推辞：“敝内深居简出不善交游！”

郑春林见时间不早，认为这样的小事，值不得多费时间研究，于是启齿说：“陆先生，你决定一下吧！”

陆祖福正在权衡人选，他认为请谁剪彩关系重大，直接影响宣传效果，是值得推敲斟酌的。他听郑春林点名要他仲裁，沉思一会儿，才下了决断：“我同意朱先生的意见，请孔令俊！”

根据陆祖福平时的爱恶和性格，大家万万想不到他会同意请孔令俊，顿时都怔住了，迷惑不解的目光一齐投射在他的身上。

郑春林忍不住摇头大声说：“荒唐，荒唐，请孔令俊剪彩，真是不可思议！”

董绍孙因为会前陆祖福与他的谈话，为巨富洋行的事显出对他的猜疑和不信任，心中有抵触情绪，在会议上至今沉默无言，只是喝茶抽烟。这时他却开口说：“陆先生选择孔令俊，我认为极其妥当。”

陆祖福同意请孔令俊，连朱佳富也觉意外，他提出请孔令俊剪彩，自有一番考虑。他此时不便再说什么，只是容光焕发地微笑着。

陆祖福不慌不忙解释说：“请电影明星显得市侩俗气，请政治倾向太显著的人，也不妥当，极易招来意想不到的麻烦。唉，我今天看了《泰晤士报》，上面有一则有关我们国内的消息，可能……政治风云变幻太大，谁知蒋先生……”他顾忌重重，说得吞吞吐吐。

朱佳富隐忍不住，接过话头说：“陆先生所虑极对，我今天得到一个消息，新四军在皖南……”

他将刚才对高伦说的话，适当加减，又说了一遍，只是没说出是孔令俊告诉他的。

大家还是第一次听到这个惊人的消息，不仅觉得新奇，而且关切，因各人政治主张不同，发出各种迥异的惊叹声，表情也各不相同。

“哎，朱先生，这消息可靠吗?”陆祖福问。“绝对可靠！”朱佳富毫不犹豫地回答。

“这……想不到变化这么快。唉，外敌压境，内动干戈，恐怕不是国家民族之福。国共合作若破裂，形势又要大变了。”陆祖福与周恩来也有过交往，不禁忧心忡忡地说。

会场又成了一锅开水，有人想打破砂锅问到底，朱佳富却已无可奉告；有人幸灾乐祸，额手称庆；有人愤愤不平，为新四军叫屈不止……

孙思瑜认为这消息对他无关紧要，天垮下来有高汉顶着。眼看这样下去会议一时不能结束，他迫不及待，代替了郑春林的职责，用拳头捶击餐桌，发出咚咚的声响："诸公雅静，诸位雅静。言归正传，听陆先生把话说完再议。”

大家果然静了下来。

陆祖福这时才接着刚才中断的话头说："不用说，目前请政治色彩浓厚的人剪彩，更不合时宜。请杨宝瑜女士嘛，名门闺秀，端庄贤淑，也不错，不过……”

他略一停顿，说："请孔令俊不仅名声大，并且一定会带来不少达官贵人、名媛淑女参加这次下水典礼，也可以显示出我们气度不凡。民成公司各种朋友都有，国际影响也会大一些。”

郑春林遇事无主见，可是现时却顽固地反对："陆先生，孔令俊声名狼藉，一个不到二十岁的女娃儿，闹得重庆满城风雨，请她剪彩实在荒唐。陆先生以前也对她很反感，为啥骤然改变了态度!”

陆祖福望着郑春林一笑，说："郑老，现时谈不上喜不喜欢，只要对我们有利就行。灵活应变方是英雄本色，利用孔令俊替我们作一次广告有利无害。只是……”陆祖福皱了皱眉，“我原想请郭沫若主持下水典礼，看来，现时只有请晏阳初比较妥当。他是四川人，夫人是美国人，对，就这样决定。”

晏阳初是平民教育会的创办人，他的教育会得到美国许多基金会的资助。陆祖福是从教育救国走上实业救国道路的，所以最近与晏阳初过从甚密，思想上有许多共同点，很是谈得来。

朱佳富对邀请晏阳初却有不同意见，他提醒陆祖福说："陆先生，邀请左派朋友参加必不可少，共产党在民众中的影响不能低估呀！我看请高伦主持下水典礼比较适合。”

陆祖福沉思一会儿，点点头说："请左派朋友当然必要，高监事是有名的左派，也比较稳健，可是……”他踌躇起来，“为了平衡，可以邀请一些左派朋友来演讲，若苏联大使馆能派员参加，那就太好了。”

郑春林有些怀疑."陆先生，这些人会来参加吗?”

陆祖福做了一个肯定的姿势："我们这次下水典礼，等于为各派政治势力提供一个讲台，他们都不会放过这样的宣传机会，一定会来。"

又议论了一会儿，终于宣布散会。一阵椅子响，大家纷纷走出餐厅，等候聚餐。

陆祖福走出餐厅刚扶住栏杆，蓦地从玄坛庙方向传来一阵轮船长长的汽笛声，又不像空袭警报。他很觉奇怪，向身后的翁副官一伸手："望远镜！"

每当陆祖福上船，不用吩咐，翁副官总是把望远镜带在身边，随时备他取用。

陆祖福举着望远镜，略微调了一下焦距，便看清从玄坛庙巨富洋行趸船先后开出三艘轮船，从轮船外形，陆祖福很快便认出这是巨富洋行的三艘主力客货轮：巨南、巨北、巨东。

他十分惊异，自言自语地说："噫，今天有啥喜庆，他们船上挂了满旗[1]。"

朱佳富脑子反应快，十分敏感："莫不是巨富洋行正式改组哪？"

"对，主桅换上了青天白日旗。"陆祖福点头说。

他将望远镜递给朱佳富，向不远处站立的董绍孙走去，说："董先生，巨富洋行改组得真快，把消息封锁得密不透风呀！"

董绍孙晓得陆祖福的话中带有责怪他的意思，他双手一摊，耸了耸肩："跟你一样，我事先一点消息也不晓得！"

董绍孙说的是真话。他心中很不自在，显然黄玉庵也防范着他。真是两头不讨好，对他都有猜疑。

朱佳富从望远镜里看见三艘轮船驶进了嘉陵江："噫，为啥驶进了小河？"

不用望远镜，陆祖福也可以看得清楚，开进小河的轮船越驶越近。他沉着脸说："有啥不解！黄玉庵一定晓得我们在这里开董事会，开到我们眼皮下来示威嘛！"

果不出陆祖福所料，巨南轮领头从民成公司这艘船外挡驶过时，不仅汽笛鸣叫，并且从两舷伸出长竿悬挂着鞭炮燃放，噼里啪啦热闹非凡，真有点示威的味道。

朱佳富一眼就认出巨南轮驾驶台上领航的皮船长，说："噫，法国船长也换

1　从轮船前桅到后桅悬挂万国旗，表示喜庆。

了，黄玉庵改革的决心不小呀！”

巨南轮并没慢车，激起的汹涌波涛拍击船舷，陆祖福觉得自己这艘轮船在浪涛中起伏颠簸，左右摇晃。

他气得脸都白哪！嘴唇的一撮浓髭在颤抖：“好，黄玉庵，我们就在川江上逐鹿，看究竟鹿死谁手！”

朱佳富晓得陆祖福此刻的心情异常复杂。民成公司囊括了川江里的小公司，只有黄氏弟兄拼死抵制。他们原有法国人做靠山，现时改组后又有孔祥熙撑腰，实是民成公司独霸川江航运心腹之患，欲吞不能，岂能甘心！

朱佳富见陆祖福气得这样，宽慰他说：“陆先生不用气，黄氏弟兄纵有孔先生作后盾，实不足虑，我有办法对付，准叫他……哼！”

陆祖福也觉得自己失态，在众目睽睽下表现出这样的神态，让人把自己的气量看小了。他定了定神，脸上恢复了红润，马上对身后的翁副官说：“去叫船长拉响汽笛，表示庆贺。不管怎样说，巨富洋行换上了中国旗，也是爱国的表现，我们要欢迎！”

只有董绍孙沉郁不语，喷了一口烟雾，望着飘散的淡淡青烟出神。

第二十六章

一

在黄公馆的大厅里，宴会正酣，宾主频频举杯，叮叮咚咚的碰杯声异常清脆悦耳。

在长餐桌的主位上坐着黄玉庵，他今天穿着一套巴黎制的燕尾服，由于兴奋，青黄的面皮上透出浅浅的一层红晕。

女主人的座位都空着，自从袁静芳和赵小姐死后，他一直未正式续弦。对女色的疏远，反而使他振作起来，集中精力处理巨富洋行的事情。

今天这次不平常的午宴，是他精心筹划，亲自导演的。他暗暗感到得意，不由得也有些紧张。

袁静芳和赵小姐的死，对于他至今还是一个谜。流言蜚语很多，偶尔也传进他的耳朵里。他不相信，也不愿相信袁静芳会与李牧师有私情，因为这会给他增添精神上的沉重负担。他宁肯相信是他的私敌恶意散布的谣言，有意中伤他。至于赵小姐的死，有人说是李牧师干的，他却有些半信半疑。

黄玉庵报过案，也请侦探密查过，但找不出李牧师的丝毫罪证。有一点他是深信不疑的——这两件人命案肯定与法国人有关。

他回忆起发生事件那天晚间的情景，至今还心有余悸。为了防范法国人暗害他，他请了两名私人保镖，日夜防守在他的左右。

对于李牧师，他不得不防，因为教堂就在他家的花园里，要暗害他是比较方便的。在这一点上，他是宁肯信其有，不肯信其无。他借口扩建花园，要关闭迁移家庭教堂。教区主事向他提出过警告，认为这是渎神的行为，扬言要开除他的教籍。这次，素无常性的黄玉庵例外地顶住了教区主事的压力，也以改信天主教相威胁，终于迫使李牧师搬走了。

现在宴会的大厅，便是原先的教堂改建的，显得异常宽敞高大。高高的半圆形顶穹半明半暗，隐现出精美的浮雕。屋子重新彩绘过，色彩绚丽，展翅飞翔的安琪儿栩栩如生，使人一见便尘念全消，向往天国的幸福。

两旁高墙上的小窗全打开了，一根根圆锥形的光柱，照得大厅亮堂堂的。一阵阵徐风吹进，空气新鲜通畅，确是一个好地方。

墙壁间的神龛里，耶稣和圣徒的雕像仍然保留着，成了很高级的艺术装饰品。

餐桌两边坐着太摸尔和几位法国船长，除了太摸尔仍着中装外，其他都是穿的燕尾服。

年轻的侍女托着银盘穿梭般走动，送上一道道法国菜和饮料。

几个浓妆艳抹，袒胸露臂的女人，坐在法国人身旁不住地劝酒，莺声燕语做出万般妖娆的媚态。这是专做外国人生意的妓女，由黄玉庵招来陪酒的。

宴会开始时，法国人个个坐得端端正正，做出一副文质彬彬颇有教养的样子。待几杯白兰地下肚，他们渐渐忘形，笑闹着左拥右抱，互相戏谑调情，丑态百出，在耶稣的圣像下恣意寻欢，把大厅里原有的那种庄严气氛一扫而光。

黄玉庵见惯了法国人这些丑态。从老太爷起，为了取悦他们，不仅按月供给他们五十两云土由他们分用，而且每逢宴会，招妓女陪酒是少不了的。虽然代人付嫖账是犯忌讳的事，黄老太爷也不管它了。

只是到了后来，黄家的财富越来越多，成了重庆知名的富豪，有了很高的社会地位，黄老太爷怕社会上说闲话，才改由法国人自己付嫖账，再由黄家按年拨一笔娱乐费给法国人补偿，明里顾全一点面子。

太摸尔觉得黄家今天请的这餐午宴实在蹊跷——并非节日，而且将有妓女陪酒的宴会设在黄公馆，还说明一切费用由黄家负担，多年来已没这样招待过。但是，几杯酒下肚，听黄玉庵说纯属为了联络感情，也就深信不疑。

黄玉庵又站起身举杯祝酒，用法语说："诸位先生，今天这次午宴，是为了增进感情，表示我对诸位的谢意，不醉不散。干杯!"

接着碰杯声，刀叉碰击声，妓女哧哧的笑声，叽里哇啦的洋话声，乱纷纷、闹哄哄的在大厅里回荡。

太摸尔虽有七八分醉意，但他喝酒不红脸，白皙的面色逐渐转青，舌头比平时灵便，他喋喋不休地与黄玉庵饶舌。

他身旁坐着雪里红，不住地给他斟酒。他在大庭广众之中，从来就是道貌岸然，所以他并不像其他法国人那样忘形，很少与雪里红搭话，保持着自己的尊严。

黄玉庵身旁站着一个听差替他斟酒，他虽然喝了许多酒，并不见醉。其实他喝的并不是酒，而是预先准备的荷兰水。为了将法国人灌醉，他是费了一番苦心的。

在大厅的里间，就是原先李牧师居住过的房内，还摆了一桌酒宴，专为红帽托[1]准备的。这些法国兵是在轮船上护航的，以往仗着法国炮舰的势力在轮船上无法无天，谁也不敢撩惹他们。有一次，杨森手下一位师长在万县搭乘巨富洋行的轮船去涪陵，也被法国兵缴了枪，到了涪陵后才发还，足见他们平时的威风。

黄家的发展，法国人自认为有功，所以敢在黄玉庵头上拉屎，这也是黄玉庵恨法国人的原因。

这些法国兵猜拳行令，也喝得很欢，笑闹声阵阵传到大厅来。

黄玉庵心中有事，神情不安地装出笑脸与法国人周旋。他见几个法国人醉了，已不顾体面，紧搂着妓女灌酒，亲吻摸乳实在不堪入目。餐桌上杯盘狼藉，怪叫声响彻屋宇。他表面上很镇静，内里确有些心虚。今天要对付眼前这几个法国流氓，绝不是轻松的事情，事已至此，他只得硬着头皮干下去。

他已与薛习永谈判妥当，决定由孔祥熙投资占百分之五十的股份，改组巨富洋行，更名永华公司，由薛习永任董事长，他任总经理。今天便是改旗的正式日期，降下法国旗，换上中国旗。由于他事先严密封锁消息，法国人被蒙在鼓里。

黄玉庵晓得法国人绝不会善罢甘休，为了减少直接冲突，余平贵为他设计了这条计谋，将法国人全骗下船，集中在这里喝酒。

他在法国人面前，一向总有一种屈辱感，加上袁静芳与赵小姐谜一样地死去，使他感到恐怖。他觉得自己的生命时时受到威胁，这才使他下了决心，不顾一切，誓死要赶走法国人。

太摸尔脸色醉得铁青，一对碧蓝的眼睛也变了颜色，闪着阴沉残忍的冷光。黄玉庵接触到太摸尔这眼光，就觉得心跳加速，紧张异常。要不是他知道在黄公馆里已埋伏下一连宪兵和一些军统局的便衣，只需他发出暗号，立即就会冲进来将法国兵缴械，他真会知难而退，改变赶走法国人的决定。

他想到多年来的愿望——赶走法国人，马上便会成为现实，心里就有一种快感。

一个亲信听差终于在大厅门口出现，向黄玉庵递了一个眼色。黄玉庵明白已经完成了换旗典礼，轮船已从玄坛庙开走了。他轻轻吁了一口气，感到松快，脸上笑盈盈地注视着太摸尔。

1　法国兵的军帽上有一圈红色的帽托，故当时人把法国兵叫红帽托。

太摸尔还不知情，离座歪歪倒倒端着高脚酒杯走过来，口齿不清地说：“黄先生，干杯!”

“干杯!”黄玉庵举起酒杯说。

这时一个听差进来大声通报：“黄总经理，有客会你，现在客厅坐候!”

这是余平贵事先与黄玉庵约好的暗号。

黄玉庵立刻将酒杯搁下，含笑对太摸尔说：“太摸尔先生，我失陪了。”

太摸尔见黄玉庵放下酒杯要走，认为这是有意怠慢他，不禁恼火，于是借酒发疯，一把拉住黄玉庵的臂肘：“黄先生，你……别走，我……我敬你……一杯!”他将手上杯中的残酒硬凑到黄玉庵嘴边灌，“喝，黄先生，你……非喝不可，一定要喝!”

黄玉庵觉得太摸尔实在无礼，过于放肆，气得嘴唇发颤。一个念头在他脑际一闪：目前必须忍住，小不忍则乱大谋——这是中国的古训。反正一会儿便要叫他威风扫地，出自己多年来积压在胸中的怨气。

他强捺住自己的脾性，勉强装出笑脸说：“太摸尔先生，请稍待片刻，我去一会儿便来。”

“不行，不行……”太摸尔还是紧紧抓住不放。

雪里红怕太摸尔闹得失去体面，忙走过来，挽住太摸尔的手臂，娇声说：“太摸尔先生，让我与你猜拳，再好好喝几杯!”

太摸尔低头在雪里红鸡心衣领露出的乳沟上啧地亲了个吻，突然使力一推，雪里红猝不及防，差点仰面跌倒在水门汀地上，后退了几步方才站住。

太摸尔用法语说着骂人的粗话，黄玉庵当然能听懂，不禁勃然变色，再也忍耐不住，蓦地一板面孔：“太摸尔先生，请你自重些。”他用力挣脱了太摸尔的手，反身匆匆走了。

太摸尔一愣，望着黄玉庵远去的背影狞笑。

近来太摸尔也听到一些风声，晓得黄玉庵要改组巨富洋行，摆脱法国人的控制，但总探听不到详情。严江贺和喻胜蜀向太摸尔赌咒发誓说不知情。自赵小姐有叛变的意思，被李牧师毒死后，断了这条内线，真是诸多不便。

太摸尔凭他在中国多年来的经验，晓得黄玉庵这次掀起的风暴非比寻常。他把自己的猜疑及时上报给河内的总办事处，重庆的法国领事出面交涉，要黄玉庵去河内谈判。黄玉庵虽没当面拒绝，但软拖至今还是没去。

太摸尔明白，法国的世界地位已日落千丈，自身受德国的威胁已是无可奈何，法国在中国的黄金时代已成为过去。目前连英国人的势力都有被美国人挤走的危险，何况法兰西！

太摸尔还想孤注一掷，靠在重庆黑社会多年的经营，他掌握着一股不容忽视的力量，企图对黄玉庵进行讹诈惘吓，让他不敢轻举妄动。在他的心目中，黄玉庵是服恶不服善的，毒杀赵小姐，也含有杀鸡吓猴的意思。在太摸尔看来，确实收到了效果。这段时间，黄玉庵再没侈谈改革，用的仍是喻胜蜀这帮旧人，通过这些人，太摸尔仍牢牢控制着巨富洋行。

可是平地又起风波，黄玉庵要改组巨富洋行的谣传绝非无因，弄得太摸尔惶惶不安，暗暗恼恨黄玉庵忘恩负义。今天他在酒宴上粗鲁失礼，固然由于酒精渗进他的血液，使他不易控制自己的感情，另外这些日子压抑在心中的不满，也趁机发泄了出来。

太摸尔终于被雪里红扶回原位坐下，板着脸一语不发。

几个法国船长并不十分留心太摸尔，黄玉庵走了很称他们的心意，可以毫无拘束地寻欢作乐。顿时，大厅里激荡着怪叫声，酒瓶砸碎的哗啦声，尖厉的狂笑声，侍女惊惶逃避的杂沓脚步声……

太摸尔的西崽慌慌张张来报信："太摸尔先生，不好哪……"

太摸尔睁着发红的醉眼斜睨着西崽："小崽儿，谨防我用鞭子抽你，啥事大惊小怪！"

西崽见太摸尔酒醉的样子，吓得一哆嗦，向后退了一步。他晓得太摸尔发酒疯，手段异常狠毒残忍。但是不马上报告也不行，

他弄得讷讷不知所措："太摸尔先生，不……不好哪，船……船上……"

太摸尔见西崽惊慌失常，语无伦次的样子，也清醒了一些："说，说清楚！船上……怎样?"

西崽咽了一口唾沫，喘口气说："太摸尔先生，靠在玄坛庙趸船上的三艘轮船全开走了。把法国旗……"

太摸尔没听完西崽的话，摇头表示不相信，说："船长全在这里，没有船长谁敢把船开走，哈哈……"

"他们……他们请来了中国船长……"西崽有些结巴。

太摸尔的笑声戛然而止，酒被吓醒了一半，慌乱地问："谁，谁请来了中国船

长？快，快说清楚。”

西崽见太摸尔的态度和善了一些，胆子才壮了，话说得有条理了：“黄总经理请来了中国船长，降下了法国旗，连巨富洋行的公司旗也换成……”

太摸尔听完西崽的报告，不觉“哎”了一声，神色张皇。他强制自己保持镇定，接着又询问了西崽一些话，想弄清事情的真相，但西崽也不能全说明白。

这个消息像在太摸尔头上打了一个闷雷，搞了他一个措手不及。他原觉得今天这场午宴请得蹊跷，现在明摆着是黄玉庵使的调虎离山之计。他在中国逞强这多年，想不到却被黄玉庵愚弄了，顿时气得他大声叫：“好哇，黄玉庵，我太摸尔与你拼了。”

太摸尔一张脸抽搐着变了形。从腰间摸出手枪猛地往桌上用力一搁，“啪”的一声响。他一只脚踩在凳子上，见几个法国船长还在专注地与妓女调情，更觉气大，将桌上一只餐盘往地上一掼发出一声很大的声响。

几个法国船长见太摸尔这样暴怒，还不晓得发生了啥事，一个个望着太摸尔发愣。

太摸尔用法语把码头上发生的事情向这几个法国人说了一遍，他们也猛吃一惊，忙放开怀里的女人，异口同声问：“太摸尔先生，我们怎么办?”他们个个惊惶失措。

太摸尔平时横行惯了，毫不思索便大声吩咐说：“带着我们的士兵，找黄玉庵算账去!”

几个法国船长叽哩哇啦奔向法国兵饮宴的地方。一会儿，法国兵如临大敌一般，蜂拥而出，在伍长的口令下，在大厅里排成战斗队形，提着出套的手枪，做出待令冲杀的样子。女人们被吓得尖叫起来，争先恐后地从侧门逃光了。

太摸尔额上沁汗，这时反而冷静了。他晓得时代已经变了，现时中国民气不似以前，要是不慎惹出事端，单这么几个兵，这么几条枪，实在不顶用，万一开火，要活着回法国是梦想。他又想，既然黄玉庵敢于这么干，不会不考虑后果，一定有所准备。

这时，太摸尔嚣张的气焰蓦地熄火了，向大家做了一个手势，用法语说：“大家暂不要激动，我们先礼后兵，待我一个人去找黄玉庵质询，要他承担一切后果!”

他将桌上的手枪放回腰间的皮套里，只带着一个西崽匆匆走出大厅。

二

黄玉庵回到正房客厅，见坐满了人在等待他来商议事情。

喻胜蜀一见黄玉庵，立即迎上前去焦急地劝说：“玉庵贤甥，你真是吃了迷魂汤，听外人挑唆。法国人不好惹，要惹出事来怎么办！”他事先也不知道，是刚刚得信赶来的。

黄玉庵轻蔑地扫了他一眼，并没搭理他，把他撇在一边，只顾向余平贵打招呼：“平贵，安排妥当没有？”

余平贵已有多时不敢在黄公馆露面，今天新换了一件崭新的浅灰色呢西服，白衬衫，花领带，笑容满面回答说：“黄先生，我来给你们介绍一下。这是宪兵队的杜营长，特来协助我们收拾法国人的。”

黄玉庵见杜营长身穿宪兵黄呢军服，胖胖的，个头不高，却显得十分精明干练的样子，正望着他微笑。

“久仰，久仰，今天一切还望杜营长多帮忙。”黄玉庵不敢怠慢，忙含笑上前握住杜营长的手摇了摇，非常客气地说。

原来这杜营长并非别人，乃是当过段玉兴副官的杜鲫壳，因为他已不便再与段玉兴相处，所以调离了军统局机关，升任了宪兵营长，其中含有戴笠犒赏他的意思。

杜鲫壳却无啥架子，晓得面前站的是财神爷，他站起身来，两脚上的长皮靴一并，敬了一个军礼：“理应效劳！”

黄玉庵见杜鲫壳并不盛气凌人，不禁对他有了好感，又握住他的手良久不放：“杜营长，我们一回生，二回熟，我黄某绝不亏待人。”黄玉庵双手扶他坐回原位。

黄玉庵就近在一张沙发上坐下，他面前立刻围拢几个人，都是长衫马褂，头发花白，身体佝偻的老人。其中条师[1]严江贺便是老太爷临终时的“托孤之臣”。

他们个个面露惊惶之色，仿佛世界末日就将来临，七嘴八舌劝黄玉庵去向法国人道歉，切不可惹翻法国人。

黄玉庵这时不能不理：“诸位不用担心，我自有妥善安排。再说，现在已经降

1　四川话：指出谋划策的人。

下法国旗，只有背水一战，绝不后退。”

严江贺见黄玉庵处理如此重大的事情，竟把他撇在一边，不与他这位智多星商议，十分寒心；想当年老太爷对他言听计从何等势派！他不禁有没落之感。他原站在一边愁眉苦脸没说话，他确比喻八圈要高明一些。他认为黄玉庵已经瞒着他们干了，绝非几句言辞可以挽回，但喻胜蜀一定要邀他同来劝阻，只好来了。他听了黄玉庵的口气，更是绝望。但喻胜蜀刚才碰了钉子不好再说，暗地推了严江贺一把，要他去劝说。

严江贺暗想，若不上前去劝说几句，将来法国人也会怪他不尽力，所以他明知无望，只好俨然像个苦谏的忠臣，往黄玉庵凑近一步说：“大少爷，只要目前悬崖勒马，虽然已降下法国旗也不要紧，由我去向法国人转圜，保证法国人不会怪罪你！”

黄玉庵瞥了严江贺一眼说：“哦，你真能保证吗?”

严江贺却没听出黄玉庵嘲弄的口吻，拍了拍胸脯说：“大少爷只要肯回头，包在我严江贺身上。”他故作姿态，慷慨激昂地补了几句，“我蒙老太爷知遇，深感他托孤之重，愿以身家性命担保……”

不容严江贺把话说完，黄玉庵蓦地仰头大笑不止，弄得他们面面相觑，不知所措。

黄玉庵笑声止住，瞪着一对不大有神的眼睛挖苦说：“严先生，不要总把老太爷抬出来压我。你既知老太爷对你恩深义重，为啥见利忘义，准备给法国人当假见证?”

黄玉庵一语点中严江贺的隐秘，严江贺暗暗吃了一惊。近来法国人硬要黄玉庵把假投资当成真事一样承认，许给严江贺一笔钱要他出面为证。

严江贺不晓得这件机密事黄玉庵怎会知道！看来，原先有点稀里糊涂的黄玉庵现在变得精明起来了，不可轻视。

严江贺嘴头还是很硬：“大少爷何故冤枉好人，唉……”他还是觉得心虚理屈，怕黄玉庵还会当众点他的穴道，于是摇头叹息，仿佛十分委屈的样子退下，隐没在不显眼的地方。

一阵脚步响，太摸尔怒气冲冲跨进客厅内，除了喻八圈和严江贺等人向他点头招呼外，其他人都稳坐不动，默不作声。

太摸尔一愣，立即感到客厅内气氛不似往日。

黄玉庵傲慢地斜睨着太摸尔，既不让座，也不招呼。

太摸尔蓦地看见余平贵也在座，有些心虚，进门时的嚣张气焰顿时收敛了一点。自暗杀余平贵未遂后，他还是与余平贵第一次见面。

太摸尔迟疑了一下，火气又往上冲，他站在黄玉庵面前大声质问："黄先生，巨富洋行为法中合资经营，在法国注册在案。你为何单方撕毁合同，不经法方同意，改组了巨富洋行，擅自降下法国旗。"他还加重语气威胁说，"这是严重的外交事件！"

黄玉庵并不慌乱，故意一耸肩，露出惊讶的表情，按事先想好的话回答他："太摸尔先生何出此言，令人费解！巨富洋行不过在法国注册登记，按年缴挂旗费以作酬报，中法合资不过是掩人耳目的一句空话，有与贵国订的密约为证。至于降下法国旗，主要是现时业务清淡，无力按期缴纳挂旗费，这也是常理呀！"

黄玉庵一番话说得太摸尔哑口无言，气得他面色铁青，面肌在痉挛抽动。他露出恶狠狠的凶相，指着黄玉庵说："黄先生，你不要欺人太甚！我太摸尔在重庆生活了几十年，不是好欺的。"

太摸尔见黄玉庵从容镇定，望着他冷笑，并没把他的话当一回事。他情绪已失去了控制，咆哮着发出威吓："黄玉庵，走着瞧，我们白刀子进红刀子出！"他不顾一切，发出这样露骨的恐吓，"难道你不怕失踪？"

黄玉庵真像吃了豹子胆，明知太摸尔恫吓的分量，但一改常态，满不在乎地笑了笑："太摸尔先生，失踪的人在这里呢！"他指着身旁坐着的余平贵说。

太摸尔流氓性发。他在中国几十年，一向作威作福，人人畏惧他，想不到今天在大庭广众面前，黄玉庵如此漠视他，讥讽他，眼看在重庆多年苦心经营的立足点完蛋了，如何不急，如何不气。他不顾一切，摆出一副拼命的架势，伸手便掏腰间的手枪。在座的一些人蓦地改颜变色，不晓得如何是好！"太摸尔先生，你太放肆了。"

杜鲫壳预先埋伏好的两名彪形大汉猛地钻了出来，反剪太摸尔的双手，下了他的手枪，厉声警告他。

太摸尔的力气很大，挣脱了两个彪形大汉的控制，跳上前去要抓黄玉庵。

事出意外，黄玉庵见太摸尔像困兽般扑上来，顿时吓得面色煞白，正待起身逃避，杜鲫壳已敏捷地跳起身，用手枪抵住太摸尔的胸口，高声说："太摸尔，你被捕了！"

太摸尔还没完全理解杜鲫壳的话意，两个彪形大汉已赶上前摸出一副手铐，以迅雷不及掩耳的动作，“咔嚓”一声响，已强力将太摸尔双手铐住了。

瞬间，太摸尔清醒过来，哪甘束手就擒！他蓦地举起手铐猛往面前的杜鲫壳头上砸去……

杜鲫壳想不到太摸尔这样猖狂，也吃了一惊。因为上级预先有命令，不许伤害太摸尔的性命，他不敢真开枪。

毕竟名不虚传，他真像鲫壳那样灵活狡猾，身子一侧，头一偏，躲过砸来的手铐，随即飞起一脚，不偏不倚踢在太摸尔的腰眼上。

太摸尔一声尖叫：“哎哟!”他立即双手压腰蹲在地上苦脸呻唤。

一会儿，他挣扎着站起来，强忍住腰眼的剧痛，大声责问：“我是法国人，并没触犯贵国的法律，为啥拘捕我？我抗议，我要向法国大使馆控告，我要……”

杜卿壳刚才险些挨了太摸尔一手铐，心里还有余恨，冷笑一声：“太摸尔，你放老实些。实对你说，你的案子发了，有人告你谋杀罪。”

太摸尔被当成囚犯戴上手铐，但虎死不倒威，他绿森森的眼睛闪射出冷光，阴沉地一笑：“哼，谋杀罪！请问，我谋杀谁？有啥证据？我是法国公民，你们无权拘捕我!”

不等杜鲫壳说话，余平贵蓦地站起身：“太摸尔，你派搿棒蛇和独眼龙谋杀我。哼，还不老实认罪!”

太摸尔面不改色：“证据，拿出证据来!”他心里感到不安，但嘴壳子仍很硬。

杜鲫壳双手叉腰吆喝了一声：“将搿棒蛇和独眼龙带上来!”只听见手铐叮当响，几个宪兵押着两个人从门口进来了。

搿棒蛇见太摸尔横眉冷眼睃着他，有些畏怯，话声打战战：“太……太摸尔先生，怪不着我们哟!”

独眼龙见太摸尔也被戴上手铐，毫不惧他，反而幸灾乐祸地揶揄说：“太摸尔先生，你为啥也跟我们一样，戴上不花钱的银手镯！好汉做事好汉当，你值钱点，莫耍赖嘛!”

太摸尔只有自认晦气，认为虎落平阳被犬欺，连独眼龙这种人也敢奚落他，顿时软了。他向站在旁边的喻胜蜀和严江贺求援：“喻老，严老，不要人时也不该如此无情呀！请你们帮我说几句好话，巨富洋行的事，我愿与黄家和平解决，好聚好散嘛!”

喻胜蜀哪里见过这阵仗，也惊得呆了。平时那么威风的太摸尔现时弄得这样狼狈，他生怕会连累自己，但也不敢得罪太摸尔，只得结结巴巴说：“我……我说哪……抵用，我……”

严江贺默不出声，他并不像喻八圈那样无用，想到太摸尔失势，自己将来的景况肯定不妙。他鼻子发酸，脸上露出悲戚的样子，用手巾捂住鼻子擤鼻涕。

杜鲫壳一歪头：“带走！”

太摸尔、搯棒蛇和独眼龙被带走了。

黄玉庵蓦地想起一件事，神情慌张地提醒说：“杜营长，花园大厅里的法国兵……”

杜鲫壳晓得黄玉庵很有钱，办成此事，肯定会捞一把现钞花销，所以对黄玉庵特别客气巴结：“黄先生，请你放心，花园中我早有布置，待我亲自去看看。”

杜鲫壳一整斜皮带，从衣架上取下军帽戴上，带着人，响着咯咯的皮靴声，十分神气地走了。

杜鲫壳走进花园不远，一个宪兵班长远远看见他，一个小跑上前向他报告，他才晓得解决法国人异常顺利。法国兵听太摸尔的西崽跑回报信，知道太摸尔被拘捕，便想从大厅冲出去营救。但看见正对大厅门口架着几挺重机枪，正在犹豫，经过翻译喊话，法国兵眼看敌不过，由伍长带领乖乖地缴了枪。几个法国船长哪敢争论，早灰溜溜地各自走了。

杜鲫壳听完报告方才松口气。原来法国兵不过绣花枕头——中看不中用。要是真开火，事情就麻烦得多，因为他的上级并没叫他真开枪哩！

三

黄玉庵正在与余平贵商议善后的策略，一个年轻的丫头走到他身边传话：“大少爷，老太太叫你去，有重要话说。”

黄玉庵皱着眉哦了一声，认为在这个时刻叫他，肯定是为法国人的事。他用目光往客厅里一搜索，没见喻胜蜀，晓得一定是他去报的信。

他迟疑了一下，终于站起身来说：“余先生，你暂不要走，待我去一会儿便回，还有许多事情需要商量呢！”

余平贵想起那次撤换喻胜蜀，派他当矿长，黄玉庵顶不住黄老太太的压力，结果退让的往事，忙给他打气说：“黄先生，这次木已成舟，黄老太太无论施加多大的压力，你要顶住才行。”

“当然，当然。”黄玉庵果决地说。“请便。”余平贵欠身说。

黄玉庵跟在丫头身后匆匆到他母亲的卧房。女儿黄小芸坐在窗前看书，看见他便起身问候：“爸爸，你好！”

黄玉庵唔了一声。他见黄老太太不在，晓得她在里间，正想跨进里间，又收住了脚步。自从袁静芳死后，黄小芸一直由黄老太太照看。黄小芸去年小学毕业，考进了清华中学，由于学校远在郊区，一月才能回一次家。这段时间黄玉庵忙于洋行改组的事，彼此很难见面。黄玉庵见黄小芸无言少欢的样子，想到她是失去母亲的孤儿，不由一种怜爱之情从心中升起，觉得自己不应冷落她，应该与她说几句亲热的话才像一个慈父的模样。他含笑望着黄小芸问：“小芸，你在学校住读，习惯吗？”

黄小芸自她母亲死后，变得郁郁寡欢。她不喜欢她的婆婆，觉得与她在一起暮气沉沉，孤寂得难受。黄老太太并不饶舌，确很爱她，给小芸好吃的，好玩的，但却将她管得很严，要她读枯燥的圣经，做乏味的祷告，不许她穿鲜艳的时装，更不许她看小说。所以，黄小芸在家中感到一种无形的压抑，使她欢快不起来。

她自从进清华中学住读，仿佛进入了另一个广阔的天地，觉得不像在家里那样闷气。学校的教师，多是清华大学的毕业生，有的还留学过美国。教学的方法，完全模仿美国，开口民主，闭口自由，连学生会的选举也仿照美国竞选的方式。她以前接触的人多是法国神职人员，生活也多少法国教会化了。她早就不满那种古板、保守、阴沉、令人有窒息感的生活。她在清华中学住读，虽然生活处处要自己料理，最初也颇感不便，但很快便适应了。学校图书馆里的图书多是欧美的著作，有原版，也有中译本。她以往从没读过这些书籍，因为黄老太太把这些并非宗教著作的书通通指为邪书。开始借阅时，她是怀着犯罪的心情去阅读的。她看的第一本书，便是美国小说《飘》。她读得津津有味，觉得比宗教书有趣得多。接着看巴尔扎克，看莫泊桑的作品，于是便一本一本地看下去。她回家时，实在受不了家中的沉闷，将小说书带回悄悄看，后来便公开看起来。黄老太太责怪过她几次，见她不听，渐渐也懒得再说。

黄小芸从小与她父亲的感情淡薄，因为黄玉庵与她母亲不和，很少关心她。在感情上，她爱她的母亲，总是站在她母亲一边憎恨赵小姐，怨恨黄玉庵。袁静芳的死对她的震动很大，留下的创伤很深。她对她母亲的死因虽不明白，但她认定与黄玉庵有关，是他逼死她的。

她穿一件阴丹士林布做的旗袍，蓄的是齐耳根的短发。她虽然才十三岁，但已开始发育，鹅蛋形的面孔上开始闪烁出青春的光泽，将来长大成人，一定比她母亲漂亮。

她这时手里捧着看的书是徐志摩的散文集，其中许多篇都是写他在剑桥大学时的生活。这本书她反复看过几遍，一种潜移默化的影响，使她向往英国的草原、牛群、小农场以及大学生勤奋而自在的生活。

黄老太太与她闲谈，表示将来要送她到法国去留学，要她到李牧师那里补学法语。黄小芸当即反对，她说她不喜欢法国，要去英国留学，并且顶好进剑桥大学读书。不能去英国，美国也可以。这惹得黄老太太异常不高兴。

这时，黄小芸听黄玉庵问她，很有礼貌地回了话，但神情淡漠。

黄玉庵已听见黄老太太在叫他，便丢下黄小芸，匆匆跨进了里屋。

里屋的百叶窗半闭着，光线暗淡，室内的气氛显得阴郁。黄玉庵骤然由亮处进入室内，眯着眼定了定神，才看清黄老太太坐在一张古色古香的楠木太师椅上，手里拿着一串系有铜十字架的檀香木念珠，枯瘦多皱的脸上表情平板板的，她正半闭着眼，凝神谛听喻胜蜀说话。

喻胜蜀看见黄玉庵进来了，露出悻悻的表情坐回靠墙的沙发上。

果不出黄玉庵所料，真是喻胜蜀向老太太告了状。对于这位舅爷，他感到异常厌恶，太摸尔睁只眼闭只眼听任他与雪里红鬼混的事也传到他的耳中。自黄玉庵撤销他的矿长未成以后，他的气势渐渐嚣张起来，一月难去几次矿上，把牌桌设到太摸尔家中，一天不下搓八圈麻将，有时甚至日夜不下牌桌，把黄玉庵不放在眼中。矿上的事搞得一塌糊涂，实权操持在太摸尔一伙人手中。

黄玉庵投鼠忌器。他从小受忠孝的传统教育，对于年已古稀的母亲，也不便公然对抗，只好暂时把喻胜蜀的事隐忍下去。

黄玉庵站在老太太面前喊了一声“妈”，等着老太太训斥。

黄老太太干瘪的嘴唇嚅动了一阵，撇了撇嘴皮，然后激动地说：“玉庵，难道你不怕下炼狱？法国人与我们都是信奉耶稣的。几十年来，我们与法国人处得很好。玉庵，那个余平贵准是魔鬼的化身，怂恿你去反对法国人。我不明白，孔祥熙也是基督教徒，信仰同一个上帝，为啥要排斥法国人。他与美国人的关系不是也很密切吗?”

“妈，要是听任法国人摆布，让舅爷他们那样胡闹下去，我们黄家会家破人亡呀!”黄玉庵焦躁地说。

“哦，真有那样严重!”黄老太太面颊上干瘦的筋肉牵动了一下，长长叹息了一声，“玉庵，不要听外人挑拨。哼，改革，总不让过安生日子，这些人……”她神经质般抖动着脑壳，雪白的发丝在飘荡。

黄玉庵想到袁静芳与赵小姐的死，以及他们对余平贵不遂的暗杀，不禁激动异常，他不似往日那样孝顺，忍不住与黄老太太顶撞起来：“妈，法国人不坏，袁静芳与赵小姐是啷个死的？余平贵又是哪个派人推他下江？他们将来也会对我们一个个下毒手……”

黄老太太风闻到一些消息，她不相信是真的。但是袁静芳与赵小姐确实死得蹊跷，心中的谜也解不开。她用呆板的音调说：“谣言不可信!”

黄老太太闭目不语，像是在养神。但见她手指掐动着念珠，口中喃喃有词，原来她在念经祷告。

黄老太太没叫黄玉庵走，当然他不好走，只好耐心地站在一旁静候。

喻胜蜀在他姐姐面前，胆子壮了一些，趁这间隙居然也敢用长辈的语气说话：“贤甥，不是当舅爷的说你不是，今天干这事确实欠考虑，干得太绝情。即使太摸尔先生不对，你也不该把他当成囚犯对待，叫人心寒呀!”要不是黄玉庵怒视着他，他还想教训几句。

黄老太太终于睁开黯淡无神的双眼，没有正视黄玉庵，慢吞吞地说：“你舅爷说得对，要把他的话当成我的话听。”

黄玉庵辩解说：“妈，不是我把太摸尔当成囚犯，是余平贵告他谋杀罪。不关我事!”

想不到黄玉庵这两句辩解，竟惹得黄老太太气往上涌。她用枯瘦的细指头点着黄玉庵，喘着气说：“不关你事！你……还花言巧辩。唉，我生了你这个逆子，真是……”她上气不接下气，发出了一阵干咳声。站在屋角的丫头忙过来给她捶背揉胸。

黄老太太歇息了一阵，确感倦了。她吩咐说：“玉庵，你马上去，不惜代价，把太摸尔先生保出来。其他……其他事情我不管！唉，你是长子……唉!”她长叹了一声。

黄玉庵紧闭着嘴，偏头不语。

黄老太太又闭目掐着念珠念了一会儿经，才睁开双目，向黄玉庵做了一个叫他走的动作。

黄玉庵憋住一肚子气，扭头便走，通过外间屋时，连黄小芸起身向他问候也没搭理。

四

黄玉庵今天收拾了太摸尔这个恶棍，除了心腹之患，心中说不出的痛快。他认为这是他一生中最得意的杰作，干得漂亮利落，使老奸巨猾的太摸尔也猝不及防，听任自己摆布，比他预想的顺利。

他也明白，薛习永他们敢于不怕惹起外交纠纷当他的后盾，固然由于法国的没落，另外，美国日益加强了的影响，也使他们有恃无恐。

黄玉庵太恨法国人，仇恨使他不顾一切，明知这是饮鸩止渴，但也顾不得了。

他由于兴奋，连过吗啡瘾也忘了。他从黄老太太那里出来后，已觉得疲惫不堪，连连打了两个哈欠，才猛想起已半天没吸吗啡。

自从赵小姐死后，他的生活便由一个十五岁的丫头侍候。他跨进自己的卧室，便大声叫着丫头的名字："素萍，素萍！"

一个丫头闻声从隔壁一间小房走了进来："大少爷，要啥？"

"傻丫头，我忘了过瘾，难道你也忘了。"黄玉庵对丫头和佣人说话大多是和颜悦色的，今天他心情特别好，所以说得格外柔和。

素萍姿色平常，微塌的鼻子显得稚气十足，穿一件稍大的月白布短衫，脑后垂着黄黄的独辫。她"哦"了一声，抿嘴微笑着去替他取来了吗啡，点纸捻……她动作十分熟练准确，一会儿便准备齐全。

黄玉庵过足了吗啡瘾，从素萍手中接过新泡的沱茶，坐在沙发上，慢慢地品着，想得出神。

今天巨富洋行改组，变成了永华公司，下一步棋应该怎样走，是他急需考虑的问题。他已与薛习永达成了协议，人事安排各占一半，他是颇费踌躇才定下来的。因为新业公司便是前车之鉴。孔祥熙安排的人都是一些专讲排场，摆官味的角色，虽然也有几个学专业的留学生，但多是纨绔子弟，到外洋仅仅镀层金，中看不中用。开矿打错了井，设计高炉出不了铁，闹过不少笑话。巨富洋行这个摊子也与民成公司一样铺得很大，除了经营航运外，采矿、土产杂货、棉纱匹头样样都搞，确实需要各种专门人才。若用绣花枕头太多，后果不堪设想。他为此曾与薛习永据理力争，久久相持不下。最后薛习永被迫作了让步，给予总经理以使用技术业务人员的自主权，可以不受百分之五十的限制。

黄玉庵急于要改组巨富洋行，除了与法国人的矛盾外，还痛感黄老太爷留下的那批人不行，已不能适应企业发展的要求。他与民成公司在川江上斗争，次次败北，他认为就是吃亏在用人上。就拿山柴胜煤矿修铁路这件事来说，失败得实在太惨了。民成公司从矿区修到嘉陵江边的铁路，投资四十万，一年完工，至今火车运转正常。黄玉庵为了竞争，下决心也自修一条铁路，投资两百万元，费时三年，至今只能通行手推车，吃尽了苦头。正如朱佳富所分析的：黄家有钱无人也是枉然。果被他料准了。

黄玉庵现在决心要把喻胜蜀、严江贺那批人换下来，可是细思之后，却觉得不易办到。姑不论他们结帮抵制，一时又到哪里去找这么多有专门知识的人才？真是用人方知英才少。这主要是由于他平时不留心搜求培养，没有人才备用库所致。他算来算去，至少目前暂时还要用喻胜蜀这批人才行。

黄玉庵此时想到这些情况，不由感到困惑烦恼，刚才那阵痛快轻松感，顿时消散得无影无踪。

他将手里的茶碗递给素萍拿走，一对黯然无光的眼睛呆呆地看着绣花地毯，怅然若失地叹了口气。

“大少爷，法国领事请见！”素萍双手递给他一张名片。

黄玉庵猛地一惊，接过名片瞥了一眼，随即搁到桌上。法国领事的来意很明显，无非为了巨富洋行这场纠纷。他按事先与余平贵商量好的办法——不见，先把弓弦绷紧，给法国领事碰个软钉子，让领事向中国外交部递照会后再慢慢松弦。

黄玉庵走到门边，直接对候在门外的听差吩咐：“去告诉领事先生，我今天不会客。”

听差刚转身要去，黄玉庵又突然改变了主意：“慢，等一等！”

黄玉庵点燃一支香烟，望着袅袅飘散的缕缕青烟出神。太摸尔的影子，倒在血泊中的袁静芳，七孔流血脸部抽搐变形的赵小姐，像走马灯似的，一个接一个，清晰地在他脑际隐现……

他蓦地打了一个寒噤，感到十分恐怖。他对付法国人的信心有些动摇了。他想，要是把法国人逼得太狠，做得太绝情，法国人会不会对他下毒手？因为太摸尔在巨富洋行几十年形成的势力，已渗透到自己的周围，可以说无处不在。他的亲信中有多少人可靠，他心中是无数的。何况太摸尔那帮黑社会朋友，头脑简单，都是不明世界大事的角色，哪晓得法国已经没落，只要用义气二字去怂恿，啥事都可以干得出来……

对于黄玉庵这种优柔寡断、出尔反尔的性格，听差早已司空见惯，他见黄玉庵沉吟不语并不觉怪，站在门口耐心地等待他吩咐。

黄玉庵心里又想，自己与法国领事的私交不错，何不借这个机会让他从中调和，破费一笔钱将太摸尔他们送走，免得冒更大的风险？

不，不行！——黄玉庵心里搏斗着。要是自己不按商量的办法干下去，以后余平贵、薛习永他们会看轻自己，会笑他胆小怕事，临场怯阵。

“笑话，法国人有啥可怕的！”他自己给自己壮胆，不觉将心中的话，说出声来。

听差和素萍在一旁看见黄玉庵脸上的表情不断变幻，嘴唇微微翕动，喃喃说出这句没头没尾的话来，都不觉吓了一跳，惊诧地注视着他。

黄玉庵也觉自己失态，他轻轻咳了一声，强作镇定地大声对听差说：“我今天实在分不开身见他，你对领事先生说，明天我去领事馆拜访他！”

黄玉庵见听差走了，慢慢踱向沙发上坐下。他将烟头扔到烟缸里，吁了口气。

“热水毛巾！”黄玉庵感到刚才手板心沁汗润湿了，对素萍吩咐。

素萍给他拧来了热毛巾，他抹了脸，揩了手。

素萍从他手中接回毛巾刚走，听差又在门口出现。

黄玉庵以为是法国领事不肯走，坚持要见他，于是不等听差报告，便烦躁地挥手：“不见，吩咐过你……”

听差不慌不忙地说：“大少爷，领事先生早已怒冲冲走了。现在是李牧师要见你！”

“哦！”

李牧师在名义上仍然是黄玉庵家的家庭牧师，平时待人接物温文尔雅。黄玉庵以为许多坏事是太摸尔干的，对李牧师印象还好。他晓得李牧师此来是为太摸尔说情无疑，自己是一个教徒，不见他于理不合。

黄玉庵稍微迟疑了一下，说："请李牧师在小书房等候，我一会儿就去。"

黄玉庵忙了一天，从精神到肉体都感到疲惫不堪，但是，他现在还不得不振作精神去应付这些人，不觉又叹了一声长气。

五

黄玉庵没想到法国人的影响还有这么大，真是"虎死不倒威"。他今天没会见法国领事，可是接着李牧师，教友会的主事，教区神长以及黄家的一些老亲，一个接着一个来到黄公馆，软的、硬的手段一齐向他袭来，威胁、劝说、责难……使他难于应付。

凭他的能力和才干，单独应付这样的局面，真是捉襟见肘，显出他的平庸。

黄玉庵这时感觉到在黄公馆他是何等孤独！连找一个赞成他改革，可以信赖的智囊也没有。就连他的几个弟弟也抱怨他，说他喜欢标新立异，安安生生的太平日子不愿过，偏让余平贵、薛习永牵着鼻子走。他们担心得罪了法国人，今后怎么办！

他目前只有孤军作战，他本来缺少主心骨，不禁有些茫然。他十分懊恼，怀疑自己这步棋是不是走错了。

但事已至此，吃后悔药也来不及。他还是明白，现时只有坚持不懈地干下去才有出路。若做半截英雄，不仅惹人耻笑，而且让太摸尔卷土重来，更无自己的安生日子。

黄玉庵今晚吸足了吗啡，躺在沙发上舒展开四肢，仰望着室顶上的浮雕出神，想从纷繁的思绪中理出点头绪来，看下一步棋该如何走。

夜已很深，从百叶窗吹进来的晚风中，有一股浓郁的花香，撩开的丝绒帷幔在风中抖动。

室顶的电灯，透过乳白色的玻璃灯罩，把室内照得亮晃晃的。自从赵小姐死后，他害怕黑暗，总是亮着顶灯把室内照得如同白昼。

黄玉庵今晚感到心神不宁，加强了保安措施，除了原有的两名保镖外，还找杜卿壳加了两名便衣警卫保护。

他侧耳凝神谛听，室外轻而缓慢的脚步声在梭巡，这是警卫在巡逻，他紧张的神经才松弛了一些。

黄玉庵想着日间的一些事情，蓦地紧锁眉头。今天杜鲫壳带着人来很卖力气，确实干得漂亮，令他满意。一分钱一分货他晓得这些人是不肯白白帮忙的，不等杜鲫壳开口，他便主动签了一张贰万元的支票给他。可是杜鲫壳胃口很大，嫌少不愿收。他不得已，只好叫账房补给一万元现钞才收下了。他知道：他与法国人这场争端一天不平息，就得利用这些人为他卖力，假若旷日持久，这笔开支一定可观，比每年缴给法国人的挂旗费还要多。他对用钱还是很精明的，觉得花偌多钱实在不值。其实按他和薛习永商定的策略，也不安心判太摸尔一个谋杀罪，不过以此为借口给太摸尔一个下马威，让他晓得畏惧而有所收敛，然后才利于谈判。黄玉庵晓得对法国人一毛不拔是不行的，力争少给钱打发他们走路。

想到太摸尔，黄玉庵仍感不放心，将来释放他出来，据他平时残暴的流氓性格，也可能报复。黄玉庵盘算找法院打通关节，至少要判太摸尔一个驱逐出境，不让他在重庆有喘息复苏的时间，才可高枕无忧。可是，这……又得花钱，钱能通神，离开了钱是不行的。钱，钱……他想到花钱就心疼，心里便烦躁起来，这才想到身上还穿着西服外套，赶忙脱下，自己挂在衣架上。

黄玉庵在室内徘徊，感到沮丧，这恰似刚补上钱袋的漏洞，正兴高采烈，认为万无一失的时候，却发现钱又从另一个破洞往外漏出去。

他此时的心情十分沉郁，在室内地毯上踩着大圈越走越快。他觉得自己脑子里一片空虚，需要寻求刺激来支撑自己快要崩溃的神经，只有寻欢作乐，让自己在美丽女人温软的怀抱里得到对现实的暂时解脱。

黄玉庵的脚步渐渐放慢了，最后停留在梳妆台前——这是赵小姐使用过的家具。他触景伤情，懊恼自己为啥不叫人搬走。赵小姐不仅有一对明如秋水般的眼睛，苗条动人的身材，并且她善揣人意，恰到好处地使他能享受到灵和肉一致的欢快。倘若她还在身边，自己目前何致如此孤独和空虚。

黄玉庵眼前仿佛隐现出赵小姐的幻影，她正坐在梳妆台前细心梳理着浓如乌云的满头青丝，回头向他莞尔一笑，颊上显出一对妩媚的酒窝儿，冉冉地站起身来，柔情蜜意地搂住他亲吻……

他闭着眼不愿再想，徒自感到怅惘。

黄玉庵离开了梳妆台，继续徘徊。他实在受不了眼前的凄清，这段时间为啥不去寻找一个妖冶的女人来陪伴自己！他居然有毅力像清教徒般独居偌长时间，连自己也感到吃惊。

黄玉庵两颧现出潮红，呼吸加快，他觉得目前自己每一根神经都需要寻求刺激来支持，否则，他实在受不了哪！

可是，在这样的深夜里，到哪里去寻求这样的刺激呢？他懊悔今晚不该待在家里，应该接受薛习永的邀请，到化龙桥薛公馆去参加舞会，那里有的是女人。

黄玉庵快透不过气来，有窒息感，他取下领结，解开衬衫最上一颗扣子，让呼吸通畅一些。

他想喝酒，打开壁柜搜寻，连一滴酒也没寻着。他伸手揿了一下电铃按钮。半晌，他才见素萍推开门进来，睡眼惺忪惊诧地问："大少爷，要啥？"因为他从没在这深夜叫过她。

黄玉庵的目光停留在素萍身上。她是刚从床上起来便匆忙赶来的，独辫已散开，黄发披散在肩上，月白短衫上襟虚掩着。

黄玉庵本想叫她去拿酒来，他蓦地改变了主意，双眼死死地盯住她。他好像第一次发现这个黄毛丫头居然发育成人，并不难看，披散在肩上的黄发很像法国女郎的金发，稚气的面孔长得异常丰满，有点维纳斯女神的表情，十分优雅，连她扁塌鼻子旁边的雀斑也妩媚动人。他已从她虚掩的胸襟缝隙看见一点她雪白的肌肤……

黄玉庵双眼闪着使人骇怕的冷光，他伸出双手，喘着粗气，一步步向她逼近……

素萍惊骇地圆睁着双眼，她从没见过黄玉庵如此可怕的神态，不晓得他要干啥！她惶惑地往后退，颤抖的声音里含着哭音："大少爷，你……"

黄玉庵猛地一步扑上去，像老鹰抓小鸡般双手拉住她半掩的胸襟使力一撕，只听哧啦一声响，胸襟被撕破了，露出半个胸脯来……

素萍吓得快昏晕过去，她已发不出声，嘴唇顿时变得异常苍白，浑身哆嗦着，一股泪水从她眼角往外涌，她双手捂面"哇"地哭了。

黄玉庵用手掌捂住她的嘴，凶神恶煞地威吓说："不许哭！"他关熄顶灯，用力将她抱到席梦思床上……

素萍挣扎了一会儿，终于精疲力竭，啜泣着，呻吟着……从夜空中远远传来了教堂的钟声，已是午夜十二点。

第二十七章

一

黄玉庵由于疲惫和生理上的暂时满足，睡得很香甜，花园里叽叽喳喳的鹊鸟声，叫得很欢，终于将他吵醒。

他睁开眼立即又闭上，因为昨晚忘了拉拢帷幔，阳光从敞开的百叶窗斜射进房内，亮晃晃的觉得耀眼。

黄玉庵翻了一个身，半闭着眼伸出手去，准备揿按钮叫素萍来拉拢帷幔，可是他的手在半途停住了。他脑子里朦朦胧胧的一片混沌，记起昨晚仿佛干了一件什么与素萍有关的事情……啊，他头脑清醒了一些，逐渐记起来了。他蓦地一惊，昨晚那一幕情景在他脑际浮现了出来。他完全清醒了，睁开布满血丝的眼睛，平视着奶油色的室顶，呆呆地发怔。他觉得自己脑子里塞得满满的，难道是梦？自己怎会干出这样荒唐的事来！

“荒唐，荒唐……”他摇着头不觉自言自语说出声来。他对女人采取暴力，并且用近于疯狂的动作干这种事，以往从未有过。再说素萍长得丑陋，还没有真正发育成人。

他身上一阵燥热，用脚将绒毯掀往一边，露出他枯瘦的躯体。他还穿着衬衫，下身穿着一条短裤，露出的腿上长着青乎乎的汗毛。

他不想立即起床，两手抄在脑后枕在高高的鸭绒枕上。他像一个初次行劫的强盗，不安和懊悔使他心神不宁。他毕竟受过高等教育，是一个基督教徒，干这种事，说什么也不能心安理得。

这种事要是被张扬出去，让别人晓得他强奸了一个十五岁，长得并不美的黄毛丫头，叫他这张脸往哪里放呢！

想到这些，他苍白的脸充血转红了，觉得发烫。像床上有蜇人的毛毛虫似的，黄玉庵火急火燎般腾身而起，穿上衣服、鞋袜。

要是往日，不用他揿铃，素萍听见响动，马上便会自动进来料理，服侍他盥洗梳头，替他将床上的睡具折叠齐整。可是，今天他起床这么晚，还不见素萍的影子。

黄玉庵从未料理过自己的生活，连生活的物件放在哪里也不晓得。他觉得十分生气，刚才感到内疚和懊悔的心情顿时化为乌有。他觉得素萍不来服侍他，是对他权威的挑战，有失他的尊严。

他一阵激动，怒冲冲伸出手去揿按钮，可是伸出的手刚接近按钮又犹豫起来。他心头涌上一种情绪，觉得不愿再见素萍——见她会使他感到尴尬，会引起他道德上的不安。他最终叹口气，缩回了手。

黄玉庵自己忙乱了一阵，终于盥洗梳理好了。他站在席梦思床前，又怔住了，雪白的床单上的污迹十分醒目地跳进他的眼帘，若让人看见如何办！他心绪又不宁静了。

黄玉庵急不可待地动手揭下床单，听任绒毯和鸭绒枕零乱地堆在弹簧垫上。他双手把床单揉成一团捧着，像一个急于毁灭罪证的强徒，紧张地在室内走了一圈，不晓得如何处理这条床单。他根本不会想到自己去动手洗净。

最后，他自己觉得未免紧张过分。有什么好怕的，像自己这样的门第身份，玩一个小丫头有啥值得大惊小怪的。黄玉庵哼了一声，将床单往屋角一扔，拍了拍手上的灰尘。

这么一想，黄玉庵顿时觉得心安理得，甚至暗笑自己刚才那样惊惶不安，实在太神经过敏了。

黄玉庵坐在沙发上，立即揿了下按钮。半晌，素萍低垂着头推门进来了。她没有像往常那样有礼貌地含笑向他问候，连瞥也没瞥他一眼。她表情呆滞，默默无言，用机械的动作收拾着一切。

黄玉庵不去看她，极力装出若无其事的样子，用平静而庄重的腔调向她吩咐：“屋角的床单拿去洗净；将吗啡拿出来放在桌上……”

他忍不住偷觑了她一眼，见她换了一件短衫，毛蓝布已泛黄，他才想起昨晚被他撕破的那件衣衫，心里立刻产生了一种复杂异样的情感。他眼望着地毯说：“叫账房里发给你两段布料，去新做两件衣服……”

他没有听见回答，半晌也没有听见响动。他奇怪地向她看去，吃了一惊，只见素萍凝然不动，面孔正对着他。她眼泡哭得浮肿，像两颗核桃，眼眯成一条缝，眼睛正冷冷地盯着他，闪烁着使人心惊的亮光。黄玉庵脸颊上的肌肉颤动了几下，觉得心跳加速。他打量着她，想安抚她几句，但这念头瞬间即逝。

昨晚上被他当成维纳斯，觉得妩媚动人的金发女神，原来就是如此丑陋的黄毛丫头。他懊悔不已，真是鬼迷心窍，昨晚她这副模样，怎会撩动他的情欲，使他发狂般干出那桩蠢事。他这时就像错吃了一枚味道并不甜美的果品，觉得倒胃口，感到异常沮丧。

素萍转身走了，他才缓了口气，感到稍稍轻松一点。

黄玉庵的心境一会儿便平静了，他吸足了吗啡，不等吃早点便穿戴齐整，准备立即过江进城去。巨富洋行的善后问题需要他及时处理。他与薛习永约定，今天同去樊庄会见孔祥熙。

黄玉庵拄着手杖走出房门不远，看见素萍迈着蹒跚的步履迎面而来，他脸上立即红透，像躲瘟疫般改从另一条走廊绕道走出洋楼。

在台阶下，他的专用轿子已停在那里等候。他站在台阶上并不忙于上轿，低头沉吟起来。他认为若仍留素萍在身边，会使他难堪和不愉快。

黄玉庵脚一顿，终于下了决心，他不愿再见到素萍，要她离开得越快、越远才好。他对站在不远处的账房管事说："唵，你把素萍的卖身契找出还给她，赏给她一笔钱，嗯，两万……不，一万块钱足够啦。叫她今天马上走，我晚上回来要看不见她才行。"

账房管事听黄玉庵没头没脑这样吩咐，脸上露出迷惑和惊异的表情，张口想问个明白："大少爷，你……"

黄玉庵已明白账房管事的意思，蓦地板着面孔说："照我的意思去办，越快越好！"

账房管事吓得不敢再问，忙垂手恭敬地说："大少爷放心，我今天一定办好，包你晚上回来再见不着她。"

黄玉庵没有再理账房管事，步下台阶匆匆上轿走了。

二

薛习永陪着黄玉庵坐着自己的小轿车到了樊庄。守门的卫士一见车前的牌照便晓得是薛习永的坐车，立即打开铁门把小轿车放了进去。

黄玉庵还是第一次到樊庄。小轿车开到公馆内一幢小洋房前的台阶下停住了。薛习永先下车，黄玉庵随后下车来站在薛习永身边。

黄玉庵虽然也见过大世面，但私下会见这样的大人物还是第一次。他神态有些紧张，姿势显得拘谨。他跟在薛习永身后走上台阶，见从一根石柱后闪出一个穿西服的便衣卫士，含笑向薛习永点头表示招呼。不等卫士询问，薛习永指着身后的黄玉庵介绍说："这是永华公司的总经理黄玉庵先生，特来晋见孔院长。"

便衣卫士打量着黄玉庵，神气十足地问："你身上带有武器吗?"

黄玉庵见便衣卫士斜睨着问他，心中很不自在，摇摇头没有出声。便衣卫士向他靠近一步，他以为要搜身，神色有些尴尬。

一时不晓得如何对付。不拒绝，他从没受过这样的待遇，认为有辱人格；拒绝，又会产生何种后果……

幸好，便衣卫士是上前与他握手："黄先生，请进，孔院长已等候多时了。"

原来是一场虚惊。黄玉庵松了口气，自己也认为紧张得太过分。他轻轻咳了一声壮壮自己的胆子，尽量把步子放慢，走得从容矜持一些，以免别人小看他。

飞机头梳得油光水滑的孙秘书已在走道那边迎了过来，说："孔院长在花园凉亭里。请!"他走在前面引路。

他们从一道侧门步入一条长长的画廊，画廊里铺着波斯地毯。

黄玉庵当然晓得波斯地毯的价值，心中默默测算，要铺这大面积的波斯地毯，至少也要十万美元以上，绝不是一般富人可以享受得起的。他想到外面的传说：孔财神家是用银子铺地，金子做柱头，处处装饰着夜明珠、猫儿眼、珊瑚树……他好奇地边走边打量，除看见波斯地毯外，其他也极平常。这画廊不过普通木结构，连精致的雕刻都没有，做工粗糙，虽然涂上朱红油漆也显得势派，但与外面的传说相差甚远，不觉好笑。他认为法国人在有些方面比孔公馆势派，因此，刚才紧张的心情陡地松弛，态度也自然大方了。

黄玉庵以前在公共场合见过孔祥熙，所以走出画廊不远，他便认出凉亭里站着的是孔祥熙，见他已缓缓走出凉亭站在假山旁向他们点头微笑。

薛习永抢前几步向孔祥熙低语了几句，接着向走拢来的黄玉庵介绍："这是孔院长；这是黄玉庵先生。"

"黄先生，你好!"孔祥熙伸出皮肉厚实的手掌，笑眯眯地说。"孔院长，你好!"黄玉庵握住孔祥熙的手摇了摇，客气地问候。

孔祥熙先在凉亭边一张石凳上坐下，指了指旁边的空石凳："请坐。"

黄玉庵见孔祥熙并无多大官架子，稍感放心，便不客气地找个石凳坐下。

"习永，你也坐。"孔祥熙见薛习永还站在一边，又吩咐他落座。

薛习永这才遵命坐在石凳上。

侍女用银托盘奉上香烟和龙井茶，说的多是夹杂着英语的中国话。黄玉庵少见多怪，心中暗暗惊羡不止：侍女都有这样的水平，孔公馆确实不凡。他不觉对孔祥熙肃然起敬。

他们先是互相寒暄了几句，接着孔祥熙便笑眯眯地谈天气，谈重庆的空袭，连一句正经的话也没说，更没谈永华公司的事情。

黄玉庵想主动提说，但又怕冒失，只得装出很有兴趣的样子听着。

孔祥熙说了声："黄先生，请喝茶！"他便再没说话，偏头凝视着不远的一棵黄桷树出神。

薛习永暗中递眼色给黄玉庵。黄玉庵明白这是叫他告辞。他很失望，原以为孔祥熙要见他，一定是谈永华公司的事情，殊不知只听孔祥熙扯了几句闲话。黄玉庵原准备了许多话想对孔祥熙说的，看来只好不说了。

黄玉庵起身告辞。孔祥熙礼貌性地挽留了几句，边说边把他俩送到了石阶边，站住说："黄先生以后有空，可常来玩。你有事可找薛先生商量。"

黄玉庵见孔祥熙并未伸手与他握别，只好躬身说："孔院长留步！"

孔祥熙不冷不热地点了点头，不等黄玉庵走远，便两手抄在身后，在台阶上低头漫步，不晓得在思考什么！

黄玉庵跟在薛习永身后刚走进画廊，迎面看见一个盛装的中年妇人匆匆走来，她身后跟着一个男装少女。薛习永轻轻拉了黄玉庵一把，低声关照："宋先生与二小姐来了。"

其实不用薛习永指点黄玉庵也可以猜出，他跟着薛习永站住，听薛习永含笑在问候："宋先生好，二小姐好！"

薛习永见宋霭龄神情冷淡，仿佛她面上还微微有点愠色。她只微微点头表示答礼，并没停留便迅速走过去了。薛习永好生奇怪，要是以往一定会站住与他说几句客气话再走，他忍不住回头迷惑地看着宋霭龄母女俩远去的背影出神。

黄玉庵原想与宋霭龄攀谈，但宋霭龄从他身边经过时连望也没望他一眼，只留下她俩身上名贵香水的气味在空中飘荡。黄玉庵很觉扫兴，腮帮上的肌肉牵动了一下。他哭笑不得的表情十分滑稽，引人发笑。

三

孔祥熙见匆匆而来的宋霭龄和孔令俊，深感诧异，不晓得为啥如此慌张！他忙步下台阶迎住。

宋霭龄在孔祥熙面前站住，气急败坏地说："糟了，糟了……"

孔祥熙见宋霭龄面露愠色，走得上气不接下气，丰满的胸部一起一伏，他惊疑地望着她，等她说下去。

孔令俊见宋霭龄急得说不出话来，她在一旁接过话头说："大姐坐飞机走了……"

孔祥熙晓得今天孔令仪同意坐飞机去西安，到胡宗南那里去玩，所以并不在意，反而哈哈一笑："男大当婚，女大当嫁。令仪想通了，回心转意，愿嫁给胡宗南，这是好事，急啥！"

"你这个老糊涂，被信托局那个女妖精把你迷得神魂颠倒，你这个……"宋霭龄陡地大怒，指着孔祥熙气冲冲地骂个不停，在儿女面前这样是罕有的。

孔祥熙被骂得莫名其妙，心中有气，但他惧内是有名的，丝毫不敢把自己的不满露在面上，只是皱着眉听任她骂个痛快。

孔令俊也觉得宋霭龄太激动，劝止说："妈妈，你不忙骂，快商量个办法呀！"

宋霭龄这才闭上嘴，长长叹息一声。

孔祥熙轻声细语说："霭龄，不要生气，有话慢慢说，气坏了身体不值。"

宋霭龄见这里说话不便，拉了孔祥熙一把，说："走，到办公室去说。"

孔祥熙还打着哑谜，看样子是发生了什么大事，他不敢在这里多问，只得跟在她俩身后回到他的办公室。孔令俊还郑重地关上了隔音门。

孔祥熙笑眯眯地说："霭龄，坐。"他在她面前总是低声下气的。

宋霭龄提起旗袍下摆坐在沙发上，定了定神，说："庸之，令仪这妮子骗了我们，她答应坐飞机去西安胡宗南那里，我派人给她买好飞机票。可是，她在珊瑚坝机场却突然上了飞香港的客机，你看，这妮子鬼不鬼，我们上当啦！"

孔祥熙并没着急，说："我以为有啥大事，原来是她临时改变主意要去香港玩几天！"他们在香港有一座别墅，有时喜欢去小憩几天。

过了一会儿，孔祥熙沉吟起来，也想到不妥："不过，她为啥要骗我们……"

宋霭龄见孔祥熙反应迟钝的样子，不觉有气："不知你这个行政院长是怎样当的！"她也觉得时间紧迫，立即归到正题，"我打电报去香港查问过，陈继思还住在香港六国饭店没走。你想，她这时瞒着我们去香港，难道你还不明白！"

"哎哟！"孔祥熙惊叫了一声，他本站在宋霭龄面前没坐，气得一屁股坐在沙发上，接着又蹦跳起来问："陈继思真的还在香港没走？"他见宋霭龄狠狠地盯着他，也觉得自己这话问得多余，他叹息一声，“我原以为令仪近来与胡宗南谈得顶亲热，认为事情已解决，再没留意陈继思的行踪。唉，女大十八变，看来最文静老实的令仪也在我们面前玩起花招来，唉……”

孔祥熙偏头沉思一会儿，挥手做了一个有力的动作：“不要紧。我立即叫雨农通知昆明，飞香港的飞机要在那里加油，叫人在昆明机场把令仪扣留起来。”

宋霭龄斜睨了孔祥熙一眼，撇了撇猩红的嘴唇：“要你放马后炮！飞机早离开昆明要在香港降落了。你所说的办法，我早采取过，可是……”

“你采取过……是不是通知到达昆明机场已迟了？”孔祥熙迫不及待地问。

宋霭龄摇了摇头：“在昆明机场，戴笠手下的人见着了令仪。唉……”

“哪……”孔祥熙目不转睛望着她。

“唉，都怪我从小把她宠坏了！”宋霭龄自怨自艾地说。

孔祥熙急于想知道详情：“嗐，这些话暂时不说，雨农的人难道没将令仪扣住？”

宋霭龄沉默了一会儿才回答说：“在昆明机场，令仪当即摸出手枪威胁雨农的人，叫他们不要干预孔家的家事，否则，她将开枪打死他们，然后自杀。雨农的人无法，只得放她走了。”

孔祥熙激动地走动了几步：“饭桶！戴笠尽用些饭桶。他们都是受过专门训练的特工，难道连一个文弱的小姐都制服不了！”

“你说别人是饭桶，我说你才是饭桶！”宋霭龄腮帮鼓得圆圆的，“你想，没有我们的指示，他们怎敢对孔家的大小姐鲁莽行事！真闹出人命来他们不怕我们怪罪！”

孔祥熙听宋霭龄当着孔令俊的面骂他是饭桶，他并没介意，只是辩解说：“哎，他们不好对令仪鲁莽行事，难道将飞机扣住暂不让起飞也办不到！”

“唉，庸之，令仪坐的是英国军用客机，雨农的人怎敢随便扣留！”

“啊……”孔祥熙惊叹了一声。

“庸之，你看，我们下一步该怎么办？”宋霭龄揉着自己的太阳穴，头疼得快炸开了。

不等孔祥熙答话，一直在旁的孔令俊冷笑一声，抢先说：“妈妈，这有何难！叫戴笠在香港的人立刻将陈继思干掉，一切都妥了。要是早听从我的主意，也不会有今天的事！”

孔祥熙只是瞟了孔令俊一眼，并没理会，他已想出一个主意：“霭龄，令侃现在香港，立刻拍个电报给他，叫他扣住令仪，等我赶去……”

“令侃……”宋霭龄心中有隐情，欲言又忍，眼看瞒不住了，只得说：“庸之，你还被蒙在鼓里，令侃早不在香港，到南洋去了。”

“哎，令侃擅自离开香港到了南洋！他为啥瞒着我，到南洋去干啥?”孔祥熙盯着宋霭龄的面孔问。

宋霭龄是有意将这消息扣住，不让孔祥熙知道，她长叹了一声：“令侃带着盛老七的老婆到南洋度蜜月去了。”

“哎，有这样的事!”孔祥熙惊讶异常，他还半信半疑，“昨天盛老七还到我这里来过，他并没提这件事情呀!”

因为盛老七是公馆派中的骨干，以前是宋霭龄的心腹，令侃的事使她有苦难言。她哼了一声：“盛老七也不是东西!”

孔祥熙觉得事出突然，比令仪的事还使他不安。他眉头锁得很紧，仰着头坐在沙发上苦着脸，蓦地坐正身子说：“霭龄，盛老七的老婆比令侃大十多岁，怎好公开度起蜜月来！荒唐，真荒唐。他俩是怎样勾搭上的?”

“盛老七不是东西，只图讨好令侃，他老婆更不是东西。唉，怪我认错人。令侃一个人在香港，我托他夫妇俩照看一下令侃的生活，想不到……唉，令侃一个童子娃，哪经得起盛老七婆娘的迷功……唉!”宋霭龄只是唉声叹气。

这盛老七乃清末邮传大臣盛宣怀的儿子，宋霭龄原以为他老成持重，哪知却是如此无耻之徒，平时睁只眼闭只眼让孔令侃与他老婆鬼混，以致公开度起蜜月来。而盛老七却并不着急，照常来孔公馆走动，脸比城墙厚。

“唉，家门不幸，出此劣子逆女，羞煞吾祖仲尼公矣!”孔祥熙躺在沙发上捶胸顿脚长叹说。

孔令俊站在一旁，两手抄在西裤袋里，这时插话说：“大哥的事暂时撇在一边，我看没啥大不了的。大哥玩厌了会自动丢掉她，充其量花费点金钱。凡事要有个轻重缓急，大姐的事有关孔家门风声誉，事不宜迟，还是先研究大姐的事吧!”

孔祥熙胖得打褶的颈项一转，偏过头去赌气说：“算了，算了，不管他们，由他们闹去。我与他姊弟俩脱离关系，马上登报申明。”

“脱离关系！说得好轻巧。姑娘和儿子是孔家的骨肉，这能脱离吗?”宋霭龄气咻咻地说，“还要你去登报申明！哼，那些小报无事还造谣，孔家出了这样的事情，他们不大登而特登才怪咧！”

孔祥熙只是摇头叹息，并没想出一个好办法来。

孔令俊自告奋勇说：“爸爸，叫空军司令部给我准备一架飞机，我立刻去香港把大姐拦回来！”

宋霭龄不等孔祥熙说话，偏着头问：“你大姐会听你的?”

“不听我的，哼……”孔令俊冷冷一笑，脸上露出一股杀气，真是狰狞可怕，“大姐若听我劝阻，乖乖回来万事全休；若不听我劝阻，我先送陈继思上西天，大姐难道还不跟我回来！不信我制服不了他们。”

宋霭龄在微微点头；孔祥熙却闷声不语。

孔令俊见孔祥熙不表示赞同，她咬牙说：“爸爸，在此紧要关头要下狠心才行。你们当初若听我的主意，哪会留下今天的后患！”

宋霭龄眼里闪着凶光：“庸之，令俊的话很有道理，我看目前只有如此去办才行。”

孔祥熙摇了摇头：“迟了，迟了。香港是英国人管的地面，岂容令俊这样胡来！万一令仪……”他顾虑重重地说，“令仪表面温顺，其实性子很烈，杀了陈继思，她痛不欲生，真的自杀，怎么办?”

宋霭龄深为不满：“庸之，以前都是你优柔寡断，下不了狠心。我看，量小非君子，无毒不丈夫，若闹出事来，英国人由我去对付。令仪这样不听话，给我们孔家丢脸，要自杀也只好由她。我只当没生养这个女儿。”

孔样熙脸上像结了一层严霜，凝思不语。

孔令俊面向宋霭龄催促说：“妈妈，时间紧迫，你下决断吧！”她晓得只要宋霭龄下了决心，孔祥熙虽不乐意也不会反对的。

宋霭龄一贯是孔祥熙的主心骨，遇有重大事情都是她拿决断。她平时也颇有果敢作风，但这时也拿不定主意。刚才自己虽说只当没生养令仪，不过是气话。孔令仪是长女，若真逼她自杀了，哪会完全无动于衷！

孔令俊当然无法理解此时宋霭龄复杂的心情，不断催逼：“妈妈，你当机立断呀！”

宋霭龄头脑冷静下来，权衡利弊，实在下不了决断。她瞥了孔令俊一眼，叹口气：“难道这是上帝的安排，令仪如此迷恋陈继思实在不可理解！”

孔祥熙沉吟一会儿，说：“霭龄，去找美龄谈一谈，让她拿个主意。”

宋霭龄无可奈何地说："美龄不一定能想出个好主意，但这事也该早点让她知道，要不，她还认为令仪在胡宗南那里呢！"

宋霭龄站起身忧心忡忡地说："我担心令仪私奔的事，不管如何封锁消息，终归要闹得满城风雨。唉，即使能把令仪拦阻回来，我看与胡宗南的婚事也会不成了。一个女孩子的名誉……"她长叹了一声。

孔祥熙深表赞同："我也是这种看法，现时就是把令仪追回，名誉也坏了。"

他叹口气："唉，令侃的事也恼火。看来，我是要到香港去一趟。令仪自作自受，她迟早是外姓的人，可是令侃……他要讨盛老七的老婆作妻子，就是盛老七肯让，我也不能答允。她比令侃大十多岁哪。"

"伤透脑筋。"宋霭龄又揉太阳穴。

"妈妈，要去找三姨妈，赶快呀！"孔令俊催促说。

"备车，叫他们备车，我们马上去山洞。"宋霭龄连声喊。

四

孔公馆里这几天气氛紧张，除了少数几个心腹人外，大多数人都不晓得内情。

宋霭龄与孔令俊坐着小轿车进进出出十分忙碌，大家不晓得他们忙些啥。不过，已有人猜测到与孔令仪有关。

孔祥熙吩咐门卫，这两天一律不会客。人们见不到他有笑脸，他不成其为哈哈孔了。

宋霭龄脾气变得很坏，动不动就训斥人。公馆中的手下人个个战战兢兢，连走路也怕发出声音。

孔祥熙在办公室里坐在沙发上，不住唉声叹气，重复一句话："家门不幸出此劣子逆女，羞煞吾祖仲尼公矣！"

这两天并不热，宋霭龄坐在孔祥熙对面的沙发上，手里拿着一把檀香木雕花扇不断地扇着，越扇越快，沉着脸闷声不语。

孔令俊将双手抄在西裤袋里，迈着尖尖皮鞋在室内徘徊。大家都没出声，室内的气氛显得沉闷而紧张。

宋霭龄蓦地将檀香扇一收，"啪"地放在茶几上。她将墨绿色乔其纱旗袍的下摆一提，架起二郎腿斜睨了孔祥熙几眼，终于张口说："庸之，令仪这样鬼，一定是事先与陈继思串通好的。好巧！陈继思在香港早买好了飞机票，安排得那么紧凑，令仪连飞机场也没出，便转上了去美国的飞机！不晓得是哪个与他俩穿针引线，我们日常将令仪监视得这样严密，也让她瞒过去了。”

孔令俊站在宋霭龄面前表示赞同：“对，一定有人与大姐他们穿针引线。我们身边肯定出了内奸，叫我查出来，哼……”她笑得异常阴沉。

孔祥熙一拳捶在办公桌上：“内奸！对，令仪的心眼再多，绝对想不出这样的绝招。这内奸不单穿针引线，恐怕还是他策划的主意。但是，谁是内奸呢?”他望着宋霭龄目不转睛。

宋霭龄的眼睛亮了亮，但口气十分犹豫：“会不会是那个常与令俊往来的朱佳富!”

“朱佳富!”孔祥熙迷惑地问，“你怎会想到他呢！有根据吗?”

宋霭龄回答说：“我不过是猜想，近来除朱佳富外，令仪没接近过其他外人呀!”

孔令俊因朱佳富是她的朋友，听宋霭龄怀疑到他，忙替他辩护：“朱先生绝不是这种人。妈妈，你忘啦？朱先生医理很好，替大姐医过病。真是药到病除，所以大姐见着他，爱与他说几句话，并且，每次都有我在场。”

宋霭龄冷笑一声说：“就是因为朱先生药到病除，所以我才有些怀疑。你大姐得的病不同一般，单是药物哪有这大的效力!”

孔祥熙也觉得宋霭龄的推论未免可笑，说：“朱先生学通中外，对儒学深有研究，是吾祖仲尼公的崇拜者，绝不会做出此等对不起人的事。霭龄，你的推论未免太牵强附会了。”

孔令俊立刻接过孔祥熙的话头说：“朱先生在英国受过高等教育，最讲君子风度，他的人品学问都是罕见的，哪会干出这种事。妈妈，你不要胡乱猜想!”

宋霭龄本是猜测，于是没再谈这件事。她转换了话题：“庸之，令仪这样任性，她与陈继思刚到美国便向记者宣布结婚，弄得在美国的亲友都纷纷来电询问并表示祝贺。庸之，你看怎么办?”她将一沓电报递到办公桌上。

孔祥熙将这些电报很快浏览了一下，半天出声不得。

孔令俊自作聪明地说：“我看，爸爸通知一下我国驻美大使，叫他向美国有关方面关照，不给办理结婚登记。”

宋霭龄知道孔令俊对美国的制度完全不了解，所以才出这种主意。她叹口气：

“令俊，你不了解美国的制度，这哪行得通。就算不给办理结婚登记，他俩宣布同居也无人敢干涉！”

孔祥熙老谋深算地说：“霭龄，事已至此，只有想办法挽回面子。”

“挽回面子！”宋霭龄不懂孔祥熙的意思，惊讶地说，“无论怎样封锁消息，社会上迟早会知道。那些小报岂有不大事张扬的道理！这面子如何挽回。唉……”

孙秘书敲门进来通报：“孔院长，朱佳富先生求见！”

孔祥熙不禁有气：“我吩咐过不见客，你怎么还来通报！”

孙秘书迟疑了一下，说：“我回绝过他，可是他说见孔院长有重要话说。”

孔祥熙挥挥手，不耐烦地说：“不见！”

“慢，朱先生来得正好。”宋霭龄笑得异常深沉，“孙秘书，马上把朱先生带到这里来。”

孔祥熙见孙秘书走出去了，皱着眉说：“霭龄，我们现时哪有闲工夫见朱佳富！”

宋霭龄冷笑一声：“朱佳富大概是探听虚实来了。哼！”孔祥熙不以为然地说：“霭龄，你的疑心病真重！”

听见外面脚步响，孔令俊拉开房门，果然见朱佳富笑吟吟地站在门外。她客气地说：“朱先生，请进！”

朱佳富神色自如地跨进门来，向孔祥熙与宋霭龄含笑问候：“孔院长、宋先生好！”

孔祥熙微微欠身表示答礼，宋霭龄端坐不动，冷冷注视着朱佳富。

“朱先生，请坐！”孔令俊十分热情地招呼他。

朱佳富坐在沙发上，他将孔祥熙和宋霭龄的表情都看在眼中，暗暗得意非常。这次孔令仪出走，不仅是他出的主意，连孔令仪转乘的英国军用客机也是他通过彼特利克——现是英国大使馆商务参赞——联系的。在这样的时刻，他敢于来孔公馆拜访，确实够大胆了。

宋霭龄见朱佳富并没说明来意，只顾吐着缕缕的青烟不语。她忍不住开口先问：“朱先生，你有何重要话要说？”

朱佳富不慌不忙地答道：“宋先生，我专为孔大小姐的事而来。”

“哎……”“哎……”

连孔令俊都望着朱佳富感到骇异，惊得呆了。

宋霭龄勃然变色，望着朱佳富的目光像一团烈火。

孔祥熙说话都有点结巴："你……你知道令仪的事?"朱佳富点了点头："知道一点，不多。"

宋霭龄立刻沉下脸来："朱先生，你怎会知道?"

孔令俊暗暗为朱佳富捏了一把汗，不断向他递眼色，可是朱佳富好像视而不见。

朱佳富慢条斯理地将烟灰掸在烟缸里，十分从容地说："宋先生，你还以为把消息封锁得异常严密，可是外面已经闹得满城风雨，我怎会不知道!"

"哎……"

他们异口同声惊叹了一声，都有点愕然不知所措。真想不到消息传得这么快!

孔祥熙强作镇定地问："你这时来干啥?"

朱佳富正色说："孔院长与宋先生待我不薄，有关令仪女士名节和孔氏门楣光彩的大事，我闻听之后，岂有不关切的道理，不容稍歇便赶来了。趁谣传尚没见报，望你们妥为处置，等张扬开去，悔之晚矣。"

"啊……""啊……"

孔祥熙与宋霭龄见朱佳富说得恳切，不约而同"啊"了一声，紧张的气氛陡地松弛了。

孔令俊见朱佳富换了一支烟，竟破例地摸出她当玩具用的打火机，扭燃递到朱佳富嘴边。朱佳富受宠若惊地站起身："不敢当，不敢当。"

孔令俊给朱佳富点燃香烟，一边扭熄打火机，一边问："朱先生认为怎样处置为妥？请见教!"

朱佳富见他第一着已收到了预期的效果，主动权已掌在他的手中，于是来个欲擒故纵，喷口烟，一本正经地说："此乃孔府家事，佳富何人，岂敢妄言。孔院长，宋先生，我迫不及待跑来关照你们，是不负你们平日的厚爱，至于如何处置，孔院长与宋先生皆当世英杰，比我高明多了，望及早安排为妥。佳富告辞了!"他站起身装出要走的样子。

孔祥熙知道朱佳富的才干，既然他自己来了，当然不愿放过，忙挽留说："朱先生不急走，请坐下我有话说。"

朱佳富做出勉为其难的样子又落座。

"朱先生不是外人，倘若你有好的办法，请明说不妨!"孔祥熙望着朱佳富说。

朱佳富故作犹豫地望着宋霭龄，仍然不肯说。宋霭龄点了点头：“朱先生请说不妨！”

朱佳富见他们已落入自己的圈套，不禁喜在心间。他低头凝思片刻，抬起头来说：“我看，事已至此，不用政治家的魄力来处置是不行的。”

他向他们三人扫了一眼，见都专注地在听，又说：“令仪小姐与陈继思在纽约结婚，生米已煮成熟饭不可挽回。倘若像现在这样僵持不承认，不仅令仪女士会负私奔之名，而且孔氏门楣也将蒙受玷辱——大成至圣先师在天之灵也不能安。佳富有个两全之策，不妥之处，尚望见谅！”

朱佳富说到这里却停住了，故意拿关节。

孔祥熙等不及了，催促说：“朱先生，请快说。”

朱佳富做了一个有力的手势：“目前只有快刀斩乱麻，不拘泥于习俗。我知道孔先生与宋先生都在美国受过高等教育，美国人务实，一定会想得通……”

宋霭龄见朱佳富还在绕着圈子说话，急说：“朱先生，你就直说吧！”

朱佳富见火候已到，说：“现在只有来个‘釜底抽薪’才是上策！”

他停顿了一下，接着说：“不如以假当真，对外说：令仪女士与陈继思去美国结婚是你们的安排。这立刻可以变被动为主动，不仅令仪女士可以保住名节，孔氏门楣也将不会受到玷辱，岂不两全。”

孔祥熙他们听完朱佳富的这番话，惊得目瞪口呆，半晌出不得声。

孔令俊表示反对：“陈继思与我家门不当户不对，承认他俩婚姻合法，岂不让人看轻我们！我不信，以我们孔家的权势制服不了一个陈继思。”

朱佳富知道自己应该走了，他站起来，装出惶惑的样子说：“佳富是一片好心，谨供参考。”他立即告辞。

孔祥熙也没挽留，孔令俊送朱佳富到门外便止步。

孔祥熙与宋霭龄面面相觑。初听朱佳富的主意仿佛不可思议，太荒唐；但细思之后，认为确有道理，除此之外并无他法。倘若坚持不承认，不仅拆不开孔令仪与陈继思，反而后果不堪设想。但是，要他们转这样一个一百八十度的大弯，眼睁睁将花朵似的长女嫁给陈继思这穷小子，心中这口气实在咽不下。

孔祥熙心中有些活动，他试探宋霭龄的态度：“霭龄，朱佳富的主意……你看怎样？”

宋霭龄并非一般家庭妇女，权衡一番之后，无可奈何地叹口气：“唉，这样……只是太便宜了陈继思!”

孔祥熙也不是心甘情愿，但他强振精神安慰宋霭龄说：“我想，这是上帝的安排，非人力所能改变。霭龄，要是你同意朱佳富这个主意，我立即向外界透露是我们安排令仪与陈继思在纽约结婚，事不宜迟，越快才越主动。”

宋霭龄还是犹豫不定：“容我想想!”

孔令俊听宋霭龄的语气也松动了，她圆睁着双眼大声吵嚷：“要是你们同意大姐嫁与陈继思这个穷小子，我都没得颜面见人了。”

孔令俊有点小聪明，平时遇事爱出主意，就是孔祥熙办公批示文件时，她也喜欢在一旁指指点点地出主意，十有八回被采纳。但是，孔祥熙这时见她极力表示反对，深为不满，板着面孔说：“你有多大见识！你大姐的事有我们作主。”

孔令俊从未受过孔祥熙斥责，以往任性骄纵惯了，觉得十分委屈，泪水从她眼角滚了出来。她赌气说：“要我认陈继思是姐夫，除非铁树开花马长角。”她扭过头双手捂面哭着奔开了。

宋霭龄与孔祥熙交换了一下眼色。

宋霭龄叹息一声：“不怪令俊想不通，我也转不过这个急弯。不过……”她莫可奈何地说，“不过，为了顾全体面，只有委曲求全。”

她越说越愤激：“我只有一个条件：他俩在纽约结婚后，永远不许他俩回到中国来，更不许进孔家的门，我不愿再见到他俩!”

“那……让我立刻去布置一切。”孔祥熙松了口气。

宋霭龄心情矛盾，也觉得黯然惆怅：“我与令仪母女一场，还是送她一副嫁妆，等我准备好，你派飞机与他们送去。唉……”

五

孔令仪与陈继思赴美结婚的消息传出后，亲友中不明白内情的人纷纷前来樊庄送礼道贺。

孔祥熙夫妇只好装出一副笑脸与客人应酬，真是别有一番滋味在心头。

孔令俊赌气，躲到山洞别墅去了。

孔公馆门前车水马龙，趋炎附势之徒络绎不绝。有的被挡驾；有的由秘书接待；有的留饭；有的茶点招待；只有少数人由孔祥熙夫妇亲自接待。嫌樊庄狭窄，他们将账房临时设在街那边一座洋楼里——是孔祥熙借行政院的名义征用的。收下的礼品应有尽有，琳琅满目，美不胜收。

孔公馆里上上下下着实忙了几天，才慢慢清静下来。

孔祥熙觉得十分疲惫，一个人坐在办公室躺椅上闭目养神，蒙蒙眬眬不觉打起鼾来，口角流出的涎水将他衬衫的前襟打湿了一片。一阵电话铃响，将他惊醒，他忙掏出手绢将口角的涎水揩干，揉了揉眼。

孙秘书进来接电话，陡地站得笔直，神态恭敬："是，是。"他捂住话筒轻声对孔祥熙说，"委座来的电话。"

孔祥熙早猜中是蒋介石来的电话，已起身走到孙秘书身旁。他接过话筒，神情严肃，也站得很周正："我是庸之，委座有何吩咐？"

从话筒里传来蒋介石的宁波官腔："现在是国难时期，严禁请客送礼，你身为国家行政长官，为什么……"

孔祥熙对蒋介石这样的训斥，并不感到格外紧张，心照不宣，不过官样文章。他认为一定是那些参政员闲得无事干，找他的岔子。他们对蒋有不满，也爱拿他当靶子骂。他每遇到这种情况，从不申辩，无论多大的事也不往蒋身上推，由自己硬顶。所以往往是骂在孔的身上，疼在蒋的心上。他甘愿为蒋受过，也是他得宠的主要原因。孔祥熙有他的想法，俗话说"当家三年狗也嫌"，认为他成为众矢之的，是理所当然的。为啥说"宰相肚内好撑船"，便是这个道理。他已抱着"虱多不痒，债多不愁"的宗旨，一句是骂，两句也是骂，由人骂去。他听后不过打个哈哈，仍然自行其是，认为自己该怎么办便怎么办。

孔祥熙对着话筒，不断答着"是"字，表示他在专注地聆听领袖的训示。

蒋介石已在电话里转换了话题，口气变得比刚才严峻："庸之，可能共产党已渗入你的内部，要千万小心。我已派雨农去你那里，他会把详情向你报告……"

孔祥熙放下话筒，皱着眉头发愣。家中一波刚平，一波又起，实在使他感到头疼。孔祥熙不相信自己身边有共产党，他认为戴笠这些人喜欢无事生非，爱打小报告坑害人去取宠。可他又觉得戴笠与他的关系不错，想来不会在他头上寻岔子。他越想越不安，噫，要是他身边真有共产党，这也太可怕了。他身边的人，谁是共产党呢？孔祥熙怎样也猜测不出来！

孔祥熙坐回沙发上，点燃一支雪茄烟衔着，想得出神。

孙秘书进门通报："戴主任到！""有请！"

孔祥熙迎到门边，见戴笠穿着便服，长衫礼帽，知道这是表示亲切的意思。他握了握戴笠的手，客气地请戴笠坐下。

孙秘书上来敬了烟，泡了一杯香片，知趣地退下，并随手掩上了隔音门。

戴笠与孔祥熙是常见面的，彼此寒暄了几句，便转入了正题。戴笠笑盈盈地说：“今天奉委座口谕，有点小事要与孔院长面商。”他轻轻咳了一声，尖着指头取出一份简报递到孔祥熙面前，“这是昨天国民参政会的简报，请孔院长过目。”

孔祥熙眼力甚好，不需戴老花眼镜便可以看清。他接过简报仔细翻看着。

戴笠双脚张开，很随便地仰坐在沙发上，一边吐着淡淡的烟圈，一边观望着孔祥熙面部的表情——这是他职业的习惯，喜欢研究人。

孔祥熙渐渐露出惊讶的神态，目光焦灼。待他看完了简报，不觉倒抽了一口冷气。

他将简报递还给戴笠，向左右顾盼一下方说：“戴主任，这几个参政员为啥知道得如此详尽？在香港与日本人谈判的事，是由你和我亲自过问，做得极其机密。真是怪事！”

“见怪不怪，其怪自败嘛！”戴笠近来说话也喜欢带点四川腔，“孔院长，近几天委座为新四军的事很伤脑筋。周恩来代表共方提出抗议还不说，那些学生、工人差点要上街游行。委座几次接见各界人士再三解说，皖南这场事变纯属误会，并非我们有预谋的行动。委座拍胸保证抗战到底，绝不与日本妥协。眼看大家有些信了，可是，昨天参政会上，几个与共产党接近的参议员却抛出我们在香港与日本人谈判的材料，并且如此详尽。他们当面质询委座，搞得委座很被动，差点下不了台。”

孔祥熙苦着脸说：“这消息怎会泄露呢？”

戴笠扔去了手上的烟头，望着孔祥熙阴沉地一笑：“我奉命到孔公馆来，正是要寻求这个答案！”

孔祥熙先发制人地提出疑问：“戴主任，你手下那几个参与的人，会不会有问题？”

戴笠毫不考虑，立即回绝：“我用的人都是经过严格挑选，决无问题。我认为问题出在孔公馆！”

孔祥熙心中很不自在，他胖脸上堆着深沉的微笑，问：“戴主任硬说问题出在孔公馆，请问，你有何根据？”

“根据?”戴笠耸耸肩说,“我此来便是要找出根据的。”

孔祥熙一听,心中更是不悦。他并不把戴笠放在眼里,笑眯眯地说:“戴主任最好在两方面都找一找根据。嗯,这样会更妥当一些。”

戴笠沉吟一会儿,说:“孔院长,我并非护短。我手下用的人都是几个复兴社时期的老同志,绝不会有问题。至于孔院长这里情况便不一样,在重庆任用了一些新人,难免让共产党有机可乘……”

孔祥熙一阵冲动,不等戴笠把话说完,立刻反唇相讥:“戴主任也不可大意失荆州,那位梅花先生不也是复兴社的老同志!”

戴笠被孔祥熙点着了要害,不觉一愣,眼皮眨了眨:“孔院长所言极是,那是我的疏虞。不过却因祸得福,我们与日本军部有了一条直接对话的渠道,比间接联系方便得多。不过……”戴笠仿佛在斟酌语句的轻重,“不过,到孔公馆来查清情况并非我的意思,我是奉委座口谕来的。既然孔院长如此说,待我回去禀明委座,先从我那里查起也好!”

戴笠说得虽然婉转,孔祥熙哪有不懂之理,这分明是抬出蒋介石来压他。

孔祥熙脸上露出愠色,但转念一想,他犯不着与戴笠计较,不要把自己的肚量显得太狭小。万一将来真在孔公馆内查出问题,那就更不好看。

孔祥熙打个哈哈,说:“我不过随便说说,戴主任何必当真!也许问题不在你我处,比如说,是不是日本人有意泄露出去,有意挑拨孤立我们,这些因素也值得考虑。”

戴笠点了点头:“孔院长所虑极是。我们现时只能先从我们内部查起,以便脱掉我们的干系。”

孔祥熙这几天被孔令仪的事情耽搁,许多需要处理的事情都积压下来,必须抓紧处理。他不愿再与戴笠周旋,说:“戴主任在孔公馆如何查法?需要我怎样配合,请赐教。”

戴笠欠起身客气地说:“不敢,不敢,还望孔院长多指导!”

他见孔祥熙凝视着窗外不语,立即说:“我今天来惊动孔院长,深感不安,还望多多见谅。此事暂时务请保密,待我清查有了头绪,再来向孔院长请教。”

孔祥熙已起身送客。戴笠自己从衣钩上取下博士帽戴上,又客气了几句,然后握手而别。

第二十八章

吴秘书自从那天在张嫂房中见过了那只小葫芦以后，经常现出神思不定的样子，偷看着张嫂出神。

吴秘书确实是春燕。

在张嫂的试探面前，吴秘书不敢相认，心情十分矛盾。她多想搂着张嫂的脖子叫嫂嫂，可是她目前的处境怎能相认！她用了极大的毅力才克制住自己的真实感情。失散多年的哥哥蓦地有了着落，她是多么欣喜。想不到朝思暮想的哥哥就在重庆，她要见马上就可以去见到他。要与哥哥会见的愿望多么强烈，这愿望使她焦灼不安，生怕错过这机会，以后再难与哥哥见面。她考虑再三，因为关系实在太重大了，理智终于占了上风，硬着心没与张嫂相认。

吴秘书独自站在荷塘的九曲桥上，双手扶住麻石栏杆，观望着新开的莲花。

一只站在荷叶上的青蛙“咚”地跳进水中，水面荡起了一圈一圈的涟漪，往事的影子在她心头浮动，几年前在梁沱外梁上的情景，至今还历历在目……

冯烂王站在她面前问：“姑娘，你家住在哪里?”

她身上被人贩子用绳索捆绑过的地方还火辣辣地疼痛。不久前发生过的事情如梦似烟，她分明要投江，不晓得从哪里钻出两个凶神恶煞的男人，将她抢到木船上……她被闷闭在船舱里昏昏沉沉，已感到绝望，又像是从天上降下面前这位穿破西服的男人，用十块银圆将她救下。

春燕怔怔地望着这个救她的男人，不晓得是祸是福！看来他与抢她的两个人贩子很熟，但又不像一伙。

冯烂王的外表邋遢，带点江湖滚龙的气概，使春燕惊疑不定。她不相信他会白花十块银圆救她这个陌生人，认为她不过从一个火坑又跳进了另一个火坑。

春燕忘了回答冯烂王的问话，嘴唇苍白颤抖，浑身哆嗦，她受的刺激太重了。

冯烂王又问：“姑娘，你家住在哪里?”

春燕不安的目光与冯烂王的目光相遇，她觉得这目光异常柔和善良，使她稍微定下心来，无语地摇了摇头。

“哎，你没有家?”冯烂王皱着眉头说。春燕仍然摇头。

“有家?”冯烂王被弄糊涂了。

春燕像没听见冯烂王的问话，侧头用凝滞的目光望着脚下岩边激起的浪花出神。

冯烂王从春燕的神态里，已猜到她对他存在疑惧。他坦然一笑："姑娘，你现在自由啦！倘若你有家，我送你回去。"

春燕转过头面对着冯烂王，她无神的眼睛有了光亮，身子也不哆嗦了。

冯烂王从她闪烁不定的目光中猜测到，她仍然对他不放心。于是，他说："姑娘，天快黑了，你自己快回家吧!"他指了指要落山的太阳，"我走了。"

冯烂王刚转身走了几步，听她用颤抖的哭音在叫他："先生，我……"

冯烂王停步转身，见她捂住脸在啜泣，两肩在微微抽动。他迟疑了一下："姑娘，要我送你回家吗?"

春燕对冯烂王的疑虑完全消除了。她心中十分激动——原来天下真有这样的好人，与她素不相识，却慷慨地用十块银圆救下她。

春燕对他十分感激，想到自己的处境，现在已经是有家难回。她已暗暗下了决心，还是投身到长江里去寻找她的归宿。她用衣袖揩着泪水模糊的面孔："先生，谢谢你。我与你素不相识，承你仗义相救，我……"

冯烂王见她谈吐文雅，不像粗人，说："姑娘，你不用客气。假使你一人回家害怕，我可以送你回家去。"

春燕哽哽咽咽地说："我……我有家难回，可能长江就是我的老家。先生，对不起你，你白花钱救了我!"

冯烂王猛吃一惊，听她话中有轻生的意思。他偶然在这里遇见救了她，耽误了他的正事，正准备离去。看来，现时还不能走，救人要救到底。

冯烂王关切地问："姑娘，你怎么说有家难回呢?"

春燕犹豫了一下，终于将她的情况，简单地向冯烂王诉说了一遍。

冯烂王久跑涪陵码头，像朱佳富这样的地方名人，他当然晓得："啊，你是朱先生家里的春燕!"

他接着沉思了一会儿，问："春燕姑娘，你还有可靠的地方去暂住一些时日吗?"

春燕摇摇头，却将她心中念叨的话无意识地说出声来："李明先生……"

偏冯烂王耳尖，将她这喃喃低语听得很清楚："李明先生！哪个李明先生?"

春燕被问得一惊，顿时满脸绯红。她回答说："涪陵报馆的李明先生。"

冯烂王迫不及待地问："你认识李明先生！你们是什么关系?"

春燕被问得异常窘迫，不晓得如何回答好。她怆然一笑，回答的声音很低：

“李明先生是个好人，我与高茜小姐常去他那里玩……”

“哦！”冯烂王听她与高茜也熟悉，更不能撒手不管，“春燕姑娘，要是你相信我，我给你安排一个地方暂住下来，好吗？”

春燕毫不犹豫地点了点头：“先生，谢谢你。”

她已充分信任他了。几颗晶莹的泪珠从她眼角滚出——这是感谢和激动的泪水。她得救了。

春燕寄居在冯烂王的一个朋友家里。一天，冯烂王找到她，递给她一张纸条，几行熟悉的字跳进她的眼底——

春燕大姐如握：

得悉你没死的消息，我是多么高兴啊！值此内忧外患之际，我辈青年，当为国家民族作出贡献。你能断然弃朱家出走，我佩服你的志气。幸福靠我们去斗争，去争取。

冯先生是好人，你完全可以信赖。

别了！我行将奔赴抗日的疆场。当我们再见之时，你一定已成为一名真正的战士。

高茜

×月×日

春燕看完信后十分惊喜：“啊！高小姐的信。”

她当时心中有许多难解的疑问：冯烂王怎会认识高茜！自己成为一名什么样的战士——难道也上前线杀敌！

她把心中的疑惑问过冯烂王。可是冯烂王只是笑一笑：“春燕姑娘，你以后会晓得的。”

不久，冯烂王把上级组织的决定当成他的意思说给春燕听：“春燕姑娘，你学历虽然不高，我看你去当个小学教员是能胜任的，去教书吧！”

冯烂王通过组织的关系，把她改名换姓安排到一所教会小学去当了教员。不久，因为她英语很好，被校长看中，升任了中学的英语教员。

后来，春燕在抗日的烽火里受到锻炼，参加了党。她原有的一些疑问有了解答，原来组织上不是要她上前线杀敌，而是要她打入孔公馆，当一名默默无闻的地下尖兵。

二

宋霭龄高血压症发了，固然由于应酬太辛苦，主要还是气恼所致。她十分不愿孔令仪嫁与陈继思，但还得在亲友面前强作笑颜表示高兴。

现时，照料家务也使宋霭龄十分伤神。虽然家中仆从如云，不要她亲自操持家政，但孔令仪跑了，亲友往来要她直接管；孔令俊赌气走了，内务也得由她直接管。俗话说：女是娘的罗裙带——孔公馆骤然少了两位小姐，她心里有说不出的冷清和惆怅。

幸好，吴秘书很能体贴她的心意，主动替她分担了不少家政。宋霭龄愈来愈离不开她。这位文静美丽的秘书，也愈来愈得到宋霭龄的喜爱。

宋霭龄很想认吴秘书作干女儿，凡事都放手让她去料理。她经常在孔祥熙面前夸赞吴秘书，说她失掉了一个女儿，又得到了一个女儿。孔祥熙听后不过打个哈哈，从不说好歹。

宋霭龄经过吃药打针，觉得稍好一些，她又想到孔令侃的事情还没解决。长女嫁个不称心的女婿，难道又眼睁睁让长子娶个妖精进门。盛老七的老婆比孔令侃大十多岁，又是一个有夫之妇，姑不论这婚姻会在社会上造成何种影响，她想起盛老七的老婆那风骚妖娆的样子，心里就不舒服。

宋霭龄急不可待地到办公室去找孔祥熙商量：“庸之，令仪的事我们哑子吃黄连，只得这样办了。可是令侃的事，我们要拿出一个办法才行呀！”

孔祥熙却不当一回事，轻描淡写地说：“霭龄，盛老七丢了老婆都不急，要你急啥！”

孔祥熙的态度很使宋霭龄感到意外，她不满地瞪了孔祥熙一眼：“你说得稀奇，盛老七急不急关我屁事！令侃做出这样荒唐的事情，叫我怎能不急！”她气鼓鼓地斜睨着他。

“哈哈，霭龄，不生气。生气伤肝不合算！”孔祥熙笨拙地走过来扶着宋霭龄坐下，“霭龄，你坐下听我慢慢说。”

孔祥熙坐回办公桌前，取出一支吕宋雪茄烟，慢条斯理地切去烟头，衔在嘴上点燃：“令侃没见过多大世面。盛老七的老婆正当中年，这正是妇人风骚妖艳的妙年，所以他一见便入迷。其实，这种女人已是春末之花，顷刻便会香褪色消，只要我们坚持不承认他俩的结合，不用多久，令侃便会自行弃之如敝屣。”

孔祥熙这番不伦不类的议论，宋霭龄真是闻所未闻，不觉醋劲大发：“哦，我已四十出头，怪不得这几年你对我这样冷淡，原来你还有这番讲究，大概你也会对我弃之如敝屣了。”

“嗐，霭龄，现在是议论孩子的事，怎么扯到我的头上。你天天监视着我，难道还不放心。”孔祥熙皱着眉说。

“把我弃之如敝屣，谅你也不敢！”宋霭龄冷笑说，“你也不用推得那么干净。上个月信托局那位处长的太太天天到公馆会客室等你，你避而不见，还是敲了你五万元才走了！你当我不知道。”

孔祥熙确有此事，那个妇人欺他怕宋霭龄知晓，所以上门来逼他。他只好忍痛开了一张五万元支票给她，打发走了。现时被宋霭龄点明，他神情颇为尴尬。

幸好宋霭龄对此事并没深究，立即归到正题：“你想过没有？令侃的名誉要紧呀！将来名门闺秀谁肯嫁给他。唉！”

“霭龄，你也未免杞人忧天。在我们中国，只有女孩子存在名节问题，男孩子根本不存在这个问题。男人与女人胡搞，社会舆论压力是偏袒男人的，吃亏的总是女人，永远也抬不起头来。我国刚脱胎于一夫多妻的封建社会，男孩子逢场作戏是理所当然，将来愿嫁令侃的名门闺秀多得很，你不用担心。”

宋霭龄听了这番话，心中十分不舒服，于是讽刺孔祥熙说：“怪不得你敢在外拈花惹草，不怕社会舆论。哼，你的脸皮真有城墙厚。”

“唉，霭龄，你为啥又扯到我的头上。”孔祥熙低声下气说。

宋霭龄刚张开口准备再说，瞥见孙秘书推门进来了，立刻把话咽了回去。

孙秘书通报说：“孔院长，戴主任来了。”

孔祥熙眉头皱得很紧，晓得他来绝无好事，但又不便让他吃闭门羹，只好展开眉头说：“有请！”

戴笠今天穿着将军装，佩戴齐整。他进门见宋霭龄要走，忙含笑说：“哦，真巧，宋先生请留步，我正有事要向宋先生求教呢！”

宋霭龄疑惑不解地看着他，只好坐下。

戴笠不等主人招呼，他自找一张沙发坐下。自己取出一支香烟，在右手拇指甲上顿了顿，然后点燃吸了一口，对宋霭龄微笑说：“听说令仪小姐赴美结婚，我本当登府道贺，但近来伤脑筋的事较多，委座经常要找我，我一步也不能离开，请宋先生原谅。”

宋霭龄一听，神色很不自然，因为令仪这次私奔，戴笠知底最详。她不得不应酬几句：“戴主任是自己人，不用客气。”她接着长叹一声，“令仪不听话，只有任她去，我们作父母的已尽到了责任。古谚说：‘儿孙自有儿孙福，何必为儿孙做马牛’，我看得淡，想得开。”

蒋介石派戴笠来清查泄密的事，宋霭龄已听孔祥熙说过。她见戴笠趾高气扬的样子，心中很不自在，于是故作不知，启齿问：

“戴主任，不知你有何事要谈，请赐教。”

戴笠忙欠身赔笑：“不敢，不敢。宋先生何言赐教二字！”

他缓缓站起身来，颇有军人风度地挺胸昂头在室内踱步，皮靴踩在地毯上毫无声息。他闪烁着幽邃的目光，笑得很阴沉，却像谈天似的说：“宋先生，你雇佣的那位吴秘书真不错，年轻漂亮，温柔文静，是难寻的美人儿呀！”

宋霭龄觉得他最后一句话带点轻佻的语气，听来很觉刺耳，心里有点反感，说：“听戴先生的口气，是看中吴秘书啦。我要认吴秘书作干女儿，可不愿招你作干女婿！”

“不敢，不敢。宋先生言重了。”戴笠边徘徊边说，“爱美之心人皆有之，吴秘书的人品确实难得，不怪宋先生如此宠爱，要认作干女儿。”

戴笠面对着宋霭龄站住，笑得异常深沉：“请问宋先生，你要认吴秘书作干女儿，但是，你对她的出身、门第、经历晓得多少呢？”

“这……”宋霭龄对吴秘书过去的情况知道得确实不多，但她不愿示弱让戴笠看轻，“噫，莫非戴主任对吴秘书有啥怀疑不成！”

戴笠坐回沙发上，望了一眼孔祥熙，随即笑对宋霭龄说：“宋先生明察秋毫，你所用的人我岂敢怀疑！”

宋霭龄撇撇嘴，带点挖苦的意味说：“怀疑一切是戴主任的职业病，在你的眼中，人人都可能是间谍，是共产党。”

戴笠对宋霭龄带刺的话仿佛毫不介意，故作爽朗地仰头一笑：“宋先生说话毫不留情，真是女中英豪，使我钦佩！”他笑容一收，往烟缸里杵熄了烟头，正色说，“吴秘书掌管宋先生的机要，也是为了宋先生的安全，所以我对吴秘书兴趣很大。”

“啊！”宋霭龄嘴角露出一丝嘲讽的笑意，“像吴秘书这样虔诚的基督徒会受到戴主任的注目，使我不胜骇异。她跟我四年多，从未单独外出过，与我形影不离。我不是一个轻信的人，也曾布置心腹人监视过她……戴主任，我看你就不用浪费精力吧！”

“宋先生亲自审查过的人，当然不会错。不过……”戴笠笑得很蹊跷，“吴秘书会说杭州话、上海话、四川话，英语也讲得顶好，但是她的经历却很简单，只是从杭州逃难到四川的一位女学生，不过高中毕业程度，在重庆懿训女中教英语，这些与她的经历和学历都不相称啊！”

宋霭龄忍不住哧地笑出声：“戴主任，这些也值得怀疑！一个基督徒与外国牧师接触多，精通英语是常事。至于方言……戴主任现时的四川话也说得顶好嘛！江浙人逃难到四川很快学会了方言，有啥稀奇！”

“不，宋先生。吴秘书的四川话很地道，只有土生土长的四川人，或是自幼到四川多年的人，才可能说得这样好！”戴笠现出得意的表情炫耀说，“我手下有出色的方言专家，他的鉴定是不会错的。”

“戴主任，就算你的方言鉴定准确，难道仅凭这点就可以怀疑吴秘书是共产党！”

“宋先生，目前还不能就此下结论。不过，这个疑点我现在正努力想解开呢！”戴笠不慌不忙从公文包里取出一张巴掌大的相片，起身递到宋霭龄手上，“请宋先生过目！”

宋霭龄接过相片一看，不觉十分惊讶：“这穿西服的男人像是朱佳富先生；这妇人……当然是朱太太。噫，这位年轻的姑娘……很像吴秘书。可是……可是吴秘书并不认识朱先生呀！他们不可能在一起照相。”她迷惑地摇了摇头。

孔祥熙一直专心看文件，只是不时抬起头来听他们谈话。这时，也引起了他的好奇心：“霭龄，给我看看！”

他从宋霭龄手中接过相片，瞄了瞄，说：“对，这是朱佳富夫妇，站在一边的这位姑娘……对，真像吴秘书，只是稍微嫩面一些。”他将相片递给走过来的戴笠，迷惑地问：“戴主任，相片上的年轻姑娘难道就是吴秘书？”

戴笠收回相片，仍放进公文包里，淡淡一笑：“照片上这位年轻姑娘叫杨春燕，名义上是朱佳富太太的妹妹，其实不过是一个陪嫁的丫头。杨春燕虽然像吴秘书，但是不是一个人，现时要判定还为时过早。”

宋霭龄不解地问："戴主任，这张相片你从哪里弄来的？"

戴笠坐回沙发上，故作神秘地说："这是我职业的秘密啰！"

他又点燃一支香烟，说："据我了解，杨春燕已经投江自杀，她的尸体便埋在行政院旁边的万国公墓里……"

宋霭龄心里也有点紧张，听戴笠如此说不觉松了口气："杨春燕的尸体既然已埋在万国公墓里，就说明吴秘书与杨春燕无关，只不过貌似而已。但是……你为啥说现时还不能判定呢？"

戴笠冷笑了一声："宋先生，据我了解，埋在万国公墓里的尸体是假的，并不是杨春燕。"

宋霭龄听戴笠愈说愈玄，撇撇嘴说："戴主任，你的想象力那么丰富，我看你完全可以改行去当作家，专写侦探冒险小说，一定比你现在的成就大。"

"不，宋先生，这并不是我的想象。埋在那里的尸体确实不是杨春燕。"戴笠好像没听懂宋霭龄话中带刺，还一本正经地说。

"戴主任，按你的思维逻辑，这小说我帮你写下去，看对不对？"宋霭龄真是口不饶人，"朱佳富在英国留学参加了共产党，回国后混迹于航业界，为了打入孔公馆取得机密情报，与他的太太商量——假定他的太太也是共产党员，让杨春燕伪装投江——假定她是朱佳富培养入党的，找一具无名女尸冒充杨春燕的尸体埋葬，以便掩人耳目……"

不等宋霭龄说完，孔祥熙已忍不住哈哈大笑。宋霭龄也忍不住跟着笑起来。

只有戴笠被笑得异常尴尬。为了掩饰自己的窘态，也嘿嘿干笑了几声。

戴笠心里虽不悦，但不便发作。他说："宋先生的想象力的确不差，怪不得蒋夫人对你异常敬重。"他又干咳了两声，"不过，朱佳富与朱太太绝不是共产党员。"戴笠表情变得十分严肃，"倘若吴秘书就是杨春燕，也是其他人派来的。嘿嘿，若能得到证实，我就找到陪都地下的共产党啦！"

宋霭龄见戴笠说得很认真，不便再开玩笑。她蹙着画得很俏的眉尖，问："戴先生，你准备怎样证实呢？"

戴笠偏头凝视着屋角高几上的一盆百日菊，半晌才转头面向宋霭龄说："目前要注意保密，留心吴秘书的动静。我准备先对吴秘书进行一次试探，若能从中寻出一丝破绽……"他双手用力一合，"立刻将吴秘书控制起来审查，她就跑不了啦！"

“试探！如何试探?”宋霭龄不明白戴笠的意思。“宋先生，我想好了一个办法……”

戴笠放低声音仔细说出他的办法。他最后说：“要请宋先生大力协助。”

宋霭龄认为戴笠的办法并不高明，勉强答应说：“好吧，试试看。”她郑重地对戴笠说，“戴主任，你没有找出充分证据以前，我不允许你动吴秘书一丝毫发。”

戴笠赔笑说：“自然，自然。她是宋先生的干女儿嘛!”

三

在万国公墓里，宋霭龄由吴秘书搀扶着散步，后面紧跟着几位艳装的小姐。

宋霭龄今天兴致特别好，她不时弯腰采摘路边的野花，含笑对吴秘书说：“你看，这些野花多美。我们花园里种的花虽然鲜艳，哪有这样天然的风韵，我看得实在腻啦!”

吴秘书抿嘴一笑，未语脸先红。她说：“宋先生，为啥你不愿到黄山去住，那里遍山都是映山红，紫罗兰，比这蒲公英好看多啦!”

宋霭龄见吴秘书这样腼腆羞涩，她想到戴笠今天安排的这场试探闹剧，实在不敢相信她会是共产党员。戴笠定是神经过敏，庸人自扰。

吴秘书见宋霭龄目不转睛看着她出神，脸颊上的红晕更深了，显出忸怩不安的样子，低头看着自己的皮鞋尖。

宋霭龄也觉得自己失态，忙回答说：“到黄山去的碎石公路太坏，我坐在车上被颠得受不了。再说，汽车过江也怪麻烦的。”

她们身后紧跟着的几位小姐都是孔祥熙部下的眷属，爱在孔公馆凑趣。这几位小姐喜欢热闹，见这里如此荒漠，到处是坟堆和十字架，实在没啥好玩的，一个个无精打采。她们听说宋霭龄欣赏这里的野花，一个个顿时活跃起来。为了取得宋霭龄的欢心，她们装出天真烂漫的样子，散开来四处采摘野花。

万国公墓里野花的品种很少，最多的是蒲公英，不一会儿一人就摘了一大把，纷纷奔到宋霭龄面前，一阵莺声燕语叫着“宋先生”，一齐将手中的花束献到她的面前。

宋霭龄原不过随口一句话，哪里会真爱这些野花。她环视着一束束野花，以及一张张红润粉嫩的面孔，不觉开心地笑了。她认为这些开着黄色小花的蒲公英并不难看，从这几个女孩手中接过花束，怀里抱了一大抱。

女孩子们又嬉笑着散开，丝绸衣衫发出寒窣的响声，留下一阵咯咯的笑声以及杂沓的脚步声，荒漠的公墓里顿时充满了生气。

宋霭龄又由吴秘书搀扶着往前走了几步，她将怀里的野花塞到吴秘书怀里，不要人搀扶，漫不经心地继续往前走。

吴秘书边走边凝视着宋霭龄的侧影，嘴角露出一丝意义不明的微笑，瞬间即逝。

戴笠穿着西装，身后跟着一名副官在一个坟台边散步。

宋霭龄先看见戴笠，主动迎过去招呼他："戴主任，你怎么有空在这里散步?"

"哦，宋先生。"戴笠像刚发现宋霭龄似的，"这里空气比较清新。哎，山城总是雾蒙蒙的，瘴气太重。"

吴秘书骤见戴笠不觉一怔，但立刻便镇静了。她晓得戴笠的身份，不觉提高了警惕，但她已习惯了这样的场合，并不感到害怕。

戴笠与宋霭龄寒暄了几句，立刻转向吴秘书："吴小姐，你好!"他向她伸出右手。

吴秘书有些局促，面颊上的红晕扩散到耳根。她犹豫了一下，终于缓缓伸过手去。

戴笠放开吴秘书的手，含笑打量她，若有所思地说："吴小姐，我总感觉以前在哪里见过你!"

吴秘书看见戴笠一脸阴沉的假笑，心里就感到厌恶，听他这样问，晓得他来意不善。她并不慌乱，神态十分自然，淡淡地瞥了戴笠一眼，很有礼貌地回答："戴先生以前见过我，可能吗?"

戴笠却转了话题："吴小姐一口四川话，说得十分地道，你在四川一定待得很久吧?"

吴秘书低头闻嗅着怀里的野花，没有看戴笠，漫不经心地答道："是吗? 戴先生是这样认为吗?"她并没有认真对待他的问话。

戴笠与宋霭龄迅速交换了一下眼色。他见宋霭龄在撇嘴，显出不以为然的样子，决心再进一步试探："吴小姐，你认识朱佳富先生吗?"

吴秘书心中不禁一震，她已会过意来，今天宋霭龄带她逛万国公墓非比寻常。近来上级党组织已向她发出警号，要她准备撤退。她晓得眼前自己稍有不慎，便有被逮捕的危险。她明澈的目光瞥了一眼戴笠，回答说：“认识，当然认识！”

吴秘书的回答，使宋霭龄也很觉意外，十分惊讶地看着她。

戴笠目光灼灼，感到振奋：“吴小姐怎会认识朱佳富先生呢？”

吴秘书显出迷惑不解的样子注视着戴笠说：“朱先生常来孔公馆，我怎会不认识！”

宋霭龄松口气，斜睨着戴笠不语。

戴笠也觉失望，还想再问。远处一位小姐在招手叫：“吴秘书，快来帮我把这只蝴蝶捉住。”

吴秘书答应了一声，望着宋霭龄没动身。

宋霭龄做了一个手势：“吴秘书，你与年轻人一道去玩吧！戴主任说话太枯燥。”

吴秘书将怀里的野花放在坟台上，兴致勃勃地奔去了。

“戴主任，我看你神经未免过敏，像吴秘书这样的姑娘……”宋霭龄摇了摇头，十分自信地说，“我阅人多矣！吴秘书那一对眼睛明如秋水，一眼便可见底。倘若我生的女儿有一个像她……”她不觉感叹不已。

“宋先生，因为你是一个基督徒，有悲天悯人的心肠，像吴秘书这种外貌的姑娘，确实惹人喜爱。但是……”

戴笠看见一位小姐蹑手蹑脚追捕一只蝴蝶，由近旁经过，他把话停顿住了。待她走了过去才继续说：“我是专搞秘密工作的职业军人，对委员长的忠诚，对党国的坚贞，使我长期养成这样的职业习惯——大胆怀疑，搜求证据，这是我奉行不移的信条。”

宋霭龄知道戴笠奉有蒋介石的命令，实在不便公开袒护吴秘书。她想了想，说：“戴主任，我必须重申：审查吴秘书我同意，但在你没有令人信服的证据以前，我绝不容许你动她一根毫发。”她接着补充一句，“要是你怕委座怪罪，可以推在我的头上，由我去向委座解释。”

戴笠皱了皱眉，含笑说：“宋先生，你对吴秘书未免太偏爱了。不过，我一定尊重你的意见，没你同意，我绝不惊动她。”

宋霭龄站累了，看坟台还洁净，摊开一张手绢放在坟台上垫着坐下。她拍了拍手，大声召唤：“姑娘们，快来呀！”

小姐们叽叽喳喳奔过来，簇拥在宋霭龄身边，顿时鸦雀无声。

戴笠彬彬有礼地向她们微笑问候："小姐们，你们好！""戴先生好！"大家都认识他，七嘴八舌地回答。

戴笠的目光在每个姑娘身上停留片刻，觉得其中虽有两个颇有姿色，但都不及吴秘书布衣淡妆，风韵天成，并且顾盼之间从容素雅，真是鹤立鸡群。他暗想：怪不得宋先生如此对她偏爱袒护，实在长得不凡。他不禁有些想入非非……

她们都不喜欢戴笠那双盯住人不放的眼睛，异口同声央求说："宋先生，这里不好玩，还是回樊庄去吧！"

戴笠不等宋霭龄答话，提高声音说："小姐们，静一静。万国公墓中还有一处名胜你们没凭吊呢！"

大家果然静下来，把迷惑好奇的目光一齐投射到戴笠脸上。宋霭龄也在一旁说："再玩一会儿，让戴主任给你们讲故事！"其中一位小姐忍不住问："戴先生，名胜在哪儿？"

戴笠不慌不忙指着面前这座坟台说："喏，在这里呢！"

他迅速瞥了一眼吴秘书，见她扶在坟前的十字架上，并无异常反应。

"这……这是啥名胜啰！"一位小姐失望的声音。

"噫，碑上刻的'杭州杨春燕之墓'，这里埋着一个中国女人哩。戴先生，杨春燕是谁？"一位小姐惊叫着问。

戴笠点燃一支香烟吸了几口，故意卖关节似的踱了几步，然后笑眯眯地说："是的，这坟墓里躺着一个中国女人。嘿，还有一段悲欢离合的有趣故事哩。"

戴笠颇有口才，表情也很生动，把大家的兴致一下提了起来。

戴笠指了指坟墓说："那是很多年以前，遇到钱塘江大兴潮，在杭州六和塔下，被潮水冲来一个小女孩。这小女孩是谁家的孩子，哪个也不知道！小女孩坐在地上哭得怪可怜……"

戴笠边讲边偷觑着吴秘书的表情，见她也听得很专注，于是继续说："一个姓杨的实业家收养了她，取名叫春燕……"

这故事经戴笠添油加醋，讲得更生动，更吸引人，连宋霭龄也凝神在听。

"……春燕跟着小姐陪嫁到了四川，长大成人。她不仅美丽无比，并且异常聪慧，懂得很多知识，尤其难得的是会讲一口流利的英语，发音惊人地准确……春燕的主人要她嫁给一位英国绅士，她却不愿……春燕到了窍角沱江边，被逼得投江啦……"

戴笠说到这里，见吴秘书眼里已噙着泪水，不觉感到振奋，决定趁热打铁，再看看她的反应。于是他将声音稍微提高了一些："春燕的女主人派人沿江打捞也没捞到尸体，可是她的男主人却在唐家沱沙滩上找到了春燕的尸体。那位英国绅士也是多情种子，坚决主张将她的尸体埋在万国公墓里。因此……"

"哦，可怜的春燕，愿上帝保佑你，在天国好好安息……"这些受过基督洗礼的小姐们毕竟还单纯，也被这故事感动得流泪。

戴笠留意吴秘书的动态，见她并无其他异常的反应，仍不气馁，把声音提得更高："小姐们，暂时不用悲伤。埋葬在这坟里的不是春燕，不过是一具溺死的无名女尸……"

"啊！"大家惊叫了一声。

"是的，埋葬在这里的不过是一具溺死的无名女尸！"戴笠斜睨着吴秘书，加重语气说。

吴秘书用手绢揩着泪水，态度从容自然："戴主任，你讲的真像福尔摩斯探案，太感动人啦！"

一位小姐疑惑地问："戴先生，为啥要埋一具无名尸体哩？"

"因为春燕的女主人不见尸体不愿离开重庆，她的男主人只好派人找了一具无名尸体顶替。"戴笠笑得十分阴森，"其实，春燕并没死，她还活着。"

吴秘书不由倒抽一口冷气，想不到戴笠把事情的经过搞得如此清楚，有许多事情连她也还是第一次听见。万国公墓里为啥有她的坟墓，这个谜今天才解开了。看来她的对手确实不比一般，心中暗暗感到紧张。戴笠所讲的字字句句像一根根钢针扎在她的心上，许多年前的事又在她心头复活了。要不是想到自己肩负着党交给她的重任，她脆弱的感情会承受不了这突然而来的冲击，她的真实感情马上会流露出来。但是，她声色不露地问："戴先生，春燕投江肯定被人救了起来！"

"对，对。"大家附和吴秘书的看法。

"不，她根本没投江！"戴笠说。"哦……"又是一片惊叹声。

"春燕刚要投江时被两个人贩子抢走……冯烂王救了她……""后来呢？"一位小姐催问。

"后来……"戴笠用夸张的表情耸耸肩，"小姐们，春燕后来的遭遇我也不晓得，待我以后打听出来再告诉你们。很抱歉，这个故事我暂时只能讲到这里。"

宋霭龄也在留意观察吴秘书的神态，但看不出半点破绽。她从坟台上缓缓站起身来，掸了掸屁股上的灰尘，收起手绢，告辞说："戴主任，你的故事讲得真生动，可耽误了我不少时间，我们要走了。"

"宋先生请便，待我送你几步。"戴笠说。

宋霭龄明白戴笠的意思，知道他还有话对她说。于是她故意落后几步，见吴秘书她们离得远了，她先说："戴主任，我早说过，你会徒劳无功，果然如此！再说，要是吴秘书真是春燕，你这种试探也十分笨拙，反会惊动她，使她警觉。"

戴笠眼里闪烁着狡猾的幽光，冷冷一笑："宋先生！一个好猎人，不惊动猎物让它从藏身的洞穴里逃奔出来，如何好捕捉呀！"

宋霭龄停住步，惊诧地问："戴主任，难道你是故意惊动她？"戴笠十分自得地说："试探和惊动，两种因素都有。"

宋霭龄想了想，觉得戴笠用的计谋确实很厉害，问："戴主任，下一步该怎么办？"

戴笠低沉地说："我会派人严密监视她。倘若她是春燕，一定会受惊去找她的上级请示。哼……"他两手用力一合，"我就顺藤摸瓜，不仅抓住一个春燕，还可以抓住更多的共产党。"

戴笠沉思一会儿，轻声说："宋先生，我还要进一步试探她，让她受更大的惊骇，好实现我一箭双雕的计谋。"

宋霭龄看戴笠十分认真和自信的样子，她仍不以为然："戴主任，我看你会是一场空欢喜。吴秘书是共产党，我实在难于想象。"

"宋先生，共产党的活动，神出鬼没，异常厉害，很难说哩！"

宋霭龄眼看已走到万国公墓门口，吴秘书她们正等在那里。她不愿再谈下去，用有点揶揄的口气说："戴主任，祝你成功。再见。"

"再见！"戴笠忘了自己穿的是西服，习惯地敬了一个军礼。

四

戴笠派人监视吴秘书的结果，使他十分失望。吴秘书这段时间从不外出，仿佛她性格很孤僻，有点老处女的味道，不喜欢接近男人，也很少交游。她整天不离宋霭龄左右，办事忠心耿耿。戴笠要不是掌握了大量的疑点，也不会轻易将她放过的。从外表看，她确是一个理想的秘书。

其实，戴笠得到朱佳富夫妇与春燕一起的合影十分偶然。那是他手下一个秘密特工在朱佳富家中无意发现的，觉得吴秘书很像春燕的外貌，向他作了报告。加之，他还得到情报，说吴秘书好像避着朱佳富似的，更引起了他的注意。他当即指示那位秘密特工偷拍复制了一张在朱佳富家中发现的那张相片。

对于春燕以前的历史很容易查清，但对于春燕以后的下落却使他花费了很大的精力，只查到被冯烂王救走便弄不清了。冯烂王的身份背景很模糊，看来纯粹是侠义行为，没有多大的政治目的。

戴笠将一串疑点联结起来，不能不使他怀疑吴秘书便是春燕。他原以为像春燕这样的少女，只要他旁敲侧击便会沉不住气，露出一点蛛丝马迹来。可是，他失败了。

戴笠将希望寄托在第二步，但吴秘书仿佛并没感到有什么危险似的，仍稳住不动，使他感到有些棘手。

戴笠很想将吴秘书逮捕审问，他不相信细皮嫩肉的吴秘书能熬过酷刑。但是宋霭龄袒护她，要他搜求到令人信服的证据才许他如此办。目前虽有这么多疑点，而他却没有得到一样可靠的证据。

戴笠已感到他的对手，并不如他预想的那么简单。他也怀疑过自己：难道真是他神经过敏，错把吴秘书与春燕联系起来！他重新仔细考虑过，哪能将吴秘书随便放过，于是他安排了另一次更厉害的试探……

朱佳富接到孔公馆孙秘书的电话，说宋霭龄约他立刻去孔公馆打桥牌。

他受宠若惊，因为宋霭龄从未约他去打过桥牌，这是一种亲昵的表示。他以为是他替宋霭龄出了主意，圆满解决了孔令仪私奔造成的后果，比以前更器重他哩。他把这事看得很重要——因为这将加深他与宋霭龄的私交，对他将来事业的发展是十分有利的。

朱佳富坐的轿车开进樊庄敞开的大门，便见孙秘书早站在院坝里等着他。

朱佳富钻出小轿车，孙秘书上前握住他的手客气了几句，立即说："朱先生，宋先生现时在花园里。请!"

朱佳富今天特地穿上一套银灰色派力司新西装，拄着手杖，戴着坦克帽，显得十分风流潇洒。今天虽是晴天，但凉风习习使人感到格外舒适，他猜想今天一定是在花园里打牌。

他跟在孙秘书身后走进花园，往前曲曲折折走了一会儿，转过一座假山，看见一个圆形的荷塘，一间茅亭建筑在塘心，两边有九曲桥相通，很是清幽别致。

孙秘书在塘边停步，指着塘心的茅亭说："宋先生在那里等候！"

朱佳富已看清宋霭龄坐在茅亭内的石桌边，还看见一个穿西服男人的背影，也坐在石桌边，他看不清这男人是谁！

朱佳富独自步上九曲桥，宋霭龄已看见他，点头向他招呼："朱先生来得真快，请进来坐。"

那男人转过头来，朱佳富看清是戴笠，不由一怔。他虽认识戴笠，但从没什么交往，对于这位军统头子，许多人都是谈虎色变，心存畏惧。

朱佳富暗暗吃惊不小，他猜想今天这次邀请不比寻常，疑心是不是他为孔令仪与陈继思出谋划策的事情暴露了！要真是这样，他马上就会吃不完兜着走，一定脱不了爪爪。

他强作镇定向戴笠伸过手去。戴笠神情十分冷淡，只略微将他的手握一下便松开了。他向宋霭龄问候，寒暄了几句，自己在一张空石凳上坐下。

宋霭龄却不提打桥牌的事，尽说些闲话：什么好莱坞影星狄爱娜宝萍的演技如何好呀！《月宫宝盒》真好看呀之类。

戴笠一直抽烟不语，含笑听宋霭龄说话，只是不时瞥朱佳富一眼，闪烁的目光令人捉摸不定，不晓得他脑子里想些什么！

朱佳富挺胸端坐，取下的白色坦克帽周正地放在面前的石桌上。他虽然装出从容不迫的样子，不时插两句得体的话，但心中七上八下猜疑不定。从眼前的迹象来看，不像牵扯到孔令仪的事情。可是……宋霭龄特地邀他来，并且有戴笠在座，绝不是为了谈天。

朱佳富蓦地听见背后响起了银铃般的女人声音："宋先生，这是你要的《环球画报》。"

他觉得这女人的声音十分熟悉，回头一看，他陡地惊住了。"吴秘书，在这里坐一会儿。"宋霭龄从她手上接过画报，拍了拍身旁的空石凳，"我给你们介绍一下，这是朱佳富先生。"

吴秘书早已看见朱佳富在场，心中浮起一种对他厌恶的感情。她一看眼前的场面，晓得更严酷的考验正等待着她。她早经过深思熟虑，已把自己的生死置之度外。这时她装出坦然的样子，有礼貌地说："啊，朱先生，能认识你我真高兴。"

其实，早在武汉撤退之前，上级党组织发现朱佳富在孔公馆出入，为了她的安全，曾劝她从孔公馆撤离。她有自己的想法：她打入孔公馆实在不易，并已取得宋霭龄的信任，这更是不易。她已探听到孔祥熙派人在香港与日本人谈判的绝密消息，为了进一步弄清蒋的动向，她认为冒风险留下是值得的。她将自己的想法报告了上级。上级见她意志坚决，终于同意她冒险留在孔公馆里。

十多天前，上级要她准备撤离，她正预备离开孔公馆时已迟了，发生了那天万国公墓里戴笠亲自导演的那出闹剧。

吴秘书开始迷惑不解——她深知戴笠是一只不易对付的老狐狸，为啥要用那么笨拙的方法试探自己，等于给她一个信号，让她防备警惕。不，戴笠绝对不会这样轻率大意！她细细思索一番之后豁然醒悟，明白了戴笠的深意。他这不过是故意惊动她，让她急于找上级请示商量对策，使自己迅速暴露。戴笠居心险恶，还想顺藤摸瓜找出她的上级。

果然，她冷静地细心观察，晓得自己被特务严密监视住了。

她若此时去与上级接头，上级党组织便有暴露的危险。她已暗自下定决心，即使牺牲自己也不能使上级党组织受到损失。所以她有两次在约定的时间没去接头。按约定的规矩，她再有一次不去接头，上级党组织便会认定她出了危险，会采取应急措施的。

朱佳富以前听董绍孙说过，吴秘书很像春燕。他也曾留意观察过，可是，好像吴秘书有意躲着他，每次他只是看清她一个侧影就一闪而过，今天面对面看得十分清楚，吴秘书音容笑貌无一不与春燕逼肖。万国公墓里埋葬的春燕尸体是假的——朱佳富当然知情。春燕没有死，但怎么改名换姓进了孔公馆！这个谜，他也解不开。

朱佳富豁然醒悟，宋霭龄今天请他来，显然与吴秘书有关。难道他们也怀疑吴秘书是春燕……

朱佳富是十分聪明的人，顿时感到问题复杂严重，自己若被牵扯进去……

他心中一时没想好对策，强作镇定，十分从容地说：“吴秘书太客气，请坐。”

戴笠悠闲地喷着烟圈，他见吴秘书并无惊惶的表情，但朱佳富在镜片后的一对眼睛闪烁不定。他企图乘其不备，来个突然袭击，陡地问：“朱先生，你原认识吴秘书?”

朱佳富心上一震："唔……"他随即就镇定了。在这一瞬间，他已拿定主意：春燕既然改名换姓进了孔公馆，并且引起了戴笠的注意，说不定春燕与共产党有关，果真如此，他若当场指认出春燕来，戴笠可能怀疑他也是共产党，那才叫冤枉！并且要他与戴笠穿一条裤子去得罪共产党，也与他处世的策略相违背，他实在犯不着去为特务火中取栗。凡事需要留条后路才好。

朱佳富已经考虑妥当，斜睨着戴笠一笑，说："戴先生真是明察秋毫，我刚才瞬间的心理活动也没逃过你的法眼。我初见吴秘书时，确实吃了一惊。她很像……"

宋霭龄也听得很专注，将手上的画报往石桌上一搁，迫不及待地问："朱先生，她像谁?"

吴秘书并不惊慌，安详地看着朱佳富微笑。朱佳富说："她很像我以前死去的姨妹。"

"是不是春燕?"宋霭龄沉不住气，先点出春燕的名字。

朱佳富听宋霭龄已点名春燕，更证实了他的判断，他若不主动说出吴秘书像春燕，更会惹起戴笠的怀疑："是的，很像我死去的姨妹春燕。"

吴秘书沉着冷静地问："朱先生，你姨妹是不是埋葬在万国公墓里的那位杨春燕?"她含笑瞥了戴笠一眼，"前几天戴先生还在万国公墓里讲过杨春燕的故事呢!"

她细眉毛往上一挑："朱先生，我真像春燕吗？多么有意思。"

朱佳富蓦地来了一个转弯："我初看时差点把吴秘书当成春燕，可是细看却不像，比如吴秘书眉心有一粒红痣，而春燕便没有!"朱佳富装腔作势端详着吴秘书的面孔说，"面部有些线条也不像，春燕的嘴唇哪有吴秘书这么玲珑小巧，还有……"

"啊!"宋霭龄松口气，瞥了戴笠一眼。

戴笠一时拿不定主意。他见朱佳富态度从容不迫，表情极其自然，不觉踌躇起来，猛吸着香烟。

大家都觉无话可说，空气顿时僵住了。

宋霭龄已不愿在这里白坐下去，对吴秘书说："吴秘书，我留朱先生打桥牌，你去打电话催薛先生快来!"

"唔!"吴秘书见朱佳富没有当场确认她，也不晓得是何缘故！她嘴角挂着一丝微笑说：“戴先生，失陪了。”

她转向朱佳富点点头：“朱先生，我们既然似曾相识，也算有缘，以后还望你多指教！”

吴秘书走了。

大家不约而同望着吴秘书远去的背影出神，各有各的想法。

第二十九章

黄成宾在重庆大梁子街道上迈着蹒跚的步子，东张西望，漫无目标地走着。

他已经很久没有理发，胡子也长得很深。西服早进了当铺，现在改穿一件泛黄的毛蓝布长衫。

他们一家人现时已挣扎在饥饿线上，要是再找不到职业或者借到一笔钱，眼看就要无米下锅。

俗话说，人要衣装，马要鞍饰，黄成宾没有修饰的面孔，加上腰开始伛偻，已显出老态龙钟的样子。

他今天和往天一样，到几个熟人那里碰碰运气。他心中十分矛盾，明知无望，但仍一家一家去试一试，想侥幸找到一个工作。

他现时的要求已经不高，不在于职位的高低，只要能混碗饭吃就行，但还是处处落空。

他对自己目前这副邋遢的尊容，早丧失了最后的一点勇气，自尊和自卑——对立的两面在他的心上搏斗。他受不了熟人投来的惊诧和冷淡的目光，不敢再去找熟人，甚至在街上躲着熟人走。

黄成宾信步走到民众电影院，站在隔壁一家理发厅门口迟疑起来。他摸着衣袋里两张五元法币——是汪丽给他付过河钱和买食物吃用的。物价不断上涨，这十元钱只够吃一顿素餐。他为了节约，没有在梁沱坐渡船到朝天门，而是步行十多里到陈家馆坐不用花钱的义渡过江，所以两张五元的法币还完整地放在衣袋里。

黄成宾的目光停留在理发厅门口的价目表上，上面第一行写着：理发五元。

他实在踌躇不决，心想，花五元理一次发并不算贵，看来，自己倘若把头发理一下，外观变得整洁一些，也许给人的印象会好一点，熟人们可能会对他热情起来，找工作比现时容易……

黄成宾的目光从价目表第一行往下移，不觉一惊，下面一行行写着：

吹风五元；洗头五元；修面五元；擦油五元；

共计二十五元整。

黄成宾暗自庆幸自己没有冒冒失失进去理发，否则，这十元钱如何够数。好险！

他正准备挪动步子走开，这时从里面出来一个伙计，挥着手大声向他吆喝：

“老头，走，快走!”

黄成宾羞得满脸通红，这伙计显然把他当成了讨饭的叫花子。他想与他争论，但他从玻璃橱窗上看见自己映出的影子，他这副尊容确实已与叫花子所差无几，他张开的嘴又闭上了。

黄成宾挪动着沉重的脚步离开，一股辛酸气直冲他的脑门，他眼眶湿了。

他觉得眼前一片茫茫，一些黑影在晃动，他麻木的心灵在隐隐作痛，不禁长长叹息了一声。

这时肚子也咕咕响了起来，他觉得应该吃点东西了。街边上摆着无数的小吃食摊，这是重庆山城的特色。

黄成宾每走过一个吃食摊便停步踌躇一番，总嫌价格太贵。

他最后停留在一个烤红苕的泥灶前，闻到烤红苕散发出的香味，惹动食欲，使他垂涎欲滴。

黄成宾问:“多少钱一斤?”

卖烤红苕的是一个头发花白的老太婆。她瞥了黄成宾一眼，懒洋洋地回答:“五块钱!”

“烤红苕也这么贵!”黄成宾想买烤红苕吃的打算又动摇了。

老太太撇了撇薄嘴唇，轻蔑地说:“贵！嫌贵就吃不成。”

老太婆对黄成宾的轻视，并不使他格外难受——这比刚才别人把他当成叫花子要强一些。

黄成宾刚准备离开，老太婆叫住了他:“老头，这一堆烤红苕可以相因卖，你要不要?”

黄成宾回身看去，见在一只瓦钵里，盛着七八个烤红苕，从上面的黑斑已晓得是开始腐烂的红苕。要是以往，他会认为这也是一种对他的侮辱，他现在却毫不介意地问:“要……要多少钱一斤呢?”

老太婆眯着眼瞄了黄成宾片刻，慷慨地说:“老头，不论斤打趸卖，只收你五元钱，要得不!”

黄成宾站住沉吟不语，见这七八个红苕至少也有两三斤重，足可充饥。但买这种开始腐烂的烤红苕以前从未有过，又觉得不好意思。

老太婆会错了他的意思，说:“嘿，老头，你真是人心不足蛇吞象。好，少收你一块钱拿去，只当我做好事!”

老太婆最后一句话像针扎了黄成宾一下，显然老太婆也把他当成叫花子了。黄成宾二话不说，摇摇头苦笑一下，扭头便走，像逃一样离开了烤红苕摊。

黄成宾急步走过了十多间铺面，觉得力气不支，放缓了脚步。他茫然四顾，想不出自己该往哪里去！他想到回家，可是抬头看天，太阳正当顶，立即打消了这个念头——他晓得早一刻回家，就会早一刻使汪丽失望。

他继续往前走走停停，在街头踯躅着……终于忍不住肚中的饥火，他站在一个面摊前吃了两碗担担面解了饥渴。

他走过一个十字街口，到了校车街，这条街上停满了灰尘仆仆的客车。

——这条街名是抗战后新取的。内迁的许多学校多在郊区，交通极其不便，有条件的学校便自备汽车载客。因为校车不用上税，后来一些投机商人也纷纷向学校搭线，打出校车的招牌，获利甚厚。所以这条原先僻静的背街顿时热闹起来，各种商店和摊贩也在这条街上开办起来，显得格外繁荣。

黄成宾看见在一家餐厅门口挤着一大群人，正在议论纷纷，不晓得出了啥事！他反正无聊，也好奇地挤进人群看热闹。原来大家都在仰头看一块粉牌，见上面写着大字标题：挂牌示众。下面几行小字：

多吃油大者惩戒新办法：对于违犯饮食消费标准之顾客，在重要街口将其姓名、职业写出示众。

人群中有个尖嗓子在不满地谩骂："龟儿管事管得宽，有钱进馆还要受限制。"

尖嗓子旁边有个沙喉咙拍着他的肩说："你哥子急啥！未必你还有钱进馆大吃大喝，格老子那些发国难财的人才有钱进馆，真把名字公布示众，那才叫大快人心！"

尖嗓子不服气，翻着眼大声争论："你龟儿说得好粑和，发国难财的人有的是钱，钱能通神，只要塞给宪兵一点包袱[1]，在馆里大吃三天三夜准没事。可是一般老百姓却不同，拖苦了想上馆子打个牙祭也不行！"

这时沙喉咙又幽默地说："你哥子有啥想不开，反正你的名字不值钱，挂牌示

---

1 四川话，行贿叫塞包袱。

众就示众。说不定哪个没出嫁的妹儿看见你的大名，把你当成有钱大吃大喝的富人，赖着要嫁给你，你哥子还可因祸得福，不打光棍了。”

沙喉咙这番话惹动人群发出一阵哧哧的讪笑声。

黄成宾不愿再看，从人群里钻了出来，两手抄在背后慢慢走在人行道上东张西望。

一个卖报的小贩迎面跑来，手上挥动着一叠报纸，大声兜卖：“看报，看报！《大公报》《益世报》《新民报》《商务日报》……请看陪都新发明，汽车改烧木炭不用汽油，发明家苏经先生授奖仪式今天在较场口举行。请看特大新闻……”

黄成宾猛地一惊，忙掏出零钱买了一份报纸，低头迫不及待寻找这条新闻。只见大标题是：陪都大发明。副题是：汽车改烧木炭不用汽油。下面是如此一段新闻：

《本报讯》爱国发明家苏经先生，经多年潜心苦研，终于发明一种瓦斯发生炉成功，安装在普通汽车上即可以用木炭代替汽油。苏经先生此一发明，为国家民族作出了卓越的贡献。

公路总局左司长称，该局已正式承认苏经先生拥有此项发明的专利权，为表彰苏氏此一爱国创举，决定以苏氏命名称苏氏瓦斯发生炉。

现已在陪都设厂成批生产苏氏瓦斯发生炉，苏经先生自任厂长兼总工程师，由左司长兼任董事长。

又讯：交通部张公权部长闻悉之后，决定颁发抗战英雄奖章一枚授予苏经先生，并授奖金五十万元。授奖仪式将于今日下午二时在较场口举行。会后，安装有苏氏瓦斯发生炉之汽车二十辆，将在市区内驶游，让市民观览……

黄成宾看完这一段新闻，将报纸一揉，愤愤地说：“无耻，真是无耻！”

他实在气极了，将手中的报纸往地上一扔，神经质地往上踩了两脚。

从黄成宾身边经过的行人，向他投来惊骇的目光，显然把他当成了神经病患者，加快了脚步走了过去。

黄成宾定了定神，破皮鞋往地上一顿，自言自语说：“找苏经说理去！”

二

较场口授奖仪式已经结束。

苏经穿着一套银灰色派力司西装，合身熨帖，左胸前挂着一枚金光熠熠的奖章。他唇上两撇小胡子像一对欲飞的小翅膀，笑眯眯的合不拢嘴。他摆着架势让新闻记者拍照。两眼微斜，现出睥睨一切、不可一世的气概。

一群新闻记者围着苏经，向他提出各种问题请他解答。

苏经更是眉飞色舞，煞有介事地回答说："鄙人研制苏氏瓦斯发生炉始于抗战之初，预见到抗日持久，汽油必定短缺，将造成大后方燃料的危机，影响交通运输。为争取抗日战争之最后胜利，鄙人发奋自强，终将苏氏瓦斯发生炉研究成功，实国家民族有幸……"

要不是有个性急的记者打断了他的话，苏经还要娓娓动听地把牛皮吹下去。

"请问先生，你在大学攻何专业?"记者问。

苏经不觉一愣，神态颇有点尴尬，但随即又笑逐颜开，口若悬河般说起来："鄙人在大学虽攻文科，但自幼对理科的兴趣超过文科，苦心钻研，自学不息……"

"请问先生，你能否将木炭在瓦斯发生炉中的反应式告诉我们……"记者步步紧逼。

苏经额上在出汗，感到自己专业知识太差，很难应付记者提出的各种怪问题。他忙双手一拱，不中不西的样子惹人发笑："女士们，先生们，今天汽车驶游马上便要开始，请诸位准备上车。晚上鄙人在扬子江饭店备有菲酌招待，请诸位务必赏光。"

记者们仍围住他不放，幸好薛习永分开众人拉着苏经便走："苏先生，汽车都发动了，大家正等着你!"

苏经含笑向记者们点头致歉："对不起！我改日要开记者招待会，务请赏光。"

他被薛习永拉出了记者包围圈，感到松了一口气。他从前襟口袋里掏出雪白的手绢揩拭净额上的汗珠，往台口走去。

苏经已看见台口下站着一群穿着五颜六色丝绸衣衫的妇女在等待他，精神不觉一振。他掸了掸衣袖，整了整领带和礼帽，极力装出风流潇洒的神态步下台阶。

这群艳装的妇女确实为他的神采疯魔了，纷纷拥上前去争先与他握手，表示亲昵。

苏经顾盼着一张张年轻漂亮的面孔，一阵阵脂粉的香气向他袭来。他乐不可支，矜持地挺胸收腹，对这群向他喝彩的女人频频点头，伸出手掌致意。

蓦地从人群后钻出一个浓妆艳抹的胖妇人来，手腕上一副笨重的金手镯在阳光中闪亮。她亲昵地喊着：“阿经，走！”她毫不羞涩地挽住他的臂肘。

苏经一看是薛习永的老婆胡娟，觉得她在大庭广众之中，不避嫌疑，这样向他表示亲昵，真是大煞风景。只见她脸上的胭脂和唇膏涂得太浓，显得十分俗气，比起眼前那些温文尔雅的名门闺秀实在逊色。

苏经虽然不乐意，但也不敢对她怠慢，只得听任她挽住臂肘穿过这群女人。

趁人不注意，胡娟凑近他的面孔低声警告说：“阿经，你能有今天全靠我，切不可被那些狐狸精迷住忘恩负义，否则我绝不饶你。”

苏经见她的面颊快贴着自己的面颊，眉头一皱，忙偏头躲开。

胡娟一见苏经这个动作，悄悄使力在他臂上拧了一把，鼻里哼了一声。

苏经被拧得差点痛得叫出声，见众目睽睽，只好强忍住疼痛，若无其事地强装笑脸往前走。

一群手捧鲜花的女学生拥上前，真把苏经当成抗战英雄，纷纷向她献花。

苏经再也顾不得胡娟生气，使力挣脱了她，从女学生手中接过一束束鲜花揽在怀里，腾出一只手，紧紧握住面前一个美貌腼腆的少女的右手久久不松开……

这时猛地从街边人丛中奔出一个人来，不顾警察的阻挠，分开众人往苏经冲来。女学生们见这人形似疯子，吓得惊叫着纷纷四散避让。

苏经见这人蓬头垢面衣衫陈旧，初时一愣，细看不觉一惊，认出是黄成宾。苏经志得意满的红润面孔顿时刷白。事出意外，使他一时手足失措惶恐万状，怀里的鲜花一枝一枝往下掉。

黄成宾早已赶到较场口，目睹了苏经这场精彩的表演，他又查看了停在马路上准备驶游的汽车，见汽车上装的瓦斯发生炉，从结构和外观上完全可以判定是照他设计的图纸制造的——显然，苏经勾结左司长复制了一套他设计的图纸。不单是剽窃，这完全是有预谋的强盗行径。

黄成宾实在气愤极了，他失去了自持，几次不顾一切想冲上主席台去找左司长和苏经说理，但被维持秩序的警察拦住了。

这时，黄成宾眼见苏经从面前经过，忍不住冲上前来，使警察猝不及防。

黄成宾气得语无伦次，指着苏经说："你……你这是海盗行径，左司长助纣为虐，你沽名钓誉，可耻……"

苏经惊魂初定，见黄成宾眼球上布满血丝，样子十分可怕，伸出的指头快要杵到他的鼻尖。他心虚地往后退，壮起胆子向不远处站着的警察大声吆喝："快，将这个疯子抓走！"

黄成宾不肯走，用力挣扎了一会儿，力气不支，终于被架走了。

胡娟见苏经从她手弯上挣脱出去，与献花的女学生眉来眼去，心中很不自在，正噘着猩红的嘴唇在旁生闷气。她骤然见黄成宾冲来，也以为他是疯子，吓得后退了几步。待黄成宾被警察架走时，她才认出他是谁！不觉为苏经捏把汗。胡娟惊惶失措地说："阿经，这是黄成宾呀，怎么办？"

苏经见面前的一群女学生早已散开走远，很觉扫兴。他见胡娟失措的样子，怕惹起别人的怀疑，不满地盯了她一眼，撇下她独自大步往前走。

"阿经，等等我呀！"胡娟大声怪叫向苏经赶去……

在那些汽车旁，维持秩序的警察挥舞着手中的警棍，大声向挤到跟前来的人群吆喝："退后点！听不听上服！咦，还要往前挤，格老子要捶人哪！"

在每辆汽车的瓦斯发生炉旁，司机助手打开炉盖加满木炭，接着使力摇着鼓风机，发出一种嗡嗡的声响。短短的烟囱冒出无数小火星，淡淡的青烟随风飘散。

一会儿，鼓风机的嗡嗡声静止了，司机助手拿着手摇杆走到车头前插进摇孔里，吃力地摇动着引擎启动，发出突突突的声响，引擎终于发动起来了。

观众爆发出一阵喝彩声。

胡娟眼见苏经上了头辆开路的敞篷小汽车——这辆车仍烧汽油，使人感到美中不足——像一个真正的英雄那样神气十足，站着扶住栏杆昂首顾盼。她真想与苏经并肩站在车上，分享这种荣誉。但是，她毕竟还有理智，胆子再大也不敢公开这样做。她觉得十分怅惘，呆呆地站在那里傻看着。

"走，我们上后头一辆客车去坐！"薛习永拉住她的手说。

胡娟心里真不自在，蹙眉睨了薛习永一眼，甩脱了他的手，恶狠狠地说："不许动手动脚，放自重点。"

薛习永胖胖的油脸上露出迷惑的表情，不晓得她为啥发这么大的脾气！

三

汪丽看见窗外的夜空在闪电，打着干雷。她从窗口伸出头去仰望着黑压压的天空，这时吹着东南风，像要下雨的样子。可是黄成宾还没回家，她担心他会在半路被雨淋湿。

汪丽这两年变化很大，原先白皙娇嫩的面孔变得黄瘦了。她一对眼睛却显得更圆更大，眉骨上的细眉像描过一般，依然十分妩媚。

她穿着一件阴丹士林布的旗袍洁净齐整，快伸直的卷发精心地梳成髻，显得大方、文静。

查理已在隔壁小房内熟睡，传来阵阵均匀的鼾声。

黄成宾失业已久，一家人的生活实在无法维持，只得让查理辍学，天天出去卖报，挣点微薄的报酬来贴补家用。

这个家，汪丽已感到越来越难以支撑，顾了吃就顾不了穿。她见黄成宾蓬头垢面衣衫不整的样子，心里就十分难过，开始，她仍尽一切力量想使他外观整洁一些，可是渐渐力不从心，也只好任其自然，日久也看惯了。

风刮大了，外面顿时飞沙走石，他们所住的吊楼发出吱嘎嘎的摇撼声，使人心惊胆战，生怕吊楼会被狂风吹垮。

下雨了，大颗大颗的雨滴打在瓦上发出沙沙的声响。汪丽赶忙将门窗关闭。雨越下越大，屋檐水滴答滴答地流，一会儿，已分不清风声和雨声，哗哗地响成一片。

汪丽坐在一盏昏黄的电灯光下发怔。房间内只剩下几件简陋的家具，显得空荡荡的，能卖的东西早卖了，能当的东西也早当了。倘若黄成宾再找不到职业，他们只有等着饿死。

黄成宾这段时间在家总是唉声叹气，向汪丽重复一句老话："丽，我对不起你，把你拖苦了。"

汪丽实在听腻了这句话，她看见黄成宾的面孔带点神经质的痉挛，心里就感到害怕，想到那位留德医师的话，就有无限的隐忧，暗暗替他着急。要是黄成宾真的精神失常，她如何独自撑持这个家？她晓得用空话安慰他无用，便叫他进大城去逛逛，找找熟人碰运气。不仅使他在外散散心，也可聊存一线希望。闷坐在家里连一点希望也没有。

这几天黄成宾回来很迟，汪丽看见他疲惫颓丧的样子，不用问便晓得他跑了一天毫无收获。她总是装出笑脸安慰他说：“成宾，不用发愁，还有明天，明天也许会有希望！”

黄成宾每次总是像没听懂她的话似的，用呆滞的目光盯着她，默默无语。黄成宾的胃口老是那么好，无论留给他什么食物，他狼吞虎咽，顷刻便一扫而光。

汪丽很怜惜他，晓得他是饿极了，他舍不得花钱在外面买东西吃。有时，她见给他的钱原封未动，不觉奇怪，问他：“难道你没过河，连过河钱也没花一个?”

黄成宾开始支支吾吾不肯说，经不起汪丽反复盘问，他才如实说出他是步行到陈家馆坐义渡过河的。

汪丽听后泪如雨下，搂住他亲吻，吻得他喘不过气来。这时，黄成宾仿佛才有了点生气，呆滞的目光变得灵活有神了。苍白的面孔也红润起来……

一道炫目的闪电过后，响了一个炸雷，把汪丽吓得一哆嗦，从沉思中惊醒过来。她焦急地站在窗前，心想，雨这么大，不晓得黄成宾过江到江北没有！也不晓得他知不知道躲雨。要是还在大城没过江来，眼看要收渡了，他就得在大城露天雨地里过夜。

她走出房去，想打开大门看看，她刚拉开门闩，木板门被风吹开了，瓢泼大雨随风卷进向她兜头淋下。河街上汇集的雨水像一条小溪般从门前哗哗流过。她顶着狂风使力才将大门关上，回到房里用干毛巾擦拭着发上的雨水。

汪丽照着一面小镜，见自己的容颜多么憔悴。她不觉坐下，望着镜面痴痴地出神。离她不远的桌上，放着一个相框，相框里是她回国时在上海外滩照的全身相片：含笑的面孔是何等美丽娇艳，肤色是多么白皙细嫩富有色泽，脸上没有一丝皱纹，焕发出青春的夺目光彩。啊！抗战将近四年，大多数时光是在这间摇摇晃晃的小吊楼中度过的，现时不仅容颜憔悴，眼角出现了鱼尾纹，而且由于生活的重压，使她把心都操碎了。前途的渺茫，使她不寒而栗，像落入了可怕的深渊。漫漫长夜，看不见一丝曙光和希望。

汪丽站起身来举目四望，室内是这样的狭窄简陋。她感到惶惑：“啊！难道我的青春就伴着这间陋室一点点消耗？难道我就这样伴着锅台在穷困中变老变丑?”她眼里的泪光像钻石般闪烁。对青春的珍惜，对美的依恋，使她痛楚万分，忍不住双手捂住脸抽泣起来。

她暂时忘记了深夜未归的黄成宾，松开捂脸的双手，她喃喃自语：“啊！天哪，叫我怎么办！”

这时她脑际蓦地闪现出苏经的影子。这个追求过她，使她感到厌恶的男人，听说现在发了国难财，已成了百万富翁。“啊！天哪，我现在为啥不去请他帮助我，这年头何必认真……”

这一闪念，连她自己也骇住了，好像她已做了什么对不起黄成宾的事。她发狂般用手拧着自己被雨水润湿过的黑发，自言自语地说：“成宾，原谅我，这念头多么荒唐可怕，我太卑鄙哪！”

四

两个警察不容分说，将黄成宾拉到石灰市派出所关了半天，到傍晚时才将他放出。

因为与警察挣扎过，在派出所与巡官声嘶力竭地争吵过，他累得很，浑身像要散架似的。他失魂落魄般迈着蹒跚的步子，在暮霭中一步一步往前攒。他心头上一片空白，漫无目标地在街头游荡。

一道闪电，立刻响起隆隆的雷声，使他一惊，才意识到自己该回家了。

黄成宾急匆匆赶到大溪沟义渡口，可是义渡却提前收渡了。他只得沿着江边摸到临江门。天是这样黑，江边的小路泥泞难行，要不是靠空中瞬时的闪电照路，他怎么也挪不动一步。

到了临江门不能再由江边小路走哪，他只得沿着石梯往上爬。他觉得自己是如此衰弱，每爬几步石梯便要站住喘息。他已饿过了头，胸中反而觉得十分闷满，感到阵阵恶心。

黄成宾想到家中的汪丽一定焦急地等待着他，查理一定早卖完了报回家去了，蓦地觉得增添了力气。要不，他此时真会在石梯上躺下来。

他终于到了大马路上，大雨点已沙沙洒下，闪电、雷鸣、风声、雨声以及行人的奔跑声交织在一起，像山洪即将暴发，使人惊心动魄。

黄成宾并没想到躲雨，加快了脚步往前赶路。他走到会仙桥，浑身已湿透，雨水沿着他蓬乱的发丝往下淌。蓦地迎面走来两个穿雨衣的人，向他说：“啊，黄先生，为啥不躲躲雨？”黄成宾陡地一惊，被雨幕罩住的路灯光异常黯淡，看不清两人的面孔，觉得声音也很陌生。他正想询问，可是这两个人不容他开口，挟持着他穿进了一个幽暗的小巷，推开一家虚掩的大门将他搡了进去，砰地一声将大门关上。

黄成宾一个趔趄，勉强站稳了脚步。他先被一盏白晃晃的电灯照花了眼，半晌才看清这是一间厅堂，摆着颇为讲究的红木家具。

黄成宾惊疑不定，见挟持他的两个人已脱下雨衣，露出一身黑色短衫裤，动作轻佻，带点流气，更增加了他的惶惑。他问："我与二位素不相识，怎么强要我进来躲雨！"

"一回生二回熟，交个朋友嘛！黄先生请坐。"其中一个年纪大些的中年人露出一口金牙说。

黄成宾哪里见过江湖上的这些事情，见这人说话还比较客气，略一迟疑，便在一张红木椅上坐下。

这时从内间走出一个身穿青绸长衫的中年人，手指上戴着两枚沉甸甸的金戒指，口里衔着一根象牙烟嘴，主动含笑向黄成宾招呼："你就是黄成宾先生？久仰了。"

那个一口金牙的中年人向黄成宾介绍："这是洪老板。"

黄成宾不晓得这人是做啥生意的。他见他客客气气问，只好笑脸回答："鄙人便是黄成宾，请问洪老板有何事赐教？"

洪老板淡淡一笑，先向两个短衣人吩咐："看茶！"他接着摸出烟匣递过来，"黄先生，请抽烟。"

黄成宾摇摇头，取下眼镜揩拭水汽，然后戴好，呆呆地看着洪老板出神。

洪老板吹掉了烟头，将象牙烟嘴放在手上摩挲着，提起青绸长衫下摆坐在黄成宾对面，架着二郎腿摇晃了几下，慢吞吞地说："黄先生不用性急，外面下着大雨，稍坐片刻，我与你有事相商。"

黄成宾不知道他葫芦里卖的啥药，但已从这伙人眉宇之间看出一股隐含的杀气，情知不妙。

洪老板不愿这哑谜继续打下去，脸上似笑非笑地说："黄先生，实话对你说，我受苏经先生的委托，要我忠告你，劝你凡事不要太较真，你要是敢于找苏经先生捣蛋，哼……"他陡地变了脸，笑得异常狰狞可怕。

"哎……"黄成宾豁然醒悟，原来这位洪老板并非生意人，想不到苏经会请出黑社会中人威胁他。他顿时变了脸色，气得浑身打战，一时说不出话来。

洪老板蓦地摸出一沓钞票，往黄成宾面前的茶几上一搁，收起了凶相，笑眯眯地说：“苏经先生晓得黄先生经济窘迫，这里是二万元现钞，送给黄先生家用!”

黄成宾没有细思，站起来愤愤地说：“不，我黄成宾虽穷，却不能收下这钱!”他转身准备朝外走。

洪老板冷森森的一声怪笑：“黄先生，识时务者为俊杰，不要敬酒不吃吃罚酒!”

黄成宾在这方面硬有一股犟劲，沉着脸不回答，仍要往外走。

洪老板一歪嘴，两个短衣人会意地上前拦住黄成宾：“你往哪里走！让你尝尝厉害。”接着分站在他两侧，一人给他一拳。黄成宾哪里经受过这样的拳击，顿时被打倒在地，抚住腰失声地呻唤起来：“哎哟……”

五

汪丽紧等黄成宾不回，已经感到失望。虽然风雨停了，但已时过午夜，渡船早收了。

她打开临江的窗子，黑沉沉的空中仍有间隔的闪电和雷声，屋檐水滴答向下滴。

她看不清梁沱里的景色，只有江水哗哗的奔腾声十分震耳。

汪丽并没想到黄成宾会发生意外，猜测他一定因为躲雨错过了末班渡船没能过江，担心他在大城露天里过夜，准会受凉感冒。

她正准备上床睡觉，仿佛听见了敲门声，待她侧耳细听又寂静无声。一会儿她听真切了，确实有人敲门，不觉喜形于色人声问：“是成宾吗?”

汪丽没有听见回答，好像传来了一声低沉的呻吟，她颇感奇怪。

她迅速走到外间，再问：“谁！是成宾吗?”

她只听见门外窸窣响，忙侧耳贴在门上细听。她听清门外有低微的呻吟，心弦立刻绷紧了——啊，这分明是黄成宾，她预感到出了啥事！她慌乱地拨开门闩拉开门，迫不及待地问：“成宾，你怎么来了!”

果然是他。黄成宾一个踉跄跨进门来。

汪丽在黑暗中看不清黄成宾的外貌，正想伸手去扶他，可是他已扑倒在地板上，发出一声巨响。

汪丽吃惊不小，双膝跪下去想把黄成宾扶起来。她含着哭音问：“成宾，发生了啥事！”

黄成宾大声地“哎哟”了一声，没有回答汪丽的问话。

汪丽的力气实在太小，她扶不动他，最后也跟着跌倒了。她挣扎着站起，焦急地喊：“查理，查理，快来呀！”

她听见查理含着睡意的声音：“妈妈，这夜深，啥事！”“快，快来将你爸爸扶进房去。”她声音哽塞呜咽。

“哎，爸爸怎么了！”查理从房里摸索着出来惊惶地问。

查理看外屋漆黑，回头去点燃了两支松油烛举着出来。忘记了关门，卷进的风将松油烛吹熄了。

汪丽忍住悲痛，起身关上大门。

查理重新点燃松油烛站在黄成宾身边弯腰照看着他。他们见黄成宾浑身湿透，地板上已经浸湿了一大片，还见他面色苍白，嘴角淌出的污血已经凝固了。

查理虽只有十四岁，已长得像大人了。他将手上的松油烛递给汪丽拿着，自己半抱半拖，终于把黄成宾挪进内房去了。

房里有电灯，汪丽吹熄了烟气缭绕的松油烛，将它放到一边，迅速动手将黄成宾的湿衣脱下。在查理的帮助下，她用干毛巾擦净他身上的雨水，见他身上青一块紫一块浑身是伤痕。她边擦拭边流泪，捏着毛巾的手都哆嗦起来，真不知发生了什么事情，使他遍体鳞伤！

她与查理将黄成宾抬到床上睡好，盖上一床棉被。她换过一条毛巾，坐在床沿上，手指颤抖着给他揩拭嘴角的污血。

黄成宾动了一动，出了一口大气，闭着眼呻吟起来：“哎……哟！”

汪丽双手抚摸着他的头，眼里流出的泪水一颗颗滴在他的面颊上。她焦急不安地颤声问：“成宾，究竟出了什么事！”

黄成宾好像喘过气来，慢慢睁开眼用呆滞的目光望着汪丽和查理，嘴唇动了几次，终于吐出一句话来：“水，水，我渴呀！”

查理忙从暖水瓶里倒了一杯热水递到汪丽手中。

汪丽吃力地扶起黄成宾的头部，将水杯凑近他的嘴边。黄成宾一口一口地喝着，一会儿便将一杯水喝完，头又靠到枕头上喘气。

汪丽问：“成宾，还喝吗?”

黄成宾有气无力地摇了摇头。

汪丽将空杯递给查理。她忍不住泪如雨下，问："成宾，你说呀！出了啥事?"

黄成宾觉得脑子里空飘飘，昏浊浊的，他闭目养了一会儿神，回忆了半晌才记起刚才在会仙桥发生的事情：他挨了一顿打，最后是洪老板将他抬到包好的渡船上送回了梁沱，然后把他抬上岸丢在沙滩上各自走了，还是他自己摸黑爬回来的。

由于喝了一杯热水，在棉被里捂了一会儿，他苍白的面色微微有了点红润，眼珠转动也灵活了。

黄成宾张了张口，想把今天在大城里发生的事情告诉汪丽，但见她焦急难过的样子，迟疑了一会儿，终于改变了主意说："天黑，路滑，不小心，跌下岩去哪!"

"哎，跌下岩去啦！那还了得，你跌伤了内脏没有?"汪丽要揭开棉被细看他的伤势。

黄成宾不善扯谎，看自己弄巧成拙，反而把汪丽吓住了。他忙掩饰说："岩不高，其实只能算坎，坎也不算高……"他歇了口气，接着安慰汪丽说，"丽，不要紧，歇息两天便会好的。"他嘴角牵动想装出一点笑容，可是却像哭。

汪丽看见黄成宾的那副神态，一阵心酸真想放声痛哭。

六

幸好，黄成宾并没伤着筋骨和内脏，在家养了几天，慢慢好了。

他原想把苏经攫取他瓦斯发生炉发明权的事告诉汪丽，但生活的折磨却使他的心胸变得狭隘起来。他晓得苏经曾经疯狂追求过汪丽，在自己目前这样窘迫的处境下，他不愿在汪丽面前提苏经的名字，在踌躇了一阵之后，终于没把实情告诉她。

他伤势痊愈之后，曾想到去法院控告左司长和苏经，但在投诉了几个朋友过后，他终于没去告。朋友们众口一声都劝他不用多此一举：俗话说，"八字衙门大打开，有理无钱莫进来"。在这国难当头多事之际，他在会仙桥挨打便是教训，苏经雇用黑社会中人报复，是不能等闲视之的。黄成宾细思一番，觉得朋友们的劝告不无道理，只得将心中这口恶气压抑住，长长叹息一声了事……

总算天无绝人之路，在黄成宾面临绝境时，又有了一线生机。

一个朋友激于义愤，给黄成宾在都邮街一家小公司谋到了一个小职员的位置。

黄成宾从当铺里赎回了几件衣物。西装虽旧，但穿上以后外观完全变了样，连他走路的姿势也神气不少，再不像以前那样伛偻猥琐。

这一天，黄成宾出外办事，走到街上抬头望天，天空晴朗朗的，几丝白云在蔚蓝色的天幕上飘动。

他刚走到米亭子，听到一个十分熟悉亲切的声音在大声兜卖报纸："买报，快买报：请看孔大小姐在纽约结婚，孔祥熙派飞机送嫁妆，机毁栽进太平洋的新闻……买报，快买报……"

这是查理的声音，黄成宾停住步，从街边的一群报童中搜寻他。

查理先看到黄成宾，跳蹦着跑了过来："爸爸，我今天生意不错，卖了许多张报，我给妈妈买了几个鸡蛋糕。"说着从挎着的布袋里取出一个装着蛋糕的纸袋递到黄成宾面前让他过目，然后又放回布袋里。

黄成宾见查理报袋里已没剩下几张报纸，卖报的姿势十分老练，他心中无限感触。他眼前的查理完全没有刚回国时那副模样的影子，四川话说得很流畅，完全平民化了。

黄成宾有意用德语与查理谈话，考他是不是还会说："查理，你妈妈看见蛋糕一定会很高兴的。"

查理明亮的眸子灵活地转动着，他明白黄成宾的意思——因为近来他们很少用德语会话。查理含笑用德语回答："爸爸，抗战胜利后，我们回德国去，我真担心那时会把德语忘得精光。"

黄成宾听查理的德语仍说得很好，含笑说："你的德语依然说得很好！"

黄成宾的笑容蓦地收敛了。抗战胜利后回德国？他从没考虑过这个问题，皱着眉说："查理，抗战胜利后，我们也不会回德国去！"

"为啥？"查理不解地眨了眨眼，"妈妈说，等抗战胜利后我们就回德国去，我那时便可以不卖报啦！"他天真地一扬头说，"爸爸，我可想念在德国的外婆和外公啦！"

黄成宾晓得汪丽很思念她留在德国的父母，但近来彼此都避免谈这个问题，怕撩起回忆，弄得不愉快。黄成宾有他的想法：好马不吃回头草。

黄成宾沉默了一会儿，说："查理，德国不是我们的祖国。抗战胜利后，我们的日子便会好起来。你可以继续上学读书，我也可以发挥专长，为建设祖国尽力！”

“爸爸，抗战胜利后，我们的日子真会好起来吗？真到那一天，我也大了，不好再上学读书了。”查理蹙着眉说。

黄成宾说抗战胜利后日子一定会好起来，其实他并无多大把握。不过有这朦朦胧胧的希望，才能使他聊以自慰，在艰难竭蹶中撑持下去。

他正准备与查理分手去办事，蓦地听见四处响起了空袭警报的叫声，防空义勇队员也提着一面铜锣遍街敲着喊：“空袭警报罗，快进防空洞！”

街上顿时杂乱起来。行人四散，个个惊惶地奔跑起来；商店响起了一片上门板声。片刻工夫，繁华的街市蓦地变得冷冷清清，到处弥漫着敌机空袭的恐怖气氛。

黄成宾手忙脚乱，不晓得到哪里去进防空洞。查理已将手里的报纸迅速放进布袋里装好，拉住黄成宾的手说：“爸爸，这里离石灰市大隧道近，去那里躲空袭。”不等黄成宾回答，查理拉着他便往石灰市大隧道的方向狂奔。

陪都人多而防空洞少，疏散人口的工作一时不易办到。这时躲空袭的人群汇集成一股巨大的洪流拥向石灰市大隧道。越接近大隧道越拥挤不堪，人群在入口处的一条狭窄的街道上争先恐后往前跑，只听呼儿唤女、叫爹喊娘，乱糟糟的声音震天响。人流抢着钻进像细颈瓶般的洞口。

黄成宾父子俩一不留意，便被往前挤的人群冲散了。

黄成宾高声喊着查理，他听见不远处查理在回答：“爸爸，我在这里！”

黄成宾比一般人高出半个头，他已看见了查理拼命想挤过来与他合在一起，但仍被人流挟持着过不来。于是，他高声说：“查理，不用挤到我这里来，在防空洞里等我！”

查理回答的声音远了一些：“好，爸爸你快进洞。”他已被人流越卷越距黄成宾远了。

黄成宾也不由自主，被人流卷着往前移动。他亲见查理已进了洞口，感到放了心。

黄成宾刚接近洞口，几个宪兵蓦地阻拦住人流，将洞口的铁栅门哗地关上，并上了锁。

不少人在拍击着铁栅门，发出哐当的声响，七嘴八舌高叫：“开门，开门。”

一个宪兵站在洞口铁栅门内稍高的地方，用铁皮制的喇叭筒大声吆吼："这里装不下了，快去找其他地方的防空洞躲吧！"

人声嘈杂，这宪兵的话许多人都没听清，仍高叫："开门，开门，哪个关上门啰！"

"龟儿们听不听上服，这洞装不下了。走开，走开！"一个宪兵在叱骂。

洞里果然已拥挤不堪，只听洞里也在乱纷纷吵嚷："堵在洞口干啥，往洞里走嘛！"

"走，哪个走得动，里面的人挤得像插榫子一样。""妈哟，好憋气，要闷死人哪！"

洞口有人回头想往洞外走："快退出洞去，洞里好闷啰！"

堵在洞口的人果真回过身，要想挤出洞外，可是洞口铁栅门已关闭上锁，哪能挤出！

洞外的人不再吵闹，眼见洞里真的装不下，一会儿工夫，便散得空荡荡，各自另找防空洞去了。

黄成宾眼见查理已经进了洞，自己不能进，并且晓得查理也退不出来了。这时，洞内口上的人眼见铁栅门上了锁，宪兵又不肯开，只得又反身往洞里挤。洞里仿佛松动了一些，虽然仍传出嘈杂的人声，但已听不见"要闷死人哪"的呼叫声，一切又显得正常了。

黄成宾见状便回头放心地走了——这里不便久留，他晓得今天空中晴朗，敌机肯定会来轰炸，他想找个小防空洞躲一躲。

他往回走到米亭子，果然响起了紧急警报凄厉的响声，此起彼伏。有人在跑步，一会儿四周便像死一般地沉寂，恐怖的气氛很浓。

按制度需立刻戒严，不许任何人在外走动。

黄成宾仓皇四顾，一时不晓得往哪里去躲才好！

有个巡逻的防空义勇队员见黄成宾像热锅上的蚂蚁在原地转圈子，已大声在制止："敌机要临空了，快躲，要不将你当汉奸捉起来。"

黄成宾慌乱之间，蓦地看见一些人躲在一堵断墙后面，他只好也跑过去蹲下。

四下静极了，连怀表的嘀嗒声也清晰可闻。这时从空中传来一阵奇异的声音，像人在呐喊，像长江在咆哮，像风吹树叶响——可是又都不像。这声音时高时低，若有若无，细听又沉寂了。

几架敌机飞来了，轰轰的引擎声盖住了一切声响。从远处传来爆炸声——不晓得敌机在哪里投了弹！

敌机飞走了。大家暗自庆幸炸弹丢得很远，看不见硝烟和火光。

虽然还没解除警报，黄成宾蹲久了，觉得腿肚有些酸麻，也跟着大家站起身踏脚活动着筋骨。

过不一会儿，警报解除了。有人在大声说话，开始有了生气。

黄成宾从断墙后走出，到了街口，看见街上反而如临大敌一般加了岗哨，真是十步一岗，五步一哨。站岗的全是宪兵与武装警察，断绝了交通，禁止行人通行。他站住了，不明白为啥解除警报后还这样！

被拦阻在街口的人不少，大家都想早点回家，纷纷责问站岗的哨兵为啥戒严。但是，荷枪实弹的哨兵，一个个面如秋霜，只机械地简单回答："奉上峰的命令行事！"

大家质询不出一个缘由，顿时众说纷纭，人人惊疑不定。

一辆辆汽车满载着蓬头垢面的囚犯从马路上驶过，开往石灰市的方向。连消防车也出动了，敲着警钟风驰电掣般开过，也是开往同一方向。

黄成宾挤在人群中踮脚仰望石灰市的方向，看不见半点烟雾和火星，又不像救火的样子，真是使人不解。

一会儿，消息不晓得从哪里传来，众口一声都说，石灰市大隧道因容纳躲空袭的人太多，加之通风不良，有上万人被闷死在洞里了。并说，刚才载去的囚犯，是送到那里往外背死尸的。运死尸的汽车不够，所以把消防车也调去了。

黄成宾听后不觉大惊失色，因为他亲见查理被人流卷进了大隧道，如果这消息是真，肯定凶多吉少。

不止黄成宾一人惊惶，许多有亲人躲进大隧道里去的，都不顾一切想冲过警哨奔向石灰市去看个究竟。可是，警哨个个凶神恶煞，任谁怎样苦苦哀求，死也不肯放一个人通过。

黄成宾回头走，想从其他通向石灰市的小巷绕道进去。很出他意外，条条小巷都有警哨封锁不让通行。最后他只好又回到米亭子街口干着急。

开往石灰市去的汽车回来了。大家拥向街边想看个仔细，警察挥舞着警棍也没人害怕。

啊，大家已经看清驶过的汽车上载的真是尸体，像装干柴火似的堆在一起，头和肢体硬僵僵的伸出车厢外，惨不忍睹。

人群骚动起来，啼哭嚎叫之声震彻云霄。

警哨眼看弹压不住，只好局部解除了戒严，但通往石灰市大隧道的通路反而增加了岗哨。一个宪兵团不够用，又调来了内二警[1]。

有关联的民众，情绪越发激昂悲愤，呼天叫地，顿足捶胸……

为了缓和大家强烈不满的情绪，一批防空义勇队员拿着铁皮喇叭筒叫喊："快去朝天门沙嘴认领尸体！"

黄成宾跟着一股啼哭的人流到了朝天门沙嘴，但见沙滩上横七竖八摆满了尸体。这些被闷死的人，个个凸睛张口，舌头半伸，脸色灰白，模样可怕。尸体身上大多衣衫破碎，可以想象出遇难者临死前拼命挣扎、难受得自己撕扯衣衫的情景。还有一些尸体彼此抓扯在一起，互相用牙齿啮咬，至今还不易将尸体分开。

黄成宾并没想到害怕，他翻动着一个个少年的尸体辨认，一心寻找查理。

六月初的天气，已开始炎热，尸体腐烂很快，远远便可以闻到使人恶心的尸臭。成群结队的绿头苍蝇在尸体上盘绕发出嗡嗡声。

不晓得从哪里钻出如此多的野狗，在放肆地撕咬着尸体，赶也赶不开。

沙嘴上认出尸体的尸亲哭声震天，把长江奔腾的咆哮声也盖住了。

黄成宾没有泪，面色冷青，额上的汗珠不断往下淌，对其他的声音充耳不闻，翻看着一个又一个尸体，仍没发现查理。他心里十分矛盾，他急切想找到查理的尸体，但又怕找到。他侥幸地想：也许查理还没死，听说大隧道里还有少数人幸存下来，已送医院抢救去了。

黄成宾终于找到了查理的尸体。

查理仍挎着那只装报的布袋，一沓报纸仍整齐地放在布袋里。查理临死前痛苦挣扎的样子毫无掩饰地呈现在黄成宾的眼前，他仿佛听到查理张开的口中还发出垂死前绝望的呼唤：爸爸救救我，妈妈呀，我多么不想死啊！

黄成宾仰头望着蓝天，眼前浮动着查理被人流卷进隧道口的情景，耳边响着查理清脆的童音："爸爸，我可想念在德国的外婆和外公哪！"

黄成宾对其他一切毫无感觉，仿佛在这个世界上只剩下他，以及查理的尸体。

1　属军统局的特务武装。

他再也控制不住自己的悲伤，伏在尸体上失声恸哭，呼号着：“查理，我亲爱的孩子，你醒醒，醒醒呀！”他双手用力推搡着查理，仿佛查理不过暂时睡熟了。

黄成宾脱下自己的西服上装，将查理的头部蒙起来。不晓得他哪来的这大力气，把查理的尸体抱起搭在肩上。他蓦地爆发出一阵撕心裂肝的凄厉狂笑，迈着正步，唱着救亡歌曲，在沙滩的尸体缝隙中绕着圈。他要疯了。

黄成宾扛着查理的尸体，又笑又哭，又说又唱。谁也没注意他，谁也没理他！只有被他惊动的野狗仰起头来用发红的眼珠盯着他狂吠几声，然后低下头专心地咬着尸体撕扯，衔着带骨的人肉，用有力的咬肌，嚼得咯咯响。

一艘轮船拉着汽笛从长江中驶过，激起的波涛汹涌着漫上沙滩，发出哗啦啦的声响，冲刷着发臭的尸体。

第三十章

一

薛习永公馆在化龙桥，可是薛太太——胡娟偏不肯住在那儿。她在大梁子渝江饭店常年包了一套房间，大都住在那里消磨时间。她说自己爱热闹，化龙桥太偏僻，虽有私人专用小轿车，进城往返总感不便。其实，这不过是她的一种借口，因为住在公馆里耳目众多，她与苏经幽会实感不便。

薛习永也求之不得，他巴不得胡娟常年住在外面，他可以将他的情妇公开带到公馆里住宿。所以他对胡娟常年住饭店要花费一笔可观的钱，并不感到心疼。

胡娟这几天连苏经的影子也见不着。她几次打去电话，可是扬子江汽车公司的那位女秘书总说不在。要是往天，遇到胡娟盘根究底询问苏经的去向，女秘书总是热情有礼地回答她，可是现时却变了样，对她语气冷淡。有时甚至干脆搁下电话不理她。

胡娟实在气恼，发誓再不理苏经。

今天她忍不住又与苏经打电话，仍然找他不着。她坐在房间里的沙发上生了一阵闷气，自言自语骂起苏经来："这小子忘恩负义，当初追求我时甜言蜜语……哼！你有啥了不起，啥'抗战英雄'——剽窃黄成宾的发明，不要脸……"

她肥腴的脸盘上，眉毛画得太细太弯，极不协调。由于生气，脸部已扭曲变形，五官挤在一堆，显得难看。只有她那一双大眼睛，就是要喷出火来也很妩媚动人。

她骂完苏经，又想起老头子薛习永来，也有好几天没见他的影子，于是又自言自语骂薛习永："当初娶我时，恨不得天天把我揽在怀里……男人个个没良心!"

她自已也觉骂得乏味，终于闭上嘴独自长吁短叹。

陪伴着她的，只有她脚边上蜷卧着的狮子狗。狮子狗伸着懒腰站起身，摇着毛头很长的短尾巴，仰头望着胡娟汪汪地叫了两声，仍不见胡娟俯身抱起它抚摸，狮子狗猛地一下跳到沙发上，前脚搭在胡娟的肩部，将鼻子伸到胡娟白皙的胖脸上闻嗅着。要是以往，胡娟一定会将狮子狗揽在怀里，低头埋在它蜷曲绒厚的皮毛上亲了又亲，喊着心肝小宝贝。

胡娟这时心里正烦，哪有心肠抚爱它，她烦躁地用手将它一推，狮子狗被摔在远远的地毯上。

狮子狗从没受过这样的冷遇，它十分不识相，咧嘴龇牙望着胡娟汪汪地叫了一阵，像向她提出抗议似的。

胡娟觉得狮子狗也变得太可恨了，她拾起脚边的银缎绣花鞋向狮子狗砸去，虽没击中，但狮子狗却夹着尾巴跑开了。

胡娟起身赤脚踩在地毯上拾回拖鞋穿好。她觉得在沙发上坐久了，浑身不适，于是在房内慢慢踱着步。

窗边的帷幔全部合拢，只有一丝缝隙里透进一点阳光，室内显得十分暗淡。

胡娟踱到梳妆台边，不禁看着相框发愣。这是她与薛习永结婚不久照的。那时她的身材异常苗条，细眉下的一对大眼睛水汪汪的勾人魂魄——她在大学里有金鱼美人的称号——鹅蛋形的脸俊美秀气，一张樱桃小口娇艳欲滴。那时追求她的同学很多，真使她眼花缭乱，不晓得选择哪个好！她与苏经是同学，苏经追求汪丽失恋后，又转而追求她。胡娟很喜欢苏经，他俩有过一段罗曼史，但胡娟有她的想法——认为爱情虽然崇高，可换不来饭吃。她在大学毕业后嫁给了薛习永做填房。薛习永肥胖得笨拙可笑，并且庸俗不堪。胡娟虽满足了金钱的欲望，但心灵上却感到十分空虚寂寞。在上海时，苏经常来薛家走动，他俩感情上死灰复燃。苏经曾向她发誓：他为了爱她，准备一辈子不结婚。胡娟信以为真，认为他对她的牺牲太大了，爱他着了迷。在她的帮助下，抗战爆发后苏经开起了扬子江汽车公司，跑昆明，跑海防，现今跑仰光，真是一本万利，成了巨富。近来左司长帮助他窃取了瓦斯发生炉的发明，苏经蓦地身价百倍，成为名噪一时的新闻人物，渐渐对她也疏远了。胡娟想起这些，叫她如何不气恼！

她离开梳妆台，走到穿衣镜前，端详着自己的影子。这些年她也发福了，真可以和薛习永配成一对胖夫妻。她想到自己愈来愈胖，不仅发愁，也感到十分沮丧。她两颊膨胀，使原先鹅蛋形的面孔变得像一只大圆盘，眼眶四周的皮下脂肪增厚，眼泡臃肿起来。原来匀称的五官好像挤得紧了一点。唯一使她可以自慰的是她的皮肤比以前细腻白皙，也富有光泽，发出银缎似的色彩——这是她长期用牛奶洗澡，用珍珠粉混合着香脂抹皮肤保养的结果。

她的皮下脂肪实在太发达，脖子和手膀出现一道一道的肉褶，热天容易长痱子，又不美观。她几年前戴的一对金膀圈已深陷进肌肤里，早无法抹下，她担心将来要动外科手术才能取下。

胡娟去找过陪都有名的医师，只要能治好她的肥胖病，她愿付给一笔巨款作报酬。

但是，没有哪位医师能帮助她。医师对她说：目前世界的医学对于肥胖病还没有理想的特效药，即使使用美容的外科手术，也只能割出局部的皮下脂肪，以后还会再生长，根本不能解决问题。

胡娟原以为金钱万能，但却没料到这金钱不能使她恢复以前的苗条婀娜！她真正感到灰心丧气了。

每个医师都劝告她，要她减食，经常保持半饥状态，并且最好素食，还要她经常运动，登高爬山。

胡娟为了减肥，也曾下决心照医师的劝告去做过，但她很难坚持。她的胃口特别好，看着美味腴食要她素餐，比什么都使她难受。医师叫她不吃肥肉，可是她一天不吃肥肉便感到馋得慌。

她放弃了减食，决定选择运动来减轻自己的体重。因为她在大学时便是体育明星、出色的排球健将。可是，她已多年不运动，先从不坐汽车步行做起，可她气喘吁吁心慌发闷很难坚持。至于要她去登高爬山，她连想也不敢想了。她唉声叹气，说她有心脏病，最后连饭后的散步也取消了。

她自己安慰自己：女人的美是多种多样的，杨贵妃不是以胖美人闻名后世吗！她读过吟咏杨贵妃的古诗，对她肤如凝脂，体胖娇慵的美态印象很深。于是，胡娟便在“肤如凝脂”和“娇慵无力”上狠下功夫。她除了用牛奶洗澡和用珍珠粉香脂涂抹身体外，还一年四季不让阳光直射到她身上，所以她居住的房间，窗帏经常合上，光线都比较暗淡。

她洗完澡，总要披着浴衣站在镜前顾盼一番，看见自己的肌肤像银缎似的白皙闪光，她就悠然神往，做出千般慵懒的娇态，感到暂时的满足。

她每次与苏经幽会时，都要带点炫耀的意味问：“我与杨贵妃比，谁美?”

苏经当然奉承她，说：“我的心肝，杨玉环哪有你美!”

有时她还听不满足，像少女似的撮着嘴唇迅速给苏经一个吻，问：“我哪些比她美?”

苏经对她这套也感到烦腻，含蓄地挖苦她说：“比杨玉环胖得更有趣!”

胡娟每遇这种情况，哪能听出苏经的话带嘲讽，还故意搔首弄姿回眸一笑：“告诉你，杨贵妃没有我浑身白!”

有时，胡娟照着镜子，自己也感觉到由于她长期没照射阳光，面孔上显出病态的苍白色，她的信心有些动摇了。但是，这并不像肥胖病那样难解决，她只要细心地在面孔上匀上一点浓淡适宜的胭脂，便显得健康娇艳了……

胡娟胡思乱想站得久了，真觉得慵懒无力，她离开穿衣镜，仍斜躺回双人沙发上，托着胖腮，呆呆地继续想心事。

这时蓦地响起敲门声，胡娟不觉一喜——她猜想一定是苏经来了，早把怨恨他的心情丢到九霄云外，她哀怨的面孔顿时露出了笑意。她故意将笑意收起——得给点颜色让苏经看看，脸紧绷着，冷冷地说："请进！"

"太太，有人会你！"侍女从门口伸进头来说。

胡娟的心又冷了——因为苏经来这里是不用侍女通报的。她懒懒地问："谁！"

"她说姓汪，与太太是同学。"

"汪……"胡娟一时想不起是谁。她迟疑了一下，觉得目前自己寂寞异常，不管是谁，有人陪着闲聊一会儿也好，便说："请进！"

一会儿，侍女引进来一位妇人。胡娟差不多惊叫起来："啊，汪丽，是哪阵风把你吹来的。哎，请坐，请坐。"她坐正身子含笑招呼。

汪丽见胡娟比在武汉时更胖，差不多快变成一团脂球了。她与胡娟客气了几句，因房里光线很淡，她这时才看清房内的陈设，选了一张空沙发坐下。

胡娟将汪丽端详了一会儿，见她穿着一件阴丹士林蓝布旗袍，面目清瘦，更显得文秀优雅，只有眉目之间隐含忧郁，毫无欢快的表情。她出自真心地赞叹："汪丽，看你依然显得苗条秀丽。看我……"她想到自己目前的情景苏经对她变了心，薛习永自图快乐也不关心她，鼻子又发酸，差点流出泪来。

汪丽这次来找胡娟，是鼓着很大勇气的。

查理死了，黄成宾受刺激太深，神经有些失常。她忍住自己对爱子亡故的悲恸，四处奔走，想医好黄成宾的病。

幸好，那位留德的医学博士介绍黄成宾住进了医院，由他担保，允许医药费暂时赊欠着。目前黄成宾的病情有了好转——医院里的费用很高，实在住不起，她准备接他出院回家休养。可是，她已典当了家中能够典当的东西，仍筹集不起这笔住院的医药费。她在走投无路的情况下，虽然不喜欢胡娟，也只好来求她，希望从她这里能借到一笔钱去解救目前的燃眉之急。

汪丽觉得胡娟的表情仍带点夸张虚伪的味道，不禁迟疑起来，不晓得如何启齿。

胡娟这时心情沉闷孤寂，一旦看见老同学，感到格外亲切。她拍了拍身边的空位，要汪丽过来与她并肩坐下。她一手搭在她的肩上问："汪丽，你那书呆子好吗？日子过得怎样？"

汪丽觉得胡娟的语气还比较真挚，刚才惶惑不安的情绪稍微好了一些："他……"汪丽想到目前的困境，想到查理的死，声音哽塞住了。

胡娟见状，会错了她的意思，拉住她的手问："他……怎么啦！是不是和你闹意见了？"

她不等汪丽回答，叹口气说："还是你那书呆子好，对你感情真挚，哪像我那个……"她停住话，显出有无限难言之隐的样子，叹口气说，"汪丽，抗战四年多来，我晓得你们生活过得清苦。唉，我反不如你们，纵有黄金白银也难买纯真的爱情。我羡慕你们……"她不禁落下两滴眼泪，"汪丽，不要为了一点小事与你那书呆子闹闲气，听我的话，哈？"她像个大姐似的安慰汪丽。

汪丽见胡娟不等她说话，便滔滔不绝地说个不停，好不容易等胡娟住嘴，她才说："不，我并没与成宾闹闲气……"

胡娟不等汪丽说完，又岔断说："我的丽妹，你们没闹闲气就好，我真羡慕你们。"她总忘不了自己的事，恼恨薛习永与苏经无情。

她见侍女端来了一碟糖果，客气地说："汪丽，请吃糖。"

胡娟见汪丽不动手拿糖，抓了一把塞到她手上，又不停嘴地说："唉，重庆出的水果糖掺了假，怪味道。这水果糖是从仰光带回来的，现时要吃到外国糖真不容易。隔会我送一包给你带给查理吃。唉，查理一定快长成大人了。丽，你真有福气。我……"

汪丽听她提到查理，实在克制不住，她"哇"地哭出声，用手绢捂住面孔呜咽。

胡娟惊愕地注视着她，见她哭得如此伤心，猜不出是啥缘故！也许由于她目前心境忧怨，所以比往常富有同情心，她觉得女人都很可怜，于是抚摸着汪丽的肩胛说："丽，不要哭，有啥为难的事可以告诉我呀！"

汪丽强忍自己的悲恸，将查理的死，黄成宾的病，经济上的困境，全向胡娟说了。她边说边流泪。

胡娟居然也很难过，用手绢拭泪。她从汪丽的不幸，联想自己内心的寂寞，真有同是天涯沦落人的感觉。她一阵激动，不等汪丽开口借贷便主动慷慨地说："汪丽，想不到你们的遭遇这么苦！既然有困难，为啥不早来找我。唉，以前那些同学都躲着我，我快要寂寞死了……”

汪丽心情一直忐忑不安，借钱的事很难启齿，想不到胡娟却主动表示愿帮助她，心中十分感动。

胡娟起身去打开保险柜，取出一沓钞票递到汪丽手上：“丽，这是一万元法币，你拿去应急，不用介意，要是不够还可以来找我。”

汪丽手里捏着钞票，激动得说不出话来。胡娟这时能慷慨相助，真比雪中送炭还珍贵。她感到自己以前错看了她，想不到在陪都的朋友中，目前能帮助她的只有一个胡娟。

汪丽扑倒在胡娟的怀里，搂住她十分感谢地说：“大姐，我目前差不多已到山穷水尽的地步，这一万元救了我和成宾啦，我不晓得要怎样感谢你才好。大姐……”她说不下去了。

胡娟心里也与汪丽产生了共鸣，许多年前的学校生活在她心上浮现，一种沉睡了的纯朴感情从她灵魂里苏醒——那时，她们都很年轻，对未来充满希望和向往，彼此的感情是那么真挚。

她忍不住将汪丽揽在怀中，嘴唇凑近她的耳边亲昵地安慰说：“丽妹，我亲爱的丽妹，你不用发愁，有大姐爱护你呢！”

汪丽紧紧偎在胡娟丰腴的胸前，就像躺在母亲的怀里一样，软绵绵的十分舒适。她太感激她了，一阵冲动，使她热情地反复呼唤着：“大姐，我亲爱的大姐……”

胡娟热烈的情绪一会儿便过去了。她把汪丽扶起坐正，兴奋的余波使她笑得很甜蜜。她说：“丽妹，留下你的住址，我帮你找工作看，有空我就去看你们。”

汪丽给她留下了住址，她不能再待在这里，要急着去办事。她告辞说：“大姐，我走了。借你的钱，我一定会还给你的。”

“傻丫头，别再说这样的话，大姐听了不高兴。”胡娟噘着嘴，极力装出天真的样子。但这个表情，实在与她的年龄不和谐，惹人发笑。

胡娟真想留汪丽多坐一会儿，好消磨孤寂无聊的时光。她终于没有留，起身相送说：“丽妹，有空多来看看我，行吗！”

汪丽点了点头，“嗯”了一声。

胡娟牵着汪丽的手坚持要送到饭店门口，被汪丽婉言谢绝了。她只送到房间门口便停住步，向汪丽一扬手：“Good bye！”

二

胡娟送走汪丽，见自己玫瑰色绸旗袍的胸襟被汪丽头部揉搓出许多皱褶，她立刻从衣橱里取出一件鹅黄色绸睡衣换过。

她觉得饥饿，手上拿着几块进口的巧克力放进口内慢慢咀嚼。她躺在双人沙发上，头倚着扶臂，放松了肌肉，半闭着眼感到格外舒适。沙发经不起她的重量，压塌了下去，弹簧发出呻吟般的咯吱声。

她感到倦了，一会儿便进入了梦乡。

胡娟正在蒙蒙眬眬的时候，仿佛房里有人走动，这人在她躺的沙发前站住，低下头来，呼出的热气喷在她的脸上，一个灼热的嘴唇压在她的嘴唇上。她一惊，忙睁开眼，见是苏经，忙揉了揉眼，怀疑自己在梦中。

苏经站在她面前笑嘻嘻地说：“我的贵妃，怎么躺在沙发上便睡熟了。要是小偷进来，悄悄抹下你的金手镯，怎办！”

胡娟脸上的笑容蓦地消失了，一股怨气直冲她的脑门，故意偏过头去不理苏经。

“唉，娟，我这几天实在太忙，真是‘人怕出名猪怕肥’，这里请我讲演，那里请我参加宴会，一群新闻记者老是跟着我拍照访问。”苏经故意做作地看了看腕上的手表，“我是抽空来这里看你，一会儿便要走，心中着实惦记你呢！”

苏经新结识不少太太和小姐，比起胡娟这个胖美人有趣多了。他听说胡娟打电话到处找他，虽不愿理胡娟，但也不敢得罪她。

扬子江汽车公司跑国际线运进奢侈品，所需的外汇，还得依靠薛习永走路子，由孔祥熙批给。

苏经的发迹，全靠他与胡娟这种暧昧的关系，才使他得以青云直上，步步高升。胡娟对他毫不掩饰的热情——这是中年情妇的特点——使他感到腻烦，觉得不如少女腼腆含蓄惹人入迷。

最近一次，他正与薛习永在一起寻欢作乐，不知胡娟从哪里探听到电话号码，竟给他打来了电话，误把接电话的薛习永当成了他。幸好薛习永玩得昏头昏脑，也没听出是胡娟的声音，边把话筒递给苏经边打趣说：“小苏，这女人声音好娇嫩，约你去哩。哈哈，你真有艳福！”

苏经不知是谁来的电话，接过话筒一听，才知是胡娟的声音：

“小苏，你撇下我不管，真没良心，我怪想你哩！”

苏经吓了一大跳，忙偷觑薛习永，见他神色正常，才稍感放心。

他听胡娟在催问：“你怎么不回答我呀！”

苏经真想狠骂胡娟几句——她没弄清楚接电话的人是谁便说私房话，真糊涂。他没法，只好在电话里含糊回答了她几句，总算敷衍过去。他背上还沁冷汗，暗叫“好险”。

薛习永见苏经搁下话筒，还堆着满脸肥肉笑问：“小苏，是哪个女人找你？”

苏经见薛习永揶揄的样子，他哈哈一笑，说：“薛先生，我一个相好的打来的。不管那么多，我们玩我们的，不理她。”他胡乱掩饰过去了。

苏经晓得胡娟还会千方百计纠缠他，怕真惹出事来，所以今天勉强赶着来了，准备稍待一会儿便走。

胡娟这时眼睛本来有了光亮，但听他说一会儿便走，立刻显出失望的表情，鼻里哼了一声，冷笑说：“苏经，你别在我面前耍花招。想当初你冒冒失失搂着吻我，我吓得差点晕倒。你发誓赌咒说要与我相好一辈子，我悔不该轻信了你的甜言蜜语，原来你却这样没良心……”胡娟感到委屈难过，泪水直往外涌，她忙用手绢捂住脸，一时说不出话来。

“唉，冤枉，冤枉。我哪会忘记你！”苏经感到理屈，眼看不抚慰她几句会把事情闹僵，“娟姐，我至今仍是独身，还不是为了你。你既然一刻也离不开我，那么，你干脆与薛习永离婚，我俩结婚好了。”

苏经这几句话果然生效，胡娟立刻破涕为笑。她一把将苏经拉到沙发上与她并肩坐下，紧偎着他十分亲昵地说：“阿经，看你急成这样，我不过逗你几句玩话。你不懂得我的心——你不在我身边，我多么空虚无聊，太想你了！”

苏经只得将她揽住亲热，仿佛怀里偎着一个柔若无骨的肥肉团子，官能上并无快感。他脸上现出无可奈何的厌恶表情，听任胡娟吻他，真像一捆棉絮堵住他的嘴，连气也透不过来……

苏经与胡娟鬼混了一阵，这时太阳已经偏西。他感到室内的光线太黯淡，走到窗边拉开了窗帷，血样的夕阳照射进室内，家具像抹上了一层暗红色。

胡娟半躺在床上，眯着眼连这样的光线也感到刺眼。

她见苏经在取衣架上的礼帽，知他要走了。她一掀绒毯，穿上拖鞋下了床，抢到门边做了一个拦阻的姿势：“阿经，今天不让你走。”

苏经一心想去赴一位小姐的约会，毫不掩饰地用粗鲁的语气说：“让开，不要挡着我。”

苏经刚才还对她百般温存，胡媚不相信他变脸这么快，以为不过与她闹着玩。她依然笑得异常甜蜜：“嗯，偏不让你走。”

苏经虽没推开她夺路而走，但却气汹汹地说：“难道我丧失了自由？”

胡娟见他说得认真，不像开玩笑，不觉一愣。她想发作，转念一想却改变了主意——她晓得现时的苏经已名成利就，不像以前非依赖她不可，可以听她摆布了。比起那些苗条娇艳的小姐，她自愧不如，不由感到气馁。她想到多年与自己相好的情夫会弃她而去，实在使她难于忍受。

她蓦地想到要取媚于他，故作神秘地说：“阿经，你猜，今天谁到我这里来过！”

苏经见胡娟笑得异常蹊跷，忍不住问：“谁！”“告诉你，汪丽到我这里来过！”胡娟说。

胡娟的话果然引起了苏经的注意。他早年追求汪丽不成，可说是他一生中的憾事。他原先到处扬言，因为失恋，他要到五台山出家当和尚，后来又改说要抱独身主义终此一生。自从他勾搭上胡娟以后，又常对胡娟说，他为了“娟姐”所以要抱独身主义。胡娟以前却对他的话深信不疑，真以为他不结婚是为了她。

苏经这时不急于走了，坐到沙发上，惊讶地问：“汪丽来干啥？”

苏经对汪丽情况的这种特别关注，使胡娟心中很不好受，她含着醋意说：“难道只有汪丽是天仙，惹得你穷思不已？”

苏经毫不理会胡娟有醋意，一本正经地说：“娟姐，我苏经是重情义的。听说汪丽他们的日子过得不如意。不谈以往那些不愉快的爱情纠葛，同情之心人皆有之，何况他们是为抗日爱国才回到祖国的，我岂有不关切的道理！”

胡娟现时对苏经这些冠冕堂皇的话，并不相信，撇撇嘴说：“啧，你说得好听！哼，你那苏氏瓦斯发生炉从哪里取来的，难道我不晓得！你哪有半点情义。你因此名利双收，可是黄成宾却很惨……”

她想起苏经自从剽窃别人的成果立地青云直上，把她撇在脑后，心中不禁动了气。要不是苏经岔断她的话，她还要愤愤地数说下去，好吐出自己积郁在心里的怨气。

苏经不等胡娟把话说完，早已神色改变，怒冲冲地说：“既然我这么坏，你为啥还缠住我不放!"

胡娟觉得苏经从没这样粗暴对待她，实在忍受不住，眉尖一挑，正想发作，可是苏经已改变了语气："娟姐，我的心能挖出来见天。我几次诚心想帮助汪丽他们，可是他们不愿领情。娟姐，这些事情你都是晓得的。"

他站起身来两手抄在身后踱了几步，在胡娟面前站住盯住她的面孔问："娟姐，汪丽找你干啥？你还没告诉我哩。"

胡娟被苏经几声"娟姐"喊得心又软了，她拉住苏经的手，用和解的口气说："阿经，看你急的，我不过几句玩笑话。来，坐下，我给你谈!"

苏经勉强与胡娟并排坐在沙发上，偏过头望着她。

胡娟这时才把汪丽来过的情况，以及她目前的处境说了一番。

苏经听后连声叹息，满怀同情的样子，说："唉，想不到查理死于'六·五'大隧道惨案，黄成宾受刺激太深得了重病，真是福无双至，祸不单行。娟姐，你真不愧为善良的伟大女性，在这时帮助他们好比雪中送炭，实在可敬。唉，我虽然想竭力帮助他们，但汪丽对我有误解不领情。汪丽夫妇也是受过高等教育的文明人，在抗战中受苦落难，我辈斯文人岂能坐视不管!"

胡娟听苏经说得慷慨激昂——她还不晓得苏经雇用流氓对黄成宾威胁不成，竟打了他一顿——不由消除了猜疑，对苏经肃然起敬。她含情脉脉看着苏经英俊的面庞微笑说："阿经，你的人格真伟大，汪丽怀疑你帮助他们的诚意，显得气量狭小……"

苏经对胡娟这些赞美话不感兴趣，他闪烁不定的目光在胡娟的脸上扫来扫去。他装出十分关切的样子说："娟姐，你救人要救到底，借点钱给她不过暂解燃眉之急。我看……"

胡娟见苏经说话吞吞吐吐，不解地问："阿经，我怎样才能彻底帮助她呢!"

苏经点燃了一支香烟吸了几口，说："娟姐，他俩都是有专长的人，只要有了职业，一切困难都会迎刃而解。"

胡娟点点头："对，他们有了职业便不用发愁。阿经，这事好办。我与习永说一声，给他俩安排个工作。"

苏经徐徐喷了一口烟雾，说："这区区小事，何必去惊动你那老头子，我现时兴办了偌大的公司，哪会安排不下呢!"

胡娟兴奋地说："好，将黄成宾安排到扬子江汽车公司当工程师。"

“不，黄成宾目前应该养病，先给汪丽安排一个工作。”苏经说。

“单给汪丽安排工作，她一个人的工薪够用吗?”胡娟问。

“娟姐，你提出这样的问题实在好笑。”苏经脸上挂着微笑，“我是总经理，发给汪丽一笔高薪，还不是我一句话吗!”

“对!”胡娟也表示赞同，随即关切地问，“你准备安排汪丽搞什么工作呢?”

苏经迟疑了一下，说：“我在汉口就向汪丽建议，请她当我的私人秘书……”

胡娟的表情蓦地冷若冰霜，斜睨着苏经说：“说半天，你还是黄鼠狼给鸡拜年——没安好心。”她偏过头显出悻悻的样子。

“唉，娟姐，你真是狗咬吕洞宾——不识好人心，不等我把话说完就吃起醋来。”苏经露出十分委屈的神情，“你既然不放心，我安排汪丽到汽车修配厂当土木工程师。你看怎样?”

胡娟并不能完全释然，她坐在沙发上跷起二郎腿，双手抱着膝头不语。

“唉，娟姐，我为你抱独身，你还是不相信我。我……”苏经又使出这张王牌，果见奇效。

胡娟立刻回眸望着苏经一笑：“既然你没有邪念，我当然相信你。”

苏经沉思一会儿，长叹一声：“唉，你相信我，可是汪丽却不一定相信我。”他装出无限委屈的样子说，“我一片好心别人不识，活着真没味道。”

胡娟迷惑地注视着苏经，猜不透他为啥把话说得这么严重，一时沉默了。

苏经偷觑了胡娟几眼，狡黠的目光闪了闪，说：“安排汪丽到汽车修配厂当土木工程师，你切不可对她说出是我的意思，也不用说这工厂是我开办的。唉，我这一片心……”他摇头叹息。

胡娟还是不明白苏经的用意，问：“为什么?”

苏经说：“娟姐，为了使你放心，使汪丽不会感谢我。反正汽车修配厂另有负责人，我是很少去的，足以表明我光明磊落，帮助汪丽并非有啥私念。”

其实苏经是怕说出他来，汪丽不会接受，他在胡娟面前耍了一个小花招。胡娟果真深信不疑。

胡娟说：“我也不是心胸那么狭窄的人，只要你与她不超过老同学的友谊，我是不会管的。”

苏经对胡娟把他管得比自己的丈夫还紧，心中很反感，如今听她说得很大方，他嘴角牵动了一下，露出一丝冷笑。他看了看表，说：“娟姐，我实在有事，不能再耽搁了。”

胡娟有些怅惘：“你真的要走？”她晓得留不住，只好放他走了。

苏经走后，胡娟呆呆浏览着室内豪华的陈设，觉得十分空虚。她喃喃自语说：“唉，我为啥偏偏是一个女人……”

三

汪丽已到汽车修配厂去上了几天班——她终于有了一个理想的职业，十分感激胡娟，她做梦也没想到是苏经出的主意。

汪丽在德国学过建筑工程，担当土木工程师这个职务是可以胜任的。她担心所学的知识已多年没用，怕有些生疏，特地借来许多书温习。

可是，当她上班后才晓得，她在那里并没多少工作好做，不过搭工棚，设计一些简陋的房屋。

她还晓得这家汽车修配厂的真正老板是苏经。虽是胡娟介绍去的，她也很不安。但目前她已穷途末路，再无其他办法，只好随遇而安，混一天算一天。

幸好她至今还没与苏经打过照面，苏经也没找她纠缠，才使她稍感放心。

自从查理死后，她从没像今天这样快乐过——厂里发给她一个月的工薪一万元，虽然物价上涨，钞票贬值，但这笔钱仍可买许多东西。

这些年他们确实过得太苦，她忆起今天凑巧又是她与黄成宾结婚十四周年象牙婚纪念日。自从那年在武汉花楼街一家小客栈纪念了他俩的钢婚纪念日，这几年生活动荡不安，不仅再无钻石耳坠可卖，而且也无那样的心肠去庆祝。

她领到钱后，首先从当铺里赎回了结婚钻戒。

她想，黄成宾目前虽然痊愈，但精神压抑沉郁，怕他会旧病复发，趁机庆祝一番，也让他感到愉快。

她在大城买了很多东西：有康乐园的寿礼大蛋糕，冠生园的粤式香肠，以及内江的白糖，江津的桔精酒之类。

她特地买了一只竹篮才将这些东西装下。她从朝天门搭渡船回到梁沱，还没爬完那个斜坡，她就兴高采烈地大声喊：“成宾！”

黄成宾站在家门的台阶上迎住她。他面容憔悴，动作迂缓，从汪丽手中接过竹篮，见十分沉重，不禁疑惑地问：“丽，这么沉！你买了些啥？”

汪丽先跨进家门，回头含笑说："好吃的东西呗！"

汪丽愉快的情绪也感染了黄成宾，他动作敏捷了一些。他放下竹篮，将篮里的东西一件件往外拿，放到厨房里的桌上，口里不断兴奋地惊呼："啊，香肠、桔精酒、白糖……"

他揭开大纸盒："啊！蛋糕——这要不少钱呢！"

他像孩子般地笑了。他歪着头想了想，迷惑地望着汪丽问："你哪来这么多钱！买这么多昂贵的东西干啥？"

汪丽笑得异常甜蜜，凑近他耳边低语几句，深情地盯着他的面孔。

"哦！"黄成宾惊呼了一声，黯淡的目光有了神采，他自己埋怨自己，"看我，记性太坏。丽，还是你细心。"

他接着关切地问："你一月拿这么高的工薪，工作一定很累吧？"

汪丽摇摇头，答道："不累，一点也不累。"

她迟疑了一下，原想告诉黄成宾，她工作的工厂是苏经开的，但终于没说。

黄成宾一阵兴奋过后，表情又有些呆滞了，他蓦地垂下头，喃喃不清地反复说着一句话："丽，太苦了你，太苦了你……"

汪丽已听腻了这句话，习以为常，怕他又要想起查理，忙拉了他一把："成宾，你坐着休息，今晚让我来安排，保你吃得香甜欢快，好好庆祝我俩的结婚纪念日！"

黄成宾像个听话的大孩子，让汪丽将他扶到临窗的一把破藤椅上坐下。他默默地注视着窗外的暮色出神。

汪丽暂时把黄成宾撇在一边，自己在厨房忙碌。

厨房里很空荡，一个泥煤炉放在当中，一把扇火的破棕叶扇摆在煤炉边。她见一只瓦罐放在煤炉上，从罐盖的缝隙向外逸散着蒸汽。她闻到一股平价米刺鼻的霉馊味，晓得瓦罐里蒸的是饭。她翻看着碗橱，见碗橱里只有一碗廉价的榨菜皮，这就是常吃的菜肴，此外看不见其他的食品。长期来他们就是过着这样的生活苟延生命……

黄成宾几次走进厨房，想帮助汪丽干点事情，可是汪丽不让他干，把他劝走了……

江风从窗口吹进，室中央吊着的一盏电灯在风中微微摆动。

饭菜熟了。汪丽与黄成宾站在桌边，注视着桌上的大蛋糕，蛋糕上的小烛全部点燃，火焰在微风中跳动闪烁。

黄成宾原先黯淡憔悴的面孔变得富有生气，他仿佛年轻多了。他紧紧搂住汪丽的腰肢，兴奋地说：“丽，我们许久没唱歌了，现在唱一首吧！”

汪丽清秀的面孔显出红晕，十分娇艳，含情脉脉地瞥了黄成宾一眼：“嗯，好！”

黄成宾想了想，这几年他们说不上有文娱生活，也没学会什么新歌，说：“我们还是唱《凤求凰》吧！”——这首歌他们在汉口过钢婚纪念日时曾经唱过，已很久没有再唱了。他俩轻声唱起来：

花儿正好，
月儿正圆，
人儿正媚，
意儿正绵。
啊……
多情的人儿呀！
……

汪丽边唱着唱着，不由想起在汉口过钢婚纪念日那晚的情景：他俩也唱着这首歌，查理在一旁天真无邪地打着拍子。可是现在查理已在这世界上永远消失了。查理的影子在她心头浮动，愈来愈清晰，她耳际仿佛还响着查理的童音……她实在控制不住自己隐藏在心灵深处的悲恸，她的歌声愈唱愈低：

灯儿正暗，
歌儿正甜，
夜儿正静，
心儿正悬，
……

汪丽怕黄成宾看见她眼里滚动的泪花会引起伤感，破坏眼前这和谐的气氛，她边唱边背过脸去：

唔……

有心的人儿呀，

勇敢向前。

……

黄成宾已听出汪丽的歌声中含着颤音，他已觉察到汪丽内心的痛苦，但他假作不知，故意提高声音装出欢快的样子唱着……

他俩终于将《凤求凰》唱完了。

黄成宾装出笑脸说："丽，我们一块来吹熄小烛！"汪丽回过头来勉力回答："好！"

黄成宾已看清汪丽眼里闪动的泪花，他想安慰她，但一时口拙辞短，找不出适当的话，不禁怔怔地发呆。他失掉了查理，倘若再失去汪丽……他实在不愿想下去。

汪丽见黄成宾的神态，怕再引起他进一步的伤感，她忙用手绢揩干了泪水，掩饰自己真实的情感："成宾，我太激动，觉得太幸福了。"

黄成宾仍是怅然若失地痴望着她，闷声不语。

汪丽拉了黄成宾一把："来，我们来吹熄小烛！"黄成宾一惊，定了定神："啊，好！"

他俩俯下头，鼓着腮帮，撮着嘴唇，一口气将全部小烛吹灭了。

汪丽递给黄成宾一把镀铬的水果刀——这是从国外带回来的，因为并不值钱，所以还留存下来，成了他们的一件纪念品。

黄成宾接过刀来，将一个蛋糕切成三块，口里不住念叨："这块是我的；那块是你的；最大的一块留给查理——他卖报还没回来，一定很饿了！"

汪丽见黄成宾的神态，大有疯癫复发的征兆。哪个母亲不思念自己的孩子？她心里十分难过，但怕引发黄成宾的病，她强装出笑脸从黄成宾手中接过一块蛋糕，像胃口很好的样子，大口大口吞咽着。

幸好，黄成宾一会儿又恢复了正常。他夸赞蛋糕配料好，十分香甜可口，并不比德国人烘制的蛋糕差。他不时还用德语和汪丽说着笑话。

他俩吃了蛋糕，胃口都不好，都觉得饱了，都不想再动碟里的香肠和糖果……

夜深人静，他俩的心情都变得异常沉闷，并坐在床沿上相对无言。他俩都思念查理，但都不愿对方晓得自己的心思。

一个夜归的路人由门口经过，杂沓的脚步声十分刺耳，由远而近，又由近而远。

他俩不约而同注视着桌上留下的蛋糕，心情都很沉痛，原有的一点欢乐气氛已无影无踪。一会儿又听见打更匠敲击着铜锣："当当！"这是二更的锣声。飘来打更匠凄凉悲怆的声音："注意盗窃，谨防空袭！"——这声音若远若近，在静夜中飘荡。

黄成宾蓦地一阵痉挛，目光呆滞，指着房外叫："听，查理。查理卖报回来了。蛋糕！他饿了，要吃蛋糕……"

汪丽咬着嘴唇，忍住不让泪水流出。她见黄成宾要奔出去，忙一把抱住他，像诓小孩般说："成宾，查理在学校住读，不会在这时回来！"

黄成宾在汪丽怀抱里挣扎着："不。你听！这是查理的声音。他在哭叫，他在呼唤我，他饿，他冻，他……"

汪丽泪如泉涌，发出绝望的呻吟："成宾，你不要乱折腾，我的心都快碎了。我求求你安静下来吧。"

黄成宾仿佛听懂了汪丽的话，不再挣扎，安静地将脸贴在她的胸前，喃喃不清地说："丽，太苦了你，太苦了你……"他的声音愈来愈低，最后在她怀里睡熟了，发出低沉的鼾声。

汪丽将黄成宾放倒在床上，替他脱去了外面的衣衫，露出他瘦骨嶙峋的躯体。她鼻里发酸，给他盖上薄棉被，泪水一颗一颗滴在棉被上。

这时已听不见打更匠的锣声和梦魇般的呼喊，却从远远的三洞桥口飘来叫卖声："炒米糖开水，藕粉罗面茶……"——这是重庆深夜里极平常的叫卖声，可是使人听后不寒而栗，觉得十分沉闷压抑，无限悲凉。

第三十一章

一

民成公司船厂新造的民进轮，由于技术原因，下水典礼一再推迟。

夏末秋初的一天，在报纸上宣传了很久的下水典礼，终于在青草坝隆重举行。

盛暑已经过去，天高气爽，温度宜人，使人感到舒畅。

民成公司所属的轮船，码头，仓库，营业部，办事处，全部张灯结彩，像办喜事一样。

两艘扯了满旗的小火轮专门担任交通，从朝天门接送宾客到梁沱，穿梭般往来不停。

青草坝河滩船墩上，工棚早已拆除，即将下水的民进轮显露在阳光中，雄伟的船体十分壮观。它水线以上新涂的防空漆闪闪发亮。从前桅到主桅、从主桅到尾桅扯着满旗。五彩缤纷的万国旗在徐风中飘动，很是气派。

民进轮的锅炉已提前生火，涂画着公司菱形标志的烟囱冒着煤烟，羊角里冲出的蒸汽嘶嘶地啸叫着。

一些工人在船体边异常忙碌，拆除垫方使船体龙骨两侧落在木质滑道上。两条平行的木质滑道延伸到江水中，滑道上已涂满了润滑油。

船头前方搭着彩棚，这里是贵宾席。

船的两侧也搭着彩棚，这里是一般的来宾席。

所有彩棚里已坐满了宾客，抽调来当招待员的公司职员和眷属，一个个笑容可掬地招待着来宾，秩序井然，真是有条不紊。

陆祖福没有露面，一切全由朱佳富出面照看。

朱佳富在贵宾席里走来走去，生怕怠慢了这些贵宾。长餐桌后面坐满了人，餐桌上摆着许多花瓶，花瓶里插着一束束娇艳无比的鲜花。一个个高脚水果碟里盛满了香蕉和苹果——这都是从香港空运来的，在陪都是罕见的珍品。

贵宾席里本不分男女座，但许多西装革履的先生自行坐在餐桌的左端；穿各色丝绸衣衫袒胸露背的女士们自行坐在餐桌右端。

孔令俊坐在正中，她成了来宾席的中心。

朱佳富正在与高伦谈话，忽听孔令俊在大声喊叫：“朱先生，朱先生在哪里?”

朱佳富忙丢开高伦快步走过去：“孔先生有啥吩咐?”

孔令俊穿一套华达呢西装，用一张白绸手绢捂住鼻子。她脸上露出悻悻的表情，指着簇拥在彩棚后看热闹的人群说："我快被他们身上的汗气熏昏了，给我赶开！"

朱佳富忙赔笑说："是，是。"

他派人赶了几次，不仅没赶开，反而愈围愈多。他们都是来看孔二小姐的——在陪都关于她的传说太多了，大家都不愿放过这个机会。

朱佳富无可奈何，只好低声下气对孔令俊说："孔先生的名气太大，他们都是来瞻仰你的风采的。"

他晓得孔令俊十分任性，要是惹她生气立刻走了，那今天这下水典礼如何办！

幸好孔令俊只挑起眉毛说了一声："真讨厌！"便没再说了。

朱佳富没看见杨宝瑜的影子，原说好由她负责招待孔令俊一行人的，这时不晓得到哪里去了。他虽然要照应的事情很多，一时也不敢离开孔令俊身边。

沈小姐给他解了围，她乌黑的眼珠朝着朱佳富一转，用银铃般的声音说："朱先生，你把孔先生交给我照看，保证万无一失。"

沈小姐今天打扮得格外俏丽，将乌云般的浓发挽成一个高髻，将一段雪白的脖项露在外边。穿一套西式衣裙十分贴身，身材显得异常苗条。

朱佳富非常巴结地说："沈小姐，谢谢你。有你照看孔先生我就放心了。"

他没敢马上走开，亲自替孔令俊打开一瓶青鸟汽水倒进玻璃杯里送到她的面前："孔先生，十分抱歉，今天让你受委屈了。"

孔令俊见他小心翼翼的样子，脸上的愠色才舒展开来，露齿一笑："朱先生，别客气。"

这时穿着军装的樊哈儿走过来与孔令俊搭话："孔先生，今天朱先生在金城饭店开的舞会，你是一定要参加的。"

朱佳富见孔令俊含笑与樊哈儿在说话，才趁机走开了。

他刚走了几步，被董绍孙一把拉住："朱先生，一般宾客席上要男女宾分开坐行不通，大家都在吵嚷。"

要男女宾分开坐是陆祖福的主意——他一贯主张男女有别。

朱佳富皱着眉头说："陆先生啥都开明，就是这点事情十分固执。硬要将一起来的伴侣分开怎行得通！董先生，你看着办吧，我看不必拘泥于这些礼节。"

他已看到晏阳初挽着他的美国妻子来了，再顾不得董绍孙，忙含笑迎了上去招呼。

招待人员忙乱了一阵，幸好没出大纰漏，宾客们各自坐好，都催问下水典礼为啥还不开始！

坐在轮船两侧彩棚里的宾客大都是第一次观看轮船下水，见整个船体的重量压在两条木滑道上，个个都是提心吊胆：轮船下水滑行时若船体稍一倾斜，后果便不堪设想……

下水典礼终于要开始了。

这时轮船只有从船头伸出的两根钢缆系在前方的系缆桩上，承受着全部的拉力把轮船稳住不动。钢缆受力很大，已被拉得弦一般直。每个系缆桩前都站着一名手执太平斧的水手，等在那里。一会儿轮船下水时，只要用太平斧将钢缆斩断，轮船就会沿着木滑道倒退着滑下水去。

青草坝河边和背后高坎上都站满了人，挤得水泄不通。

司仪是董绍孙，亏得他有一副好嗓子，声音洪亮，吐词清楚。

他高声宣布："民进轮下水典礼开始！"

接着是宣布主席高伦先生就位，剪彩人孔令俊女士就位。

很多人对高伦是熟悉的，都争先踮脚看孔令俊。开始有人把孔令俊身旁的沈小姐当成她，后来才晓得弄错了。有的人看了孔令俊后觉得失望，觉得与传说中的孔二小姐不符——原来不过是一个十分年轻的女孩子。只是她短发西服的打扮，引起了大家的好奇，招来了纷纷的议论。

"奏国歌！"司仪董绍孙高喊。

民成公司组织的海员乐队，在陪都是颇有名气的。陆祖福不惜花费，所用的洋鼓洋号是特地从美国买回来的。乐队队员，一律穿的白华达制服，戴有海员帽徽的圆盘帽，手戴白手套。一个个神气十足地敲打吹奏起来。

但见洋号在阳光下闪着黄灿灿的亮光，远远便可以看见乐队指挥带流苏的指挥棒一上一下打着节拍。

只听小鼓、大鼓、铜钹，小号、大号一齐在响，十分威武，声震云霄，异常悦耳。

一会儿，乐止。

"鸣礼炮二十响！"

大家看见轮船头上摆着一排排铸在一起的铁铳——这是船厂自造的——一个水手拿着火绳点燃一根引线，引线发出嗤嗤的响声冒着火星……

有许多胆小的女宾已用双手捂住耳朵，目不转睛地看着船头。

砰、砰、砰……不多不少，一连响了二十炮。“请高伦先生演讲！”

司仪话音刚落，立刻爆发出一阵鼓掌欢呼声。

高伦真是老当益壮，披着满头白发，目光十分有神，声音响亮：“先生们，女士们，爱国的工友们……”

这时，几个招待员抱着一捆捆彩色纸做好的三角旗向来宾分发——大家都不明白此时分发三角旗干啥！

高伦的话不长，却很简洁有力。他先从民进轮下水的意义，谈到抗战必胜的信心。其中有几句话很惹人注意：“皖南新四军的鲜血没有白流，投降日寇的阴谋没有得逞，一切爱国的民众团结起来，反对投降，反对倒退……中华民族不会灭亡，抗战到底，最后胜利一定属于我们……”

高伦讲完话立即振臂高呼口号：

“打倒日本帝国主义！”

“抗战第一，胜利第一！”“向抗日的官兵们致敬！”

观礼的人们顿时激动起来，挥舞着刚才分发的三角彩旗，口号声此起彼伏。

陆祖福真摸透了民众的心理，巧妙地将下水典礼与抗日运动联系在一起，轻而易举地把会场的气氛推向高潮。

口号声刚止，大家兴奋的余波还很强烈，乐队却主动奏起当时流行的《义勇军进行曲》，雄浑激昂的旋律又把大家导向再一个高潮。

这首歌人人会唱，大家合着乐曲，放开嗓子唱起来：

起来，
不愿做奴隶的人们，
把我们的血肉，
筑成我们新的长城，
中华民族到了最危险的时候，
每个人被迫着发出最后的吼声，
……

这首歌唱起来使人热血沸腾，大家的情绪愈来愈高昂……

坐在观礼台上的薛习永不禁大惊失色——他认为陆祖福不仅是实业家，而且还是出色的艺术家，这样的宣传效果是不多见的。

一直想吞并民成公司的薛习永，被眼前的气势震慑住了，暗暗感叹："陆祖福真奇人也！要治服他，可不容易啊！"但他又不甘罢手，暗说，"我们逐鹿川江，尚不知鹿死谁手！陆祖福，走着瞧吧！"

薛习永心情十分复杂，待他不再胡思乱想，这时歌声已停，激动的人群慢慢安静下来。

大家期待的节目掷香槟酒马上就要开始。大家都看过剪彩——因为连大商店开张都要剪彩，太普通了。但是轮船下水时掷香槟酒，许多人都没看过，觉得新鲜稀奇，人人全神贯注，注视着轮船前方。

"请孔令俊女士剪彩！奏乐！"董绍孙高声宣布。

乐队奏起了《春天里》——这是电影《十字街头》的插曲，曲调十分轻快，很多人跟着哼起歌词：

春天里来百花香，
朗里格朗格朗里格朗，
和暖的太阳在天空照，
照到我们的破衣裳。
……

只见孔令俊踏着乐曲的节拍，风度翩翩地走到彩绸前，从沈小姐捧着的托盘里拿起剪刀，眼睛像流星般向全场一扫，用舞蹈般的优美动作剪断了彩绸……

薛习永当招商局总经理看惯了这些场面，所以并没有留心去看。他细想着陆祖福今天安排的场面：高伦与孔令俊——左派与右派；《义勇军进行曲》与《春天里》——一张一弛。真是何等高超，令他惊叹……

他身边的胡娟拉了他一把："习永，看孔令俊掷香槟酒！"——她没见过，有些大惊小怪。

薛习永中断了思路，没精打采地望去。"掷香槟酒祭奠海神！奏乐！"

听司仪这样叫，大家才明白，原来向船头掷香槟酒是祭奠海神的仪式。

在彩棚靠前的横梁上，正对着船头，垂下三根各系着一瓶香槟酒的细绳。

这时乐队奏起了另一首更为轻松舒缓的乐曲《夜来香》……

在一旁的沈小姐递给孔令俊一瓶垂吊着的香槟酒。孔令俊将酒瓶拿在手中，瞄了瞄船头，脱手使力砸去——细绳的长短是预先测算好的——酒瓶闪着亮光向船头荡去，刚好砸中船头。随着酒瓶的碎裂声，立刻喷溅起一朵五彩缤纷的酒花……

“好！”爆发出一阵喝彩声。

观看的人个个笑容满面，十分感兴趣地看孔令俊砸完了三瓶香槟酒。

“下水开始！”

司仪刚一宣布，气氛顿时紧张起来，观众本能地从轮船四周向后退让。

联络的口哨声彼此呼应，信号手拿着红绿旗不断地打着旗语在系缆桩旁站着的水手，已执着太平斧准备斩断钢缆。

一声长长的口哨响过，只见太平斧落处火星四溅，冒着青烟，发出咔嚓一声响，两根钢缆断开了。

轮船骤然失去了拉力，猛地一震，微微摇晃一下，便开始缓缓向江里滑行起来……

这时乐队又奏起了抗日歌曲《新中华进行曲》……

观众蜂拥上前，簇围着滑行的轮船前进。顷刻之间，歌唱声，欢呼声，口号声，像浪潮般汹涌起伏。但见人头攒动，彩旗飞舞，衣衫飘抖，气氛十分热烈。

夹杂在人群中的几个外国人，他们都是几个大使馆的商务参赞和武官，也一手举彩旗，一手挥礼帽，口里大声叽里呱啦喊着什么。

滑行的轮船愈滑愈快，跟着前进的观众要小跑才能跟上。

从下水典礼开始，一直没露面的陆祖福这时突然出现在轮船驾驶台敞廾的玻璃窗前，向船头下的观众挥手致意。

“陆先生，那是陆先生！”大家发现了他，大声呼喊着。

陆祖福今天依然穿着芝麻布制服，不过换了一顶崭新的博士帽，他从窗口伸出头去，揭下博士帽不断绕动。

新闻记者抢拍着镜头，耀眼的镁光灯一闪一闪……

轮船要滑进江水里了，几个维持秩序的职员张开双臂拦住观众，不让前进了。

观众停住步，争看轮船进水时那一瞬间的情景。

滑动速度愈来愈快的轮船，尾部先坠入水中，激溅起来的水花高达数丈，水气蒙蒙中闪现出一道腾空的彩虹——这是阳光折射形成的奇景，很是壮观。船身震动了一下，待整个船体都滑入江面，便安稳地浮在水面上漂荡。

原先在梁沱里的一艘离得远远游弋的小拖轮，拉响了一声汽笛，很快驶近新下水的轮船贴住，抛出拖缆，立刻将民进轮拖着靠囤船去了。

围观的人余兴未足，半晌才散。

二

“亲爱的，你等一等，听我说呀！”

朱佳富跟在杨宝瑜身后紧追，不住地叫着。

杨宝瑜虽然穿的是高跟鞋，但走得很快。她穿的素花绸旗袍的下摆被江风卷起飘动，发出丝绸摩擦的窸窣声。

杨宝瑜喘着气，力气渐渐不支，终于被朱佳富追上了。

“宝瑜，你听我说呀，”朱佳富和杨宝瑜并肩往前走，见她仍不停步，心情十分懊丧地说，“难道你连一句话也不听我说吗！”

他俩已到了内梁，岩下的江水静静地流淌着，这里是平水，江风很大，他俩的头发都被吹乱了。

杨宝瑜站住了。她迎着江风透了一口长气，望着江面沉默不语。

“宝瑜，并不是我责备你。孔令俊虽然狂妄失礼，但她是客人呀！你怎好与她一般见识，你当众不悦地离席，倘若弄得大家不欢而散……唉！”

杨宝瑜从没这样激动过，被江风一吹，她渐渐冷静了。她想起刚才酒宴上的情景，确实感到屈辱：

她跟着朱佳富到孔令俊席上劝酒，孔令俊却将她喝剩的一杯残酒凑近她嘴边硬要她喝下。杨宝瑜本来滴酒不沾，面对孔令俊这种严重失礼的举动，脸羞得通红，眼泪水差点滚了出来。她仍客气地向孔令俊解释：“对不起，我确实滴酒不沾，不会喝酒。”

孔令俊十分任性，当即板着脸说：“朱太太，我喝过的酒让你喝，这是抬举你。你不能不领情呀！”

朱佳富当然晓得杨宝瑜的脾气，这次她本不肯来的，是他把话说了一箩筐，苦苦劝她来了。他也深知孔令俊的脾气，怕事闹僵了大家都会扫兴，立即向孔令俊赔笑说：“孔先生，贱内确实不会喝酒，我代她喝了吧！”

想不到孔令俊却十分固执：“不，这酒一定要朱太太喝下。”

朱佳富没法，只得凑近杨宝瑜耳边悄声央求说：“亲爱的，我求你看在我的面上，看在基督的面上，把这杯酒喝下吧！千万不能惹恼了她。”

杨宝瑜实在想不到朱佳富会变得如此低三下四没有骨气。她心上像被谁扎了一针似的，长期积压的郁闷一齐兜上心头。她嘴唇一下子变得很苍白，手指哆嗦着，一颗晶莹的泪珠从她眼角滚了出来。

幸好由邻座的沈小姐解了围，她对孔令俊说：“我晓得朱太太滴酒不沾，让我代她喝了吧！”

孔令俊看沈小姐喝干了残酒，鼻子里哼了一声还想说什么！

沈小姐十分灵活，从朱佳富手中接过酒瓶：“孔先生，我俩喝个碰杯！”

孔令俊再没说什么便默然了。

朱佳富看没闹出大乱子，松了口气。

他们离开了孔令俊，杨宝瑜实在忍受不住，再不肯到其他席上劝酒，不顾朱佳富独自跑出来了……

这时朱佳富见杨宝瑜气色平和了，犹豫了一下，说：“宝瑜，说实话，我也讨厌孔令俊，但小不忍则乱大谋，为了我们的事业，只好与这些讨厌的人周旋。唉，连你也变得不理解我了，我……我多么孤独！”

杨宝瑜一直目不转睛凝视着江面，仿佛没听见朱佳富的话，也不感到身边有朱佳富的存在。

“唉……”朱佳富又一声长长的叹息。他的社会地位不断改变，逐渐上升，使他有时感到十分自得。但是，当他想到杨宝瑜对他的态度却日渐冷淡，不觉感到无限惆怅。他是绝顶聪明的人，也深知杨宝瑜的性格，照这样下去，他们的感情总有一天会破裂。他曾经爱过她——目前还是爱她。杨宝瑜依然很美，时光的流逝，不过在她脸上留下微浅的一点皱纹，要找一个如此温婉多情的妻子并非易事。朱佳富认为这些年来，他是事业上的胜利者，但却是爱情上的失败者。事业与爱情不可兼得，常使朱佳富感到彷徨不安，也是他以前没想到的。他晓得杨宝瑜从小所受的教育，基督教对她的熏陶，把世间的一切事物都看得很美，一旦发现些微的丑恶便反感。杨宝瑜的心灵也像她爱好外表的洁净一样，处处都以基督的教义来衡量一切，作为她道德的准绳，想做一个完人。朱佳富有时愤愤地想：“像这样对宗教虔诚的人，为啥没去当修女，偏要嫁人！”朱佳富常常自己问自己：“倘若我面临爱情与事业的抉择，我将怎么办！”他认为他一定会选择事业。可是他想到失去了爱情而只剩下事业，真是何等可怕！

此时的朱佳富心情十分复杂。他觉得杨宝瑜的洁癖，实在妨碍他的事业，常常使他难堪。他对她出污泥而不染的孤高自负实在有些反感——因为他认为大丈夫能屈能伸，暂时的荣辱算不了什么。手段，魄力，机变，权谋——古今哪个成大业者少得了这些？韩信不能忍受胯下之辱如何能成为英雄！

朱佳富想到杨宝瑜近来对他的冷淡，感到难于忍受，不禁暗自激愤；以他的能力却不能改变她的态度，他不觉也感到沮丧，所以在一边赌气不说话……

杨宝瑜想到朱佳富在孔令俊面前卑躬屈膝的样子，心里就不好受。她也曾听到过有关朱佳富与孔令俊的流言蜚语，但她不肯相信，也不愿相信因为圣经上说，一个女人嫉妒是有罪的——朱佳富变得如此无骨气，不能不使她难忍。

她心中有气，故意不理朱佳富，听他长叹了一声以后，半晌悄然无声，不觉有些奇怪，偷觑了他一眼。她哪里晓得此时朱佳富心中想的，见他垂头丧气，失魂落魄的样子，心里不禁软了。

她回过头来强装出笑容，说：“佳富，你不用理我，我心中烦躁，过一会儿便会好的。”

朱佳富用十分多情的口吻说：“你可以责骂我，但你千万不能把话闷在心头，会损害你的健康。”

杨宝瑜见朱佳富说的十分贴心，不觉也动了感情：“佳富，想我们当初过着自食其力的生活，心里觉得充实，可是……唉！”

朱佳富也叹口气：“宝瑜，等抗战胜利后，我辞去民成公司的事情，我俩回到杭州乡下去住。你当小学教员，我去中学教书，空闲时一起在苏堤上散步，不去冷泉拉琴——那里冷清，我在窗前的月光下给你拉琴，你含情脉脉地看着我，我……”

朱佳富这一手果真立竿见影——马上见效。杨宝瑜听他谈得很认真，说得很有感情，极富诗意，这些正是她向往的生活。

杨宝瑜十分感动，一把拉住朱佳富的手，小鸟依人般将面颊贴在他的胸前：“佳富，真能过那样的生活，我会从梦中笑醒，那……太好了。”

朱佳富将杨宝瑜揽在怀里，轻轻抚摸着她的肩胛。他面肌抽搐了一下，心里想："这个女人不愿过富贵的生活简直是不可思议。"他揽抱着杨宝瑜温暖柔软的身体，心里有说不出的快乐，他又想，"以我现在的地位和金钱，再找一个上层社会的名门闺秀并不难，可是我偏迷恋着她——啊，她实在有使我迷恋的地方，是其他女人所没有的……"

杨宝瑜的激情一会儿便减退了，她离开了他，往后退了两步，摇着头，心里喃喃地说："不，不可能，是你骗我。你不可能去过那种生活。"她眼里明亮的光辉一会儿就变得黯淡了。

朱佳富见状，心里感到冰凉。他沉默了一会儿，十分委屈地说："宝瑜，你总是不相信我，要晓得我的心……倘若能剜出来让你看看，我一定这么办！"

杨宝瑜见朱佳富急得涨红着脸，她轻轻叹口气，拉住他的手说："不谈这些，我是你的妻子，我就要履行一个妻子的责任，走吧！趁宴会没散我们回席去，不让他们非议。"

朱佳富听了杨宝瑜这些体贴和解的话，不禁笑容满面，做出十分温情的样子抚摸着她的柔荑。满天的阴霾一会儿便散了。

三

陆祖福为了达到最佳的宣传效果，决定邀请一些贵宾乘坐新下水的民进轮游江参观。

按常规，新下水的轮船要靠在码头上经过一段时间的试车运转，然后才能试航。

陆祖福要船厂提前在船台上做了许多工作，主机和辅机都早试车正常运转过。所以民进轮下水后，只在趸船上停留片刻，便开出在梁沱里转游了几圈，然后开进长江主航道试过，才开回梁沱靠好囤船等待贵宾上船游江。

由于轮船舱位有限，邀请游江的贵宾是经过精心挑选的。

薛习永夫妇也在被邀请之列。薛习永本不想参加，他见陆祖福搞得这样红火，心中不是滋味。他的招商局在川江已无用武之地，要想控制民成公司，看来很难。他认为陆祖福这样隆重举行下水典礼，带有示威的意味，再待在这里游江，自己的处境将会很尴尬。但是胡娟的兴致很高。看参加游江的人尽是社会名流，在陪都难有这样的盛会，她岂肯放过出风头的机会。

薛习永拗不过她，只好留下参加。

胡娟今天的打扮异常惹人注目：金膀圈，金手镯，金戒指，金耳坠，金发饰，再加旗袍领口别着的金珠花，浑身金灿灿使人眼花缭乱。她穿的翠绿色绸旗袍也特别打眼，紧裹着她丰腴多脂的身体，自有一番与众不同的风韵。

胡娟挽着薛习永登上轮船，朱佳富在波门边迎住，热情地握住薛习永的胖手："啊！薛先生，承你光临指导，我们不胜荣幸！"

朱佳富不认识胡娟，但这位胖美人颇有名气，他闻名已久，不用介绍，早猜到是她。他松开薛习永的手，彬彬有礼地向胡娟一鞠躬："胡娟女士赏光，敝公司将载入史册，实在为民进轮增光不少！"他含笑握住胡娟的手摇了摇马上便松开，抢在前面引路，"请！"

朱佳富这种迅速抓住别人性格特点的外交辞令，果然立地见效。胡娟眉开眼笑边走边打量朱佳富。她也是第一次与他见面，但早听过有关朱佳富的传闻。他们初次见面，马上便给她留下令人愉快的印象。几年前在武汉孔公馆的舞会上，朱佳富大出风头，一下便迷住孔令俊的事，至今还在陪都上层社会中流传。因此，朱佳富在一些不认识他的太太小姐中，竟成了传奇似的人物，被人愈说愈神，都以不能一见他为憾。那次舞会，胡娟没有去参加，她事后听说，也觉不可思议。有许多无聊好事之徒辗转相传，还联系到朱佳富年轻时代的爱情经历，把杨宝瑜说成天仙美人，把朱佳富说成丑八怪，硬说朱佳富有一把魔琴，拉出的旋律能使铁石人听了也要感动得落泪；便是贞洁的圣母玛利亚听了也要牵动情丝。朱佳富便靠着这一把魔琴，走到哪里都能受到女人的欢迎。胡娟以前对这些传闻半信半疑，出于好奇心，很早便想结识朱佳富，但朱佳富很少在上层社会场合露面，使她无缘结识。今天初见朱佳富，觉得他并不像传闻的那么丑，一张方脸说不上英俊，但一副金丝眼镜架在鼻上，加上温文尔雅的举止，有分寸的谈吐，颇有点学者的风度。并不令人讨厌。她刚才在宴会上也看见过杨宝瑜，年过三十的中年人，还娇美如少女，确实出众。

胡娟没见杨宝瑜，于是问道："朱先生，为啥不见朱太太？"

朱佳富被触着了心中的隐痛。按礼节杨宝瑜是应该陪同他来迎接客人的，尤其是对方也是夫妇俩，更应该如此。刚才酒宴上，幸好没闹出不愉快的事情来，但酒宴后，杨宝瑜借口头疼，朱佳富不好强求她，只好送她先回家去了。

朱佳富微笑解释说："贱内身体不好，我怕她受不了轮船上的颠簸，先送她回家休息去了。”

薛习永是熟悉朱佳富的，以前听到那些荒唐的传闻，他给胡娟解释过，并忍不住哈哈一笑：“真是无稽之谈！”他晓得朱佳富的太太性情孤高，听他这么解释，取笑说，“朱先生对太太真体贴周到，堪称模范丈夫！”

胡娟白了薛习永一眼，推搡了他一下：“你为啥不向朱先生学习！”

薛习永哈哈一笑，朱佳富也笑了。

他们登上了主甲板，主甲板走道上临时铺上了地毯，胡娟高跟鞋踩在上面毫无声息，也不用担心滑跤。

朱佳富殷勤地带着他俩在主甲板转了一圈，参观了住舱、浴室、餐厅等。

薛习永是内行，他认为民成公司船厂有这样的造船水平确实不易，但比起招商局的船，这些设备和舱面建筑还很低劣，没有多少值得看的。他见胡娟专注地听朱佳富介绍，表现出很浓的兴趣，只好闷声不语陪着。

他们走到餐厅门口，见门上贴着女宾席的红纸条，一位担任招待员的小姐笑迎住胡娟：“太太，请进里面休息！”

胡娟想到刚才举行典礼的情况，也是将男女宾的席位分开，于是嘟着嘴说：“朱先生，你们为啥这么封建，男女界线如此分明！”

“哦！”朱佳富见胡娟不悦的样子，不慌不忙解释说，“胡女士切莫误会，这是尊重女权！”

“尊重女权！”胡娟的一对大眼瞪得溜圆。

朱佳富说：“欧洲轮船上有母子间，候船室有妇孺优待座，我们设妇女专用座，怎说不是尊重女权呢！”

胡娟明知朱佳富是狡辩，但见他居然言之成理，不觉抿嘴一笑：“朱先生真会说。”

胖人汗多，她想到自己脸上流过汗，需要找个地方重新敷上香粉和胭脂，残缺的唇膏也需涂过。她一只脚跨进女宾席，回头一扬手：“Goodbye！”便走了进去。

“薛先生请楼上坐！”朱佳富故意夸赞说，“你太太美丽大方，真使人艳羡。”

朱佳富这两句得体的奉承话收到了应有的效果，薛习永最喜欢别人称赞他的太太。他腆着大肚子笑得合不拢嘴，显出自得的神情说：“我把她娇惯坏了！”

四

民进轮开进长江，故意溯着流速甚急的主流往上驶，船尾推进器犁起的波涛十分汹涌，拍击着两岸的岩石哗哗响。

轮船的速度很快，两岸嶙峋的怪石向船尾飞退，使站在驾驶室里观光的两个外国人赞不绝口。

陆祖福站在两个外国人中间，比画着手势，用英语与他们交谈着。

近两年来，他每天坚持学习一小时英语，在他办公室门上挂着一块小木牌："学习时间，严禁打扰。"他现时不用英语秘书可直接与外国人交谈。

站在他左边的那位碧眼高鼻的加拿大人就是陆祖福的英语老师文幼章。

这时文幼章望着陆祖福含笑不语，好像在夸赞他的学习成绩不错，英语讲得很流利。

站在陆祖福右边的是美国驻华大使馆武官汤姆上校。他穿着丝光卡其的军便服，船形帽儿歪戴在头上。

汤姆上校是海军出身，对于轮船的性能当然很内行。他靠近打水台边的玻窗前举起望远镜观察了一会儿，回过身来举起大拇指对陆祖福夸赞说："OK，陆先生在短期内造出这种性能良好的轮船，实在了不起。我要向敝国政府报告。"

陆祖福听后，十分欣喜。他向汤姆上校靠近一些，用英语说："汤姆先生太过奖了。"

他欣喜的原因，并不全为汤姆夸赞他——特地邀请汤姆上校参加下水典礼，有陆祖福自己的精明打算。民进轮建成下水，不仅有航运价值，也有潜在的军事意义。他很想从国外进口一些造船器材，但他资金短缺，更无外汇——他已多次向行政院申请过外汇，但给孔祥熙压住不批，真是无可奈何！这时，陆祖福听汤姆武官说，要将民进轮下水试航的情况向美国政府报告，正中他的下怀。陆祖福晓得：只要美国人认识到民成船厂在抗日中潜在的军事价值，那么，他可以从美国援华款项中得到一笔，向美国购买造船器材，民成公司的船厂便可以大大发展了。

汤姆上校从玻璃窗伸出头去看见烟囱里冒出的浓烟像乌龙般飘向船尾方向的天空，他缩回头来耸了耸肩，卖弄地说："像这样的蒸汽机太落后，我们美国远在这个世纪初便看不见这种玩意儿，早被淘汰了。"

陆祖福虽没到过美国，对于原动机的历史还是熟悉的，世界上广泛使用内燃机的历史并不长，晓得汤姆的话太浮夸。他当然不便点破，说：“是的，这样的蒸汽机在世界上较落后，但现时在中国的大后方，还只有我们民成船厂能造呢！”

汤姆接过陆祖福递过来的吕宋雪茄烟，衔在嘴角上，派头十足地让陆祖福给他点燃。他猛吸了一口，淡淡的青烟袅袅飘散，驾驶台里顿时弥漫着浓郁的香味。他伸出食指做了一个动作，说：“陆先生，真正要用于军事目的，还必须发展柴油机的制造。第一，柴油机的马力不受蒸汽压力那样的限制，随时可以充分发挥出来；第二，柴油机……”

陆祖福叹口气。有些不悦地说：“唉，汤姆先生，你真是饱汉不知饿汉饥。根据我们目前的条件，连造这样的蒸汽机也很吃力，要造柴油机谈何容易！并且现时柴油奇缺，还不如蒸汽机烧煤方便。”

陆祖福蓦地一转念，趁机说：“柴油机的性能确实优越，现时要造柴油机，我们既缺资金，又缺技术和设备……”

汤姆十分聪明，立刻明白陆祖福的话意，他毫不思索，极其慷慨地说：“陆先生不用发愁，敝国政府可以贷款给你，你需要进口的技术和设备包在我的身上。”

陆祖福料不到汤姆会主动提出贷款，兴奋得双眼灼灼闪亮，真是喜出望外。他想把贷款的事拴牢一点：“汤姆先生，贵国贷款给我，真无问题？”

汤姆却拿起架子来，他目中无人地望着蔚蓝色的天花板，说：“我汤姆说话算话，绝无问题！”

“哦，谢谢汤姆先生。”陆祖福沉吟片刻，觉得汤姆答允得太爽快，反而有些不放心，进一步说，“请问汤姆先生，向贵国贷款的事要通过何种途径联系？”

“啊，陆先生不用忧心，你只需向孔祥熙先生提出便行。”汤姆说。

陆祖福一愣，脸上的笑容消失了。

汤姆敏感到陆祖福情绪改变，立即解释说：“孔祥熙先生在敝国信誉卓著，只要他出面联系无有不成。由敝国政府将款贷给孔先生，再由孔先生向贵公司转贷或投资，一定能圆满解决。”

“啊！”陆祖福惊呼了一声。汤姆绕了一个大圈子，原来是要他找孔祥熙投资。这时他豁然醒悟，半晌无语……

朱佳富陪着一个秃顶的英国人站在驾驶台外的走道上凭栏眺望江景。

这个英国人便是彼特利克，他从香港来重庆不久，担任英国驻华大使馆商务参赞。

彼特利克搓着手掌，用惋惜的口吻说：“啊，朱先生，这次能到重庆任职，又可以与你朝夕相见，真是太令人愉快了。不过我想到春燕小姐的死，看着长江睹景伤情，真使我痛苦不堪。前几天我还到曾家岩万国公墓里去凭吊过：我扶住春燕小姐墓前的十字架哭了。”

彼特利克声音都有点哽咽的样子，长长叹口气，用中国话吟咏了一句古诗：“问君能有几多愁，恰似一江春水向东流！”

朱佳富没想到彼特利克会突然提到春燕，他不觉一怔——春燕没死，现改名换姓在孔公馆里给宋霭龄担任秘书，自那天以后，他心中一直怀着鬼胎，生怕这件事将来会牵扯到他。

朱佳富当然不能将这事告诉彼特利克，他见彼特利克自作多情的样子，嘴角露出一丝意义不明的笑。他说：“彼特利克先生，旧事如烟——俱往矣，你不用伤怀，身体要紧。”

彼特利克蓦地笑容满面又谈起他回英国之行：“朱先生，我这次回国，在伦敦遇见恩师威力克院士。我们闲谈中提到你，他颇有感叹地说：‘朱佳富天资颖慧，可惜刚取得硕士学位便匆匆离开英国，倘若能留在英国深造，在学术上一定有所建树，可为师门增光。朱先生，威力克院士桃李满天下，从未见他这样公开夸赞过学生，足见朱先生确实不凡。”

朱佳富听得呆了。他在英国没取得博士学位便匆匆回国，当时是为了爱情，想与杨宝瑜结婚，只好如此。但他一直耿耿于怀，没有博士学位使人看轻。他说：“恩师威力克院士当年对我的指导，至今我还铭感不忘。唉，中国有句俗话：名师出高徒。可是，我连一个博士学位也没取得，真叫人遗憾。”英国重视师门之谊，朱佳富这样说，主要想与彼特利克拉关系。

彼特利克认真地安慰朱佳富说：“朱先生，你不用遗憾。威力克老师现是皇家学会的院士。等我以后回国时，请他帮你活动，授给你一个荣誉博士的学位还风光些。”

朱佳富不觉喜出望外，连连说：“谢谢彼特利克先生！”

这时轮船驶到了朝天门，拉了一个圆弧正掉头下驶。轮船一倾斜，彼特利克没注意，险些跌倒，幸被朱佳富一把扶住。

“朱先生，我们到驾驶室去看看。”彼特利克提议说。

“好！彼特利克先生请。”朱佳富客气地说。他们要讲的私房话已说得差不多了，都想听听陆祖福与汤姆在交谈些什么——隔着玻璃门见他俩谈得很热烈。

他俩走进驾驶室，汤姆望了彼特利克一眼立刻闭上了嘴。

彼特利克主动搭话说：“汤姆先生刚才谈得很热烈，能不能让我们也听听。”

汤姆一摊手，耸耸肩，一句话也没说，便偏过头去举着望远镜看舷外的景物。下水流急，船行似箭，岸上的房屋岩石闪电般一晃就丢到船尾去了。

彼特利克瞟了一眼汤姆，对美国人粗野高傲的态度他本来看不惯，但现在美国成了暴发户，英国人也有求于他，所以他对汤姆的失礼隐忍住了。

文幼章主动对彼特利克说：“陆先生与汤姆先生谈贷款的问题……”

彼特利克十分热情地说：“陆先生资金短缺，若能从美国朋友那里取得贷款固然好，倘若不能也不用忧虑，我愿为陆先生帮忙。”

“啊……”陆祖福原以为英国目前已自顾不暇，哪有经济余力向海外贷款，因此有点意外，“彼特利克先生，贵国政府愿意贷款给我们?”

彼特利克摇着头：“NO，NO……敝国政府对这种贷款毫无兴趣!”

他见陆祖福露出失望的样子，微微一笑：“不过，我们英联邦的成员国加拿大，却对这样的贷款有兴趣。”

陆祖福“啊”了一声，瞥了文幼章一眼，因为从没听这位英语老师提说此事。

彼特利克说完后，偷瞥了汤姆一眼，见他好像专注在望江景。

“加拿大!”陆祖福的印象里，加拿大是一个农业国，小麦出口是大宗的生意，怎会对中国内河的航运感起兴趣来，这使他不解，“只要贷款的条件优厚，除开轴心国，谁贷款给我都接受。”

他转问说：“彼特利克先生，你知道加拿大贷款的条件吗?”彼特利克回答说：“等温华尔先生飞回重庆后，你们可以约谈。”

陆祖福晓得温华尔是加拿大驻华大使馆的商务参赞。怪不得今天没来，原来不在重庆。

朱佳富怕冷落了孔令俊她们，见彼特利克与陆祖福谈得十分融洽，于是告辞：“你们谈谈，我去一会儿便来相陪。”

彼特利克与文幼章都说：“朱先生请便!”

朱佳富走到主甲板，见客人三三两两在一起交谈，看江景，十分热闹。

董绍孙被客人围住，听他解说长江上的事情，都觉得新奇，个个听得出神。

孔令俊身边只有沈小姐，显得很冷清——因为她高傲异常，别人对她都敬而远之。

她看见朱佳富不觉欣喜地叫了一声：“朱先生，快来。看！岩上那尊大佛是啥菩萨？”

朱佳富迎上去正待回答，沈小姐蓦地指着前方航道大声惊叫：“看，大火，大火！”

许多人听后，都拥向舷边伸出头观望，也大叫：“失火了！”

朱佳富见客人们惊疑不定的样子，不慌不忙大声解释：“诸位女士先生们，请不要惊慌，这火是我们故意放的。”

“你们故意放的火！”大家的目光一齐盯在朱佳富脸上惊问。

朱佳富接着解释说：“那里是铜钱坝荒滩，并无房屋居民。我们叫人架上大堆木柴，泼上大量柴油，点燃起来好叫诸位贵宾参观敝公司轮船的消防能力。若有不足之处，还望诸位指教！”

“啊，为啥不早说！”孔令俊用责怪的口吻说。大家豁然明白，都一齐松了一口气。

轮船已驶近铜钱坝，果见沙滩上熊熊烈火的四周空荡荡的。

轮船立刻掉过头来顶着激流在江心游弋，让大家观看消防演习。

朱佳富指着唐家沱趸船的方向说：“诸位请看，敝公司救火的三艘轮船已由趸船边开出……”

大家顺着朱佳富手指的方向看去，果见三艘轮船敲着急促清脆的警钟离开了趸船，成一字队形全速驶来了。

像接受检阅一般，轮船一艘接一艘从民进轮右舷外驶过，大家看得十分清晰。

……

汤姆站在驾驶室右舷伸出的打水台上。他见救火的轮船上奔跑的水手不一会儿便有条不紊地在各自的岗位上站好，无数根皮龙冲出的高压水有如矫健的银龙腾空而起，集中射落在熊熊的大火上，发出嘶嘶的响声，化成蒸汽罩住了高高的火苗……

眼看火势渐渐小下去，沙滩上弥漫着一片水汽，余烬的青烟袅袅升向天空。

汤姆看了看手表，忍不住惊叹道：“OK，从轮船由码头开出到扑灭大火，不过二十分钟，真了不起！”

大火救灭，三艘救火船上响起了舒缓的钟声：当、当、当……

汤姆当然懂得这是解除火警的声号，他从打水台退回驾驶室，望着陆祖福兴奋地说：“陆先生，这样精彩的救火表演，我在贵国还是第一次看见。迅速，准确，有条不紊……”

他噘着嘴唇吹响口哨，蓦地打响指头——“啪”的一声，说：“我要向蒋先生建议，应该让陆先生去主持陪都的消防工作。贺国光这帮人实在是草包!”

陆祖福眼看自己安排的这个即兴节目，果然很有效果，忍不住喜形于色：“不足之处，还望汤姆先生多多指教!”

这时民进轮又拉响了汽笛掉头下驶。

彼特利克对川江不熟悉，指着前方出现的一个峡口问：“陆先生，那是什么峡!”

“铜锣峡!”陆祖福回答。

彼特利克从不放过炫耀他汉学渊博的机会，望着险奇的峡口，晃头吟咏：“自三峡七百里中，两岸连山，略无阙处；重岩叠嶂，隐天蔽日；自非亭午夜分，不见曦月……”

汤姆虽懂几句普通汉语，但对比较深奥的古汉语一窍不通，只顾吹着口哨，悠闲地看江景。

文幼章在中国多年，也有古汉语基础，晓得彼特利克吟咏的是郦道元的《水经注》。他也不甘落后，说：“桂林山水秀丽，三峡风光险奇，不身临其境，是很难体会的。”

蓦地听见从主甲板传来一阵鼓掌声和哄笑声，很是热闹。陆祖福提议说：“诸位先生，请到外面走走。”

汤姆早已不耐寂寞，立即赞同：“OK!”彼特利克与文幼章也在点头。

第三十二章

一

宾客乘坐新下水的轮船游江之后，绝大多数宾客兴致仍然很高，接受了陆祖福的邀请，一齐转到金城饭店去参加晚宴，晚宴后当然会有助兴的舞会。

在金城饭店宴会大厅里，男女宾客混杂在一起，三三两两各自组成一个小圈子，个个谈笑风生，欢乐的气氛弥漫在各个角落。

笑罗汉潘上由，拍了拍肥厚的巴掌，企图引起大家的注意。但是，女士们的娇声软语，先生们的高谈阔论在大厅里震荡，将他的巴掌声淹没了，并没引起人们的注意。

潘上由很吃力地爬到凳上站着，又使力拍了几下巴掌，这才引起了大家的注意，人们惊讶的目光一齐投射到他的身上，大厅里嘈杂的人声慢慢寂然了。

潘上由今天改穿了一套西装，圆盘似的胖脸泛着兴奋的油光。

不认识潘上由的人在低声向身边的人询问，待晓得他便是公馆里有尼姑庵的银行家时，都好奇地打量着他，有人在窃窃私议。

潘上由眯成一条缝的双眼向全场扫视了一周，提高粗嗓子说："我提议……"他爆发了一阵咳嗽，憋得颈粗脸胀，"我提议，欢迎樊副军长和银蝴蝶表演一段川戏《盘丝洞》!"

潘上由话音刚落，立刻爆发出一阵杂乱的掌声和尖厉的喝彩声。

潘上由从凳上跳下，走到樊哈儿身边拉住他的臂肘催促："樊副军长，快，这场精彩表演准能叫我们大饱眼福。"

樊哈儿穿着将军服，没戴军帽，一头开始花白的头发梳得油光光的。他额上和眼角的皱纹加深了，比在涪陵当师长时显得衰老，这是他放纵酒色的生活所致。他近年来虚有军职，闲着没事干，幸他广有田地房产，依然过着优裕的享乐生活。自从抗战以后，他结交了孔祥熙，让自己的姨太太银蝴蝶与孔令俊朝夕相处，又将他一部分现金交给孔令俊，合股跑国际线的走私生意，分得的红利比他以前当实任师长还强。

他是民成公司的股东——很多年以前便将他经营的一家小轮船公司并入作股——他现在既然闲着没事干，凡有热闹好玩的场合，他无不到场，今天这样的盛会，当然少不了他。

樊哈儿笑嘻嘻毫不推辞，拉住银蝴蝶的手说："好，我俩去表演一段给大家助兴!”

银蝴蝶反而显得忸怩，笑着挣脱樊哈儿的手，躲在孔令俊身后。

许多人早忘了体面，鼓掌声、怪叫声在大厅圆形的顶穹下回荡，催促银蝴蝶与樊哈儿表演。

孔令俊今晚的兴致也很高，她含笑将躲在她身后的银蝴蝶推向前。这时几个西装革履的年轻人，立即将银蝴蝶和樊哈儿推推拉拉到中间空旷的地方站住。

有些人原不认识银蝴蝶，但久闻其名，都争先踮脚观望她的风姿，见她穿着银缎西式衣裙，面目秀丽，亭亭玉立的身材十分苗条，极富曲线美，于是都怪声叫起彩来。

樊哈儿近年是陪都有名的票友[1]，常在舞台上串演角色，他这时挥手示意大家把圈子拉开点。于是，大家纷纷向后退让，围成了一个大圈。

樊哈儿双手张开，将巴掌放在耳上一闪一闪，装出猪八戒的神态，口里打着川剧锣鼓：咚咚哐，咚咚哐……

银蝴蝶用手绢捂着嘴只是笑，不肯上前，站在一旁看着银蝴蝶不转眼的黄玉庵趁机上前推了她一把，口里也打着川剧锣鼓：咚哐哧，咚哐哧……

站在前列的几个青年对川剧也是内行，口里也念着：咚哐哧，咚哐哧……

樊哈儿踏着锣鼓点子，巴掌代替猪耳朵闪动着，他还故意腆着大肚子摇摇摆摆……

银蝴蝶忍住笑，不再忸怩，轻摆细腰，伸出纤纤玉手做出身段姿态与樊哈儿面对面舞蹈起来……

哐咚哧，哐咚哧……

肉锣鼓响得更欢。樊哈儿和银蝴蝶更起劲地做出《盘丝洞》中猪八戒与蜘蛛精的各种淫秽下流的舞蹈动作——丑态百出，惹人发笑，个个张着嘴看呆了。

高伦见樊哈儿身着将军服，却无所顾忌在大庭广众之中表演这样的舞蹈，实在看不下去，对身边的陆祖福愤愤地说：“樊哈儿身为军人，却不知羞耻，如此胡闹，真有辱军人人格!”

虽然高伦的声音并不低，但仍被哄闹声湮没了，除了陆祖福外，谁也没

1 票友，即业余演员。

听清。

陆祖福深表同感地皱皱眉头，他怕高伦再说下去会让人听见惹出不愉快的事来，于是轻轻拉了高伦一下，说："我们到阳台上去透透气。"

高伦赞同地点点头，跟在陆祖福身后悄悄离开了大厅。

这时，大厅里的气氛愈来愈热烈，哄笑和怪叫连续不断，看的人像要发疯，表演的人也快发狂了。

二

晚宴过后，大家散坐在大厅里休息，因为还有舞会，个个兴致很高，毫无倦意，也没人告辞离去。

陆祖福两手抄在裤袋里，在人群中踱来踱去，神态随便自然，声音有高有低，有板有眼地介绍着民成公司的发展规划："先生们，女士们，民成公司现时拥有船舶总吨位……此外还拥有煤矿，铁路，码头，趸站，船厂，钢铁厂，纺织厂，印刷厂，汽车队，农场，学校……"

他中气很足，如数家珍般一口气将民成公司的财富和规模夸耀了一番，立即把话锋一转："当然，民成公司是以办航运为主。我可以自豪地说，我们的轮船烧的是自己的煤，造船用的钢铁是自己的产品，船员穿的制服是自己工厂生产的布匹，吃的粮食是自己农场种出来的……"

大多数宾客对陆祖福这些话并不感兴趣，有人捂住嘴在打哈欠。

女宾们围绕着孔令俊，在谈论她们感兴趣的问题：时装、戏院、化妆品……更多的是埋怨重庆山高路不平，处处不如南京和上海。一些人赌咒发誓不愿在这里多住，并说：只要抗战胜利了，他们一刻不停留便坐飞机回下江去……

黄玉庵坐在靠近大理石圆柱旁的沙发上，向坐在身旁的薛习永一撇嘴，轻蔑地说："陆先生又在卖狗皮膏药！"

薛习永觉得那盏枝形吊灯太亮，他眯着眼朝陆祖福的侧影瞥了一眼，笑而不语。他早已感到疲惫不堪，但他的太太胖美人胡娟兴致很好，只得勉强留下作陪。

黄玉庵却无倦意，他显得精神抖擞的样子。在强烈的灯光映照下，他的脸膛白中透青。

黄玉庵向外扬言他已戒绝毒品，他今天参加这样的盛会，确实没中途单独离开过，使那些对他戒绝毒品持怀疑态度的人，也信以为真。其实，自从国府迁渝以后，毒品的种类，以及提制毒品的技术都暗暗发展了，就拿吗啡来说，以前必须用锡箔在火上烘吸，现时却异常方便制成丸药口服。黄玉庵现在便是改为口服这种丸药，它外观很像鱼肝油胶丸。这种胶丸虽然奇贵，但对上层社会的人来说却算不得什么。

坐在一个角落里的吴鱼天——“麻乡约运输行”的管事袖珍算盘，几年前曾在这个厅里参加过陆祖福宴请朱佳富的盛会——坐的地方离陆祖福太远，觉得听不清他的话，于是挪动了一个位子，聚精会神地听着。

“麻乡约运输行”的老板娘四老太婆已死了两年，她家的后人互相争夺产业，把经管运输行的业务撇在一边。于是这开办一百年不衰的老号每况愈下，慢慢开始衰落了。加上抗日以后，闭塞的西南修筑了几条主要的公路，沟通了各省的交通，各地汽车行如雨后春笋般兴起，“麻乡约运输行”的挑夫队伍如何能与汽车竞争！再说政府不断派它的军差，加上捐税如毛，哪能不衰败！不过，他们毕竟是百年老号，信誉卓著，老客户多，虽然赢利说不上，还是能勉强维持住局面。袖珍算盘吴鱼天倒是忠心为主，因四老太婆临终时将经营大权交给了他，深感责任重大，于是他商得几个小老板的同意，准备将“麻乡约运输行”的资金抽出向其他运输业投资，另谋发展。

袖珍算盘早就看中了民成公司，今天他又目睹民成公司的现状，所以他对陆祖福的谈话特别有兴趣。

陆祖福用手做了一个有力的动作，把嗓音提高：“……总之，民成公司开办至今，资产已增加一千倍……”

袖珍算盘早将他随身携带的小算盘摊在手板心上拨弄，此时他毫不放松地追问：“陆先生，请你说清楚一点，民成公司的资产增加一千倍，是以货币计算，还是以实物计算？”

有些关心的人都认为袖珍算盘追问得对，众口一声附和道：“对，是根据啥计算的！”因为货币贬值太快，这是关键的问题。

陆祖福炯炯有神的目光兴奋地闪亮，他左右顾盼了一会儿，微笑回答：“当然是以实物计算！”

“啊！”大家赞赏地惊叹了一声。

陆祖福的话要归到正题了：“民成公司利润高，发展快，投资最稳妥……”

坐在显眼位置的林汤圆早已忍耐不住，蓦地站起来岔断了陆祖福的话，自吹自播起来："陆先生！要说利润高，发展快，投资最稳妥，要算我们百货批发业……"

这真是"半路上杀出个程咬金"，陆祖福不觉一愣，只好将话刹住坐回沙发上，听任林汤圆手舞足蹈地说下去。

朱佳富坐在陆祖福身旁的一张沙发上。他们准备今晚趁机将民成公司扩股的事宣传一番，这是他与陆祖福事先商量好的。他实在想不到这个卖汤圆起家，悭吝异常的林百万，果然名不虚传，真如水银泻地——无孔不入。别人花钱请客，他吃了喝了竟喧宾夺主趁机为自己作起宣传来。

朱佳富初见林汤圆是几年以前，董绍孙请他与杨宝瑜去储奇门白记豆花店吃饭，见他在路边推销水渍货时，竟把他错当成一般小贩。目前，因长江阻断，上海货不能由长江入川，日用百货大多改由国际公路线运进西南，水渍百货因此少了。林汤圆只得将他靠以发家的水渍百货工场关闭，专营百货批发和零售。

朱佳富晓得现时的林汤圆确实更富了，林百万的名称已不能概括他的财富，这次破例邀他参加下水典礼，也是想找他募点股本的意思。他见陆祖福这时听任林汤圆高谈阔论，吹嘘百货业的好处，不禁有些着急，但一时又不便拦阻，只好斜睨着林汤圆，暂时容他说下去。

林汤圆原先一字不识，至今也只粗识几个常用字，但这些年他经常与富商巨贾交往，也练出了一点口才。他说得眉飞色舞，口沫四溅，说到兴浓处，不觉忘形提起安安蓝布长衫的下摆走来走去。

"诸公若要投资，百货业比航运业稳妥。"林汤圆不看陆祖福不悦的表情，毫不掩饰，公开与陆祖福唱起对台戏来，"古话说，行船过水三分险，轮船容易触礁打烂，又是日本飞机轰炸的目标，而经营百货业却没这些顾虑。陆先生若肯投资百货业，我一定欢迎……"

陆祖福从来就不喜欢林汤圆，认为他市侩气太重，以往一次也没邀请他参加过民成公司的宴会。他现在却先向陆祖福募起股来，弄得陆祖福唇上的小胡子抖动了几下，显出啼笑皆非的表情。

这时，幸好袖珍算盘开口说："林先生你啷个把陆先生的话岔断抢先说，有个主客关系，也有个先后次序嘛！"

林汤圆脸一红，被迫讪讪归座，表示歉意地说："对不起，请陆先生继续讲话。”

陆祖福今天很少出面公开活动，他要在幕后筹划指挥这样的盛会并不轻松，他感到精力不支，对朱佳富说：“请朱先生给大家谈一谈。”

朱佳富早已跃跃欲试，他立刻起身温文尔雅地踱了几步，待引起大家的注视后，才开始说：“民成公司坚持初创时的宗旨，就是服务桑梓，造福人群，绝非单纯营利。刚才陆先生所说，公司创办至今资产已增加一千多倍，这不过是民成公司成就中沧海一粟耳，实不足道。民成公司在极其困难的条件下，通过竞争，终将列强船舶赶出了川江，大长了中华民族的志气；抗战伊始，民成公司不计血本，以国家民族利益为重，担负起艰巨的撤退转移的运输任务，使大量物资和工厂免于落入敌手，为抗日作出了贡献……”

朱佳富这番颇有风度和分量的谈话，马上引起了许多人的注意，大厅里嘈杂的人声顿时静下来。孔令俊目不转睛注视着朱佳富，听得十分专注。其他女宾都闭上嘴，好奇地打量着他。

朱佳富见他的话初见效果，干脆边说边踱到大厅中心，让各个角落都可以听清楚：“民成公司要扩大，便于国难时期支援抗战；将来抗日胜利后，还要向长江下游，向海洋发展，最后会将民成公司的旗帜飘扬在各大洋上……”

黄玉庵听后心中极不舒服，取下口里的雪茄，低声向薛习永说：“哼，吹牛不花本钱！”

薛习永只淡淡瞥了黄玉庵一眼，并没搭腔。他听了朱佳富最后几句野心勃勃的话，着实吃了一惊。他没有想到民成公司居然还觊觎着他的老地盘——长江下游。今天的耳闻目睹，使他真正认识到民成公司是他难以战胜的竞争对手。他想，只有趁目前民成公司力量还单薄，羽翼未成，将它扼杀或吞并才是上策。但他已与陆祖福较量过多次，并没占到上风，他心中十分忧虑！

高伦坐在远处，正与傅自昂谈得很融洽，他见傅自昂在留意朱佳富的谈话，马上闭上嘴，将目光转向朱佳富。

傅自昂含笑对高伦低语说：“高先生，你这位世侄真是好口才，陆先生是铁嘴，他可能要算钢嘴，着实厉害。”

高伦原与傅自昂是挚友，但晓得他代表的是另一派地方经济实力，也是陆祖福的竞争对手，所以凡牵扯民成公司的事情，高伦是守口如瓶的。

高伦微微一笑，只是含糊应了一声：“嗯……”

傅自昂专注地听着朱佳富的话，再没留意高伦的神色。

朱佳富这时在大声说："民成公司为了在抗日中作出更大的贡献，决定新发行股票一亿元，欢迎热心爱国的工商界朋友认购！"

董绍孙带头鼓掌，大家也鼓起掌来。

掌声刚停，孔令俊笑容可掬地站了起来，望着朱佳富高声说："民成公司如此爱国，我们决定尽力支持。"她的话停顿了一下，目光在许多人面孔上扫过，洋洋自得地说，"我代表我父亲认购民成公司新发行股票的百分之六十——六千万元。怎样？"

陆祖福心中一惊，若让孔家购去百分之六十的新股票，公司便会被他们控制，成了孔家的公司。因为朱佳富刚才宣布欢迎大家自由认购，孔令俊提的太突然，他们事先没预料到，一时有些着慌。陆祖福惊愕地瞟着朱佳富，心中暗急。

朱佳富也暗自有些吃惊，见孔令俊还站着等他回答，只好含糊说了一声："谢谢孔先生的支持！"

孔令俊刚坐下，薛习永好像事先与孔令俊有默契似的，也站起来说："民成公司这么爱国，实在令人钦佩，我代表招商局认购新股票百分之三十——三千万元！"

但这一来朱佳富反而镇静了。他含笑瞥了一眼薛习永，不慌不忙地说："薛先生真热心公益！"

薛习永并不满足朱佳富回答的这句话，他不肯坐下，不放松地追问："我认购三千万元的股票，怎样？"

朱佳富正待说话，这时袖珍算盘却急了，他起身排开众人走到薛习永面前站住，急得面红筋胀，火辣辣地争嚷："吧，你们两家不要吃独食，只剩下百分之十，叫我们这些小商家买啥！我们都爱国，也要让点给我们买呀！"

袖珍算盘说得十分激动，一不留神，让掌心上的小算盘滑跌于地上，发出哗啦一声响。

许多女宾不明内情，从没见过这种争购股票的热烈场面，见袖珍算盘着急的样子，尤其见他趴在地上半晌也摸不着就在他自己脚边的小算盘，一个个忍不住，捂住嘴咯咯笑。

陆祖福趁机起身说："吴先生不用性急，今天只是初议不作准。我们不会忘记重庆工商界朋友以前对我们的支持，一定机会均等，让大家都可以购到我们新发行的股票。”

“好！”袖珍算盘摸到了脚边的小算盘，伸直腰异常兴奋地说，“这才像话！”

黄玉庵认为薛习永他们既然与自己合作，目前又去抢购民成公司的大宗股票，这是一种拆他台的行动，所以他沉着脸闷声不语。

林汤圆不甘心寂寞，认为现时有机可乘，他蓦地站起来粗声大气地说：“诸公莫吵！请雅静，请雅静！”

大家不晓得他将说啥，果然安静下来都惊异地望着他。

林汤圆一绾衣袖，红黑的面孔在电灯光下泛着油光：“你们买不到民成公司的股票不要着急，请向敝号投资入股，百货业可以一本万利……”

大家不等他说完，哄地笑了。

林汤圆对这样的讪笑声毫不在意，他继续说：“鄙人有个惊人的计划，请诸公稍安听下去，待我仔细说个明白！”

大家见林汤圆神态十分认真，马上又静下来，想听他说出什么样的惊人计划。

“我们领袖说，抗战不忘娱乐，娱乐为了抗战……”林汤圆说的声音太高，感到中气不足，他微微喘了口气，“上海有个麻皮金荣开了家‘大世界’，耍玩意样样有，着实赚了大钱。我想开一家‘特大世界’。下江人目前不能逛‘大世界’，一定乐于逛我的‘特大世界’。我已与当警察局长的干亲家说好，把较场口的玩家[1]选出几个有姿色的，让她们在‘特大世界’里营业，既方便嫖客，又便于政府管理收税。我一旦募足了资金便立即创建，这是诸公最大的福音——既获厚利，又娱乐不忘抗战，抗战不忘娱乐……”

林汤圆说啥“大世界”和“特大世界”显得异常拗口，许多人没全听懂他的话，听懂的人哄然大笑起来。

陆祖福见林汤圆利令智昏，越说越不像话，不等他把话说完，便递了个条子给朱佳富……

朱佳富含笑大声宣布：“舞会马上开始，请大家今晚玩个痛快！”

林汤圆见大厅里顿时人声嘈杂，笑语喧喧，谁也不再听他的话。他叹口气，十分懊丧地说：“唉，我的话还没说完哩！”

---

1 妓女。

三

陆祖福偕同高伦坐在董事长郑春林包下的房间里商谈一些急亟解决的问题。

郑春林年老体弱，今天他没公开露面，一切事情听任陆祖福去安排料理。

这房间离大厅不远，大厅里乐队的演奏以及嘭嚓嘭嚓的鼓钹声听得很清楚，使人心烦意乱。

陆祖福十分疲惫地仰靠在沙发上，他已将刚才大厅里发生的事情告诉过郑春林。

郑春林照例哼哼嗯嗯地点一点头，表示晓得了，很少发表自己的意见。

高伦皱着白眉毛坐正身子不安地说："陆先生，看来孔样熙这次来意不善。况且我们倘若公开拒绝他们认购股票，在道义上很难说通，他们还打着扶植民间实业的幌子呢!"

陆祖福冷笑一声，不以为然地说："怕啥！我们章程上写得很清楚，凡愿认购股票者，必须先填认购单，经董事会讨论认可才行。"

他偏着头沉吟了一下又说："我所虑者，是怕孔祥熙化整为零套购我们公司股票，那才不易对付!"

郑春林正闭目养神，听到这话蓦地睁开双眼问："陆先生，上次董事会上你就说孔祥熙通过代理人在高价收购我们的股票。你调查清楚没有，他究竟收购去多少?"

陆祖福毫不思索地回答："不多。确数要等股票登记完毕才能揭晓!"

高伦忍不住插嘴说："怕啥！我们股票是记名的，凡股票权转让都要我们登记认可。"

陆祖福摇摇头："登记认可只是手续问题，哪能不认可!"

郑春林说："陆先生聪明一世，唧个糊涂一时。规章是我们自己订的，以后加上一条：凡转让股权，公司有优先购回的权利。这就能万无一失。"

陆祖福点头赞同："郑老所言很对!"

高伦忧心忡忡地说："孔令俊开口就买百分之六十的股票，我看这次不比往常，攻势很猛呀!"

陆祖福反而神态从容："哼，兵来将挡，水来土掩。孔令俊这个小丫头说的，我们佯装不理，待孔祥熙向我们正式提出再想法对付!"

“陆先生，接电话！”翁副官推开门伸进头说。陆祖福立刻起身出门接电话去了。

高伦见郑春林的双眼又半睁半闭在养神，他觉得十分无聊，将茶碗端在手中慢慢品茶出神。

陆祖福接电话回来神色顿变，坐回沙发上闷声不语。

高伦见状，望着陆祖福奇怪地问：“陆先生，谁来的电话？”

陆祖福唇上的小撮胡髭颤动不已——这是他异常生气的象征，粗短地回答了一句：“孔祥熙！”

郑春林惊讶地睁开眼急切问：“他说啥？”

陆祖福激动的情绪平静了一些：“还不是为认购股票的事！”高伦催问：“孔祥熙哪个说？”

陆祖福将双手分开放在沙发扶臂上：“孔祥熙真岂有此理！他刚才在电话里用严峻的口气说，一定要由中央信托局认购我们公司股票百分之六十。”

他又激动起来，手掌在扶臂上轻轻地拍击：“这简直等于最后通牒！”

高伦愕然：“最后通牒？”

郑春林深知陆祖福的脾气，看他如此生气，晓得事态定然严重，他轻言细语安慰说：“陆先生，不用气！说出来由我们大家拿主意！”

陆祖福激动地说：“孔祥熙真岂有此理！他说，倘若我们不让中央信托局认购百分之六十的股票，他立刻便要冻结政府借给公司的贷款，并且要资源委员会中断给我们的平价物资供应。”

郑春林听罢，也感到事态严重，他想不出啥对付的好主意，只是看着陆祖福发愣。

“无耻已极！”高伦忍不住横眉怒目愤愤地说，“这是讹诈！”陆祖福沉思片刻，高声喊：“翁副官！翁副官！”

翁副官推开门探身问：“陆先生，啥事？”陆祖福吩咐说：“去请朱先生马上来。”

翁副官答应着在门口消失了。

陆祖福坐不住，站起身背着手在室内低头徘徊起来。

一会儿，朱佳富跨进房来，惊诧地问：“陆先生，啥事？”

陆祖福请朱佳富坐下后，将刚才孔祥熙的电话内容扼要说了一遍。

朱佳富听完后竟哈哈一笑："陆先生，不用忧虑!"

"你有啥好办法，请说吧!"陆祖福晓得朱佳富的才干，急于向他请教。

"孔祥熙真敢那么干，我包他吃不完会兜着走!"

朱佳富做着手势，进一步解释说："孔祥熙倘若冻结我们的政府贷款和中断我们平价的物资供应，我们便以资金周转不灵和缺乏燃油料为借口，将民成公司的船舶停下来!"

朱佳富十分有把握地继续说："那时，我敢说，重庆马上要成为一座死城。只要我们事先将社会舆论造得充分，民众会支持我们，孔祥熙马上会成为众矢之的。管教他焦头烂额，自动解冻和恢复平价供应!"

"停航?"陆祖福眼睛一亮，他认为朱佳富分析得在理。

一会儿，陆祖福眼里的亮光消退了，他顾虑重重地说："停航！我们公司会受很大的经济损失啊!"

"陆先生宽心。我估计孔祥熙不过讹诈威胁，这点利害他是懂得的，不敢真那么做!"朱佳富叠着两个指头说，真像智多星一般。

高伦不同意朱佳富的分析，摇头说："孔祥熙骄横不可一世，他会蛮干的。"

朱佳富含笑面向高伦："高伯，孔祥熙惯会装蒙吃象，其实精明异常，这种事情……他绝不会蛮干的。"

陆祖福沉吟半晌，他觉得朱佳富说的也有道理，但要排除孔祥熙蛮干的可能性，似觉无把握，他脸上现出疑虑不定的样子。

朱佳富冷笑一声，说："就算孔祥熙会蛮干，这样只对我们有利。我们可以趁机大做文章，大造舆论，要孔祥熙偷鸡不着蚀把米，不再贷一笔款给我们，我们还不放他的手哩!"

朱佳富看他们沉思不语，他晓得陆祖福办事素以稳健为主，不愿行险，也不愿走极端，于是他另出主意说："陆先生，我还有个主意，把发行公司股票改为发行公司债券，我们同样可以募集到资金，任孔祥熙买多少都可以。公司债券与股票不同，持券人无权干预公司经营，不过是债权人!"

陆祖福思量了一番，脸上露出了笑容，他点头夸赞说："朱先生这个主意好，值得考虑。你不愧是经济学专家!"

高伦也点头表示赞同。

郑春林精神不支，已坐在沙发上进入蒙眬状态，口角往下淌着涎水。

陆祖福想了想，说：“我再找岳军与嘉璇[1]谈一谈，让他们出个主意牵制住孔祥熙，这样……就更稳妥了。”

高伦听见大厅里还传来舞曲声，蹙眉看了下怀表：“啊！快天亮了。孔令俊他们舞瘾真大！”

“朱先生，孔二小姐请你快去跳舞！”翁副官推门说。

朱佳富瞥了高伦一眼，没有动身——他晓得高伦不喜欢他与孔令俊接近。

陆祖福争先说：“朱先生请便，目前要将这个丫头稳住！”“我晓得！”

朱佳富一整服装，推门走了。

“唉！”陆祖福轻轻叹息了一声。

1 嘉璇，国民党政学系的中坚分子张公权的号，当时是中国交通银行行长。

第三十三章

沙坪坝重庆大学松林坡宿舍区，有一幢平房，这时正紧张地导演着一出闹剧。

一间宽敞的房间内摆满了大小不一的椅凳，一看便知是从各处临时凑借来的。

二十多个学生模样的年轻人散乱地坐在椅凳上，其中只有两个女学生。他们都是学校中三青团的骨干。

申小旦神气活现地出出进进，忙碌地指挥布置一切。水涨船高——他现在已是军统局中尉行动组长。他穿一套颇为考究的咖啡色呢西服，大红的领带十分俗气，显得怪模怪样。

自从在涪陵被段玉兴逼着献了苦肉计，他一张秀气的面孔破了相，留下了难看的疤痕。他那女人般的尖嗓子，以及女人的姿态动作依然如故，令人感到厌恶。

在另一间小房里坐着几个人。有个中央社的记者，胸前挎着照相机在不耐地来回走动，最后停留在杜鲫壳的面前，烦躁地问："杜团长，她真会来吗?"——杜鲫壳又升了官。

他坐在一张藤椅上，跷着二郎腿闪动，见记者问他，忙坐正了身子，微笑着回答："请放心，她一定会来的。"

中央社的记者掸了掸衣袖，看了一眼手表，眼里仍露出疑惑的表情，还想询问，可是被进来的申小旦岔开了。他耸耸肩，离开杜鲫壳继续在室内徘徊。

申小旦凑近杜鲫壳耳边低声说了一会儿，杜鲫壳听后，立即兴高采烈地站起来，提高声音对房里的几个人说："我报告大家一个好消息，我们在这里等待的女客人已在化龙桥上了马车，过一个小时便可以到达这里，请大家做好准备!"

中央社那位记者听说还要等待一个小时，不满地咕哝着："这么早就通知我们来等着，真是莫名其妙!"他在一张圆凳上坐下，掏出一支菲利普香烟，点燃吸了起来。

杜鲫壳见房里的几个文职人员不像武棒槌那么听话，于是面色一沉，故作稳重地咳了一声，皮靴在地板上一顿，发出"咚"的一声响，斜睨着那位记者说："这次行动有关党国大事，极其机密重要，委座十分关心，立等我们的消息。这次行动由戴主任直接指挥——我奉戴主任面谕，现场一切归我全权负责。谁出了差错，都要受到追究。哼……"他威胁性地哼了一声。

那位记者当然明白杜鲫壳是针对他说的，他原看不起杜鲫壳那粗鲁相，但也明白戴笠的厉害，还是不吃眼前亏好，于是他那傲慢不耐的表情顿时收敛了。

房里其他几个人面面相觑，一时僵住了。

杜鲫壳站起身来。他晓得这次行动责任重大，戴笠交给他办，是对他的信任，倘若办不好，出了纰漏，对自己的前程影响极大。他不安地向窗外窥看，显得心事重重的样子。

首先，能不能将她请到，他也无十分把握，刚才听说她已在化龙桥上了马车往这里来了，于是才稍感放心。这些年他一帆风顺做到了宪兵团长，得到戴笠的赏识。他是第一次执行政治色彩这样浓厚的行动，不仅受宠若惊，也使他产生了对戴笠感恩图报的想法，一定要出色地完成这次任务。

杜鲫壳听见了申小旦的脚步声，忙回头迎了两步，焦急地问：

“情况怎样?”

“报告杜团长，她坐的马车已经过了小龙坎，一会儿就到。”申小旦尖声尖气说。

杜鲫壳松快地吁了一口气，立即指示：“叫那些学生坐好，我马上去训话!”

申小旦答应一声，回身小跑着走了。

杜鲫壳整了整黄呢军装，向房里的几个人嘱咐说：“诸位千万不要过早露面，听我的暗号马上行动!”

他盯住那位记者尖刻地说：“记者先生，请你将照相机再检查一次，不要忘了装上胶卷，一定要将重要镜头抢拍好!”

那位记者脸一红，他心中虽然不满，但仍隐忍住了，只是无声地点了头。

杜鲫壳走出小房，举目四望，见到处散满了便衣特工，已将这幢平房暗地包围住，他得意地笑了。

申小旦迎上前讨好地说：“杜团长，你看，标语也贴好了，从松林坡贴到了大路上。”

杜鲫壳一惊，他也看见了这些红红绿绿的标语，有的贴在墙上，有的贴在树干上，有的贴在电杆上。

这些标语都很激进：

欢迎中共代表前来讲演!

中国共产党万岁！打倒国民党!

打倒独夫民贼蒋介石！建立苏维埃政权!

……

杜鲫壳改变了颜色，怒气冲冲地责问申小旦：“哪个叫你这早便贴出来！”

申小旦不禁感到委屈，讷讷地辩解说：“她坐的马车已过了小龙坎，我怕来不及……”

杜鲫壳心中正烦躁，见申小旦竟敢当众回嘴，他左右开弓打了申小旦两个耳光：“混蛋，你还要狡辩，过早走漏了风声，她警觉不来怎么办！”

申小旦眼角滚动着泪水，他与杜鲫壳都是涪陵侦缉队的旧人，如今杜鲫壳竟然毫不顾情面当众打他的耳光，使他暗自愤慨。他不敢得罪杜鲫壳，只好忍气吞声说：“这……我马上叫他们撕下来！”他回头要走……

“站住！”杜鲫壳的态度却缓和下来，“现在来不及了，不用撕。”

申小旦可怜巴巴望着杜鲫壳：“哪……唧个办！”

杜鲫壳并非有意要与申小旦过不去，见他惶惑的表情，也暗悔不该如此浮躁当众打他，心肠软了。他沉思一下：“这样……你命令他们戒严，凡贴有标语的地方一律禁止外人通行。”

申小旦如释重负地松了口气：“是，是。我马上去办理。”他转身小跑走了。

杜鲫壳由另一个小特务头子在前面带路，快步跨进坐满了学生的房间。

“立正，敬礼！”小特务头子高声喊。

学生们见进来一个军人，神态十分骄横跋扈。他们十分不情愿地站了起来，又七零八落地坐下。

因为这次行动意义重大，怕走漏风声，这些被通知来参加的学生虽都是三青团的骨干，事先也不晓得来这里开啥会！他们都看见了那些才贴出的激进标语，觉得古怪，有些摸不着头脑。他们刚才彼此询问过，都说不晓得是唧个一回事。

这时，他们一个个都惊疑不定，目不转睛地望着杜鲫壳。

杜鲫壳今天能在大学生面前训话，心中十分得意。他虽没进过学堂，亏他这些年也练出了一副好口才。他怕说错话会被这些大学生看不起，于是他振作精神，尽量把话说得斯文一些：“同学们，你们都是三青团的骨干，党国的栋梁。今天我们请来了八路军办事处的高茜女士，要她给大家宣传共产主义……”下面嗡嗡地窃窃私议起来，更猜不透是怎么一回事！

杜鲫壳的嗓音并不好，他的话声被下面的私语声压住了。他拍了拍巴掌，示意学生们雅静。他太阳穴都鼓起了青筋：“请诸位雅静！请诸位……”亏他有耐心，并没骂出粗话。

等下面静了一些，杜鲫壳接着说：“我们要假戏真做，你们都是请来串演的票友。只要高茜女士到来，我们的新闻记者马上便拍成新闻照片向中外新闻社散发。随后，我们将以破坏抗战，煽动学潮，企图夺取政权的罪名对共产党进行制裁和取缔。这是‘最高’的决策，这是第二次‘皖南事变’，这是……”

下面的学生这时才豁然醒悟，嗡嗡私语声又高了。

恭顺地站在杜鲫壳身边的申小旦，主动训斥道：“不许讲话，长官训话要仔细听！”

但学生们仍不肯安静，他双手叉腰，凶神恶煞地说：“龟儿不听招呼，格老子……”

学生们听申小旦口里不干净，虽然静了下来，但一个个都十分不满地盯着他。

杜鲫壳毕竟比申小旦高明一点，他晓得这些学生与一般小特务不同，怕申小旦继续骂下去会惹出意外的风波，他瞪了申小旦一眼，厉声说：“你下去，这里不用你管！”

申小旦实在想不到又拍错了马屁，只好没精打采地退下。

杜鲫壳将声音再提高了一些：“事后大家都是见证人，要统一口径，不要露出半点破绽。大家一定要守口如瓶，不能将真情泄露半点。办成功，人人有奖；出了纰漏便要军法从事……”

二

重庆郊区公共汽车不足，除滑竿外，马拉的客车仍然很多。

因为小龙坎和沙坪坝一带从外地搬迁来的学校不少，成了热闹的学校区。从牛角沱美专校街到沙坪坝的马车往返络绎不绝，每五分钟便会驶出一辆。

在这条狭窄的碎石公路上，汽车的喇叭声，马蹄的嘚嘚声，交织在一起十分热闹。

公路边的人行道不宽，步行观赏嘉陵江景色的路人和抬滑竿的轿夫擦肩而过，显得异常拥挤。

步行的人很多，大多是学生和穷教员。

罗化平与高茜并肩沿着公路边的人行道慢慢往前走。公路下是悬岩，嘉陵江像一条碧蓝的翡翠从岩下流过，站在岩上眺望，江中往来的点点白帆，以及冒着浓烟驶过的小火轮点缀其间，确有一番画意。

罗化平心里怀着鬼胎，装出专注的样子听高茜谈话，他不时也插进两句。

他完全按照段玉兴的布置去做，不时将一些激进的文章向报馆投寄，而不直接去找高茜。高茜果然上当主动与他取得了联系。

但是，高茜仿佛对他存有戒心，至今还没将他介绍给重庆大学的地下党组织。罗化平要求去延安上抗大的事也没有下落。自从段玉兴调走，换了一个领导，见他的进展不大，曾多次申斥过他，说他不肯尽力。

罗化平有苦难言，觉得当了叛徒确实不是滋味。每当他与高茜接触一次，他内心的痛苦便加深一次。

他从高茜的身上感到有一种向上的力量。她仍然是那样的热情奔放，对他仍然是那样坦率亲昵，看不出她对他有不信任的情绪。可是，每当罗化平装出无意的样子向她询问打听党内的一些情况，高茜却十分警觉，拿别的话岔开了。

罗化平怕引起高茜的怀疑，再不敢随便冒险去打探这些情况。

他最近接受了上级要他诱使高茜到重庆大学去讲演的指令，他费了一番心思，劝说高茜去重庆大学与进步同学见一次面。可是，都被高茜婉言谢绝了。

自从“皖南事变”以后，陪都的形势日渐紧张。为了不让国民党找到口实，领导再三强调在白区工作的纪律，不许随便到敏感地区去出头露面，所以高茜不肯去。

昨天，罗化平受到他上峰的责问，并且向他下达了死命令——叫他劝诱不成，就是采取绑架的手段也要将高茜弄到重庆大学去。

这时，罗化平与高茜并肩往前走，他晓得前后都有军统局的便衣跟随，只要他发出预定的暗号，后面远远跟着的一辆马车便会上前，将高茜绑架走。但他还是极力想劝说高茜自愿去，这比绑架妥当。

高茜很健谈，罗化平几次想引起话头劝说她到重庆大学去，可是很难插进嘴。

高茜的打扮依然很像一个女学生，穿着安安蓝的布旗袍，平底带绊布鞋，棕色线袜。她齐耳根的短发黑黝黝的，衬着一张瓜子脸，使人一见便留下一个好印象。她那双大眼睛里闪烁着亮亮的、热情的光芒，显得朝气勃勃。但有时她这双眼睛凝视着人，炯炯的光亮却变得异常犀利，像能看穿别人的心底。

罗化平接触到高茜的目光，他心中便不由怦怦跳动。他喜爱这目光，但又害怕这目光。

高茜与他谈的多是他俩儿时在一起的许多回忆，在罗化平听来，仿佛有隔世之感。那时，他也是一个向上的热血少年，有一颗追求真理的赤诚的心，可是现在他却成了可耻的叛徒，正为虎作伥，干着见不得人的事情。他内心也曾有过瞬间的忏悔，懊恼自己在涪陵被捕时，熬不过刑，出卖了高茜和李明。现时高茜对他愈热情，愈使他痛苦不安。有几次他一阵激动，差点向高茜坦率地供出自己的罪行。可是，他想到高茜倘若晓得他是叛徒，立刻便会把他当成敌人，便感到气馁了。

罗化平很自卑，他心情十分矛盾，看不见自己的前途，也几次想跳长江，早早地结束自己的生命。可是，难呀——他不得不承认自己是一个懦夫，重新做人没勇气，去自杀又办不到！他只得让军统的特务们把自己当成一条狗般牵着走，得过且过，苟延他的生命。

高茜见罗化平落后了几步，便站住等他跟上来。她眺望着河谷，兴致很好，当然不理解罗化平此时的心情。她说：“你看，嘉陵江的水也像乌江一样蓝，可是，我却更爱乌江，险奇的景色比嘉陵江迷人得多。你说，是吗?”

罗化平刚才掉后几步，是为了用手势回答尾随的特务。因为他们不断发出催促他动手的信号，他叫他们再耐心地等一会儿，让他劝说高茜自己去。

罗化平明白，不论采取哪种方式，他的叛徒身份都会暴露，看来这次是他与高茜最后一次散步谈心。他不仅感到紧张，也感到怅惘，他拖延着时间，想延迟这最后一刻的到来。他见催促的信号不断传来，再也不能拖下去了。他黯淡无神的眼珠不断转动，想再努力劝说一次高茜同意去沙坪坝。

“你说，是吗?”高茜没留意罗化平紧张不安的神色，重复问了一句。

“唔，是的，乌江要比嘉陵江美！”罗化平定了定神，强作镇定，勉强装出笑容表示赞同。

高茜凝视着罗化平的面孔，见他心神不定的样子，不觉迷惑地问：“你好像心不在焉，怎么搞的?”

罗化平心中一震，忙避开高茜的目光，掩饰说：“是的，我在想，要是我能去延安上抗大多好啊！”

高茜并没忘记罗化平的嘱托，她向李明谈过罗化平的问题。可是李明却说，罗化平有叛徒的嫌疑，现在还没弄清楚，不能下结论，缓一些时间再说。

高茜与罗化平从小在一起上学，父辈又是世交，所以彼此比较接近，也有一定的好感。她近来留意罗化平在报纸上发表的文章，认为他还是愿意靠近党，思想进步，她不相信罗化平会是叛徒。但是，既然李明同志这么说，她不好再说什么。当然，她不能将李明对他的怀疑如实对他说。

这时高茜对罗化平的话深信不疑，她认为很理解罗化平此刻的心情，她当初也是这样向往延安的。

她说："小罗，目前不比抗战初期，到延安去在路途上险阻很大，他们检查得严，不让青年人去延安，等过些时日再说吧！"

罗化平晓得他的真实情况今天肯定会暴露，已对打入延安抗大不感兴趣，刚才的话不过是掩饰。他见高茜说得很认真，不能不再敷衍几句："小高，我俩在涪陵一起读书，都向往革命，现时你已是中共的干部，可是，我现时……"他挤了挤眼像要掉泪的样子，声音有些哽咽，仿佛很难过，"我现时什么也不是，望你还要帮助我迎头赶上才行。否则，我会掉队，会受时代的淘汰……"

罗化平说到这里，想到自己现时为虎作伥的叛徒身份，前途一片渺茫，他眼里真的滚出了泪珠。

高茜见状十分感动，她很同情他，认为李明未免多疑！

她一时不晓得如何安慰他，她细细的眉尖微蹙着，望着远远的山影出了一会儿神。她轻轻地叹了口气，终于想出几句安慰他的话："小罗，不用性急，你太悲观了。你近来在报纸上发表的文章，我都仔细地看过，写得很好嘛！只要我们洁身自爱，追求光明，党绝不会忘记你！"

罗化平害怕看高茜那对明亮的大眼睛，生怕她会看透自己心底的秘密。他正想转换话题，可是高茜已看见前后有几个可疑的人在注视他们，不禁有些警觉，她对罗化平说："这里不是谈这些问题的地方，我要回去了，改天再谈吧！"

罗化平听高茜要回去，心里陡地紧张起来。他倘若不发出绑架高茜的信号，让她走了，后果是不堪设想的。

他极力想留住她："小高，我们见面很不容易。我与你在一起，便觉得有一股力量推我向上，使我懂得了更多的革命道理。难道你不愿与我多散一会儿步吗？"

他说完长长地叹息了一声。

高茜见罗化平怅然若失的样子，不禁踌躇了一会儿，说："好吧，我陪你再走一程！"

他俩并肩又朝前走了一会儿，都沉默着。

罗化平眼看不能再拖下去，叫了一声："小高……"

高茜站住望他，见他半晌不语，感到有些奇怪。

罗化平鼓着勇气正视着高茜的面孔说："我有几个同学都迫切要求进步，他们早把你当作巾帼英雄来崇拜。全面抗日前夕，你在涪陵轰动了全川，谁不慕你的名？谁都想见见你！请你去给他们谈谈革命的前途！"

罗化平这几句颂扬的话果真起了作用——好话人人爱听，可能是一种人性的表现吧——高茜脸上红彤彤的异常兴奋："我算不了什么！这是党和人民的力量。"她说的也是真心话。

罗化平趁机说："小高，你今天最好能去沙坪坝与他们见一面。"

高茜却毫不含糊地回答："不行，没经组织同意，我不能去那里！学校区是敏感的地方……我以前早对你说过！"

罗化平仍不死心，装出失望的表情说："小高，我已向他们夸下海口，说你一定会去的。他们对你崇拜，也是对党的敬仰，这种心情你一定能够理解，倘若你不去，他们不仅会嘲笑你是胆小鬼，还会认为是你故意拿架子，看不起群众，会给党造成不利的影响啊！小高，你们不是常说要注意群众影响吗？"

高茜边走边耐心地解释说："小罗，我现在的身份是八路军办事处的工作人员，哪能再像以前一样自由行动。懂吗？这是党性。你现在不懂，将来等你入党之后，也会懂的。"

罗化平只好采取第二步行动了。他故意掉后一步，向后面尾随的特务发出了绑架的暗号。

这时高茜看离化龙桥不远，走的路程不短，出的汗将她鬓发也沾湿了。于是她说："小罗，我们歇息一会儿再走吧！"她见路边有一块平整的石头，不等罗化平表示同意便先坐下，掏出手绢揩汗。

罗化平已听见身后橐橐的马蹄声愈响愈近——这是来绑架高茜的马车，因为用小轿车太惹人注目——他不愿来临的一刻终于来了，他马上便要露出叛徒的嘴脸，会永远、永远地失去高茜的友谊。

罗化平蓦地灵机一动，向后指着愈来愈近的马车说："小高，你看，来了一辆空马车，坐上去，我还有重要的话与你谈呢！"

空马车的车夫吁了一声，马车停在他们的身边，已有几个尾随的特务加快步子上来了，立刻便会动武绑架她……

罗化平由于太紧张，对高茜有一种负疚的心情，他脸色蓦地变得十分苍白。

高茜在犹豫，并没表示反对，罗化平继续催请："小高，你送我一程，原车返回嘛!"

高茜并没留意周围的动静，点了点头："好!"她觉得拒绝罗化平这个要求会显得不近人情，他们刚才确实谈得很融洽，她也觉得还有许多话要说似的。

罗化平喜出望外，他趁高茜不注意，将右手伸到身后做了一个暗号，叫上前准备动手的特务暂缓一下。

几个特务果真装出闲逛的样子走到前面去了。"上!"罗化平拉了高茜一把。

高茜以为这是一辆沿途装客的马车，她毫不怀疑地先上了马车，罗化平随即也跟着上了马车，与高茜并排坐在后座上。

坐在最前面的马车夫一抖马缰，甩响了鞭子。"吁"地叫了一声，拉车的枣骝马放开四蹄小跑起来。

罗化平拉上了马车四周的窗帘，车厢里的光线顿时显得很暗。

高茜迷惑地看着罗化平，不解他为啥要把车帘拉得这样严实，正想张口问他，罗化平已低声向她解释："小高，你的身份特殊，沿途特务多，还是谨慎一点好!"

高茜"啊"了一声，她感到放心了。她与罗化平自幼一起长大，但仅只友谊而已。她刚才并不怀疑其他，只是害怕他对她有进一步亲昵的举动，那会使她感到尴尬。

她见罗化平十分拘谨地与她保持着一定的间隔，反而觉得自己未免神经过敏。

高茜见罗化平低着头，躲闪着她的目光，显得有些慌乱的样子，她起初感到奇怪，后来认为不过是罗化平与她单独在遮掩严实的车厢里，有些腼腆拘束而已。她反而抿嘴一笑，撩着他说话："小罗，你回过涪陵吗？罗伯伯现在还是那么落后顽固吗?"

"唔……"罗化平一惊，他感到自己有点失态，怕万一引起高茜的怀疑会前功尽弃。他强自镇定，打起精神说："我与爸爸早断绝了关系。"

"为啥?"高茜侧头望着他，从车帘缝隙透进的光亮仍可以看清他的面孔。

"政见不合!"罗化平扯了谎，想表现自己进步。

"可是……"高茜想了想，不禁感到疑惑，"可是，你读大学花钱从哪里来?"

她见他穿着一件新的藏青呢制服，说明他在经济上并不拮据。

罗化平被问得心惊肉颤，目光闪烁不安。他想不到自己话中竟出了破绽，一时被高茜问住。

“我妈妈还给我汇钱!”罗化平急得头上沁汗，终于搪塞过去了。

这时马车奔驰的速度加快了，车轮辗压在碎石公路上不住跳动颠簸……

三

马车的速度渐渐减慢，走得也平稳了。

高茜无意识地掀开车帘向外观看，只见一幢麻石修砌的洋楼向车后闪过，她眼尖，已看清这幢洋楼门口挂着重庆大学实验室的木牌。她大吃一惊，晓得马车已驶进了重庆大学校区。她欠起身责问：“罗化平，怎么到了重庆大学校区!”

罗化平十分慌乱，语言支吾：“唔，是这样……是这样……”高茜深知不妙，逼视着他追问：“说，怎么到了重庆大学校区!”

“唉，小高，请你原谅，我不过想请你来和几个进步同学见见面。”罗化平说。

“这怎么行！你啷个把我骗来这里。快叫马车夫掉头送我回去。”高茜大声说。

“小高，听我说……”罗化平有点结巴起来。

高茜厉声岔断他的话：“不行，叫车夫停住，让我下车自己回去!”

她见罗化平脸上已改变了颜色，红白不定，这时才把这辆马车细细打量了一番，觉得这马车比较考究，不像牛角沱往返沙坪坝之间的载客马车。并且她没听罗化平吩咐过车夫驶进重庆大学。她迅速断定这显然是有预谋的行动……

罗化平并没叫车夫停车，仍端坐不动，高茜再没什么怀疑，她忽然想到李明的话：罗化平可能是叛徒。她好像一个被人哄骗的孩子，觉得懊恼委屈，一时不晓得如何应付这个局面，差点急出了泪水：“罗化平，你搞什么鬼!”

“小高，听我说……”

高茜感到事态严重，这里一定有十分惊人的阴谋。由于自己的不慎，会给党的事业带来重大损失，她悔恨不已。

显然马车夫已听见车厢内的谈话，马鞭甩得“叭叭”响，马车又加快了速度。

高茜晓得不能再迟疑，她陡地拉开车门要往下跳……

“小高，危险!”罗化平一把拉住高茜，但又不叫车夫停车。

罗化平想不到看来十分文秀的高茜却有一把力气，她顺手将他一推，他支持不住向后仰跌在车座上。

高茜挣脱了罗化平的手，想从打开的门再往下跳，但这时马车的速度很快，她略微迟疑了一下……

这时罗化平跳起身来两手一抱，将高茜死死箍住不放。

高茜见罗化平已撕下了伪装，确是叛徒无疑。她气得浑身发抖，语不成句："你，可耻……叛徒……"

稍停一会儿，她眼珠一转，忽而放缓了口气："小罗，放手，我跟你们去！"

罗化平并没松手，但有些犹豫迟疑。高茜趁机猛地一拳击在他的太阳穴上。她当过战士锻炼出一把力气，这一拳很有力。

罗化平只觉眼前发黑金星晃动。不待他喘息过来，她用力挣脱了他的双手，不顾一切纵身从车门飞下。

高茜双脚着地差点摔倒，她往前踉跄了几步，终于收住站稳了脚跟。

罗化平顾不得头昏脑涨，也跟着急急纵身跳下想抓住高茜。但他却没站稳，往前摔倒在地上，半天才挣扎起来，用手捂住擦伤青肿的面孔呻唤。

马车夫也是特务，他已将马车掉过头来，顾不得罗化平，急驾着马车向高茜逃跑的方向追去……

罗化平忍住疼痛，大声喊叫："高茜跑了，快追，捉住她……"

响来一阵杂沓的脚步声，申小旦带着人奔到罗化平身边急声问："人呢，往哪个方向跑了？"

罗化平被摔得昏头昏脑，也搞不清高茜是往哪个方向跑了，他稍一迟疑，不敢说搞不清，胡乱指着校门的方向："她……她往这个方向……"

申小旦丢下罗化平，带着人向校门方向追去。

杜鲫壳已得信气急败坏跑来了。他向罗化平问明了情况，急得暴跳如雷："让一个文弱的女人从你手边跑掉，你龟儿一定是故意放走，你龟儿……"

罗化平急得说不清话："我……我……"

杜鲫壳想到计划有落空的危险，已把高茜弄到了校区，却让她跑了，事后戴笠肯定会责怪他们都是饭桶，这么多男人却制服不了一个女人。他愈想愈觉后果严重，见罗化平还捂住脸待在那里呻唤，他忍不住上前"啪"地给了罗化平一个耳巴子："你龟儿快领头去追，追不回再找你算账！"

罗化平吓得浑身一抖，忍住疼痛，一瘸一瘸向申小旦追的方向赶去……

高茜往前跑了十多步，她听见身后响着马蹄的声音，晓得马车已掉头向她追来了。

她定了定神，晓得倘若走大道肯定跑不赢马车，并且大道上特务一定很多，也会拦住她。

她当机立断，马上离开大道，专拣小路小巷往前跑，很快便把追赶她的马车丢下不见影了。她不敢有半点喘息，拼命往前跑，晓得马车夫会丢下马车单人向她追来。

幸好，重庆大学四周并无高墙，到处都与外面街道相通。她跑出了重庆大学校区，到了大街上。她怕惹人注意，放慢了脚步。这时蓦地看见街对面是电信局，她眼睛一亮，毫不迟疑地快速穿过街心，闪进了电信局。

她摸出了一枚镍币放到柜台上："市内电话！"……

她走进了市内电话间，这时她只有一个念头：必须尽快将刚才发生的情况向组织上报告。

高茜拿起了电话筒，喘了一口气，立即拨动八路军办事处的电话号码。

可拨了几次号码都没接通，只听话筒里响着嘈杂的噪音。她额上冷汗涔涔，感到问题十分复杂。她仍不气馁地继续拨着电话号码……

电话总拨不通，她感到失望了，特务什么坏事都可以干出，一定切断了八路军办事处的电话。

她脑际一闪念：特务既然想到在这时切断电话，也一定会考虑到她会给八路军办事处打电话，那么，他们肯定马上就会来电信局守候她，这里绝不能久留！可是又往哪里躲呢？

略微考虑了一会儿，高茜镇定下来。她掠了掠披散到额前的短发，昂首挺胸，从电信局走了出去。

高茜离开电信局往前走了几步，果见几个跑得气喘的执枪特务跨进了电信局大门，恰巧与她错过。好险！

她混杂在行人中匆匆往前走了一段，见行人渐渐稀少，正紧张地思索着自己的去向……

蓦地迎面向她驶来了一辆黑色的小轿车，在她身边"嘎"的一声刹住了。

高茜一惊，正想跑开，陡地听见一个亲切熟悉的妇人声音在叫她："小茜子，你往哪里去？"

高茜定神一看，在小轿车后座的玻璃窗边呈现出一张秀丽的熟悉面孔，她顿时兴奋异常，激动地喊了一声："舅婆！我……"

原来这小轿车是刘文辉的座车，她已看见坐在二太太身旁的刘文辉："舅公！我……"

高茜来不及细说，匆忙拉开车门钻进车内。小轿车又开走了。

刘文辉的身边坐着他的二太太。她见高茜神色慌张，忙把她揽在怀里问："小茜子，出了啥事！看你额上的汗珠。"

高茜晓得有刘文辉在身边，特务们不敢放肆，多少有了点安全感。她想到今天的遭遇，眼里闪着泪花，半晌说不出话来。

二太太像哄小孩般轻轻拍着高茜的肩头："小茜子，谁欺负了你，给我说，我好与你出气！"

高茜激动的情绪慢慢平静下来，她坐正了身子，用手梳拢了散乱的头发。她晓得刘文辉经过周恩来同志做了思想工作后，近来有很大的进步，已答允党在西康他的司令部里暗设一座与党中央直接联系的秘密电台。我党已与他有了比较牢固的统战关系。于是，高茜毫无顾忌地将刚才发生的事情扼要地说了一遍。

二太太惊讶地"啊"了一声，望着刘文辉说："他们要准备干啥！"

刘文辉脸上没有表情，只是"唔"了一声，沉思无语。他才从山洞见过蒋介石，心里也窝着一肚子火……

进军西藏的事，刘文辉采取了软拖的办法，蒋介石当然不会给他军火，给他补充兵源，总算应付过去。但是，蒋介石今天又使出新花招，要他辞去西康省主席的职务，说是准备委任他当军委会的副委员长。

刘文辉当然明白，这是他们惯用的手法：明升暗降，目的在于削去他的地盘和军权。冯玉祥便是前车之鉴，他当即婉言辞谢了。

可是，这次却不比往昔，蒋介石的口气强硬——自"皖南事变"以后，他的态度变得顽固多了——他语气之间意存威胁，暗示不管刘文辉是否同意，他也要这样办！

临别时，蒋介石虽然说得含蓄，刘文辉也听懂了他的意思：警告他不要与共产党亲近。所以此时刘文辉的心境十分复杂，板着面孔没有回答二太太的话。

二太太见惯了刘文辉的这种面孔，晓得他不愿与女人谈政治上的事情，她是经常碰这种软钉子的，所以并不介意。她转向高茜，改变了话题："小茜子，这次我们来重庆还没腾出时间去看望你妈。她好吗？"

高茜正想与二太太客气几句，刘文辉蓦地想起了什么。他将身旁的窗帘拉上，也示意二太太将她那一边的窗帘拉严实。

转眼之间，小轿车已开到小龙坎，街口上一个宪兵站在街心举起了红旗，示意小轿车停下。

司机减慢了车速，将车停住了。

坐在司机身旁的副官从车窗伸出头去，派头十足地说："这是刘军长的座车，你们要干啥！"

站在一边的申小旦不知厉害，他向小轿车走去，神气活现地说："奉上峰命令，检查往来的车辆！"

副官伸出头轻蔑地吐了一口唾沫，冷笑一声："你们的官长在哪里？叫他来！"

这时尾随在后，给刘文辉担任警卫的吉普车开到，接踵停在小轿车后面。

警卫营长姓孙，外号叫大圣，他带着几个警卫从吉普车上跳下，一个个全副武装奔了上前。

孙大圣双手叉腰，站在申小旦面前忍不住发火说："你龟儿瞎了眼睛，刘军长在车内，你快滚！"

申小旦仍不知趣，辩解说："我奉上峰命令行事！"

孙大圣见申小旦仍不让开，不觉大怒，他上前像老鹰抓鸡般将申小旦的衣领抓住，使力一推："快滚！"

申小旦猝不及防，一个趔趄跌倒在路边上。小轿车往前开走了。

拿着旗子站在街心的宪兵要不是闪得快，准会被轿车撞倒。他眼睁睁看着小轿车开走，只是干瞪眼。

申小旦这一跤跌得不轻，半晌挣扎不起来。

孙大圣见刘文辉的小轿车已开走，也不愿再理申小旦，他一挥手，几个警卫跟着他回到吉普车上，尾追着小轿车开走了。

四

高茜回到曾家岩八路军办事处，门卫告诉她："李参谋到处在找你！"

高茜不晓得李明找她干啥，忙加快脚步走上楼，跨进办公室，她还在喘气便迫不及待地问："李明同志，听说你在找我？"

李明正不安地在室内徘徊。他已得到情报，重庆大学地下党组织发现松林坡出现了一些古怪的激进标语，并说有一个姓高的中共代表要去演讲。一目了然，国民党又在搞不可告人的阴谋。自从“皖南事变”以后，我党为防止国民党进一步反共，许多同志都化整为零离开了重庆，疏散到香港和其他安全地方。留在重庆公开坚持工作的同志都有思想准备，从最坏的情况着想，迎受更大的考验。为了不给国民党以借口，领导又重申了在白区工作的十六字方针，要大家切实严格遵守。

李明刚才到处找不到高茜，他担心所说姓高的中共代表就是她，因为她太年轻，在白区与国民党特务斗争的经验并不丰富。容易上当受骗。

他刚才想打电话找她，可是偏偏电话打不通，更使他觉得事态严重——特务就住在楼下，电话被窃听是常有的事，但被切断却没发生过。他这时焦灼不安，正考虑要不要将找不到高茜的情况向上级报告。

李明一见高茜，紧张的心情顿时松弛了。他笑着说：“没啥事！我不过想找你谈闲天。”因为工作纪律，各自分管的事情不能随便告诉无关的同志，所以李明这样说。

高茜却迫不及待地将今天她的遭遇向李明说了一遍，说完后她垂头丧气地站在那里。

李明听后大吃一惊，纰漏果然出在她的身上，他的脸色很难看，毫不留情地批评说：“高茜同志，我明明告诉过你，罗化平有叛徒嫌疑，你为啥还继续与他交往？你的党性到哪里去了？你……”

他见高茜蓦地双手捂面坐在藤椅上哭起来，迟疑了一下，没再往下说。他双手抄在裤袋里，激动地在楼板上来回走动。

李明对高茜很熟悉。他认为照她的门第出身，能有现在的进步确实值得赞扬，但总觉得她所受的锻炼不够，娇气较重，很使人看不惯。现在，他批评了几句，她便像受了委屈似的哭起来，这明摆着是娇气在作怪，因此他的气更大了。

李明面对高茜站住，皱着眉头看着她，尽量想把口气放缓和一些：“我批评了你，你哭，觉得委屈是不是？同志，想想看，你今天差点给党造成多大的损失！”

高茜忍住哭，摇了摇头：“李明同志，你错解了我的意思，我并不是觉得委屈哭，而是……我十分懊悔，我给党……”她的声音哽咽住了。她抿着嘴唇停顿了一下，掏出手绢揩干泪，继续诚恳地说，“李明同志，你批评得再尖锐我也不怕，请相信我，我是经受得起批评的。”

李明见高茜说得十分真挚，他一时不晓得怎样措辞，暂时僵住了。

这时一个警卫员从门口伸进头来喊："李明同志，恩来同志请你去一下。"

李明从桌上拿起卷宗夹在腋下，他见高茜侧着头看着窗外出神，眼睫毛上还有泪花。他摇了摇头，含笑地轻声说："还是有点娇气！"他匆匆走了出去。

高茜出了一会儿神，感到饿了，才想起今天闹到现在还没吃中饭。她拉开自己办公桌的抽屉，想拿出饼干来吃几片，可是却发现抽屉里一个纸包内有几个肉包子，她晓得是李明给她留的。她刚才听李明说她哭是娇气，觉得冤枉，所以偏着头看着窗外不语，现在她早心平气和了。

高茜拿起肉包子掰开慢慢吃着，她细想今天发生的事情，心里确实很难受。她万想不到与她从小一起长大的罗化平会成为叛徒……

李明兴致勃勃回到办公室，放好卷宗，见高茜背向着他，他以为高茜还在和他使气。他也感到自己刚才有些急躁，于是用和解的口吻说："高茜同志，我刚才……"他见高茜回过头来笑望着他，便轻松地一笑："邓大姐要你去一下，恩来同志也在那里，他们要当面问你一些话。"

高茜没停留，一阵风似的走了出去。

李明穿着灰军服，军帽放在桌上。他点燃一支香烟抽着默默出神，脸上的笑容消失了，心事重重地紧锁着眉头，他思考着一件重大的事情……

党组织几次都没与吴秘书接上头，不晓得出了什么意外。后来通过其他内线关系了解，才晓得吴秘书已引起戴笠的注意，她的行动已被特务严密监视起来。幸好宋霭龄提出要有可靠的证据才许逮捕她，目前戴笠还拿不出来，所以吴秘书暂时还安然无事。

但是，情况已经十分紧迫，吴秘书随时都有被捕的危险。适才周恩来向他指示，要他无论如何要想办法尽快与吴秘书取得联系，将她安全转移出去。

李明站在窗前，凝视着碧蓝的嘉陵江，眉头时而舒展，时而锁紧……

要尽快与吴秘书取得联系并不难。前些时他偶然从冯烂王那里得悉，张阿德的妻子李秋莲现在孔公馆帮佣，并且还得知，吴秘书极可能是张阿德多年前在钱塘江失散的亲妹张阿苇。不过，李秋莲不是党员，要她转达信息，还得进一步去了解做工作后才能研究决定……

至于要将吴秘书安全从孔公馆转移出来，困难就大得多，看来，不下大力气，不付出一定的代价是不行的。一切细节都要安排得万无一失才行……

李明脸上显出了笑容，他终于想出了一个稳妥的方案，轻松地吁了一口气。

第三十四章

戴笠没有将重庆大学那件事办成，蒋介石十分恼火。

周恩来为这事向蒋介石提出抗议，陪都好几家报纸还准备发表以《未遂的阴谋》为题的新闻报道。但这篇新闻被审查机关扣下，因此这几家报纸都留着空白开了天窗。这一来闹得满城风雨，在国民参政会上有不少参政员提出了质询。

蒋介石当然不会把这些参政员的质询摆在心上，他装聋卖哑置之不理也就搪塞过去了。可是连英、美大使也关心此事，要蒋介石的新闻官予以澄清或作出解释。

蒋介石明白，日本占领了东南亚，英国担心香港的得失，以及缅甸和印度的安全；美国也怕日本人得寸进尺，再向太平洋区域扩张威胁自己的利益。所以他们的政治态度都有些改变——不愿中国再发生内战，以便集中力量牵制日本，减轻自己的压力。

蒋介石再不能装聋卖哑，只得亲自出马，在国民参政会上否认此事，并拍胸保证团结抗日到底，才算平息了这场公案。

倒霉的是戴笠，蒋介石私下咬牙切齿骂他是饭桶，差点打了他一耳巴子。

戴笠受了气，当然要找他的下级算账。这一来杜鲫壳首当其冲，因为他是负责现场指挥的。

杜鲫壳不仅挨了戴笠一顿臭骂，并把宪兵团长的职务也搞落了，降为行动组长，调回戴笠身边干事。

杜鲫壳也要捞本，那就该罗化平背时。他的叛徒身份已暴露，再无利用价值。杜鲫壳借口说他故意将高茜放走，将他毒打一顿然后把他送到息烽集中营去关押起来。

今天，戴公馆里十分安静，卧室外面办公室内的电话铃响个不停，而通向卧室的房门紧闭着，没有半点声息。

坐在办公室门外值班的杜鲫壳，见副官不在房内，只好硬着头皮进入办公室内接电话：“喂，找谁!”

电话里响着一个人的宁波官话，因为说得太快，杜鲫壳半晌才听清他要找戴笠。

杜鲫壳不觉用手搔头发有些迟疑，他晓得戴笠的脾气，凡有女人与他一起待在卧室里，是不允许别人随便惊动他的。何况他不是副官，还没有资格去敲他的卧室门。

杜鲫壳没问清对方是谁，便对着话筒说："戴主任睡了，你明天再打电话过来!"

"岂有此理，大白天睡觉！快去把他叫起来。"对方在话筒里怒气冲冲大声嚷叫，震得杜鲫壳耳朵里嗡嗡响。

杜鲫壳听对方口气强硬，说话很不客气，他本想发火回敬几句，但转念一想，对方既然这么大的口气，官儿一定不小，忙把他要骂出口的话咽了回去。他恭敬地问："请问，你是谁?"

"唵，我是……"

杜鲫壳不等对方把话说完，骤然像触电一般，浑身吓得一抖，立刻站得十分周正笔直，脸上露出谄媚敬畏的表情，声音打战地说："是。待部下马上去叫他!"

原来这电话是蒋介石打来的，杜鲫壳暗自庆幸想骂的话没出口，要不，他不掉脑壳，也要把牢底坐穿。好险!

杜鲫壳不敢怠慢，他仍寻不见副官，只好硬着头皮走到卧室门口，举手敲响了门。

但是，卧室里没有动静。杜鲫壳额头在冒汗，他大着胆子用力敲了几下，才听见戴笠的声音："谁!"

杜鲫壳又敲了两下："戴主任，戴……"

他听见沙沙的脚步声响到门口，不觉感到畏怯地后退了一步，紧张地盯着室门。

卧室门拉开了一条缝，只见戴笠打着赤膊，仅穿着一条内裤站在门缝边横眉问："干啥!"

杜鲫壳由于太紧张，说话变得结巴："报……报告戴主任，委……委座来电话!"

戴笠一听也慌了，连穿衣也怕耽误了时间，于是立刻一步跨出室门，向电话机奔去……

戴笠忘了拉拢室门，杜鲫壳向室内偷觑，只见室内弹簧床上睡着一个女人，盖着一床软缎鸭绒被。这女人睡得很不老实，鸭绒被仅盖到半胸，一只雪白的大腿伸出被外……

杜鲫壳不敢多看，怕戴笠会怪罪他，忙转过身来正对着戴笠。戴笠立正的姿势很标准，不断弯腰说：“是，是……”

时届冬月，室内气温很低，戴笠赤身露体站久了，已冷得寒战不止，但仍一丝不苟地立正着。

杜鲫壳见到戴笠的样子，觉得十分可笑，联想到戴笠平时在下属面前的威风，不禁感到一种莫名的痛快。

“娘希匹……”戴笠放好电话筒，忍不住骂了一句。杜鲫壳不晓得戴笠在骂谁，不由心中一紧。

戴笠面对杜鲫壳吩咐：“去把施副官叫来！”他耸肩缩背，冻得嘴唇发乌，迅速回卧室去了。

一会儿，戴笠已穿好军服从卧室出来，坐在火盆边，拿起火钳拨动着树炭火……

刚才蒋介石来电话，催问他关于孔公馆泄密的案件查破没有，限他十天内务必要破获。

老头子近来火气很大，戴笠这几天战战兢兢生怕受到责骂和训斥。提起孔公馆的那件事，他就感到恼火。宋霭龄偏袒吴秘书，使他难于下手。他认为吴秘书的疑点很多，判定问题出在她身上。但是，他拿不出有力的证据。据监视吴秘书的特工报告，她这段时间深居简出，也没接触过任何可疑的人物。戴笠感到他的对手如此沉着冷静，看来很不易对付……

施副官进来了，悄悄地站在一边不敢惊动戴笠。

戴笠回头看见施副官，不满地哼了一声，瞪着他问：“这半晌你到哪去了？”

“戴主任，你不是叫我准备一顿丰盛的午餐要请客吗？”施副官小心翼翼地回答说。

戴笠这才想起确实吩咐过他，于是不耐地一挥手：“不用了。备车！”

施副官不晓得戴笠为啥突然改变主意要外出，他不敢多问，答应了一声，走了。

戴笠已下了决心，要去孔公馆与宋霭龄打个招呼，不管她是否同意，也要将吴秘书立刻拘捕起来审问。他不相信这样的文弱女人能熬得过军统局的酷刑，一定会如实招供。万一得不到口供，捉到了嫌疑分子，也可以向老头搪塞。

施副官回来报告：“戴主任，汽车已准备好！”

戴笠从屋角的衣架上取下黄呢披风正待穿上走，办公桌上的电话铃蓦地响了。他犹豫了一下，走过去拿起电话筒：“喂，你是哪里？……是，我就是……哎……”

戴笠顿时异常兴奋，将手上的黄呢披风往椅背一搭：“严密监视，我马上派人去协助你们！”

戴笠放下话筒，笑容满面，乐滋滋地对施副官大声吩咐：“快去把杜鲫壳叫来！”他将黄呢披风拿起挂回衣架上，不准备走了。

施副官将杜鲫壳叫来了。

杜鲫壳抢先一步问：“戴主任，有啥任务？”

戴笠没马上回答杜鲫壳，他先叫了一声“施副官！”然后命令说：“拨给杜鲫壳一部吉普车！我暂不外出了。”

施副官见戴笠今天情绪反常，出尔反尔，心中虽然疑惑不解，也不敢问个明白，他双脚一并：“是，我马上去办！”匆匆走了。

杜鲫壳不晓得戴笠叫他干啥，见戴笠含笑衔着香烟并无愠色，紧张的情绪才松弛下来。

戴笠喷了一口烟雾，笑眯眯地说：“杜鲫壳，你想不想官复原职？”

杜鲫壳猜不透戴笠的话意，不晓得如何回答才好，亏他也历练出来一张滑嘴，目不斜视，十分严肃地回答说：“愿为党国效劳！”

戴笠听后更是高兴：“你要想官复原职，现在有个绝好的机会，但办不好，哼……”

杜鲫壳见戴笠的神态，晓得现在要他去执行的公务一定重要。他既高兴又紧张，嘴微微张开，注视着戴笠那张难以捉摸的面孔，急切想听下文。

戴笠说：“你带几个人坐车赶到孔公馆去，那里有我们的人等着，你协助他们……”

杜鲫壳一听，又是叫他去对付一个有共产党嫌疑的女人，脸上不觉露出颓丧的表情。杜鲫壳很迷信，平时忌讳很多，他想起重庆大学那件事，对手也是一个女人，害得他丢了官。他找算命先生卜过卦，说他今年不利，要败在阴人手中。阴人就是指的女人，现在的对手又是一个女人，看来不是好兆头……

戴笠当然不晓得杜鲫壳心中想些啥，见他仍呆呆地站住不动，于是催促说：“你听明白没有？赶快行动！”

杜鲫壳一惊，才刹住了胡思乱想，振作起精神回答：“是！请戴主任放心，我保证不会误事！”

杜鲫壳行了一个军礼，回身一阵风似的走了。

戴笠望着杜鲫壳远去的背影微笑。他刚才接到的电话是住在孔公馆监视吴秘书的特工打来的。那特工报告说：吴秘书已向宋霭龄请准假，马上要外出，说是要进城看朋友。戴笠认为他的耐心果然有了报偿，吴秘书大概认为事情已经过去，要出外活动了。

戴笠认为只要他派出的特工跟踪前去，一定可以抓到吴秘书要联系的上级。他们可以用迅雷不及掩耳的方法搜查，便可以稳稳拿住证据，将吴秘书当场逮捕审讯。他们即使拿不住证据，在孔公馆外面将吴秘书拘捕，也可以省去很多麻烦。至于没有宋霭龄的同意，事后也容易搪塞。

“戴主任，杜队长已带人坐车走了。”施副官进门报告。

戴笠点了点头表示满意，他认为万事妥当，只是坐待佳音便行了。他打了个哈欠，感到自己倦了。他决定要亲自审讯吴秘书，就得养精蓄锐好好休息一阵才行，于是吩咐说：“施副官，你守住电话，杜鲫壳有消息传来，马上叫我。”他又打了一个哈欠。

二

吴秘书坐在小客厅内的沙发上。这小客厅是宋霭龄专用的，除了特别亲近的人外，是很少有人来这里的。

吴秘书拿着指甲刀，装出安详的样子修剪着指甲。这段时间她外表十分平静，可是心里却不安稳。她晓得孔公馆内暗中有好多双眼睛在紧盯着她，负责这里清洁工作的王妈就十分可疑。有一次，吴秘书从宋霭龄那里出来，看见王妈鬼鬼祟祟凑近钥匙孔向她住室内窥看。

她早已下定决心静以待变，绝不使党组织受到损害。倘若牺牲，只有一件事情使她遗憾——不能和失散多年的哥哥相会。

自从那次她在张嫂房中看见了她在窍角沱准备自杀时留下的小葫芦，晓得张嫂是她的亲嫂子，她日夜想念的阿哥有了着落。

张嫂分明已认出她便是春燕，但她却不能相认。

她近来与张嫂经常相见，张嫂偷偷在观察她，她也偷偷在观察张嫂。每逢她俩的目光相遇，彼此都惊惶地赶快避开，假意装出一副淡漠的样子。

有几次，她与张嫂单独在一起，都产生过强烈的冲动，险些使她丧失了理智，想抱住张嫂相认。

她终于用理智克制住自己。在目前，要是她与张嫂相认，很快便会暴露自己，给党造成损失，而且也会给哥嫂带来麻烦。

可是吴秘书晓得她随时都有被捕的危险，想与哥嫂相认的诱惑力越来越大。她为了防止自己因感情上的脆弱而铸成大错，近来竭力避免和张嫂碰面。

在夜静更深的时候，她曾经想过给张嫂留下片言只字，但最终打消了这个主意……

吴秘书觉得今天张嫂有些反常，仿佛在寻找机会与她接近。她照以往的习惯，主动躲开了。

现在吴秘书细想起张嫂今天的神态，觉得与往昔不同。张嫂见她躲开，不仅感到失望，还隐含着紧张和焦急，好像有重要的话要与她谈的样子。

吴秘书想到这里，心中蓦地一动：莫不是组织上要她与自己联系！但她马上便把这个假设否定了，不由露出苦笑……

吴秘书正想得出神，陡地听见脚步响，她以为是王妈来了，赶忙低头继续修剪自己的指甲。

过了一会儿，她装出漫不经心的样子抬头瞟了一眼进来的人，不由心中一震：离她不远站着的人是张嫂。

张嫂眼看室内没有别人，急步上前将一样东西塞到吴秘书手中，递了一个眼色，回身不慌不忙地走了。

吴秘书回到自己房内，发现张嫂塞给她的是一个纸团。她急忙摊开一看，果真是上级党组织给她的指示，她眼眶顿时湿润了。党啊！你终于拯救我来了。她心里马上充实起来。

三

吴秘书看完信，当即烧毁了。

想不到张嫂真是替党组织送信的人，她不禁又惊又喜。

她从信中知道，党组织对她目前的处境可说了如指掌，已想出办法要将她从孔公馆安全转移走，使她感到温暖和激动。

她把前后的事情仔细考虑了一番，将上级的指示牢记在心，以免发生差错。她深知敌人异常狡猾，自己稍有疏忽，就会使组织上营救她的计划落空。

今天早上她特意向宋霭龄请准假，借口出外看朋友。

按密信中约定的时间，吴秘书手上拿着一只精致的淡黄色牛皮小提包，旁若无人、神气十足地走出了孔公馆。她明知身后尾随着监视她的特务，也毫不在意。

吴秘书像散步似的，缓缓走到上清寺十字路口。她看了看手腕上戴的小方表——因为根据密信中约定，她要准确地按预定时间行动——向左从邮局拐弯，将手上的淡黄色牛皮小提包摆在显眼的位置，这是约定的识别暗号。她循着左边人行道往前走，装作去搭公共汽车的样子。

她已看见十多步远的地方停着一辆半新的福特牌黑色小轿车，后座靠近人行道一侧的车门半开着。

她晓得这便是组织上派来接她转移的小轿车。她装出对这辆小轿车熟视无睹的样子，两眼平视前方公共汽车站款款往前走。当她走到与半开的车门平行时，以极敏捷的动作，使人猝不及防地钻进了小轿车，随手带上了车门。

小轿车早将引擎发动，等吴秘书刚钻进车门便往前开动……

步行跟踪监视吴秘书的特务申小旦，原来真以为吴秘书是去搭进城的公共汽车的。吴秘书钻进小轿车的动作太快，申小旦还没看清，小轿车已开走了。这意外的情况把申小旦弄得目瞪口呆。这里离孔公馆很近，申小旦实在料想不到共产党有这么大的胆子，竟敢在大庭广众之中把人接走了。

申小旦从惊惶中醒过来，立刻向尾随监视的一辆吉普车奔去，失声大叫："快，共产党坐上小轿车跑了！"

杜鲫壳一听，也吓了一跳。他见申小旦爬上了吉普车，急声命令司机："快追！"

司机一踩油门加速追去……

申小旦挤坐在杜鲫壳身边，结结巴巴地将刚才发生的情况又报告了一番。

杜鲫壳见那辆小轿车开得很快，一会儿便看不见影子，他心急如焚，明知吉普车已是全速前进，他还是不断催促："开快，快！"

吉普车追到了两路口丁字形路口，司机减缓速度偏头问杜鲫壳："往哪条路追!”

杜鲫壳看不见那辆小轿车的半点踪影，当然不晓得它是从哪条路开走的，把他难住了。他只好命令司机将车停在路口上，问申小旦：“你看清那辆车的车号没有?”

申小旦搔了搔分头，哪里回答得出，只是急得翻白眼。“你龟儿真是饭桶!”杜鲫壳气势汹汹地骂了一句。

“看，在那里!”申小旦眼尖，他已看见那辆小轿车在通往大坪的盘山公路上奔驰，时隐时现。

杜鲫壳从申小旦所指的方向，也看清了那辆黑色小轿车。他这时反而冷静了，伸出头去向后面一辆跟踪他的吉普车上的特工说：“我们去追。你们赶快开回去报告戴主任，请他通知封锁各关卡。”

司机不等杜鲫壳吩咐，已向右拐弯，风驰电掣般往前追去。

……

吴秘书坐在小轿车后座上喘了一口气。后窗的窗帘已拉上，她从司机座旁的反光镜里已看不见跟踪来的吉普车，稍感放心，掏出手绢揩着额上的汗珠。

吴秘书见前座的司机穿一件黑呢制服，戴着一顶鸭舌帽，全神贯注地开着车，一直没回过头来看她，也没和她说一句话。

按密信中指示，她要在车上换装，这时她看清身边果然有一套毛蓝布短袄和夹裤。时机紧迫，她立即动手脱去自己的驼绒旗袍……

吴秘书换好装，完全像一个普通的家庭妇女。组织上想得很周到，连有着小髻的假发也事先预备下了。

糟糕——她差点惊叫起来，脚上还穿着一双高跟皮鞋，岂不要露出破绽!

她寻找了一会儿，却没看见预备有普通的布鞋，急得额上出汗。

她想问前座的司机，但见他全神贯注驾车的样子，怕分散他的注意力便忍住没问。

一会儿，她蓦地觉得有什么东西硌着尾脊骨，她伸手一摸，不觉一喜，原来是一双布鞋。她换去脚上的高跟皮鞋，总算松了口气。

司机可能从反光镜里看见了吴秘书的紧张神态，十分沉着地说：“春燕同志，千万要镇静，不能慌乱。”

春燕脸一红，定了定神。司机从容不迫的风度感染了她，她也冷静沉着了。

按密信中的指示，她今后一切行动都要听司机的指挥。她想从反光镜里看清司机的面目，可是看不真切，只能看清他的年龄至少有四十岁；他唇上的两撇八字胡像两片柳叶斜垂着贴在嘴角，还戴着一副太阳镜。她觉得司机的声音很熟悉，但面孔却很陌生。

小轿车在盘山公路上盘旋，司机已从反光镜里看见一辆吉普车跟踪追来。从吉普车在盘山公路上仍不肯减速这点来判断，肯定是特务的跟踪车。

司机仍没回头，吐字很慢，很清晰地说："春燕同志，特务驾车跟踪来了，你不要惊慌。等车驶过盘山公路，我减慢车速，你立刻拉开车门跳下。在公路右侧一根电线杆旁，有一条茅草小路通往山上，你要以最快的速度沿着茅草小路往山上跑。"

他说完后还补问了一句："听清没有？"春燕点了点头，回答说："听清了。"

司机再没说话，驾着车飞快前进，只见两旁的树木和岩石急速后退，使人眼花缭乱。

……

杜鲫壳见前面那辆小轿车已越来越接近，距离渐渐缩短，心中十分兴奋。

申小旦举起轻机枪瞄准着："杜组长，开枪吧！"

杜鲫壳摇了摇头，制止说："不要开枪，捉活的。"

他认为前面那辆小轿车已成瓮中之鳖——往前不远便有军统局的关卡，谅他们插翅也难飞走，所以他显出十分自得的样子。

由于车速太快，车轮将公路上的碎石扬起咚咚飞溅，车身起伏颠簸。倘若不紧捏着扶手，车上的人有被抛出车外的危险。

杜鲫壳眼见前面的小轿车爬完了盘山公路从视野里消失，他十分着急地连声喊："快，快追！"

只片刻工夫，吉普也爬完了盘山公路驶到平坦的公路上，前面那辆被追踪的小轿车又出现在视野中。

杜鲫壳目测他们与小轿车的距离又缩短了，不过两分钟的行程。他狞笑说："跑，看你格老子往哪里跑！"

前面是一个急弯，小轿车先拐过急弯去，不到两分钟他们的吉普车也在拐弯。申小旦蓦地指着前方怪叫："看，小轿车栽下岩去了。"

杜鲫壳也亲见小轿车栽下岩去，发出轰隆隆的巨响，扬起弥天的尘雾，接着从岩下冲起大火……

吉普车驶到小轿车栽下岩去的地方，“嘎”的一声急刹住了。不等停稳，特务们跟在杜卿壳的身后纷纷跳下车，齐集在岩边往下望。

杜卿壳见小轿车的车身已摔烂，横躺在岩下熊熊地燃烧着。他懊恼地一顿脚：“哎，格老子没捉到活的，实在便宜了他们！”

他蓦地想起，应该下去救火，也许可以从尸身上搜出一些有用的东西。他高声命令说：“快，下岩去救火，捉不到活人，也要带全尸回去交差。”

特务们纷纷寻路下了岩……

四

春燕循着一条上山的茅草路跑得气喘吁吁。这条路隐没在茅草和灌木之中，她透过茅草和灌木的缝隙可以看清公路，但公路上的人却不能看见她。

她不时停下来扭头下望，只能看见燃烧冲起的火光和烟雾。她眼里闪着泪花，心情十分沉重，看来营救她的司机同志已经随同小轿车一齐栽下岩去牺牲了。可是她连这个司机的姓名也不晓得。

特务们纷纷寻路下岩去搜查，她也看得一清二楚。她晓得，倘若那些特务在岩下坠毁的小轿车里找不到她的尸体，肯定会立即上山搜索。

春燕目前只有一个信念：照司机事前嘱咐她的话去办，沿着这条茅草路不断往前跑。至于这条路通向哪里，她下一步该如何行动，她现在实在来不及多想。

春燕循着茅草路往山上跑了半晌，眼看就要到达山顶。她往下望去，长江像一条小河，公路上的人影却像蠕动的蚂蚁。

她不敢停歇，依然往前跑。刚劲的山风吹得很猛，耳里灌满了呼啸的风声，淌下的汗水使她睁不开眼，她边跑边拭汗水。

她没有碰见一个人影，这小路异常僻静，使她稍感放心。

春燕终于跑到小路的尽头，她不觉站住发怔——前面一座陡岩阻断在眼前，要过山，这陡岩如何翻上去呢！

她焦急地四下探望，见这里十分荒凉，几棵高大的柏树挡住她的视线，看不见山下的情景。

她想，也许这小路并没有到尽头，不过被茅草和灌木掩蔽住了。她弯腰用双手拨开茅草和灌木想找出路来，可是她失望了，小路确实到了尽头。

春燕累得手炽脚软，只得在一块大石上坐下歇息，想冷静地思考一番，看下一步该如何办！

刚才她只是遵照司机的嘱咐行动，由于太紧张，许多细节都记不清了。这时她仔细地回忆当时的情景：

小轿车刚爬完了盘山公路，前面展现出平坦的大道，她晓得马上就要准备下车，心里紧张得怦怦跳，捏住车门把的手指都在哆嗦。

她蓦地听见司机的声音："春燕同志，千万沉着冷静，沿着那条茅草路跑到尽头等我。准备……"

春燕觉得车速慢慢减缓了，车轮滑行发出丝丝的声响，她没有迟疑，拉开车门便往下跳。待她站稳定了定神，果然看见公路右侧有一根电线杆，一条上山的茅草路就在电线杆旁边。她毫不迟疑地奔向茅草路，不顾一切往前跑。

时机紧迫，她一心望着脚下的小路往前跑。不一会儿陡地听见山下传来一声巨响，不晓得发生了啥事！她放慢了脚步往山下看，惊呆了，她看见栽下岩的小轿车冲起的大火……

春燕想到这里不觉泪流满面，那个救她的司机栽下岩就是没死也会被特务捉住。

一会儿，她晓得目前处境危险，强忍住悲痛拭干了泪水。她细心观察四周的环境，想找出下一步行动的办法来。

司机指示叫她在这小路尽头等着，可是这里是没有出路的绝处，她实在猜不透司机的用意！

春燕歇息了一会儿，精力恢复了一些，她想：司机出了意外，情况已经发生了变化，我绝不能在这里久等。她站了起来，心想如今至少要找一个藏身的地方……

五

杜鲫壳带着人寻路到了岩下。他们没带救火器具，站在一旁束手无策，不过找些野生的荆条之类扑打。幸好小轿车油箱的存油不多，火势一会儿便减弱了。

杜鲫壳叫人费了很大力气才将变形的车门撬开。搜查的结果令杜鲫壳大失所望——车内没有发现任何烧焦的尸骸。但一个特务却搜出了春燕穿的驼绒夹旗袍的残片和一双焦煳的高跟鞋。

杜鲫壳将这几件残物放在地上仔细验看了一番，偏着头半晌不语，这个谜他解不开。找到了吴秘书穿的衣服残片，却找不到她的尸骸，这意味着啥？还有司机呢？

申小旦忍不住在一旁插嘴说：“杜组长，找到吴秘书的衣物也是一样，可以带回去向戴主任交差！”

杜鲫壳不满地盯了他一眼，吓得申小旦再不敢多嘴。这时有人在岩上大声喊道：“戴主任来了！”

杜鲫壳一惊，仰头一望，果见戴笠披着黄呢披风站在岩边上，无数便衣特工簇拥着他。站在戴笠旁边的施副官牵着一头警犬。路边停着戴笠常坐的浅蓝色小轿车，还停有一部大卡车。

杜鲫壳不敢怠慢，迅速爬上岩去，小跑着到了戴笠面前，敬了一个军礼：“报告戴主任……”

戴笠听完了杜鲫壳的报告，晓得没捉住吴秘书，他的脸色很难看，眼下的肌肉抽搐了一下，十分不满地说：“这明明是使的‘金蝉脱壳’，这个女人已化装潜逃。你这个蠢东西，娘希匹……”

戴笠咽了一口唾沫，想到目前不是责骂的时候，要抓紧时机捉住吴秘书才行，他忍住了火气，指着那条上山的茅草路，大声命令说：“杜组长，你带着人和警犬，循着这条茅草路往山上搜索！”

戴笠嘿嘿狞笑了一声：“哼，她就是钻入地缝中也要给我捉住。我在这里立等！”

“是，是！”杜鲫壳豁然醒悟，觉得戴笠是比他高明得多。他不敢延误，立刻从施副官手中牵过警犬，带着一群特务奔向那条上山的茅草路……

戴笠望着岩下的汽车残骸凝视了一会儿，若有所思，回头吩咐施副官：“你带人下岩去看一看，将汽车牌照拆下带走，迅速查明车主！”

施副官带着人下岩去，一会儿便将汽车牌照拆回。他神态十分仓皇，捧着牌照的双手都在颤抖，急急向戴笠奔来。

戴笠见施副官惊惶的样子，不等他报告便不满地训斥说：“施副官，做一个特工凡事要冷静！”

施副官定了定神，连声说：“是，是。”他呆立在那里，一时说不出话来。

戴笠板着面孔，催促他：“为啥这样惊惶！”

施副官喘了口气：“报告戴主任，奇怪，这小轿车是我们军统局的，你看……”

“哎……”戴笠一听也大吃一惊，他从施副官手中接过牌照仔细端详，半晌作声不得。军统局所用车辆的号码都有暗号，戴笠当然一见便可以分辨出来。他还认出这是军统局本部使用的车辆。

戴笠怒冲冲把牌照往地上使力一甩，咬牙切齿骂了一句：“娘希匹……”

他将黄呢披风脱下丢到施副官手中，双手抄在背后，烦躁地在公路边徘徊起来。

他此时的心情异常复杂。倘若让吴秘书跑掉，就难免受老头子的训斥，现在又冒出一个新问题——共产党救人所使用的车辆居然是军统局的，这叫他有何脸面见人！且不论共产党是盗用或是在军统局有内线，这事让老头子晓得后，不仅是挨骂受责，连军统局内也不会安宁，自有一番审查折腾，他的地位也要动摇。这叫他如何不急！

他向四周环视了一下，见身边留下的人都是他可靠的心腹，但还是凶神恶煞般警告说：“共产党使用的车辆是我们军统局的，这件事千万不要外传，谁若泄露出去……哼！”他狞笑着向大家扫视了一遍。

大家都吓得低下了头。

“施副官，将这牌照秘密收捡起来。”戴笠指了指地上的牌照，认真地吩咐说。

施副官弯腰拾起牌照走开了。

戴笠想到杜鲫壳才干平庸，连查看牌照这样重大的事情也疏忽漏过了，派他上山搜查，到现在还不见动静。

他知道目前只有将吴秘书抓住，他在老头子面前才能主动。一好遮百丑，车辆的事情也可以掩饰过去。

不一会儿施副官藏好牌照回来，戴笠吩咐他留守原地，自己带着一大群人往山上走去。他要亲自出马。

六

春燕想找一个地方隐蔽，可是这里连一个岩龛都没有，除了丛丛的灌木，便是齐膝深的茅草。

她疲惫不堪地踱回那块大石头旁边，仿佛听到了一阵窸窣的声响。她站住侧耳细听，却又静寂无声。她认为刚才不过是风吹枝叶发出的声响，自己觉得可笑，真是“草木皆兵”!

春燕往前走了两步，听见不远处“咔嚓”一声响，这分明是枯枝折断的响声。她敏捷地躲到一丛灌木后面，捡起一块棱角锐利的石头，准备必要时硬拼。

她警觉地凝视着发出声响的地方。这时枯枝折断的“咔嚓”声越响越近，她已看清一个人正弯着腰，分开灌木和茅草往前走来。

来的这人蓦地伸直腰，一双炯炯有神的眼睛向四下张望着，像在寻找什么。

春燕只能看见这人的侧影，觉得十分眼熟，很像那位司机同志。她不敢相信自己的眼睛了，难道他没死，也没受伤!

那人转过身来面对着春燕。

春燕看清了，啊，是他，真是那个司机——鸭舌帽，八字柳叶胡，只不过没戴墨镜。

春燕一阵狂喜，再也沉不住气，她从隐身的地方跳出来，向他奔去，热情地伸出双手:“同志，你……”一颗热泪从她眼角滚出。

那司机看见她，也兴奋地握住她的手:“春燕同志……”“同志，你没受伤?”春燕缩回手，仔细打量着他。

那司机爽朗地哈哈一笑:“受伤！可没那么容易。”“你没跟着汽车栽下岩?”春燕迷惑地问。

那司机满不在乎，十分轻松地说:“我玩了一个飞车的杂技，让他们下岩去守住那辆破汽车，我们在这里便要从容得多!”

“啊!”春燕惊喜地叫了一声，异常钦佩地望着他。

“春燕同志，你认识我吗?”那个司机仿佛并不觉得目前有啥危险，微笑着问。

春燕觉得他的声音很耳熟，想不起以往曾在哪里见过他，听他这么问，忙答道:“想不起在哪里见过。同志，你贵姓?”

那个司机不慌不忙将唇上的八字柳叶胡一扯，原来是贴上的假胡子:“仔细看一看，认识我吗?”

春燕惊喜交集，上前一步紧握住他的手不放：“啊，冯同志，原来是你！化妆得真巧，把我也瞒过了。”

此时此地遇到冯烂王，春燕她热泪盈眶，激动得半晌说不出话来。许多年前冯烂王从人贩子手中救下她时的情景蓦地在她脑际清晰地呈现出来，现时冯烂王又第二次救了她，叫她如何不激动得落泪!

她见冯烂王神态从容，嘴角衔着一支香烟猛吸着，晓得他一定有稳妥的办法脱险。她心里踏实了，有一种安全感。

春燕望了望冯烂王，又抬头望了望陡岩，心想目前只有翻过岩去最稳妥，但……

冯烂王见春燕蹙着眉尖看着陡岩出神，他明白她的意思，看了看手表，淡淡一笑说：“春燕同志，不用急。这里空气很好，待我抽完这支香烟再走!”

春燕虽然十分信任冯烂王，迟疑了一下，终于忍不住关切地问：“冯同志，我们从哪里走呢?”

冯烂王指了指陡岩说：“翻过陡岩去，只需二十分钟便可以到达嘉陵江边，那里准时有一只木船等着我们。”

“啊!”春燕点了点头，仍疑惑地问，“这岩陡滑，我们啷个翻得过!”

“看你这急，好，我们走吧!”冯烂王说完，走到岩下的茅草丛中捞出一根粗粗的麻绳头一牵，原来麻绳的另一端系在岩上一棵粗大的黄桷树干上。因为岩石的颜色与麻绳的颜色差不多，粗看是不易使人发现的。

冯烂王双手用力拉了拉麻绳，感到很结实，回头向春燕吩咐：“你伏在我的背上紧紧抱住我，我将你背上岩去。”

春燕吃了一惊，她原以为冯烂王会先攀上岩去，然后再用麻绳吊她上去。现在冯烂王竟要背她上岩，这要费很大的力气才行。她见冯烂王身材干瘦，不禁有些犹豫。

冯烂王催促道：“快!”

春燕只好伏在冯烂王背上紧紧搂住他的腰，闭上双眼，听任他背着往上攀。

冯烂王攀住麻绳，双脚蹬在陡岩上，手脚并用，他居然像猿猴一样轻捷灵活，不用两分钟便攀到岩上。

春燕在岩上站稳才睁开双眼，她十分惊奇地看着冯烂王干瘦的身材，想不到他的力气这么大！站在岩上，可以远远看见长江在峡谷里闪着银波。

冯烂王将麻绳收起，放进黄桷树丫的一个树洞里藏好。他先整理了一下自己的衣冠，然后对春燕说："你把衣衫和假发整一整，我们马上下山去。"

临走前，冯烂王指了指岩下，十分诙谐地说："这条茅草路原是绿林好汉的秘密通道，现在也让它为革命服务，嘿嘿。"

他笑得很开心，眼角的鱼尾纹显得十分清晰。

七

杜鲫壳牵着警犬追踪到了岩下，茅草路中断了，警犬却仰头向着岩上叫。

杜鲫壳沿着岩边来回查看了一阵，不禁感到迷惑，像这么陡峭的岩壁绝无落脚的地方，难道共产党会长翅膀飞上去！

警犬不肯走开，仍徘徊在岩脚仰头朝岩上叫个不停，真使杜鲫壳恼火。他想寻路上岩，可是却寻不着上岩的路。

杜鲫壳十分懊丧，他晓得若捉不住吴秘书，戴笠事后是不会轻饶他的。他们这么多人追踪一个女人，却让她在众目睽睽之下逃得无影无踪，怎不令人气恼！

以前，别人送他一个杜鲫壳的绰号，他颇沾沾自喜，在涪陵侦缉队时，对付那些鸦片烟贩子，以及毛毛贼之类，他确实很有一套办法。自从跟段玉兴到重庆以后，当个副官之类跑跑腿还是称职的，反正天垮下来有长子顶住，他没有多大责任。可自升任了宪兵团长才晓得要独当一面对付共产党人，实在不容易。这叫"当家才知柴米贵"。

上次到了嘴边的高茜飞走了，他怪在罗化平身上，把他关进监牢当了他的替死鬼，自己仍被撤去宪兵团长职务。

这次倘若捉不住吴秘书，连替死鬼也找不到。他晓得军统局的纪律，搞不好他也要进监牢去住几年。杜鲫壳想来想去，十分心焦。

特务们都站在杜鲫壳身边等待他下行动命令，可是他却站着发呆出神，大家都感到诧异。

正在这时，戴笠来了，申小旦先看见，急忙关照杜鲫壳："杜组长，戴主任来了。"

杜鲫壳吓了一跳，他没想到戴笠会不怕辛劳亲自上山，说明戴笠是多么重视这个吴秘书！他硬着头皮小跑过去迎着戴笠："报告戴主任……"他战战兢兢将情况说了一遍。

戴笠阴沉着脸先查看现场，他也不相信吴秘书能从这么陡峭的绝壁翻过山去。可他亲见警犬的神态，又使他不能不信吴秘书已翻过山去。

戴笠沉思了一会儿，弯下腰拨开茅草仔细寻视。他蓦地拾起一只烟头看了又看，然后交给身边一个特工放好。他已发现岩下的茅草被人践踏过，仰头看去正好对着岩上那棵黄桷树，他豁然大悟，嘿嘿冷笑了几声，猜到吴秘书是怎样爬上岩去的。

杜鲫壳跟在戴笠身后已有好一会儿，忍不住请示说："戴主任，我们架云梯上岩去追！"

"娘希匹！"戴笠一肚子气没处发泄，恶狠狠地盯着杜鲫壳骂了一句，"你以为共产党还在岩上等着你去活捉！想得真美。"

杜鲫壳不敢再出声，只是恭顺地站在一边看着戴笠的脸色。

戴笠从拾起的烟头判断，吴秘书已被一个男人救上岩去了，并且从烟灰吸潮改变颜色的深浅推论，离开的时间在半小时以上。他晓得从岩上下山到嘉陵江边，至多不过二十分钟，他们肯定已由嘉陵江坐木船转移走了。

戴笠冷静地将今天发生的情况分析一番，不能不令他大吃一惊，共产党营救吴秘书事先安排得如此周密，时间的衔接又是这么紧凑准确，一环紧扣一环，可说滴水不漏！杜鲫壳哪是他们的对手！

戴笠环视了一下身边的下属，无限感叹地"唉"了一声——共产党内能人多，可是自己的下属中实在缺少出类拔萃的人物，令他有些沮丧。

戴笠晓得在这里久待已无大用，他们必须赶回去布置封江搜查。虽然时间已迟，不一定有收获，但是他必须这样做才好交差，"马后炮"也得要放呀！

戴笠转身便走。杜鲫壳见他并没作出任何指示，顿时慌了手脚，不晓得是留守或是跟着他撤走。

幸好，戴笠走了几步，一挥手说："撤！"他头也没回。

得到这句命令，杜鲫壳像获救一般，忙牵着警犬带着队伍，跟在戴笠身后簇拥着往山下走去。

八

春燕尾随着冯烂王下了山，幸好并没遇到意外的危险，安全到了公路边，这里离李子坝已经不远。

他们不能走得太匆忙，怕惹人注意。

冯烂王两手抄在裤袋里，撮着嘴唇吹着口哨，不慌不忙穿过公路，头也不回地往嘉陵江边朝下走。

春燕这时才感到换装的必要，要是她还穿着原先颇为考究的旗袍和高跟皮鞋，无论怎样也会惹人注目，她暗暗佩服冯烂王想得周全。

春燕尾随冯烂王也到了嘉陵江边。她看冯烂王已钻进一只篾篷船舱里，她踩着木跳也走进船舱。

“坐，可以喘口气了。”冯烂王笑眯眯指着一块当凳子的木板说。

春燕也觉这里气氛松弛了，她坐下用衣袖拭汗。

船头的水手早收好木跳，一篙将船撑离岸边，架上桨顺水划去。

冯烂王喷了一口烟，他见春燕的神态仍有些紧张，安慰她说：“春燕同志，我们到了江上好比龙归大海，任我遨游。你放心，现在安全了。”

春燕抿嘴一笑，她回想起今天离开孔公馆后发生的事情，确实惊险曲折，使她对冯烂王有了进一步的了解。他不仅对党赤胆忠心，而且胆大心细，实在令人敬重。她想到初见冯烂王时，见他的外表，还错把他当成坏人，现在想来自己也觉可笑，真是海水不可斗量，人不可貌相呢！

冯烂王将嘴上的烟头往江里一吐，回过头来正好与春燕的目光相遇，他含笑说：“春燕同志，李明同志要我代他向你问候，上级党组织十分赞扬你出色地完成了任务。”

春燕蓦地听到提起李明，心里暖烘烘的。自从她离开涪陵以后，至今还没见过他，也不晓得他在何处！说也奇怪，她与李明接触不多，但李明的影子却深刻在她的心上，很难忘怀。

春燕眼里闪着炽热的光辉，毫不顾忌地问：“李明同志现在哪里？”她晓得驾船的水手都是自己人。

一艘汽船鸣笛驶过激起了汹涌的波涛，木船在波涛间颠簸晃动起来，待浪头过去木船重新平稳下来，冯烂王才回答说：“他……”

他笑了笑，按纪律是不便说的，他迟疑了一下："春燕同志，你受李明同志直接领导呢！"

"啊！"春燕惊喜万分。因为地下工作的纪律，并且彼此都是用的代号，李明从没与她直接联系过，当然不会晓得是李明直接领导她。

冯烂王没说出李明的工作地点，春燕也没再问。一时，他俩都沉默着。只听桨声和流水声混合在一起，像一首抒情的乐曲，使人神往。

春燕蓦地提出一个不解的问题："冯同志，当我跳车跑到山上，见你仍驾着车慢吞吞地滑行，像故意等待追踪的汽车似的，真是把我急得……为啥？"

冯烂王爽朗地哈哈笑了："我倘若飞车过早，他们会警惕，会怀疑我飞了车，有同时派人搜山的危险。为了麻痹他们，只有让他们亲见我驾的小轿车栽下岩去，因为容我飞车的时间很短，不过两分钟，他们才会深信不疑。"

"两分钟的时机！真是太玄了。"春燕赞叹说。

"嘿嘿，其实我飞车后隐蔽的地方离他们不过几公尺，他们的注意力都集中到岩下起火的车上，哪会注意我！由我在他们眼皮下从容爬走了。"冯烂王十分平淡地说。

谈话之间，下水船驶得很快，转眼已驶过曾家岩，可以远远望见朝天门。

冯烂王脸上的表情蓦地严肃起来，指着朝天门的方向说："看，军统局的汽艇出动了！"

春燕一惊，果见朝天门江面上有一个小黑点，烟囱冒着烟溯江驶来。

船头的水手停下桨问："老冯，啷个办！"

冯烂王十分沉着地指了指江北陈家馆码头说："汽艇离我们远，不要紧，我们从陈家馆上岸。"

他嘴角露出嘲讽的冷笑："嘿，我冯烂王到处有得力的朋友。戴笠呀，你要在一百多万人口中搜出我们，真比大海捞针还难。"

他见春燕仍有些紧张，用轻松的口吻说："我早料到戴笠有封江搜查这一着，陈家馆码头有人等着接应我们，绝对万无一失！"

春燕听冯烂王说得异常自信，她紧张的心情也跟着松弛了。

冯烂王蓦地想到当戴笠发现他驾驶的小轿车竟是军统局的，一定会哭笑不得，有苦难言。其实，他不过略施小技，便神不知鬼不觉将军统局的一辆小轿车开走作了大用。他想着这些忍不住哧地笑出声来。

第三十五章

皮船长懒懒地喝了几杯闷酒，连饭也没吃便要离家下河，说轮船要开夜航，明早便要赶到万县。

珊幺妹假意噘着嘴挽留说：“啧啧，看你现在真成了忙人，我站在城门洞把眼都望穿了，把你盼回，你屁股还没坐热便要上船，未必你现在变了心，不再喜欢你的珊妹儿!”

她硬将皮船长强按坐下，又给他杯里斟满酒，说：“来，我陪你喝个碰杯!”

皮船长见珊幺妹在灯光下，脸上红是红，白是白，一对水汪汪的眼睛十分流转发亮，乜视着他，他不觉动心，平板阴沉的面孔有了笑容。他端起酒杯与珊幺妹的酒杯一碰，当的一声响，他仰头一饮而尽，然后习惯地将空酒杯望亮处一照。

珊幺妹自己却没喝酒，她放下酒杯，又给皮船长斟满酒。她赶忙坐回小圆桌对面的木椅上，因为她看见皮船长没有光彩的一对眼睛色哈哈盯住她的胸脯，不由得感到厌恶。

皮船长见珊幺妹如此神态，刚被撩起的兴致也淡了下去，他敏感到珊幺妹对他的热情是装出来的，带有敷衍的味道。要是以往，他会厚着面皮离座去将她揽在怀中亲热一番，想方设法讨她的喜欢，可是今天他却稳坐不动，闷声将面前的酒喝光。

珊幺妹夹了一个鸡脑壳放到皮船长碗中：“你为啥光喝酒不吃菜?”

菜碗里明明有两个鸡腿，而珊幺妹却夹了一个鸡脑壳给他，这是明显的怠慢。他皱了皱眉，抽搐了一下鼻孔，装出毫不介意的样子拿起鸡脑壳准备啃，但是看见鸡脑壳上没拣净的细绒毛，他实在不能下嘴，最终将鸡脑壳放下了。

珊幺妹见皮船长再没说走，心中暗暗不悦，她流动的眼波瞟了一眼皮船长，叹口气：“依我的性子，今夜硬不放你上船，哪有这久才回家，不过夜便走的道理!”

她抿嘴一笑：“不过，我珊妹儿也是知理的人，晓得你端人碗要服人管，要是耽误了开船丢掉饭碗实在不值，我珊妹儿也会跟你遭孽受穷。”

她端起酒杯故作欢笑说：“哥也，你喝完这杯，我马上放你走!”

皮船长心中原有打算，珊幺妹冷一阵热一阵使他暗下的决心本有点动摇不定了。现在听珊幺妹这几句话音，分明是赶他快走，他久跑江湖见多识广，岂有不懂之理。于是他不动声色地将杯里的酒喝干，连菜也没吃一箸，站起身来望着珊幺妹说："我实在非走不可，夜航不是好玩的事！"

珊幺妹夸张地"啊"了一声："看你，喝碗热汤再走嘛！"

她虽然口里这样说，已从衣架上将他的狐皮大衣和羊毛围巾取下走到他的身边……

褚三嫂正端着一碗清炖蹄髈进房，听说皮船长要走，先打了一个"啊嗬"，忙将汤碗放在桌上："皮姑爷，我才把你带回的蹄髈炖好，你便要走。不行，不行！"

自从皮船长在巨富洋行上任以后，他手头又宽绰起来，给家中的钱和带回的东西比以前要多，因此褚三嫂对皮船长格外巴结。她硬拉住皮船长的衣袖不放，要他留下。

皮船长不理睬褚三嫂，穿上大衣才说："今晚要夜航，明早要赶到万县哩！"

"嘿嘿！"褚三嫂干笑两声，仍拉住皮船长的衣袖不放手，嗔怪地说，"你把老娘看作洋盘！从没听说奉节到万县可以走夜航。我问你，从奉节开出去，过东洋子谁在晚上绞滩！我不肯信你有那大本事，不用绞滩也能开上滩去！"

皮船长语塞，半晌才解释说："你不晓得，我船上装得有大脑壳[1]，有紧急军务非要明早赶到万县不可，东洋子会留人等着绞滩的。"

珊幺妹见褚三嫂拉住不放，画得长长的眉尖一蹙，暗中向褚三嫂递眼色，示意不用留他。

褚三嫂瞪了珊幺妹一眼，毫不理会她的暗示："皮姑爷，管你船上装的是大脑壳或是小脑壳，老娘不管，我锅里还烧着一只猪脑壳喃！"

皮船长那几年落魄时喊过褚三嫂一声妈，现在抖起来，已多时不喊。褚三嫂年纪比他小，现时一口一声"老娘"，他听后很觉刺耳，但名分所定，只好忍住不发作。褚三嫂现在拉住他不放手，他斜瞟着珊幺妹，留意观察她的神色。

珊幺妹娇滴滴叫了一声"妈！"然后说："皮姑爷不是不愿在家多待，他实在有公事，要找钱养家。妈，你给他围上羊毛围巾让他走吧，怕误他的事！"

珊幺妹冷冰冰地将围巾塞到褚三嫂手上，各自走到穿衣镜前顾盼她的面孔。

---

1 指大官。

皮船长心中一沉，觉得没有什么值得再留恋的，从褚三嫂手中夺过围巾自己围好，几步走到门边撩起门帘。他迟疑了一下，收起了脸上的怒容，回过头笑眯眯地望着珊幺妹说："妹儿，你在家好生等我，我到重庆回头，给你买件海勃绒大衣带回！"

珊幺妹淡漠的面孔上有了笑容，甜甜脆脆叫了一声："哥也，你早去早回，我问好船期下河坝到码头边去接你！"

她将皮船长送到天井边便站住了，由褚三嫂将皮船长送出了大门。

珊幺妹返回房中从糖罐里抓了一把水果糖——这是皮船长带回的香港货，她匆匆撩开门帘跨出房门。

她见褚三嫂送皮船长已回，正亮着手电筒要关朝门，忙说："妈，不要关门。"

她从褚三嫂手中夺过手电筒，扬长出了朝门。

褚三嫂不满地问："珊妹儿，你到哪去？"她含糊应了一句："妈，眨个眼我便回。"褚三嫂无奈，只好听任她走了。

珊幺妹沿着街沿走了几步，见隔壁的房门虚掩着，她站住大声喊道："二毛子！二毛子！"

"喂！"二毛子是一个七八岁的男孩，已应声从门内跳出来问："珊孃孃，喊啥！"

珊幺妹先将手中的一把水果糖塞进二毛子手上："哒，给你！"

二毛子并没有客气，边将水果糖放进衣袋中，边问："珊孃孃，是不是要我去叫华叔叔来！"

珊幺妹放低声音责怪："你这个鬼，小声点。"她接着亲昵地说，"乖，快去快回。"

二毛子晓得他猜对了，不等珊幺妹再说，一溜烟便从暗影中跑走了。

珊幺妹回家虚掩上朝门，亮着手电筒穿过天井回到房内。她见褚三嫂正要将桌上的酒菜端下去，忙制止说："妈，不要端走，华青哥马上要来！"

"咦，皮船长前脚走，华青这背时短命鬼后脚就要进门，你们胆子也太大了！"褚三嫂两手在小腹前一收，气鼓气胀地说。

珊幺妹听惯了褚三嫂的埋怨，所以只当没听见她的话，她指着盛清炖鸡的那只碗说："妈，你把这碗鸡肉端到厨房去回个锅，碗里两个鸡腿是我留给华青吃的，怕他吃了冷鸡腿患肚疼！"

“肚疼!”褚三嫂一脸愤懑的表情,“我怕他吃惯了炟和以后屙不出来,那才真要肚疼!”

“妈吧,这碗清炖蹄髈还热腾腾没动过箸,就不用回锅了。”珊幺妹继续铺排说。

褚三嫂早被珊幺妹软硬兼施制服住了,一时哪能拗过来,她无可奈何端着鸡碗走到门口,正要撩开门帘又缩回手,回过头十分疑虑地望着珊幺妹说:“噫!珊妹儿,我看皮船长今天临走时神色不大丁对,他说要夜航我真不肯信!他莫不要耍一个回马枪,假说夜航,其实等半夜三更才回家敲门捉一对双……”

珊幺妹正拿着火钳拨弄火盆里的树炭火,添上许多树炭想把火烧旺些。她并不以褚三嫂的话为然,撇了撇鲜润的嘴唇:“妈,难道你没听见!他明明说船上装有大官,明早一定要赶到万县。你说,不夜航啷个行呢!你不要疑神疑鬼自己吓自己!”

“哎!”褚三嫂拖长嗓音惊叹了一声,她也是多见太阳多见雨的人,愈想愈犯疑。她走回来将鸡碗放回桌上,摇着头坚持说:“不对,不对!从没听说过东洋子晚上可以绞滩,他分明在扯谎。哼!这老色鬼的板眼哪能骗得过老娘,问下……”

珊幺妹反而一脸怒容,毛焦火辣地冲着褚三嫂说:“老鬼真要回马枪我也不怕,离婚!谁稀罕拿他那几个臭钱!”

“臭钱!你癞蛤蟆打哈欠——好大的口气。华青光吃白食不拿半文钱来,现在米价值好多钱一斗,你晓不晓得哟!”褚三嫂双手叉腰像要与珊幺妹大闹一场的样子。

珊幺妹不理她,各自坐在火盆旁边的春凳上,跷着二郎腿,枫炭火旺了,发出噼啪的炸裂声,红红的火光映在她的脸上,她脸上没得一丝笑容。

褚三嫂晓得对她来硬的不行,只得和颜悦色地语道:“珊妹儿,你与华青在一起,往昔我从没说过二话。但是今夜愈想愈觉不丁对,怕要出事!你静心想嘛,老色鬼以往回家,就是只能待抽一杆叶子烟的工夫,他也要与你亲热一番,然后边扎裤子边回船去开航。可是,今天……他变得文质彬彬好正派,你想是不是!”

珊幺妹听诸三嫂一指拨,也觉有几分道理,不禁踌躇起来。她已叫二毛子叫华青去了,怎好马上改口不要他来!她倘若真改口不要华青来,以后还不晓得要费多少唇舌才能安抚住他。可是……

珊幺妹听见二毛子咚咚的脚步声,忙起身走到门口撩起门帘问:“二毛子,华叔叔来不来?”

二毛子站在天井边回道:“华叔叔说，他心里不快活，今夜不来了。”

珊幺妹一怔，她晓得华青的犟脾气又发了。她白天叫二毛子去关照他，说皮船长的船到了，叫他不要来这里。显然华青又在吃醋怄气。说也奇怪，每遇华青吃醋怄气，她不但不觉可厌，反而觉得可喜——倘若华青不是真心实意爱她，怎会吃醋怄气呢！说明华青不把她当皮船长的婆娘，而把她当成他的结发妻子一般。

珊幺妹刚说了一句:“二毛子，你不忙走……”

褚三嫂几步走到门边，抢先说:“谢天谢地，华青永远不来才好。二毛子，没事，你各人回去睡觉。”

珊幺妹可以想象此时的华青心中多么苦闷，她心里对华青说不出的疼爱怜惜，早把什么“回马枪”忘到九霄云外。她推了褚三嫂一把:“妈，你快去热菜，让华青来说几句话，喝杯酒就叫他走。”

珊幺妹叫住二毛子轻声细语吩咐说:“二毛子，孃孃最喜欢你。你帮孃孃再去华叔叔那里跑一趟。你对华叔叔说：他心里不快活更要来，我在等他哩!”

她又叮咛了一句:“二毛子，记得不?”“记得!”二毛子十分机灵地回答。

珊幺妹对站在暗影中的二毛子说:“乖，快去快回!”

二毛子摸惯了这里的路，他咚咚的脚步声已响出朝门外了。

珊幺妹返回房里，对褚三嫂说:“妈，我们有话在先，等会华青来了，不许你摆面孔给他看。我会叫他早点走的。”

要是前几年，珊幺妹倘若敢用这样的语气与她说话，褚三嫂肯定会给珊幺妹一个耳巴子。但是这几年褚三嫂头发花白，额上的皱纹变深，她当年泼辣果断的气概也慢慢消失得无影无踪。特别是珊幺妹扬言过要与华青一齐逃跑，她想到真留下她一个孤老婆子怎么办！她不得不让步迁就他们，久而久之，她在珊幺妹面前再也硬不起来了。

褚三嫂没有回答，赌气扭头便走。

“噫！这碗鸡汤要回锅热一下，你未必忘了!”珊幺妹端起鸡汤碗追上递到褚三嫂手上。

褚三嫂叹口气，无可奈何地嘱咐:“叫华青喝杯酒就走啊!”“妈，我晓得!”珊幺妹推着褚三嫂往前走了几步才放手。

二

听见天井脚步响，珊幺妹晓得是华青来了。华青那双贡呢圆口鞋还是她给做的，为了经穿些，她还找皮匠摊给鞋底钉上两颗铁抓钉，走起路来咯咯响。

珊幺妹早撩起门帘，亮着手电筒替华青照路。她轻声招呼：“你来了？”

华青瓮声瓮气“唔”了一声表示回答。

“来，趁菜还热络，快喝杯酒。”珊幺妹放下门帘跟在华青身后进了屋。

“嗯！”华青机械地坐在桌边，显不出一点热情。

珊幺妹将手电筒放到床头上，她见华青失魂落魄的样子，忍不住抿嘴一笑，娇声柔气地安抚他说：“看你……皮船长一走，我急忙叫二毛子去请你来喝酒。我以前跟你丢过那多海誓，我心尖上只有你，珊妹儿永远属于你，看你……”

“唔！”华青避开珊幺妹灼热的目光，看着面前的酒菜发怔。

珊幺妹给华青斟满酒，又给他碗里夹了一大块蹄髈，坐在他身边笑得甜蜜蜜的，劝他喝酒吃菜。

华青仍然提不起兴致，像木偶似的听任珊幺妹摆布。她叫他喝酒，他便喝一口；她叫他吃菜，他便夹一箸放进口里。

珊幺妹觉得他今天吃醋太过分了——往昔遇到这种情况，只要珊幺妹略加安抚，他便会有说有笑与她亲热——见他连正眼也没看她，不觉有气，她娇嗔说：“我对你这好，你还不晓得满足，要晓得，我毕竟是皮船长名义上的婆娘，靠他养活，他回家来，我怎能不敷衍他一番。”

珊幺妹说到这里，她长长的浓黑的睫毛边闪着泪光，连声音也有些凄凉：“我把心都掏给你吃了，你还嫌有猪屎臭。我晓得你的心变了，不把我放在心上……”

她用手绢拭泪，故作生气的姿态，有意这样说激他，偷觑着华青的反应。

华青一惊，立刻现出惶惑的样子，脸涨得通红地说：“珊妹儿，不是……我……唉！”他言短起来，不晓得如何向她解释好，最终叹息一声，垂下了头。

珊幺妹见状，不禁破涕为笑，闪亮的眼波望着华青说：“那……为啥今天老与我怄气，你一点不欢！”她抿嘴笑了。

华青抬头与珊幺妹的目光相遇，他十分惊惶地偏头避开，使珊幺妹感到诧异，她迷惑地望着他出神。

华青自己端起酒杯喝了一大口酒，长长叹息一声：“珊妹儿，我今天不是与你怄气，我心里有难解的事！”

“难解的事！”珊幺妹的声音提高了一些，“你有啥难解的事，未必不能跟我说一说，让我也好与你出个主意嘛！”

“靳老乡，他……”华青欲言又止，显出迟钝麻木的样子。

“靳老乡……啷个一回事，说呀！”珊幺妹见他神态异常，突然提到靳老乡就不说，她暗吃一惊。

她晓得华青生性懦弱，遇到为难的事情只晓得闷在心里干着急，见他急，她也跟着急起来：“你说，啷个不说！”

华青喝干了杯里的酒，自己拿起酒壶要给杯里斟酒……

珊幺妹一把将酒壶按住：“我的先人，你说呀！不要光喝闷酒，容易醉。唉，真急人！”

华青脸上已泛着红润的酒色，他呆呆地望了珊幺妹一会儿，说：“我差了一屁股债，眼看杂货铺子要关门，要饿饭啰！”

“哎，啷个这段时间没听你说过，我还以为你生意不错呢。你为啥欠了一屁股债要关门？”珊幺妹十分焦急，关切地问。

华青这段时间确实没对珊幺妹说过他的困难，因为他每说一次自己的窘境，珊幺妹便硬要将她存的私房钱拿出来接济他。他每受到一次接济，自尊心就受到一次损害。他怕别人说他没出息，凭脸盘子去骗女人的钱用。所以他近来一直钳口不与珊幺妹谈自己经济上的困难，想硬挣着挺过去，可是……唉！

珊幺妹见他那副迟疑的样子，追问说：“你杂货铺是不是生意不好？”

“不是。”华青摇摇头。

“咦，怪喃，既然生意好，为啥欠债？”

“唉，靳老乡专和我作对，摊派到我头上的捐款比别人都重，我啷个不欠债啰！”华青嗫嚅地说。

“咦，怪喃！靳老乡和你无冤无仇，你是老好人，也绝不会得罪他，他啷个要与你作对！”珊幺妹显出愤愤不平的样子说。

华青低头不语。

珊幺妹想了想，她眼眨眉毛动，给华青斟了酒，宽慰说：“喝酒，你放宽心。只要珊妹儿有饭吃便饿不了你。你讨饭，我也跟你讨饭去！”

她给他夹菜，才想起褚三嫂拿去回锅的鸡肉至今没端上来，不自觉地埋怨说：

“妈也是……”她怕华青多心，把话忍住了。

珊幺妹见他不吃菜，拿筷子翻了翻碗里的蹄髈，拣了一块精瘦肉喂到他嘴边。

华青显得有些忸怩，勉强张开口让珊幺妹喂到嘴里。他吞下菜，轻轻叹息了一声。

珊幺妹见华青食不知味的样子，眉毛一挑，愤愤地说：“靳老乡光身逃难到奉节，现在赚肥了，居然也要欺侮人，真不是个东西，啷个专欺老实人！”

华青只是愁眉苦脸闷坐不语，不时叹气。

珊幺妹嘴一撇，指着华青责怪说：“男儿汉大丈夫，你怎只会叹气！”她把眉尖一蹙，接着说，“你说，你说，靳老乡为啥要与你作对！还不是你自己软弱无用！”

华青迟疑一会儿，终于说：“珊妹儿，靳老乡与我作对，全是为了你啊！”

“为我！”珊幺妹惊愕地睁圆了眼睛，“噫，啷个把我牵扯到里头去了。”

华青想，既然已把话说开头，干脆就敞开说清楚：“唉，珊妹儿，你不晓得，靳老乡早对你不怀好意，流你的口水……”

珊幺妹一直将靳老乡要与她相好的事瞒着华青，听华青如此说，不禁吃了一惊，疑惑地问：“喂，你啷个晓得靳老乡流我的口水！”

华青蓦地咳起嗽来，一会儿才说：“嗐，我啷个会不晓得！靳老乡已经跟我敞开说了。他说，只要我把你让给他，劝说你与他相好，他不仅不派我的捐，还扶植我把生意做兴旺。要是不，他还要送我去当壮丁哩！”

珊幺妹一听，不禁大惊失色：“哎，还有这种事！”

她现在才明白华青今晚异样的原因，原来他有这么重的心事。

珊幺妹定了定神，一脸怒容说：“这龟儿靳老乡真不是人，他把我珊幺妹当成啥人！”

她接着又埋怨华青：“我的先人，这么重大的事情为啥早不说，你……”

这时华青脸部不住抽搐，现出十分痛楚的样子，珊幺妹心软了，不忍再责备他。她沉默了一会儿，见华青欲言又止的样子，不禁起了疑心，斜睨着他，试探地问道：“问你，未必你竟答应将我转让给靳老乡！”

“珊妹儿，我哪会答应他！看，你把我当成啥人哪！”华青两手相互搓揉着，急得太阳穴青筋鼓起。

珊幺妹反而扑哧一笑，乜视着华青：“不急，不急，我信得过你。”她蓦地神态黯然，“我虽嫁给皮船长，但心里只有你一个人，晓得你是有良心的。他们错把我当成水性杨花的女人，唉……”

珊幺妹陡地振作起精神，笑眯眯地望着华青说：“不谈这些使人丧气的事，你也不要忧虑，这个世道，日本飞机天天炸死人，谁能保得定明天会怎样！今朝有酒今朝醉，快活一天算一天。靳老乡有啥可怕，不肯信他真是九头鸟！充其量你不再做生意，把杂货铺关闭。”

“不做生意……”华青忧心忡忡说，“我又唧个过日子！”

珊幺妹十分果断地说：“不怕得！靳老乡逃难到奉节赚肥了，我也跟你逃难到远方，说不定也可以找一大坨钱。”

华青听珊幺妹这么说，不觉十分感动，他握住珊幺妹的手，眼泪汪汪地说：“珊妹儿，你对我这样好，我不晓得要怎样报答你……”

“咦，你说这些话显得太生分。我珊妹儿爱哪个，硬是要爱到底，只要你永不变心，便算报答我了。”

珊幺妹动了真情，泪水花花，十分激动。她伸手抚摸着华青的面颊，柔情蜜意地望着他出神。

华青也动了感情，暂时忘了自己窘迫的处境，要将珊幺妹揽在怀里亲热。珊幺妹将华青一推，她陡地想起房门还开着——已半晌没听见褚三嫂的动静，大概早赌气睡了。

珊幺妹脚一顿，快步走去关上房门，回身自言自语说：“充其量千刀万剐，怕啥！”

华青目不转睛望着珊幺妹。

“望啥！准备睡。”珊幺妹毫不羞涩地说。她指了指桌上的碗碟，“明天再来收捡，不管那么多！”

三

夜深人静，上岸玩耍的船员陆续都回船了。

有些船员见皮船长仍坐在城门洞外一家茶馆内喝茶，都不禁感到诧异。有人问他：“船长，为啥坐在这里吹河风？”

皮船长含糊应了一声：“等个人。”

茶馆内只有稀稀拉拉几个茶客，都是无正经事可干的夜醒鲜。他们闲聊一阵都感到乏了，一个个仰坐在躺椅上半闭着眼打瞌睡。幸好茶馆正中有一只火盆，炭火红彤彤的还旺，不用担心会着凉。

皮船长却无倦意，边喝茶边嗑着望日葵消磨时间。

皮船长是这茶馆的贵客，所以堂倌对他格外殷勤巴结，不断提着炊壶给他掺开水。

从前，只要船长在这里一坐，便会招徕众多的船员在这里喝茶，会使茶馆的生意兴旺起来，连卖望日葵和橘子的小贩也会蜂拥而至，可以卖出不少食品。

可是，今晚却有些古怪。皮船长板着面孔并不搭理过往的船员。谁也懂得进门看脸色，许多想踅足进门凑热闹的人见他冷冰冰的神态，都知趣地躲开了。

夜色很浓，只有坡脚下停泊的轮船上的灯火，映在水面上闪动。

茶馆内没有电灯，在南竹柱子上挂着一盏菜油灯，火苗在风中闪跳，光芒十分昏黄。

茶馆内那几个夜醒鲜见火盆里的树炭快化成灰烬，耐不住寒冷，一个个付清茶钱走光了。只剩下皮船长一个人，仍悠闲地嗑着望日葵。

堂倌原以为皮船长在这里等人，但收堂的时间早过了，还不见有人找他。堂倌虽然觉得诧异，但不敢问他，只好耐心地等待他自行离去，才好上门板关门。

真被褚三嫂猜中了，皮船长今夜确实想杀个“回马枪”。

自从靳老乡那次去珊幺妹那里找华青以后，这个疑团他一直梗在心上丢不开。

靳老乡的生意愈做愈大，除了经营杂货的零售外，近来又直接从重庆、万县进货经营批发，时常要与船上打交道，不用多久，他便与皮船长厮混得十分热火。他言谈之间，故意说些暧昧不明的话，暗点华青与珊幺妹有私。

皮船长岂能容忍这种事情！凑巧今天船泊奉节，不仅当晚不开航，明天还要停靠一天，正是一个弄清真相的好机会。所以皮船长借口夜航，早早便离开了家中，坐在这里等待机会，准备半夜三更闯回家中去捉奸。

大约过了二更时分，皮船长的西崽小颜气吁吁跑进店门。这时，在一把椅子上打瞌睡的堂倌，被脚步声惊醒了。那小颜快步走近皮船长身边耳语了一阵，堂倌听不清说些啥。

皮船长听完小颜的话后，点了点头，“唔”了一声，不慌不忙站起身来，脸色十分阴沉可怕。

堂倌晓得皮船长要走了，他假意提着炊壶过来掺开水讨好。皮船长一摆手，示意不用了。

堂倌十分殷勤地说：“皮船长，啷个不再坐一会儿，早哩！”

皮船长早已会过了茶钱，他并没搭理堂馆，脱下狐皮大衣递到小颜手上拿着。他露出里面一身短打扮，裤脚和衣袖都扎得紧紧的，还拦腰束了一根腰带。

皮船长低声对小颜吩咐了一声：“走！”

小颜抱着狐皮大衣紧跟在皮船长身后出了茶馆，踏着石梯向城门洞走去……

堂倌十分惊讶地站在门口望着皮船长与小颜远去的暗影出神，皮船长那身短打扮，分明是准备去打架的样子。可是……

堂倌打了一个哈欠，不愿再去关心这类闲事，自去上门板关门。

四

皮船长干这一行，也像他驾船一样精。他走到家门口，推了推朝门，见已上闩，他早准备好一把小拨刀，从门缝里伸进将门闩拨开，轻轻一推，朝门无声无息地敞开了。原来，为了华青晚上进出，珊幺妹在门枢上浇上了菜油，皮船长早就留意观察到这点，因此更加深了他的疑心。

皮船长低声对小颜说：“你在天井里等着，我不叫你就不用进去。”

小颜在暗影里轻声“唔”了一声表示回答。

珊幺妹房里已经熄灯，天井里一片漆黑。皮船长是熟门熟路，他蹑手蹑足穿过天井。蜷缩在天井角的黑宝听见响动，汪汪叫了两声，待它看清是皮船长后，也安静了。

皮船长停顿了一下，没听到啥异常的响动，才继续摸索着前进。

他摸到了珊幺妹的卧室门边，撩起门帘，将耳朵贴在门板上凝息谛听。

室内静悄悄的，听不出半点声息，皮船长暗自猜疑，难道华青已经走了？

后来他蓦地听见室内床上有人翻身的声息，珊幺妹轻声在埋怨：“你今夜啷个搞的，老是翻身，睡不安稳！”

皮船长再没迟疑，他拿出拨刀伸进门缝拨门闩。

夜实在太静了，他拨门闩的手脚虽轻，仍发出窸窸窣窣的声响，十分刺耳。

珊幺妹在床上警觉地问：“哪个！”她坐起开亮了电灯。

她看房门关得好好的，静听了一会儿，再没听见有啥声息，便松了口气说："耗子！"

接着，她低声责备华青："看你！吓得浑身像筛糠，胆子点点小！"

她关熄了电灯说："没事，睡。家中耗子多，以后要喂只猫儿才行。"

皮船长气往上涌，他再也沉不住气，不再拨门闩，捏着拳头使力敲着房门，发出震耳的咚咚声。

珊幺妹十分惊惶地坐起问："哪……哪个！"

皮船长粗声大气在门外回答："开门，是我回来了。"

"就……就来！"珊幺妹浑身也像筛糠一样，牙齿咯咯打架。事出意外，她慌了手脚，不晓得怎么办！

"快，快开门！"皮船长声色俱厉地不断催促。

"噫，你要开夜航，啷个又回来了。"珊幺妹强忍住心中的慌乱，装出平静的声调问。

皮船长听见室内乱成一团，他不住用拳头捶门，催促快点开门。

室内的电灯亮了，珊幺妹脚上的拖鞋响着到了门边，房门开了。

皮船长一步跨进房内，铁青着脸，横眉斜睨着珊幺妹冷笑。珊幺妹一见皮船长那身短打扮不比寻常，更吓得心惊肉战。

她强忍住心里的惊恐，装出一副笑脸说："这天好冷，看，火盆里的树炭火都快熄了。"

皮船长并不忙于发作。他瞥了一眼桌上没收捡的酒菜，不动声色地在春凳上坐下，毫无表情地打量着珊幺妹。只见她浓发披散，穿一条印花布裤，披着一件葱色软缎丝棉袄，虚掩着前襟。她指头不住颤抖，半晌还没将几颗纽子扣上。她赤脚穿着绣花拖鞋，忘了去穿袜子，站在皮船长面前发呆。

珊幺妹接触到皮船长冷冷的目光，心上一抖，为了掩饰她的惊恐，说："好冷啰！"

她拿起火钳拨动火盆里的余烬，露出红火，加上了树炭。

皮船长觑着床下，晓得华青躲在那里。他陡地张口厉声说："珊幺妹，你把房里藏的男人叫出来。"

珊幺妹心中一震，手上拿的火钳"啪"的一声掉在地上。她还想掩盖："你莫怪说，我房里哪会藏有男人！开玩笑不是这种开法。"

皮船长正要动身去撩起床边下垂的布毯将华青拉出来，蓦地听见床下华青打了一个响亮的喷嚏。

“嘿嘿，快出来穿上衣服，谨防受凉得夹阴伤寒！”皮船长望着床下狞笑说。

眼看事情已经败露，珊幺妹反而没有先前惊惶，将头伸到床下喊：“华青，你快出来，快！”

华青在慌乱中抱着他的一卷衣服，蜷伏在床下，身上反穿着贴身的汗衣，已冻得嘴唇发乌，浑身起鸡皮疙瘩抖个不止。他实在忍不住鼻里的奇痒，打响了一个喷嚏，心中十分懊丧。

他一连打了几个喷嚏，抱着衣服从床下钻出来，神态十分狼狈。

皮船长冷笑一声，从腰里掏出一把匕首，在灯下闪着熠熠的银光。他陡地站起身，咬牙切齿说：“你们要给我戴上尖尖帽子，我姓皮的不好惹，今天我要开红山[1]。”

皮船长说完后，执着匕首一步步向华青逼近，眼里露出可怕的凶光。

珊幺妹不晓得从哪里来的胆量，她眼里噙着泪水，迎面用身子挡住皮船长的去路，胸口已触到匕首的刀尖：“事情不怪他，哥也，求你放他一条生路！”

“不行！先杀他后杀你，滚开！”皮船长要推开珊幺妹去抓华青。

珊幺妹一阵心酸，泪水簌簌滴下。她蓦地在皮船长面前跪下，不住叩头：“哥也，我求求你千万放他一条生路。事情全怪我。要杀我、剐我都由你！”

皮船长见事到如今，珊幺妹还护着华青，更发了醋劲。他气得飞起一脚将珊幺妹踢翻，绕了过去。

华青见皮船长的刀尖在眼前一闪，吓得瘫软无力，他一屁股坐在地板上惊惶地怪叫。

珊幺妹被皮船长一脚踢在胸口上，她熬住刺心的疼痛，迅速从地上挣扎起来。她见华青面色惨白瘫坐在地上，皮船长已举起了匕首要往下刺。她不顾一切地猛扑上去，双手将皮船长紧紧箍住不放，急声提醒华青：“快跑！”

华青摇晃着挣扎起身，往前踉跄了几步，终因手软脚炽站立不稳，又扑倒在地板上，再也挣不起来。

1　袍哥话，杀人。

皮船长狂吼一声，从珊幺妹箍抱中挣脱开来。他蓦地改变了主意，暂时撇开华青，将匕首横噙在嘴上，逼视着珊幺妹狞笑。一会儿他猛地双手捏住她的双肩推搡了几把："好呀！你既然活得不耐烦，我就先剜开你的心看一看！"

珊幺妹也蓦地改变了神态。她不再悲伤，细细的眉毛一竖，圆睁双眼逼视着皮船长，自己动手将衣襟拉开，露出雪白的一段胸脯："杀吧，剐吧，我像这样活着不如死了好！我死后变成冤鬼也要找你，使你一辈子不得安生。"

她边说边挺着裸露的胸脯，毫不畏怯地向皮船长手中的刀尖迎去。

这一来，皮船长反而迟疑起来，他不自觉地后退一步，结结巴巴地说："你……你……你真不怕死！"

珊幺妹已经横下一条心，皮船长退一步，她挺着亮开的胸脯逼进一步。但是，她泪下如雨，回头向华青招手："华青，来，要死，我俩死在一起！"

华青抱着一团衣服坐在地上簌簌发抖，没有应声。

珊幺妹望着华青鄙夷地一撇嘴："看你，枉是男子汉，这么怕死！好，我先走一步，你随后来！"

她双眼射出冷光，逼视着皮船长那张难看的面孔，用右手食指点着左胸脯："我的心在这里，听，咚咚跳哩。你动手剜吧，剐吧！"

皮船长已退到屋角，而珊幺妹迎着刀尖还在步步进逼。这时，他的野性又发作了，大吼一声："看刀！"说时将匕首高高举起，对准珊幺妹左乳根刺下去……

褚三嫂今夜睡得很熟，这时才被闹声惊醒。她已听见皮船长的声音，晓得出事了，连忙披起衣服，跌跌撞撞奔进房内，正见皮船长要行凶。她急得发出一声凄厉的悲号："哎呀！我的珊妹儿哪！"不顾一切扑上前去护住珊幺妹。

皮船长突然听到褚三嫂的悲号声，稍一迟疑，褚三嫂已拖住他的匕首把不放。

褚三嫂哀求说："皮船长，望你宽宏大量，珊妹儿做了丢人的事，任你打骂都可以，千万求你饶她一条小命。"

皮船长哪里肯依，凶神恶煞般冲着褚三嫂说："老婆子，你说得好撇脱，我倘若不杀死她，我堂堂男人岂不惹人耻笑！"

褚三嫂这时惊魂稍定，仍拖住他的匕首不放："皮姑爷，你杀了珊妹儿，你也脱不了手。你是久撞江湖的明白人，这类事还是暗自私结为好，张扬开去，你的名声要紧，还会搁皮[1]。”

皮船长这时累得喘气，刚气已过，细思褚三嫂的话何尝没有道理！沿长江各码头到处有自己的相好女人，各种女人都交往过，为了珊幺妹这种女人去抵命、坐牢实在不值。刚才他没真下手，心里也有这些顾忌。

“你说，啷个私结！”皮船长态度软了一些，也想借此下台。

褚三嫂听皮船长语气松动，她顺势将皮船长扶在旁边的太师椅上坐下：“皮姑爷，错在我家珊妹儿，让她跟你叩个头，认个罪，保证今后与华青一刀两断，严守妇道。”

皮船长将匕首往茶几上使劲一搁，发出“当”的一声响：“老婆子，你说得好燗和！”

华青这时才挣扎着站起，颤抖着穿上衣服，一顶青布瓜皮帽不晓得掉在哪里，光着飞机头。

珊幺妹把衣襟掩好扣上。她存着一线侥幸的希望，拉过华青，他俩双双跪在皮船长面前。她开口央求：“皮船长，望你高抬贵手放我俩一条活路。我愿净身一个人跟华青远走他方，以后立你的长生禄位感你的恩德！”她说完后捂面痛哭起来。

不等皮船长开口，褚三嫂已蹦了起来：“你想嫁给华青，这一辈子休想！”

珊幺妹转向褚三嫂哀求道：“妈也，当初你倘若让我嫁给华青，也无今朝这场羞耻事，望你老人家看在骨肉分上……”

褚三嫂想起这一切都是华青引起的祸根，她猛地朝华青扑去：“你害得我母女俩好惨，老娘今夜与你拼了！”

华青听任珊幺妹拉他向皮船长跪着，自己一直默默无语。这时他见褚三嫂扑来要与他拼命，吓得移动着膝头急速往珊幺妹背后躲。

珊幺妹蓦地站起身来，挡住褚三嫂，边哭边说：“妈也，你们不放我俩一条活路，我也不愿活过今夜。”

她陡地一咬牙，身子前倾，将脑壳往桌子角上撞去……

幸亏褚三嫂眼明手快，一把将珊幺妹拖住，搂住她伤伤心心哭诉：“我的珊妹

---

1 开除袍哥资格。

儿呀，你切不可轻生，丢下妈一个人嘟个过哟!”

华青呆呆地仍然垂头跪着。

皮船长把这些情景看在眼里，他已想好了主意，于是放高声音喊：“小颜，小颜!”

小颜一直守在天井边，听见叫喊忙走到窗边答声：“啥事?”皮船长吩咐说：“去请靳老乡——靳保长来一趟。”

小颜应声去了。

褚三嫂听见要叫靳保长来，晓得这事投了保甲，要阴消已不可能，珊幺妹肯定要出乖露丑；不过既然投了保甲，皮船长再无杀人的道理，珊妹儿的性命可以保住了。可她不晓得这场事还会闹多大，将来的日子怎么过！因此哭得更伤心。

珊幺妹见华青还跪得十分规矩，对他的胆怯懦弱，真是又怜又气，于是偷偷踢了他一脚，暗示他站起来。

果然，华青缓缓站了起来，垂着头站在屋角不显眼的地方。

褚三嫂隔壁的邻居早被惊动，他们怕闹出人命，早已抢先去向靳老乡报了信。

珊幺妹不肯和靳老乡相好，他一直怀恨在心，早想伺机报复。这场热闹是他暗中一手挑起的，如今自然得意非凡。所以小颜一请他，他马上大摇大摆走了进来，摆出一副十分正经的官架子。

第三十六章

皮船长见靳老乡走进房来，忙欠身相迎："靳保长，请坐。"

靳老乡点了点头，一提长衫下摆坐在另一把太师椅上。

褚三嫂搂住珊幺妹不放，晓得她性子烈，怕她再寻短见。她见靳老乡来了，又不敢怠慢。她犹豫了一下，见珊幺妹低声饮泣，仿佛平静了点，将她扶坐在床沿上。

褚三嫂用袖拭泪，强忍住悲痛，屈辱地给靳老乡叩了一个头，声音哽塞："靳保长，望你老人家劝一劝皮姑爷，我与珊妹儿都会感恩不尽。"

靳老乡装模作样点着头说："当然，当然，我尽力劝解。"

她给靳老乡和皮船长送上烟茶，然后紧挨珊幺妹坐在床沿上。

皮船长粗声粗气地说："珊幺妹与华青伤风败俗，做出这种丑事，被我当场捉获。靳保长，你说啷个办！"

靳老乡一本正经接口说："皮船长，望您高抬贵手，珊幺妹被华青引诱，是一时糊涂。"

皮船长悻悻地说："难道就这样算了不成！"

靳老乡察言观色，揣度了皮船长的心意后说："当然不能便宜了华青，叫他拿出一万块钱来给你赔礼，你看怎样？"

靳老乡的话正合皮船长的心意，他假装着踌躇了一会儿，慢吞吞地说："我皮船长就做一件好事。华青只要拿出一万块钱来，我干脆成全他，让他把珊幺妹带走。我宽宏大度，珊幺妹的换洗衣服也可以随身带去。"

靳老乡听后陡地改变了颜色，嘴巴一张准备说话……

华青畏畏怯怯十分惊慌地说："靳保长晓得，我欠了一屁股债，把杂货店连房子一齐卖掉也凑不足这笔数呀！"他终于被迫说出一句话来。

"那……"皮船长伸手捏住匕首把，"拿钱或放血由你选！"

珊幺妹听说只要华青拿出一万块钱便放他俩走，顿时止住哭泣留神细听。待她听华青说拿不出一万块钱来，她心又冷了。她盘算了一下，就是自己将私房钱拿出来暗地贴上也差得远。她忍不住又哭泣起来。

华青鼓足勇气嗫嚅说："皮船长，我将所有的产业变卖成钱给你，行不行？"

珊幺妹边哭边深情地偷觑着华青，在这节骨眼上他能这样说，使她多少感到点安慰。

“不行，一文钱也不能少！”皮船长怒冲冲地说。

靳老乡偏过头去赔笑说：“皮船长，华青确实已成了干鸡子，榨不出多少油水来。喃，您哥子不要瞪眼吹胡子嘛，听兄弟把话说完。这样，这样……”

靳老乡小心翼翼瞟着皮船长的脸色试探说：“这样……由兄弟拿出一万块钱来，你看……行吗？”

褚三嫂一听如释重负，上前又给靳老乡叩了一个头：“靳保长，我们这世报答不了，二世变牛变马也要报答你。”

靳老乡居然笑眯眯地离座将褚三嫂扶起：“不用报答，一点小意思。”

珊幺妹忍住哭，十分警觉地注视着靳老乡那张伪善的面孔。她异常讨厌他，预感到不幸马上会降落到她身上。

皮船长不相信靳老乡有这样慷慨，迷惑地斜睨着他问：“此话当真？”

靳老乡拍了拍胸：“绝无戏言。”

“好，不论哪个给一万块钱都行！”皮船长说。

“那么，那么……”靳老乡实在不好意思说出口，“那么，珊幺妹……”

皮船长一惊，他已猜到靳老乡的意思，想不到这人原来却对珊幺妹不怀好意。他沉吟了一下，十分干脆地说：“谁给一万块钱，当然珊幺妹就属于谁！”

“一言为定。”靳老乡心中的狂喜再也抑止不住，立刻浮在面上。

“哈哈，成交，拿钱！”皮船长真像做生意一样。

靳老乡大胆地望着珊幺妹不转眼，见她乌亮的浓发披散在两肩，虽哭得泪人儿一般，却像带雨的海棠自有一种娇态，乐得他合不拢嘴，真想将她揽在怀里……

珊幺妹见把她当成物件作了交易，一时被惊骇住了，待她醒悟过来，马上拉住褚三嫂的手大哭说：“我的妈也，我宁死也不嫁给靳老乡！”

褚三嫂想法可不一样。她见靳老乡在奉节做的生意十分兴隆，早红了眼，心中很是乐意，认为靳老乡比皮船长强。但此刻她不便喜在面上，怕惹起皮船长多心。

她劝慰珊幺妹说：“妹儿喃，这都是你命中注定。女人嘛，只有听天由命，嫁鸡随鸡，嫁狗随狗，你要想开些！”

珊幺妹蓦地把褚三嫂一推，站起身来，眼角还挂着泪珠，一脸怒容：“啥子命中注定！我不信。”

她气得浑身颤抖，指着靳老乡骂道：“你这个九头鸟，分明是你下的烂药。你要我背着皮船长与你相好，我不肯，你才捣鬼。要我嫁给你，休想！”

皮船长看看这个，又看看那个，却弄得一时失去了主意。

靳老乡趁珊幺妹不注意，他向皮船长示意，暗中指了指匕首，又指了指华青。

皮船长会意，他执着匕首站起来，一脸的杀气：“珊幺妹既然不肯嫁给靳老乡，华青这龟儿又拿不出钱，我也不勉强。老子不要钱，就要放血。”

他出其不意跨上前去当胸一把将华青揪住，举起匕首向华青臂膀上扎下。

华青“哎哟”一声哀叫，鲜血已顺着刀把往外淌。

珊幺妹见状，要扑上前去护华青。靳老乡早站在当中隔住，假意劝解：“皮船长，息怒，息怒！”

他柔声细气又劝珊幺妹：“珊妹儿，你就答应吧，我绝不会亏待你，这是两全的事。你不能眼看华青挨刀不救呀！”

珊幺妹根本没听清靳老乡说些啥，她撞了两次都被靳老乡挡住过不去。这时皮船长已从华青臂膀上拔出匕首，华青用手捂住刀伤，殷红的血滴沿着他手头流。

珊幺妹见华青面色惨白，十分痛楚地呻唤着。她心如刀割，呼天号地：“华青，我的哥也，你好遭孽……”

她见皮船长又举起匕首要扎华青，不觉绝望地大叫：“你不能再扎，我同意，我同意……”说时身子一仰，差点昏厥过去。褚三嫂忙把她扶到床上躺平，给她盖上棉被。

皮船长眼见目的已达，立刻松开华青，悻悻归座。他不慌不忙将匕首上的血痕在鞋底上拭净，仍放在茶几上。然后把手一伸：

“拿钱来！”

“当然是现钱交易。”靳老乡含笑说。

靳老乡从他上襟上取下一支自来水笔，身上纸张也是现成的。他弯腰伏在梳妆台上写了两张字据，递到皮船长手中：“请皮船长过目。”

皮船长皱眉不语，靳老乡晓得他不识字，他接回字据，帮皮船长圆面子说：“皮船长没戴老花眼镜，好，待我念给你听……”

靳老乡凑近灯光，大声念着其中一张字据：

兹存到皮船长国币壹万元正，凭证随到随取……

靳老乡接着又念另外一张字据：

我与皮船长离婚，自愿嫁给靳老乡为妻，永不反悔……

靳老乡念完了两张字据，皮船长伸手要拿。靳老乡把手一缩：“公平交易，一手钱，一手货。你把这张珊幺妹自愿嫁给我为妻的字据让她按上拇印，你在介绍人下面也要画个押，我便将这张现钱存单交给你！”

皮船长不十分乐意地说：“啰唆！”

靳老乡十分认真地说：“这是生意人的规矩，只好啰唆点。”

皮船长一努嘴：“你自去找她按一个拇印嘛！”

“是，是。”靳老乡很客气地说。

珊幺妹躺在床上昏昏沉沉，她心里明白，但不能动弹，听任靳老乡拉过她的拇指，在他随身带着的印盒内杵上印色，按在字据上。

靳老乡拿着字据凑近灯下，仔细地看了又看，见拇指纹印得十分清晰，才走过来请皮船长画了押，接着将字据收好。

“哒，给你！”靳老乡将存单递给皮船长。

皮船长瞥了存单一眼，却没收下，说：“要啥存单啰，你明天把钱送到我船上就行了。”

“好，好！”靳老乡赔笑说。

皮船长的吗啡瘾早发作了，他认为事情已了，该回船去歇息过瘾。

他站起身来，蓦地想起一件事，马上又坐下，慢吞吞地对靳老乡说：“一客不烦二主，这个家中的一切东西都现成齐备，我都连人一齐顶给你，你再拿五千元就可以，让你捡个粑和。”

靳老乡没有马上答话，他有一副生意人的头脑，在估算这些东西值不值得五千元。

皮船长以为靳老乡不愿要，蓦地面孔一板：“人都要值一万，未必这么多东西五千不值，你太……”

靳老乡一惊，怕皮船长反悔，忙答允说：“五千就五千，我明早一齐给你送上船。”

皮船长这才站起身，喊进小颜来，接过狐皮大衣穿上，心满意足地走了。

他真像丢掉了一双破草鞋，走时连瞥也没瞥一眼珊幺妹。

靳老乡已俨然以主人自居。他将皮船长送走后回来，见华青还呆头呆脑地站在那里，伤口淌出的血已经凝结变成了污黑色。他愠怒地说：

“噫，你还站在这里不走！难道也要等我送你到大门口！”

华青忘了伤口的疼痛，失魂落魄般迈着迂缓的步子走到门口，想起珊幺妹躺在床上不晓得怎样！他想回身再看珊幺妹一眼。

靳老乡哪容他再停留，双手推他出了房门：“走，快走！你再跨这个门槛我打断你的狗腿！”

珊幺妹这时已缓过气来，听说华青走了，她哭着说：“华青——我的哥也，你等一等我……”

她想挣扎着起来，但被褚三嫂强力按捺住了。

褚三嫂听见打了四更，见靳老乡还站在床边呆看着珊幺妹不走，不晓得如何才好！

靳老乡却不像皮船长那样拿架子，他望着褚三嫂亲亲热热喊了一声：“妈，夜深寒气大，你去睡吧！”

褚三嫂吃了一惊，她惊疑不定地打量着靳老乡：这明明是赶她走开，难道他今夜便等不及想与珊幺妹同床？她不觉勃然变色，气愤愤地说：“不行，你要娶珊妹儿也要择个吉日良辰，举行个仪式，哪能就这样苟且同居！”

靳老乡见褚三嫂脸色改变，开始一愣，接着会过意来，忙解释说：“婚姻大事当然不能苟且，待我找个算命先生合个八字，再择个吉日良辰，用八抬大轿将珊妹儿接进门，绝不使她委屈。妈，你老人家放心吧！”

褚三嫂听靳老乡说得尽情尽理，脸上的愠色消失了。特别是那一声“妈”，也亏靳老乡喊得出，脆生生十分亲热熨帖，使褚三嫂暗暗乐得心花怒放，对靳老乡非常中意。

珊幺妹怕靳老乡与她纠缠，她侧身向里盖被躺着，装作睡着的样子不理会他。

靳老乡好像很理解珊幺妹的心情，并没打搅她，只是面对褚三嫂说话：“妈，你要宽慰珊幺妹几句，等我把她接进靳家屋，她便是老板娘，由她内当家。她会写会算，是我做生意的一个好帮手，我准不会亏待她。”他这几句话也是说给珊幺妹听的。

靳老乡并没久留，立刻告辞走了。

二

靳老乡说话算话，他果真要十分隆重地举行婚礼。

他有自己的想法。在黄陂老家他丢下一个沦陷夫人——是一个目不识丁的乡下人，还有子女。他逃难到四川，并非真为躲日本人。他老早便听说四川是“天府之国”，民风淳朴，外人在那里极好做生意。他在黄陂做小贩，只能勉强混碗饭吃。于是，他灵机一动，趁机丢下家小只身逃难到四川来了。

他到奉节住下，发现四川往昔闭塞落后，生意人十分因循守旧，民风确实古朴，异地人在这里彼此极易相处。

这几年，靠他的巧于心计，不单在奉节扎下根，并且暴发了，成了奉节县城内商界的头面人物。他原想在奉节攀结一门高亲，好作他的靠山，但是，连那些稍有声望已经破落的土著也看他不起。谁愿将女儿嫁给这个来历不明的下江人！靳老乡只好放弃这个奢望。

他相中珊幺妹，不单由于她姿色出众，年轻貌美，也由于珊幺妹比他文化高，确是一个好帮手，所以他愿花这么大的本钱娶她作抗战夫人。

靳老乡也明白，舍不得花费和下功夫，是笼络不住珊幺妹那颗心的。

他结婚的新屋，仍然设在珊幺妹旧居，由他出钱租佃下来，将里里外外都布置一新。

朝门两侧清早便贴上一副红纸对联：

阶前行周公六礼　堂上咏王化三章

红纸横批是：龙凤呈祥。

此外还贴有“姜太公在此诸神回避”的红纸条。

宾客众多，酒席从堂屋摆到天井，临时请来帮忙的人手不少，进进出出十分繁忙。

因为抗战时期严禁大摆宴席，为了避免麻烦，他通过师管区的同乡，给派来了两名士兵在门口站岗，甚是气派威风。

不等开席，朝门口两侧已挤满衣衫褴褛的叫花儿，一个个双手捧碗等待着施舍残汤剩饭。

临街搭了一个篾席棚，把知客处设在这里，凡有一个稍有体面的客人到来，篾棚里流浪汉组成的乐队，便鼓着腮帮吹响了唢呐：喇的喇，喇喇的喇……

为了显示郑重其事，头一天靳老乡便在月牙街收拾好一间住房，把褚三嫂和珊幺妹请去那里暂住，以便第二天好从这里化妆上轿抬往新屋。

花轿早就停在月牙街住屋门口，还一字摆着十几乘抬盒，抬盒里盛放着床上用品和摆设瓷器——如帽筒和笑罗汉之类。

这些物品有些是原有的，有些是由靳老乡出钱新制的，都是作为女方陪嫁之物。扛抬盒的叫花儿，已各自守在抬盒边，只等一声令下，他们马上便会抬起走。

褚三嫂见靳老乡把婚礼办得如此认真气派，不像娶二婚嫂的样子，心中感到十分满意。

穿上了大红绣缎旗袍的珊幺妹，木然地坐在梳妆台前，听任褚三嫂随意摆布给她画眉抹粉。

褚三嫂十分不放心，她一遍又一遍，叨叨不休地嘱咐她今后要注意的事情。珊幺妹根本没听清她说些啥，神态恹恹地望着镜子出神不语。

珊幺妹心中怎也丢不下华青，她不晓得他现时的伤势痊愈没有！自从那夜以后，褚三嫂防守得严，她再没与华青见过面。

珊幺妹比华青有心计决断，她曾暗暗思考过，准备与华青逃奔远方去过日子。

她曾叫二毛子给华青送过一封信，二毛子也带回华青一封回信。

华青的文笔很好，回信写得异常缠绵悱恻。珊幺妹十分爱他的才气，她坚信倘若不是这种社会和世道，华青肯定不会一事无成。在信中他说得很凄然，认为他自己的力量异常渺小，要去反抗这个社会他没有这个胆量。他只字未提珊幺妹要他共同逃跑的事，却说他准备最后到长江里去寻求他的归宿。

珊幺妹看完信痛哭了一场。她恼恨华青太没有刚气，但她对华青感情真挚深厚，华青的影子在她心上很难抹掉。

珊幺妹晓得她若嫁给靳老乡后，要再和华青交往就不可能了。因为靳老乡天天厮守在身边，不比皮船长常年不在家。要和华青继续相好，只有逃跑一途，可华青胆子又这样小，真是急人。

珊幺妹不甘心听任命运摆布，又暗叫二毛子给华青送去一信，想再次说服他鼓起勇气和她逃奔外乡。殊不知二毛子却空手回来了，说华青的杂货铺已经关闭，只留下他本家兄弟华二狗守屋。靳老乡逼债使他在街上不能安身，已躲往固灵沱老家养伤去了。守屋的华二狗答应将珊幺妹的信转给华青。不久华二狗带回了华青的信，依然是二毛子送来的。

华青在这封信中说得更悲怆，十分厌世悲观。他在信中说，眼看要卖掉街上的铺房才能还清欠靳老乡的债，他马上便会成为一个干人。他说到处都是一样黑暗，不论跑到哪里都没有出路！他在信中还说了一些对她抱愧的话。

珊幺妹断了指望，伤伤心心哭了一夜。她暗自权衡一番之后，终于横心答允与靳老乡成亲。但她提出一个条件，要靳老乡答应免去华青的欠债，她也答允从此不再与华青交往。靳老乡急切想娶珊幺妹，他马上应承了这个条件。

珊幺妹眼看婚期逼近，因牵挂华青，还暗自哭过几次。她将平日攒的私房钱取出，加上一些可供作纪念的物品打成一包，晓得华二狗可靠，叫二毛子拿给华二狗转给华青。她还写了一封信，说，包中的钞票是给他做本钱的，将来讨房妻子过生活，不要再想念她。

华青还有骨气，收下了一些纪念品，将钞票托华二狗退还了。华青没写回信，二毛子传话又说不十分清楚。

珊幺妹晓得华青的脾气，只得算了。她认为与华青相好一场。自己也算对得起他了。

不论靳老乡对她多么殷勤，珊幺妹始终对他感到厌恶。她十分明白，闹出这场事纯是靳老乡下的烂药，这个笑里藏刀的阴险人！

珊幺妹对褚三嫂在感情上也变得淡漠了，她暗恨褚三嫂当初嫌贫爱富，不让她嫁给华青。要是她能嫁给华青，凭她的聪明灵巧，替华青经营好那家小杂货店，作他的主心骨，还可让华青继续升学，发挥他的才智，断不会闹到目前这样的境地。

时辰到了。珊幺妹没有啼哭，任人扶着她上了门口的花轿。

她没有其他近亲，只好由褚三嫂自己送亲，坐在一乘小轿上紧跟在花轿后面。

前面开路的是一群摇旗打伞的叫花儿，接着是吹唢呐敲锣打鼓的乐队。

靳老乡穿着长袍马褂，礼帽上插着宫花，斜挎着大红绸带，绸带上结了一朵大红花。他骑着一匹紫色北方大马，走在花轿前面，紫棠色的脸庞上喜气洋洋，真像小登科一般，骑在马上左顾右盼，甚是神气。不过，这位新郎哥的年纪太大，颇引起一些路人的窃议。

尾后是长长一列抬盒队伍，路边看热闹的人特别关注抬盒里的陪奁，有啧啧称羡的，有表示轻蔑撇嘴巴的。

一个人提着一挂炮仗鸣放，前后奔跑：啪啪嚓，啪啪嚓……

一群小娃儿跟在这人身后奔忙，双手捂耳，抢着用脚踩熄掉在地上的炮仗，不断弯腰拾取，个个都很欢快。

珊幺妹坐在密封的花轿中，她对这些嘈杂喧闹的声音听而不觉，只有那唢呐的吹奏声，“喇的喇，喇的喇……”像针扎在她的心上。

她从小喜欢唢呐的声音，每遇迎亲的队伍经过，她远远站住听得入迷。她当年与华青暗中恋爱后，对结婚的唢呐声更是敏感。她想到有朝一日，她会与华青结婚，也会有艺人吹奏这欢快的唢呐，真是甜滋滋的。

可是，她第一次坐上花轿，听到唢呐的吹奏，心情完全变了。

因为新郎不是华青，而是她不喜欢的皮船长。欢快的唢呐声，她听了十分惆怅，成了对她的一种嘲讽。她在花轿里使力捂住双耳不愿听。

她现在是第二次坐花轿，新郎哥是她更加厌恶的靳老乡，她将来的命运凶多吉少，因此，唢呐声只能使她紧张，心酸。她并没用手捂耳，她变得迟钝了。

珊幺妹晓得花轿要经过华青的小杂货铺门前，她早从门帘的缝隙向外窥望。她想，既然靳老乡答允免去华青的欠债，他的杂货铺大概还没倒闭，仍然开着。她想象华青倘若坐在店里看见这迎亲队伍，一定会悲不欲生。

珊幺妹多么想看见华青站在铺里啊！她心情矛盾，又害怕看见他会惹起自己的悲伤。

她原先好像对华青死了一条心，现时她明白，怎也忘不掉他！

珊幺妹眼圈红了，她抿紧嘴唇，强忍住不让泪水往外流。

她终于看见了华青的杂货铺，这使她大吃一惊。杂货铺紧紧关着门，门上交叉贴着封条。她不仅没看见华青，连华二狗也没见影子。

花轿一会儿便抬过去了。珊幺妹脑里始终浮动着那门上交叉的封条，难道靳老乡不守信用，使华青最终还是破了产？她心中的疑团一时很难解开。

珊幺妹被抬到了原先的住屋——现时的新房，她机械地让人扶下轿，又让人扶持着拜了天地祖宗。幸好，她头上搭着大红盖头，她悲苦的面容没人看见。她耳朵里灌进一些断断续续的声音：

……

一拜天地：一叩首，再叩首，三叩首……

——这是司仪悠扬的赞礼声。

二拜祖宗：一叩首，再叩首，三叩首……

——仍是司仪悠扬的赞礼声。啪啪嚓，啪啪嚓……

——这是鞭炮的炸裂声。喇的喇，喇的喇……

这是唢呐的吹奏声。

哧、哧哧哧，哧、哧哧哧……

——这是来宾中的妇女在低笑。

……

珊幺妹听任候相拉着她叩头作揖。幸好没出大的差错，终于礼毕，由新郎靳老乡牵着红绸一端将新娘引进了洞房。直到她坐在床上让新郎揭去盖头为止，她都是处于昏沉的被动状态。

天黑后，接着是最使人难堪的闹房。幸好靳老乡是异地人，并无近亲，再加上珊幺妹并非青头姑娘，一些凑热闹的人略微闹了一会儿便各自散去了。

新房里骤然静了下来。靳老乡正在天井边忙着招待宾客，连陪着她的候相一时也不晓得到哪里去了！

珊幺妹对天井里传来的喧哗声仿佛没听见，这时她才有空闲举目打量新房内的陈设。许多家具都是旧物，由皮船长连人顶给靳老乡的，不过大多重新布置和油漆了一番。珊幺妹对这些旧物既熟悉又陌生，大有隔世之感，使她心里发酸想落泪。

珊幺妹怔怔地望着床上——架子床是旧的，只有床上的用具换了一新，因为靳老乡忌讳多，认为使用原先的被褥不吉利。珊幺妹想起以前与皮船长睡在床上的一些事，她感到羞辱；今夜，又要她陪着一个她厌恶的男人睡在这张床上，使她更觉羞辱。她也想到她与华青在这床上的一些旧事，心中无限怅惘，她眼圈更红了。

“珊孃孃！”

珊幺妹听见一个童音在面前叫她，蓦地一惊，看清站在面前的是二毛子，她好像见到了亲人似的将他的手拉住不放。

二毛子做出十分神秘的样子，踮脚凑近珊幺妹耳边说：“珊孃孃，华二狗对我说，华叔叔出事了！”

“哎！”珊幺妹大吃一惊，抬头张望了一眼房内，急切问道，“二毛子，快说，华叔叔出了啥事!”

“华二狗说，靳老乡派人捉华叔叔去当壮丁，华叔叔忍无可忍，用刀砍伤了一个保丁……”

珊幺妹听见门外脚步响，她忙递眼色给二毛子，二毛子异常乖觉地闭上嘴。

撩开门帘进来的是褚三嫂，二毛子以前是常来玩的，并没引起她的注意。

珊幺妹急切想知道华青的情况，见褚三嫂在房里东看西瞧，不像马上要走的样子，她暗自焦急万分。

门外有人喊:“褚三嫂!”

褚三嫂口里答应着，急急走到门边，撩起门帘却没跨出去，回头对二毛子说:“你改天来玩，不要把房内弄脏了。”说罢才跨出门走了。

二毛子望着褚三嫂的背影做了一个怪相。

珊幺妹见机不可失，急忙追问:“二毛子，你快说!”

二毛子低声接着刚才中断的话说:“华叔叔砍伤一个保丁跑了。华二狗说，华叔叔现时躲在风箱峡七道门洞里。还说，华叔叔想投江自尽……”

“哎!”

“华二狗要我跟你说，他想找你写封信去劝华叔叔，叫他不要轻生，因为华叔叔最听你的话。”

二毛子刚说完，褚三嫂又进门来了，二毛子不等褚三嫂赶他。自动蹦跳着走了。

褚三嫂唠唠叨叨与珊幺妹谈着一些不相干的话，珊幺妹哪里听得进去！这时她像突遇炸雷轰顶一样，蓦地痴呆了。

半晌，她终于回过神来，千头万绪从她心头涌起：靳老乡真是心如蛇蝎的小人。兵役法上明文规定，独子不抽丁。靳老乡却明知故犯，分明是他公报私仇要置华青于死地。她如何能与这样阴险毒辣的人过一辈子！听说华青居然敢于反抗砍伤保丁逃走，使她感到痛快，庆幸他有了点男人的气概!

珊幺妹乱想一阵之后，心中陡地一动。她不愿放过这最后一个机会——既然华青砍伤保丁躲起来，本乡待不住，已断了退路。眼下自己倘若敢于不顾一切去风箱峡七道门找到他，华青肯定会跟她一起逃走的……

珊幺妹主意一定，她顿时觉得浑身轻松无比，精神陡地振作起来。

她觉得事不宜迟，要走就趁这个机会走。她的心很细，晓得穿着这一身像戏子似的结婚喜服非常惹眼，这里去风箱峡要过两道小溪更易被人发现。但她现时是新娘，成了家中注目的中心，要换去喜服实在不可能。

可是，她顾不得许多了。她晓得倘若不趁这时靳老乡在外应酬宾客，一般人正忙乱的时候从家中逃走，再迟一会儿便不可能了。

珊幺妹说干就干，只见她眼珠一转亲昵地对褚三嫂说："妈吧，我好饿啊！你去厨房悄悄端碗鸡汤给我喝嘛！"

褚三嫂见珊幺妹居然有了笑容，黯淡的目光有了光彩，她丝毫没犯疑，还以为是今天如此隆重的婚礼使她回心转意了。

按规矩，新娘在头夜里是不吃不喝的。褚三嫂想到她这几天没吃多少东西，她心情好转后当然会饿得凶。她踌躇了一下，终于表示同意，甜甜地说："妹儿，我马上去给你把鸡汤端来，你等着哈。"

等褚三嫂走出门，珊幺妹立刻忙碌了一阵。她将自己的私房钱连同一些值钱的首饰，用手绢包好揣在怀内的衣袋里，只拣了一件平常穿的素花绸旗袍塞在腰间——丝质薄不显眼——她再也不能拿其他东西了。

一会儿，褚三嫂托着木盘果真给珊幺妹端来了一碗鸡汤："妹儿，快点吃，让人看见不大好。"她反手关上了房门。

珊幺妹不慌不忙端起鸡汤喝了几口，她蓦地放下碗，"哎呀"了一声，双手捂住肚子紧皱着眉呻唤。

褚三嫂忙关切地问："是不是肚子疼！"她要伸过手去摸珊幺妹的腹部。

珊幺妹怕她发现腰里塞的绸旗袍，推开她的手："妈也，我要大便，你看啷个办！"

按规矩，在这一夜新娘是不能大小便的。褚三嫂毫不思索地说："妹儿，房门已关着，床后有尿罐，你偷偷解……"

珊幺妹噘着嘴，不乐意地说："不，会把新房弄臭的。"

褚三嫂觉得珊幺妹说的也在理，有些埋怨说："懒人懒马屎尿多，没办法，你忍住。"

"妈也，未必你连水火不容情都不晓得！我肚里又胀又疼，啷个忍得住。哎呀……"珊幺妹装得逼真。

褚三嫂这才慌了手脚："哪……只好屙在尿罐里，待我悄悄拿去倒。"

珊幺妹一时语塞，她眨了眨眼："妈也，不行，那样不吉利。我去茅厕屙！"

“这……让人看见要笑话的。”褚三嫂反对说。

“妈，这里到屋后的茅厕僻静，不要紧。你先去把闲人支开嘛!”

褚三嫂无可奈何，只好同意：“让我走在头前开路，你尾后走得麻利点，要快!”

褚三嫂走在前面，遇到几个闲人，都被她借故支开了。

珊幺妹跨进茅厕立即将门关上……

褚三嫂站在门口嘱咐:“我的妹儿喃，快点!”

她听见珊幺妹在里面不乐意地回答:“催啥嘛，再催，我就不答应你了。”

褚三嫂等了一会儿，又催促说:“妹儿，害怕靳姑爷要叫你去给客人敬酒，麻利点喃!”

她没有听见珊幺妹在里面答话，以为她在和她使气，只得闭上嘴站在茅厕门外耐心地等着……

三

珊幺妹进了茅厕，故意装出生气的样子，先用话把褚三嫂稳住，然后摸索着将一块木板壁轻轻便揭开了，她悄悄钻了出去，后面是菜园子。

她翻过一道齐胸的土墙，便到了一条大路上，幸好大路上并无行人。

她将塞在腰间的素花绸旗袍取出罩在喜服外面。她对道路是熟悉的，从捷径到了梅溪河边。她摸出事先藏在袖子里的一支十分小巧的电筒，时亮时熄地照着路，踩着溪中的跳石，发出叮咚叮咚的声响，她过了梅溪。

她走在通往白帝城的山路上。虽然夜静人稀，她脚上穿着大红绣花鞋，头上插着宫花，脸上抹着浓浓的脂粉，罩在喜服外面的素花绸旗袍，这一切都非常惹眼。所以她时走时停，听到异样响动，她马上便要在乱石堆中藏起来，生怕碰到了人。

她每经过一户农家，听到狗叫，就吓得心惊胆战。她怕人发现，只有不得已时才亮电筒照路，差不多要靠摸黑走。

幸好，空中有月牙儿在浮云中时隐时现，她勉强可以辨清崎岖的山路。

快到白帝城，可以看见桃子山模糊的轮廓了，她站住喘了口气。

珊幺妹回头向奉节方向望去，她不禁吃了一惊，只见一行火把已经蠕动着过了梅溪，显然靳老乡已发现她逃跑，派人跟踪追来了。虽然那些人离这里还远，她不敢再逗留，加快了步子往前赶。

此时，她更不敢亮电筒，道路十分模糊不清，她不时跌倒又爬起，手被擦伤好几处。

珊幺妹终于翻过了白帝山，到了一条小溪边，前面绝壁千仞，幽深的峡谷中江水发出咆哮的吼声，令人惊心动魄。

她喘了口气，回头望去，山峰在迷蒙的夜色中显出鬼魅般的影子。她刚才经过白帝城时引起的一阵犬吠声早已沉寂。

冬天水枯，小溪已断了水，到处是陷人的淤泥，她仔细地寻找着稍微干燥的实地，小心翼翼走过了干枯的河床，绣花鞋上也浸透了污泥。

她往上爬行，爬上了从半岩凿出的古道，又吃了一惊。原来对岸离孟良梯不远的凤凰泉下停着几艘轮船，映出的灯光把峡谷两岸的岩壁照得红红的。一溜木船便停靠在她脚下不远的江边，传来说话声和咳嗽声。她感到诧异，她几年没到夔峡来，原来荒凉僻静的峡谷却变得热闹了——这是由于抗日中因峡谷幽深，岩洞多，敌机投弹不易命中，轮船多停靠在这里躲空袭。一些无力租佃到房屋的难民，干脆便住在峡内的岩洞里。岩洞里冬暖夏凉十分惬意，还可以免去躲空袭的烦恼。只是湿气大，住久了易得风湿。

为了走路方便，珊幺妹早将旗袍下摆提起扎在腰里。她的装束和神态不伦不类，真像山精江妖，若有人看见，准会被吓得掉了魂魄。

珊幺妹怕人发现，她时而蹲下，时而跳进，时而匍匐在地。断续闪亮的电筒光很微弱，像鬼火般在古道上飘浮。她若隐若现的影子很像幽灵。

珊幺妹到了七道门，黑魅魅的洞口张开着大嘴，像妖怪要将人吞噬。

她并没感到害怕，一心只想着早点找到华青，就是死，也死在一起。

珊幺妹站在七道门洞口稍微歇息了一会儿，观察洞内是不是有难民居住。她听洞内毫无声息，也看不见半点灯光，略为迟疑了一下，终于摸索着走进洞口，按亮电筒到处照，看不见有住人的迹象，她放心了，才小心地往洞里深处走去。

这个洞口进去有七个小洞，所以叫七道门。洞内道路异常复杂奇险，很像迷宫。华二狗并没说清楚华青藏在七道门哪个岔洞里，可是珊幺妹一点也不为难，她早猜定华青藏身的地方——因为许多年前，她瞒住褚三嫂，曾与华青在七道门洞里幽会过。

珊幺妹钻进了一个仅可容人爬行的岔洞，她爬了一会儿便可以伸起腰来往上走。这洞末端有一个宽大的天然石屋，还有一个圆形的窗口开在半岩间，白天有亮光透进，伸出头去可以望见岩脚的古道和峡谷中的长江。可能是由于入洞口太小，这个岔洞尽头的石屋很少被人发现。

珊幺妹照着电筒前进，愈接近末端的石屋，心跳愈快。她已经看见地上有新留下的鞋印，鞋底上铁抓钉的印迹清晰可辨——这肯定是华青的鞋印无疑。

珊幺妹压抑不住自己的兴奋，她急于见到华青，喘着粗气快步往前摸进。

她走进了石屋，用电筒一照，失望地呆住了。石屋里空荡荡的，没有华青的影子！她想喊，可是开向岩间的窗口会传出声去，她忍住了。

她有一种不祥的预感，焦灼地到处寻看，但电筒的亮光太微弱，照得不远。

后来珊幺妹发现石屋角落有一堆稻草，稻草边有一个破碗里还有半个留有齿痕的煮红苕。她见后心里发酸，这红苕肯定是华青吃过的。她想象着华青蜷缩睡在稻草上冷得发抖的样子，是多么可怜啊！这煮红苕一定是华二狗偷偷给他送来充饥的，说明他们已十分贫穷，连正粮也没吃的了。她一阵心酸，热泪忍不住夺眶而出，滴在稻草上。

珊幺妹拭了拭泪，亮着电筒继续移动搜索。电筒的光圈停留在离碗不远一张写满字的纸上，她差点惊叫起来，预感出事了。

珊幺妹的手指哆嗦得很厉害，她迫不及待地拿起这张纸，凑近电筒亮光看着。这是华青的字迹，写得歪歪扭扭，说明他写这些字时，心里是多么绝望和痛苦！

华青在信中第一行写着：请华二狗伺交珊幺妹。

这是华青留给珊幺妹的遗书，珊幺妹读着这样的字句：“……永别矣！我眼前的窗口便是我纵身跳入长江之处……”她看到这里失声抽泣起来。

珊幺妹在黑暗中望着那个窗口，含着哭音喃喃自语说：“迟了，迟了，他先走了，永远地走了……”喃喃的语声愈说愈低，最后只剩下微弱的低泣。

珊幺妹在暗影中茫然四顾，她走到窗口站住，蓦地十分凄楚地叫了一声，尖厉得使人听后心裂：“华青哥，珊妹儿跟着你来了！”

她已爬上窗口，纵身往窗外一跳……

原来华青并没从窗口跳出。他留下遗书后一直在窗前徘徊，对生的依恋，使他几次闭眼想从窗口跳下都没跳成。他恼恨自己，无怪珊幺妹经常说他是懦夫，连自尽的勇气都没有！

华青像疯子般在黑暗的石屋中揪着自己的头发，一遍又一遍叫着："难道我华青便这样死去，难道我华青……"

时间过得很快，天黑了很久，华青还在石屋内像困兽般喘息着，怪叫着，他始终下不了决心从窗口纵身跳下。

他听见了响动，本能地停住侧耳细听，终于听清有人向石屋搜寻来了。这人是谁？绝不是珊幺妹——华二狗告诉他，珊幺妹正与靳老乡结婚。也绝不是华二狗——他傍晚才离开，要明天才会来。

一种恐惧向华青袭来，他断定是捉拿他的人来了，一定是他刚才的叫声引来的。

华青急得团团转，他蓦地想到石屋旯旮里有一条可以侧身藏进的石缝，不容细想，他毫不迟疑地摸索着钻进石缝里。他本能地拼命往里挤，心里只有一个念头：躲，躲，躲。

他往里挤进了很长一段距离，以至珊幺妹也没能从石缝外用电筒照见他。

华青看不见石缝外的情景，却能看见电筒透进的微光。他也听不见嘈杂的人声，仿佛搜索进来的人只有一个。他听见一个女人在哭泣，分明像珊幺妹，这使他不敢相信。正迟疑不决，忽然听清了珊幺妹喃喃自语的声音。啊！真是珊幺妹。

华青急忙往外挤，待他从石缝中挤出来时，刚好听见珊幺妹凄楚的尖厉叫声："华青哥，珊幺妹跟着你来了！"他猛地一惊，看见珊幺妹的黑影从窗口纵身往外跳，他急急扑上前去想拉住："珊妹儿，你不要……"

华青抓住了珊幺妹的一个衣角，只听"嗤"的一声响，他手上仅捏着一段衣角撕裂的碎片，珊幺妹从窗口栽下岩去了。

华青悔恨莫及，不禁失声哀叫着："珊妹儿，都怪我啊！"

华青将衣角的碎片捂在脸上痛哭，他难过得心如刀绞。过了一会儿，他扶着窗口望着夜空痴痴地想：珊幺妹一定听见了他的叫声，可是迟了，她纵身向外跳的势头已经收不住。她一定多么想我能抓住她啊！

华青再也不愿想下去了，他恼恨自己，想不到她却死在他的前头，自己一个男的反倒不如女的，何等羞耻啊！

他又疯狂揪扯自己的头发，喘着粗气，叫了一声："珊妹儿，你有这样的烈性，难道我没有！等着我，我跟你来了。"

华青吃力地爬上了窗口，他闭上眼做了一个纵身的姿势，但又犹豫起来。

"珊妹儿，我来了。"他干干地叫了一声，终于横心纵身跳了下去。

峡风从岩壁吹过，发出哭一般的呜咽声。

第二天早上，几个过路的人发现了他俩的尸体，并没跌进江里去。他俩的头颅并没跌破，可能都是大量内出血死亡的。华青脸上恐怖的表情令人害怕，而珊幺妹脸上却含着凄楚的苦笑，可能是涂抹过脂粉的原因，她颜色如生，十分惹人怜爱叹息！

华青的头枕在珊幺妹的胸部，他赤着膊，只穿着内裤，珊幺妹也仅穿着贴身的亵衣。这几个过路的人，当然不晓得他俩的衣物是被人剥走，还以为他俩本来如此，错当成一般的奸情谋杀案呢。

第三十七章

汪丽办公桌上摆着一张刚拟好的账单，这是她今天领到工资后必须开支的项目。她眉尖蹙得很紧，眼里闪烁着焦虑的光芒。

她算来算去，这个月的工薪怎也不够开支。她已将伙食项目下的数字涂改了几次，想紧缩到最低水平，可是仍然不能使收支达到平衡。最后她只好将添置衣物下的数字涂去，连电影费也划掉，才勉强作到了收支相抵。她松了一口气。

按她的工薪，以前维持他俩的生活是绰绰有余的，可是近来物价又上涨了，便显得捉襟见肘了。

她心中感到不安，也觉十分奇怪，在同一办公室的同事最近都加了薪，而她的工薪却依然如故。她很想去人事股询问，但实在难于启齿，只好自己尽量紧缩开支强挣着过日子。

她想到黄成宾的现况，更加忧虑重重。黄成宾自查理死后，受的刺激太大，病情时好时坏，凡遇到一点细小的刺激便会加重他的病情。他常在深夜里将她吵醒，硬说查理在敲门叫他，查理去卖报回来了。她必须用无数好言将他抚慰一番之后，他才会安静下来。

黄成宾还经常泪流满面，颠三倒四地对她说："亲爱的，我把你拖苦了，实在对不起你。请原谅我，你痛骂我一顿吧！"

汪丽听了这些话对他又可怜又腻烦。她原想医好他的病，可以去找工作。可是，开支不够，她早就把医药费一项免除了。现在，黄成宾就算能找到工作，也不能胜任了。

抗战五年多，战况不见好转，自日本偷袭珠珍港以来，英美已正式向日本人宣战。大家曾高兴过一阵子，以为日本人肯定斗不过英美，可是日本人却在南亚取得了一连串的胜利，不但占领了香港，英国连缅甸和印度都将保不住，美国人一时对日本人也无可奈何！抗战胜利的希望，在一般人的心目中又变得十分渺茫了。像目前这样相持下去，想到以后生活的艰难，使汪丽感到不寒而栗。

服务生送来了工资，每人一个纸袋装着钞票，可是却没汪丽的。

汪丽心中感到异常奇怪，但不便在人前显出焦灼的神态，那会让别人看不起，会背后嘲笑她等米下锅。她就不止一次听见同一办公室内的一个女人冷嘲热讽过："哼，看她穿得苏气，其实是皮面光！"

汪丽拿起一张报纸掩住脸，假装看报。

那个冷嘲热讽过她的女人，绰号叫油牡丹，也叫花瓶。

这油牡丹皮肤黝黑，平时浓妆艳抹，喜欢搔首弄姿，用假乳将胸部挺得很高，走路故意撅着屁股，一天无事便在股长室进进出出，有人说她是股长的情妇。

自从汪丽在这里上班以来，油牡丹便很不自在，暗暗妒忌汪丽比她长得漂亮，态度娴雅，打扮得恰如其分，不似她那么俗气。

因为汪丽是胡娟介绍来的，所以冯股长对汪丽格外客气。为此油牡丹坐卧不宁，把汪丽看成眼中钉，她处处与汪丽作对，经常指鸡骂狗说一些讽刺话。

汪丽是留过学，见过大世面的人，不愿与油牡丹计较，平时对她的那些话只当没听懂，不屑搭理。

这时汪丽听见油牡丹在大声说："问下，这些人根本不把这点工资放在眼里，不像有些人天天扳着指头算日子领工薪，早早地拟好了开支账单。"

办公室内的人个个对油牡丹感到厌恶，但都不敢得罪她，怕她向冯股长打小报告，这时静静的没人搭话。

汪丽晓得油牡丹是针对她说的，顿时脸上羞得通红。

油牡丹见没人理她，很觉扫兴，她张开猩红的嘴唇，把声音提得更高："豆瓣酱，看你西装革履，以为你顶阔，殊不知天天吃豆瓣酱下饭！"

绰号叫豆瓣酱的职员是一个约莫二十岁的青年人，虽然没结婚，但家中病父弱母，从下江逃难到四川来人地生疏，经济上很拮据，平时上班提个饭盒，时常只有豆瓣酱下饭。

豆瓣酱生得十分英俊，也喜欢与油牡丹开几句玩笑。他放下钢笔抬起头，笑嘻嘻地望着油牡丹说："当然啰，哪能像你，有人补贴，还有人给你买花花衣服！"

办公室内其他人顿时哄地笑起来。

油牡丹尖声怪叫说："要死啰！你说清楚，哪个补贴我，哪个给我买花花衣服！你说不出，看孃孃给你两个耳巴子。"

"各人心里明白，反正我没钱补贴你！"豆瓣酱还是嬉皮笑脸地说。"噫，你嘴嘴儿真会说，占起孃孃的便宜来了。看孃孃不打你两个耳巴子才怪！"油牡丹真伸出指甲上涂了蔻丹的右手打在豆瓣酱的面颊上，可是并无声响，毋宁说是摸了一下。

"不闹，不闹啰！我写的这件东西等会股长便要！"豆瓣酱将头一偏并没生气，低下头拿起钢笔继续写。

“呸！以为你脸盘长得好，滚开点，孃孃看不上眼！”油牡丹笑骂说。

汪丽拿着报纸的手簌簌发抖，她穿的也是西装，麦尔登呢的上装和裙子，足上穿的是高跟皮鞋和丝光长袜。她听油牡丹分明是影射她，岂有不气。

她想回敬油牡丹几句，话到口边又忍住了，觉得不值得和这种人计较，但听任她影射讽刺心中又咽不下这口气。

这时服务生发完了工薪，对汪丽说：“汪小姐，冯股长请你去一下！”

汪丽一惊，放下报纸望着服务生发怔。

服务生怕汪丽没听明白，又重说了一遍：“汪小姐，冯股长有请！”

“噢，我就去！”汪丽将桌上的东西捡进抽屉里。她无意中瞥了油牡丹一眼，见她涂了黑眼圈的一对眼睛闪烁着冷冷的光，十分刻毒。

汪丽理解她的心情，觉得她可厌又可怜。她不理会她，坦然地回身走了。

冯股长见汪丽跨进门来，立刻站起身十分客气地请她在藤椅上坐下，还殷勤地给她倒了一杯香茶。

汪丽坐定，大方地问：“冯股长，啥事?”

冯股长摸了摸宽宽发亮的脑门，坐回原位，堆满笑说：“一点小事，一点小事！”

汪丽见冯股长神态正常，不安的心情消失了。

冯股长收敛了脸上的笑容，他先“唵”了两声，说：“会计股适才告诉我，由总经理室转来了一笔账，是汪小姐以前欠薛太太的。现时薛太太要钱用，叫从你工资里扣除，所以从这个月起便开始……汪小姐，看你有啥意见?”

汪丽半晌出声不得。她那次从胡娟那里借的钱，的确没还。

她原想按月积攒点钱还账，殊不知月月手紧，入不敷出，便拖了下来。她心里十分不过意，前几天她还找胡娟提过此事，当时胡娟很慷慨地答允她说：“你不用着急，等你以后手头宽绰点再还不迟！”

汪丽想不到胡娟现在却来了这一手，叫她拿什么去维持生活哩。可是倘若不让扣，这话又如何说得出口。真把她难住了。

冯股长态度仍很和蔼：“汪小姐，你不用为难。刚才总经理亲自给我打电话来谈过，他说和你是留德的老同学……”

“苏经……”汪丽惊诧地望着冯股长，她亮亮的眼珠变得黯淡了。

“是，就是苏经博士。他是我们的总经理。”冯股长没有留意汪丽不安的表情，他继续说，“苏总经理说，你有啥困难，随时都可以去找他，他保证替你解决。还说，倘若你抽不出时间，打个电话给他也行！”

冯股长见汪丽沉默着，又主动热情地提出：“来，我给你拨通电话！”

汪丽此时的心情异常复杂，她感到处境十分尴尬，真是进退两难，不晓得怎么办！

冯股长拨通了电话，欠起身将话筒递给汪丽：“请汪小姐通话！”

汪丽机械地接过话筒放近耳边。

话筒里传来苏经的声音：“汪丽嘛，唵，看，你在汽车修配厂工作我最近才晓得。你是一个留德的学生，委屈你当个小职员，怎行！别人会说我不爱惜人才。唉，这也怪你，为啥不来直接找我！噢，你还是这样固执，我在汉口早跟你说过，你随时都可以来找我……”

汪丽听完了电话，轻轻叹口气，将话筒递回冯股长手上。

“唔……是，是……好！……”冯股长搁好话筒，站起身向汪丽拱拱手，讨好地说，“汪小姐，祝你高升，以后敝人凡事还望你成全！”

汪丽听后不置一词，只是苦笑。

正当此时门“砰”的一声推开了，油牡丹走了进来，脸上露出悻悻的表情，她冷笑一声说：“你俩说啥悄悄话，让我听一听行吗！”

冯股长皱了皱眉，努嘴示意她不要乱说。

油牡丹毫不理会，两手交叉放在胸前，醋意十足，把话说得十分露骨：“嗯，她比我长得漂亮，是吗！”

汪丽真想哭，睫毛边闪着泪光。她看着油牡丹可憎可怜的样子，想到自己目前的处境，恐难逃脱做花瓶的命运。她不仅可怜油牡丹，也可怜自己！汪丽不愿在人前哭，她强装出一副笑容说：“冯股长，我走了。”

冯股长本想再对汪丽说几句奉承话，但怕油牡丹会再说出一些不堪入耳的话来得罪了汪丽，于是含糊地说了一声：“请汪小姐慢走！”

油牡丹见汪丽走出门去，她不待汪丽走远，“砰”地用力关上门，面对着冯股长怒气冲冲地说：“你是不是在打汪丽的主意，你、你说！”

冯股长听她高声大气说话，生怕被人听见不妥，十分惶惑地说：“你……你小声点好吗！”

油牡丹毫不收敛，嗓门更响：“我就这么大的声气，你嫌?”

“我的先人，你怎么不问青红皂白便吃起醋来！你晓不晓得刚才苏总经理来电话，调汪丽到公司当秘书科长？连我都要巴结她，你怎能得罪她呢！”冯股长光光的前额在冒汗。

“哎！真的?”油牡丹惊得呆了。

“哎，我怎会骗你！公司已派出小轿车接她来了。”冯股长说。

油牡丹惊魂初定，想到她平时对汪丽恶言杂语，要是汪丽今后报复起来自己怎么吃得消。她越想越觉可怕，一阵风似的追了出去……

汪丽木然地坐在办公桌后。她此时的心情已和在汉口时不同。她没有在电话里当面答允，但也没拒绝苏经。苏经的为人她是厌恶的，他要调她去当秘书科长用意十分明显。可是她现时确实被逼到了穷途末路，倘若不去就任秘书科长，不仅无力偿还借胡娟的那笔账，可能连这个小职员的职位也保不住。抗战五年多，汪丽原有的一点志气渐渐消磨得差不多了。她有失去亲子之痛，又饱尝人世的炎凉，一直在饥饿线上挣扎着。她刚有了一个职位，就像人海茫茫中的一只孤舟，在经历过一段惊涛骇浪的航程之后，驶进一个避风港。如今还没喘息过来，又要她驶向那命运莫测的沧海去漂流，这是需要极大勇气的，而这勇气，她自认没有。她又像浮沉在大海里的遇难人，在汹涌的波涛面前，怎肯放弃已抓在手中的一段木头让自己沉没！

她现时倘若失去这个职位，马上便会成为叫花婆，跟着黄成宾去讨饭，这结局何等可怕。但是，如果她去就任秘书科长，只不过是做一只比油牡丹更高级的花瓶而已，将会失去她做人的尊严……

汪丽经历过一番激烈的思想斗争之后，她叹口气，自认是一个弱者，实在难以抗拒那邪恶的势力。她不愿错过这最后的一个机会，并且自己安慰自己：到哪个山唱哪个歌，只要洁身自爱，也许……

她不愿再多想下去，此时却有些羡慕油牡丹的愚昧和麻木，当了供人玩赏的花瓶还自以为高人一等，沾沾自喜。她暗想，要是自己也像油牡丹一样少读点书，不去留学，可能会少点痛苦。

……

油牡丹很快便将汪丽高升的消息传遍，许多同事都挤到她身边道贺，和她拉近乎。汪丽看着一张张表情迥异的面孔，那些含着艳羡、妒忌、希冀、轻蔑的面孔，内心直想哭，但是表面上却不得不含糊应酬着。

她在这里本无多少工作，一会儿便将办公桌清理好，办了移交。

同事们陆续散去了，可是油牡丹还紧跟在汪丽身边团团转。她深悔自己以往有眼无珠，得罪了一个有这样大靠山的人，如今只有厚着脸皮尽量补救。只见她时而给汪丽掸去西装上的灰尘，时而亲昵地耳语，称赞汪丽如何美丽，如何风度不凡。

油牡丹见汪丽脸上始终没有笑容，不禁急了：“汪小姐，我这人平时有口无心，得罪了人，自家还不晓得。你大人不记小人过，望你多多原谅。”

汪丽听油牡丹的声音里有哭音，明白她是怕自己以后报复。她心里浮起一种异样的感情，觉得油牡丹比自己更可怜。油牡丹并不美，为了保住饭碗，她只得精心打扮，使得上司不致讨厌。她家中也许有一个失业多病的丈夫，需要她挣钱回去养活。油牡丹的心灵深处也一定是辛酸的，她不得不用色相去求生存。油牡丹以前把自己看成眼中钉，不过是弱者的一种自卫本能。中国有句俗话：槽内无食猪拱猪。想来便是这个道理。

想到这里，汪丽眼圈一红，激动地握住油牡丹的手，十分诚挚地说：“大姐，你不用把以前那些小事摆在心上，你以后倘若遇到困难无法解决，可以来找我，我会竭力帮助你！”

油牡丹一怔，她想不到汪丽有这么宽的心胸，一时间，脸上的表情很复杂，惊愕、懊悔、内疚、感动交织在一起。她激动地紧紧握住汪丽的手，猩红的嘴唇一撇，孩子般地啜泣起来……

二

汪丽拿着苏经交办的文件刚走，左司长便打了一个哈哈，取笑说：“苏先生，我真佩服你的魄力，能说到办到。黄成宾真是赔了夫人又折兵！唵，这个迂夫子真是好笑，给钱买他的发明权他不干……”

左司长声音太高，秘书科就在隔壁，苏经怕汪丽听见，“嘘”了一声。他去关严房门坐回沙发上，放低声音说：“左司长，这事得谢你的成全。”

他从茶几上烟听里取出两支大炮台香烟，一支敬给左司长，“吧嗒”一声按燃了打火机，欠身给左司长点燃香烟，然后自己才点燃香烟吸了一口，仰靠在沙发背上，徐徐喷着烟雾，淡淡地说："谈不上魄力，古话说：'有钱能使鬼推磨。'我以前也高谈过爱国呀、志气呀、清高呀，其实不值一文。只要有钱，哪有办不到的事情。"

左司长露出迷惑不解的表情问："苏先生，你交往的女人那么多，难道没有一个能赶上汪小姐?"

苏经迟疑了一下，坐正了身子，终于吐露出了自己多年的心病："我在德国留学时追求过汪丽，那时我确实是真心爱她。可是汪丽那时目中无人，高傲异常，根本看不起我，却嫁给了那个姓黄的迂夫子。我对这事一直耿耿于怀，认为是我一生之中的最大耻辱。我原以为我会遗憾终身，嘿，殊不知这迂夫子在德国好好的副工程师不当，偏要回国来抗日，自甘受苦。这样一来我却有了机会来雪我失恋之恨。在汉口时我就发下誓愿，一定要占有汪丽做我的情妇，嘿嘿……"

苏经唇上两撇小胡子抖动了一下，没再往下说。

左司长听了这一番话，看到苏经眼里那种深邃阴沉的光芒，他不觉一惊。啊，这人居心如此险恶！与他交朋友真要小心点！

左司长虽然这样想，却丝毫没露在面上，他含笑奉承道："苏先生，你现在已把她弄到手中，失恋之恨已报，确属人生一大快事。可贺，可贺!"

苏经叹口气，摇了摇头说："早喃，要真到手，还不是那么容易!"

左司长认为苏经是故作姿态，不信地问："真那么难?"

苏经一笑，解释说："我要征服她的肉体真是易如反掌。可是，要征服汪丽的心却不是那么容易。我是要征服她的心，让她像当初爱黄成宾那样爱我，只有这样才能医好我心灵的创伤。"

左司长摇头说："那，恐怕难呀!"

"说难就难，说容易也容易。对女人我最了解，只要有耐心，没有不可征服的女人。"苏经不禁说得忘形，"我好比一个并不饥饿的猎人，打猎仅仅是为了消遣，太容易将猎物猎到手，反而没有大味道。我要亲见汪丽一点一点向我靠近，最后自动投进我的怀抱，这才其乐无穷。"

"嘘!"轮到左司长提醒他小声些，不要让他的猎物听到这些话。

"薛先生来了!"茶房推门通报。

"请!"苏经从沙发上跳起来，迎到门边。

薛习永笑眯眯地跨进门来，他先与苏经握过手，又与左司长寒暄几句，然后坐在沙发上。

左司长笑问："永公久违，今天为何迟到?"

薛习永感到室内温暖如春，他边脱獭皮大衣边说："蒋老头子都没使用暖气，你们好阔气，陪都有暖气的地方不多，你们太会享受了。"

苏经满不在乎地说："蒋先生想落个好名，他提倡啥新生活运动，真是有福不会享!"

薛习永嘴上衔着雪茄烟，烟头上的淡淡青烟四处飘散，室内顿时弥漫着一阵异样的香气。

左司长抽动了几下鼻翼，啧啧称赞说："永公吸的雪茄烟好香！一定不是凡品。"

"古巴货，庸之给的。"薛习永带点卖弄的意味说。"怪不得!"左司长惊叹了一声。

"薛先生，陆祖福他们跨行经营汽车运输，你向委座谈过没有?"苏经迫不及待地问。

他们今天聚会，是专门商量对付民成公司汽车队的。

"我今天去觐见老头子，在侍从室坐等了半晌，总不见老头子传见人，会客厅里等的人越来越多。我忍不住暗地向侍卫官打听，才知老头子今天心情不好，正在办公室有板有眼地骂人!"薛习永蓦地不说了，故意拿关节。

左司长当然还不够觐见的资格，他瘦长的脸上露出好奇的表情打探："永公，老头子骂谁?"

薛习永慢吞吞地回答："骂史迪威呗!"

"为啥!"苏经也觉惊诧。他晓得史迪威是中国战区的联合参谋部的参谋长，负责滇缅和印度支那的军事。滇缅公路当时又叫史迪威公路，扬子江汽车公司跑滇缅路，苏经平时与美国司令部的人有交往，所以他很关切此事。

"史迪威不把蒋先生看在眼里，遇事不与蒋先生商量，喜欢独断专行。你们想，蒋先生是中国战区统帅，岂愿全听参谋长摆布!"薛习永最喜欢在这种场合吹这些内部秘闻，以显示他的身份不凡。

"老头子也是……史迪威远涉重洋来中国帮助我们抗日，蒋先生应当礼让一点才对。"左司长很不以为然。

"礼让一点?"薛习永像与左司长吵架似的大声嚷嚷，"老头子可不这样想。他认为美国自从珍珠港事件以后，是被日本逼得无法忍让，所以才来公开援华抗日，全是从他们自身的利害关系出发。要不，我们在中国战场与日本人打得这么激烈，史迪威为啥要将中国军队抽去帮助英国人在缅甸打仗，居心何在！”

薛习永脸上现出愤愤的样子，哼了一声。

其实薛习永并无自己的主见，他一贯跟在蒋介石的尾钩子后转，蒋介石说啥，他也说啥！

薛习永不容别人插嘴，接着说：“我与蒋先生结识多年，哪会不晓得他的个性！他这人就是爱点虚面子，史迪威以太上皇自居，不尊重他这个总司令，他当然要闹点别扭，不让史迪威从中国战场把中国军队抽走。”

左司长仿佛明白了：“啊，老头子就为这事骂人。”薛习永眯眯眼，摇了摇头，只顾抽雪茄烟不语。

“那，又为啥？”左司长喜欢打探这类高级秘闻，他转身便会添盐加醋现炒现卖说给别人听，借此可以抬高自己的身价。

“你们都不是外人，我说给你们听也不要紧。”薛习永绘声绘色地说，“老头子这点涵养还是有的，为抽兵的事情他不过采取软拖的办法对付史迪威，还不至于骂人。这次老头子骂人，都怪史迪威不好，太放肆了。美国援助同盟国的租赁物资，其他都是交给所在国的政府去自行分配使用，比如对英国、苏联、法国都是这么办的。可是史迪威偏与老头子作对，不将援华抗日物资交给老头子去掌握分配，而由史迪威亲自掌管。你说，老头子怄不怄气！这还不说，最近史迪威提出要将援华物资也同样分给八路军、新四军一份，这明明是想气死老头子。大家都知道，老头子最痛恨共产党，他怎能忍下这口气，当场便与史迪威翻了脸。等史迪威走后，他越想越有气，所以便在办公室里有板有眼地骂起史迪威来，好出他积压在心头的怨气。”

苏经在旁一直不耐地皱眉头。他认为薛习永扯得太远，见左司长的兴味还很浓，仍准备追问，便再也忍不住，插话说：“薛先生，还是谈我们与民成公司汽车队的事情好不好！”

薛习永瞥了苏经一眼，稳重地咳了一声：“你们想，在这样的火头上，我怎敢去向老头子谈民成公司汽车队跨行业经营的问题！难道我不怕触霉头？”

薛习永端起茶杯喝了一口茶，提到民成公司汽车队走国际线的事，他不禁动了火气，放下茶杯时用力太猛发出“啪”的一声响，杯里的茶水溅了出来。

左司长现时也是扬子江汽车公司的董事，陆祖福是交通部次长，是他的上级。他平时觉得陆祖福貌不惊人，不如外面流传的那么精明厉害。他说："永公，你自动退出川江航运业，不与陆祖福斗，这有些失策，以致民成公司敢于这么狂妄，成立汽车队与我们公司抢生意。我们倘若不给点厉害让他们尝一尝，在大后方还有我江浙人立足的地方吗！我想，只要蒋先生肯为我们说几句话，让陆祖福知难而退，允许他将汽车队拿到我们公司入股，也分点好处给他。永公倘若不便与老头子说，可找虞洽卿老先生去说，老头子定会依从。"

左司长前一段话确实说到薛习永的痛处，可是他绝非自动退出川江航运业的竞争，现时还想伺机暗地进攻。他以前也看轻陆祖福，认为他不过是个合川的乡巴佬，不会有多大的见识和魄力，并且他认为有老头子作他们的后盾，小小的民成公司是不堪一击的。想不到他们与陆祖福交锋，次次败北。就拿上次购买民成公司的股票一事来说，陆祖福找不出拒绝的理由，他自以为占了上风。嘿，殊不知这群川耗子的名堂真多，半途杀出个张嘉璈，他在张群的授意下，亲自出面要与中央信托局抢购民成公司的股票，硬说这事属于他们交通银行的业务范围，扶植民间交通业是他们的责任。薛习永晓得陆祖福与政学系的关系密切，明明是他搬出张嘉璈来牵制抵挡他们。孔祥熙不肯善休，到老头子那里告过状，结果老头子仲裁：由中央信托局与交通银行各买一半。买百分之三十的股票不顶用，仍不能以多数股票控制民成公司。孔祥熙只好不买。嘿，张嘉璈也跟着不买了，真是令人生气……

左司长见薛习永一张胖脸上表情复杂，半晌不语，一时都沉默了。

薛习永蓦地长叹了一声说："唉，请虞洽卿去说也不顶用，你们不知老头子的脾气，唉……"

他心里对老头子有一股怨气，但不便在他俩面前流露出来。薛习永扫了苏经一眼，自怨自艾地说："也怪我们自己不争气。许多战略物资积压在仰光、八莫，民成公司的汽车队一投入营运，马上便强运回来了，连美国人都在蒋面前夸赞他们。你们想，目前运输紧张，正是用人之际，老头子怎会抑制陆祖福!"

苏经很不服气："哪有啥了不起！我们的汽车比民成公司汽车队多，并且都是福特和道奇牌的新汽车，只要我们把重点摆在战略物资的运输上，还不是可以不积压。"

薛习永不满地斜睨了苏经一眼，用教训的口气说："苏先生，看来你还是要到云南一带跟车走一走，才能熟悉下情。运战略物资运费低，民成公司能赚钱，可是我们却不能。原因何在？嘿，据我了解，我们的汽车确实比民成公司的汽车精良，但他们的汽车每辆能装三吨，而我们相同类型的汽车每辆只能装一吨半，这又是为什么？”

苏经十分内行地解释说：“据我们的司机说，滇缅公路要翻越野人山，道路太险，装重了会出故障。薛先生，安全也要紧呀！”

薛习永冷冷一笑：“所以说，我要你亲去云南跟车走一走。据我了解，主要是车上装的私货太多。我们公司的高级职员个个带私货，上梁不正下梁歪，汽车司机岂不效尤！他们也带私货和装黄鱼。这样当然要超载出故障啰。你们想，这漏洞有多大！”

苏经神情十分尴尬，薛习永说的是实情，他不便否认。他想了想，口气犹豫地说：“恐怕没那么严重吧！”

薛习永悻悻地说：“没那么严重！苏先生，陆祖福亲去云南跟车跑，你却一次也没去过哩！”

听了这毫不留情面的话，苏经的脸顿时绯红了。

左司长怕他俩闹僵，赶快把话岔开：“经营管理的问题，今天暂时不谈。”

“不谈？这是问题症结所在，害得我们在老头子面前说不起硬话。老头子想袒护我们也有顾忌。唉，我以前小看了陆祖福，现在才知他的厉害。他们有些方法我们也可以借鉴。比如，他们总用抗日救国的口号来取悦民众和教育他们的职工努力工作。他们录用的司机都是从东北流亡学生中招来训练的，个个都肯自觉地廉洁奉公为他们尽力。陆祖福在民众中有一个好印象，而我们……”薛习永越说越激动。

苏经早已忍受不住，不禁反唇相讥：“薛先生，那些带私货的高级职员，还不是你推荐给我的吗？我明晓得他们有问题，但投鼠忌器，也不便处分他们，叫我有啥法！”

左司长见他俩已打起了嘴巴仗，怕再闹下去会下不了台，便劝道：“算了，算了，今天不谈这些。”

薛习永确实被苏经问住，觉得自己今天太浮躁，于是和解地说：“苏先生，并非怪你，我也有责任！”

苏经的神情也松弛了。他说：“民成公司的汽车也装上了瓦斯发生炉改烧木炭，我要向法院起诉，控告他们侵犯我的专利权。他们缺乏燃料，自然会竞争不过我们。”

左司长拍手称好：“好，这是个好主意!”

薛习永又激动起来，他嘴一撇，轻蔑地说：“屁的好主意!”苏经的脸又红到耳根。

薛习永觉得暖气开得太大，有些燥热。他脱去西服外套搭在沙发背上，滚圆的肚腹十分显眼。裤带吊着的西装裤像要掉下似的。他声音变得温和了一些：“现时外间正有流言，说你苏氏瓦斯发生炉是采取欺瞒强夺手段剽窃来的，你去控告民成公司，正好让陆祖福有机可乘，好掀你的老底。再说，你会讲‘白毛猪儿家家有’，难道他们不会这么说？苏先生，你不晓得陆祖福的厉害。何况现时舆论对我们不利，是偏向他们的啊!”

薛习永原想买下黄成宾瓦斯发生炉的发明权加以垄断控制，殊不知被苏经不花半文钱便攫为己有。他对此事一直耿耿于怀，语气之间仍含怨愤的样子。

苏经晓得薛习永对他攫取黄成宾的发明权据为己有不满，他毫不理会。但薛习永的话却确实说得有道理，他一时语塞，气氛又凝住了。

这时响起了敲门声，苏经含笑说：“请进!”

汪丽推开门进来，她拿着一沓文件递到苏经手中，反身要走。

……

薛习永的目光不住打量汪丽，苏经晓得他不认识她，于是介绍说：“汪小姐，我给你介绍一下，这是我们公司的董事长薛习永先生。”他还戏谑地补了一句，“他是胡娟女士的黑漆板凳（英语丈夫的谐音）。”

苏经指着汪丽说：“她是汪丽小姐，新就职的秘书科长。她是嫂夫人胡娟的老同学。”

“哦!”薛习永惊赞了一声。他对汪丽早已闻名，今天见了面，才知果然名不虚传，比他的胖美人强得多。他大嘴张开半天合不拢。

汪丽也是第一次与薛习永见面，见他肥头大耳、臃肿不堪的样子，很觉可笑。她忍住笑很有礼貌地伸出手：“薛先生，你好!”

薛习永欠身握住汪丽的手摇了摇：“汪小姐到敝公司工作，鄙人甚觉荣幸!”

汪丽缩回手莞尔一笑：“薛先生太客气了，再见。”她转身袅袅地走了。

汪丽走的已不见影子，薛习永还怔怔地望着门口出神。

左司长咳了一声，提议说："永公，在这里开会太沉闷，我们转到百乐门饭店去开吧!"

薛习永早有此念，但不便出口，听左司长这样提议，连连说好。

苏经也并非清教徒，晓得饭店里有醇酒美人，可以边开会边寻乐，他当然不会表示反对。

"茶房，茶房，叫司机备车!"苏经大声吩咐。

三

汪丽自从到扬子江汽车公司担任秘书科长以来，苏经对她很有分寸，除了偶尔谈谈天外，仅局限在一般公事接触上，并不找她纠缠，使她稍感放心。

久而久之，她觉得苏经并不如她预想的那么坏，认为他援助自己大约还是不忘旧情，没有好多歹意，戒备和紧张的心情慢慢解除了。

开始，苏经只是邀约她一道去坐坐咖啡馆——目前重庆的咖啡馆已如雨后春笋般兴起，成了时髦的行业。汪丽觉得实在没有理由拒绝，只得陪他一起坐坐。

当汪丽第一次与苏经坐进小轿车时，接触到同事们投射过来的异样目光，使她脸红，使她心跳，使她忸怩不安。可是，慢慢习以为常，变得坦然了。

后来苏经邀请她参加上层社会的舞会。汪丽在国外是常跳舞的，并不当成一回大事。但要陪苏经去参加舞会，她却颇费了一番踌躇，觉得很不妥当。但她又很想去那种场合消磨时光，好暂时忘却压在她心上的忧郁，那种失掉儿子带来的忧郁。

她终于接受了苏经的邀请，作他的舞伴，陪同他去参加上层社会举行的舞会。

汪丽骤然进入了另一个世界，这是一个醉生梦死的世界，使她很不习惯。舞会的豪华和奢侈并没因抗战而降低。只见白衣侍者托着木盘，木盘里一杯杯香槟酒在灯光下闪烁着浓艳的色彩，侍者穿梭般在人群中走动，任人取饮；水果碟里盛着香蕉、苹果——都是从缅甸空运进的鲜品；一听一听进口的大炮台、三五牌、红吉士牌香烟散放在餐桌上供人抽吸，舞池的空际弥漫着飘散的烟气。

在抗战的陪都却有这种歌舞升平的场面，使汪丽惊诧而好奇。她想到一般平民挣扎在饥饿线上，仍为抗战贡献自己的血汗。她端着香槟酒的手在哆嗦，无限感慨和激动。

当汪丽坐在桌边吃着久违多时的西餐——法国烤鹅、德国布丁、美国牛排——她想到黄成宾在家吃泡菜下稀饭，真难以下咽。

可时间一久，同样习以为常了。她不再激动不安，津津有味地品尝美酒佳肴，在伴和着优美旋律而翩翩起舞中得到短暂的超脱，忘掉了严酷的现实生活。她接触到一些人投射在她身上的惊羡目光时，甚至有点沉醉的味道。啊，青春，可贵的青春依然没有离她而去。她仍旧十分美丽，有女人妒忌她，有男人爱慕她。

她觉得她是一个漂亮的有教养的妇人，应该有青春赋予她的享受。她不断暗暗顾影自怜，因为青春急促流逝的脚步已在她眼角刻下了浅浅的皱纹。她每想到以前挣扎在饥饿线上的生活，感到多么可怕啊！每当她听到“好花不常开，好景不常在”的歌声，心里便荡起一种异样的感触，大有“人生如梦，为欢几何”的怅惘。

在舞会上，汪丽置身于一群贵妇娇娃之间，见她们珠光宝气的饰品，想到自己连一点像样的首饰也没有，感到十分寒酸，她自得的神气消失了，明亮的目光马上便黯淡了。心中交织着艳羡、妒忌、自卑、不平的情绪。此时她便会向苏经提出要走，像逃一般离开了舞场。

苏经开初感到惊讶，不明白玩得正兴高采烈的她，为啥急急要走。后来，他渐渐把汪丽的心意琢磨透了。他知道她的自尊心很强，便暗地指示会计处以奖金、分红以及其他借口送给她许多钱，让她可以去定制一些时髦服装和饰品。

汪丽原喜精心打扮，她很快就变了样，从外观上与贵妇名娃毫不逊色，这极大地满足了她的虚荣心。她十分心安理得，认为这是花自己凭工作换来的钱，并不感到内疚。

汪丽不仅自己时常换上新装，也给黄成宾新做了几套西服，使黄成宾感到惊异不安。

黄成宾终于忍不住搓揉着双手，闪着不安的目光问：“丽，你从汽车修配厂究竟调到一个什么样的公司工作？这些服装的料子都是舶来品，要值很多钱，你哪有这么高的工薪?”

汪丽被问得惶惑不安，她晓得黄成宾不喜欢苏经，所以一直没向他说明真实情况。不过她慌乱的心情一会儿便镇静了。她认为自己没有做出什么对不起他的事情，花的钱是她正当的报酬。

汪丽笑得十分甜蜜，觉得黄成宾惊诧的神态太可笑。她心里升起一种怜爱他的柔情，凑近他的面庞“啧”地亲了一个吻：“亲爱的，你不用怀疑，这些钱都是我工作的报酬，我们不怕再挨饿受穷了。等到了星期天，我带你去医院看看。倘若我积攒起一笔钱，就送你去南温泉住一段时间，你的病会好的。那时你便可以去工作，我们的生活会过得更好！”

黄成宾对她的话深信不疑，心情顿时开朗起来，他想搂住她亲吻——他觉得她经过细心打扮，美丽仍不减当年，实在太动人了。

“嘘！”汪丽轻轻推开他，回眸莞尔一笑，“不要搞乱我新烫的发！”

她看黄成宾失望的样子，又“啧”的一声亲在他的唇上。

这时汪丽心头蓦地浮起了查理的影子，忍不住脱口而出：“要是查理不死，该有多好……”

黄成宾听她提到查理，他热烈的情绪陡地一落千丈，立刻显出失魂落魄的样子。

汪丽见黄成宾的神态，懊悔自己失言，她忙捧住他的脸庞说：“亲爱的，明天下班后我陪你去国泰电影院看一场好莱坞的电影——《月宫宝盒》。”

她蓦地想起明天晚上要参加一场难得的舞会，马上改口说：“不，明天晚上我要加班，你不用等我回家吃晚饭。亲爱的，后天，改在后天晚上，我陪你去看电影。”

汪丽近来常常回家很晚，但从没在外过夜，最迟也是搭末班渡船回梁沱。她推说公司里工作忙，加班。

黄成宾并不怀疑她，有时只不过关心地问：“丽，你一个月挣这么多工薪，累吗？”

汪丽总是笑眯眯地回答他：“亲爱的，不累，一点不累。”

她接着还要补说一句：“这个世道，累死累活的人赚钱少，赚钱多的人却一点不累。嗯，亲爱的，你晓得这个道理吗？”

黄成宾听她说的在理，也不再问了。

汪丽不愿将她工作的地址告诉黄成宾，黄成宾也不问，他从没想到过要去她工作的地方找她。

他们每次有事相见，都是预先约定时间，在小什字美丰银行门口等待。黄成宾有他的想法，他觉得自己失业靠妻子工作来养活，是十分羞辱的，怕汪丽的同事会嘲笑她，会带给汪丽难堪……

汪丽见苏经对她极有分寸，从不超越一般朋友的关系，甚至对她十分细致体贴，尽量不伤害她的自尊心。她渐渐对苏经有了好感。

苏经见汪丽每次都在赴舞会的往返途中，在小轿车里匆忙打扮，戴上首饰和卸妆。他晓得她是不愿在同事和黄成宾面前显示过分的华丽，引起怀疑和非议。他借机为她在百乐门饭店定下了一套包月的房间，让她舞会时化妆和卸妆用。苏经做得十分巧妙，他装作不知，授意总务处直接通知她，说这是公司优待高级职员办公用的。

汪丽信以为真，因为公司确有高级职员在饭店租用房间办公的先例。她十分高兴，正需要这样的房间解决她化妆和卸妆的不便。但她仍有些忐忑不安，生怕苏经会到房间里来纠缠她，使她难堪。

可是，很快她便认为自己这种顾虑是多余的。苏经每次送她到房门口就自动止步，说明在饭店门口车上等她，不待汪丽回答，他便扭身匆匆走开了。

有时，汪丽反而觉得不过意，主动邀请他进房坐坐。苏经要汪丽再三邀请后，他才偶尔进房内坐一会儿，表现得很有礼貌。

汪丽对苏经的印象又好了一些，还认为过去听到的一些流言，极可能是别人对他的诽谤。

汪丽甚至暗自懊悔当初在汉口时不该拒绝苏经给他们安排工作的好意，以致后来受了那么多不该受的苦楚。

汪丽为了不错过末班渡船赶回梁沱家中，不管舞兴正浓，她没尽兴便要离去。苏经并不深劝，用车将她送到过街楼，从这里到朝天门轮渡码头只能步行，他会与她保持一定距离，像卫士般默默紧跟在她的身边陪送到码头，见她上了渡船才反身离去。

有时，汪丽反不过意，主动停下步等他靠近，并排缓缓走一段，扯一些不相干的闲话。

逢着汪丽舞兴正浓不愿匆匆离去的时候，他会预先派人在朝天门码头给她包好渡船候着，让她依然能尽兴而归。

有一天汪丽大半夜了才回到家里，黄成宾很感惊奇，迷惑地问：“这夜深哪来的渡船！”

汪丽毫无倦意，“啧”地给黄成宾一个热吻：“亲爱的，包的渡船。”

她已习以为常，并不感到心跳和不安，十分从容地回答。“哦！”黄成宾老实巴巴地问，“包一只渡船要很多钱吧?”

汪丽每遇黄成宾这么说，心里有些不悦，认为他变得太小家子气了。但这种不悦一会儿就烟消云散，觉得他以前不是这样，全是这几年被生活折磨成的。她心里浮动着对他的怜惜，又会“啧”地给他一个热吻。

黄成宾接触到汪丽灼热的嘴唇，也觉十分快慰。有时，他闻到汪丽的气息中有酒味，见她脸上呈现出娇艳的红色，问:“丽，你现在学会了喝酒?”

汪丽扯谎已不感到亏心:“亲爱的，一个同事结婚，不得不喝点。”

汪丽扯谎多了，有时也会露出破绽，难免前后矛盾，不能自圆其说。黄成宾渐渐觉察到一些疑点，他心里不安起来，讷讷地问:“丽，你们公司青年男女很多吧，这个月已有七双夫妇结婚，请你喝了喜酒!”

汪丽被问得脸红心跳，她是顺口扯的谎，哪里料到黄成宾会这么认真，记得如此清楚!

“再没人结婚了!”汪丽强作镇定说，“我明天晚上回家吃饭!”

汪丽也觉自己近来变化很大，她不禁惶惑地自问:“我已堕落了吗!”

她越想越可怕，想自拔于那样的夜生活，决心不再去跳舞。

黄成宾见汪丽又天天很早回家，一切变得很正常，他心中的疑惑顿时消除了，反而感到难为情，认为是自己太多疑了。

汪丽害怕苏经会到她家中来看她，这会引起黄成宾的不安，会使他受到刺激。但苏经却体贴入微，偶尔遇到去江北躲空袭，走到离三洞桥不远的地方，苏经便会停住步，说一声:“Good bye!”便分手了。

这样过了一段时间，汪丽经不起苏经的热情邀请，也经不起翩翩起舞那种乐趣的诱惑，她不跳舞的信心很快便动摇了，仍然常常深夜归家。

汪丽这样做的时候心情是非常矛盾的。她觉得不该这样继续过下去，不能老向黄成宾扯谎。但她又会自己安慰自己，认为她并没做出对不起黄成宾的事，她与苏经仅只朋友和同学关系而已。她这样想后，不安的心情马上又坦然了。

第三十八章

汪丽渐渐解除了警惕，一步一步接近苏经用物质享受和虚伪的柔情设下的陷阱。

苏经想到他多年的夙愿愈来愈接近实现，心中的愉快无法形容。

但是，他深知汪丽所受的教育和素养，绝非一般娇娃可比。他越要达到他的目标，便越加小心翼翼，生怕将要投进陷阱中的汪丽会惊跑。

这一天，汪丽在包租的房间里化妆。这次苏经却例外地没走，他彬彬有礼地站在汪丽身后看她化妆。

汪丽开初有些忸怩，但一会儿便坦然了。

她画好眉，涂上唇膏，抹上胭脂，打扮得格外标致动人。苏经看呆了，他在瞬息之间产生一阵冲动，极想上前搂住她亲热。苏经困难地呼吸着，腮帮上的肌肉在抽搐，火一般的目光向汪丽射去，贪婪地注视着她苗条身影的柔和曲线。

汪丽从镜子里看见苏经异样的表情，她吃了一惊，回过头不安地看着他。

苏经一见汪丽惊疑的表情，他也吓了一跳，感到自己的忘形失态，赶忙定了定神，极有礼貌地鞠了一躬："汪小姐，我在饭店门口等你！"说罢回身就走。

可是苏经走到门口，又蓦地站住回过头来说："啊，汪小姐，我差点忘了！"

他从袋里摸出一只锦缎小盒，趋前几步，郑重地将小盒放在化妆台上，语气十分平静地说："汪小姐，为了表彰你勤奋为公司工作，我决定送给你一件小小的礼物，请汪小姐务必笑纳！"

汪丽见这锦盒异常精致，晓得盒里一定装着很值钱的首饰，迟疑地问："苏先生，你太客气了。我的工作并不出色，怎能让你破费……"

苏经没回答汪丽，他笑眯眯地揭开盒盖："汪小姐，看，这条项链上的宝石比胡娟的那颗宝石如何？你喜欢吗？"

汪丽惊呆了。呈现在她面前的一条金项链光彩夺目，金链上系着一颗红艳如火的心形宝石。她忘形地惊叹了一声："啊！"

她忍不住拿起项链仔细端详着，眼里闪着喜悦的光辉，越看越觉这项链珍贵。

她想到胡娟确有一条这种系有心形红宝石的金项链，那颗红宝石十分惹人喜爱。她记起自己曾经偶然表露过这种意思，想不到苏经却认真地记在心上，借口送给她同样的一条金项链，并且这颗心形红宝石比胡娟那颗大，更红艳光泽，毫无杂色。

汪丽想到她倘若戴上这条金项链去参加舞会，一定会显得更美，更惹人注目，会大出风头……

苏经站在汪丽身后，默默从镜子里注视着汪丽的表情，见她眼里的光辉在急剧变化，由明亮渐渐变得黯淡了。他不禁感到失望。

汪丽心神不宁地问："苏先生，这条金项链值多少钱？一定很贵!"

苏经买这条项链的钱足可以买两部汽车，但他并没说实话，神色平淡地说："不贵。不过这是我母亲留给我的纪念品，我一直极其珍贵地保存着。"他话音沉重，显出有无限感叹的样子。

沉默了片刻，苏经偷觑着汪丽的表情，轻轻叹口气："我母亲留给我时说，要我以后转送给她的儿媳妇。可是……"

苏经装出黯然神伤的样子停顿了一下："可是，我早立志抱独身主义，她老人家的愿望无法实现。我想，让这样名贵的珍宝长期放在保险柜里，实在太浪费，罪过不小。汪小姐，我认为你戴上它正合适。真是物得其主，不算委屈它哪!"

汪丽听到这里，异常勉强地笑了一笑，急忙将金项链放进锦盒内关上，往苏经站的方向一推："苏先生，这样的礼物我怎能收，你给将来的苏太太留下吧!"

苏经并不气馁。他有惊人的耐心，表演得逼真，长吁短叹有点唏嘘的样子，声音都在颤抖，不晓得他从哪里引用来的诗句："我的心没了，他被人带走；我要死了，连同爱情一起消失，无处寻觅他的踪迹……"

汪丽见苏经惆怅悲伤的样子，没想到她以前毅然拒绝了他的求爱，竟给他心灵上留下如此不可平复的创伤！原来苏经是一个这样重感情的人。她不禁觉得内疚，浮起一种对苏经的怜惜的感情，她眼角湿润了。

苏经见他的表演已收到了预期的效果，晓得应当适可而止，他脸上露出笑容说："汪小姐，这金项链务请你留下，否则……"

汪丽颇觉为难。收下这条金项链，她认为实在不妥；不收下又怕太伤害苏经的心。她迟疑了一会儿，焦急地说："苏先生，你的心我明白，但我不能收，让我心领了吧!"她和颜悦色，想尽量把话说得委婉一些。

汪丽的固执颇使苏经意外。他暗想，不能操之过急，但要他收回这条金项链实在有些扫兴。他说："汪小姐，我这点礼物你都不肯收下，未免太伤我的心啦。再说，这是我对你工作的嘉奖，并无他意。时间不早了，我在饭店门口等你。

Goodbye!”说罢推开门匆匆走了。

“苏先生……”汪丽急急拿起锦盒追到门外，见他已走远了。

她无可奈何地叹了一口气，将锦盒放回化妆台上，又揭开锦盒盖，痴痴地望着那颗心形红宝石出神……

苏经等汪丽上了小轿车，他关上了车门，迫不及待看她是否戴上那条金项链。啊！汪丽已戴上了，苏经暗自感到得意。

汪丽穿着低领的西式丝绸衣裙，金项链系在脖子上，那颗心形红宝石低垂在她裸露的雪白胸脯上，发出玫瑰般的灿烂光彩，使人目眩。

原来她终于忍不住这颗名贵红宝石的诱惑，将它戴上颈项。她刚才从镜里端详过自己的影子，她出众的容颜被这条项链一衬托，显得更加动人。她原想试戴一会儿便摘下，认为不管苏经以什么借口，她要收下这么贵重的饰品，已远远超过一般朋友的常情。可是，汪丽越看越爱，她用手托起红宝石不断摩挲，实在不忍释手。她自己宽慰自己：他是表彰我的工作才送给我的，不论他真意如何，反正他是这样说的。汪丽踌躇一阵之后，终于心安理得地收下了。

当晚的舞会，汪丽脖项上戴的这条金项链确实大出风头。那颗红宝石在彩色灯光的映照下，更显得光华四溢。一个个衣冠楚楚、英俊漂亮的男人排队向她求舞，汪丽快活得飘飘欲仙了。

苏经十分知趣，他故意躲在一边，让汪丽出够风头，玩个痛快。

舞曲终了，休息时汪丽顾盼着寻找苏经，但她被一群贵妇娇娃拦住。她们争先伸出手要细看那颗心形的红宝石，发出一阵“啧啧”的艳羡声。

汪丽站立在这群贵妇娇娃中间，昂首顾盼很是自得。甜蜜的微笑绽放在她的脸上，真像一朵盛开的玫瑰花。

苏经见汪丽沉醉在虚荣中的样子，他乐不可支，暗暗感到得意：哪个女人不爱美，不慕虚荣，金钱万能！

向汪丽求舞的人越来越多，她已记不清跳过多少舞曲。她实在跳得倦了，方才想到她冷落了苏经。

她用目光四处搜寻了一会儿，才发现苏经独自坐在一个角落里无聊地呷着香槟酒。

汪丽用手提着裙边，落落大方地走到苏经身旁，用含着歉意的微笑望着苏经说：“苏先生，我陪你跳一支曲子。”

苏经起身给她拉开椅子让她坐下，十分体贴地说："汪小姐，你太累了，还是休息一会儿吧！"

他给她面前的空杯里斟满了香槟酒，杯里冲起的泡沫在灯光下闪烁着绚丽的光彩。

汪丽自那次在黄成宾面前险些露出破绽，她一直不再喝酒，怕引起黄成宾的猜疑。她摇了摇头说："我不喝酒。"

"汪小姐，喝酒可以助兴，今晚你玩个痛快吧！"苏经抹了抹唇上的小八字胡。

"哦，我要回家了。"她蓦地感到时间不早，抬起左手腕看了看她新买的瑞士开金小方表，不禁焦急起来，"哎呀，糟糕，快十二点了！怎么办！"

苏经装出吃惊的样子，也看了看他手腕上的表，用手搔了搔头发："真的，快午夜了。咦，今晚的时间为啥这么快，糟糕，我也忘了时间，没给你预订下渡船，怎办！"

汪丽从没在外过夜，她晓得今晚不回家，黄成宾肯定会急得睡不着觉。再说，不能回家，今晚在哪里过夜呢！她本可以在包下的房间里过夜，但她对苏经仍没完全解除戒心。她焦急地望着苏经说："怎么办？"

苏经"唔"了一声，显出束手无策的样子。

汪丽起坐不安，后来终于想出了一个办法："胡娟就住在离此不远的山城饭店，现在时间还不太晚，我去她那儿挤一挤！"

苏经慢拖拖地说："那……不行，我知道薛习永在他太太那儿过夜！"

"这……"汪丽揉搓着手，眼里闪着泪花，急得快哭了。

苏经安慰她说："不急，不急，你在百乐门饭店有现成的房间，急啥！"

"不行！"汪丽毫不犹豫地说，她站起又坐下，"一个单身女人在饭店过夜，别人要造谣中伤的。"

苏经当然明白汪丽的真意，明明对他仍有戒心，他脸上掠过一丝不悦，但他知道还不是下手的时候，很快便笑盈盈地说："我叫司机先送你回饭店歇息，然后让司机回头来这里接我回家。你看好吗？"

苏经已暗自拿定了主意：这次试探，说明收网还不成熟，要征服她的心得有耐性哩！

汪丽一听，苏经明明暗示他不跟她去饭店，叫她放心。她笑得十分尴尬，有些羞赧，觉得她以"小人之心度君子之腹"，心中反而含着歉意。

“那……我可以多玩一会儿，陪苏先生好生跳几支舞曲。”汪丽像欠了苏经的情似的，想给他以补偿。

“汪小姐倘若还有舞兴，我遵命奉陪!”苏经颇有风度，不卑不亢地说，“请!”

汪丽顿时觉得苏经对她光明磊落，有君子气度。以往纯属自己多疑，她除自责之外，对苏经有了进一步的好感。

她陪苏经跳了一支又一支舞曲，直到尽兴才停止。

苏经果然叫来了司机，叫他将汪小姐送到百乐门饭店再回来接他……

汪丽躺在百乐门饭店房间内的沙发床上，她虽然很倦，但由于兴奋过度，半晌不能入睡。

床灯淡绿色的微光异常柔和，照射在她的面孔上，她闭着双目，洗去了脂粉的脸上显得苍白，眼圈四周呈现出一圈淡淡的黑晕。她经常熬夜参加舞会，面部的肌肉松弛，浅浅的皱纹加深了。

汪丽自从回国以后，还是第一次睡沙发床。枕的鸭绒枕，盖的薄绒毯，轻柔而舒适。

她睁开眼，从薄绒毯下伸出滚圆雪白的两只胳膊，一手从床头柜上取过锦盒，戴过的金项链已放进盒内。她眯着眼沉醉在回忆中，想到她今晚在舞会上大出风头的情景，那些贵妇娇娃艳羡这条金项链的目光，使她感到极大的满足。

她忍不住轻轻揭开盒盖，十分喜悦地望着那颗心形红宝石……

看着，看着，蓦地想到在汉口时与苏经在江汉路冠生园门口相遇时的情景。为了庆祝她与黄成宾的钢婚纪念日，当时卖去了她的一副钻石耳坠……后来她连结婚戒指也卖掉了。现在她却有这么一条极其珍贵的红宝石项链，并且是苏经送给她的，真是不可思议。

她回忆的翅膀一展开，再也收不住。她怔怔地望着红宝石出神，从德国想到中国，从上海想到重庆，这些经历，像走马灯似在她脑际打转……

她蓦地像触电似的浑身一震，红宝石发出的绚丽光芒中，仿佛出现了查理的幻影，仿佛听见查理在绝望地呼喊：“妈妈，我透不过气，我死得好苦呀！……”

查理的面孔消失了，接着出现了黄成宾的面孔和声音：“查理，你在哪里！丽，你在哪里！我多么孤独啊!”

汪丽定了定神，这一切又都消失了，只有那颗红宝石躺在盒里闪烁着血一样的异彩。

她关上了小盒，她怕再看这颗红宝石。这颗红宝石使她精神有些恍惚，她将锦盒放回原处。

汪丽关上床头灯，室内顿时一片漆黑。她不断翻身，弹簧发出低沉的吱嘎声，怎也不能入睡！

汪丽想象着黄成宾因自己没有归家而产生的焦急神情，感到心神不宁。她回忆起黄成宾在汉口做的那个梦，难道会变成现实！她耳边仿佛又响起了黄成宾悲切绝望的呼声："查理，你在哪里！丽，你在哪里……"

汪丽心里凉透了，眼眶也润湿起来。她想到自己近来的变化，发现她对苏经越来越有好感。啊，不能，不能……不能让这出悲剧真的发生。

汪丽像做了一个噩梦似的，蓦地惊坐起来，恐怖地伸出双手向漆黑的空中抓捏着。

不能，不能呀——她张开嘴唇，却并没叫出声来。

她心中的激动一会儿便过去了，软弱无力地搭下双手，怅然若失地垂下了头。

汪丽认为长此下去，她定会堕落，她应该离开苏经。

她流泪了，无声地自己问自己："离开苏经，可是我到哪里去找工作！啊……到头来我和黄成宾都会在街头沦作叫花子，去冻死、饿死！"

"炒米糖开水，藕粉罗面茶，盐茶鸡蛋……"

这远远飘来的小贩悲凉的叫卖声，特别使人毛骨悚然。

"这鬼重庆，就是卖炒米糖开水的人不怕累，深更半夜还在叫……"她喃喃地诅咒着，含满哭音。

汪丽无力地躺下，发出低声的啜泣，在漆黑的室内像游丝般回荡。

不晓得过了多久，室内寂然了。

只有重庆那无时无处不在的小贩，依然不怕疲劳，用梦魇般的音调叫卖着："炒米糖开水……"

二

黄成宾坐待汪丽回家，直到天明仍不见她的踪影，使他十分焦急不安，不禁想起近来的一些事情。

他对汪丽生活的改变，曾经有些怀疑，见她不仅衣着越来越华丽，而且戴的首饰也绝非一般的赝品，都很珍贵。他问汪丽，她有时说是借来暂用的，有时说是她买的。

他越发感到惊讶："丽，你一月究竟能赚多少工薪，这些首饰能买得起吗!"

汪丽总是含笑给他一个吻，用像哄小孩的语气说："亲爱的，你不用操这种心，把身体养好，你一切听我安排!"

她有时看见黄成宾仍闪烁不定的疑惑目光，还会解释一句："我的工薪不多，但外快不少，月月可以分红。唉，这个世道就是这样，受苦的受苦，发财的发财!"

黄成宾认为汪丽说的也有道理，他亲眼见到住在三洞桥街上的几个汽车司机，阔气得很，花钱像用水一般。不用说，那些大老板更是找钱容易，分一点给手下人办事，也是人之常情。他相信了，不再问她。

黄成宾近来不用对生活发愁，他闲着实在无聊，汪丽给他的钱，使他们的生活过得很宽绰。可是，让汪丽挣钱来养活他，又使他实在难以心安，他仍时时进城去寻亲访友想找个职业。

他现时的穿着依旧是西装革履，比以前大不相同。那时他差不多被人当成叫花子，他至今想起来还不觉脸红。

亲朋好友们对他仪表的改变都感到惊奇，反而打探他在哪里找到了好工作!黄成宾是爱面子的，哪肯说出他是靠汪丽养活。因此，他只好含糊地回答一句："随便混混，尚无一个固定的职业。"

有的亲友还会向他诉苦："物价天天涨，叫我们这些小公务员怎么活啊!"

有的亲友还用艳羡的口气说："你随便混混也比我们强多了。"接着还会举出许多例子：某人丢掉科员不当，跟友人合股跑云南做生意，现在可神气哪；某人没找到职业，当街摆个大饼灶，日子过得顶不错；某人实在无法生活，下班帮太太在街边卖烤红苕，也凑合能过……

听话听声，显然这些亲友也把他当成跑云南做投机生意的单帮客。他想托他们代找职务的话当然不便出口，只好寒暄几句便告辞。

有时，黄成宾将自己真实的处境说给比较亲近的朋友听，他们好像明白汪丽的工作性质似的，露出唏嘘感叹的样子，安慰他说："像贵夫人那样漂亮标致的女人确实少有。老兄，你想开些，这年头只要能混碗饭吃勉强活下去就算万幸，谁还顾得到那么多体面!"

黄成宾每听到这种安慰的话，感到受了莫大的侮辱，想争吵一番为汪丽辩护。但友人把话说得十分隐晦，他怎好扯破脸皮去争吵！只得红着脸匆匆告辞走了。友人见他不悦而去的样子，反而感到惊讶，不晓得他为啥这样！

黄成宾再没勇气去找亲朋好友。他开始留心报上和电线杆上的招工广告，想放下架子去当工人，摆脱目前的窘境。

他曾背着汪丽去报过名，但看见那些工厂设备简陋，干活又脏又累，不等考试，他便逃一般走了。

有一次，他从报上看见一家公司招收职员的广告，由于太兴奋，他并没细细看清内容便按着地址找去……

这家公司的经理惊讶地注视着他，打量了他一会儿才说："先生，你是在开玩笑吧！广告中明明说清楚只收女职员呢！"

"哎！"黄成宾被弄得十分尴尬。他定了定神，才仔细将广告中的小字看完，确实说明只招收女职员。

黄成宾不禁愤慨起来，这种工作明明男人担当更合适，为啥偏要招女职员，而且要求报考者具备的条件那样奇特。他带点神经质脱口而出："这……真荒唐，为啥要求具有柳眉杏眼，以及曲线美等条件，你们又不是招考电影明星！"

那位经理要不是见他穿着不俗，准会派人赶他出来。只是阴沉地说："先生，这是我们的事，你管不着。"……

黄成宾闹了这个笑话自讨没趣，从此对找职业的事，轻易不敢再去问津。

汪丽昨夜整宿不归，是从没有过的事。黄成宾真像热锅上的蚂蚁惶惶不知所从，他联想到近几个月来汪丽的变化，许多疑点出现在他的心头，难道……

黄成宾不愿从汪丽有放荡行为方面想，那会使他痛苦不堪。他自己寻找许多理由为汪丽整宿不归辩解，但他自己设想的一个个理由，又一个个被他自己推翻。

他真懊悔，以前没问清汪丽的工作地点，现在到哪里去寻找她呢！

他蓦地产生一个念头：也许她在回家的途中遇到了意外……

他越想越像，焦急不安地出门到处探问："老哥子，你听说昨夜在这一带发生过抢劫案没有?"

被问的人惊诧地望着他，摇一摇头便走开了。

黄成宾紧追几步又问："凶杀案有吗?"他惊惶地注视着别人，等待回答。

"没有！"被问的人无可奈何，只好站住回答他。黄成宾仍不放心："一个女人是不是被凶杀了?”

被问的人见他目光呆滞，问得没头没脑，不愿与他多纠缠，快步避开他走了。

他上了渡船，不等坐稳便问艄翁:“老哥子，昨夜是不是有一个女人搭船掉进江里去了?”

艄翁迷惑地看了他一眼，偏过头去望着江面说:“没听说!”黄成宾松了口气，他仿佛平静了一些，垂头沉思不语。

他到朝天门上岸，跟着人流往上爬，迎面几个人拦住他:“近来虎列拉流行，注射防疫针!”

他站住任人绾起他的衣袖打了一针防疫针，然后又往前走。

走到小什字又有人拦住他说:“近来虎列拉流行，注射霍乱疫苗!”

他吃了一惊，忙缩回手藏在身后:“先生，我刚才在朝天门注射过了!”

“把注射过的证明拿出来!”

黄成宾此时才想起，刚才他因心中有事，忘了索取注射证明。他结结巴巴地申辩:“先生，我确实已注射过防疫针!”

“不行，没有证明的人一律要注射，这是国府的命令!”

黄成宾无可奈何，只好自认晦气，又伸出手去让重新注射了一针霍乱疫苗。

这时的山城，正是华灯初上。黄成宾往小梁子走了一段路，猛地想起他刚才昏头昏脑，又忘了索取注射证明，要是再被拦住注射第三针霍乱疫苗，那后果实在不堪设想!

他强振精神，不再只顾埋头走路，边走边警觉地注视着前面，要是看见手执红十字旗帜的人，他好提早躲开……

他信步走了一阵，幸好没再遇见红十字会注射防疫针的人，不觉到了“精神堡垒”。他站在这十字路口茫然回顾，不晓得往哪里走好!

黄成宾踌躇了一会儿，心想，也许这时汪丽已回到家，他与她在路上错过了。

于是，他又急急回头往回赶。刚过会仙桥不远，迎面一辆小轿车从他身边开过，差点碰上，吓了他一大跳。

那辆小轿车往前滑行不远便刹住了。车门开了，从车上先下来一个西装革履的男人。黄成宾不觉一愣，见是苏经。

苏经站在车门边牵着一个华装的妇人下了车，黄成宾差点惊叫起来:“汪丽!”

他下意识地往暗影里一躲。

苏经和汪丽都没有看见他，他俩亲昵地谈笑着，并肩走进了一幢高楼。

“哎，原来她与苏经混在一起！”黄成宾惶惑地自语，惊得呆住了。

半晌，黄成宾清醒过来，忙抬头看那幢高楼门口的招牌，原来是百乐门饭店。他晓得百乐门饭店底楼是餐厅，楼上是旅馆。

黄成宾想看个究竟，便踱到那饭店门口。侍童见他衣冠楚楚，并没拦阻，还尊敬地给他拉开弹簧门。

黄成宾向楼下餐厅扫了一眼，没有他俩的影子。很明显，他俩住到楼上旅馆去了。

他像被谁当胸猛击一拳，身子摇摇晃晃差点站立不稳。

黄成宾虽然被严酷的生活现实压得麻木了，但这时也觉得十分悲愤：无耻攫取他瓦斯发生炉发明权的是苏经；雇用流氓黑打他的也是苏经；现在苏经又明明将汪丽夺占了。

黄成宾上了几步楼梯，扶住栏杆站住出着粗气，觉得脑子里昏昏沉沉一片茫茫。他想哭，无泪；他想找苏经拼斗，自问斗不过他。他原有的一点刚气，快被苦难的生活磨尽了。

他自己安慰自己，也许他俩是偶然相遇，一齐来饭店看什么人的。

黄成宾重新振作起精神，上了楼，他不晓得苏经和汪丽在哪里。

他正四处张望，一个茶房走过来，打量了他一下，见他服装不俗，于是含笑地问：“先生，你找谁？”

“唔……”他有些慌乱，不晓得怎样回答。“先生，你找谁？”

黄成宾急出一句话来：“苏经先生住在哪间房？”

“哦，你找苏先生。”茶房往走廊那端指了指，“203号房间，他刚和汪小姐一道进去。”

茶房对苏经和汪丽如此熟悉，说明他俩是这里的常客。黄成宾的心像浸进冰水里，他有气无力地找到203号房间，隔着门已听见汪丽的笑声和苏经的话声。

他站了片刻，认为一切已经十分明白。他一股热血上涌，面红似火，太阳穴上的血管在蠕动，像要炸开一般。他一阵冲动，举起拳头准备捶门，但是举起的拳头在半途停住，最后无力地垂下来。

黄成宾蓦地改变了主意，眼里噙满了泪水，失魂落魄般离开了那里，像梦游患者般下了楼，走出了饭店。

他在人行道上像影子般飘浮着，飘浮着往前走。

黄成宾像患了重病一样，脸呈死灰色，眼珠呆呆地突出，令人害怕。

他过渡回到梁沱，在河坝里游转了一会儿，进了一家冷酒店，喝了几杯闷酒。要的一碗担担面一箸没动，他实在难以下咽，饿着肚子回了家。

他一个人坐在昏黄的电灯光下，只有墙上凝然不动的影子陪伴着他。他双手托腮在沉思，蓦地，他捻抓着自己的头发叫道："天哪！我怎么办，我怎么办！"

"丽，汪丽，你怎么做出这种对不起我的事！疾风知劲草，你……苏经是个恶魔，你为啥偏与恶魔厮混在一起！"黄成宾的声音越说越高，是面对着他墙上的影子说的，他话声含满哭音，"我失掉了你，我怎能忍受，我怎么有勇气活下去！天哪！你对我太残酷哪！"

三

汪丽头晚没回家，这天上班时总是十分不安，黄成宾的影子不断在她眼前浮动，她老记挂着三洞桥的家。

好不容易她才盼到下班时间，正想走出公司赶回家去，偏遇上苏经。苏经对她说："汪小姐，请稍等一会儿，我要和你谈一件事情。"

汪丽只好站住，耐心地听他说。

苏经见左右无人，才笑嘻嘻地说："汪小姐，你不参加今晚上的舞会，实在太遗憾了。"

汪丽不禁好奇地问："为啥？"

"唵，今晚的舞会有孔二小姐和胡蝶女士参加。"苏经取出两张舞会的请柬，在汪丽面前扬了一扬，"看，今晚的舞会不同，要凭请柬入场，我费了好大劲才弄到两张。"

汪丽不觉动心，但又有些迟疑不决。孔二小姐在重庆是妇孺皆知的人物，外面对她的流言蜚语很多，但不晓得究竟是怎样一个女人，她真想见一见。胡蝶是红极一时的电影明星，前些时陪都天天登载她的消息，说她自香港沦陷后，辗转来到大后方。有这两人参加今晚的舞会，对汪丽确实具有很大的诱惑力。

"不行，我昨晚没回家，成宾一定很急。"汪丽摇了摇头说。

苏经一听，见她对黄成宾依然这样爱重，心中十分不悦，脸上瞬间闪现了愠色，但立刻变得笑容可掬地说，“哎，不要紧，去跳一会儿舞早点走就行了。汪小姐，今晚这样的舞会实在难得，我才再三劝你。”

汪丽听苏经情词恳切，实在不便峻拒；说真的，她也想开开眼界，亲见孔二小姐与胡蝶的芳颜。她终于把昨晚睡在百乐门饭店时定下的自拔决心抛到脑后，点了点头说：“那……一定不能在舞会上久留！”

“当然，那当然！”苏经见汪丽同意去，十分兴奋地说。

汪丽跟以往一样，由苏经陪同先到百乐门饭店203号房间化好妆再去参加舞会，她怎么也没想到黄成宾已在饭店门口看见她与苏经！

这次舞会果真有孔令俊和胡蝶参加。汪丽早在银幕上见过胡蝶，所以她一眼便认出了。生活中的胡蝶仍然很美，那一对大酒窝实在稀有。在苏经的指点下，她见孔令俊不过是一个二十岁左右的女孩子，长相并不十分漂亮，只是短发男装实在奇特。此外并无惊人之处，她不觉有些失望。

汪丽陪苏经跳了几支舞曲，虽然舞会这样豪华盛大，个个舞兴酣浓，她仍坚持要回家。她实在放心不下家中的黄成宾。

苏经眼看挽留不住，只好叫司机把她送走。他自己却留下，想伺机邀孔令俊或胡蝶跳一支舞曲……

汪丽回到三洞桥家中，仍然很晚了。

她进门后，便觉气氛不比寻常。黄成宾对她神情冷淡，眼里闪烁着刺人的光芒。

汪丽当然不知道黄成宾在百乐门饭店见过她，以为他不过因她昨晚没回家感到不高兴。她凑过嘴唇去想吻他，可是黄成宾却偏头躲开了。汪丽一怔，微笑解释说：“亲爱的，这两天是比期[1]，实在忙，昨晚加班没回，今夜也加班，我记挂你，提前下了班，否则又赶不回。”

黄成宾晓得她在扯谎，认为她真像一个演员，她表演得越逼真越使他感到厌恶和愤慨。

汪丽见黄成宾神色异常，她心虚，也感到内疚。她强装出笑脸，搂住黄成宾，把脸贴在他的怀里，像诓小孩般说：“成宾，不生气，快睡吧！我以后绝不在外过

1 银行规定的结算时间。

夜，都赶回家陪伴你，好吗?”

黄成宾蓦地将汪丽一推，她猝不及防险些仰面跌倒。

“你……”汪丽站稳了脚跟，眼睛睁得大大的注视着他，因为黄成宾从没这么粗鲁地对待她，使她惊愕得说不出话来。

“扯谎，无耻!”

汪丽见黄成宾的面孔扭曲变形，令人害怕，不自觉地后退了两步。

黄成宾怒气冲冲，目光灼灼地又重复了一句:“扯谎，无耻!”

汪丽这才明白，看来黄成宾并非仅仅为了她昨夜不归，难道……她心虚地望着他。

“你，你骂我无耻?”汪丽感到委屈，激动得嘴唇颤抖。

黄成宾并没心软，他心头浮现着百乐门饭店的那一幕，实在恼恨汪丽。他粗重地冷笑了几声:“哼，我一直被你蒙在鼓里，还当我不知道!”

汪丽双手捂住面孔哭泣起来，她不晓得如何应付这个场面。

她确实扯过很多谎，但认为那是不得已。她觉得自己并没做出对不起黄成宾的事情。委屈和负疚交织在心头，她此时的心情十分复杂。

黄成宾过于激动，伸出的指头差点戳到汪丽的脸上:“你还当我不知道！你与苏经混在一起，住在百乐门饭店203号房间!”说罢，一步一步向汪丽逼近。

汪丽绝望地一声低吟，天哪，黄成宾分明已知道，她不晓得怎样解释才好!她眼里显出恐怖的样子望着黄成宾，一步一步向后退让。

黄成宾将汪丽逼到屋角，他停住步困难地呼吸着。

“亲爱的，你说的是实情，请原谅我，我确实向你扯过谎。不过，请你相信我，我绝没做出什么对不起你的事。天哪，人总要活下去，我也是为了你呀!”汪丽想给黄成宾解释，但晓得一时哪能解释清楚，她急得泪流满面。

黄成宾想起他站在203号房间门外的情景，哪会相信汪丽的话，他狞笑说:“一个女人与男人开房间，还说没做出对不起我的事，卑鄙，你真卑鄙无耻!”

汪丽边拭泪边祈求说:“成宾，请你别用这么凶狠的目光盯着我，我是无辜者啊!”

“无辜！我亲见你与苏经住进百乐门饭店，难道还冤枉了你不成!”黄成宾笑得更可怕。

“成宾，请你冷静一点，容我慢慢向你解释……”

“冷静，冷静……苏经害得我好苦，我能冷静吗！”黄成宾的眼角也滚出泪珠，“汪丽，你变了，你和苏经混在一起……太可怕，天哪……”

黄成宾心如刀绞，他一阵激动，揪扯着自己的头发，伤心地悲号起来。

汪丽也感到无限悲楚，她并不怨恨黄成宾这样无礼地对待她。她知道他爱她，不愿失去她，理解他的痛苦。

她哭着，不顾一切扑上前紧紧搂住黄成宾，哽咽着说：“成宾，查理死了，只剩下我俩相依为命，我知道你失掉我无法活，我离开你也活不下去。成宾，我确实无辜，没做丢人的事。你不愿我与苏经接近，我马上可以辞去公司的事。在重庆没有我俩的活路，我愿跟你回到江津老家去种田，去受苦。我跟你走到天涯海角，活，活在一起；死，死在一堆。我俩永远不分离，我……”

黄成宾被汪丽这番话感动了。他哭泣着蓦地低头狂乱地吻着汪丽卷曲的浓发，像呻吟般地说：“丽，我真离不开你！我失掉了你，我会痛不欲生！”

汪丽搂住黄成宾的颈项，吻着他的眼、唇、面颊，喃喃不清地说：“成宾，我俩永远也不会分离！”

黄成宾的这一阵冲动很快便过去了，他在百乐门饭店所见的情景像毒蛇般咬啮着他的心灵。他陡地认为眼前汪丽仍是在做戏骗他，不由打了一个寒噤，浑身神经质般抖动起来。他蓦地将汪丽一推，声色俱厉地说：“你还在假情假意地骗我！无辜——哼！你是一个出色的演员，以前在我面前扯谎演戏，现在还是演戏……”

汪丽对他态度的突变感到意外，不觉一愣，她感到委屈得难以忍受：“住口。你怎么变得这样冷酷，不讲情理。天哪，叫我怎办！”

黄成宾见汪丽的面孔蓦地变了，他心上响着一个声音：“演员，她是演员，被揭穿了老底，无法再扯谎，她的真面目露出来了。”

他威胁地高举着拳头：“你说不说真话！”“成宾，你已丧失了理性，你……”

她的话声没完，“啪啪”两响，她挨了黄成宾两耳光。

“哎……”汪丽双手捂住面颊，她痴痴地看着黄成宾，惊得呆了，“你……你居然忍心打我，你……”

她“哇”的一声，扭回头披散着满肩的卷发，不顾一切奔出门外，哭泣着走了。

黄成宾也被自己刚才的行动惊住了，他望着汪丽奔出去的方向发呆。半晌，他惊醒过来，惶惑地看了看自己打耳光的那只手，也跟着追了出去，站在大门口望着漆黑的道路，大声呼唤：“汪丽，你回来！丽，你不能走……”

哪有汪丽的回声！

他循着大道，在黑暗中高一脚低一脚摸索前行，不断呼唤着汪丽的名字，夜空中只有自己的回声和孤独的影子……

黄成宾回到家中已经天明，累得精疲力竭，他在灰色的晨光中茫然环视着空荡荡的室内，他颓然地瘫倒在床上。

四

汪丽自从那夜离开家后，一直住在百乐门饭店这间房里。

她久久不能原谅黄成宾动手打她，认为她为他受的委屈、作出的牺牲很大，实在不能容忍他这么粗暴的行动。

她近几天来常常失眠，变得自暴自弃。除了跳舞，便是酗酒，想借以麻醉自己的心灵，不让自己想那些不愉快的事情。

汪丽反常的举动，开初连苏经也暗感惊讶。他见她不回家，每晚都住在百乐门饭店，也猜到几分，肯定他夫妇俩闹过意见，感情已有了裂痕，他心中暗暗感到欢喜。

汪丽在跳舞时对苏经异常亲昵，使他感到受宠若惊；可是每当他送她回到百乐门饭店，汪丽神情却变得十分冷淡，站在房门口扭回身说：“再见！”便闪进门内砰地关上门，再也不理苏经。

苏经对汪丽的古怪态度毫不计较，表现出极大的耐性。他并不急需占有汪丽的肉体——因为他有许多妖冶标致的情妇供他玩乐。他要征服汪丽的心，当成他的消遣，以便满足他变态的自尊心的需要。他也把征服汪丽的心，当成他精神空虚的兴奋剂。

汪丽的心境也变得十分复杂。她恼恨黄成宾，可是黄成宾的影子老在心头晃动，怎也驱不散。她目前并不讨厌苏经，觉得他并不如预想的那么坏，对她很尊重，很体贴。可她也说不清原因，苏经无论怎样都唤不起她的热情。

她怕苏经和她单独在一起，这会让她脆弱的感情经历痛苦的考验。

汪丽有十多天没回家，她终于软化，再也坚持不下去了。她觉得那夜黄成宾打她，实在情有可原。她设想她自己是男人，也会丧失理智，作出这种粗暴的反应。她不安起来，惦记着黄成宾。她想，万一他的病发了，谁来照顾他呢！汪丽踌躇彷徨了两天，终于忍不住决定回家去看一看。

这一天汪丽下班后回到三洞桥。她见房内黑黑的，没有灯光，门上着锁。

她那夜出走时，忘了带钥匙。她敲了敲门，无人应声，知道黄成宾还没回家。她只得在附近逛了一会儿，然后又走回家门口，可是门上依然上着锁。她无可奈何，只好写了一张纸条，从门缝里塞进。纸条上说，她回家来过，并要他第二天中午在小什字附近等她。

汪丽没见着黄成宾，怏怏不乐地离开了三洞桥，仍旧坐渡船回了大城。

第二天中午，汪丽站在美丰银行门口等了半晌，仍不见黄成宾前来。她猜想一定发生了什么意外，否则黄成宾不会不来。

她连公司也没回，急急赶到三洞桥。家中门上仍是一把锁。汪丽心中十分不安，想找一个邻居问一问，这时，正好房东走了过来："哦，黄太太，你们这段时间到哪里旅行去了？咦，黄先生呢？"

汪丽惶惑地问："黄先生不在家吗？"

"咦，难道你们不是一同出门去旅行？"房东惊奇地说，"我来过几次，总见锁上门。黄太太，你们这月没付房租哟！"

汪丽听说不由一惊，她不愿与房东多纠缠，急急掏出钱付清了房租。

房东走开后，汪丽见不远的地方摆着一个锁摊，她走过去借口钥匙丢掉了，请锁匠给她打开锁……

汪丽进门便看见她昨夜从门缝中塞进的纸条，仍在地上没人动过。她走进内室，见桌椅上积满了很厚一层灰尘，说明已很久没人居住过。

黄成宾到哪去了？汪丽急得泪花在睫毛边闪烁。后来蓦地看见床上枕边放着一封信，她急不可待地拿起来看，只见信封上写着：

留交汪丽女士亲启。

汪丽情知不妙，她急忙拆开信看——黄成宾这封信是用德文写的：

汪丽女士鉴：

我不恨你，也求你宽恕我。我恨这个社会，也恨我自己。我空有满腹的知识，却不能为祖国尽力。祖国虽大，竟没有我立足之地！我堂堂须眉却仰赖妻子生存，奇耻难洗！

我思之再三，我俩还是分离为好。

你从今婚嫁自便，我不再有累于你，分道扬镳……

别矣！请你不要以我为念，也不用寻我，我自有适宜的归宿。中国有句俗话：“夫妻本是同林鸟，大限到时各自飞。”正是目前我俩的写照。

……

汪丽不待看完信，身子就摇晃起来，觉得天昏地暗。她声音十分微弱地自语道：“天哪，成宾，你到哪里去了？你居然这样忍心，等于立下休书将我遗弃。”

汪丽接着又呼唤：“查理，我的孩子，你死得好苦呀！”

汪丽手软脚炟，终于经受不起这个打击，实在支持不住，颓然跌倒地上……

五

汪丽像害了一场大病，她丰腴的面孔陡地清瘦了。她每想到他们三人从德国回来时的情景，在这战时的陪都举目无亲，查理死了，黄成宾下落不明，眼看也是凶多吉少，现时剩下她孤身一人，形影相吊，好不令人辛酸。

汪丽在报纸上登过很多天寻人启事，有如石沉大海，全无音信。

只有苏经对她比以往更加殷勤，百般劝慰她，使她稍微好过一些。

汪丽在消沉了一段时间之后，蓦地变得自暴自弃起来。她无夕不在舞场消磨时光，大量酗酒，想借以麻醉自己，尽量不去想那些令人伤心的事情。

苏经看过黄成宾那封留给汪丽的德文信——汪丽差不多已把他当成知己——他暗自欣喜。这位迂夫子自动离开汪丽，使他心中无比痛快。

他假惺惺地安慰汪丽：“汪小姐，你不用难过，是黄成宾负你，并非你负他啊！”

汪丽只是长吁短叹默认了苏经的话，她确实自认无愧于他。

一天，汪丽舞罢归来，卸完了妆，换上一件白府绸睡衣。她感到身心疲惫，也感到心灵的空虚。

她坐在梳妆台前，怅然若失地看着镜子里自己的面孔。但见波浪似的浓黑卷发披散肩上，由于比前清瘦，一对眼睛分外大而明亮。由于喝了香槟酒，两颧艳红，十分娇丽动人。她想到目前过着这样荒唐的生活，不禁想到何处是她的归宿！

她清楚地知道，年过三十，转眼两鬓便会成霜。虽然黄成宾这样忍心抛下她，他俩毕竟夫妻一场，在一起度过十多年岁月，纵有利剑也难立即割断这段恩爱。

汪丽正沉思间，听见敲门声，她以为是茶房送夜点来了，头也不回地说：“进来！”

汪丽从镜里看见进来的人是苏经，不觉感到诧异，她以为他早已走了呢！

她扭过头来含笑招呼：“苏先生，你怎么还没走？”

苏经关上房门，神情显得十分忧郁。他没有答话，站在汪丽身后望着镜里的影子，长长叹息了一声：“汪小姐，我想和你谈谈。”

汪丽一愣，问：“请坐。不知苏先生有啥事见教？”

苏经没有坐，仍站在她身后很近的地方：“汪小姐，十五年前我离开德国的时候，我曾发下誓愿……”

汪丽神情有些紧张，心在怦怦地跳。她转过身来极力掩饰内心的不安：“哦，一个什么样的誓愿？”

苏经十分严肃庄重地说：“这个誓愿，便是我要抱独身主义，除非……”

汪丽明白他要说啥，她一直担心的事情终于降临，紧张得嘴唇都在颤抖。她怕听，但也无法阻止他不说。她慌乱地瞥了一眼苏经，只见他的嘴唇在动，两撇小八字胡也跟着在动。

苏经蓦地吟了两句诗：“曾经沧海难为水，除却巫山不是云。”

他见汪丽并无愠色，十分抑郁地接着说：“要我不抱独身主义，除非我能娶汪小姐为妻。汪小姐，要知道我是多么地爱你。我以前认为我这单相思无法如愿，所以我认为我是世界上最不幸的人。可是，现在汪小姐自由了，我的希望能否实现，全凭你一句话……”

汪丽蓦地捂住脸哭泣起来，“苏先生，我求求你，请你别再说下去。”

苏经并没住口，还说得十分激动：“汪小姐，我的命运掌握在你的手上，幸或不幸，全凭你一句话决定！”

汪丽认为苏经的感情真挚，她不禁异常感动，但有一种说不出来的预感，又使她不能答允与苏经结合。可是，她实在不忍心粗鲁拒绝苏经，令他失望伤心，所以她心情十分矛盾痛苦，一时不晓得怎么办，只是喃喃地说：“苏先生，别这样，别这样……”

这时苏经猛地从身上掏出一支小手枪，“咔嚓”一声将子弹推进红槽，将枪口对准自己的耳门，用十分坚定的语气说：“倘若汪小姐现在拒绝我的求婚，我马上结束我的生命。汪小姐，我的生死全凭你一句话！”

汪丽初见苏经掏出小手枪，不禁惊愕不安，她以为他要用武力威逼她答允，待她看见苏经要自杀，更是一惊。她手足失措地站起身来，想上前夺下苏经手上的小手枪，但又不敢，只是惶惑地说：“苏先生，有话好说，不用这样！”

苏经见汪丽的表情，心中暗暗得意，认为他这一手真够厉害，不信攻不破她的防线。

汪丽见苏经仍不肯放下小手枪，她显出畏怯的样子说：“苏先生，谨防手枪走火，有话坐下慢慢说。”她迟疑了一下，终于大着胆子从苏经手中夺过小手枪放在梳妆台上。

苏经心中暗暗好笑，其实，他也怕走火真把自己打死，事先早将弹匣内的子弹卸光。

汪丽扶着苏经在一张双人沙发上坐下，她不觉也紧挨着坐在一起：“苏先生，你冷静一些，有话慢慢说。”她掏出手绢拭了拭泪水。

二人坐了一会儿，苏经见汪丽仍没表示答允，他假装要站起身去拿梳妆台上的小手枪：“汪小姐，你不答允我，还是让我去死吧！”

汪丽信以为真，忙将他紧紧搂住：“苏先生，你不能……”

苏经叹口气，装出十分难过的样子：“我生活没有你，还是死好！”

汪丽这才松开了他，用手绢捂住口鼻哽咽着说：“苏先生，我并非不答允你，现时……”她说不下去，嘤嘤哭出声。

一会儿，她忍住悲痛继续说：“现时黄成宾生死未卜，我怎能……”她的话止住了。

苏经听她语气松动，乘机逼问：“汪小姐，倘若证实黄成宾已死，你能答允我吗！”

汪丽已六神无主，闪着泪光说：“哦，要真是这样，那实在太可怕了。他怎会死去呢！他怎会……”

“汪小姐，请看，这是今天的晚报。”苏经狡猾地眨了眨眼，掏出一张晚报递到汪丽的手中，“汪小姐，请看这里……”他伸出手指点着。

“哎……”汪丽惊叫了一声，一把接过晚报，已预感到黄成宾凶多吉少。

汪丽扫了一眼报上的醒目标题——《留德博士悬梁自尽》，像被谁当头一棒，觉得天旋地转。

她强撑着看完了这则社会新闻。

本报讯　今晨在大梁子中山公园公共厕所里发现一具悬梁自尽的男子尸体，着半新西装，皮鞋破旧。经警方赶赴现场搜查结果，死者身上除零星钱币外，还有没吃完的烤红苕半只，此外别无他物，其状甚惨。

死者还遗留德文遗书一封给其妻子汪丽（译音），书尾署名无名氏。

经警方再次仔细搜查，在死者裤袋夹层内发现德文名片一张，方知死者为留德动力学博士，制造坦克的兵工专家黄成宾。

据警方言称，遗书有八页之多，全文尚未译出，死者自尽原因不明。又据警方推测，其妻汪丽（译音）一定精通德文，除此别无线索。

汪丽悲惨地尖叫一声："啊，成宾，你……"她眼前一黑，再也支持不住，仰身一倒……

汪丽昏昏沉沉之间，觉得有一只多毛的手伸进她胸前摸弄着她的双乳，她猛地一惊，睁开眼一看，见她躺在苏经的怀里，苏经的手……

汪丽猛地挣扎着站起，使力推开苏经："你，你怎么……"

苏经见汪丽愠怒的样子，神情十分尴尬，趁她昏倒时乘机轻薄，的确不是正派的行为。为了掩饰他的低劣品德，他叹息一声："丽，我爱你快要丧失理智了！"

汪丽顾不得理会苏经，她像发了狂一般奔出房要去验尸所认尸。

苏经再三劝止："汪小姐，现时离天亮还早，等天亮后再去吧！"

他怕功亏一篑，为了挽回他刚才给汪丽留下的不良印象，装出十分体贴识趣的样子说："你好好休息一会儿，我不再打扰你了。明晨我陪你去验尸所。晚安！"

六

苏经在百乐门饭店另外包有房间，他回到自己房里，也很疲倦，躺在床上很快便睡熟了。

他做着十分甜美的梦，梦着他已得到汪丽的爱情。她在搂着他亲吻，热情而奔放地叫着："经，我爱你，爱你，爱你……"他得意非凡，多年的仇已报，恨已雪，愿已偿……从梦里笑出声来。

他醒过来以后慢慢咀嚼着梦中的情景。他并不丧气，认为汪丽已是他网中之鱼，瓮中之鳖，除了投入他的怀抱已别无去路。

他完全睁开眼，亮花花的阳光从窗子射进，他蓦地一惊，晓得时间不早，想起他还要陪汪丽去验尸所。他虽然十分不愿去看吊死的人，但目前眼看大功即将告成，绝不能对汪丽怠慢。

他起身漱洗完毕前去叫汪丽，可汪丽早一个人去了。

苏经急忙坐着小轿车赶到验尸所，迎面碰见汪丽，听说她已办完手续出来，他表示歉疚地说："真对不起，我起迟了。"

汪丽态度平静，看不出十分悲痛的样子，她先钻进小轿车，回头说："苏先生，请上。"

汪丽坐好便吩咐司机，俨然像女主人的口气："去百乐门饭店！"

苏经见汪丽眼泡浮肿，眼白还有些发红，显然刚才哭过，可为啥这时并无一点悲戚的样子，使他猜疑不定。

汪丽偏头向苏经莞尔一笑，像明白他的心意似的："苏先生，我刚才付了一笔钱给验尸所，请他们帮忙将成宾埋掉。我与他夫妻一场，也算尽了我最后的情意，他在九泉之下能够瞑目了。我还有我的未来，'夫妻本是同林鸟，大限到时各自飞'嘛！"她引用了黄成宾出走时留条中的一句话，凄然一笑。

苏经听后面露笑容，感到放心了。

沉默了一会儿，苏经蓦地想起一事，不禁关切地问："丽，黄成宾留给你的遗书说啥？"他亲昵地称呼她，仿佛他已是她的夫人或情人。

汪丽听苏经改口亲昵地称呼她，并无异常的反应，平淡地回答："我以后给你看，你自会明白！"

苏经见汪丽接受了他对她亲昵的称呼，不禁忘形，要抓住她的手抚摸。

汪丽一缩手，向前座的司机努了努嘴，轻轻地"嘘"了一声。

小轿车驶到百乐门饭店停住，下车后苏经与汪丽并肩走进饭店。

苏经边走边想，刚才汪丽向司机努嘴的神态，分明是说有司机在场，不宜过分亲热。那么，他只要跟她走进203号房间，汪丽肯定便会自动投进他的怀抱，完全属于他。他乐得飘飘然，脸上的笑容没再消失过。

殊不知，汪丽抢先一步跨进203号房间，回身“砰”的一声关上门，将苏经丢在门外。

苏经十分意外，敲着门叫：“丽，开门。”

门开了一条缝，汪丽露出一张脸，望着苏经神秘地一笑：“苏经，不用急，你让我今天好好休息一天，明天你十点钟来，我便完全属于你的。不过，我可不愿做你的情妇，要做正大光明的苏太太，懂吗?”

苏经连忙说：“当然，我要和你正式举行婚礼，你放心!”不待苏经把话说完，门又“砰”地关上了。

苏经虽觉汪丽的态度古怪，也没细想，扬扬自得地离开了那里……

第二天，苏经在扬子江公司料理了一些事务，准备等到十点钟才去百乐门饭店会汪丽。他不愿显得太性急。

看看到了九点左右，一个茶房进来通报：“苏总经理，有位警官要见你!”

苏经颇感诧异，不晓得警官见他干啥，他想到马上要去赴汪丽的约会，不禁皱了皱眉：“我不空，叫交际科长接待他!”

茶房出去一会儿，马上又返回：“苏总经理，警官说，他有要事，一定要你亲自接见!”

苏经露出不悦的表情，正待吩咐茶房，可是一个胖胖的警官已自动推门进来，将一张名片递到他的手上：“敝姓王，市局的。”

苏经接过名片，无可奈何地说：“请坐。警官先生，我马上有要事外出，只能给你五分钟的时间。”苏经态度十分傲慢，哪会把一个小小的警官放进眼里!

王警官坐在离苏经不远的沙发上，他脱下圆盘制帽放在膝上，从容不迫地自己掏出一支香烟点燃吸了一口：“苏先生，只给我五分钟时间，你未免太吝啬了!”

“那……你有话请快说吧!”苏经斜睨着警官，显出不耐烦的表情。

“苏先生，这件事情很重要，在这里谈可能不合适!”王警官嘴角露出一丝冷笑。

“那……”苏经见这王警官来得蹊跷，不觉一愣。

“在这里谈也可以，不过我只能与你单独谈一谈。”王警官皮笑肉不笑，腮上的肥肉在抖动。

苏经吓了一跳，晓得王警官此来不寻常，再不敢怠慢他，立即向房里几个职员递了一个眼色。

王警官喷了一口烟，见房里只剩下他俩，才慢吞吞地说：“苏先生，我无事不登三宝殿。听说你手下有一位女职员叫汪丽，苏先生一定认识！”

苏经惊疑地注视着王警官闪烁不定、不易捉摸的目光，半晌方点头回答：“是的，有这么一位女职员。”他心中有些忐忑不安，不晓得警官为啥提起汪丽！

“那就对了。”王警官挪动了一下身子，让他肥胖的躯体能坐得更舒适一些，“百乐门饭店的经理今晨报案说，有一位叫汪丽的住客，昨晚上自杀了。”

“哎！”苏经像针锥屁股似的，惊跳起来又坐下，强作镇定地说，“她为啥自杀？待我去看一看。”

王警官做了一个制止的动作：“苏先生不用去了，她的尸体已移往验尸所，与她丈夫的尸体停放在一起。死者留下的遗书里说，她要和她丈夫埋葬在一起。”

苏经对汪丽自杀的消息确实感到震惊，回想他昨天与汪丽分别时的情景，不觉豁然大悟。怪不得她昨天的神情变得十分古怪，原来暗下了自杀的决心。

苏经此时的心情十分复杂，他对汪丽的死并不难过，但他认为自己要占有她的野心不能实现，令他感到遗憾。

王警官十分感兴趣地留意苏经面部表情的变化，狡猾地眨着眼，只顾抽烟不语。

“那，警察先生，你此时来找我干啥！我事情很忙，关于汪丽的善后事宜，我叫总务处去会同办理！”苏经想脱身，不愿与警官谈下去，打着官腔说。

“苏先生不用急躁，我这事也很重要，非得你解决才行！”王警官冷冷一笑。

“那，有话快说！”苏经不耐烦地催促说。

王警官慢条斯理将烟头放进烟缸里杵熄，仿佛苏经并不存在似的。他咳了一声，显得有些装腔作势：“鄙人奉命经办此案，经验明死者系服用过量安眠药片致死。死者留有遗书一封，其中多次提到苏先生……”

“哎，我与她有啥牵连，岂有此理！”苏经掩饰不住内心的慌乱，色厉内荏地说。

王警官没与苏经争辩，不慌不忙从他带来的公文皮包里取出一封没封口的信件，欠身递到苏经手中：“请苏先生过目！”

王警官注视着苏经的表情，见他看完汪丽的遗书后，红润的面孔陡地变成苍白色。

苏经惊惶的目光望着王警官，语无伦次地说：“岂有此理！这纯属污蔑，我要控告……”

王警官收回汪丽的遗书，郑重地放回公文皮包里：“苏先生，你还要控告？我劝你安静一点。”

苏经呆了一会儿，嘴头仍很硬：“这纯属污蔑，我不怕！”他装出理直气壮的样子。

王警官只是望着苏经冷笑不语。

苏经蓦地改变了傲慢的态度，亲自殷勤地给王警官倒茶敬烟。

王警官阴沉地一笑：“苏先生不用张罗，你要上告死者纯属你的权利，只好听便。我很忙，我关照你一声立刻就告辞，还有许多新闻记者在警察局等着我，听我宣读汪丽的遗书。苏先生，你刚才看过遗书，当然清楚死者写遗书的意图，是想将她与她丈夫的遭遇，以及被逼自尽的真相公之于社会舆论。”

苏经仍不肯示弱，差不多咆哮起来：“我有专用律师，我要起诉，这纯属诬蔑！”

王警官不理苏经的嚎叫，他又从公文皮包里取出两沓纸，将一沓纸递到苏经手上：“请苏先生安静。这是死者丈夫黄成宾自尽时留给汪丽的德文遗书，汪丽特地作为她遗书的附件以便公之于社会舆论界。苏先生精通德文，请过目。”

王警官指着他手上捏着的一沓纸说：“这是根据黄成宾遗书译出的中文，你就不要看了。”

苏经看完黄成宾的德文遗书，惊慌得语不成句：“说我……剽窃他的发明，雇用流氓毒打威胁他，这……证据，有何证据！我不怕。”

王警官收回黄成宾的遗书，连同译文一齐放回公文皮包里，淡淡一笑：“苏先生，凭你的社会关系，凭你的金钱地位，也许你在法院可以胜诉……”他阴沉地笑了笑，“可是这社会舆论……哼，它虽没有法律约束力，但道德的力量……苏先生，你是聪明人，我就不多说了。”

苏经仍大声嚷嚷：“我不怕，我不怕……”

“嘿嘿，苏先生真是厉害！你明明剽窃黄成宾的发明，阴谋夺取他的妻子，逼死两条人命，你却要恶人先告状，活人告死人！”

王警官神色十分严峻，不容苏经插嘴：“苏先生，我晓得你的社会背景，有大靠山，认为法律对你无能为力。可是，人言可畏，口是封不住的。哼，等会我将这两封遗书向记者一宣读，嘿嘿，明天报上登载的新闻就会热闹异常。我想，在社会舆论面前你纵不身败名裂，但要在上流社会充个正人君子，难啊！”

苏经虽然强作镇静，但王警官的话句句像利剑般刺进他的心脏，使他浑身冒汗，脸色顿时变得十分灰白，呆若木鸡，半晌出声不得。

王警官见苏经的样子，心中暗自得意，认为他这番话颇有分量，已将苏经震慑住了。

他趁机火上浇点油，说：“这事倘若闹大，恐对政府也有干碍。你想，两个从德国回来投效祖国的留学生，一个是兵工专家，一个是建筑专家，却因找不到职业，最后走投无路被迫自尽。这对政府的声誉会造成多大的损害！到那时，政府为了缓和舆论的谴责，平息众怒，只好委屈你苏先生当个替死鬼。‘舍车保帅’未必苏先生连这点道理都不明白！”

“那……叫我怎么办？”苏经再也沉不住气，用希冀的目光望着王警官。

王警官见苏经已经就范，口气也缓和了一些，笑眯眯地说：

“好办，好办！鄙人此来便是想与苏先生商量出一个妥当的办法。”

“请警官先生指教！”苏经顿时放下架子，敬了一支香烟到王警官嘴上，并扭燃打火机给他点烟。

王警官也不谦让，让他点燃香烟猛吸一口，然后徐徐向外吐着烟圈。

苏经见王警官抽烟不语，分明是在拿关节，心中很是反感，小小的警官竟敢在自己面前作威作福，真想叫他滚蛋。但现时把柄擒在他手里，他只好容忍，于是躬身说：“请警官先生赐教！”

王警官却与苏经谈起家常：“鄙人跟着国府内迁，逃难到了重庆，只是当个小小的警官，哪像苏先生这样有财势！唉，我家中老的老，小的小，这日子着实难熬啊！”

苏经当然懂得王警官话中的真正含义，看来不花费点钱财不行。他不等王警官点明，就掏出支票簿开了一张支票，赔笑说：“这点小意思，望警官先生笑纳！”

王警官并不客气，立刻接过支票，瞥了一眼支票上的数字，陡地收敛了笑容，斜睨着苏经不满地说：“苏先生把我当叫花子打发！一万元的支票——亏你拿得出手！苏先生，两条人命哪！”

他悻悻地将支票撂还给苏经。

苏经又羞又急，讷讷地问：“那，你要多少？”

王警官拍了拍身旁的公文皮包：“公平交易，绝不二价，我要十万元，分文少不得。一手交钱，一手交货。”

苏经吃了一惊，想不到王警官狮子大开口。他想讨价还价，但见王警官起身准备要走，做出毫无商量余地的样子，只好忍气吞声，再签了一张九万元的支票递给他：“依你的，看我多痛快。”

“我也是痛快人。哒，这两封遗书全交给你自行处理，连这译文我也不留，一并给你！”王警官得到十万元的支票，真是乐不可支，做出十分慷慨的样子说。

苏经从王警官手中接过遗书，仔细验明无误，他立即放进保险柜里锁好，长长地松了口气。

苏经见王警官仍端坐不动，惊诧地望着他说：“警官先生还有何事赐教，请快说！”

王警官堆着笑说：“一客不烦二主，苏先生精通德文，还要你帮忙伪造两封遗书让我拿去应付记者。否则他们打破砂锅问到底，不会满意离去。看，我多够朋友！让别人草拟，会落下把柄，你也不放心的。”

苏经听王警官说的在理，只得答允：“好，让我来草拟。”

王警官等苏经草拟好两封德文遗书，并要他译成中文，然后满意地起身告辞：“苏先生，我俩一回生，二回熟，以后需要我时，我定当为先生效劳。”

苏经见王警官一脸狡狯的笑，心中十分恼火，只得赔笑应付：“请警官先生多包涵。慢走。”

苏经见王警官走出门去，实在憋不住心中的火气，吐了一口唾沫，愤愤地骂了一句：“呸，流氓！”

苏经的声音稍大点，王警官却在门外听见了。他又回头推开门，冷笑一声反唇相讥：“苏先生，比起你来我还差得远，只不过小之又小、芝麻大点的流氓，我得拜你当老头子哪！”说完扬长而去。

苏经气得面红筋胀，嘴里像被棉花塞住半晌不能出声。他望着王警官远去的身影，只将拳头攥得紧紧的，眼里快冒出火来。

第三十九章

—

民成公司总经理室外面的休息室，成了胡方临时写字的工作室。他将两张餐桌一拼，铺上毡子，显得很宽阔。他绾起衣袖，握着一管羊毫，在洁白的宣纸上纵横驰骋，写出一个一个遒劲的颜字。

一些闲人站在一旁观看，当了他的义务助手，替他磨墨，还替他将写好的条幅摆在一边，让浓黑的墨迹晾干。桌上的空处摆满了，连走道地上也晾着写好的条幅。

陆祖福从总经理室踱了出来，也被吸引过来看热闹。他在写好的条幅边转来逛去，脸上含着笑容频频点头，表示赞赏的样子。

陆祖福认为胡方为人处世有些荒诞固执，一般不轻易派他去干重要的工作，只让他白拿工薪干私活——帮别人写字。公司元老中有人向他嘀咕过，说胡方卖字每月收入不少，公司应该提成。他不以为然地说："公司再穷，断不会差这几个钱！养着胡方，比花钱做广告合算！"

这个元老不明白陆祖福此话的意义。陆祖福哈哈一笑，也不作解释。

胡方写字的名气越来越大，真有些应接不暇的样子。单看这些题头便晓得他交游十分广泛，求他墨宝真迹的人有不少是知名的达官贵人、名流学者。如"右任先生指正""布雷先生雅玩""悲鸿先生嘱书"……

陆祖福每听人称赞胡方写的颜字好，他心中也暗暗得意，认为他花费点钱把胡方养起来很值得，也像养球队一样可以替民成公司争光，达到令人满意的宣传效果，比花钱登广告还节省和实惠。他还得了一个爱惜人才的美名，无形中提高了他的社会地位。所以，当那些看不惯胡方拿工薪干私活的元老，在他面前嘀咕时，他只是淡淡一笑，不予理睬。他明白，这些人是从合川山沟儿里来的，心胸狭隘，缺少气魄，现在确实成了公司继续发展的阻力。他目前只能不听他们的嘀咕，按自己的想法去干。

朱佳富组织了一个足球队，用高薪从各处搜罗来一些队员，当时有人激烈反对，认为办航运的人去搞体育，这钱花得不值。但陆祖福却坚决支持，反对的人只好退让。

朱佳富不仅组织足球队，还花了很大一笔钱，举行了民成公司邀请赛，结果民成公司的足球队在陪都大出风头，夺得了冠军。现在还远征到成都、昆明去赛球，成了有名的强队。连以前反对的元老派也十分高兴，觉得光彩，不再背地说怪话了。

陆祖福因此又得到了一个提倡体育运动的好名声。这对于他办实业是为了“服务社会，造福人群，有利桑梓”的宣传十分有利。四川的民众对他愈来愈有了好感，连有位著名的经济学家也称赞他说：四川若有三个陆祖福，便可以把建设搞好；中国若有十个陆祖福，国家的实业一定可以迅猛发展。

这些话传到陆祖福耳里，也颇令他沾沾自喜。总之，他认为在文化体育方面花点钱是值得的，绝不会亏本。

黄玉庵看得眼红，也想学样，出重金搜罗了几个运动员组成了足球队，公开与民成公司对抗。但十有九输，最后只好自动解散，高挂免战牌……

这时，一个茶房走到胡方身边站着说：“胡先生，有两个和尚在会客室求见！”

胡方停住羊毫一愣，想不起有啥和尚朋友。他稍微沉吟一会儿，说：“我马上去！”

胡方写完了这张条幅，搁下笔，一边往外走一边将绾起的衣袖放下。

陆祖福最讨厌和尚尼姑，他皱着眉头向身边的朱佳富说：“胡先生经常看佛经，又不续弦，现时又与和尚交往，难道他想做佛门弟子，要出家当和尚?”

朱佳富微笑摇摇头，说：“胡方哪会出家当和尚！近来他与于右任和戴季陶他们交往，那两位喜欢谈说佛经，他若不赶着在佛门的经典上下番功夫，怎能搭上腔!”

陆祖福的眉头皱得更紧，说：“是的，最近在一些知识分子中讲佛谈禅成风，这与于右任他们的提倡有关。他们一天吃了饭没事干，真不像话。”

朱佳富看这里人多复杂，并没搭话，向陆祖福一笑便离开了。

陆祖福听见外面一阵笑语声，胡方的声音很高：“请两位禅师进内喝杯清茶，稍坐片刻再走。”

胡方话音刚落，就带着两个老和尚走了进来。他见陆祖福在打量他们，忙介绍说：“这便是陆先生。”

一个须眉皆白的和尚抢前一步，双手合十向陆祖福施礼：“贫僧早闻陆总经理大名，今日幸会!”

胡方在一旁急忙介绍：“这是湖北当阳玉泉寺的善修长老。”

另一个须眉皆白，但面色红润显得年轻一些的老和尚不愿落后，也站前一步双手合十施礼:“阿弥陀佛! 有缘结识陆总经理, 真是三生有幸。”

胡方又在一旁介绍:“这是峨眉山万年寺的智能禅师, 已九十高龄了。”

陆祖福听说不禁感到惊诧, 忍不住多看了智能几眼, 真看不出他有九十岁高龄! 他竟忘了答礼。

智能禅师毫不计较陆祖福对他的冷淡, 张开缺了两颗门牙的嘴巴哈哈一笑, 显得中气很足, 声音洪亮。他讨好地说:“陆先生, 记得不, 你那年从上海接民成轮初进川江, 我就是搭它回川的。”

他不等陆祖福答话, 又抢着说:“唉, 我以前常到上海化缘, 邀请有钱的施主到峨眉进香观看山景, 我极力向他们推荐搭乘贵公司的客船, 给你们拉来了不少生意。”

智能禅师简直不让人插话, 接着长叹一声, 捋着胡须无限感触地说:“抗日前, 每逢夏天, 从上海到峨眉进香游山的施主络绎不绝, 你们客运生意好, 我们的香火也兴旺。唉, 现在真说不得了!”他说完不住摇头。

善修长老也十分健谈, 智能禅师刚说完, 他偏头望着胡方, 竟滔滔不绝叙起旧来:“胡先生, 记得不, 武汉撤守时, 你落难在玉泉寺, 还有那个黄先生, 一家人都会说洋话……噫, 我正要向你打听黄先生的下落, 我想去化点缘呢!”

胡方听提起黄成宾一家人, 他陡地收敛了笑容, 瞥了陆祖福一眼, 忙岔开说:“请两位神仙里面坐!”

陆祖福也点头表示答礼, 说:“对不起, 我失陪了。”他扭头将一只手抄在西裤里走回总经理室。

二

陆祖福回到总经理室, 在窗前站住, 若有所思地望着窗外一棵高大的梧桐树, 凝然不动。

一会儿, 他十分兴奋, 眼睛亮闪闪地望着坐在门口的副官吩咐说:“翁副官, 快请朱先生来。”

朱佳富来了后, 陆祖福请他在一张藤椅上坐下, 自己站在近处, 笑眯眯地问:“朱先生, 你对现时战局如何展望?”

朱佳富顿时精神抖擞起来, 他最喜欢发表这方面的见解, 有条不紊地说:“欧洲战场，自墨索里尼战败，美国在欧洲开辟第二战场，德国已腹背受敌，美苏成夹击之势。我看，同盟国战胜德国只是时间迟早，胜负已成定局。至于远东战场，现时虽然仍相持不下，但是，只要德国战败，轴心国只剩下一个日本，也难持久了。美国是经济大国，也是军事大国，资源比日本丰富，再加它参战迟，实力没受多大损伤，中美联合作战，日本断非敌手！"

"你的意思是说战胜日本也是时间迟早问题，是不是？"陆祖福追问了一句。

"是的，我们战胜日本只是时间迟早问题！"朱佳富十分认真地回答。

他接着迷惑地问："陆先生，你今天问这干啥？"

陆祖福没有正面回答朱佳富，他长长吁了一口气，十分感叹地说："前不久独山失守，日军威胁到陪都的安全，蒋先生又想迁都，民众准备逃难，真弄得人心惶惶。想不到时局变化这么快，我连想也来不及想……"

"陆先生，你的意思我明白。你是说抗战胜利很快就要到来，战后如何发展实业，你连想也来不及，是吗？"朱佳富带点卖弄的味道。

"朱先生，你说得对！真知我肺腑。"陆祖福作古正经地说。

他回头向翁副官吩咐说："把门关上，你在门外守住，这时我不会客。"

陆祖福郑重其事，拖了一把木椅子靠近朱佳富坐下："一个实业家没有政治远见是不行的，你看，抗战胜利后国内的政治形势怎样？"

朱佳富毫不谦让，真像专供咨询的政治顾问。他镜片后的眼睛眨了眨，略微思索一下，回答说："陆先生，这次大战后，欧美各国元气大伤，日本成了战败国，都要忙于恢复元气，无暇顾及国外，是我们发展实业的大好时机。不过……"

他沉吟了一会儿，说："陆先生，国内形势很难预测。战胜了日本人，蒋先生的威望会有一定的提高，美国朋友也有实力帮助他对付共产党，他的政权短期内是可以巩固的。不过……不过，共产党这几年壮大很快，他们巧妙地利用了民族感情，暂时不谈共产主义，以爱国主义作号召——这就是毛泽东高明的地方——很得人心。现时共产党的力量和影响，比战前在江西苏区大不相同，未必会乖乖地听蒋先生发号施令。但是蒋先生对共产党恨之入骨，卧榻之旁岂容他人酣睡，到时蒋先生必然会有所动作，局势很难说哩！"

陆祖福半晌沉默不语，情绪有些沉郁。一会儿，他有些忧心忡忡地说："我原想抗战胜利后可以一心办实业，但没有一个安定和平的社会环境，要实现我们'民成江山'的理想，真是谈何容易啊！"

朱佳富真把自己当成未卜先知的哲人，十分肯定地说："陆先生，不用担心，我看内战一时是打不起来的。"

"何故?"陆祖福迫不及待地问。

"唵，陆先生难道不明白，我们国内的问题都受国际因素的影响。共产党后面有苏联，国民党背后有美国，苏联与美国在战后都需要一段时间来恢复，只要苏联和美国不愿打，国民党和共产党便会打不起来。我想，肯定有一段较长的稳定时期，大可以施展我们的抱负。退一步说，就是打内战，蒋先生有几百万军队，加上美式装备，足可控制全局，共产党短期内肯定成不了气候。"

陆祖福脸上有了笑容，他觉得朱佳富言之成理，马上振奋起来，盯着朱佳富的面孔问："朱先生，你看这稳定的时期有多久?"

他真把朱佳富当成了活神仙。

朱佳富觉得这个问题很难回答，但他从不愿在别人面前显出智穷，于是他胡乱回答说："十年，也许有二十年!"

陆祖福一掌击在自己膝头上，十分兴奋地站起来："行。不说十年，便是有五年的时间，我就可以把民成公司的轮船开进海洋!"

朱佳富的眉头皱了一下，觉得陆祖福太乐观，但又不便扫他的兴，只是微笑不语。

陆祖福也觉察到朱佳富对他的话半信半疑，又坐下说："朱先生，我说五年便将民成公司的轮船开进海洋，绝不是乱说的。"

他边说边用手比画："等抗战胜利时，民成公司有两笔可靠的收入，好比存在中央信托局，到期便可以提取!"

朱佳富迷惑地看着陆祖福，他也想不出他所指的是什么收入!

"嘿，你想，等抗战一胜利，重庆至少有几十万以上的下江人要赶着回老家，单是这笔客运收入，就够我们作发展资金啰!"

朱佳富不禁"哦"了一声，连连点头表示赞同，用钦佩的目光看着陆祖福。

陆祖福越说越兴奋，他扳着指头算，又抓过一把算盘放在自己膝头上算："每条船载一千人——当然比较挤，顶篷上也可以装点人，搭个简易棚就行了，船票再贵也会有人坐，只算船票价翻一番……"

他拨动着算盘珠"噼啪"响，口里念着一些数字："朱先生，你看，我们从重庆开出一条客轮到上海，稳稳可以收入……折合黄金千多两，又可以在上海就地定造一艘新客船——新客船造不及，买旧船改建也可以，再开回重庆……如此循环，我们的轮船便越来越多，等把整装东下的人载光。嘿……朱先生，你算一算，我们的资产是以几何级数增加，我们将有多少收入！”说到这里他忍不住开心地笑了，唇上的一撮胡子在抖动。

朱佳富也异常振奋：“对，陆先生所见极是。”

陆祖福的笑容收敛了，沉思一会儿抬头对朱佳富说：“唵，我们现有的客船太少，太陈旧，到那时必须改装货船，也用以载客这些工作都要预先作好，‘未雨绸缪’，我们才能主动。从现在起，我们便要暗地准备，把我们的人力和物力重点放在修船上。朱先生，你就负责这个工作好不好？”

朱佳富沉吟一会儿，说：“我推荐董绍孙，他搞这个工作，比我适当！”

陆祖福极力摇头，接着放低声音说：“这事由你负责，定了。朱先生，你千万要保密，不能泄露，倘若被黄玉庵晓得，他也会预为准备与我们抢生意。这事只有你知、我知，连董事会的人也不让他们晓得。你办事遇到阻碍，便说是我交办的。”

陆祖福虽没点明，朱佳富已明白他对董绍孙不放心，因为董绍孙与黄玉庵是亲戚。朱佳富便没再说，点了点头：“好！”

陆祖福偏头望着窗外出了一会儿神，回头说：“我们还要暗地培训驾驶员和领江，招收一批茶房送到北碚去训练。那时船多了，人员会不够用。这事由我负责好了。”他对公司人事权一直是紧抓不放的。

朱佳富含笑问：“陆先生，你说有两笔收入，还有一笔哩？”“噫，还有一笔是你在负责进行，怎么还问我！”

朱佳富“哦”了一声，问：“你是指向加拿大政府贷款的事？”“对，对，就是指这！”

“可是，我通过英国大使馆的彼特利克商务参赞向加拿大政府谈过几次，他们的条件太苛刻，一时恐难谈成功！”朱佳富说。

“噢，这事肯定可以成功。此一时彼一时。”陆祖福说，“朱先生，你想，我们都敏感到第二次世界大战行将结束，在筹划我们企业将来的发展，难道加拿大政府却感觉不到？”

响鼓不用重槌，朱佳富眼里一亮：“陆先生，你是说加拿大政府现在会考虑战后他们造船工业的发展，为了与别国竞争，会贷款给我们用在向加拿大定造新船!”

“对!”陆祖福从他放在台上的公文皮包里拿出一本杂志递到朱佳富手上,“朱先生,这是新出版的《渥太华导报》,这里有一篇关于民成公司的参观记,作者便是上次跟加拿大经济访问团来华的米格尔先生。你当然了解,他是加拿大的造船大亨。嘿,他对我们如此感兴趣,意味着什么!”

朱佳富拿着《渥太华导报》浏览了一会儿,含笑表示赞同说:“陆先生的分析极有道理!”他用手托了托镜框,轻轻咳了一声,“米格尔先生在这篇文章中说我们公司是中国最有前途,最有潜力的航运企业,就是说加拿大的造船工业在战后要找出路,看中我们哪!”

他沉思一会儿,出主意说:“加拿大提出许多苛刻的贷款条件,看来不过是谈判策略,我们也不妨放出空气要向美国人贷款在美国造船,一定可以促使加拿大人妥协,早日与我们谈妥贷款条件。”

“对,我们不能太老实,可以采取声东击西、虚实相济的策略。”陆祖福说到这里,叹了一口气,“加拿大只答允贷一千五百万美元给我们;而美国人原来露出口风愿贷五千万元,只是由于孔祥熙在其中作怪,否则……”他摇了摇头,显出深有感触的样子。

朱佳富见陆祖福蓦地沉默了,以为已无话再谈,他还有一件事情需要去料理,于是起身准备告辞。

陆祖福挥了挥手:“朱先生慢走,我还有话没说完呢!”朱佳富只好又坐下,取下眼镜用手绢揩拭灰尘……

陆祖福缓缓问:“朱先生,加拿大这笔贷款我们倘若谈成,你看,我们要在加拿大定造些什么船舶?”

朱佳富毫不思索地说:“首先要定造一艘大型浮坞,充实我们的修造船厂,不能光靠在外国买船呀!”

“对!还有……”陆祖福说。

“还有……”朱佳富迟疑了一下,“当然,货船和客船都应造一些。”

“不!全造客船,并且要有国际第一流水平的服务设备,要舒适、快速、安全、稳妥。”陆祖福兴奋得跳起来,红光满面地说,“我们不单定造能走长江的客船,还要造走海洋的客船。”

朱佳富缓缓地摸出香烟点燃,徐徐喷着烟雾,没有发表意见。

陆祖福笑眯眯地说："刚才有两个老和尚来找胡先生，我从中得到十分重大的启示。看来，我们将来要组织专门人员与佛门子弟打交道！"

朱佳富虽聪明过人，但也猜不透陆祖福为啥要与佛门子弟打交道！见他说得异常认真，并不像开玩笑的样子，自己只好含笑耸了耸肩。

"抗战胜利后，倘若社会安定，不打内战，旅游事业一定会发展，客运会成为热门。第一，抗日时期在四川的下江人有几千万，他们大多数会回下江去。但是，他们在四川待了这么多年，有的与四川人通了婚，结交了四川朋友；有的还会丢下抗战夫人和子女。他们之间，肯定要交往，要寻亲访友，要来重游旧地。第二，四川经过抗战时期的开发，已不闭塞，外国人肯定要来看看'天府之国'，领略'天府之国'的风光，享受异国情调，趁机做买卖。"

陆祖福双眼炯炯发光，他越说越兴奋："那时，我们公司拥有世界上第一流的客船航行长江，外国人不坐我们的船才怪！让他们一进入长江便晓得中国有民成公司这样的企业，晓得我陆祖福。

"他们回国后个个会成为我们的义务宣传员，比用重金去登广告还经济实惠。这就为民成公司向海洋进军打下了坚实的舆论基础……"

朱佳富暗暗吃惊，这陆祖福真是深知外国大亨们经营企业的奥妙，薛习永、黄玉庵之流怎能斗过他。

朱佳富皱了皱眉，因为陆祖福说了这么多，没有一句话能与和尚联系在一起。他忍不住插话说："陆先生，你的设想非常好，可是这与和尚有啥联系？"

"有，我要在五年内将民成公司的轮船开进海洋，离开了和尚还不成呢！"陆祖福给朱佳富倒了一杯开水递到他手上，笑盈盈地说："朱先生不急，听我慢慢说。"

朱佳富并不口渴，他将茶杯搁到茶几上，专注地听陆祖福说下去。

陆祖福说："抗战前，每逢夏天都是客运的旺季，为啥？是到峨眉山游山的人增多了。这些到峨眉山进香游山的人，都是由和尚到下江去化缘邀请来的，他们在施主面前硬把峨眉山吹得天花乱坠，说成是神仙洞府，佛祖的极乐世界。那些有钱人过腻了繁华的城市生活，也想借此游山逛水变换口味。和尚得到了好处，也给我们拉来了生意。我们以后派人动员和尚，给他们搭乘民成公司客船的优待，让他们去下江大量动员有钱的善男信女朝峨眉山。我们可以印出大批的优待券交给和尚去散发，凡去峨眉朝山的旅客，客票一律按定期九折优待。嘿，这要拉来不少的客人啊!”

朱佳富忍不住笑说:“陆先生，这套办法亏你想绝了，实在高明。我们不仅有客源，你还可以得个乐善好佛的美名，那些佛门弟子和善男信女们都会支持你办好民成公司——这是一股不容忽视的社会力量呀!”

“嘿嘿!”陆祖福干笑了两声。

稍静了一会儿，陆祖福指着墙上一张民成公司的宣传画，十分得意地说:“朱先生，你看这张宣传画，是民成公司开办之初，由我亲自设计画出的：一艘有民成公司标记的客轮在瞿塘峡里航行，背景画的是峨眉山的金顶，除了取峨眉金顶象征四川外，我还有深意在焉!”

“哦!”朱佳富天天看见这张宣传画，这时才明白其真意，他不禁惊叹了一声。

“民成公司的客轮开进海洋，我准备首辟南洋线。南洋华侨多，又大都信奉佛教。将归国朝山拜佛的人运到上海，再转江轮运到四川，最方便不过。”

朱佳富听陆祖福说得太容易，有些不以为然:“陆先生，从南洋到中国朝山拜佛的人究竟有多少！我看……”

陆祖福不等朱佳富把话说完，已明白他的意思，立刻岔断说:“多少不论，最初只有几个都行。”

“那……”朱佳富迷惑地望着陆祖福。

“噢，朱先生博古通今，怎么连这点简单的道理也不明白!”陆祖福边说边徘徊，“我读古今中外的历史，各国间最初的交往都是由僧侣带头，中印、中日的交往都是如此。先由僧侣踏出路来，回去广为宣传，然后商队和旅游者跟即就会来的。朱先生，我不过利用佛教徒这种特殊的作用，当个媒介，最终引来大量的商人和旅游者。”

“哦!”朱佳富点头表示赞同。陆祖福仅有小学毕业学历，可是知识却如此渊博，怎不令他叹服。

陆祖福沉默了一会儿，郑重嘱咐朱佳富说:“朱先生，你倘若同意我这些方案，暂时便可以这样定下来。不过，目前千万要保密，到时再交董事会追认便可以了。我们现时就按这方案去积极准备，到时自会抢在黄玉庵和薛习永前头，搞他们个措手不及……”

陆祖福陡地住口，凝神一听，皱眉说:“我太太找我来了。翁副官，你说我不在。”他几步闪进里间小房，回手将门关上。

朱佳富也听见陆太太的声音在问："翁副官，陆先生在吗?"

翁副官神色很不自然，回答说："陆先生刚走，据说去曾家岩见蒋先生去了。"

陆太太拉着幺女儿清秋的手推门进来，她见朱佳富在内，点头招呼："朱先生好!"

她没看见陆祖福，满脸愠色，回头斜睨着翁副官说："你们在搞啥子鬼，默倒我不晓得，你是陆先生的影子，有你就有他，未必能哄倒我!"

陆太太长得清秀端庄，穿一件毛蓝布旗袍，蓄着长齐肩上的黑发，说话含着浓厚的合川乡音。

清秋已上中学，长成大姑娘了。她依然十分活泼，背着陆太太向翁副官做了个怪相，将小巧的鼻子皱在一堆："你是爸爸的影子，有你……"

"清秋，不要牵翻[1]。"陆太太制止说。

清秋一伸舌头，只是抿着嘴笑。

翁副官的神情十分尴尬："陆太太，陆先生真不在!"

朱佳富见状不觉暗笑，因为陆祖福躲着他太太已不止一次，为啥事，他已猜到几分，忙说："陆太太请坐，有啥事可以跟我说，回头我转告他。"

陆太太坐在藤椅上，清秋伫立在她身后。

陆太太勉强装出笑脸回答朱佳富："朱先生不必客气，你去忙，我坐在这里等他。他躲得过初一，总躲不过十五!"

陆清秋蓦地拉住陆太太衣袖，指着里间屋门说："妈妈，爸爸肯定躲在小屋里，我听见他轻轻咳了一声。"

陆太太紧绷着脸，面对屋门说："躲，躲就躲得脱呀!"

清秋走到小门前，用拳头敲着门："爸爸，出来，你躲就躲得脱呀！我听到你在里头走动，还咳了一声。"

小门开了，陆祖福出现在门口。他抚摸着清秋齐耳根的短发，缓步走到陆太太面前，轻声轻气地说："二太太，你从北碚赶进城干啥，我过两天就要回去的，这几天事情忙，所以……"因为陆祖福排行第二，所以他这样称呼她。

"说得好听！不进城找你……"陆太太柳眉倒竖，越说越气，"你把许多地方

1 合川方言，调皮。

送来的津贴、薪水都捐给医院、学校，去操漂亮。这个家叫你来当嘛！一家人还吃不吃饭！娃儿些还上不上学，拿啥缴学费！”

陆太太说到这里指着翁副官说：“这个月就是他送回了民成公司的薪水，其他，我个钱没见到！”

陆祖福无可奈何地说：“好，二太太，我派车送你回北碚，二天我借点钱带回家给你。”

“你说得好撇脱，二天带回！未必把一家人的嘴巴缝起来不吃不喝！”陆太太的声音不高不低。

“唵，未必硬是要等米下锅，把你存的私房钱垫出点用，以后我还你嘛！”陆祖福说。

“私房钱！现在月月不够开支，我哪有钱存私房，未必你算不倒账，你一天只晓得船呀江的，不把我们这些人放在心上。”陆太太悻悻地说。

陆祖福拉着清秋的手，默默无语，只是望着陆太太笑。

陆太太很少来公司找陆祖福，只是近几个月为钱的事来过几次。总经理家中缺钱用，谁也不肯相信，背地都当成笑话议论。

朱佳富出面转圜，他吩咐翁副官说：“你去财务处给陆先生预支一个月的薪俸，说是我的意见。”

“不用，不用。”陆祖福制止，“让我去找私人借！”朱佳富向翁副官一努嘴，翁副官走了。

朱佳富转向陆祖福解释说：“一般职员也是经常借支的。”

陆祖福没再坚持，他松开清秋的手，说：“清秋，来，我给你一样东西玩！”

清秋跟在陆祖福身后，见他从抽屉里拿出一只木头削制的轮船，十分粗糙，连刀斧痕都可以看见。

清秋往后退了一步，嘟着嘴说：“我长大读中学了，哪里还兴玩这种东西哟！我不要。”

陆祖福将木头轮船扬了扬：“你不要小看这只木头船，我花了不少功夫才削制成的，将来会变成真正的轮船在长江上行驶。看，这样式多新颖，这是现代化的样式呢！”

“不要。同学们会笑我家穷，连一只玩具船都买不起。”清秋仍不肯伸手接。

陆祖福将木头轮船放回抽屉里，笑眯眯地说：“吹，家穷！好，等你长大了我给你一艘真正的轮船，让他们不敢笑。”“真的?”清秋总爱哧哧笑。

“真的。”陆祖福十分认真地回答，“不过，给你一艘真正的轮船，你会驾驶吗？你会管理吗?”

“我……我不会!”清秋红着脸十分羞涩地说。

“你现在不会不要紧，只要从小立下志向，勤奋好学，我将来送你到外国去读航海学院。等你会驾驶，会管理时，我不仅仅给你一艘船，还会给你一个远洋船队……”

陆太太从翁副官手中接过一沓钞票放进手提包内，喊：“清秋，过来，我们走。”

陆祖福看陆太太脸上仍无笑容，他讨好地说：“我派车送你们回北碚。”

陆太太小巧的嘴唇角露出了一丝笑意，望着陆祖福说：“你以为我专为要钱才进城来哈，跟你说，是清秋吵着要看电影《神灯记》，我带她进城是看电影的。我们已在公司招待所住下，明天才回去。”

“爸爸，你今晚早点陪我们去看电影嘛!”清秋说。

不等陆祖福回答，陆太太抢着说：“清秋，我们各人去看，他是忙人!”

陆祖福看陆太太已拉着清秋的手走到门口，他问：“喏，要不要派车送你们回招待所?”

陆太太气也消了，她回眸一笑，瞟了他一眼：“不用送。我们还要去华华公司转转，给大女扯件衣料!”

“衣料，扯啥衣料?”陆祖福笑容消失了，他不满地说：“穿我们自己工厂出产的芝麻布不是很好吗!”

陆太太停住步回头气鼓鼓地说：“你只晓得芝麻布！大女今年要上大学，难道还穿芝麻布！走，清秋，我们不跟他说，家里的事由我作主。”

陆祖福看她俩走得不见影了，才干笑了两声，面对朱佳富说：“妇人最喜娇惯子女，所以我不愿多留钱在家里。”

这是陆祖福的家务事，朱佳富不愿多嘴，只是笑笑。

翁副官向陆祖福报告：“陆先生，孔先生派人来要见你，已在会客室坐候多时!”

朱佳富看陆祖福走了，他也回到他的办公室去料理一些急需办的事情。

三

朱佳富刚坐在办公桌边看了几页文件，蓦地听见翁副官在叫他："朱先生，陆先生请你立刻去！"

朱佳富只好将文件撇在一边，跟在翁副官的身后进到陆祖福的办公室内。

陆祖福神色大变，气息咻咻，唇上的一撮浓髭闪抖着。他板着一张沉郁的面孔，望着窗外那棵梧桐树，目光闪烁不定，半晌不发一语。

朱佳富很少见陆祖福生这么大的气，不晓得为啥事，心里颇有点不安。

陆祖福终于转过头来，望着朱佳富没头没脑地说："孔祥熙真正岂有此理！未免欺人过甚！照他这样主持行政院的工作，胡搞一通，叫我们如何振兴实业，叫我们如何复兴中华！岂有此理！"

他由于情绪太激动，差点要破口大骂起来。他强捺住心中的怒火，将两手抄在裤袋里，不断来回急速走动。

朱佳富这时明白他在生孔祥熙的气，心里一块石头才落地。他坐在藤椅上默默抽烟，并没急切问个究竟。

一会儿，陆祖福徘徊的步子慢下来，他最后站在朱佳富身旁，指着桌上一封公文说："朱先生，你先看一看，这是刚才孔祥熙派人送来的。一会儿，我们要研究出一个对付的办法！"

他说完踱到窗前，看着那棵梧桐树生闷气。

朱佳富边看公文边皱眉，待他看完，蓦地仰头哈哈大笑。

陆祖福急速回过身来，惊愕地看着朱佳富，迷惑地问："朱先生，你为何大笑！"

朱佳富掏出手绢，将眼镜取下擦净镜片上的灰尘，眯着眼望着陆祖福说："陆先生应该高兴才是，怎会气成这样？"

"高兴？"陆祖福快步走拢来，"孔祥熙以军委会的名义要征用我们公司办公大楼的地皮，用以扩建中央信托局。我们连老窝都守不住，怎不令人生气！"

朱佳富慢条斯理戴上眼镜，缓缓地说："孔先生发出这样的征用通知，说明他与我们较量已经'黔驴技穷'，现在恼羞成怒，连这种形同儿戏的招数也使出来了。这不过是想用蛮干争回点面子，出出气而已。你想，他征用我们公司办公大楼的地皮，我们最多搬一次家，有啥了不起？既不能动摇民成公司的根本，也不能削弱我们，怕啥!”

陆祖福仍愤愤地说：“中央信托局要扩建，在哪里都可以扩建呀！为啥偏逼我们公司搬家，这是极其丢面子的事!”

朱佳富满不在乎地说：“我们丢点面子就等于给孔祥熙一点面子。陆先生，我看这点虚面子还是要给他的!”

他见陆祖福摇头皱眉，便正色对陆祖福说：“陆先生，孔祥熙与我们斗，不占上风，因此惹得他不顾体面，连这种无赖的报复手段都使出来了。倘若这次又输了，你想，你都顾面子，他岂不顾！这会逼得他豁出来与我们硬拼，那就对我们十分不利啊！古话说，‘困兽犹斗’。何况目前孔祥熙权势显赫，绝不是困兽。我们要适可而止，给他圆个面子。否则，‘小不忍则乱大谋’啊！一个出色的军事家也要网开一面，避免敌人以死相拼!”

陆祖福认为朱佳富说的虽然在理，但按照一般的习俗，被人逼得拆屋搬家是最伤心的事情，只不过比挖祖坟稍强点，一时总扭不过弯来。

陆祖福沉默了一会儿，说：“不怕他！我找蒋先生告他状去!”

朱佳富正想劝说，但陆祖福喊了一声：“翁副官，备车!”大踏步跨出去了。

朱佳富只好闭上嘴。他走出门去，正想回办公室去办事，但听胡方房内笑语不断。他晓得那两个和尚还没走，不觉想起陆祖福刚才与他商议的话，于是改变了主意，迈着绅士的方步走进胡方房内。

胡方面对着门口坐着，他先看见朱佳富，立刻起身含笑招呼：“佳富，请坐!”

朱佳富与他是老同学，又是他的恩人，所以他对他格外亲热和尊敬。

两个老和尚扭过头来见朱佳富风度和穿着不凡，晓得他绝非一般职员，也站起身双手合十施礼，都犹豫着不晓得如何称呼。

胡方忙抢着作了介绍，各自坐下。

善修长老像干柚子皮般的面孔堆着笑，连说：“久仰，久仰!”朱佳富掏出烟匣，习惯地往客人面前凑过去：“请抽烟!”

两个老和尚一致动作——双手合十：“阿弥陀佛，出家人不会。”

朱佳富自己也觉好笑，颇觉尴尬地干笑了两声。他晓得胡方现时抽什加出的雪茄烟淡芭菰，便没向他敬烟。

他点燃香烟，望着两个老和尚说：“两位长老怎么哑场，继续摆谈嘛!”

和尚最忌穿西装洋服的人，晓得他们十有九个不信佛，有时还会弄得他们十分难堪。所以两个僧人见朱佳富坐下不走，都显得十分拘谨，好比参禅一般，垂头凝息不语。

智能禅师在峨眉山万年寺主持多年，毕竟比善修长老见多识广。他们刚才谈的无非是些禅语，诸如你是你，我是我，你非你，我非我，以及青石板上栽莴苣、苞谷土里莲花开之类令俗人难懂的话。他晓得在这位西装革履的先生面前绝不能谈这些，于是他笑逐颜开地说："抗战开始那年，我晚上忽见金顶上火光冲天，忙派小和尚连夜爬上金顶去看，原来金顶好好的并没起火，你们说怪不怪！这肯定是普贤菩萨显灵，预告下界有血光之灾。今年端阳节晚上，我又看见金顶上毫光万道，普贤菩萨骑着象，在毫光的拥托下，冉冉升空而去。怪不！这又是普贤大师显灵，但不晓得预示啥子！"

朱佳富当然不会相信智能禅师这些鬼话，他也不戳破，凑趣说："怕是日本人的气数尽了，我们抗战要胜利啰！"

善修自日本人占领宜昌，他就从当阳玉泉寺只身逃出，拿着衣钵沿江求乞化缘到了四川，现在暂留峨眉山万年寺挂单。因为当阳玉泉寺也是名刹古寺，智能与他原有交往，所以勉强把他留下。但善修寄人篱下十分不得意，听了朱佳富的话，他异常兴奋地说："阿弥陀佛！日本人被打败，真是佛祖有眼。我那寺庙现时不晓得被糟蹋成啥样呢！"

胡方因与善修在玉泉寺有那一段因缘，所以现时格外亲热一些，他安慰说："善修长老，你不用担心，日本人也信佛，断不会毁弃寺庙的。"

智能禅师念了一句佛："阿弥陀佛，真如朱先生所说，那真是我祖如来法力无边，日本人这些年确实把我们害苦了。"

朱佳富斜睨着智能禅师问："难道你们佛门弟子也恨日本人？"

"啷个不恨啰！"智能真不像九十岁高龄，不仅身体硬朗，也十分健谈，"朱先生，抗战前我们常到上海去化缘，将庙宇培修得十分好，我们也吃穿不愁。每逢夏天，远从上海来朝山的香客，我们应接不暇，香火着实兴旺。可是，自从抗战以后，香客少了，布施也少，庙宇多年失修，我们也变得衣食不周，把往昔积存下来的老底子也花光了。唉，最恼火的是那些当官的老爷，每逢三伏天，都挤到峨眉山上去避暑，什么军官训练团，什么警官学校……数也数不清。他们把庙宇强行占住，估吃霸赊，还把庙中的古物偷走……把这座名山糟蹋得不成样子。阿弥陀佛，只要战胜了日本人，这些下江人一回下江去，佛门就清静了。"

朱佳富含笑补充几句："那时，你们又可以去上海化缘，善男信女又会上峨眉山朝山进香！"

"对，对！"智能点头说。他感到口渴，端起盖碗茶，用手扒开掩住嘴巴的花白胡子，喝了两口茶，还咂了咂嘴，发出"啧啧"声。

善修长老十分忧虑地说："真到抗战胜利的时候，我哪拿得出船钱？倘若要我沿江化缘回去，还不晓得我这把老骨头能不能走得动啊！"他用眼瞟着胡方，因为胡方在玉泉寺曾许过愿，答允优待他搭船，故此试探一下。

不等胡方开口，朱佳富笑眯眯地说："善修长老不用担忧，陆先生和我都乐善好佛，不仅你搭船回湖北不收船钱，就是你以后到上海化缘，搭乘我们公司的船还可以优待！"

朱佳富向智能也补明一句："你们峨眉山的和尚也照例优待！"

他这番话，连胡方听后也惊愕不止，不知他说的是真是假，这老同学何时改变态度，竟好佛起来！

两个老和尚听后更是咧开缺牙巴乐得合不拢嘴，双双离座，两手合十一连念了几句佛："朱先生和陆先生愿与佛门结下缘分，真功德无量！佛祖在西天极乐世界自会保佑你们生意兴隆，福体康宁。"

朱佳富也起身还礼："两位长老不用客气，这不过是点小意思。"

智能与善修又说了几句奉承感谢话，才重新归座。朱佳富十分亲切地问："请问两位长老何时归山？"智能抢先回答："我们在重庆稍待两天便要动身。"

朱佳富点头说："我与陆先生早有愿心，要到峨眉山朝山进香，但一直俗事多不能分身。过两天你们走时，我派胡方先生作代表，随同你们到峨眉山拜佛烧香，以了这一心愿。"

善修与智能更是喜出望外，又念了无数声"阿弥陀佛"。

胡方见朱佳富说得十分认真，摸不透是何用意，只是痴痴地看着他出神。

朱佳富见胡方的神态，也暗自好笑。他停了一会儿望着智能问："你们万年寺的素餐一定不凡，我想派几个世俗人到你们寺中学习素餐烹调，将来你们乘敝公司的船也好有上等素餐招待。不晓得行不行？倘若派世俗人到你们寺中学习不方便，也可以将你们寺中的素餐高手请下山来教徒弟。"

智能当然不晓得朱佳富另有打算，深信不疑，更是念佛不绝口，连连答允："好，好！"

朱佳富眼看已无话可说，站起身来客气了几句便告辞走了。

上峨眉山去观光游览一番，这是胡方的夙愿。今听朱佳富说要派他上峨眉去朝山，虽摸不透底细，当然也十分兴奋。他滔滔不绝地向智能询问山上的名胜古迹和各种风光。

智能虽然已感疲乏，也强振精神把峨眉山的景物夸得天上有地下无。但说来说去，也无非是云海、佛光、佛灯三圣景，以及灵猴、灵虎、灵獐子三圣兽等。

善修长老在旁坐了一阵冷板凳，他不甘寂寞，蓦地想起他刚才询问黄成宾的近况，胡方神色顿变，欲言又止，于是他趁机插话问："胡先生，那位黄成宾先生现在哪里？你晓得吗？"

胡方一听，陡地收敛了笑容。黄成宾初到重庆时，他曾热心地帮助过，但后来听说他离开了民成船厂，很久不晓得他的下落，渐渐淡忘了。去年他看见报上登载的消息才晓得黄成宾一家人已死光。胡方想到黄成宾一家三口人从德国回来的结局如此悲惨，不禁也觉得凄然。他去打听过，晓得他一家三口都先后埋在南岸官山坡。

胡方为了略尽他们曾共过患难的情谊，在今年清明节他还去南岸官山坡给他们一家三个荒坟插上清明吊，化了纸钱。他晓得黄成宾夫妇在重庆并无近亲，一般友人自顾不暇，哪会管这种闲事！除了他去上坟外，可能再也无人上坟了。

胡方曾在黄成宾夫妇的坟前许过愿，他要请和尚做道场超度他们的灵魂早登西天极乐世界。胡方并非真信佛，但这是一种传统的悼念方式，只有这样做才能使他心里好受一些。

如今听善修长老问到黄成宾，胡方长长叹息一声，向两个和尚谈了黄成宾一家人悲惨的遭遇和结局。

两个和尚听后也显出唏嘘伤感的样子。三句话不离本行，善修叹息说："人生无常，苦海无边，只有佛祖普度芸芸众生，脱离苦海早登彼岸！"

智能听胡方露出要做道场超度黄成宾一家，不禁也十分感动，显出义形于色的样子："阿弥陀佛，胡先生有这样的义举，贫僧岂无善心！我这次回山立即给他们做一堂法事，让他们早登天界，免去轮回之苦。"他还慷慨地补充了一句，"贫僧不取半文报酬！"

胡方也觉得高兴，连连称谢："有你这样的高僧超度亡魂，实死者有福。"

他也不和智能客气，没再提说做道场费用的事。他晓得智能给他这个人情不会白费，将来是会得到报偿的。

又闲谈了一会儿，两个和尚告辞，胡方也没深留，亲自将他俩送到公司门口。

四

胡方送走了两个和尚，刚走到休息室将晾干的字幅收捡起来，一个茶房便来向他说：“胡先生，朱先生有请！”

胡方心中正有许多疑团想找朱佳富问个清楚，于是将收捡字幅的事交给茶房，立刻走进主任秘书室。

朱佳富伏在办公桌上正写着什么，他抬起头指着一张木椅说：“胡先生，请坐！”

胡方坐下后迷惑地问：“佳富，你刚才说的话是真是假？”

朱佳富一本正经地说：“当然是真！”说罢站起身迈着方步在室内徐徐走动。

“我不相信你和陆先生变得这么快，会突然信起佛来！”胡方摇了摇头，他晓得朱佳富胸藏韬略，其中必有奥妙。

朱佳富含笑说：“胡先生，我们决心与和尚交往，并非短期的事。我们准备秘密成立一套人马，专管与和尚打交道，名称叫佛事部也可以。我委任你当佛事部的经理，如何？”

胡方捉摸不透，没有说话，那朱佳富继续说：“你的任务便是游历名山大川拜访高僧，广为结交佛门弟子。暂时我只能与你谈这些。你愿意干吗？”

“这样风雅轻巧的事我当然愿意干，不过，我不明白……”胡方刚说到这里便被朱佳富把话岔断。

朱佳富说：“现在你不用明白，到时我自会告诉你。所谓的佛事部，公开并不存在。但我可以照公司一个部的编制和预算拨给你经费去开展业务。”

胡方一听，真是欣喜异常，他笑眯眯地回答：“好，我一切听你的。”

朱佳富的表情顿时十分严肃，他嘱咐说：“佛事部的工作要机密，对内对外都不许泄露，直接对我负责。待我与陆先生商量后，专门给你在银行开一个秘密户头，使用经费不用通过财务处！”

胡方听后不禁愕然：搞得如此神秘，岂不与特务活动相似！

朱佳富明白胡方的疑虑，他解释说：“你不用害怕，这纯属商业活动，别少见多怪。”

胡方紧张的面容舒展了，轻轻地吁了一口气。

朱佳富已听见外面有响动，晓得陆祖福回来了。他急于想打听陆祖福面见蒋介石告状的结果，于是说：“胡先生，今天就暂时谈到这里，你去休息吧！”

朱佳富见胡方走了，他暗暗感到得意。不等陆祖福吩咐，他已主动将他们的设想积极付诸实施，并且有了眉目，这样的效率在西方也是罕见的。

朱佳富跨进总经理室，只见陆祖福满面春风，笑迎住他说：“朱先生，请坐。”

朱佳富坐下后，见陆祖福如此欣喜，不禁问道：“陆先生，在蒋先生面前你打赢了官司？”

陆祖福一愣，收敛了笑容叹口气：“算啦，我们还是搬家吧！”

“那……你为啥这样高兴？”朱佳富困惑地问。

“朱先生，我们的估计完全正确！同盟国的胜利已成定局，抗战胜利快到来了。”陆祖福的兴致又高涨起来，“美国筹备最近在旧金山召开国际通商会议，就是邀请各国工商界知名人士商讨战后如何做生意！”

“哎，召开国际通商会议！”朱佳富也觉得突然，“美国人也太急了，欧洲战场正打得激烈，远东战场日本人的实力没受到致命性的损伤，要战胜轴心国，还有一段艰难的历程要走哩！”

“不管什么时候能取得最后胜利，反正胜利终归会到来！”陆祖福脸上泛着红光，极其兴奋地说。

朱佳富没再说，目光停留在陆祖福的面孔上，只顾抽烟不语。

陆祖福越想越开心，他蓦地用英语讲话：“朱先生，不知我说的英语发音准不准，到美国去不带翻译行不行！”

朱佳富微笑着用英语回答：“陆先生，你是文幼章先生的高徒，英语的发音虽不十分准确，但比洋泾浜英语要强得多，到美国去进行一般的会话是绝无问题的。”

朱佳富已猜到几分陆祖福用英语讲话的原因，他笑了，问：“陆先生，我猜想这次出席旧金山国际通商会议，你一定也是代表，对不对？”

“朱先生言必有中，对，猜得对。”陆祖福十分得意地说，“这是蒋先生亲口对我说的，我是中国代表团成员之一。”

朱佳富打量了陆祖福一会儿，笑说：“陆先生，你穿这身芝麻布制服到美国去可不行，要赶快定做两套西服为好！”

陆祖福低头看了一下自己的穿着，也忍不住好笑：“是的，许多地方都是重衣冠不重人。”他蓦地提起抗战前一件趣事，“抗战前在上海，张群在国际饭店宴请我，守门的巡捕放进了翁副官，却将我挡在门外不让进，惹出许多麻烦。”

朱佳富不禁问：“听说在汉口时，郭沫若请你去三厅讲演，接待人员不认识你，也把你错当成翁副官的随从，有这事吗?”

“没有此事。这是一些人瞎编的。”陆祖福摇头说，“那次去昙华林讲演，是郭沫若亲自在门口接我的，怎会弄错！”

两人闲谈了一会儿，朱佳富将自己委派胡方专门担任与佛门联络的事情向陆祖福报告了一番。

“对，朱先生应该这样大胆去工作，不用事事请示我。”陆祖福称赞说，“你想得很周到，依你的办！”

这时胡方蓦地推门进来说：“高监事刚才来电话，叫我马上去高公馆，并叫我请一天假，相帮他去办一件重要事情。”

朱佳富点了点头，表示同意。

陆祖福望着胡方的背影说：“对，派他当佛事部经理最合适！”他与朱佳富相视一笑。

第四十章

高伦听说重庆市长吴国桢请他去有要事相商，并且派了小汽车来接。他感到十分惊讶——因为他与吴国桢很少交往。

他虽然疑惑不定，但不便拒绝，只得坐上小汽车进了市政府。

吴国桢一身装束异常洋气，话里常爱夹几句英语，早已站在台阶上恭候。

高伦刚下车，吴国桢便快步从台阶上走下，迎住握手，笑容满面地说："高老，惊动大驾，心中十分不安，望高老见谅！"

高伦在国民党中资格很老，所以一般人都称他高老，他也习以为常，并不感到稀奇。他与吴国桢客气了几句，并肩着被邀进了客厅。

高伦在一张沙发上坐定，一位十分妖娆的女秘书上前敬过烟和茶，便退了下去。

高伦不抽烟，端起盖碗茶喝了一口，眉头不觉微微一皱，他不喜欢这种香片，嫌淡而无味。

吴国桢坐在高伦对面的沙发上，跷着二郎腿悠闲地晃动，手指上夹着的香烟头上袅袅飘散着丝丝的烟雾。

他说："我穷事多忙，一向很少与高老亲近，不知高老对重庆市政建设方面有啥意见，可以毫不客气向我提出。能办的我尽力去办，我是公仆嘛！"

高伦觉得吴国桢打的领带太艳丽，手指上戴的钻石戒指太刺目，他不觉淡淡一笑，应付地说："我们有吴市长这样华丽的公仆，真是太高兴了。"他不相信这位"公仆"今天请他来，仅仅为了征求他对市政建设方面的意见。

吴国桢叹口气，半真半假地说："孔院长闹的忒不像话，关于美金公债舞弊的事情太欠考虑。现在他成了众矢之的，陪都舆论界为此掀起了一场风暴，连委座现在对孔先生也不满，觉得难以处置！"

高伦蓦地一惊，猜不透吴国桢为啥突然提起此事。孔祥熙搞的这美金公债舞弊案确实激起了民众的公愤，高伦在国民参政会上也是力主对孔祥熙进行弹劾的参政员之一。

这事说来话长——中央信托局在抗战之初，发行一种还本时兑付美金的公债。可是后来由于物价上涨，法币贬值，于是孔祥熙暗地叫人倒填日期将没推销完的美金公债，仍以当初官方美金比价全部私自吞购了。转手之间，立即获得几百倍的暴利，使国库吃了大亏。因孔祥熙手下人分赃不匀，这事终于泄露出来，引起民众的公愤。当时的国民参政会不顾蒋介石的压力，几次通过决议要孔祥熙辞职，严惩参加舞弊的有关人员。

这时，高伦听吴国桢提到这件事，以为今天请他来，大概是向他施加压力，说服他不要在参政会上再放大炮攻击孔祥熙。

高伦抓住吴国桢的话尾，想来个先发制人。他紧绷着脸，十分严肃地说："既然委座对他不满，我们坚决拥护委座对他进行制裁，以息民愤！"

吴国桢显出无限感叹的样子，说："唉！我们国民党人中，倘若都像高老这样不畏权势，力主正义，那么，许多事情都好办了。"

高伦对吴国桢的奉承话不禁起了警惕，因为这与吴国桢平日的立场极不一致，但高伦一时也猜不透他的真意所在。他愕然地望着吴国桢，想从他那张笑脸的背面寻求一点迹象……

吴国桢今天上午，接到蒋介石一张亲笔手令，上面写着：

重庆市长吴：

据民众检举，孔祥熙在储奇门有秘密仓库一座，全部囤积走私物资。兹命令市府立刻派员查封，以待处理。

蒋中正

吴国桢看了这张手令，也着实吓了一跳，感到十分惊讶。蒋介石与孔祥熙可说是"外托君臣之义，内结骨肉之亲"。自从抗战以来，除委任孔祥熙当财政部长外，还让他升任了行政院副院长，实际由他代行院长的职责，连宋子文也退居其后，成了蒋介石的第一个红人。但是，蒋介石这手令却叫他派员去查封孔祥熙的仓库，真是使人捉摸不透。他想，这也许是蒋介石为了缓和舆论的谴责，故意做出的一个姿态，要是他当真执行了，以后蒋介石又会暗地怪罪他，孔祥熙也会对他不满。可要是他拖延不执行，后果也堪忧虑，他可能会成为蒋介石平息众怒的牺牲品。

吴国桢拿着这张手令十分为难，考虑再三，实在想不出一个两全的办法。他手下一个心腹提醒他："打电话问一问陈布雷，探听一下口风再定。"

吴国桢采纳了这个建议，果然给陈布雷打去电话。

陈布雷接到电话后，只简短地说了一句："照委座的手令执行！"便挂断了电话。

吴国桢只好准备执行手令了。但是派谁去执行呢？这事颇使吴国桢费了一番周折。连最爱多事的人也不愿接受这个差事，这个既无油水又冒风险的差事，好比虎口拔牙！好些人都是推三阻四。

吴国桢后来想到了高伦，认为由他去查封比较合适。因为高伦在国民党中是老资格，连蒋介石都处处对他表示敬重。尤其是高伦为人古板方正，喜欢揽这种事情干，预计他不会推辞。今天吴国桢请高伦来市政府就是为了这件事情。

吴国桢仍怕高伦万一推辞，所以用了激将法，先奉承了他几句。

现在，他不再绕弯子，将蒋介石的手令递到高伦手中说："请高老过目！"

蒋介石的字迹很大，高伦不用戴老花眼镜便可以看得一清二楚。

高伦看后惊诧地问："哎，吴市长，这手令是真是假？"

吴国桢十分认真地说："我怎敢与高老开玩笑，当然是真的。"

高伦也觉自己问得可笑，他含笑兴奋地说："蒋先生能顺应民意，这手令下得很对。"

吴国桢瞥了高伦一眼，叹口气说："高老，你说气不气人，我派了几个人去执行这手令，他们都不敢去！"

高伦听后勃然变色："根据委座的手令去查封仓库，名正言顺，怕啥！我不相信庸之真是老虎会将人吃掉！"

吴国桢慢吞吞地说："是呀，我也是这样想。可是……唉！"他镜片后一对眼睛狡黠地眨了眨，注视着高伦的表情。

高伦不用吴国桢开口，立即自告奋勇地承担这个差使："吴市长，倘若你信我得过，就让我去虎口里拔牙吧！"

吴国桢乐得心花怒放，搓着双手，忍不住心中的高兴，说："OK！高老愿意去办，实在是太好了。"

他接着嘱咐说："事不宜迟，办得要机密才好！"高伦十分性急，说："我立刻便去！"

吴国桢望着屋角那座落地式八音钟沉思一会儿，扭过头来说：

"今天来不及，明天下午去吧！我派几个经济警察跟着你去助威！"

二

高伦回到公馆，迎面碰见高太太从堂屋走出来。

高太太这几年也变得老相了，原先浓黑发亮的头发已开始花白——她已是接近半百的人。不过，她那对眼睛依然十分明亮，配上细细的柳眉，还留下一点年轻时的漂亮风韵。

她见高伦喜滋滋的样子，睨着他问："看你高兴的样子，未必在街上捡到了银子！"

"银子？捡到银子有啥值得高兴的！"高伦边说边踱进书房，脱去了外面的灰绸长衫递到高太太手上，"太太，我今天比捡到银子还痛快，你猜！"

高太太给他把青绸长衫挂好，站在他身边撇撇嘴："我没那多闲心猜谜！"

她忙着给高伦泡了一碗云南沱茶，递到他的手上。

高伦不忙喝茶，他将茶碗放到茶几上，走到屋角拨动电话机的号码："喂，胡先生吗！请你立刻到我这里来一下……好，我等着你。"

高太太坐到窗边织着毛线衣，她是给高茜织的。

高伦打过电话，这才坐到太师椅上端起茶碗慢慢喝茶。

他仔细考虑过明天去查封的事，认为这事真像虎口拔牙，并不是一个轻松的差使。他晓得吴国桢手下的人靠不住，个个贪赃枉法，所以准备带一个得力可靠的人去相帮。这样就选中了胡方。他刚才打电话叫胡方来这里，是想事先商议一会儿，以免明天发生差错。

"老头子，这次要调茜儿回延安，该不是那次沙坪坝的事情犯了错误吧！"高太太忧心忡忡地说。

"莫乱猜，共产党调动干部是常有的事。"高伦心中有事，没再留意高太太再说些啥。

沉默了一会儿，高太太叹口气说："茜儿调回延安去，我们母女俩不晓得又要多久才能见面。唉……"

"噢，邓大姐不是跟你说过，以后欢迎你到延安去参观嘛！你想念茜儿，随时都可以去喃。"高伦不得不安慰她几句。

"你说得好撇脱！唉……"高太太指了指手上的毛衣，"老头子，你去找李副官问清楚，茜儿啥时走，这件毛衣还没织好呢！"

高伦的白眉毛皱在一起，显出不耐烦的样子，但高太太斜睨着他的目光像刺一样，他陡地装出了笑容，轻声细气地说：“太太，共产党最讲保密，我怎好去问！茜儿倘若走得急，你毛衣没织好，去买一件现成的毛衣给她带走，还是一样嘛！”

高太太停住针织，眉尖挑起，生气地说：“你说的稀奇，买现成的毛衣与我织的毛衣怎会一样，你真老得颠东了。”

高伦并没生气，他在高太太面前总是和颜悦色的。这时他微笑不语地望着她。

高太太的口气缓和下来，说：“茜儿已经二十多岁，要是在家早已出嫁，我们也早抱孙娃啰！”

高伦由高太太说，他只是微笑着。

这时听见黄妈在窗外大声阔气地说：“老姜，你说看，最近几个月晴朗朗的天，为啥日本飞机来轰炸的次数反而少了？”

老姜的声音：“你这个婆娘一天只晓得磨嘴皮，看你顶精灵，难道连这点道理都不晓得。”

黄妈的声音：“咦，你龟儿占起我的相因来了，老娘把你生都生得下来，你喊我婆娘！你打了一辈子光杆，谨防想婆娘想疯啰！”

老姜被黄妈点破了心病，声音放大了一点，像吵架似的：“你把我老姜看扁了。像你这张刮骨脸，我还看不上眼呢！”

黄妈毫不示弱地说：“啧啧，冲啥壳子！老娘只要给你一点笑脸，你龟儿浑身骨头都轻了。”

黄妈接着用友好的语气追问：“老姜，你说看，这段时间为啥日本飞机来轰炸的次数少了？”

老姜说：“你这都不晓得，日本飞机怕陈纳德的飞虎队嘛！”“飞虎队——啥叫飞虎队？”黄妈不解地问。

老姜嗤地笑出声：“你连陈纳德的飞虎队都不晓得，亏你还要逞能！跟你说，让你增长点见识。美国人的飞机便叫飞虎队。”

黄妈大声抬起杠来：“我不信日本飞机会怕飞虎队！空袭时，我只见到天上的日本飞机，就没见到美国飞机的影子。是美国的飞虎队怕日本飞机，全躲起来了。”

高太太觉得他们在窗外目中无人地大声说着粗话，实在不成体统。她忍不住对窗外大声叱责："黄妈，高先生在书房办公，你们大声阔气地乱嚷，难道不懂规矩！"

黄妈放低了声音说："嘿，我忘了高先生已经回来喃。走，老姜，到那边去说。"

"说，哪个再跟你说！自来水又停了，我还要下河担水！"是老姜的声音。

窗外的人响着脚步声走散了，顿时显得十分沉寂。

过了一会儿，堂屋里响起了胡方的声音："黄妈，高先生在家吗？"

高伦起身走到书房门口掀开门帘："胡先生，请房里坐。"

因为胡方是常客，高太太并没回避，她高声喊："黄妈，倒茶！"

黄妈在阶檐边答应着："来了！"

一会儿她送进一碗茶，马上又退了出去。

胡方今天心情很好。朱佳富委派他与和尚交往，他认为这确是一桩美差。他素有游尽天下名山的夙愿，这下可以实现了。

胡方坐下便兴致勃勃地问："高先生，你有啥事叫我？"

高伦笑容满面地掏出蒋介石的手令递给胡方："有件十分棘手的事，我想请你帮我去办。"

胡方看完手令也惊得目瞪口呆，半晌才诧异地说："哎，不信真有这种事——蒋先生居然会下手令查封孔祥熙的仓库，难道硬是'铁树开花马长角'了！"

高伦接回手令，十分得意地说："吴市长将这事交我带人去办！"

高太太不明究竟，她好奇地从高伦手中拿过手令，还没看完就冲着高伦嚷起来："老头子，怪不得你说比捡到银子还开心。哼，依我说这事办不得！谁晓得蒋先生又闹啥鬼。再说，有好处又好办的事，吴国桢怎会照顾你！"

高伦从高太太手中拿回手令收捡好，很不以为然地说："不管他们闹啥鬼，由我去查封孔祥熙仓库，总算我一生中的一大快事！"

高太太仍悻悻地说："这种得罪人不讨好的事情，吴国桢手下那么多人为啥不去，偏要你去逞能！"

胡方想了想说："咦，我从于右任口中得知，孔祥熙在蒋面前已失宠，看来，不全是流言！"

"孔在蒋面前失宠，我原以为是流言蜚语，既然于右任也这样说，看来非假！可是……令人难以捉摸！"

“听说原因很多!”胡方说，“为美金公债舞弊案，孔先生已成众矢之的，名声已臭得不能再臭了，蒋先生想换一匹马!”

高伦摇了摇头：“单为美金公债舞弊案，蒋先生绝不会换他!”

胡方放低声音故作神秘的样子说：“我还从于右任那里听到，孔祥熙得罪了美国人，现时罗斯福也不喜欢他。再加宋子文早想取而代之，在蒋和美国人面前活动得很厉害，想趁机倒孔!”

“哦，有这种事，我真是孤陋寡闻!”高伦惊奇地说，接着不解地问，“胡先生，孔祥熙为啥得罪了美国人?”

胡方笑了笑说：“听说是这么一回事：美军援华有一条协定，由中国政府用法币代发援华美军的薪资，然后再向美国政府结算。在结算时，孔祥熙硬要以多年没调整的美金官价计算，使美国人吃了一个闷亏，他们为此多付了很多钱。美国人真把孔祥熙恨得牙痒痒的，所以想压蒋换他!”

“哦!”高伦这时才有些明白了。

三

高伦带着人到了储奇门孔祥熙的仓库门前，胡方先进去传话，要见仓库主任。

仓库主任姓冉，他原在高伦手下当过营长。因为高伦与他已多年没来往，所以初见时彼此都感到惊讶。

冉主任不敢怠慢，忙含笑将高伦迎进客室，十分客气地说：“高老，请坐!”

高伦已暗地吩咐胡方带人将仓库的前后门看守住。他见仓库主任是他以前的部下，稍微感到安心一些，说：“冉主任不用客气!”他选了靠窗一张藤椅坐下。

冉主任晓得高伦的习惯，只敬上盖碗茶，便坐在一旁相陪：“高老，多时不见，我早想去贵府拜访，但怕耽搁您的正事，所以一向少去亲候，望高老原谅。”

高伦不动声色地先谈家常：“冉主任，你给孔先生看守这座仓库，一向混得不错吧?”

冉主任捉摸不透高伦的来意，晓得他无事不会来，只好应付说：“高老，我在这里不过混碗饭吃。高老晓得我，当了那多年兵，除了打仗，我啥事都不会干!”

高伦喝了一口茶，缓缓地说：“冉主任，我想与孔先生做点生意，能不能带我参观一下仓库，看堆存的货物是不是有我们需要的品种。”

冉主任有些犹豫："这……"

高伦马上沉下脸不悦地说："冉主任，你难道连这点面子也不给我？"

冉主任见高伦面有愠色，忙赔笑点头说："高老要看看当然可以，我给你带路！"他虽觉高伦来得突兀，但也没怀疑到要查封上面去，因为他认为孔家的仓库，谁也不敢动。

高伦由冉主任陪着走进库房，但见仓库里的货物堆积如山，真是琳琅满目，使他看得眼花缭乱。这里可以说应有尽有：奇缺的西药，进口的呢绒布匹，以及口红、巴黎香水等奢侈品无一不备。还有各种罐头食品——包括狗食罐头，都是美国货。

高伦不时停住步扭头向冉主任询问一些情况，冉主任都殷勤地仔细作了回答。

高伦看过了仓库，仍由冉主任陪着回到客室。高伦坐下，掏出怀表看了看……

冉主任含笑问："高老要买什么货物，凡是市面上紧俏奇缺的商品我们都有，请你和孔先生联系！"

高伦斜睨着他问："冉主任，孔先生这座仓库能值多少钱？"

冉主任困惑地望着高伦，回答的语气有些犹豫："大约……大约一亿法币要值的。"

"哦，好大一笔财富，可以装备几个军呢！"高伦惊叹地说。

冉主任不安的目光闪烁不定，他没答话，暗自猜测高伦话中的真正含义。

高伦冷笑一声说："这都是目前市面上的奇缺货物，而孔先生却囤积在仓库里睡觉，实在可惜。看来，我要与孔先生做一笔大生意，这一亿法币的货物我全要！"

冉主任听高伦说话蹊跷，开始感到高伦来意不善。他强装出笑脸说："高老难道丢掉航运不搞，要改行经营商业？"

高伦脸色一沉，握着拳头在茶几上轻轻一击，他威严犀利的目光停留在冉主任那张瘦脸上："冉主任，实话对你说，我今天是奉命来查封这个仓库的。"

"哎！"冉主任一惊，见高伦态度严肃认真，他显得十分慌乱。

但是他一会儿便镇定了，自恃后台硬，嘴角露出一丝冷笑："请问高老，你奉谁的命令！"

高伦早把冉主任傲慢的神态看在眼里，心中异常反感，他也一声冷笑："请冉主任过目，这是委座的手令!”

“哎，委座的手令!”冉主任很感意外，惊疑地瞥了高伦一眼，从高伦手中接过手令仔细看了一会儿，一时愣住了。

冉主任双手捧着手令递还给高伦，他蓦地哈哈一笑，说：“高老既然奉委座手令前来查封仓库，我理应服从照办!”

“既然如此，那我就不客气了。”高伦站起身来，“请冉主任带路，我要亲手贴上封条!”

冉主任装出十分为难的样子：“高老，你奉命查封仓库，我绝对服从。不过，我端人碗要服人管，请你还稍坐一会儿，待我打个电话给孔先生，好脱掉我的干系，你再封不迟。”

冉主任说完后，见高伦有些迟疑，于是急急央求说：“高老，我在你部下当兵多年，晓得你素来爱兵如子，最体谅下情。你看我倘若不向孔先生报告一声，让你先封了，以后我实在吃罪不起。反正你的人已看住仓库，迟点时间查封也无妨碍!”

高伦被冉主任几句好话说动了心，认为他说的也是实情，只好点头答允：“好，我稍等一会儿，你快去打电话!”

冉主任向一个办事人吩咐：“立即打电话叫五芳斋送一桌上好的酒菜来!”

高伦制止说：“我们不在这里吃酒!”

冉主任赔笑说：“高老可以公事公办！这顿便饭是我对你老的一点孝敬，务请赏脸。”

他不等高伦回答，急匆匆走出去了。

高伦端着茶碗喝茶，等了一会儿，冉主任回来了。他一进门便赔笑说：“高老，你放心，孔先生指示我，一切按你的吩咐办理。孔先生马上派薛习永先生来与你商妥查封的办法，你就可以贴上封条!”

“派薛习永来干啥？有啥好商量的!”高伦眉毛一横，不满地说。

“高老切不要误会，孔先生怕我在这里应酬不周，对高老太简慢，所以特派薛先生来接待高老，是表示敬重的意思。”冉主任十分巴结地说，“反正高老与薛先生也是熟朋友，有啥话也可以当面说。”

高伦大声说：“我等不及了，谁知薛先生啥时来!”

冉主任赔笑说：“薛先生坐车到这里不过十多分钟，一会儿便到。高老，这碗茶淡了，我给你新泡上一碗！”

高伦踌躇不决。人说，伸手不打笑脸人，他不好峻拒，反正他已拿定主意要查封仓库，薛习永来了也没大碍，于是他点头勉强答允说：“好嘛！”

冉主任陪着高伦说了一会儿闲话，听见外面汽车喇叭响，他起身说：“薛先生来了。”

冉主任出去片刻，便陪同薛习永进来了。

薛习永进门后，先打了一个哈哈，胖脸上堆满了笑，他握住高伦的手，装出十分亲热的样子说：“高先生，有好些时日不见，你真是老当益壮，精神愈来愈好。哪像我未老先衰，老朽了。”

高伦与薛习永是老朋友，也起身与他客气了几句。大家坐下。

高伦开门见山地说：“薛先生，我奉委座的手令，要查封孔先生这座仓库。请看，这是委座的手令。”

薛习永并没伸手接那张手令，又打了一个哈哈，笑着说：“高先生岂会说假话！委座的手令便不用看了。”

高伦毫不放松：“那么，请薛先生陪同我去贴上封条吧！”薛习永并不慌张，连连点头：“不成问题！”

他接着又说：“高先生何必这样性急，稍坐一会儿，我们老朋友叙谈几句，让我歇过气来再去不迟！”

高伦晓得薛习永的地位不同一般，只好耐心坐下。

薛习永与高伦谈了几句闲话，他从身上掏出一张支票递到高伦面前的茶几上：“惊动了高先生的大驾，孔先生委实不安。他知道高先生这几年干的都是闲差使，并没多大油水，叫我送上一点小意思，望高先生笑纳！”

高伦想不到他们竟在光天化日之下行贿，轻蔑地瞥了一眼支票，恼怒地说：“薛先生，你们把我当成啥人！这两百万元的脚步钱确实不少，是不是？”

薛习永仍厚着面皮说：“有劳高先生，这不过一点小意思。”“唉，孔先生也太吝啬了。”高伦冷笑说。

薛习永以为有钱可使鬼推磨，听高伦如此说，以为他是嫌少，忙说：“只要高先生高抬贵手，孔先生绝不是吝啬人。”

高伦摇了摇头，讥刺地说：“这两百万元不够我的脚步钱！”

薛习永更错会了高伦的意思，眉欢眼笑地问：“高先生要多少，尽管说！”

高伦狮子大开口，说：“我要一亿，这仓库全给我！”薛习永惊愕地望着高伦，一时没会过意来。

高伦现出悻悻的表情：“薛习永先生，我高伦若愿意要钱，早已飞黄腾达，你看错人了。”

薛习永顿时羞得满面通红，眼里闪着阴沉的光。他十分尴尬地干笑了两声：“高先生既然不赏脸，鄙人也不怪你。你这种高风亮节实在使我钦佩。我不过受孔先生之托，也是不得已。那么，一切听凭高先生秉公办理！”

他收回了那张支票，见高伦又要动身，正待找出理由拖延，冉主任抢前说：“五芳斋已将酒菜送来，请高老饭后去查封不迟！”

薛习永会意地站起相劝：“既然便餐已备，我们是老朋友，我想，高先生断不会连这点面子也不给！”

高伦踌躇了一下，觉得不宜撕破面子，太使薛习永难堪，十分勉强地说：“薛先生如此盛情，那……我就拜领了。”

薛习永见高伦答允，感到如释重负，浑身轻松。

“那么，酒菜已备，高先生，请！”冉主任在前头带路。

薛习永与高伦并肩而行，跟在冉主任身后出了客厅……

四

宋霭龄坐在沙发上一脸愠色，斜睨着坐在办公桌后的孔祥熙问：“庸之，你要拿个主意，令侃这事怎办！他在香港待不住，现在带着盛老七的老婆住在缅甸，终不能长久听之任之。”

孔祥熙这段时间焦心的事情太多。美金公债的事情弄得他伤透了脑筋，近来又要他动身到国外去开顿巴敦橡树金融会议，一些急办的事情都需要他在这几天料理好。最使他焦心的事情莫过于蒋介石对他的态度蓦地冷淡。他拿不准目前蒋介石对他的真实看法。据他听到的幕后消息，宋子文也不讲亲戚情分，在美国人和蒋介石面前处处说他的坏话。他可说已面临“四面楚歌”的境地，叫他穷于应付。

孔祥熙叹口气：“霭龄，我看让令侃回国来算了。”

“回国来住到哪里去！”宋霭龄怒气冲冲地说：“那……盛老七的老婆怎么办！

令侃肯定会将她带到重庆，叫我们承认还是不承认这门亲?”

抗战七年来，宋霭龄脸上的皱纹加深，显得老相多了。她脸上的脂粉涂得太厚，蹙眉时显得异常难看。

孔祥熙衔着雪茄叭了两口，偏头望着屋角高几上的一只青铜飞马沉思了一会儿，说：“叫盛老七先去缅甸把他的老婆领走就行了。”

“你真是越老越糊涂!”宋霭龄气昂昂地说，“令侃正被这个比他大十几岁的女人迷得神魂颠倒，他早宣布与她结婚，岂肯让盛老七领走!”

孔祥熙怕老婆早已出名，在宋霭龄的面前他一贯表现得驯善。但是，这时他正憋足一肚气无处发泄，受不了宋霭龄这种盛气凌人的态度，也激怒了，斜睨着她说：“是，算我是老糊涂，那么，你没糊涂，请你出个高明的主意吧!”

宋霭龄见孔祥熙竟敢顶嘴，她的气往上涌，但她见孔令俊在场，不便在孩子面前与他大吵，只好隐忍住，不满地哼了一声。

孔令俊坐在一旁沉默了半晌，因为孔令侃是她的长兄，按孔家的规矩她不便插言。这时她忍不住站起身来，一顿足，横眉说：“爸爸，你们交给我去办。我明天坐陈纳德航空队的飞机去缅甸，给盛老七那个妖婆娘两耳光，叫她滚开便完事了。”

孔祥熙没理会孔令俊，见宋霭龄横眉竖目斜睨着他，心中很不自在，他陡地想起吴秘书那件事情，共产党居然混到孔公馆占了机要位置，使他在蒋面前很不好看！要不是宋霭龄袒护，戴笠早抓捕了她。吴秘书在特工们的眼皮下跑掉了，事后戴笠在蒋介石面前不好交差，硬把责任推在宋霭龄身上。蒋介石将他叫去，虽没大声斥责，但说了许多怪罪的话。他当然不便往宋霭龄身上推，在蒋介石面前承认自己失察有责。他当时回家只稍微埋怨了宋霭龄几句，反而挨了她一顿臭骂，至今想起来还有些悻悻然。孔祥熙认为令仪和令侃发生这些事，主要是由于宋霭龄平时娇纵惯了。

想起这些往常的事，孔祥熙愤愤地说：“你平时教育子女不严，出了问题找我，我又有什么办法可想呢!”

宋霭龄不愿在这里与他争吵，起身怒冲冲地走了。

孔令俊又自告奋勇地说：“爸爸，你们交给我去办，保证处理得令你们满意!”

孔祥熙摇了摇头，叹口气说：“让他们暂时在缅甸住一段时间，等我开完会回国再说。”

他起身离开了办公桌，两手抄在背后，迈着笨重的步子徘徊着。他心里十分烦乱。

办公桌上的电话铃响了。孔祥熙站住示意孔令俊去接电话。

孔令俊拿起话筒："喂，哪里……哎，说清楚一点……是委座的手令……你看清手令没有……"

孔祥熙见孔令俊神色张皇，不觉走近电话机旁，问："什么事?"

孔令俊用手捂住话筒，扭头对孔祥熙说："吴国桢派高伦去储奇门查封我们的仓库，说是奉了三姨爹的手令——这电话是仓库主任打来的，立等我们的指示。"

"哎!"孔祥熙也有些惊惶失措，"你三姨爹怎会……"他想到蒋介石近来对他态度暧昧，马上闭上嘴。

"冉主任说他亲自仔细看过手令，确实不假!"孔令俊说。

这确实是一个不祥的预兆，他像坠入了深渊，心里发凉。他想起最近一些谣传，说宋子文将替换他的官职，看来非假！蒋介石这样做，确实显得太绝情。在抗战时期，财政如此困难，他为蒋理财将近七年，支撑到现在实在不易。他认为自己没有功劳有苦劳，眼看他要被蒋当废物一脚踢开，实在不堪回想……

孔令俊见孔祥熙痴痴地站在一旁，半晌不语，于是催促说："爸爸，怎么办?冉主任立等指示!"

孔祥熙像没听见孔令俊的催问，黯然神伤地呆望着她。

孔令俊眉头一竖，凶神恶煞地说："高伦有啥了不起！我叫冉主任将他干掉!"

"哎，慢……"孔祥熙一惊，连忙摇手制止，"切不可冒失，现在不比从前……"

孔祥熙沉吟了一会儿，从孔令俊手中接过话筒说："喂……我们先礼而后兵……我马上派薛习永去你那里对付他……"

孔祥熙放下话筒，吁了一口气，用手绢揩拭着光脑门上的汗珠，郑重地嘱咐说："令俊，这段时间你要检点一些，切不可再撩出事来，我树敌过多……"他想到自己以前常为蒋受过，为蒋得罪了人，可是现在……真是有苦难言。

五

高伦觉得他像坐在轮船上颠簸着，摇晃着。一会儿，他又觉得自己变得像一片鸿毛，轻飘飘地在空中浮动……

他听见有人走动的脚步声，显得虚无缥缈，忽近忽远，不可捉摸，最后一切又归于沉寂……

他似梦非梦，终于从神志不清中醒过来。他想翻身，可是四肢软弱无力，不由他自主。

“醒啦?”

高伦耳边响起一个女人询问的声音，分明是高太太在问他。

高伦一惊，他用劲睁开眼，但是从窗户射进的阳光十分刺眼，眼又闭上了。他使出很大的劲才发出声来：“太太，几点钟哪!”

“快吃中饭了，还问几点钟!”高太太坐在床沿上摸着他的额头说。

高伦从不睡懒觉，每天都是晨曦刚露时起床打太极拳。他本能地“哎”了一声，翻身坐了起来。

“你喝不得酒便少喝点，昨天喝得不省人事真是少见!”高太太嗔怪说。

高伦又是一惊，他望着高太太发愣。他觉得自己脑子里一片混沌，是的，喝酒——他记起曾在哪里喝过酒——他用拳头轻轻敲了敲自己发胀的脑壳……

啊，他蓦地想起来了：“咦，我啷个睡在家里，我不是在查封孔祥熙的仓库吗?!”

“你真醉昏啰！昨天他们用一乘轿子把你送回家，你醉得不省人事，这时才醒过来!”高太太见他痴痴的神态，不觉抿嘴一笑。

“哎!”高伦惊叫了一声，他记起了昨天的一些细节——薛习永请他喝酒，他清楚地记起当时他只喝了一杯酒，以后的一切便模糊不清了……

“咦，我有半斤的酒量，这一杯酒……”高伦抚住自己的额头思考着。

高伦蓦地想到什么，十分惊惶地要下床：“哎呀，糟哪，我上了薛习永的当!”

高太太不明白高伦为啥这样着急，她见他脸色青白，显得有些衰弱无力的样子，于是制止他下床：“老头子，睡好。酒伤身体，默倒你还年轻可以抖英雄，以后要少喝酒!”

高伦不顾高太太的制止，挣扎着坐起：“太太，我没喝醉，是薛习永下了蒙汗药!”

“哎!”高太太猛吃一惊，她见高伦不像开玩笑，说得十分认真，“真有这样的事?”

高伦这时神志完全清醒，感到事态严重，顾不得向高太太作详细解释，下床穿好衣服，由高太太给他扣好纽子。

“黄妈，打洗脸水！”高太太站在窗口喊。高伦边漱洗边将昨天的情况说了一遍。

高太太晓得蒙汗药很伤身体，又急又气：“薛习永真不是人，这样卑劣的手段也可以用上。”

她心疼地抚摸高伦的额头问：“头还昏吗？”

高伦没回答，只是皱眉，用拳头轻轻敲自己的额头，叹息了一声。

高太太晓得他仍感头昏，赶忙用双手给他揉捻太阳穴，抱怨说：“我早说那不是个好差事，你偏不信，要去逞能。好，这个亏吃得不小！”

“胡方——胡先生呢？他……”高伦记得胡方也同席喝酒。

高太太说：“他也是坐在另一乘轿子里跟你同时送回，也醉得不省人事，现时还睡在客房没醒呢！”

高伦越想越气，一顿脚：“这事被闹出去真是笑话！我带过兵打过仗，现时却轻易地被薛习永戏耍了，叫我以后怎好意思见人！”

高太太见高伦着急的样子，反而脸色舒展开，含笑安慰他说：“怕啥！古话说：明枪易躲暗箭难防；俗话又说：小人最难防。鲁智深何等英雄，偏在孙二娘酒店里栽了筋斗。”

高伦的眉毛锁得更紧：“哎，叫我如何去向吴国桢交差哟！”

高太太出主意说：“这也急！你现在再带人去查封也一样，不相信他们把仓库的房子搬跑了！”

“你晓得个……”高伦叹口气改口说：“太太，你怎么连这点也不懂！仓库的房子他们搬不动，但是货物呢……他们早连夜搬空了，我去查封一座空房子有啥用！”

高太太当然不肯在高伦面前认输，她强词夺理地说：“管它仓库空不空，在门上贴上封皮便算尽了责任！”

高伦不愿与高太太争辩，他一反常态，迫不及待地叫黄妈：“快叫车夫备车！”

高太太问：“你坐车到哪里去？”“我去见吴国桢！”

高太太劝阻说：“老头子，吃了蒙汗药大伤元气，请个医生看一看，吃两服药，在家养两天再说。”

高伦已戴上博士帽，拄着手杖，他怕高太太拦阻，说：“太太，我去见过吴国桢马上便回，再找医生看病不迟！”

高太太不便再拦阻：“那，你快去早回！”

高伦强忍住头晕，坐上自己专用的黄包车走了。

当时高一等的人家有小轿车，次一等的人家便是自备的黄包车。这种自备黄包车做得十分精致考究，黑亮的油漆，闪光的铜饰。拉车的黄包车夫，穿着雪白的市布号衣，大多是精壮的汉子。

高伦踏着铜铃开路，响着叮叮哨哨的声音异常悦耳，他不断催促说：“快，拉快点！”

黄包车夫淌着汗，身子前倾，拉着车如飞般向前跑……高伦到了市政府，吴国桢接到通报马上出来接见了他。

不等高伦开口，吴国桢坐在沙发上含笑先说：“高老，这趟差事，实在辛苦你了。”

高伦神色十分沮丧，无限懊恼地说：“吴市长，薛习永他们实在卑鄙无耻，我上了他们的当，白跑了一趟……”

不等高伦说完，吴国桢将头仰靠在沙发靠背上，望着高伦哈哈一笑：“高老，你不用再说，一切详情我早知道！”

高伦很觉意外，惊愕地望着吴国桢：“你……你已知道？”

吴国桢收敛了笑容，劝解说：“高老，你不用生气，应该感到高兴才是！”

“高兴！为啥？”高伦迷惑地问。

吴国桢坐正了身子，微笑说：“高老，算你福大命大。你不过吃了点蒙汗药，将息几天便会还原。要是换一个普通人去，恐怕早到酆都去了。所以你不用懊恼，应该庆幸才是！”

高伦怒气冲冲地说：“他们搞得太不像话，竟敢在陪都所在，干出下蒙汗药的勾当。我要到蒋先生那里告他们去！”

吴国桢忍不住又哈哈大笑。

高伦不悦地问：“你笑啥？”

吴国桢正色说：“高老，我劝你多一事不如少一事。你凭什么证据去控告他们？你手头有他们给你喝的下了蒙汗药的酒吗！”

“这……”高伦语塞。

吴国桢说：“高老，只要委座不再追问，我们只当没有这事。倘若以后委座要追问此事，我们再将情况详细报告上去不迟！反正我们已执行过手令，也怪罪不了我们。”

高伦心中不能放下，显出十分不快的样子。

吴国桢感叹一声：“高老，我劝你想开些。谁知委座下这个手令是何用意！他们终归是亲戚，像这种他们家族内的事，我们还是少管为妙！”

高伦脸上立刻露出愠色，大声说：“孔祥熙走私，囤积居奇，怎会成了他们家族内的私事！”

吴国桢知道高伦的脾气犟，他不愿与他争论，马上改口说：“高老，今天已到中午，在我这里便饭一餐，如何?”

“不，我还有事，不叨扰了。”高伦起身告辞。

“既然高老客气，我就不深留了。再见！”吴国桢笑得十分深沉。

“再见！”

高伦扭头拄着手杖，悻悻地走了。

第四十一章

一

花滩溪碧蓝的流水静静地流淌，太阳从云缝中露出笑脸，在水面上洒下一片亮晶晶的闪光。

在溪边的麻柳树下站着何大名。他左手拿着一张道林纸卷——这是他刚领到的高中毕业证书，各项成绩都是优异。他受到了校方的表扬。

他刚进入清华中学时还只是十三岁的少年，现在已是十九岁的青年人了。

在这兵荒马乱的抗日时期，他能读到高中毕业实在不易，全靠封大嫂母女俩省吃俭用，艰苦支撑。何大名为了不辜负封大嫂母女俩对他的期望，从不偷懒，非常刻苦，终于在这花滩溪边度过了六年岁月，学业有了很大的长进，拿到了毕业文凭。

同学们都在互相谈论着毕业后的打算。有的人准备去投考西南联大；有的人准备去投考重庆大学；也有的人准备就业——这所中学是重庆的名牌学校，与当时的南开、树人等学校齐名，学生中有产阶级的子女多，他们仿佛无忧无虑，并不担心毕业后的出路。

何大名可不一样，他想到自己毕业后的出路，领到文凭时的喜悦心情顿时消失得无影无踪。

他在那些富有的同学中间感到极不自在，他悄悄地躲开了，单独站在溪边这棵麻柳树的阴影里，望着清清的溪水出神。

他背后是一个广阔的大操场，不时传来打球的奔跑声和喧哗声。他对这些声音毫无反应，伫立在那里一动也不动。

一个垒球从他耳边飞过，差点砸在他的头上，他吃了一惊。

他见垒球掉在面前不远的草地上，快滚到溪里去了。忙赶前两步，拾起球，转过身来，轻轻往空中一抛，用非常准确麻利的动作，飞起一脚，把垒球当成足球踢了回去。

他刚才不小心，将左手拿着的文凭揉皱了，并沾了一些尘土。他掸掉了文凭上的尘土，十分小心地折叠好，放进学生服的衣袋里。

他漫不经心地沿着溪边走了几步，站到另一棵麻柳树下。

这时没有风，溪面平如明镜，只有麻柳树上的一只蝉在鸣叫，显得很寂静。

何大名坐在溪边一块青石板上，俯身呆呆地凝视着自己映在溪面的倒影：他身材魁伟，椭圆形的脸庞十分英俊；浓浓的剑眉下有一对闪亮有神的眼睛，洋溢着奔放的热情，鼻梁长得端正，嘴巴大小适中，嘴唇上已长出绒毛般的淡青胡子。

何大名这时的心情很复杂，想到自己毕业后的出路，神色变得黯淡阴郁了。他根本不可能升学，熬到高中毕业已经不易，他想都不敢想去升大学。可是，他一个高中毕业生能找到职业吗？他惶惑，感到前途的渺茫。

何大名正想得出神，蓦地从他身后扔来一颗石子，从他头上飞过落进面前的溪水中，激起的水花飞溅到他的脸上。

“谁？”何大名吃了一惊，扭回头问。

一位穿白衣青绸裙的少女站在他身边不远处，甩甩头，咯咯笑：“何大名，我到处找你，原来你却独自躲在这里。是不是从清溪里寻觅你的诗句？”

这少女便是黄玉庵的独生女儿黄小芸。她与何大名是同班同学，并且共用一张书桌达六年之久——这是清华中学的传统规矩，男女同学是混合编位的。

在家里显得文静沉郁的黄小芸，在学校里却变成了另一个人：

热情，天真，喜欢咯咯笑。

何大名显出不高兴的样子说：“看，溅我一身！”

黄小芸并不在意，她双手捧着一本十分精致的烫金红缎面簿子，递到何大名面前，收敛了笑，认真地说：“大名，我们同学六年，现在要各奔前程，请你在我这本纪念册上题字留念，好吗？”

何大名毫不迟疑地将她的簿子接过来，从他上衣袋里掏出一支钢笔，簌簌地写着……

黄小芸见他写好，接过来轻轻念着他题下的一首小诗。

太阳从山那边熄灭，月牙从树梢升起，

我在朦胧中迷离，我的光明在哪里！我在夜色中呼唤，我的希望在哪里！

黄小芸念的声音渐渐低下去，最后简直听不清了，只见她嘴唇在微微翕动。

她的眉眼长得很像她妈袁静芳——粗眉小眼睛，鼻梁旁也有几点浅色的雀斑。可是她的鼻梁却异常端正，鲜润的嘴唇长得小巧玲珑，眼里闪烁的光辉令人感到愉快，给人以热情坦率的感觉。

黄小芸念完了何大名的诗，她一甩头，齐耳根的头发飘动了一下：“这诗写得很好，但是太悲观了。不过，我很喜欢带点淡淡忧郁的诗，但不能太令人悲伤，所以我最喜爱徐志摩的诗，可惜，他是一个短命的诗人！”

何大名嘴角露出一丝苦笑，仿佛在说：我倘若有个富有的家庭也会乐观。

黄小芸并没注意何大名的表情，将她的同学录挟在腋下，伸出手说：“拿来，你的纪念册呢？”

按礼貌是有来有往，她见何大名没拿出纪念册来，于是她催促说。

何大名有些迟疑，他是用嘉乐纸自己装订的纪念册，与黄小芸的比较起来显得太寒酸，所以他不愿拿出。

黄小芸偏着头问：“你……不愿我签名？”

何大名无奈，忙申明说：“不，给你签名！我怎会不愿呢！”他从制服袋里掏出纪念册，赧然地递到她手中。

黄小芸晓得何大名在女同学面前爱脸红，并没留意他羞赧的表情。她取下别在上襟的自来水笔，脱下开金的笔套，认真地给他写好递还给他。

她不等何大名看她的题词，便自己先说：“歌颂真、善、美；鞭笞假、恶、丑——这是我送给你的两句话。你不是想成为文学家吗？”

何大名放好纪念册，没有看她，仰头凝视着远远的几朵白云。他在这些富有的女同学面前，有一种自卑感，觉得彼此有一层无形的隔膜挡开着，使他不愿与她们接近。

黄小芸并没有马上走，她见何大名爱理不理的样子，觉得十分有趣，忍不住哧哧地笑了。

何大名被笑得莫名其妙，惊讶地望着她。

黄小芸仍含着笑容说：“你还记得不，我们刚进清华中学时，我约了几个女同学在教室门口拖司（Toss）[1]你，说你在女同学面前装大，是封建余孽。你还流过泪水呢！”

何大名当然记得，他进校不久便被这些富有的女同学拖司，他认为这是有意欺侮他，因此他自此更不愿接近这些女同学。他这时听黄小芸蓦地提起这件往事，至今还羞赧。但随着时间的推移，黄小芸早对他不怀敌意，对他变得友好了。在

1　摇荡，有点像甩死狗的游戏。这是清华大学传来的风气，原为新生彼此联络感情，后来成了戏谑人和欺生的一种合法方式。

这里同学六载，由少年到青年，一旦要分别，也觉有一种依依难舍的情绪。

黄小芸见何大名沉默不语，她也望着淙淙的流水出神。

一会儿，黄小芸自言自语，喃喃地低声说：“人生真像梦幻一般，当初进校时我还是黄毛丫头，那时的一些情景至今记忆犹新，仿佛就是昨天的事情。唉，转瞬之间，我也变成大姑娘了。”

她凝视着自己映在水面的倒影，见她红彤彤的丰腴面孔，结实、发育充分的体格，既使她感到喜悦，又感到失去童年的惆怅。

何大名见彼此都无言地站立在那里，感到自己不该对她太冷淡，现在马上要离别各奔前程，也有一种难言的怅惘。他含笑问：“黄小芸，记得不，进校那年，你在溪边这块石板上坐着复习功课，忽地从你脚边钻出一条金环蛇来，吓得你丢下书本惊叫着逃跑。可是你却吓软了跑不动，是我闻声赶来救了你。你约人拖司我，我虽然与你长期共一张书桌却长期不讲话。从这次以后，我俩才抛弃前嫌，彼此开始讲话呢！”

黄小芸见何大名讲得异常兴奋，她眼睛亮着异样的光辉，她也忆起了那件往事：当时她看见那条金环蛇伸出分叉的舌头嘶嘶地对着她，她吓软了，脸变得煞白，恐怖地瞪着眼不晓得怎么办！正在这时何大名跑来了，见他不慌不忙用极其麻利的动作擒住蛇尾提起抖了几抖，然后使力往石头上砸去。金环蛇的三角头顿时被砸得血肉模糊……

黄小芸抿着嘴含笑瞥了何大名一眼：“我怎会不记得！当时我看你提起金环蛇，吓得我捂着眼不敢看呢！”

何大名望着黄小芸微笑，他俩的目光骤然相遇，黄小芸脸一红，腼腆地低下了头。

黄小芸蓦地想起：“我刚才在你的纪念册上忘了留下我的通讯地址。”

何大名说：“你的通讯地址不用留，在南岸一带，谁不晓得黄公馆！”

黄小芸未语脸先红：“那……把你的通讯地址留给我吧！”她从腋下取出纪念册递到何大名手上。

何大名稍微迟疑了一下，便在上面留下了地址。

黄小芸收回一看，说：“吹，原来你家住在窍角沱，离我家很近呢！”接着说道，“你有空请到我家来玩，我爱好文学，喜欢听你谈诗，谈小说。”

何大名含糊地点了点头。

黄小芸抬起手腕一看小方表："啊，时间不早，我家接我的车快到了。你呢，啥时走?"

何大名回答说："我妹妹要来接我，搭公共汽车回去!"

"好，再见!"黄小芸一甩头，向他莞尔一笑，"祝你将来成为诗人或小说家。何大名，我喜欢含点淡淡忧郁的文学作品!"

她回头姗姗地走了。

何大名望着黄小芸远去的身影出神……

他蓦地听见封丽华的声音："大名哥，大名哥!"

何大名陡地一惊，他见封丽华踩着青草向他迎面急步走来。"丽华，你……"何大名十分高兴地迎了上去。

封丽华站在他的面前，掏出手绢揩脸上的汗水，指着黄小芸远去的身影，十分羞涩地说："看见你与同学在谈话，我不好意思走过来，等了好一会儿了。"

何大名望着封丽华清秀的面孔说："怕啥！你来过好几次了，他们都晓得你是我的妹妹。"

封丽华比何大名稍矮一点，也长大成人了。她生得十分娇弱，像竹竿似的瘦长，穿一件平价布的浅灰旗袍，显得十分干净利落。

"走吧！去晚了怕买不到车票!"封丽华催促说。

……

何大名他们终于没能在土桥买到车票。"丽华，我们干脆走回去吧!"何大名说。

封丽华有些犹豫："路这么远，你能扛动被盖卷?"

何大名望着她说："你忘啦，在小学时我常去码头帮客人扛行李。现时人长大了，哪个会连自己的行李卷也扛不动。"

封丽华抿嘴一笑，嘴角现出两个浅浅的酒窝："你现在不比以前，高中毕了业，已是有文化的先生，还能干这种重活吗!"

她毫无揶揄他的意思，从心里为何大名能读完高中感到喜悦。

"走，你看我能不能扛动!"何大名将被盖卷扛上肩，他还要从封丽华手中夺过装着洗脸盆和书籍的网袋。

封丽华不让："这个……就让我提!"

何大名知丽华生性娇弱，虽然常年在纱厂做工，也不是很有力气的，他关切地说："路远，你提不动，让我提，你打空手走！"

封丽华却显出不悦的神情，娇憨地嗔怪说："大名哥，你莫门缝里看人——把人看扁了。这点东西我都提不动，哪还能在纱厂里做挡车工！"

何大名见封丽华固执不肯，只好同意："好，你走一会儿，再让我提吧！"

他俩沿着公路边慢慢往前走，他们边走边谈，丽华听得有趣时，忍不住愉快地笑了。

何大名将被盖卷换了一个肩，他见封丽华头发上还有没揩净的絮花，关心地说："丽华，你在工厂累吗？"

封丽华听他问这，她明亮的目光顿时晦暗了。她在纱厂做挡车工哪会不累！但她不愿谈这些，强装出笑脸说："还好！"

何大名怀着希望说："现在我终于毕业了，倘若能找到一个工作，你就不用去纱厂干活。"

封丽华摇摇头说："不让我去纱厂做工，在家干啥！多一个人做工，家里的生活可以过得宽绰些。"

何大名扛着被盖卷走久了，确实也不轻松，他已将制服上衣敞开，亮出棕色的绣着清华两个字的运动背心，他是清华中学的足球运动员。脸上的汗珠往下淌，双眼都快睁不开了。

他们走到公路边一棵黄桷树下，封丽华提议说："大名哥，我们歇会再走吧！"她走得气喘吁吁，不断拭汗。

何大名在树荫下放下被盖卷，说："好，我们歇会再走！"

封丽华早放下网袋，她毫不羞涩地说："大名，过来，让我跟你揩汗！"

他俩从小便像亲兄妹般地亲昵，何大名果真往她身边凑近一步。封丽华十分过细地给他揩着汗水。

他俩凑得很近，何大名闻到封丽华身上飘来一阵浓郁的香气，见她红彤彤的面孔格外娇艳。他一阵莫名的冲动，忍不住低下头在封丽华鲜润的唇上迅速吻了一下。

封丽华一愣，心中惊喜交加，羞涩地转过头去捂住脸说："我不干，你欺侮我，我告妈！"

何大名也为自己刚才那个反常的冒失行动感到惶惑。他一直像兄长般地爱她，可是这个动作已超过了兄妹的限度。他十分不安，认为这不是一个高尚的行动。

他看见封丽华睫毛边闪着泪光，他更感到懊悔：“丽华，别生气，是我不好！”

封丽华是一个内向的姑娘，心比何大名细，她已从封大嫂口气中猜到要亲上加亲，招赘何大名。所以她对何大名感情十分复杂，混杂着兄妹情和儿女爱。

封丽华情窦早开，何大名吻她，使她感到震惊，因为来得太突然了。但这也是她久已期待和憧憬过的事。她的感受很复杂：

甜蜜，慌乱，莫名的恐惧……但更多的是少女初恋时的幸福感，她刚才不过本能地忸怩作态。

她见何大名惶惑不安的样子，反而有些失望，也觉得他可怜可笑。她故意把口气装得很严峻：“大名，以后可不兴这样欺侮我！”但她脸上立刻露出了笑容，热情的目光灼热地注视着他英俊的面孔，“来，我给你揩汗。”紧张的气氛顿时松弛了。

何大名虽然如释重负感到一阵轻松，但他却异常拘谨地后退一步。

这时一辆奥斯汀小轿车响着喇叭从他们身边开过，蓦地来个急刹车，“嘎”地一声在前面不远处停住了。

从小轿车上下来一个少女，她是黄小芸。

“何大名，你们没搭上公共汽车？”黄小芸笑盈盈地缓步向他们走来。

封丽华认出她就是刚才在花滩溪边与何大名谈话的那位少女，她望着黄小芸痴痴地发呆。

何大名低声向封丽华介绍说：“她是我同班同学黄小芸！”他见黄小芸已走近，提高声音回答说，“没买到汽车票，只好走。”

黄小芸却含笑打量着封丽华，问：“何大名，这是你妹妹？”“是的。”何大名局促地回答说。

“她的眉眼真像你！”黄小芸把他俩当成了真兄妹。何大名瞥了一眼封丽华，并没否认。

“我叫黄小芸！”黄小芸十分大方地自我介绍，并很亲昵地伸出手去表示友好。

封丽华看出黄小芸是阔小姐，她涨红着脸，神情异常发窘，忘了与她握手。

黄小芸毫不介意，仍没缩回手，含笑说：“一回生，二回熟，我们握个手算认识了。”

封丽华才想到自己没与她握手，于是慌乱地伸出手去让她握了握。

“走，搭我的车顺带进城！”黄小芸热情地对何大名说。

“不……”何大名早扣上制服纽扣，见黄小芸已动手要提网袋，也不再拒绝，忙说，“让我们自己来提。”

何大名提起被盖卷，对封丽华说：“走，我们就搭她的车！”

封丽华看看何大名，又看看黄小芸，她提起网袋跟在他们身后向小轿车走去……

二

黄玉庵在大城里公司办事处总经理室内急速走动，他十分激动，边走边对坐在沙发上的董绍孙大声说：“绍孙，陆祖福逼人太甚，难道我们的山柴胜煤矿就这样拱手送给他不成！”

董绍孙晓得他这位内兄的脾气，劝解说：“大哥，你现在应该当机立断，山柴胜煤矿已经产不抵债，陆祖福答应替你还债，收下煤矿这个烂摊子，你正可以借此脱掉自己的干系。否则，山柴胜所借的债款都是以你私人名义出面借的，倘若再这样拖下去，被薛习永安插的那批人坐吃山空，这些债以后全该你个人负责偿还啊！”

黄玉庵站住沉思不语。他的妹夫董绍孙说的话何尝没有道理！他赶走了法国人，却让孔祥熙手下那帮人搞惨了。薛习永安插到公司的人全是些绣花枕头，中看不中用，乱花公司的钱，购置小汽车，修建小洋楼，人人贪图享受。而公司变得皮面光，样子很气派，可是企业的管理却搞得一团糟，渐渐亏空下来。他觉得孔祥熙手下这帮人比喻胜蜀那帮人还令人恼火。喻胜蜀这些人总算还听他的招呼，有个怕惧，可是薛习永安插的那帮人，自恃有孔祥熙做靠山，根本不把他放在眼里，各行其是，使他成了空头总经理。

开初，公司也红火过一段时间，他要向中央信托局贷款调动头寸，因有孔祥熙的关系，他要贷多少便给多少，很是方便。殊不知，贷来的款项直接用于扩大生产的很少，不是被那些绣花枕头大手挥霍掉，便是做了空事浪费掉，对于改善企业现状毫无实效。山柴胜煤矿挖的新煤井，不是矿道塌方，便是被地下水淹没。修的那条铁路花了几千万元，至今只能通手推车，连挖出的煤炭也积压在矿上运不出，换不成现金。

孔祥熙最近因美金公债舞弊案被迫辞职，换上了宋子文。这一下不仅再不能得到中央信托局的新贷款，还被逼着将旧债还清。

最使黄玉庵感到懊恼的是，当初贷款，中央信托局只要他私人名义申请就贷给他，他当时还以为这是他的面子大，是中央信托局特别信任他。现在他才如梦方醒，晓得上了大当。要是山柴胜煤矿倒闭，这些债都要落到他个人名下归还，那么，他黄家几代积下的产业便算完了，最终他会成为破产的穷光蛋。他目前真是到了进退维谷的境地。

黄玉庵一想到他会成为破产的穷光蛋，便不寒而栗……

他几乎是用哀求的口吻说："绍孙，你是黄家的娇客，也有半子之分，难道你就眼看着我破产不管？你认真帮我出把力，多给陆祖福说几句话。我将山柴胜煤矿尽先盘顶给他，让它与天富煤矿连成一片。我如此够朋友，他真连一点现金，一张股票也不给我，那就做得太绝了。"

董绍孙十分为难地说："大哥，你我至亲，我能帮忙，岂有袖手旁观的道理！我现在成了两边不讨好，陆先生因我俩是至亲，对我有猜疑，再没从前那样信任我，唉……"

黄玉庵脸色异常难看，他差不多快急疯了："绍孙，你想，我把先严创下的山柴胜煤矿白白送给陆祖福，将来我死后在九泉之下，有何脸面去见他老人家！陆祖福就是多少给点现金，多少给点股票给我，也好向他老人家交代呀！"

董绍孙摇了摇头："大哥，陆祖福答应替你还债收下山柴胜煤矿，还是我费了不少唇舌劝说的。他还有一个条件，矿上除了生产工人和技术人员外，所有的管理人员他一概不要，由你自行安排遣散！"

"哎，那怎行！这些人叫我如何安排！要遣散他们也难似登天！"黄玉庵几乎是绝望的嚎叫，像一个行将灭顶的人那样挣扎着，

"我盘顶给别人好了，不给他，看他怎办！"

董绍孙斜睨着他问："大哥，现时除了陆祖福愿要，还有谁敢接过这个赔钱的无底洞！"

黄玉庵被问得目瞪口呆，他蓦地浑身一阵抽搐，暴发出一阵狂笑，令人感到狰狞可怕："我黄玉庵宁肯把这山柴胜煤矿炸毁烧掉，也不白白送给陆祖福！"

董绍孙见黄玉庵这近于歇斯底里的神态，无声地耸了耸肩，显出很不以为然的样子。半晌，他缓缓地说："大哥，你炸毁烧掉，那，谁给你还清欠债呢！"

黄玉庵眼里布满了血丝，仿佛快丧失理智似的大吼道："我……我找薛习永和

孔祥熙拼命去。他们总不能丢下我不管呀!”

他气息咻咻地按了按电铃，像一头受伤的野兽要寻人报复一般。

茶房闻铃进门问:“大少爷，啥事?”

黄玉庵狂叫着:“备车，我找薛习永去!”

茶房见黄玉庵怒气冲冲，变得小心翼翼地回答说:“大少爷，你不是派车过江去土桥接大小姐……现时汽车还没回呢!”

黄玉庵翻了翻白眼，想起确实是他派车接黄小芸去了。他粗暴地挥了挥手，茶房退出门去。

黄玉庵一阵激动已经过去，接着他觉得自己四肢无力，瘫软在董绍孙身旁的沙发上，长长叹息了一声。

董绍孙一直抽着香烟，望着黄玉庵不发一语。他晓得黄玉庵的情绪波动很大，五分钟的狂躁已过。他从烟听里取出一支香烟递给他，给他点燃。

董绍孙轻轻咳了一声，不紧不慢地说:“大哥，你在这节骨眼上千万不能感情用事。你想，山柴胜煤矿眼看便要倒闭，你不忍痛盘顶给陆祖福，以后谁替你把债务偿清?只有当机立断，丢掉了山柴胜煤矿，才可免遭破产。除此别无他途啊!”

黄玉庵闭目养神，像老僧入定似的。他指间夹的一支香烟袅袅向上飘着缕缕烟雾。

董绍孙瞟了黄玉庵一眼，又说:“至于安排人员遣散的问题，我可以再找陆先生谈一谈。这些绣花枕头，陆先生肯定不会要，不愿背这种沉重的包袱。我可以劝他出一笔遣散费交给你，由你自行遣散。山柴胜的问题这样解决最好。”

董绍孙停了停，见黄玉庵并无反应，晓得他在这个问题上已经开始软化。

他迟疑了一下，终于说道:“陆先生对我说过，你倘若愿意将公司的航业部也盘顶给他，他愿意以最优厚的条件与你合作。”

听到这话，黄玉庵像触电一样，陡地从沙发上跳起来，气昂昂地说:“不行!陆祖福想吞掉我的航业部真是痴心妄想!我背水一战，也要与他拼到底!”

因为公司的航业部是直接由他控制经营，虽无大的利润可赚，但情况要比山柴胜煤矿好得多。他想守住航业部，一方面是咽不下这口恶气，另一方面认为他对航运比较熟悉，完全可以与民成公司抗衡。

董绍孙见黄玉庵如此反感，不便再将这件事情说下去，一时沉默着不住吸烟。

黄玉庵沉思了半晌，终于想出了一个主意："绍孙，你暂时不用回绝陆祖福。去年资源委员会的孙越崎向我谈过，他们愿意盘顶山柴胜煤矿。就是条件再苛刻，我也宁肯将山柴胜煤矿送给孙越崎他们。让经济系的健将去与陆祖福的天富煤矿唱对台戏，也好代我出一口气。陆祖福实在是欺人太甚！"

董绍孙皱眉叹息一声："大哥，你还蒙在鼓里，彼一时，此一时。当初是因为这些大亨都拥挤在西南这个狭小的天地里，他们有力无用武之地，所以争先想收买你的山柴胜煤矿。可是现在……自从美国在太平洋塞班岛取得大胜后，正一步一步逼近日本的本土。日本人已是日薄西山，迟早要战败投降。这些大亨比我们消息灵通，早已暗自筹划，一旦日本投降，他们便去接收北方那些大矿山，哪里还把你这小小的山柴胜煤矿看在眼中！倘若不是这样，孔祥熙早会盘顶过去独占。他们现在对你撒手不管，连现成的口中食也甘愿丢掉，奥妙便在这里啊！"

黄玉庵经董绍孙这一点拨，心中顿时亮了："啊！原来如此！我想……我想胜利不会来得这样快吧！"

黄玉庵口气虽然犹豫，其实他对董绍孙的话确信不疑，这样说不过强要面子。对于当前的战局他当然晓得一些，只是从没认真去打听和思考过。

董绍孙正想说话，瞥见黄小芸走了进来，他改口说："小芸，祝贺你高中毕业！"

黄小芸见到她的父亲，马上变得沉默寡言，仿佛成了另一个人，显得畏畏怯怯的样子。

她先给董绍孙鞠躬问候："姑爹好！"然后双脚并拢，向黄玉庵行了一鞠躬："爸爸，我回来了。"

黄小芸行过礼，站在一旁低头不语。

黄玉庵心中正不痛快，他威严地扫了黄小芸一眼，板着面孔说："你已高中毕业，是十八岁的大姑娘了，以后不要在外乱跑。在家除了复习功课，准备投考大学外，还得学点针线活，要像个大家闺秀的样子。对上帝要虔诚，按时做礼拜，作祷告。好，你去吧！"

黄小芸听一句点头答应一句："是，爸爸！"听说叫她走，真如得到大赦一般，她行过礼，立即回身迈着轻快的步子走得无影无踪。

黄玉庵晓得汽车回来了，他站起身说："绍孙，我一定要去找薛习永扯皮。这些亏空要他们也负一点责任，总不能让我一个人掏腰包呀！哼，他们抗战中躲在四川强取豪夺，现在一旦要胜利了，想一拍屁股就走，撂下我不管，要去发接收财。我绝不轻巧地放过他们。”

董绍孙认为他此去是徒劳，但不便再说什么，于是起身告辞：“我也要走了。”

他俩并肩走出公司大门。黄玉庵钻进小轿车又从窗口伸出头郑重嘱咐：“绍孙，你暂时不用回绝陆祖福，等我的信。切记！”

董绍孙点了点头。

三

黄玉庵坐车到化龙桥薛公馆扑个空，据说薛习永已几天没回家。他探听到薛太太住在山城饭店，于是又驱车前往，想在那里找到薛习永，可是又没寻着人。但却在胡娟那里碰见了苏经。

黄玉庵与苏经是熟悉的，苏经代女主人送他到饭店门口，见他急于要找到薛习永的焦灼不安的样子，以为他一定有急事，于是悄悄告诉黄玉庵一个地址，叫他去找找看。

黄玉庵按苏经告诉的街道门牌找去。原来这地址在一条小巷里，不能通汽车。他只好叫司机将汽车停在巷口等着，自己徒步走进小巷去探寻。

小巷里十分阴暗潮湿，他穿的是布鞋，只好踮着足尖寻着干燥处下脚，累得他一身大汗，连青绸长衫的背心上也浸透了。

黄玉庵终于找到了他要找的地方，这是一幢临巷没有窗户的洋房，很像仓库模样。

黑漆的大门关闭着。黄玉庵敲了敲门，站了半晌仍没听见动静。于是，他用拳头使劲敲了一阵，才听见一个下江女人的声音在问：“谁呀！”

不一会儿，黑漆大门开了一条缝，一个漂亮女人的面孔露出来，惊讶地看着他问：“先生，你找谁呀？”

黄玉庵以为这里是薛习永藏娇的艳窟，心中气更大，说话声音很高：“我找薛习永先生！”

那个女人疑惑地打量着黄玉庵：“先生，你是谁呀？”

黄玉庵见那女人的神态，晓得薛习永一定在这里，但见她盘问得如此认真，不禁感到诧异。他掏出名片递过去：“我要见薛习永先生！”

那个女人将名片接到手上瞥了一眼，客气地问："是薛先生约你来的吗？"

黄玉庵有些不耐烦，含糊地点了点头。

那个女人变得异常客气："黄总经理，请进！"

门缝拉宽了一些，黄玉庵只好侧身而进。那个女人关上门，并加上门闩。

这是一条狭窄的通道，光线十分黯淡。黄玉庵定了定神，才能勉强看清地面。

那女人抢前一步走在前面领路："黄总经理，走路小心。"

黄玉庵跟在那女人身后走着，心里不禁感到迷惑，这哪像藏娇的艳窟！房屋的窗户很少，开得很高，透进来的亮光不强，像仓库，又像监牢。

他跟在那个女人身后走了一会儿，见巷道内堆满了木板箱，真像仓库的样子。他闻到了一种熟悉的闷人的气味，蓦地一惊：这分明是生鸦片土的气味！难道这是薛习永的鸦片烟仓库？

黄玉庵联想到外面流传的扬子江汽车公司暗地给孔祥熙私运烟土的事情，已明白了几分。为了证实自己的想法，他见有一只木箱敞开着盖，于是趁那女人不留意，迅速伸手去摸了摸，果然是用笋壳包裹，有点像沱茶形状的生烟土。黄玉庵着实吓了一跳，忙缩回手。他从没见过这样惊人数量的生烟土，据他估计，至少有好多吨。

黄玉庵随着那女人走到一个天井边，蓦地听见从一间屋里传来一阵喝赌声："六、六、六……"，"幺、幺、幺……"

屋里的人听见天井里有响动，跳出一个敞开拷绸短衣，露出黑乎乎胸毛的人，大声喝问："谁！"

那个女人也有点畏怯的样子站住说："李队长，这是黄总经理，他要会薛先生！"

黄玉庵见这个李队长腰皮带上插着两柄快慢机，一脸横肉，眼里露出凶光，他忙赔笑说："李队长，我有重要事情会薛先生！"他已明白这李队长一定是军统局的便衣，是惹不得的。

李队长刮骨脸上凶相毕露，逼视着黄玉庵："你找错门了，这里哪有薛先生！"他回头盯了那女人一眼，不满地哼了一声："谁叫你把他领进来的！"

黄玉庵正在犹豫，屋里的人一拥而出。一个便衣抽出手枪对准黄玉庵，向李队长说："不能放他走！"

李队长盯着黄玉庵问："你在这里看见了什么？"

黄玉庵已吓得嘴唇发颤，牙齿打架，赶忙声明说："我……我没看见什么！"

李队长冷笑一声："我这里从没外人进来过，倘若走漏了风声我担不了这责任。"他也掏出腰间的手枪一挥，"将他捆上关起来再说。"

几个便衣闻声扑上来将黄玉庵双臂往后一剪，疼得他"哎呀"叫了一声，连声哀求："弟兄们放手，有话好商量。"他想挣扎，可是哪里挣扎得动！他从没受过这样的委屈，也没见过这种阵仗，已吓得脸青面黑，连话也说不出，只是发出"噢噢"的单音。

那个女人也很惊惶，因为是她领进来的，怕会连累她，于是迅速闪进一条巷道去向薛习永报信……

一会儿，薛习永得信，从一条巷道里踱了出来，大声喝问："什么事！"

黄玉庵见了薛习永，不觉像遇见救星一般，喜出望外，抖声说："薛……薛先生，救救我，我……"

薛习永皱着眉说："你……你怎么找到这里来了？"接着忙转向李队长赔笑求情，"李队长，请你放开他，他是我的朋友！"

李队长没有立即命令放开黄玉庵，他问："薛先生，他倘若出去走漏了风声……"

"不会，不会。"薛习永说，"万一有啥，由我负责。"

李队长头一偏，只好命令："放开他！"

黄玉庵恢复了自由，他苦着脸，抚摸着酸疼的臂肘，一时说不出话来。

薛习永忙引他走进巷道，跨进一间房内。

二人坐下后，黄玉庵惊魂初定，仔细打量了一番室内。他见这里窗明几净，窗外不远是一堵高高的风火墙挡住了视线。室内摆设着一套西式家具，十分精致气派，恍若另一个世界。

薛习永给黄玉庵敬过烟，用埋怨的口气说："黄先生，你怎么找到这里来了，好险啊！这地址是谁告诉你的？"

黄玉庵不便说出苏经来，撒了一个谎："我到化龙桥薛公馆去过，是你们公馆的人告诉我的。"

薛习永没再追问，摇了摇头说："黄先生，孔二小姐刚走，要是被她撞上，连我也救不了你！"

黄玉庵实在没想到，现在孔祥熙下了台，孔令俊仍然这样威风。薛习永接着十分郑重地嘱咐说："黄先生，你在这里见到了什么，出去绝不能乱讲。否则，我们都脱不了干系。"

黄玉庵赶忙说："我啥也没看见。薛先生，请你放心，我绝不会乱讲的。"想到刚才捆绑他的情景，他至今还胆战心惊。

薛习永慢慢地抽着香烟，蹙着眉望着缕缕的烟雾出神。

黄玉庵经历过这番惊恐，早把他想找薛习永扯皮的锐气丧失殆尽，蔫耷耷地望着薛习永不语。

薛习永忍不住先问："黄先生，你有啥事找我?"

黄玉庵勉强振作起精神，愁眉苦脸地说："薛先生，我们公司以前向中央信托局所贷的款项，都是以我私人的名义立的户头。现在公司亏空甚巨，而中央信托局又催还贷款，你们不能丢下我不管！由我个人承担责任，我就会破产。"

薛习永和颜悦色地说："黄先生，你不用担心。目前因孔先生刚辞职，他要料理一些迫切需要解决的事情。你有困难，希望你暂时顶住，天垮下来也不用气馁，孔先生绝不会丢下你不管。以他的财力，拔根毫毛便够你使用，怕啥！"

黄玉庵听薛习永的话十分空洞，他差不多快急得流泪："薛先生，这么大一个摊子，叫我如何顶得住？为了还债，我连祖产也赔上了，眼看要破产哪！"

薛习永笑眯眯地说："你赔点祖产怕啥！以后又可以捞回嘛！你胆子放大点，要有气魄才能赚大钱，成大事！"

心急如焚的黄玉庵，听着薛习永这些明显带着敷衍味道的空话，不觉悔恨交加。想不到赶走了法国人却被孔祥熙控制住，落到这步田地。他看见薛习永那伪善的笑容，真恨不得给他几个耳巴子。可是，目前他有气只好往肚里吞，哪敢与薛习永闹翻！

黄玉庵用哀求的语气说："薛先生，你不能看着我破产不管。中央信托局指定偿还债务的比期眼看要到了，我到哪里去筹集这笔现金啰！托你在孔先生面前美言几句，拨一笔现金给我应急才行啊！"

薛习永显出不耐烦的样子站起身，做出送客姿态说："黄先生，你放宽心，我一定在孔先生面前进言。你要相信，孔先生并非丢下你不管，他处理事情总有个轻重缓急呀！"

黄玉庵还是坐着不动。这些时薛习永总躲着他，要找到他实在不易，他现在不得个实信怎肯放手："薛先生，目前已火烧眉毛，好比救火一般，你今天要给我一个确信才行!”

薛习永蓦地变了脸，神色十分难看:“黄先生，我答应去向孔先生说，就是确信嘛，你还要啥确信呢!”

他自动把语气又放缓和了:“黄先生，你若有话与我谈，改天换一个地方，这里不是谈话的地方。我关照过你，孔二小姐随时会到这里来，倘若被她撞见，我也不好救你!”

黄玉庵浑身一颤，想到刚才被捆绑的情景当然感到害怕，关于孔二小姐的一些传说，他也听过一些。他无可奈何，失魂落魄般起身告辞……

黄玉庵离开那个仓库，有气无力地往前走。事情很明显，董绍孙的分析完全正确，孔祥熙他们已不管他，正准备去发接收财了。

四

黄玉庵踩着泥泞的巷道，两眼怔怔地望着前方，高一步低一步往前走着。

他心里盘算着下一步的办法。现时明摆着只有一条路好走，就是将山柴胜煤矿廉价转让给陆祖福，让民成公司给他还清欠债，他才可以保住不破产。他如今只有拼命保住航业部作为他日后发展的立足之地。可是他想到陆祖福的主要目标是他的航业部，民成公司一直想吞并他的轮船、仓库、码头。现时陆祖福吞掉了山柴胜煤矿，不进一步吞掉他的航业部岂肯甘休。

在陆祖福这样的竞争强手面前，他觉得要保住航业部是十分艰难的，他对前途感到异常渺茫……

黄玉庵泛青的脸上出现了可怕的抽搐。他这时非常恼恨陆祖福，要不是为了同民成公司竞争，在赶走了法国人以后，他绝不会去投靠孔祥熙，以致受骗上当，落得今天这样的结局。

他一咬牙，暗暗下定决心：现时只有忍痛割掉公司的毒瘤将薛习永这帮人丢下，重振旗鼓，哪怕只剩下一兵一卒也要在千里川江上与民成公司角逐到底，绝不妥协。

黄玉庵下了这个决心，顿时感到一阵轻快，脸上有了笑容，凝滞的目光又灵活地闪动起来。

他刚才沉思默想，全靠潜意识在小巷里穿行，这时一惊，定了定神，才发现自己迷了路。

他问了路，在别人的指点下终于穿出了小巷，看见停在那里等他的小轿车，他长长地舒了一口气。

离他不远，有一个衣衫褴褛的妇人站在人行道上，一手牵着一个大约三岁的小男孩，伸出另一只手向过路的人乞讨："老爷，太太，做个好事，打发一点钱吧!"

那个小男孩光着屁股，上身穿着一件烂衫，也伸出一双小手，学着妇人的声调："老爷，太太，做个好事，打发一点钱吧!"

这种沿街求乞的事，在陪都街头随处可见，并没引起黄玉庵的特别注意，他信步走了过去。那妇人一只脏手拦在他的面前："老爷，做个好事，打发一点钱吧!"

黄玉庵十分厌恶地迅速瞥了一眼那妇人，他看见一张肮脏而瘦黄的面孔，不觉吐出两个字："讨厌!"

他正准备避开往前走，蓦地听见这妇人用急促的声音喊："大少爷，大少爷……"

黄玉庵一惊，觉得这声音很耳熟，他停住了脚步，将迷惑的目光投向妇人脸上。他立刻惊愕地叫了一声："哎……"

那妇人指了指她牵着的小男孩，手指和声音都在颤抖："大少爷，这是你的亲骨肉，求你收下我们吧!"

黄玉庵已看清这妇人便是被他强奸后赶出家门的丫头素萍。他顿时面孔发烧，惊惶四顾，幸好附近没有熟人，也没引起过往行人的注意。

他眼看素萍流落街头，不觉生起一种负疚的心情，使他没有立即走开。他打量了一下那个小男孩，虽然肮脏，但眉眼长得确很像他。但是，他不相信偶然一次逢场作戏便会使她怀胎……

黄玉庵逼视着素萍冷冷地问："你没说假话，这男孩真是我的?"

素萍微塌的鼻子抽搐了一下，一颗大泪珠从眼里滚出来："大少爷，这确实是你的亲骨肉，我绝不会骗你!"

黄玉庵像法官一样厉声逼问："你那时为啥不来找我?"

素萍捂住发酸的鼻子，泪水牵线般滴在她手上，顺着肘部往下淌。她声音哽咽地说："大少爷，我去过黄公馆，你手下的人不让我见你，把我赶走，还扬言要送我去坐牢……”

黄玉庵记起来了，确实有这么回事，他手下人向他报告过，当时他认为素萍是借机讹诈他，所以没见。

他的态度顿时温和了：“哦，是这样……”

他眼角扫着那个男孩，脑里紧张思考着对策。

素萍见黄玉庵沉思不语，焦急地哀求着。“大少爷，你不收留我，求你把这娃儿留下吧，他是你的骨肉，不该跟我受苦，我实在养不活他啊！”

她最后的尾音几乎是绝望的哀鸣。

黄玉庵见这小男孩一对无邪的亮亮的眼睛痴痴地望着他，不觉也动了感情。他低头摸了摸小男孩的脸蛋，和蔼地问：“你今年几岁了？”

小男孩口齿清楚地回答：“三岁！”黄玉庵一算时间恰好，他惶惑了。

素萍见黄玉庵的态度变得温和了一些，她以为有了希望，拉动小男孩的手说：“黑狗，你不是哈宝[1]，快叫爸爸！”

黑狗——这个乡下人的名字，使黄玉庵听后很不舒服。黑狗果然仰着头亲热地叫了一声：“爸爸！”

黄玉庵神色顿时改变。他抬头四顾，发现四周已站着几个看热闹的人，更是一惊。像他穿着这样考究的人站在街边与求乞的母子俩谈话，当然会引起行人的惊诧。

他觉得十分尴尬。倘若认下素萍母子俩，那，他的名声便完了。社会舆论会怎样议论；他的亲朋会怎么看……特别是他马上要续弦，女方是银行家潘上由的亲妹子，是有文化、有教养的人。倘若晓得这件丑事，岂不一切都完了。

想到这里，黄玉庵不禁倒抽了一口冷气，觉得再不能犹豫了，他蓦地变了脸，恶狠狠地说：“你再胡言乱语来讹诈我，我一定要送你进牢房！”

素萍见黄玉庵翻脸不认人，惊愕地“哎”了一声，目光十分悲凉，渐渐转成愤懑。

停了一会儿，黄玉庵扭身便走，只听得素萍在身后哭喊：“大少爷，你把这娃儿收下，你的心为啥这样狠呀！”

1　四川话，傻子。

黄玉庵很觉刺心。置自己亲生骨肉不认不顾，他也觉有点内疚。他毫不迟疑地掏出身上所有的钞票，回头送到素萍的手上，连一枚银圆也塞给了她。他这时只有一个念头：把自己身上的钱全给她，也算尽到他的责任。他认为给她的钱已不少，倘若她能善于经营一个小生意，也足够维持她母子俩的生活。

黄玉庵再也没回头，他紧走了几步，钻进了小轿车，吩咐说："快开，回公司！"

小轿车屁股冒着青烟开走了。

黄玉庵见素萍并没牵着娃儿追来纠缠，这时才松了一口气。

他猛然想起那块银圆不该给素萍，那上面刻有黄府的字号，是黄老太爷传给他的纪念品。他感到十分疲惫，想闭上眼养神，可是那男孩一双无邪的亮亮的眼睛仍在他眼前晃动，耳边仍萦绕着那小男孩的喊声："爸爸！"

黄玉庵刚才急于摆脱那种尴尬的困境，没有认真思索。此时他越来越感到这样处置实在欠妥。他想到自己膝下无子，只有一个女儿，古训说："不孝有三，无后为大。"他完全可以收留下这个小男孩，先托人寄养，然后正式收为义子，岂不就能掩人耳目，万无一失？至于对素萍的处置，他认为更不用顾虑，"有钱能使鬼推磨"，只要悄悄给她一笔钱封住她的口，送她走得远远的，一切便可妥当了……

小轿车已在公司门口停住，可是黄玉庵仍坐在车里没动，痴痴地想得出神。

司机感到奇怪，问："总经理，是不是还要到哪里去？""哦！"黄玉庵一惊，从沉思中惊醒过来。

他对自己刚才的处置感到懊悔，认为现在要挽救还来得及。于是，他果断地吩咐司机："快，开回原地去！"

司机惊讶地望着他，怀疑自己听错了。"快，开回原地去！"黄玉庵又说了一遍。

司机见惯了黄玉庵这种二心不定的作风，他没再问，立刻发动引擎掉过车头往原地开去……

小轿车还没停稳，黄玉庵已拉开车门跨了下去，急急往刚才碰见素萍母子俩的地方奔去。

他搜寻了一阵，哪里还有素萍母子俩的踪影！他焦急不安地继续扩大范围搜寻，仍没见影子。他十分沮丧，心中说："迟了，我找不着亲生的儿子了！"

他找遍了附近的大街小巷，最后不得不怀着绝望上了车。

黄玉庵回到公司，刚在办公室沙发上坐定，办公桌上的电话铃响了。

他只得无精打采地起身接电话："喂！哪里……什么！警察局……啥事？……"

黄玉庵的神色变得很紧张，手指在颤抖。他听见一位巡官在电话里说："黄总经理，有一件事情需要打扰你，十分抱歉。我们捉到一个盗窃嫌疑犯，她叫素萍，还带着一个小男孩。我们发现她身上居然有几万元现钞，还有一枚刻着黄府名号的银圆。我们怀疑她哪来这些钱，现在拘留在这里审问。据这妇人说，她原是贵府的丫头，这小男孩是你的骨肉，这些现钞和银圆都是你给她的。实在对不起，我们只得打扰你，想要你证实一下，这妇人的口供真实吗？"

黄玉庵急得额上冒汗。他刚才还为找不到素萍母子俩而感到颓丧，但是现在有了下落却使他半晌出声不得。他内心斗争得十分激烈。他明白，素萍母子俩的命运就悬在他的简单的回答里："是"或"不是"。他回答"是"，警察局立刻就会释放他们，他就可以按他刚才的设想留下小男孩，将素萍打发走。但是，他晓得那些专跑警察局的新闻记者绝不会放过这种耸人视听的新闻，他的这件丑事，明天便会见报，后果实在不堪设想；他倘若回答"不是"，他立刻便可以从窘境中解脱，依旧是一个体面的绅士，而素萍母子俩便会有一场厄运——很可能去坐监牢……

巡官半晌没听见他的回答，在电话里不断催问："对不起，请你证实一下……"

黄玉庵不能再迟疑，他终于昧着良心说："没有这样的事，我从没给她任何现钞，那孩子更不会是我的孩子。不过……"

他想到那块刻有黄府字号的银圆不便否认，于是他说："不过素萍确实在我家做过丫头，因为行为不端被我撵走了。那块银圆是我原先赏给她的。"

"黄总经理，谢谢你！"巡官挂断了电话。

黄玉庵半晌才将话筒搁下，他青黄的瘦脸痛楚地抽搐扭曲，双手抱住快要炸开的脑壳，步履艰难地踉跄几步，跌倒在沙发上。他喃喃自语地说："上帝，原谅我吧！救了她，会毁了我，我实在不得已啊！"

第四十二章

谈明清与张阿德说过不止一次，他要离开民顺轮。张阿德问他："谈师傅，你要到哪里去呢?"

谈明清的脸色异常阴暗，呆滞的目光毫无生气。他沉郁地回答："我早该回老家去看一看……"

他说完却像娃儿般用衣袖捂住面孔抽泣起来，哭得十分伤心。"家，你有家?"张阿德迷惑地问。

"嘿，我当然有家！我的婆娘杜鹃在等着我哩。"谈明清带点神经质地说。

张阿德认为他是由于思念过度，受的刺激太深，所以语无伦次，只好安慰他："谈师傅，你不要太难过，你将来会有一个家，有一个像杜鹃那样的婆娘!"

谈明清用衣袖揩干泪水，呆呆地望着天花板，语音模糊，使人不易听清："我常做梦，梦见我的婆娘，她总是说：明清，你不给我报仇，我便永远不让你回家。所以我要走了，我婆娘想我，我也离不开她……"

可是，谈明清口里这样说了好久，仍没走。张阿德也听得厌腻了，习以为常，并没将这些话放在心上。

上趟水船靠重庆小河，张阿德回家后返回船上，伍大车站在甲板上迎着张阿德吩咐："谈明清走了，替工没派来，他的工作暂由你一人顶住!"

张阿德十分惊诧，想不到谈明清真走了，走得这样快，这样突然，是他没料想到的。他问："大车，谈明清是不是换了船?"

伍大车嘴角露出一丝冷笑："他不是换船，是他辞工走的。"

张阿德不便再问，但他感到自己的工作已经很累，再叫他顶替两人的工作实在吃不消，不禁有些犹豫。

因为张阿德干活是一把好手，并且在船员中有威信，所以伍大车表面上一直对他比较客气。他见张阿德不太情愿的样子，便装出十分慷慨的样子说："你顶替谈明清的工作稍累点，津贴是要发给你的。"

张阿德心中虽然不愿，但无可奈何，只好点头，勉强表示答允。他近来在三洞桥租了一个吊楼，又有了新的家。为了不再让宝儿留在封大嫂那里拖累他们，秋莲已从孔公馆辞工回家照料家务。宝儿已经七岁，要上学读书，这些都得花钱。他手头十分拮据，有一笔津贴正好可以补贴一下。

张阿德回到舱房，他抬头望望上铺，果见空了。奇怪，那只几乎与谈明清形影不离的酒葫芦却放在自己的床铺上。除此之外，谈明清再没留下什么物件，全取走了。

张阿德看着这只酒葫芦，感到迷惑不解。谈明清连细小的东西都收拾走了，怎会忘记带走这只几乎与他相依为命的酒葫芦呢！并且周周正正放在他的床铺上，显然这是谈明清故意留给他做纪念的东西。

他想，难道谈明清立志戒酒？他辞工后又会到哪里去？

张阿德对于这一串疑团实在解不开。他联想到谈明清平时所讲的一些话，心中便有一种不祥的预感，为他的未来感到担忧。

他拿起酒葫芦凑近灯光仔细看了一阵，它比春燕留下的那只葫芦小，因为打过生漆，闪着紫色的光泽。

假若真是谈明清留给他的纪念品。他现在却有了一大一小的两只葫芦。

张阿德脸上现出苦笑。几年前，李秋莲说孔公馆里的吴秘书很像春燕，可是她拿着春燕留下的葫芦去试探，吴秘书却没有相认。他感到失望。

张阿德想，天下脸貌相近的人是有的，何况秋莲仅与春燕同船过渡时见过一面，哪能记得十分真确。后来他也觉可笑，春燕明明投江死了埋在重庆万国公墓里，自己竟还信了秋莲的话，叫她拿着葫芦去试探吴秘书。真是想念妹妹把心想颠东了。

以后冯烂王找到他，要张阿德动员李秋莲给吴秘书送信，他才晓得吴秘书还是打入孔公馆做地下工作的我党同志。经过他的动员，李秋莲毫不费事地将信送到吴秘书手上。

张阿德还从冯烂王口里知道，吴秘书已从孔公馆安全转移。

吴秘书究竟是不是春燕，张阿德还是不能完全排开这种悬想。他很想向冯烂王打听吴秘书的身世，但他想到地下工作的纪律，终于没问……

张阿德拿着谈明清留下的酒葫芦出了一会儿神，胡思乱想一阵，因为房里太热，他忙将酒葫芦放下，脱去了身上的毛蓝布长衫，沉重地透了一口气。

二

张阿德一人顶替两人的工作，当然十分劳累，渐渐把谈明清的影子淡忘了。

一天晚上，天空晴朗无云，一弯月牙斜挂空中，一切罩在月光朦胧的清辉中。

张阿德乘着月亮烘烘上船。天气太热，他将嗄嗄衣搭在左肘弯上，右手拿着一把篾笆扇，边走边扇。

八月间正是洪水季节，大江和小河都发了大水。梁沱里的江水漫了架，外梁被洪水吞没，已与大江连成了一片，站在坡上看，只见大江烟波浩渺泛着清光，奔腾的流水发出雷鸣般的吼声，令人惊心动魄。

民顺轮在梁沱岸边除了抛双锚外，还出了几根钢缆上坡系在地牛上，才能勉强将船稳住。

沱边上站满了人，边看热闹边乘凉，叽叽哇哇指着沱里谈论什么，一个个聚精会神像看马戏班的表演一般。

在月亮光下可以勉强看清沱里的景象：有一艘被打烂折断的半截木船在沱里翘首绕圈，被巨大的漩流挟持着，其势迅猛无比。

有几个不怕死的水猫子[1]，臂上绕着一圈粗麻绳站在半截木船翘出水面的部位上，企图系住它，然后将绳头扔到岸上，拉拢去发泡财[2]。

这几个水猫子果然有惊人的本事，几经周折，终于拴牢破船，将绳头扔到岸上。等在岸上的许多人一齐用力拉着粗麻绳，想将半截木船拉拢岸边。因为受力过大，粗麻绳断裂了，看热闹的人群立即爆出一阵惋惜声。他们真有得之才肯甘休的英雄气概，马上又有一个水猫子带着一圈更粗的麻绳泅水去支援。

初见这种场景的人，莫不瞠目结舌为他们捏出一把汗。但这些水猫子边干边谈笑风生，互相插科打诨，并不当一回事。

还有一些发泡财的人，他们没有水猫子的本领，只能拿着抓钩或耙子等工具站在浅滩中，一手执火把，一手用这些工具打捞被洪水冲来的木材、木箱、家具，甚至坛坛罐罐之类的器皿。

张阿德看惯了这种场景，他没有多停留，便沿着斜坡上的小道往下游方向走去。

他越走越寂静，人烟渐渐稀少。他走上了通往溉澜溪的石板路，已能看清坡脚江边民顺轮的轮廓和灯光。

1　本指水獭，这里指精通水性的潜水和游泳的能手。

2　江边的人从洪水中捞取财物叫发泡财。

张阿德站住喘了口气，想歇歇腿再下坡上船。

涨水天，江边蝶蚊特别多，人被叮咬得十分难受，张阿德挥动篾笆扇驱赶蝶蚊，又继续往前走了几步。他陡地听见河边有人喊：“杀人啰，救命……”

张阿德听清声音是伍大车在喊叫：“杀人啰，救命……”他见伍大车的黑影“噗”地倒在地上，叫声尾子十分微弱。

张阿德不晓得是谁杀了他，紧赶了两步，只见一个人影从坡脚迎面奔来，远远就可以听见这人喘急的咻咻声，这人跌倒几次又挣扎爬起。

这人越来越近，张阿德从月色中看清了他的面目，不觉失声叫：“谈明清，是你!”

谈明清猛地看见一个人挡住他逃跑的路，正惶恐迟疑……

张阿德已明白是怎么一回事，赶忙低声急促说：“谈师傅，我是张阿德。你……”

谈明清像遇到救星似的：“张师傅，你救救我!”他站在张阿德面前浑身发抖，手软脚炽，连匕首也拿不住，“啪”的一声掉在青石板路上。

张阿德见他这副窝囊相，心中又气又怜，责备说：“你怎么这样干！唉……”

他改口说：“你既然已经干出来了，再胆怯也没用，值价点!”谈明清只是呆呆地看着他，好像失去了主意。

张阿德见民顺轮上有几个人已闻声奔上岸，晓得他们马上便会追来。他从地上拾起匕首递到谈明清手中，果断地说：“谈师傅，你暂时躲到溉澜溪那座山上的古塔里，我明天早上去看你，想法帮你逃走。你千万不要从大路跑!”

谈明清点了点头，他鼓足了最后的力气，往古塔的方向跑走了……

伍大车的伤势很重。他被谈明清一刀戳进右胸部伤了肺，流血不止。他的心腹人用担架将他急急送往江北医院抢救去了。

追捕谈明清的人也先后回来，当然没捉住他。他们都是普通船员，平时都有些恨伍大车太刻毒，很同情谈明清，不愿再管这事，回船去了。剩下几个伍大车的心腹人，本是孬种，这时失去了主心骨，拿不出主意，只是干攒劲。

一夜过去了，从医院回来的人说，伍大车肺上的伤势不严重，可能没生命危险。

张阿德顾不得去打听伍大车的安危，他弄来了一袋干粮，还凑集了一些钱，准备送给谈明清作逃往他乡的盘缠。

他绕了一个大弯，确定无人跟踪，才从乱石堆和灌木丛中爬到山顶古塔边。

张阿德走进古塔，先是轻声喊："谈明清！"他没听见回答，于是便把声音提高一些喊了几声："谈明清……"

仍没听见谈明清回答的声音，只有风吹松林发出波涛一般的吼声。

张阿德犹豫了一下。这塔并不高，谈明清倘若在塔里，绝不会听不见他的叫喊。他迷惑地想：难道他没到这里来过？

张阿德仰头查看通往上层的木梯。木梯年久失修，已经破朽不堪。突然他眼前一亮，看见一块梯板折断，还是新痕，可以断定谈明清上过塔。

张阿德不再喊了，他决定上塔去查看个究竟。于是他攀着摇晃的木梯往上爬。可是他爬到塔的顶层，仍没看见谈明清的踪影。

张阿德失望地走了下来，站在塔门口张望。他看见一群黑老鸱围绕着一个乱坟堆在空中盘旋，时高时低，凄厉地鸣叫着："呱、呱、呱……"

张阿德不禁感到奇怪，忙向乱坟堆走过去……

他走到一个坟堆前，发现乱草中有一件东西闪着亮光。他拨开乱草低头一看，见是一把匕首。

张阿德拾起这把匕首仔细打量，见匕首尖上还有凝固的血迹，判定是谈明清遗留在这里的。他惊疑不定地四处打量，这谈明清到哪里去了呢！

他正想喊叫，可是张开嘴没出声便呆住了。只见离这坟堆不远有一棵松树，谈明清已吊死在树丫上。僵硬的尸体直直垂吊在那里，被疾风吹得微微晃动。

张阿德赶上前，站在松树下一顿足："谈师傅，你错、错、错！"这句话含着十分丰富的内容。在党的培养下，张阿德更成熟了。

他并不感到可怕，将谈明清的尸体抱住从绳套中取下，平放在乱石上。他折断一根松枝放在他的头部将脸遮住。

张阿德望着谈明清的尸体，心中无限感触，他想到谈明清生前怯懦矛盾的性格，不禁叹气滴下泪来。

他拭净泪水，望着尸体说："唉！大丈夫要死得有价值。你既有吊死的胆量，昨晚为啥不多戳伍大车几刀。唉！"

说着，说着，他的目光被身旁一个坟堆前的石碑吸引住了。他与秋莲相处久了，也学会了一些字，勉强辨认出石碑上刻着："杜鹃之墓。"

"哦……"张阿德惊叫了一声。他听谈明清生前讲过，晓得这就是谈明清的婆娘杜鹃的坟墓。

他联想到谈明清生前与他说的一些难解的话，现在他全明白了。原来谈明清早就萌念要替杜鹃报仇，只是由于他的怯懦，才延迟到今天来实现。

此时，谈明清生前那张痛苦得麻木的面孔，在张阿德心上浮动。张阿德望着杜鹃寒酸凄凉的荒坟，眼见谈明清吊死的惨状，倍觉心酸。

张阿德眼里含着泪水，暗祷说："谈师傅，你放心，我们同事一场，一定照你生前的意愿，凑钱将你与杜鹃埋在一起，让你俩长期相伴再不分离！"

三

一艘进港的轮船驶过寸滩便慢了车，几只原在江里游弋等待的小木船的桨手，顿时紧张起来。慢车的轮船其势仍很迅猛，但桨手们满不在乎，纷纷往轮船两舷靠去——这些都是接私货的小木船。其中一只有篾篷的小木船接完私货后，最先离开轮船舷边，斜着向北岸飘去。

冯烂王坐在这只小木船舱口一个货包上，嘴角叼着一支香烟。他神色自如，十分从容地顾盼着江面，见并无可疑的木船跟踪，感到轻松地舒了口气。

他取下嘴上的香烟，往江里吐了一口唾沫。大水洪峰过去了，但漫江的洪水并没消退，只见一江怒水翻滚着泡漩，飘浮着白花花的泡沫奔腾而下，其势十分凶猛。

小木船在浪涛中起伏颠簸，艰难地逆流而上，船头破开激流，激起的浪花发出哗哗的声响向两侧飞溅。桨手和艄翁都十分紧张，全神贯注着江面，不敢稍有疏忽。

迎面不断驶来势如箭飞的下水木船，认识冯烂王的人很多，都挥手向他致意："冯五哥好麻利，今天发财！"

冯烂王回答的话刚出口，下水船已闪电般会过，驶到船尾，一会儿便不见踪影了。

小木船终于荡近岸边缓水处，桨手舒口气，丢下前桨坐在船头歇息，让艄翁驾着船缓缓前进。

船尾的艄翁有节奏地推着单桨，腋下挟着桡子稳住船向。这时他有余裕的精神唱船歌了，虽不十分悦耳，也自有一番情趣：

月牙弯弯照巴山，

长江滚滚银浪翻，

不怕峡风急，不怕暗礁险，不怕船儿小，

……

小木船平稳地上驶，刚才紧张的气氛一扫而空。

冯烂王脸上露出笑容，要是以往，他也会和声唱几句。他连口水一起吐掉了嘴上的烟头，挪动了一下位置，前半身钻进舱口，低声说：“小张同志，坐在这宽敞点的地方透口气！”

舱角里窸窣响过，一个乡下打扮的姑娘从货包缝中钻了出来。

冯烂王掀开一点篾席缝，透进了一点亮光。他拍了拍身旁的一个小货包，说：“这里坐！”

这个叫小张的姑娘无声地坐在小货包上，她刚好可以伸直腰，但头已杵到了顶篷。

冯烂王低声地说：“小张同志，这次把你从石牛场接回来，组织上另有安排。”

因为舱里的光线比较黯淡，小张的面孔看不十分清楚。她穿一套蓝底白花土布短衫裤，脑后垂着一条很长的独辫。

小张说话的声音清脆悦耳：“老冯同志，派我干啥工作？”

冯烂王笑了笑：“上级党组织决定送你去延安学习，由李明同志陪同你去。”

“哦，真的！”小张惊喜地叫了一声，转而意识到不能大声，不由做了一个捂口的动作。

“当然是真的。”冯烂王郑重地说。

小张压抑不住心里的激动，压低的声音里充满了喜悦：“老冯同志，这真是太好了。”

她兴奋地握住冯烂王那双粗糙的手摇了摇，迫不及待地问：“李明同志在哪里？”

冯烂王差不多是耳语般小声告诉她：“李明同志已从陆路去成都，他在离成都北门几十里的新都等你，那里有座庙宇叫宝光寺……以后我再详细向你说清楚。”

小张好像有些失望：“那……我在重庆见不着他了。老冯同志，我单独去成都?”

冯烂王说:“由我从水路护送你到成都，行吗?”

小张又快活地惊叫起来:“真是太好了!”她又捏住冯烂王的手摇了摇。

冯烂王听见外面有桨声，他凑近篾席缝偷觑了一下，见是下水船，江面上并无异常情况。

篾席缝透进的亮光正好照射在小张俊美的面孔上，看她年纪不过二十多岁。这张俊美的面孔大家都很熟悉，她便是吴秘书——现在恢复了本来姓名的张阿苇。

自从她由孔公馆安全转移，不久便被党组织送到石牛场黄桷树垭口杨嫂子那里，隐蔽到现在才回重庆。

冯烂王这时仿佛变成了另一个人，他神色十分严肃:“小张，眼看抗日战争便要取得最后胜利，蒋介石已在调兵遣将准备在战后对付我们!”

“哦，是真的吗?抗战胜利马上会到来?”张阿苇是第一次听到这个令人振奋的消息，她惊喜异常。

冯烂王脸上仍无笑容:“是呀，抗日马上要取得最后胜利，凡是有爱国心的人都会高兴!”

他吞了一口唾沫，略微停顿了一下，说:“党组织要我转告你，因为你已经不便在城市搞地下工作，这次送你到延安，主要是去学习农村工作的经验。国民党在暗地磨刀，我们绝不能睡大觉，白区工作还要加强，你仍要回来的，转入农村去开展工作。我们每一个革命同志都应该有思想准备，抗战胜利后，我们可能都要经受更严酷的考验!”

“好呀!我这几年住在石牛场，已习惯了农村工作的环境。杨嫂子真是一个非常优秀的老党员，教我学会了许多本领。”张阿苇点点头说。

“石牛场有革命传统，也有群众基础，你回来后，假若要求去那里，我想组织上一定会批准。”冯烂王对沿江两岸的革命形势了如指掌。

张阿苇微笑地望着冯烂王不语。

小木船向上行进很慢，天渐渐黑下来了。冯烂王回过头低声吩咐桨手:“天黑了，快架上桨，这时去青草坝正好!”

他和张阿苇坐在舱里沉默着，只听见桨声响得很欢，船速陡地加快了。

冯烂王在暗影里抽着香烟，烟头的微光一明一暗地闪烁……一会儿，船头的桨手停住桨问:“老冯，在哪里靠岸?”

冯烂王伸出头去眯着眼在夜色中观望了一会儿，吩咐说："就在前面缓水里靠岸。"

他的精神陡地振作起来，对张阿苇说："你仍然提起那只装鸡蛋的竹篮，装作进城走亲戚的样子。"接着装模作样地干咳了一声，笑着说，"小张，我今天带着你去走亲戚——这亲戚是你真正的亲戚，不是冒牌货。"

"谁?"张阿苇惊疑不定地问。

冯烂王凑近张阿苇耳边十分神秘地说："张阿德!"

"哦，真的!"张阿苇很觉意外，一对眼睛睁得大大的，望着冯烂王出神。

冯烂王见船已靠好，不再开玩笑，十分认真地说："这是上级党组织对你的关心，要我们在你去延安之前，安排你和离散近二十年的阿哥一家人见一次面。"

"啊!"张阿苇惊喜交集，心情十分复杂。

冯烂王接着说："我还告诉你，张阿德也是我们的同志。你认识你嫂子，她也可靠。"

张阿苇因李秋莲给她送过密信，她已猜到几分，这时听冯烂王说出，仍忍不住心中的高兴："啊，太好了。"

冯烂王听见张阿苇在抽动鼻翼，发出低泣，晓得她太激动和高兴，所以控制不住自己的感情，哭了。他关照说："小张，这时不是流欢喜泪的时候，等一会儿见了你阿哥一家人，再把泪水流个痛快。"

张阿苇破涕为笑，忙掏出手绢拭干了泪水。

冯烂王又嘱咐说："今夜我们还要上开叙府的轮船，你在张阿德家至多待到午夜，要记清楚!"

张阿苇点了点头："嗯!"

冯烂王见她情绪正常了，这时船已靠好，便说："走!你跟在我身后掉几步远……"

冯烂王说完先跳上岸，低声吩咐桨手："你们靠在这里等我们。伙计，机警点!"

张阿苇戴上一顶草帽遮住前额，也跳上岸，动作十分麻利。冯烂王晓得她幼时在船上生活过，所以毫不惊奇。

这时月亮还没出山，到处都黑黝黝的看不清。冯烂王走惯了夜路，他不时回头招呼：

“小心，这里有坑。”

“注意，这块石板是活动的……”

他们从大路转下斜坡，沿着江边一条崎岖的小路往前走。离三洞桥越来越近，街灯映照到江边，可以依稀看清道路。

因为大水头已过了几天，江边捡泡财的人少了，显得比较清静，虽然碰见过一些人，但张阿苇这身打扮并没引人注目。

冯烂王站住回头低声说：“到了。”张阿苇闻声站住了。

冯烂王凝神望了望四周，见附近无人。他靠近张阿苇，指着不远的一座吊楼说：“看，那里便是你阿哥的家！”

他侧耳细听一阵，微笑说：“听，你嫂子在哼着歌，你阿哥一定在家。”

张阿苇兴奋地望着他所指的吊楼，见面向江边的窗口露出灯光，可以看见人影在晃动，听见一个圆润的嗓子在低低地哼：

浮云散，

明月照人来，

……

冯烂王催促说：“走，我去喊开门，你便进去，我留在外面警戒。注意！你们不要大声说话，欢喜的泪可以多流，但不要哭出声来！”

张阿苇默默跟在冯烂王身后走到吊楼边。吊楼门是面江开的，这时紧闭着。

冯烂王攀着扶梯到了门口，按约定的暗号轻轻敲门。

门吱的一声开了，昏黄的灯光露出来，一个男人的声音：“老冯，快进来！”

张阿苇感到这个声音完全不像她记忆中阿哥的声音，又看不清这男人的面孔。

冯烂王轻声说：“阿德，我给你领来了你的亲戚！”“谁？”

冯烂王没有回答他，回头望着扶梯下催促说：“张阿苇，快！”其实不用冯烂王催促，张阿苇已迫不及待地攀着扶梯上来了。

冯烂王见张阿苇已闪进门去，他对张阿德说：“我留在外面警戒！”

张阿德只接到组织通知，叫他今晚在家等着，不晓得有啥事！

听冯烂王喊阿苇，接着闪进一个女人来，他心中一动：难道她会是阿妹！

冯烂王下了扶梯，嘴上衔着一支香烟，离开吊楼不远，蹲在一块巨石的暗影里，机警地转着眼珠，瞭望着在暮色笼罩中的周围环境……

屋里，兄妹已经相认，一阵心灵的震动已接近尾声，悲欢离合的动人情景十分感人肺腑。

张阿德抹着惊喜的泪水："你……你真是我在钱塘江失散的阿苇！"

"阿哥，我真是你丢失的阿妹呀！这些年我想你想得好苦啊！"她扑上前双手紧紧抱住张阿德不放，生怕她的阿哥又会消失一般。

张阿德年龄已接近四十，红黑的面孔已被长江的风霜刻上了皱纹。他像在梦幻中一般，真不敢相信扑在他怀里的俊俏女子，便是他二十年前在杭州钱塘江失散的阿苇。但是，刚才阿苇与他谈起过在钱塘江失散时的一些细节，说得全对，使他没有丝毫可以怀疑的地方。

他哆嗦着双手，捧住她的头转向电灯前："阿妹，让阿哥仔细看一看！"他的声音颤抖，惊喜交加，"啊，是的，你这对眼睛，我怎也忘不了，依然像以前那样……"

张阿苇仰头与他泪眼相对："阿哥，你看个仔细，由你看个够，我是你的阿苇妹嘛！"

张阿德饱含激情地说："你……你这对眼睛……无论如何我都可以认出，是阿苇，是……"

他将她的头紧紧揽在怀里，眼角滚出的泪珠，一颗一颗滴在她的额上……

宝儿已经七岁，他不明白发生了啥子事情，见他爸爸哭得伤心，妈妈在一旁掉泪，他偎在秋莲怀里也哭了。

李秋莲揩着泪水，这样悲欢离合的场面真是少见。她开始看见进来一个乡下姑娘，要不是她自己介绍，差点认不出她就是吴秘书。她十分兴奋，说明她的猜测并没错：吴秘书是春燕，春燕真是阿苇！

张阿德稍微平静了一些，他抚摸着阿苇的浓发，说："阿妹，阿哥日思梦想，真想得好苦呀！"

张阿苇哽咽说："阿哥，我也想得苦啊！"他俩忍不住失声哭泣起来……

冯烂王悄悄攀着扶梯走到门口，轻轻敲门，低声警告说："不行，轻点，声音太大。"

里面的声音果然小了。冯烂王也为他们的重逢感到高兴，微笑着下了扶梯，仍回到刚才蹲过的地方，留意着四周的动静……

屋内，他们都控制住自己激动的情绪，表面平静下来。

张阿苇睫毛边还闪着泪光，她离开张阿德，边抹顺乱发边微笑说：“阿哥，我俩失散后，各走各的道。党，终于使我们走到一条道上来了——我们共同走上了一条寻求解放的革命大道。啊！真是难以想象。”

张阿德一听，也挂着泪水笑了。他点点头说：“是呀，是党让我俩走到了一条道上。”

秋莲忍不住插嘴问：“阿苇，你怎么跳江没死呢！”

刚才他们谈钱塘江离散后的情况多，这也是张阿德想问的。张阿苇将自己遇救的经过扼要地谈了个大概。

张阿德又激动起来，他目光炯炯发亮，一拳击在自己的腿胯上：“啊！只有党才是我们的依靠，跟着党走，准没错！”

张阿苇抬头望见墙壁上挂的葫芦，她兴奋地说：“啊，葫芦，我又见到你了。”

她上去将葫芦取下捧在手中，不住摩挲着出神。眼看这只葫芦，许多往事一齐涌上心头，真有无限感触……

宝儿仍搞不清他们为啥又哭又笑，他见阿苇从墙上取下葫芦，小手直摇嚷道：“不许动，那葫芦是我姑姑的，妈妈连我也不许动。”

秋莲拍了拍他的头，笑眯眯地说：“哈宝，她就是你的姑姑。乖，快喊姑姑！”

宝儿的双眼睁得大大的，忸怩了一会儿，终于仰头叫：“姑姑！”

张阿苇听见宝儿喊姑姑，她第一次感到温暖的亲情，心中一热，一颗热泪忍不住夺眶而出。她俯下身激动地搂住宝儿，在他额上杵了个香香。

秋莲说：“阿苇妹，这只葫芦我们给你保存了快九年，现在可以交给你了。”

张阿苇脸上的笑容消失了。她摇了摇头：“不，我马上要到很远的地方去，带着这只葫芦不方便，仍由你们给我保存着吧！”

张阿德惊问：“你马上要到哪里去？”

张阿苇指了指北方：“我要去北方。午夜以前我便要离开这里！”

张阿德失望地说：“你不多待一会儿，为啥这么急？”他不再问她具体去哪里。

他们都沉默着，都觉得依依难舍。

张阿德晓得地下工作的纪律，所以没说一句挽留的话。

桌上闹钟嘀嗒的声音十分清晰，室内的气氛变得异常宁静。他们围坐在一起，都不愿开口，沉浸在久别重逢的喜悦里。这次相聚的时间不多了，纵有千言万语也说不完心头的甘苦辛酸。

张阿苇见阿德难舍不欢的样子，她终于打破宁静说：“阿哥，我们都是走的一条革命的道路，将来一定会再相聚，在革命取得胜利后，我就留在家里不走了。”

秋莲打趣说：“阿妹，难道你不出嫁！”

张阿苇陡地红着脸，羞涩地低下头。她转瞬间已二十七八岁，但一直处在复杂的环境里，无法考虑自己的婚姻问题。

张阿德干咳一声，正想说话，蓦地响起了敲门声。冯烂王在门外说：“叫阿苇走吧！”

张阿德看台上的闹钟，还不过十点。他去打开门说：“老冯，进来喝杯茶，休息一会儿再走吧！”

冯烂王确实感到口渴，他闪进门来。张阿德关好门，回过身来忙端了一把木椅请老冯坐下。

冯烂王从秋莲手中接过茶碗，是一碗老荫凉茶，他双手捧着仰脖一饮而尽。

张阿苇说：“老冯同志，离半夜还早呢！”

冯烂王喝了一碗老荫凉茶，觉得很舒爽，他嘶嘶吸气，用衣袖揩着嘴唇和下颌沾上的茶水，摇了摇头说：“我仿佛听见警察在挨家查户口，还是早点走吧！”

张阿苇晓得冯烂王的判断是异常准确的，不敢再停留，缓缓站起身说：“阿哥，阿嫂，我走了，后会有期。”

张阿德犹豫一会儿，开朗地说：“好，我不留你！”

他焦急地来回走了几步：“你要走远路，阿哥要送件东西给你留个纪念！”

张阿苇制止说：“阿哥，不用……”

“你等一等！”张阿德从柜里取出一件红毛线衣，“你阿嫂的这件毛线衣给你带去，北方冬天冷。”

张阿苇不肯接：“那怎行……”

秋莲也劝说：“这件毛衣是新做的，还没穿过，你就带去吧！”张阿苇还是推辞：“你们留着……”

“阿苇……”张阿德生气地一顿足，声音发颤，“我们是一家人，你怎客气起来。阿哥穷没好东西给你，这是我一点心意呀！”说着竟滚下一颗泪来。

张阿苇见状十分感动：“阿哥，那，我就收下了。”她声音也发颤了，“不论我与你们隔多远，见了这件毛衣，就像看见你们一样。”

冯烂王向张阿德挤挤眼："张阿苇这一竹篮鸡蛋你们要收下，不兴推辞，也是一点心意嘛！"

他还想说什么，忽然像听到了什么，"嘘"了一声示意大家不出声。他侧耳凝听片刻，脸上表情变得十分严肃："有人来了！"

他没再说什么，拉着张阿苇，代她拿着毛衣躲进里间小房，掩上了门。

过不一会儿，楼梯上果然响起了脚步声。张阿德向秋莲示意，要她沉住气，自己安详地端着一碗茶喝。

"开门，开门！"有人在大声叫门。"哪个？"张阿德放下茶碗问。

"查户口的！"一个下江口音在吆喝。

张阿德一惊，但仍神色自如地上前打开门。

进来两名警察，张阿德认识其中一个是派出所的姜巡官，忙赔笑招呼："噢，姜巡官请坐。"

姜巡官没搭理，手上拿着户口簿，指头在嘴里蘸点口水，一页一页地翻着："你叫李秋莲，他就是张阿德吗？"他神气十足地问。

因张阿德的户口不在家，户主是秋莲，所以秋莲抢先回答："是的，我叫李秋莲，他是我男人张阿德。"她怀里揽紧宝儿。

宝儿天真地说："我叫宝儿。"

姜巡官迅速瞥了一眼宝儿，随即冷冷地盯着张阿德问："你家中还有其他人吗？"

张阿德猜测不出他们来查户口的用意，心中虽然紧张，但表面仍很镇静，他堆着笑说："巡官，我一家三口都在这里！"

姜巡官声音放大了一些，口气十分严厉："我是问你，你家中现在还有其他人吗？"

张阿德摇了摇头："我不明白你是啥意思！"

站在姜巡官身后的警察忍不住插口说："刚才听你们房里不止一个人的声音。"

张阿德心中一震，但仍不慌不忙回答说："官长，我们一家三口，当然不止一人。"

姜巡官疑惑的目光在房内搜索，没看出啥破绽。他走到小房前，狡猾的目光闪了闪，指着关闭的房门问："我能进房去看看吗？"

"当然可以，当然可以！"张阿德口里回答着，目光却停留在离他不远的一把斧头上。他已暗下决心，就是牺牲自己也要救出冯烂王和阿苇……

姜巡官正要推门，这时蓦地听见街上响起一阵杂乱的脚步声，不少人在奔跑喊叫什么！接着响起了一阵急促的锣声，“当当当……”不像空袭的信号。

姜巡官不晓得街上发生了啥事，推门的手缩回了，侧耳细听着街上的动静。

锣声响过，打更匠在边跑边叫——可说是声嘶力竭地狂喊：“日本鬼子投降啰！我们胜利了……”

又响着“当当当”的锣声，“胜利啰，日本鬼子投降啰！”

姜巡官也听清了打更匠欢快的喊声，他回过身来，惊喜地举手大叫：“好呀，总算盼来了这一天，日本鬼子投降了，我们胜利了。”

那个警察更沉不住气，兴奋地说：“姜巡官，我们上街去打听一下，怕是扯地皮风[1]，胜利哪会来得这么快！”

姜巡官忘了查户口，十分高兴地说：“好，我们去打听清楚。妈的，抗战八年，住在重庆快把人憋死，好哪，可以回下江去了！”

他俩丢下张阿德不顾，响着咚咚的脚步声，一阵风似的跑走了。

张阿德丢下手上的斧头，长长地松口气，用衣袖揩着额上的汗水，暗说：“好险！”

这时三洞桥街上声音嘈杂，人们像狂了一般。

张阿德顾不得管这胜利的消息是真是假，他可以确定这次查户口，并非有目的，稍感放心。

他叫秋莲去关上大门，迫不及待地推开里间小屋的门，在黑暗中低声呼唤：“老冯！老冯！”

里屋毫无反应，没有回声。他又喊：“阿苇，阿苇……”仍然一片沉寂。

“噫！”张阿德觉得奇怪，他跨进一步开了电灯。

他见屋里空荡荡的杳无人影，惊疑不定：“咦，他们哪去了！”秋莲也跟进屋来，连称：“奇怪，奇怪！”

这真是咄咄怪事，难道他俩不翼而飞！

秋莲蓦地指着窗口说：“看，原先关闭的小窗被打开了。是不是……”

1 谣言。

张阿德快步走到敞开的小窗前，伸出头去往下看，只见黑洞洞的看不清。

他朝外低低地呼唤了几声：“老冯，老冯……”哪有回应！

张阿德沉思了一会儿，立刻将小窗关上，脸上现出了轻松的微笑。

见秋莲站在那里仍惊疑不定，他很自信地说：“不用担心，他们已经翻窗口走了！”

“翻窗口走了？”秋莲不肯相信，她摇头说，“窗下是一道很高的堡坎，跳下去定会跌伤！”

张阿德轻松地说：“哎，你不晓得老冯同志的本领，他背着一个人可以抱住旗杆上下，毫不吃力。现在他背着阿苇由木柱爬下有啥难处！早安全走了，不用担心。”

秋莲见张阿德说得十分认真，也就信了，脸上也有了笑容。

这时街上已闹翻天。鞭炮声、锣鼓声、欢呼胜利声、来往的奔跑声……整个重庆城都沉浸在抗日胜利的欢乐里——不仅重庆，在全中国，除了汉奸以外，整个中华民族，不分阶级，不分信仰，都处于狂欢之中。

张阿德再也忍不住喜悦的冲动，一反常态，蓦地将秋莲抱在怀里在室内绕圈，拼命地叫喊：“胜利啰，胜利啰，日本鬼子投降啰！”

秋莲也忘了羞涩，高叫着：“胜利啰，胜利啰……”

三洞桥街道狭窄得像一条巷子，人们不断从家里狂叫着奔出，挥舞着手中的各式扇子，喊着同一句话：“胜利啰，胜利啰，日本鬼子投降啰！”

一些妇女只穿着亵衣和短裤，忘了一切，从家中奔出，赤着脚，在热气尚没散尽的石板上欢笑、蹦跳……

三洞桥街上仅有的一家油腊杂货店，被买鞭炮的人挤破了门。他们不用老板动手，也不问价钱，只将一张张花花绿绿的钞票往柜台里丢，真像雪片一样乱飞。为了将鞭炮抢买到手，有人跳上柜台，自动从货架上拿取一盘盘鞭炮，然后抱在怀里跳下钻出门去。

戴着老花眼镜的老板慌了手脚，顾此失彼，不晓得招呼哪头好！个个顾主都像疯了一样不听招呼。他手足失措地大声闹嚷：“唧个搞的，未必你们个个是抓拿帮[1]上跑来的。要打我的起发？喂，喂，我的玻璃坛子呀！慢点，慢点，我的大瓦缸呀……”他急得跳脚。

谁也不理会老板的叫嚷，瞬息之间，货架上的鞭炮被拿空了。没买到鞭炮的人，这人推老板一把，那个搡老板一下：“老板，快，把你屋里的鞭炮全拿出来卖给我们！”

老板急出了泪水：“我的天哪，哪里还有鞭炮啰，老天爷，我的货……”

闹嚷了一阵，跑进店里的人带着不满足的心情散开了。老板迫不及待关上破门，并用板凳抵上。他的老花眼镜也挤掉了，在地上摸索一会儿才找到。他戴上了眼镜，将店里的货物粗略地检查了一遍，除了鞭炮一盘没剩外，其他的货物均完好无损。但挤破了几个玻璃坛子，一个空瓦缸横倒在地上，幸好没摔破。

老板顾不得收拾这些物品，他忙跑进柜台里验看地上的钞票，不觉呆住了：只见地上铺上一层花花绿绿的钞票，都是面额很大的崭新的钞票。

他喜得合不拢嘴，他赚了，发了胜利财。

老板有些不敢相信，他弯腰从地上拾起一张钞票凑近灯光仔细看，自言自语地说：“噫，他们这样慷慨，这些钞票莫不是冥府银行出的阴钞[2]！”

老板揩了揩眼眵，见张张不假，确是中央银行出的钞票，印着孙中山的头像。他喜得狂了。他扑在地上，双手将地上的钞票聚拢来揽在怀里，高叫着：“胜利啰，日本鬼子投降啰。”……

凡是家中能发声的器皿，如洗脸盆、铁锅等，人们都提在手中狂敲着来回奔跑，大声吼叫：“胜利啰……”可能在世界上再也找不出这样众多而稀奇的乐器，听不到这么多人组成的乐队的演奏。多么雄浑，多么动人心弦！

各种口音的人都汇集在这条狭小的街道上喧哗闹嚷。有的人在哭，有的人在笑，个个像丧失了理智的狂人。

一个白发苍苍的老头在撕扯自己的头发：“天哪，俺终于盼到这天了！胜利哪，只剩下俺一个人回山东，好惨哪！”

一个女人披头散发拍手大笑：“阿拉欢喜焦关，侬小日本嘎凶也有今朝！”

一个年轻人高举两个拳头高喊：“咱们可以回老家哪！”

1　不讲理，乱拿别人东西的那种人。

2　类似金银锭和纸钱，迷信物品，这种钞票印有面额和冥府银行字样，价极廉。

一个卖炒米糖开水的驼背，挥舞着他扇火的芭蕉扇："龟儿日本鬼，老子胜利了，看你龟儿还歪不歪!"

还有人说："好哪，不躲空袭，可以睡安稳觉，安安逸逸做生意啰!"

这些话语时隐时现，只有鞭炮声和敲击器皿声，一直震耳欲聋……

天上一轮明月斜挂空中，浮云被风吹散，现出朗朗无云的天空。月亮的清辉照着奔腾的大江，照着莽莽的群山。

沸腾的山城已经慢慢静下来，人群狂喜的热潮已经过去，他们都回家安稳地睡觉去了——八年来第一次不用担心空袭。

夜很深了，三洞桥街上静悄悄的，在月光的照射下，可以看见街心铺上了厚厚的一层纸屑——这是鞭炮爆炸留下的残骸。

"当当当当!"——打更匠打着四更，他用沙哑的喉咙恢复了战前的喊叫："小心火烛，谨防盗贼!"

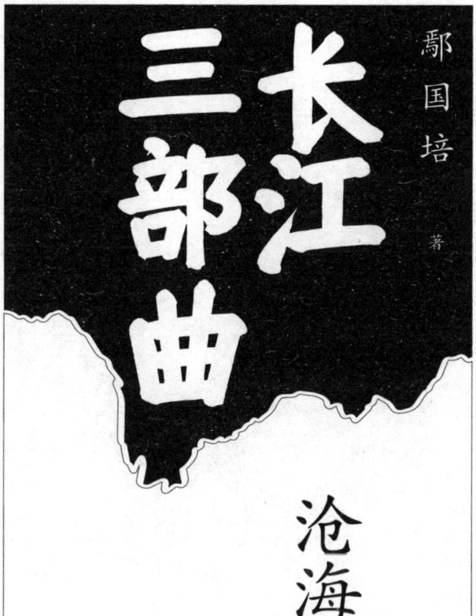
长江三部曲
鄢国培 著
第三部
沧海浮云
重庆出版社